Birk Meinhardt

Brüder und Schwestern

Die Jahre 1973 – 1989

Roman

Carl Hanser Verlag

Q

2 3 4 5 17 16 15 14 13

ISBN 978-3-446-24119-0

Satz: Greiner & Reichel, Köln
Druck und Bindung: CPI – Ebner & Spiegel, Ulm

Brüder und Schwestern

Splitterndes Glas

Die silbrige Sommersonne trieb ihnen Salz und Pickel aus den Poren, sie stanken prächtig nach Leben, nach Unrast, mit Ruten jagten sie ein paar Ferkel vor sich her auf den Fluß zu.

Ein bißchen schwimmen sollten die Ferkel, denn was hatte der Sportlehrer Knispel am Vormittag gebrüllt, weil ihm ein paar der Jungs auf der Schlackebahn zu langsam gerannt waren? »Jedes Schwein läuft schneller als ihr, jedes Schwein! Man denkt, ihr müßtet schneller sein, man denkt es, weil ihr Deutsche seid, aber vielleicht seid ihr ja gar keine, nein, seid ihr nicht, denn wenn ihr richtige Deutsche wärt, würdet ihr nicht so langsam sein.« Gab er nun Ruhe? »Und bestimmt«, hob er von neuem an, »schwimmen die Schweine auch schneller als ihr. O ja, das tun sie, da könnt ihr Gift drauf nehmen! Was, ihr wißt nicht, daß Schweine schwimmen können? Ich seh euch doch an, daß ihr's nicht wißt, ich seh's euch an!«

Und da hatte der Sportlehrer sogar recht gehabt, daß sie es nicht wußten; darum hatten sie ja den privaten Beständen des Metzgers Schildhauer heimlich ein paar Ferkel entnommen, Willy und sein Kumpel Achim Felgentreu, darum machten sie doch jetzt die Probe, ob die Tierchen auch wirklich schwimmen konnten.

Und siehe, am Ufer, im Angesicht des leise brausenden, sanft gurgelnden Wassers, scheuten die Ferkel wie Pferde vor einem Feuer.

»Wollen tun die schonmal nicht«, grinste Achim. Er packte ein Ferkel am von der Sonne, vom Galopp und von der Angst erhitzten Hintern und versuchte, es in die Schorba zu bugsieren, da brach es aus und wieselte zurück, den Weidepfad hoch. Willy hatte mehr Erfolg, er war ja auch kräftiger als Achim, ihm wuchs schon ein Bartflaum, und Achim nicht. Er hatte es allerdings auch anders angestellt: Hatte die Arme zu einem Ring um Bauch und Rücken seines Ferkels geschlungen. Drückte nun seine Füße in die Böschung. Stieß und zerrte das widerstrebende Ferkel tatsächlich ins Wasser. Flog, weil er den Ring nicht rechtzeitig zu lösen verstand, gleich mit hinein. Schaute triumphierend nach oben, wo alle anderen Tiere auf der Flucht waren, seltsamerweise, ohne dabei einen Ton hervorzubringen. Nur eines befand sich noch in Achims Reichweite. »Am Schwanz, pack es am Schwanz«, schrie Willy, und Achim tat wie geheißen, und das Ferkel, abrupt gebremst, stieß einen schrillen Laut aus und sprang zurück und platschte ins Wasser, na bitte!

Beide Jungs steckten nun bis zu den Knöcheln im Morast des Flußbetts, das Wasser reichte ihnen bis knapp unter die Brustwarzen. Sie klopften sich auf die Schultern, dann wateten sie ihren Ferkeln nach. Die konnten ja nicht stehen, die mußten sich irgendwie über Wasser halten, und wahrhaft, das gelang ihnen, ihre kurzen dicken Beine wühlten durch das Naß, aufgeregt und unkoordiniert, nicht schön, nicht elegant, aber wenn man fair sein wollte, mußte man anerkennen, eine Art Schwimmen war das schon.

»Guck dir die an«, rief Willy, »guck sie dir an!«

Die Tiere wuselten nun aufs Ufer zu, sie hatten sich ein wenig erfrischt an diesem brütend heißen Tag, das war gar nicht schlecht gewesen, doch jetzt war es genug für sie.

»Die woll'n wieder raus«, schrie Achim. Er schickte sich an, ihnen den Weg abzuschneiden. So schnell sollte das Spektakel nicht zu Ende sein. Willy aber winkte gelassen ab: »Das schaffen die nie im Leben. Die kommen hier nicht raus. Wie soll'n die das denn machen?«

Offenkundig war das auch den Ferkeln unklar. Während die Strömung sie flußabwärts trieb und sie dabei langsam drehte wie zwei ins Trudeln geratene Riesenkreisel, scheuerten ihre Steckdosenschnauzen und ihre Speckbeine hilflos und aufgeregt am Ufer entlang, die Schnauze oberhalb, die Beine unterhalb der Wasserkante. Nein, das schafften sie wirklich nicht. Und mehr noch, auch die Jungs würden sie nicht aus dem Fluß herauskriegen. Achim ging es als erstem auf: »Die treiben immer weiter, die können wir gar nicht mehr rausholen, Willy!« Eine gewisse Bangigkeit war nicht zu überhören in seiner Stimme. Was denn jetzt? Man trägt doch Verantwortung für das, was man sich ausleiht, erst recht, wenn es sich um was so Lebendiges handelt, nicht? Und man wagt es ja kaum zu sagen als 14jähriger, aber auch Mitleid kommt ins Spiel. »Die armen Viecher, Willy, was soll jetzt bloß aus denen werden?«

Willy hatte weniger Mitleid, oder er verbarg es besser. Optimistisch, um nicht zu sagen strahlend verkündete er, kein Problem, sie alle würden sich einfach weitertreiben lassen bis zur Mündung der Schorba in die Saale, sei doch nicht mehr weit, nämlich die Saale habe, wie allseits bekannt, da und dort ein paar ostseeflache helle Strände, die werde man ansteuern.

Die Saale gab ihnen einen Schub, riß sie mir nichts dir nichts mit, vor allem zwei von ihnen, das waren die Ferkel. Ihre zuckenden Schwänze wurden immer kleiner vor den Augen der Jungs. Schon ringelten sie sich, regenwurmwinzig, fünf, zehn Meter voraus. »Los, hinterher«, brüllte Willy und fing an zu kraulen. Er erreichte das erste Ferkel, gab aber dem Wunsch nicht nach, es am Schwanz zu ziehen, sondern machte noch fünf, sechs Züge und drückte ihm einen Arm vor die Schnauze; da schau her, hatte auch er richtiges Mitleid.

Vielleicht hundert Meter weiter kriegte Achim sein Ferkel gleichfalls wieder eingefangen. Schwer pumpend umfaßte er es und legte seine Wange auf den glänzenden Rücken, und pumpte, pumpte noch ein bißchen, die Schwarte als Ruhekissen. Auch die eben noch verstörten, wild strampelnden Tiere waren auf einmal ganz ruhig, bewegten ihre Keulen nur noch dann und wann, wedelten sparsam und fast schon gekonnt mit ihnen wie Fische mit ihren Flossen. So trieben die seltsamen Knäule aus Haut, Haar, Fett, Knochen, Knorpeln, Falten und Bändern stumm und beinahe erhaben die Saale hinunter. Willy, den die Rückholaktion gar nicht weiter angestrengt hatte, genoß es, dahin und dorthin zu schauen. Vor ihm war glitzerndes Wasser, Tausende Funken, die auf den Wellen explodierten. Rechts von ihm eine kleine Insel aus jungem Schilf, das sich leicht bog und kaum hörbar rauschte, woran er mal sehen konnte, daß immer Wind geht, selbst dann, wenn der Mensch meint, es gehe gerade keiner. Als er an der Insel vorbei war, kam am steilen rechten Ufer Windbruch in sein Blickfeld: ein paar Stämme ragten wie riesige Angeln übers Wasser, ein paar spießten wie gewaltige Pfeile den Berg. Am linken Ufer aber, am linken wurde es jetzt flach, und Achim rief: »Ende der Reise, Willy!«

»Nö«, rief der zurück, »laß uns noch ein Stück treiben.«

»Reicht doch.«

»Mir nicht.«

»Mir ja, laß gut sein.«

»Wenn's dir reicht, mir nicht.«

Und das war schon zuviel geredet; manchmal muß man einfach die Klappe halten und machen und tun, das wußten die beiden noch nicht, vielleicht lernten sie's noch. Jenes Flachstück jedenfalls lag schon hinter ihnen. Und bei Gott, das nächste würden sie nur halbtot erreichen. Alles ging jetzt rasend schnell. Das Wasser vor ihnen wurde glatter, wie eine gestraffte Decke erschien es ihnen. Und mit den gekräuselten Wellen waren auch die stiebenden Funken verschwunden, und der Fluß war schwarz. Als wäre er mit Teer gefüllt. Der Jemand, der das Wasser gestrafft und undurchsichtig gemacht hatte, saugte die ineinander verschlungenen Gestalten, die zwei Zentauren in einem Höllentempo zu sich, schneller, immer schneller saugte er, das Wasser war mittlerweile glatt wie Glas, hatte man das je gesehn, pechschwarzes Glas, und nun ertönte vorne ein großer Krach, ein anschwellendes Splittern, Bersten, Donnern, Grollen, es ergoß sich dort das Wasser in die Tiefe, es brach die Glasbahn in Myriaden Teile, die Jungs sahen schon die Gischt, eine schäumende Wand, die ihnen den Blick auf die Landschaft verstellte und ihnen den Atem nahm. Würde es an dem Wehr, »verdammt, Willy, das ist ein Riesenwehr«, auch sie in Stücke zerreißen?

»Festhalten«, brüllte Willy. Er hatte seinen Körper nach vorn gebeugt, hielt seinen Kopf über dem des Schweines, ein wilder Reiter, eine einzige gespannte Sehne. Achim dagegen war vor Schreck von seinem nun wieder quiekenden Ferkel gerutscht und hing wie ein Sack an dessen bebender Flanke. An der Kante des Wehrs, die eher eine Rolle war, eine wahnwitzig schnell sich drehende Rolle, auf der sein Körper, als wäre der ein Stück Blech auf einer Walze, mit einem Ruck zu einem U verformt wurde, verlor er die Verbindung zu dem Tier. Achim wirbelte durch die von Wasser erfüllte Luft, verschluckte sich, spuckte Tropfenschwälle, landete, ehe er sich's versah, mit Steiß und Hinterkopf auf Steinen; verdammt, wieso sind hier Steine, dachte er noch, und dann verabschiedete er sich für eine Weile aus dieser Welt.

Beim Aufwachen blickte er in furchtbar gerötete Augen ... Willys ... Willys Augen waren das ja! Und Willys Hände lagen flunderflach auf seiner Brust. Willy, begriff er langsam, hatte ihn gerade ins Leben zurückgepumpt. Dankbar lächelte Achim. Sein Schädel brummte, sein Hintern vibrierte. Blut floß ihm aus der Nase über den Mund zum Kinn und teilte sich da in einen Strom, der knapp an der aufragenden Gurgel vorbeirann, und in einen, der sich seinen Weg unterhalb des rechten Ohres suchte, von wo er auf die zerschürfte, beinahe hautlose Schulter tropfte. Achim, an den Flußbetthuckeln Thüringens wundgeschlagen wie mancher Moses an den Klippen von Gibraltar, wollte aber nicht jammern, auf keinen Fall wollte er das, und so fragte er Willy mit, wie er doch hoffte, fester Stimme: »Was war'n los?«

»Gibt's kaum was zu erzählen«, sagte Willy. Nicht die Stunde des Prahlens; zum einen hatte er ein schlechtes Gewissen, weil ja er es gewesen war, der nicht hatte genug kriegen können, und Achim hatte es dann büßen müssen, zum anderen brauchte Achim Ruhe, man höre doch nur das zittrige Stimmchen eben. »Hab mich die ganze Zeit an dem Ferkel festgehalten. Hat schön gedämpft. War dann irgendwie hin, das Kerlchen.« Er lachte kurz auf, Willy, mit einer Mischung aus Scham und Stolz. »Mußte mich ja auch um dich kümmern. Bist rumgetrieben wie 'ne Leiche.«

Beide schwiegen eine Weile, ehe Achim fragte: »Und mein … ich mein … mein Ferkel?«

Willy runzelte die Stirn, wandte sich zur Saale um, die hier schon wieder friedlich dahinfloß, und zuckte mit den Schultern.

Die Trauerfeier

Rudolf Werchows Beerdigung, die einigermaßen turbulent enden sollte, begann ganz so, wie es üblich ist für eine Totenfeier in unseren Breiten, in voller Übereinstimmung mit den Gesetzen der Pietät, langsam, getragen, samtig, orglig.

Die Eisenstreben des hohen Friedhofstores verloren sich im Novembernebel, daneben die braungrüne Hecke franste ins Nichts. Obwohl kein Regen fiel, war es derart feucht, daß Rudis Sohn Willy, wenn er mit einer Hand durch sein Haar fuhr, sie anschließend so schüttelte, als müsse er einen Schwall lästiger Tropfen loswerden. Er zog ein angeekeltes Gesicht dabei, aber das war ohne Zweifel eine übertriebene Geste, eine der Ungeduld, er hatte einfach Mühe mit dem Warten.

Übrigens war das Haar, das er durchpflügte, dunkelbraun, seidig glänzend, gewellt. Willy trug es ungescheitelt nach hinten gekämmt, so daß seine breite, von zwei waagerechten Falten durchzogene Stirn um so mehr zur Geltung kam. Nach unten hin wurde sein Gesicht schmaler. Es bildete ein V, wie auch Willys muskulöser Körper eins bildete, das war selbst jetzt, da er in einem langen Mantel steckte, der ihm bis an die Knie reichte, unverkennbar. Der Mantel spannte vor der Brust, aber nicht vor dem Bauch. Im Grunde hatte dieser kräftige und bei aller Kraft doch elegant wirkende Mittvierziger nur einen Schönheitsfehler, und das war sein zu klein geratener Mund. In die Öffnung mochte eine Pflaume hineinpassen, aber nichts Größeres. Tat nun der arme Kerl sein Mündlein auf, kamen ein paar fürchterlich schiefe, an den Rändern vergilbte Zähne zum Vorschein, die sich im erbitterten Kampf um den wenigen Platz schon früh heillos ineinander verhakt und verkeilt hatten. Dieser nicht mehr behebbare Makel war Willy alles andere als einerlei: Bei jedem herzhaften Lachen mußte seine Malaise ja auch für den Rest der Welt offenbar werden. Nur dadurch, daß sie der Welt offenbar wurde, entstand sie überhaupt erst so richtig! Willy wollte sie verbergen, darum hatte er sich im Laufe der Zeit angewöhnt, so wenig wie möglich zu lachen, jedenfalls nicht selbstvergessen, nicht mit weit aufgerissenem Mund. Ersatzweise lächelte er mit vorsichtig hochgezogener Oberlippe, und das verlieh ihm einen Ausdruck von Unentschlossenheit, ja Unsicherheit, er bekam dann etwas Hasenartiges, das überhaupt nicht zu seinem kernigen Wesen zu passen schien.

An Willys Arm hing, schlank und starr, seine Frau Ruth. Sie hatte ihr langes, schon ein wenig dünnes blondes Haar zu einem Knoten gebunden und mit einem breitkrempigen Hut bedeckt. Dazu trug sie einen schwarzen Schleier, wie süditalienische Witwen es tun. Ein in Schüben wehender Wind drückte ihr die feine Gaze auf die bleichen Wangen, was sie aber wohl nicht bemerkte. Mit großen unbeweglichen Augen stand sie da, mit den Augen eines Fisches in einem feingeknüpften Netz.

Beide schwiegen, jeder auf seine Art, und jeder auch ganz für sich, während die Kinder, die neben ihnen einen Halbkreis gebildet hatten, sich zuweilen ein paar Worte zuflüsterten; so wartete man auf das Erscheinen der ersten Trauergäste, die nun bald den Berg heraufkommen mußten.

Ungewöhnlich weit oben in der Landschaft war der Friedhof angelegt worden, am Ende eines ungepflasterten, geröllbedeckten Weges, warum eigentlich? Willy fragte sich das bloß, um die Zeit herumzubringen, nicht aus ernsthaftem Interesse. Weil die Gräber somit dem Himmel ein bißchen näher waren und der Hölle ein bißchen ferner? Von Krumen bedeckt, die Toten, doch auch von Winden umspielt? Im Schacht, und trotzdem über den Köpfen der Lebenden? Oder weil schon die Gerber, die sich einst als erste unten an der Schorba niedergelassen und diese ebenso schnell nutzen wie fürchten gelernt hatten, fünf Meter breit nur, ihr Flüßchen, aber wehe, wenn es über die Ufer trat, weil sie also weise und fürsorglich einen Platz ausgesucht hatten, der niemals überschwemmt werden konnte? Brav, ihr Gerber, formulierte Willy im stillen. Aber nachdem ihm bewußt geworden war, daß in seinem Loben etwas Närrisches lag, lachte er kurz auf.

Ruth warf ihm einen mißbilligenden Blick zu, ein schon empörter Blick war das, wie Willy durch ihren Schleier erkennen konnte.

Beide schauten pikiert ins Tal, von wo das Rauschen der Kleinstadt ertönte, jenes gleichförmige Summen, zu dem sich, wenn man nur weit genug weg steht, die Tausenden einzelnen Geräusche jeder Siedlung verklumpen: unrhythmisches Kirchturmläuten, zögerndes Treppenknarren, eine schallende Ohrfeige, ein Motorheulen, das Gepolter eines zusammenfallenden Holzstapels, Papierknüllen, das Reißen eines Strumpfbandes, Besteckklappern, Fahrradklingeln, Altfrauengemurmel.

Willy fröstelte jetzt langsam. Unter anderen Umständen wäre er vielleicht gehüpft, so aber scharrte er mit seinen Füßen auf dem drekkigen Teppich brauner Nadeln, die ein Sturm von den nahebei stehenden Lärchen geweht hatte, wie verschüttete rostige Haarklammern lagen sie herum.

Derweil drang von unten, vom Wege, das unregelmäßige Klacken und Rasseln aufspringender und rollender Steine herauf. War demnach jemand im Anmarsch, sein in Bayern lebender Bruder Bernhard vielleicht? Das wurde auch Zeit, daß der nun eintrudelte und sich neben sie stellte zur Begrüßung all ihrer Gäste, der war wirklich längst überfällig.

Es tauchten zuerst Köpfe auf, dann Oberkörper, dann Rümpfe und Beine, wie in einem kleinen Puppentheater, wo der allmächtige Spieler seine Figuren nach und nach zum Vorschein bringt. Aber kein Bernhard zeigte sich, dies waren Achim Felgentreu, seine Mutter Clara und sein Sohn Jonas.

»Waas?« entfuhr es Matti, der mit Jonas so befreundet war wie einst, und noch immer, Willy und Achim; als ob die Väter ihnen neben diesem und jenem, als honorige Zugabe, auch ihre Freundschaft vererbt hätten.

Sein Ausruf der Anerkennung galt Jonasens Großmutter. Vor ein paar Jahren schon war sie infolge einer schweren Diabetes erblindet, in letzter Zeit aber hatte sie sich, wie Matti wußte, auch kaum noch fortbewegen können. Und trotzdem hatte sie sich hier heraufgeschleppt! Vor den Werchows angelangt, reckte sie, schwer atmend, das Kinn. Ihre Pupillen irrten umher wie zwei da und dort an die Bande schlagende Billardkugeln. Willy war es dann, der sie erlöste, indem er an sie herantrat und ihr mit belegter Stimme zuflüsterte: »Das ist so großartig, ich weiß gar nicht, wie ich dir …«

Sie hob schwerfällig den Arm und tatschte mit ihrer braunfleckigen Hand die Luft wie eine Bärin, die ein paar aufdringliche Fliegen zu verscheuchen versucht. Sie tatschte noch einmal, fand endlich Willys

Wange, fuhr mit einer Zärtlichkeit, die weiß, daß nichts mehr auf sie folgt, dort entlang, bis sie mit ihren Fingerspitzen das kalte Gallert seines Ohrläppchens erreichte. Dann ließ sie die Hand wieder sinken und trippelte vorsichtig zwei, drei Schritte zurück.

Achim dagegen machte einen großen Schritt nach vorn, zu Willy hin. Einer klopfte dem anderen auf die Oberarme, und das wirkte doch recht seltsam, denn die Unterschiede in ihrem Äußeren waren nun noch stärker ausgeprägt als früher: Hier der kräftige, sportliche Willy – und da der schmächtige, windschiefe Achim, spacke Arme hatte der und ein schmales Gesicht, das von schnurgerade hängenden Haaren gerahmt war, von dünnen Gardinen, die zu flattern begannen, sobald ein Lüftchen ging.

Aber keine Zeit für Willy, sich Achim länger zu widmen, denn nun ging es Schlag auf Schlag; Marieluise Wehle und ihre Tochter Catherine kamen heran und wollten auch begrüßt werden.

Sie war Ruths beste Freundin, Marieluise, und sie hatte Ruth auch schon in den Arm genommen. So blieb sie stehen, lange, sie schien Willy gar nicht zu bemerken, da raunte er von der Seite: »Hallo Em-El.«

Sie hob kurz die Augenbrauen, und Willy fiel ein, Marieluise mochte diese Anrede nicht, sie fühlte sich durch sie immer veralbert.

Er dagegen, der das Em-El vor einer halben Ewigkeit in bierseliger Stimmung erfunden hatte, war stolz auf die dreifache Bedeutung, die darin steckte, und nicht minder auf die Ironie, die, wie er meinte, daraus quoll. »Em und El«, hatte er Marieluise damals mit schon schwerer Zunge erläutert, »das sinn erstnnss die Anfanggssbuchstaam deinner eigntlch zwei Vornaaamm. Zweihtnnss«, er kicherte, »issess die Abkürzunng vn Marxsmuhs-Leniensmuhs. Uun drittnns«, er schaute sie so schelmisch an, wie es ihm in diesem Moment noch möglich war, »klinktss irgnntwien ähgyyptsch, finssduu nich?«

Nein wirklich, hatte Marieluise gestöhnt, das sei so primitiv, daß sie gar nicht darauf antworten werde. Alkohol hin oder her, sie fand, Willy mache ihre Liebe zu Aziz, ihrem ägyptischen Mann, lächerlich, und das wollte sie nicht zulassen, denn diese Liebe, die war doch eine große Geschichte! Und hatte diese große Geschichte nicht sogar bei Willy begonnen?

Zu Hause bei den Werchows, da saß nämlich auf einmal dieser Aziz, der von seinen Leuten nach Gerberstedt geschickt worden war, damit er im großen Druckbetrieb »Aufbruch« ein halbes Jahr mit dem Produktionsdirektor mitlief, auf allen Wegen begleiten sollte er Willy, und danach sollte er die moderne Druckerei leiten, die von der DDR am Nil hochgezogen wurde.

Sie verliebte sich im Nu, denn Aziz war sicher und sanft zugleich, nicht nur eines von beiden wie all die anderen, die ihr, der jungen Ärztin, bis dahin den Hof gemacht hatten, und außerdem hatten die auch nicht solche Haut gehabt wie Aziz, so was schimmernd Dunkles, über das Marieluise, ganz entgegen ihrer zurückhaltenden und kritischen Natur, bei der erstbesten Gelegenheit mit Fingern und Zunge fuhr, wohltuend warme und glatte Bronze war das, die sie schon am ersten Abend, wahrlich am allerersten, wer hätte das gedacht von dieser Marieluise, verzückt in sich hineinfließen ließ, durch die Mitte nach überallhin.

Sie heirateten und gingen nach Kairo. Wo das Märchen endete? Einerseits ja. Marieluise, die praktizieren wollte, wartete endlos auf behördliche Genehmigungen, so lange, bis sie an Absicht glaubte, an stumme Verweigerung einer entgegen den offiziellen Verlautbarungen noch patriarchalischen Gesellschaft, und sie nach Gerberstedt zurückkehrte. Andererseits endete das Märchen aber auch nicht, denn die beiden ließen sich keineswegs scheiden, und Aziz blieb auch genau so, wie er gewesen war, sicher, sanft und bronzefarben. Zweimal im Jahr, im Sommer und zu Weihnachten, besuchte er Marieluise, und stets führte er wertvolle Geschenke mit sich, als da waren Gold, Südfrüchte, bemaltes Papyrus, aber das größte Geschenk, das allergrößte, das er ihr jemals gemacht hatte, war natürlich das Kind, von dunklem Schimmer wie er selber, nach Marieluises Berechnungen gezeugt am Ufer der leise rauschenden Schorba, auf deren Grund sie seitdem, wenn die Sonne im richtigen Winkel stand, statt Steinen, rostigen Henkeln und Fahrradklingeln fürwahr goldene Helme, Löffel, Schalen, Armreifen und Colliers aus dem Tal der Könige blinken sah; Ramses, Thutmosis und Aziz höchstselbst wachten über sie, die also gar nicht so allein war, wie Willy in seiner Einfalt glaubte, in der grauenhaften Selbstsicherheit desjenigen, der nicht weiß und nie wissen wird.

Sie drückte ihm distanziert die Hand und sprach ihm in förmlichen Worten ihr Beileid aus. Währenddessen kamen von unten weitere Gäste herauf, langsam und gebeugt die meisten, mit Baumrindengesichtern, es waren die Nachbarn aus der kleinen Siedlung, in der das Haus der Werchows stand, Willy kannte sie alle. Ihnen folgte ein Trupp ebenso alter, doch sich gerade haltender Männer und Frauen, denen er noch nicht begegnet war. Es konnte sich aber nur um Rudis Wanderfreunde handeln, das sah er an den Stöcken in ihrer Hand, die über und über mit bunten Stocknägeln bepflastert waren.

Es wimmelte nun schon vor schwarzgekleideten Gestalten; bloß ein abseits stehender Mann sorgte für einen Farbtupfer, Heiner Jagielka, Rudis letzter Nachbar. Er trug eine blau-rot karierte Baumwolljacke und eine blaue Cordhose, die an den Knien glattgescheuert war wie polierter Speckstein. Arbeitsklamotten waren das, eindeutig, da wollte er bestimmt was zeigen damit, da wollte er garantiert ausdrücken, er sei schwer beschäftigt und müsse gleich weiterrackern nach der Zeremonie. Willy erschien das seltsam, denn Heiner Jagielka, Gärtner in Diensten der Stadt, hatte zwar die Blumenrabatten Gerberstedts zu pflegen, aber das waren ja wohl nicht viele. Wenn man's genau bedachte, waren das jetzt im November gar keine Rabatten, nur lumpige, klumpige Erde war's.

Aber dort steht doch …! Hinter dem etwas dubiosen Jagielka meinte Willy plötzlich jemanden entdeckt zu haben, den er niemals hier erwartet hatte. Täuschte er sich auch nicht? Er trat einen Schritt zur Seite, um sich zu vergewissern. Und tatsächlich, vielleicht zehn Meter entfernt ließ Herbert Rabe sein Eulengesicht blicken, rund und schwer, mit Augen, die von großen dunklen Kreisen umschlossen waren, minutenlang konnten diese Augen stillstehen – um dann mit einem Ruck jemanden gnadenlos zu fixieren. Willy stürzte zu Ruth, vergessend, daß sie ganz versunken war in ihrer Trauer: »Rabe ist hier, stell dir vor! Daß er es wagt …!«

Ruth machte eine langsame, grazile Bewegung, bei deren Anblick jeder, der es nicht sowieso wußte, eine Ahnung davon bekam, wie anmutig sie sein konnte. Sie drehte sich, bis sie Rabe im Blick hatte. Ihr schmaler Körper erbebte und drängte nach vorn. Aber gleich erstarrte sie wieder. Kein mühsames Ansichhalten war das, vielmehr ein sofortiges Verpuffen der Bewegung wie bei einem dilettantisch in Schwung gebrachten Kreisel. Rabe indes nutzte die Sekunde des Blickkontakts, um Willy und Ruth verschwörerisch zuzublinzeln. Nun sogar auf sie zuzugehen. Förmlich verneigte er sich vor ihnen. »Genossin Werchow«, er drehte den Kopf zu Ruth, »Genosse Werchow«, Kopf zu Willy, »ich möchte euch mein tief empfundenes Beileid aussprechen, persönlich, als Betroffener sozusagen, denn mich hat, wie ihr sicher wißt, einiges mit eurem Vater verbunden.«

Ruth sagte leise, aber doch entschieden: »Ich bin keine Genossin, Herr Rabe.«

Ein breites Lächeln zauberte Rabe da auf sein Gesicht. Man hätte es herzlich nennen können, wenn seine Augen Ruth nicht so starr ins Visier genommen hätten: »O ja, Verzeihung, ich vergaß das. Aber«, er machte eine kleine Pause, »Sie nehmen mir meinen Fehler doch nicht übel, Frau Werchow?«

Ruth senkte den Blick.

Willy nickte Rabe fast beflissen zu, jawohl, das tat er. Ruth sah es nicht direkt, mußte es aber dem verräterischen Schwingen seines Oberkörpers entnehmen, in dem sich das Nicken fortsetzte. Sie schloß die Augen; und eine Sekunde später war Willy selber peinlich berührt. Wie kannst du nur? Wie kannst du dich nur mit Rabe einverstanden erklären? Eine weitere Sekunde darauf beruhigte er sich mit dem Gedanken, das sei schon recht so, denn was nützte es, wenn er hier Krawall schlug, man mußte die Situation berücksichtigen, und die Situation war nun einmal die, daß eine Trauerfeier bevorstand und Ärger zu vermeiden war, im Sinne Rudis, der ein schönes und harmonisches Begräbnis unbedingt verdient hatte.

Und nun erschien auch die Friedhofsmitarbeiterin, eine dickliche Frau in einem langen glockenförmigen Rock. Die Gäste nahmen langsam ihre Kränze auf und formierten sich wortlos zu einem Zug, vorn Willy und Ruth, dann die Kinder, dann die Felgentreus und die Wehles, dahinter die properen sowie die wackligen Alten, und am Schluß Jagielka und Rabe, dieses ausgesprochen ungleiche Paar; ein gerader, von löchrigen Laublappen bedeckter Weg tat sich vor ihnen auf, schwarze, dampfende Baumgerippe, wie verkohlt und abgelöscht, standen Spalier. Die dickliche Frau schritt so starr und gemessen zwischen denen hindurch, daß unter ihrem Glockenrock keinerlei Bewegung erkennbar war, kein Fußsetzen, wie eine Halmafigur schob sie sich voran, der Kapelle entgegen.

Willy wandte sich, bevor er die Kapelle betrat, noch einmal um, reckte den Hals und überblickte die vielleicht 30 Gäste und den Weg bin zum Friedhofseingang hin. Aber nichts, sein Bruder Bernhard kam ihnen auch nicht in letzter Minute nachgelaufen.

*

Der Trauerredner war ein mittelgroßer, mittelschwerer Mann mit mittelblonden Haaren, dessen Konturen den Anwesenden nicht erst Stunden oder Tage später, in der Erinnerung, verschwammen, sondern jetzt schon, noch während sie ihn ansahen. Einzig ein rubinroter Siegelring, den der Nichtgesichtige am kleinen Finger seiner linken Hand trug, ließ aufmerken: Barg also selbst dieser Mensch irgendein Geheimnis, oder zumindest eine Sehnsucht.

»Liebe Söhne Willy und Bernhard«, hob er an, nicht wissend, daß Bernhard fehlte, »liebe Schwiegertochter Ruth, liebe Enkel Erik, Matti und Britta, verehrte Trauergäste, Rudolf Werchow ist tot. Wir sind fassungslos in unserem Schmerz. Und einige von uns, jene, die Rudolf, oder Rudi, wie sie ihn liebevoll nannten, besonders nahestanden, werden den Schmerz vielleicht noch lange spüren. Doch wie schon ein Sprichwort sagt: Der Tod ist nicht schlimm zu achten, dem ein gutes Leben vorangegangen. Und Rudolf Werchow, das kann man mit Fug und Recht behaupten, hat ein gutes, ein erfülltes Leben geführt. Hineingeboren in finstere Zeiten, hat er der Finsternis in seiner Nähe keinen Raum geboten ...«

Hat er doch, widersprach Willy bei sich, sogar in regelmäßigen Abständen, ich hab's doch erfahren. Feste hat er mich verwamst, wie ein Kotelett hat er mich geklopft, und ohne erkennbaren Anlaß, reineweg nach dem Kalender, alle drei bis vier Wochen; denn mag er noch so fortschrittlich gewesen sein in seinem ganzen Denken und Handeln, was ein festes Kotelett ist, das muß bearbeitet werden, so hatte er's einst gelernt. Willy sah sich noch einmal als Junge in der Küche stehen, sah vor sich den beigefarbenen Tisch mit der eingelassenen dunklen Linoleumplatte. Mit entblößtem Hintern hatte er an den heranzutreten, ganz nahe, so daß sein Glied an den runden Holzgriff der Besteckschublade schlug, eine angenehme Berührung eigentlich, die ihn dennoch ekelte, wegen der Spuren von Margarine, Kartoffelschalen, faulem Obst, wegen all der Rückstände, die seine Mutter mit ihren klebrigen Hausfrauenhänden an dem Knauf schon hinterlassen hatte.

Er mußte sich auf die Platte stützen und die mit hornhautüberzogener Hand geführten Hiebe Rudis empfangen und außerdem, wie zur Garnierung, noch kurze Schmitzer mit den Kuppen von Zeige- und Mittelfinger. Doch was heißt außerdem – da die Kuppen stahlhart waren, schmerzten ihn gerade diese Wischer am meisten, nicht nur am Körper, auch in der Seele, denn gemein waren sie, gemein gerade wegen ihrer scheinbaren Flüchtigkeit.

»... wenn wir heute zurückblicken«, fuhr der Redner fort, mit der Hand vage nach hinten weisend, wo nichts war außer einer dunkelgelben Wand, »so sehen wir aber nicht nur einen Mann, der unbeirrt seinen Weg ging. Vielmehr trat er auch für andere ein. Besonders für die Schwachen, die Mutlosen. Auch für ihre bessere Zukunft kämpfte er. Nein, Rudolf Werchow gehörte wahrlich nicht zu denen, die jene früheren Zustände hinzunehmen gewillt waren. Und genausowenig gehörte er zu denen, die nicht erkannten, daß man Bündnisse schmieden muß, um diese Zustände zu ändern. Vorbildhaft sprang er über seinen Schatten. Ungeachtet früherer Meinungsverschiedenheiten, die durchaus auch einmal handgreiflicher Natur sein konnten, setzte er hier bei uns in Gerberstedt die Einheit der Arbeiterbewegung in die Tat um. Und dies in einer unheilvollen Zeit, in der Zeit des Hitlerfaschismus ...«

Handgreiflichkeiten? wiederholte im stillen Clara Felgentreu, man höre nur, Handgreiflichkeiten, na, jetzt konnte sie schmunzeln über diese Beschönigung, die das doch war; aber damals hatte sie nicht selten aufschreien müssen, damals war sie zum grashüpfergrünen Apothekerschrank gerannt, wenn ihr Mann Franz und Rudi ins Gerberhaus gewankt kamen, blutüberstömt, manchmal einer den anderen schleifend wie einen großen Kartoffelsack, und zwar ins Gerberhaus, immer ins Gerberhaus, weil das nahe beim Sportplatz stand, wo sich, es hatte was Rituelles, ihrer beider Trupp, der sozialdemokratische, traf, dem zwei weitere Trupps gegenüberstanden, der kommunistische und der nationalsozialistische, freilich nie gemeinsam, immer nur einzeln, denn auch diese beiden Bataillone hieben kräftig aufeinander ein, in dem einen war Herbert Rabe die bestimmende Figur, und in dem anderen? versuchte Clara sich zu erinnern, welchen Namen hatten Franz und Willy denn immer genannt oder gestöhnt, gestöhnt? Auf jeden Fall der Metzger war's, der massigste Mann im großen weiten Gau, bloß wie hieß er denn nun gleich, Gebauer? Krakauer? Schildhauer? Schildhauer!

»... wir Heutigen aber, wir können uns wohl gar nicht mehr vorstellen, wie gefährlich das war. Wieviel Mut es erforderte, den Schlächtern die Stirn zu bieten. Über drei Jahre war der Sozialdemokrat Werchow einer derjenigen, die den von der Gestapo gesuchten Kommunisten Markus Roser, jenen Roser, nach dem heute unsere Erweiterte Oberschule benannt ist, versteckten. Er richtete dazu eine kleine Kammer unter der Dachschräge seines Hauses her. Selbst seine Söhne«, der Redner hob den Blick und tat, als suchte er Willy und Bernhard, »haben dazumal nicht davon gewußt. Und nichts beschreibt Rudolf Werchow besser als die Tatsache, daß er danach kein Aufhebens um seine Heldentat machte. Ja, liebe Trauergemeinde, nennen wir das Kind ruhig beim Namen, es war eine Heldentat. Aber Rudolf Werchow brüstete sich ihrer nicht. Denn seine herausragendste Eigenschaft neben Mut und Tatkraft war seine unbedingte Bescheidenheit. Nie wäre ein großes Wort über seine Lippen gekommen, nie eine Phrase ...«

Herbert Rabe, langgedienter Erster Gebietssekretär der Sozialistischen Einheitspartei Deutschlands, horchte auf: Phrase? Hatte das Bürschchen da vorn eben Phrase gesagt? Und wenn er es gesagt hatte, dann doch wohl, weil er durch die Blume zum Ausdruck bringen wollte, daß andere diese Phrasen dreschen, wir, uns meint er, das mittlerweile übliche, hinterhältige, widerwärtige Zwischen-den-Zeilen-Getue. Und was soll das überhaupt mit Rudis Bescheidenheit? Was weiß denn dieser Redner? Nichts weiß er, unbedingte Bescheidenheit, daß ich nicht lache, die hat Rudi doch nur herausgekehrt, als er nicht mehr hat mitmachen wollen, geradezu kultiviert hat er seine Bescheidenheit, weil sie nämlich perfekt zu seinem Rückzug gepaßt hat. So ist das heute – es muß sich einer nur zurückziehen wie ein verstocktes Kind, schon gilt er als Märtyrer. Dieser Rudi kriegt doch seine letzten Taschen derart mit Lob gefüllt, daß er gleich durch den Sargboden bricht!

»... Mensch sein, menschlich sein: Jeder der hier und heute Versammelten hat das an Rudolf Werchow erfahren. Jeder hat seine unvergeßlichen, zu Herzen gehenden Erlebnisse mit ihm gehabt. Und doch möchte ich an dieser Stelle seine Schwiegertochter hervorheben. Sie, Ruth«, der Redner warf ihr einen mitleidigen Blick zu, »sind mit dem nun Verstorbenen besonders eng verbunden gewesen. Und er mit

Ihnen, das darf ich wohl sagen, da bin ich mir der Zustimmung der anderen Angehörigen gewiß. Denn Ihnen, Ruth, hat er, ohne dazu verpflichtet gewesen zu sein, ein Heim gegeben. Eine Zukunft. Ein Leben in Würde. Ich merke«, der Vortragende schluckte zwei-, dreimal gekonnt, »daß ich an dieser Stelle ins Stocken gerate, denn ich stelle mir vor, wie es Ihnen damals ergangen sein muß. Sie waren mutterseelenallein. Sie hatten Ihre Liebsten verloren …«

Ruth vernahm dies mit wächsernem Gesicht, verknoteten Händen und zusammengepreßten Knien. Rudi hatte vor ihr, der abseits des Trecks Sitzenden, verharrt, und sie hatte völlig stumpf durch ihn hindurchgeblickt; das wußte sie, aber sie wußte es nur von ihm. Viel später nämlich hatte er ihr berichtet, er sei im Heimgehen von seiner kriegswichtigen Arbeit einzig und allein deshalb stehengeblieben, um diesen Blick zu durchbrechen, um in ihren Augen irgendeine Reaktion hervorzurufen; und als aber keine erfolgte, habe er sie angesprochen, denn sie mußte sich doch zu einer Bewegung verleiten lassen, zu einem Zukken der Lider wenigstens, zu irgendwas.

Sie hatte später auch nicht mehr gewußt, was er gesagt hatte, also gab er es ihr wieder, das ganze Gespräch, das keines gewesen war: »Wie heißt du denn?« – Nicht eine Regung. – »Wo bist du her?« – Nichts. – »Bist du allein hier?« – Wieder nichts. – »Wenn du allein bist, kannst du mit mir kommen, hörst du.«

»Das ist mir eigentlich nur so herausgerutscht«, erklärte er ihr, »ich habe einfach noch etwas sagen wollen, denn wenn ich nichts mehr gesagt hätte, wärst du doch weiter wie erstarrt sitzen geblieben.« – »Und danach bin ich tatsächlich mit dir gegangen?« – »Nein, aber du hast mich endlich angesehen.« – »Wie habe ich dich angesehen?« – »Müde. Und gleichzeitig so fragend, was das soll und wie ich das meine, daß ich zu stammeln begonnen habe, meine Frau, die könnte dir was zu essen machen, und wir haben auch zwei Söhne, aber einer, also der Ältere wurde eingezogen, da ist gerade ein Zimmer frei.« – »Und das hat mich überzeugt?« – »Was heißt überzeugt. Meiner Meinung nach hat den Ausschlag gegeben, daß ich linkisch geredet habe. Das war in deinen Augen vielleicht der Ausweis guten Willens. Alles echt, alles sauber, hat dein Instinkt gesagt. Du hast dich dann von mir sogar am Handgelenk fassen und fortziehen lassen, ja, so hat es begonnen mit uns beiden.«

»… Rudolf Werchow«, der Redner schaute noch einmal zu Ruth,

diesmal aber ein wenig verschmitzt, »hat Sie auch später niemals enttäuscht. Er hat Sie sogar mehr als einmal zum Lächeln gebracht, denn er besaß einen untergründigen Humor, mit dem er das Schwere leichter erscheinen lassen konnte. Wie gern – ich darf einmal aus dem Nähkästchen plaudern – hat er zum Beispiel gestöhnt, ach Mädel, wo hammer dich bloß aufgegabelt …«

Ruth kam das steinerne, unter der Regenrinne stehende Bassin in den Sinn. Er habe es mit Quark gemauert, hatte Rudi ihr beiläufig erklärt, und sie hatte gefragt: »Mit Quark?« Einen Moment glaubte sie ihm. – »Nu, 's gab kein Mörtel zur damalchen Zeit, aber Quark, da mußtmer den nehm.« – Wie er das so sagte, glaubte sie ihm noch ein bißchen mehr, sie fragte: »Und das hat so lange gehalten?« – Da schüttelte er endlich den Kopf und sagte seinen Spruch auf: »Ach Mädel, wo hammer dich …«

Jetzt, da sie sich an jene Episode erinnerte, begann ihr Atem unstet und hechelnd zu gehen, sie klang, als stecke sie unter einer Sauerstoffmaske; für die um sie Sitzenden, und vor allem für Willy, war das nicht zu überhören. Und er verstand ihren Gram, wenigstens in gewisser Weise, er dachte, das ist alles wahr, was hier gerade gesagt wurde, ohne jeden Eigennutz hat Rudi sich Ruths angenommen, auch später noch, immer hat er sie verteidigt, und immer war er äußerst nachsichtig, wenn sie sich zurückzog und nicht reden mochte. Willy erinnerte sich nun, wie er selber sich abgemüht hatte, Ruth, mit der er zusammengewesen war und doch auch wieder nicht, das erste Mal ins Bett zu kriegen, wie lange hatte es gedauert, zweieinhalb Jahre, drei? Viel zu lange auf jeden Fall, bei anderen Weibern, die er davor oder dazwischen gehabt hatte, ging es doch auch im Handumdrehen, nur Ruth hat sich immer entzogen, und er argwöhnte, das wäre in Kleinmädchenhaftigkeit, Schüchternheit, Schreckhaftigkeit gekleidete Berechnung, huch und ach und bitte nicht jetzt und bitte nicht so schnell, das kennt man doch, ein Köder der Weiber, damit man erst recht nach ihnen schnappt. Irgendwann wurde er ärgerlich, sehr ärgerlich, aber Rudi, der sonst nicht so viel gemerkt hat bei ihm, hat es ihm angesehen und hat ihn besänftigt, nur ruhig, Geduld, das wird schon noch bei der Ruth, weißt doch, was sie alles durchgemacht hat, sei geduldig mit ihr, Junge.

»… und ist nach dem grauenvollen Krieg konsequent auf seinem

Weg weitergegangen. Rudolf Werchow hat gemeinsam mit seinem alten Kampfgefährten Herbert Rabe die Vereinigung der beiden Arbeiterparteien vollzogen. Ein Jahr war er paritätischer Erster Sekretär der SED-Gebietsleitung. Dann, als er gewiß sein konnte, daß sein Werk in guten Händen lag, kehrte er in seinen alten Beruf des Feinmechanikers zurück …«

Willys Kieferknochen begannen zu mahlen. Jeder weiß doch, es ist ganz anders gewesen. Von Rabe gnadenlos beiseite gedrängt worden ist Rudi, einen Arschtritt hat er verpaßt bekommen von dem und von dessen Hintermännern, und warum? Weil er dieses eher lustige Geschichtchen über Ulbricht und die Eier herausgefunden hatte? Nur der billige Anlaß war das doch, ihn abzusetzen, bloß auf so was gewartet wurde doch damals. Hat also Rabe dem Redner hier, dieser armselige Redner muß informationshalber auch bei Rabe gewesen sein, seine Version erzählt, seine Verdrehung, seine Lüge.

»… und wie gern übte er diesen Beruf aus. Rudolf Werchow, und das, liebe Trauergemeinde, ist beileibe keine Floskel, liebte es, ein Werkstück unter seinen Augen wachsen zu sehen. So nimmt es nicht wunder, daß er dreimal als Aktivist der sozialistischen Arbeit ausgezeichnet wurde. Daß er, obwohl wahrlich nicht begütert, ein Haus baute, welches, wie wir alle wissen, noch heute Wind und Wetter trotzt. Daß er einen Garten anlegte und daraus im Laufe der Zeit ein Kleinod machte. Mancher in Gerberstedt blieb stehen, um es zu betrachten und zu bestaunen …«

Marieluise blickte ein bißchen verträumt, denn sie sah Catherine, ihre damals noch winzige Catherine an einem Frühsommertag mit angewinkelten Ärmchen und Beinchen auf einer Baumwolldecke im Schatten des großen Kirschbaums schlafen. Zuweilen fiel eine Blüte auf das Baby, ohne daß es irgendwie reagierte, nein, nichtmal das leiseste Zucken ging über sein Gesichtchen. Und sie, Marieluise, unterließ es, etwas zu tun. Sie konnte schon darauf warten, daß ein warmer, vom Fluß wehender Wind die Blüte irgendwann vom Kind auf die Decke oder weiter weg pusten würde, und geschah das, dann nickte sie, ihr war, als verfolge sie die vorsichtige, zufriedenstellende Arbeit eines Freundes. Und waren das nicht überhaupt schöne und außergewöhnliche Stunden gewesen? Ruth hatte Geburtstag gehabt und einen kugelrunden Bauch, im Laufe des Tages würden die Wehen einsetzen, hatte sie prophezeit, nach den Geburten der Jungs kenne sie doch schon die Regungen in ihrem Leib, ja, ganz achtsam ließ sie sich neben Catherine auf der Decke nieder. Da erschien Rudi im Garten, mit einem weißen Leinenbeutel, in dem sich die Konturen eines rechteckigen Gegenstandes abzeichneten, seines Geschenkes wahrscheinlich. Nur holte er es nicht heraus. Ein paar Sekunden schaute er sich im Garten um, als sehe er den zum ersten Mal, als habe der bis vor kurzem nicht ihm selber gehört. Rudis Blick huschte über den Gehweg, den er mit unregelmäßig geschnittenen Granitplatten ausgelegt und zu beiden Seiten mit Blumenrabatten gesäumt hatte. Er blinzelte in Richtung der breiten, von ihm gepflanzten Haselstrauchhecke, deren Blätter in der Maisonne silbrig glänzten. Wollte er sehen, ob noch alles in Ordnung war, oder wollte er ein bißchen Spannung erzeugen bei Ruth? Er wischte sich über seine leicht tränenden Augen und wandte sich dem beruhigend dunklen Bassin im Schatten des Hauses zu. Er tunkte seine Hände hinein und befeuchtete mit ihnen seine Augen. Dann nahm er endlich den Gegenstand aus seinem Beutel. Es war eine Geldbörse aus dem Lederwarengeschäft gegenüber seiner kleinen Wohnung, in der er lebte, seitdem er das Haus am Fluß Willy, Ruth und den Jungs überlassen hatte. Ruth öffnete die Börse und fand einen Glückspfennig darin, sie war aufgestanden anläßlich der Geschenkübergabe, und Marieluise sah noch einmal ganz plastisch, wie sie sich erst vorsichtig zu Rudi beugte, um ihm einen Kuß auf die stoppelige Wange zu drücken, und ihn dann doch mit beiden Armen umschlang und ihn mit ihrem Bauch rückwärts ins Stolpern brachte.

»... und welche Freude«, ein seliges Lächeln umspielte die Lippen des Redners, »war es dann für ihn, daß seine Schwiegertochter drei gesunden Enkeln das Leben schenkte. Ihnen, Erik, Matti und Britta, brachte er seine besondere Zuneigung und Fürsorge entgegen. Besonders für Sie fand er immer Zeit. Wie gern nahm er Sie zum Beispiel mit auf seine Wanderungen. Damals mag es Ihnen, liebe Enkel, nicht immer Freude bereitet haben, von Ihrem Großvater in aller Herrgottsfrühe aus den Federn gescheucht zu werden, ja, man berichtet, Sie hätten nicht selten hinter seinem Rücken geflucht. Aber heute«, er blickte zu ihnen, »und ich darf Ihr Schmunzeln als Bestätigung nehmen, heute schon denken Sie bestimmt mit Wärme und Dankbarkeit an diese Momente zurück. Und wie viel mehr haben Sie ihm noch zu verdanken.

Wie viel mehr hat er Ihnen beigebracht. Wir alle blicken zurück und sehen ihn, wie er Erik, Matti und Britta die verschiedenen Apfelsorten in seinem Garten erklärt. Wie er mit ihnen Blumenzwiebeln in den Boden einbringt. Wie er, der Unermüdliche, mit ihnen einen Zaun setzt. Oder auch, wie er mit ihnen hinunter zum Fluß geht und dort …«

… einen Staudamm baut, setzte Matti in Gedanken fort, erst Pfähle, senkrecht und dicht bei dicht wie Milchflaschen im Konsumregal, da darf nichts durchpfeifen, Kinder, da darf nichts zwischenpassen, dann an jeder Seite ineinandergebogenes Reisigzeug vorlegen, mit Draht, mit dem hier, so, so wird das gemacht, befestigen, und schon, da seht ihr, fängt unser Wasser an, sich zu stauen und sich einen Weg aus seinem Bett herauszusuchen, ganz Gerberstedt würde nasse Füße kriegen, wenn wir das jetzt so lassen würden, wollen wir's so lassen? Wollen wir Gerberstedt mal richtig überschwemmen? Ja! ja! ja! schrien sie, und für ein paar Minuten schien es ihnen, als wolle ihr Großvater tatsächlich das Städtchen fluten. Immer weiter schwappte die Schorba auf die Wiesen, Silbergrau legte sich über Grün, mit dem Wasser nach oben getriebene Schlammklümpchen rochen wie rostiges Metall, und Rudi, Rudi schnüffelte und schaute diebisch vergnügt. Seine Enkel indes begannen langsam, sich zu wundern. Zunehmend stiller betrachteten sie einmal den Fluß, einmal den Großvater, das Wasser stieg, er schwieg. Die Ahnung einer Katastrophe überkam sie, aber ihr Respekt vor dem Alten war groß, so warteten sie ab. Er würde schon etwas tun, würde ihnen, wenn es wirklich not tat, ein Signal geben. Und jetzt, da das Wasser die Wiesen und Wege links und rechts der Schorba regelrecht zu überfluten drohte, gab er es: Na los, rief er ohne eine Spur Hektik, ran an den Bau, reißen wir ihn ein. Er knüpfte, mit nicht mehr als zwei, drei Handgriffen, die Drähte auf und sprang aus dem Wasser, das nun wild zu schäumen und zu strudeln begann und erst den Reisig und bald die Pfähle mit sich riß, das komplette Gitter seines Gefängnisses.

»… wir alle sind ärmer geworden, seitdem Rudolf Werchow nicht mehr ist«, der Redner nahm seine Hände vom Pult, führte sie vor seinem Gemächt zusammen, streifte mit seinem Blick die Scheitel der Sitzenden, mit einem Wort, zeigte jedem das nahe Ende seines Vortrags an, »doch um es mit Karl Marx zu sagen: Mag das Leben sterben, der Tod darf nicht leben. Und so wollen wir zutiefst dankbar sein, daß es Rudolf Werchow gegeben hat. Wir tragen ja mit uns, was er uns durch sein Wesen und durch seine Taten geschenkt hat. Er wird weiterleben, in unseren Herzen und unseren Erinnerungen ...«

*

Der Sarg wurde in die Erde gelassen. Er war aus Eichenholz und hatte Griffe aus Goldimitat, alles recht gewöhnlich. Auf dem Deckel aber prangte ein mit weißer Farbe gemaltes Fernrohr. Rudi hatte sich das, als er seine letzten Atemzüge tat, ausbedungen, und als Willy sich recht verblüfft zeigte und Anstalten machte, es seinem Vater auszureden, konnte der seine Worte zwar nur noch mit Mühe sprechen, legte aber, ein letztes Mal, alle Konsequenz in sie: »Ich wünsche das. Du wirst mir diese Bitte erfüllen. Ich bin beinahe mein ganzes Leben daran beteiligt gewesen, solche Geräte anzufertigen, und alle haben funktioniert, das ist das eine. Das andere, mein Sohn, ist, daß ich damit bald auf euch runtergucken kann. Du lächelst. Du hältst das für einen Scherz des Alten. Ist auch einer. Aber nicht nur. Es ist ein bißchen mehr, Willy. Ich habe nie ans Weiterleben der Seele nach dem Tod oder an ähnliche Dinge geglaubt. Gelacht habe ich über Leute, die das tun. Und jetzt liege ich hier und tue es selber. Da staunst du, Junge. Das kennst du nicht von deinem Vater, stimmt's? Aber ich habe Angst, daß tatsächlich nichts mehr kommt. Daß wahr ist, was ich immer gesagt habe. Auf einmal möchte ich, daß da oben noch irgendwas veranstaltet wird mit mir. Ich hätte nichts gegen Geschehnisse im Himmelreich, hörst du. Und gleichzeitig, mein Junge, sagen die Reste meines Verstandes, wie albern, wie enttäuschend. Folgt der Kerl jetzt der puren Erfindung, so schwach ist er geworden. Und weißt du was, ich muß meinem Verstand recht geben. Aber das Wissen um die Albernheit tötet mir trotzdem nicht die Verheißung. Ich bekenne mich dazu, und gleichzeitig schäme ich mich. Und deshalb will ich das Fernrohr. Als Ausdruck meiner Gespaltenheit. Wenn ich, oder ein nicht faßbarer Teil von mir, mal auf euch runterschauen kann, wenn das wirklich möglich ist, dann soll es durch dieses Rohr sein. Durch dieses vollkommen weltliche, von mir selber hergestellte Instrument. Du mußt diesen Wunsch nicht verstehen, Willy, aber du wirst ihn respektieren. Also ein Fernrohr, weiß, und schräg gestellt, so daß es nach unten zeigt, wenn es oben im Himmel hängt.«

Willy trat auf die Holzbohle, die den Grubenrand bedeckte. Anders als insgeheim befürchtet, mußte er sich nicht zum Augenniederschlagen, zum Kopffallenlassen, zum Innehalten zwingen. Das Herz war ihm nun doch schwer. Er bückte sich langsam, streckte die Hand, in der er eine weiße Winteraster hielt, nach unten und öffnete vorsichtig die Finger, als könne er durch seine Achtsamkeit den Fall der Aster verkürzen und ihr hartes Aufschlagen vermeiden. Nach ihm Ruth. Ihre Winteraster rot. Sie hielt sie mit beiden Händen umklammert, umfaßte sie wie eine Wanderin die Brüstung der Aussichtsplattform, die ihr Schwindelgefühle verursacht. Und sie zitterte auch, während sie auf den Sarg schaute. Plötzlich entfuhr ihr ein hohes, sirenenhaftes Jaulen. Sie begann, mit ihren Stöckelschuhen unrhythmisch, rasend, furienhaft auf die Bohle zu trampeln, wollte sie Rudi wiedererwecken? Ihre Tritte klangen, als schieße jemand wild um sich. Dann, mitten in ihrem entsetzlichen Tanz, rutschte Ruth mit einem Fuß von der Bohle. Ihr anderes Bein knickte ein. Sie vermochte sich nicht zu halten, sie drohte, vornüber in die Grube zu stürzen. Willy und Erik umfaßten sie von hinten und zerrten sie zurück. Aber Ruth drängte wie von Sinnen erneut nach vorn, wand sich in den Armen der beiden, warf ihren Kopf hin und her und mit ihm ihren Schleier, der etwas verzögert, und fließender, ihren wilden, ruckartigen Bewegungen folgte. Dabei schrie sie, »laßt mich, laßt mich«, erst laut, dann immer leiser werdend. Schließlich verfiel sie in ein nur für die Umstehenden hörbares Wimmern, eine Art Bibbern, wie man es von frierenden Kindern kennt. Und das verebbte auch nicht, als die anderen Trauernden, die ans Grab Tretenden, ihre Blumen oder ihre Erdkrumen hinabfallen ließen, ein jeder auf seine Art. Erik so gewissenhaft, daß seine Lilie gar nicht anders konnte, als genau auf der Mitte des Sarges, über dem Fernrohr, zum Liegen zu kommen. Matti mit weit ausholender, weicher Geste, dank der seine Erde, er fand, in der Erde stecke viel mehr Bedeutung als in irgendwelchen Schnittblumen, auf der gesamten Länge des Sarges herabrieselte. Britta mit schnellem, abruptem Armausstrecken, so daß ihr die Lilie entglitt und in hohem Bogen an die gegenüberliegende Grubenwand prallte, von wo sie auf die Abschrägung des Sargdeckels fiel, und von da, leise schleifend, auf den schwarzen Erdboden. Marieluise Wehle verbeugte sich respektvoll und nicht ohne Eleganz. Clara Felgentreu am Arm ihres Sohnes wandte ihr Gesicht fragend zu diesem und rieb nach seinem zustimmenden Brummen die Erde, die er ihr zuvor in die ausgestreckte Hand gelegt hatte, ohne jede aufgesetzte Geste zwischen den Fingern. Herbert Rabe warf seine dunkelblaue Chrysantheme hart wie einen Stein, den es im Sand zu versenken gilt, nach unten, so daß von dort ein peitschendes Geräusch ertönte. Heiner Jagielka schließlich schnippte seine weiße Rose, wo hatte er die überhaupt her in dieser Jahreszeit, diese herrliche Rose, wie einen Jeton beim Roulette von sich. Ruth aber, das sah man jetzt, Ruth hielt ihre Blume noch immer in den Fäusten. Sie stand da wie abwesend, als gehörte sie nicht zu der Versammlung. Niemand hatte gewagt, ihr die Hand zu drücken. Willy packte sie mit sanfter Konsequenz am Ellbogen und führte sie, als wäre er Achim, und sie wäre Clara, noch einmal zum Grab. Dort löste er ihre Finger von der Blume. Ruth ließ es geschehen. Als er sie weglotste, starrte sie ihn an, wie wenn er sie mitten in der Nacht aus tiefstem Schlaf gerissen hätte.

*

Willy lud alle noch zum Leichenschmaus ein. Wanderfreunde und alte Nachbarn schüttelten erschrocken die Köpfe und verabschiedeten sich schnell; vermutlich waren sie von Ruth und deren Veitstanz verprellt worden. Die anderen, nicht minder verstört, machten sich stumm auf den schottrigen Weg zur »Sonne« hinunter. Dort hatte Willy im Seitengewölbe des großen Saals einen langen Tisch bestellt.

Er nahm an der vorderen Stirnseite Platz und rückte Ruth den Stuhl zu seiner Linken zurecht. Neben Ruth, an der Längsseite, saß Britta, und neben der hatte sich verdächtig schnell Jonas eingefunden, dann kamen Clara und Achim. Rechts von Willy reihten sich Erik, Matti, Catherine und Marieluise auf. Aber das waren noch nicht alle. Als man nämlich gerade Platz genommen hatte und die gelangweilt am Gewölbeeingang lehnende Kellnerin, eine vielleicht 40jährige mit Dauerwelle und ledernen Handgelenkbandagen, sich schwerfällig vom Mauerwerk abstieß, um sich in Richtung Tisch zu bewegen, erschien zur Überraschung der Versammelten das ungleiche Paar Jagielka und Rabe. Schon standen die beiden neben Marieluise, schon zogen sie wie selbstverständlich die Stühle zurück. Aus der einen Stille, die eben noch im Raum geherrscht hatte, wurde schlagartig eine andere: Nicht mehr ein Kraftschöpfen war das jetzt, sondern ein Abweisen: Hatten denn diese Eindringlinge gar kein Taktgefühl? Kannten sie nicht den Unterschied zwischen einer tatsächlichen und einer symbolischen Einladung? Vor allem Rabes Erscheinen irritierte Willy. Warum ließ er sie nicht in Ruhe? Wollte dieser Mensch, da ihm Rudi abhanden gekommen war, nun die ganze Werchowsche Sippe demütigen? Jagielka wiederum, der allen hier mehr oder minder fremde Gärtner, erschien Willy einfach nur aufdringlich.

Heiner Jagielka blickte zu ihm hin, spöttisch, wie Willy meinte, aber vielleicht täuschte er sich.

Ruth stierte auf ihren blanken Teller, schabte mit der stumpfen Seite ihres Messers auf der Tischdecke herum.

Clara Felgentreu tastete nach ihrem Besteck, ihr Enkel Jonas tastete sich an Britta heran.

Die Kellnerin brachte die Suppen, begann jedoch unhöflicherweise nicht bei den Frauen, sondern bei Willy, Erik und Matti. Außerdem knallte sie ihnen die Terrinen so hin, daß Flüssigkeit auf die Untertassen schwappte. Und es war ja auch ausschließlich Eierflockensuppe. Willy aber hatte mit dem Chef der »Sonne« ausgemacht, bei jedem Gang wählen zu können: Eierflockensuppe oder Soljanka, Schweinebraten mit Thüringer Klößen oder Schnitzel mit Kartoffeln, Birnen- oder Kirschkompott.

Die Kellnerin, von Willy an die Absprache erinnert, bestimmte: »Erst kommen die Flocken, dann kommt Soljanka.«

»Aber Sie müssen sich doch vorher erkundigen, wer was will«, erwiderte Willy, »Sie können das doch nicht einfach hinstellen, wo es Ihnen paßt.«

»Sie werden es schon untereinander verteilen. Das haben bisher alle geschafft.«

»Sie haben uns zu fragen!«

»Ich habe gar nichts. Ich bin nicht Ihre Sklavin.«

»Sie, Frollein, würde ich auch gar nicht nehmen als Sklavin.«

»Und Sie beleidigen mich nicht!«

Und weg war sie. Fünf Minuten ließ sie sich nicht blicken ... sieben ... zehn. Schweigend sah man auf die drei erkaltenden Eierflockensuppen, unruhig verfolgte man, wie der letzte matte Dampf aus den Tassen stieg.

Plötzlich hieb Willy mit der Faust auf den Tisch, ja wenn er schon nichts gegen die Anwesenheit zweier unangenehmer Menschen an diesem Tisch hier unternehmen konnte, so war er doch wohl imstande, für

Essen zu sorgen, er riß den Mund so weit auf, daß seine bedauernswert verkeilten Zähne nach langer Zeit wieder einmal vom Licht der Welt beschienen wurden, rief, »Jetzt habe ich die Schnauze aber voll«, und stürmte in Richtung Theke.

Drei Minuten später war er zurück, und eine weitere Minute später erschien die Kellnerin mit einem Tablett, darauf Eierflockensuppe und Soljanka, und fragte mit devoter Verbeugung, schräg gehaltenem Kopf, vorgestelltem Bein und breitgezogenem Lächeln, kurz, mit einer so übertriebenen Liebenswürdigkeit, daß alle das schon wieder als Frechheit verstehen mußten: »Dürfte ich wohl bitte erfahren, wer von den Herrschaften unsere Eierflockensuppe wünscht und wer unsere Soljanka?«

*

Sie waren jetzt beim Hauptgericht. Und es schmeckte, schmeckte sogar vorzüglich. Das charakteristisch Thüringische drückte sich aus in der würzigen, den Gaumen buchstäblich kitzelnden Kruste des Bratens; in der riffligen Glasigkeit der Klöße; in den fettgetränkten und gleichwohl rauchigen Bröseln; in dem bißfesten, zwischen den Zähnen zu Creme zerlaufenden Rotkohl; und schließlich in der wohligen Schwere einer Soße, die ihre Grundsubstanz, ordinäres 405er Mehl, perfekt zu verbergen wußte.

Unholde, Banausen wären sie gewesen, wenn sie während so eines Essens, und des unvermeidlich damit verbundenen Trinkens, nicht in erste Gespräche hineingefunden hätten. Zunächst flogen nur vereinzelte, wie verschämte Worte hin und her, dann wurden es mehr, und das Besteck klapperte auch lauter, Gläser klirrten aneinander, alles schien in einer großen Erleichterung zu münden. Es war sogar, als griffe die zunehmende Lockerheit der Runde auf die Kellnerin über. Sie, die eben noch Knarzige, erkannte wohl, daß sie hier nicht mehr die Hauptrolle spielte, und bediente nun endlich so, wie es angeraten war, unauffällig und aufmerksam, nicht zu hastig, nicht zu langsam.

Wer aber traute sich das erste Lachen? Jonas Felgentreu. Vielleicht, weil er schon mehrere Gläser Rotwein geleert hatte, vielleicht aber auch, weil er, als einziger hier, sich in seiner schwarzen Kleidung nicht fremd fühlte. Im Gegenteil, sie war ihm schon wie eine zweite Haut. Er hatte am Morgen, ohne überlegen zu müssen, genau die Sachen angezogen, die er ja immer anzog, Existentialistenklamotten, speckig und knittrig, stoffliche, von ihm mit lässigem Stolz getragene Ausweise seiner Mitgliedschaft im zwar nicht geheimen, aber nun wahrlich auch nicht offiziell geweihten und befürworteten Gerberstedter Dichterkreis »Hurenkinder«. Gerade begann er, diesen Namen seiner Nachbarin Britta zu erklären.

»Hurenkinder, da denkst du garantiert an das eine, stimmt's?«

»Was ist denn das eine?«

Jonas war verblüfft. Er hatte gedacht, sie würde die Augen niederschlagen oder was Unverständliches murmeln. Aber sie lächelte ihn ganz selbstbewußt an.

Weil er nicht gleich antwortete, fragte Britta, sich zu ihm beugend, so daß ihr eine blonde Haarsträhne vor die linke Wange fiel und auch vor ihre linkes Auge: »Na sag mal, woran soll ich denn denken?«

Sie hatte gerade ihren vierzehnten Geburtstag gehabt, wußte Jonas, aber mehr wußte er jetzt nicht. Entweder es steckte in ihr ein Luder, oder sie war das natürlichste Mädchen von der Welt. »An Nutten und ihre dreckigen Bälger«, sagte er, und schob vorsichtshalber ein »ist doch klar« hinterher.

Britta vollführte eine ruckartige Kopfbewegung, so daß ihre Haare für einen Augenblick in der Luft standen und ihr helles Gesicht ganz bloß lag. Aber sie sagte nichts, sie lachte nun sogar, da war er sich sicher, daß sie nur ein Luder sein konnte, gerade vierzehn geworden, diese Britta, und kokettierte schon dermaßen herum. »Warum lachst du?« fragte er genervt.

Da platzte es aus ihr heraus: »Ich lache, weil du denkst, ich hätte keine Ahnung, warum ihr euch so genannt habt.«

»Und du hast aber Ahnung?« Auf Jonas' Stirn, an deren Seiten er sich die Haare wegrasiert hatte, so daß er ein wenig aussah wie der junge Brecht, traten ein paar Schweißperlen.

»Du hast eines vergessen: Mein Vater arbeitet im ›Aufbruch‹. Der hat Drucker gelernt, der schmeißt zu Hause nur so mit Fachausdrükken um sich. Als seine Tochter weißt du automatisch, ein Hurenkind ist die letzte Zeile eines Absatzes, die auf einer neuen Seite oder einer neuen Spalte steht.«

»Was nicht sein darf«, nickte Jonas.

»Und darum habt ihr euch so genannt? Weil ihr so sein wollt, wie man nicht sein darf?«

Er nickte wieder. »Fünf unserer sieben Gründungsmitglieder sind wie du Kinder von Eltern aus der Druckerei. Ist ja logisch, ist ja fast Monokultur hier, gibt doch nichts außer bedrucktem Papier und noch ein bißchen Leder. Jedenfalls, einer von denen ist draufgekommen: Hurenkinder, Leute, das ist's, wir nerven die anderen, weil wir den schönen Eindruck verderben, weil wir alles vermasseln, was irgendwer mal festgelegt hat, aber wir sind trotzdem da, wir tauchen plötzlich auf, lassen uns immer wieder blicken wie aus dem Nichts ...«

Jonas schaute in Brittas Gesicht, das Neugierde ausstrahlte, er sprach immer schneller, geriet in einen Rederausch, hatte gar keine Angst, zuviel zu verraten, nicht nur, weil ihr Vater der beste Freund seines Vaters war, sondern auch, weil etwas ihm sagte, diese Britta würde nichts tun, was anderen schadete, nein, sie war kein Luder, sie war doch vollkommen ursprünglich, wie hatte er bloß daran zweifeln können. »Alles viel zu glatt«, rief er, »alles geschönt, alles nur Parolen, aber wir durchbrechen das, Name ist Programm.« Britta wiederum, Britta war hingerissen von dieser Begeisterung, eigentlich egal, was Jonas ihr so alles im einzelnen erklärte, sein Enthusiasmus zog sie an, das Einnehmendste, was jemand haben kann.

Matti beobachtete die beiden. Wie er Jonas bewunderte für seine Forschheit. Gleichwohl fand er, seine Schwester sei das falsche Ziel. Sie war doch viel zu jung, ein Kind noch, wußte Jonas das nicht? Mißbilligend starrte er seinen Kumpel an. Doch Jonas bemerkte ihn nicht, so wie er erst recht nicht Heiner Jagielka bemerkte, der schon den dritten oder vierten »Goldkrone«-Schnaps trank und dabei Marieluise in ein Gespräch zu verwickeln versuchte – was diese abwehrte, indem sie ihm mit einem stummen Ausfahren ihres Zeigefingers deutlich machte, sie wünsche jetzt lieber, jemand anderem zuzuhören, Clara Felgentreu direkt ihr gegenüber.

Der Blinden wurde von Achim gerade das Fleisch zerkleinert, und währenddessen ganz tatenlos dazuhocken, das war ihr wohl zu dumm, so erzählte sie »Luischen«, was ihr Mann Franz noch erledigt hatte, bevor er gestorben war. »Bevor er dahinging«, wie sie es ausdrückte. »Er hat dem Achim, auch wenn es ihm schon schwerfiel, alles über die Geschichte der Felgentreuschen Gerberei erzählt, was er wußte, und ihm

Teil für Teil die alten Urkunden und Geschäftsberichte, man kann ruhig sagen: überreicht. Das ging drei Abende. Er hat ja schon nicht mehr so lange durchgehalten, nicht wahr, immer nur ein, zwei Stunden. Und stell dir vor, Luischen, da waren Papiere, die sind fast ein Jahrhundert von niemandem berührt worden, die sind in dem Moment zerbröselt, als er sie in die Hand genommen hat, ich hab es hören können, es hat so ... so gefitzelt. Nicht wahr, Achim?« Sie wandte schwerfällig den Kopf zu ihrem Sohn.

»Ja«, bestätigte Achim, wobei er, vielleicht sich erinnernd, daß er jenen Papieren nicht so viele neue hatte hinzufügen können, sich verlegen räusperte.

Plötzlich schien Clara etwas eingefallen zu sein: Ihre Augen ruckten an den Punkt in der unendlichen Dunkelheit, an dem sie Herbert Rabe vermutete, und gleich wieder zurück, ein unergründliches Lächeln umspielte ihren faltigen Mund, auch schon wieder vorbei. »Luischen«, sagte sie, »hör zu, er hat seinem Sohn noch was übergeben, was ihm wichtig war«, wieder dieses kurze Lächeln zu Rabe hin, der nun aufmerkte, der ahnte, daß die Alte gar nicht zu ihrem »Luischen« sprach, »und das hat nicht gebröselt, nicht wahr, das wird nie bröseln. Weil es sehr, sehr hart ist.«

Achim schob ihr den Teller mit dem zerkleinerten Gericht vor die Nase, sie hörte es an dem Schleifgeräusch, suchte, vorerst vergebens, ihr Besteck, erklärte, als hätte sie auf einmal das Interesse verloren: »Ach was, erzähle du, mein Sohn, ich muß jetzt essen. Wer weiß, ob ich in meinem Leben nochmal so etwas kriege.«

»Wovon soll ich erzählen.« Achims Frage war, wenn man genau hinhörte, der Wunsch, jetzt lieber zu schweigen.

»Das weißt du doch«, antwortete Clara, »von dem Knüppel.«

»... Ach ... nun«, hob Achim an, »... na gut. Aber da gibt's eigentlich gar nicht so viel zu erzählen, Marieluise. Mein Vater hatte ja von früher noch einen Gummiknüppel. Den hat er mir dann irgendwann übergeben.«

Clara wartete, ihr Besteck nun endlich in den Händen haltend, daß er fortfuhr. Als sie gewahr wurde, er tat es nicht, runzelte sie die Brauen und fragte Achim wie eine Staatsanwältin einen Zeugen: »Und wie sah dieser Knüppel denn aus?«

»Außen Leder, innen ... innen Blei«, brummte Achim, verstohlen zu

Willy blickend. Es war dessen Feier. Er hatte wirklich kein Interesse, ihm jetzt irgendwelche Probleme zu bereiten.

»Und was befand sich auf dem Leder?«

Ach, ihr Achim wollte wohl partout nicht antworten, da tat sie es selber, ihre zittrigen Fäuste umklammerten derweil Messer und Gabel, die wie windgeschüttelte Standarten nach oben ragten. »Blut, altes. Vor allem an den Kanten war es heruntergelaufen«, berichtete sie triumphierend, während Herbert Rabe, sich an gewisse ihm zugefügte Wunden erinnernd, seinen Oberkörper an die Stuhllehne drückte. »Es ist nämlich kein runder Gummiknüppel gewesen, mußt du wissen, Luischen, sondern einer mit drei Kanten. Und an den Kanten«, wiederholte Clara genüßlich, »da ist natürlich das Blut heruntergelaufen, das ist nicht anders als beim Wasser, das sich auch immer die Ecken sucht, wenn es an irgendeinem Klinkerstein herunterrieselt, nicht wahr.«

Stille trat ein.

Achim dachte an die damalige Übergabe. Sie hatte etwas Übertriebenes gehabt, etwas unpassend Zärtliches und Weihevolles, das er nicht so recht nachvollziehen konnte: Sein Vater legte ihm den Knüppel, mit dem er einst ehrenvoll gefochten hatte, nicht etwa auf den Tisch, denn bitte, dies war keine Zervelatwurst, die er gerade im Konsum gekauft hatte, sondern beließ ihn in der Luft, bis Achim halbwegs die Tragweite des Augenblicks verstand und das Ding, so, genau so sollte es ja wohl geschehen, von unten ergriff, es auch nicht gleich wegzog, sondern dem Alten die Chance bot, es langsam loszulassen, sich angemessen zu verabschieden von dem Utensil, dem längst museumsreifen.

Herbert Rabe stemmte seine Sohlen lautlos auf das Eichenholzparkett des Gewölbes, so daß es leicht nachgab und ein kurzes Knarren ertönte. Seine dunkel umringten Augen starrten indes wie unbeteiligt geradeaus, wo nur ein leerer Stuhl stand.

Matti wiederum ließ seinen Blick verstohlen am Hals seiner Nachbarin Catherine entlangstreifen, der aus purer Bronze zu sein schien, so wie Catherine überhaupt ganz der Vater war: ihre schwarzen Haare, die sie sich, mit beiden Händen zugleich, gern hinter die Ohren strich, ihre feingliedrigen, an den Gelenken tiefbraunen Finger, ihre weichen, sicheren Gesten – alles von Aziz. Völlig anders als ihre wilde, fröhliche Freundin Britta war sie, sanfter, zurückhaltender. Plötzlich mochte Matti Catherine berühren. Aber sogleich unterdrückte er seinen Wunsch wieder, unsittlich erschien der ihm, schmierig sogar. Er konnte nicht vergessen, wie dieses Mädchen noch im Sommer heulend im Garten der Werchows herumgerannt war. Matti hatte dort gelegen und gelesen, eines der Bücher, die sein Vater aus dem »Aufbruch« heimbrachte, ohne sie dann eines Blickes zu würdigen, und Britta und Catherine hatten im Auftrag Ruths Kirschen ernten wollen. Sie steigt also auf die Leiter, Catherine, gar nicht hoch, nur zwei oder drei Stufen, und versucht, zur Seite zu langen, da ratscht die Leiter auf die entgegengesetzte Seite und fällt um. Dem Mädel ist nichts passiert, das sieht man, doch wie gesagt, plötzlich fängt es hilflos an zu weinen. Er hat es in den Arm nehmen müssen wie ein kleines Kind ... Nein, sagte er sich noch einmal, nein.

Und Heiner Jagielka, was tat jetzt der? Noch einen Schnaps kippte er, dann unternahm er einen weiteren Versuch, mit Marieluise ins Gespräch zu kommen. Er deutete auf das goldene Amulett mit den gewölbten Zwillingen vor ihrer Brust und fragte, »ob es sich dabei vielleicht zufälligerweise um das Tierkreiszeichen der gnädigen Frau« handele.

»Zufälligerweise ja«, sagte Marieluise. Sie bedeckte mit einer Hand das Amulett, als müsse sie es vor Jagielka, der offensichtlich ein Säufer war, schützen.

»Oh, Sie haben Angst, gnädige Frau, Sie denken, ich hätte schon zuviel getrunken«, sagte Jagielka mit überraschend klarer Stimme.

»... Nein ... nein«, stotterte Marieluise.

Er nahm es generös auf und sagte dann kennerhaft: »Ein schönes Stück. Ausgesprochen sauber geprägt. Dürfte ich wissen, woher Sie es haben?«

Nein, wollte Marieluise antworten. Seit ihrer Rückkehr aus Ägypten vermutete sie nämlich, ihre andauernde Verbindung dorthin riefe doch nur Neid bei den Mitmenschen hervor. Sie bildete sich ein, keiner glaube an Liebe und jeder an Berechnung, und täuschte sie sich da vielleicht? In den schmalen Gassen des Städtchens tuschelte man, erst habe sie es nicht ausgehalten mit ihrem Aziz, sonst wäre sie ja wohl nicht Hals über Kopf von ihm geflüchtet, und nun nutze sie ihn mit weiblicher Durchtriebenheit aus und bringe ihn dazu, ihr immer mehr Geschenke zu machen. Freilich sagte ihr das niemand ins Gesicht. Im Gegenteil, voller Liebdienerei bevölkerten die Gerberstedter, auch die gar nicht so kranken, Marieluises Sprechstunde – mit der Unterwürfigkeit derer, die einen Hauch Exotik erhaschen wollten, ausgerechnet hier in ihrer Praxis, zwischen Türmen von Mull, auf halb durchgescheuertem Pritschenleder, unter kalt blinkendem Stethoskop. Empört hochgefahren wären sie alle, hätte sie jemand mit ihren Wünschen konfrontiert, ganz ehrlich empört, denn sie wußten ja selber nicht, welche Umwege diese Wünsche nahmen, an welch unschuldige Stellvertreterin sie sich gerade hefteten.

»Aus Ägypten, denke ich mir«, so antwortete Heiner Jagielka sich selbst.

Marieluise horchte in seiner Stimme nach irgendwelchen Anzeichen von Mißgunst. Aber da waren keine. Da war ein anderer Unterton, einer, über den sie nur rätseln konnte.

»Es steht Ihnen sehr«, schmeichelte er nun, »es ist ein einmaliges Stück. Und trotzdem, gnädige Frau, meine ich, so etwas könnte hier vielleicht öfter zu sehen sein.«

Sie hatte keine Ahnung, worauf er hinauswollte, skeptisch starrte sie ihn an. Da beeilte er sich zu versichern: »Es würde ja die Einmaligkeit nicht verringern, wenn man es«, jetzt übertrieb er aber langsam seine Schmeichelei, »nicht nur an Ihrem schönen Hals bewundern könnte. Zumal es zwölf Tierkreiszeichen gibt, wenn ich nicht irre. Ein Zwilling begegnet auf der Straße nicht so vielen Zwillingen, ein Skorpion nicht so vielen Skorpionen, Sie verstehen, gnädige Frau?«

»Nicht im geringsten.«

Jagielka beugte sich vertraulich zu ihr: »Es ist auch nur so eine Idee, die mir gerade durch den Kopf geschossen ist. Ich bin da machtlos. Manchmal zerstechen mir die Ideen, Sie werden vielleicht sagen, nicht Ideen sind das, sondern Verrücktheiten, ganz egal, meinetwegen die Verrücktheiten zerstechen mir den Kopf, raus in die Welt wollen die, und ich kann nichts dagegen tun, gar nichts.« Beinahe in ein Jammern war er verfallen.

»Sie schweifen ab«, sagte Marieluise. »Vielleicht sollten Sie mir einfach mitteilen, was Sie wollen.«

Jagielka schlenkerte ein wenig mit dem Körper hin und her. »Ich weiß nicht ... aber wenn ich nun schon davon angefangen habe ... nun, mir ist die Idee gekommen, daß man das Herz noch so mancher Frau erfreuen könnte, wenn man, also wenn Herr Aziz noch mehr dieser Goldstücke hierher expedieren ...«

»Was denken Sie sich!« unterbrach ihn Marieluise.

»... Moment«, Heiner Jagielka hob besänftigend die Hände, »verstehen Sie mich nicht falsch: Es wäre natürlich etwas ganz anderes als bei Ihnen, es wäre ein Geschäftchen. Gewiß, ein Geschäftchen, nicht mehr und nicht weniger. Herr Aziz bringt die Amulette, Herr Jagielka vertreibt sie ...«

»Und ...«, wollte ihm Marieluise abermals in die Parade fahren, aber er setzte schnell fort, »... und davon haben wir alle was. Sie werden sich vielleicht fragen, was soll der Herr Aziz denn kriegen außer Aluchips, aber da kann ich Ihnen versichern ...«

»Jetzt reicht es«, erklärte Marieluise mit leiser Schärfe. »Sie brauchen mir gar nichts mehr zu versichern, ich will mit Ihren ... Ihren Geschäftchen nichts zu tun haben und mit Ihnen ... Ihnen als Person auch nicht, Herr Jagielka, so!«

Heiner Jagielka aber wußte, wann und wie er zurückzurudern hatte. Warum auch unnötige Feindschaft aufbauen? »Ein Wort noch, gnädige Frau, ein kleines Wort. Es lag mir wirklich fern, Sie in Ihrer Seele zu verletzen. Wenn das dennoch geschehen sein sollte, so bitte ich Sie sehr, es zu entschuldigen. Die Ideen«, er griff sich plötzlich an den Kopf, als schmerze der fürchterlich, »meine Verrücktheiten, ach, was soll ich machen, was soll ich bloß machen ...«

Marieluise verzog den Mund; und sicher hätten sie und Jagielka ihrer Unterhaltung noch eine Weile stumm nachgehangen, wenn da nicht ein massiger, in einen langen Lodenmantel gehüllter Mann am Eingang des Gewölbes erschienen wäre, der Willy Werchow wie aus dem Gesicht geschnitten war.

*

Willy, in dessen Rücken der Ankömmling stand, begriff es als Letzter, begriff es auch nur, weil plötzlich alle in seine Richtung blickten. Er drehte sich um – und das war Bernhard! Das war sein Bruder! Mit dem hatte er überhaupt nicht mehr gerechnet. Den hatte er schon abgeschrieben. Und jetzt, da der doch noch eingetroffen war, spürte er eine größere Enttäuschung als zuvor: Der war ja verspätet hoch drei. Der hatte das Begräbnis ihres Vaters verpaßt. Daß Bernhard jetzt hier noch auftauchte, nach der Zeremonie, erschien Willy sogar schlimmer, als wenn er gar nicht mehr aufgetaucht wäre. Zornig schaute Willy ihn an.

Zeigte der Saumselige die angemessene Demut? Übte er sich in Buße? Legte er irgendein Bekenntnis seiner Schuld ab? Nichts. Vielleicht, wer weiß, hätte er es getan – wenn er von Willy nicht vor aller Augen abgestraft worden wäre. So aber hieb er seinem Bruder wortlos und mit entschlossenem Gesichtsausdruck auf die Schulter, drückte Ruth einen Kuß auf die Wange, klopfte auf den Tisch, um die anderen zu begrüßen, und sagte so laut, daß jeder es verstehen konnte: »Willy, das glaubst du nicht, was mir an der Zonengrenze passiert ist, weil das geht auf keine Kuhhaut! Daß man sich so was gefallen lassen muß.«

Herbert Rabe stutzte, er mit seinem wachsamen Ohr ahnte, die Stimme des Klassenfeindes zu vernehmen, direkt hier war sie ertönt.

»Leg erstmal ab«, schlug Willy vor.

Bernhard schälte sich aus seinem schweren Mantel, aber er war nun in Fahrt, er wollte alles loswerden, was ihm geschehen war, und schon dröhnte seine Stimme von neuem durchs Gewölbe: »In aller Herrgottsfrüh bin ich daheim los, es war noch nicht einmal um drei, denn ich hab mir schon gedacht, daß man sich auf einiges gefaßt machen muß – aber das, ich muß schon sagen, das kann sich kein Mensch vorstellen. Die brauchen eine halbe Stunde, um meine Papiere zu kontrollieren, damit geht's schonmal los, und wie ich mich beschwer, sagt einer: Se müssn schon ä wähnsch Geduld in Ihrm Gebägge mitführn, Herr Werrschoh, je ungedultscher Se werrn, um so längor dauorts ...«

Jonas und Britta lachten, Matti schmunzelte, Erik blieb ernst – was Bernhard aber alles nicht wahrnahm, ließ er doch, noch immer stehend, seine Wortkaskaden weiter auf die Runde herabstürzen: »Ich sage, ich will auf eine Beerdigung, auf die Beerdigung meines Vaters meines eigenen will ich, und ich will nicht zu spät kommen, verstehen Sie. Aber das scheint die Strolche überhaupt nicht zu interessieren. Ich soll meinen BMW ausräumen. Ich hab ja nicht viel Gepäck, ich denk, da sind sie schnell mit durch. Aber kruzifix, nochmal zwei Stunden hat's gedauert, und wißt ihr warum? Wegen einer Ananas! Aufstechen tun sie die, ich werd nicht wieder, als sie in der rumfuhrwerken, ich frag, was soll denn das? – Nu, Herr Werrschoh, s hat schon Bürscher Ihres Landes gegähm, die dachden, sewährn ganz gluuch, wennse irschendwelche Hetzschrifden innor ausgehöhlden Ananas debbonіern. – Ich sage, das ist doch verrückt, ich habe keine Hetzschriften, ich will zur Beerdigung meines Vaters. – Aborrne Ananas hammse, norr? Oder wollnse das beschdreiden? – Ich habe eine Ananas, weil es bei Ihnen diese Frucht nicht gibt, rufe ich, sie ist für die Familie meines Bruders gedacht. – Aborr wär sachd uns, daß Ihre Ananas ooch würklisch zum Verzähr beschdimmd is? Se müssen uns schon zubillschen, daßmorr die von Ihnen eingeführde Ware nisch so ohne weideres bassiern lassen gönnen. – Isch sahche es Ihnen, isch, Pernhart Werrschoh, sächsele ich, um ihnen zu zeigen, wie blöd sie sind, da sahchen, äh, da sagen die, wennse nude Schdaadsmacht nachäffen wolln, dann wird de Schdaadsmacht sich annnersch mit Ihnen beschäftschen, ganz annersch, Herr Werrrschoh. – Wie denn? – Nu, schraupense erschtmal den Bodn von Ihrm Gofferraum uff. Wer weeß, obs nich ä dobbelder is. – Ja Kruzitürken, ruf ich, machen Sie's doch alleine, ich nicht, ich nicht. Das war natürlich falsch, falsch war das. Die haben in aller Seelenruhe das Auto auseinandergenommen. Ich mußte so an mich halten. Ich bin fast verrückt geworden. Punkt zehn durft ich endlich weiterfahren, Punkt zehn. Und ich hetz hier rein und werd dafür von dir angeschaut wie ein Verbrecher, Willy. Die Verbrecher stehen da, an eurer Mauer, das sag ich dir!«

»Verbrecher?« tönte es vom anderen Ende des Tisches.

Bernhard holte Luft und beugte sich an Willy vorbei, um den Rufer in Augenschein zu nehmen, da griff Willy ihm schnell an den Arm und sagte leise, »ist gut, Bernhard, ist gut, gutgutgut«. Und Bernhard stieß, zischend wie eine Fahrradpumpe, die Luft wieder aus.

»Iß erstmal was«, sagte Willy versöhnlich, »du wirst hungrig sein. Danach erzähle ich dir, wie's auf dem Friedhof gewesen ist.« Er winkte der Kellnerin, fragte, ob man denn, bitteschön, noch einen Braten kriegen könnte für einen Nachzügler, er schubste Bernhard leicht mit der Schulter, für meinen Bruder hier. Die Kellnerin verzog den Mund, als läge das in ihren Genen, besann sich aber eines Besseren und antwortete: sehr wohl.

*

Und dann beging Willy einen unverzeihlichen Fehler. Jedenfalls sagte er sich das in der folgenden Nacht, in der er keinen Schlaf finden sollte, dabei ist's mit manchen Geschehnissen nicht anders als mit den großen Strömen auf der Welt, sie suchen sich sowieso ihre Durchflüsse, da hindert sie niemand dran.

Willy, das war der Lapsus, dessen er sich zieh, führte seinen Bruder zu dem Stuhl gegenüber Herbert Rabe, denn das war der einzig noch freie. Wie dumm ... ich hätte den Stuhl holen und neben meinen stellen sollen ... aber da war doch kein Platz mehr ... dann hätte Bernhard eben die Arme ein wenig anlegen müssen während des Essens, es wäre schon gegangen ...

Bernhard stopfte den Braten mit Heißhunger in sich hinein und mit Genuß, dies war der Geschmack seiner Kindheit, er spürte ihn auf der Zunge, spürte, wie er sich ausbreitete in Kehle, Magen und Därmen, Bernhard entspannte sich langsam und war nun auch soweit, sich umzuschauen: Dort schräg vorn saßen seine Neffen Erik und Matti, die hatte er das letzte Mal vor vier oder fünf Jahren gesehen. Wie groß sie geworden waren! Wie neugierig sie zu ihm herübersahen! Beugte sich, den Jungs gegenüber, nicht auch seine kleine, seine ehemals kleine Nichte Britta vor, um ihn in ihr Blickfeld zu kriegen? Jawohl, das mußte Britta sein.

Und dieses dünne Männlein hier gleich neben ihm, war das nicht Achim Felgentreu? Bernhard grinste ihn mit vollem Mund an, das heißt, seine Augen lachten, Achim bemerkte es an den Fältchen, die sich über Bernhards Schläfen zogen.

»Na, lange nicht gesehn«, sagte der Dünne.

»Kawuusong«, antwortete der Kauende.

Achim interpretierte es als Bestätigung, etwa der Art: Das kannst du wohl sagen. »Wo hast du deinen Sohn gelassen«, fragte er unvermittelt, mit der ewigen Direktheit derer, die mal zusammen Pferde gestohlen haben, »Willy sagt, du hättest einen Sohn?«

Bernhard winkte ab: »Ich hab ihn nicht drängen wollen.« Er spießte die Semmelbrösel, die er sich wie früher bis zum Ende aufgehoben hatte, auf die Gabel.

»Also wollte er nicht?«

»Was anderes war ihm wichtiger«, sagte Bernhard nebulös. Und durchaus selbstanklagend, ein ganz neuer Ton bei ihm, fügte er hinzu: »Er hätte heute hierher gehört, Scherereien hin oder her. Dann hätte er endlich mal seine Cousins und seine Cousine kennenlernen können, und seinen Onkel, und seine Tante.«

Achim schwieg, und auch Bernhard brütete stumm.

Aber nun fragte er genauso unvermittelt und direkt: »Auf dem Weg hierher bin ich an eurer Gerberei vorbeigekommen. An eurer ehemaligen Gerberei. Wieviel habt ihr eigentlich gekriegt für die?«

Achim lachte tonlos. »Wir? Gekriegt? Keine müde Mark.«

»Und ich dachte, ihr kriegt wenigstens ein Sümmchen, damit ihr Ruhe gebt.«

»Wie sollten wir die nicht geben«, sagte Achim leise. Und wieder schwieg er. Die Sache war jetzt drei Jahre her, aber sie ging ihm immer noch an die Nieren; was waren denn auch drei Jahre verglichen mit mehr als zweihundert, in denen die Gerberei sich im Besitz der Felgentreus befunden hatte. Scham und Schuld empfand er wegen dieser Verstaatlichung, aber das konnte er doch jetzt und hier nicht Bernhard erklären.

Sowieso gab es nur einen außerhalb seiner Familie, der genau darüber Bescheid wußte, und das war Willy, ausgerechnet Willy, dessen Partei Achims Betrieb verstaatlicht hatte. Und war dieser Willy nicht ein hohes Tier im »Aufbruch«, und Achim war nur noch Bahnwärter auf einmal? Da hatte mancher in Gerberstedt einen Krach mit nie wieder gutzumachenden Beleidigungen und Verwünschungen zwischen den beiden erwartet, ein richtiges Getöse. Doch nichts dergleichen geschah, ihre Freundschaft erwies sich als stärker. Seit einer halben Ewigkeit kannte einer das Wesen des anderen, und was darüber lag, war ihnen letztlich bloß Tünche, aufgetragen von der flüchtigen Hand dieser oder jener Zeit, die hatten sie noch immer wegwischen können. Willy, das wußte Achim, war ein anständiger Kerl, der jene von seinen Genossen verfügte Maßnahme mißbilligte. Und so gestand Achim ihm damals auch, weswegen er Scham empfand: Nicht weil er die *Produktionsstätte* verloren habe, sondern weil er das Erbe seiner Ahnen – Achim sprach in diesem Zusammenhang, und nur in diesem, von Ahnen anstelle von Vorfahren oder noch schnöder von Familie – nicht zu bewahren imstande gewesen sei. Er nahm sogar das Wort Kastration in den Mund: Vor seinen Augen, und ohne seine Gegenwehr, sei den Felgentreus der Saft geraubt worden, der ihren Stammbaum lebendig gehalten habe.

Willy fragte darauf, was das denn heißen solle, ohne Gegenwehr? Wie Achim denn welche hätte leisten sollen. Kein Grund bestünde für eine Selbstanklage, nicht der geringste.

Achim erwiderte, er wisse durchaus, daß ihm die Hände gebunden gewesen seien, aber er wolle nicht in einen ständigen Haß auf alles um sich herum verfallen, auf das nicht Änderbare, lieber begreife er sich selber als schwaches Glied, das sei besser für ihn.

Könne er sich nicht vorstellen, sagte Willy.

Sei aber so. Weil er, Achim, ja tief in sich drin von seiner Unschuld wisse. Demzufolge werde er nun ohne übermäßigen Haß durchs Leben gehen und in Wahrheit auch ohne Scham.

Und da hatte Willy ihn sehr traurig angeguckt, denn dieses Gedankengebäude seines Freundes, das schien ihm doch stark einsturzgefährdet zu sein.

Weit lief Achim seitdem jeden Tag, zwei Kilometer raus aus Gerberstedt in die Stille des Bahnwärterhäuschens, aus dessen Mauern er hier und dort die Backsteine schon einzeln ziehen konnte, als seien es Kassiber, so morbid war das Gemäuer. Wollte er wirklich nichts mehr tun außer die ihm anvertrauten Schranken alle sieben oder zehn oder fünfzehn Minuten zu schließen und wieder zu öffnen? Nein, mehr wollte er nicht. Bloß noch die Schranken betätigen und zwischendurch lesen und still für sich nachdenken mochte er, und zu diesem Zwecke kriegte er auch regelmäßig druckfrische Bücher aus dem »Aufbruch«, darunter nicht selten welche, nach denen die ganze Republik hungerte, von den Parteiführern als heikel eingestufte und deswegen nur in geringer Auflage produzierte Werke. Willy brachte sie ihm, wenn Achim Nachtschicht hatte, recht achtlos warf er sie ihm hin. Achim fuhr dann jedesmal zusammen. »He, malträtier das Buch doch nicht so«, rief er, und Willy: »Reg dich nicht auf, davon hab ich genügend, außerdem kommt morgen schon die nächste Schwarte.«

Achim drehte jetzt seine Handteller nach oben, ließ die Hände wieder fallen und sagte geradezu fatalistisch: »Bernhard, Lieber, Sozialismus, das ist Ohnmacht plus Desillusionierung.«

Bernhard aus Bayern konnte ihm zwar vollinhaltlich beipflichten, ganz leicht fiel ihm das, aber die Anspielung auf Lenin verstehen konnte er nicht, denn Lenin, der gehörte nun wahrlich nicht zu seiner Lektüre. So nickte er nur.

Herbert Rabe dagegen hatte die Anspielung begriffen. War aber mit dem Inhalt überhaupt nicht einverstanden. Lange schon hatte er den Gesprächen hier scheinbar unbeteiligt zugehört, zunächst der alten Felgentreu, die ja wohl nur darauf aus gewesen war, ihn zu provozieren, nun diesen beiden, lange hatte er sich starren Gesichts und unbewegten Auges zurückgehalten. Und wie eine Eule, die ewig auf einer Astgabelung hockt, ohne sich zu rühren, so war auch er in diesem Gewölbe in der »Sonne« irgendwann nicht mehr beachtet worden und in Vergessenheit geraten. Jetzt brachte er sich schlagartig zurück in Erinnerung: »Es reicht, Herrschaften, es reicht! In der Zeitung war eine Trauerfeier annonciert, aber Sie, Sie haben scheinbar nichts Besseres zu tun, als alles, was in dieser Republik geschieht, in den Dreck zu ziehen!«

Bernhard meinte sich zu erinnern, schon beim Eintreten von diesem Mann einen Zwischenruf vernommen zu haben; er spürte, wie sein Ärger wieder hochkochte, jener Ärger, der in den letzten Minuten von einer dünnen Mixtur aus Heimatgefühlen und Kindheitserinnerungen bedeckt gewesen war. »Was mischen Sie sich denn ein? Was wollen Sie überhaupt?«

Herbert Rabe beugte sich vor, über seinen Teller hinweg, den er bis auf die letzte Kloßkrume und die letzte Soßenschliere geleert hatte, und hob zu einer Erklärung an, aber Bernhard war noch nicht fertig, Bernhard war, zumal nach Achims traurigen Bemerkungen, richtig wütend: »Nicht in den Dreck ziehen, sagen Sie? Als ob der nicht überall wäre, gehen Sie nur raus, ja gehen Sie doch raus, da können Sie ...«

»Sie wollen mich meines Platzes verweisen? Das überlegen Sie sich aber gut!«

Bernhard schob seinen Teller so ungestüm beiseite, daß sich das Tischtuch zu einem kleinen Faltengebirge formte. »Wer sind Sie eigentlich, daß Sie mir hier drohen, auf einer Feier meiner Familie – zu der Sie ja wohl nicht gehören, oder irre ich mich da?«

Achim starrte an die Decke, Heiner Jagielka ließ, in Vorfreude dessen, was sich seinem untrüglichen Gespür zufolge noch ereignen würde, ein »ui-ui-ui« ertönen und schenkte sich eine weitere »Goldkrone« ein.

»Vor dir sitzt Herbert Rabe«, sagte da eine verlegene Stimme hinter Bernhard. Es war die seines Bruders. Unbemerkt von ihm war Willy herbeigeeilt, seinen Stuhl hinter sich herschleifend. Willy stellte ihn zwischen Bernhard und Herbert Rabe ab, stand jetzt seinem eigentlichen Platz an der vorderen Stirnseite des Tisches gegenüber. Alle

Blicke richteten sich auf ihn und die Männer zu seinen Seiten, sogar jene von Britta und Jonas, die doch bislang nur dem jeweils anderen gegolten hatten, um so unverhohlener, je mehr Zeit vergangen war.

Bernhard starrte Herbert Rabe entsetzt an. Behielt ihn im Auge, drehte aber seinen Kopf halb zu Willy, fragte den, noch immer perplex: »Das ist Rabe?«

Willy nickte, er schien peinlich berührt zu sein.

Bernhard kniff die Augen zusammen: »Und Sie schämen sich nicht, hier aufzutauchen?« Einen Moment später ärgerte er sich über seine einfallslosen und, wie ihm schien, schwammigen Worte.

»Wofür sollte ich mich schämen, junger Mann?« Rabe klappte seine Lider herunter, so daß er nur noch durch einen schmalen Schlitz auf sein Gegenüber schaute.

Willy setzte sich leise. Man hörte ein Schlucken Jagielkas, man sah, dessen Hand mit dem Schnapsglas verharrte in der Luft.

»Sie haben damals meinen Vater verjagt – verjagt. Es gab eine Zeit, da haben Sie sich die Macht mit ihm geteilt. Aber das gefiel Ihnen nicht, denn er war Ihnen zu widerspenstig. Nur: Ich wage die Behauptung, auch wenn er gar nicht widerspenstig gewesen wäre, hätten Sie ihn weggejagt. Weil er kein Kommunist war. Weil Ihre Partei die Macht nicht teilen wollte. Und da haben Sie in Ihrer Gewissenlosigkeit Sachen erfunden. Wie lächerlich das mit den faulen Eiern war. So eine hinterhältige Begründung. Dafür sollten Sie sich schämen. Und dafür, daß Sie heute hier sind. Sie verhöhnen mit Ihrer Anwesenheit den Mann, den sie damals haben über die Klinge springen lassen.« Bernhard schien zu Ende gesprochen zu haben, brachte aber, wie eine Lokomotive, die nach einer Serie von Dampfstößen, und einer kurzen Pause, einen letzten Ton in die Luft jagt, noch etwas hervor: »Warum sind Sie hier? Beantworten Sie mir die Frage! Woher nehmen Sie die Frechheit, hier zu erscheinen?«

Rabe nickte scheinbar beifällig, ganz wie einer, der genau das gehört hat, was zu erwarten gewesen war. Er besaß sogar noch die Chuzpe, seine Blicke über die Runde schweifen zu lassen. Dann faltete er die Hände über dem Bauch und erwiderte: »Eins nach dem anderen, junger Mann. Es ist keine Frechheit, daß ich hier bin, nein, der Verstorbene und ich, wir waren Kampfgefährten …«

Bernhard lachte schrill.

»... auch wenn Ihnen das nicht gefällt, junger Mann, Kampfgefährten ...«

»... Sie verbiegen die Geschichte ...«

»Ach, seien Sie doch still! Ich kenne die versteckte Kammer bei Ihnen zu Hause, junger Mann, und Ihr Vater kannte das Schlupfloch bei mir. Wir haben einander nicht verraten. Sie wissen doch überhaupt nicht, wovon Sie reden, wenn Sie sagen, ich hätte Rudolf Werchow über die Klinge springen lassen. Ich habe es nicht getan. Wir waren Gefährten, ob Sie das nun hören wollen oder nicht.«

»Danach haben Sie ihn verraten, danach«, rief Bernhard aufgebracht.

»Irrtum! Ich habe getan, was ich tun mußte. Nichts Schlechtes über einen Toten, heißt es ja, und doch gebietet die Ehrlichkeit, Ihnen jetzt zu sagen: Ihr Vater hat sich von uns entfernt. Er hat dem Klassenfeind in die Hände gespielt, indem er unbedingt öffentlich machen mußte, daß der Genosse Ulbricht mit faulen Eiern beworfen worden ist.«

»Das ist doch an den Haaren herbeigezogen«, rief Bernhard. »Was hat denn der Klassenfeind davon, wenn er das erfährt? Wer ist überhaupt Ihr sogenannter Klassenfeind? Ich vielleicht? Bin ich es?« Er klopfte sich mehrmals auf die Brust, aber in diesen Sekunden schwieg Herbert Rabe.

»Der Raubtierbändiger verläßt nie seinen Käfig«, warf Clara Felgentreu, ihre Augen ruhig geradeaus gerichtet, kryptisch ein. Verstand jemand, was sie hatte sagen wollen? Ihr Sohn Achim. So ist es, dachte er, Rabe und seine Leute haben nie umschalten, haben nie Dompteurstab und Peitsche beiseite legen können, immer wachsam, immer mißtrauisch, immer allen, die ihnen zu nahe kamen, auf die Pfoten schlagend, denn das war ihnen in Fleisch und Blut übergegangen, das hat sie einst überleben lassen.

»Außerdem«, setzte Herbert Rabe fort, als wäre da keine Frage und kein Zwischenruf gewesen, »hatten wir, leider, muß ich sagen, berechtigte Gründe anzunehmen, daß Rudolf Werchow selber zu den Eierwerfern gehörte.« Er schaute herausfordernd in die Runde.

»Wie kommst du denn darauf«, fragte Willy verblüfft. Bernhard schüttelte entnervt den Kopf.

Rabe zog einen zusammengefalteten, vergilbten Bogen Durchschlagpapier aus seinem Jackett, er mußte geahnt haben, daß er den brauchen würde, alles, was hier geschah, mußte von ihm zuvor schon in Gedanken durchgespielt worden sein, er faltete das Papier auseinander und fragte Willy: »Weißt du, was das ist? ... Nun, das ist der Bericht, den euer Vater damals für die Thüringer Landesleitung unserer Partei angefertigt hat. Ich darf ihn kurz verlesen, er ist datiert vom ... Moment ... vom 19. März 1947: Liebe Genossen! Gern komme ich Eurer Bitte nach, Euch in Vorbereitung des Besuches des Genossen Walter Ulbricht in unserer Stadt darüber zu unterrichten, inwiefern es Beziehungen des Genossen Ulbricht zu Gerberstedt aus vorsozialistischer Zeit gibt. Ich habe dazu alte Zeitungsberichte durchgesehen und mit mehreren Zeitzeugen gesprochen. Auch schöpfe ich aus eigenen Erinnerungen. Ich kann Euch nun mitteilen, daß der Genosse Ulbricht einmal nachweislich in Gerberstedt geweilt hat. Dies war am 3.3.1932. Dabei handelte es sich um eine Wahlkampfveranstaltung der KPD auf dem Marktplatz. Sie begann um 19 Uhr. Die Zahl der Zuhörer betrug nach Angaben der Polizei 150. Die Rede des Genossen Ulbricht dauerte circa 45 Minuten. Sie wurde mehrmals von Beifall unterbrochen. Allerdings erfolgten auch wiederholt lautstarke Buhrufe. Als der Genosse Ulbricht das Wort direkt an die Störer richtete, bewarfen sie ihn mit Eiern, die sie in Körben mitgeführt hatten, welche in der Dunkelheit nicht sichtbar gewesen waren. Der Genosse Ulbricht stand erhöht auf einem erleuchteten Planwagen und bot somit eine hervorragende Angriffsfläche. Nachdem er von zwei Eiern getroffen worden war, unterbrach er seine Rede, um sich zu säubern, setzte diese aber nach kurzer Zeit fort. Im weiteren Verlauf gab es dann keine Zwischenfälle mehr. Nach der Veranstaltung reiste der Genosse Ulbricht umgehend nach Gotha, wo für ihn eine weitere Veranstaltung auf dem Programm stand. Darüber hinaus kam es zu einem zweiten Besuch des Genossen Ulbricht in Gerberstedt, der allerdings nicht hundertprozentig verbürgt ist. Demnach nahm er im April 1933, also bereits in der Zeit der Illegalität, Quartier im Gasthof ›Zur Sonne‹. Es darf vermutet werden, daß er sich auf dem Weg zu einem konspirativen Treffen befand. Leider war es mir nicht möglich, herauszufinden, in welcher Nacht das geschah. Ich hoffe, Euch mit diesen Angaben weitergeholfen zu haben, und verbleibe mit kämpferischem Gruß – R. Werchow.« Triumphierend faltete Rabe das Schreiben wieder zusammen.

»Ja und?« fragten die beiden Brüder einstimmig. Sie wußten wirklich nicht, worauf er hinauswollte.

»Die Wortwahl«, rief Rabe, ärgerlich darüber, daß man ihn nicht verstehen wollte, »an der Wortwahl ist doch wohl eindeutig erkennbar, auf welcher Seite Rudolf Werchow stand, und zwar, meine Herrschaften, noch stand, als er diesen Bericht hier, dieses Pamphlet«, Rabe wedelte damit, schlug mit dem Handrücken darauf, »verfaßte. Erstens: Woher konnte er wissen, daß die Randalierer ihre Eier in Körben mitgeführt hatten, wenn doch rundherum Dunkelheit herrschte? Nun, kein Zweifel, er konnte es nur wissen, weil er damals selber beteiligt gewesen und mit genau so einem Korb gekommen war. Und zweitens: Wenn er von ›hervorragender Angriffsfläche‹ schreibt, so entlarvt er sich doch wohl endgültig. Er nimmt damit noch einmal die Perspektive des Werfers ein, und mehr als das – er erfreut sich dieser sogar.«

Willy streckte den Arm nach dem Papier aus, überflog es, sagte, darauf tippend: »Aber hier, hier steht doch, daß er das Geschehen recherchiert hat. Alles andere ist Unterstellung. Nur Unterstellung.«

»Für den, der sehen will, ist es sicher«, beharrte Rabe.

»Sicher«, erklärte Clara Felgentreu, »ist nur der Tod, Herr Parteisekretär.«

Bernhard schaltete sich ein, der eine Weile geschwiegen, der sich bezähmt hatte, wie man jetzt sah, da er das nicht mehr vermochte und es aus ihm herausbrach: »Ja und? Selbst wenn er die Eier geworfen hat, was ist denn dann? Dann hat er eben den Spitzbart getroffen, bravo, schön. Dann werde ich noch stolzer sein auf Rudolf Werchow, gewiß, noch stolzer. Wo sind wir hier eigentlich«, rief er, sich im Gewölbe umschauend, »wieso lassen wir uns bieten, daß der da«, er zeigte auf Rabe, »unseren Vater verleumdet und beschmutzt?«

Ruth stand auf, sie hatte noch, oder schon wieder, feuchte Augen, schwebte wie ein Gespenst auf ihren Schwager zu, küßte ihn auf die Wange und schwebte wieder zurück. Das ging so schnell, daß mancher danach dachte, er habe es nur geträumt.

Herbert Rabe spürte wohl, daß Bernhard dabei war, die Runde gegen ihn aufzuwiegeln, und so versuchte er, ihn an der empfindlichsten Stelle zu treffen: »Plustern Sie sich nicht so auf! Sie haben es ja nicht einmal geschafft, Ihren Vater anständig unter die Erde zu bringen. Sie sind mir ein toller Sohn. Aus Bayern kommen, zu spät und aus Bayern, und uns Vorschriften machen wollen.«

Bernhard sprang auf, wollte er Rabe an die Gurgel? Willy hielt ihn zurück, drückte ihn wieder auf seinen Stuhl.

»Schmeiß ihn raus«, forderte Bernhard, denn Willy war der Gastgeber, Willy war es, der handeln mußte.

Willy stand unschlüssig. Er hoffte, Rabe werde von sich aus gehen, aber der tat den Teufel, der blieb wie angewurzelt sitzen.

»Schmeiß ihn raus«, forderte Bernhard abermals, nun mit unheilvollem Unterton.

Als Willy wieder nicht reagierte, stand er langsam auf und sagte mit zorniger, zugleich verächtlicher, zugleich pathetischer Stimme: »Dann bin ich es, der hier nicht länger bleiben kann.« Er schob sich an seinem Bruder vorbei, Brust, die an Brust schliff, schaute in ein hilfloses, erschrockenes Gesicht, gewann an Tempo, stürmte den Tisch entlang, war schon am Gewölbeausgang, machte auf dem Absatz kehrt, umarmte von hinten Ruth, wühlte seinen heißen Kopf in ihre Halsbeuge, riß sich los, nickte flüchtig den anderen zu, stürzte zum Auto, gab Gas, daß der Motor seines BMW aufheulte und die Reifen auf dem nassen Kopfsteinpflaster des Marktplatzes durchdrehten; als er die Autobahn erreichte, nein, eher schon, wollte er zurück, doch immer weiter fuhr er, er hatte nicht einmal das Grab Rudis gesehen, aber er konnte nicht umkehren, er trat wütend aufs Pedal, gab um so stürmischer Gas, je mehr er zurück wollte, er sah schon den Betonpenis, aus dessen glasiger Eichel die Grenzer spähten, naßfleckig ragte der auf.

*

Euer Streit ist mein Vergnügen, sagte sich die Kellnerin und brachte mit höhnischem Gesichtsausdruck das Kompott. Ruth, Erik und Matti löffelten es stumm in sich hinein. Heiner Jagielka verfeinerte es mit ein paar Spritzern »Goldkrone«. Clara Felgentreu murmelte betonungslos wie eine Gläubige beim Tischgebet: »Gute Zeiten bringen das Gute im Menschen zum Vorschein. Wir aber leben in schlechter Zeit, in schlechter.« Sie suchte Achims Arm und tätschelte ihn mitleidig, ich, bedeutete das wohl, werde bald von der Bildfläche verschwinden, du aber, mein Sohn, wirst bleiben und dich weiter herumquälen müssen.

Willy sah und hörte das alles nicht. Kaum war Bernhard aus dem Gewölbe gestürmt, hatte er es ebenfalls verlassen und war seinem Bruder nachgerannt, vergeblich: Er sah nur noch das glutrote Aufflammen der Bremslichter am Ende des Marktplatzes, von wo Bernhard, sofort wieder Gas gebend, in die Färbergasse bog. Breitbeinig stand Willy vorm Eingang des Gasthofes, die Arme in die Seiten gestemmt, noch immer kraftvoll, wie es schien, ganz so, wie er im »Aufbruch« die Produktion steuerte, und so, wie er sommers seine 250er Jawa emporriß, wie er sie heulen und brüllen ließ. Einen Moment überlegte er, ob er nach Hause laufen, sich auf sie schwingen und Bernhard hinterherrasen sollte. Aber er hatte sie längst winterfest gemacht. Ummantelt und verschnürt stand sie im Offenstall im unteren Teil des Gartens. Nein, er würde seinen Bruder nicht mehr erreichen, würde ihn vielleicht nie mehr wiedersehen, denn Bernhard war zu stur, um noch einmal hierher zu kommen; und er, wie sollte er je zu ihm nach Bayern gelangen? Auf einmal begriff er, daß eine grundsätzliche Unentschlossenheit sich seiner bemächtigt hatte, ein Zögern, das er weder bei Rudi noch bei Bernhard je beobachtet hatte und das auch ihm bisher fremd gewesen war. Alles sprach gegen dieses Zögern – und doch war es nun da. Und daß es da war, hatte seinen Bruder mehr als alles andere enttäuscht, durch genau jenes Nichtstun hatte er, Willy, ihn davongetrieben, nicht Rabe in seiner Anmaßung war es gewesen, sondern er selber, oder etwa nicht?

Der schale Geschmack in seinem Mund, und nicht vom Bier, nicht vom Bier. Willy wandte sich um und trat in den Flur der »Sonne«, der von einer ockerfarbenen, an einen alten Pinkelpott erinnernden Lampe nur notdürftig beschienen war. Geradeaus befand sich die verwaiste Rezeption des mit dem Restaurant verbundenen Hotels, links davon, hinter einem niedrigen steinernen Bogen, begann der Gastraum, rechts war eine vom Licht kaum berührte Nische, von der die Toiletten abgingen. Als Willy dort vorbeistapfte, bemerkte er eine Art Schemen, ein zitterndes und auch leicht raschelndes Gebilde. Er verharrte. Das waren, er schaute genauer hin, zwei miteinander verschmolzene Menschen. Wenn nicht alles täuschte, drückte der eine, größere, den anderen, kleineren, gegen die Wand. Langsam gewöhnte sich Willy an die Dunkelheit, er erkannte mehr als Umrisse, er sah Hände, die Wangen umfaßten, er unterschied endlich Junge und Mädchen. Und der Junge, dem die Hände gehörten, steckte jetzt etwas Langes in den Mund des Mädchens, seine Zunge war das, die Zunge. Das Mädchen wiederum schien nach ihr noch zusätzlich zu schnappen, schien sie verschlucken zu wollen wie eine Seerobbe den soeben gefangenen Fisch. Eine rasierte Schläfe kristallisierte sich heraus, ein von heller Mähne bedecktes Ohr. Willy stürzte auf die beiden zu, packte Jonas am Kragen und riß ihn von Britta weg, die Zunge war das letzte von Jonas, was noch bei Britta war, erschrocken rollte sie sich ihm hinterher.

»Eh, was soll'n das«, rief Jonas.

Willys Hand klatschte in sein Gesicht, so hart, daß der Kopf des Jungen zur Seite gerissen wurde.

Britta stand an die Wand gedrückt, als wäre da noch immer jemand, der sie festnagelte. Willy beachtete sie nicht. Noch einmal holte er aus, da stieß sie sich von der Wand ab und schrie: »Laß das, hör doch auf!«

Willy hielt mitten in der Bewegung inne, so steckte seine Hand in halber Höhe fest: Ein mit seiner Karte an die Stechuhr tretender Arbeiter war er; ein seine Schnur ergreifender Angler; ein von der Tribüne grüßender Parteiführer. Dann ließ er seine Pranke fallen, und wie um seine Entgleisung in eine halbwegs normale Handlung münden zu lassen, in keine neuerlich rabiate, aber eben auch in keine demütige, bedeutete er Jonas mit einer Kopfbewegung, nun aber schleunigst, hopp hopp, Freundchen, die Runde drinnen im Gewölbe wieder mit seiner Anwesenheit zu beehren.

Jonas schlingerte bedenklich vor Willy her. War er aus dem Gleichgewicht gebracht wegen der Schläge? Aber er hatte im Eifer seines Anbandelns mit Britta auch schon so einiges getrunken, fünf oder sechs Gläser Rotwein, sie schienen sich langsam bemerkbar zu machen. Kaum saß er wieder, goß er sich ein weiteres Glas voll. Seine Augen blitzten. Seine Lippen zuckten. Er war Jonas von den »Hurenkindern«, das vergesse mal keiner! Er rappelte sich auf, tapste hinter seinen Stuhl, hielt sich an der Lehne fest, wartete, bis endlich alle Blicke auf ihn gerichtet waren, und begann, etwas zu deklamieren: »Ah! Dann nimm den letzten Zweifel, / Höllenbrut – ob Tier, ob Teufel! / Bei dem Himmel, der hoch über uns sich / wölbt – bei Gottes Ehr / künd mir: wird es denn geschehen, daß ich / einst in Edens Höhen / darf ein Mädchen wiedersehen, selig in / der Engel Heer / darf Lenor, die ich verloren, sehen in der / Engel Heer? / Sprach der Rabe, Nimmermehr.«

Und während er, mit erstaunlich sicherer Stimme, deklamierte, löste er seine Hände von der Lehne, drückte die Brust heraus und blickte verwegen zu Willy, ihm schleuderte er, beim Wort Höllenbrut sogar den Arm ausstreckend, die Verse entgegen. Willy begriff, dies sollte eine Attacke auf seine Person sein, aber mehr, mehr begriff er nicht. Verständnislos starrte er Jonas an.

Der setzte plötzlich ein feines Lächeln auf und sagte leise: »O ja, man druckt viele Bücher in dieser Stadt. Aber mir scheint, man liest sie nicht.«

»Doch«, rief Marieluise. Mißbilligung lag in ihrer Stimme.

Jonas, der sich, was das Bücherwissen betraf, in dieser Runde auf seligmachender einsamer Höhe gewähnt hatte, zeigte sich kurz verwirrt. Fing sich aber sogleich wieder und sagte halb spöttisch und halb neugierig: »Darf ich Sie dann bitten, uns die nächste Strophe zu Gehör zu bringen?«

Marieluise schüttelte den Kopf und erwiderte gütig, als habe sie einen Patienten vor sich: »Das lassen wir mal schön bleiben, Jonas.«

»Das lassen wir bleiben? Das lassen wir bleiben? Gar nichts lassen wir bleiben, das ziehn wir jetzt durch, ich ziehe das durch«, er tippte sich auf die Brust, warf den Kopf in den Nacken, lief an seiner Großmutter und seinem Vater vorbei, so daß er mit einemmal Herbert Rabe gegenüberstand, dem alten wachsamen Kämpfer, der eben schon aufgehorcht hatte, als sein Name in diesem ... in diesem Vortrag gefallen war. Nun schleuderte ihm, nur ihm, der junge Felgentreu, dieses Milchgesicht in seiner Schornsteinfegerkleidung, mit echter oder gespielter Wut, wer konnte das schon unterscheiden, entgegen: »Sei denn dies dein Abschiedszeichen, / schrie ich, Unhold ohnegleichen! / Hebe dich hinweg und kehre stracks / zurück in Plutos Sphär! / Keiner einzgen Feder Schwärze bliebe / hier, dem finstern Scherze / Zeugnis! Laß mit meinem Schmerze mich / allein! – hinweg dich scher! / Sprach der Rabe, Nimmermehr!«

Stille breitete sich aus im Gewölbe. Aus dem großen vorderen Bereich des Gastraums klang wie aus einer anderen, harmonischeren Welt leises Besteckgeklirr. Jonas stand noch immer in der Pose des Rezitators – und in der des Westernhelden beim Duell vorm Saloon in hitzeflirrender Luft: die Arme nach unten gestreckt, die Hände nicht an, aber nahe bei der Hosennaht. Und er blickte immer noch auf Rabe. Auch die anderen sahen stumm zu dem hin.

Rabe zeigte keine Regung. Dachte dieser Rotzjunge tatsächlich, er könne ihn reizen? Er, Herbert Rabe, hatte die Bosheiten der alten Felgentreu von sich abtropfen lassen und hatte Bernhard Werchow zurück in seinen Westen getrieben, da würde er wohl auch noch mit diesem Bengel fertig werden. Er lutschte hörbar an dem kleinen Löffel, den er aus seinem schon geleerten Kompottschälchen genommen hatte. Dann klackerte er, gesenkten Kopfes und scheinbar gedankenverloren, mit dem Löffel an das Schälchen. Endlich, und sehr langsam, nahm er Jonas ins Visier und sagte in einem Ton, der den anderen das Blut in den Adern gefrieren ließ: »Das werde ich mir bestimmt merken, junger Mann, das ist versprochen.«

»Gut«, antwortete Jonas aber unbeeindruckt. Er wagte sogar noch hinzuzufügen: »Ich kann Ihnen auch gern den ganzen Text schicken.«

Ganz schön frech, was? Er wandte sich Britta zu, fand Beifall in ihren Augen, funkte Siegesgewißheit durch den Raum. Heiner Jagielka ließ noch einmal sein »ui-ui-ui« ertönen. Clara Felgentreu murmelte, wohl von ihrem giftgrünen Apotheker-Schränkchen inspiriert: »Die Wahrheit ist eine so bittere Arznei, daß man sie manchem besser gar nicht reicht, denn vertragen, vertragen tut er sie sowieso nicht.« Ruth flüsterte zu Willy, sie wolle jetzt endlich, endlich gehen, aber sie flüsterte so, daß die anderen sie verstehen konnten und umgehend sich erhoben, zuerst Marieluise, dann Catherine, dann Achim, und so weiter, und so weiter.

Und damit war die Trauerfeier für Rudolf Werchow auch schon vorbei.

Erik dient

Zu gern wollte Erik Außenhändler werden, und das schon seit seiner frühen Kindheit, war das ein Spleen?

Bestimmt war es Aziz zu verdanken, der immer mal wieder an der Seite von Tante Marieluise bei den Werchows auftauchte und dann aber immer wieder auch lange verschwand, der weit weg etwas Wichtiges aufbaute, wie ihm, dem kleinen Erik, recht allgemein bedeutet wurde, geheimnisvoll fand er diese Art des Lebens, und so geschah es, daß er schon in Klasse vier, als er, zu Willys und Ruths Erstaunen, seinen ersten Fragebogen ausfüllen mußte, die Spalte »Zweiter Berufswunsch« frei ließ, oder genauer, daß er dort einen dicken Strich machte, als unmißverständliches Zeichen dafür, nichts, aber auch gar nichts anderes werden zu wollen als eben Außenhändler.

Und weil er nun schon dermaßen lange ein dermaßen schönes Ziel vor Augen hatte, verpflichtete er sich ganz schnell für drei Jahre zur NVA, dazu mußte er nicht erst wie andere überredet werden. Nach der Verpflichtung wiederum versuchte er, sich die bevorstehende Lebensperiode weniger lang zu denken, als sie war, denn immer nur die sinnlose Vernichtung von Zeit im Kopf zu haben, das war doch ungesund, und war es nicht auch kleinlich? Man sollte alles in einen größeren Zusammenhang stellen. Drei Jahre, berechnete Erik, das ist, mal angenommen, man wird 75, der fünfundzwanzigste Teil des Lebens, das ist ja fast nichts, das kann man ja glatt vernachlässigen; und er berechnete noch etwas, und das war sogar das Wesentliche, er kalkulierte, alles Gewehrzerlegen, Latrinenreinigen, Kartoffelschälen, Flurbohnern werde und müsse sich sowieso erübrigen, wenn er bei der Musterung im Gerberstedter Wehrkreiskommando erst einmal seine vorsorglich angefertigten Röntgenbilder auf den Tisch legte, aus denen aber so was von eindeutig hervorging, daß hier ein schwerer Morbus Scheuermann sowie ein nicht zu verachtendes Wirbelgleiten einen jungen Körper beeinträchtigten – nun, er legte die großen, schattigen Fotos seiner fossil wirkenden Knochen andächtig hin und trat scheu, wie verlegen, und nicht zu vergessen: schwerfällig zurück, er wartete auf die erhoffte Wirkung.

Sie wollte sich aber nicht einstellen. Im Gegenteil, die von Wachsamkeit und Skepsis durchdrungenen Genossen wischten die Belege seiner Versehrtheit nach vielleicht einminütiger Beratung beiseite und zogen ihn, wie um ihn für seinen allzu offensichtlichen Absetzversuch zu strafen, zur Artillerie, auf daß er da mal richtig schuften lerne.

Und schlimmer noch, auf die Unteroffiziersschule Eggesin am Stettiner Haff kam er dann, ins Land der drei Meere, wie die triste Gegend unter Soldaten genannt wurde: Binnenmeer, Sandmeer, nichts mehr. In der dritten Woche machte man die Neulinge mitten in Meer Numero zwo, aus dem nur ein paar kahle Kiefern ragten, mit der Feldhaubitze 18 bekannt, ein halbes Dutzend Männer erhielt Befehl, sie in Stellung zu bringen, darunter Erik. Beim Gedanken, das Monstrum anheben zu müssen, meinte er aber bereits, ein Ziehen im Lendenwirbelbereich zu spüren. Und als er mit den anderen die Haubitze dann bewegte, zog es wirklich; es riß geradezu, es war ihm, als stoße jemand ein Messer durch seinen Rücken. Erik richtete sich stöhnend auf, faßte sich mit den Händen an die bewußten Stellen und suchte den Blick des Leutnants, der den Zug befehligte. Aber der tat nicht dergleichen, und so mußte Erik geduldig sein und tapfer und noch zweimal das Gerät anheben und jedesmal Schmerzen signalisieren, wobei sein Blick immer flehentlicher wurde.

Endlich erwies der Leutnant ihm den Gefallen, sich ihm zuzuwenden, er brüllte: »Verdammt, was ist denn, Werchow? Zu Hause nie 'n Kartoffelsack geschleppt, oder was?«

»Doch«, versicherte Erik mit schmachtendem Gesichtsausdruck. Dann erklärte er, daß es ihn fast unerträglich im Rücken schmerze und er sich, zu seinem ausgesprochenen Leidwesen, denn er wolle doch nicht die ganze Truppe durcheinanderbringen, außerstande sehe, weiter mit anzupacken.

Der Leutnant zeigte mit dem Daumen hinter sich: »Mann, pflanzen Se sich bloß, Werchow!« Nach der Rückkehr in die Kaserne solle Erik den Med.Punkt aufsuchen, wenigstens das sei ihm doch wohl noch möglich. Erik nickte beflissen, lehnte sich an einen Sandhügel und streckte sich auf eine wahrhaft mitleiderregende Weise.

Wie Willy besaß er übrigens schöne dichte gewellte Haare. Schöner und auffallender waren nur noch seine vollen wulstigen Lippen, ein Geschenk, das einen gemeinhin sicher und mit großer Selbstachtung daherkommen läßt; und Erik war auch souverän, doch war er es nur momentweise, nur im kleinsten Kreis, nur wenn er sich irgendwo ganz aufgehoben fühlte und gewiß sein durfte, alle Anwesenden seien ihm freundlich gesinnt. Ansonsten glichen seine Lippen einem edlen Instrument, auf dem zu spielen er versäumte, ja es schien, als wisse er nicht einmal, über welch prächtiges Ausdrucksmittel er da verfügte. Nicht selten gereichte ihm dieses sogar zum Nachteil, dann nämlich, wenn seine aufsehenerregenden Lippen unwillkürlich zu zittern begannen und somit allzu deutlich anzeigten, da sei aber jemandem nicht wohl in seiner Haut, da habe aber einer Angst.

Was den Med.Punkt betraf, so erwies er sich als überaus gut besucht. Im Warteraum erkundigte man sich gegenseitig, und durchaus begierig, was einen hergeführt habe, war man doch immer bestrebt, sich neue Möglichkeiten des Rückzugs aus dem militärischen Alltag zu erschließen. Ein Unteroffiziersschüler fühlte sich beim Marschieren, noch mehr jedoch beim Exerzieren, stark behindert durch Warzen, die seiner Auskunft zufolge aus den Zehen geschossen seien wie Pilze aus nassem Boden. Ein anderer gab an, er bemerke seit dem letzten Ausgang, bei dem er eigentlich durchaus zufriedengestellt worden sei, und zwar dreimal hintereinander, an einer gewissen Stelle ein Kribbeln, wörtlich drückte er sich so aus: »Die Ella hatte ’ne nasse Pflaume da hättma Most draus machen gönn. Aber se hat mir’n Dripper verpaßt die jeile Sau die, ich spür’s jenau.« Indes handelte es sich hierbei um Einzelfälle. Die große Mehrheit der Patienten plagte sich mit Knie- oder, eben wie Erik, mit Rückenbeschwerden. Nicht wenige schienen hier schon Stammgäste zu sein; den Arzt nannten sie jedenfalls übereinstimmend »Dr. Mord«, und seine Methode des narkosefreien Punktierens hieß bei ihnen »Dolchdrehen«.

Eriks Untersuchung dauerte keine zwei Minuten. Dr. Mord forderte ihn auf, sich zu bücken, und klopfte mit einem Gummihämmerchen auf der Wirbelsäule herum, wobei er fragte, ob das, oder das, oder das weh tue. Erik antwortete mit einem anständigen »Aua«, einem französisch klingenden »Ouuh« sowie einem peinvoll eingesogenen »Fffzzzsssttt«. Und was kriegte er verschrieben? Nichts außer drei Tagen Innendienst.

Dies alles – das Haubitzenheben und das Stöhnen, das Warten und das Klopfen – wiederholte sich noch zweimal, mit demselben Ergebnis. Beim dritten Mal wies Erik mit zitternden Lippen Dr. Mord darauf hin, wie schwer es ihm mittlerweile falle, sich überhaupt noch aufzurichten. Und das war beileibe nicht nur eine Behauptung. Je mehr er nämlich in sich hineinhorchte, um so steifer deuchte ihn sein Rückgrat, und je steifer ihn sein Rückgrat deuchte, um so mehr horchte er in sich hinein. Vielleicht wegen des Lippenzitterns, das auf einen wirklich desolaten Zustand seines Patienten hindeutete, entschloß sich Dr. Mord, eine röntgologische Untersuchung in die Wege zu leiten. Und siehe, der Befund stimmte ihn nachdenklich. Mit dem Hämmerchen mehrmals in seine hohle Hand schlagend, erklärte er: »Scheint ja tatsächlich was zu wackeln da in Ihrem komischen Skelett. Scheinen doch kein Simulant zu sein, was?«

Erik schüttelte spürbar froh den Kopf, und das Zittern seiner Lippen erstarb langsam, so langsam, wie dünne Birkenäste zur Ruhe kommen, von denen gerade ein paar fette Krähen aufgestoben sind.

Und Dr. Mord, der wollte jetzt seinem Namen wohl gar keine Ehre mehr machen und wies Erik vorsichtshalber ins Armeelazarett Bad Saarow ein.

*

Welch angenehme Atmosphäre hier doch herrschte! Lächelnde und, man höre nur, in normaler Lautstärke ihn anredende Schwestern erfreuten Erik, junge Ärzte mit vergleichsweise weichen Bewegungen trugen zu seiner Entspannung bei, und bald erschienen ihm der bellende Leutnant, der rabiate Dr. Mord und überhaupt alle in Eggesin Versammelten wie ferne Monster – obwohl sie ihm, bei Lichte besehen, doch gar nichts getan hatten.

Anderthalb Wochen durfte Erik es sich wohl sein lassen. Er kriegte Reizstrom und Schlammpackungen und hatte durchaus das Gefühl, als wiche der Schmerz langsam aus seiner ramponierten Wirbelsäule. Allerdings war er ganz und gar nicht bereit, diesem Gefühl ohne weiteres zu trauen. Hatte er in der letzten Zeit nicht schon zu viele Rückfälle erlebt? Hatte er sich nicht schon mehrmals zu früh, viel zu früh wieder in die Truppe einreihen müssen? So behielt er seine Erleichterung lieber für sich und schleppte sich mit traurigem Gesichtsausdruck von

Behandlung zu Behandlung. Beinahe eingegraben war ihm diese Miene jetzt schon. Der eigentliche Grund aber, warum er sie nicht zu schnell aufgeben mochte, lag darin, daß nach Auskunft der Ärzte eine prinzipielle Entscheidung darüber, wie man weiter mit ihm verfahren würde, unmittelbar bevorstand. Ein Mediziner hatte ihm gegenüber sogar angedeutet, eine vorfristige Entlassung aus der NVA sei möglich. Wenn man das hier also schon munkelte – warum sollte er sich dann gesünder und glücklicher zeigen, als er war, warum sollte er in voreiliger Freude eine Entscheidung provozieren, die sich als grundverkehrt erweisen und sein Leben noch viel zu lange negativ beeinträchtigen würde?

Die Medizinerkommission der NVA beratschlagte turnusgemäß an einem Mittwoch im Dezember. Es war schon voll im Wartezimmer, als Erik dort eintrat, und es herrschte angespanntes Schweigen. Jeder war mit sich beschäftigt. Ein Soldat verharrte, Hals und Oberkörper eingegipst, regungslos in einem Rollstuhl, ein zweiter trug eine Augenbinde. Als Erik, unaufdringlich, wie er meinte, diesen ansah, riß der sich in einem plötzlichen Anfall von Wut die Binde herunter, und Erik blickte in eine augenleere, blutunterlaufene, eitergefüllte Höhle. Voller Ekel wandte er sich ab. Doch sogar dieser Vorgang war wortlos vonstatten gegangen. Eine Stimme ertönte erst, als eine Schwester jemanden hereinschob, dessen Gesicht eine einzige Brandwunde war, ein bizarres rosanes Gefalte und Genarbe. Aus der Wunde summte etwas, das sich, wenn auch nur entfernt, anhörte wie die Melodie der *Moorsoldaten*. Und dieses Summen wollte und wollte nicht enden.

»Halt's Maul«, rief plötzlich, ohne sich zu regen, der Eingegipste.

Das Summen erstarb, aber nur für zwei oder drei Sekunden, dann setzte es erneut ein. Diesmal handelte es sich, wenn nicht alles täuschte, um die Melodie von *Brüder seht die rote Fahne*.

»Halt's Maul, sag ich!«

»Srrrz«, zischte die Wunde.

»Sagtest du Sprutz?« Der Eingegipste, der davon ausging, soeben als Soldat des 1. Diensthalbjahres verunglimpft worden zu sein, klang so wütend, als wolle er sich auf den Neuankömmling stürzen, doch dadurch hob er seine Unbeweglichkeit nur noch deutlicher hervor.

Der Verbrannte versuchte zu lächeln, und sein Gesicht bekam einen noch schrecklicheren Ausdruck.

»Sag das nochmal!«

»Srrrz«, zischte es.

»Du bist ein verdammter Sprutz«, raste der Eingegipste, »du hast noch mehr Tage als 'n Wildschwein Borsten auf'm Rücken, du – du Narbenschwein.«

Statt einer Antwort summte es schon wieder, aber niemand vermochte zu erraten, welche Melodie das jetzt sein sollte, denn nach den ersten, stoßweise vorgetragenen, auf einen Parademarsch hindeutenden Tönen schaltete sich der mit der Augenbinde ein. »Ruhe«, flüsterte er auf eine schneidende, einschüchternde Art. »Seid ihr denn alle bescheuert? Idioten, geht's euch noch zu gut, ja? Diese ganzen Diskussionen sind so unwichtig wie die Eier vom Papst.« Leiser und schneidender noch wiederholte er: »Ruhe hier!«

Und es ward Ruhe. Dem armen Erik aber schlug in der Stille das Herz bis zum Halse. Auf seiner Unteroffiziersschule war er doch von derartigen Scharmützeln verschont geblieben, jawohl, davon, wie es bei den Anderthalbjährigen zuging, hatte er keinen blassen Schimmer. Und er wollte davon auch gar nichts wissen. Nichts wollte er damit zu tun haben! Er bekämpfte seine aufgekommene Angst, indem er sich auf seinem Holzstuhl darauf konzentrierte, noch einmal den Schmerz in seinem Rücken aufzuspüren, den süßen Schmerz, der ihn doch in seine angestammte Welt zurückführen mußte, noch an diesem Tage.

Der Raum, in dem die Kommission tagte, erwies sich als ein Zwischending zwischen Gerichtssaal, Parteibüro, Klassenzimmer und Arztpraxis. Auf einem Podest saßen hinter einem langen, mit rotem Tuch bespannten Tisch sechs uniformierte Mediziner. Am Leuchtkasten hinter ihnen waren Eriks Röntgenbilder angebracht. An der Wand gegenüber prangte das Bild des Verteidigungsministers. Man bedeutete Erik, auf einem der etwa 20, zu vier Reihen geordneten Stühle unterhalb des Podestes Platz zu nehmen. Als könnten ihn die Stühle, wenn er sie vor sich haben würde, beschützen, ließ er sich in Reihe drei nieder. Der ranghöchste Mediziner, ein Major mit kleiner, kurzbügeliger Nickelbrille, deren Gläser auf seine Brauen drückten, so daß sie im oberen Bereich erkennbar talg- und fettverschmiert waren, eröffnete die Verhandlung, indem er routiniert und teilnahmslos in wenigen Worten die Krankheitsgeschichte Eriks zusammenfaßte. Sodann fragte er ihn nach seinem aktuellen Zustand.

Erik räusperte sich. »Mein aktueller Zustand ist dank der Behandlungen, die ich hier in den letzten Wochen genießen durfte«, weil ihm der Honig doch ein wenig zu süß schien, der da aus ihm getropft war, verbesserte er sich, »also die ich hier erhalten habe, sind die Schmerzen ein wenig eingedämmt ... haben sie etwas nachgelassen. Die gröbsten Schmerzen. Aber gut ist es ... es ist überhaupt nicht gut. Es ist viel schlimmer als vor meinem Armeedienst. Irgend etwas ist mit der Wirbelsäule passiert, das ... das fühle ich.«

Der Major nickte zustimmend, wenngleich nicht mitfühlend. Er erteilte dem ganz außen sitzenden Oberleutnant das Wort. Dieser erwies sich als Röntgologe und warf mit Fachbegriffen nur so um sich. Erik verstand kein Wort. Der Major aber nickte wieder; er wandte sich den neben ihm Sitzenden zu und erkundigte sich, ob es noch Fragen an den Patienten gebe. Das war nicht der Fall. Hierauf erklärte er: »Da Ihre Einschätzung und der uns vorliegende Befund weitgehend korrespondieren, Genosse Werchow, schlage ich vor, Sie vom Ehrendienst in der Nationalen Volksarmee zu entbinden. Stößt das auf Einverständnis?«

Erik starrte ihn an. Alles war so schnell gegangen. Es hatte ja keine fünf Minuten gedauert. Es war so verdammt einfach gewesen.

»Ob das auf Ihr Einverständnis stößt?« Der Major, der eben schon in Papieren gewühlt hatte, in denen des nächsten Falles vielleicht, schaute gesenkten Kopfes über seine verschmierten Gläser hinweg.

»Ja ... ja«, beeilte Erik sich zu antworten, wobei er, sicher ist sicher, darauf achtgab, nicht zu euphorisch zu klingen. Es schien ihm durchaus angeraten, eine leichte Unzufriedenheit über die vorzeitige Beendigung seines Dienstes am sozialistischen Vaterland durchklingen zu lassen.

»Gut«, nickte der Major. Währenddessen fragte sich Erik, ob hier unten wohl jemals einer gesessen habe, der nicht einverstanden gewesen war mit einer solchen Entscheidung, und bei dieser absurden Vorstellung mußte er endlich lächeln.

»Da ist nur noch eine Sache zu klären«, unterbrach der Major ihn in seinen Gedanken. Zum ersten Mal schaute er Erik interessiert an. »Sie äußerten soeben, Ihr gesundheitlicher Zustand habe sich während Ihres Dienstes in der NVA verschlechtert. Aber wir – wir können das nicht bestätigen. Es widerspricht dem von uns erstellten Befund. Mit anderen Worten, in diesem speziellen Punkt irren Sie, Genosse Werchow. Sehen Sie, wir haben hier eine Erklärung vorbereitet, die wir Sie bitten zu unterschreiben. Darin steht eben dieses: Ihr Zustand ist unverändert geblieben, weshalb für Sie jetzt und künftig jedwede Schadensersatzforderung an die Nationale Volksarmee ausgeschlossen ist. Bitte ...« Der Major streckte ihm den ausgestreckten Arm mit dem Papier entgegen.

Erik ergriff es, überflog es und wandte zaghaft ein: »Das stimmt doch aber ... nicht ganz. Wie ich eben schon sagte, mein Zustand ist wirklich schlechter geworden ... ist er.«

Niemand antwortete.

Er wagte sich noch weiter vor: »Und wenn ich nicht unterschreibe, was ... was geschieht dann?«

»Dann werden wir nicht umhinkönnen, Sie die gesamte Zeit, für die Sie sich verpflichtet haben, in unseren Reihen zu behalten«, sagte der Major ungerührt.

In Erik begehrte alles auf. Er war eindeutig für dienstunfähig erklärt worden, also mußte man ihn doch unter allen Umständen entlassen, egal, ob er unterschrieb oder nicht. Der Befund war ja wohl das Entscheidende, sie konnten ja wohl nicht ihren eigenen Befund mißachten und seine Entlassung einfach zurücknehmen ... sie konnten, begriff er im selben Atemzuge, o doch, denn sie wußten genau, daß er, wie jeder hier, raus wollte, nur raus – und so zückte er seinen Kugelschreiber, leistete mit zitternder Hand seine Unterschrift, die ihm schief und krakelig geriet.

Nachdem er den Raum verlassen hatte, war sein Zorn bald verraucht. Spürte er denn noch so richtig dolle Schmerzen? Das war nicht der Fall, er wollte schon ehrlich sein. Vielleicht hatte er sie sich in bestimmten Situationen auch nur eingebildet. Oder nicht sich eingebildet – aber sich zu sehr auf sie konzentriert. Nein, diese Kommission hier, die hatte wahrscheinlich nach bestem Wissen und Gewissen gehandelt, das mußte man ihr schon lassen. Aber wenn sie das getan hatte, wenn ihm in Eggesin glücklicherweise gar nicht so viel passiert war, dann saßen die eigentlich Schuldigen doch im Wehrkreiskommando Gerberstedt. Aber natürlich, wenn er jetzt entlassen werden mußte, ohne daß sich am Eingangsbefund etwas geändert hatte, dann hätte er überhaupt nie gezogen werden dürfen. War er also doch im Recht gewesen mit seinen Röntgenbildern damals. Wie niederträchtig von den

Musterern, ihn nur dafür zu strafen, daß er sie vorgelegt hatte. Wie schikanös!

*

Aus unerfindlichen Gründen, die zu erfragen er als vorwitzig empfunden hätte, wurde Erik von der Kommission nicht sofort ins zivile Leben zurückgeschickt. Vielmehr bestimmte man als Entlassungsdatum, durchaus willkürlich, wie ihm schien, den 4. Februar. Jetzt war es erst Mitte Dezember. Das hieß, er hatte noch mehr als sechs Wochen Dienst vor sich.

Man ordnete ihn einer Artillerie-Einheit zu. Dort wurde er in Empfang genommen vom Spieß Allgeier, einem dürren Männlein mit X-Beinen, dessen Knie regelmäßig aneinanderschlugen und dessen Stiefelspitzen, wenn er den Gang entlanglief, nie nach vorn, sondern immer zu den Seitenwänden zeigten. Bei der Mannschaft hieß er darum nur »der Ixer«. Allgeier brachte Erik in seine Stube, ließ den dort Anwesenden gegenüber nicht mehr verlauten als ein karges »neuer Mann«, und verschwand wieder. Erik schaute ihm noch nach, als sich schon ein stämmiger, pickelübersäter Kerl vor ihm aufgebaut hatte und ihm ein ausgerolltes Bandmaß vor die Nase hielt, als wär's ein Banner.

»Küß es, Tagesack!« Der Kerl grinste ihn fast wollüstig an.

Erik zog die Augenbrauen hoch.

»Was muß ich sehen?« Der Stämmige drehte sich empört, aber durchaus auch erwartungsfroh zu den anderen Stubenangehörigen um, von denen einige auf ihren Betten lagen und andere herumstanden.

»Der Glattarsch zuckt«, kam es gedehnt, und gleichfalls mit einer gewissen Vorfreude, von einem Bett zurück. »Der Glattarsch wagt es zu zucken, herrlich!«

»O ja, mach ihn rund, Splittig«, gluckste es von einem anderen Bett.

Splittig, der im langen Unterhemd war, dessen Ärmel er hochgekrempelt hatte, führte das Bandmaß langsam und mit drohendem Gesichtsausdruck näher und näher an Eriks Lippen heran. Der zog seinen Kopf ebenso langsam zurück. In der Stube war es jetzt mucksmäuschenstill. Schließlich konnte Erik seinen Kopf nicht weiter nach hinten beugen, und ein Zurücktreten erwies sich genauso als unmöglich, da er schon unmittelbar vor einem Bett stand. Splittig drückte ihm genüßlich das Bandmaß auf die Lippen, kurz nur, dann zog er es wieder zurück.

Doch anstatt sich nun befriedigt zu zeigen, verzerrte er plötzlich sein Gesicht und brüllte in einer Wut, die unmöglich gespielt sein konnte: »Du hast es tatsächlich gewagt! Du hast mein Band geküßt! Du hast es beschmutzt, du dreckige Spralle, du hast es entweiht, das wirst du mir büßen!«

Er drehte sich wieder zu den anderen, den im Bett Liegenden, und als habe er sie abgefragt, frohlockten sie: »Musikbox«. »Außenreviereinsatz«. »Heimfahrt«. »Schildkröte«.

Splittig lächelte diabolisch: »Wir haben Zeit. Erst soll er gehängt werden.«

Die EK's und die Vizes in ihren Betten rissen sich wie auf einen geheimen Befehl ihre Koppel vom Leibe und schwenkten sie wie Lassos. Drei oder vier sprangen auf und traten zu Erik, aber Splittig beschied: »Ich danke euch für eure Hilfsbereitschaft, Freunde, doch das muß ich selbst erledigen. Das bin ich mir schuldig.«

Die anderen traten zurück. Einer öffnete das Fenster, und wenn Erik einen Blick für jene Handreichung gehabt hätte, wäre ihm vielleicht das Weihevolle aufgefallen, das darin lag. Splittig aber griff schon nach Eriks Koppel und riß mit Urgewalt daran, unterzog es einem Belastungstest.

»He«, entfuhr es Erik. Er spürte, keine Täuschung, einen stechenden Schmerz in seinem ruckartig gebogenen Rücken.

»He«, äffte Splittig ihn nach, »da geht der Sprutzarsch aber auf Grundeis, was!«

Erik ahnte, daß er unbedingt versuchen mußte, seinen Widersacher zu stoppen, sonst würde die Schikane zu einem wer weiß wie furchtbaren Höhepunkt getrieben. Vielleicht würde er hier sogar malträtiert und verletzt werden, konnte man es ausschließen? Möglichst gleichmütig, und seine Lippen einziehend, daß sie ja nicht wieder zu zittern begannen, erklärte er: »Ich bin kein Sprutz. Nimm's mir nicht übel, aber ich hab paar weniger Tage als du.«

Splittig starrte Erik blöde an. Hinter ihm erhob sich Gemurmel. Doch schnell hatte er sich wieder gefaßt. Er lachte höhnisch, fuhr mit dem Zeigefinger unter die linke, pickellose Schulterklappe Eriks, hob sie, und mit ihr die ganze Uniformjacke, in die Höhe: »Und was is das hier? Was is das? Das is ja wohl glatt und sprutzig wie sons nix. Ein Spritzer, der behauptet, er wär keiner! Das is ja ganz was Neues!« Plötzlich verfiel er wieder in sein Brüllen: »Denkst du, du kannst mich verarschen! Wie dumm bis du denn, daß du denkst, du kannst mich verarschen!« Erik spürte, wie Splittig die Pranke in seine Schulter grub, und spürte auch dessen Atem, der nach Tabak und alter Blutwurst roch.

»Ich verarsch dich nicht«, entgegnete er schnell. »Ich würd's dir gern erklären, aber laß mich erstmal los, ich hab ja begriffen, daß du kräftig bist.« Dies schien ihm genau der Tonfall zu sein, mit dem er einerseits Selbstbewußtsein demonstrieren und andererseits dem Berserker ein wenig schmeicheln konnte.

Splittig ließ ihn los und glotzte ihn wieder wie blöde an. Ein anderer EK kam ihm zu Hilfe und fragte Erik lauernd: »Wieviel Tage willste denn haben, wennde weniger haben willst als wir? Das kannste uns ja denn sicher erklären. Wir hören. Wieviel Tage?«

Erik sagte, das habe er so genau noch nicht nachgerechnet.

Daraufhin erhob sich ein allgemeines Gejohle, in das auch die Genossen des 1. Diensthalbjahres, die nicht Liegenden, die bis dahin brav geschwiegen hatten, einstimmten, erst zögernd, dann immer lauter, und bald noch ungehemmter als EK's und Vizes.

Nachdem sich die Stube wieder halbwegs beruhigt hatte, sagte Erik, alles Triumphierende vermeidend: »Aber meinen Entlassungstermin, den kann ich euch sagen.«

Alle riefen höchst erregt und höchst belustigt etwas durcheinander, man hörte ein »ick fasset nich, na schießma los«, und ein »norr, ä lustsches Märschen, un das midden im hunnsgefährlischen Galden Griesch«.

Erik spuckte den Termin aus. Auf einmal war die Stimmung in der Bude dahin. Auf den Gesichtern machte sich Enttäuschung breit. Splittig schob seine Daumen unter die Hosenträger, die über seiner imposanten Brust spannten, rang ein paar Sekunden sichtlich nach Worten und erklärte dann mit einer Stimme, in der Bestürzung und Anerkennung lagen, er wünsche, von Erik aufgeklärt zu werden über dessen Status »und über die Gründe für das ganze Theater hier«, als wäre es Erik gewesen, der gerade etwas zur Aufführung gebracht habe, und nicht Splittig selber.

Erik verkniff sich, auf letzteres hinzuweisen. Er schilderte mit wenigen Worten, wie man ihn trotz eines irreparablen Rückenleidens gezogen hatte; wie er vor knapp zwei Monaten in die Unteroffiziersschule eingerückt und kurze Zeit später von dort ins Lazarett Bad Saarow verlegt worden war; wie man ihn schließlich dienstuntauglich geschrieben hatte.

»Du kommst von der Uschi-Burg«, stöhnte Splittig überrascht.

»Du bist'n Pfeffi«, rief, nicht minder überrascht, der EK aus, der Erik nach der Anzahl seiner Tage gefragt hatte. Er klang geringschätzig. Pfeffi, so schlußfolgerte Erik, war hier offenbar die Bezeichnung für einen Unteroffizier im 1. Diensthalbjahr. Er spürte, wie wichtig es war, auf der Hut zu bleiben. Er sollte wohl besser nicht als Pfeffi gelten. Es schien ihm die allerunterste Hierarchiestufe zu sein.

Da kam ihm ausgerechnet Splittig zu Hilfe. Der hatte soeben mit seinen Daumen die Hosenträger mehrmals nach vorn gedrückt und sie dann auf seine Brust zurückschnellen lassen, und hierbei hatte er wie abwesend vor sich hin gestiert. Man konnte fast zusehen, wie er schwerfällig, als wären's Stückgüter, ein paar Gedanken umschlug. Plötzlich rief er: »Der hat massig abgekohlt! Der ist von drei Jahren auf drei Monate runter! Sauberes Abkohlen! Schaffen nicht viele. Saubere Leistung, kann ich nur sagen!«

Sein vierschrötiges, pickliges Gesicht drückte Respekt aus. Außerdem versuchte Splittig aber, etwas zu verbergen, doch es glückte ihm nicht, und so traten bei ihm jetzt deutlich Züge von Neid und Mißgunst hervor. Unverkennbar, er gönnte Erik dessen abartig kurze Dienstzeit nicht, er setzte sie wohl zu seiner ins Verhältnis.

Und wie sich herausstellte, taten das alle anderen auch. Der EK, der schon zweimal mit listigen Bemerkungen aufgefallen war, gab zu bedenken, daß Eriks Geschichte ja gar nicht stimmen müsse, und schlug vor, jemanden zum Ixer zu schicken, um weitere Informationen einzuholen, erst danach könne man wirklich wissen, woran man bei dem Neuen sei. Er gedachte, diesen Botengang einem der vier Vizes in der Stube zu übertragen. Splittig aber beschied: »Geh du selber, Katze, die Angelegenheit is zu wichtig, um sie irgendnem Zwischenhund zu überlassen.«

Wohl oder übel mußte sich der Gefreite Katzner vom Bett erheben, was er mit hörbarem Ächzen tat. Fünf Minuten später war er wieder da und legte sich wieder lang. Er schwieg, und zwar fortgesetzt. Erst auf mehrmaliges Nachfragen der anderen, und mit nachdenklichem, finsterem Gesicht, gab er an, daß der Ixer alles bestätigt und darüber hinaus, durchaus nicht erfreut, ja wenn er, Katzner, sich nicht täusche, sogar mit einigem Unwillen erklärt habe, der Soldat Werchow sei für die Dauer seiner Anwesenheit in der Kompanie von jedweder körperlicher Tätigkeit befreit.

»Dickes, fettes Rollstuhlabzeichen«, murmelte Splittig, und wieder drückte seine Miene Achtung wie Mißgunst aus.

*

Den EK's blieb es somit verwehrt, Erik in die ausufernden Spielchen einzubeziehen, die sie mit den Sprutzen trieben und die in den ersten sechs Monaten ihres Dienstes am Weltfrieden und am sozialistischen Vaterland genauso gründlich mit ihnen selber getrieben worden waren.

Er mußte überhaupt nicht reagieren, wenn sie in einer Stube im Erdgeschoß 14–50er, also Goldbrand-Flaschen zum Preis von 14,50 Mark der Deutschen Demokratischen Republik, vernichteten und plötzlich »Heimfahrt« brüllten. Dann hatten die Frischlinge hinauszueilen, sich extra bereitgelegte Gebüschzweige zu schnappen und damit wieder und wieder in gebückter Haltung unterhalb der Stubenfenster vorbeizulaufen. Weil aber allein mit dem Grünzeug die Illusion einer Bahnfahrt nach Hause natürlich noch nicht perfekt war, trugen sie außerdem aus Schuhkartons gefertigte Pappschilder, auf denen Bahnhofsnamen zu lesen waren, und beileibe nicht irgendwelche, sondern genau die, an denen dieser, und dieser, und dieser in der Stube befindliche EK während seiner richtigen Fahrt tatsächlich vorbeikam. Der aus Klingewalde am nordöstlichen Rand des Bezirkes Dresden stammende Ricardo Splittig zum Beispiel kriegte, exakt in dieser Reihenfolge, zu seiner außerordentlichen Befriedigung folgende Schilder zu sehen: Ueckermünde, Torgelow, Pasewalk, Prenzlau, Angermünde, Eberswalde-Finow, Berlin-Lichtenberg, Königs Wusterhausen, Lübben (Spreewald), Lübbenau (Spreewald), Cottbus, Spremberg, Weißwasser, Görlitz.

Und Erik brauchte es auch nicht im mindesten auf sich zu beziehen, wenn die EK's nach einer tagelangen Übung die übriggebliebenen respektive schnöde verschmähten Konservendosen unter dem Ausruf

»Außenrevierensatz« in hohem Bogen aus dem Fenster warfen. Dann hatten die schon erschöpften Frischlinge umgehend ihren Vollschutz anzulegen, der aus Ganzkörpergummianzug, Gummiüberzugsstiefeln, Gasmaske und Stahlhelm bestand. Es war jetzt, man kann sich's denken, ihre heilige Pflicht, die Dosen aufzusammeln. Bisweilen geschah es aber auch, daß ein EK sie nach der Kollekte für ihren Fleiß belobigte, indem er ihnen zugestand, den Doseninhalt aufzuessen – und wenn es sie auch ekelte vor diesem Atombrot, wenn sie auch genau wußten, es würde ihnen tagelang im Magen liegen wie halbnasser, unaufhaltsam sich härtender Beton, so mampften sie es doch, denn jenes Lob zu verweigern, das schien ihnen nun gar nicht angeraten.

Obwohl er also von alldem zu seinem Glück ausgeschlossen blieb, war es Erik nicht vergönnt, sich gelassen zu zeigen. Er war ja alles andere als ein stumpfer und dumpfer Charakter, und so bemerkte er, wenn er auf seinem Bette lag, den Grimm der EK's, die nichts lieber getan hätten, als ihn von dort hinunterzuscheuchen, und ebenso bemerkte er die Mißgunst der Frischlinge, die es als verdammte Ungerechtigkeit empfanden, daß sie gezüchtigt wurden, er aber nicht. Und jener Grimm und jene Mißgunst ließen ihn unwillkürlich den Kopf einziehen. Er nahm an den Stubengesprächen, selbst an den unverfänglichen, so gut wie nie teil. Er ging nicht mit in den Fernsehraum, wenn dort ein Fußballspiel lief. Er erbat sich nicht einmal die Krümel, wenn jemand mit einem Kuchen aus dem Heimaturlaub kam und an jeden Stücke verteilte. Kurzum, er wartete förmlich darauf, daß jene unguten Gefühle der anderen sich einmal entluden. Und die anderen, sie registrierten es. Je schwächer Erik sich ihnen gegenüber zeigte, um so unverhohlener lauerten sie auf ihre Gelegenheit, denn niemand unter den Menschen ist gefährdeter als der Kraftlose, dem von einer übergeordneten Instanz Unantastbarkeit zugesprochen wurde: Jene nur verliehene Unantastbarkeit – sie muß von ihm unbedingt bestätigt werden, am besten mit Hochmut und Verwegenheit. Er darf nicht jämmerlich erscheinen, er darf nicht, tief wird ansonsten sein Fall sein, und grausam die Rache der anderen.

Die Gelegenheit ergab sich in der Woche vor Weihnachten. Vom Ixer wurde ein seltsamer Befehl erteilt: »Wegtreten zur Gräberpflege«. Erik scheute sich zu fragen, was das zu bedeuten habe, und wunderte sich über die Mienen der anderen, die ihm freudig bis gierig erschienen.

Man fuhr ohne Vorgesetzten. Splittig steuerte den W 50. Auf den Bänken herrschte geradezu andächtige Ruhe. Nach vielleicht zehnminütiger Fahrt stoppte das Fahrzeug, und als die Plane hochgeklappt wurde, erblickte Erik tatsächlich einen Friedhof. Er lag mitten im Wald und wirkte ungepflegt. Die meisten Gräber waren von Unkraut überwuchert, und Unkraut kroch filzig auch an den Grabsteinen hoch, verdeckte deren Gravur. Am Rande stand eine kleine, türlose Kapelle mit rissigem Mauerwerk. Dort hinein drängte schweigend die Mannschaft. Erik, der den Zug beschloß und erst einmal auf der durchgetretenen Schwelle verharrte, sah, daß sich keine Stühle in der Kapelle befanden und auch keine Leuchter. Sie schien, abgesehen von einem in der Ecke lehnenden Holzkreuz, vollkommen leer zu sein. Er trat zögernd ein, ging um die anderen, die einen Halbkreis gebildet hatten, herum, entdeckte Splittig, der bis zum Nabel in einer Art Grube steckte. Neben dem Gefreiten lagen ein paar aus dem Boden gerissene Bohlen, die Abdeckung der Grube. Splittig reichte jetzt etwas hoch, Hefte waren das, wie Erik erkennen konnte, längst verblaßte, halb zerfledderte Illustrierte. Jemand streckte Erik, ohne sich umzuwenden, eine hin. Erik griff zu und wurde auf einmal aus großen, erregt verdrehten Augen angeschaut. Sie gehörten einer nackten, knieenden Blondine, deren pralle Brüste wohl aus dem Magazin gefallen wären, wenn nicht ein nach oben, zum lieben Gott blickender Mann sie von hinten mit seinen Händen gehalten hätte. Zugleich trieb er mit seinem Schwengel die ganze Frau nach vorn. Wo sie wiederum aufgehalten wurde von einem anderen Mann, der sich da niedergelassen hatte, um sich von ihr sein Geschütz polieren zu lassen. Es war bis zur Hälfte in ihrem Mund verschwunden und beulte ihre Wange, als habe sie einen fürchterlich dikken Zahn. Sie steckte mächtig in der Klemme, aber es schien ihr nichts auszumachen, es schien genau das zu sein, was sie sich wünschte.

Die Kapelle leerte sich rapide. »Diese säuischen Schweden, o diese säuischen Schweden«, murmelte einer verzückt beim Hinausgehen. Erst da fiel Erik die fremde Schrift über der allseits bereiten Frau auf. Das ist also schwedisch, dachte er. Die Soldaten verteilten sich. Die meisten liefen in den Wald. Sie blätterten in dem Exemplar, das sie erhalten hatten, entschieden sich teils nach wenigen Sekunden, teils erst nach Minuten für ein bestimmtes Bild und hielten es dann mit einer Hand oder plazierten es genüßlich auf einer Astgabel in Augenhöhe.

Bald begann dicker weißer Regen auf den Boden zu tropfen, tief hingen die Wolken, aus denen er kam, und schwer waren sie, und winterhart lag die Erde, auf der nichts versickerte, auf der sich schnell Rinnsale bildeten, welche sich vereinigten, und anschwollen, denn weiter und weiter regnete es, mal hier, mal da, es war nun schon ein wahrer Strom, der sich durch die Landschaft wälzte, ins Haff hinein, das danach jede Menge schweres, undurchsichtiges, milchiges Wasser enthielt, jo beim Klabaudermann, datt geiht hier gar nich mehr voran, sagte manch Kutterkapitän und drehte die Maschinen, vergeblich, vergeblich, auf volle Kraft, und es ward von den Kapitänen endlich weißes Meer getauft, das Haff, weil dies alles hier ja nicht zum ersten Mal geschah, weil diese Verwandlung der Welt sich sogar ziemlich regelmäßig wiederholte, ein Phänomen der Natur, gegen das nichts auszurichten war.

Einige der Artilleristen hatten sich allerdings gar nicht erst die Mühe gemacht, den Wald aufzusuchen, sondern hatten ihr Anschauungsmaterial kurzerhand auf die überwucherten Grabsteine gelegt. Bei ihnen handelte es sich ausschließlich um EK's. Sie waren völlig vertieft in das, was sie, durchaus doppeldeutig, Grabpflege nannten, sie waren schließlich die einzigen, die hier auf diesem verwahrlosten Areal überhaupt noch antraten, und sie ließen hier etwas auferstehen und erblühen, das ihnen manchmal schon tot erschienen war, erledigt durch Hängolin oder was immer man ihnen in den Tee schüttete, den sie Tag für Tag schlürften. Zufälligerweise errieb sich nun aber einer von denen sein kurzes Glück nicht ganz so konzentriert und nicht ganz so versunken wie die anderen. Hinter drei unter allerlei Verrenkungen sich da und dort leckenden Damen, die er diesmal erwählt hatte und die ihn, eben weil es drei waren, vielleicht überforderten, in dem Sinne, daß er sich keiner vollständig zuzuwenden vermochte, hinter diesem Trio bemerkte er plötzlich, wie in einem Nebelschleier, den Soldaten Werchow, der von einem Bein aufs andere trat und unschlüssig in seinem Magazin blätterte. Der EK unterbrach sein Handwerk, sowieso ganz recht, sagte er sich, wenn man nichts überstürzte, und wies mit der frei gewordenen, noch warmen Hand auf Erik: »Splitter, Katze, guckt mal, da!«

Splittig und Katzner ließen sich nicht stören.

»Na guckt doch mal!«

Unwillig wandten die beiden, die mit dem Rücken zur Kapelle standen, sich um. Ihre freigegebenen Eicheln leuchteten rötlich inmitten des dezemberbraunen Grüns.

»Was denn mit dir«, rief Splittig zu Erik, »mach ma, is nich ewig Zeit!«

Erik spitzte den Mund und winkte ab. Beides sollte lässig und geringschätzig wirken, erschien aber den Gefreiten wie der Auftakt zu einer – hier nun wirklich nicht statthaften – Flucht.

»Komm ma her«, brüllte Splittig. Seine ganze Energie galt jetzt erst einmal Erik. Der bisherige Gegenstand seiner Beschäftigung neigte sich zusehends, ganz wie ein von Zwölf auf Sechs sich bewegender Sekundenzeiger, nach unten.

Erik winkte noch einmal ab und schickte sich an, in der Kapelle zu verschwinden.

»Komm her, hab ich gesagt«, brüllte Splittig nun wie von Sinnen, womit er bei den allermeisten im Wald und auf dem Friedhof schlagartig für eine unerwünschte Interruption sorgte. »Komm her, hier hab ich das Kommando, falls dir das nich klar is. Nur ich, hörste!«

Erik folgte. Sein Heft trug er eingerollt in der Hand.

»Warum hols du dir keinen runter, kannste nich oder willste nich?« fragte Splittig barsch und so laut, daß alle es hören konnten.

Erik runzelte die Stirn. Es ekelte ihn. Und was war »es«? Nicht das, was er in dem Heft zu sehen bekommen hatte und was weit über die ihm bekannten, künstlerisch wertvollen Aktfotos im »Magazin« hinausging, so weit, daß ihm der Atem stockte. Oh, es erregte ihn durchaus, und wenn er allein gewesen wäre … Aber er war nicht allein. Er war umgeben von lauter Schwänzen und Visagen, und deren öffentliches Vibrieren und Schäumen, deren lüsternes Glänzen und Stieren, alles das widerte ihn zutiefst an.

»Kannste nich oder willste nich?« wiederholte Splittig drohend. Und Katzner fügte höhnisch hinzu: »Komm uns jetzt bloß nicht mit deinem Rücken. Vorne spielt die Musik, vorne!« Er wackelte obszön mit dem Becken. Währenddessen hatten sich einige der im Forst Tätigen herbeibemüht, um zu sehen, was hier im Schwange war.

Erik stand zwischen ihnen auf der einen Seite und Splittig und Katzner auf der anderen, und er stand da wie ein begossener Pudel. »Ich will nicht«, sagte er leiser, als er beabsichtigt hatte.

Splittig und Katzner, die merkten, so schnell würden sie nicht dazukommen, ihre Uhren wieder auf Zwölf zu stellen, schlossen ihre Hosenställe.

»Sooo«, sagte Katzner, »du willst nicht. Hast du nicht gehört, was der Ixer befohlen hat? Du hast es doch gehört! Das nennt man dann wohl Befehlsverweigerung, oder?« Er drehte sich zu Splittig.

»Das is 'ne ausgewachsene Befehlsverweigerung«, bestätigte dieser.

»Da sollten wir wohl dafür sorgen, daß der Befehl ausgeführt wird, oder?«

»Da sollten wir wohl für sorgen.«

Erik lief es kalt den Rücken hinunter. Er konnte sich beim besten Willen nicht vorstellen, was die beiden beabsichtigten, aber er ahnte, es würde entsetzlich werden.

»Keine Bange, es ist nur zu deinem Besten«, griente Katzner, »wir wollen doch nicht dem Ixer petzen, daß sein Befehl verweigert wird.«

»Genau«, pflichtete Splittig bei, »wir wollen dir nur helfen, den Befehl auszuführen, paß auf«, er blätterte in seinem Heft, »wie nennt man das, selbslos, selbslos sind wir, guck ma«, er war fündig geworden, »hier, kriegst sogar meine Lieblingsemma, sag selbs, is die scharf? Is das 'ne scharfe Emma?«

Die Frau lag so auf dem runden gepolsterten Ende eines Sofas, daß ihre Brüste, wie auch ihre Beckenknochen, spitz emporragten und ihr Kopf knapp überm Teppichboden in der Luft hing. Ihr Mund war weit und begehrlich geöffnet, wie der einer Verdurstenden, der nach langer, langer Zeit wieder mal was Flüssiges in Aussicht gestellt wird. Und nicht vergeblich, nicht vergeblich, es naht, es ist schon unterwegs, das Getränk, und was soll man sagen, es ist sogar frisch gepreßter Saft: Ein Mann, ein Retter, ihr Erlöser, der sich fürsorglich vor ihr niedergelassen hat, versorgt sie schnell, aus der Hüfte heraus, mit diesem Nötigsten.

»Letzte Chance«, zwitscherte Katzner, »besorgst du's dir selber?«

Mit einemmal wußte Erik, was sie vorhatten. Er war wie gelähmt. Er hörte, wie Splittig Namen rief, die Namen dreier Sprutze, er spürte, wie ihm von hinten das Koppel gelöst wurde, wie jemand an den Knöpfen seiner Uniformhose riß und jemand ihn an den Schultern packte; da stieß er plötzlich die Hände weg, alle, alle, und machte sich, bevor sie's getan hätten, schnell an seinem Leib zu schaffen, er starrte auf das Bild, er bohrte seine Blicke in den perfekt gewölbten Körper der Frau, in ihr Lechzen, aber die Not wollte nicht enden, denn nichts geschah, nichts richtete sich auf, er haßte die stumm ihn Umringenden, und haßte sich selber, und haßte die Frau, und mehr noch als alle anderen haßte er den Typen auf dem Bild, der ihm zeigte, wie man sich anstellen mußte, der sich nicht so hatte, der konnte, wenn's drauf ankam.

Irgendwann begann Katzner, verächtlich zu prusten, und Splittig rief: »Hör auf, Pfeife, das kann man ja nicht länger mit ansehen.«

Während Erik sich das geöffnete rauhe Uniformzeug wieder zuknöpfte, fragte Katzner seinen Kompagnon mit einem listigen Ausdruck im Gesicht: »Hat er damit eigentlich den Befehl ausgeführt? Hat er nicht, wenn man's genau nimmt, oder?«

Splittig wiegte nachdenklich den Kopf und bekräftigte dann, »nee, Katze, hat er leider, leider nich«.

*

Nach dieser Schlappe war es vorbei mit der Ruhe, die Erik genossen hatte. Die Zeit der Rache und der Schikanen war angebrochen, er merkte es schon kurz vor der Rückfahrt mit dem W 50, denn kaum hatte er sich bleichen Gesichts auf die linke der beiden langen Holzbänke fallen lassen, wurde er von einem Vize, der sich bis dahin immer im Hintergrund gehalten hatte, wieder hochgescheucht: »Hier ist mein Platz, Schlappschwanz, such dir 'nen andern!« Und das wiederholte sich, mit anderen Soldaten, aber weitgehend identischen Worten, noch zwei- oder dreimal, ehe Erik, da fuhr der Trupp schon, endlich zum Sitzen kam. Und das »Schlappschwanz«, einmal, zweimal, dreimal gesagt, war von nun an die gängige, und mehr noch, die einzige Anrede.

Man schikanierte ihn, nicht ohne dabei getreulich des Ixers Anweisungen zu befolgen. Das heißt, man verzichtete auf alles, was geeignet gewesen wäre, ihn körperlich zu verletzen. Dafür setzte man Erik auf eine gerissene Weise zu, und je öfter und einfallsreicher man das tat, um so mehr wünschte er sich, man möge ihm doch bitte, bitte irgendwelche Knochen brechen, dann hätte er wenigstens einen handfesten Schaden, etwas Sichtbares und in einem bestimmten Zeitraum Reparables. So aber fühlte er eine dauernde stille, erbärmliche Schande, und diese Schande breitete sich immer weiter aus, ja es war, als reproduziere sie sich selbst: Kaum hatte Erik nämlich eine Boshaftigkeit überstanden, wartete er schon zwanghaft auf die nächste, und sie kam, vielleicht sogar schneller, als die Ausführenden es selber beabsichtigt hatten, denn seine Art von Demut, eine Demut ganz ohne Stolz, die machte sie erst recht fuchsig, die verlangte doch geradezu danach, bedient und befeuert zu werden, die weckte in ihnen sogar das Gefühl, jemandem seine geheimsten Wünsche zu erfüllen. Nie war ihre Gewißheit, legitim zu handeln, größer gewesen, und so hieß es bei ihnen statt: »Er hat es nicht anders verdient!« bald nur noch: »Er hat es nicht anders gewollt!«

Gleich am Morgen nach dem verhängnisvollen Ereignis auf dem Friedhof wurde ihm der erste Streich gespielt. Erik spürte, als er in seine Unterhose schlüpfte, etwas unangenehm Nasses. Und noch etwas spürte er, die lauernden Blicke von Splittig, Katzner und den anderen. Er drehte sich weg, zog die Hose wieder aus, schaute hinein und entdeckte Spuren frischen Spermas. Und solche hatte er, wie er jetzt bemerkte, auch am Gemächt. Es ekelte ihn noch mehr, als es ihn am Tag zuvor geekelt hatte. Wut flammte in ihm auf, verdrängte für einen Moment jede Zaghaftigkeit. Er drehte sich mit einem Ruck herum, sah die höhnisch lächelnden Splittig und Katzner. Er war nahe, wirklich ganz nahe dran, einem von beiden seine klebrige Hose in die schadenfrohe Fratze zu drücken. Wahrscheinlich hätte er erst einmal büßen müssen für einen solch verwegenen Akt des Widerstandes, aber sein Sich-Wehren, es wäre auf Dauer garantiert nicht ohne Eindruck geblieben, gewiß, man wäre ihm fortan wieder vorsichtiger begegnet und vielleicht sogar respektvoll. Aber er tat es dann doch nicht. Er kam sich selbst mit einer Frage in die Quere, der nämlich, ob überhaupt einer von beiden es gewesen war, der ihm in die Hose gespritzt hatte. Konnte man denn da sicher sein? Wer weiß, vielleicht war ja ein ganz anderer der Übeltäter? Dann würde er, Erik, sie zu Unrecht angreifen, mit verheerenden Folgen bestimmt.

Erik drehte ab und trabte in den Waschraum, um sich und seine Baumwolle zu säubern; und diese Folgsamkeit war es, die dazu führte, daß die Früchtchen um ihn herum, jeweils im Morgengrauen, ihre Besamungsaktion noch das eine oder andere Mal wiederholten – wobei sie sich durchaus flexibel zeigten und sich nicht immer nur die Hose vornahmen. Einmal kleckerten sie in Eriks Fellmütze, und das geschah ganz und gar nicht zufällig an einem jener Tage, an denen er, der ja irgendwie beschäftigt werden mußte, zur »Luftbeobachtung« eingeteilt war, was bedeutete, er würde die bevorstehenden acht Stunden auf einem ungeheizten, nach Pisse stinkenden Betonturm verbringen, um von dort aus, als sei das Radarzeitalter noch nicht angebrochen, den Himmel nach feindlichen Flugobjekten abzusuchen. Und ebenso war es natürlich kein Zufall, daß gerade in jenem Augenblick, da er sich seine Mütze, seine »Bärenvotze« aufgesetzt hatte, der Ixer zur Uniformkontrolle rief, er hatte Erik schon passiert, der Ixer, aber dann hielt er auf einmal inne und schlenderte zurück, die Reihe entlang, und baute sich vor Erik auf. Dessen Gesicht färbte sich sogleich rot. Der Ixer musterte ihn kurz, nahm ihm langsam und genüßlich, als lüfte er den Dekkel eines Topfes, in dem ein leckeres Gericht dampft, die Mütze ab, besah sich, scheinbar auf der Suche nach Schmutz, interessiert deren Oberseite, drehte das Teil wie gedankenverloren um, schreckte plötzlich zurück, verkniff mit schlecht gespielter Überraschung die Augen, schnüffelte, schon voller Abscheu, hinein, tauchte entsetzt wieder auf und brüllte: »Sie verdammte Sau, Werchow! Was für eine Topsau sind Sie denn!«

Aber genug, genug von alldem …

Als endlich der Tag seiner Entlassung gekommen war, verließ Erik ohne Gruß, aber auch ohne jeden Anflug einer Mimik, die von den anderen als Schadenfreude oder Häme hätte gedeutet werden können, die Stube. Dennoch konnte sich Splittig nicht enthalten, ihm hinterherzustiefeln, sich vor ihm aufzubauen und ihm ein letztes Mal zu drohen: »Du hast's also geschafft, Schlappschwanz. Aber freu dich nicht zu früh. Wenn wir uns draußen begegnen, und da kannst du Gift drauf nehmen, daß wir uns begegnen, und ich seh dich mit deinem kaputten Kreuz munter rumturnen, dann Gnade dir Gott! Hast du verstanden? Gnade dir Gott!« Sein Gesicht, das am Anfang seiner Abschiedsrede noch kühl und beherrscht ausgesehen hatte, war nun wutverzerrt, so, als würde Splittig sich in diesem Moment denken, das ganze Drangsalieren, was hat es genützt, wenn er jetzt gehen darf, und ich muß meine Tage weiter runterreißen.

Erik ließ ihn wortlos stehen. Er bemerkte zwar Splittigs Hilflosigkeit, aber er erfreute sich nicht an ihr; und nicht etwa, weil er Angst gehabt hätte, der Kerl könne ihm noch einmal nachgelaufen kommen, sondern weil er in dieser Sekunde schon begann, alles, was er bis eben erlebt hatte, ins hinterste Stübchen seines Gedächtnisses zu verbannen.

Als er, in Zivilklamotten, die Kaserne verließ, erschien ihm diese schon unwirklich. War er jemals da drinnen gewesen? Gab es die Menschen, die noch da drin waren, tatsächlich? War er ihnen irgendwann einmal begegnet? War diese ganze Armee nicht ein böser Traum? Jawohl, so fühlte er sich, als er zum Bahnhof ging, wie nach einem unruhigen Schlaf, wenn die Bilder eines verstörenden Traumes sich mit denen der Realität vermischen, eine seltsam taube Zwischenzeit, während der einem alles fremd ist; selbst die Klamotten, die er trug, gehörten ihm gerade nicht, und genausowenig kannte er die Landschaft, durch die er wandelte, und er spürte auch keine Steine unter den Schuhsohlen, und er roch auch nichts, obwohl aus den Schornsteinen der Häuser, an denen er, oder ein anderer, vorbeizog, Rauch aufstieg, welcher gelb war, wie er sah, aber nicht bemerkte.

Im Gerberstedter Wehrkreiskommando wurde er von einem jungen, schmalgesichtigen Unteroffizier begrüßt. Dieser erwies sich als redselig und naiv. Er ließ, während er Eriks Wehrpaß samt Hundemarke in Empfang nahm und ihm dafür seinen Personalausweis zurückgab, die Bemerkung fallen: »Mannomann, jetzt kommen aber alle hintereinander, Sie sind schon der vierte diese Woche.«

Erik brauchte ein paar Augenblicke, um zu verstehen. »Sie wollen sagen, ich bin der vierte aus dem Kreis, der in dieser Woche vorzeitig entlassen werden mußte?« Er klang ebenso überrascht wie enttäuscht. Er hatte geglaubt, er wäre, zumindest unter den Gerberstedtern, ein Einzelfall – in seinem Leiden, das er der Fehldiagnose einiger unfähiger beziehungsweise ungehobelter Ärzte aus diesem Hause hier verdankte, wie auch in seinem Glück, von jenem Leiden beizeiten erlöst worden zu sein.

»Klar«, sagte der Unteroffizier mit der größten Selbstverständlichkeit.

»Wieso ist das klar, mir ist das nicht klar, wieso sind es denn so viele?« fragte Erik ungehalten.

»Na, überlegen Sie doch mal. Sie gehören einem geburtenschwachen Jahrgang an. Deshalb mußten ein paar Leute gezogen werden, die man unter normalen Umständen nicht gezogen hätte.«

»Das heißt, ich wurde damals nur deswegen tauglich geschrieben, damit der Kreis seine Zahlen erfüllen konnte? War es so?«

»Klar war es so«, antwortete der Unteroffizier. »Hier hat man schon damit gerechnet, daß manche Leutchen, also solche wie Sie, schnell wiederauftauchen.« Und er lächelte ihn munter an.

Erik fühlte sich wie vor den Kopf geschlagen. »Demnach war man bereit, mich zu verheizen«, rief er, »dazu war man durchaus bereit!« All die Schikanen, denen er ausgesetzt gewesen war, er spürte sie noch einmal, jetzt als eine Art Klumpen, und dieser Klumpen rutschte ihm gerade so, und wohl nur deshalb, weil Erik mit entsprechenden Schluckbewegungen nachhalf, durch die Kehle, wobei er ein unangenehmes Brennen hinterließ.

»Verheizen«, lachte da der Unteroffizier, »nun mal langsam, Sie sind doch noch ganz heile, oder nicht?«

Erik wollte etwas entgegnen, aber plötzlich war es ihm nicht mehr wichtig. Wozu noch streiten? Warum machte er nicht einfach, daß er hier rauskam? Er stand auf, zog als Zeichen seines Mißfallens mit seinen vollen Lippen eine Schnute und verließ endlich das Jüngelchen und das Wehrkreiskommando und die ganze Welt der sinnlosen Regeln und ausgeklügelten Demütigungen.

Draußen wurde er sich langsam der Tatsache bewußt, daß er alles in allem nur drei Monate und vier Tage bei der Fahne zugebracht hatte; Himmel, das war ja nicht mehr als der dreihundertste Teil des veranschlagten gesamten Lebens, eine lächerlich kurze Zeitspanne war das doch nur, ein Intermezzo sozusagen. Genugtuung stieg auf in ihm, oder was immer das war.

Drei Tage im November

Es war 6 Uhr 30, und es war wieder November, der dritte nach der Trauerfeier. Die Frühschicht lief. Willy, der vor einem halben Jahr Direktor des »Aufbruch« geworden war, begann seinen täglichen Rundgang durch die einzelnen Abteilungen, ein Ritual aus seiner Zeit als Produktionschef, das er beibehalten hatte. Er wollte nicht über die Köpfe der Leute hinweg entscheiden, er wollte Bescheid wissen über die Lage da unten, so was behaupten tat mancher, aber Willy meinte es ernst, und außerdem war ihm auch recht wohl dort, er liebte all die Geräusche und Gerüche, die ihm entgegenschlugen. Er kannte sie seit 25 Jahren. Er hatte hier als Lehrling angefangen. Man hätte ihm die Augen verbinden können, und er wäre imstande gewesen, den verwinkelten Weg von Halle zu Halle zu finden, ohne mit einem Bein an einen der spitzkantigen Nachschubcontainer zu stoßen; es wäre ihm sogar ein leichtes gewesen, auf jedem Meter der Strecke zu sagen, wo er sich gerade aufhielt: Das Ölige, Warme, das ihm in die Nase stieg, es kam natürlich von den Bogendruckmaschinen, und das Rattern auch; ein Klingeln jetzt wie in der Schule, wenn dort zur Pause geläutet wird – hier das Signal, daß eine Papierrolle leer war, weggedruckt bis zum Klebeteil; und dieses laute Klopfen nun, die erste gerade angeschaffte Rotationsmaschine wummerte es heraus, eine MAN, eingehaust war die natürlich, denn wäre sie es nicht, gäb's doch einen noch höllischeren Lärm, einen, der Trommelfelle zerfetzte; und apropos Lärm, immer war Willy gewärtig, mit seinem Körper den lauten Knall abzufangen, der plötzlich ertönte, wenn eine Papierbahn, straff, wie sie gespannt war, während des Druckvorgangs riss, PENG, er wollte nicht zucken, er hatte diesen Böller, mit dem die Maschine ihre berstende Kraft, ihre uneingeschränkte Macht feierte, schon hundertmal abgewehrt, und doch erschrak er jedesmal von neuem und fuhr zusammen; weiter, wenn es kälter wurde, ohne daß die Temperatur sank, wenn nicht nur warmes, Willy verwendete den Begriff: anheimelndes Öl in der Luft zu liegen schien, sondern auch noch etwas Säuerliches, Beißendes, dann war die Binderei nicht fern; das Schleifen des Fließbandes dort, das wie aus einem Boxring kommende Schlagen, wenn Buchblock und Einband zusammengefügt wurden, jede halbe Sekunde ein Hieb, unterlegt mit einem Zischen, fast ein Fauchen war das schon, raubtierhaft, das ließ der Prägeautomat hinten in der Ecke ertönen, der gefüttert wurde mit hauchdünner Folie, welche zufriedenstellend zu produzieren in Willys Republik nie so recht gelang, weshalb Willy streng haushalten mußte mit den Rollen, die Vertreter von Ernst Oeser & Söhne KG, Göppingen, in absichtsvoller Vergeßlichkeit alle halbe Jahre auf der Leipziger Messe liegenließen; die Stille im Zwischenlager endlich, wo Platz für 4000 Paletten war, zehn Meter hohe, wulstige Türme aus Holz und ehemaligem Holz, buchgepolsterte Luft, Willy atmete Leim, Farbe, Blei, Papier, er las die Bücher nicht, niemals war das Lesen für ihn von Interesse gewesen, dafür schnupperte, schnüffelte, inhalierte er sie jeden Morgen um Viertel vor sieben in diesem Lager, von dem aus sie in ein zweites Lager am Bahnhof gekarrt wurden, und so weiter und so fort mit ihnen …

Und ebenso lange wie all jene Gerüche und Geräusche kannte er die Drucker, denn nicht wenige von denen hatten mit ihm zusammen gelernt. Manchmal nickten sie ihm kurz zu und schafften dann weiter, manchmal machten sie einen Scherz: »Na, Willy, immer noch kein Zuhause?« Manchmal aber, wenn, wieder einmal, irgend etwas nicht funktionierte, stürzten sie auf ihn zu und gingen ihn schonungslos an, jegliches Unterstellungsverhältnis negierend, als wären sie auf dem Fußballplatz, und er hätte ein Abspiel versaut. Die Jüngeren trauten sich das natürlich nicht. Stumm blieben sie im Hintergrund. Doch ihm schien, sie registrierten mit Respekt, daß er immer wiederkam. Nur bei diesem oder jenem glaubte er Ablehnung oder gar Abneigung zu erkennen, eine Abneigung, die ihm nicht fremd war, weil er sie ja selber verspürte, Betonköpfen wie Rabe gegenüber. Wie wenig er mit dem gemein hatte. Wieviel ihn von dem trennte. Doch anscheinend sah das nicht jeder seiner Arbeiter, anscheinend dachte mancher, der da in dieser Position, das könne ja wohl nur ein gehöriges Arschloch sein.

Kaum war Willy in die Halle gebogen, stand Dietrich Kluge, einer seiner Ersten Drucker, vor ihm. Kluges hochrotes Gesicht verhieß nichts Gutes. »Willy!« rief er, und mehr rief er erstmal nicht.

»Was gibt's?«

Kluge faßte ihn am Arm und führte ihn wortlos ein paar Meter weiter, dorthin, wo seine Leute eine Papierbahn bereitgelegt hatten. Sie wies auf den vielleicht vier, fünf Metern, die Willy nun überschaute, eine unerhörte Vielfalt an Weißtönen auf, einen hier leider gar nicht erwünschten Variantenreichtum.

»Schau dir das an!«

Willy stöhnte auf. Es gab im »Aufbruch« regelmäßig Probleme mit der Papierqualität, egal wer gerade lieferte, aber das hier, das war tatsächlich eine Frechheit. Er fragte: »Schwarzhainichen? Plodern? Oberrehma?«

»Oberrehma.«

Willy dachte nach: Am liebsten würde er die Rollen sofort nach Oberrehma zurückgehen lassen. Doch wäre das klug? Er kriegte ja niemals so schnell Ersatz, von nirgendwoher, insofern war es egal, wer der Verursacher war. Sind ausgebucht, würde er, wie immer, nur zu hören kriegen. Was er dagegen, jede Wette, selbst dieses Mal keineswegs vernehmen würde, wäre eine Entschuldigung. Ob da oder dort, man setzte in den halb verfallenen Fabriken, in denen man jahrzehntealte Maschinen zu nutzen gezwungen war, ein prinzipielles Verständnis dafür voraus, daß klapprige Gäule nunmal nicht hoch sprangen. Willy würde also, ob er wollte oder nicht, das eigentlich unzumutbare Papier verdrucken müssen. Und würde damit seinerseits wieder jemanden verärgern. Wen? Wer würde diesen Zellstoff zwischen den Buchdeckeln überhaupt akzeptieren? Vielleicht einer derjenigen, die gerade in seiner Schuld standen? Willy überlegte, und überlegte, und schließlich fiel ihm Weitermann ein – aber ja, Weitermann! Der, erfahrener Herstellungsleiter des in Berlin beheimateten »Metropolenverlages«, hatte das Manuskript eines Autors namens Gilmar Gluth, welcher bekannt dafür war, mit seinen nur bleistiftschmalen und vor Manieriertheit strotzenden Werken nie fertig zu werden, erst acht Wochen nach dem vereinbarten Termin liefern können, was Willys gesamte Maschinenbelegung durcheinandergebracht hatte und normalerweise Grund für eine saftige Vertragsstrafe gewesen wäre. Weitermann aber, geübt in Kompensationsgeschäften, für die er in der Hauptstadt nicht die schlechteste Basis hatte, war es gelungen, Willy gnädig zu stimmen, indem er ihm, »als Zugabe fürs nächste Betriebsfest, mit sozialistischem Gruß«, ein paar Kilo Apfelsinen hatte zukommen lassen. Und da er wußte, daß jene milde Gabe Willy nicht völlig zufriedenstellen würde, erklärte er am Telefon: »Hast natürlich noch einen gut bei mir, erinnre mich dran, falls ich's vergesse.« Die Zeit der Erinnerung, sie war jetzt gekommen.

»Wir drücken ausnahmsweise beide Augen zu«, sagte Willy.

»Was tun wir?« fragte Dietrich Kluge.

»Wir drücken ausnahmsweise beide Augen zu«, wiederholte Willy, wobei er für einen Moment tatsächlich seine Augen schloß.

»Das ist nicht dein Ernst! Was heißt überhaupt ausnahmsweise? Ich kann mich nicht erinnern, wann wir sie mal nicht zugedrückt hätten. Du vielleicht?«

Willy antwortete nicht auf die Frage. »Wir machen damit den Gluth. Weitermann wird mir den abnehmen, kein Problem.«

Kluge drehte seinen Oberkörper zur Seite, stieß mit dem Kopf nach vorn, drehte sich wieder zurück, die Bewegung eines Panthers im Zoo.

»Der Gluth, der soll sowieso nicht so toll sein«, sagte Willy.

»Soll er nicht«, repetierte Kluge gedehnt.

»Es ist ein Kompromiß, mit dem wir leben können, Dietrich.«

Da brach es aus Kluge heraus: »Wir können damit leben, ja, wir? Du vielleicht, bitte, ja, du kannst ja neuerdings mit jedem Kompromiß leben. Ich nicht. Ich nicht mehr!« Er stieß ein kurzes, hohes Meckern aus. »Wie heißt es so schön, Willy? Meine Hand für mein Produkt. So wie wir heute arbeiten, werden wir morgen leben. So heißt es doch, Willy? Weißt du was«, er streckte ihm seine Hände entgegen, Teller nach oben, »wenn das stimmen würde, dann wären unsere Hände doch schon ab.« Er führte eine Handkante an die Gurgel, rief: »Und wir würden gar nicht mehr leben, sondern wären mausetot. Es ist eine Schande. Dafür bin ich nicht Drucker geworden. Dafür«, er verbesserte sich, stieß seinen Zeigefinger an Willys Brust, »sind wir nicht Drucker geworden. Erinnere dich. Was waren wir stolz. Wir waren die Könige. Ohne uns kein Wort. Wir haben die Wörter gemacht. Nicht erfunden, aber gemacht. Und jetzt? Ich frage dich: und jetzt?«

Willy schwieg.

»Jetzt verpfuschen wir die Wörter, jetzt ...«

»Hör auf zu übertreiben! Das ist doch alles übertrieben. Wir machen großartige Bücher. Wir kriegen jedes Jahr Messegold für sie, auch im Ausland. Wir haben Schwächen, zugegeben, ich bin doch der letzte, der das nicht eingestehen würde. Aber wir bemühen uns, die abzustellen.«

Kluge stampfte mit dem Fuß auf, fügte allen aus den Maschinen getriebenen Vibrationen, die schon im glattgetretenen Steinboden steckten, seine eigene, unbedeutende Schwingung hinzu. »Das kann ich nicht mehr hören, Willy, diese verdammten Beschönigungen. Ich reiß mir mit meinen Jungs hier den Arsch auf …«

»Ich auch, verdammt nochmal …«

»… das bestreitet doch keiner, du auch, ich bin doch nicht blind, aber es nützt nichts, es nützt alles nichts, denn irgendwo klemmt immer die Säge. Gib zu, Willy«, er trat verächtlich mit der Fußspitze an die Papierbahn, »dieses Zeug hier, das ist was für Klosetts, aber nicht für Bücher. Kein Buch der Welt …«, Kluge hielt inne, ihm schien etwas eingefallen zu sein, »… nimm diesen Gluth. Ich hab sein letztes Buch gelesen. Es war nicht *so* schlecht. Man hat gemerkt, wie er sich beim Schreiben quält, das sollte nicht sein, er war nicht locker, er wollte zuviel, das stört beim Lesen, in Ordnung. Aber bitte, nehmen wir ruhig an, er hätte ein wahrhaft miserables Buch verzapft, das schlechteste Buch der Welt. Dann hätte er trotzdem das Recht, es von uns 1a gedruckt zu bekommen. Es ist schofelig, Willy, den eigenen Pfusch mit dem anderer zu begründen, und das tust du …«

Willy verzog das Gesicht. »Wir sind nicht allein, Dietrich. Ich kriege kein anderes Papier, nicht in den nächsten Tagen. Mir sind die Hände gebunden.«

Kluge nickte, als habe er nur das hören wollen, als sei er schon damit zufrieden, als erwarte er gar keine Lösung des Problems, sondern einfach nur das Eingeständnis, daß es existierte.

Willy blickte auf seine Uhr, erschrak. »Schon zehn nach sieben. Ich muß los.«

Kluge nickte noch einmal, Willy nahm es aber nicht mehr wahr, er eilte schon in Richtung Verwaltungsgebäude, in dem es nach Staub, Bohnerwachs und Kaffee roch, und nach dem schrecklich süßlichen Parfüm mancher Sekretärin auch.

*

Grau lag das hügelige Land, in das der »Aufbruch« hineingebaut war, wie aus Teer gegossen erschien die Schorba. Blattlose Wälder glichen riesigen Igelrücken. Lärchengerippe klapperten mit den Knochen. Heruntergefallene Äste zeigten ihre morschen schwarzen Enden.

Die meisten Menschen atmeten flach. Wie Schildkröten zogen sie ihren Kopf ein, wenn der Wind, der Wind, das schreckliche Kind, ihnen die noch heißen, teils glutäugigen Kohlerückstände entgegenwirbelte, die sie morgens in rostigen Aschekästen vor sich hertrugen, um sie in die Mülltonnen zu kippen. Und so, sicher ist sicher, beließen sie danach ihre Köpfe, so, fast halslos, verharrten sie. Eine farblose Ruhe umschloß sie wie Gelatine.

Jemand aber, ein gewisser, Willy flüchtig bekannter Herr in mittleren Jahren, war gar nicht zu bremsen. Er stürzte sich von einer Aktivität in die nächste. Dazu war ihm der geringste Anlaß willkommen.

Einmal, das war bereits im März gewesen, hatte er einen alten Gärtner dabei beobachtet, wie der die letzten kleinen Nelken, die in ihrem Beet dem Frühjahrsgemüse weichen mußten, in mit Zuckerwasser gefüllte Eimer steckte, um sie doch noch großzuziehen. Nur leider, die Nelken dankten es ihm nicht. Vielmehr schrumpelten sie erst recht. Der Beobachter aber dachte, da muß man vielleicht mehr investieren als ein bißchen Zucker. Da muß man erstmal grundsätzlich überlegen. Da muß man womöglich auch lesen, und zwar nicht bloß »Der flotte Wuchs«, Periodika für den Gartenfreund. Er machte also einen Ausflug nach Berlin. Besuchte die Sektion Biologie der Humboldt-Universität. Ging nicht wieder, ehe er den in Fachkreisen berühmten Professor Birnesser an der Angel hatte.

Ein Experiment wollen Sie starten da hinter den sieben Bergen, so so, Dissertationen mögen Sie durcharbeiten, oha. Das ist ungewöhnlich, das rührt mich, das unterstütze ich, indem ich Ihnen, Sie sehen mich die kleine Liste schon anfertigen, vier Veröffentlichungen anempfehle und Sie herzlichst bitte, sich auf mich zu berufen, falls man in der hiesigen Bibliothek meint, sich querstellen zu müssen aus Gründen der Geheimhaltung; die Herrschaften dort, müssen Sie wissen, haben Staub im Hirn und sind nur zu faul zum Suchen. – Hehe, Staub im Hirn, Sie sind lustig, Herr Professor.

Er studierte also ein paar Tage, und bevor er Berlin wieder verließ, bedankte er sich bei seinem Helfer mit der Versicherung, Birnesser wäre der erste, den er unterrichten werde vom erfolgreichen Abschluß seines vermutlich bahnbrechenden Versuchs. Worauf Birnesser sich, bei allem Respekt vor der privaten Initiative des Bürgers, nun doch nicht enthalten konnte, eine gewisse Skepsis zum Ausdruck zu bringen. Sprach er nicht sogar von einer wissenschaftlich verbrieften Unmöglichkeit? Aber nichts für ungut, meine besten Wünsche begleiten Sie. – Danke, Herr Professor, ergebensten Dank.

Hernach machte er, an von Gerberstedt aus uneinsehbarem Platze, am Rande einer Lichtung, auf der das Gras kniehoch stand, eine leere, verfallene Scheune ausfindig. Sehr beruhigend. Mußte er sich nicht groß ängstigen, noch jemand könne sie entdecken oder gar betreten. Er dichtete sie ab mit Brettern, die ihm von einem Forstarbeiter zurechtgesägt worden waren, nachdem der etwas Verlockendes gesehen hatte, aus einer Hemdtasche ragende, bläulich schimmernde Röllchen. Knisternd wechselten die Hunderter den Besitzer. Gleiches Prozedere auf dem Gebiete der Elektrowirtschaft. Problemlos ließen die Vertreter der führenden Klasse, die beauftragt waren, die Fernverkehrsstraße, welche von Gerberstedt über Schorbamünd geradewegs in den Kommunismus führen sollte, mit neuen, 400 Watt starken Natriumdampflampen zu versehen, sich überreden, ihm ein paar von denen zu überlassen und statt dessen alte, schwach wie Kerzenstummel leuchtende Exemplare anzubringen. Nun noch die Stromleitung anzapfen, die vom Ort zur LPG führte und von dort zur verwunschenen Ausflugsgaststätte »Jägersruh«. Die uneinsehbare Scheune, sie konnte jetzt nächtens taghell beleuchtet werden. Er fuhr, nächster Schritt, in seinem Škoda die 30 Kilo schweren, normalerweise mit Flüssiggas gefüllten Flaschen heran, die überall zum Heizen von Gebäuden dienten. Stark zu erwärmen gedachte natürlich auch er seinen Stall, aber darüber hinaus brauchte er, brauchten die Nelken, deren rasantes Wachstum er vorbereitete, Kohlendioxid; kein Problem, der mit ihm befreundete Installateur Irrgang hatte ihm die Flaschen über Nacht umgerüstet. Ende der eher groben Vorarbeiten. Basis gelegt. Von jetzt an konnte er sich um die Feinheiten kümmern, um die Ingredienzen, deshalb: Besuch in der »Saftquetsche« Oldisleben, der, soweit ihm bekannt, einzigen noch auf Dampfmaschinenbasis arbeitenden Zuckerfabrik auf Erden. War im Grunde ein Denkmal, die Bude, daher lag es für ihn auf der Hand, seiner Ehrfurcht über die stampfenden Kolosse, sowie über deren doch sicher aufwendige Hege und Pflege, Ausdruck zu verleihen. Fast im selben Atemzuge stellte er sich vor als Vertreter einer noch im Bau befindlichen Mosterei und bat untertänigst, außerplanmäßig mit Zucker versorgt zu werden. Er drückte sich, um es genau wiederzugeben, so aus: Wenn Sie die Güte hätten, unser junges zartes Pflänzlein bei Ihren Versorgungsleistungen zu berücksichtigen? Berechnungen zufolge würde er einen Zentner für vier Quadratmeter benötigen. Machte bei 400 Quadratmetern, die er schon mit Folie ausgelegt hatte, hundert Zentner. – Und wie oft wünschen Sie denn beliefert zu werden? – Dieses, liebe Kollegen, läßt sich jetzt von mir noch nicht mit Sicherheit sagen, hängt es doch, wie Sie sich vielleicht denken können, von der Obsternte ab, welche wiederum sich so gestaltet, wie der natürliche, manchmal hitzige und manchmal frostige Hauptfeind des Aufbaus und der Vervollkommnung der sozialistischen Gesellschaft, ich rede natürlich vom Wetter, Kollegen, haha, es zuläßt.

Im von ungepflegten Grünflächen umgebenen Krankenhaus verhielt er sich ganz ähnlich. Er ersuchte um regelmäßigen Bezug von 100-Liter-Bottichen mit destilliertem Wasser, denn: So wie Sie, verdienstvollerweise, viele Menschen hochpäppeln, so strebe ich danach, vielen Blumen aus ihrem Lager aufzuhelfen, und dazu, na, wem sage ich das, ist selbstverständlich hundertprozentige Keimfreiheit vonnöten. Und, Kollegen, auch das dürfte Sie interessieren: Von den Blumen, die ich, wenn man so will, an den Tropf hänge, sollen Sie auch etwas haben, fröhlich bunt wird es werden um Ihr Hospital, dafür verbürge ich mich, so wahr ich Jagielka heiße. – Wie heißen Sie? – Heiner Jagielka. J wie Jaguar, A wie Auerochse, G wie Giraffe, I wie Iltis, E wie Elefant, L wie Luchs, K wie Katze, nochmal A wie Auerochse. – Sie haben's wohl mit Tieren, Heiner Jagielka? – Nö. Ich könnt ja auch abkürzen, H wie Hitler, J wie Jugend, aber dann würden Sie sagen, ich hätt es mit den Faschisten. – Um Gottes willen, schweigen Sie, Heiner Jagielka, schweigen Sie.

Und er schwieg. Fortan. Sagte auf dem Pflanzenschutzamt nicht, wozu er den Giftschein benötigte, dessen baldmöglichen Erwerb er wünschte. Murmelte etwas von Schädlingsbekämpfung in den Kaufhallen des Kreises. Legte den Schein, als er ihn denn hatte, dem Apotheker Ansorge vor und verabredete die Lieferung verschiedener Chemikalien. Deren Zusammenstellung Ansorge nicht eben sinnvoll erschien, wie er seinem Kunden zu verstehen gab: Sie wollen das doch nicht verrühren? Da kommt Hühnerschiß raus, wenn Sie das verquirlen, das prophezeie ich Ihnen. Heiner Jagielka fand, es sei nicht seine Aufgabe, den Mann aufzuklären, und beschränkte sich auf ein wissendes Lächeln. Er hatte nun, im Wortsinn, den Boden für seine Unternehmung bereitet. Fehlte noch das eigentliche Material. Da klapperte er, keinen Monat war das her, die Gärtnereien Thüringens ab und transportierte Hunderte Kilo Nelken mit minimal ausgebildeten Knospen, die kurz vor dem Winter doch nur im Abfall gelandet wären, in seine Brutstation. Endlich warf er erstmals seine diversen Geräte an. Er ließ sie summen und brummen, ein gewaltiger, aus verschiedenen Quellen gespeister Energieschub, der, das gibt's ja nicht, das war so aber nicht geplant, schnell aus der Scheune drang und sich im Wald ausbreitete und mir nichts dir nichts die drumherum lebenden Tiere erfaßte und erfüllte: Spechte fällten mit ihrem plötzlich hammerharten Klopfen die Bäume, an denen sie klebten; Hirsche störten mit ihrem seltsam hochfrequenten Röhren die Übertragung der atemlosen Ausführungen Friedrich Lufts im RIAS, wie insbesondere dessen treuer Hörer Jonas Felgentreu irritiert zur Kennnis nehmen mußte; Wildschweine wühlten sich derart ungestüm und tief ins Erdreich, daß sie sich die Pfoten an aufschießendem Magma verbrannten; nun, und wenn der weise Uhu, der das alles beobachtet und überdies zu seinem grenzenlosen Erstaunen festgestellt hatte, daß er auf einmal imstande war, seinen Kopf nicht nur um 180, sondern um 360 Grad zu drehen, Heiner Jagielka nicht mit unheilschwangeren Worten um eine Drosselung sämtlicher Systeme gebeten und dieser nicht auf der Stelle dem Begehren des Uhus stattgegeben hätte, tja wer weiß, wer weiß, uhu-uhu, was dann aus Gerberstedt und vielleicht der Welt überhaupt geworden wäre.

In Wahrheit mußte Jagielka noch ein wenig experimentieren. Die ersten mit Nahrung, Wärme und Licht befeuerten stecknadelkleinen Knospen waren nämlich weich wie Hefekügelchen geworden, nicht gerade der Effekt, den er sich erträumt hatte. Er veränderte die Mixtur der Chemikalien, da platzten die Knospen und fielen auseinander. Beim nächsten Mal liefen die Stiele schwarz an. Eines Morgens aber, am Abend zuvor hatte er zum x-ten Male neue mickrige Stiele gesteckt und die soundsovielte Mischung der Ansorgeschen Tinkturen hinzugegeben, wogte ihm beim Betreten der Scheune ein wahres Meer mindestens kirschkerngroßer Knospen entgegen. Viele bildeten, von oben gesehen, Sterne, und die Sterne bedeuteten nichts anderes, als daß die Nelken geerntet werden konnten. Und die restlichen Knospen waren gar schon leicht aufgegangen. Und dieses Aufgehen, für das doch gewöhnlich mindestens fünf, sechs Tage nötig waren, hatte keine zwölf Stunden gedauert. Er befühlte und befingerte sie: Wie rund und fest sie waren! Stimmte dieser so lange erhoffte Zustand ihn ruhig und milde? Im Gegenteil, seltsam erregt, fast aggressiv zeigte sich Heiner Jagielka: Er trommelte mit den Fäusten Adrenalin gegen die Bretterwand, bis sie ihm weh taten und er sie in einer sinnlosen, tierischen Geste ableckte.

Natürlich hielt er sein Versprechen. An jenem Tag und in ziemlich genau jener Minute, in der Willy zweieinhalb Kilometer Luftlinie entfernt das Gespräch mit Dietrich Kluge beendete, öffnete Heiner Jagielka dem am Abend zuvor angereisten Professor Birnesser sein Reich. Birnesser mußte blinzeln, nachdem er eingetreten war, mußte schließlich mit der Hand seine Augen verdecken – wegen der Tausenden Nelken, die ohne Zweifel bald einen herrlichen Flor bilden würden, oder auch wegen der Tausenden Lux.

Vielleicht eine Minute stand er sprachlos, dann setzte er ein feierliches Gesicht auf und sagte in noch halb verwundertem und schon halb staatstragendem Ton: »Das, was wir hier vor uns haben, lieber Herr Jagielka, dürfte es gar nicht geben. Aber kein Zweifel, es existiert. Es ist keine Einbildung. Und Sie haben es hervorgebracht. Seien Sie stolz. Und sehen Sie mir nach, daß ich nicht daran glaubte und, wie Sie ja wahrscheinlich bemerkt haben werden, auch jetzt immer noch nicht recht daran zu glauben vermag.«

Jagielka drückte seine Brust heraus und machte eine Geste der Vergebung.

Abermals verstrich eine Minute. Und nun bat der Professor stokkend und leise: »Würden … würden Sie denn, lieber Herr Jagielka, und ich frage dies … frage es in Erinnerung an die nicht unwesentlichen Dienste, die Sie vor geraumer Zeit von mir in Anspruch nahmen, nun, würden Sie sich denn bereitfinden, mir zu treuen Händen und zu ausschließlich wissenschaftlichen Zwecken die Formel zu überlassen, auf der«, Birnesser schwenkte durchaus pathetisch den Arm, »dieses hier basiert?«

Da fiel Heiner Jagielka in ein so dröhnendes Lachen, daß die Nelken erzitterten, und er konnte gar nicht mehr aufhören zu lachen, so wie die Nelken nun gar nicht mehr aufhören konnten zu zittern, und als er es doch konnte, mußte er sich mit den Händen auf seine Oberschenkel stützen und japsend verschnaufen, und kaum, daß er mühsam sich wieder aufrichten und zu einer Antwort ansetzen konnte, wurde er von einem neuen gewaltigen Lachanfall geschüttelt: »Natür ... hihihi ... natür ... uahh ... lich ... nicht ... hahaha ... Heheherr Pro ... hu ... Professor ... eieieihihihuhu.«

*

Dorle Perl, die in Willys Vorzimmer saß, nutzte weder ein süßliches noch irgendein anderes Eau, jedenfalls schien das Willy so. Sie duftete, auf durchaus angenehme Weise, nur nach sich. Früher einmal war sie Wasserspringerin in einem Leistungssportclub gewesen, weshalb Willy seiner Frau gegenüber die Vermutung äußerte, die gute Dorle sei damals so oft ins Wasser gehüpft, da werde sie jetzt, ohne noch groß was dafür tun zu müssen, wohl rein und sauber bis an ihr Lebensende bleiben. Daß er Ruth damit durch die Blume zu verstehen gab, seine Sekretärin sei eine von der klinisch aparten, also uninteressanten Art, war von ihm durchaus beabsichtigt. Er erwähnte ja auch des öfteren Dorles unschön chlorgebleichten, fast schon tangig grün schimmernden Haare, er wollte Ruth keinen Anlaß zur Eifersucht geben, die bei ihr leider immer wieder aufblitzte.

»Zeiller hat angerufen.«

Mehr mußte Dorle Perl bei Willys Eintreten, das genaugenommen ein Hereinstürmen war, nicht sagen. Sie wählte schon Zeillers Nummer in Berlin. Wenn der etwas wollte, rief man besser sofort zurück.

Siegfried Zeiller war der Leiter der Parteiverlagsverwaltung, ein robuster Mann mit derber Sprache, die wahrlich nicht jedem behagte. Willy schon. Bei Zeiller wußte er wenigstens immer, woran er war. Außerdem fand er dessen Virilität erstaunlich und die Schamlosigkeit, mit der er sie auslebte; unvergessen war ihm, Willy, eine schon Jahre zurückliegende Schulung in Ahlbeck. Februar war es gewesen, am Strand hatten zersplitterte Waffeln dünnen Eises gelegen, und Zeiller verblüffte alle damit, daß er nach dem Genuß von sechs Bier und ebenso vielen Korn im Seebrückenrestaurant ins Freie lief – aber nicht etwa, um von der Brücke ins Meer zu pinkeln, wie es mancher Gast in ähnlichem Zustand gern tat, sondern, um sich seiner Sachen zu entledigen und, wie ein Affe sich an die Brust schlagend, in die Tiefe zu springen. Worauf den an die reifweiße Brüstung geeilten Damen wahre Schreckensschreie entfuhren. Denen eine der Ladies wenig später ganz andere Schreie folgen lassen sollte. Zeiller nämlich hatte nach dem Verlassen des Wassers darauf verzichtet, sich wieder anzukleiden, war jener Dame nahe getreten und hatte ihr, es pfiff ein starker Wind, mit Flüstern wäre da nichts zu machen gewesen, ins Ohr geschrien, »los, komm ficken«, ein Begehren, welches er dadurch untermauerte, daß er ihren Mantel aufknöpfte, mit dem Stoff sein schon halb aufgerichtetes Glied trockenrieb und diesem so erst recht zu imposanter Gestalt verhalf. »Huch«, rief die Dame, »der steht ja wie ein Leuchtturm«, und wer weiß schon, ob sie, stellvertretende Leiterin des Verlages »terra humanitas«, wirklich begierig war auf jenes in die Nacht ragende Mordsstück Zeillers, oder ob sie sich in Wahrheit etwas ganz anderes von dem so und so mächtigen Mann wünschte, etwa ein erhöhtes Druckkontingent fürs kommende Quartal. Jedenfalls stürmten die beiden umgehend von der Brücke, ins Parteiverlagsverwaltungsheim hinein.

Jetzt rief dieser Zeiller ins Telefon: »Obacht, Tim Duhr schlägt gleich bei dir auf, du weißt schon, der von ›Tina und Tim‹. Er hat sich beim ZK die sofortige Druckgenehmigung für einen Bildband besorgt, der Wichser. Ich kann's nicht ändern, Willy, du mußt das Ding in den Plan nehmen, und zwar sofort ...«

... Siggi ...«

»Diskussion zwecklos.«

»Meine Maschinen laufen rund um die Uhr, wo soll ich es reinnehmen? Wo?«

»Schmeiß was anderes raus!«

»Sechs Millionen Schulbücher für die Freunde, davon sind erst anderthalb Millionen gedruckt. Und wir haben schon Mitte November! Die blockieren mir alles. Ja, wenn ich die schieben ...«

»Das habe ich nicht gehört. Das hast du nie gesagt.«

»Dann sag mir ...«

»Ich sag dir, du sollst dir was einfallen lassen, und basta! Ich bin nicht in der Stimmung, mit dir endlos über solchen Pipifax zu diskutieren. Kannst du dir vielleicht vorstellen, was hier seit ein paar Tagen los ist? Hier springen alle im Karree, alle!«

Willy ahnte, was Zeiller meinte, war sich aber nicht sicher. Manche Ereignisse, die in Berlin für Wirbel sorgten, rauschten an ihm in der Provinz glatt vorbei. »Die Ausbürgerung?« fragte er vorsichtshalber.

Aber Zeiller hatte schon aufgelegt.

Keine Viertelstunde später stand Tim Duhr, Teil des auf knallige Schlager spezialisierten Duos »Tina und Tim«, in Willys Tür. Er trug ein weißes, kreppig wirkendes Hemd. Als Manschettenknöpfe dienten ihm mit roter Farbe bemalte Gitarrenwirbel. Um den Hals hatte er einen violetten Schal geschlungen. Seine Füße steckten in dunkelgelben Cowboystiefeln. Kurzum, er wirkte wie eine Kreuzung aus Zuhälter und Papagei. Mit der einen Hand hatte er Dorle Perls Schulter umfaßt, in der anderen hielt er eine Urkunde mit rundem Stempel, die Druckgenehmigung, wie Willy sofort erkannte. Tim Duhr streckte nun beide Arme vor und rief: »Lieber Herr Werchow, Verehrtester, es freut mich außerordentlich, Ihre Bekanntschaft zu machen!«

»Ebenso«, sagte Willy verhalten. Er mochte die Stimmungslieder von »Tina und Tim«, zumindest dann, wenn er schon in Stimmung war. Eines, es hieß *Waschmaschine*, konnte er sogar auswendig:

Tim: Die Tine fuhr aufs Land.
Tina: Der Tim war auch dabei.
Tim: Wir gingen Hand in Hand
Tina: und fühlten uns so frei.
Tim: Sie schaute in die Lüfte.
Tina: Die Lüfte warn so blau!
Tim: Doch als ich sie dann küßte,
Tina: gabs plötzlich nen Radau.
Tim: Und mein schönes Mädchen …
Tina: Ich kam doch aus dem Städtchen!
Tim: na wenn schon fiel das Mädchen …
Tina: Ich geh so gern in Lädchen!
Tim: plötzlich auf die Erde …
Tina: Ein Maulwurf stellte mir ein Bein!
Tim: Sie schrie: Merde, Merde!
Tina: Nun bin ich nicht mehr fein!

Beide: Zum Glück gibt es die Waschmaschine,
da springt hinein die arme Tine.
Und Tim hat nur im Sinn
zu drücken auf die Taste
mit der Säubrungspaste.
Schon wird es immer heißer
und Tina immer weißer,
so rein war sie noch nie,
man siehts an ihrem Knie
und an ihrer Wade,
um die wärs wirklich schade,
sollt sie nochmal knallen
in andre schmutzge Fallen.

Tina: Doch dann kam der Kohlenmann …
Tim: Ich war nicht zu Hause!
Tina: und bracht lauter Koks heran.
Tim: Dabei wollt er doch zur Krause!
Tina: Auch wenn er andren Koks geladen …
Tim: Zaster auf dem Laster!
Tina: Mäuse im Gehäuse!
Tim: täte das nicht schaden.
Tina: Doch entglitt dem Manne
Tim: ne Kiepe mit der Kohle,
Tina: das war vielleicht ne Panne,
Tim: gar nicht zu Tinas Wohle.
Tina: Denn wie ein Mohr aus Afrika …
Tim: Sie hat sich so geschämt!
Tina: Ich war doch ganz gelähmt!
Tim: stand sie auf einmal da.

Beide: Zum Glück gibt es die Waschmaschine,
da springt hinein die arme Tine.
Und Tim hat nur im Sinn
zu drücken auf die Taste
mit der Säubrungspaste.
Schon wird es immer heißer

und Tina immer weißer,
so rein war sie noch nie,
man siehts an ihrem Knie,
und an ihrer Wade,
um die wärs wirklich schade,
sollt sie nochmal knallen
in andre schmutzge Fallen.

Tina: Die Fallen lauern überall!
Tim: Vor allem in der Küche.
Tina: Auf einmal machts nen lauten Knall,
Tim: und ich höre Flüche.
Tina: Das tat ihn aber gar nicht jucken …
Tim: Langsam mit die jungen Pferde!
Tina: denn er war beim Fußballgucken.
Tim: Hört ihr die Beschwerde?
Tina: Der Stab von meinem neuen Mixer …
Tim: So ein ganz fixer!
Tina: ist herausgeschossen.
Tim: Das hat die Tina sehr verdrossen!
Tina: Mein Haar so blond und hell,
Tim: da klebten rote Fladen drin.
Tina: Was kann ich tun, schnell, schnell?
Tim: Ich schob sie zum Geräte hin:

Beide: Denn zum Glück gibt es die Waschmaschine,
da springt hinein die arme Tine.
Und Tim hat nur im Sinn
zu drücken auf die Taste
mit der Säubrungspaste.
Schon wird es immer heißer
und Tina immer weißer,
so rein war sie noch nie,
man siehts an ihrem Knie,
und an ihrer Wade,
um die wärs wirklich schade,
sollt sie nochmal knallen
in andre schmutzge Fallen.

Doch die Buhlerei beim ZK ging Willy gegen den Strich, und das allzu Joviale des Sängers machte ihn vorsichtig. »Womit kann ich dienen, Herr Duhr?«

»Ja-ha«, Tim Duhr lächelte und ließ die Urkunde schwungvoll auf den Tisch segeln. Willy mußte mit seiner flachen Hand schnell auf sie schlagen, sonst wäre sie auf seiner Seite des Tisches gleich wieder heruntergestürzt. Währenddessen ließ sich Duhr in den Sessel fallen. Aufgeräumt rief er: »Na, Verehrtester, nun sagen Sie mal, bis wann Sie das erledigen können.«

Verehrtester, äffte Willy ihn im stillen nach. Er nahm seine Hand von dem Schriftstück und erfaßte mit einem Blick das Wesentliche: Tina und Tim, ein Leben in Noten, 100 000 Exemplare. Entsetzt, und durchaus unkontrolliert, sagte er: »100 000!«

»Wie meinen, Verehrtester?« Duhr neigte den Kopf.

»100 000«, wiederholte Willy, »das ist mehr, als bisher jeder andere Bildband gehabt hat. Das kriege ich, wenn überhaupt, erst in den nächsten Quartalsplan.« Er wußte, damit würde er bei Duhr kaum durchkommen. Aber ein alter, einfacher, ziemlich männlicher, vielleicht lächerlicher Instinkt war geweckt. Er wollte Duhr wenigstens einen Kampf liefern, wollte dem selbstgewissen und zugleich schleimigen Kerl im Rahmen seiner Möglichkeiten widerstehen. Mit einem Wort: Wenn Duhr gegangen sein würde, wollte er kein allzu schlechtes Gefühl von sich selber haben.

»Ich bitte Sie, Verehrtester, Sie müssen sich doch hier nicht zieren, ich weiß, das kriegen Sie locker in den aktuellen Plan. Das wird Weihnachten im Handel sein. Das muß Weihnachten im Handel sein! Die Leute haben ein Anrecht auf unser Buch. Sie warten darauf. Es ist überfällig. Sie, Verehrtester, wissen, daß unsere Konzerte ständig ausverkauft sind. Und immer Zugaben! Und wir könnten jeden Tag im Fernsehen auftreten. Wir sind ein Exportartikel, wie Sie vielleicht auch wissen, wir haben jede Menge Fans im Westen ...«

Jede Menge, dachte Willy, das glaubst du doch selbst nicht.

»... insofern erscheint mir die vereinbarte Auflage noch knapp bemessen. Wer«, Duhr lächelte maliziös, Duhr schaute aus Augen, die in diesem Moment nahezu vollständig von den Lidern bedeckt waren, »wenn nicht Tina und ich? Nichts gegen die Kollegen, aber keiner von denen, nun, ich muß wohl nicht weiterreden ...«

Keiner von denen kriecht dem ZK so in den Arsch, dachte Willy.

»Sie schweigen, Herr Werchow? Ja nun, nichts für ungut, Verehrtester, wahrscheinlich sind Sie der falsche Mann, wenn es um Fragen der Musik geht. Sie sollen mein Buch ja auch nur drucken. Und Sie werden es so drucken, daß es Weihnachten im Handel ist, ja?«

Willy stand die zweite Kettenreaktion vor Augen, die an diesem Vormittag in Gang gesetzt wurde. Bediente er Duhr und die propere, platinblonde Erscheinung an dessen Seite, würde ein anderer Titel geschoben werden müssen, einer, der vom Verlag schon angekündigt und von den Buchhändlern schon geordert war.

»Ihnen ist wahrscheinlich egal, daß dafür jemand anderes rausfliegt«, sagte Willy; er war vielleicht kein ganz lupenreiner Moralist, aber da er gerade nicht recht weiterwußte, sprach er so, als wäre er einer.

Duhr wand sich wie unter Schmerzen in seinem Sessel. »Da tun Sie mir aber unrecht, Verehrtester, großes Unrecht! Worum geht es denn in Wirklichkeit? Doch nicht um mich oder Tina. Sehen Sie, der Punkt ist doch folgender: Wo Mangel herrscht, muß es notgedrungen zu Verteilungskämpfen kommen, und in den Verteilungskämpfen setzen sich ebenso notgedrungen die Stärksten durch. Das war immer so, und das wird immer so sein, das soll man bitteschön nicht Tina und mir vorwerfen. Nicht wir sind das Problem, die Mängel sind es. Wenn es sie nicht gäbe, müßten wir nicht so stark sein. Nicht wir müssen uns also entschuldigen, sondern diejenigen, die für die Engpässe und die daraus resultierenden Schlangen Verantwortung tragen … in diesem Zusammenhang, sind Sie Genosse, Verehrtester?« Er lächelte, denn natürlich wußte er, niemand wurde Direktor eines 1000-Mann-Betriebes wie dem »Aufbruch«, wenn er nicht das Parteiabzeichen hatte.

Willy nickte.

»Dann sollten Sie in Ihrem Beritt dafür sorgen, daß die Schlangen verschwinden. Mehr Druckmaschinen, mehr Papier – keine wartenden Kunden.«

Willy begann der Kopf zu dröhnen. Er spürte, er kam nicht an gegen diese Art von Argumentation. Einerseits hatte Duhr recht. Er selber, Willy, regte sich doch genauso über die Mängel auf. Aber andererseits war der Kerl ein furchtbarer Narziß, der mit dem Verweis auf die allgemeine Lage nur seine überbordende Selbstsucht bemäntelte.

»Sie nutzen die Situation, um sich über andere zu erheben«, rief er,

»alles, was Sie kritisieren, kommt Ihnen doch in Wirklichkeit zupaß. Weil Sie Ihre Verbindungen haben. Weil Sie nicht wie die anderen anstehen müssen in der Schlange. Ich weiß, was hinter den Kulissen geschieht, ich weiß es sehr wohl.«

Bei diesen Worten war Duhr aufgesprungen. Ein Ende seines Schals fiel vor sein Gemächt. Mit Schwung warf er es sich wieder um den Hals. »Ich und Tina, wir haben uns das verdient! Wir werden vom Publikum geliebt! Aber in diesem Lande, falls Sie das nicht wissen sollten, reicht es nicht, vom Publikum geliebt zu werden. Die Funktionäre sind's, die mitspielen müssen. Also benutzen wir sie, was ist dabei? Wenn sie uns ihre Hand schon hinstrecken, warum sollten wir die nicht ergreifen?«

Willy spürte ein schon körperliches Unbehagen. Er mochte Duhr nicht länger ertragen, er sagte: »Bringen wir die Sache zu Ende. Wir müssen noch über das Papier reden. Schwebt Ihnen ein bestimmtes vor?«

Der Sänger stutzte. »Natürlich schwebt mir eines vor, was hatten Sie denn gedacht?«

Willy wiederum lächelte schmallippig, Zorn und Zähne unter Verschluß haltend.

»Kunstdruck, matt gestrichen, 150 Gramm.«

Willy nickte. Duhr hatte sich informiert, hatte was besonders Opulentes gewählt, Papier mit dem größten Gewicht pro Quadratmeter. »Sie meinen Mediaprint. So heißt es. Das haben wir leider nicht.«

»Dann besorgen Sie es.«

»Sie haben mich nicht richtig verstanden, Herr Duhr. Solches Papier wird in der DDR nicht hergestellt. Sie müssen ein anderes wählen.«

Duhr stutzte abermals, zeigte dann auf Willys Telefon. »Geben Sie her.«

Er plazierte den Apparat auf seinem Schoß, ließ die Wählscheibe sirren und rief, »Duhr, stellen Sie mich bitte durch«. Er hob seine Beine und legte seine stiefelbewehrten Füße auf Willys Schreibtisch. Die effektvoll blinkenden Schnallen kratzten auf dem weichen Eschenholz.

»Nehmen Sie Ihre Füße runter!«

»Ja, Genosse Minister, hier ist der Tim, heute mal ohne die Tina, haha, ich störe ungern, aber …«

»Sie sollen Ihre Füße runternehmen!«

»… aber die haben in dem Laden hier nicht das Papier, das unabdingbar ist für unser Büchlein, kann man es vielleicht, kann man im Westen«, er wandte den Kopf zu Willy, »wie heißt diese Sorte, Herr …«

Willy war aufgestanden und zu Duhr getreten. Jetzt drückte er kurzerhand auf die Gabel. Duhr starrte ihn sprachlos an. Der Hörer in seiner Hand tutete. Es sah aus, als hielte er eine gerade vom Leib getrennte, noch pulsende und doch schon tote Gliedmaße in die Höhe.

Willy ließ ein leises »tsss« ertönen, ging rasch zur Tür, hielt sie auf und sagte, er habe keine Zeit zu vertrödeln, daher möge Duhr, wenn er unbedingt Wert darauf lege, mit Berlin vom Vorzimmer aus sprechen, Fräulein Perl werde ihn unterstützen, sofern er nicht auf die Idee komme, auch ihr Revier mit Fleisch zu belegen, das da nicht hingehöre; oh, Willy hatte ein gutes Gefühl von sich, ein viel besseres sogar, als zu erwarten gewesen war, es glich schon einem Triumph, aber als er wieder hinter seinem Tisch saß, empfand er plötzlich eine unendliche Müdigkeit, er kam sich so kraftlos vor und so ausgelaugt, als wäre es bereits sieben Uhr abends, und er hätte zwölf Stunden gearbeitet. Dabei war es noch nicht einmal um zehn.

*

Wenn er von seinem Büro aus dem Fenster sah, konnte er über das gewellte, mit dunkelgrünen Moosinseln bedeckte Betondach der betriebseigenen Schwimmhalle hinüber zur Erweiterten Oberschule »Markus Roser« blicken, in der Matti und Britta lernten. Je nach Lichteinfall waren hinter den Scheiben des Backsteingebäudes die Schemen der Schüler zu erkennen, oder sogar ihre Profile, oder, in seltenen Momenten, auf die Tafel geschriebene, wegen der Entfernung für Willy freilich unlesbare Tabellen und Formeln. Und je nachdem, aus welcher Richtung der Wind wehte, war während der Hofpausen Geschrei zu hören, oder das Aufprallen eines Balls, Butterbrotpapier, das zerknüllt wurde, mädchenhaftes In-die-Hände-Klatschen. Oder gar nichts.

Dort drüben hatten Matti und Jonas gerade Deutsch gehabt, bei Karin Werth, die ihre Lieblingslehrerin war. Sie besaß eine samtene Stimme, und schlossen die großen Jungs die Augen, dann, seltsame Transformation, kratzte diese Stimme in ihrem Magen. Und öffneten sie ihre Äuglein wieder, sahen sie vor sich den wohlgeformten, meist in engen Jeans steckenden Hintern Karin Werths. Am liebsten aber hatten sie es, wenn ihre Lehrerin mit dem rechten Arm etwas an die Tafel kritzelte und ihnen dabei das Gesicht zuwandte: Hals, Brust, Taille und Hintern bildeten dann ein auf dem Kopf stehendes Fragezeichen, und dieses anzuschauen, das war wirklich ein Ereignis.

Doch das allein war es nicht, was Matti und Jonas an Karin Werth bannte. Höchstens für ein paar feuchte Träume hätte es gereicht, für den Extrakt jugendlichen Rubbelns, wenn diese Lehrerin nur Phrasen von sich gegeben hätte, abgegriffene, verklumpte Wörter. Doch die ertönten nie. Als wolle sie etwas von ihrer hinreißenden Erscheinung zurücknehmen, sprach sie nachdenklich, wie tastend, Zweifel offenbarend. Und mit diesem Herabschweben aus der Sphäre der Unerreichbarkeit nahm sie die Jungs nur noch mehr für sich ein. Mochte ihr Körper, der perfekte, nicht greifbar sein, ihre Gedanken, die zerfaserten, waren es. Sie stellte Fragen, die wahrhaft die verschiedensten Antworten ermöglichten, welche wiederum in neuen Fragen mündeten – und wer sonst, wer außer ihr war denn schon an Fragen interessiert?

Karin Werth, das gefiel ihnen am meisten, spielte mit Wörtern und Gegebenheiten. Einmal, als Matti zu spät zum Unterricht erschien, rief sie ihm honigsüß entgegen: »Sie wollten wohl heute nicht? Ich sage Ihnen, junger Mann, kommen Sie lieber zu uns – ehe wir zu Ihnen kommen.« Es war ein Spruch, den das Volk der Stasi in den Mund legte, eine Begrüßung, die Matti beschwingt auf seinen Platz federn ließ. Ein andermal gab diese Karin Werth ein Aufsatzthema vor, das aus einer einzigen Frage bestand: »Was ist Risiko?« Und sie benotete Jonas, der nur ein Wort und, nicht zu vergessen, ein Satzzeichen hingeschrieben hatte, nämlich: »DAS!«, mit einer glatten 1. Was erst der Anfang einer Geschichte war. Denn aus dem Lehrerzimmer drang bald das Gerücht, Direktor Krümnick habe, nachdem er, von wem auch immer, in Kenntnis gesetzt worden war über diese in seinen Augen absolut inakzeptable Entscheidung, Karin Werth gefragt, ob dämliche Witze neuerdings ausgezeichnet würden, und sie aufgefordert, die 1 durch eine 5 zu ersetzen. Karin Werth aber habe sich geweigert – und nicht nur sich geweigert, sie habe noch dazu geschwärmt von der Komplexität des Denkens und der Reife der Anschauung, die sich in dem einen Wort bündelten, »es war das Zauberwort, das der Schüler Felgentreu getroffen hat, Herr Krümnick, man muß diesem Wort doch verfallen, man muß einfach, *das* ist nur ein kleiner, billiger Artikel, ein Massenartikel, wenn Sie so wollen, aber schauen Sie doch, wie er in diesem Zusammenhang funkelt …« Es heißt, die schöne Karin Werth habe bei ihrem Plädoyer, sozusagen als unterstützende Maßnahme, verzückt ihre rehbraunen Augen verdreht, bis die ganz weiß waren, und der Direktor Krümnick habe hilflos gebrummt, sie solle aufhören mit diesen Sperenzchen, sie sehe ja aus »wie eine von diesen Drogenabhängigen in Wuttschtock«, und dann habe er sich getrollt und die Sache auf sich beruhen lassen.

Jetzt nahm Karin Werth Jonas, der ausnahmsweise einmal keine schwarzen Klamotten, sondern ein Fleischerhemd trug, und Matti beiseite. Sie fuhr Jonas mit der flachen Hand über das Hemd und sagte: »Sieht chic aus. Totchic. Ich mag das.« Jonas wurde heiß. »Aber Frau Stelzer wird es überhaupt nicht mögen. Sie haben doch jetzt bei Frau Stelzer, richtig?«

Jonas lächelte.

Karin Werth sah ihn durchdringend an.

Nun war es Jonas, der die Augen verdrehte, wenn auch nicht so dramatisch wie damals im Lehrerzimmer sie: »Was ist schon dabei. Ich meine, es ist einfach nur ein Hemd, ob die Stelze es mag oder nicht.«

Karin Werth schüttelte den Kopf: »Wir müssen uns doch nichts vormachen, Jonas. Es war einmal ein gewöhnliches Hemd, aber nur bis letzte Woche, bis zu dem Konzert in Köln. Jetzt ist es eine Aussage. Und das wissen Sie. Deshalb tragen Sie es ja.«

Jonas runzelte die Stirn: »Das klingt fast so, als wären Sie gegen die Aussage. Gerade von Ihnen hätte …«

»Ich habe eben gesagt, daß ich es mag«, unterbrach ihn Karin Werth.

»Na also, wo ist das Problem?«

Sie schaute auf die Uhr. »Wir haben noch drei Minuten bis zum Klingeln, also in aller Kürze: Der Mann mit dem Fleischerhemd ist ausgebürgert worden, ratzfatz ging das …«

»Er hat nichts gegen die DDR gesungen«, warf Matti unwirsch ein, »er hat sich nichts zuschulden kommen lassen, er hat …«

»Alles richtig, alles richtig. Aber Jonas, Matti, genau das will ich Ihnen ja begreiflich machen: Trotzdem ist er ausgebürgert worden. Und was ich noch viel schlimmer finde: Die haben das nicht zurückgenommen, obwohl Gott weiß wer sie mit Unterschrift drum gebeten hat, Sie kennen die Namen, alle, deren Bücher wir uns reinziehen, und deren

Filme, alle, die uns wichtig sind. Es hat nichts genützt, daß sie sich zusammengetan haben. Und was heißt das? Das heißt, die Zeit, die irgendwie noch luftig war, ist zu Ende. Man macht es eng jetzt. Man setzt sich über die angesehensten Leute hinweg, verstehen Sie denn nicht, was das für die anderen bedeutet?«

»Was wollen Sie?« fragte Matti grimmig. »Daß er sein Hemd auszieht?«

»Ja, genau«, stimmte Jonas ein, »wollen Sie, daß ich den Schwanz einziehe, wegen eines Hemdes, wegen so eines lächerlichen Fetzens Stoff?«

Karin Werth starrte an die Decke, atmete ein paarmal schwer ein und aus und sagte schließlich leise: »Das will ich nicht. Das kann ich gar nicht wollen. Andererseits … aber andererseits will ich es, denn ich kann auch nicht wollen, daß Sie in Schwierigkeiten geraten.«

Die beiden schwiegen.

Sie schaute abermals auf die Uhr, fuhr sich mit der Hand durchs Haar, rief: »Herrgottnochmal, ich weiß doch auch nicht! Ich wollte … vielleicht wollte ich Ihnen nur zu verstehen geben, daß das jetzt wohl kein Spaß mehr wird. Ja, nehmen Sie es als Warnung. Unten tut es weh, wenn oben eine Schraube angezogen wird, immer unten …«

Sie schob die beiden aus dem Zimmer, stürmte davon, stoppte nach zwei, drei Schritten, versuchte zu lachen, sagte: »Vielleicht male ich auch nur den Teufel an die Wand. Vielleicht passiert gar nichts. Bestimmt passiert gar nichts. Ja, hört nicht auf mich. Ein Hemd, mein Gott, das kann ja wohl nicht wahr sein, laßt euch nicht verrückt machen von mir, laßt euch nicht verrückt machen.«

»Gut gesagt«, meinte Matti nachdenklich.

»O ja, gut gesagt«, wiederholte Jonas anzüglich. Er griente, aber Karin Werth, jetzt endgültig davoneilend, sah es schon nicht mehr.

Sie liefen ihrer Klasse, der 12 b, nach, auf schmutzigrotem rissigem Linoleum, und rissig auch der Kitt an den Fenstern, sie hörten, wie der Novemberwind gegen die Scheiben drückte, sie spürten kalte Fächer, die ihnen an die Wangen schlugen.

Die Jungs hatten gerade ihre Plätze erreicht, als es klingelte und Eleonore Stelzer, ihre Staatsbürgerkundelehrerin, den Raum betrat. »Unser heutiges Thema«, setzte sie, ihre Materialien sortierend, an, »ist Basis und Überbau. Sie sollten dazu Marx lesen, das Vorwort *Zur*

Kritik der politischen Ökonomie, sowie Engels, seine Einleitung zum *Anti-Dühring*. Beginnen wir also. Was haben die beiden in diesen Arbeiten …«, sie hob den Kopf, blickte in die Klasse, stutzte. Sie trat vor den Lehrertisch, legte den Kopf schief, beugte den Körper wie ein Kind, das um die Ecke lugt. Sie faßte sich, als sei sie erschrocken, mit ihren Fingerspitzen an die Brosche mit der rosafarbenen Rose, die den obersten Knopf ihrer weißen Bluse verdeckte. Sie ruderte wie hilflos mit den Armen, griff nach hinten zum Lehrertisch und stieß hervor: »Ich betrachte das als eine unglaubliche Provokation, Jonas!«

Er saß mit Matti in der letzten Bankreihe. Alle Gesichter wandten sich zu ihm, einige mit unwissendem, andere mit gespanntem, wieder andere mit hämischem Ausdruck. Jonas drehte kurz seine Handflächen nach oben und ließ die Hände wieder auf den Tisch fallen, er spielte den Ahnungslosen.

»Äußern Sie sich bitte dazu, Jonas!«

»Wozu, Frau Stelzer?«

»Zu Ihrer Kleidung!«

»Was ist mit meiner Kleidung?«

»Tun Sie nicht so unschuldig. Sie denken wohl, Sie können mich für dumm verkaufen?«

»Ist sie dreckig, hat sie Löcher, muß ich …« Jonas, von Matti unterm Tisch getreten, besann sich und sagte mit dem Maß an Freundlichkeit, das ihm zur Verfügung stand: »Bitte, Sie müssen mir erklären, was Sie so erzürnt.«

Eleonore Stelzer ging, vielleicht um Zeit zu gewinnen, zurück hinter ihren Tisch, griff mit den Händen nach der Lehne ihres Stuhls, sagte endlich: »Dies ist die Kleidung eines … eines Hetzers, der bei uns bekanntlich nicht mehr erwünscht ist. Also – auch seine Kleidung nicht.«

Jonas hob kurz den Finger: »Ja, darüber wollte ich sowieso mit Ihnen reden. Wieso gilt er eigentlich als Hetzer, ich verstehe das nicht. Er hat doch, wenn man es zusammenfaßt, da drüben in Köln erklärt, daß er mit dem Westen nichts zu schaffen haben will und daß er die DDR für das bessere Land hält, na, wie soll ich sagen, zumindest für das mit der besseren Zukunft. Können Sie mir das erklären, Frau Stelzer?«

Gemurmel da und dort. Es spielte hier tatsächlich jemand mit dem Feuer. Es dachte jemand nicht an seinen Studienplatz. Auf der Stuhllehne Lehrerinnenknöchel, weiß vor Anspannung.

»Ich habe nicht die Absicht, mir von Ihnen das Thema der heutigen Stunde diktieren zu lassen, Jonas!«

Er lächelte überlegen: »Aber Sie selber haben es doch angeschnitten.«

Eleonore Stelzer schnappte nach Luft.

Nun schritt Matti ein: »Vielleicht ist das die Gelegenheit, einmal ... einmal wirklich zu diskutieren. Aufrichtig. Anhand dieses Konzerts.« Er erhob sich, wie um zu verdeutlichen, daß es ihm wichtig war, was er jetzt sagte. Oder aber er wollte nur die Klasse und deren Reaktion überblicken. »Ich weiß, man redet darüber normalerweise nicht offen, über dieses Konzert. Westfernsehen, immerhin. Das sieht ja keiner, außer, daß alle es sehen. Also ... wie seltsam, daß ich hier plötzlich stehe ... laßt uns darüber reden. Ist das möglich? Vielleicht«, er beschrieb mit seinem Kopf einen Halbkreis, »melden sich erst einmal die, die den Auftritt geguckt haben.«

Mattis heiliger Ernst. Das verstörend Geradlinige seines Großvaters. Für Jonas, so schien's, war es auch ein Spiel, für ihn nicht. Kein Zweifel, er strebte nach Austausch, er hangelte nach dem Unmöglichen. Nicht ein Arm, der sich da hob.

Matti unternahm einen zweiten Versuch, wandte sich an Frau Stelzer: »Haben Sie es denn gesehen?«

»So was? So was muß ich nicht sehen.«

»Wie können Sie dann behaupten, der Mann wäre ein Hetzer?« fragte nun Jonas.

»Das weiß man doch«, schrie sie, »das weiß jeder, und jetzt Schluß mit der Diskussion. Sie verlassen sofort den Unterricht, Jonas, und wechseln das Hemd.«

Jonas verschränkte die Arme: »Dazu haben Sie kein Recht!«

»Sie weigern sich?«

»Richtig, ich weigere mich.« Und trotzig fügte er einen Satz hinzu, der in den Auseinandersetzungen der nächsten Tage noch eine gewisse Bedeutung erlangen sollte: »Ich fordere Sie ja auch nicht auf, Ihre häßliche Bluse mit der kitschigen Brosche drauf zu wechseln.«

Matti stöhnte auf. Dieser und jener schüttelte den Kopf. Eleonore Stelzer starrte Jonas haßerfüllt an. »Ich werde«, zischte sie, »nicht eher mit dem Unterricht beginnen, bis Sie den Raum verlassen haben.«

Jonas blieb sitzen. Erste Unmutsäußerungen wurden laut. Warum er nicht gehe. Warum er dauernd störe. Warum er immer provozieren müsse. Eine Stimme, von irgendwo vorn: »Mach dich vom Acker!«

Eleonore Stelzer vernahm es nicht ohne Befriedigung. Sie ließ ihren Blick über die Bänke schweifen, ließ ihn ein paar Sekunden auf Jonas ruhen, erklärte schließlich gefaßt und bedeutungsschwanger wie eine Richterin: »Ich stelle fest, daß Jonas Felgentreu den Unterricht verhindert. Ich sehe mich daher gezwungen, den Direktor aufzusuchen und ihm darüber zu berichten.«

Sie stapfte aus dem Raum. Die Klasse murmelte. Niemand, Matti ausgenommen, würdigte Jonas eines Blickes. Matti sagte leise: »Jetzt ist die Kacke am Dampfen.« Jonas griente, aber nicht verwegen, sondern nun doch ziemlich bang.

*

Etwa eine Stunde später fuhr ein voll-, nicht aber schwerbeladener Škoda nach Gerberstedt hinunter, gebauchpinselt vom hohen Gras, das zwischen den Spurrinnen des Wiesenweges stand. Darinnen saß, natürlich, Heiner Jagielka. Der pfiff sich eins, dem war, nachdem er die LPG passiert hatte, selbst das Ächzen der Achsen und das Wummern der Reifen auf dem von hier an mit Platten belegten Weg eine rechte Begleitmusik, der rumpelte selig über die Betonteile, die sich vor ihm auftürmten wie von Wellen hochgeschobene, ineinander verkeilte Eisschollen, kein Wunder, eröffnete sich doch vor seinem geistigen Auge eine wundervolle Perspektive: Er war nun bereit, sein Städtchen floristisch auf ganz andere, viel einträglichere Art zu versorgen, als er es bisher getan hatte. Heiner Jagielka schlug ein paarmal mit der flachen Hand aufs Lenkrad und rief: »Die Irrenanstalt mit Blumen schmükken! Die Irrenanstalt mit Blumen schmücken!« Er mußte sich, da er jetzt tatsächlich über ein Produkt verfügte, das reißenden Absatz finden und vor allem: das immer wieder nachwachsen würde, nur noch über den Preis einig werden, einig mit sich selber. 60 Pfennige pro Stiel? Das waren 20 mehr, als die PGH »Rosenkavalier« in der Ernst-Thälmann-Straße nahm (wenn sie denn ein paar Stiele im Angebot hatte). Absolut legitim. Überaus erfolgversprechend. Wo Engpaß, da Preisspaß, reimte Heiner Jagielka. Dann aber, gerade noch rechtzeitig, erinnerte er sich einer seiner geschäftlichen Maximen, die da lautete: Ermittle nicht nur den Preis! Ermittle unbedingt auch den Neid, den er hervorrufen könnte! Und siehe, sein zuverlässig arbeitendes Hirnrechenzentrum spuckte einen überdurchschnittlichen Wert aus. Bedrohlich erschien der ihm sogar. 60 Pfennige, das würde die Gerberstedter wohl veranlassen, seinen Gewinn zu überschlagen, anstatt sich einfach an seinem sensationell frischen Angebot zu berauschen. Und wer erst einmal den Gewinn überschlug, tja, der stellte gern auch Fragen, wie dieser denn zustande kam, und erkundete im folgenden vielleicht manches, was er, Heiner Jagielka, doch lieber für sich behalten wollte. Ach, es war ein Kreuz mit den Sensationen hierzulande! Kaum hatte man für eine gesorgt, mußte man ihr den größten Glanz – und ging im Westen der größte Glanz, der auf den Dingen lag, nicht von ihrem Preis aus? – schon wieder nehmen. Heiner Jagielka fand das ziemlich schade. Aber da er ein pragmatischer Mensch war, ließ er in sich keinen Ärger wuchern. Vielmehr erfreute er sich der Klugheit und der Vorsicht, die er wieder einmal unter Beweis gestellt hatte und die ihn, dessen war er gewiß, immer vor Ungemach bewahren würden. 50 Pfennige also, damit vermied er Probleme in den zwischenmenschlichen Beziehungen. Und damit, selbst damit würde er, wenn alles lief, wie er es sich vorstellte, bald ein gemachter Mann sein.

Er war nun auf dem Marktplatz angelangt. Er parkte vor der »Sonne« und grüßte Anton Maegerlein, den ältesten Angestellten jener Fleischerei, die einst den Schildhauers gehört hatte. Maegerlein, hinterm Rost stehend, auf dem er, wie jeden Tag, mit stoischer Ruhe Thüringer Bratwürste grillte, grüßte zurück, indem er wie in Zeitlupe die Zange hob, ohne die seine Hand gar nicht mehr denkbar war; Prothese, dachte Heiner Jagielka. Er spürte jetzt eine kalte Sicherheit, er konnte alles glasklar erkennen, bedenken und formulieren, das seltsame Gefühl desjenigen, der etwas Wichtiges vorhat und eine schützende, gleichwohl völlig durchsichtige Blase um sich bildet. Links vor ihm der Spielzeugladen »Pittiplatsch & Schnatterinchen«, von dort würden lauter Mütter mit ihren Kindern zu ihm strömen; rechts von ihm das Sporthaus »Olympia«, frequentiert von Männern, die sich viel zu oft auf dem Fußballplatz herumtrieben und ganz sicher was gutzumachen hatten bei Frau & Freundin; hinter ihm Rathaus und SED-Gebietsleitung, bitteschön, auch Funktionäre waren Kunden.

Und tatsächlich, alle wahrlich nicht geringen Hoffnungen Heiner Jagielkas sollten sich als noch untertrieben erweisen. Kaum daß er seinen Campingtisch aufgestellt und seine Nelken ausgeladen hatte, bildete sich eine Menschentraube.

Nee! hieß es, die sindoch nich echt? Sang Se nich, daß die echt sind! – Nu doch, die sinso echt wie ihre bezaubernden blonden Haare, Matmosell.

Große Güte, hieß es, wo hammse die Blüten die vielen denn her? – Nu, was denkense denn? – Ich hab nichde leiseste Ahnung! – Dann schlagch vor, gnädche Frau, Se lassen de Überraschung einfach in sich weiterwirgen.

Und wennch keen Geld bei mir hab, hieß es, kriegch dann inner halben Stunde noche paar Stengel? – Aberch bitt Sie, an diesem Stand herrscht Kuhlans, Se nehmen, was Se wünschen, und bezahlen morschen. – Morschen? Se beabsichtchen, morschen ooch hier zu stehn? – Nu, dementsprechend verhält sichs …

Aber Heiner Jagielka hatte jetzt eine Dame entdeckt, die etwas abseits verharrte und das Treiben nur beobachtete, eine ausgesprochen attraktive Dame, treten Sie doch näher, junge Frau! Da schüttelte Karin Werth, denn um sie handelte es sich, sie schlenderte in ihrer Freistunde hier mal so herum, unwillig den Kopf. Heiner Jagielka nun, ohnehin nicht geschlagen mit VEBehäbigkeit, und überdies ja noch am stürmischen Anfang seiner Aufzuchts- und Handelstätigkeit, griff sich so viele Nelken, wie in seine Faust paßten, wühlte sich durch die Menge hin zu Karin Werth und überreichte ihr den Strauß mit einer formvollendeten Verbeugung – das heißt, er wollte ihn ihr überreichen, denn Karin Werth sagte, er solle das lassen. Und schon hatte sie sich umgedreht, schon war sie weg. Heiner Jagielka vermutete, sie sei ein Wesen, dem man sich wohl etwas vorsichtiger nähern müsse, eines, das jegliche Aufdringlichkeit haßte, weil es schon zuviel davon erfahren habe. Gleichwohl lag es ihm fern, seines kleinen Fehlschlags wegen ins Grübeln zu verfallen. Er nahm sich vor, bei seiner nächsten Begegnung mit der Dame, sollte sie sich überhaupt ereignen, zurückhaltender zu agieren, er rief der gaffenden Kundschaft zu, Sellerie, so isses Leben, oder etwa nich? und eilte zurück an den Stand. Wo sich mittlerweile ein Mann eingefunden hatte, der dadurch auffiel, daß er, im Gegensatz zu allen anderen, keinen Mantel und keine Jacke trug. Auf dem Revers seines grauen Anzugs prangte das Parteiabzeichen.

Es war Ingo Altenhof, Herbert Rabes Nachfolger als Erster Gebietssekretär. Nicht, daß Heiner Jagielka auf ihn gewartet hätte. Aber erwartet, erwartet hatte er ihn durchaus: Wir alle ahnen, was bestimmte ungewöhnliche Stunden bereithalten werden, und sind dann gar nicht überrascht, wenn es sich tatsächlich ereignet.

»Ah, der Genosse Altenhof!«

»Jagielka! Was haben Sie denn schon wieder ausbaldowert? Sie sorgen ja hier für einen Menschenauflauf wie beim 1. Mai!«

»Das ist ein gutes Stichwort, Genosse Altenhof, ein sehr gutes Stichwort«, beeilte sich Heiner Jagielka zu erwidern.

Der Genosse Altenhof aber ging nicht darauf ein. Statt dessen wünschte er, für alle Anwesenden deutlich vernehmbar, von dem mobilen Händler zu erfahren, ob er über eine Genehmigung des Rates des Kreises verfüge, »um hier plötzlich auf Nelken zu machen«.

»Noch nicht, Genosse Altenhof, noch nicht.«

Worauf der Funktionär feststellte, dann sei sein Gegenüber hier wohl illegal tätig.

Heiner Jagielka, da mußte er gar nicht überlegen, das ging ganz automatisch, beugte sich zu Ingo Altenhof und flüsterte ihm zu, es sei nicht im entferntesten seine Absicht gewesen, bestehende Gesetze zu mißachten, vielmehr wären sozusagen die Pferde mit ihm durchgegangen, und warum? Nur deshalb, weil er, im Grunde von heute auf morgen, die Möglichkeit gesehen habe, einen, und das meine er durchaus wörtlich, wunderschönen Beitrag zur Entwicklung Gerberstedts, »unser aller Gerberstedts«, zu leisten, einen Beitrag im übrigen, dessen Ausmaß Altenhof, bei aller Wertschätzung, hier und jetzt noch keineswegs zu überblicken in der Lage sei, weshalb er, Jagielka, sich erböte, um nicht zu sagen darum bitte, noch heute, wenn es denn des Gebietssekretärs sicherlich proppenvoller Terminkalender zulasse, ihm unter vier Augen eine genauere Beschreibung der bisher im dunkeln liegenden Angelegenheit zu liefern.

Es dämmerte dann schon, als Heiner Jagielka in Altenhofs Büro saß. Er hatte alle Nelken verkauft. Er hatte 900 Mark der Deutschen Demokratischen Republik eingenommen (was die Hälfte von Willys Monatsverdienst war). Er hatte sie am gläsernen Schalter der Sparkasse Ruth Werchow durch die bogenförmige Öffnung geschoben, mit der Versicherung, er werde jetzt öfter hier bei ihr vorbeischauen. Er hatte den Hunger, der ihn plötzlich ereilte, mit zwei von Anton Maegerlein ausdauernd gewendeten Bratwürsten gestillt. Und er war sich sicher, daß ihm auch das letzte, was heute noch zu bewerkstelligen war, nur glücken konnte: Wir alle wissen, an bestimmten Tagen reiten wir auf dem Uhrzeiger und fallen nicht herunter, ehe sie um sind, diese Tage.

Ingo Altenhof, weniger harsch als sein Vorgänger Rabe, dafür gewandter und listiger, leitete das Gespräch folgendermaßen ein: Wenn er seinen Pappenheimer unten auf dem Marktplatz korrekt verstanden habe, was durchaus nicht zutreffen müsse, so führe der ein Angebot mit sich. Ob er mit dieser Vermutung richtig liege?

»Trifft zu«, bestätigte Heiner Jagielka. Er erläuterte das Angebot, welches im Kern beinhaltete, daß es möglich sein würde, die Bürger Gerberstedts, wenn sie in einem halben Jahr sich wieder formieren würden, um am 1. Mai ihre unverbrüchliche Treue zu Partei und Regierung zu dokumentieren, in ihrer Gesamtheit mit frischen, festen, langstieligen roten Nelken zu versorgen, was bei den Gerberstedtern zweifelsohne eine noch höhere Hochstimmung hervorrufen werde, als wenn sie sich wie gehabt Papiernelken anstecken müßten, die mit den spitzen Drahtstielen, an denen man sich immer die Finger blutig spieke, Genosse Altenhof wisse schon.

Ach, und fast habe er es vergessen: Selbstverständlich sei er bereit, die Blumen, Stücker 5000, wie er schätze, an diesem für alle ja besonderen Tage kostenlos abzugeben.

Darauf ging der Genosse Altenhof kurz und knapp mit der Versicherung ein, er werde beim Rat des Kreises »durchstellen«, daß man Jagielka schon am morgigen Tage eine Genehmigung für Zucht und Vertrieb von Nelken erteile.

Da sich das Gespräch bislang zu seiner vollkommenen Zufriedenheit entwickelt hatte, wagte Heiner Jagielka einzuwenden, er wünsche das Zertifikat geringfügig weiter gefaßt: Blumen statt Nelken.

Da hatte auch Ingo Altenhof noch einen Wunsch, er mochte, als Privatmann, nur als Privatmann, doch gar zu gern erfahren, wie Jagielka das anstelle mit den Nelken respektive Blumen, denn eigentlich sei das ja ein Wunder, und an Wunder zu glauben verbiete ihm schon seine Weltanschauung.

Hier nun zeigte sich noch einmal die Flexibilität Heiner Jagielkas. Wenn sich Altenhof störrischer verhalten, wenn er Einwände erhoben und das ganze Projekt gefährdet hätte, wäre Jagielka sicherlich bereit gewesen, ihn mit interessanten Details aus der Scheune zu füttern, ihn, gewissermaßen von Mann zu Mann, mit technischen Finessen zu beeindrucken und zu überzeugen. Ruhigzustellen. So aber? So konnte er alles im Ungefähren belassen. Er erinnerte Altenhof daran, daß die Pflanzen »auf Mutter Erde« den Lebewesen zugerechnet würden, im weitesten Sinne jedenfalls, eine Einordnung, die er, Jagielka, jetzt viel besser verstünde als noch vor ein paar Wochen, habe er doch bei seinen Forschungen, jawohl, es seien langwierige, komplizierte, hier kaum rekapitulierbare Forschungen gewesen, die dem heutigen Tage vorausgegangen, eine gewisse Ähnlichkeit zwischen Blume und Mensch festgestellt: »Beide brauchen vollwertige Ernährung, beide lieben das helle Licht des Tages und die wohlige Wärme von Sonne und Heizung. Mir nun ist es, vereinfacht gesagt, gelungen, dies alles zu intensivieren. Ich habe bei den Blumen eine Wirkung zu erzeugen vermocht, die Menschen so noch nicht erfahren haben, außer vielleicht, wenn sie Drogen konsumieren.«

Ingo Altenhof erstarrte.

Hoppla, da hatte Heiner Jagielka sich ganz am Ende doch noch vergaloppiert, da war er doch noch unvorsichtig geworden. Er ruderte sofort zurück: »Was plappere ich, Genosse Altenhof! Was für ein schiefer Vergleich, der mir da eingefallen ist! Wir hier bringen die Menschen ja nicht mit irgendwelchen Pülverchen in Versuchung, glücklicherweise, glücklicherweise, kann ich nur sagen. Und so ist es auch mit den Blumen. Sie kennen hier gar nichts Schlimmes. Sie würden doch zusammenklappen, genau so zusammenklappen wie leider viel zu viele Westbürger, die von gewissenlosen, profitgierigen Subjekten zum, wie heißt es, zum Fixen angestiftet wurden. So hohlwangig sind diese armen, verführten Menschen! Und, sagen Sie selbst, Genosse Altenhof, sind meine Nelken etwa hohlwangig? Sind sie vielleicht schrumpelig? Sie haben sie gesehen. Sagen Sie selbst, sagen Sie!«

Ingo Altenhof winkte ab, eher genervt als überzeugt, aber egal.

*

Währenddessen saß Britta so auf ihrem mit einer Wolldecke bedeckten Sofa, wie sie früher, als kleines Kind bei Familienurlauben, im Ostseesand gesessen hatte, Beine gespreizt, Knie vorn, Füße hinten, nur daß sie sich jetzt natürlich nicht an irgendwelchen Muscheln oder Steinen zu schaffen machte. Sondern? An einem Ohr. Es gehörte Jonas, schon seit Minuten spielte sie stumm an ihm herum. Genaugenommen saß sie auch nicht direkt auf dem Sofa, sondern auf Jonasens Schenkeln.

»Was wird Krümnick sich ausdenken«, sagte Britta.

»Weiß nicht.«

Sie rieb ihm mechanisch mit Daumen und Zeigefinger das Ohrläppchen. »Vielleicht gibt er dir 'nen Verweis.«

»Möglich.«

»Jedenfalls wird er nicht nichts machen. Das ist er schon der Stelze schuldig, wie stünde die denn sonst da.«

»Mir doch egal, was er macht.«

Britta spürte an den Fingerspitzen, wie Jonas' Kieferknochen malmten. »Is dir nicht egal.«

»Hör doch mal auf!« Jonas schüttelte unwirsch den Kopf, als wolle er eine Fliege abschütteln.

Sie zog schmollend ihre Hand zurück und wiederholte: »Is dir nicht egal.«

»Der kann mir nichts! Ich hab nichts Verbotenes getan! Was soll er mir schon groß können!«

Britta dachte, der kann dir alles, aber sie schwieg. Sie wollte ihren Freund nicht noch mehr verunsichern.

Jonas lachte auf einmal, eine Spur zu schrill: »Ist alles eine Materialsammlung. Ich speichere alles ab, und eines Tages wird es aufgeschrieben, und dann geht die Bombe hoch, das sag ich dir!«

Abermals schwieg Britta, sie dachte, er hat Riesenschiß in Wirklichkeit, er ist so weit vorgeprescht, daß er nicht mehr zurückkann, und er ist ganz allein da, wo er ist. Und das vergrößert nur den Schiß, den er hat. Plötzlich kam ihr eine Idee. Ihr Gesicht begann zu strahlen wie das eines Kindes, das einen Streich ausheckt und sich schon die Wirkung ausmalt. Und war sie denn nicht fast noch ein Kind? Sie sprang wie eine Katze von Jonasens Schoß, zog Jonas hoch, rief mit aufschießender Begeisterung: »Geh jetzt. Du mußt jetzt gehen. Wir sehn uns morgen in der Schule. Ich hab noch was Dringendes zu erledigen.«

Verwirrt fragte Jonas, was denn los sei, aber schon wurde er von Britta aus der Tür gedrängt.

*

In regelmäßigen Abständen sollte der Mensch seinen Kopf freiräumen, sonst stoßen die vielen Gedanken, die sich darin angesammelt haben, ein bißchen zu sehr aneinander und werden ganz unbrauchbar. Er verschneidet ja auch regelmäßig seine Apfelbäume, denn wenn er's nicht täte, hätte er bald nur noch mickrige, ungenießbare Äpfel.

Mit seiner Jawa fuhr Willy zu diesem Zwecke im Sommer durch die Gegend, aber im Winter stand sie verpackt im Schuppen, und er war dafür in der Schwimmhalle zugange, so auch am Abend jenes Tages.

Die Halle, die er Box nannte, befand sich auf dem Gelände des »Aufbruch« und war ausschließlich den Betriebsangehörigen vorbehalten; der Rest der Gerberstedter sah vom Friedhof aus nur ihr moosiges Dach und von der Schorba aus nur ihre großen getönten Scheiben, hinter denen glatzköpfig anmutende Gestalten sich in dampfender Luft bewegten, lautlos, so schien es von draußen, schemengleich, unterschiedslos, »KZ-Figuren im Gas«, wie Clara Felgentreu kurz vor ihrem Tode in kleinem, sehr kleinem Kreise einmal sarkastisch bemerkt hatte; dabei waren die Haare alle nur verborgen, »der Aufenthalt im Wasser ist ohne Badekappe strengstens untersagt«, stand auf Schildern, die, an Metallketten befestigt, überall in der Halle hingen.

Willy stülpte sich seine Kappe über. Sie war etwas zu klein geraten für seinen Kopf. Es ziepte an den Haarwurzeln. Willy schnitt vor Schmerz eine Grimasse und nahm sich vor, morgen ins »Olympia« zu gehen und sich endlich eine neue Kappe zu kaufen.

Er sprang ins Wasser, spürte augenblicklich, wie Kälte seinen Körper umschloß, und tat ein paar hastige, kindlich-ungelenke Züge.

Warum sprach er überhaupt von Box, wenn er die Schwimmhalle meinte? Weil er, der ja immer erst spät am Abend hier sein konnte, dann jedesmal in eine großflächige Schwärze schaute. In welche Richtung er auch schwamm, immer bewegte er sich auf dunkles Glas zu, und immer nahm er solches auch längsseits wahr. Die Welt dahinter war wie verschluckt. Willy fühlte sich von ihr abgeschottet, fühlte sich in der Box wie auf einem anderen Planeten, einem komplett wasserbedeckten und kaum besiedelten. Die Halle nämlich, das kam hinzu, war wenig frequentiert. Oft zogen um diese Zeit außer Willy nur zwei oder drei weitere, buchstäblich verkappte Gestalten ihre Bahn, wobei man darauf wetten konnte, daß eine von ihnen, wenn sie den Kopf hob und ihr Gesicht offenbarte, sich als Dietrich Kluge erwies.

Die Müdigkeit, die Willy am Vormittag, und später noch, empfunden hatte, war in dem Augenblick, da er ins Wasser tauchte, fortgespült worden. Jetzt fand er auch langsam seinen Rhythmus. Er spürte die Kraft in seinen Oberarmen, mit deren Hilfe er die Hände synchron nach außen schob, und spürte die Kraft in seinen Handflächen, die das Wasser an die Korkleinen wellten, so daß diese erzitterten. Aber er konnte das alles nicht genießen. Im Kopf des Geradeausschwimmers, immer an dem Seil lang, immer an dem Seil lang, drehten sich die Gedanken im Kreise, schlangen sich ineinander, verfilzten sich …

Weitermann, dieser Weitermann hatte tatsächlich die Frechheit besessen, Arme vor, sich nicht an ihrer beider Abmachung zu erinnern, und hatte ihm am Telefon erklärt, Arme zur Seite, er sei es seinem Autor Gluth, einem Autor, Arme zurück, den er gerade deshalb unterstütze, und vor, weil er noch nicht die Anerkennung gefunden habe, die ihm zweifelsohne gebühre, und zur Seite, dem also sei er es geradezu schuldig, ordentliches Papier einzufordern, und zurück, woraus Willy ersehen könne, daß er gerade mit einer ausgesprochen treuen Seele rede, eine Tatsache, die er, Weitermann, jetzt gleich, und zum wiederholten Male, mit einer besonderen Freundlichkeit untermauern werde, diesmal, indem er eine Lieferung mit ungarischer Salami fertigmache, zu deiner freien Verfügung, Willy, komm du mir noch einmal mit ’ner Bitte, Weitermann, dich Verbrecher laß ich abblitzen wie nix, nur, was soll jetzt mit dem bunten Weißpapier werden? was? ich faß es nicht, Dorle, ein Einbruch? und wo? im Depot am Bahnhof geschah der Einbruch? Sauerei, aber bevor Dorle weiterredete, schnell eine Verbindung zu Keppler, genau, Dorli, der Grossist, brauchen aus betriebsbedingten Gründen umgehend nicht im Plan aufgeführtes Papier, wie? das weiß ich auch nicht, wie der das ranschaffen soll, flöte, Dorli, biete ihm ungarische Salami, ködere ihn, und frag vorher Kluge, wieviel Tonnen genau, und hol mir, ich höre wohl nicht recht? tatsächlich? 5000 Exemplare entwendet von einem einzigen Titel? was für ein Titel? begreife ich nicht, begreife ich immer noch nicht, ist der so gut? egal, der Dieb wandert sowieso in den Knast, den schnappen sie doch, sobald er das Zeug an den Mann bringen will, und ich kann mich gleich mitverantworten, wegen fehlender Gebäudesicherung, was für ein Witz, die kannst du gar nicht sichern, die Ruine da unten, Zehntausende Bücher in dieser Erdhütte, und das nennt sich Depot, ruf die Polizei,

Dorli, und zwar sofort, nein, vor, sie hat erst Keppler angerufen, und zur Seite, richtig, der ist auch wichtiger gewesen, und zurück, und dann die Polizei, vor, zur Seite, zurück, vor, Seite, rück, immer an dem Seil lang, immer an dem Seil lang …

Etwa 20 der 30 Minuten, die Willy zu schwimmen pflegte, waren um. Noch immer hatte er den Kopf nicht frei. Auf der zweiten Bahn neben ihm, den Blick geradeaus gerichtet, Dietrich Kluge. Ob der wohl weiter war, ob der jenen ersehnten Zustand der vollkommenen Leere erreicht hatte? Willy drängte es jetzt geradezu, wieder einmal zu spüren, wie alles Komplizierte, wie scheinbar sogar jegliches Denken von ihm wegflutete, obwohl sich dann sein Denken natürlich nur nicht mehr als solches zu erkennen gab, weil es mit der wieder und wieder ausgeführten Bewegung verschmolz. Ganz leicht fühlte Willy sich in solchen Minuten, wie ohne Schädel, und wie ohne Innereien. Nur mechanisch sich spreizende und sich streckende Arme und Beine waren da noch, Gliedmaßen, die weiß der Teufel wer bediente, er jedenfalls nicht – o ja, das war der großartige Frieden, der im Stumpfsinn liegt: Er wollte ihn schaffen, jetzt endlich, er jagte ihn. Jagte? Nicht, hämmerte er sich ein, nachdem er sich dessen bewußt geworden war, nicht jagen! Der muß sich von selber einstellen, der Frieden. Aber diese honorige Absicht war nun leider auch schon wieder Teil des Problems, war der Grund, daß sie ihr Ziel verfehlte: Du darfst nämlich noch nicht einmal dieses Nicht! denken, denn wenn du es denkst, glühst du ja schon vor verstecktem Interesse, du darfst deinen Wunsch, welcher es auch sei, überhaupt nicht kennen, dann, und nur dann, wird er sich erfüllen.

Willy nahm sich vor, morgen früh als erstes einen Brief an Zeiller zu schreiben. Darin würde er, um bei den zu erwartenden Untersuchungen nach dem Einbruch nicht zu sehr in die Defensive zu geraten, den gottserbärmlichen Zustand des Lagers am Bahnhof schildern und die wieder und wieder verschobene Freigabe von Mitteln für einen Neubau nun aber mit deutlichen Worten fordern. Daß man endlos um die immer gleichen Dinge ringen mußte! Willy ruckte ärgerlich nach vorn, steckte mehr Kraft als gewöhnlich in den nächsten Zug, tauchte tiefer als sonst, atmete, jene Tiefe nicht bedenkend, schon mit der Nase ein, als sie noch unter Wasser steckte, verschluckte sich und mußte husten wie ein sich Erbrechender.

Sein Erster Drucker drosselte sofort das Tempo und schaute erschrocken zu ihm herüber: Aha, schwamm Kluge also auch nicht im Teich aus Leere. Hatte Kluge auch nicht den verwilderten, verwunschenen Kanal in die Augen- und Ohrenlosigkeit gefunden.

*

Am nächsten Morgen bildete sich unterm Backsteinkreuz des Eingangsgewölbes der EOS »Markus Roser«, da, wo die Wandzeitung hing, rasch eine Menschentraube. Die ersten Schüler, jene, die mit Bussen aus den umliegenden Dörfern schon zwanzig Minuten vor Unterrichtsbeginn eingetroffen waren, hatten das mit FDJ-blauem Tuch bespannte Brett zunächst eher routinemäßig mit ihren Blicken gestreift, im Schlendern. Waren dann aber stehengeblieben. Und sogleich taten es ihnen andere Eintreffende nach, schauten ihnen über die Schulter, spürten in ihrem Rücken schon die nächsten, die wiederum ihnen über die Schulter …

Auch die Neugierde des Direktors Krümnick, der eigentlich zur Klasse 12 b wollte, war geweckt. Ein Schülerpulk vor der Wandzeitung? Ungewöhnlich, höchst ungewöhnlich. Krümnick räusperte sich von hinten, eine Schneise öffnete sich ihm, und er sah die üblichen Termine für die Arbeitsgemeinschaften junger Sänger und Maler, die aktuellsten Spartakiadeergebnisse im Geräteturnen und im Handball, den von ihm höchstselbst verfaßten Aufruf, Solidarität mit Luis Corvalan zu üben beziehungsweise in dieser nimmer nachzulassen. Endlich entdeckte er das, was die Schüler wohl bannte. Es war ein Gedicht. Krümnick begann zu lesen:

1.
Und als wir ans Ufer kamen,
und saßen noch lang im Kahn,
da war es, daß wir den Himmel
am schönsten im Wasser sahn.
2.
Und durch den Birnbaum flogen,
paar Fischlein, das Flugzeug schwamm
quer durch den See und zerschellte
sachte am Weidenstamm.

Als Krümnick gerade bei 3. angelangt war, klingelte es zum Unterricht. Die Schüler hinter ihm machten sich davon. Einige wandten sich beim Weggehen noch einmal nach ihm um, begierig, in seinem Gesicht eine Reaktion abzulesen. Aber auch er eilte jetzt los. Kurz dachte er darüber nach, wie er sich verhalten sollte. Dies war, selbst wenn er es nicht bis zum Ende gelesen hatte, ein Naturgedicht. Und ein Liebesgedicht. Ein Liebesgedicht, das sich sozusagen über die Natur ausdrückte. Es war schön. Es gefiel ihm. Ergriff es ihn nicht sogar? Drückte es in gewisser Weise nicht sogar Erfahrungen aus, die er selber gemacht hatte? Auf dem neuen, etwa eine halbe Autostunde von Gerberstedt entfernten Stausee, an dem es eine kleine Bootsausleihe gab, war er da mit seiner Frau nicht schon manchmal in einem Kahn herumgetrieben und hatte sich der Landschaft erfreut?

Nun, er mochte der Schülerin oder dem Schüler, demjenigen, der das geschrieben hatte, mehr noch, dem das gelungen war, gern Talent bescheinigen. Sehr gern. Und dennoch: Wie so viele künstlerisch veranlagte junge Menschen, so schien auch dieser Verfasser hier kein Maß zu kennen. Mußte er seine Liebesbezeugung, seinen lyrischen Gruß, denn ausgerechnet an die Wandzeitung heften? Wenn das jedem Schüler einfiele, der sich gerade verliebt hatte. Zehn Borde wären da vonnöten. Nein, dazu hing die Wandzeitung nun wahrlich nicht hier. Es gab doch Briefumschläge. Es gab Poesiealben. Folglich: Sobald er seine Aufgabe in der 12 b erledigt haben würde, wollte er Reni, seiner Sekretärin, auftragen, das Gedicht abzuhängen und durch den mahnenden Hinweis zu ersetzen, private Wortmeldungen seien an dieser höchst offiziellen Stelle unbedingt zu unterlassen, bei Zuwiderhandlung Strafe, gez. Krümnick, Dir.

Die 12 b hatte in dieser ersten Stunde Deutsch bei Karin Werth. Und Karin Werth war an diesem Tage extra früher erschienen als sonst. Wenn nämlich Jonas und Matti ihr etwas Wichtiges zu berichten hätten, so würden wohl auch sie sich frühzeitig blicken lassen. Und so war es gewesen. Die beiden hatten sich schon eine Viertelstunde vor Unterrichtsbeginn im Klassenzimmer eingefunden. Sie hatten gerade begonnen, Karin Werth von den gestrigen Geschehnissen zu erzählen, da war zu ihrem Erstaunen die Tür aufgegangen, und zu ihrem noch größeren Erstaunen war nicht irgendeiner der »Dörfler« erschienen, sondern Eleonore Stelzer.

Diese wandte sich an Karin Werth: »Dürfte ich Sie vielleicht einen Moment alleine sprechen?«

Karin Werth nickte, und die Jungen verzogen sich zu ihrer Bank an der hinteren Wand Sie konnten nicht verstehen, was »die Stelze« sagte, sie konnten nur sehen, wie Karin Werth sich auf die Lippen biß, mit stummem Entsetzen, wie sie den Kopf schüttelte, schließlich zu ihnen beiden hinblickte, ihren Blick aber aus irgendeinem Grund sofort senkte. Dann ging sie zum Fenster. Sah hinaus, und wandte sich nicht mehr um. Währenddessen blieb Eleonore Stelzer am Lehrertisch stehen, sie okkupierte ihn, als begänne jetzt gleich ihr Staatsbürgerkunde-Unterricht. Die Schüler der 12 b tröpfelten herein, gewahrten sogleich das Besondere der Situation. Und hatten sie, die Ankömmlinge, sich auf dem Flur noch dieses oder jenes Wort zugeworfen, so zog jetzt ein angespanntes Schweigen ein, buchstäblich keiner sprach mehr, dies war die Lage, als Rolf-Dieter Krümnick das Klassenzimmer betrat.

Sekundenlang ließ er seinen Blick über die Schüler schweifen. Nachdem er festgestellt hatte, daß der eine, auf den es ihm ankam, zugegen war, fingerte er noch kurz am Knoten seines Schlipses herum. Er räusperte sich, dann hob er endlich an zu reden: »Sie hätten jetzt Deutsch, so wie Sie gestern Staatsbürgerkunde gehabt hätten. Aber Deutsch muß heute ausfallen, weil wir nicht umhinkönnen darüber zu reden, warum gestern Staatsbürgerkunde ausgefallen ist …«

Matti horchte auf. Darüber reden, das klang gut, das würde wohl nicht allzu bedrohlich werden.

»Und selbstverständlich kommen wir ebenso nicht umhin, uns darüber zu verständigen, was mit Jonas Felgentreu geschehen soll, der den Ausfall herbeigeführt hat. Jonas, um sicherzugehen, daß ich recht informiert bin, woran ich natürlich nicht zweifle, aber bitteschön, wir wollen Sie hören, frage ich Sie, ob es stimmt, was Sie Frau Stelzer zugerufen haben«, er machte eine Pause, schaute mit einem Blick, der ausdrückte, es ist so peinlich, aber ich sehe mich außerstande, Ihnen das folgende zu ersparen, zur Stabü-Lehrerin hin und sagte schließlich, »ich kann Sie genausogut auffordern, Ihre häßliche Bluse mit der kitschigen Brosche darauf zu wechseln«, wobei er, Krümnick, als müsse er einer ungeheuren Empörung Herr werden, zwischen den Worten ein paar Pausen einlegte.

Jonas schwieg irritiert.

»Nochmal: Sind diese Worte gefallen oder nicht?«

Jonas schüttelte den Kopf und bejahte, beides zugleich.

»Was nun, Ja oder Nein?«

»Verzeihung, Herr Krümnick«, schaltete Matti sich ein, »darum ging es doch gar nicht. Es ging …«

»Genau darum geht es jetzt aber«, schnitt ihm Krümnick das Wort ab, »genau darum. Ein solcher Satz, und für mich sind die letzten Zweifel daran ausgeräumt, daß er tatsächlich fiel, ist eine Beleidigung, wie es sie an dieser Schule einem Lehrer gegenüber noch nie gegeben hat! Eine Beleidigung, die hinzunehmen ich nicht gewillt bin …«

Jonas knetete mit der rechten Hand seinen linken Zeigefinger, so stark, daß immer wieder ein Knacken ertönte. Mit allem hatte er gerechnet, doch nicht damit. Matti versuchte abermals, für ihn in die Bresche zu springen: »Dieser Satz war Ausdruck einer … einer Hilflosigkeit, Herr Krümnick, weil Jonas sich zu Unrecht angegriffen …«

»Hilflosigkeit? Sagten Sie Hilflosigkeit? Ich will Ihnen darauf eines antworten: Jeder fühlt sich einmal hilflos, jeder hier im Raum, ist es nicht so«, er blickte sich, Bestätigung heischend, um, erntete hier und da beifälliges Murmeln, »da haben Sie es, jeder kennt das. Aber beleidigen wir deshalb gleich andere Menschen, Menschen, die nicht für unsere Hilflosigkeit verantwortlich sind? Und selbst wenn sie es wären, ja, selbst wenn sie es wären! was sie aber, sicherheitshalber wiederhole ich mich, nicht sind, beleidigen wir sie? Nein und nochmals Nein! Denn es ist einer sozialistischen Persönlichkeit unwürdig, so mit seinen Mitmenschen umzugehen. Unwürdig! Und deshalb«, Krümnick dehnte jetzt seine Worte, gab ihnen somit etwas Amtliches, »schlage ich vor, den Schüler Jonas Felgentreu, der uns mehr als deutlich offenbart hat, daß er weit davon entfernt ist, eine solche Persönlichkeit zu sein, mit sofortiger Wirkung von unserer Erweiterten Oberschule ›Markus Roser‹ zu relegieren.«

25 Nasen, die Luft einzogen, ruckartig, gleichzeitig, als litten sie Atemnot, ein Geräusch, wie wenn kurz etwas Schweres, und doch nicht Hartes, über einen Holzboden schleift, eine Matratze, ein verschnürter Zeitungsstapel, eine gefüllte Einkaufstasche. Jonas, bleich wie der Mond und stumm wie der – jetzt wurden ihm die Krater ins Gesicht gedrückt, jetzt. Matti, fieberhaft überlegend, wie er nun, da schon alles verloren schien, seinem Kumpel doch noch aus der Patsche

helfen könnte: Sie wollen also nicht über das Eigentliche reden, die Stelze und Krümnick. Logisch, im Grunde. Sie können es nicht. Sie haben ja keine Argumente, wie man gemerkt hat. Aber eine feste, eine felsenfeste Meinung haben sie. Eine feste Meinung ohne jegliche Argumente ist wie ein Steinhaus, das auf einem Hohlraum steht. Immer einsturzgefährdet. Und das spüren sie. Aber sie dürfen's nicht zugeben, daß sie's spüren. Daß es hohl ist unter ihrer Meinung. Deshalb ist ja die Stelze gestern so fuchsig geworden! Weil wir sie mit der Nase drauf gestoßen haben! Gewiß, wir haben ihr gezeigt, wie es unter ihrem Haus aussieht, wir haben sie, ohne einen blassen Schimmer zu haben, daß wir's taten, runtergelockt, und das hat sie nicht verkraftet. Und zwar nicht wegen des Anblicks an sich, sondern weil sie's insgeheim immer befürchtet hat, das mit dem Hohlraum. Die darf gar nichts von dem wissen. Die sagt sich, ich weiß nichts von dem; heute wie gestern sagt sie sich's. Muß sie ja! Sonst müßte sie doch Hals über Kopf raus aus dem Haus. Und daß sie's weiß, und zugleich sich selber weismacht, sie wüßt's nicht, genau das ist ihr unangenehm. Man mag es eigentlich nicht glauben, oder? Der Stelze und was unangenehm. Aber so muß es sein. Sonst wäre sie ja nicht so fuchsig geworden. Klar, an die Stelle ganz hinten in ihrem Hirn, wo's ihr unangenehm ist und wo sie ihre ganze Unsicherheit verschlossen hat, an die Stelle darfst du nicht klopfen. Bei Strafe deines Untergangs, du darfst sie nicht mit ihrer eigenen Unsicherheit konfrontieren, denn nur die besten Menschen, nur die allerbesten, schämen sich dieser nicht. Man muß es also … muß es jetzt schnell, ehe es zu spät ist, anders versuchen bei diesen beiden … aber wie? … Schadensbegrenzung betreiben … nur wo? … natürlich da, wo sie sich hingeflüchtet haben, auf dem absurden Feld der persönlichen Beleidigung … immer ereifern sich die, denen die Argumente fehlen, über den Ton derer, die Argumente haben, was anderes bleibt ihnen nicht … aber ist es denn nicht schon zu spät für Schadensbegrenzung? Ist die Relegation nicht schon beschlossene Sache? Ach was, sie wäre es, wenn Krümnick soeben nicht gesagt hätte, ›ich schlage vor‹. Genau das hat er aber gesagt, das und nichts anderes. Erstmal ein Vorschlag war's, noch nicht mehr. Es gibt noch eine Chance …

Matti durchbrach die Stille, die dem gemeinschaftlichen Atemholen gefolgt war, indem er seine Füße auf den Boden drückte und mit seinem Stuhl ruckartig nach hinten rutschte. »Meines Erachtens«, sagte er, sich zwingend, seiner Stimme einen unaufgeregten, ja gleichmütigen Ausdruck zu verleihen, »war das keine Beleidigung, die es rechtfertigt, daß jemand von der Schule fliegt. Gut, man wirft solche Worte niemandem an den Kopf – keiner Lehrerin jedenfalls. Aber letztlich, letztlich ist es nicht mehr als eine Äußerung darüber gewesen, daß jemandem die Kleidung eines anderen nicht gefällt.«

»Es ist mehr als das gewesen«, korrigierte ihn Rolf-Dieter Krümnick scharf. »Es ist die geradezu unverschämte Aufforderung gewesen, Frau Stelzer möge ihre Bluse wechseln. Vor der Klasse vielleicht noch? Vor der Klasse?«

Matti stöhnte auf. Wie perfide Krümnick die Dinge verdrehte, *das* war unverschämt. Aber er durfte es ihm nicht vorhalten, wenn nicht auch er noch der Beleidigung geziehen werden wollte. »Das stimmt nicht ganz, Herr Krümnick«, antwortete er, und fügte hinzu, »meiner Meinung nach. Denn was hat Jonas gesagt? Er hat nicht, wie es eben hieß, gesagt: Ich kann Sie, also Frau Stelzer, auffordern, und so weiter, sondern er hat gesagt: Ich fordere Sie ja auch nicht auf. Das war die genaue Wortwahl. Ich habe sie mir gemerkt. Alle hier, die sie sich ebenfalls gemerkt haben, werden das bestätigen können.«

Niemand regte sich.

»Nehmen wir mal an«, erwiderte Krümnick, »Ihre Erinnerung stimmt. Was ändert das? Nichts. Denn egal, wie Felgentreu es nun genau ausgedrückt hat, es war eine als Nichtaufforderung getarnte Aufforderung. So was lernt man vielleicht in diesem Zirkel, in dem Felgentreu sich betätigt, ich erspare mir, den Namen zu nennen, der spricht ja wohl für sich.«

»Aber das ist doch an den Haaren herbeigezogen!« Etwas anderes fiel Matti beim besten Willen nicht mehr ein.

Da huschte ein listiges Lächeln über Krümnicks Gesicht. Er wandte sich an Karin Werth, die, vor dem Fenster stehend, die Diskussion mit steinerner Miene verfolgt hatte. »Vielleicht kann mir die Kollegin Werth bestätigen, daß es keineswegs an den Haaren herbeigezogen ist. Sie, verehrte Kollegin, sind doch, wie wir alle wissen, und wir schätzen das, wir schätzen das ausdrücklich, eine Freundin klug gewählter Worte. Also sagen Sie uns bitte: Ist es im Deutschen, und vielleicht auch in jeder anderen Sprache, aber das lassen wir heute mal dahingestellt, nicht eine gängige Methode, etwas gerade durch Verneinung zu bejahen, einen Wunsch gerade dadurch auszudrücken, daß man vorgibt, ihn sich versagen zu wollen?«

Karin Werth schüttelte in stummer Verzweiflung den Kopf. Sie schien Matti wie in einen Kokon eingesponnen, auf eine seltsame Weise von allem getrennt, was hier geschah. Ein Schutzmechanismus? Sie hatte sich in dem gestrigen Gespräch mit Jonas und ihm ja auch schon viel zu weit aus dem Fenster gelehnt. Bestimmt wollte sie gern Deutschlehrerin bleiben, so wie sie die Sprache liebte, bis in ihre kleinsten Verästelungen hinein, über die andere stöhnten, bestimmt wollte sie …

»Nein?« fragte Krümnick spöttisch.

Karin Werth schüttelte weiter ihren Kopf, wie eine Aufziehpuppe, mit bleichem, wächsernem Gesicht. Es sah in diesem Moment aus, als könne man ihren ganzen Kopf aus dem Hals schrauben und in irgendein Regal legen, zu anderen Köpfen dieser Art.

Krümnick trat auf sie zu. »Dann lassen Sie uns doch bitte wissen, wie Sie …«

In diesem Moment sprang Jonas auf: »Was für ein abgekartetes Spiel! Nennen wir es doch beim Namen … ich, ich kann es beim Namen nennen, ich sage, was es ist, ein abgekartetes Spiel ist es, scheiß drauf … über mich ist sowieso schon entschieden … Sie«, Jonas reckte das Kinn gegen Krümnick, »haben entschieden, Sie relegieren mich, Sie haben es schon gesagt, es steht fest, geschenkt, wozu also noch das ganze Palaver!« Und er trat zur Seite und lehnte sich an die mit grüner Ölfarbe gestrichene Wand, offenkundig bereit, oder sogar bestrebt, die Klasse nach einer entsprechenden Aufforderung sofort zu verlassen.

Krümnick verzog das Gesicht. »Sie bestätigen meine Einschätzung über Ihren Charakter mit jedem Wort, Jonas. Sie können wohl gar nicht mehr anders, als andere anzugreifen, andere, von denen Sie, ich weiß nicht, aus welchen Gründen, ich habe wirklich keine Ahnung warum, annehmen, sie wären Ihnen übel gesonnen. Das sind sie nicht! Selbst jetzt noch nicht! Denn mit Ihrem Vorwurf liegen Sie vollkommen falsch. Wie kommen Sie darauf zu behaupten, ich hätte schon entschieden? Ich habe noch gar nichts entschieden; wenn Sie vorhin richtig hingehört hätten, wüßten Sie das. Ich habe mich, bevor ich hierher kam, nur entschieden, nicht allein die Entscheidung zu fällen. Keiner allein, das entspricht den Grundsätzen unserer Gesellschaft. Wir schwadronieren hier nicht über Demokratie, wie es anderswo der Fall ist, wir praktizieren sie, auch heute. Gerade heute. Ich werde mich von nun an sogar überhaupt nicht mehr einmischen. Ihr Klassenverband«, Krümnick drehte seinen Oberkörper nach links und nach rechts, »also die gesamte 12 b, soll darüber befinden, ob Jonas Felgentreu der Schule verwiesen werden soll oder nicht, denn Sie«, er nickte hierhin und dorthin, »Sie kennen Ihren Mitschüler viel besser als wir.«

Krümnick genoß die Überraschung aller Anwesenden. Er steckte die Hände in die Hosentaschen, er ging, wie um den Schülern Zeit zu geben, diese neue Wendung zu verdauen, eine Runde um den Lehrertisch.

Da stammelte Karin Werth: »Nicht doch ... nicht ... das dürfen Sie nicht ... lassen Sie das ... lassen Sie das ...« Sie zitterte auf einmal am ganzen Leib.

»Ihre Reaktionen«, erwiderte Krümnick, durchaus mitleidig, wie es schien, »sind immer so überbordend, Kollegin Werth. Beruhigen Sie sich doch. Beruhigen Sie sich. Und erinnern Sie sich daran, wie Sie im Lehrerkollektiv immer gemahnt haben, wir sollten den Schülern mehr Mitverantwortung einräumen. Sie sind doch hier nicht die einzige, die mündige Staatsbürger erziehen will, Kollegin Werth. Ich will es auch, und die Kollegin Stelzer will es, wir alle haben uns das auf die Fahnen geschrieben. Deshalb darf ich in dieser Abstimmungsfrage nicht nur so vorgehen, wie ich es beabsichtige, ich muß es geradezu, wenn ich unser aller Verpflichtung nachkommen will.«

Karin Werth holte mit fahriger Geste ihr Taschentuch hervor, stammelte, »das sehe ich mir nicht an ... das sehe ich mir nicht an«, und stürmte aus dem Zimmer. Eleonore Stelzer hob pikiert eine Augenbraue. Rolf-Dieter Krümnick nahm die Hände aus den Hosentaschen.

Die Abstimmung, die eine öffentliche war, denn niemand hat hier etwas zu verbergen, niemand, und an der Jonas Felgentreu nicht teilnehmen durfte, endete 5:21, zuungunsten von Jonas natürlich.

*

Mit dem Gedicht aber, das Krümnick so ausnehmend gut gefallen hatte, geschah nun dies: Reni, die Sekretärin, pflückte es, wie angeordnet, von der Wandzeitung und legte es auf den hölzernen Tresen vor ihrem Schreibtisch. Mochte ihr Chef entscheiden, ob es zu den Akten genommen oder in den Papierkorb geworfen werden sollte. Dort, auf dem Tresen, sah es zuerst Eleonore Stelzer, die aus Krümnicks Zimmer kam, wo der Direktor und sie gerade die Diskussion über Jonas Felgentreu noch kurz und in voller Übereinstimmung ausgewertet hatten. Eleonore Stelzer überflog das Gedicht unter zunehmendem Stirnrunzeln. Sie war noch nicht am Ende angelangt, da entfuhr ihr: »Was ist denn das, Reni?«

Die Sekretärin zog ein gelangweiltes Gesicht: »Soll ein Liebeserguß irgendeines Schülers sein, sagt der Chef.«

Eleonore Stelzer rief durch die offene Tür: »Rolf-Dieter, komm doch mal bitte. Hier liegt ein Gedicht, Rolf-Dieter, das ist …«

»Ah ja, hübsch ist das. Sehr hübsch, muß ich sagen. Aber es nützt nichts, ich kann beim besten Willen nicht dulden …«

Eleonore Stelzer stand jetzt mit dem Papier im Türrahmen. »Hübsch nennst du das? Ich muß mich wirklich wundern, wie du das hübsch finden kannst!«

Krümnick lächelte entschuldigend: »Es erinnert mich an den Stausee, irgendwie.«

»An den Stausee? Willst du mich veralbern? Das ist nicht lustig, Rolf-Dieter! Reden wir wirklich von demselben Gedicht?« Sie wedelte mit dem Blatt in der Luft herum.

»Das nehme ich doch stark an. Bei aller Liebe, Eleonore, insofern verstehe ich deine Aufregung nicht ganz.«

Da begann Eleonore Stelzer empört zu rezitieren:

Was wird aus unseren Träumen
in diesem zerrissenen Land?
Die Wunden wollen nicht zugehn
unter dem Dreckverband.
Und was wird aus unseren Freunden,
und was noch aus Dir, aus mir?
Ich möchte am liebsten weg sein
und bleibe am liebsten hier.

Kaum daß sie durch energisches Kopfheben angezeigt hatte, am Schluß angelangt zu sein, riß Krümnick ihr das Blatt aus der Hand. Seine eben noch heitere Miene war finster. Er starrte auf das Blatt, stieß schließlich hervor: »Das ist dasselbe, aber … aber doch ein anderes, will heißen … soll bedeuten, ich kannte es nicht.«

»Wie, du kanntest es nicht? Ich denke, du fandest es hübsch?«

»Den Anfang fand ich hübsch, den Anfang, aber das Ende ... bis zum Ende bin ich doch gar nicht gekommen.«

»Es sind nicht die Zeiten, nur Anfänge zu lesen«, tadelte Eleonore Stelzer, als habe sie nicht ihren Chef, sondern einen Schüler vor sich. »Ich lese immer alles bis zum Ende. Das Widerwärtige steht nie am Anfang, das sollte man wissen.«

Krümnick brummte zustimmend.

»Ich wage sogar zu behaupten, der Anfang ist das einzige, was wir nicht lesen müssen. Weil er nämlich nur dazu dient, uns in die Irre zu führen. Und manchmal funktioniert das ja sogar, wie man sieht ...«

Keine zwei Minuten später war der Beschluß gefaßt, Krümnick werde für die Mittagspause das Lehrerkollegium zusammenrufen, um a) ein paar grundsätzliche Worte über die sich verschärfende Lage an der EOS »Markus Roser« zu verlieren und b) einer Antwort auf die nun doch recht dringliche Frage näherzukommen, wer jenes Pamphlet, das sich als Natur- respektive Liebesgedicht tarnte, wohl in die Welt gesetzt hatte.

Zu Punkt a) führte Krümnick dann vor den Kollegiumsmitgliedern folgendes aus: Es sei die gefährliche Tendenz zu beobachten, daß Schüler den festen Klassenstandpunkt als allgemein akzeptierte Grundlage jedweden Wissenserwerbs verließen beziehungsweise erst gar nicht einnähmen. Auf den Schüler Felgentreu, so habe sich herausgestellt, träfe letzteres zu. Es sei jetzt nicht die Zeit, darüber zu diskutieren, warum das keiner früher bemerkt habe oder, Blick zu Karin Werth, warum, wenn jemand es schon früher bemerkt haben sollte, keine Informationen geflossen und keine Konsequenzen gezogen worden seien. Jedenfalls, heute, spät, aber hoffentlich nicht zu spät, sei Felgentreu relegiert worden, und zwar nach einem überwältigenden Votum seiner Klasse. Jenes Votum beweise, auf die große, ja man könne sagen, auf die übergroße Mehrheit der Schüler sei Verlaß. Dessenungeachtet sei Wachsamkeit gefordert, handle es sich doch bei jenem Felgentreu nun auch wieder nicht um einen Einzelfall. Vielmehr sei zu befürchten, der Relegierte habe bereits weitere Schüler mit dem Virus konterrevolutionären Denkens infiziert. Bei jenem Votum nämlich, mag es noch so deutlich gegen Felgentreu ausgefallen sein, habe dieser immerhin fünf Stimmen erhalten. Er, Krümnick, wiederhole deshalb, Wachsamkeit sei geboten, um so mehr, da die Infizierten sich scheuten, mit offenen Karten zu spielen, womit er auch schon bei Punkt b) angelangt sei, einem anonymen, aufrührerischen, vor Unterrichtsbeginn heimlich an der Wandzeitung angebrachten Gedicht, das man nur als perfide bezeichnen könne, beginne es doch romantisch, schwärmerisch, elegisch, und vollziehe dann, wenn es einen sozusagen gefangengenommen habe, eine Wendung, die einem Aufruf nahekäme, ach was, die einen Aufruf darstelle, einen unverhohlenen Appell zur Republikflucht. Für alle jene Kollegen, die das Machwerk noch nicht gelesen hätten, lasse er es nun herumgehen, verbunden mit der Bitte um Hinweise, und seien es auch nur Vermutungen, denn am Anfang gar mancher Erkenntnis stünden nun einmal Vermutungen, wer aus der Schülerschar der Verfasser oder die Verfasserin sei oder sein könnte.

Nachdem vom Direktor das Wort »Republikflucht« fallengelassen worden war, holte Karin Werth, die mit gesenktem Kopf, alle zehn Fingerspitzen an den Schläfen, dagesessen hatte, tief Luft, als wolle sie etwas sagen. Aber dann atmete sie leise, durch die Nasenlöcher, wieder aus und blieb stumm; so wie sie stumm blieb, als Krümnick seine Bitte um Hinweise und Vermutungen vortrug. Freilich hob sie da ihren Kopf, und wer nicht völlig blind war, der konnte darin eine Mischung aus Überraschung, zum Ekel gesteigerten Unwillen und Stolz entdekken. Sie senkte wieder ihren Kopf und spießte ihn sogleich auch wieder mit ihren Fingerspitzen auf, als würde er ohne diesen Halt herunterfallen.

Und niemand sonst, niemand außer Karin Werth wußte Bescheid? Nun, überraschenderweise ließ der Physiklehrer Hellmuth Seilenz, ein kleiner, glatzköpfiger Mann, der in Versammlungen nie etwas sagte, ein kurzes Lachen ertönen, nachdem er das Gedicht in die Hände bekommen hatte. Sofort richteten sich alle Augen auf ihn, auch die Karin Werths. Seilenz biß sich auf die Lippen.

»Sie wollten etwas sagen, Kollege Seilenz?« Der Direktor war ganz Ohr.

Seilenz schüttelte erst den Kopf, hob dann aber, wohl einsehend, daß es aussichtlos sein würde, sein Schweigen durchzuhalten, zögernd zu einer wirren Erklärung an: Derzufolge war er vor ein paar Tagen zu Besuch bei Verwandten gewesen, um eine Erbschaftsangelegenheit zu regeln, diese Angelegenheit war dann jedoch zu seinem Leidwesen bis nach Mitternacht liegengeblieben, weil die Angehörigen ungebührlicherweise und gegen seinen Willen es vorzogen, ewig lange fernzusehen, weshalb er nicht umhinkonnte, ebenfalls ein paar Blicke auf das Geschehen zu werfen, das sie, die Angehörigen, wie schon gesagt …

»Welches Geschehen? Worauf wollen Sie überhaupt hinaus? Zur Sache, Kollege Seilenz, zur Sache«, forderte Krümnick.

Seilenz aber sprach wie mancher, der es nicht gewohnt ist, in größerer Runde zu reden, weiter in Rätseln. Er verwies auf die Benotung im Fach Physik, und darüber hinaus in den anderen naturwissenschaftlichen Zweigen, bei der bekanntlich nicht nur das Ergebnis einer gestellten Aufgabe berücksichtigt werden müsse, sondern auch die Wege zu dessen Erlangung; ein Ergebnis könne falsch sein, der Weg dahin aber durchaus interessant und nachvollziehbar, was, auf die jetzige Situation bezogen, eigentlich nur bedeuten solle, es sei nicht unwichtig und bitteschön von den Anwesenden zu bedenken, auf welche Weise er seine Informationen …

»Welche Informationen? Reden Sie schon, Seilenz, reden Sie!« forderte Krümnick.

Und da endlich erfuhren er und die anderen im Kollegium, wer das Gedicht verfaßt hatte, der Sänger, der die ganze Nacht, unter anderem mit eben jenem Gedicht, in dem vermaledeiten Fernseher gewesen war. »Daß ich darauf nicht gleich gekommen bin«, stöhnte, hörbar nur für die unmittelbar neben ihm Sitzenden, der Direktor. Es schien, als schämte er sich nun dafür, steif und fest gedacht zu haben, ein Schüler sei der Urheber des Gedichts, es schien, als fragte er sich, wie er überhaupt jenen irrigen Gedanken habe spinnen können; dabei passiert so etwas immer wieder, passiert auch viel edleren Gemütern, jemand verliebt sich – völlig einerlei, ob in einen Menschen oder in einen Gedanken –, und wenn er dann mit der Nase darauf gestoßen wird, daß es sich bei seiner Liebe um einen grandiosen Irrtum handelt, geniert er sich dieser gleich wie einer Flechte, die seinen Körper überzieht, anstatt mit ein bißchen Selbstachtung zurückzuschauen: Irgend etwas muß da doch gewesen sein, was seine Liebe ausgelöst hat, weißgott nicht alles kann er sich doch eingebildet haben.

Jetzt ging alles sehr schnell. Eleonore Stelzer erklärte, es sei dringlich, denjenigen zu finden, welcher die Frechheit besessen habe, den Erguß des Staatsfeindes auszuhängen. Rolf-Dieter Krümnick ordnete an, jeder Kollege solle in der nächsten Stunde in seiner Klasse Befragungen darüber durchführen, ob jemand zufällig beobachtet worden sei, wie er sich am frühen Morgen an der Wandzeitung zu schaffen gemacht habe. Während jener Erkundigungen meldete sich die Achtklässlerin Viola Eilitz aus dem Dörfchen Borbra: Sie sei an diesem Tage von ihrem Vater im Auto zur Schule chauffiert worden und dort vor allen anderen angelangt. Die Zeit bis zum Eintreffen der nächsten Schüler habe sie auf einer Treppenbiegung sitzend verbracht. Diese habe sich im Halbdunkel befunden und sei von unten, vom Eingangsgewölbe, schlecht einsehbar gewesen, während ihr selber alles zu Füßen gelegen habe. Ich, erklärte Viola Eilitz, habe da an der Wandzeitung ein Mädchen was anbringen sehen und mir schon gedacht, daß etwas mit dem nicht in Ordnung ist, denn es hat sich immer so hektisch umgeschaut, vor allem zum Eingang hin. ... Nein, den Namen dieser Schülerin weiß ich nicht, aber ... aber ich weiß, daß sie in die 10 a geht. ... Das Aussehen? Ja, sie ist eine ... eine der Schönsten hier, wenn ich das so sagen darf. ... Genauer? Na, schulterlange blonde Haare. Helle Haut. Schlank, aber nicht dürre ... ach, und da fällt mir noch was ein: Ihre beste Freundin ist wohl die, die so, wie soll ich's ausdrücken, irgendwie so ägyptisch daherkommt. Und sie hat einen Freund aus der Zwölften, und der hat so komische schwarze Klamotten an immer ... reicht ... reicht das?

Das reicht, Viola, dankesehr.

*

Unterdessen hatte Willy es tatsächlich fertiggebracht, ins »Olympia« zu gehen und sich dort eine Gummibadekappe zu kaufen, die nicht ziepte, wenn er sie über seinen großen Kopf zog. Er hatte den Menschenauflauf vor dem Sporthaus bemerkt, war kurz hinzugetreten und war von Heiner Jagielka mit den Worten begrüßt worden: »Ah, der Herr Generaldirektor, kommse ran, kommse rein, soll auch nich Ihr Schade sein!« Willy war das peinlich gewesen. Er war kein Generaldirektor. Der »Aufbruch« war kein Kombinat. Er war Werkdirektor. Weil nämlich der »Aufbruch« nicht mehr und nicht weniger als ein großer Betrieb war. Er hatte wieder abdrehen wollen, aber Jagielka hatte rasch in einen der Eimer mit den Nelken gegriffen, hatte sich eine Handvoll Stengel geschnappt und war zu ihm gesprungen: »Da, Herr

Generaldirektor, ein Strauß für Ihre reizende Gattin, mit der ich ja seit gestern in gewisser Weise geschäftlich verbunden bin, wie Sie sicherlich wissen.«

»Was soll ich wissen?« fragte Willy.

»Ach, hat sie Ihnen nicht erzählt …?«

»Ich werde sie heute abend fragen«, schnitt Willy ihm das Wort ab, denn erstens hatte er es eilig, zurück in den Betrieb zu kommen, und zweitens verspürte er nicht die geringste Lust, diesem Jagielka auch nur mit einer Silbe anzudeuten, daß es mit dem Erzählen, und mit manch anderem, nicht mehr so weit her war bei den Eheleuten Werchow. Er machte ein paar Schritte auf die Sparkasse zu, in der er seine Frau wußte, änderte dann jedoch seine Laufrichtung. Er würde Dorle Perl die Nelken geben, nicht Ruth, aus Zeitgründen, wie er sich sagte, aber diese Begründung war so fadenscheinig, daß eine ihn erschreckende Wahrheit hindurchschimmerte: Er mochte Ruth nicht sehen, und schon gar nicht mochte er ihr Blumen schenken. Er hatte einfach keine Lust auf sie.

Die Farbe der Nelkenblätter und die Farbe von Dorles Haar waren einander nicht unähnlich, wie Willy bemerkte, als er seiner Sekretärin die Blumen hinhielt.

»Für mich?« rief Dorle eine Spur zu hoch, da mußte er unwillkürlich an eine andere Frau denken. Wenn er der nämlich eine Blume schenkte, konnte es geschehen, daß die Frau sie zwischen ihren Lippen ablegte, ihm mit ihren freien, ihren frei bleibenden Händen den Gürtel öffnete und die Blume gar nicht aus den Lippen nahm und ihn in sich dringen ließ und er bei jedem Stoß auf den Stengel biß und auf ihre Lippen und sie, tiefer ihn umhöhlend, zurückbiß auf Stengel und Lippen, und wieder, und weiter, stumm, bis der tierische Schrei, der sich in ihnen beiden spannte, endlich herausschnellte und das zerbissne, zerschlissne Ding, das sie geeint hatte, ihnen aus den saftnassen Mündern fiel.

»Was Neues?« hörte Willy sich fragen.

»Zeiller«, antwortete Dorle Perl. Und war das vielleicht eine Überraschung? Er hatte ja schon in der Schwimmhalle gewußt, Zeiller würde sich wegen des Einbruchs melden, und hatte am Morgen vorsorglich Erkundigungen eingezogen, welcher Titel da im Bahnhofslager eigentlich entwendet worden war. Die Sache, so stellte sich heraus, war eine überaus pikante: Es handelte sich um das neue Buch des Romanciers

Kalus, das schon vor über einer Woche hätte ausgeliefert werden sollen. Doch war die Auslieferung, ohne Angabe von Gründen, durch eine kurze Weisung per Telex unterbunden worden; und von wem, von wem wohl? Von Siegfried Zeiller!

»Was läßt du dich beklauen«, raunzte Zeiller jetzt am Telefon.

»Es ist eine wahre Bruchbude da unten«, verteidigte sich Willy, »ich bin gerade dabei, dir nochmal aufzuschreiben, warum ich unbedingt ...«

Zeiller unterbrach ihn: »Das kannst du noch tausendmal aufschreiben, ich habe trotzdem kein Geld für einen Neubau. Sag mir lieber, ob du in der Bruchbude einen Pförtner sitzen hast.«

Willy lachte gequält: »Einen Pförtner? Das kann man niemandem zumuten, da zu sitzen, Siggi. Du weißt doch, in der Scheune fangen nach ein paar Tagen die Bücher an, sich zu wellen, weil es so feucht ist und so zieht. Nein, da setzt sich niemand hin. Ich schicke von hier oben jemanden zum Kontrollieren runter, und zwar Tag und Nacht, mehr kann ich nicht tun.«

Zeiller blieb, untypisch für ihn, stumm, ein gutes Zeichen, fand Willy, und so wagte er sich aus der Verteidigung: »Aber erkläre du mir doch bitte mal, wieso eigentlich der Kalus nicht ausgeliefert werden durfte. Die 5000 Dinger, die haben sich nämlich bestimmt auch schon gekräuselt, oder die waren kurz davor, sich zu kräuseln. Wenn man's humorvoll nimmt, könnte man sagen, der Dieb hat ein gutes Werk getan, weil er diese Bücher vor dem Verfall gerettet hat.«

»Blödsinn«, rief Zeiller scharf.

»Dann erklär's mir, Siggi. Weißt du was? Seit heute morgen, seit ich erfahren habe, welches Buch weggekommen ist, denke ich mir, es ist gerade deswegen weggekommen, weil es nicht ausgeliefert wurde. Ich halte das Ganze jedenfalls für keinen Zufall.«

Zeiller sagte in schneidendem Ton: »Dir ist bekannt, daß Kalus auf der Liste derjenigen steht, die sich gegen die Ausbürgerung gewendet haben? Ist dir das bekannt?«

»Das ist nicht an mir vorübergegangen.«

»Na also.«

»Soll heißen, der Kalus erscheint nur deshalb nicht, weil er diese Unterschrift geleistet hat? Deswegen erscheint der nicht?«

»Genau deswegen.«

»Und da ist dir auch völlig egal, was es für ein Buch ist.«

»Richtig.«

»Es ist ein Kinderbuch, Siggi, es ist ein Kinderbuch!«

»Ich weiß, daß es ein Kinderbuch ist, du Hornochse«, brüllte Zeiller. »Und ich weiß noch was, was du vielleicht nicht weißt, ich kann dir sagen, daß es das erste Buch von Kalus seit 15 Jahren ist, das wir angenommen haben. Ich selber habe mich dafür eingesetzt. Denkst du, mir wäre es egal, wenn es jetzt blockiert wird? Von mir aus soll jedes Kind einen Kalus kriegen, jedes! Aber mir sind die Hände gebunden. Ich muß das durchdrücken. Himmel, Arsch und Zwirn, daß du das nicht verstehst!«

»Verstehen, verstehen, ich habe die Schnauze voll vom Verstehen! Das ist doch alles anormal! Wir ersticken an dem ewigen Einsehen, das wir haben, du, ich und wer weiß noch, und alles nur, weil die da oben durchdrehen, nur deshalb!«

»Schluß mit diesen Stammtischparolen«, beschied Zeiller, »in deinem eigenen Interesse. Und zurück zu unserem Fall. Vielleicht möchtest du erfahren, wer der Dieb ist. Die Polizei hat ihn heute morgen überführt. War gar nicht schwer.«

»Wer es ist? Das klingt ja gerade so, als würde ich ihn kennen.«

»Persönlich wohl nicht. Aber dem Namen nach. Wir haben eben über ihn gesprochen.«

»Wir haben über niemanden gesprochen, über gar niemanden außer über Kalus.«

»Na siehst du.«

»Wie? ... Kalus? ... Kalus selber? Der hat seine eigenen Bücher geklaut?«

»So ist es. Die Polizei war routinemäßig bei ihm. Eigentlich nur, um auszuschließen, daß er seine Hände im Spiel hatte. Und siehe, die ganze schöne Auflage stapelte sich in seinem Haus. Der hat sich nicht die geringste Mühe gegeben, sie zu verstecken. Als ob er nur darauf gewartet hätte, entdeckt zu werden, meinte die Polizei.«

Willy war zu verblüfft, um etwas zu sagen.

»Tja, mein Lieber, da ist auch mir erstmal nichts eingefallen. Aber hör zu, das ist noch nicht alles. Kalus, berichtet die Polizei, trägt gerade einen Arm in Gips. Es ist mittlerweile überprüft worden, ob er tatsächlich was hat oder ob er nur simuliert. Und er hat was. Ist gestolpert vor ein paar Tagen und hat sich den Arm gebrochen. Was nichts anderes bedeutet, als daß er wahrscheinlich mit Komplizen unterwegs gewesen ist. Deshalb habe ich nebenbei bemerkt auch aufgehorcht, als du sagtest, jede Stunde würde jemand von deinen Leuten das Lager kontrollieren. Das bestätigt nämlich nur die These von den Mittätern: 5000 Exemplare allein und mit eingegipstem Arm wegzuschaffen, ist ja schon in einer Nacht kaum machbar, aber in weniger als einer Stunde, nein, da ist es absolut unmöglich. Kalus muß Helfer gehabt haben. Vielleicht haben die sogar die ganze Arbeit für ihn erledigt, wer weiß.«

Willy durchfuhr ein Schreck, er ahnte, daß Zeiller recht hatte mit seiner These, und er ahnte sofort auch, wer jene Mittäter waren, denn er erinnerte sich einer der Nächte, in denen er bei Achim im Bahnwärterhäuschen gesessen hatte – was dort zur Sprache gekommen war, erschien ihm in diesem Moment in einem neuen Licht.

Jonas, so hatte er damals erfahren, lud sich mit den »Hurenkindern« dann und wann Literaten zu inoffiziellen Lesungen und Diskussionen ein. Zu diesen Literaten gehörte auch Kalus. Der erwies sich zunächst als scheu. Der war auch überhaupt kein guter Vortragender. Der nuschelte fürchterlich und verhaspelte sich dauernd, kein Wunder, der war ja öffentlicher Podien entwöhnt, von dem durfte ja nichts erscheinen. Der war, eben weil er sonst kein Podium hatte, dankbar für solche Einladungen, und führten die ihn auch nur in einen ausrangierten Waggon am Ende des Bahnhofsgeländes, und verdiente er auch keinen Pfennig dabei.

Nachdem dieser arme Teufel nun also bei den »Hurenkindern« zu Gast gewesen war, faßte er Vertrauen zu ihnen, und eines Tages bat er sie zur Vorstellung eines – natürlich unveröffentlichten – Manuskripts zu sich nach Hause; das war nicht weit von Gerberstedt, in Greika. Von der Erzählung über jenen Besuch wußte Willy noch jedes Detail, obwohl sie doch durch die Weitergabe von Jonas zu Achim und von Achim zu ihm an Prägnanz und Eindringlichkeit hätte verlieren können. Warum es sich so verhielt? Warum alles so eindringlich blieb? Weil jener Bericht eindeutig das Maß dessen überstieg, was Willy an Wirrnissen und Schrecknissen für möglich gehalten hatte.

Kalus, sagte Jonas, und sagte Achim, servierte, bevor er las, einen Kuchen. Schwer zu beschreiben, wie er aß. Hastig, zuckend, seine Arme, seine Hände, selbst seine Finger bewegend wie ein aufgeregtes

Insekt. So ganz kurze, abgehackte Bewegungen, auch der Füße, auch der Füße, die in Pantoffeln reinschlüpften und wieder raus, rein, raus. Das war gar nicht aufgefallen während seiner verhuschten Auftritte in Gerberstedt. Als ob er sich da, in der Fremde, nahe gelegen zwar, aber doch eine Fremde, gezwungen habe, nichts bloßzulegen. Und nun war er zu Hause, nun offenbarte er, willentlich oder nicht, alles. Alles? Genug jedenfalls. Entschuldigt bitte, nuschelte er, weil sie ihren Kuchen schon lange vertilgt hatten und er noch immer aß, ich verfüge, wie ihr vielleicht schon bemerken konntet, über nicht mehr allzu viele Zähne, ich habe mir die meisten ziehen lassen, alle, die mit Plomben bestückt waren, mußten weg, denn sie waren gefährlich geworden für mich, in höchstem Grade gefährlich, man hat mich, Kalus duckte sich, als rasiere ihm ein Flugzeug den Haarwirbel, und senkte die ohnehin schon leise Stimme, abgehört vermittels der Plomben, der Zahnarzt, bei dem ich ein und aus ging damals, der hat für die Firma gearbeitet und mir Wanzen implantiert, im Mund, an der Quelle, aus der die Wörter blank, wie blank nur so sprudeln, ich habe den Arzt gewechselt und gefordert, raus mit all diesen Zähnen, in einem Zug, und aus meinem Mund ist Blut geflossen zungenbreit und fingerdick hinein in das leere Glas, in dem sich sonst Spülwasser befindet.

Als Kalus sein Essen beendet hatte, berichtete Jonas, und berichtete Achim, führte er seine jungen Gäste durchs Haus, das er von seinen Eltern geerbt hatte. Ein helles, geräumiges Haus. Vom Wohnzimmer blickt man auf den gekrumten Rücken eines sich in der Mitte erhebenden und an den Seiten sanft auslaufenden Feldes. Von der Küche auf ein Gestänge, das wohl leise klirrt, wenn, seiner Bestimmung gemäß, jemand Teppiche darauf klopft. Vom Schlafzimmer hat man Sicht auf einen fernen Nadelwald, dessen Spitzen auf einer Front alle paar Zentimeter in den Himmel zu zacken scheinen. Aber nun die Schreibstube, nun die! Kalus hätte ja in seinem schönen Haus inmitten dieser schönen Landschaft Platz genug für eine schöne Schreibstube. Jedoch ist es nur ein Verschlag, den er sich eingerichtet hat zum Dichten, fensterlos, keine fünf Quadratmeter groß. Und wie stolz er die Tür dieses Verschlags, dieser Zelle, dieses Sarges öffnete! Als wär's einem König sein Refugium. Sagte ich fensterlos? fragte Jonas, und fragte Achim. Da war doch ein Fenster. Es war beinahe bis obenhin, und in der Breite vollständig, verstellt mit Büchern, mit vergilbten Papieren. Und solche lagerten auch ringsherum in Regalen. Richtig, ein Sarg. Nur einer paßte hinein, und dieser eine konnte sich weder drehen noch wenden darin. Und genau darauf war er stolz, welch grausamer Stolz. Kalus hat, wie um seiner eingezwängten Seele ein Maß zu geben, die Wände zu sich herangezogen; wie um die noch zu übertrumpfen, die ihn beengen, hat er sich einen Schraubstock gebaut, und sein masochistischer Stolz besteht nun darin, den immer fester zu drehen, und es auszuhalten, es auszuhalten …

Kalus, so schwante Willy, seit er jenen Bericht gehört hatte, war in eine Verrücktheit hineingetrieben worden, zumindest wies er Züge von Verrücktheit auf. Jetzt, wie damals im Bahnwärterhäuschen, empfand er gehörig Mitleid mit ihm. Und wieviel mehr Mitleid mußten dann erst die »Hurenkinder«, die das alles gesehen und nicht nur erzählt bekommen hatten, für diesen Mann aufbringen. Ganz klar, als dem die Auflage, die erste nach so langer Zeit, blockiert wurde, hat er, wie es einem Mann mit derartiger Disposition eigen ist, eine Aufwallung gekriegt und ist straks zu dem Depot hin, um die Bücher zu erlösen; und die »Hurenkinder«, sie mußten ihm aus Mitleid unter die zuckenden, unabhängig vom Gips zu Kraftakten gar nicht mehr fähigen Arme gegriffen haben, gewiß, so muß es gewesen sein.

Aber das alles durfte Willy Zeiller gegenüber niemals preisgeben. Er würde Jonas damit in Teufels Küche bringen. Also fragte er Zeiller möglichst arglos: »Was diese Helfer betrifft, hat denn die Polizei da schon eine Spur?«

»Nicht, daß ich wüßte.«

»Und dieser Kalus«, fragte Willy, abermals um Arglosigkeit bemüht, »was soll jetzt überhaupt mit dem passieren?«

»Dem blüht natürlich eine Anklage, die hat er sich selbst eingebrockt«, schnaubte Zeiller. Er tat so, als habe Kalus ihn persönlich enttäuscht.

»Eine Anklage … und was wird man ihm zur Last legen?«

»Du stellst vielleicht Fragen. Natürlich Diebstahl. Diebstahl von Volkseigentum, das ist doch eindeutig!«

»Ich weiß nicht, ob es so eindeutig ist«, erwiderte Willy. »Moralisch gesehen ist es das wahrscheinlich nicht.«

»Moralisch gesehen – was soll der Firlefanz? Der Idiot hat eingebrochen, Schluß, aus, fertig!«

Als er das »Idiot« hörte, begehrte etwas in Willy auf. Mit einemmal zweifelte er daran, daß es sich bei Kalus wirklich um einen Verrückten, oder zumindest einen Verwirrten, handelte. Der Einbruch mußte doch, aus Sicht des Schriftstellers, ein legitimer, ja logischer Akt gewesen sein! Und diesen Gedanken, der ihm soeben gekommen war, führte Willy Zeiller gegenüber näher aus: »Es war ein Einbruch, sicher, daran ist nicht zu deuteln. Aber dennoch, Siggi, ich versuche, mich mal in die Lage dieses Kalus zu versetzen: Er hat ein Buch geschrieben. Mit dem Verlag hat er einen Vertrag, der ihm die Veröffentlichung garantiert, endlich kriegt er mal ein Buch durch. Denkt er. Und dann schließen wir, ich sage der Einfachheit halber wir, obwohl ich daran gar nicht persönlich beteiligt bin, genau dieses Buch weg. Verhaften es sozusagen. Und das, obwohl er nichts verbrochen hat, seiner Meinung nach, meiner Meinung nach und, wenn ich dich vorhin richtig verstanden habe, auch deiner Meinung nach. Wie muß Kalus sich fühlen? Er muß sich natürlich einem schreienden Unrecht ausgeliefert fühlen. Es ist mein Buch, muß er sich denken, nicht das von dieser Parteiverlagsverwaltung, nicht das von dieser Druckerei. Und weiter denkt er, ich hol's mir wieder, es ist mein Recht, es gehört mir und nicht denen.«

Je länger Willy gesprochen hatte, um so überzeugter war er davon, daß Kalus mit vollem Bewußtsein vorgegangen war. Ohne Zweifel, es sollte eine Demonstration sein, ein Sich-ins-Recht-Setzen, das zwar im geheimen beginnen mußte, aber da nicht enden durfte; dafür sprach ja gerade die Tatsache, daß der Einbrecher dem uniformierten Suchtrupp alle 5000 Exemplare wie auf einem großen Gabentisch präsentiert hatte. Willy empfand jetzt Respekt für ihn.

»Ich kann damit nichts anfangen«, rief Zeiller unwirsch, »ich kann …«

»Du willst damit nichts anfangen«, rief Willy zurück, aber er hatte wohl den Bogen überspannt.

»Du hörst jetzt mal auf, wie einer von denen zu reden! Dieses ganze Geschwafel geht mir auf den Geist! Dieses ganze Vermittlergehabe widert mich an! Im Endeffekt gibt es nichts mehr zu vermitteln. Die Entscheidung ist gefallen. Kalus selber hat sie herbeigeführt, das sagte ich schon. Und außerdem ist das Buch laut Vertrag Eigentum des Verlages, und zwar bis zum Verkauf. Und wenn es nicht zum Verkauf kommt, dann hat der Autor eben Pech gehabt, und es bleibt Eigentum des Verlages. Dies nur, weil du den Vertrag erwähntest. Ich kenne die Verträge, ich kenne sie, das kannst du mir glauben.«

Willy schwieg. Eben noch hatte er gedacht, Kalus beispringen zu können, und das hatte er ja auch getan, aber mit welchem Ergebnis? Daß er von Zeiller regelrecht abgekanzelt worden war.

»Hast Glück«, sagte Zeiller einlenkend, »daß ich dir wohlgesonnen bin.«

Willy schwieg noch immer.

»Wohlgesonnen. Weißt du eigentlich, warum das so ist? Weißt du's?« Zeiller legte eine kurze, effektvolle Pause ein. »Ich sage nur: Veronika Gapp.«

Jetzt schnappte Willy aber nach Luft.

»Tja«, Zeiller lachte anzüglich, »die läßt auch mich nicht kalt, Willy. Aber keine Sorge, ich mache sie dir nicht streitig, nicht nach so vielen Jahren, die wir beide uns kennen. Nenn es Achtung, nenn es Solidarität, mir wurscht. Jedenfalls verstehe ich dich. Ich verstehe dich gut.«

»Woher weißt du ...«

»Komm schon, du glaubst doch nicht im Ernst, es wüßte keiner. Wenn eine Frau wie die Gapp immer dann in unserem schönen Berliner Gästehaus erscheint, wenn du da übernachtest, weiß es bald sogar jeder. Kleiner Tip: Ihr solltet euch schnellstens ein anderes Quartier suchen.«

Willy stöhnte auf.

»Aber noch ein letztes Wort im Fall Kalus, fast hätte ich es vergessen: Obwohl du offensichtlich eine gewisse Sympathie für diesen Schriftsteller hegst, der zum Dieb geworden ist, wirst du natürlich nicht umhinkönnen, im Prozeß gegen ihn als Zeuge aufzutreten. Er ist ja bei dir eingebrochen, das wenigstens wirst du nicht abstreiten. Also, wenn es soweit ist, sagst du aus.«

Und damit legte Zeiller auf. Doch kaum hatte Willy sich in seinem schwarzen Drehsessel zurückgelehnt, die Hände hinterm Kopf gefaltet, die Ellbogen zur Seite gestreckt und seinen Blick an die Decke geheftet, riß ihn das Klingeln des Telefons wieder nach vorn.

*

»…«

»Genosse Krümnick, natürlich ist mir bekannt, wer du bist, aber ja, zwei Minuten habe ich.«

»…«

»Ein aufrührerisches Gedicht oder ein aufrührerischer Liedtext?«

»…«

»In Ordnung, du dachtest, es wäre ein Gedicht, aber es ist ein Liedtext. Letzten Endes ja auch egal. Und woher weißt du, daß es meine Tochter gewesen ist, die es da angebracht hat?«

»…«

»Ob das aufmerksam war oder eher denunziatorisch, will ich mal dahingestellt sein lassen.«

»…«

»Ja, schon gut, es geht nicht um diese Achtklässlerin.«

»…«

»Dir bleibt keine Wahl als was?«

»…«

»Als sie zu relegieren? … Britta … Britta soll relegiert werden?«

»…«

»Aber das könnt ihr doch nicht tun! Wegen eines Liedtextes! Ich muß … ich muß mir den erstmal besorgen, ehe ich was dazu sagen kann. … Aber du sagtest eben … wieso … wieso bleibt dir keine Wahl?«

»…«

»Nein, daß Jonas Felgentreu gestern wegen eines ähnlichen, aber geringeren Vergehens der Schule verwiesen worden ist, nein, wie sollte ich davon gehört haben? Ich bin erst mitten in der Nacht nach Hause gekommen, spät, ich war noch in der Schwimm …«

»…«

»… ich bitte dich, natürlich bin ich darüber informiert, was sie treiben, sehr gut informiert, wir haben ein ausgezeichnetes Verhältnis, ich brauche jetzt wirklich keine Belehrungen darüber, wie ich meine Kinder zu erziehen habe, Genosse Krümnick.«

»…«

»Das ist ja interessant. Sie weiß es also noch gar nicht. Ihr wollt sie von der Schule schmeißen und sagt es ihr nicht. Und mir wirfst du vor, ich hätte keine Ahnung, was bei mir zu Hause passiert.«

»...«

»Ach, eben erst beraten? Schüler schon weg, und daher jetzt schonenderweise von Genosse zu Genosse, sagst du? Schonenderweise, hehe! So ist das also! Ich soll es jetzt meiner Tochter beibringen, so eine Nachricht, der eigene Vater, das habt ihr euch ja fein ausgedacht! Schonenderweise! Aber ich sage dir, in dieser Angelegenheit ist das letzte Wort noch nicht gesprochen! Ich werde alle Hebel in Bewegung setzen, damit dieser Beschluß rückgängig gemacht wird, alle Hebel, das verspreche ich dir!«

»...«

»Wenn du dich da mal nicht irrst, Genosse Krümnick, wenn du dich da mal nicht irrst!«

*

Willy wies Dorle Perl an, ab sofort keine Telefonate durchzustellen und keine Besucher vorzulassen. Auf ihre Frage, wie lange er nicht gestört werden wolle, antwortete er: »Bis auf weiteres, 20 Minuten, keine Ahnung, was weiß denn ich, Dorli.«

Er lehnte sich wieder in seinem Sessel zurück und legte den Hinterkopf wieder in die gefalteten Hände. Nun ist es also geschehen, dachte er. Er war nicht viel überraschter, als wäre ein Einschreiben mit unangenehmem Inhalt eingetroffen, das er schon eine Weile erwartet habe, jawohl, in gewisser Weise hatte Willy die Nachricht von Brittas Relegation in Empfang genommen wie solch eine Sendung – weil er ja schon länger beobachtet hatte, daß Britta genauso ungestüm und unüberlegt handelte wie in seiner Jugend er selber. Immer stürmte sie drauflos, nie bedachte sie die Folgen, darum hatte er im Bahnwärterhäuschen einmal Achim gegenüber geweissagt: »Zehnmal geht es gut, wenn sie was anstellt, das sie sich vorher nicht überlegt hat. Aber beim elften Mal fällt sie fürchterlich auf die Nase, das ist absehbar, das muß so kommen.«

Damals hatte er nicht ohne Stolz gelächelt, denn alles war nur Theorie gewesen, aber jetzt? Jetzt mußte er eine Strategie entwickeln, wie die Relegation verhindert werden konnte, und schnell mußte das gehen, schon morgen würde es zu spät sein.

Nur fiel ihm erstmal nichts ein. Willy erhob sich schwerfällig, sah zur Schule hinüber, in verwaiste Klassenzimmer hinein, öffnete ein Fenster und lehnte sich hinaus. Als hätte er seine Nase in einen erkalteten Ofen gesteckt, schlug ihm brikettschwere, rauchige Luft entgegen. Er hüstelte und schloß das Fenster wieder.

Dann rief er zu Hause an, um Britta zu sagen, sie möge zum Abendbrot anwesend sein, er habe etwas Wichtiges mit ihr zu besprechen. Aber er erreichte nur Matti. Britta, so erfuhr er, sei bei Jonas, sie müsse ihn trösten, denn Jonas sei heute morgen von der Schule geflogen. Worauf Willy, der das, und mehr, ja nun schon wußte, ausrief: »Jonas, dieser gottverdammte Jonas, der stürzt sie nur ins Unglück!«

Was er denn von sich gebe, fragte Matti. Willy aber ging nicht darauf ein und forderte ihn auf, sofort bei den Felgentreus vorbeizuschauen und Britta mit nach Hause zu nehmen. Er selber werde ebenfalls so schnell wie möglich kommen.

Als nächstes wählte er die Nummer von Ingo Altenhof. Er mußte sich dazu zwingen, denn Altenhof war keiner, mit dem er etwas zu schaffen haben wollte. Wenn Willy ihn mit seinem Vorgänger Rabe verglich, so gewann Rabe auf einmal; jetzt, im Rückblick, erschien der ja wie von einem hellen Schein umkränzt. Weil er nämlich bei allem, was man gegen ihn vorbringen konnte, zumindest berechenbar gewesen war. Auf Altenhof traf das ganz und gar nicht zu. Bei dem wußte man nie, was er beabsichtigte, wobei das Gefährlichste seine Fähigkeit war, sich zunächst einmal verbindlich und sogar liebenswürdig zu zeigen. Das reinste Wohlwollen, dieser neue Provinzfürst. Und die Freundlichkeit, die er an den Tag legte, wirkte auf nicht wenige derer, die sich ihm erstmals näherten, auch deshalb so vertrauenserweckend, weil sie sich im Laufe der Zeit schon in sein Gesicht gegraben hatte. Zwei in rosafarbenes Fleisch gebettete Falten verliefen von den Nasenflügeln zu den Mundwinkeln und schienen diese nach oben zu ziehen; infolgedessen wurden die ohnehin wulstigen Oberlippen noch ein wenig mehr hervorgekehrt. Dies alles fügte sich zu dem Eindruck, der Mann laufe, leicht entrückt, mit einem Dauerlächeln durch die Welt. In Wahrheit, Willy mußte da nur in seine Augen schauen, lächelte Altenhof so gut wie nie. Er war imstande, die unbarmherzigsten und verachtenswürdigsten Entscheidungen zu treffen und zu verkünden, ohne seinen wohlwollenden, gütigen Gesichtsausdruck zu verändern. Und genau deshalb hatten ihm ja Teile der Bevölkerung bereits einen Spitznamen verpaßt – Kaltenhof.

Willy bat ihn ohne lange Vorrede um einen Termin.

»Wegen des Einbruchs?« fragte Altenhof mitfühlend. »Ja, diese Einbrüche, es ist ein rechtes Kreuz, daß immer wieder Subjekte auftauchen, die sich bereichern wollen, das hört und hört nicht auf, ihr seid ja nicht die einzigen Betroffenen, falls du das denkst. Letzte Nacht – wenn es dich tröstet, letzte Nacht ist auch im VEB Lederwaren eingebrochen worden, das Material für zwei volle Wochen weg, und die sichern das wirklich, womit ich nicht gesagt haben will, daß ihr da nachlässig gewesen seid, ganz und gar nicht ist das meine Meinung … also, widerwärtige Sache, was genau kann ich für dich tun, Genosse Werchow?«

Das Begrüßungspalaver erzürnte Willy. Der Einbruch ging Altenhof nichts, aber reinweg gar nichts an. Auf die Druckerei hatte er so wenig Zugriff wie einst Rabe. Und wahrscheinlich störte ihn gerade das. Indem er also auf dem Ärgernis des Bücherklaus herumreitet, dachte sich Willy, will er mich nur reizen, ruhig, Willy, ruhig …

»Ach, der Einbruch«, erwiderte er leichthin, als habe er den schon vergessen, »nein, nein, es handelt sich vielmehr um ein privates Prob … um eine private Angelegenheit, wenn man so will.«

»Jajajaja, ich weiß, ich weiß, privat geht vor Katastrophe«, lachte Altenhof. »Dann will ich mal sehen, wann wir das regeln können.« Willy hörte ihn in seinem Kalender blättern. »Nächste Woche … hier, Donnerstag hätte ich einen Termin frei, aber … aber nur um 13 Uhr, also zur Mittagszeit, in der du sonst bestimmt zu Tisch bist, ich hoffe, das ist trotzdem in Ordnung für dich, Genosse Werchow?«

Willy hatte Mühe, an sich zu halten, und wie viele, die so erregt sind, daß ihnen die Fähigkeit verlorengeht, Wichtiges von Unwichtigem zu trennen, nahm er in diesem Moment an einer Nebensächlichkeit Anstoß. Die übliche Anrede in der Partei, »du, Genosse«, erschien ihm plötzlich falsch und sogar abgrundtief verlogen. Entweder, verdammt nochmal, duzte man sich und nannte sich beim Vornamen, so wie er es mit Zeiller hielt, das war dann ein Zeichen von Wohlbekanntheit, wenn nicht Vertrautheit. Oder man ließ es bleiben und siezte sich. Das wäre ehrlicher. Das wäre nicht so ein Krampf. Das wäre sogar ein Akt der Hygiene, wenn einen nicht mehr jedes Arschloch duzen dürfte!

Doch wenn er sich mit Altenhof siezte, würde ja Vertrautheit noch nicht einmal vorgespielt. Die Fremdheit wäre dann unüberbrückbar. Fremdheit … sie war das Letzte, was Willy jetzt gebrauchen konnte, also entgegnete er in einem freundlichen Ton, der an jenen seines Gegenübers heranreichte: »Nächste Woche, Genosse Altenhof, das wäre mir, ehrlich gesagt, ein wenig zu spät. Wie wäre es heute? Versteh mich bitte recht, ich will ganz und gar nicht aufdringlich sein, doch es ist schon so, daß die Sache eilt.«

»Aufdringlich? Ich bitte dich! Wenn die Sache wirklich so eilt, und da du das sagst, Genosse Werchow, hege ich daran keinen Zweifel, dann mußt und sollst du gleich kommen. Ja, gleich. Allerdings«, wieder das Papierrascheln, »kann ich dich nur zwischen meine Termine schieben, ich bitte dich also, nicht ungeduldig zu werden, wenn ich dich etwas warten lassen muß. Vielleicht«, er lachte abermals, »wird es wie in der Poliklinik? Ich bin der Zahnarzt mit dem vollen Wartezimmer, und du kommst zur Schmerzbehandlung, wie findest du das?«

»Lustig«, murmelte Willy, wobei er auf eine Weise mit den Kiefern mahlte, daß jeder Zahnarzt, der zufällig in der Nähe gewesen wäre, ihm gleich und nur zu seinem Wohle mit Gewalt das Maul aufgerissen hätte.

*

Matti war übrigens nicht allein gewesen, als Willy angerufen hatte. Neben ihm stand Catherine. Sie war, ein paar Augenblicke zuvor, geradezu ins Haus gestürzt. In ihrem Gesicht stand die blanke Angst, und es rührte ihn, daß sie sich keine Mühe gab, die zu verbergen. Matti wollte sie streicheln, am liebsten über die Wange, aber etwas hielt ihn zurück, vielleicht der Gedanke, daß nach so langer Zeit, die sie sich nun schon kannten, er doch Catherine nicht mit einemmal derart zärtlich begegnen konnte.

Nach dem Telefonat berichtete Catherine ihm völlig aufgelöst von der Befragung in ihrer Klasse, und als Matti einwarf, sie möge sich beruhigen, so eine Befragung habe es seines Wissens in jeder Klasse gegeben, wurde sie nur noch aufgeregter und erklärte ihm endlich, was Britta ihr gestanden hatte: daß nämlich sie es sei, nach der man fahnde, daß niemand anderes als sie in aller Herrgottsfrühe den Text an die Wandzeitung gepinnt habe.

Matti faßte sich an den Kopf: »Und ich habe mich eben gewundert, warum mein Vater unbedingt mit ihr reden will. Und gestern abend, da hat Britta seine Schreibmaschine nach oben in ihr Zimmer geschleppt und hat darauf herumgehackt, und ich habe gedacht, für irgendeinen Vortrag. Und heute morgen, heute morgen war sie viel zeitiger unten in der Küche als sonst. Sie ist sogar noch vor mir weg, und ich bin doch auch schon eher los ... Jetzt ist mir alles klar ... Aber warum ... warum bist du eigentlich zu mir gekommen?«

»Zu wem denn sonst?« fragte sie zurück.

Matti spürte, wie er errötete.

»Weil du ihr Bruder bist«, fügte sie schnell hinzu. »Und weil du ein Schlaumeier bist.« Es hatte wohl ironisch klingen sollen, aber die Ironie verlor sich sofort, weil Catherine, während sie sprach, seinem Blick auswich und gleichfalls errötete.

Matti schlug seine Hände ratlos an die Oberschenkel. »Schlaumeier, das ist ein Irrtum, Catherine, ein Irrtum ist das doch alles ... verdammt, es war doch nur eine Laune Brittas, es kann nur eine Laune gewesen sein, ich weiß es, nichts Politisches im Grunde, nichts, was sich gelohnt hätte ...«

»Nein, nichts Politisches«, bestätigte Catherine.

»Sie hat doch keine, wie soll ich sagen, keine übergreifende Idee«, fuhr Matti fort. »Du kannst die Menschen nämlich danach unterscheiden, ob sie eine Idee haben oder nicht. Das ist eine relativ einfache Unterscheidung, nicht viel schwerer als die zwischen Mann und Frau ... du lachst, aber ich meine das ernst, was natürlich, wenn man es weiter bedenkt, auch bedeutet, niemand kann dafür, ob er eine Idee hat oder nicht. Er kriegt sie von den Umstanden zugespielt, oder er kriegt sie nicht zugespielt.«

»Darüber, ob jemand dafür kann«, sagte Catherine, »läßt sich lange diskutieren, und die Zeit haben wir jetzt nicht. Aber ich gebe dir recht, bei Britta war es wohl nur eine Aufwallung.«

»Sie wollte ihrem Jonas unter die Arme greifen.«

»Nicht einmal das, glaube ich – so mütterlich ist sie nicht. Einfach eine Aufwallung! Nur in dem Moment! Sie zündet den Moment!«

Matti starrte Catherine an: Weil sie absolut recht hatte, wie er fand, und weil er mit einemmal begriff, daß sie zu ihm heraufgesprungen, ihm jetzt ebenbürtig, doch gar nicht mehr zwei Jahre jünger war als er.

Sie verließen rasch das Haus, liefen in Richtung Schorba, überquerten die alte Holzbrücke mit den krummen Bohlen und dem abgegriffenen, braunschwarz glänzenden Geländer, strebten der Felgentreuschen Wohnung zu; manchmal berührten sich während des Laufens ihre Arme, und als ob ein Schmerz sie durchzuckte, entfernte jeder der beiden sich beim nächsten Schritt vom anderen, ehe sie sich einander wieder näherten, und sich wieder abstießen, seltsame Schlängellinien, die sie da zogen, wie wedelnde Skifahrer an einem Hang, nur ohne Abdrücke, ohne Spuren.

Dann standen sie vor der Wohnungstür und klingelten. Nichts tat sich. Sie klingelten noch mehrmals, wieder nichts. Sie wollten schon wieder gehen, da erschien doch noch Jonas, mit nacktem Oberkörper, sich die Hose zuknöpfend. Matti und Catherine schauten betreten an ihm vorbei; wenn sie mutig genug gewesen wären, ihm geradewegs ins Gesicht zu blicken, hätten sie bemerkt, es leuchtete keinesfalls, sondern war verkniffen, und zwar auf eine Weise, die nichts mit ihnen zu tun haben konnte. Und auch Britta drinnen, in Jonasens Zimmer, wirkte verstört.

Matti überbrachte ihr ohne lange Vorrede die Nachricht Willys. Britta, ohnehin schon bleich, verlor fast völlig die Farbe und fragte kaum hörbar, was ihr Vater wolle.

»Es ist wegen der Wandzeitung, nehme ich an«, sagte Matti.

Ihr entfuhr ein leiser Schrei. »Woher weiß er denn davon? Und woher … weißt du es?«

»Matti hat es von mir«, erklärte Catherine mit fester und auch stolzer Stimme.

»In Ordnung … das ist in Ordnung«, murmelte Britta. »Aber mein Vater, woher weiß der es denn?«

Matti und Catherine hoben ratlos die Schultern. Alle schwiegen. Plötzlich sagte Jonas äußerst gereizt: »Hättet ihr vielleicht die Güte, mich aufzuklären, worüber ihr gerade sprecht? Das wäre sehr nett!« Und wahrhaft, er hatte ja keine Ahnung. Nach seiner Relegation war er fluchtartig, und natürlich ohne zur Wandzeitung zu schauen, denn was ging die ihn noch an, aus dem Schulgebäude gestürmt.

Britta klärte ihn auf, wobei, seltsamerweise, nun auch sie an Jonas vorbeischaute. Als ob sie sich ihrer guten Tat, bei der sie doch zweifelsohne von ihm inspiriert gewesen war und die ja nicht zuletzt ihm galt, jetzt schämen würde. Jonasens Gesicht wiederum verdüsterte sich immer mehr, einige Augenblicke versuchte er zu verbergen, wie beleidigt er war, aber dann konnte er nicht mehr an sich halten und rief zu Britta:

»Warum hast du es mir nicht gesagt? Wieso erfahre ich das als Letzter? Habe ich etwa kein Recht darauf? Was ist denn los heute? Habe ich kein Recht darauf?«

Ihr schossen die Tränen in die Augen. Sie rannte aus dem Zimmer, Catherine ihr nach, sie müsse an die frische Luft, sagte Britta mit erstickter Stimme, so liefen sie auf die Straße, und auf der Straße dann, automatisch, in Richtung des Werchowschen Grundstücks. Als in Höhe der Brücke Britta sich halbwegs wieder beruhigt hatte, kam Catherine, das lag ihr wohl auf der Seele, vorsichtig auf den nackten Oberkörper Jonasens an der Eingangstür zu sprechen. Sanft, und doch erkennbar verwundert, fragte sie, wie man denn *in der Situation* miteinander, na, Britta wisse schon.

»Du meinst mit *Situation*, daß gerade alles schiefläuft?«

»Ja, bei ihm. Ihm ist doch heute alles weggebrochen.«

Da erzählte Britta traurig, daß es ja gerade deswegen passiert sei. Sie, um es kurz und knapp wiederzugeben, war gebeten worden, ihn zu entkleiden, und nur seines Trotzes wegen, nur, weil er seinen Stolz zeigen oder wiedererlangen und aufrichten wollte, und dazu waren feine Mädchenhände vonnöten, und nach gewissermaßen halber Strecke ein Mund, der sollte den Rest erledigen, wie Britta durch einen bestimmten Druck bedeutet wurde, halb fühlte sie sich zum Lutschen verdammt, halb lutschte sie freiwillig; doch zunehmend erfolglos, bald meinte das Mädchen, ein Gummitier zu bearbeiten, so weich war schon wieder, was sie da zwischen ihren Lippen spürte. Überraschenderweise, das hatte ihr, und dem Jungen, noch gefehlt, sonderte das Tierchen im weiteren Erschlaffen, kurz vorm Sich-Niederlegen, doch noch ein Sekret ab, einen müden Ausfluß, klebrige Tröpfchen der Scham, die nun beide befiel, gerade in dem Moment, in dem es zu allem Unglück auch noch klingelte.

Catherine brachte Britta bis zum Gartentor. Wo Matti, der in der Felgentreuschen Wohnung noch ein paar Worte mit Jonas gewechselt hatte, zu ihnen aufschloß. Und als er dann vor ihnen stand? Schlugen die Mädchen die Augen nieder, denn bei aller Liebe zu ihm, das wollten sie nun doch nicht, daß er in denen las, was sie gerade besprochen hatten.

*

Willy verließ die Gebietsparteileitung und trat auf den Marktplatz. Es dunkelte schon. Ein paar Frauen mit schweren Einkaufstaschen, jede von ihnen einzeln, hetzten nach Hause. Im »Olympia« wurde das Licht gelöscht. Aus der »Sonne« torkelte eine Gestalt. Der unvermeidliche, stoische Anton Maegerlein schmiß die nicht verkauften Bratwürste in den Papierkorb, vier Stück, alle schrumpelig und dünn.

Willy war geschlagene drei Stunden bei Altenhof gewesen – eigentlich aber nur eine halbe Stunde. Die restlichen zweieinhalb Stunden hatte er wartend im Besucherzimmer verbracht, auf einem mit beigem Stoff bezogenen Stuhl und unter Beobachtung von Erich Honecker, dessen Porträt ihm gegenüber an der Wand hing. Eine Weile hielt er zum Zeitvertreib eine Art Zwiesprache mit dem Bild. Er kniff die Augen zu Schlitzen zusammen, bis sie feucht wurden und die Gesichtszüge Honeckers verschwammen, wobei es ihm einzig und allein auf den Moment des darauf folgenden Augenöffnens ankam: Dann nämlich waren die Züge jedesmal andere geworden. Mal wölbte sich über Willy eine fürchterlich krumme Nase, mal klaffte Honeckers Mund, als wäre er eine Wunde, mitten auf der Stirn, mal schien Honeckers Hornbrille den Bildrahmen zu verdecken. Nach fünf oder sechs Versuchen wurde Willy des Spielchens überdrüssig. Außerdem taten ihm die Augen weh. Er begann, im ND zu blättern, das, als einzige Zeitung, vor ihm auf dem Tisch lag. Er brach, nachdem er gemerkt hatte, daß er außerstande war, sich auch nur auf das Lesen des Sportteils zu konzentrieren, diese Beschäftigung ebenfalls wieder ab. Er hatte einen trockenen Mund, also drehte er die Heizung herunter. Aber es lag nicht an der Heizung. Er klopfte an die Tür zu Altenhofs Sekretariat, bat um ein wenig Margonwasser und sah durch den Spalt einer weiteren Tür Altenhof allein in seinem Zimmer hocken. Hatte der nicht etwas von Terminen erzählt? War das vielleicht ein Termin, den er gerade wahrnahm? Willy versuchte, nicht darüber nachzudenken. Als er dann endlich zum Gespräch vorgelassen wurde, fühlte er sich wie zerschlagen, und überhaupt nicht mehr nervös, eher gelähmt, von einer seltsamen Gleichmut befallen, von einem ihn selbst erschreckenden Fatalismus, er gähnte sogar.

»Da bist du ja!« rief Altenhof aus, ganz so, als habe Willy sich verspätet.

Er kam hinter seinem Schreibtisch hervor und bat Willy mit einer

Handbewegung an den langen Konferenztisch aus Buchenholz, der mit einer dicken Glasplatte belegt war, wodurch er an eine Museumsvitrine erinnerte. Auf dem Tisch befand sich nichts außer einer weißen Vase aus Meißner Porzellan, in der ein Strauß frischer roter Nelken steckte.

»Unser Freund Jagielka«, sagte Altenhof, in Richtung der Blumen nickend.

»Ja, der ist gerade mal wieder Stadtgespräch«, pflichtete Willy ihm bei.

»Ein Schlawiner, dieser Jagielka, äußerst gewitzt. Man muß ihn im Auge behalten. Mir gefällt nicht, daß er so ein Geheimnis macht um die Frage, wie er seine Nelken hochzieht. Darin liegt, nebenbei bemerkt, allerdings auch seine Schwäche. Er glaubt, wir bekämen das nicht heraus. Das glaubt er wirklich. Er überschätzt sich maßlos. Und indem er sich überschätzt, unterschätzt er uns. Nun, gut so, gut so …«

»Er tut ja niemandem was zuleide«, brummte Willy.

Altenhof sah ihn aufmerksam an. »Du bist ungeduldig, Genosse Werchow, ich merke schon, und warum auch nicht, warum auch nicht, du hast ja ein Anliegen, also, ich höre.«

Willy erzählte ihm, die Unterarme aufs Glas gestützt, die Finger verknotet, von der Wandzeitung, von Britta und dem negativen Einfluß ihres Freundes, unter dem sie seiner Meinung nach stand, von ihrer drohenden, von ihrer eigentlich schon ausgesprochenen Relegation.

»Das ist ja eine große persönliche Tragödie«, erklärte Altenhof bestürzt.

Willy stülpte seine Lippen nach innen.

»Aber was ich daran nicht ganz verstehe, Genosse Werchow – wieso setzt du ausgerechnet mich davon in Kenntnis?«

Willy preßte seine Finger aneinander. Altenhof kam ihm also keinen Schritt entgegen. Der ließ ihn auflaufen. Der hätte ja auch fragen können: Was kann ich für dich tun? Statt dessen saß er da und lächelte ihn stumm an, mit dem Mund, nur mit dem Mund. Willy stieß sich vom Tisch ab, ließ sich in die Stuhllehne fallen, so daß ein dumpfes Geräusch ertönte, und brachte langsam, unverkennbar sich überwindend, hervor: »Ich möchte dich bitten, deinen Einfluß dahingehend geltend zu machen, daß die Relegation meiner Tochter zurückgenommen wird, Genosse Altenhof.«

Der Gebietsparteichef wiegte mit durchaus ernstem Gesichtsausdruck, hinter dem aber, wie ein Schemen hinter einer Gardine, eine gewisse Genugtuung sichtbar wurde, seinen Kopf hin und her: »Wie stellst du dir das vor? Wie soll ich das anstellen? Meinen Einfluß geltend machen … mir scheint, dieser Einfluß wird ständig überschätzt, Genosse Werchow, jawohl, ausgesprochen oft geschieht es, daß dieser Einfluß überschätzt wird, da bist du bei weitem nicht der einzige, dem das passiert, ein Irrtum, ein …«

Plötzlich fiel Willy ihm ins Wort. Er brauste geradezu auf: »Kein Irrtum! Ich überschätze gar nichts, machen wir uns nichts vor. Laß uns Klartext reden, Klartext!«

Altenhof nickte beinahe belustigt. »In Ordnung, Genosse Werchow, nehmen wir an, der Einfluß des Gebietsparteichefs werde nicht überschätzt, so bleibt doch«, seine Heiterkeit schwand, »immer noch eine Frage, und diese Frage, die Kernfrage sozusagen, lautet: Zu welchem Zwecke und in welchem Sinne übt er seinen Einfluß aus? Ich rede jetzt Klartext, den Klartext, den du dir wünschtest: Wie, bitteschön, soll ich mich für deine Tochter verwenden, da sie doch mit denen paktiert, die überhaupt nicht in meinem Sinne handeln, die völlig andere Zwecke verfolgen als ich, diametral entgegengesetzte Zwecke? Wieso sollte ich jemandem helfen, der auf der falschen Seite steht? Ja, laß es mich so deutlich wie möglich sagen, auch wenn es vielleicht weh tut: Wieso sollte ich an meiner Brust eine Schlange nähren?«

Willy starrte Altenhof entsetzt an. Britta eine Schlange! Er wußte, wie kaltblütig sein Gegenüber sein konnte, aber eine solche Beleidigung, die hatte er nun wahrlich nicht für möglich gehalten.

Plötzlich tat sich schon wieder etwas ganz und gar Unerwartetes. Altenhof zeigte sich abermals wie verwandelt. Im Gesicht stand ihm die alte, unermeßliche Freundlichkeit. Er erhob sich, ging zu der verspiegelten Kommode hinter seinem Schreibtisch und holte eine Flasche Hennessy hervor. Als wäre jetzt nichts natürlicher, sagte Altenhof, er werde ihnen erstmal einen einschenken, das hätten sie wohl beide nötig.

»Vielleicht ist sie ja gar keine Schlange?« sagte er, nachdem sie den ersten Schluck getrunken hatten. »Gewiß, ich kann dir ansehen, sie ist keine. Außerdem spukt mir noch im Kopf herum, daß sie deiner Aussage zufolge unter einem schlechten Einfluß stand. Natürlich habe ich das nicht vergessen. Du magst vielleicht gedacht haben, ich hätte es vergessen, aber ich merke mir so was. Und dieser Einfluß, das ist durchaus eine Erklärung, der ich folgen kann. Du verstehst?«

»Folgen in dem Sinne, daß du ... daß du dich doch für meine Tochter verwenden würdest?« Willy blickte Altenhof fassungslos an.

»In dem Sinne. Ich könnte mit dem Genossen Krümnick eine Unterredung, oder, um nicht in die Belange der Schulrätin einzugreifen, ein zwangloses Gespräch führen.« Altenhof goß Cognac nach. »Natürlich kann das nur unter einer Voraussetzung geschehen, ich denke, das versteht sich von selbst.« Er verstummte, und blieb still, bis Willy fragte, welche Voraussetzung er meine.

»Nun, selbstverständlich müßte deine Tochter ... wie heißt sie? ... Britta, also Britta müßte erklären, es habe sich um eine Verirrung ihrerseits gehandelt, um einen Fehler, der ihr jetzt leid tue. ... Es tut ihr doch leid? ... Wenn es ihr leid tut, und davon gehe ich hier und heute aus, dann dürfte es ihr nicht schwerfallen, das auch laut und deutlich zu artikulieren, und ich denke, die beste Gelegenheit dafür wäre der morgendliche Appell, wenn alle Klassen versammelt sind.«

»Das wird sie nicht tun«, murmelte Willy bestürzt, »das wird sie nicht tun.«

»Das sollte sie aber. Das ist Teil der Abmachung, die wir hier treffen, Genosse Werchow. Ich rede mit dem Direktor – deine Tochter entschuldigt sich öffentlich, so lautet die Abmachung. Das ist nur recht und billig. Das wäre mir, unter uns gesprochen, vor allem deshalb wichtig, weil es in dieser ganzen Angelegenheit ja nicht nur um deine Britta geht. Die Angelegenheit zieht Kreise, wie du sicher weißt. Deine Tochter gäbe allen an der Schule ein Beispiel, wie man sich zu verhalten hat, wenn man denn schon in die Falle getappt ist. Es wäre ein durchaus wichtiges Beispiel. Also: Sie entschuldigt sich, richte ihr ruhig aus, ich bitte sehr darum. Anderenfalls, tja, anderenfalls haben wir beide hier nur sinnlos Zeit vergeudet.«

Willy begriff die letzten Worte Altenhofs als Aufforderung, nun das Zimmer zu verlassen. Und tatsächlich war ja auch alles gesagt. Er erhob sich, da bedeutete ihm Altenhof, indem er mit seiner ausgestreckten Hand von oben nach unten fuhr, als drücke er einen großen Knopf auf einem Schaltpult, Willy möge sich wieder setzen. »Bleib doch noch kurz. Oder hast du es sehr eilig? Würdest du noch ein wenig Zeit für mich erübrigen? … Gut, danke. Mir brennt nämlich schon seit längerem etwas auf der Seele, und ich dachte mir, jetzt, da wir endlich einmal unter vier Augen zusammensitzen, könnte ich das mit dir bereden. Wobei du mich bitte nicht mißverstehen sollst. Wenn ich eben sagte, es brenne mir auf der Seele, und ich hätte darauf gewartet, daß wir einmal unter uns sind, so bedeutet das keineswegs, ich hegte irgendwelche privaten Absichten. Das genaue Gegenteil ist zutreffend. Was ich erreichen möchte, ist eine Erhöhung der Lebensqualität für die Bevölkerung. Aber ich will nicht länger in Rätseln sprechen. Es geht um die Schwimmhalle auf deinem Gelände, Genosse Werchow.«

»Die Schwimmhalle … und was möchtest du diesbezüglich gern bereden?« fragte Willy.

»Nun, ich hörte von mehreren Seiten, die Halle werde von den Angestellten der Druckerei kaum genutzt. Es fehle ihr an Auslastung. Gleichzeitig ist es aber die einzige Schwimmhalle im Ort. Du weißt vielleicht, manche Gerberstedter, die schwimmen gehen wollen, fahren dazu bis nach Jena hoch. Ein unhaltbarer Zustand, da sind wir uns wohl einig, nicht wahr? … Schön. Meine Frage, Genosse Werchow, meine Frage ist daher folgende: Hieltest du es für denkbar, deine Halle für breitere Bevölkerungsschichten zu öffnen, als das bisher der Fall ist?«

»Es ist nicht meine Halle.« Willy schlug die Augen nieder.

Altenhof fixierte ihn schweigend.

»Du weißt genau, diese Halle wurde ausschließlich mit Geldern der Parteiverlagsverwaltung gebaut. Sie dient dazu, daß sich die Drucker, und die anderen Angestellten, nach der harten Arbeit, die sie verrichten müssen, gleich vor Ort erholen können.«

Altenhof schüttelte gequält den Kopf. »Und die anderen Menschen? Ich mag nicht glauben, daß du ihnen abstreitest, ebenso hart zu arbeiten wie die Angestellten im ›Aufbruch‹.«

»Das habe ich nicht behauptet.«

»Nein, hast du nicht, doch du redest, wenn man genau hinhört, und ich höre genau hin, einer Zwei-Klassen-Gesellschaft das Wort. Hier die Parteikader – da das übrige Volk. Wir sind aber eine Partei für das ganze Volk, Genosse Werchow!«

Willy sah vor seinem geistigen Auge einen schwarzen Lada durch Gerberstedt brausen, Altenhof im Fond, selbst die kürzesten Wege ließ er sich chauffieren, und nie traf man ihn in irgendeinem Geschäft, und nie in der »Sonne«, es hieß, in seiner mit Westelektronik gesicherten Villa befände sich im Souterrain eine Sauna mit Bar, in der säße Altenhof regelmäßig mit diesem und jenem Subalternen – und der, ausgerechnet der schwadronierte jetzt vom ganzen Volk.

»Ich kann darüber nicht bestimmen«, sagte Willy gereizt.

»Das habe ich auch nicht erwartet. Aber vielleicht könntest du mir eine Zusage darüber geben, dich bei deiner Leitung im Sinne der Gerberstedter zu verwenden. Versteh mich nicht falsch, Genosse Werchow, es liegt mir fern, hier ein Tauschgeschäft in Gang zu bringen, aber ich möchte dich schon daran erinnern, daß ich mich eben, deine Tochter betreffend, auch nicht gesperrt habe, obwohl es wahrhaft gute Gründe dafür gegeben hätte. Ähnlich triftige Gründe vermag ich hier nun beim besten Willen nicht zu erkennen. So schwer dürfte es dir nicht fallen, meinen Wunsch, der, ich betone das nochmals, ja nur insofern mein Wunsch ist, als er die Wünsche der Bürger Gerberstedts widerspiegelt, in Berlin durchzusetzen.«

Willy war geschlagen. Sachlich gesehen hatte dieser Altenhof ja sogar vollkommen recht. Die Schwimmhalle stand tatsächlich fast leer. Doch er nahm dem seinen selbstlosen Einsatz nicht ab, er wußte doch, der hatte nur darauf gewartet, einen Fuß in die Druckerei zu bekommen. Jetzt war die Gelegenheit da; und von wegen kein Tauschgeschäft, natürlich war es eines, natürlich.

»Es dauert aber, sofern sich eine Öffnung überhaupt erwirken läßt«, erklärte Willy.

»Gewiß«, antwortete Altenhof. »Was ich allerdings heute schon gern von dir hätte, sogar unbedingt, das ist dein Ehrenwort, die Sache umgehend auf den Weg zu bringen. Ich betrachte dies als festen Bestandteil unserer Abmachung. Sollte sich demnächst erweisen, daß du nicht mitziehst, wird man sicher auch über die Zukunft deiner Tochter noch einmal neu nachdenken müssen. Also, habe ich dein Wort?«

Willy erstarrte. Das war kein Tauschgeschäft, das war eine Erpressung! Lupenreine, unverschämte Erpressung! Doch er konnte jetzt nicht mehr zurück. Mit sichtlichem Widerwillen ergriff er die Hand, die Altenhof ihm hinstreckte. Sie war weich wie ein Waschlappen.

*

Als er endlich zu Hause eintraf, hatte Ruth schon das Abendbrot bereitet, »Stulle mit Brot«, wie Rudi immer zu sagen pflegte und wie vor allem die Kinder nicht müde wurden zu wiederholen. Und überhaupt erinnerte in der Küche, wo sie in aller Regel aßen, noch so einiges an Rudi. In der Mitte thronte der klobige Tisch mit dem zerkratzten Linoleum, auf dem er, wenn ihm danach war, Willy versohlt hatte. Auch der wuchtige Küchenschrank, der, vom Zimmereingang gesehen, sich rechts vom Tisch befand, stammte noch aus Rudis Zeit. Ebenso das grobrillige, abgewetzte Sofa links der Tür, auf dem er regelmäßig die Radio-Nachrichten gehört hatte. Neu war im Grunde nur der Gasherd auf der gegenüberliegenden Seite, dort, wo früher der bauchige Kohleherd gestanden hatte, dessen Griffe Willy in der Dämmerung immer wie Augen, Nase und Mund eines menschlichen Gesichts erschienen waren. Keine Frage, daß sie jenen Austausch, der ihnen ja eine spürbare Arbeitserleichterung brachte, bald nach der Übernahme des Hauses vorgenommen hatten. Warum sie alles andere so beließen, obgleich sie sich doch ohne weiteres noch dieses oder jenes hätten leisten können? Wohl, weil sich ihnen das Vorhandene weiterhin als stimmig erwies, und wohl auch, weil das, was ein paar Städtchen weiter die Möbelwerke poduzierten, einen wenig haltbaren Eindruck auf sie machte, und auch noch, weil sie sowieso nicht dem Neuen nachjagten, denn wenn die einzige Qualität darin bestand, daß etwas neu war – was sollte das dann?

»Kommt ihr bitte!« Willy klang so beherrscht und fordernd, als riefe er im »Aufbruch« zur Versammlung. Matti und Britta erschienen auf der Stelle, und alle setzten sich, auch Ruth, die schnell eine Brühe gekocht und diese eigentlich hatte austun wollen. An Essen, das begriff sie, war jetzt nicht zu denken.

Willy informierte über den Anruf Krümnicks, vergaß indes zu erzählen, oder hielt es für unbedeutend, wie überhaupt herausgekommen war, daß Britta den Text an die Wandzeitung gepinnt hatte. Sie fragte höchst verärgert nach und erfuhr von der bereitwilligen Auskunft der Achtklässlerin Eilitz. »Was für eine Ratte!« rief sie. »Was für eine elende, kleine, miese Ratte!«

»Vielleicht war es nur Dummheit«, warf Ruth ein, »vielleicht hat sie nicht gewußt, was sie anrichten würde.«

»So dumm kann man gar nicht sein«, widersprach Matti heftig. »Daß ein Mensch einen anderen anschwärzt und sich dabei vielleicht nichts groß denkt, heißt doch nicht, daß er keine Ahnung hat, was er tut. Er hat nur keine Ahnung, was ein Gewissen ist.«

»Genau«, sagte Britta, »dein dummes Mädchen ist in der Achten! Dabei weiß jeder schon in der Ersten, daß man einen anderen nicht verpfeift!«

»Schluß jetzt«, rief Willy ungeduldig. »Es geht nicht um dieses Mädchen, es geht um Britta und ihren drohenden Rausschmiß!«

Alle schwiegen. Britta zwängte ihre langen, vollen Haare durch einen Gummi, band sich einen Zopf. Ungehalten fragte Willy: »Also was jetzt? Was gedenkst du zu tun?«

Britta zuckte mit den Schultern.

»Gut, ich werde dir sagen, was zu tun ist. Morgen früh, wenn Appell ist, trittst du vor und entschuldigst dich in aller Form. Krümnick weiß Bescheid. Dadurch, und nur dadurch, kannst du deinen Rausschmiß abwenden.«

Britta verzog angewidert das Gesicht: »Ich soll mich was?«

»Du hast richtig gehört, du sollst dich entschuldigen.«

Matti sah seinen Vater mit einem durchdringenden Blick an: »Hast du das mit Krümnick ausgehandelt?«

Willy fühlte sich an Rudi erinnert. Der hatte ihn, wenn es hart auf hart ging, auch so angeschaut, mit einem Blick, vor dem es kein Entrinnen gab. »Nein … nicht direkt. Mit Altenhof. Ich war bei Altenhof.«

»Du warst bei diesem Altenhof?« fragte Matti bestürzt. »Bei demselben Altenhof, den du hier an diesem Tisch schon oft genug als Arschgeige, Scheißkerl und was weiß ich noch alles bezeichnet hast?«

Willy schwieg erzürnt. Sein Sohn redete ja wie ein Inquisitor mit ihm! Und hatte doch keine Ahnung, worauf man sich manchmal einlassen mußte. Gewiß, er war eigentlich noch ein grüner Junge, aber er redete schon wie Rudi. Er machte ihm angst und bange mit der Unbedingtheit, die in seiner romantischen Seele verborgen zu sein schien. Vielleicht war diese Unbedingtheit sogar der Kern seiner Seele? Dann würde er sich irgendwann von jedem abwenden, der eine bestimmte Grenze überschritten und sich zu weit von dem Ideal entfernt hatte, nach dem er, Matti, selber strebte. Dann würde er eines Tages sehr einsam sein.

»Du begreifst nicht, Matti, aber ist es denn so schwer zu begreifen? Manchmal muß man Kompromisse schließen. Was hätte ich denn deiner Meinung nach tun sollen? Nichts? Das kannst du nicht im Ernst verlangen, daß ich nichts tue!«

»Doch«, rief auf einmal Britta. Sie war voller Zorn. Sie versuchte, den Gummi wieder von den Haaren zu ziehen, zerriß ihn dabei, feuerte ihn auf die tonfarbenen Kacheln vor dem Herd, auf die früher jeden Freitag die Zinkwanne zum festlichen Bad der einzelnen Familienmitglieder gestellt worden war. »Um wen geht es hier eigentlich, um euch oder um mich? Werde ich vielleicht auch mal gefragt? Eure ganze Diskussion hättet ihr euch sparen können, wenn ihr mich einmal gefragt hättet. Weil ich mich nämlich nicht entschuldige! Nein, ich werde mich nicht entschuldigen, nicht beim Appell und nicht anderswo!«

»Zum Donnerwetter nochmal«, rief Willy, »sei doch nicht so verbohrt!«

»Wofür soll ich mich entschuldigen? Wofür? Wenn du mir das bitte mal erklären könntest!«

»Dafür, daß du übers Ziel hinausgeschossen bist. Bestimmte Dinge bespricht man intern. Man hängt das nicht an die Wandzeitung, nicht an die große Glocke. Da nützt es niemandem. Da ist es nur eine Provokation.«

»O Gott«, rief Britta.

»Das ist deine Meinung? Wirklich deine Meinung?« fragte Matti.

»Ob das wirklich meine Meinung ist, spielt jetzt keine Rolle. Wichtig ist einzig und allein die Entschuldigung. Bring sie hinter dich, Britta, in deinem eigenen Interesse.«

»Das kann ich nicht!«

»Doch, du kannst es. Und wenn ich bisher nie etwas von dir gefordert habe, das fordere ich! Du zwingst mich ja, es zu fordern!«

Plötzlich sprang Britta auf und stürmte aus der Küche. Ruth begann lautlos zu weinen. Willy brüllte: »Du bleibst hier!« Aber Britta war nicht aufzuhalten, sie lief die Treppe hoch in ihr Zimmer, verschloß es und reagierte nicht, als im weiteren Verlauf des Abends Ruth und Willy sie mehrmals inständig baten, die Tür zu öffnen.

Unten die Verbliebenen brüteten eine Weile stumm vor sich hin. Dann tat Ruth, ebenso stumm, die Brühe aus. Und stumm löffelte man. Nur ein leises Schlürfen war ab und an zu hören, von Willy, der wie immer ein wenig Mühe hatte, den großen Löffel auch weit genug in seinen Mund hineinzuschieben. Mit einemmal legte Matti, obwohl seine Terrine noch halb voll war, den Löffel beiseite, wobei er Willy anschaute. »Laß uns weiterreden«, bat er, »einfach unsere Diskussion fortsetzen. So wenig ist bisher ausgesprochen worden. Und so viel Seltsames wurde gesagt.«

»Seltsames …«, brummte Willy, weiter seine Brühe essend.

»Seltsames. Eine Sache intern besprechen, sonst sei es eine Provokation, das klingt … entschuldige, aber das klingt, als wäre es aus dem ND vorgelesen.«

»Wie ein Richter«, begehrte Willy auf. »Du nimmst dir heraus, wie ein Richter mit mir zu reden.«

»Ich habe mich doch schon vorab entschuldigt. Wie soll ich es denn anders ausdrücken? Ich habe einfach ein schlechtes Gefühl. Das ist doch nicht deine Sprache. Du hast doch bisher nicht so geredet. Der Mensch soll sich nicht verbiegen …«

Willy legte jetzt ebenfalls seinen Löffel beiseite, wischte sich mit dem Handrücken über den Mund. »Soll er nicht. Aber für eine gute Sache? Vielleicht kann – und muß – er da seine Prinzipien mal ein wenig lockern. Und Britta ihre Zukunftsaussichten zu erhalten, das ist ja wohl eine gute Sache, daran dürfte ja wohl kein Zweifel bestehen.«

Matti wiegte den Kopf: »Ich frage mich, was das für eine Zukunft sein soll. Kann man überhaupt glücklich werden darin? Eine Verheißung, für die man sich krummlegen muß … nein, an so eine Verheißung glaube ich nicht. Ich denke sogar, man muß sich immer wieder krummlegen, und am Ende ist man todunglücklich. Wer sagt denn, daß es nur das eine Mal ist, wer sagt es denn?«

»Zugegeben, es kann öfter geschehen. Du mußt natürlich erst in eine Position gelangen, in der du Einfluß nehmen und Entscheidungen fällen kannst. Das mag durchaus eine Weile dauern. Aber sieh mich an, sieh mich an: Ich trage Verantwortung für tausend Mann. Ich kann jetzt etwas bewirken. Ich kann in meinem Bereich das Richtige tun.«

Matti, der während dieser Rede gereizt mit dem Finger auf den Tisch getrommelt hatte, schob nun seine Unterarme mit zu Fäusten geballten Händen an beiden Seiten der Terrine nach vorn und reckte angriffslustig den Kopf. »Und du bist dabei glücklich? Du willst glücklich sein? Bewirken, du machst doch sonst nicht den Eindruck, als wärst du glücklich mit deinem Bewirken.«

»Glücklich, Matti, wann ist der Mensch schonmal glücklich.«

»Das ist doch kein Glück, wenn man, so wie du, immer hin- und herüberlegen muß, ob es jetzt wohl recht ist, was zu sagen, oder nicht. Weißt du, was ich glaube? Daß jeder anständige Mensch in diesem Lande, der auf eine Position gelangt ist, wo er meint, Einfluß zu haben, schon irgendwie … zerfetzt ist. Sonst wäre er da nämlich nicht hingekommen. Und in der Position zerfetzt es ihn immer mehr. Ich sehe das doch. Sogar hier zu Hause fängst du jetzt schon mit dem Taktieren an. Es muß sich aber alles wie von selbst ergeben, nur dann ist es richtig. Keine Hintergedanken! Kein jämmerliches Taktieren! Dann lieber sich sperren, lieber ganz stur sein, darin liegt wenigstens Genugtuung!«

Das Letzte war Matti einfach so herausgerutscht. Und erst einen Moment später dachte er darüber nach, was er gerade gesagt hatte, und ihm fiel seine Gegenstimme bei dem Richtfest in der Schule ein; die war unbedingt notwendig gewesen, das war das eine, aber das andere war ja tatsächlich, daß aus dem Kelch der Verweigerung eine ungekannte Befriedigung geflossen war, ein erstaunliches Glück. Und diese Befriedigung, so gestand er sich jetzt ein, hatte ganz und gar nichts mit der eigentlichen Angelegenheit zu tun gehabt. Vor zwei Tagen hatte es ihn noch irritiert, wie er das Klassenzimmer verlassen hatte: nicht nur niedergeschlagen, sondern auch mit einem Hochgefühl. Es erschien ihm falsch, fast schändlich, und im stillen schalt er sich dafür. Wie konnte er denn so etwas empfinden ausgerechnet in der Stunde, in der Jonas' Rauswurf besiegelt worden war? Das Wohlgefühl der Verweigerung also war's gewesen, das erquickende Pochen des Eigensinns im Blut.

Matti versuchte, Willy das alles zu erklären, ihn teilhaben zu lassen an seinen geheimsten Gedanken, doch je länger er redete, um so starrer wurde dessen Miene. Endlich rief Willy aus: »Das fehlte mir noch! Das fehlte mir heute noch! Eine Gegenstimme, in so einer Situation …!«

Plötzlich begriff Matti, daß sein Vater bis eben noch gar nichts Genaues über das Votum gewußt hatte. Wegen der sich überschlagenden Ereignisse der vergangenen drei Tage hatte er es völlig versäumt, ihn darüber zu informieren. Er wollte sich entschuldigen, aber Willy ließ ihn nicht zu Wort kommen: »Ich dachte, du seiest klüger als deine Schwester. Diese Gegenstimme, das kann ich dir jetzt schon prophezeien, wird noch einmal auf dich zurückfallen. Spätestens, wenn es um die Studienplätze geht. Man wird dich abblitzen lassen! Matti, Junge, wie unüberlegt. Und wieder nur wegen Jonas. Was habt ihr nur alle mit diesem … diesem Schaumschläger. Der macht doch nur Remmidemmi! Der wird nie etwas Vernünftiges zustande bringen, nie!«

In Mattis Gesicht zuckte es. »Erstens habt ihr kein Recht, so über Jonas zu reden. Der ist in Ordnung. Und zweitens«, er schaute seltsamerweise erst zu Ruth, die in den letzten Minuten doch stumm geblieben war, und dann zu Willy, »werde ich sowieso nicht studieren.«

Willy schnappte nach Luft. »Wie bitte? Was sagst du da?«

»Ich werde nicht studieren«, wiederholte Matti.

»Junge … wieso … ich verstehe nicht … das ist doch übereilt … du bist durcheinander … völlig durcheinander, die ganzen Wirren, schlaf erstmal drüber, das sagst du heute nur so, morgen sieht die Welt schon wieder anders aus.«

Matti schüttelte energisch den Kopf. »Ich bin nicht durcheinander. Mit mir ist alles in Ordnung. Und es geschieht auch nichts übereilt. Mein Entschluß steht schon seit längerem fest. Ich werde nicht studieren, jedenfalls nicht jetzt.«

»Was soll das heißen: nicht jetzt?«

Matti sagte, er werde erklären, wie es zu dem Entschluß gekommen sei. Und er begann weit auszuholen, versetzte seine Zuhörer in eine längst vergangene Zeit, war bald bei Rudi, der Erik und ihn kurz vor seinem Tode zu sich gebeten und ihnen eröffnet habe, wenn er sich etwas von ihnen wünschen dürfe, dann wäre es, daß sie vor einem Studium bitteschön was Handfestes lernen mögen, was Beständiges, die Zeiten Überdauerndes, er jedenfalls habe in einem bestimmten, ihnen bekannten Moment seines Lebens eine solche Grundlage schätzen gelernt, und sie beide sollten nicht zuletzt deswegen darüber nachdenken, weil sie sich so ja auch ersparen würden, drei Jahre zum Barras zu müssen; »Erik«, setzte Matti fort, »hat den Hinweis mißachtet, aber ich will nicht über meinen Bruder reden, seine Sache«, und schließlich sei es auch nicht mehr als ein Wunsch Rudis gewesen, nichts Bindendes, er selber aber, er habe darin Logik und Weisheit entdeckt, und sollte er noch einen letzten Zweifel verspürt haben an seiner Entscheidung, so sei der endgültig ausgeräumt worden am heutigen Tage. All die Zwänge, die ja wohl zu erwarten wären bei welchem Studium auch immer, denen wolle und werde er sich nicht aussetzen, um nichts in der Welt.

Als Matti seine Erklärung beendet hatte, ergriff Willy seinen Löffel und ließ ihn in die erkaltete Brühe fallen, fast warf er ihn dort hinein. Ruth indes hing auf einmal, mit Tränen in den Augen, an Matti und liebkoste ihn, bedeckte seine Wange und seinen Hals mit nassen Küssen und schluchzte und schniefte, und keiner der beiden Männer, und vielleicht noch nicht einmal sie selber, wußte, ob das jetzt Ausdruck eines großen Glückes oder einer unendlichen Traurigkeit war.

Willy unterbrach sie, indem er Matti mit erkennbarer Enttäuschung und sogar einem Schuß Rabiatheit fragte, was denn »das Handfeste« sei – oder wisse er das etwa noch gar nicht?

»Ich werde Schlepper fahren.«

»Das ist nicht dein Ernst! Du willst doch nicht dein Leben auf der Autobahn verbringen!«

Matti sah in das verkniffene Gesicht seines Vaters und mußte plötzlich lachen: »Auf dem Wasser, auf dem Wasser! Kein LKW! Ein Schleppkahn! Das liegt doch auf der Hand. Das mußte doch so kommen. Warum bin ich denn hier aufgewachsen? Da unten liegt die Schorba. Die fließt in die Saale, und die fließt in die Elbe. Eine ganze Flotte von Rindenbooten ist da schon runtergemacht. Und der kleine Matti, der folgt jetzt einfach dem Wasser und den Booten, die er geschnitzt hat, das ist ja wohl logisch ...« Er lachte immer noch, auf eine Art jetzt, als nehme er sich selber auf die Schippe, als amüsiere er sich köstlich über die Begründung, die ihm da eingefallen war, doch es gelang ihm nicht, völlig darüber hinwegzutäuschen, daß in all dem Scherzhaften ein wahrer Kern lag, im Gegenteil, je launiger und kindhafter er tat, um so mehr ahnten Willy und Ruth, wie ernst es ihm in Wirklichkeit war.

*

Über dem Morgen, an dem Britta sich entschuldigen sollte, lagen dunkle, bauchige Wolken. Hier und da waren sie durchbrochen von lichterfüllten Löchern, hellen Röhren, durch die man an den felsig schroffen Wolkenseiten entlangblicken konnte; aber nicht lange, dann begannen einem die Augen, punktiert vom Gold, das zwischen den schwarzen Wänden gleißte, schon weh zu tun. Und das alles wirkte im ersten Moment, als sei es wildbewegt, als werde es gleich in der nächsten Sekunde vom Wind durcheinandergewirbelt und zu neuen Felsen und Röhren formiert, aber Irrtum, wer es aushielt, ein wenig länger zu schauen, der erkannte zu seinem Erstaunen, das Bild da oben hing wie justiert, eine starre, an den Himmel genagelte Leinwand.

Britta ging langsam in Richtung Schule. Sie hatte die halbe Nacht wachgelegen und das Problem hin- und hergewendet. Sollte sie der Forderung ihres Vaters Folge leisten und beim Appell demütig vor die versammelte Mannschaft treten? Welche Schmach wäre das! Aber ihr Vater hatte doch recht. Galt es jetzt nicht, die Schmach auf sich zu nehmen? Wollte sie sich denn alles verbauen? Sie war zu keiner Lösung gelangt. Sie hatte einfach ihre Umhängetasche mit den Heftern und Stiften geschnappt und ihre Unschlüssigkeit dazu und war losgegangen. Sie schritt jetzt die leicht ansteigende Schöpfgasse zum Marktplatz hinauf. Den mußte sie noch queren, von dort die Gautschstraße entlang, dann links in die Markus-Roser-Straße, an deren Ende die Schule trutzte, Mauern, die nur darauf warteten, daß sie ihre Abbitte da hineinritzte.

Sie dachte aber in dieser Minute schon nicht mehr darüber nach, ob sie das tun sollte, sie fühlte sich nicht länger angespannt, sie spürte, nun, da sie der Schule näher und näher kam, würde sie schon das Richtige tun – sie? Etwas in ihr. »Ich war ganz leer, aber ich habe der Leere vertraut. Komisch, nicht wahr?« So drückte sie sich später Catherine gegenüber aus.

Sie ließ die Markus-Roser-Straße, und damit die Schule und alles, was sie bedrückte, links liegen und ging die Gautschstraße weiter, die am Marktplatz ihren höchsten Punkt erreicht hatte und nun abfiel, weshalb Britta, ohne es darauf anzulegen, schneller wurde. Ein paar Schüler kamen ihr entgegen und musterten sie erstaunt ob der falschen Richtung, in der sie sich bewegte. Sie lief am Gemüseladen vorbei, entdeckte hinter der Scheibe eine Kiepe mit Kohl und eine mit Winteräpfeln sowie eine kleine Pyramide aus Gläsern, in denen Saure Gurken sich wie fette Maden aneinanderschmiegten. Sie passierte das Woll- und Garn-Geschäft, in dessen Auslage einzig eine alte Singer-Nähmaschine mit abgeblätterter schwarzer Farbe stand. Kurz, im schnellen Vorbeilaufen, im Straßehinabstürzen, sah sie in dem Gerät einen Zapfhahn. Sie schüttelte lächelnd den Kopf wegen dieser Verwechslung – wegen ihres Willens zur Verwechslung. Bald wurden die Läden spärlicher. Sie hatte das Stadtzentrum schon verlassen, glitt, dies war noch immer die Gautschstraße, an grauen, rissigen, sich vornüberneigenden Hauswänden, an morschen Türen, an für Blicke undurchdringlichen Gardinen vorbei und bald an der einen oder anderen Brache, an bröckelnden Ziegelsteinmauern, die von Kindern mit Kreide vollgemalt worden waren, hier, Das-ist-das-Haus-vom-Ni-ko-laus, zerfranste Gerberstedt schon, und plötzlich endete der bucklige Asphalt, aus dem da und dort ein vom Eis des letzten Winters freigeätztes Kopfsteinpflasterauge lugte, und ein splittiger, mit Pfützen übersäter Weg tat sich auf, ein Band, das nur aus Trichtern und Rändern zu bestehen schien. Auf denen balancierte sie, die Augen nach unten gerichtet, auf den schmalen Rändern der breiten Trichter. Plötzlich hob, nicht in unmittelbarer Nähe, aber auch nicht in weiter Ferne, ein dumpfes Brüllen an. Es klang, als ob ein wütender Mann in ein Mikrofon grollte. Aber war das nicht ein Löwe? Hier draußen, hier vor der Stadt befand sich doch das Winterquartier vom Zirkus Devantier. Sie hatte es, als sie klein gewesen war, mit Willy, Ruth und den Brüdern ab und an besucht. Und ein paar Jahre, immer Mitte Oktober, hatte sie, da schon mit Catherine, es sich auch nicht nehmen lassen, zur letzten Saisonvorstellung zu gehen, die Devantier, wohl als Ausdruck seiner glücklichen Rückkehr nach langer, strapaziöser Gastspielreise durch die Republik, stets in Gerberstedt gab. War sie also zum Zirkus getrieben! Sie hatte ja gewußt, daß nur der sich hier, eingangs der ansonsten unbewohnten und unbebauten Aue, befand – und hatte zugleich doch nicht gewußt, daß sie auf ihn zuging. Schon konnte sie linkerhand das über der Einfahrt angebrachte Holzschild erkennen, auf dem »Devantier Circus« stand, eine Reihenfolge, die sie immer irritiert hatte und die sie auch jetzt wieder verwirrte. Sie ließ im Weitertrudeln ihren Blick über die rot-weiß gestrichenen Zirkuswagen schweifen. Sie schlenderte zu einem Zelt, in dem Peitschengeknall ertönte, steckte ihren Kopf durch einen Schlitz in der Plane und kam gerade recht, um zu beobachten, und zu bestaunen, wie ein Kamel einen stählernen Strahl Urin in den mit Sägespänen bedeckten Boden schoß. Dort war nun ein großes Loch, aus dem es zischte wie aus einem gerade gelöschten Brandherd. Wahre Dampfschwaden erhoben sich. Sie verfolgte interessiert, wie die Ausscheidung des Kamels versickerte, und schlenderte dann weiter zu den Raubtierwagen. Da waren Löwen, Tiger, Schwarze Panther und Bären. Richtig, fiel ihr wieder ein, »Devantier Circus« war berühmt für seine Raubtierdressuren. Sie postierte sich vor den Tigern, aus einem einzigen Grund: weil in deren Wagen gerade jetzt die Sonne schien und sich dort auf beglückende Weise an den Gitterstäben brach und vor allem am gestreiften Fell der unentwegt auf- und abwandernden Tiere; bizarre Lichtschlitze, die sich öffneten und wieder schlossen, ein unaufhörliches Flimmern und Flirren in Gold und Schwarz, ein verwirrendes Blenden, dem sie sich hingeben, dem sie sich noch weiter nähern mußte. Sie verrückte eines der transportablen Eisengitter, die in etwa zwei Metern Entfernung vor den Wagen aufgestellt waren, schlüpfte durch die entstandene Lücke und verharrte direkt vor den Tigern. Wo sie sich nun aus ein paar Zentimetern anblitzen ließ, während jedes Wimpernschlags von mehreren, und immer wieder von anderen Punkten aus.

Plötzlich grub sich etwas Hartes in ihren Oberarm. Eine eisern zupackende Hand. Fast im selben Moment fand sie sich hinter den Absperrgittern wieder, und jemand brüllte sie an: »Bist du lebensmüde? Bist du verrückt? Was denkst du denn«, der Jemand hob das eiserne Absperrgitter, streckte es in die Höhe wie eine Pappfigur, drückte es, als wäre es nicht schon schwer genug, wütend zurück auf die Erde, so daß es nach dem scheppernden Aufprall noch ein paar Sekunden summte, »wozu das hier steht? Wozu steht das hier? Bin ich ein Idiot? Habe ich vielleicht irgendwo Frischfleisch bestellt?«

Britta rieb sich mit der Hand den Oberarm. Sie erkannte den alten Devantier, wagte einzuwenden: »Da sind doch Gitterstäbe vor. Ich habe doch nicht durchgelangt.« Dennoch zitterte sie nun, aber es war sichtlich der Prinzipal selber, der ihr Furcht einflößte.

»Nicht durchgelangt«, raunzte Devantier, »warte mal!« Er ließ einen gellenden Pfiff ertönen. Ein Junge, wenig älter als Britta, kam, mit einer Forke in der Hand, hinter einem der Raubtierwagen hervorgeschossen. »Pulli aus«, befahl Devantier. Der Junge ließ die Forke fallen und entledigte sich gehorsam seines hier und da mit Heu bedeckten Rollkragenpullovers. Schuldbewußt, wenngleich nicht ohne Stolz, drehte er seine rechte Schulter vor. Britta starrte plötzlich auf ein vernarbtes und verknorpeltes Loch, in das, sowohl von der Größe als auch von der Form her, ziemlich genau eine handelsübliche Kaffeetasse gepaßt hätte.

»Da mußt du gar nicht durchlangen«, rief Devantier zu ihr, »das erledigen schon die Bürschchen da«, er zeigte auf die unverdrossen hin-

und hertigernden Wagenbewohner. »Da kennen die gar nix, siehste mal.«

Britta wurde aschfahl. Sie spürte einen Brechreiz. Einen Moment befürchtete sie, jetzt gleich, und mit einem Schwall, die Kaffeetasse füllen zu müssen.

Der Junge regte sich nicht, er stand da wie ein einstmals perfektes steinernes Denkmal, aus dem leider ein bißchen was herausgebröckelt war. Endlich bedeutete ihm Devantier mit einer Kopfbewegung, sich den Pullover wieder überzuziehen und sich zu trollen. Was er eilends tat. Devantier schaute ihm grimmig nach, murmelte, »schöne Scheiße«, und wandte sich wieder Britta zu: »Was machst du überhaupt hier? Was spazierst du um diese Zeit hier rum? Hast du nichts zu tun? Bist du asozial, he?«

Britta schüttelte trotzig den Kopf.

»Was heißt das? Bist nicht asozial?«

»Ich kann arbeiten ...«

»Hast du aber noch nie, hab ich recht? Sieht man dir doch auf drei Meilen an! Bist keine Asoziale, aber arbeiten kannst du auch nicht! Wer weiß, warum's dich herverschlagen hat.« Er winkte ab. »Mir auch wurscht. Solltest jetzt schleunigst ...«

»Mich hat's nicht herverschlagen«, erwiderte Britta da. »Ich will bei Ihnen anfangen, deshalb bin ich hier.« Erst danach stockte ihr der Atem.

Devantier musterte sie skeptisch. Aber er brauchte für seinen Privatzirkus immer Arbeitskräfte; er kriegte ja keine zugeteilt, und wenn doch, waren die Zugeteilten nicht zu gebrauchen. Und weniger als nicht zu gebrauchen konnte schließlich auch dieses schmale Mädchen hier nicht sein. Richard Devantier trat kurz entschlossen mit dem Fuß aufs Blatt der von dem Jungen liegengelassenen Forke, ergriff, weiterhin Britta anschauend, mit traumwandlerischer Sicherheit den zu ihm hochschwingenden Stiel, drückte ihn ihr in die Hand und wies mit dem Finger in Richtung der Pferdeställe, vor denen sich übermannsgroße graugelbe Strohballen türmten.

So erhielt Britta Kenntnis von ihrer ersten Anstellung, und etwas völlig Neues begann.

*

Nachdem sie am Abend müde und von Kopf bis Fuß stinkend, jedoch gar nicht unglücklich, eher fassungslos über sich nach Hause zurückgekommen war und in der Küche berichtet hatte, welche Entscheidung gewissermaßen vom Himmel gefallen war, und sie, nach einer schnellen Dusche, gleich wieder davongestürzt war, um Catherine zu unterrichten, schrie Ruth plötzlich mit tränenerstickter Stimme Willy an: »Was ist bloß geschehen? Womit habe ich das verdient? Meine Tochter schichtet Mist! Was für ein Leben! Was für eine Zukunft! Eben war sie noch auf der Schule, und jetzt verrichtet sie Hilfsarbeiten! Ein böser Traum … warum, warum nur …?« Ruth verfiel in ein Wimmern. Dann aber streckte sie ihren Kopf nach vorn wie ein ausgehungerter Vogel, der irgendwo ein Körnchen entdeckt hat, und fing an, auf Willy einzuhacken: »Deine Schuld, alles ist deine Schuld! Du hast sie verprellt! Wenn du nicht so auf sie eingeredet hättest, wäre alles anders gekommen! Du hast sie in den Dreck gestürzt! Du hast sie verprellt!«

Willy griff nach ihren Schultern: »Ruth, beruhige dich. So beruhige dich doch.«

Ruth riß sich los: »Laß mich! Faß mich nicht an! Du hast sie verprellt! Alle verprellst du! Mich hast du schon lange verprellt! Faß mich nicht an, sag ich, faß mich nicht an!« Ihre Augen waren weit aufgerissen und voller Haß.

»Ich habe dich verprellt? Wann habe ich dich verprellt?« verteidigte sich Willy empört. »Wann und wo soll das denn gewesen sein?« Er wurde immer wütender, er schleuderte ihr etwas entgegen, das ihm wohl schon lange auf der Seele gelegen hatte. »Im Bett vielleicht? Ja, da zuckst du zusammen! Reden wir ruhig darüber, reden wir darüber! Ich versuche mit einer Engelsgeduld, mit dir zu schlafen, aber vergebens! Ich komme mir vor wie ein Aussätziger! Jawohl, wie ein Aussätziger! Ich weiß gar nicht, wie lange das schon so geht! Wodurch soll ich dich verprellt haben, sag mir das! Das waren ja wohl andere, das waren ganz andere, und das ist dein Problem …« Erschrocken brach er ab.

Ruth starrte ihn entsetzt an, sackte in sich zusammen. Sie sah auf einmal wie ein Häufchen Elend aus. Nichts schien von ihrer Wut geblieben. »Wie … wie meinst du das?« stammelte sie.

Er verfluchte sich. Daß er sich nicht im Zaum halten konnte! Rudi hatte ihn doch beschworen, sich Ruth gegenüber nie auch nur mit einer Silbe zu verraten, das war kurz vor seinem Tode gewesen, in der Stunde seiner seltsamen Beichte, in der er um das Fernrohr gebeten hatte. »Willy, mein Junge«, hatte er hinzugefügt, »und da ist noch etwas, was ich dir sagen muß«, er erinnerte an die wirren Wochen, in denen die Engländer aus Gerberstedt abzogen und die Russen erschienen, in diesen verfluchten Wochen sei es ihm und seiner Frau nicht vollends gelungen, Ruth zu beschützen. Er habe doch eine neue Verwaltung aufbauen, und sie, Willys Mutter, habe doch für Futter sorgen müssen. Willy selber schließlich hätte sich da und dort herumgetrieben, so sei Ruth ganz allein gewesen eines Tages. Und die Soldaten seien auch nicht von der halbwegs belebten Straße gekommen, sondern von unten, vom Fluß, angezogen wohl von der bunten, weithin sichtbaren Wäsche, die Ruth auf eine Leine geknüpft hatte, das solle und müsse Willy jetzt endlich erfahren, so werde er sich vielleicht geduldiger verhalten besonders dann, wenn er sie wieder einmal nicht verstünde, »aber ich wiederhole, du darfst es ihr gegenüber nie durchblicken lassen, ich habe ihr mein Wort gegeben, es niemandem, und gerade dir nicht zu erzählen, inständig hat sie mich darum gebeten, geradezu gefleht hat sie, wir haben keine Ahnung, was bis heute in ihr vorgeht, mein Junge, wir können uns gar nicht hineinversetzen …«

Willy verfluchte jetzt auch Rudi. Der hätte sein Wort halten müssen! Aber was hatte Rudi getan? Er hatte unter dem Vorwand, Willys Verständnis zu wecken, etwas ausgeplappert, das einzig und allein ihn selber erleichtern sollte. Wenn sie gehen, dachte Willy, fangen sie alle an zu plaudern, wenn sie gehen, wollen sie alte Schuld, oder was sie dafür halten, nicht mitnehmen, und genau damit laden sie neue Schuld auf sich, eine letzte erbärmliche Schuld, denn all der Dreck, den sie absondern, um sich zu befreien, der landet immer nur bei uns, den Hinterbliebenen, und wir können uns abplagen damit.

Willy versuchte erst gar nicht, zurückzurudern. Ruth wußte, wie er es gemeint hatte, das sah er ihr an. »Rudi«, sagte er leise, »hat mir erzählt, was … was geschehen ist.«

Ruths Gesicht glich einer Maske.

»Er wollte … es war in deinem Sinne«, murmelte Willy.

»In meinem Sinne«, wiederholte Ruth ausdruckslos.

»Ja, er wollte, daß ich dich …«

»Wann?«

»Ruth, ich weiß nicht, was du fragen …«

»Wann er es erzählt hat.«

»Kurz vor seinem Tod. Ruth, bitte, er wollte doch nur …«

»Schon gut.« Sie drehte sich um und verließ, ohne die Arme zu bewegen, mit kleinen, wie ferngesteuerten Schritten die Küche.

Seltsamerweise dachte Willy unmittelbar danach an die Schwimmhalle und daran, daß Ingo Altenhof derer jetzt nicht mehr habhaft werden konnte, da Britta ja sein Angebot nicht genutzt hatte und somit der Tauschhandel gar nicht erst in Gang gekommen war; aber andererseits war es vielleicht auch wieder nicht so seltsam, schließlich kurvt jeder auf irgendwelchen Nebenwegen herum, wenn's auf der Hauptstraße partout nicht weitergehen will.

*

Wochen später saß Willy wieder einmal im Bahnwärterhäuschen. Obwohl sich die größte Aufregung bei ihm nun gelegt hatte, wurde deutlich, daß ihn noch so einiges bedrückte und sogar quälte, denn er gestand Achim: »Bei Altenhof, was habe ich mich da geschämt. Und das hört nicht auf seitdem. Schon als er Britta eine Schlange schimpfte, hätte ich aufstehen und gehen müssen. Und ich wollte ja, ich wollte. Ich spürte in dem Moment, in dem er es sagte, daß er mich in der Hand hätte, wenn ich nicht ginge. Diese Erniedrigung! Und sie ist immer grauenvoller geworden in den folgenden Minuten. Aber ich durfte nicht aufstehen. Ich meinte, Britta nur retten zu können, wenn ich sitzen bliebe.«

»Du bist deiner Vernunft gefolgt. Darin lag der Fehler aber gar nicht.«

»Sondern?«

»In deiner Vernunft an sich. Sie ist begrenzt, sie ist in ihrem eigenen Bette geblieben. Das ist ja das Sympathische an ihr. Aber es hat dich zugleich immer tiefer sinken lassen.«

»In ihrem eigenen Bette … was meinst du denn damit, wo hätte sich die Vernunft denn hinwenden sollen?«

»In Altenhofs Bett. Aber ich wiederhole, das ist das Sympathische an ihr, daß sie das nicht konnte und nach meiner Einschätzung auch nie können wird. Du bist einfach nicht gewappnet gegen einen wie Altenhof. Er erscheint dir unheimlich, immer einen Schritt voraus, weil du außerstande bist, in seine Gedanken zu dringen. Bei Herbert Rabe ist dir das noch gelungen, das war ja auch einfach. Nach zwölf Jahren Kampf gegen die Nazis kannte der nur Richtig und Falsch. Sein gesamtes Dasein hat er in jeder Minute dementsprechend verbracht. Ob er beim Frisör saß oder am Küchentisch oder sich vor einer Tür nur die Beine vertrat – er nahm dabei doch immer den Klassenstandpunkt ein. Die Macht, die er ausübte, knallhart ausübte, war an eine einzige, alles überstrahlende Idee gebunden. Altenhof dagegen ...«

»... Altenhof schiebt die Idee nur vor, das ist mir klar, das ist nicht schwer zu erkennen.«

»Aber es ist noch nicht der entscheidende Punkt. Warum kommst du nicht gegen ihn an? Weil du nicht begreifst, was ihn wirklich antreibt.«

»Und was ist das, deiner Meinung nach?«

»Was ganz Profanes. Was Archaisches. Er will die Macht über seine Herde, in jeder Situation, über jedes Mitglied. Er betrachtet dich als sein Mitglied. Daß du selber dich als Teil einer anderen Herde, wenn auch derselben Rasse, betrachtest, war ihm seit jeher ein Dorn im Auge. Dein Ausscheren, es hat seinen Selbstwert geschmälert. Nur deshalb mußte er dich erniedrigen: um seine eigene latente Schmach vergessen zu machen. Apropos, weißt du, wovon ich fest überzeugt bin? Daß er selber von diesen Vorgängen in seinem Innern keinen blassen Schimmer hat. Garantiert meint er, in der Tradition Herbert Rabes zu stehen. Garantiert geht er davon aus, reinen Herzens zu sein und ausschließlich etwas für seine Bürger zu tun, wenn er dich zwingen will, die Schwimmhalle zu öffnen. Dabei ist diese Öffnung nur ein Abfallprodukt seines eigentlichen Antriebs. Den er, ich wiederhole mich, nicht kennt. Perfekter Selbstbetrug ist seine Grundlage. Wie ja Selbstbetrug, wenn ich es einmal weiter fasse, überhaupt das Kennzeichen dieser zweiten Generation hoher Tiere hier in diesem hübsch umzäunten Gehege ist. Ja, sie muß sich erstmal selbst betrügen. Sie muß vorgeben zu glauben. Das hat die erste Generation nicht gemußt. Die hat tatsächlich geglaubt. Die war noch im reinen mit sich. Deshalb hat die offen gefochten. Nimm die Enteignung meiner Gerberei. Was für ein brutaler Akt ist das gewesen. Ich muß dir nicht sagen, wie ich ihn verabscheut habe und wie er mir zugesetzt hat. Und doch konnte ich ihm, aus meiner Abwehr und meinem Ekel heraus, folgen. Er war brutal, aber nicht niederträchtig und nicht verlogen. Sie handelten so klar und einfach, wie sie dachten. Ihre Nachfolger dagegen bringen es zustande,

Jonas unter dem billigsten, fadenscheinigsten Vorwand von der Schule zu werfen. Was für eine Heuchelei! Daran sehe ich doch, sie sind sich ihres Denkens selber nicht sicher. Wer so laviert, denkt nicht klar. Und dieses Lavieren, so schwer es ist, damit zurechtzukommen, das erfreut mich nun aber. Es erfreut mich sogar außerordentlich! Weil es das erste Zeichen für ihren Rückzug ist. Einerseits ist es viel schwieriger, dem zu begegnen, andererseits ist es ein gutes Zeichen.«

»Ich gehöre auch zu denen, Achim ...«

»Richtig, richtig, auch du zwingst dich zu glauben, aber der nicht unerhebliche Unterschied ist, daß du gern glauben magst, es würde sich noch etwas grundlegend ändern in deiner Partei, durch einen Personalwechsel, durch einen Eingriff von Gott dem Allmächtigen, was weiß ich. Du bist der aufrichtigste Lavierer, den ich kenne, Willy! Du bist die ärmste Sau, die in dieser Gegend hier herumläuft.«

»Dankeschön«, sagte Willy, das klang sarkastisch und liebevoll zugleich.

»Aber da ich von Rabe sprach – was ist eigentlich mit Bernhard? Du hast nie mehr etwas von ihm erzählt, seit er sich damals so mit Rabe gefetzt hat.«

»Da gibt's auch nichts zu erzählen«, sagte Willy.

»Immer, wenn jemand sagt, es gäbe nichts zu erzählen, gibt es in Wahrheit eine Menge zu erzählen ...«

»Ach, eine Menge ... wir haben keinen Kontakt mehr. Bei uns beiden ist die Sturheit durchgebrochen, das muß man schon gestehen.«

»Keiner hat's geschafft, den ersten Schritt zu tun?«

Willy nickte: »Ich habe mir gesagt, nicht ich bin doch aus der ›Sonne‹ gerannt, das ist doch er gewesen, also bitte, soll er sich melden.«

»Und er«, sinnierte Achim, »hat wahrscheinlich gemeint, er sei vertrieben worden aus der Gaststätte, und es sei an dir, ihn gewissermaßen zurückzuholen.«

Willy wiegte den Kopf.

»Aber vielleicht war das gar keine richtige Sturheit, vielleicht verdeckt ihr mit der nur was anderes?«

Willy stutzte und schaute dann seinen Freund mit einem Blick an, der besagte, du kennst mich aber gut, du kennst mich ja besser, als ich mich selber kenne. »Ja«, sagte er schließlich, »das war wohl genauso eine Scham. Ich habe mich für meinen Wankelmut geniert; und wenn ich mal versuche, mich in Bernhard hineinzuversetzen, dann denke ich mir, ihm war seine überhitzte Reaktion peinlich.«

»Es ist jetzt drei Jahre her ...«

»Sicher, aber erleichtert das uns die Sache? Im Gegenteil, ich spüre, wir haben mittlerweile den Zeitpunkt verpaßt, da wir über unser Zerwürfnis noch hätten reden können. Der eigentliche Anlaß liegt nämlich schon zu lange zurück. Er ist nichtig geworden und im Grunde schon lächerlich. Wir würden ihm nur neue Bedeutung verleihen, wenn wir ihn nochmal erwähnten. Aber ihn nicht zu erwähnen, ist auch unmöglich, wir können ja nicht so tun, als hätte es ihn nicht gegeben. Also lassen wir alles unverändert, also regen wir uns nicht. Tja, Achim, so verhält sich's, so wird aus dem Schweigen, das einem am Anfang völlig unnatürlich und falsch erschienen ist, Normalität.«

»Es ist immer noch unnormal, mach dir nichts vor.«

»Ich mache mir nichts vor. Ich weiß doch, das Schweigen ist unnormal, ich sage dir nur, ich gewöhne mich dran.«

Entschieden und zutiefst

Vier Tage nachdem Britta als diejenige identifiziert worden war, die das Gedicht an die Wandzeitung gepinnt hatte, wurde Erik in Leipzig zur Leitung seiner Sektion gerufen. Er studierte Außenhandel, selbstverständlich, und schon im sechsten Semester jetzt, warum auch nicht? Er war doch damals bei der Armee durchaus bereit gewesen, drei Jahre zu dienen, ja schwarz auf weiß war nachlesbar, daß er dazu bereit gewesen war und bloß gewisse Umstände, für die er nun wirklich nicht verantwortlich gemacht werden konnte, dies verhindert hatten.

Als er sich von den Seminarräumen auf den Weg zum Hochhaus machte, wo die Sektionsleitung ihren Sitz hatte, überlegte er angestrengt, ob er sich etwas hatte zuschulden kommen lassen, ganz langsam ging er deswegen. Ihm fiel absolut nichts ein, und doch spürte er plötzlich sein Herz rasen. Er ahnte, es drohte Ärger, schließlich war es jetzt 11 Uhr, und er hätte in der Vorlesung über Marxismus-Leninismus sitzen müssen, aber soeben, nach dem Seminar über Wirtschaftsrecht, hatte ein Assistent ihn abgepaßt, um ihn mit ernster und bedeutender Miene aufzufordern, sofort sich ins Hochhaus zu begeben, das war ungewöhnlich, das war sogar alarmierend.

Er trat in den angegebenen Raum, und nahezu zeitgleich fuhren ein Mann und eine Frau zu ihm herum, die nebeneinander am Fenster gestanden hatten. Es waren der stellvertretende Sektionsdirektor Dieter Rothe, ein vielleicht 60jähriger Mann mit asketischem Gesicht und Bürstenschnitt, und Christel Daune, Eriks Seminargruppenbetreuerin, eine kleine, pummelige Frau mit blonden Locken und einem rosigen Gesicht, das immer glänzte, als sei es mit Speckschwarte eingerieben. Solange Erik hier schon studierte, war sie noch nie laut geworden. Im Gegenteil, oft, und selbst in den gewöhnlichsten Situationen, machte sie einen still erstaunten, gerührten Eindruck, wie eine Mutter, deren Kinder ihr gerade eine überraschende Freude bereitet haben. Und so wurde sie hinter ihrem Rücken von den Studenten, ein wenig belustigt, ja fast peinlich berührt, auch genannt: Mama.

Jetzt erleichterte es Erik ungemein, sie zu sehen. Er versuchte, in ihrem Blick zu lesen. Sofern er sich nicht täuschte, entdeckte er so etwas wie Aufmunterung und Mitleid darin.

Rothe sah auf seine Armbanduhr und zog die Stirn kraus, Erik anzeigend, es sei durchaus auffällig, und kritikwürdig, wie lange er gebraucht habe, um hier oben zu erscheinen. Dann wies er ihm wortlos einen Platz an dem kahlen, polierten Konferenztisch zu und setzte sich, wie auch die Mama, ihm gegenüber.

»Sie ahnen, warum wir Sie hergebeten haben?« fragte Rothe, wobei er scheinbar gedankenverloren seine Uhr abband und vor sich auf den Tisch legte. Erik erinnerte das an Verhörszenen in diversen Krimis. Es erschien ihm albern, eine billige Nachahmung. Zugleich flößte es ihm aber Furcht ein.

»Nein«, antwortete er mit belegter Stimme.

»Nananana«, sagte Rothe, wobei er leise begann und mit den folgenden Zungenschlägen immer lauter wurde. Offenbar glaubte er Erik nicht.

»Wann haben Sie denn das letzte Mal Kontakt mit Ihrer Schwester gehabt?« erkundigte er sich.

Erik wollte zurückfragen, warum das von Interesse sei, doch er getraute sich nicht, und so antwortete er: »Vor drei Wochen, da war ich übers Wochenende zu Hause.« Und tatsächlich hatte er von dem, was in den Tagen zuvor in Gerberstedt passiert war, nicht die geringste Ahnung, denn während der sich überschlagenden Ereignisse war es daheim niemandem in den Sinn gekommen, ihn zu informieren.

»Dann wissen Sie also nicht, daß Ihre Schwester an ihrer Schule, genauer gesagt, an ihrer ehemaligen Schule, ein staatsfeindliches Gedicht verbreitet hat?«

Erik erblaßte.

»Oje«, entfuhr es der Mama, als höre auch sie das erste Mal davon.

Rothe aber ließ sich von ihrem mitfühlenden Zwischenruf nicht beeindrucken, er fragte: »Wollen Sie gar nicht erfahren, um was für ein Machwerk es sich handelt?«

Erik nickte: »Doch … natürlich … doch.«

Der Direktor schob ihm eine Kopie des Blattes über den Tisch, das an der Wandzeitung gehangen hatte, und nannte dazu den Namen des Ausgebürgerten.

Erik las, fand nichts Anrüchiges. Gar nichts? Doch, etwas fand er, etwas schwang mit beim Lesen, und das war jener Name, der Name des Verfemten. Daß Britta ein Gedicht von dem hatte verbreiten müssen … oh, er, Erik, liebte die Kleine, liebte sie von ganzem Herzen, und trotzdem ertappte er sich jetzt dabei, sie zu verdammen für ihr unstetes Verhalten, für ihre Unvorsicht, für ihren Mangel an Vorausschau. Hatte sie denn gar nicht bedacht, daß es auch auf ihn zurückfallen würde, wenn sie so ein Machwerk … Machwerk, stutzte er nun wieder, wieso formuliere ich bei mir das Wort, das Rothe soeben verwendet hat, es ist doch nicht meines, es entspringt doch nicht meinem Denken, und wieso gebe ich überhaupt Britta die Schuld, nicht sie ist es doch, die mir diese Prüfung auferlegt, sondern die beiden hier sind es, was wollen sie eigentlich von mir, was kann denn überhaupt auf mich zurückfallen, nichts, ich habe damit nicht das geringste zu tun … keinen Fehler machen, ich darf jetzt nur keinen Fehler machen, muß abwarten, muß erstmal sehen, was sie von mir wollen …

Erik schob die Kopie des Gedichts wortlos zurück über den Tisch.

»Und?« fragte Rothe.

»Nicht so schön«, druckste Erik herum.

»Was ist nicht so schön?«

»Die ganze … die ganze Angelegenheit.« Plötzlich fiel ihm ein, Rothe hatte von Brittas ehemaliger Schule gesprochen. Hieß das, seine Schwester war dort nicht mehr? Jetzt, da er selber, bewußt nebulös, von Unschönem redete, erinnerte er sich daran, und er vergaß für einen Moment, daß man hier ganz offenkundig etwas von ihm wollte, und lenkte das Gespräch auf Britta: »Sie sagten gerade, ›die ehemalige Schule Ihrer Schwester‹. Was bedeutet das … bitte?«

»Es bedeutet, daß sie relegiert worden ist. … Sie schütteln den Kopf – sind Sie vielleicht nicht einverstanden mit dieser Relegation?«

Erik seufzte leise: »Was heißt einverstanden? Ich … mir tut meine Schwester leid … vielleicht verstehen Sie das?« Er blickte Rothe bittend an.

»Das verstehen wir, aber ja«, warf die Mama leise ein.

Rothe strafte sie mit einem ungeduldigen Blick, sagte zu Erik, und wohl auch zu ihr: »Lassen wir diese Sentimentalitäten. Ich will«, er korrigierte sich, »wir wollen von Ihnen wissen, ob Sie trotz der Gefühle, die Sie Ihrer Schwester entgegenbringen, sich angesichts ihrer

Tat von ihr zu distanzieren bereit sind.« Er schaute Erik mit steinernem Gesichtsausdruck an.

»Sie wollen wissen, ob ich mich von meiner Schwester distanziere?« wiederholte Erik entsetzt.

Rothe nickte.

»Wozu … wozu wollen Sie das wissen?« Er fragte, weil es ihm nicht einleuchtete, vor allem aber, weil er Zeit zum Nachdenken gewinnen wollte.

Rothe griff nach seiner Uhr, sah darauf, legte sie wieder beiseite und entgegnete: »Daß ich Ihnen das auseinandersetzen muß! Sie möchten Außenhändler werden! Gerade ein Außenhändler braucht einen klaren Klassenstandpunkt, das dürfte Ihnen bekannt sein, das war schon immer so. Und heute ist es erst recht der Fall. Wir können es uns gerade in dieser Zeit der verschärften Auseinandersetzungen mit dem Gegner nicht leisten, Leute in die Welt hinauszuschicken, bei denen verschwiemelte oder gar offen feindliche Gedanken Eingang gefunden haben, Leute, die dann unweigerlich Gefahr laufen würden, schon den kleinsten und törichsten Versuchungen zu erliegen. Bisher, das will ich Ihnen durchaus attestieren, hatten wir da bei Ihnen keine Zweifel. Aber nun – nun hat sich die Lage geändert. Wir wollen und müssen sichergehen, daß Sie nicht auf denselben gefährlichen Pfaden wandeln wie Ihre Schwester. Wir hätten gern einen Beweis Ihres, wie wir doch hoffen wollen, nach wie vor klaren Standpunktes.«

Erik schloß die Augen. Mochte er ein kleiner Feigling und ein großer Zauderer sein, ein anständiges Gewissen hatte er doch, und so fiel es ihm nicht ein zu kalkulieren, ich gebe Rothe jetzt, was er will, es bedeutet nichts, es ist nur eine klitzekleine, am nächsten Tag schon wieder vergessene Notwendigkeit. Vielmehr quälte er sich mit der Vorstellung, Britta, die er für völlig unschuldig hielt, in den Rücken zu fallen und es nie wiedergutmachen zu können. Ihm kam in diesem Augenblick sogar das Wort »Beschmutzen« in den Sinn.

»Und ohne einen solchen Beweis?«

»Werden wir Sie exmatrikulieren müssen«, antwortete Rothe ungerührt, während die Mama betreten zu Boden sah.

Da vergaß Erik für einen Moment seine Vorsicht: »Das ist ja Sippenhaft! Das ist ja wie …«

»Wie bei den Nazis?« unterbrach Rothe ihn, »wie bei den Nazis?«

»Das habe ich nicht gesagt.«

»Aber gedacht, nicht wahr? Dazu nur eines: Die Nazis haben Menschen, die Flugblätter abgeworfen haben, stranguliert, ich sage nur, Geschwister Scholl. Wir aber sorgen dafür, daß sich so etwas niemals mehr wiederholt. Nicht hier bei uns. Wir wehren den Anfängen.«

O diese Phrasen, sie erdrückten Erik geradezu, sie machten ihn hilflos und panisch. In den Lehrbüchern las er über solche und andere Parolen immer hinweg, er hatte, wie die große Mehrheit seiner Kommilitonen, eine Art Überflug-Technik entwickelt, er nahm die Versatzstücke wahr, ohne sich je bei ihnen aufzuhalten oder gar über sie nachzudenken. Jetzt aber funktionierte das nicht. Man hatte ihn in die Enge getrieben, einzig und allein mit Parolen. Wie Felsbrocken lagen die auf seiner Brust.

Auf einmal überfiel ihn die Angst, Rothe werde das Verfahren abkürzen und ihn gleich von der Uni werfen, denn hatte er, Erik, sich jetzt nicht schon viel zu lange gesträubt, Britta öffentlich zu kritisieren? Er war fast erleichtert, als er vom Direktor mit erkennbar ungeduldiger Geste ein zweites Mal ein Blatt Papier über den Tisch gereicht bekam.

Darauf standen nur zwei Sätze: »Hiermit distanziere ich, Erik Werchow, mich entschieden von meiner Schwester Britta, die versucht hat, das staatsfeindliche Gedicht *Als wir ans Ufer kamen* zu verbreiten. Ihre Tat verurteile ich zutiefst.«

Erik überlegte angestrengt, er überschlug, ob er in Verhandlungen über die Wörter »entschieden« und »zutiefst«, die ihm besonders hart und falsch erschienen und ihn daher auch besonders schmerzten, treten sollte. Jedoch gelangte er recht schnell zu dem Schluß, daß sich selbst im – äußerst unwahrscheinlichen – Falle einer erfolgreichen Intervention an der Substanz des Schriftstücks ja gar nichts ändern würde, und so blieb er stumm. Tatsächlich scheute er sich vor den Verhandlungen selber. Er wollte Rothe nicht über Gebühr reizen, wollte der Gefahr entgehen, für nichts und wieder nichts exmatrikuliert zu werden, genau, für nichts und wieder nichts, denn hatte er vielleicht irgend etwas Anstößiges getan? Hastig unterschrieb er das Papier, sich nicht im mindesten daran erinnernd, daß er vor einigen Jahren in vergleichbarer Not schon einmal eines unterschrieben hatte, mit dem er überhaupt nicht einverstanden gewesen war.

Am Ende, vor dem Verlassen des Raumes, reichte er nicht nur der Mama, sondern auch Rothe freundlich die Hand, eine Geste, die er in diesem Moment für angemessen hielt, die ihn aber, kaum daß er die Tür hinter sich zugezogen hatte, fast noch mehr grämte als der vermaledeite Kringel auf dem Blatt, war sie doch ganz und gar freiwillig erfolgt.

*

Da es Freitag war und die Vorlesung, die letzte des Tages, schon zu lange lief, als daß es sich für ihn gelohnt hätte, sich jetzt noch dort hineinzusetzen, fuhr er nach Gerberstedt. Er hatte es ohnehin geplant, er nahm nur einen früheren Zug.

Die Folge war, daß er daheim niemanden vorfand. Willy rackerte wie gehabt im »Aufbruch«, Ruth saß noch in der Sparkasse, Matti schwirrte wohl mit Jonas herum, und was Britta trieb, nun, das wußte Erik nicht. Als erstes nahm er die dreckige Wäsche aus seiner Tasche, brachte sie in den Keller und legte sie in den Korb vor der Waschmaschine. Dann stieg er wieder nach oben. Langsam durchstreifte er das Haus, er öffnete jede einzelne Tür und blickte lange in die Zimmer – und das tat er einzig und allein deshalb, um das elende Gefühl loszuwerden, er sei jetzt hier ein Aussätziger. Ihm schien, als habe er sich mit der Unterschrift gewissermaßen aus dem Haus katapultiert, er kam sich vor wie jemand, der das Recht verwirkt hatte, hier noch ein und aus zu gehen. Aber er wollte weiter hierhergehören! Er wollte die alte Geborgenheit zurück! In der Küche angelangt, erinnerte er sich mit dumpfer Wehmut, wie sie alle wochentags lange vor sieben Uhr hier immer gefrühstückt hatten, noch ganz verschlafen, und einsilbig, nur Willy hatte dann und wann ein Wort in die Runde geworfen, ein Abschiedswort, bevor er aufsprang und in seinen Betrieb eilte; still und stumm, die Blicke ins Nirgendwo gerichtet, vertilgten sie ihre Brötchen, und Ruth schaute ihnen dabei aus müden, starren Augen zu, sie legte Wert darauf, daß sie anständig aßen, bevor sie in die Schule gingen, und ließ es sich nicht nehmen, ihnen, während sie schwerfällig kauten, die Schulbrote zu schmieren; können wir doch selber, bleib doch noch liegen in deinem Bett, hatten sie, als sie schon älter waren, ihr mehrmals angeboten, mit Bedacht, denn sie wollten selber später aufstehen und dann, husch husch, ein paar Bissen im Stehen nehmen, aber: Solange ihr in die

Schule geht, setze ich mich zu euch und schmiere eure Bemmen, hatte ihre Mutter immer geantwortet, und so war den Geschwistern die morgendliche Qual geblieben – eine Qual, die Erik heute aber überhaupt nicht mehr als solche empfand. Vielmehr erschien ihm im nachhinein alles wie ein strahlendes Glück, denn warum waren sie in Wahrheit wortlos gewesen? Warum hatten sie wortlos bleiben *können*? Weil sie sich aufgehoben gefühlt hatten in ihrem kleinen Kreis, gewiß, es war ein unauslöschliches Zeichen von Vertrautheit und von Liebe, daß sie tatsächlich hatten schweigen können in einer Stunde, in der nichts über Schweigen geht.

Nun erschien aber Britta. Sie steckte in Gummistiefeln und stank wie ein Wiedehopf.

»Nicht«, rief sie, als Erik sie umarmen wollte, und obwohl er durchaus sah und roch, warum sie ihn abwehrte, und obwohl sie dabei herzhaft lachte, nahm er alles schon als Reaktion auf den Verrat, den er begangen hatte.

»Was stellst du denn nur an«, sagte er mit gequältem Gesichtsausdruck.

Britta band sich die Haare auf, die sie zum Zopf geflochten hatte, und antwortete leichthin: »Gar nichts stell ich an.« Sie schüttelte die Haare, und ein paar Strohhalme fielen zu Boden.

»Bist wohl unter die Bauern gegangen?« Erik versuchte, ihren lokkeren Ton aufzunehmen.

Bauern? Plötzlich begriff Britta, daß er ja überhaupt nicht darüber Bescheid wußte, was sie jetzt tat. Sie drängte sich nun doch an Erik und bat um Verzeihung, ihn, »es ging alles so schnell, Bruderherz, heute noch hier, morgen schon dort«, nicht über die Neuigkeit informiert zu haben. Sie erzählte munter vom Zirkus, und wie sie so sprudelte, verblüffte sie Erik, der sicher gewesen war, seine Schwester nach ihrer Relegation todunglücklich vorzufinden, über die Maßen.

Britta hielt es für Skepsis, daß er ernst und düster blieb, und versuchte, ihm die auszutreiben: »Glaub mir, es geht mir gut, ich lüge nicht, ich habe doch keinen Grund, dich anzulügen – oder habe ich dich jemals angelogen?«

Sie schaute ihn arglos an. Er wurde nun aber vollkommen düster. Angesichts der Unschuld und der Naivität seiner kleinen Schwester kam er sich um so schäbiger vor.

»Hej«, lachte Britta. Sie bückte sich, klaubte einen Strohhalm vom Boden und piekte ihm damit auf die Stirn.

Und da beschloß Erik, so schnell wie möglich zu erzählen, was in Leipzig geschehen war. Die ganze Bahnfahrt über hatte er mit sich gerungen, hatte sich mal verpflichtet gefühlt, schonungslos mit allem herauszurücken, und sich dann wieder mit dem Gedanken beruhigt, wenn er einfach den Mund hielte, würde niemand aus der Familie je etwas erfahren. Aber daß niemand von der Sache erfuhr, so begriff er jetzt, hieß ja nicht, daß sie ihn nicht beschwerte. Und wie sie ihn beschwerte. Er mußte Britta beichten, und nicht nur ihr, sondern allen Werchows, denn erst, wenn alle eingeweiht waren, würde sich seine frühere Ungezwungenheit wieder einstellen können. Und so fieberte er in den folgenden Minuten und Stunden geradezu, auch die anderen mögen endlich eintreffen, und als, wie gewohnt, nur noch Willy fehlte, machte er sich bei Ruth fast schon verdächtig, indem er sie mit der Frage überfiel, wann genau denn mit seinem Vater zu rechnen sei – als ob Ruth das je hätte beantworten können!

*

Endlich waren alle beisammen. Wie immer, wenn Erik übers Wochenende heimkam, kochte Ruth etwas, das er besonders gern aß, diesmal Kaßler mit Sauerkraut. Noch machte sie sich am Herd zu schaffen, noch hatte nicht jeder am Tisch mit der gekerbten Platte Platz genommen, da räusperte sich Erik, der an der Fensterbank lehnte, und sagte mit leiser Stimme, er habe etwas Unangenehmes zu berichten.

Willy stand, durch den Tisch getrennt, ihm gegenüber, unmittelbar vor dem hohen Küchenschrank, hinter dessen Sprossenfenstern rustikale, an den Rändern schon nicht mehr einwandfreie Wein- und Saftkelche aufgereiht waren. Willy verzog unangenehm berührt das Gesicht, denn er wußte, wenn sein Ältester und Besonnenster, derjenige, mit dem es bisher nie Ärger gegeben hatte, so zu reden anhob, dann mußte etwas Gravierendes geschehen sein.

»Man hat … man hat an der Uni von mir verlangt, daß ich mich von meiner Schwester distanziere, und ich habe es getan!« Erik, der langsam und leise, fast unverständlich zu sprechen begonnen hatte, war gegen Ende des Satzes immer schneller und lauter geworden, wie um alles endlich hinter sich zu bringen.

Britta senkte den Blick. Willy drückte den Oberkörper nach hinten und stieß mit seinen kräftigen Schultern an den Schrank, brachte die Gläser zum Klirren. Matti rief entgeistert: »Was haben die verlangt? Was hast du getan?« Ruth am Herd hielt vielleicht eine Sekunde inne und machte sich dann sofort wieder am Fleisch zu schaffen, mit viel zu hastigen Bewegungen.

Nun, da das Wesentliche heraus war, schob Erik die Einzelheiten nach, wobei er zunehmend widerwillig wirkte – die anderen konnten nur nicht erkennen, ob ihn der Antrieb zum Sich-Erklären verlassen hatte oder ob jener Widerwille ihm selbst galt.

Als er bei dem Dokument angelangt war, das er unterzeichnet hatte, unterbrach Matti ihn. »Was steht da genau drin, die Wortwahl, die Wortwahl«, rief der Jüngere in bedrohlichem Ton.

»Hab ich doch eben gesagt«, erwiderte Erik, wohl wissend, daß er es so genau nicht gesagt hatte.

»Zeig mal den Schrieb«, forderte Matti.

Erst in diesem Moment wurde Erik klar, er hatte ja von Rothe gar keinen Abzug bekommen. Erstaunt sagte er: »Ich habe nichts! Ich habe ihn nicht!«

»Das kann ja wohl nicht wahr sein«, rief Matti, »du unterschreibst so ein Papier und forderst noch nichtmal einen Abzug?«

»Ist gut, Matti«, fuhr Willy dazwischen, »von solchem Zeug gibt's nie Durchschläge, es ist sinnlos, einen zu fordern. Überleg doch mal: Worum geht es bei der Angelegenheit? Nur darum, daß sie bei der Uni sich abzusichern versuchen. Sie wollen was vorweisen können für den Fall, ein unsicherer Kantonist springt ihnen ab. Wenn jemand Rechenschaft von ihnen fordert, können sie nämlich hübsch ihr Papier hochzeigen und sagen: Seht her, wir haben getan, was wir konnten, hier ist sein Schwur, was wollt ihr noch mehr?«

»Unsicherer Kantonist ...«, wiederholte Matti. Er hielt Erik für das genaue Gegenteil, das war unschwer herauszuhören.

Plötzlich stieß Willy sich vom Schrank ab, so daß einige Gläser umfielen. Sie zerbrachen nicht, rollten aber mit einem Geräusch, das alle Anwesenden frösteln machte, noch ein paar Sekunden hin und her. »Es reicht jetzt«, wies er Matti zurecht, »dein Ton deinem Bruder gegenüber ist anmaßend und beleidigend. Warst du in Eriks Situation? Warst du? Du warst es nicht! Noch einmal, ich akzeptiere nicht diesen Ton!«

»Beleidigend? Das mag sein«, widersprach Matti, »aber wer weiß, wie beleidigend erst das ist, was er unterschrieben hat! Wer weiß das schon! Nur er selber weiß es, und er sagt's uns nicht!«

»Wie vor ein paar Tagen«, rief nun Britta, »merkt ihr nicht, daß die ganze Diskussion genauso wie vor ein paar Tagen abläuft? Ihr redet alle über meinen Kopf hinweg! Wieso fragt mich keiner, was ich davon halte? Gar nichts halte ich nämlich von eurer ganzen Aufregung! Für die Katz ist die, sinnlos, sinnlos! Erik hat mir doch nichts getan. Und dir, Matti, erst recht nicht. Genaugenommen hätte er uns überhaupt nichts sagen müssen, er hätte alles auch für sich behalten können, euer Streit beruht nur darauf, daß er so eine ehrliche Haut ist.«

»Nein«, rief Matti »er beruht auf dieser verdammten Unterschrift, machen wir uns nichts vor!« Herausfordernd schaute er zu Erik.

Und war es dieser drängende Blick, oder war es die eben wieder zutage getretene Unbedarftheit und Reinheit seiner Schwester, die seine Scham nur noch verstärkte – jedenfalls stieß Erik nun ohne jedes Vorwort, mit zur Grimasse verzogenem Gesicht, auf denkbar abgehackte Weise hervor: »Hiermit distanziere ich, Erik Werchow, mich entschieden von meiner Schwester Britta, die versucht hat, das staatsfeindliche Gedicht *Als wir ans Ufer kamen* zu verbreiten. Ihre Tat verurteile ich zutiefst.« Er hatte sich wortwörtlich alles gemerkt.

Stille trat ein. Nach ein paar Sekunden aber geschah etwas, das die Anwesenden geradezu bestürzte. Matti verfiel erst in ein Zittern, als habe er Schüttelfrost, und dann in ein hemmungsloses Weinen, wie es eigentlich nur Kleinkindern eigen ist. Während des Atemholens keuchte er schwer verständliche Satzfetzen, doch das, was die anderen heraushören konnten, versetzte sie in noch größere Betroffenheit: »... wie widerwärtig ... man kann nur voller Ekel sein ... seine eigene Schwester, Scheiße, Scheiße, Scheiße ... verurteile ich zutiefst ... auch noch zutiefst ... so einen lieben, lieben Menschen ... Britta kann man doch nicht ... sein eigen Fleisch und Blut ... das Gebot zu verletzen, wer wagt sich ... wer wagt sich ...«

Erik hörte ihm mit leichenblasser Miene zu. Ruth faltete, rollte und knüllte mit flatternden Händen die Topflappen, auch ihr flossen die Tränen. Britta machte mehrmals Anstalten, zu Matti zu stürzen, hielt sich aber jedesmal zurück. Den ungewöhnlichsten Anblick bot indes Willy. Auch ihm, der doch überhaupt nicht nah am Wasser gebaut hatte, waren die Augen feucht geworden, und außerdem hatte er getan, was Britta unterlassen hatte: Er war, wohl ohne sich dessen überhaupt bewußt zu sein, auf Matti zugetreten. Mit einem leidenden Gesichtsausdruck, den niemand im Raum, nicht einmal Ruth, je an ihm gesehen hatte, stand er vor seinem jüngeren Sohn.

Und er stand da so, weil jedes einzelne Wort seine Panzerungen durchbohrt hatte und in sein Innerstes gedrungen war; voller Schmerz sah er auf einmal klar und deutlich, wie die Dinge lagen, sah alles, was er verdrängt hatte. Matti hatte mit jeder Silbe recht! Man tat so etwas nicht! Nie hätte Erik das tun dürfen! Und doch traf ihn keine Schuld, denn letztlich war er, Willy selber, es gewesen, der ihn in langen Jahren dazu gebracht hatte, so zu handeln. Letztlich hatte er ihn gelehrt, wie man Kompromisse schloß. Geradezu vorgelebt hatte er es ihm doch. Willy begriff jetzt, daß Erik als einziges seiner Kinder ihm gefolgt war aufs Feld des Abzirkelns und Erwägens – und jetzt, da er es begriff, schoß plötzlich Ablehnung, und sogar Verachtung, in ihm auf. Ja, er verachtete in diesem Augenblick Erik, er verachtete denjenigen seiner Söhne, der es ihm recht gemacht hatte und immer recht machen würde, während er den anderen, den Widerborstigen, stärker denn je liebte. Willy überkam der dringende Wunsch, mit Matti allein zu reden, ihn zu liebkosen für seine ganze Eigenheit und Entschiedenheit, und es war ihm egal, daß er Erik damit von sich stieß, in dieser Sekunde der aufblitzenden Geringschätzung spielte es keine Rolle für ihn.

»Laß uns draußen eine Runde drehn«, nickte er Matti zu.

Der wußte nicht so recht, was er davon halten sollte, und rührte sich kein bißchen.

»Na komm schon.«

Matti schneuzte sich und folgte ihm. Sie zogen sich die Jacken über, traten aus dem Haus und gingen die leise gurgelnde Schorba entlang, wortlos zunächst. Längst war es dunkel geworden. Der Halbmond stand blendend weiß und mit perfekter Rundung, als wär's die Hälfte eines sauber durchtrennten Camemberts.

Sie ließen die kleine Brücke mit dem abgewetzten Holzgeländer, die in die Stadt führte, links liegen und folgten weiter dem Uferweg. Und noch immer sagte keiner von beiden einen Ton. Der eine, Matti, schwieg, weil er sich nach seinem Ausbruch leer und erschöpft fühlte;

und der andere, Willy, schwieg, weil er noch nicht wußte, wie er die Unterhaltung einleiten und wohin er sie überhaupt führen sollte.

Endlich sagte Willy: »Du hast von einem Gebot gesprochen, Gebot, ein Wort, das eigentlich gar nicht vorkommt bei uns ...« Und schon verstummte er wieder.

»Du meinst, es ist für die Kirche reserviert«, sagte Matti mit leiser, brüchiger Stimme.

»Ja. Dabei ist es ein Wort, das uns genauso zusteht und das wir genauso nötig haben ...«

Matti wußte nicht, ob sein Vater ihre Familie meinte oder, viel weiter gefaßt, den Staat, für den er letztlich arbeitete, aber das würde sich schon zeigen, er unterbrach ihn nicht.

»... und zwar haben wir es nötig, weil es die einfachen Wahrheiten benennt und weil wir verlernt haben, uns nach diesen einfachen Wahrheiten zu richten. Ja, wir drehen und wenden die Dinge fünfmal hin und her, wir taktieren und paktieren, wir nehmen dauernd Rücksicht, wir nicken verständnisvoll, wenn die aktuelle politische Lage es wieder mal nicht zuläßt, etwas Notwendiges auszusprechen, und am Ende wissen wir gar nicht mehr, wo uns der Kopf steht. Ganz kirre sind wir schon. Dabei ist es so einfach. Man muß zurück zu den klaren Entscheidungen. Zur ... Menschenmoral. Zur Beantwortung der ursprünglichen Fragen: Was ist gut, was ist schlecht? Wo fühle ich mich wohl, wo fühle ich mich unwohl? Nutze ich, oder schade ich? Gewiß, eigentlich sind es immer nur ein paar ganz einfache Fragen, die man sich beantworten sollte, und das – das habe ich vergessen, Matti. Oder ich habe nicht den Mut gehabt, sie mir zu beantworten. ... Ja. ... Jetzt, da ich darüber nachdenke, glaube ich, es erfordert viel mehr Mut, sich die einfachen Fragen zu beantworten als die komplizierten. Weil du nämlich auf die komplizierten immer auch kompliziert antworten kannst, verworren, mit diesem ewigen Einerseits und Andererseits. Und am Ende hast du alles verwaschen. Nur Einerseits! Oder nur Andererseits! Deutlich! Ohne Umschweife benennen! Gut oder schlecht! Auch wenn es weh tut, auch wenn es schwer ist ...«

Es war, als nehme Willy sich gerade selbst an die Kandare und versuche sich das, was ihm verlorengegangen war, unbedingt neu einzuimpfen. Allerdings wirkte das auf Matti nur wie eine Selbstkasteiung.

Ein Gefühl der Peinlichkeit überfiel ihn, und er zeigte durch ein Räuspern an, Willy unterbrechen zu wollen.

Der aber ließ seinen Sohn nicht zu Wort kommen, der steigerte sich noch weiter in seine Gedanken hinein: »Matti, du hast diese wunderbare Klarheit! Es ist die gleiche Klarheit, die dein Großvater gehabt hat. Und Erik hat sie nicht. Aber denk deswegen nicht schlecht über ihn, hörst du, denk nicht schlecht. Frag lieber, warum er sie nicht hat. Wenn du das fragst, antworte ich dir nämlich, daß er sie gar nicht haben kann. Wir haben sie ihm wegerzogen …«

»Jetzt ist aber gut!« begehrte Matti auf. Er rief es, sein Gesicht von Willy abwendend, zornig in Richtung des Flusses, aus dem ein paar vom Mond erleuchtete Steinbuckel ragten, und machte auch einen Schritt von Willy weg, so unangenehm waren ihm das Lob und die nicht enden wollende Selbstbezichtigung. »Das ist doch Unfug, was du mir da beibringen willst. Entschuldige bitte, aber wenn es deine oder eure Erziehung gewesen sein soll – warum sind wir dann heute so unterschiedlich? Wir müßten gleich sein. Ich dürfte die Klarheit sowenig haben wie Erik. Wenn ich aber, wie du eben sagtest, sie habe und er nicht, dann liegt es ja wohl an jedem von uns selber, wie er sich verhält. Wir sind mittlerweile längst alt genug, wir haben längst alles selber in der Hand, und er, weil er der Ältere ist, doch wohl noch mehr als ich.«

»Das will dir so scheinen«, erwiderte Willy. »Doch ich sage dir, du irrst. Paß auf, ich erzähle dir eine Geschichte, eine ziemlich lapidare Geschichte, mit der du zunächst wahrscheinlich nicht viel anfangen können wirst. Aber im Anschluß werde ich dir sagen, warum ich sie dir erzählt habe – und dann wirst du hoffentlich alles besser verstehen. Sie spielt am Abend des Tages, an dem Britta geboren wurde. Du schläfst schon, als ich aus dem Krankenhaus komme; Erik ist noch wach, liegt aber auch schon im Bett. Er ist fünf Jahre alt damals. Jeder von euch hat bis zu diesem Zeitpunkt im Obergeschoß ein eigenes Zimmer, erinnerst du dich? … Nicht? Na, kein Wunder, du warst ja keine drei. Jedenfalls, ich gehe zu ihm und erkläre ihm, daß er ein Schwesterchen gekriegt hat. Er freut sich sehr, er richtet sich sogar auf und umarmt mich fest, er hängt sich geradezu an mich. Da sage ich ihm noch etwas, nämlich, daß sein Schwesterchen nun ein eigenes Zimmer braucht und er deswegen seines frei machen und zu dir ziehen muß, schon morgen; ich sag's ihm, noch während er an mir hängt. Ich spüre, wie sich seine

Hände an meinem Hals verkrampfen. Ich löse sie, lege ihn sachte zurück ins Bett, seine Oberlippe beginnt zu beben, er will nicht weinen, keinesfalls will er das, aber nach einigen Sekunden des heldenhaften Kampfes schießen ihm doch die Tränen in die Augen. Weinend fragt er mich, wo er denn jetzt spielen soll, wenn er nicht mehr sein Zimmer hat. Ich mache auf Frohsinn – du weißt, jene Art Frohsinn, die selbst ein Fünfjähriger sofort durchschaut – und weise ihn auf die kleine hüfthohe Kammer hin, die von deinem Zimmer unter der Dachschräge abgeht. Das kann deine Höhle werden, Erik, sage ich aufmunternd. Aber er weint nur um so mehr. Ich sage ihm, daß ich ihn verstehe, es aber nicht anders gehe und er sich schon daran gewöhnen werde. Doch, erwidert er trotzig, es geht anders. Ich: Wie denn? Er: Indem Matti umzieht. Dann kann ich wenigstens hierbleiben. Aber du bist der Ältere, sage ich, dir fällt der Umzug leichter, Matti begreift das alles noch nicht so recht. Daraufhin mault er, immer bin ich der Ältere, immer bin ich der Ältere, und dreht sich mit einem Ruck zur Wand. Und was mache ich? Ich drücke seine Schulter wieder runter, nicht rabiat, aber auch nicht sanft, und sage: Mein lieber Erik, das sehe ich überhaupt nicht gern, das läßt du bitte bleiben. Er starrt mich ohnmächtig an, er denkt sich wohl, nichtmal das bißchen Umdrehn ist mir erlaubt. Und ich denke gar nichts in dem Moment, außer, daß ich es ihm nunmal habe sagen müssen, das mit dem Zimmer.«

Willy schaute demonstrativ in den Himmel, um das Ende seiner Geschichte anzuzeigen. Der Camembert hing jetzt so, daß sein bleicher Leib von den langen, spitzen Ästen jener mächtigen Ulmen und Erlen aufgespießt zu werden schien, die an den Flußufern standen.

»Und was willst du mir damit nun sagen?« fragte Matti. »Wenn du damit ausdrücken willst, daß Erik in seiner Kindheit von dir oder von euch unverhältnismäßig hart behandelt worden wäre, dann kann ich dir überhaupt nicht folgen. Nichts war hart. Wir hatten eine schöne Kindheit. Wir sind von euch nicht geschurigelt und erst recht nicht … nicht verbogen worden. Die Schwierigkeiten kamen doch später, und ja wohl eher von außen. Ich mag es nicht, wie du dich selber schlechtmachst, ich hasse es, ich hasse es …« Er senste mit dem Fuß durchs schon nachtfeuchte Laub.

»Da verstehst du mich falsch«, erwiderte Willy ruhig und bestimmt. Er schien sich seiner Gedanken und Erinnerungen immer sicherer zu werden. »Denn das hoffe ich doch auch, daß ihr eine schöne Kindheit hattet. Und ich mache mich auch nicht schlecht. Ich habe dir nur zu verdeutlichen versucht, wie wir von Erik Verständnis verlangt haben. Und natürlich war das bloß eine Episode von vielen. Immer, immer sollte er Verständnis zeigen, einfach, weil er der Ältere war. Und er hat es gezeigt! Er hat ganz früh gelernt, Rücksicht zu nehmen, und zwar auf euch, seine Geschwister. Erst war diese Rücksicht eine erzwungene, aber bald hat er sie von sich aus aufgebracht und ist auf alle Menschen, und schon nicht mehr nur auf euch, äußerst taktvoll eingegangen. Erik war ein Garant für Harmonie, zu unserer Freude natürlich, man merkt doch nicht gleich, wohin es führt, wenn jemand dauernd fremde Wünsche erfüllt, das geht einem erst auf, wenn es zu spät ist …«

»Wohin führt es?« fragte Matti, der zunehmend gebannt seinem Vater gelauscht hatte.

Willy blieb stehen. »Überleg doch nur«, rief er mit fester, durchdringender Stimme: »Indem du dich fremden Wünschen beugst, beugst du dich natürlich auch fremden Meinungen, Meinungen, die nicht einmal im Ansatz die deinen sind. Und deine Meinungen verkümmern derweil. Irgendwann traust du ihnen nicht mehr. Du traust dir nicht mehr. Dein Selbstwertgefühl wird zerlöchert. Du weißt eigentlich, der andere, mit dem du gerade zu tun hast, liegt falsch, aber weil er sicherer ist als du, weil es dir ausgetrieben worden ist, deinen eigenen Gedanken zu folgen, gibst du sie auch diesmal auf. Weißt du was, Matti? Viel zu oft wird Opportunismus, und darüber reden wir doch hier in Wahrheit, wird Opportunismus ganz und gar mit Falschheit und Berechnung gleichgesetzt – jemand paßt sich in Windeseile an, um voran- oder aus einer Sache herauszukommen, jemand verbiegt sich ausschließlich aus Kalkül. Aber das ist zu einfach. Vielleicht öfter, als man denkt, beruht Opportunismus auch auf Unsicherheit. Zumindest geht's auf diese Weise los: Jemand achtet zu sehr auf andere; so jemand entdeckt dann leicht sogar einen Sinn in dem, was ein anderer sagt oder fordert und was er eigentlich ablehnt. Das mag ja stimmen, daß er seine Überzeugung aufs schändlichste verrät, aber ich wiederhole, ebenso stimmt, daß er an ihr zweifelt. Er kann sie ja gerade deshalb so schnell verraten, weil er so sehr an ihr zweifelt. Mit seinen Zweifeln, Matti, kann er sogar den Verrat vor sich selbst verbergen. Wenigstens kann er ihn rechtfertigen. Um nochmal auf Erik zurückzukommen: Der Fluch, jawohl, der Fluch liegt eindeutig im Verständnis, das wir von ihm gefordert haben, heute erkenne ich es. Zuviel Verständnis macht einen nur schwach. Auf zuviel Verständnis folgt der Verlust von Macht über sich selbst. Jawohl, das großartige, vielbeklatschte Verständnis, im Grunde ist es nichts anderes als die Vorstufe zum Opportunismus ...« Willy holte Atem und bekräftigte seine Worte mit einem »genau so verhält sich's, genau so«.

»Das ist mir alles zu weit hergeholt«, sagte Matti kopfschüttelnd. »Es klingt ja so, als wäre es unausweichlich gewesen, daß mein Bruder diese Unterschrift geleistet hat. Weißt du, was ich glaube? Daß du die Schuld für sein Verhalten auf dich nehmen willst, weil du dann weniger enttäuscht von ihm bist. Du willst nicht enttäuscht sein von deinem Sohn, also suchst du so lange, bis du was gefunden hast, das ihn entlastet.«

»Es ist aber wahr, was ich sage, und es ist logisch, siehst du das denn nicht?«

»Meinetwegen, laß es wahr sein. Aber ich bleibe dabei: Von einem bestimmten Punkt an ist jeder für sich selber verantwortlich!«

»Herrgottnochmal, Matti, die Voraussetzungen sind für jeden anders, der eine hat es leichter, die Verantwortung wahrzunehmen, der andere hat es schwerer, versteh das doch ... du willst es nicht verstehen.«

Plötzlich brauste Matti auf: »Er hat eine Grenze überschritten, Punkt, aus, basta!«

»Wir drehen uns im Kreis«, sagte Willy resignierend, »also beenden wir die Diskussion. Ich möchte dich nur noch um eines bitten, Matti. Du sollst jetzt deinen Bruder nicht ablehnen und nicht verstoßen, denn das ist die Sache wirklich nicht wert.«

Matti ließ einen kurzen, krächzenden Laut ertönen, der Zustimmung genausogut wie Widerspruch bedeuten konnte.

»Versprichst du es mir?«

»Das kann ich nicht. Ich würde gern, aber ich kann einfach nicht!«

»Ich hab's befürchtet«, murmelte Willy da, »so bist du, nichts zu machen, ich hab's gewußt ...«

Er legte Matti den Arm um die Schulter und bedeutete ihm mit sanftem Druck, es sei Zeit, zurückzugehen. Längst ließ der Mond von weit oben die schwarzen Astlanzen, auf denen er ein paar Minuten zuvor noch gesteckt hatte, silbrig glänzen. Willy spürte genau, der Zusammenhalt der Geschwister, der allen in der Familie immer wie eine Selbstverständlichkeit erschienen war und über den niemand von ihnen je nachgedacht hatte, war auf einmal dahin. Würde er sich wiederherstellen lassen, irgendwann? Ach, irgendwann … er sehnte sich schon nach früher zurück, in die leichthin miteinander verbrachte Zeit, er schwieg beharrlich, während sie am Fluß entlang nach Hause gingen, und Matti schwieg auch.

Zu ihrer Überraschung hatten die anderen drei mit dem Essen gewartet. Man kaute dann intensiver als sonst, sprach zwar auch das eine oder andere Wort, doch zerfiel ein jedes sofort und ohne Widerhall, da niemand verstand, daran anzuknüpfen und eine Unterhaltung in Gang zu bringen.

Zirkus, Zirkus

Meide die großen Städte! Alles, was über 20000 Einwohner hat, ist eine große Stadt! Meide sie vor allem in den Ferien! In den Ferien reite da ein, wo die Menschen urlauben!

Der alte Devantier hatte diese lebensnotwendigen Maximen seit Jahrzehnten verinnerlicht, und so gastierte er im Sommer, der jenem Herbst folgte, wieder einmal auf Rügen. »Gespensterfahrt« nannte er das, »Herrschaften, wir gehn auf Gespensterfahrt«, denn seiner Meinung nach sah die Insel in den Atlanten wie ein vom Festland aufflatterndes Gespenst aus. Den Juli hatte er auf dem Rumpf dieses Wesens verbracht, heute nun, am ersten Augusttag, kletterte er rauf auf den Kopf, Glowe hieß der Ort, in dem er Station machen wollte. Von hier aus waren es nur noch ein paar Kilometer bis nach Kap Arkona, wo die Republik begann – wo sie endete, denn eine Republik, die keiner verlassen darf, hat wohl leider nur Enden, auch im Norden, dieser Himmelsrichtung voller Klarheit und Reinheit, die vom menschlichen Hirn normalerweise gleichgesetzt wird mit oben, mit Anfang, mit dem Beginn von etwas.

Was war das aber für ein kalter und regnerischer Sommer! Dauernd pladderte es. Schwer hingen die Pullover an den Leibern der Menschen, naß klebte ihnen der Lehm an den aufgeweichten Schuhen. Und doch muß Schlamm nicht gleichbedeutend mit Schlamassel sein, nicht für jeden: Richard Devantier sprang frohgemut vom Bock seines blauen W 50, mit dem er die Kolonne der Zirkuswagen angeführt hatte, registrierte zufrieden das Schmatzen unter seinen Sohlen und schaute in den Himmel, der in diesem Moment beliebte, ihm mit dünnen Tropfenfäden das Gesicht zu kitzeln. In Gedanken ließ er die kleine Werchow schon alle Kisten mit kandierten Äpfeln, Bonbons, Gummitieren, Luftballons, Schokoladentafeln leeren und umstülpen, um zusätzliche Sitzplätze zu schaffen, denn der Zirkus würde ausverkauft sein die ganze Woche – nun gut, das war er fast immer, aber es war ein Unterschied, ob man mit Mühe den letzten Platz losschlug, oder ob sich draußen noch die Massen um den Eintritt balgten und man lauter neue letzte Plätze zu 1,05 Mark hervorzaubern konnte. Und genau dies würde ohne Zweifel geschehen bei dem Regen dem Segen hier, denn wer würde sich jetzt noch in den Ostseesand wühlen, niemand, keine Konkurrenz mehr dieser einstmals feine, mittlerweile zu Pampe verklumpte Sand; o ja, alle würden zu Devantier strömen, wo sie Wärme und Trockenheit und, darum ging's doch letztlich, ein gewisser Pomp erwartete, Gold in mannigfaltiger Form: das blitzender Absperrständer, das gewienerter Schulterstücke, das wogender Federn auf Pferdeköpfen, das feingesponnener Kostümsäume, das schriller Trompeten, das allzeit gespannter Tigerkörper, das durch die Luft fliegender Keulen.

Routiniert bezogen die Mitglieder von »Devantier Circus« ihre Plätze auf dem suppigen Gelände. Vorn, und mittig, als Orientierungspunkt für alle, machte der Kassenwagen halt. Das Erdstück rechts davon wurde vom Prinzipal beansprucht. Hinter ihm durfte sich der Große Leonelli niederlassen. Er trug jetzt, aber nicht nur jetzt, eine schwarze Strickmütze, was damit zusammenhing, daß ihm vor zwei Jahren von einem seiner Braunbären ein Ohr abgerissen worden war, hatte doch das Tier im Scheinwerferlicht der Manege Leonellis Kopf mit einem der zu fangenden Bälle verwechselt. Das Abreißen erledigte es im übrigen mit dem stoischsten Gesichtsausdruck der Welt. Leonelli wiederum, nicht umsonst trug er den Titel »der Große«, ließ sich davon nicht im mindesten abhalten, die Nummer anständig zu Ende zu bringen. Das einzige, worauf er doch lieber verzichtete, war die tiefe Verbeugung am Ende, da er, nicht ganz zu Unrecht, befürchtete, das Blut würde dabei aus seinem Kopfe schießen wie Wasser aus einem weit geöffneten Hahn. Hinter ihm rollte Marty Handy heran, der schon in die Jahre gekommene Jongleur. Noch immer verstand er es, sein Publikum in Staunen zu versetzen, unter anderem, indem er sieben brennende Kerzen zugleich aus den Öffnungen eines Leuchters hoch in die Luft beförderte und wieder in die Löcher ploppen ließ. Auch war er in der Lage, mit einem Löffel, der ihm zwischen den Zähnen steckte, Tischtennisbälle aus 20 Metern Entfernung zu fangen. Allerdings waren es vor einem Jahr noch neun Kerzen respektive 30 Meter gewesen. Außerdem hatte er bis dahin statt eines Löffels eine Gabel im Mund gehabt, auf der die Bälle klebenblieben wie auf Honig. Und Devantier, Devantier wußte dies alles nur zu gut. Er beobachtete Marty nicht mit Mitleid, denn das war eine Gefühlsregung, die er scheinbar nicht in seinem Repertoire hatte, sondern mit zunehmendem Ärger. Würde der Jongleur noch tattriger werden, als er nun schon war, würde Devantier ihn wohl in die Wüste schicken müssen, getreu seiner bei jeder passenden und unpassenden Gelegenheit vorgebrachten Devise: »Ich bin kein Sanatorium! Wer sich erholen will, Herrschaften, muß zum Staatszirkus! Da ist Eierschaukeln die größte Nummer!« Aber weiter in der Rangordnung: Hinter Marty parkte John Klinger seinen Wagen, ein etwa 30 Jahre alter Bursche, der Devantier vor fünf oder sechs Jahren zugelaufen war wie ein streunender Hund. Dieser Klinger, richtiger Vorname Johannes, hatte einst in einer LPG des Typs I, Tierproduktion, irgendwo in den prärieähnlichen Weiten des Bezirks Neubrandenburg gearbeitet, wurde aber, nachdem er beim Scheren der Schafe auf ein schwarzes Exemplar mit roter Farbe ein paar Zahlen aufgebracht hatte, für 24 Monate dringend im Kalksteinbruch von Rüdersdorf vor den Toren Berlins benötigt, wohin man ihn jeden Morgen von der Hauptstadt aus karrte, genauer von Rummelsburg, genauer von einem mit allerlei Gittern geschmückten Bauwerk. Die Zahlen nämlich hatten 2 581 912 gelautet. Und? Wenn man sich nach der zweiten und der dritten Ziffer Punkte hinzudachte, erhielt man das Geburtsdatum eines Bürgers namens Honecker. Klinger erfuhr nie, von wem dieser ihm einfallsreich erscheinende Gruß moniert worden war. Nach seiner Haft aber erwies er sich im Zirkus als wahres Naturtalent. »Heiliger Johannes«, staunte selbst Richard Devantier, als er sah, wie schnell der Neue das Messerwerfen lernte, in drei Tagen nämlich. Sofort brachte er ihn zum Einsatz. Es blieb ihm freilich auch gar nichts anderes übrig, war doch kurz zuvor die hübsche und junge, ach noch so junge Freundin des bisherigen Werfers zu Tode gekommen, und zwar nicht durch einen mißglückten Wurf, sondern weil sie, die an die schwere, scharfkantige Zielscheibe gekettet und mit dieser fast schon so verwachsen war wie eine Galionsfigur mit dem Schiffsbug, eine unbedachte Bewegung vollführt hatte und die Scheibe unaufhaltsam nach vorn gefallen war, mit ihr, auf sie, auf ihr Genick. Einerlei aber, auf welche Weise die Arme dahingegangen war, der Werfer, welcher gar nicht geworfen hatte, sah sich nun außerstande, seinen doch ohne Zweifel reizvollen Beruf weiter auszuüben, sehr zur Verwunderung Devantiers, der knurrte, er habe noch ganz andere Dinge erlebt und habe seine Arschbacken immer zusammengekniffen, das sei ja wohl das mindeste, was man von einem ausgewachsenen Mann verlangen könne: daß er seine Arschbacken zusammenkneife. Hinter Klinger schließlich kampierten die Jaroslawls, drei muskulöse und trotzdem schlanke Brüder, die sich nach der Stadt an der Wolga benannt hatten, aus der sie stammten. Trainiert, oder besser gesagt: getrimmt, oder noch besser gesagt: geknechtet von ihrem Vater, der ähnlich despotisch auftrat wie Devantier, zogen sie in luftigster Höhe die verwegenste Flugschau ab. Dimitri, der Fänger, baumelte im Kniehang mit dem Kopf nach unten am Trapez und packte die aus zehn, zwölf Metern Entfernung heransausenden, saltischlagenden, nicht weniger als anderthalb Zentner wiegenden Juri und Grigori am Handgelenk; so sicher und so stark war er, daß man ihm zutraute, gut und gerne auch ein springendes Pferd an der Fessel zu greifen und an sich zu ziehen. Beim eindeutig schwierigsten Trick aber faßte er Juri nicht am Handgelenk, sondern an den Zehen, und schleuderte ihn durch die ganze Kuppel punktgenau wieder an dessen Trapez zurück. Juri, dem die Zehen in die Länge gezogen worden waren, als bestünden sie aus Knete, lächelte keck. Das Publikum trampelte vor Begeisterung. Dennoch gelangte der Trick nur einmal zur Aufführung. Es war in Wahrheit auch gar kein Trick gewesen. Es hatte sich um einen Fehler im Bewegungsablauf gehandelt, um einen fast tödlichen Fehler, denn hätte Dimitri nicht im letzten Moment Juri noch irgendwo zu greifen gekriegt, wäre der an den Mast geklatscht und umstandslos zu Brei transformiert worden. Auch dies blieb dem alten Devantier natürlich nicht verborgen, ebenso das folgende, vom Jaroslawl-Vater angesetzte, unter heftigem Gebrüll abgehaltene Straftraining, das sich bis weit nach Mitternacht hinzog. Professionalität, die er zutiefst respektierte und deretwegen er den Jaroslawls als einzigen Gast-Arbeitskräften das Privileg einräumte, auf seiner, der »besseren« Seite des Lagers, zu kampieren.

Das alles, das war nun Brittas Welt! Seit März zog sie mit dem Zirkus herum, lange genug, um sich nicht mehr als Fremde zu fühlen, aber noch nicht lange genug, um hier schon zu Hause zu sein. Mit einem Rest von Staunen erledigte sie die Arbeiten, zu denen sie eingeteilt war und die ihr alle leicht von der Hand gingen. Mit immer wieder neu sich aufbauender Erregung fieberte sie den Momenten entgegen, in denen die Musik einsetzte und die Scheinwerfer aufblendeten. Sie liebte diese rasante Verdichtung von Geschehnissen, dieses wunderbar Eruptive, auf das alles, was sie alle hier den ganzen Tag über taten, das notgedrungen Gewöhnliche, das ständig sich Wiederholende, immer von neuem hinauslief; und wenn Heimweh sie überkam, dann schrieb sie Ruth und Willy, sie schrieb auch Matti (der beim Antworten durchblicken ließ, es gäbe, ihn selber betreffend, hochinteressante, ja aufregende Entwicklungen), und sie schrieb Catherine und sogar Erik, mit angezogenen Beinen auf ihrem schmalen Bett hockend, in ihrem zugigen Preßspanwagen auf der linken, der »schlechteren« Seite des Lagers. Nur Jonas, dem schrieb sie nicht …

Der Wagenpark stand, nun wurde das Hauptzelt errichtet. Britta schleppte Bretter für die Sperrsitze sowie Verkleidungen für die Logen. Sie unterquerte die glockenhelle Musik, die von den Männern in die Luft gejagt wurde, vier Gruppen zu je drei Spielern, ausgerüstet mit schweren Hämmern, die im Rundschlag auf Anker niederfuhren, auf 240 wuchtige Anker, und jeder, wirklich jeder Hieb mußte sitzen, denn rutschte jemand ab, zerquetschte ihm der nächste Gesell mit seinem ja schon nicht mehr zu bremsenden Hammer die Hand. Indes verlief alles ohne Zwischenfälle. Eine beständige Kuppel aus perfekten Tönen wölbte sich über der Stelle, an der später das Chapiteau, mit Seilen befestigt an eben jenen Ankern, hochgezogen werden würde; wie gern hätte Britta wenigstens einmal innegehalten und hätte den Männern, den schwitzenden Erbauern jener aus schierem Rhythmus bestehenden Kathedrale, zugeschaut, doch keine Zeit, keine Zeit, bald würde Devantier die Messingglocke läuten, die er, wie immer, an einem eigens dafür gezimmerten galgenähnlichen Holzgestell vor seinem Wagen aufgehängt hatte, seine übliche Erinnerung, daß es nur noch eine Stunde bis Vorstellungsbeginn war. Britta würde sich hinterm Süßigkeitenstand postieren; wenn die erste Nummer lief, den Pferden das Geschirr anlegen; wenig später die Exoten zur Manege führen; in der Pause abermals Süßigkeiten …

Und wenn alles vorbei war und sie noch nicht zu müde, würde sie sich die abgegriffenen Bälle und Keulen schnappen, die Marty ihr überlassen hatte, und würde unter diffuser Nachtbeleuchtung in der verwaisten Manege an einem ganz anderen, feineren Rhythmus arbeiten.

*

Was war denn nun aber das Aufregende, von dem Matti ihr, wenn auch bloß in groben Zügen, und auch nur unter dem Siegel absoluter Verschwiegenheit, berichtet hatte?

Etwas mit Karin Werth war das.

Matti, so die Vorgeschichte, streunerte gerade durch die ersten Wochen seiner letzten großen Ferien. Er hatte sein Abitur mit 1,4 gemacht. Im September würde er seine Ausbildung zum Schiffsführer beginnen. Vorher wollte er mit Jonas eine Tramptour nach Bulgarien unternehmen, bis runter nach Primorsko, wo es angeblich eine Steilküste gab, an der sich die schönsten Mädchen des sozialistischen Lagers zu versammeln pflegten, und zwar hüllenlos. Laut Plan hätten sie beide sich jetzt schon irgendwo zwischen Bratislava und Budapest befinden müssen; doch waren sie noch nicht einmal losgefahren. Eindeutig Jonas' Schuld: Er, der sich früher von einer Aktion in die nächste gestürzt hatte, wirkte in letzter Zeit ungewohnt antriebsarm. Außerdem zeigte er sich viel zu oft mürrisch und ließ sich zu wütenden, beleidigenden Ausfällen hinreißen. Hatten die sich einst ausschließlich gegen seine Feinde gerichtet, so konnten sie jetzt auch seine Freunde treffen. Von Matti deswegen zur Rede gestellt, schwieg er verbissen. Natürlich hegte Matti gewisse Vermutungen. Für ihn lag es auf der Hand, daß Jonas, so unverwundbar er sich lange Zeit auch gegeben hatte, seine Relegation einfach nicht verwinden konnte. Und ebenso, oder vielleicht noch mehr, machte ihm wohl die Trennung von Britta zu schaffen.

Dies nämlich war nicht nur eine räumliche Trennung, wie Matti von seiner Schwester wußte. »Mein Gefühl ist irgendwie verkohlt«, hatte sie ihm schon im Frühjahr gebeichtet, und auf seine Nachfrage, woran das denn liege, hatte sie ihm ein wenig von jenem fatalen Nachmittag erzählt, wie ihm schien, nicht ohne sich selber zu wundern. »Was damals zwischen Jonas und mir passiert ist«, sagte sie, »war doch gar nichts richtig Schlimmes. Und trotzdem hat es alles zerstört, mir jedenfalls. Ein Ereignis, das nur für dich Bedeutung besitzt, und für den anderen gar nicht so, und schon wenden sich die Dinge. Und er begreift's nicht. Verstehst … verstehst *du* mich?«

Etwas Banges in ihrer Frage war unüberhörbar gewesen. Aber nicht deshalb hatte Matti sofort geantwortet, er verstünde sie – sondern, weil es die blanke Wahrheit war. Nur zu gut verstand er das alles. Warum zeigte er denn seinem Bruder, wenn der mal zu Besuch war, die kalte

Schulter? Weil er mit dem genausowenig zu tun haben wollte wie Britta nun noch mit Jonas. Weil Erik ihn ebenso enttäuscht hatte. Sogar viel härter als Britta mit ihrem Verflossenen ging er mit Erik ins Gericht. Gestorben, dachte Matti bei jeder Begegnung mit ihm, gestorben bist du für mich.

Kurzum, da er noch nicht auf großer Tour war, und da er nicht den ganzen Tag daheim auf der Wiese liegen und lesen konnte, ging er eines Tages in das Eiscafé »Schoko + Vanille« in der Schöpfgasse. Wo er Karin Werth an einem der runden, eisenfüßigen Marmortische sitzen sah. Sie war in ein vergilbtes Buch vertieft und rauchte. Neben ihr stand eine leere Kaffeetasse. Immer, wenn sie einen Zug machte, schaute sie, aus zu Schlitzen verengten Augen, kurz auf. Matti lehnte an der Theke, um zu bestellen. Als sie ihn entdeckte, winkte sie ihm, in einer Art, die offenließ, ob das jetzt ein Gruß oder eine Einladung war.

Er strebte, seinen Eisbecher in der Hand, auf einen Tisch in einer anderen Ecke des Cafés zu, da rief sie seinen Namen. Er schwenkte um.

Sie schloß das Buch, zog Aschenbecher und Tasse zu sich heran. »Sie sind gar nicht weg?«

Er setzte sich und erzählte ihr, warum er noch da war, er deutete an, daß Jonas in einer ernsten Krise stecke.

Sie nickte müde. Überhaupt schaute sie geschafft aus, wie ihm jetzt auffiel. Obwohl doch seit anderthalb Wochen Ferien waren, hatte sie dunkle Augenringe und ein blasseres Gesicht als sonst. Es war schön auf eine plötzlich erreichbare Art. Ihr Körper wiederum wirkte schmaler als noch vor kurzem. Ihre ganze Gestalt erschien auf einmal so antastbar, so wenig sicher, wie es ihre Gedanken schon immer gewesen waren.

»Ich habe das befürchtet«, sagte sie. »Um zu überstehen, was Jonas gerade zu überstehen hat, muß man einen Inhalt haben.«

»Wie meinen Sie das?«

Sie wandte schweigend ihren Kopf zur Seite, blies Rauch aus. Ein letzter Kringel blieb kurz zwischen ihren vollen, etwas rissigen Lippen stehen.

»Meinen Sie: einen Lebensinhalt?«

»Ach, nicht so große Worte … nicht so große Worte.« Sie schnippte Asche in den Becher.

»In Ordnung, aber Jonas hat einen Inhalt.«

»Welchen denn?« Sie schaute ihn prüfend an.

»Er will etwas verändern, er läuft Sturm, er …« Matti stockte.

»Er läuft Sturm, richtig. Das ist großartig, nicht, daß wir uns falsch verstehen. Aber es ist doch zu wenig, wenn in so einem Sturm nichts mitgeführt wird. Ich habe dann immer den Eindruck, er wird um seiner selbst willen entfacht.«

Matti schaute zur Decke, beleidigt, wie Karin Werth meinte.

Sie legte ihre Hand auf seine, zog sie wieder zurück. »Entschuldige, er ist dein Freund, ich sollte nicht so reden …«

Ihm entging nicht, daß sie umstandslos zum Du übergegangen war; um so eifriger sagte er: »Das dürfen Sie, das dürfen Sie. Ich habe nur überlegt, was dran ist an Ihrem Vorwurf. Ich wollte Jonas ja eben verteidigen, das war mein erster Impuls. Aber dann konnte ich es doch nicht. Also scheint was dran zu sein. Fällt nur verdammt schwer, es zuzugeben.«

Plötzlich sagte sie kopfschüttelnd: »Matti, ich mag deine Ernsthaftigkeit, ich mag sie sehr.«

Er starrte sie an. Summte da was in seinem Körper? Die aufflammende, törichte Begierde, mit ihr zu schlafen; und nur, weil sie ihm ein Kompliment gemacht hatte.

Sie schaute erschrocken zur Seite, biß sich auf die Unterlippe, fügte der einen weiteren Riß hinzu. Mochte sie vielleicht noch mehr als bloß seine Ernsthaftigkeit? Womöglich seine Erscheinung? Blonde Haare hatte Matti, und einen tief angesetzten Scheitel. Legte er den Kopf auch nur leicht schief, fielen ihm gleich Strähnen in die Stirn, so strahlte er, ohne daß er sich dessen bewußt gewesen wäre, etwas Interessantes und Widerspenstiges aus. Dazu glänzte, jawohl, glänzte er mit bestimmten Anomalien, namentlich einer geringfügigen Wölbung seiner Nase sowie Augenlidern, die, jedenfalls für einen Mitteleuropäer, um ein weniges zu lang, also zu asiatisch waren. Alles in allem erschien sein Gesicht, in Relation zum idealtypischen, minimal grober und minimal weicher zugleich. Ein Jüngling aus dunklen deutschen Wäldern und von daher, wo der helle Bambus rauscht …

Als sie sich voneinander verabschiedeten, fragte er geradezu fiebrig, ob sie morgen hier in dem Café die Unterhaltung fortsetzen würden.

»Ist nicht alles gesagt?« fragte Karin Werth lächelnd zurück.

Er schüttelte den Kopf. Sie ließ seinen Vorschlag in Schweigen versinken, er holte ihn, bevor der Vorschlag ganz verschüttging, wieder hervor: »Wenn nicht morgen, dann übermorgen?«

Das wisse sie nicht.

Als er nach Hause ging, summte es noch immer in ihm, das fand er ungewöhnlich schön und vollkommen logisch.

Wie ihm ja auch der Wunsch, der ihn nun beherrschte, überhaupt nicht verwegen oder anmaßend erschien. Im Gegenteil, hatte nicht alles, was soeben geschehen war, eine gewisse Zwangsläufigkeit? Wodurch war es denn ausgelöst worden? Durch seine Ernsthaftigkeit! Die mochte Karin Werth, das hatte sie deutlich gesagt, und gerade diese Ernsthaftigkeit hatte Matti immer dafür verantwortlich gemacht, daß er noch nie richtig mit einem Mädchen zusammengewesen war. Wie störend sie ihm lange Zeit erschienen war! Er hatte gemeint, man müsse »locker und flockig«, oder sogar albern, irgendwie flüchtig sein, um ein Mädchen zu beeindrucken und herumzukriegen; er sah doch, wie das bei anderen lief. Oh, auch er war durchaus zu Albernheiten imstande, Britta konnte das bezeugen. Nur nicht auf Bestellung, nur nicht auf Knopfdruck. Er beherrschte einfach nicht das, was man allem Anschein nach beherrschen mußte, deswegen war er durchaus beunruhigt gewesen. In seinem tiefsten Innern aber hatte er gewußt, daß es eben nur der Anschein war, in seinem tiefsten Innern hatte er immer darauf gebaut, einmal käme eine, der dieser ganze Firlefanz so egal wäre wie ihm selber …

Na sag ich's doch, dachte Matti jetzt, man muß mit dem erobern, was man hat, nicht mit dem, was man nicht hat! Aber ja, die meisten halten's umgedreht, und genau darum scheitern sie.

*

An den folgenden beiden Tagen sah sich allerdings auch Matti scheitern. Karin Werth erschien nicht im »Schoko + Vanille«. Dennoch suchte er, mehr aus Sturheit als aus Überzeugung, das Café auch am nächsten Nachmittag auf, und ebenso am übernächsten. Wieder nichts. Seltsamerweise fühlte er sich weniger enttäuscht als angestachelt. Ihm kam sogar der Gedanke, Karin Werth stelle ihn auf die Probe, teste sein Stehvermögen. Na, das wollte er ihr schon zeigen. Er ließ sich, fast war es nun ein Ritual, auch am fünften Tag in dem Café blicken. Und wer saß da endlich? Wer las da in einem alten Buch? Wer rauchte? Wer blies ihm Begrüßungskringel entgegen?

Das sei aber schön, bekundete Matti.

Das habe sich zeitlich zufälligerweise einrichten lassen, erklärte Karin Werth.

Zufällig, dachte Matti, so nennt sich das also. Auf einmal spürte er Enttäuschung. Karin Werth war wirklich davon ausgegangen, und hatte es darauf angelegt, daß er jeden Tag ihretwegen hier wartete. Und nun wollte sie ihm weismachen, ihr Auftauchen habe nichts mit ihm zu tun. Es war mit Abstand das Niveauloseste, was er je von ihr gehört hatte.

»Unfug«, sagte sie plötzlich.

»Was ist Unfug?« fragte Matti unwirsch.

Sie schaute zur Seite, gab sich einen Ruck, sah ihm in die Augen: »Zeitlich hätte es sich auch früher einrichten lassen. Aber weißt du, es gibt für mich gerade so viel zu bedenken ... ich wußte wirklich nicht, ob es gut wäre zu kommen.«

Matti wollte fragen, was sie denn zu bedenken hatte, ließ es aber sein. Es schien ihm ein zu ungestümes, ein zerstörerisches Vorpreschen zu sein. Außerdem spürte er, daß er keine Antwort bekommen würde. Und schon vergaß er seine Frage, und das Hochgefühl ergriff ihn wieder: Sie hat gemerkt, daß sie mich enttäuscht hat, und hat sich ohne Scheu selbst korrigiert. Nur wegen mir ist sie gekommen, und nicht zufällig, überhaupt nicht zufällig ...

Die beiden redeten recht wenig. Ihre Unterhaltung dauerte vielleicht eine Viertelstunde, danach trennten sie sich wieder. Was aber nicht an irgendeiner Verlegenheit lag, im Gegenteil; wenn man mit seinem Schiff erstmal den Anlegesteg vorm Bug hat, kann man den Motor getrost ausstellen und mit wenigen kurzen Manövern lenken.

Die junge Deutschlehrerin, Manöver eins, baute unvermittelt einen etwas schiefen kausalen Zusammenhang auf, indem sie sagte: »Da ich dich nun nicht mehr unterrichte, ich heiße Karin.«

Daraufhin, Manöver zwei, versäumte Matti nicht, sie darüber zu informieren, daß bei ihm zu Hause eine Jawa herumstünde, auf der zwei Personen Platz fänden, zum Beispiel, um damit zum Stausee zu fahren, zum Beispiel, »wie wäre es morgen«?

Karin Werth wiederum erwies sich in diesem Moment als souverän genug, nicht noch einmal zu erklären, das wisse sie nicht. Entschlossen sagte sie zu. Freilich weigerte sie sich danach ähnlich entschlossen,

Matti ihre Adresse zu nennen, und bat ihn statt dessen, sie um 10 Uhr am Feldweg hinter der Bushaltestelle »In der Aue« abzuholen, knapp außerhalb der Stadt.

Matti hielt Punkt zehn an dem Feldweg. Es war einer der wenigen heißen Tage jenes Sommers. Die Sonne trocknete den vom Regen aufgeweichten, schlammigen Boden in Minutenschnelle, briet die weichen schwarzen Ränder der Treckerspuren hart und hellte sie auf; ein auf Hochbetrieb laufender weißelnder Ofen. Noch niemand zu sehen. Matti lehnte sich an das Haltestellenschild, winkelte ein Bein an und stemmte die Fußsohle gegen den Metallpfahl. Ein Ikarus-Bus tuckerte heran. Karin Werth entstieg. Sie trug enge Jeans und ein enges weißes Nicki. Die kastanienbraunen Haare, die sie im Unterricht meist hochgesteckt hatte, fielen ihr auf die Schultern. Sie hatte keine Mühe darauf verwendet, sich älter zu machen, als sie war. Fast war sie ja so jung wie er! Ein wildes Klopfen in Mattis Brust übertönte den Motor des anfahrenden Busses. Zur Begrüßung schenkte sie ihm ein Lächeln, das er nicht zu deuten wußte. Es war sanft und matt. Nicht ihm ergeben, aber doch, wie seltsam, ergeben. Er schwang sich auf die Jawa seines Vaters und fragte, ob sie schon einmal Motorrad gefahren sei. Sie antwortete nicht. Er fuhr an, sie legte ohne Hast die Arme um seine Hüften, da wußte er, wie überflüssig die Frage gewesen war. Er beschleunigte. Die weißen Striche des unterbrochenen Mittelstreifens schienen immer kürzer, immer spitzer zu werden, kalkige Geschosse, die ihm entgegenflogen. Im zunehmenden Fahrtwind suchte Karin hinter ihm Schutz, Matti spürte ihren Atem im Nacken. Sein Glied streckte sich an der heißen Wand des Tanks entlang, gewann noch an Steife durch das Federn der Jawa auf den Bodenwellen, von denen der Asphalt durchzogen war. Kurzzeitig befürchtete er ein Desaster, dann, zum Glück, erforderte ein unmittelbar vor ihnen auf die Straße biegender Traktor mit einem Hänger, der randvoll mit Kartoffeln gefüllt war, seine ganze Aufmerksamkeit. Bald kamen sie in den Wald, hinter dem der Stausee lag. Matti fuhr auf der direkt zur Staumauer führenden Straße, bremste dann aber und schlug Karin vor, in den Wald hineinzufahren. Sie nickte. Er jubilierte still, denn jetzt war klar, sie würden sich nicht an die öffentliche Badestelle auf der anderen Seite des Sees legen. Er nahm verschiedene Abzweigungen von Waldwegen, Äste knackten, Vögel stoben auf, Spinnweben benetzten ihn und einmal auch sie, die ihr Gesicht an seiner Schulter wieder sauberrieb. Endlich das Silber des Sees.

»Nun sind wir da«, sagte Matti.

»Ja«, nickte Karin.

Vor ihnen tauchte ein kranker Baum seine Äste ins Wasser. Andere Bäume hielten hingegen ihre untersten Glieder genau soweit über dem Wasser, daß ihre Blätter nicht naß wurden. Erstaunt wies Matti Karin darauf hin: »Als ob ein Gärtner die alle ständig verschneiden würde. Ist mir noch nie aufgefallen.«

»Ja«, sagte sie wieder.

Er breitete eine Decke aus, sie streifte ihren ledernen Rucksack ab. Ein Portemonnaie und ein Buch fielen heraus, das alte, vergilbte, das sie im Café gelesen hatte. Er hob es auf und las halblaut: *Der unbekannte Dostojewski*.

Abermals sagte sie nichts weiter als ihr ewiges »Ja«.

»Was ist der unbekannte Dostojewski?«

»Derjenige, der sich in Dokumenten erklärt: Warum hat er was geschrieben oder auch nicht geschrieben. Derjenige mit Skizzen, die umfangreicher und gehaltvoller sind als die allermeisten Bücher, die in den Buchhandlungen liegen. Derjenige, der uns in Briefen seine Antriebe offenbart.« Sie lachte kurz. »Ich bin mir damit untreu geworden. Meiner Meinung nach soll man nämlich von einem Autor nur das Werk kennen, nichts weiter. Alles Persönliche lenkt nur ab, führt in die Irre, verändert im Kopf des Lesers schon den Text. Das Werk sollte seine einzige Kennzeichnung sein. Nur dann kann man es vorurteilsfrei lesen. Ich mag überhaupt nichts weiter wissen ...«

»Aber?«

»Ach, ich entdeckte es in einem Antiquariat in Erfurt. Es ist schon aus den 20er Jahren Ich konnte einfach nicht widerstehen.«

Er legte sich auf den Bauch, mit Blick zum Wasser, und begann, in dem Buch zu blättern: »Das ist Frakturschrift.«

»Ja.«

Sie legte sich neben ihn, ihre Haare kitzelten seinen Arm, machten ihm Gänsehaut. In seinem Glück und seiner Vorfreude, in seiner Gewißheit gestand er ihr ohne Scheu: »Das einzige Buch in Frakturschrift, das ich je zu lesen anfing, habe ich nicht zu Ende gebracht. Es war mir einfach zu mühsam, mich durch die Buchstaben zu wühlen.«

»Du bist nicht in ihnen heimisch geworden«, nickte sie. »Aber paß auf, ich weiß, wie das geht. Ich lese dir eine Passage vor, und du schaust währenddessen aufs Papier und liest mit. So kommst du rein.«

Sie strich sich ihre Haare hinter die Ohren, schlug eine Seite auf und begann zu lesen, mit weicher, fließender Stimme, mit einer Stimme, die, wie er meinte, auf geheimnisvolle Weise in seine Blutbahnen gelangte und dort zirkulierte, sich mit dem vermengte, was schon immer in ihm gewesen war:

»In den Skizzenheften zu dem Roman *Der Idiot* (1867) finden wir einige Pläne, einem Menschen gewidmet, der nicht von dieser Welt ist, einem eigenartigen Wesen, das seiner Individualität nach von den gewöhnlichen Lebensformen abweicht. Einer von diesen Entwürfen betraf ein historisches Sujet aus der Zeit Katharina der Zweiten, die bekannte Affäre des Offiziers Mirowitsch, der im Jahre 1764 für den Versuch, Iwan VI. Antonowitsch aus der Schlüsselburger Festung zu befreien, bestraft wurde. Iwan Antonowitsch, der Sohn der Anna Leopoldowna und des Anton Ulrich, des Herzogs von Braunschweig, wurde in seiner Jugend von Elisabeth Petrowna bei ihrer Thronbesteigung im Jahre 1741 in eine Einzelkasematte geworfen.

Dostojewski interessierte sich für die Gestalt des Kindes, das in dunkler Einzelhaft gehalten wurde, ihn interessierte die Entwicklung des Geistes aus seinen geheimnisvollen Urquellen, und er suchte das Problem zu lösen, wie das blinde Element, das im Menschen durch den Mangel äußerer Einwirkungen in Schlaf gesunken war, aus der Dunkelheit zum Leben erweckt werden konnte …«

Er unterbrach sie, indem er auf den Bleistiftstrich neben dem letzten von ihr gelesenen Abschnitt deutete: »Warum hast du gerade die Stelle markiert? Oder warst du das gar nicht? Hast du das schon so gekauft?«

Sie schaute ihn mit jener Erschöpfung an, mit der sie vorhin gelächelt hatte. »Doch, ich war das. Weil es ein großartiges Aufsatzthema wäre. Dostojewski hat ja diese Geschichte nie geschrieben. Und nach ihm auch niemand. Ich würde also meiner Klasse sagen: Nehmt bitte diese Idee, hier, ich gebe euch noch etwas historisches Material hinzu, und nun schreibt eure Geschichte über Iwan Antonowitsch, der seine Kindheit im Gefängnis verbrachte; seid so anmaßend, das zu tun, was ein großer Dichter nicht tat. Selbstverständlich würde ich ihnen freie Hand lassen. Sie könnten sich alles nach Belieben ausmalen …«

»Sie könnten? Du würdest?«

Sie winkte ab: »Dieses Thema kriege ich nie durch. Es ist so weit weg vom Lehrplan. Dabei ist es uns so nahe … und deshalb kriege ich es ja nicht durch. Alle würden nämlich über heute schreiben, auf Umwegen, und manche, manche würden sogar verstehen, was sie gerade schreiben …«

»Ich finde die Idee großartig, ich würde am liebsten gleich hier …«

»Gleich hier«, lachte sie auf, »du lügst.«

Er errötete, denn gleich hier, gleich hier würde er doch viel lieber …

»Jetzt du«, sagte sie und schob ihm das Buch hin. Sie legte ihren Kopf auf die Arme und sah Matti an, mit einem Blick, den er nicht aus dem Kopf kriegte, während er, gar nicht mal so langsam, ohne größeres Stocken las:

»Das Werk sollte den Titel *Der Kaiser* erhalten. Wir führen hier dessen Plan mit wörtlicher Genauigkeit an: ›Kellerloch, Finsternis, ein Jüngling; er kann nicht sprechen, Iwan Antonowitsch, fast zwanzig Jahre. Beschreibung der Natur dieses Menschen. Seine Entwicklung. Er wächst durch sich selbst, phantastische Bilder und Gestalten, Träume, eine Jungfrau im Fenster erblickt. Vorstellungen von allen Gegenständen. Eine grausige Phantasie. Mäuse, Kater, Hund. Ein junger Ofizier, der Adjutant des Kommandanten, sinnt auf einen Umsturz, um ihn als Kaiser auszurufen. Er wird bekannt mit ihm, besticht einen alten Invaliden, der den Arrestanten bedient …‹«

Plötzlich klappte Matti das Buch zu. Er begriff ja überhaupt nicht, was er las! Er sprang auf, rief, »laß uns ins Wasser gehen«.

Sie erhob sich langsam, fast schläfrig, mit der unergründlichen sanften Mattheit, die er nun schon kannte und die ihn mehr als alles andere erregte, und sagte: »Baden … gemeinsam baden … das ist eine große Intimität.«

Er sagte leise: »Ich widerspreche dir ungern, aber eine Intimität …«

Sie wartete nicht ab, bis er zu Ende geredet hatte, sondern begann sich zu entkleiden, erst das Nicki, dann die Jeans, dann der Slip. Sie bückte sich, kam, mit einer Haarklammer aus Ebenholz in den Fingern, wieder hoch, sie türmte ihre Haare mit beiden Händen zu einem Dutt und ließ dabei ein paar Schweißtropfen in ihren entblößten Achselhöhlen blicken.

Er zog sich wie in Trance aus. Kaum, daß er bloß war, schlug ihm sein Glied gegen den Bauchnabel.

»Sagte ich doch«, flüsterte sie.

Er wagte, sie mit einer Hand an zwei oder drei Fingern zu fassen, und lief mit ihr ins Wasser. Er meinte, es nur an seinem aufgerichteten Glied zu spüren, ihm war, als teilte er es mit dem und als schreite er sich selber hinterher. Dann schwammen sie. Einmal entfernten sie sich voneinander, in genau entgegengesetzte Richtungen, ein andermal strebten sie, wie auf Befehl, wieder aufeinander zu, dann umkreiste er sie, ihr Gesicht nicht aus den Augen lassend, denn sie kreiste in engerem Radius mit, dann legte sie sich auf den Rücken, und er tauchte, ebenfalls rückwärts, mit geöffneten Augen unter ihr hindurch, weiß und kurvig wellte sie über ihm.

Sie trockneten sich ab, warfen die Handtücher ins Gras. Er beugte sich zu ihrem Oberarm, küßte einen Tropfen weg, der sich auf dem Impfstempel festgesetzt hatte. Sie drehte ihm sacht, und nur wenige Zentimeter, ihre Brüste entgegen. Er berührte eine Brustwarze mit dem Mund, da entzog sich ihm Karin, aber bloß, um zu Boden zu gehen, sie lag jetzt, er wurde von ihr dirigiert, ohne daß er es merkte, er war schon dabei, in sie zu dringen. Doch noch steckte in ihr ein wenig von der Nässe, die da nicht hingehörte. Was er nicht wußte und was ihn irritierte. So rieb das also? Leichter Druck ihrer Hände auf seiner Schulter teilte ihm mit, die Nässe verdampfen zu lassen. Er verharrte gehorsam, fing aber bald wieder an sich zu bewegen, erst ganz vorsichtig und dann immer gieriger in Karin Werths wahre Feuchte hinein.

*

Ein leiser, warmer Wind kam auf. Sie konnten ihn nicht spüren, aber sehen: Er hauchte über den Stausee, trennte ihn in zwei Hälften. Auf der einen Hälfte kräuselte sich jetzt das Wasser, die andere lag noch so spiegelglatt, wie sie schon die ganze Zeit gelegen hatte. Matti und Karin Werth beobachten wortlos, wie die Innerwassergrenze sich verschob, wie sie, vom Wind angestippt, langsam ans Ufer driftete und verschwand.

Matti, der die letzten Tage, und Minuten, alles mit einer großen Selbstverständlichkeit getan und sich wohl als Glückspilz gefühlt hatte, aber eben nicht als einer, der über sein Glück staunte, spürte auf einmal tiefe Verwunderung darüber, was da mir nichts dir nichts geschehen war. Und wie alle schwärmerischen, romantischen Geister kam er nicht umhin, seinen Gefühlen gebührend Ausdruck zu verleihen: »Daß ich dich habe! Du bist ... du bist die schönste Frau der Welt!« Er wollte Karin auf den Mund küssen, aber sie verschloß ihm mit dem Zeigefinger die Lippen, drängte ihn vorsichtig zurück.

»Die schönste Frau«, wiederholte er, nun mit aufgerichtetem Oberkörper neben ihr hockend, sie mit Blicken verschlingend.

Sie drückte ihren Hinterkopf in den Sand: »Das sagt man nicht zu oft. Das sagt man eigentlich gar nicht, merk dir das. Am Ende glaubt es die Frau wirklich noch.«

»Du sollst es ja glauben, du sollst! Weil es wahr ist!«

Karin Werth lächelte auf eine vorsichtige, skeptische Weise, aber Matti deutete ihre Skepsis falsch und rief enthusiastisch: »Ich hab's gewußt, daß alles so kommen wird, ich hab's gewußt, und weißt du, seit welchem Moment?«

»Das will ich gar nicht wissen. Bitte ... nichts auswerten ...« Sie drehte sich auf den Bauch, schlug erschöpft die Hände vors Gesicht.

Ratlos saß Matti neben ihr. Warum sperrte sie sich auf einmal so? War sie etwa enttäuscht? Vielleicht eine Minute verging. Dann drehte sie sich plötzlich zurück. Zu seiner Überraschung war ihr Gesichtsausdruck völlig verändert. Es war der klare, eindringliche, leuchtende Ausdruck einer Frau, die einen Plan gefaßt – oder sich eines Planes erinnert hat. Sie schnellte hoch, beugte sich über Matti, flüsterte ihm ins Ohr: »Der Tag ist noch nicht zu Ende, unser Tag.« Und ehe er sich fragen konnte, was das wohl letztlich bedeutete, senkte sie schon ihren Kopf und stupste Matti zu Boden. Sein Glied war gleich wieder steif, nur weil sie ihn kurz einmal berührt hatte. Er umfaßte ihre Beckenknochen, hob sich ihren ganzen Körper zurecht und drang, die Augen schließend, in einem heftigen Zug in sie. Karin Werth spannte sich ruckartig, wie von einem Schmerz durchzuckt, so daß ihre Beckenknochen spitz wurden und an Mattis Handflächen zu scheuern anfingen; später aber, als er die gespreizten Finger in ihren Hintern grub und den Hintern und den Leib seinem stoßenden Geschlecht entgegenpreßte, begann sie über ihm, und von ihm weg, leise zu schreien, und er öffnete die Augen, um sich daran zu weiden, er wollte die Rufe sehen, die Rufe, die er, das gibt's ja nicht, aus ihr heraustrieb.

Nun gingen sie wieder in den See. Matti tauchte nach den Schreien von eben. Irgendwo hatte er gelesen, daß kein Ton je die Welt verläßt, sondern nur immer leiser und leiser wird. Demnach war man umgeben von Tönen, die man nicht hören konnte, auch hier unter Wasser. Natürlich glaubte er nicht daran. Aber es fiel ihm jetzt ein, das Gelesene.

Wieder an der Oberfläche, rief er Karin Werth zu: »Wir könnten an die Ostsee zelten fahren. Mit Jonas wird das sowieso nichts mehr. Und selbst wenn …«

Statt einer Antwort tauchte jetzt sie, Karin Werth schwamm wie ein großer Fisch Richtung Ufer und glitt auf den Sand.

Als auch Matti dort angelandet war, sah sie ihn traurig und mit einer Spur Mitleid an: »Paß auf, Matti, das geht nicht. Das geht – alles nicht. Es geht wirklich nur heute.«

Matti starrte aufs Wasser: »Weil da schon jemand anderes ist, nicht wahr?«

Sie schüttelte den Kopf. »Nein, ich bin gerade allein. Und ich will … oder muß … will es bleiben. Ich kann dir nicht sagen, warum, es ist nicht erklärbar. Nicht erklärbar. Vielleicht wirst du es später einmal verstehen … Herrgottnochmal, vielleicht wirst du später, wie rede ich denn, wie eine idiotische Lehrerin zu einem noch idiotischeren Schüler, aber du … du bist alles andere als ein Schüler …«

»Dann war ich für dich ein kleines Vergnügen zwischendurch«, unterbrach Matti sie trotzig.

»Sieh mich an«, bat sie leise, »sieh mich an. Und jetzt sag mir, ob du das tatsächlich glaubst. Sag's mir! Sag's!«

»Nein … nein. Aber ich würde es jetzt gern verstehen, warum du so bist, nicht erst später. Du mußt es doch irgendwie erklären können, ich meine, gerade du. Das geht doch nicht, diese Unklarheit. Ja, du bist unklar.«

»Das mag dir so scheinen«, erwiderte sie. »Das kann ich nicht ändern. Nie kann man das Bild ändern, das ein anderer von einem hat. Wie man sowieso viel zuwenig ändern kann …«

Bei diesen Worten spürte er endlich, daß die Mattheit und die Ergebenheit, die den ganzen Tag bei ihr durchgeschimmert waren und die er nicht im geringsten hatte deuten können, weder ihm noch irgendeinem anderen galten, keinem einzelnen Menschen, sondern etwas Höherem, oder auch Niederem, irgendeiner Macht, der sie sich unterworfen fühlte. Aus irgendeinem Grund mußte sie so handeln, wie sie handelte, er hatte keine Chance, dagegen anzukommen, keine.

Er muß todunglücklich ausgesehen haben. Weinte er nicht sogar? Karin Werth umarmte ihn lächelnd, und sie liebten sich noch einmal, aber die Motorradfahrt zurück absolvierten sie stumm. Matti umklammerte die Lenkergriffe der Jawa derart fest, daß er deren Profil noch Stunden später in den Handflächen abgedruckt fand. So strahlend war ihm die Zukunft auf der Hintour erschienen, so strahlend. Und jetzt war schon alles vorbei. Nie wieder würde er etwas Derartiges erleben. Nie wieder würde ihm so eine Frau begegnen. Weil es so eine nicht noch einmal gab.

Matti sagte es ihr, nachdem sie an der Bushaltestelle vom Rücksitz gestiegen war, er konnte sich einfach nicht enthalten: »Nie wieder wird mir …«

»Es kommen noch Bessere«, entgegnete Karin Werth mit großer Gewißheit, »du wirst sehen«, und wenn sie, sich ihrer Vorzüge bewußt, vielleicht doch wider ihre Überzeugung geredet haben sollte, so ließ sie es sich jedenfalls nicht im geringsten anmerken. »Ich bau auf dich«, fügte sie, wie um ihn zu den angeblich Besseren hinzutreiben, sogar noch an.

Und dann ging sie.

*

Der Mensch, der in sein Unglück läuft, tut das für gewöhnlich nicht auf direktem Wege; geradewegs rennt er in einen Bus oder eine Bahn hinein, was sich dann Unfall nennt, aber ein Unglück, das ist ganz was anderes, dem Unglück nähert er sich auf verschlungenen Pfaden, und am Ende, wenn es ihn ereilt hat, weiß er gar nicht mehr, wann er eigentlich losgegangen ist.

Karin Werth unternahm am nächsten Morgen eine ausgedehnte Wanderung. Kurz nach sechs Uhr war es erst, als sie aus der Stadt wanderte. Sie ging den Weg über die hölzerne Brücke nahe beim Werchowschen Grundstück, von der sie nicht wußte, daß Matti sie schon Tausende Male überquert hatte, denn ebensowenig wie er ihre Adresse kannte, kannte sie ja seine. Ein vielleicht 50jähriger Mann mit zu klein geratenem Mund, der Anzug und Aktentasche trug, kam ihr eiligen Schrittes entgegen und streifte sie mit einem irritierten Blick, wohl, weil er sich fragte, wohin diese Fremde in dieser Herrgottsfrühe wolle. Sie wußte es selber nicht. Irgendwohin in die Berge. Sie folgte der Schorba, bis die letzten Grundstücke hinter ihr lagen, gelangte an einen notdürftig mit Platten belegten Weg, der allem Anschein nach hinanführte; sie war erst zwei Jahre in Gerberstedt, war freitagnachmittags immer nach Erfurt gefahren und kannte sich nicht aus an den Rändern des Städtchens. Güllegeruch, der immer beißender wurde, je weiter sie den Plattenweg ging. Heranwehendes Rindergeblöke, das ihr wie das langgezogene Gähnen versoffener Männer erschien. Hinter einer Biegung die blaßblauen, von Rost durchsetzten Eisenstreben des schon geöffneten Eingangstores der LPG, die »Fortschritt« hieß, wie halb abgeblätterte rote Buchstaben auf einem Metallschild ahnen ließen, das an der Baracke neben dem Tor angebracht war. Von der Baracke ertönte ein unregelmäßiges Knattern. Karin Werth blieb stehen, es waren losgelöste, mehrfach zerrissene Teile des welligen Asbestdaches, die der leichte Wind, der an diesem Morgen die Berge hinabglitt, auf den Untergrund aus Preßspan schlagen ließ. Diese Wörter, dachte sie angewidert – wie hier Fortschritt und all die anderen einstmals kraftvollen Wörter und Namen in den Dreck gezogen, wie sie dem Verfall und der Lächerlichkeit preisgegeben wurden! Sie war mittlerweile so weit, jedes Loch, in dem einmal ein Dübel gesessen hatte, als leere Augenhöhle zu nehmen, als Zeichen eines unwiederbringlichen Verlustes. Sie ging schnell weiter, zu dem Wald hin, der nach ungefähr 200 Metern begann. Dort gabelte sich der Weg. Der nach links abzweigende Steig war ausgewaschen und geröllhaltig, der nach rechts führende breiter und von Reifenpuren geprägt, die, wenn nicht alles täuschte, ein LKW hinterlassen hatte. Forstarbeiter, dachte Karin Werth. Der Bequemlichkeit halber ging sie auf den Spuren voran. Es wurde dunkler, je höher sie kam. Hatten am Fuß der Bergkette, in einigem Abstand voneinander, Laubbäume gestanden, so war sie, die Wanderin, jetzt von eng bei eng emporragenden Fichten und Tannen umgeben, die ihr mit ihren windbewegten, aneinanderstoßenden, teilweise sich sogar verschränkenden Zweigen und Wipfeln den Blick in den Himmel verstellten. Dann aber flutete von vorne, nicht von oben, wieder Licht zu ihr. Überrascht beschleunigte sie ihren Schritt. Sie trat auf eine kleine, nach hinten ansteigende Wiese, und entdeckte an deren Ende eine alte Scheune. Und bewegte sich vor der nicht eine Gestalt? Und was machte die denn, schleppte die, ihrer Körperhaltung nach, nicht etwas Klobiges?

*

Um Heiner Jagielka handelte es sich natürlich. Und was er schleppte, das waren Kisten voller Blumen: nicht nur die üblichen prächtigen Nelken allerdings, sondern auch imposante Rosen, Hyazinthen und Narzissen, war es ihm doch in den letzten Monaten gelungen, seine Angebotspalette erheblich zu erweitern.

Heiner Jagielka zeigte sich nicht weniger erstaunt als Karin Werth, geradezu entsetzt war er, als er sie gewahrte. Sein Gesicht verzerrte sich zu einer Grimasse, wenngleich nur für ein Sekündchen, dann hatte er sich wieder in der Gewalt – zumal ihm jetzt bewußt wurde, wer da eigentlich vor ihm stand. Das war ja wohl genau die hübsche, erhabene Lady, die damals auf dem Marktplatz sich als einzige ganz und gar nicht mit seinem doch ebenso schönen, erhabenen Produkt hatte anfreunden können oder wollen! Ausgerechnet die war ihm also vor die Tür seiner Hexenküche geschneit. Sogleich übernahm Heiner Jagielka die Initiative.

»Was für eine Überraschung«, säuselte er. »Ich habe ja nicht zu hoffen gewagt, Ihnen noch einmal zu begegnen. Und nun stehen Sie vor mir wie ein – wie ein scheues Reh.«

Karin Werth verzog das Gesicht, als sei ihr wieder der Geruch von Gülle entgegengeschlagen.

Heiner Jagielka erinnerte sich, daß diese Dame ja keinerlei Komplimente schätzte, oder deren überdrüssig war, und stellte ihr, nun mit äußerster Vorsicht, eine scheinbar lapidare Frage, eine, die ihm gleichwohl ausgesprochen wichtig war – wie ja sowieso alle wichtigen Fragen vorsichtig in die Welt gelassen werden, allein schon wegen der Angst, man könnte darauf eine unangenehme oder gar verstörende Antwort bekommen. Die Frage lautete, ob Karin Werth sich wohl verlaufen habe.

»Nicht direkt«, erwiderte sie einsilbig.

Heiner Jagielka war aufgeschreckt. »Das heißt, Sie sind mit Absicht hier erschienen?«

»Das kann man auch wieder nicht sagen.«

Heiner Jagielka warf die Arme in die Höhe und rief theatralisch: »Sie sind mir ein Rätsel, Fräulein, Sie sind mir ein Rätsel!«

Da mußte Karin Werth ein wenig lächeln, und sie erwiderte: »Sie mir auch.«

Jagielka tat so arglos, wie es ihm in diesem Moment möglich war – immerhin hatte ihn noch nie jemand hier aufgespürt, immerhin war die Dame die erste, die den Weg hierher gefunden hatte. »Ich?« fragte er. »Wieso bin ich Ihnen denn ein Rätsel?«

»Na hören Sie mal, mitten in diesem dunklen Wald, auf dieser Lichtung, vor dieser Scheune, zu der man nur durch Zufall gelangt, stapeln Sie Blumen«, Karin Werth beugte sich über die Kisten, deutete auf die Hyazinthen und Narzissen, »darunter sogar welche, die längst verblüht sein müßten. Das ist doch alles ziemlich geheimnisvoll, ich würde sogar sagen, das ist ominös.«

Heiner Jagielka wäre natürlich nicht der gewesen, der er war, wenn er nicht registriert hätte, daß die Dame von einem Zufall sprach, welcher sie hergetrieben. Dieser Sachverhalt erleichterte ihn ungemein. Geradezu frohlockend, und, wie er meinte, perfekt ablenkend, rief er: »Das ist mir aber völlig neu, daß Sie sich für Blumen interessieren! Wenn ich mich recht erinnere, haben Sie es doch damals abgelehnt, welche von mir entgegenzunehmen, und das, obwohl sie kostenlos gewesen wären … nein, schweigen Sie, schweigen Sie, denn ich betone das nicht wegen des Geldes, sondern nur aufgrund Ihrer kategorischen Weigerung, einer mir zutiefst unverständlichen Weigerung, jawohl, lassen Sie es mich so sagen: Ein' geschenkten Blumenstrauß, den schlägt doch nur die Närrin aus!«

»Ich kann ausschlagen, was ich will«, rief Karin Werth plötzlich aufgebracht, »ich muß mir von Ihnen nicht vorschreiben lassen, was ich zu tun oder zu lassen habe!«

»Na bitte, na bitte, Sie sind gar nicht so zurückhaltend, Sie haben Feuer, dacht ich's mir doch, oh, manchmal treibe ich meine Spielchen, verzeihen Sie mir, ich kann nicht anders, ich wollte nur einmal Ihr Feuer sehen, Fräulein, natürlich sind Sie keine Närrin, wie käme ich denn darauf, Sie im Ernst als Närrin zu bezeichnen.«

»Ach, Spielchen?« Karin Werth schaute ihn herausfordernd an. »Hören Sie doch auf! In Wirklichkeit sind Sie beleidigt. Sie hätten sich eben mal sehen sollen. Eine beleidigte Leberwurst. Und bloß, weil jemand es wagte, Ihre süßen Blümchen zurückzuweisen.« Sie zog demonstrativ einen Schmollmund, sie versuchte, mitzuhalten in dem Spiel.

»Ertappt, Fräulein, Sie haben mich ertappt, ja ja ja, Feuer, wer Feuer hat, der ist den anderen gefährlich! Aber nun sagen Sie endlich der beleidigten Leberwurst: Warum haben Sie meine Blumen nicht genommen? Sie lieben doch Blumen, ich seh's Ihnen an. Also warum?«

Karin Werth taxierte ihn mit einem langen Blick, und schließlich sagte sie: »Nun denn – ich werde es Ihnen gestehen. Aber vorher sagen Sie mir, was Sie hier eigentlich genau treiben. Ich sehe Sie schon eine Weile nicht mehr auf dem Markt, ich denke, Sie haben Ihren Handel aufgegeben, statt dessen wuseln Sie hier oben mit einem Haufen Blumen herum. Das ist sozusagen mein Preis. Bei mir gibt's nämlich nichts kostenlos. Erklären Sie sich mir, und ich werde mich Ihnen erklären.«

»Das ist unfair«, sagte Heiner Jagielka. »Was hätten Sie mir denn zu erzählen? Letztlich, nehmen Sie mir's nicht übel, so bin ich, immer geradeheraus, kann das nur eine Belanglosigkeit sein. Irgendeine Petitesse. Ich aber würde Ihnen meine … meine Geschäftsgrundlage würde ich Ihnen freilegen müssen. Ich würde Sie einweihen in etwas, das mir lebenswichtig ist, ich würde meine Existenz in Ihre Hände legen, und bei aller Wertschätzung«, er blickte Sie würdevoll an, »scheint mir das doch ein unangemessener, geradezu riskanter, mit einem Wort, ein höchst unvernünftiger Preis zu sein.«

»Nun, jeder muß wissen, wieviel ihm eine bestimmte Sache wert ist. Ihre Entscheidung. Ich für meinen Teil kann Ihnen nur sagen, daß ich Ihnen etwas nicht ganz so Belangloses zu erzählen hätte, wie Sie wohl denken. Für mich ist es jedenfalls überhaupt nicht belanglos.«

Nun fiel es dem guten Jagielka aber schwer, sich weiter zu verweigern. So einer bezaubernden Frau, der mußte man doch folgen, wenn sie einem anbot, ein bißchen was von sich blicken zu lassen. Außerdem überlegte er, was er eigentlich gewänne, wenn er sich sperrte, und ihm fiel da gar nichts ein; er würde, im Gegenteil, unweigerlich sogar verlieren: Verbarg er nämlich das Geheimnis der Scheune vor seiner Besucherin, würde die ja wohl erst recht hellhörig werden. Sie würde sich um so mehr dafür interessieren, würde versuchen, auf eigene Faust dahinterzukommen, und wenn sie ein Plappermaul war (was er allerdings nicht vermutete, denn dieses Fräulein erschien ihm eher verschwiegen), würde sie alles auch noch überall herumerzählen. Nein, er mußte ihr gegenüber mit offenen Karten spielen, gerade weil sie ihm verschwiegen schien. Wenn er ihr alles erzählte, und nur dann, bliebe es unter ihnen beiden. Also los …

Heiner Jagielka verbeugte sich vor ihr und sagte: »Sie sehen mich geschlagen, Fräulein. Ich bin Ihr Gefangener. Ich bin vollkommen in Ihrer Hand.« Er öffnete die Scheunentür und lud Karin Werth mit einer ausholenden Armbewegung in den riesigen Stall ein. Aus dem eine wahre Lichtwolke zu ihr quoll. Sie senkte den Kopf, schloß die Augen, stand wie ein scheuendes Pferd. Kurz schoß ihr der Gedanke durchs Hirn, der verrückte Kerl habe eine Supernova vom Himmel gepickt und hier eingesperrt.

»Sie gewöhnen sich dran«, rief Jagielka frohgemut, »keine Bange, Sie gewöhnen sich dran!«

Karin Werth öffnete langsam die Augen, erkannte zunächst nichts. Dann hob sich aus dem Gleißen etwas heraus – das riesige, nahezu die gesamte Scheune ausfüllende Gewächshaus, das Heiner Jagielka mittlerweile aufgezogen hatte. Allerdings handelte es sich keineswegs um ein gewöhnliches Gewächshaus. Nicht in Reihen war hier gepflanzt, und nicht auf Erde, sondern in Hunderten rechteckigen, ausgebuchteten Plastebahnen, die Karin Werth an Badewannen erinnerten. In einigen schwamm nichts als eine undefinierbare Pampe. Jagielka deutete dorthin und sagte beiläufig: »Da war die heutige Ernte drin.« In anderen wiederum ragten aus der Pampe unzählige Stiele hervor, die nicht viel größer waren als lange Nägel. Jagielka prophezeite, abermals recht beiläufig: »Die sind morgen soweit.«

»Wie … wie weit?« fragte Karin Werth. Es war ja schon auf der Wiese für sie nicht besonders schwer gewesen, darauf zu kommen, daß mit den Blumen, die Jagielka schleppte, in der Scheune irgend etwas geschah, selbst der Dümmste hätte das bemerkt. Aber der jetzige Anblick, die erstaunliche Größe und Helligkeit und überhaupt die ganze Beschaffenheit der Installation, vor allem aber die ungeheure Selbstverständlichkeit, mit der Jagielka etwas erklärt hatte, was eigentlich ins Reich der Fabel gehörte, denn er sprach ja wohl über ein vollständiges Wachstum der krepeligen Stiele über Nacht, das war doch richtig, oder? ließen sie denn doch kurzzeitig die Contenance verlieren und sogar an ihrem Verstand zweifeln.

»Na ganz einfach, die können morgen raus.« Jagielka sah Karin Werth gelassen an.

»Morgen«, nickte sie, »natürlich.« Sie versuchte, wieder etwas mehr Gleichmut zu zeigen.

Sie bemerkte jetzt auch, woher das Licht kam, das sie für einen Moment hatte glauben lassen, sie würde auf der Stelle erblinden, nämlich aus tropfenförmigen, an den Streben der Gewächshausdecke hängenden Metallschalen, die sie aus irgendeinem Zusammenhang schon zu kennen meinte, nur aus welchem? Mit, so hoffte Karin Werth, ähnlicher Beiläufigkeit, wie Jagielka sie an den Tag legte, fragte sie: »Woher sind die Dinger ... die da? Helfen Sie mir mal kurz ...«

»Von der Straße. Sie pflegen dort an hohen Pfählen zu hängen.« Jagielka, erheitert durch die Verwirrtheit des Fräuleins, fügte grienend hinzu: »Sie sind eindeutig das Luxuriöseste, was ich hier habe, falls Sie verstehn ...«

Karin Werth schaute Jagielka irritiert an und verdrehte dann die Augen, wegen der eigenen Begriffsstutzigkeit, oder weil ihr sein Wortspiel etwas billig erschien.

Heiner Jagielka hob kurz die Achseln, was ebenfalls ziemlich vieles bedeuten konnte.

»Gut«, sagte sie schließlich, »gut, hier züchten Sie also Ihre Blumen, in Ordnung. Wenn ich es recht begreife, sorgen Sie für ein ungewöhnlich schnelles Wachstum, indem Sie Ihre Pflanzen einem vielfach stärkeren Licht aussetzen, als andere Gärtner es tun. Richtig?«

»Richtig.« Auf den Einwand, er sehe sich viel weniger als Gärtner denn als Erfinder, verzichtete Jagielka großzügig. Ihm war jetzt klar, von diesem Fräulein drohte keine Gefahr. Es würde seiner Erfolgsformel nicht näher kommen. Es dachte tatsächlich, allein die Lampen machten den Effekt! Es hatte ja nicht die geringste Kenntnis von den Naturwissenschaften (wenngleich es auf seine Art durchaus klug zu sein schien). Völlig umsonst war ihm also angst und bange gewesen. Doch obwohl er das alles, sachlich gesehen, mit entschiedener Erleichterung hätte aufnehmen müssen, machte sich bei Heiner Jagielka plötzlich ein ganz anderes Gefühl breit, das der Enttäuschung. Jawohl, plötzlich bemächtigte eine merkwürdige Traurigkeit sich seiner, und nicht nur eine merkwürdige, sondern auch eine ihn verwirrende. Selbst er war demnach kein Wesen, das nur sachlich und zielgerichtet geschäftelte. Selbst er war von der einen oder anderen auf Gefühlsduseligkeit basierenden Schwäche durchdrungen. Gewiß, Heiner Jagielka hatte seine geheimen, ihm womöglich selber nicht bewußten Wünsche, und sein vielleicht größter versteckter Wunsch war es, sich endlich einmal jemandem mitzuteilen: Sein Erzeugnis, es mochte ja aussehen wie alle anderen Erzeugnisse der gleichen Art – aber die Methode, es herzustellen, die war doch eine besondere und geniale! Wie lange drängte es ihn schon, von seiner im verborgenen blühenden Ruhmestat Bericht zu geben! Es war, als habe er nur auf einen Zuhörer gewartet. Und jetzt hatte ihm der Zufall dieses reizende Geschöpf hier herangeweht. Er mußte es jetzt darüber aufklären, daß sein »Luxus« allein nichts bewirken würde, er mußte, Heiner Jagielka platzte fast vor unterdrücktem Stolz.

Er zog Karin Werth am Ärmel: »Kommen Sie, ich will ehrlich sein, denn ehrlich währt am längsten, nicht wahr, ich will Ihnen alles zeigen, alles.«

Sie war nicht wenig überrascht von dem plötzlich ausgebrochenen Eifer und ließ die folgende, wortreich untermalte Führung belustigt über sich ergehen.

»Hier«, Heiner Jagielka wies auf einen Stapel großer Zuckersäcke, »wissen Sie, was Menschen und Blumen voneinander unterscheidet, wissen Sie's? Blumen können nicht Diabetes kriegen. Blumen schlukken jede Menge Zucker, also löse ich ihn auf, ein Zentner auf vier Quadratmeter Fläche. Und hier … destilliertes Wasser, darin waschen sich die Blumen sozusagen, tja, uns mag Wasser aus dem Brunnen genügen, ihnen nicht, deshalb riechen sie dann auch besser als wir …«

»Und hier«, unterbrach Karin Werth ihn mit einem spöttischen Lächeln, »hier haben Sie wohl Ihre täglichen Einnahmen deponiert?« Sie zeigte auf einen großen grünen Spind, der durch ein klobiges Schloß gesichert war.

Heiner Jagielka antwortete äußerst bescheiden: »Meine Einnahmen, ach, die sind kaum der Rede wert. Sie ahnen doch jetzt meine horrenden Unkosten, Sie ahnen sie doch jetzt!« Sodann öffnete er den Spind. Zum Vorschein kamen bauchige grüne und braune Flaschen, auf denen lateinische Beschriftungen klebten. »Diese Ingredienzen«, hob er nun, nicht ohne Pathos, zu erklären an, »möchte ich als die wichtigsten meiner Manufaktur bezeichnen, es sind sieben Stück«, plötzlich aber stockte er, plötzlich war sein Eifer verpufft, das kam, weil er seinen eigenen Worten nachhorchte, die wichtigsten Ingredienzen, da hatte er absolut nicht übertrieben, und wie er sie mischte, das war nichts weniger als der Kern seines Erfolgs, wollte er den tatsächlich offenbaren?

»Die kommen also auch in die Badewannen?« fragte Karin Werth arglos.

»Welche Badewannen?« fragte Jagielka zerstreut.

Sie zeigte sie ihm. Sofort blühte er wieder auf: »Hehe, Badewannen, das ist gut, das muß ich mir merken, apropos Wanne, apropos Wasser, sehen Sie mal nach oben, was geschieht da?«

Karin Werth kniff die Augen zusammen und erkannte: »Es regnet. Es regnet aufs Gewächshausdach.«

»So, und von woher, meinen Sie, regnet es?« Voller Selbstgefühl drückte er seine Brust hervor.

»Na, vom Himmel, von wo sonst?«

»Dann müßten da also lauter Löcher im Scheunendach sein, oder?« Heiner Jagielka bebte fast vor Freude und rief: »Da sind aber keine. Da sind keine. Denken Sie vielleicht, ich hätte die nicht längst gestopft? Ich lasse es regnen, ich selber bin es. Der vorerst letzte Baustein in meinem System. Meine neueste Erfindung. Über der Folie, die Sie sehen, ist nämlich noch eine Folie gespannt. Und dazwischen habe ich eine Sprenkleranlage installiert. Durch den feinen Regenfilm dringt so gut wie keine Kälte mehr. Auf diese Weise spare ich 90 Prozent der Heizkosten. Ich schenke mir den ganzen verdammten Aufwand, der nötig ist, um Koks zu besorgen. Nichts ist schwieriger in diesem Land, als an Koks heranzukommen. Und deshalb, Fräulein, regnet's hier, und zwar Tag und Nacht.«

Bei den letzten Worten Jagielkas hatte sich eine gewisse Erschöpfung auf dem Gesicht seiner Besucherin breitgemacht. Jetzt verlangte sie müde nach einem Stuhl.

Jagielka stülpte irritiert eine der dreckigen Gemüsekisten um, in denen er seine Blumen transportierte. Er war ein Schlawiner, und wie in jedem Schlawiner steckte auch ein kleiner Psychologe in ihm, aber jene Müdigkeit zu deuten, das überforderte ihn nun doch. Ob sie vielleicht schwanger ist? Ob sie das viele Kohlendioxid im Gewächshaus nicht verträgt? Das waren die Fragen, die sich ihm aufdrängten. Karin Werth hingegen vertrug bloß seinen Enthusiasmus nicht, es tat ihr vielleicht sogar weh, den bei ihm zu sehen.

»Weshalb machen Sie das eigentlich alles?« fragte sie unvermittelt.

Heiner Jagielka fühlte sich vor die Entscheidung gestellt, darauf entweder wahrheitsgetreu oder mit einer seiner mehr oder minder plausiblen Ausflüchte zu antworten. Er wählte, vielleicht wegen Karin Werths Erschöpfung, die ihn milde stimmte, Variante eins: »Ehrlich gesagt, befinden wir uns hier mitten in einer Goldgrube … oh, schimpfen Sie nicht mit mir, Fräulein, schimpfen Sie nicht, weil ich eben noch die Unkosten in den Vordergrund gestellt habe, ein Moment der Schwäche, ein Moment der Schwäche.«

Karin Werth winkte ab.

Heiner Jagielka dankte für ihr Verständnis, nicht ohne hinzuzufügen: »Und fragen Sie mich nicht nach Zahlen, fragen Sie nicht, aber ich weiß ja, daß Sie mich nicht in Verlegenheit bringen werden, nein das werden Sie nicht tun, denn Sie haben Anstand, ich fühle es …«

Karin Werth winkte abermals ab, gereizt jetzt schon: »Ihre Zahlen interessieren mich nicht. Ihre Goldgrube sei Ihnen gegönnt. Jeder nach seiner Fasson.«

»Der Alte Fritz, hehe«, rief Heiner Jagielka, »ganz meine Devise!« Er stutzte: »Aber wenn meine Goldgrube Sie nicht interessiert – was dann?«

Karin Werth schüttelte den Kopf: »Es würde zu weit führen, Ihnen das zu erklären. Ein andermal vielleicht.« Sie erhob sich und machte Anstalten zu gehen.

Worauf Heiner Jagielka sie mit vorgestreckten Armen aufhielt: »Ich bin natürlich der letzte, der Sie zu etwas zwingen würde. Ich könnte das gar nicht, glauben Sie mir. Und indem Sie mir einen weiteren Besuch in Aussicht stellen, machen Sie mich ja noch zusätzlich schwach, Fräulein. Dessenungeachtet muß ich Sie aber bitten, doch noch ein wenig zu bleiben. Nur ein wenig. Sie schulden mir nämlich noch Ihre Erklärung. Ich habe Ihnen das meinige berichtet, jetzt sind Sie an der Reihe, Müdigkeit hin, Müdigkeit her. Also, warum mögen Sie meine Blumen nicht – nun aber heraus mit der Sprache!«

*

Karin Werth verlangte, daß er sich ebenfalls setze, denn eine Beichte, die müsse ja wohl auf gleicher Höhe abgegeben und empfangen werden.

Ihr Wunsch wurde ihr erfüllt und überdies mit einem Händereiben quittiert: »Eine Beichte sogar, herrjemine, wenn Sie wüßten, wie neugierig ich bin!«

Karin Werth schaute zu Boden: »Nichts Dramatisches …«

»Kommen Sie, kommen Sie, Sie hatten mir etwas versprochen, das nicht belanglos ist.«

»Für mich nicht belanglos«, korrigierte Karin Werth. »Im Grunde geht es nur darum, daß ich Nelken … ich rede ausschließlich von Ihren Nelken, Sie haben ja jetzt Ihr Sortiment erweitert, aber damals hatten Sie nur diese Nelken im Angebot … daß ich sie partout nicht ausstehen kann, und ausstehen kann ich sie nicht, weil sie so eng mit dem 1. Mai zusammenhängen, mit den Parolen, sie sind selbst zu Parolen geworden, wertlos, hohl.«

»Und das ist alles?« fragte Heiner Jagielka erstaunt und enttäuscht.

Sie bestätigte es.

»Dürftig.«

Plötzlich brauste sie auf: »Was sind Sie für ein Ignorant! Sie haben ja nur Ihren Gewinn im Kopf! Wieso, bitte, soll das dürftig sein? Ich habe mich Ihnen eben ausgeliefert, begreifen Sie das eigentlich? Kann ich denn wissen, wohin Sie …« Sie verstummte mitten im Satz.

»Reden Sie weiter, Fräulein, ich höre.«

Karin Werth stülpte ihre Unterlippe nach innen, drückte ihre Schneidezähne hinein.

»Wohin ich mit meinen Informationen renne, wollten Sie sagen, nicht wahr?« Jagielka blickte sie mit einer Traurigkeit an, von der sie beim besten Willen nicht sagen konnte, ob sie echt oder gespielt war.

»Natürlich«, brach es nun aus ihr heraus, »Sie sind doch deren Hoflieferant, denken Sie, ich wüßte das nicht? Woher kamen denn die Unmengen echter Nelken beim letzten 1. Mai? Ganz Gerberstedt war bedeckt davon. Das war doch aufsehenerregend genug. Das haben doch die Spatzen von den Dächern gepfiffen, woher die plötzlich gekommen sind. Sie scheinen über die allerbesten Kontakte zu verfügen.«

»Dann verwundert mich nur eines«, sagte Jagielka. »Warum Sie sich soeben offenbart haben, wenn Sie doch der Meinung sind, Sie hätten einen gefährlichen Unhold vor sich.«

»Ich habe mich breitschlagen lassen«, murmelte sie, »von Ihnen und Ihren ausschweifenden Erklärungen. Ich hätte mich schofelig gefühlt, wenn ich einfach gegangen wäre. Ich wollte ja gehen! Aber Sie sind ein Händler, Sie geben einem was, und man kann nicht anders, als Ihnen dafür auch was zu geben. Und schon sitzt man in der Tinte.«

Diese Erklärung hörte Heiner Jagielka ausgesprochen gern, denn wie jeder Mensch liebte er es, wenn man seine verborgenen Vorzüge erkannte und hinreichend würdigte. Gleichzeitig aber fühlte er sich in ein völlig falsches Licht gerückt, weshalb er abermals bekümmert schaute.

»Lassen Sie Ihren Hundeblick! Sie erweichen mich nicht mehr! Wie ich am Anfang sagte: Alles ist ominös an Ihnen, alles! ... Wo sind eigentlich Ihre vielen Blumen? Das heißt, wo gehen die eigentlich hin? Richtig, diese Erklärung sind *Sie* mir noch schuldig. Denn das ist ja überhaupt das Ominöseste: Erst überfluten Sie Gerberstedt mit Ihren abscheulichen roten Nelken, und dann sind Sie plötzlich wie vom Erdboden verschluckt und mit Ihnen Ihr ... Ihr Zeug! Sie liefern wohl nur noch für den Hof, was?« Karin Werth war in einen anklagenden, ungerechten Ton verfallen, der den bedauernswerten Jagielka erschreckte und sie selber auch.

Sie entschuldigte sich mit einem zaghaften Lächeln. Worauf Heiner Jagielka heftig errötete. Aber stimmt das denn? War er, genaugenommen, nicht schon vorher, während sie gewütet hatte, errötet? Ja, vorher schon. Und das passierte ihm, weil Karin Werth mit ihrer Anklage, er liefere wohl nur noch für den Hof, der Wahrheit erstaunlich, um nicht zu sagen, bedrohlich nahe gekommen war. Er fühlte sich ertappt.

Heiner Jagielka sprang auf und verschloß, um irgend etwas zu tun, den großen Chemikaliensafe. Währenddessen überlegte er fieberhaft: Das Fräulein hatte ihm soeben genau die Frage gestellt, die er die ganze Zeit gefürchtet hatte. Und es hatte sie sogar schon halb beantwortet. Wäre es doch bloß gegangen! Statt dessen hatte er es zum Bleiben gezwungen, und wozu? Nur damit es eine lächerliche, nichtige Animosität zum besten geben konnte. Da ging's bei ihm nun wahrlich um andere Beträge, um ganz andere. Aber das Fräulein, war es nun nicht schon halb ins Vertrauen gezogen? Es hatte auch etwas Treuherziges und Anständiges, selbst in der Wut. Es schlug einen in seinen Bann damit, tatsächlich, man mußte ihm jetzt alles erzählen, man war es ihm irgendwie schuldig, diesem reizenden Geschöpf.

Heiner Jagielka rückte seine Obstkiste zu Karin Werth heran und setzte sich wieder, so nahe vor sie, daß sich ihre Knie fast berührten. Dann hielt er eine längere, wahrhaft märchenhafte Rede: »Liebes Fräulein, ich würde eine schlechte Meinung von mir bekommen, wenn ich Ihnen jetzt nicht auf Ehre und Gewissen antwortete ... Ich sehe Sie die Stirn runzeln, nun, runzeln Sie ruhig, runzeln Sie, ich weiß ja, ich erwecke nicht den Eindruck, als hätte ich Ehre und Gewissen. Manchmal dachte ich auch schon selbst, mir fehle da was, aber als Sie, als Sie eben sagten, sie hätten sich schofelig gefühlt, wenn Sie gegangen wären, da haben Sie mich sozusagen gepackt, und es ist der seltsame Umstand eingetreten, daß jetzt unweigerlich ich mich so fühlen würde, wenn ich Ihnen ausweichen würde. Man darf bestimmten Menschen nicht ausweichen, und Sie, Sie sind so ein Mensch! ... Nein, hören Sie weiter, hören Sie nur weiter, denn ich komme ja schon zu den Blumen. Sie erwähnten den Hof, nicht wahr? Es war folgendermaßen ... es trug sich also zu, daß ein kleiner Gärtner bei Hofe vorsprach, denn er hatte eine Idee, die er für großartig hielt. Aber als er dann im Gemach des Provinzfürsten stand, war ihm sehr, sehr mulmig, denn jener Fürst galt als unberechenbar, hinterhältig und grausam. Deshalb gedachte der Gärtner, ihn durch eine milde Gabe gewogen zu stimmen. Wenn man es hart ausdrückt, könnte man natürlich auch sagen, er habe versucht, den Fürsten zu bestechen. Sie wissen schon, wodurch, Fräulein, Sie sind darüber schon im Bilde, die vielen Nelken am Tag der Schuftenden! Der Gärtner verschenkte sie alle, um fortan die Provinz mit seinen Waren beliefern zu dürfen. Dies also, das möchte ich ausdrücklich betonen, war sein einziges Ansinnen! Nun trat aber eine überraschende Wendung ein. Es begab sich nämlich, daß der Provinzfürst wegen diverser wichtiger Angelegenheiten zum König gerufen wurde. Während dieser Unterredung brachte er das Gespräch auch auf die besonders gelungene Verzierung seines Gebietes an jenem Ihnen bekannten Tage, denn er hoffte, dadurch in der Gunst seiner Majestät zu steigen. Ob ihm das glückte, vermag ich nicht zu sagen, es ist auch ganz unbedeutend für das, was ich erzählen möchte. Nach der Audienz, und nur das ist wichtig, Fräulein, wurde er plötzlich von einem Mann aus dem Gefolge des Königs angesprochen, über dessen Existenz außerhalb des Hofes nicht das geringste bekannt war. Dieser Mann wünschte, mit dem kleinen Gärtner zusammengebracht zu werden. Keine drei Tage später traf man sich beim Fürsten. Der Mann, ich will ihn als Graue Eminenz bezeichnen, war von einer beeindruckenden Leibesfülle und hatte ein Doppelkinn, welches ihm bis auf die Brust reichte. Wie viele Menschen mit ähnlicher Statur verfügte er über eine sonore Stimme. Alles in allem wirkte er nicht ungemütlich. Er eröffnete das Gespräch, indem er ausführte, das Reich sei ohne Zweifel in einem erfreulichen Aufschwung begriffen, benötige jedoch, um diesen fortsetzen zu können, so viele Goldtaler wie nur irgend möglich. ›Mit unseren Aluchips‹, sagte er verächtlicher, als es sich für einen Mann des Hofes geziemte, ›kommen wir nicht weit, wie Sie sich vielleicht denken können.‹ Der Gärtner nickte eifrig, denn er konnte sich das gut denken. Zugleich war es ihm aber ein großes Rätsel, wieso die Graue Eminenz sich zu ihm herabgelassen hatte. Welche Verbindung sollte es zwischen ihm, den Chips und den Talern geben? Doch schon fuhr der geheimnisvolle Mann mit seinen mehr oder minder allgemeinen Erklärungen fort. Er deutete an, vom König mit der Beschaffung jener Taler beauftragt zu sein. Die lägen, wie allgemein bekannt, in Hülle und Fülle im Nachbarreich. Nun lebe man natürlich nicht mehr in grauer Vorzeit, weshalb sich Raub von selber verbiete. An dieser Stelle des Gesprächs konnte der Gärtner, dem die Natur ein vorwitziges Maul gegeben, hehe, Fräulein, Sie kennen's ja, Sie haben ja jetzt das Vergnügen, also der Gärtner konnte nicht mehr an sich halten und fragte, ob man im Führungszirkel vielleicht denke, er sei imstande, außer Nelken auch noch Taler zu züchten. Angesichts des gemütlichen Eindrucks seines Gegenübers erschien ihm diese kleine Frechheit ungefährlich, und tatsächlich erhielt er als Antwort ein breites, wohlwollendes Grinsen. Indes zeigte sich der Mann nicht bereit, seine recht abstrakten Ausführungen abzukürzen. Er sprach von Gegenleistungen und Warenlieferungen sowie von der, wie er sich ausdrückte, ›sattsam bekannten Tatsache‹, daß man im Nachbarreich solcher Warenlieferungen eigentlich nicht bedürfe, da man ›alle Güter des täglichen und nichttäglichen Bedarfs‹ sehr gut selber herzustellen verstehe. Oft, allzu oft habe er das schon erfahren müssen. Worauf käme es demzufolge an? Auf einen beeindruckend billigen Preis sowie auf gewisse ›Schmankerl‹. Unvermittelt stellte er dem

Gärtner zwei präzise Fragen: ›Stimmt es, daß Sie Rosen sowie sogenannte Frühlingsblüher das ganze Jahr über zu züchten vermögen; und stimmt es, daß Ihre Blumen nicht nur drei bis fünf, sondern zwölf bis fünfzehn Tage haltbar sind?‹ Der Gärtner bejahte. Wie zu sich murmelte nun die Graue Eminenz, dann lägen wohl die gewissen Schmankerl vor. Da schlug sich der Gärtner mit der Hand an die Stirn. Endlich hatte er begriffen. Er sollte seine Blumen fortan im Nachbarreich vertreiben beziehungsweise vertreiben lassen. Der Mann des Königs bestätigte ihm das, wobei er wieder breit und wohlwollend lächelte. Alsdann erörterte man die Einzelheiten, unter anderem fragte der Gärtner, was angesichts des Umstandes, daß er nun ja zum Devisenbringer werde, für ihn selber herausspringe. Knapp erklärte die Graue Eminenz, in solchen Fällen seien neun Zehntel fürs Reich und ein Zehntel für den Produzenten üblich. – ›In West?‹ – ›Selbstverständlich.‹ Die unverhoffte Aussicht, höchstselbst ein paar Goldtaler einzusacken, erfreute den Gärtner sehr, das braucht Ihnen gegenüber nicht eigens betont zu werden. Allerdings währte seine Freude nur kurz. Sobald er nämlich begann, über die sogenannten Verteilungsverhältnisse nachzudenken, und das tat er schnell, hehe, Fräulein, es war ja geradezu seine Pflicht als anständiger Geschäftsmann, da einmal nachzurechnen, regte sich in ihm Unmut …«

»Das denke ich mir«, rief Karin Werth dazwischen, die bis dahin atemlos geschwiegen hatte.

»Er fragte also die Graue Eminenz höflich und geradezu ehrerbietig, ob vielleicht auch eine andere, er suchte nach einer eleganten, unaufdringlichen Bezeichnung, eine andere *Ausschüttung* denkbar sei, etwa derart, daß er selber, ohne den ja, wie man nicht vergessen sollte, der Gewinn Nullkommanull betragen würde, die Hälfte erhalte oder wenigstens vier oder drei Zehntel. Und was muß ich Ihnen sagen? Da war es vorbei mit der Gemütlichkeit. Die Eminenz fuhr mit seiner fleischigen Hand durch die Luft und rief in einem scharfen Ton, mit dem er die festesten Blumenstengel hätte schneiden können, das sei ganz und gar nicht denkbar, denn schon das eine Zehntel stelle doch ihn, den Gärtner, auf eine durchaus ungebührliche Weise besser als seine Mitbürger; überdies möge er eines nicht vergessen, er betreibe ja wohl seinen Zuchtbetrieb auf einem Grund und in einem Gebäude, die keineswegs ihm gehörten, weshalb es ein leichtes wäre, ›den ganzen Laden zu schließen‹. Letzten Endes, letzten Endes wurde also der arme Gärtner erpreßt.«

»Sonst hätte er natürlich abgelehnt«, rief Karin Werth, »nicht wahr? So ist er doch, dieser Gärtner.«

»Ach nun, das zu behaupten, wäre vielleicht auch wieder eine Übertreibung«, erklärte Heiner Jagielka, der sich offenbar geschworen hatte, die Schneise der Ehrlichkeit, auf die er von seiner Besucherin gedrängt worden war, jetzt nicht zu verlassen.

»Also Sie liefern alles nach Westdeutschland«, sagte Karin Werth, als fasse sie nach einer Unterrichtsstunde den durchgenommenen Stoff zusammen.

»Nach Westberlin«, verbesserte Jagielka sie.

»Daher die LKW-Spuren, ich habe mich schon gewundert. Aber wer bringt die Blumen dorthin? Sie haben sich da eben undeutlich ausgedrückt. Das sind nicht Sie ... oder doch?«

»Ich?« rief Heiner Jagielka aufrichtig überrascht, »haha, ich! Jemand von dem Dicken erledigt das, immer derselbe, der fährt das Zeug rüber. Unangenehmer Kerl übrigens. Brüstet sich damit, die Grenzer würden ihn einfach durchwinken, jedenfalls die unsrigen. Man möchte nichts mit dem zu tun haben, nichts. ... In diesem Zusammenhang, Fräulein: Ich habe Ihnen kein Wort gesagt, damit das klar ist! Ich mußte nämlich unterschreiben, über die Einzelheiten des Vorgangs Stillschweigen zu bewahren. Sie haben Glück, daß Sie mich in einer besonderen Laune erwischt haben, ja, Laune. Und jetzt bin ich wirklich Ihr Gefangener! Vorhin habe ich das nur so dahergesagt, aber jetzt stimmt es, ich bin vollkommen in Ihrer Hand! Wird sie ... wird sie sanft sein? Versprechen Sie's mir! Sie müssen es mir auf der Stelle versprechen, sonst werde ich heute nacht kein Auge zumachen können!«

»Es ist versprochen«, sagte Karin Werth feierlich. »Alles wird unter uns bleiben.«

Zweifelsohne hätte sie das unter allen Umständen voller Überzeugung erklärt, aber in diesem Moment fiel es ihr noch leichter, denn ihr war ein Gedanke gekommen, der absolute Verschwiegenheit geradezu zwangsläufig nach sich zog.

*

In Glowe war wieder einmal eine Abendvorstellung beendet, und Britta griff wieder einmal zu Jonglierbällen und Keulen. Sie ging in die verwaiste Manege und stellte sich, ihre Beine leicht gespreizt, mit nackten Füßen auf die über den Sägespänen liegende blaue Plasteplane. Freilich glich jenes Blau in der schummrigen Nachtbeleuchtung einem diffusen Schwarz; wie auch die roten Zuschauerbänke um sie herum Britta als dunkle Balken vor den Augen standen. Sie begann, mit drei Bällen zu jonglieren. Sie ließ den ersten wie einen Strahl in der Mitte stehen und die beiden anderen von Seite zu Seite wandern. Ihr Blick bohrte sich streng und starr in einen Punkt vor ihr, erfaßte gleichwohl alle Bewegungen, die der Hände und die der Bälle. Manchmal dachte sie jetzt schon, dieser Blick sei etwas Festes, Materielles, und es drehe sich alles buchstäblich nur um den, wie bei einem gestreckten Finger, um den verschiedene Reifen rotieren. Es war verrückt, aber sie liebte diese ... Gliedmaße, die sie vorstrecken und mit der sie scheinbar die halbe Welt dirigieren konnte. Manchmal schaute sie, nur aus Spaß, nur aus Wonne, auch im Alltag so; einmal hatte sie beim Bäcker den Brötchenberg fixiert und dabei doch genau wahrgenommen, wie vielleicht anderthalb Meter daneben eine Biene sich an der abgebröckelten Ecke eines Stücks Apfelkuchen zu schaffen machte. Die Bäckersfrau, die wiederum Britta anschaute und womöglich dachte, das Mädchen da vor ihr sei aber selbstvergessen, oder sei sogar ein bißchen meschugge, zeigte sich verwundert über Brittas dann folgende Bestellung, die lautete: »Sechs Brötchen, und drei Stück von dem Apfelkuchen, aber wenn's geht, bitte nicht das da vorn, an dem was fehlt.«

Britta hielt inne und vertrat sich die Beine. Sie vernahm Flaschengeklirr und Wortgeschwirr, Richard Devantiers dröhnende Stimme meinte sie herauszuhören aus der Runde an dem Lagerfeuer, das draußen entzündet worden war, aber ja, endlich hatte es mal aufgehört zu regnen, gleich schickte man dem gütigen Himmel ein flammendes Signal zum Gruße.

Jetzt fünf Bälle, da war schon mehr Konzentration vonnöten. Sie zwang sich, mit den Händen den Kugeln nicht hinterherzugehen, denn wenn sie's einmal täte, würde sie bald auf Zehenspitzen stehen, würde über Kopf jonglieren, würde in Genickstarre fallen – und schließlich keinen Ball mehr kriegen. Eine Weile klappte es gut, die Bälle flogen so perfekt, als hingen sie in einem unsichtbaren, sich wie wild drehenden

Laufrad, aber dann begann Britta, ihre Bewegungen zu sehr zu kontrollieren, und die erste Kugel klackte auf die Plane. Sie ließ absichtlich auch die anderen fallen und spreizte zur Entspannung die Finger, sie erinnerte sich Marty Handys Ausspruch, erst der Jongleur, der nicht mehr spüre, wie er achtgebe, gebe richtig acht und sei ein richtiger Jongleur.

Marty, wie ihr seine freundliche, gütige Hilfestellung doch fehlte! Sie hatte ihm im Winterquartier, zwischen den Arbeiten, die sie verrichten mußte, ab und zu über die Schulter gesehen, und er hatte sie eines Tages in väterlichem Tonfall gefragt, ob sie vielleicht selber mal probieren wolle. Und schon hatte sie einen Ball in der Hand gehabt. »Weich, mitgehen, und sanft, und mit«, rief er, Brittas Hand führend, dann während ihrer ersten ernsthaften Wurf- und Fangübungen. Beim nächsten Mal ersetzte er den Ball durch ein rohes Ei. Dessen schlieriges Gelb rann ihr gleich beim zweiten oder dritten Aufprall durch die Finger. »Macht nichts«, nickte Marty und gab ihr ein neues, er hatte eine ganze Batterie Eier herbeigeschafft. Außerdem kam er mit einem großen, alten, wurmstichigen Bilderrahmen an, den er in zwei Hälften sägte. Mit den Worten, »rechter Winkel, hier, so, das muß dir in Fleisch und Blut übergehen«, band er die Teile in Ellbogenhöhe an Brittas Armen fest, und als seine Schülerin schon nach wenigen Sekunden mit ihren Armen instinktiv zur Seite ausbüxte und die Hölzer zu knarren begannen, rief er ein wenig lauter: »Knochen beisammenhalten, halt die Knochen beisammen!« Aber sogar das Laute erschien ihr fürsorglich, vielleicht, weil sie damals schon wußte, Marty hatte eine Tochter in ihrem Alter, die er nie sah, denn seine Frau hatte sich, das Zirkusleben verachtend, schon vor einer halben Ewigkeit von ihm scheiden lassen und enthielt ihm das Kind nun mit teuflischer Systematik vor, sie entfremdete Marty der Tochter, indem sie ihn aus der Entfernung immer wieder zu einer Karikatur herabwürdigte. Eine neue Gefährtin aber hatte er nicht gefunden oder gar nicht erst finden wollen, er war ein glatzköpfiger, etwas dicklicher Mann mit wäßrigem Blick, den eine Aura von Traurigkeit umgab. Britta spürte, sie diente ihm als Tochter-Ersatz, aber es störte sie nicht. Sie fühlte sich geborgen bei ihm. Außerdem konnte sie wirklich eine Menge von Marty lernen. Einmal nach der Keulenarbeit hatten ihr plötzlich die Handflächen weh getan, so sehr, daß sie aufschreien mußte, als ihr die Kassiererin im Konsum mit gebogenem Daumen ein paar Pfennige daraufdrückte. Sie erzählte es ihm. Er wußte sofort, die Keulen waren falsch aufgekommen und hatten die Nerven wund geschlagen. Er verordnete Britta eine Pause und sorgte anschließend dafür, daß sie den Keulen beim Abwurf ein wenig mehr Drehung verpaßte, wodurch er ihr wie von selbst ein besseres Fangen ermöglichte. Für Britta war das alles nicht mehr als eine erfreuliche Abwechslung vom Tierefüttern, Stallausmisten, Fleischbesorgen gewesen. Sie hatte damit keine Absicht verbunden. Aber je mehr und je schneller sie lernte, und je mehr und je schneller Marty zu seiner Bestürzung im Rampenlicht nachließ, um so mehr vermutete er doch eine bestimmte Absicht, und diese Absicht gefiel ihm ganz und gar nicht. Unaufhaltsam zog er sich, nicht ohne noch trauriger zu werden, von Britta zurück: Erst reduzierte er unter Verwendung diverser Ausflüchte ihr gemeinsames Training, dann stellte er jede noch so kleine Hilfe ein. Was Britta mißverstand. Sie glaubte, Marty sterbe in ihrer Gegenwart vor Sehnsucht nach seiner Tochter. So hielt auch sie sich zurück und folgte nicht ihrem Wunsch, ihn um weitere Übungsstunden zu bitten. Marty aber nahm es als Abkehr und schlußfolgerte, seine Schülerin sei ungerührt, kaltschnäuzig und berechnend. Und hatte er das insgeheim nicht sowieso von ihr erwartet? Sogar ersehnt hatte er es, denn ein Mann wie er, der muß sich immer neuen Schmerz zufüttern, nur dann bleibt die Trauer schwer genug, um ihm weiter fühlbar in den Gedärmen zu liegen.

Sie warf die Bälle beiseite und nahm die Keulen, fünf Stück. Um von drei auf fünf zu erhöhen, so hatte Marty ihr erzählt, habe er einst anderthalb Jahre gebraucht. Seit Brittas eher flüchtigem Trainingsbeginn war aber erst ein dreiviertel Jahr vergangen. Also hatte sie in der Hälfte der Zeit das Doppelte geschafft, also besaß sie wohl unverschämtes Talent! Sie hob ein Bein, streckte eine Hand nach unten, warf eine Keule hindurch und versuchte, diese mit der anderen Hand zu fangen – sie wußte, das war schon die erste Übung der Hohen Schule, aber glücklicherweise dachte sie nicht weiter darüber nach, so blieb ihr Wissen leicht und luftig und beschwerte sie nicht.

Im Dämmerlicht flogen die Keulen wie gegrillte Schenkel durch die Luft. Sie verfehlte sie beim Fassen immer wieder, was sie der Einfachheit halber auf die Dunkelheit schob. Sie lief die Ränge hinauf zu dem Podest, wo die Instrumente der »Strombolis« standen und der Kasten mit den Lichtschaltern hing, und knipste ein paar Scheinwerfer an – ausnahmsweise, sagte sie sich im stillen; Devantier mahnte ja regelmäßig, nichts zu vergeuden, kein Wasser, keinen Strom, schließlich sei er kein FDGB-Heim, schließlich wolle er sich nicht dumm und dämlich zahlen.

Britta hatte die Geräte noch nicht wieder in die Hand genommen, da stand Devantier schon vor ihr: »Hast du Knete im Hirn? Warum ist das Licht aufgedreht? Haben wir noch 'ne Vorführung heute nacht, ist mir da vielleicht was entgangen?«

»Was brüllen Sie mich so an«, entfuhr es Britta. Sie hatte in den vergangenen Monaten zwar erlebt, wie er während seiner plötzlichen Wutanfälle die Mitarbeiter abkanzelte, war aber selbst, aus welchen Gründen auch immer, bislang davon verschont geblieben.

»Was ich so brülle?« Devantier zeigte sich verdattert, er war es wohl gar nicht gewohnt, daß jemand wagte, ihm Widerworte zu geben.

»Sie drangsalieren hier jeden, aber mich drangsalieren Sie nicht«, rief Britta mit einer Mischung aus Hilflosigkeit und Trotz.

Devantier starrte sie ein paar Sekunden an und nickte dann. Es war ein anerkennendes Nicken, denn während er sich rabiat und beleidigend gebärdete, wartete er zugleich immer darauf, daß jemand ihn stoppe; solange aber niemand es tat, wurde er nur um so wütender und kränkender, es reizte ihn, herauszubekommen, wie weit er noch gehen konnte, ein satanisches Vergnügen, von dem er nicht lassen konnte, obwohl er sich jedesmal durchaus schäbig fühlte, wenn er wieder einmal jemanden gestraft, rasiert, gedemütigt hatte. Sie sollten sich wehren, die erbärmlichen Feiglinge, und wenn sie sich nicht wehrten, sollten sie seine Knute spüren, immer noch schmerzhafter und versengender, oder hatten sie es vielleicht anders verdient?

»So, na – was treibst du dann eigentlich hier?« fragte er halbwegs friedlich.

Britta erklärte es ihm. Daraufhin erkundigte sich Devantier, der im groben Bescheid wußte über ihr Jongliertraining, wie weit sie mittlerweile sei, aber als sie es ihm auseinanderzusetzen versuchte, zeigte er auf die am Boden liegenden Bälle und Keulen und forderte Britta auf, es ihm vorzuführen.

Sie bückte sich nach den Geräten, richtete sich wieder auf. Danach warf sie ihre langen blonden Haare, die ihr ins Gesicht gefallen waren, mit einer jähen Bewegung zurück; blitzend und gewagt sah das aus, aber auch schlicht und natürlich, wie hatte sie das hingekriegt? Ein plötzliches Drehen der Hüfte war der Auslöser gewesen, ein kurzes Verwringen des Oberkörpers war übergangslos gefolgt. Wie von einer Feder hochgeschnippt der Kopf. Dann erst das leuchtende Aufwallen der Mähne und deren himmlisches Fallen, dann erst.

Der Direktor aber nahm alles, was da unmittelbar vor ihm zusammenfloß zu einem Bild der Herrlichkeit, scheinbar ungerührt hin, er wirkte professionell wie beim Betrachten eines x-beliebigen Pferdes im Stall. Er ließ sich auf der Manegenumrandung nieder und verfolgte, auch wieder ohne eine Miene zu verziehen, wie Britta sich mit Bällen und Keulen abmühte. Und wenn sie hoffte, er werde sie am Ende mit einem Lob bedenken, und sei es mit einem klitzekleinen, so hoffte sie vergeblich, Devantier nämlich erhob sich ächzend, brummte, das einzige, was er heute in seinem Zirkus noch leuchten sehen wolle, sei das Lagerfeuer, und stapfte aus dem Zelt.

*

Britta mußte sich nach dem Vorfall erst einmal beruhigen, darum begab sie sich nicht zum Lagerfeuer, wo es hoch herging und sie kaum zur Besinnung kommen würde, sondern setzte sich in ihren Wagen und schrieb einen Brief an Catherine; recht lang wurde der, ein Wort ergab das andere, so schrieb sie sich Zeile für Zeile in den Schlaf.

»Trinchen«, begann sie, »eben hat mich der Direktor Devantier zusammengeschissen. Ganz vulgär hat er herumgeschrien, nur weil ich in der Manege das Licht anhatte. Aber ich habe ihn sozusagen gezähmt. Ich habe ihm verdeutlicht, daß er so nicht mit mir umspringen kann und daß ich keine Angst vor ihm habe. Die meisten hier, muß man leider sagen, haben große Angst vor ihm, richtigen Schiß. Und das ist auch kein Wunder, denn er kann wirklich furchtbar ungerecht sein. Aber gleichzeitig hält er denen, die er mag, ein Leben lang die Treue und beschützt sie. Im Grunde ist er ein wandelnder Widerspruch.

Trinchen, na, ich merke schon, damit wirst Du nichts anfangen können, weil es zu allgemein ist. Also paß auf, spezieller: Mein jähzorniger Direktor ist der Sproß einer jahrhundertealten Zirkusfamilie, die aus der französischsprachigen Schweiz stammt. Sein Vater Nicolas war vor dem Ersten Weltkrieg ein sogenannter Todesspringer – o nein, ich habe

›sogenannt‹ geschrieben. Erinnerst Du Dich, die Werth, wie sie auf die Palme gegangen ist wegen dieses Wortes und gesagt hat, es steht bei ihr auf dem Index, weil es ja immer nur verwendet wird, wenn man sich des Bezugswortes nicht sicher ist? Entweder stimmt das Bezugswort, dann kann es allein stehen, oder es stimmt nicht, dann muß man ein anderes finden. Na denn, fort mit dem ›sogenannt‹. Nicolas war Todesspringer, Todesspringer, Todesspringer! Das heißt, daß er, nur als Beispiel, auf einen elend hohen, schwankenden Mast geklettert und im freien Fall heruntergehechtet ist. Nach etwa 15, 20 Metern hängt da ein messergespickter Reifen herum, durch den muß er durch. Nun geht's weitere 20 Meter in die Tiefe. Nicolas dreht noch eine Schraube oder was weiß ich, und am Ende landet er in einem vielleicht einen Quadratmeter kleinen Sandkasten, der mit lodernden Fackeln begrenzt ist. Wie Du Dir sicherlich vorstellen kannst, ging das nicht ohne Knochenbrüche, Sehnenrisse und Schnittwunden ab. Doch Nicolas war ein harter Hund. Einmal ist ihm bei einer mißglückten Landung die Kniescheibe herausgesprungen, und was hat er getan? ›Er hat‹, ich zitiere jetzt Richard, also meinen Direktor, ›seine Assistentin lächelnd gebeten, die Kniescheibe mit einem kräftigen Fußtritt wieder an den ihr von der Natur bestimmten Platz zurückzubefördern.‹

Warte, Trinchen, es geht noch weiter, denk einmal, wer diese Assistentin war – seine Frau Therese. Auch sie war ein Zirkuskind. Auch sie überspielte Schmerzen mit einem Lächeln. Auch sie ertrug Unfälle mit einer stoischen Gelassenheit, jedenfalls nach außen hin, es ist ja alles immer nur nach außen hin. Denk einmal: Als Therese Richard gebar, besaß sie nur noch ein Auge. Das andere war ihr von einem fliegenden Teller herausgeschlagen worden, weil sie auf dem Seil beim Balancieren und Jonglieren einen kleinen Wackler hatte. Von da an trug sie über der leeren Höhle eine schwarze Stoffklappe, auf die eine bordeauxrote Rose gemalt war.

Erscheint Dir das alles unglaublich? Es muß Dir so erscheinen. Und doch stimmt jede einzelne Begebenheit, ich habe Fotos gesehen. Aber jetzt, Trinchen, endlich zu Richard Devantier. Alles Bisherige war ja nur Vorrede, wenngleich eine nötige, denn was ich ausdrücken will, ist: Ein Kind solcher Eltern hat doch nur zwei Möglichkeiten – entweder, es wird genauso ungewöhnlich und rigoros wie sie, oder es wendet sich total von ihnen und von allem Extremen ab und führt ein unauffälliges

Leben, eines, in dem es sozusagen verschwindet. Richard, Du ahnst es, wollte aber nicht verschwinden. Er baute schon als 17jähriger eine Dressur mit sibirischen Tigern (das sind die gefährlichsten überhaupt) auf. Und weißt Du, wo das war? Da kommst Du nie drauf. Das war nämlich dort, wo diese Tiger fast gratis zu haben sind, in der Sowjetunion. Die Devantiers haben vor dem Zweiten Weltkrieg oft dort gastiert. Und nicht nur sie, viele andere auch. Weil die Sowjets so zirkusbegeistert sind. Für Zirkus tun die alles. Die bezahlen auch alles. Nimm nur Rastelli, sogar der ist da herumgetourt, und was meinst Du, wie lange? Geschlagene zehn Jahre! Sogar während und nach der Oktoberrevolution ist er im Lande geblieben.

Wie ich abschweife, Trinchen. Deshalb jetzt schnell zurück zu R. D.: 1945 gehörte der Zirkus dann schon ihm. Nicolas und Therese saßen daheim in Montreux. Er gastierte, als die Sowjets heranmarschierten, irgendwo in Mecklenburg, also nicht weit von hier. Und es fiel ihm gar nicht ein zu flüchten. Er hatte ja die besten Erfahrungen! Und die wurden bestätigt. Die Offiziere haben dafür gesorgt, daß er Fleisch für seine Tiere kriegte und was zu essen für sich und seine Leute. Und sie sind dauernd in seine Vorstellungen gerannt. Eine Zeitlang hat er daher die Programmhefte zweisprachig gestaltet – wofür er, wie man hört, von nicht wenigen Deutschen scheel angesehen worden ist. Die dachten wohl, er will sich einschleimen. Hat er aber nicht gewollt. Devantier schleimt bei niemandem, dafür verbürge ich mich. Paß auf, ich erzähl Dir eine Geschichte dazu: In der Loge, ganz vorn, sitzen ja oft Leute, mit denen er Tauschhandel betreibt, zum Beispiel kriegt er für die Raubtiere immer Freibankfleisch aus den Großfleischereien, und die Großfleischereien kriegen dafür Freikarten. Außerdem sitzen aber auch Parteifunktionäre dort. Er weiß natürlich genau, wo die sind, es sind immer dieselben Plätze. Und nun kommt der Große Leonelli, das ist sein Raubtierdompteurnachfolger, und läßt einen Löwen auf ein Pferd springen und sich übern Käfigrand beugen und das Maul aufreißen und brüllen, genau an der bewußten Stelle, direkt über den Funktionären. Natürlich schrecken die fürchterlich zusammen. Die schlottern regelrecht. Da ruft Devantier über sein Mikro: »Keine Angst, meine Herren, der beißt Sie nicht, der ist verwöhnt!« Und das ganze Publikum lacht. Wie ich es einschätze, ist das aber nicht nur ein Spielchen. Es ist auch Rache, Trinchen, und zwar eine ziemlich grimmige.

Du glaubst es nicht, was ihm von der Partei schon für Steine in den Weg gelegt worden sind. Eigentlich dürfen er und ein paar andere seiner Art nur noch auftreten, weil der Staatszirkus allein nicht den ganzen Bedarf der Bevölkerung abdecken kann. Man braucht ihn, einerseits. Andererseits schikaniert man ihn, wo es nur geht. Das Ungeheuerlichste in dieser Hinsicht ist vor elf oder zwölf Jahren passiert. Devantier hat in der Tschechoslowakei gastiert und dort für alle Fahrzeuge neue Reifen besorgt, denn bei uns gab's damals keine. Und stell Dir vor, daraufhin kriegt er ein Verfahren wegen illegaler Einfuhr von Waren. Er wandert in den Knast, und seine Frau, die muß nun die Raubtiere versorgen. Mach das mal, wenn Du noch nie mit den Viechern zu tun hattest! Sie schafft es trotzdem – aber als die Aufpasser sehen, daß sie es schafft und daß die Tiere weder verrückt spielen noch draufgehen, verfügen sie deren Tötung. Die werden alle erschossen, die wunderbar dressierten, teuren Tiere! Das heißt, Devantier muß, als er wieder frei ist, völlig von vorne anfangen. Ja, und seitdem hat er eine dermaßene Wut auf die Partei, Trinchen, so was habe ich noch nicht erlebt. Wenn wir unter uns sind, fängt er wie aus heiterem Himmel an zu schreien: diese roten Verbrecher, diese Kommunistenschweine! Es kann einem richtiggehend angst werden. Und zugleich ist er vollkommen zahm und sogar liebevoll den Sowjets gegenüber. Wir haben Akrobaten aus Jaroslawl hier, denen tut er, im Gegensatz zu den deutschen Mitarbeitern, nie etwas. Nun kannst Du sagen, das ist doch normal, es sind Zirkusleute, keine Apparatschiks, er weiß eben zu unterscheiden. Aber hör zu, er verteidigt auch die Apparatschiks! Er sagt, die sind anders als unsere! Dabei werden doch unsere von denen geschult, oder? Unser Sozialismus ist doch wohl deren Sozialismus nachgebaut, oder nicht? Meiner Meinung nach verschließt Devantier, was das betrifft, völlig die Augen, und genau diesen Widerspruch habe ich am Anfang gemeint – aber weißt Du, welcher Gedanke mir jetzt, mitten im Schreiben, gekommen ist? Daß alles an diesem Devantier, was mir und sicher auch Dir zunächst vollkommen unlogisch erscheint, in Wirklichkeit eine verblüffende Logik hat. Tatsächlich, Trinchen, er muß doch glauben, dort bei den Sowjets sei alles wunderbar. Weil ihm nämlich dieser Glauben unwahrscheinlich nützt! Du wirst fragen, welcher Nutzen soll das denn sein? Nun, der, daß er nicht weiter nachdenken und schon gar nicht sich rechtfertigen muß für bestimmte Entscheidungen, die er im Laufe seines Lebens getroffen hat. Er hätte ja eine Weile durchaus noch in die Schweiz oder sonstwohin abhauen können. Aber er ist geblieben, und warum ist er geblieben? Weil er felsenfest davon ausging, dies hier ist Sowjetland, und Sowjetland ist Zirkusland, und im Zirkusland, da werde ich immer gefeiert werden und werde immer unverwundbar sein. Und nun kriegt er aber doch eine Verwundung nach der anderen, was sagt er sich also? Das war nicht absehbar, sagt er sich, das geschieht ja nur, weil die Sowjets hier alles aus der Hand gegeben haben, an ihre verkorksten Zöglinge, denn bei den Sowjets zu Hause, wo ich, Richard, früher oft gewesen und wo ich ja im Grunde aufgewachsen bin, da läuft's bestimmt noch prächtig, da würde niemand es wagen, mich zu drangsalieren. Ja, so muß es sein, jedenfalls ist das meine Erklärung.

Aber Schluß jetzt, Trinchen, ich muß jetzt ins Bett, muß schlafen, sonst werde ich den morgigen Tag nicht überstehen! Deine todmüde Freundin Britta.«

*

Zurück am Feuer, tat Devantier, als sei nichts geschehen. Er setzte sich auf seinen Platz neben Marty und Leonelli, gegenüber von John Klinger. Zur Runde gehörte auch noch der Jaroslawl-Vater, ein kleiner, korpulenter Mann mit einer im Flammenlicht glänzenden Glatze, in die, von der Stirn herauf, drei schmale, erstaunlich tiefe, nahezu parallel verlaufende Furchen gekerbt waren – als habe der Teufel seine Forke dort entlanggezogen. Neben Jaroslawl wiederum saßen Devantiers Neuerwerbungen Jona und Mona, spindeldürre, spitzkantige Schwestern, die mit ihrer Kautschuk-Darbietung beim Publikum Erschrekken hervorriefen – stilles Erschrecken über das Häßliche, das so mancher erstaunlichen Verrenkung innewohnt. Devantier war sich dieser Wirkung durchaus bewußt. Und doch hatte er die Schwestern verpflichtet? Oh, er hatte ihnen sogar einen der wichtigsten Plätze in der Programmfolge eingeräumt, er läutete mit ihnen jedesmal zur Pause, er ließ ihr Knochengeklapper nachhallen, denn Schönheit, Eleganz und Virtuosität, alles, wonach die Leute im Zirkus verlangten, war schnell vergänglich, gerade hier, wo es sich, Nummer für Nummer, überlagerte und gegenseitig der Wirkung beraubte, jenes Häßliche aber, jenes Scheußliche und Abstoßende, es prägte sich für lange ein, wunderbar, wunderbar.

Sie alle richteten nun ihre Augen auf Devantier, denn sie alle hatten sein Brüllen aus dem Chapiteau vernommen, und jeder von ihnen zeigte sich begierig zu erfahren, wer den Direktor wohl so in Harnisch gebracht hatte.

Devantier rief unwirsch: »Was gafft ihr so? Geht's euch was an? Nichts geht's euch an! Ach, packt euch doch, packt euch!«

Jona und Mona warfen sich einen pikierten Blick zu, John Klinger stippte einen Zweig in die Glut, Jaroslawl stürzte einen Schluck Bier hinunter. Nur einer insistierte, nur einer durfte sich das erlauben, und das war Leonelli, denn seitdem er Devantiers Raubtiere übernommen und sich bei deren Dressur ausgezeichnet hatte, verband die beiden eine besondere Beziehung.

»Komm schon«, raunte Leonelli, »was war los?« Wie um Devantier etwas Zeit zum Überlegen zu geben, nahm er bedächtig seine Strickmütze ab, so daß die rosafarbene Stelle, an der sich einmal sein Ohr befunden hatte, zum Vorschein kam. Er strich sich über die Haare und setzte die Mütze ebenso bedächtig wieder auf.

»Die kleine Werchow hat voll das Licht aufgedreht. Sie war wieder beim Üben ...«, antwortete Devantier. Marty Handy auf seiner anderen Seite rutschte, nachdem Britta erwähnt worden war, möglichst unauffällig näher zu ihm heran.

»Beim Üben ...«, wiederholte Leonelli und wies hinüber zu Jaroslawl. »Ich habe mich mal mit ihm über die Kleine unterhalten, beziehungsweise er hat von sich aus angefangen. Wieso sie eigentlich übe, hat er ziemlich bissig gefragt, sie würde doch sowieso nie was zustande bringen ...«

»Wichser«, entfuhr es da Devantier, und nicht nur Marty neben ihm, sondern auch die gegenüber Sitzenden, einschließlich Jaroslawl, horchten auf.

»Hört, hört«, raunte Leonelli, »Richard Devantier beleidigt seinen sowjetischen Freund! Was er nicht alles tut, wenn einer seinen Liebling piesackt, was er nicht alles tut. Tja, Richard, sie ist dein Liebling, jetzt hast du dich verraten.«

Devantier war immer noch erzürnt: »Über seine Söhne kann er reden, wie er will, sind ja seine Söhne – aber nicht über die Kleine!«

»Richard, und doch hat er in einem Punkt recht: Was richtig Gutes kann aus der Kleinen nicht mehr werden. Die bemüht sich, die ist vielleicht sogar begabt. Aber es ist eindeutig zu spät. Sie hätte viel eher anfangen müssen, mindestens fünf Jahre. Ehrlich gesagt weiß ich genausowenig wie Jaroslawl, warum sie sich so müht.«

Devantier schwieg.

»Weißt du's vielleicht?«

Er zuckte mit den Schultern: »Ist doch egal. Hauptsache, sie tut's. Und wie sie's tut, meine Güte, darüber könnte man glatt den Verstand verlieren.«

Jetzt war es Leonelli, der schwieg. Verlegen fuhr er sich mit den Fingern unter die Mütze und rieb sein rosafarbenes Fleisch, denn solche Weichheit und solches Sentiment war er von Devantier nun überhaupt nicht gewohnt.

Marty aber, Marty neben ihnen, der alles gehört hatte, setzte wieder sein traurig-schmerzliches Lächeln auf, nur daß es in diesem Moment, und überhaupt, niemanden interessierte.

*

Am Morgen darauf regnete es schon wieder. Zunächst fielen nur ein paar Tropfen, so fein waren die, daß Britta glaubte, es handele sich um vom Strand herüberwehende Gischt. Dann aber regnete es immer stärker, und am Mittag war es, als sei das gar kein Himmel mehr, was da über der Landschaft lag, sondern das tiefe wogende Meer, solche Wassermassen stürzten hinab. Die Erde blubberte beinahe wie urzeitliche Suppe.

Da nun die Mastkappen des Chapiteaus schon alt, verwittert und undicht waren, strippte während der Nachmittagsvorstellung Wasser durch die kleine Öffnung zwischen Mast und Zeltbahn. Nicht weiter schlimm schien das zunächst, schließlich war keiner der Besucher davon betroffen. Dann jedoch sollte sich, nur jenes nicht enden wollenden nassen Fadens wegen, ein grauenhaftes Unglück ereignen.

In der Manege befand sich der Große Leonelli mit seiner gemischten Raubtiergruppe. Die Wildkatzen – je fünf Tiger und Löwen sowie zwei Schwarze Panther – hatte er auf Postamenten plaziert, welche wie ein Ziffernkreis angeordnet waren, wobei zwischen ihnen, in der Mitte, ein Schwebebalken stand. Leonelli ließ, eigentlich ein Ding der Unmöglichkeit beim Charakter dieser Bestien, jeweils zwei Tiere auf dem Balken übereinanderspringen. Gerade glitten ein Panther und ein Tiger aufeinander zu, der Panther federte nach vorn – da dröhnte ein lauter Knall durchs Chapiteau. Einer der am Mast angebrachten, längst naß gewordenen Scheinwerfer war explodiert. In der Luft, wahrhaft noch in der Luft vollführte der Panther eine Wendung um 90 Grad und schoß auf Leonelli zu. Seine spitzen Fangzähne blinkten weiß, seine grünen Augen funkelten phosphoreszierend, seine ausgefahrenen Krallen glänzten wie riesige Gabelzinken. »Ringo!« Leonelli rief ihn barsch an, aber zu spät, schon wurde der Dompteur umgerissen, schon packte der Panther Leonellis rechtes Bein und vergrub darin seine Zähne. Schreie des Entsetzens im Publikum. Ehe Leonelli sich's versah, verbiß sich in seinem anderen Bein der Tiger. Schnaubend zerrten die beiden Kreaturen an seinen Gliedmaßen, Leonelli würde sie vielleicht verlieren, seine Beine, aber seine Nerven verlor er darum noch lange nicht: Mit der Peitsche schlug er auf die Nase des Tigers, auf dessen empfindlichstes Körperteil, da jaulte das Tier auf und ließ von ihm ab. Zugleich fingerte er mit der anderen Hand nach der Pistole, die für Notfälle unter seinem Gürtel steckte; es gelang ihm, sie zu ziehen, er feuerte. Der Panther schreckte zurück, nur Platzpatronen waren das gewesen, aber die hatten genügt, denn Leonelli bekam nun die Gelegenheit aufzuspringen. Er stand wieder, wie denn das, seine weiße Hose war doch schon durch und durch rot, wer weiß, was die großen Katzen von seinen Beinen übriggelassen hatten. »Bringt Ringo raus«, kommandierte er die Pfleger, die mittlerweile, mit Forken bewaffnet, in die Manege geeilt waren, »zuerst Ringo«, denn der Panther war der gefährlichste von allen. Sie drückten ihm die Forken in den Hintern und trieben ihn in den Laufgang. Doch nun, da endlich alles überstanden schien, begann das Schrecknis von neuem. Am Ende des vielleicht 70 Meter langen Ganges war das Licht noch nicht eingeschaltet, und durch einen 70 Meter langen, stockfinsteren Tunnel läuft selbst ein Panther nicht. Ein zweites Mal wendete er abrupt, mit einer Geschmeidigkeit, wie sie nur einer solchen Kreatur eigen ist, er sprang aus dem Tunnel und war im nächsten Moment schon wieder bei Leonelli. Er konnte ihn nun noch leichter umwerfen, er riß ihm, vielleicht, weil um die Schienbeine herum schon zuviel abgenagt war, Fleischstücke aus dem Oberschenkel. Derweil wurde er von den Pflegern verzweifelt bearbeitet. Einer schlug ihm mit einem der stählernen Postamente auf seinen knochigen Rücken, ein anderer stach ihm mit der eisernen Forke in die vibrierende Seite, so kriegten sie ihn endlich weg von Leonelli. Der nach alledem auf eines keinesfalls verzichten wollte: aufrecht gehend die Manege zu verlassen. Hinterm Vorhang aber, dahinter fiel er in Ohnmacht.

Devantier kommandierte Britta ab, Leonelli im Notarztwagen ins Kreiskrankenhaus zu begleiten.

»Ich?« fragte sie zitternd.

»Du!« wiederholte Devantier. Er mußte jetzt die Show am Laufen halten, ihm blieb keine Zeit für lange Erklärungen; aber wenn er welche gehabt hätte, dann hätte er Britta sicherlich auseinandergesetzt, daß sie hier nun, im Gegensatz zu vielen anderen, verzichtbar war und daß Leonelli sie mochte und daß ihm, wenn er denn noch einmal aufwachen sollte, ihr Anblick guttun würde.

Er wachte schon während der Fahrt auf. Er lächelte Britta an. Er schlug das Tuch, das die Schwestern über seine Beine gebreitet hatten, zur Seite, um zu sehen, was seine Lieblinge angerichtet hatten. Britta, die es mit ihm sah, mußte sich übergeben. Als sie damit fertig war, tätschelte Leonelli ihr mitleidig die bleichen Wangen. Die Ärzte stellten dann mehrere Brüche an seinen Beinen fest. Aber natürlich konnten sie keine Gipsverbände anlegen, da aus den Beinen gut ein Dutzend – zum Teil tellergroße – Stücke gerissen worden waren, Wunden, die versorgt werden mußten. Leonelli selber wies die Ärzte an, wie sie das bewerkstelligen sollten, schließlich hatte er diesbezüglich schon einige Erfahrung. »Sie müssen jede einzelne Wunde mit guter, alter Karbolsäure sterilisieren, das dürfte klar sein. Aber das Wichtigste: Es ist unbedingt erforderlich, aus jeder Wunde noch Fleisch zu schneiden, denn darin steckt mit Sicherheit Gift von den Raubtierzähnen. Ich wiederhole: unbedingt das Fleisch herausschneiden, lieber mehr als weniger. Danach selbstverständlich alles noch einmal auswaschen. Kann ich mich darauf verlassen? … Gut. Dann dürfen Sie mich jetzt betäuben.«

Bei ihrer Rückkehr erfuhr Britta, daß Marty, der seinen Auftritt unmittelbar nach dem Unglück gehabt hatte, nicht imstande gewesen war, seine Kerzen unfallfrei aufzufangen. Auch hatte er mit seinem Löffel mehrere Bälle verfehlt, worauf Devantier ihn vor versammelter Mannschaft anschrie, sich in schwierigen Situationen am Riemen zu reißen, das könne und müsse er von einem so erfahrenen Artisten doch wohl verlangen – von wem, wenn nicht von ihm, verdammt nochmal!

*

Es war am frühen Nachmittag des folgenden Tages, als auf einmal Erik vor Britta stand. Sie stieß einen leisen Schrei der Überraschung aus, der wie ein Ausruf der Freude klang. Aber ihre düstere Miene bildete einen deutlichen Gegensatz dazu.

»Ich hatte doch geschrieben, daß ich heute ankomme«, sagte Erik.

»Ja, ich habe es auch nicht vergessen. Ich hätte nur nicht gedacht, daß du schon jetzt hier erscheinst. Abends, dachte ich. Wie bist du denn so fix ...?«

»Mit dem Fahrrad«, unterbrach Erik sie. Er hatte für zwei Wochen Quartier im etwa zwanzig Kilometer entfernten Dranske bezogen, in einem aus schmucklosen Baracken bestehenden Uni-Ferienlager. »Aber wenn ich jetzt störe, düse ich wieder ab und komme am Abend wieder, du mußt es nur sagen.«

Britta schüttelte den Kopf, zwang sich zu einem Lächeln.

»Was hast du denn? Bist du mir noch böse wegen damals? Ich würde es verstehn, ich kann ...«

Nun war sie es, die ihn unterbrach: »Hör auf, die Sache ist vergessen, das habe ich dir schon tausendmal gesagt. Ich will davon nichts mehr hören.«

»Was ist es dann? Ich kenne dich, es geht dir nicht gut.«

Britta legte ihm eine Hand auf die Brust, wischte ein wenig darauf herum und erzählte in kurzen Worten von dem Unfall, der gestern geschehen war, worauf Erik sie an sich zog und ihren Hinterkopf streichelte.

»Das tut mir leid für euren Dompteur«, sagte er, aber Britta ging nicht darauf ein, und so fragte er, ob sie ihn vielleicht durch den Zirkus führen wolle. »Ich möchte schließlich wissen, wie du hier lebst und was du tust.«

»Gern, aber nicht jetzt, ich muß zum Einlaß, Karten abreißen, die Vorstellung beginnt bald. Und außerdem ...« Sie stockte, schaute versonnen und fast schwermütig an Erik vorbei.

»Und außerdem? Sag schon.«

»Außerdem habe ich oft davon geträumt, wie ich meinen großen Brüdern den Zirkus zeige. Ich wäre dermaßen stolz auf euch, Erik. Einen hätte ich zur Linken und einen zur Rechten, so würden wir hier durchgehen. Aber mit beiden!« Sie stampfte plötzlich mit dem Fuß auf wie ein kleines Mädchen, dem etwas, das es sich in den Kopf gesetzt hat, nicht erfüllt wird. »Nicht nur mit einem! Doch wie ist es jetzt? Bloß weil du da bist, kommt Matti nicht. Und wenn er da wäre, würdest gleich du wegbleiben.«

»Das stimmt nicht, er ist es, der nichts mehr mit mir zu tun haben will, nicht umgekehrt. Ich würde kommen, denn ich habe nichts gegen ihn, gar nichts, aber er hat was gegen mich, das hat er ja wohl deutlich zum Ausdruck gebracht. Ja, du magst vielleicht nichts mehr davon hören, du hast vielleicht wirklich ganz leicht abgeschlossen damit, aber für uns ist es eben nicht vorbei!«

Britta seufzte, und Erik nahm es als Signal, fortzufahren in seiner Anklage: »Was hätte ich denn machen sollen? Es war doch ein Kompromiß, diese Unterschrift zu leisten, oder nicht? Habe ich dir etwa geschadet? Nein, habe ich nicht. Aber er, er tut seitdem, als hätte ich. Er benimmt sich ja fast so, als hätte ich dich ermordet! Er dreht doch völlig durch, oder nicht?«

Britta schüttelte lächelnd den Kopf: »Er hat eben seine Maßstäbe, das ist doch auch schön. Ich bewundere ihn dafür. Aber gleichzeitig macht er mir angst, das muß ich schon zugeben. So hohe Maßstäbe, die verderben einem nur das Leben. Man wird unzufrieden und ungerecht, weil sie gar nicht erfüllbar sind. Und am Ende gibt es bloß Streit und Bösartigkeit.« Während der letzten Worte hatte sich ihr Gesicht verfinstert, und jetzt rief sie: »Ich will aber keinen Streit! Ich will, daß alles wieder so wird wie früher. Das kann ich ja wohl verlangen. Wie du schon sagtest: Ich war es, die im Mittelpunkt gestanden hat – also kann ich jetzt auch verlangen, daß ihr euch wieder vertragt.«

»An mir soll es nicht liegen, an mir nicht«, beeilte Erik sich abermals zu versichern.

»Dann werde ich Matti noch einmal einladen. Ich werde ihm sagen, daß er mir weh tut, wenn er hier nicht erscheint. Er wollte doch sowieso an der Ostsee zelten, dann soll er herkommen und nicht irgendwo anders hinfahren.« Britta schaute jetzt trotzig: »Für mich wird er schon über seinen Schatten springen, das spüre ich. Und wenn er erstmal hier ist, wird sich schon alles einrenken, denn schließlich ist es gleiches Blut, jawohl, unser gleiches Blut wird schon alles andere beiseite schwemmen und wegspülen, ach was sage ich, vernichten und ersäufen wird es das, verlaß dich drauf!«

Da hatte sie sich ja in eine überbordende Siegesgewißheit hineingeredet. Erik lächelte sie verzückt an, nur war es keine reine Verzückung, sondern eine mit gehöriger Skepsis vermischte.

*

Britta schrieb schnell an Matti, auf ihre ungestüme, liebevolle Art erbat sie sich sein Erscheinen; und siehe, bereits drei Tage später erhielt sie tatsächlich eine positive Antwort. Da mußte sie sich gleich noch einmal hinsetzen und noch einen Brief verfassen, sie wollte einfach ein bißchen jubeln über ihren Erfolg, und wem gegenüber sollte sie es tun, wenn nicht gegenüber ihrer besten Freundin Catherine?

Aber Himmel, was löste sie aus damit! Es kam nun nämlich ein unerwartet langer und durchaus alarmierender Brief zurück, einer, der Britta dazu bewog, abends nach der letzten Vorstellung ausnahmsweise mal nicht zu jonglieren, sondern sich umgehend und ausführlich Catherine zuzuwenden, das tat not ganz offensichtlich.

»Trinchen«, schrieb sie, »ohne lange Vorrede zu dem, was Du mir gebeichtet hast, denn nichts ist jetzt wichtiger. So ein Geständnis! Ich erwähne meinen Bruder – und Du machst mir so ein Geständnis! Alle Schleusen auf einmal offen …

Aber ich will nicht so tun, als wäre ich vollkommen überrascht. Einerseits bin ich das. Aber andererseits hatte ich etwas Ähnliches schon vermutet. Ich weiß, das hört sich irgendwie komisch an – und doch stimmt es.

Ich freue mich so, Trinchen! Ich freue mich riesig, daß Du in Matti verliebt bist und Dir wünschst, mit ihm zusammenzukommen. Und es wurde auch Zeit, daß Du es mir offenbarst und wir offen darüber reden. Gerade darüber haben wir nie geredet, Trinchen. Und es gibt doch eigentlich nichts Wichtigeres als so einen Wunsch und so eine Sehnsucht. Ich verstehe natürlich Dein langes Schweigen mir gegenüber, ich verstehe Deine Vorbehalte. In Deinen Augen bin ich ein Teil von ihm. Du vermutest, er stünde mir im Zweifelsfall noch näher als Du. Und mit dieser Vermutung, da will ich gar nicht groß herumreden, hast Du natürlich vollkommen recht. Wie sollte es auch anders sein? Er ist mein Bruder, und wenn es irgendwann hart auf hart kommt, werde ich bedingungslos für ihn eintreten, so wie ich weiß, daß er es umgekehrt genauso tun wird. Aber was Dich betrifft, Trinchen, da gibt es diesen Zweifelsfall doch nicht. Mit Deiner zweiten Vermutung liegst

Du so falsch, wie man nur falsch liegen kann. Du bist doch meine beste und immerste Freundin! Ja, meine immerste! Armes, dummes Trinchen, warum sollte ich nicht gut finden, daß Du Dich in Matti verknallt hast? Warum sollte ich was dagegen haben? Ich bin sogar sehr dafür! Ich kenne Euch doch beide, und ich weiß, wie gut Ihr zueinander paßt. Glaube mir, nichts würde ich lieber sehen, nichts. Ich wäre glücklich, wenn Ihr zusammenkämt. Ich wünsche es mir genauso wie Du. Ich gäbe Euch sofort meinen Segen. Wenn Du mich gerade sehen könntest: Ich schwenke wie ein Priester meinen Arm.

Aber Trinchen, reise jetzt nicht her, überstürze nichts, komm meinetwegen, wenn Matti wieder weg ist, aber solange er hier ist, bleib bitte, bitte daheim. Zur Zeit ist es nämlich äußerst schwer mit ihm, aus einem bestimmten Grund. Ich zögere, ihn Dir zu nennen, denn ich weiß, ich füge Dir Schmerz zu, wenn ich es tue, und das will ich unter keinen Umständen. Und doch muß es sein. Ich muß Dich vor falschen Erwartungen schützen. Also schonungslos und in einem Zug: Auch er hat sich verliebt, Trinchen, aber leider nicht in Dich. Und die Frau, in die er sich verliebt hat, von der ist er fortgeschickt worden, nachdem sie kurz zusammengewesen sind, und er versteht's nicht. Es muß überwältigend gewesen sein mit ihr, für ihn. Und für sie war's auch sehr schön. Sagt er. Ich gebe nur wieder, was er mir erzählt hat. Jedenfalls ist sie weg, sie ist schon noch in Gerberstedt, aber für Matti ist sie weg, nicht mehr greifbar, und er, er ist deswegen völlig am Boden. Er sagt, so einer Frau begegnet er nie wieder, allen Ernstes sagt er so was, stell Dir vor. Was für ein Blödsinn! Du begegnest natürlich immer wieder jemandem. Es gibt doch nicht nur den einen. Du kannst Dich tausendmal verlieben. Diese Worte gerade auch in Deine Gehörgänge, Trinchen, denn noch einmal, Matti ist für Mädchen absolut nicht zu erreichen, jedenfalls im Moment nicht. Kein Anschluß unter dieser Nummer. Weil er nämlich vollauf damit beschäftigt ist, dieser Frau, dieser ach so anbetungswürdigen Dame hinterherzutrauern. Ich frage mich, warum die ihn sich überhaupt gegriffen hat. Ihn erst vernaschen, und wenn sie den Mund noch voll hat, schon nichts mehr von ihm wissen wollen. Wie ich sie hasse, Trinchen! Sie hat nur mit ihm gespielt, so wie sie mit jedem spielt, die bildet sich sonstwas ein auf ihre Schönheit, das ist ganz offensichtlich, und daher hätte ich ihn schon gewarnt, wenn ich nur rechtzeitig von der Sache erfahren hätte – aber jetzt habe ich schon viel zuviel über sie erzählt. Alles ist aus mir herausgebrochen, und nur, weil Du's bist. Nichts kann ich vor Dir geheimhalten. Du weißt nun sogar, daß sie mir bekannt ist. Und doch darf ich Dir nicht sagen, um wen es sich namentlich handelt, das habe ich Matti hoch und heilig versprochen. Und es nützt Dir ja auch nichts, wenn Du es wüßtest. Es muß Dir egal sein. Versuche, das alles schnell zu vergessen und Dich Neuem zuzuwenden, denn nur durch das Tor, das nicht verschlossen ist, können die Menschen eintreten – sagt Dir Deine neunmalkluge Freundin Britta.

P.S. Ich möchte Dich so gern noch ein wenig aufheitern, denn ich spüre, daß Du jetzt traurig bist. Also erzähle ich Dir in aller Kürze das Aktuellste vom Direktor Devantier. Er ist manchmal sehr lustig, mußt Du wissen, sogar in seiner Wut, wenngleich er das selber bestimmt gar nicht merkt. Heute hat er Marty, unseren Jongleur, der seit ein paar Tagen ziemlich durcheinander ist, nach der Vorstellung mit den Worten zusammengestaucht: Du fängst ja keinen Wasserball mehr, verdammt nochmal! Stell Dir vor, Trinchen, einen Wasserball ...«

*

Am Tag, für den Matti sich bei Britta angekündigt hatte, regnete es, wie es schon all die Tage zuvor geregnet hatte, und der Himmel machte ganz und gar nicht den Eindruck, als wolle er daran noch einmal irgendetwas ändern. Er wirkte wie betoniert, ein riesiges erdrückendes, ein scheinbar für die Ewigkeit gemachtes Dach. Ab und zu stießen ein paar dumme, vorwitzige Möwen dagegen; und mit empörtem spitzem Geschrei stürzten sie sich gleich danach zum Abkühlen der Beulen, die sie sich dort oben geholt hatten, eilends runter ins Meer.

Britta, die ein paar Arbeiten im Freien verrichtet hatte, trocknete sich gerade mit einem Handtuch ab, da stand Matti in der Wagentür. Sein Gesicht war ernst und schwermütig, aber nichts anderes hatte Britta ja erwartet. Sie schlang das Handtuch um ihren bloßen Körper, breitete die Arme aus und rief: »Mannomann, wie habe ich darauf gewartet, dich zu sehen!« Sie zog den patschnassen Matti an sich, machte an seiner Brust »brh« und »huah« und wollte ihn trotzdem gar nicht mehr freigeben.

Matti nahm es mit einem traurigen Lächeln hin. Schließlich bat er Britta, mit dem Daumen zum wassertriefenden Rucksack auf seinem

Rücken deutend, »ist gut, ist ja gut, laß mich doch erstmal das Ding hier abwerfen«.

Sie trat lachend und eifrig nickend zurück, und er streifte den Rucksack ab.

Gerade jetzt läutete Devantier seine Glocke. Britta warf den Kopf in den Nacken und rollte mit den Augen: »O weh, Matti, kaum bist du da, schon muß ich los, was ist das nur für eine grausame Welt!« Und abermals lachte sie. Und während sie lachte, sprang sie schon zu dem aus unbehandelten Spanholzplatten gezimmerten Spind neben ihrem Bett und riß die rote Uniform mit den goldenen Kordeln vom Bügel, in der sie sich nun gleich am Eingang würde postieren müssen. Sie hatte sich ja, durch Matti aufgehalten, noch nicht in Schale werfen können, sie schlüpfte in ihre Kleidung und schlug Matti vor, »am besten, du gehst erstmal zum Zeltplatz und ziehst deinen Palast hoch«, sie schaute in den rahmenlosen Spiegel, der an der linken oberen Ecke gesplittert war, ordnete fix ihre Haare, setzte sich die zur Uniform gehörende rote Kappe auf und hatte dabei zugleich Matti im Blick, rief ihm zu, »wir sehen uns alle bei der Abendvorstellung, Erik weiß Bescheid, ihr sitzt beide zusammen, eure Karten sind«, sie drehte sich um die eigene Achse, »wo sind sie denn – ach da«, sie stürzte zum Spind, an dessen Seitenwand sie die Karten mit einer Reißzwecke gepinnt hatte, und zog sie mit einem heftigen Ruck ab, so daß sie einen langen Riß bekamen und wie schon entwertet aussahen, sie küßte Matti auf seine nasse Wange – und schon war sie fort. Matti blieb nichts, als ihrem Schweif nachzuschauen.

Er lag dann den ganzen Tag in seinem kleinen polnischen Bergzelt, wegen des Regens, der unaufhörlich pladderte, aber viel mehr noch, weil er sich endlich wieder dem süßen Traum hingeben konnte, Karin Werth schmiege sich an ihn, sei neben, auf, unter ihm.

Darüber, und über nichts anderem, wurde es Abend. Die Vorstellung rief. Von finsteren Gedanken geplagt, machte sich Matti auf den Weg zurück zum Zirkus, denn da er sich nun einmal hatte herlocken lassen, würde er gleich unweigerlich seinem Bruder begegnen, und darauf legte er nicht den geringsten Wert; nein, die kommenden Stunden würden ihm keine Freude bereiten, sie mußten Britta zuliebe einfach nur überstanden werden, so stapfte er voran, den Blick auf den Boden geheftet, nirgenwohin richtig schauend, nichts richtig sehend. Er erkannte noch nicht einmal das Chapiteau, das sich vor ihm erhob und aus der Distanz einem Ufo glich: Rund, glatt, metallisch glänzend und majestätisch erleuchtet, wie gerade von einem fernen, fröhlichen Stern heruntergeschwebt, lag es im dunklen Morast. Und wimmelnde Menschen, zum Staunen bereite Erdlinge, drängten sich auch schon am Eingang.

Im Gewühle reckte er den Hals, um Erik zu finden. Da tippte ihm jemand auf die Schulter. Er fuhr herum und sah unmittelbar vor sich lächelnde, leicht zitternde Lippen. Erik beugte sich vor, wollte er den Bruder umarmen? Er hielt erst einmal inne und versuchte, Mattis Reaktion zu erahnen. Als er merkte, Matti würde ihm nicht entgegenkommen, unterließ er jede Berührung. Keiner von beiden wußte etwas zu sagen.

»Wie geht's?« fragte endlich Erik.

Matti dankte nickend und rang sich dann zu einem »und selber?« durch.

Erik berichtete, daß er im Ferienlager der Universität untergekommen sei. Er setzte auch an, mehr zu erzählen, aber Matti unterbrach ihn, indem er Erik eine Karte hinstreckte.

»Laß uns reingehn«, sagte er unwirsch, es war, als habe das Wort Universität ihn zu deutlich daran erinnert, wie Erik sich die Fortsetzung seines Studiums erkauft hatte.

Sie ließen sich in Richtung Chapiteaueingang treiben, wo, wie sie meinten, Britta sie erwartete. Doch als der Strom sie nahe genug herangespült hatte, mußten sie erkennen, es waren zwei fremde Mädchen, die da in feschen roten Uniformen die Billetts kontrollierten. Matti wies dem einen seine Karte vor, erntete ein Stirnrunzeln und bekam in ärgerlichem Tonfall erklärt, die sei ungültig, mit der sei ja wohl schon jemand hineingegangen.

Er erläuterte, woher der Riß rühre, nämlich von einer dämlichen Reißzwecke. Aber das Mädchen glaubte ihm nicht. Hinter ihnen erhob sich schon lautstarkes Murren. Da trat Erik vor und sagte freundlich, Britta Werchow könne bezeugen, was eben gesagt worden sei, an ihrem Spind befände sich die Reißzwecke, das Mädchen kenne doch Britta, oder? Nun, und sie hier, er wies auf Matti und sich, sie seien ihre Brüder.

»Na dann«, sagte die Einlasserin, »dann ist die Sache klar. Entschuldigt bitte, aber ihr glaubt ja gar nicht, zu welchen Tricks die Leute greifen, um hier reinzukommen; Devantier, also unser Direktor, hat uns extra nochmal angewiesen, aufmerksam zu sein. Er macht uns zur Minna, wenn …«

»Schon gut«, unterbrach Erik sie, »wir verstehen das. Aber sag mal – wo ist eigentlich Britta? Müßte sie nicht hier kontrollieren?«

Das Mädchen lachte: »Sie ist heute plötzlich zu was anderem abkommandiert worden.«

»Wozu denn?«

»Werdet ihr schon sehen, werdet ihr schon sehen, geht nur rein, na geht schon, ihr habt ja einen richtigen Stau fabriziert.«

Und dann saßen sie, und dann wurde es dunkel, und dann ertönte der erste Tusch, und acht prächtige Schimmel galoppierten in die Manege, ein jeder mit schwarzen Federbüschen auf dem Kopf und schwarzem Sattel auf dem Leib, und ein Mädchen mit pechschwarzen Haaren und in blütenweißem Kleid läuft, ach was, schwebt herein und springt auf einen Schimmel und vollführt Handstand und Salto, und eh man sich's versieht, sind es acht Mädchen ihrer Art und acht Handstände und acht Salti, und lauter als die Musik tönt das Ah und Oh des Publikums, und wenn das allen zu Herzen ging, so folgt jetzt etwas, das allen das Herz stillstehen läßt, es folgt John Klinger, der doch glatt noch mehr Messer, und noch schärfere, als der Küchenchef vom »Neptun« in Warnemünde parat hat, und sieh mal einer an, er wirft die Dinger ja auf beziehungsweise neben, wollen wir mal hoffen neben das ausgesprochen freundliche Mädchen, das eben noch am Eingang die Karten abgerissen hat, kurz angebunden ist es jetzt, mit Stricken an den schmalen Gelenken, und die wuchtige Scheibe aus Gummi, an der es reglos wie ein konservierter Schmetterling klebt, wird nun gnadenlos in Drehung versetzt von John, der dabei unergründlich lächelt, und das Mädchen, der bezaubernde gefangene Falter, hat gespreizte Arme und Beine, die schon kaum noch jemand auseinanderhalten kann, so wild werden sie gedreht, und John, der Dämon, wirbelt sie noch weiter herum, und die Pauke macht bumm-bumm, und das erste Messer zischt, dschumm! in den Gummi, na wahrlich, das hier ist nichts für Bummi, Schnatterinchen und Pittiplatsch, denn kein Quatsch, wenn das Mädchen seinen Kopf nur einen Zentimeter bewegte, könnte es sein heißes Ohr am herbeigeflogenen kalten Stahl kühlen, und gleich darauf die

Schenkel, und den Hals, und die Brust, und als John es mit lässiger Geste, voilà! Herrschaften, auch heute wieder sind wir doch recht sorgsam miteinander umgegangen, nicht wahr? endlich losbindet, ist der Umriß des zarten Körpers mit all den Messern auf der Scheibe nachgebildet, eine harte, die härteste Zeichnung der Welt, und raus damit aus der Manege, und während die schrecklich schöne Skizze von ein paar muskulösen Helfern davongetragen wird, stolpert schon der dickbäuchige Clown Beppo herein und greift unter die rot angemalte Tischtennisballhälfte, die er sich vor seine Nase gebunden hat, und beginnt ungeniert zu popeln, und die Popel sind aber gar keine Popel, sondern Luftballons, Luftabbon, schreit ein Kind, und die anderen Kinder, die heute auch erst viel später ins Bett müssen und schon auf ihn gewartet haben, reißen ihre Münder auf, in denen noch spinnwebzarte Rückstände von Zuckerwatte kleben, und lachen in Schwällen, fluten die Manege mit den Tonwellen, die ihnen aus ihren noch reinen Seelen fahren, und dann hat der Clown zu seinem eigenen Erschrecken und zum Ergötzen der Kinder der großen und kleinen sämtliche Luftabbons zum Platzen gebracht und watschelt, ganz vollgespritzt mit Zuneigung, ungelenk winkend wieder hinaus, und dann – dann steht plötzlich Britta da unten!

»Guck guck guck guck!« rief Erik. Bei jeder Wiederholung schnellte sein Kopf nach vorn, eine seltsam abgehackte Bewegung, die ans Zukken eines körnerpickenden Huhns erinnerte.

Matti stieß ihm einen Ellenbogen in die Rippen und beließ den dort, aber weißgott nicht, um seinem Bruder Einhalt zu gebieten, sondern nur, um ihm zuzustimmen, denn auch er traute ja seinen Augen nicht. Für Erik wiederum war es die zärtlichste Berührung, die sich denken läßt. Er drückte seinen Oberkörper gegen Mattis spitzen Knochen und genoß den Schmerz, der sich dabei einstellte.

Vergessen war in diesem Augenblick das Zähe der Begrüßung, und überhaupt alles Schwere und Finstere, nur eine Frage schwirrte ihnen, in verschiedenster Ausfertigung, jetzt noch durch den Kopf: Was macht Britta denn auf einmal da unten? Was sollen denn die goldfarbenen Ständer, einer mit Bällen drauf, einer mit Keulen, zwischen denen sie auf einmal steht? Das gibt's ja wohl in keinem Russenfilm, will sie hier und jetzt wirklich und leibhaftig anfangen zu jonglieren?

Britta streckte ein Bein vor, drückte die Schultern durch und warf ihren Kopf in den Nacken. Sie schien die pure Selbstsicherheit zu sein. Aber je länger die beiden ihr zuschauten, um so mehr entpuppte sich das als Pose. Brittas Atem ging wie wild, sie bemerkten es an der Bewegung ihres Busens. Er hob und senkte sich so heftig, als wäre Britta, die doch noch gar nichts getan hatte, gerade 100 Meter auf Zeit gerannt. Wobei jener Eindruck noch dadurch verstärkt wurde, daß ihr Busen in dem Kleid, das sie trug, viel praller wirkte, als er tatsächlich war. Überhaupt war dieses Kleid höllisch eng und verdammt kurz. Hellblau war es, mit silbernen Knöpfen, silbernem Saum und silbernem Kragen. Ihre Haare trug Britta offen; und das alles, die halbbloßen emporgehobenen Brüste und das Hellblau und das Silber und das schulterlange Blond, ausgestellt im Scheinwerferkegel, der wie ein übergroßes weißes Ei in der Manege lag, ergab eine ungewöhnliche Mischung aus Reinheit und Schamlosigkeit.

Auch im übrigen Publikum hielt man, obwohl doch ganz offenbar nur eine Jonglage bevorstand und nicht etwa eine gewagte Flugnummer oder eine gefährliche Dressur, den Atem an, so viel Zauber ging von Britta aus. Aber mußte nicht jede Besuchergruppe sich von etwas anderem verzaubert oder gebannt fühlen? Die Kinder erkannten in diesem Mädchen bestimmt eine Märchenprinzessin. Die Väter stellten sich vor, sein Kleid würde reißen, und genossen, was dann erst alles sichtbar würde. Die Mütter wiederum schluckten verdrießlich über Brittas Freizügigkeit, eigentlich aber über die geheimen Wünsche ihrer Männer, die sie sehr wohl erahnten, und noch viel eigentlicher darüber, nichts von dem, was ihnen gerade vorgeführt wurde und was sie so verachteten, zu besitzen. Genau darum verachteten sie es ja.

Und einer im großen weiten Chapiteau, einer hatte alles das durchaus vorhergesehen. Zumindest hatte er darauf spekuliert. Darauf angelegt hatte er's doch! Er stand in diesem Moment breitbeinig und mittig hinter dem schweren weinroten Vorhang, der Manege und Kulissen trennte, hielt ihn mit seinen beiden Pranken leicht gerafft, steckte seine alte porige Nase hindurch und lugte fast vergnügt ins Rund. Er spürte die Erregtheit des Publikums und genoß sie. Schon lange nicht mehr war er so guter Dinge gewesen. Weiter, feuerte er Britta im stillen an, genau so, Mädel, so und nicht anders!

*

Richard Devantier. Unmittelbar nach der Nachmittagsvorstellung, bei der Marty Handy zum wiederholten Male durch fürchterliche Patzer aufgefallen war, hatte er den Entschluß gefaßt, Marty durch Britta zu ersetzen. Allerdings behielt er diesen Entschluß zunächst für sich.

Devantier verkündete ihn erst, nachdem er mit der Glocke alle Mitarbeiter zur Abendaufführung zusammengerufen hatte, und er tat es kurz und kommentarlos.

»Alle mal herhören«, rief er, »eine Besetzungsänderung. Werchow jongliert anstelle von Handy. Die Programmfolge bleibt. Ende der Durchsage.«

Daraufhin erhob sich aufgeregtes Gemurmel. Die überraschten Angestellten suchten mit ihren Blicken Britta und Marty. Beide standen nicht weit voneinander entfernt und zeigten sich gleichermaßen bestürzt. Britta war im Gesicht rot angelaufen und schüttelte entsetzt den Kopf, als habe sie soeben einen Mordauftrag erhalten, und Marty stammelte in einem fort: »Wieso denn das, wieso denn das?«

»Das weißt du«, antwortete Devantier scharf.

Marty trat vorsichtig auf ihn zu: »Was soll ich wissen, was denn, ich weiß überhaupt nichts.«

Devantier wurde jetzt wütend, wenigstens tat er so. Mit seinem Zeigefinger fuchtelte er Marty vor dem Gesicht herum: »Stell dich nicht so dumm! Du weißt es genau. Jeder hier«, er beschrieb mit seinem Arm einen Halbkreis, »jeder weiß Bescheid. Jeder hier hat genug gesehen! Willst du vielleicht, daß sie dir's sagen? Willst du's hören? Na los, Leute, sagt's ihm! Na los, keine falsche Scheu!«

Betretenes Schweigen. Die meisten Versammelten starrten zu Boden. Einige räusperten sich. Da rief Marty in jammerndem Ton: »Ich war schlecht, Richard, in den letzten Tagen war ich schlecht, du hast ja recht, ich weiß es. Aber Richard, heute abend werde ich keine Fehler machen, kein einziges Fehlerchen wirst du von mir sehen, ich verspreche es dir, bitte gib mir noch diese eine Chance, bitte!«

Einige der Anwesenden stöhnten leise auf. Es war, als bereite Martys Unterwürfigkeit ihnen körperliche Schmerzen. Andere verfolgten seinen aussichtslosen Kampf mit einem distanziert-interessierten Blick, so, als würden sie beobachten, wie eine Stubenfliege immer wieder gegen die Scheibe prallt, bis sie schließlich auf dem Fensterbrett liegenbleibt.

»Wir sind hier nicht bei ›Wünsch dir was‹«, erwiderte Devantier.

»Aber wir kennen uns nun schon so lange, Richard, so lange. Wie viele Jahre sind wir wohl durch dick und dünn gegangen? Sag selbst, wie viele Jahre? Habe ich es da vielleicht verdient, so plötzlich …«

Weiter kam Marty nicht, denn mit einemmal begann Devantier zu brüllen: »Zu lange schon! Zu viele Jahre! Ich habe die Faxen dicke! Schluß mit der Nachsicht! Ich lasse mir von dir nicht den ganzen Laden ruinieren! Und Ende der Diskussion, ich kann hier nicht ewig diskutieren! Die Vorstellung ruft! Alle auf die Plätze, aber bißchen hurtig, wenn ich bitten darf!«

Die Versammelten traten ab, doch keine drei Sekunden später hielten alle schon wieder inne, denn noch einmal ließ sich Marty vernehmen, und jetzt so laut und so höhnisch, wie keiner ihn je gehört hatte: »Britta Werchow, daß ich nicht lache. Die kann's wohl, ja? Was für ein Witz, die wird dir den Laden ruinieren, mein lieber Richard, aber das ist natürlich ganz was anderes, nicht wahr?« Er verfiel in ein stoßweises, wie meckerndes Lachen. »Hübsch eingewickelt hat sie dich. Ja, die versteht's. Verstand verloren, sag ich nur, man kann bei ihr glatt den Verstand verlieren, denke nicht, ich hätte es nicht gehört. Ich weiß Bescheid, mein Lieber, ich weiß Bescheid. Und ich sage dir, was du genausogut weißt, ich sage es jedem: Sie kann überhaupt nicht jonglieren! Und sie wird es auch nie können! Amateurin! Lächerliche Dilettantin!«

In diesem Moment riß Elsa, die altgediente, korpulente Köchin, die nicht länger ansehen mochte, wie er sich um Kopf und Kragen redete, Marty am Arm und zischte ihm zu: »Sei still! So halt doch endlich den Mund!«

Marty aber war noch nicht fertig, Marty rief mit glasigem Blick und seltsamem Pathos: »Je mehr ich die Menschen kennenlerne, um so mehr liebe ich die Tiere hier, ihr – ihr Menschen!«

Auch Britta war auf ihn zugelaufen, um ihn zu beruhigen und um ihm und allen und nicht zuletzt Devantier zu sagen, Marty habe ja in einem Punkt vollkommen recht, sie sei doch noch gar nicht imstande, vor richtigem Publikum zu jonglieren; aber als sie hörte, was Marty da rief und wie er es rief, wußte sie, daß sie ihn jetzt nicht erreichen würde. Betroffen und hilflos schwieg sie.

Nun endlich zerstreute sich die Menge, und alle eilten auf ihre Positionen. Übrig blieben nur Britta, Devantier und der schon einen Tag nach seinen diversen Operationen aus dem Krankenhaus ausgebüxte, an so gut wie allen Körperteilen verbundene Leonelli. Er lag auf einer Gerätekiste. Ohne Zweifel hatte er beträchtliche Schmerzen, denn er bewegte sich ständig, und welche Stellung auch immer er einnahm, in keiner fand er Ruhe. Zuweilen stieß er heftige Flüche aus, aber wohl nicht wegen der Schmerzen an sich, sondern wegen der unmännlichen, ja geradezu infantilen Zappeligkeit, zu der sie ihn zwangen.

Britta sagte jetzt Devantier, was sie schon die ganze Zeit hatte sagen wollen: »Ich kann das nicht. Ich übe doch noch. Ich bin doch noch eine blutige Anfängerin.« Dabei fuhr sie immer wieder mit den Fingern durch ihre langen Haare, fast riß sie an denen.

»Du bist viel weiter, als du denkst«, versuchte Devantier sie zu beruhigen, und immerhin, damit zauberte er ein zaghaftes Lächeln auf ihr Gesicht. Wirklich? schien sie zu fragen.

Aber sofort verfinsterte sich ihre Miene wieder. »Und ich will auch nicht diejenige sein, die Marty ablöst. Ich verdanke ihm doch so viel – genaugenommen hätte ich ohne ihn gar nicht zu jonglieren angefangen. Mir wird richtig schlecht bei dem Gedanken.«

»Muß dir nicht werden«, antwortete Devantier, »es ist ja meine Entscheidung, nicht deine.« Er zog das hellblaue Kleid aus einer Plastetüte zu seinen Füßen, die Britta erst jetzt bemerkte: »Na, hier, zieh das an.«

Britta verweigerte die Annahme: »Sie denken wohl wirklich, Sie können über alles und jeden bestimmen? Ja das denken Sie! Aber nicht mit mir! Sie können mich nicht dazu zwingen!«

Devantier wußte jedoch nach der nächtlichen Episode im Chapiteau ziemlich genau, wie er mit ihr umzugehen hatte, und so entgegnete er, gutmütig brummend: »Ich weiß, ich weiß. Ich zwinge dich ja auch nicht. Ich bitte dich nur, mein Kind.« Mit ruhigem Arm hielt er ihr das Kleid hin.

Und tatsächlich, gegen Devantiers schon seit Minuten lammfrommes Gebaren kam Britta nicht länger an. Da der Direktor diesen Zug so selten, eigentlich gar nicht offenbarte, erreichte er damit nun eine um so durchschlagendere Wirkung. Ich wäre doch bloß störrisch und zickig, wenn ich mich jetzt noch sträuben würde, sagte sich Britta unter dem Eindruck der Devantierschen Sanftmut. Nein, ich will mich nicht weiter sträuben. Und irgend jemand muß ja heute schließlich jonglieren. Sie griff nach dem Kleid. Hierbei ließ sie zwar ein »aber auf Ihre Verantwortung« hören, doch klang das fast schon possierlich und konnte demzufolge von Devantier auch nicht mehr als ernsthafter Einwand betrachtet werden.

Britta lief zum Wagen, um in das Kleid zu schlüpfen. Sobald sie außer Reichweite war, rief Leonelli, nicht ohne wieder einmal fluchend seine Lage zu verändern: »Verdammte Scheiße ... Richard, bist du verrückt? Du kannst doch nicht im Ernst die Kleine bringen! O ja, Marty hat recht, Marty hat ganz recht! Ich hätte nie gedacht, daß sie dir so das Hirn vernebelt. Du machst dich doch zum Narren, merkst du das nicht? Richard, in jedem verdammten Bärenfurz steckt mehr Weisheit als in deiner Entscheidung, das sage ich dir!«

Er war der einzige, der so mit Devantier reden durfte, und er tat es nicht zum ersten Mal. Und wie meistens in solchen Fällen antwortete Devantier ihm nicht auf jene typisch knorrige Art, die der Rest der Mannschaft von ihm kannte. Vielmehr ließ er sich zu einer langen und durchaus freundlichen Erklärung seiner Beweggründe herbei: »Du irrst, ich weiß genau, was ich tue. Habe ich es einmal nicht gewußt? Also bitte. Natürlich mag ich die Kleine, das gebe ich gern zu – wie könnte man sie auch nicht mögen. Aber ich bin durchaus Herr meiner Gefühle. In meinem Alter, und in meiner Lage, sollte man das sein. Du kennst meine Lage, Leo. Dies ist mein Zirkus, ganz allein meiner. Ich habe ihn hochgezogen und durch alle Wirren geführt, und ich habe heute bei jeder Entscheidung letztlich nur auf eines zu achten, darauf, daß er mir nicht kleingemacht wird und überhaupt fortbesteht und nicht untergeht; das, Leo, unterscheidet mich im übrigen von einem Bonzen wie dem Theuerkauf. Der Theuerkauf vom Staatszirkus wird subventioniert ohne Ende. Der kann gar nicht pleite gehen. Der und seine Leute, du weißt es genausogut wie ich, die haben die Fünf-Tage-Woche. Als Zirkus! Die könnten sogar die Drei-Tage-Woche haben! Weil sie genug Kohle ...«

»Bin ich ein verdammter Eierkuchen, daß ich nicht auf einer verdammten Seite liegen kann, oder was!«

»... genug Kohle in den Arsch gesteckt bekommen. Und mit der Kohle bezahlen sie immer auch ein, zwei Leute, die das Niveau des Ladens runterziehen. Verdiente Leute, heißt es. Das ganze Land ist voll von solchen Leuten. DDR, Das Dickste Ruhekissen. Aber nicht bei mir, Leo, nicht bei mir! Ich kann niemanden durchschleppen, denn so dumm ist das Publikum nicht, daß es nicht merkt, wenn jemand abfällt. Bringt's jemand nicht mehr – weg mit ihm, das ist auch bei den Freunden so, die sind da knallhart, und vollkommen zu Recht, sieh dir deren Qualität an. Gegen die Freunde bin ich ein Waisenknabe. Jawohl, viel zu lange habe ich zugesehen, wie Marty mir das ganze Programm vermasselt. Und warum habe ich zugesehen? Aus rein sentimentalen Gefühlen. Soll ich dir was verraten, Leo? Manchmal möchte ich auf Theuerkaufs Stuhl sitzen, aus einem einzigen Grund: Weil ich dann meinen sentimentalen Gefühlen freien Lauf lassen könnte. Ich wäre der gute, fürsorgliche Onkel. Ich müßte nicht der Dreckskerl sein, als der ich jetzt wieder mal gelte. Denkst du vielleicht, es hätte mir eben Spaß gemacht, Marty rauszuschmeißen? Es hat mir sogar weh getan, auch wenn mir's keiner glaubt. Ich kann das doch nicht zeigen. Du verstehst mich, du darfst deinen Viechern auch nicht zeigen, wenn du mal schwach bist, Leo. Weil sie dich sonst gleich zerfleischen würden.«

»Würden, haha, würden!«

»Jedenfalls, mich töten doch die eigenen Leute, sobald sie sehen, ich bin verwundbar. Faulpelze! Tötung durch nicht mehr erbrachte Leistung. Langsames, qualvolles Dahinsiechen unter den gleichmütigen Blicken der bummeligen Mörder. Aber ich werde nicht sterben! Es haben die Bonzen Richard Devantier nicht zur Strecke gebracht, da werden die Mitarbeiter es erst recht nicht schaffen. Übrigens – jetzt weiß du auch, weshalb ich die kleine niedliche Versammlung so kurz vor der Abendvorstellung abgehalten und warum ich Marty nicht vorher beiseite genommen habe. Das hätte sich gehört, nicht wahr? Na klar hätte es sich gehört, ihn wenigstens vorher zu informieren. Aber ich wäre vielleicht weich geworden und hätte vielleicht versäumt, die Sache auch tatsächlich durchzuziehen. So war ich nicht allein mit Marty, und es herrschte Zeitdruck. Nur unter diesen Voraussetzungen ging es. Und noch etwas kam hinzu, Leo. Es ist sogar das Wichtigste: Ich durfte – und darf – der kleinen Werchow keine Möglichkeit geben, länger darüber nachzudenken, was ihr gleich bevorsteht. Sie ist ja noch so unbedarft, und genau das ist ihr Vorteil.«

»Vorteil? Richard, dein Schützling hat ungefähr so viele Vorteile, wie ich heile Knochen habe, Vorteile gegenüber Marty, meine ich. Du willst mehr Leistung, als er noch bringt – und ersetzt ihn ausgerechnet durch Britta Werchow! Tut mir leid, ich versteh's nicht. Aber bitte, vielleicht bin ich gerade zu abgenagt, um es zu verstehen.«

»Meine ganze Rede läuft nur darauf hinaus, es dir verständlich zu machen. Richtig, ich will unbedingt wieder mehr Leistung, und auch richtig, was die reine Jonglage betrifft, kann Britta die nicht bringen. Ich sage sogar, sie wird niemals so gut werden, wie Marty einst war, und zwar bei weitem nicht. Ich betone noch einmal: was die reine Jonglage betrifft. Aber Leo, sie könnte das kompensieren, zumindest für den Rest dieser vermaledeiten Saison, und dann sehen wir weiter. Weil sie nämlich eine Ausstrahlung hat wie niemand hier. Es ist die entzükkende, ich sage sogar, betörende Ausstrahlung derjenigen, die das meiste von sich noch nicht weiß. Hast du mal gesehen, wie sie ihre Haare zurückwirft? Die gewöhnlichen schönen Mädchen werfen ihre Haare zurück, weil sie wollen, daß man es bemerkt und bestaunt, nicht, weil sie ihnen im Gesicht liegen. Da man aber ihr Wollen bemerkt, kommt man nicht zum Staunen. Bei Britta ist es anders. Vollkommen einfach ist es. Die Haare liegen ihr im Gesicht, sie wirft sie zurück, man staunt. Alles sprudelt ihr so munter hervor und gerät dann ins Fließen. Ja, diese Verbindung von Natürlichkeit und Sinnlichkeit und Eleganz, die ist's! ... Ach, du Idiot, na grien du ruhig, freut mich doch, wenn du schon wieder grienen kannst, ich schwärme, na und? Trotzdem bin ich noch absolut zurechnungsfähig. Im Schwärmen tu ich nämlich doch auch kalkulieren und auf meine Erfahrung bauen, und was sagt die mir? Daß, wenn *ich* schon mal hin und weg bin, es das Publikum erst recht sein wird. Die Kleine soll sich nur ihre Natürlichkeit bewahren, bloß darauf müssen wir jetzt achten.«

Plötzlich stand sie, wohl, um ihren Aufzug begutachten zu lassen, schon wieder vor ihnen, und Devantier verstummte. Brittas Gesicht war rot vor Aufregung und Unsicherheit, aber wenn ihn nicht alles täuschte, entdeckte er darin auch Vorfreude und sogar Abenteuerlust.

Tatsächlich hatte sich bei ihr während des Ankleidens mehr und mehr Optimismus breitgemacht. Dieser Zirkus, dachte sie bei sich, ist wahrlich ein Ort, an dem ein Geschehnis das nächste jagt. Bisher haben diese Ereignisse immer andere betroffen, aber warum soll nun nicht einmal ich an der Reihe sein? Immerhin bin ich jetzt schon über ein Jahr dabei. Gewiß, irgendwas mußte endlich auch mal mit mir passieren. Und jetzt passiert es eben. Aber – wenn ich versage? Ich bin doch eigentlich noch gar nicht soweit. Ach was, ich habe noch nie versagt. Außerdem ist es ja kein anderer als Devantier, der mich auftreten läßt, und man weiß doch, welche hohen Maßstäbe er anlegt. Ach, wahrscheinlich hat er recht, und ich bin längst weiter, als ich denke.

Schon erteilte Devantier ihr den nächsten Auftrag: »Ab zum Warmmachen! Wirf dich ein! Du mußt schwitzen wie ein Affe, vorher hörst du nicht auf, versprichst du mir das?«

Britta nickte und band ihre Haare zu einem Zopf, und Devantier gab ihr recht beiläufig noch mit auf den Weg, sie möge doch ihre Haare zur Aufführung wieder lösen, und als sie daraufhin erstaunt Luft holte und ihr hübsches Mündlein auftat, um etwas zu sagen, brummte er in dem ihr nun schon bekannten gutmütigen Tonfall: »Papperlapapp, Papperlapapp.«

*

Während ihre Schwester in der Manege zu den Jonglierbällen griff, kam bei den Brüdern die Vermutung auf, Britta habe ihnen ihren Auftritt bis jetzt verheimlicht, habe ihn schon lange arrangiert, habe extra darauf hingearbeitet, am Tag ihres Treffens erstmals öffentlich zu jonglieren und sie beide damit so euphorisch zu stimmen, daß sie gar nicht anders konnten, als sich wieder zu versöhnen. Es war eine Vorstellung, die Erik lächeln ließ. Matti hingegen spürte einen leisen Groll. Ob Karin oder Britta – immer heckten die Weiber irgendwelche Pläne aus, in denen man eine Rolle spielte, immer taten sie was mit einem, und egal, ob's im Endeffekt was Schönes war oder was Scheußliches, nie durchschaute man sie.

Allerdings waren das nur flüchtige Gedanken und Gefühle. Gleich machten sie wieder der blanken Aufregung Platz. Wie würde Britta sich schlagen?

Sie begann mit drei Bällen, das war unwürdig, aber sie mußte erst einmal Sicherheit gewinnen, und bitte, schon waren es ja fünf Kugeln, die sie kreuzweise durch die Luft fliegen ließ, dabei an das denkend, was Marty ihr vor langer Zeit eingebleut hatte, man muß, wenn mehr Bälle ins Spiel kommen, gar nicht schneller werfen, nur höher, das ist das Geheimnis, mit zuviel Tempo kannst du dir nämlich selbst bald nicht mehr folgen, mehr Höhe aber schadet dir gar nichts – na, was heißt gar nichts, ein Ball klackte ihr jetzt schmerzhaft auf den Mittelfingernagel, prallte ab und versackte in den Sägespänen wie das frische Exkrement eines Tieres, und als wär's wirklich Kot, rührte sie ihn bis auf weiteres nicht an, das hatte sie vorher so beschlossen, wenn mir 'ne Kugel runterfällt, dann negier ich die und mach mit Parallelwurf weiter, und so geschah's, und die »Strombolis« setzten an genau den richtigen Stellen lautere Tuschs, als sie bei irgendwem sonst setzten, eindringlich, um nicht zu sagen martialisch hatte der Direktor es von ihnen gefordert, Augen offenhalten, Leute, was die Kleine grade anstellt, und bei der erstbesten Möglichkeit: Tusch, daß die Heide wackelt, oh, ich dreh euch eure Trommelstöcke in den Arsch, wenn ihr heute nicht aufpaßt, ihr Traumtänzer, und dieser, und dieser, und dieser Tusch war es, der das Publikum zum Beifall animierte, ein Brausen, das Britta emporhob aus den Niederungen des Achtgebens und Regelbefolgens, in denen sie bislang gesteckt hatte, hinauf in die Gefilde der schönen Selbstverständlichkeiten, sie arbeitete jetzt schon mit den Keulen, schuf mit ihnen einen strahlenden Bogen, hielt ihn locker und akkurat in der Luft, wechselte bald auch mit den Keulen in den schweren Parallelwurf, nur freiwillig diesmal, sie jubilierte bei sich, sie jauchzte tonlos, sie schüttelte lächelnd, als könne sie's nicht glauben, den Kopf, aber nur leicht, nur leicht, damit ihr die Haare nicht ins Gesicht fielen, und jetzt wieder zurück zum Kreuzwurf, gelungen, und im Publikum, wo man spürte, daß hier jemand sich gerade selbst verblüffte und beglückte, regte sich, ohne jedes Zutun der »Strombolis«, Applaus, Applaus im Grunde nur dafür, daß Britta alle teilhaben ließ an ihrem Glück, und nicht für die Jonglage als solche, die ja, gelinde gesagt, unspektakulär war, und so blieb bis zum Ende, aber was machte das schon, Britta bedankte sich mit glühendem Gesicht und einer tiefen Verbeugung, so tief beugte sie sich runter, daß die Spitzen ihrer Haare in die Sägespäne fielen.

Erik brüllte etwas, das wie Indianergeheul klang, und Matti trampelte, während er klatschte, wie wild mit den Füßen. Beide schienen in diesem Moment ein Herz und eine Seele zu sein.

Devantier aber sackte erst einmal in sich zusammen. Er sah erschrekkend bleich aus. Seine Erschöpfung war für alle, die ihm in diesen Augenblicken hinterm Vorhang über den Weg liefen, unverkennbar.

Und Britta selber? Tigerte, um Fassung ringend, hinter der Manege hin und her, nahm dabei freudig diesen und jenen Glückwunsch entgegen, kurze Worte und eilige Gesten nur, mehr Zeit blieb nicht, denn das Personal stürzte von einer Aufgabe zur nächsten, da störte sie im Grunde nur, schnell wurde Britta zum Hindernis für die Jungs, die sperrige bunte Holzteile für die folgende Nummer heranschleppten, sie sprang vor einem Trupp beiseite, kam aber dabei nur dem nächsten in die Quere, sie quittierte es mit einem halb entschuldigenden, halb belustigten Lachen, erntete nun Flüche und Verwünschungen, beantwortete sie mit demonstrativem Kopfeinziehen …

Und so und nicht anders wäre es wohl bis zum Ende der Vorführung weitergegangen, wenn Devantier, schon wieder bei Kräften, nicht plötzlich gedonnert hätte: »Britta Werchow galoppiert jetzt sofort in ihren Wagen und wischt sich erstmal den Schaum von den Nüstern! Abmarsch!«

Sie tänzelte weg, eine Fährte aus Frohsinn hinterlassend. In ihrer Kemenate ließ sie sich juchzend aufs Bett fallen. Minutenlang, und nahezu reglos, blieb sie liegen. Ihre Arme hatte sie ausgebreitet wie Christus auf dem Zuckerhut. Nur ihre Brust hob und senkte sich, zunächst noch so heftig wie zu Beginn ihres großen Auftritts, dann immer gleichmäßiger, immer ruhiger. Sie genoß, was jetzt gerade mit ihr passierte, sie genoß es sogar noch mehr als alles, was im Chapiteau geschehen war. Das Adrenalin, das ja vollkommen Besitz von ihr ergriffen und aus dem sie, wie's schien, sogar bestanden hatte, es zog sich nun langsam und stetig zurück; Britta fühlte es buchstäblich aus ihrem Körper fließen, und zwar nicht an einer bestimmten Stelle wie den Fingerspitzen, dem Schoß, den Brüsten oder den Nasenlöchern, sondern aus dem Körper als Ganzes. Und während der sich entleerte, während all die Euphorie aus ihr rann, schien es Britta, als würde sie selber immer schwerer, und als grabe sie sich immer tiefer ins Bett – das unvergleichliche, unersetzliche Gewicht der stillen Zufriedenheit.

Sie wünschte sich, dieser unerhörte Vorgang möge immer immer weitergehen.

*

Unmittelbar nach dem Schlußapplaus für die gesamte Truppe schlüpfte Britta in unvermindert vergnügter Stimmung aus dem Chapiteau. In den Händen hielt sie zwei Tüten mit ihren Bällen und Keulen. Sie hatte, als sie von Devantier zur Beruhigung fortgeschickt worden war, versäumt, die Geräte gleich in ihren Wagen mitzunehmen, und wollte das nun schnell nachholen, denn Devantier akzeptierte nicht, wenn jemand seine Sachen hinterm Vorhang liegenließ.

Draußen war es herbstlich kalt. Aus der offenen Pferdestalltür waberten Dampfwolken. Britta wandte sich nach links, zur »schlechteren« Seite des Lagers, und lief aus den Lichtkegeln der Zeltbeleuchtung ins Dunkel hinein. Sie war noch keine zehn Meter weit gekommen, als eine Stimme in ihrem Rücken rief: »Warum denn so eilig, Prinzesschen?«

Sie fuhr herum, konnte aber nicht gleich erkennen, wer das war. Jemand lief auf sie zu, seine Schritte schmatzten in dem nahezu knöcheltiefen Morast.

»Marty? … Marty, mein Gott, du bist's.«

Er lachte leise, und Britta durchfuhr ein Schauder.

»Marty, hör zu«, sagte sie, »es tut mir unendlich leid, was heute geschehen ist. Ich wollte das nicht. Um nichts in der Welt wollte ich das.«

»Ach, wirklich nicht?«

»Marty«, stöhnte Britta auf, »Marty, ich bin todunglücklich, wenn ich nur daran denke, wie es dir gehen muß. Wirklich, todunglücklich.« Obwohl etwas in ihr widerstrebte, stellte sie die beiden Tüten ab und trat auf Marty zu.

»Sieh mal einer an – wenn Prinzesschen nur daran denkt«, sagte Marty.

»Ja, wenn ich nur daran denke.«

Plötzlich umfaßte Marty ihr Handgelenk, riß ihren Arm zur Seite und zischte: »Du denkst aber gar nicht daran! Als ob du noch einen Gedanken an mich verschwenden würdest. Ich bin nicht blind, Prinzesschen, ich habe gesehen, wie du dich eben in der Manege gesonnt hast. Ah, wie Prinzesschen sich hat feiern lassen. Kein Gedanke an mich, keiner. Und warum denn auch, nicht wahr? Du hast doch jetzt alles, was du von Anfang an wolltest.«

»Was sagst du da, Marty? Was soll ich gewollt haben?« Sie versuchte, sich aus seinem Griff zu befreien, aber Marty preßte ihr Handgelenk nur um so stärker.

»Ah, tun wir jetzt wieder arglos, Prinzesschen, hübsch arglos geben wir uns, nicht wahr? Das funktioniert ja immer, das beherrscht ja unser Prinzesschen …«

»Marty, hör auf, so zu reden – und laß mich endlich los!« Wo ist nur seine Sanftmut geblieben? fragte sich Britta. Wo kommen denn auf einmal dieser Hohn und diese Aggressivität her?

»Ich laß dich los, wenn's mir gefällt. Und ich rede, wie ich will, du Schlampe! Jawohl, Schlampe! Kein Prinzesschen, Schlampe!«

Marty raste jetzt geradezu, er bückte sich, riß Britta mit herunter, schrie »hier, hier«, zerrte eine Keule aus der Tüte und begann, Britta damit vor dem Gesicht herumzufuchteln. »Hier, vom ersten Tag an hast du's darauf abgesehen, eingeschlichen hast du dich bei mir«, er fuchtelte immer weiter, »und ich Idiot dachte ... wie meine Tochter habe ich dich ... aber nur ausgenutzt ... vom ersten Tag an ...«

»Was für ein Unfug«, wehrte sich Britta, »was für eine blühende Phantasie. Hör doch auf, dir so was einzureden, Marty.«

Da lachte Marty wieder sein böses Lachen: »Meinst du, ja? Ich rede mir also was ein, ja? Nein, nein, nein! Damit willst du mir nur was einreden, Prinzesschen. Erst mich ausnützen, und dann mir einreden wollen, ich spinne, was? Oh, ich weiß Bescheid über dich. Dir muß man die Maske vom Gesicht reißen, mein Täubchen. Oh, mich täuschst du schon lange nicht mehr. Viel zu lange habe ich geschwiegen, obwohl ich alles über dich weiß. Nicht länger schweigen, dir die Maske vom Gesicht reißen, ja runter mit der Maske, mein Täubchen, denn jetzt bin ich frei, das ist dein Werk, o ja, niemand hält mich mehr zurück, keine Rücksichten mehr, reden wir doch ein bißchen, na komm schon, der Mensch soll reden, vor allem der geknechtete, und ich war ein Knecht und habe nicht geredet, denn Knechte reden nicht, aber jetzt hält mich niemand mehr zurück, o ja, alles liegt jetzt klar auf der Hand, und ich hätte es alles auch schon wissen können, als du hier hereingeschneit bist und mich umgarnt hast, aber ich war zu gutgläubig, ein letztes Mal zu gutgläubig, ein gutgläubiger Knecht war ich und habe nicht geredet, aber das ist endgültig vorbei, mein Täubchen ...«

Britta sah in der Dunkelheit das starre Weiße in seinen Augen. Marty mußte sie vollkommen aufgerissen haben. Er ist ja irre! dachte sie, er bildet sich ja die unglaublichsten Dinge ein. Einfach absurd ist das alles, und niemand außer ihm kann es glauben. Wirklich, er ist verrückt geworden.

Aber obwohl er redete wie ein Verrückter und vielleicht tatsächlich schon einer war – lag in seinen Worten nicht auch etwas, das Britta ernst nahm? Marty rührte ja gerade an ihren dunkelsten Befürchtungen und Ahnungen, an Gedanken, die zuzulassen sie in den letzten Stunden gar keine Zeit gehabt hatte. Und das waren Gedanken darüber, ob sie Devantier nicht doch hätte absagen sollen und müssen. Allzu leicht hatte sie sich von ihm überreden lassen. Eine kleine Schmeichelei, und schon war ich hin und weg und habe alle Zweifel nur zu gern beiseite geschoben, die, daß ich noch gar nicht richtig jonglieren kann, und auch die über das enge Kleid und die offenen Haare. Ja, auch deswegen habe ich doch gezweifelt: Warum hat er mir ausgerechnet jenes Kleid rausgesucht? Ich habe darin doch kaum Luft bekommen. Und warum sollte ich meine Haare ausgerechnet so tragen? Sie stören doch nur beim Jonglieren. Ich habe also durchaus gemerkt, da stimmt etwas nicht. Aber ich habe es lieber nicht genau wissen wollen. Ich war in einem derartigen Wirbel, alles war so aufregend, daß ich mich habe hinreißen lassen. Ich muß künftig unbedingt besser aufpassen, darf mich nicht immer hinreißen lassen.

»Marty«, sagte sie, »ich danke dir dafür, daß …«

Der Rest des Satzes blieb in ihrer Kehle stecken, denn Marty hatte die Keule mit einer rohen und zugleich zielgenauen Bewegung in Brittas Mund getrieben. »Daß du dich wahrhaft erdreistest«, zischte er, »mir jetzt auch noch zu danken! Mich erst kalt und gewissenlos beiseite drängen und dich dann auch noch über mich lustig machen! Oh, mir jetzt zu danken – wie ironisch! Du fühlst dich unverwundbar, was, Prinzesschen? Aber paß mal auf, paß mal auf, das bist du nicht, siehst du! siehst du! siehst du!« Und bei jedem »siehst du« hieb Marty wie von Sinnen von hinten auf den Keulenboden und zwang Britta, lauter kleine Schritte rückwärts zu tun. Sie spürte Brechreiz, immer stärker, und ein Krächzen und Würgen entrang sich ihrer Kehle.

In diesem Moment traten Matti und Erik aus dem Hintereingang des Chapiteaus. Sie hatten nach der Vorstellung auf ihren Plätzen gewartet, ob Britta zu ihnen hochkommen würde. Aber das war ja nicht geschehen. Also waren sie hinunter zu den Logen gelaufen und von dort hinter den Vorhang, wo sie nach Britta fragten und jemand ihnen bedeutete, sie habe das Chapiteau schon vor fünf Minuten verlassen und sei wohl zu ihrem Wagen gegangen. Dorthin machten sie sich gerade auf …

Erik reagierte nicht gleich, als er sah, wie Marty auf Britta einhämmerte. Ihm kam der Gedanke, dies könne der letzte Teil der Zirkus-

Inszenierung sein, aber zugleich wußte er, daß er gerade nur Zeit zu gewinnen suchte und hoffte, es möge in dieser Zeit irgend etwas geschehen, das sein Eingreifen unnötig mache.

Indessen war Matti losgestürmt. Er umklammerte Marty von hinten und versuchte, ihn von Britta wegzureißen. Aber Marty wehrte sich und schlug Matti den Ellenbogen in die Rippen, so daß der von ihm ablassen mußte. In diesem Augenblick stürzte sich endlich auch Erik ins Geschehen. Er nahm Marty mit seinen langen Armen in den Schwitzkasten und drückte so fest er konnte zu. Britta vermochte sich loszumachen, doch obwohl sie nun frei war, drückte Erik immer weiter und immer noch fester zu, es hatte etwas zutiefst Befriedigendes für ihn, den Kiefer des Fremden zwischen seinen Rippen und seinem Unterarm knacken zu spüren. Plötzlich schnellte auch Eriks Knie nach oben und bearbeitete den Kiefer noch zusätzlich. Erst ein stechender Schmerz in der Kniescheibe ließ ihn einhalten und Marty wieder freigeben.

Als Erik aufsah, stützte sich Britta gerade mit den Händen auf ihre Oberschenkel. Sie übergab sich, und ihm schoß eine Erinnerung aus seinen frühen Kindheitstagen durch den Kopf: Ruth, wie sie ihm das Erbrechen erleichtert, indem sie, schräg hinter ihm stehend, mit der flachen Hand seine Stirn nach oben drückt und dabei immer wieder murmelt, »gut so, spuck nur alles aus, komm nur, alles soll raus, so ist gut, so ist's gut«.

Er sprang zu Britta und hielt auf genau diese Weise mit der Hand ihre Stirn. Freilich blieb er hierbei ganz still und stumm, denn manche Worte, das spürte er, waren der Mutter vorbehalten, und benutzte man sie, machte man sich nur lächerlich.

*

»Was war denn das für ein Verbrecher?«

»Er hätte dich umbringen können!«

»Ich darf mir gar nicht vorstellen, was passiert wäre, wenn wir nicht dazwischengefunkt hätten!

»Und ich dachte, du bist glücklich hier! Und dann bringt dich hier einer fast um die Ecke!«

So redeten die Brüder durcheinander, nachdem sie in den Wagen gestiegen waren. Britta wehrte stöhnend ab. Sie ließ sich auf einen Stuhl fallen, warf den Kopf in den Nacken, schloß ein paar Sekunden die Augen und schlug dann mit kaum hörbarer Stimme vor, erstmal eine Flasche Rotwein zu köpfen. Sie bat Matti, unters Bett zu gucken, da müsse sich eine finden, und tatsächlich, als er wieder hochkam, hielt er eine Flasche »Rosenthaler Kadarka« in der Hand. Matti spitzte anerkennend den Mund, und Erik fragte Britta, wo sie die denn herhabe. Sie antwortete beinahe tonlos, von Devantier, der habe vor ein paar Tagen solche Flaschen verteilt, wie er überhaupt ab und an Bückware verschenke, die er im Tauschhandel gegen Freikarten erhalte.

Sie stießen miteinander an, und die Brüder schauten stumm zu Britta, begierig zu erfahren, was denn nun eigentlich Sache war.

Sie fuhr mit Daumen und Zeigefinger den Stiel ihres Weinglases herauf und hinunter und kam auf den letzten Ausruf ihrer Brüder zurück: »Glücklich … wehe den Glücklichen. Offenbar ziehen sie die Unglücklichen an, wie das rote Tuch den Stier anzieht. Ich wußte das nicht. Ich habe das völlig unterschätzt. Ich hatte ja bis eben nicht die geringste Ahnung. Ich war wirklich glücklich, das könnt ihr mir glauben.« Und sie erzählte ihnen von dem bedauernswerten Marty und ihrem Verhältnis zu ihm und von den sich überschlagenden Ereignissen kurz vor der Abendvorstellung.

»Dein Auftritt war also gar nicht geplant?« fragte Erik. Lachend schlug er dazu mit der flachen Hand auf den Tisch, so guter Laune war er offenbar – trotz der Attacke, die Britta gerade überstanden hatte, oder gerade, weil sie sie überstanden hatte und ihm dabei großes, wenn nicht entscheidendes Verdienst zugekommen war. Matti hingegen wirkte ernst und kummervoll, wobei er so und nicht anders ja schon vor dem Angriff ausgeschaut hatte.

»Nichts war geplant«, bestätigte Britta. Erst jetzt fiel ihr ein, daß die Brüder hatten denken müssen, sie habe ihnen absichtlich nichts von ihrem Auftritt gesagt. Also bekräftigte sie: »Ich habe es selber erst eine Stunde vor Beginn erfahren.«

»Mein Gott«, rief Erik, »wir sind ja so dumm, Matti, wir sind ja so dumm. Wir hätten es wissen können. Erinnere dich, wie die Einlasserin zu dir gesagt hat, Britta sei abkommandiert worden. Abkommandiert, da hätt's doch bei uns schon klingeln müssen.«

Matti verzog mißbilligend das Gesicht, und es blieb unklar, ob er sich darüber ärgerte, daß sie nicht selber darauf gekommen waren, oder ob ihn das allzu Vertrauliche störte, das in Eriks Worten lag.

»Wie geht es jetzt weiter mit dir?« fragte er Britta.

»Wie meinst du das?« fragte sie zurück

»Wirst du jetzt dauerhaft für diesen Marty auftreten? Bist du jetzt fest drin im Programm?«

»Bist du jetzt für immer eine richtige Zirkuskünstlerin?« setzte Erik vergnügt hinzu, und seine Miene verriet, daß er als Antwort ohne Zweifel ein »Ja« erwartete und daß er sowieso nur gefragt hatte, um Britta auf diese Weise zu loben.

Sie fuhr mit dem Zeigefinger über den Glasrand. »Ich weiß nicht, ich weiß gar nichts mehr ...« Stockend und sich mehrmals verhaspelnd, erzählte sie von dem Kleid und den Haaren und ihren dunklen Ahnungen, die zuzulassen Marty sie gezwungen hatte. Sie schloß mit der verblüffenden Bemerkung, eigentlich sei sie überhaupt keine Jongleurin und werde wohl auch nie eine sein.

»Du bist eine großartige Jongleurin«, rief Erik, »das haben wir doch gesehen, nicht wahr, Matti?«

Matti schwieg, sei es, weil ihm abermals die Leutseligkeit seines Bruders unangenehm aufstieß, oder sei es, weil er über Brittas Jonglage nun doch etwas anderer Meinung war.

»Was habt ihr gesehen?« fragte Britta zurück, »was habt ihr gesehen?« Sie klang in diesem Moment eher angriffslustig als neugierig und stürzte hastig ein paar Schlucke Rotwein hinunter.

»Ein schönes Mädchen mit großer Ausstrahlung, das so gut wie keinen Fehler begangen hat«, sagte Erik.

»Da haben wir's, da haben wir's!« rief Britta.

»Was haben wir?« In Eriks Miene lag Unverständnis.

»Die Ausstrahlung hat's gemacht – oder was man unter Ausstrahlung versteht, nicht? Ansonsten war da nichts. Gar nichts war da!«

Die Brüder schwiegen ob dieses Grimms, den sie von ihrer Schwester gar nicht kannten. Britta aber erklärte nun, sie werde morgen zu Devantier gehen, definitiv, sie wisse nur noch nicht, ob sie dann auf ein anderes Kleid und auf zusammengebundene Haare dringen oder ob sie verkünden werde, sie stünde fortan für die ganze Nummer überhaupt nicht mehr zur Verfügung.

»Du überlegst, dich schon wieder zurückzuziehen?« fragte Erik. »Das ist nicht dein Ernst. Du weißt ja gar nicht, ob du nicht doch richtig gut wirst. Du kannst es nicht ausschließen. Wieso solltest du nicht richtig gut werden? Du mußt unbedingt weitermachen … meinetwegen in einen Kartoffelsack gehüllt. Diese Chance, die kannst du ja wohl nicht einfach so sausenlassen.«

»Kann sie doch«, sagte Matti. Er wandte sich an Britta: »Du weißt sicher, daß es niemals reichen wird?«

Britta nickte betrübt.

»Dann mußt du raus aus der Nummer.«

»Aber selbst dann kann sie doch weitermachen, selbst dann«, wandte Erik ein. »Nicht jeder kann eben Spitze sein. Trotzdem kann er Applaus kriegen und anerkannt sein, erinnert euch an den Applaus, den es vorhin gehagelt hat.«

Matti machte eine wegwerfende Handbewegung. »Applaus, was besagt der schon. Wenn du selber unzufrieden bist, kann er doch nur wie Hohn wirken. Und auf Dauer – auf Dauer korrumpiert er. Weil er deine Unzufriedenheit überdeckt und übertönt. Am Ende hast du vor lauter Applaus vergessen, was du eigentlich wolltest, und erkennst nichtmal mehr, wie genügsam du geworden bist. Deine ganze Idee ist weg. Du machst nur noch Tralala und Hopsasa. Aber ich kann mich doch nicht so treiben lassen. Ich kann doch nicht etwas fortsetzen, von dem ich im Grunde meines Herzens weiß, es führt mich nicht weiter. Ich muß doch dann versuchen, das Richtige zu finden. Ja, wenn der Mensch schon erkannt hat, daß er auf der falschen Fährte ist, soll er sie verlassen und soll von neuem zu suchen beginnen, egal, ob's die Leute um ihn herum verstehen oder nicht.«

Matti hatte während seiner Rede immer wieder zu Erik geschaut, und dieser hatte, je länger sie währte, immer tiefer in sein Glas geblickt.

Als er aufsah, bemerkte er, daß Britta Tränen in den Augen hatte. Dazu lächelte sie, aber nicht traurig, sondern fast selig. Sie erhob sogar feierlich ihr Glas und setzte ihrerseits zu einer kleinen Rede an: »Vorhin, ihr Lieben, habt ihr in Zweifel gezogen, daß es mir gutgeht. Natürlich war da diese Sache mit Marty. Aber es war nur ein Zwischenfall. Und der ist ja nun überstanden. Und jetzt bin ich einfach nur froh, ja, glücklich und zufrieden bin ich. Weil ihr beide endlich wieder zusammengekommen seid. Weil ihr wieder miteinander redet. Ihr könnt euch gar nicht vorstellen, wie ich mir das gewünscht habe: daß ihr euch nicht länger aus dem Weg geht. Ich muß schon gestehen, ich hatte keine Ahnung, wie sich das alles ergeben sollte, nicht die geringste Ahnung, aber daß es sich ergeben wird, hat mir mein Bauch gesagt. Laßt uns also anstoßen auf …«

»Auf deinen Bauch«, warf Erik ein, und Britta lachte, und alle stießen an, und auch Matti war froh, denn wenn er ehrlich war, dann hatte es ihn doch ziemlich angestrengt, seinen Boykott so lange durchzuhalten. Aber zugleich fand er die prächtige Laune seines Bruders und überhaupt alles, was Erik gerade sagte, unangemessen und falsch. Er spürte, daß sich der Abstand zwischen ihnen überhaupt nicht verringert hatte, und Erik erschien ihm in diesem Augenblick sogar fremder als je zuvor.

*

Erik fühlte sich auch noch am nächsten Morgen ausgesprochen beschwingt. Seine vollen Lippen wölbten sich ruhig und selbstsicher in die Welt hinein. Und strahlte die Welt nicht zurück? Die Sonne schien, das war ein Ereignis in diesem Sommer, das war ja beinahe eine Premiere, was sie hier jetzt veranstaltete.

Er lief runter zum Strand. Dort wurde schon Volleyball gespielt. Alle hatten sich aller Kleider entledigt, der so lange vermißten Sonne wegen und überhaupt. Er hielt Ausschau nach seinem Kumpel Weißfinger, einem Journalistikstudenten, den er im Spanischkurs kennengelernt hatte; auf dem Spielfeld vermutete er ihn, denn Weißfinger war Vereinsvolleyballer und trainierte jeden Donnerstagabend in irgendeinem Leipziger Vorort, hombre, hatte er in seiner Lässigkeit am Anfang ihrer Bekanntschaft einmal verlauten lassen, donnerstags bin ich immer beschäftigt, sozusagen geblockt bin ich einmal die Woche, falls du verstehst.

Und er mußte blinzeln im Sonnenglast, Erik, ein ungewohntes Flimmern und Sengen lag in der Luft, er konnte niemanden richtig erkennen, die Gestalten dellten und wellten sich vor seinen Augen wie große Fische im Aquarium. Langsam nur schälte sich etwas heraus, langsam, ein paar Brüste waren das, wenn nicht alles täuschte, und diese Brüste ragten so ungewöhnlich nach oben, als wären sie zwei Späne, und die Sonne wäre ein Magnet.

Das Wasser floß nun aus dem Aquarium nach nirgendwohin, und das ganze Mädchen wurde sichtbar. Es hatte eine recht brave Pagenfrisur und ein etwas zu breites, wenngleich nicht ausladendes oder gar unförmiges Becken; womöglich wäre dieses Mädchen, hätte es was angehabt, Erik gar nicht aufgefallen. So aber postierte er sich nahe am Spielfeldrand und verfolgte noch ein bißchen, wie es spielte. Sprang es hoch, schlugen für den Bruchteil einer Sekunde die Brüste an die vorgestreckten Arme. Und es sprang oft hoch und gern, es war voller Eifer bei der Sache. Manchmal kam es in seiner Kampfeslust auch zu nahe ans Netz, und wenn es dann noch Pech hatte, verfingen sich die Brüste darin und zogen kurz einmal das Netz herunter, und geschah das, zeigte sich immer gleich einer der Jungs von gegenüber erbötig, das Mädchen zu befreien, gut beistehen tat man dem, weil das Spiel schnell weitergehen sollte, jawohl, darum.

Erik beobachtete alles, und was soll man sagen: Wie die Jungs hier die Nähe des Mädchens suchten, und wie das Mädchen in seiner Reinheit und seinem Elan aber so gar nicht dergleichen tat, wie es immer weiter verstrickt blieb ins Spiel, das gefiel ihm ungemein.

Jetzt erst entdeckte er auf der anderen Seite des Feldes Weißfinger. Nicht nackt wie alle übrigen lag der im Sand, sondern in einem unauffälligen verwaschenen T-Shirt, er hatte schwanenweiße Haut und kupferrote Haare und mußte sich schon vor dem kleinsten Sonnenstrahl schützen.

Erik stapfte zu ihm, wühlte sich in den herrlich warmen Sand und fragte: »Was ist los mit dir?«

»Was soll los sein?« Weißfinger schaute erstaunt.

Erik deutete aufs Feld: »Warum machst du nicht mit?«

Vielleicht eine Sekunde noch zeigte sich Weißfinger, der vielleicht wer-weiß-wo gewesen war mit seinen Gedanken, irritiert, dann winkte er ab: »Keine Lust.«

»So'n Tag, und du hast keine Lust, komisch.«

Nun schaute Weißfinger ihn hintersinnig an: »Hombre, dir kann ich's ja sagen: Ich hätte schon Lust, große Lust …«

»Aber?«

»Soll ich den anderen das Spiel verderben? Ich würde doch alle niederschmettern. Sie würden gar keinen Ball mehr kriegen, wenn ich dabei wäre, guck nur, wie sie sich anstellen!«

Obwohl das zweifelsohne eine rein rhetorische Aufforderung gewesen war, blickten beide auf das Feld. Wo das Mädchen wieder mal mit Karacho ins Netz rauschte.

»Nein«, bestätigte Weißfinger, »ich muß schon zurückstecken, damit die anderen ihr Vergnügen haben können, so schwer es mir auch fällt – wirklich!« Dabei griente er nun aber, als übertreibe er mächtig und meine es gar nicht so, sondern ganz anders; und das war es ja, was Erik mehr als alles an ihm mochte: diese Lust an kleinen Volten, diese Selbstsicherheit, der Weißfinger etwas Leichtes und Unernstes gab.

Dann war das Volleyballmatch aus. Die Spieler liefen ins Wasser, nur das Mädchen sonderte sich ab, und warum? Weil es sich neben Weißfinger legte, weil es dort wohl lieber noch ein wenig verschnaufen wollte, ganz außer Puste war es.

Da kennen sich die beiden also, schlußfolgerte Erik, da studieren sie sicherlich zusammen, das paßt aber zu diesem hellerlichten Tag, das läuft ja alles wie von selbst.

Weißfinger dachte leider nicht daran, seinen Freund und seine Kommilitonin einander vorzustellen. Vielmehr begann er, durchaus demonstrativ an der Halsbeuge des verschwitzten Mädchens zu schnüffeln. Er verzog das Gesicht und sagte grienend zu Erik: »Der Duft einer Beststudentin.«

Erik war aufrichtig, wenn auch lautlos empört. An Weißfinger vorbei zeigte er es durch ein aufmunterndes Kopfschütteln dem Mädchen an. Aber das schien gar keine Hilfe nötig zu haben, das war eine solche Art von Weißfinger offenbar gewohnt. Das empfand sich vielleicht sogar als geneckt. Etwas ungeheuer Einfaches und doch auch Atemberaubendes fiel diesem Mädchen gleich als Antwort ein, es erhob sich lachend, es ließ seinen naserümpfenden Kumpel links liegen und plazierte sich mir nichts dir nichts neben Erik.

Sie sei die Carla übrigens, sagte sie, und Weißfinger, dem der Abstand zu ihr wohl immer noch nicht groß genug war, entschied sich spontan, jetzt ins Wasser zu gehen.

Mächtiger Lütt

Wie viele Gremien sich um einen strebsamen jungen Menschen kümmerten. Wie viele Gremien so einen zum Gespräch luden. Wie viele unterschiedliche und am Ende doch gleiche Gremien es überhaupt gab.

Diesmal war es die Einsatzkommission, von der Erik bestellt worden war. Sie würde ihm mitteilen, welchen Arbeitsplatz sie für ihn nach dem Studium vorgesehen hatte, sie belegte für ein paar Tage im Uni-Hochhaus einen Raum, in dem sie die zukünftigen Außenhändler im 20-Minuten-Takt empfing.

»Chemieexport«? »Intermed«? »Schiffscommerz«? »Interpelz«? Im Flur wartend, zählte Erik bei sich noch einmal die großen Betriebe auf, von denen ihm wohl einer genannt werden würde, gar nicht so beklommen war ihm heute, schließlich hatte er getan, was er tun konnte, das ganze Studium über. Und war es nicht ein gutes Omen, daß Carla, wie von ihr erhofft, in der vorigen Woche zum Hauptstadt-Blatt beordert worden war? Gerade hatte sich bei ihr alles gefügt, nun war er an der Reihe, schon rief man ihn.

Zwei grauhaarige Männer in dunklen Anzügen saßen nebeneinander hinter einem schmucklosen Tisch; unterschiedslos wären sie gewesen, hätte der Linke nicht geäderte, bläulich gefärbte Wangen gehabt und der Rechte ein rundum bleiches Gesicht.

Mit einer kurzen Handbewegung wies der Geäderte auf den vorm Tisch stehenden Stuhl. Er warf einen Blick auf Erik und schaute dann kurz in die vor ihm liegenden Akte, die ein Paßbild enthielt, wie Erik während des Hinsetzens bemerkte.

»Ich *bin* es«, sagte Erik freundlich lächelnd, denn auch wenn jetzt schon alles entschieden war, konnte es nicht schaden, sich von der besten Seite zu zeigen.

Die beiden nickten flüchtig. Nach einer routinierten Vorrede, in der es darum ging, daß er natürlich noch sein Diplom verteidigen müsse, teilte der Geäderte ihm auf bedeutendere Art mit, man beabsichtige, ihn in der »Weltwerbung« einzusetzen.

Dies war nun ein Betrieb, der in Eriks Gedanken bislang nicht die geringste Rolle gespielt hatte, und mehr noch, oder noch weniger, er hörte ja den Namen zum ersten Mal. »Ich bitte um Verzeihung«, sagte er nach einem Räuspern, »aber von einer ›Weltwerbung‹ weiß ich nichts. Worum handelt es sich dabei?«

Der Geäderte schaute zu dem Bleichen, und dieser erklärte, wie der Name schon sage, betreibe der genannte Betrieb Werbung für die Republik, und zwar Werbung im Ausland. Zum einen gebe man diverse fremdsprachige Zeitschriften heraus, alle in Hochglanz. Zum anderen sei man verantwortlich für Reklameplakate auf internationalem Terrain. Vor allem aber koordiniere und organisiere man die auswärtigen Messeauftritte der einzelnen Kombinate. Man buche ja draußen in der Regel Gemeinschaftsstände, das wisse er vielleicht, das habe er im Studium gehabt?

Erik nickte, fragte aber skeptisch: »Und dieser Betrieb gehört zum Außenhandel?«

»Dieser Betrieb ist dem Außenhandel unterstellt, richtig.« Der Geäderte, der Chef des Duos wohl, hatte geantwortet, mit kaum merklichem Unmut.

Wie gut, daß Erik die Gabe hatte, derartig feine Schwingungen wahrzunehmen. Er sollte jetzt besser ruhig sein. Er sollte niemanden herausfordern. Aber ging es nicht um seine Zukunft? Vielleicht würde er demnächst beaufsichtigen müssen, wie ein paar Tische gerade aneinandergereiht und ein paar Plakate richtig festgeklebt wurden? Mit mühsam zurückgehaltener Enttäuschung sagte beziehungsweise fragte er: »Aber mit Außenhandel … also mit dem, was ich studiert habe, hat das nicht viel zu tun?«

»Ich wiederhole, es ist ein Bereich des Außenhandels – und es ist keiner, für den Sie sich zu schade sein sollten. Sie weisen mit einer gewissen Erhabenheit auf Ihr Studium hin, aber Sie scheinen darüber zu vergessen, daß nach einem bestimmten Vorkommnis die Fortsetzung Ihres Studiums wohl keine Selbstverständlichkeit gewesen ist. Sie haben von vielen Menschen, von vielen, einen Vertrauensvorschuß erhalten, das ist Ihnen doch hoffentlich klar? Insofern, lassen Sie mich das so offen formulieren, finde ich die Ablehnung und die Arroganz, die in Ihren Fragen liegt, schon bedenklich. Man kann nicht immer nur nehmen, man sollte auch einmal geben, zurückzahlen, meinen Sie nicht?«

Der Geäderte, kein Zweifel, erwartete eine Bestätigung. Erik gab sie ihm, wenngleich widerwillig, er zog seine Lippen ein und nickte wortlos. Außerdem stellte er selber eine Frage: »Was genau werde ich tun, können Sie mir das sagen?«

»Darüber wird letztlich in der ›Weltwerbung‹ entschieden«, antwortete der Geäderte. »Aber unserer Kenntnis nach sind Sie für die Messebetreuung im sozialistischen Wirtschaftsgebiet vorgesehen. Näheres erfahren Sie von Ihrem Abteilungsleiter, das ist der Genosse Kutzmutz, suchen Sie ihn ruhig jetzt schon auf, dann wissen Sie, woran Sie sind – und er weiß es auch.«

Mit dieser nähnadelfeinen Ermahnung, sich dort anständig zu betragen, entließ man Erik.

Er verspürte dann recht wenig Lust, den Betrieb schon vor seinem ersten Arbeitstag aufzusuchen, aber da er argwöhnte, sein zukünftiger Abteilungsleiter könne von dem Gäderten und dem Bleichen über ihre Empfehlung informiert worden sein und erwarte nun sogar, daß Erik erscheine, meldete er sich bei ihm und verabredete einen Termin.

Schon stand er im Torbogen des Hauses in der Berliner Tucholskystraße, in dem die »Weltwerbung« ihre Räume hatte. Der Pförtner kündigte ihn telefonisch bei Kutzmutz an. Derweil schaute Erik sich um. An der Wand entdeckte er einen verblichenen Judenstern, aber er hatte keine Zeit, über den nachzudenken, er durfte jetzt hoch.

Kutzmutz kam ihm im Zimmer ein paar schnelle Schritte entgegen und streckte die Hand aus, vielleicht war er ein verträglicher Mann? Sie tauschten Begrüßungsfloskeln. Eine kleine Pause trat ein, und Erik brummte: »Ich werde also bald die Messeauftritte im RGW-Raum begleiten ...«

Kutzmutz konkretisierte: »Der Kollege, der zur Zeit mit dieser Aufgabe betraut ist, wird in einem Dreivierteljahr in Rente gehen. So lange laufen Sie mit ihm mit, danach übernehmen Sie seine Funktion, das dürfte wunderbar passen vom Ablauf her. Sie sehen, Sie kommen uns wie gerufen.«

Entweder verstellt er sich, dachte Erik, oder er hat doch keinen Wink bekommen und ist von Natur aus angenehm.

Kutzmutz bot Erik auch an, ihm sein zukünftiges Büro zu zeigen, sie hatten sich gar nicht gesetzt, da waren sie schon wieder auf dem Flur. Kutzmutz öffnete eine Tür.

Das erste, was Erik sah, war eine große steinerne Schale in der Mitte des Raumes, die geradezu überquoll vor vergilbten Zeitungen. Er schaute fragend zu dem Abteilungsleiter.

»Ach«, lachte Kutzmutz, »dieses Ding. Ein altes Taufbecken ist das eigentlich.«

Erik erinnerte sich an den Davidstern im Torbogen. »Von den Juden?«

Richtig, das Haus hier sei früher Eigentum der Jüdischen Gemeinde Berlins gewesen. Dieser habe man, warum auch nicht, jetzt wieder gewisse Rechte eingeräumt, aber, so drückte Kutzmutz sich aus, sie bestehe ja »nur noch aus ein paar Hanseln«.

Erik schob seine Finger zwischen die vergilbten Zeitungen und registrierte, daß es sich um die zentralen Organe der Partei, der Gewerkschaft und der Freien Deutschen Jugend handelte, doch einerlei, was das im einzelnen für Blätter waren, dieses Zimmer hier, dachte er, scheint ja lange nicht benutzt worden zu sein, nicht von den Juden und nicht von seinen künftigen Kollegen, es ist nichts anderes als eine Rumpelkammer, wirklich das Letzte.

Er wolle und müsse auf die Rechte der früheren Eigentümer zurückkommen, erklärte Kutzmutz. Ab und an würden die Juden, das läge nunmal in ihrer Kultur begründet, jemanden taufen wollen. Die mit ihnen getroffene Regelung besage, sie hätten sich zu diesem Zwecke spätestens fünf Tage vor dem gewünschten Termin bei der »Weltwerbung« zu melden.

»Und dann?«

»Räumen wir das Büro, so daß wieder ein jüdisches Bad draus wird.«

»Für den einen Tag?«

Kutzmutz nickte, und Erik fragte, wo er dann hin solle mit seinen ganzen Materialien.

»Da findet sich schon ein Plätzchen. Und wie gesagt, es passiert ja auch nicht so oft. Im vorigen Jahr zum Beispiel, da war gar nichts, wenn ich mich recht erinnere.«

Die Auskunft beruhigte Erik, einerseits. Andererseits fühlte er sich nun erst recht abgeschoben. *Dafür* hätte er *das* doch nicht zu studieren brauchen. Dafür hätte er damals im Hochhaus auch nicht unterschreiben müssen. Jawohl, hatte er sich krummgelegt für nichts und wieder nichts.

Am Abend schrieb er ein paar Zeilen an Britta, unter anderem formulierte er, »meine Träume haben sich nicht erfüllt«.

Es sollte ihr gegenüber keinesfalls vorwurfsvoll klingen, seine Ernüchterung mußte einfach nur einmal heraus. Aber machte er seiner Schwester im stillen nicht doch Vorhaltungen? Wäre er denn jetzt auch in diesem Nebenbetrieb gelandet, wenn sie sich einst nicht so aufrührerisch und so unklug verhalten hätte? Eigentlich erwartete er schon etwas von ihr, darum hatte er ja ihr sein Herz ausgeschüttet und niemand anderem, er wartete darauf, daß sie etwas in der Art sagte wie: Tut mir schrecklich leid, mußt du nun büßen für meine Vorwitzigkeit, ach das ist so ungerecht.

Scheinbar kam sie aber gar nicht auf die Idee. So wie's aussah, erschloß sich ihr der Zusammenhang, der doch auf der Hand lag, überhaupt nicht, entschieden fröhlich las sich jedenfalls ihre Antwort, gekritzelt auf eine Ansichtskarte der Stadt Meißen: »Nicht schon vor dem Anfang Trübsal blasen, großer Bruder, dafür ist später immer noch Zeit. Wer weiß, was dir die Zukunft alles an Überraschendem und Schönem bringt. Ich wünsche es dir sehr und drücke dir ganz fest die Daumen. Dein Schwesterlein.«

*

Zeit verging. Erik heiratete Carla. Er trat auch der Partei bei, weil es ihm bald seltsam erschienen war, sich montagabends still und leise, fast schon heimlich von der Tucholskystraße nach Hause zu begeben, während an die hundert Mann in den holzgetäfelten Sitzungssaal strömten. Was schließlich die Messen betraf, so reiste er regelmäßig nach Moskau, Plowdiw und Bratislava, es war alles in allem kein sonderlich aufregendes Leben, das er führte, doch es war bei weitem auch keines, das ihm unerträglich schien, es vollzog sich beinahe ohne sein Zutun.

Eines Tages aber, zwei Jahre mochten seit jenem ersten Besuch bei der »Weltwerbung« vergangen sein, kriegte er in seinem Raum mit dem Taufbecken einen Anruf von der Kriminalpolizei.

Ob er was verbrochen habe. Er fragte es in einem belustigten Ton, um seine Nervosität zu übertünchen, die wie der Blitz in ihn gefahren war.

Die Polizei ging nicht darauf ein, sondern fragte ihn, ob er in einer Stunde bei ihr erscheinen könne.

Er begriff das als Vorladung und wollte wissen, wo sie denn säße.

Im vorliegenden Fall in einem blauen Lada, der ganz hinten auf dem Parkplatz vor dem Palast der Republik stehen werde.

Diese Auskunft trug nicht unbedingt zu seiner Beruhigung bei. Wollte man ihn vielleicht nicht nur verhören, sondern, wenn's nottat, auch gleich abtransportieren?

Als er sich auf den Weg machte, war ihm im ganzen Körper heiß, wobei, wie seltsam, die Quelle der Hitze in der Gurgel zu sitzen schien. Dort pochte und summte es. Auf dem Flur traf er Kutzmutz. Sogleich rief er ihm entgegen, er müsse kurz einmal raus, die Kriminalpolizei wünsche ihn zu sehen, warum auch immer, nicht? Mit flackerndem Blick erbat er sich ein beruhigendes Wort, aber Kutzmutz wiederholte nur, »die Kriminalpolizei«, zog einen Moment seine Nase kraus und ging weiter.

Dann war Erik auf dem Parkplatz angelangt. Er entdeckte den Lada, er ging in die Knie, um durch die Scheibe auf der Beifahrerseite zu schauen. Hinterm Steuer saß, zurückgelehnt, ein etwa 30jähriger Mann. Dieser Mann war so groß, daß seine Haare die Autodecke berührten; und semmelblond wie Lütt Matten aus *Lütt Matten und die weiße Muschel* war er, jedenfalls mußte Erik, als er zögerlich die Tür öffnete und im Wagen Platz nahm, an den denken. Wie seltsam doch ein in Alarmzustand versetztes Hirn reagiert.

Der mächtige Lütt zückte zur Begrüßung einen Ausweis und sagte, er sei vom Ministerium für Staatssicherheit, das mit der Kripo sei geflunkert gewesen (er gebrauchte tatsächlich so ein Kinderspielwiesenwort). Und geflunkert gewesen sei es aus Gründen, die Erik sich bestimmt denken könne.

Erik nickte mechanisch. Er war einigermaßen überrascht, daß er nun von einer Sekunde zur anderen auf dem Schoß der Stasi saß und die Stasi ihn, als kennte sie ihn schon lange, duzte: »... aus Gründen, die du dir bestimmt denken kannst, Erik.«

Garantiert frage er sich, was man so Knall auf Fall von ihm wolle, sagte der mächtige Lütt weiter.

Zum Zeichen, daß es sich genau so verhalte, legte Erik den Kopf schief; dabei fragte er es sich schon kaum mehr. Wenn er ehrlich war, hatte er von Anbeginn nicht ganz geglaubt, daß es sich um die Kripo handelte, die sich da bei ihm meldete. Die Polizei rief doch aufs Revier, nicht in irgendein Auto; ins Auto zu rufen, das roch schon sehr nach Konspiration und Agententätigkeit …

Der mächtige Lütt begann zu erläutern, es geschehe hier natürlich gar nichts Knall auf Fall, denn ein Treffen sei schon überfällig gewesen in Anbetracht der beruflichen und charakterlichen Stärken Eriks. Man kenne und schätze ihn als fleißigen, als auf seinem Fachgebiet mittlerweile beschlagenen, als ideologisch standfesten und im Privatleben untadeligen Genossen, und solche Genossen, die besten und zuverlässigsten, genau die brauche man. Ob er sich also bereitfinden würde zu einer Zusammenarbeit mit dem Ministerium?

Erik mußte einige Mühe aufwenden, um ein zufriedenes Lächeln zu unterdrücken. Endlich besann man sich seiner! Endlich bat man ihn! Lange schon hatte er darauf gewartet, lange schon hatte er darauf gehofft; er ahnte doch, beinahe jeder seiner Kollegen aus der Tucholskystraße, und noch der schludrigste, war für die Firma im Einsatz – warum also nicht er? Wegen dieser alten Geschichte wieder nur. Nun war sie wohl vergeben und vergessen, nun endlich.

Die Genugtuung währte aber nicht lange. Es störte ihn, daß der mächtige Lütt offenkundig ein umfassendes Wissen darüber besaß, was er, Erik, so alles trieb. Man kenne und schätze ihn, so hatte es doch eben geheißen, oder nicht? Da saß also ein Mensch neben ihm, dem er noch nie begegnet war – und trotzdem zeigte sich genau dieser Mensch bestens informiert über ihn. Und der Mensch, der gab sich noch nicht einmal Mühe, es zu verbergen, der hielt es für eine Selbstverständlichkeit geradezu. Es ist aber keine, ich will nicht, daß er, ohne mich je gefragt zu haben, alles über mich weiß, es ist ungesund!

Nicht selten, gar nicht so selten hatte Erik sich ausgemalt, wie er auf eine solche Anfrage reagieren würde: Er würde sie abschlägig beantworten, selbstverständlich würde er das, und nicht aus politischen Gründen, sondern aus moralischen. Spionierte man denn anderen hinterher? Nein, das tat man nicht. Das war anrüchig. Indes war es die ganze Zeit nicht mehr als ein theoretisches Durchspielen einer möglichen Situation gewesen, etwas Klares, Kaltes und Fremdes. Jetzt aber, jetzt spürte er das Anrüchige geradezu körperlich. Von oben bis unten durchdrang es ihn, und wenn er zuvor nicht hatte ausschließen können, daß er im entscheidenden Moment doch noch weich werden würde, sei es wegen seines ihm selber gut bekannten Hanges zum Abwägen, sei es wegen plötzlich ausbrechender Sympathie für den von der Firma Gesandten – so war jetzt genau das Gegenteil der Fall. Er spürte Ekel, und der Ekel machte ihn sicher.

»Ich möchte das nicht«, sagte er, durch die Windschutzscheibe blikkend.

»Warum nicht?« Der mächtige Lütt fragte es freundlich, garantiert war er gut geschult, und vielleicht hatte er sich auch zuvor schon die eine oder andere Absage eingehandelt und war deshalb nicht überrascht.

Jetzt kam's darauf an, was er sagte, das wußte Erik. Er mußte sich verweigern, ohne die Firma zu verprellen und für den Rest seines Lebens gegen sich aufzubringen; Härte zu zeigen mit zur Not auch ganz weichen Worten, das war jetzt nötig. »Von meinem Beruf her«, sagte er also, »bin ich es gewohnt, die Dinge ans Licht zu holen und für alle Menschen sichtbar auszustellen. Ich hebe die Tatsachen hervor, nicht selten sogar plakativ. Ich kann sie gar nicht, wie soll ich sagen, hintenrum anbieten, denn dann würde ja keiner sie bemerken. Und dieses Vorgehen, das ist mir mittlerweile in Fleisch und Blut übergegangen, oder es entspricht einfach, hm, meiner Natur entspricht es wohl. Ich kann gar nichts hinter dem Rücken anderer tun. Es ist mir nicht gegeben irgendwie. Hier aber wäre es meine Aufgabe, nicht? Ja, das wäre sie, anders geht es doch gar nicht. Und deshalb mag diese Aufgabe vielleicht zu anderen passen, die ... andere Vorlieben und Eigenschaften haben, aber eben nicht zu mir.« Gegen die Scheibe hatte er die ganze Zeit gesprochen, jetzt erst wagte er zum mächtigen Lütt zu schauen. In seiner Gurgel, in der es sich zwischendurch abgekühlt hatte, stieg die Temperatur wieder an. War das der Ton gewesen, dem sein Nebenmann würde folgen können und wollen?

Der mächtige Lütt reagierte freundlich. Was die von Erik ins Feld geführte berufliche Tätigkeit anginge, so wolle er nur bemerken, das Ministerium könne ihm im Falle einer Zusammenarbeit durchaus helfen, bislang in weiter Ferne scheinende Ziele zu erreichen.

Nicht doch, durchfuhr es Erik, sie wissen ja sogar Bescheid darüber, was sich in meinem Kopf abspielt. Oder interpretierte er zuviel in die Worte des mächtigen Lütt hinein? Meinte der mit »weiter Ferne« vielleicht gar nicht das Ausland, hatte der das Wort nur als Metapher verwendet? Egal, der ausgelegte Köder stank fürchterlich und verstärkte nur Eriks Ekel. »Meine beruflichen Ziele«, sagte er etwas barsch, »möchte ich gern allein erreichen.«

Der mächtige Lütt saß keineswegs in diesem Auto, um ihn zu überreden, wer war er denn. Aber er saß wohl auch nicht da, um sich einen Mißerfolg einzuhandeln, der dann vielleicht auf ihn selber zurückfiele in seinem Ministerium, nein, er wollte sich lieber nicht vorwerfen lassen, zu versagen auf dem schwierigen Gebiet der Menschenführung, darum bot er an, Erik möge, ehe er eine Entscheidung träfe, die er dann womöglich sein Leben lang bereue, eine Nacht darüber schlafen, einverstanden?

Erik lag ein klares »Nein« auf der Zunge. Das er aus taktischen Gründen verschluckte. Mochte seine Antwort auch eindeutig feststehen, so war es im Hinblick auf seine Zukunft wohl doch ratsam, so zu tun, als ringe er mit sich und sei nicht auf ganz radikale Weise abgeneigt. In Ordnung, genau wie eben angeregt werde er's machen, lenkte er ein.

Dann träfen sie sich morgen zur selben Zeit am selben Ort. Der Lütt verabschiedete sich mit einem derart festen Händedruck, daß Erik vor Schmerz beinahe aufgeschrien hätte.

Vom Palast ging er zurück in die Tucholskystraße, und währenddessen mußte er plötzlich an Matti denken. Wenn der ihn gerade hätte sehen und hören können! Auf der Stelle wäre Mattis Respekt vor ihm gewachsen. Sollte seine Verweigerung nicht sowieso auch ein Gruß an den Bruder sein, und an den Vater, an die beiden, die ihn mehr oder minder deutlich noch immer ihre Verachtung spüren ließen? Bis jetzt hatte er sich ihnen gegenüber unterlegen gefühlt, nun aber konnte er sich endlich aufrichten, nun konnte er ihnen, indem er nicht noch einmal ein Papier unterzeichnete, in das der Verrat eingelassen war wie ein Wasserzeichen, wieder ebenbürtig werden. Wie wohl es ihm tat, sich endlich mal so zu verhalten und nicht wieder anders, wahrlich, eine großartige Chance war mit dem Erscheinen des mächtigen Lütt verbunden.

Dennoch drängte es ihn am Abend, sich noch ein wenig zu beraten, und zwar mit jemandem, der ihn in seiner zweifelsohne schon getroffenen Entscheidung bestärken würde. Gewiß, er suchte bloß Rückendeckung, deshalb kam nicht Carla für ein solches Gespräch in Betracht. Sie war immer so eifrig, eifrig beim Ballspiel, eifrig beim Zeitungsartikel schreiben und beim Zeitungsartikel glauben auch, o ja, sie schrieb, woran sie glaubte, und sie glaubte, was geschrieben stand, eindeutig übertrumpfte sie Erik in Fragen der Hingabe; und so traute er ihr jetzt auch die felsenfeste Überzeugung zu, eine Mitarbeit beim MfS sei tatsächlich wichtig und wertvoll im Sinne einer Hege und Pflege der Republik.

Statt dessen traf er sich mit Norbert Weißfinger, der schien ihm die nötige Distanz zu diesem und überhaupt zu jedem Geschehen zu haben. Und typisch Weißfinger: Nachdem Erik ihm das Wesentlichste über seine Begegnung mit dem mächtigen Lütt erzählt hatte, ging er nicht gleich auf den eigentlichen Sachverhalt ein, sondern sagte: »Siehste, im Lada habt ihr gesessen, mindestens die Hälfte der Ladas, die durch Berlin kurven, gehören zum Fuhrpark der Firma, das bestätigt sich immer wieder.«

Woher er das wissen wolle.

Wisse jeder, sei ein offenes Geheimnis. Aber etwas, bemerkte Weißfinger, verstünde er nicht ganz, nämlich, warum Erik sauer gewesen sei, daß man ihn so lange nicht gefragt habe, wenn er nun ganz schnöde absagen wolle. Die Säuernis deute doch gerade aufs Gegenteil hin, auf grundsätzliche gedankliche Übereinstimmung, ja sogar auf Ungeduld, sich endlich einreihen zu dürfen in die entsprechenden Truppenteile.

»Eben nicht. Es war eher ein Beleidigtsein. Wie ich schon sagte: Jeder Idiot wird gefragt. Als ob jeder hier was leisten würde, nur ich nicht …«

»Das heißt, du wolltest eine Bestätigung, daß du ordentliche Arbeit ablieferst und dich auch sonst anständig benimmst?«

»So kann man's sagen. Eine Belobigung.«

»Dann bist du jetzt aber inkonsequent, hombre!«

»Wieso inkonsequent?«

»Weil nach dem, was du erzählst, die Firma für dich ein Maßstab ist. Ein Gradmesser für dein Handeln. Wenn es sich aber so verhält – dann müßtest du ihr beitreten.«

»Sie ist insofern ein Gradmesser, als sie letzten Endes die gleichen Ziele verfolgt wie ich – und wie du ja wohl auch. Behaupten soll sich das Land, wir wollen das genauso wie die. Aber ihre Methoden auf dem Weg dahin, die mag ich nicht, die widersprechen meiner Vorstellung davon, wie der Mensch sich verhalten sollte. Jemanden anschwärzen, das ist wirklich das Letzte.«

»Hombre, es gehört zur Arbeitsweise eines jeden Geheimdienstes. Würde ein Geheimdienst nicht so arbeiten, wäre es keiner.« Weißfinger lächelte ironisch.

»Dann sollen die so weiterarbeiten – aber weiter ohne mich.«

»Das sagst du, ohne daß du weißt, wofür sie dich eigentlich haben wollen. Vielleicht sollst du ja gar niemanden anschwärzen? Vielleicht wollen sie dich ja im Ausland einsetzen, als Kurier, hast du dir das schon mal überlegt?« Weißfinger lächelte wieder ironisch, als halte er das selber für so gut wie ausgeschlossen.

Erik kam der Gedanke, der mächtige Lütt könne genau das im Kopf gehabt haben bei seiner Bemerkung, man wäre Erik gern behilflich, ferne Ziele zu erreichen; aber es änderte nichts für ihn. »Wenn ich Kurier bin – dann transportiere ich die Anschwärzungen anderer. Macht das die Sache etwa besser?«

»Na«, lachte Weißfinger, »bei dir sind sie tatsächlich an den Falschen geraten.«

Erik schlug ihm mit der flachen Hand auf den Oberarm: »Richtig, da bin ich mir jetzt noch sicherer als vor unserem Gespräch. Das war perfekt, wie du mich herausgefordert hast, ich muß schon sagen. Als ob du mich für die einfangen wolltest, so klang es manchmal. Und du hast geschafft, was du beabsichtigt hast: Ich bin von dir zu genau den klaren Antworten geführt worden, die mir noch gefehlt hatten. Danke dafür, ich danke dir.«

Weißfinger verbeugte sich wie ein Diener und legte dabei sogar seinen linken Arm auf den Rücken.

Am nächsten Tag nahm Erik wieder in dem blauen Lada Platz. Der mächtige Lütt begrüßte ihn mit einem Kopfnicken; Erik wollte scheinen, er zeige sich nicht so freundlich wie am Tag zuvor. Vielleicht ahnte der Lütt schon, daß seine Bemühungen doch vergeblich sein würden.

Erik wartete auf eine Frage, aber der mächtige Lütt schwieg, und so erklärte er mit belegter Stimme: »Also, es bleibt dabei. Wie ich schon sagte, ich möchte lieber nicht.«

In seinem engen Sitz drehte sich der mächtige Lütt zu ihm: »Du enttäuschst mich! Angesichts der stolzen Traditionen der Tschekisten, die wir fortführen, hätte ich von dir erwartet …«

Kurz verzog Erik das Gesicht, er konnte nicht anders, so plump war das, was er gerade gehört hatte. Genaugenommen war es das Einfältigste, was je an seine Ohren gedrungen war.

Der mächtige Lütt, kein Zweifel, hatte die Reaktion bemerkt und deshalb seine Rede unterbrochen. Er langte an Erik vorbei zum Handschuhfach, wobei er ihm, keineswegs zufällig, denn so wenig Platz war nun auch wieder nicht in dem Lada, den Ellbogen in die Seite stieß. Im Handschuhfach blitzte eine Pistole. Erik wußte genau, er brauchte sie nicht zu fürchten. Sie lag einfach nur da, wo sollte sie sonst auch liegen. Gut, er hatte der Firma eine Absage erteilt, aber wegen so einer Absage, davon war er felsenfest überzeugt, passierte einem nun wahrlich nichts; mochten jetzt auch sämtliche berufliche Aussichten zerstört sein, der Körper blieb auf jeden Fall heile.

Und doch, mach was dagegen, strömte vom pochenden Hals aus plötzlich wieder Hitze durch seinen Körper.

Der mächtige Lütt griff sich das Schießeisen, legte es auf seinem Schoß ab und zog ein Schriftstück aus dem Handschuhfach, ganz klar, er wäre ja nicht rangekommen an das Papier, wenn er vorher nicht die Pistole da rausgenommen hätte. Dieser Zusammenhang, der für Erik völlig unzweifelhaft war, hätte nun dazu führen müssen, daß seine Körpertemperatur rasch wieder sank, doch das Gegenteil trat ein. Erik kauerte in seinem Sitz wie ein Fiebriger.

Der mächtige, die stolze Tradition der Tschekisten fortführende Lütt schaute ihn kalt an und erklärte in einem Ton, der keinen Widerspruch duldete, dann bekomme er jetzt eine Unterschrift, mit der Erik sich verpflichte, über ihr Treffen Stillschweigen gegenüber jedermann zu bewahren, »ich betone ausdrücklich, gegenüber jedermann«.

Schon hielt der mächtige Lütt die vorbereitete Erklärung samt Kugelschreiber Erik vor die Nase. Erik ergriff beides, aber es wollte ihm nicht gelingen, die drei oder vier mit Maschine geschriebenen Zeilen zu überfliegen. Sie verschwammen vor seinen Augen, als sei er unter Wasser gestukt worden, außerdem zitterte seine Hand.

»Dahin.« Ein durchgedrückter Zeigefinger stieß hart auf den rechten unteren Rand des Papiers.

Erik unterschrieb folgsam und schnell, schnell, um den mächtigen Lütt das Zittern nicht sehen zu lassen. Er gab Stift und Papier zurück und flüsterte: »Das war's?«

Der mächtige Lütt schloß und öffnete nur einmal seine Lider, solcherart war sein Nicken.

»Na dann, Wiedersehen.«

Erik stieß die Autotür auf, der mächtige Lütt warf die Pistole zurück ins Handschuhfach.

*

Das war eigentlich schade, daß er nichts erzählen durfte über die Absage, die er gegeben, und den Anstand, den er dabei gezeigt hatte, aber selbstverständlich war es für ihn auch: Er war schon gewohnt zu schweigen, er sollte ja ebensowenig erzählen, was er in der Tucholskystraße tat, dazu hatte Kutzmutz ihn an seinem ersten Arbeitstag angehalten. Eriks Verständnis für die verschiedenen Geheimhaltungen war freilich unterschiedlich stark ausgeprägt. Über die Firma zu schweigen, erschien ihm logisch, über den Betrieb stumm zu bleiben, empfand er dagegen als übertrieben, wenn nicht als schwachsinnig: War er nicht dafür angestellt worden, die Republik im Ausland leuchten zu lassen? Warum sollte er sich dann daheim ins Dunkel hüllen? Und vor allem, wie sollte er das bewerkstelligen im Alltag? Er traf mit sich selber die Übereinkunft, Freunden wie selbstverständlich von seiner Tätigkeit zu berichten. Nur in Gesprächen mit Fremden wollte er sich lieber bedeckt halten, denn jedem gleich alles auf die Nase zu binden, das mußte nun auch wieder nicht sein, das entsprach auch gar nicht seinem Naturell.

Einmal aber, das war wohl drei Jahre nach seiner Einstellung bei der »Weltwerbung« und ein Jahr nach seinem Treffen mit dem mächtigen Lütt, redete er ganz gegen seine Absicht doch, sogar richtig in Rage redete er sich, und das kam so:

Carla und er saßen mit einem anderen Paar, mit dem, das ihnen zugeteilt worden war, an ihrem Tisch im größten Ferienheim von Ahlbeck, einem fünfgeschossigen langgestreckten Plattenbau am Ostende des Ortes. Sie nahmen ihr Abendbrot ein, sie waren jetzt den dritten Tag hier, sie hatten schon siebenmal mit dem anderen Paar gespeist, und dabei hatte sich zweierlei gezeigt: Erstens, daß der Mann, ein Ingenieur, und die Frau, eine Kartographin, nett und gebildet waren; und zweitens, daß bei ihnen alles Nette und Gebildete einem schneidend scharfen und, da gingen Erik und Carla hundertprozentig konform in ihrer Einschätzung, geradezu unausstehlichen Sarkasmus wich, sobald das Gespräch auf politische Fragen kam.

Sagte also der freundliche, aber auch spöttische Ingenieur zu Erik: »Da wir nun schon von Ihrer Frau wissen, daß sie uns allen die erstaunlichsten Ernteschlachtgemälde malt, und da auch Sie beide schon darüber informiert sind, welchen Tätigkeiten wir nachgehen, wäre es doch eigentlich schade, wenn wir noch länger zusammensitzen würden, ohne zu erfahren, was Sie so treiben, ich meine beruflich gesehen.« Dazu nickte er aufmunternd.

»Ich bin in der Werbung«, antwortete Erik ausweichend und doch wahrheitsgetreu.

»In der Werbung?« fragte der aufrichtig erstaunte Ingenieur; »in welcher Werbung?« fragte seine perplexe Frau.

Erik wägte noch seine Worte, als die Kartographin schon weiterfragte und ihr Mann auch: »Gibt es etwa in unserem Land noch Werbung?« – »Wozu sollte es denn hier noch Werbung geben?«

Erik und Carla schnappten nach Luft. Was die anderen beiden gar nicht zu bemerken schienen. Ihre Mienen waren auf einmal versonnen, und der Ingenieur sagte zu seiner Frau: »Ach, als es noch die Tausend Tele Tipps gab, ja das waren noch Zeiten ...«

»Goldene Zeiten«, bestätigte die Frau.

Der Ingenieur setzte sich nun kerzengerade hin und bewegte seine Hände, als umfaßten sie ein Lenkrad. Dann schwärmte er: »So fahren, fahren, fahren!«

Seine Frau lümmelte sich in ihren Stuhl und zog eine Schnute: »Trotzdem könnte er ruhig mal anhalten.«

Der Ingenieur, dies überhörend, schwärmte unverdrossen weiter: »Wunderbar, so reisen, reisen, reisen!«

Die Schnute in ihrer Not: »Einen Hunger hab ich, und Durst auch.«

Der Ingenieur, nun das erste Mal zu seiner beinahe sterbenden Beifahrerin blickend: »Ist was?«

Plötzlich spiekte sie ihren Zeigefinger in Richtung Carla: »Da, eine Konsumgaststätte!«

Der Fahrer, mit auf einmal pathetischer Stimme: »Schnelle Bedienung für eilige Gäste, und alles so, daß man sich wohl fühlt.«

Seine Frau, ihren Zeigefinger mit bedeutsamem Blick in die Senkrechte führend: »Eine gute Sache, so eine Konsumgaststätte!«

»Halten Sie doch auch mal an!« Die abschließende Aufforderung ihres Mannes galt Erik.

Dann brachen die beiden Vortragenden in schallendes Gelächter aus. Das der Ingenieur mit einem ruckartigen Kopfwenden zum Büffet hin beendete. Alle folgten unwillkürlich seinem Blick, sahen aber nur die üblichen Teller und Schüsseln.

»Da ist er!« triumphierte der Ingenieur. »125 Kilometer pro Stunde! Ausgezeichnete Straßenlage! Kofferraum«, er schaute zu seiner Frau, die sogleich mit ihren Händen etwas Rundes formte, »Kofferraum für 57 Fußbälle! Modernste«, die Frau zeichnete einen recht klobigen Kasten in die Luft, »modernste Karosserieform – der neue Wartburg 1000!«

War jetzt das Kabarett beendet? Erik und Carla, die gequält lächelten, hofften es stark.

Vergeblich, die Vorstellung ging weiter, Ingenieur und Kartographin waren ja auch gerade erst in Schwung gekommen und warfen sich in immer schnellerem Rhythmus die Bälle zu.

Er: »RFT-Fernsehgeräte – mit gutem Bild Kontakt zur Welt!«

Sie: »Malimo hat Weltniveau!«

Er: »Ein guter Rat bei Sonnenglut – Röstfein schmeckt auch kalt sehr gut!«

Sie: »Moment ... Moment noch ... jetzt hab ich's wieder:
Ein Mensch, der täglich kochen muß,
spürt irgendwann den Überdruß.
Doch Schöpfergeist verzagt mitnichten,
die kluge Frau fängt an zu dichten.
Ein Kunstwerk wird der Rotkohlkopf,
geformt für Schüssel oder Topf,
genial geschmacklich kombiniert
und farbharmonisch nuanciert.
Fürwahr ein Vitamingedicht,
Lukullus selbst könnt's besser nicht.
Seht nur, wie die Lippen schlecken,
so köstlich kann nur Rotkohl schmecken.«

Die Kartographin holte erschöpft Luft, und Carla, die jeden der vorgetragenen Sprüche kannte außer den letzten, weshalb sie vermutete, ihre Tischnachbarin habe sich ihn ausgedacht, nutzte die Gelegenheit zu fragen, ob man denn »immerzu alles verhohnepipeln« müsse.

Für den Ingenieur war das ein Stichwort, auf das er nur gewartet zu haben schien. »Richtig«, pflichtete er Carla bei, »ganz richtig, Wartburgwerbung ist reinster Hohn, denn willst du einen kaufen, kriegt ihn erst dein Sohn!«

Hierzu erklärte Carla, sie könne »dieses ewig Mokante« langsam nicht mehr hören, es sei schließlich keine Kunst, auf allem dauernd nur herumzuhacken.

Die Kartographin war da anderer Meinung: »Keine Kunst? Der Wartburg-Reim ist aus *Nelken in Aspik*, und *Nelken in Aspik* ist ein toller DEFA-Fim – nicht?« Sie erbat sich Bestätigung von ihrem Mann.

»Ein toller Film. Leider ganz bald nach seiner Premiere der Altfilmverwertung zugeführt. Warum eigentlich?« So fragte er Erik und Carla.

Achselzucken.

»Womöglich, weil nach der Ausbürgerung des Sängers fast alle Hauptdarsteller in den Westen gegangen sind?«

Wie sie diese Worte hörte, mußte sich die Kartographin schnell nach was erkundigen: »Ach, Liebling, warum sind eigentlich wir noch hier?«

Jetzt geht's aber ans Eingemachte, dachte sich Erik, die beiden hier, die wissen kaum, wer vor ihnen sitzt, und trotzdem scheinen sie überhaupt keine Angst zu haben, sie reden ja, als wären sie ganz unter sich.

»Wir verweilen hier wegen der vielen schönen Sachen, die unser Leben bereichern«, antwortete aber der Ingenieur, und Erik ahnte, sie wollten nur noch ein bißchen ihre Show fortsetzen.

»An welche denkst du?« fragte die Kartographin honigsüß.

»An unsere KWV-Wohnung: Kann Weiter Verfallen.«

»Hm«, machte sie, »und ich gehe sooo gern in den Konsum: Kauft Ohne Nachzudenken Ständig Unseren Mist.«

Und er, auf sein Handgelenk zeigend: »Ruhla-Uhren gehen nach wie vor.«

Und sie, mit den Beinen strampelnd: »Wer Mifa fährt, fährt nie verkehrt, weil Mifa überhaupt nicht fährt.«

Und wieder er, und wieder sie, immer abgenudelter wurden ihre Sprüche, langsam ging den beiden wohl die Puste aus, aber zumindest Erik war geneigt, diese Leute in gewisser Weise zu verstehen. Jede Schlamperei und jeder Engpaß, alles, was sie hier auf die Schippe nahmen, war doch wirklich nicht gutzuheißen und durfte und sollte kritisiert werden. Er selber tat das ja auch, zusammen mit Weißfinger, wenn sie abends saßen und tranken, wenn sie, ohne aber gleich in Defätismus zu verfallen! nach Auswegen aus dem Dilemma suchten. Und genau das ist der Unterschied, dachte er: Diese beiden hier, die suchen nach gar nichts mehr, die haben schon längst abgeschlossen mit allem, die können doch gar nicht mehr anders reden als abfällig, da hat Carla vollkommen recht.

In ihm regte sich Unmut über eine solch unproduktive Haltung. Auch vermißte er bei dem Ingenieur und der Kartographin jeglichen Heimatstolz: Er wußte, wie hart hier auf dem Flecken, wo sie lebten, gekämpft werden mußte, um in der weiten Welt zu bestehen, und man bestand gar nicht schlecht, nicht so schlecht, wie die beiden es darstellten, auch das wußte er, sie aber, sie wußten es scheinbar nicht, oder sie wollten es nicht wissen, so wie sie hier mit Schmutz um sich warfen.

Entschlossen sagte er: »Nun aber mal zurück zum Thema. Sie wünschten zu erfahren, was ich arbeite, davon sind wir, oder besser gesagt Sie, ein wenig abgekommen. Ich kann Ihnen sagen, es gibt noch eine andere Art Werbung als die, über die Sie sich, vielleicht gar nicht mal zu Unrecht, ausgelassen haben. Von der bemerken Sie nur nichts. Und zwar ist das die Werbung für Exportartikel unserer Industrie. Es mag Sie überraschen, aber hierzulande werden durchaus Produkte hergestellt, die im Ausland, sogar im kapitalistischen, Absatz finden, und …«

»… von denen wir genau deshalb nichts sehen«, warf der Ingenieur ein.

»Sie könnten ihn ja wenigstens mal ausreden lassen!« Carla war es, die das vorgeschlagen hatte.

In der Tat schwiegen nun Ingenieur und Kartographin, und Erik wiederholte: »Damit also diese hierzulande gefertigten Produkte bei dem überquellenden Angebot im westlichen Ausland auf Interesse stoßen, müssen sie intensiv beworben werden, zum Beispiel auf internationalen Messen. Und ob Sie es glauben oder nicht, man nimmt dort durchaus Kenntnis von uns, ich weiß das, ich bin nämlich für die Anmietung, den Aufbau und die Ausgestaltung der Gemeinschaftsstände unserer Kombinate zuständig.« Eigentlich hatte er damit alles erklärt, aber er schob noch etwas nach, er sagte: »Da heißt es natürlich, viel zu reisen …« Und er senkte den Kopf, um nicht zuviel Stolz hervorlugen zu lassen, Stolz, der in dieser Sekunde und vor diesen Leuten ein Kind der Gegenwehr war und ein Bruder des Trotzes.

Der Ingenieur kannte, wie sich nun herausstellte, die wichtigsten Messeorte dieser Welt, als da waren »Hannover, Delhi, Innsbruck, Paris, Damaskus«. Er bemaß Erik mit seinem spöttischen Blick und fügte seiner Aufzählung salbungsvoll hinzu: »Bist du artig hier zuhaus, darfst du in den Westen raus.«

Erik nannte die von ihm tatsächlich frequentierten Orte und genoß die Überraschung, die er damit hervorrief.

»So ist also auch Ihr Wirkungsgebiet recht eingeschränkt«, sagte nämlich der Ingenieur in anerkennendem Ton, »wie kommt's denn?«

Wenn ich euch das sagen würde, ihr tätet vielleicht staunen, dachte Erik. Aber er durfte es ja nicht sagen, alles konnte er erzählen, aber nicht das, er hatte ein ganz bestimmtes Handschuhfach vor Augen und eine Pistole, er kam sich bedroht vor in diesem Moment und teilte die Bedrohung dem fremden Pärchen mit, indem er vielsagend die Augenbrauen hob. Und die beiden, sie fragten tatsächlich nicht weiter, sie nickten, nickten auf eine verständnisvolle und respektvolle Art, und Erik wurde ganz warm ums Herz ob dieses doch ziemlich unverhofften Einvernehmens.

Holzfrei mit Holzanteil

Mit letztem Stolz wehrten sich die Häuser gegen ihren Einsturz. Sie streiften sich den Putz ab, der sowieso nur in Fetzen an ihnen hing, der sie bloß beschwerte und nicht mehr beschützte oder gar verzierte, und zeigten ihre lange verborgenen ehrwürdigen Geburtsstempel her: Besohlungs-Werkstatt, Bade-Anstalt, Bügeln & Plätten. In Anfällen von Bosheit ließen sie Dachziegel auf schuldige wie unschuldige Passanten fallen. Abgenagte, wie im Boxring zugerichtete Stuckgesichter über den morschen Eingangstüren grimassierten dazu, während die Marmorböden drinnen vorwurfsvoll schweigend in den Untergrund sanken. Letzte kleine Aufmerksamkeiten jener totgeweihten Behausungen für ihre resistenten Bewohner: Das blanke Mauerwerk tut ein neues Loch auf, da paßt genau der Lenkergriff eines anlehnungsbedürftigen Mifa-Rades hinein. Eine zitternde Fensterscheibe wird zum Wecker, sobald am Morgen die erste U-Bahn über die Stelzen auf der nahen Schönhauser rollt. Ein abgeklemmtes Elektrokabel löst sich aus pudrigem Gips und zeigt sich in Kopfhöhe, beinahe begierig, sich um ein Paket wickeln zu lassen, das von hier, dem Prenzlauer Berg in Berlin, irgendwohin geschickt wird …

Die Gegend bot auch Willy und Veronika Gapp etwas Schönes und durchaus Wichtiges, eine leerstehende Wohnung in der Dunckerstraße. Sie hatten sich darauf verständigt, so eine zu suchen und zu okkupieren, nachdem Willy von Zeiller klargemacht worden war, daß ihre Treffen im Gästehaus großartigen Stoff für Klatsch und Tratsch boten. Ihre Affäre war längst zu einer Gefahr geworden – allerdings nur für Willy, der nicht zu Unrecht befürchtete, sie könne sich bis zum »Aufbruch« und von dort auch noch das kleine Stück bis nach Hause herumsprechen, und nicht für Veronika Gapp, obwohl die, Sekretärin Weitermanns im »Metropolenverlag«, ja in Berlin wohnte und ebenso einen Ehering trug wie Willy. Aber warum nicht auch, oder mehr noch, für sie? Weil ihr Mann längst Bescheid wußte. Weil er sogar damit einverstanden war, daß seine Frau in ein anderes Bett als in ihr gemeinsames stieg, zumindest gab er das vor. Aber du lieber Himmel, wie konnte er denn einverstanden sein, was war das bloß für ein Mann? Ein Feigling, ein Weichei? Gerade das Gegenteil war er, selber hatte er die Ausschweifung geliebt, früher mal, und so offensichtlich, so frech, so gewissenlos hatte er sich ihr hingegeben, daß Veronika, die wahrlich nicht auf den Mund gefallen war, irgendwann die Worte gefehlt hatten. Doch war alles auf einen Schlag, mit einem Aufprall seines Wartburgs gegen einen unbeleuchteten LKW-Hänger, vorbei gewesen. Er saß fortan im Rollstuhl und konnte seiner noch jungen Gattin nicht mehr ungerecht, aber eben auch nicht mehr gerecht werden, und so fürchtete er, sie werde sich bald von ihm abwenden und davongehen, ihm auf diese Weise auch alles heimzahlen. Andererseits baute er durchaus auf ihr Mitleid sowie auf die Wirkung eines verborgenen Mutterinstinkts, sie würde ihn doch versorgen, seine Veronika? Und siehe, er sollte recht behalten. Sie kümmerte sich geduldig und verließ ihn nicht. Was aber ihre Gründe betraf, so irrte er gewaltig. Veronika Gapp handelte, oder verharrte, beileibe nicht aus Großzügigkeit und auch nicht nur aus Mitleid, sondern vor allem, weil sie ahnte, sie würde sich ihr Leben lang schuldig fühlen, wenn sie die Tür hinter sich zuschlüge. Jawohl, die Angst vor den Folgen einer einmal begangenen Bösartigkeit war's, die bei ihr Treue und Aufopferungswillen hervorriefen, nicht die Strahlkraft des Guten; das hätten die Menschen gern, daß es diese Strahlkraft sei, die sie leite, aber meistens ist's doch nur die schnöde Angst.

Sie bliebe, erklärte sie also ihrem Gatten nach dem Unfall, bloß wolle sie der Ehrlichkeit halber hinzufügen, es werde ihr kaum gelingen, auf eine bestimmte Befriedigung zu verzichten; sie besaß wirklich die Fähigkeit, auf neue Situationen blitzschnell und souverän zu reagieren, diese Veronika Gapp. Nach ihrem recht deutlichen Hinweis, sexuelle Enthaltsamkeit beim besten Willen nicht garantieren zu können, wußte ihr Gatte, sie würde sich jene Befriedigung auf jeden Fall holen, und so bat er sie aus Angst, sie könne querbeet marschieren und ihn mit genau der schmutzigen Wahllosigkeit quälen, die er selber einst an den Tag gelegt hatte, ob sie ihren Spaß sich bei einem, einem einzigen abzuzapfen bereit wäre und nicht bei so grauenhaft vielen, denn diese vielen beziehungsweise das Wissen um sie, das würde ihn doch arg belasten und, wie er sich ausdrückte, »irgendwie zusätzlich entwerten«. Kurzum, er wünschte eine ihn beruhigende Ordnung. Veronika sagte sie ihm zu, allerdings wieder nicht aus Großzügigkeit und auch nicht aus Mitleid und erst recht nicht wegen der verschwindend geringen Kontrollmöglichkeiten ihres Gatten, sondern, weil sie doch längst einen einzigen im Blick hatte, und nicht nur im Blick: Willy war damals schon mit ihr zusammengewesen, sie erinnerte sich gern der verrückten Nacht von Ahlbeck, in der Zeiller, als wäre er ein säbelschwingender, die Truppen anführender Feldherr, mit seinem geradezu verwegenen Vorpreschen und Blankziehen für eine allgemein erregte Stimmung gesorgt hatte, in der noch dieser und diese und jener und jene wie von selbst aufeinander zuliefen und übereinander herfielen, die meisten am nächsten Morgen peinlich berührt, aber eben nicht Willy und sie.

Die Wohnung befand sich im zweiten Stock des Hinterhofes und ließ sich mir nichts dir nichts kapern. Willy mußte nur das Schloß herausbrechen – wobei es sich eher um ein Anstupsen des Schlosses mit dem durchgedrückten Zeigefinger handelte. Und schon war es locker und konnte entfernt werden. Allerdings blieben sie dabei nicht ungestört, denn gerade im Moment des Türe-Entsperrens hörten Willy und Veronika jemanden die Treppe hinuntersteigen. Sie fuhren erschrocken herum und erblickten einen jungen Mann mit schulterlangen, zum Zopf gebundenen Haaren. Er trug eine Drahtbrille, deren Gläser nur unwesentlich größer waren als seine Augen. Und wie schauten diese? Freundlich, wie Willy und Veronika zu ihrer großen Erleichterung feststellten. Und nun hob der Mann auch beschwichtigend seine Hand und sagte auf gewählte Art: »Lassen Sie sich getrost Zeit. Haben Sie keine Sorge, niemand im Hause wird sich daran stören, wenn Sie hier auf diese Weise Quartier nehmen.«

Veronika schaute ebenso freundlich, aber auch ein wenig herausfordernd zurück und erwiderte: »Niemand stört – na, darauf Ihr Wort, junger Mann!« Dabei streckte sie ihm ihre Hand entgegen, nicht ohne sie ein klein wenig abzuknicken, wodurch ihre forsche Geste etwas Elegantes und sogar Huldvolles bekam.

Willy blickte sie von der Seite an, und das reine Entzücken stand ihm ins Gesicht geschrieben. Oh, er liebte diese Entschiedenheit und Schlagfertigkeit Veronikas, liebte sie fast, aber nur fast genauso wie ihren Körper, und so wie dieser Körper ihn regelmäßig zu den besten

Taten inspirierte, forderte ihn ihre Entschlußfreudigkeit dazu heraus, sich in ihrer Nähe gleichfalls bestimmend und willensstark zu zeigen; und daß er sich so zeigte, beglückte ihn und verlieh ihm wiederum noch mehr Bestimmtheit.

Als ob der Zopfträger Veronikas kleiner Darbietung hier auf den abgeschabten, knarrenden Holzbohlen des alten Treppenflures selber eine Szene hinzufügen wolle, ergriff er ihre ausgestreckte Hand behutsam mit seinen Fingerspitzen, neigte seinen Kopf und hauchte ihr einen Kuß entgegen. Er richtete sich wieder auf und sagte ernst: »Markus Fresenius.«

Jetzt nannte Veronika weihevoll ihren Namen. Sie begann zu kichern und rief: »Ach Willy, hier wird es schön, glaubst du nicht?«

Willy ging nicht auf ihre Frage ein, sondern runzelte die Stirn, er fand wohl, die Aufführung sollte jetzt enden, und die wirklich wichtigen Dinge sollten zur Sprache kommen. »Sagen Sie mal, wenn sich niemand daran stört – wer wohnt dann eigentlich hier?«

Markus Fresenius nickte und ließ sie wissen, daß sie bei weitem nicht die ersten waren, die sich hier auf handfeste Weise Zutritt verschafft hatten. Fresenius selber, Student der Biologie, war ganz ähnlich vorgegangen und jeder andere Bewohner auch, ausgenommen der alteingesessene Januschke, vormals Hausmeister, sie fänden ihn, dies für den Fall, sie brauchten einmal handwerkliche Hilfe, Parterre rechts, aber sonst, nein, alles inoffiziell, denn dieses Schmuckstück hier, erklärte Fresenius mit verächtlichem Gesichtsausdruck, sei von behördlicher Seite längst aufgegeben worden, schon ewig habe sich niemand vom Amt mehr blicken lassen, zweifelsohne fliehe man den peinlichen Anblick der Verrottung im eigenen Verantwortungsbereich.

Als der Student geendet hatte, entstand eine Pause. Schnell sagte dann Veronika, er wolle bestimmt auch ein bißchen was über sie beide wissen, da sie ja nun die neuesten Mieter, sie verbesserte sich, die neuesten Nichtmieter seien, und hierbei wurde sie tatsächlich ein wenig rot.

Markus Fresenius' Blick streifte wie zufällig ihre und Willys Hände mit den recht unterschiedlichen Eheringen. Lächelnd deutete er an, das Wichtigste über sie beide sei ihm doch schon bekannt. Indes war es kein anzügliches Lächeln, eher noch einmal ein Willkommen, und das bekräftigte er, indem er mit einem kurzen Kinnrecken auf die Wohnung wies, die sie sich geöffnet hatten, und in nahezu väterlichem Ton sagte: »Nun gehen Sie schon, gehen Sie.«

*

Das war jetzt drei Jahre her. Willy und Veronika hatten sich seitdem jeden zweiten Dienstag, immer nach den Sitzungen, die Zeiller mit den Direktoren der Druckereien abhielt, in der Dunckerstraße getroffen; und in all der Zeit waren sie weit davon entfernt gewesen, jemals die Hilfe des alten Januschke in Anspruch zu nehmen. Weil sie ja die Wohnung weitgehend so beließen, wie sie sie vorgefunden hatten. Sie rissen zwar die alte Tapete im großen Zimmer herunter, eine Tapete, die mit lauter Schlingpflanzen bedruckt war, so daß Willy und Veronika sich beim ersten Eintreten wie im Urwald wähnten und eine Feuchte zu spüren glaubten, die es hier, anders als in vielen anderen Häusern der Gegend, durch die sie zuvor gestreift waren, glücklicherweise gar nicht gab – aber sie klebten dann nichts Neues an die kahlen Wände, bestrichen sie auch nicht, nagelten nur ein paar Bilder eines Fotografen an, den Veronika kannte, weil er einmal im Labor des »Metropolenverlages« gearbeitet hatte. Und auch diese Bilder, schwarzweiße, grobkörnige, boten überhaupt keinen schönen Anblick. Sie verstärkten bloß den Eindruck von Tristesse: Ein Losverkäufer, der mit seinen wurstigen Fingern gelangweilt aufs Sprelacart seines Standes trommelt. Sechs Jungs beim Umheben eines offenbar nicht mehr fahrtüchtigen Trabant aus dem Parkverbot. Konnopkes Imbißbude am frühen Morgen, davor ein Pärchen mit viel Luft zwischen sich, die Schultern hochgezogen, die Hände an Tassen mit heißer Brühe wärmend. Alles Bilder von hier. »Der Fotograf«, erklärte Veronika, als sie mit den Abzügen erschien, »wohnt um die Ecke. Er hat den Aktionsradius eines Bierdeckels. Er ist auch ein Säufer übrigens. Er wird sich nochmal zu Tode saufen.« Willy nickte. Und das war schon alles, was sie über ihren Wandschmuck austauschten. Sie konnten und wollten sich nicht lang und breit erklären, warum der nun da hing; Willy hatte, wenn er, selten genug, eines der Bilder anschaute, das Gefühl von Schmutz, in dem auch Klarheit liegt, von Dreck, aus dem auch Anstand schimmert, noch einmal, er konnte es nicht benennen, aber alles, was er sah oder auch nur um sich wußte, die wenigen trostlosen Bilder, die staubige Glühbirne, über die sie keinen Schirm gestülpt hatten, der ockerfarbene Ofen mit den abgeplatzten Kanten und dem verbeulten Aschekasten, alles das beruhigte ihn und putschte ihn zugleich auf, gab ihm die Legitimation, es mit Veronika zu treiben, auf eine durchaus wüste Weise, die ihm früher nur vage bekannt gewesen war und die er jetzt und hier doch als so natürlich und zwangsläufig empfand, daß er sich fragte, wieso er nicht früher darauf gekommen sei.

Am Anfang schliefen sie miteinander auf zwei bloßen Matratzen. Dann erstand Willy in der Baustoffversorgung zwei Türen, kaufte noch ein paar Winkel und Scharniere hinzu und baute daraus ein Bett. Welches sie, als einziges Möbel, in den großen Raum stellten. Es sollte kein Thron sein, nichts, was sie um des banalen Hervorhebens willen schufen; es war, und auch darüber sprachen sie nicht, auch darüber herrschte ein wortloses Einverständnis, eine Basis, die ihnen immer neue Möglichkeiten bot wie spielenden Kindern das Klettergerüst. Zum Beispiel konnte es vorkommen, daß Veronika, die Arme nach vorn gestreckt, an dem Bettpodest kniete und Willy von hinten in sie drang und sie stoßweise hochschob, so hart, daß es ihr weh getan hätte, wenn sie nicht gefolgt beziehungsweise ihm vorausgekrochen wäre, aufs Podest hinauf, aber sie folgte ja, sie kroch, ganz freiwillig, immer nur so weit, daß er sie noch spüren konnte, deutlicher wollte er sie spüren, fester, enger, so daß er »Halt!« schrie und »Komm her! Komm her!« und sie mit seinen Händen zurückriß, und wieder vor, und zurück, und ihr, mit ihrer großartigen Hilfe, auch noch den letzten Widerstand austrieb. Oder Veronika begann unten auf den Dielen, und Willy lag oben auf dem Bett, wo sie als erstes ihre Haare, das waren schulterlange, gelockte, schwarze Haare, über sein Gesicht streichen ließ, und darauf dann ihre Brüste, die Willy mit harter Zunge leckte, sie strafften sich auf eine ihn beeindruckende Weise, wie sich überhaupt die ganze Veronika straffte, sie stellte triumphierend, sich ihrer Wirkung und ihrer Wünsche bewußt, einen Fuß aufs Bett, knapp neben sein Ohr, sie senkte stetig ihren Spalt und verschloß ihm damit den Mund, aber nur kurz, dann bekam Willy seine Zunge wieder heraus. Veronika ließ ihn gewähren, eine kleine Weile, bis sie abrupt und fast herzlos ihren Leib hob. Sie stach mit gestreckten Fingern gegen sein Kinn und drückte sich, kalkweiße Abdrücke hinterlassend, ruckartig von dort weg, fiebrig zog es sie weiter auf Willy, runter, sie umschloß seinen Penis mit der Hand und preßte ihn, daß er eine blutvolle

Farbe bekam und eine hirnförmig sich wölbende Eichel, dann führte sie ihn sich ein und ließ sich, die Hand immer noch ein höllisch enger Ring, stoßen … jawohl, genau so war das mit diesen beiden Ausgebüxten.

*

Immer hatte Willy es eilig, nach Sitzungsende aus der Parteiverlagsverwaltung in Richtung Dunckerstraße zu verschwinden, aber an diesem Dienstag wurde er aufgehalten.

»Auf einen Kaffee«, winkte Zeiller ihm, »ich muß noch was mit dir besprechen.« Er wartete, bis Willys Kollegen aus den anderen Parteidruckereien den Raum verlassen hatten, und begann das Gespräch mit den Worten, er habe Willy eine Planänderung mitzuteilen.

»Wieder mal«, stöhnte Willy.

Zeiller wischte mit der Hand durch die Luft: »Du wirst staunen, was für eine es diesmal ist.« Er schenkte sich aus der weißen Kanne, auf deren Bauch das schmale, rechteckige Parteiverwaltungszeichen geklebt war, einen Kaffee ein, und diesen Vorgang zog er, mit bedeutender Miene, so in die Länge, daß Willy ungeduldig mit seinem Zeigefinger auf den Tisch zu tippen begann.

»Auch einen?«

Willy schüttelte ungeduldig den Kopf: »Ein Gewese machst du heute …«

»Gewese …«, lachte Zeiller, »ja was ein anständiger Kerl ist, der will immer gleich zur Sache kommen«, er ließ eine Faust auf den Tisch fallen, so daß ein wenig Kaffee über den Tassenrand schwappte und sich auf der Untertasse sammelte, »immer gleich druff und ran und rin.«

Zeillers übliche Art zu reden, und doch fragte sich Willy, ob das eine Anspielung auf ihn und Veronika war, ein versteckter Hinweis darauf, daß Zeiller genau wußte, wohin es ihn jetzt in Wahrheit drängte … aber nein, sagte er sich dann, Zeiller redete immer Klartext, er lockte in keinen Hinterhalt, er war verläßlich in seiner Rabiatheit.

»Und du hast ja recht«, straffte sich Zeiller, »zur Sache: Du wirst ab 1. Januar für ›Westend‹ drucken, und du wirst dafür so viele andere Aufträge rausschmeißen, wie nötig ist. Bei diesem Rausschmeißen hast du freie Hand und, wenn nötig, meine volle Unterstützung.«

»Ich verstehe dich richtig«, gab Willy zurück, »du sprichst von *dem*

›Westenend-Verlag‹?« Er wußte jetzt, Zeillers bedeutsame Miene war keineswegs gespielt.

Zeiller nickte: »Wir haben drüben auf der Messe gerade den Vertrag gemacht. War ein hartes Stück Arbeit. Andere westdeutsche Verlage gehen mittlerweile nach Thailand, aber unser Glück war, daß Overdamm dort nicht hin will. Sei ihm zu warm und zu feucht da unten, sagt er, außerdem bevorzuge er es, wenn seine Partner Deutsch sprächen. So kamen wir ins Spiel …«

»Was bedeutet, wir spielen in einer Preisklasse mit Thailand«, warf Willy ein. Zwar war ihm diese Tatsache, allgemein gesehen, durchaus bekannt gewesen, doch jetzt, da sie einen recht speziellen Charakter bekommen hatte, schien sie ihn zu enttäuschen und zu verletzen. Müde, aber auch ein wenig bissig, fügte er hinzu: »Wir sind jetzt offensichtlich der Druck-Hinterhof für diese Leute …«

»Hinterhof«, rief Zeiller, »daß ich nicht lache! Du nimmst Devisen ohne Ende ein, anderthalb Millionen Valutamark, falls du's genau wissen willst, also hör auf, Unsinn zu erzählen! Noch einmal, es ist eine ehrenwerte Kooperation, die drucken für ihre Verhältnisse billig ihre Bücher, wir kriegen für unsere Verhältnisse einen Haufen Kohle, alle haben was davon.«

»Alle …« wiederholte Willy, und abermals lagen Müdigkeit und Unmut in seiner Stimme.

»Alle«, bekräftigte Zeiller.

»Siggi, wieviel bleibt von den Devisen bei mir? Ich wäre der erste, dem was von denen bliebe, der erste, der mit dem arbeiten dürfte, was er erwirtschaftet hat. Sag's mir. Wieviel?« Willy streckte seinen Arm aus und drehte die Hand um, als fordere er Zeiller auf, jetzt gleich da was hineinzulegen.

Zeiller ignorierte die Hand. Er zog langsam seine Untertasse hervor und kippte den verschütteten Kaffee in die Tasse zurück. Dann sagte er so leise, daß er kaum zu verstehen war: »Willy, ein paar ernste Worte über deinen Defätismus, grundsätzliche Worte. Paß auf, ich mag dich, denn noch einmal, du bist ein Kerl, du hast meinen Respekt, und den«, Zeiller lachte geringschätzig auf, »haben nicht viele. Und deshalb, Willy, ließ ich dir zuletzt schon mehr durchgehen als jedem anderen. Mehr als gut ist. Ich bin auch jetzt durchaus bereit, dich noch an ein paar wesentliche Punkte zu erinnern, also: Wie bist du an deine MAN gekommen? Die hast du nicht selbst gekauft, oder? Die wurden dir alle bereitgestellt. Und erst die Elektronik für den Lichtsatz, Willy, natürlich kennst du das Wort Embargo und weißt, was dahintersteckt, dir leuchtet ein, daß der Westen uns damit behindern will, darüber brauchen wir nicht zu reden, aber, Willy, ist dir auch bewußt, ich meine, wirklich bewußt, was das für uns bedeutet, ich meine, praktisch gesehen? Wieviel Kopfstände nötig waren, um an das Zeug heranzukommen, das jetzt in deinen Hallen steht? Geheimverhandlungen, Gewährsmänner, Drittländer, ideenreiche Etikettierung, sage ich nur. Viele haben Kopf und Kragen riskiert, damit du drucken kannst, viele haben dir ermöglicht, überhaupt erst in die angenehme Lage zu kommen, in der du jetzt bist und in der du für ›Westenend‹ tätig werden darfst, ich sage mit Bedacht *darfst*. Denn auch daran möchte ich dich erinnern: daß ›Westenend‹ alles andere als ein Schundverlag ist, für den man sich schämen müßte. ›Westenend‹ ist im Gegenteil ein ausgesucht gediegenes Haus, oder schätzt du das anders ein? Gut, sind wir uns einig. Du hast ja durchaus auch schon hervorragende Erfahrungen mit Overdamm gemacht, nicht wahr, hast für ihn, nein, von ihm und für unsere Leser diese oder jene Lizenz gedruckt. Und jetzt – jetzt wird im Impressum seiner Bücher stehen: ›Aufbruch Gerberstedt‹. Und was ist das, was bedeutet das? Eine Ehre ist es. Wir würden das offiziell natürlich nie so formulieren; es ist auch nicht das Maßgebliche, maßgeblich sind die Einnahmen. So, Willy, ich gehe davon aus, du hast nach meinem kleinen Vortrag keine Einwände mehr gegen das übliche Verfahren, erwirtschaftete Devisen vollumfänglich zurück in den großen Topf fließen zu lassen, aus dem, ich verweise noch einmal darauf, gerade dir schon vieles Nützliche ausgeschüttet wurde. Sollten aber«, unvermittelt hob Zeiller seine Stimme, »sollten deinerseits weiterhin Einwände bestehen und sollte jetzt nicht endgültig und ein für allemal Schluß sein mit deinem kontraproduktiven Gequatsche, kündige ich dir hiermit an, mich umgehend für deine Abberufung einzusetzen. Dann bist du weg vom Fenster und schaust nie wieder raus, Willy!«

Mit irritiertem Gesichtsausdruck zog Willy die Kanne zu sich heran und goß sich nun doch einen Kaffee ein.

Zeiller sagte, er werde jetzt fortfahren mit seinen Ausführungen über den »Westenend«-Vertrag. Dieser erfordere gewisse Umstellungen: Holzfreies Papier sei vonnöten, denn das hierzulande übliche

Gelbbraun der Seiten sowie die vielen kleinen Splitter zwischen den Wörtern, die keine Kommata und auch keine Semikola seien, sehe man in Westdeutschland gar nicht gern. Dazu ein großzügigerer Satzspiegel natürlich, nicht alles von oben bis unten und von links bis rechts bedruckt, es herrsche ja kein Papiermangel dort, wo überhaupt manches anders sei, der Kapitalismus neige, wie allseits bekannt, zum Aufbauschen seiner Produkte, und bei allem Respekt, »Westenend«, diese anerkannte Brutstätte des Seriösen und Inhaltsschweren, entziehe sich, wenn überhaupt, doch auch nur halbherzig diesen systemimmanenten Regeln und verlange zuweilen nach voluminösem Papier, um etwas dünnere Bücher wuchtiger ausschauen zu lassen; man nehme nur jemanden wie den braven Gilmar Gluth und seine literarischen Scheibchen, der Westen würde daraus glatt Tolstoische Ziegel machen ... oder Klopper nach Art des James Joyce.

Letzteres hatte Zeiller nach einer Pause hinzugefügt. »Joyce ...«, wiederholte er scheinbar gedankenlos, und dann sagte er: »In diesem Zusammenhang, die detaillierten Absprachen wirst du mit Overdamm selber treffen, er wird in den nächsten Wochen bei dir vorbeischauen. Ich bitte dich im voraus nur um eines: Erfülle seine Wünsche, sage nicht, daß dir etwas unmöglich sei, selbst wenn es dir unmöglich erscheint. Wir kriegen es dann schon hin. Wir dürfen uns unter keinen Umständen mit Overdamm überwerfen, vergiß das nicht, unter keinen Umständen!«

Willy stutzte. Für Zeillersche Verhältnisse war das eine geradezu devote Aussage. Willy fragte, warum er so ausdrücklich betone, man müsse Overdamm entgegenkommen, und dabei rutschte ihm sogar das Wort ängstlich heraus.

»Ängstlich«, raunzte Zeiller, aber mehr schien ihm in diesem Moment nicht einzufallen. Er nippte an seinem Kaffee.

Die plötzliche Einsilbigkeit seines Vorgesetzten ließ den eben noch vom Rausschmiß bedrohten Willy wieder mutiger werden: »Es betrifft ja wohl mich und den ›Aufbruch‹, also sag schon, was steckt dahinter?«

Zeiller schniefte. »In Ordnung, ich will dich nicht im unklaren lassen. Aber du mußt Stillschweigen bewahren, gegenüber jedermann, ansonsten kommen wir in Teufels Küche, alle! Die Geschichte hängt mit Joyce zusammen, mit der Lizenz für den *Ulysses*, den du vor einigen

Jahren drucken durftest. Der Westen hat natürlich noch einmal gelästert, nach dem Motto: Nun vermochte sich also endlich auch Ostberlin zu einer Veröffentlichung dieses ganz und gar unbedeutenden Büchleins durchzuringen. Geschenkt, die Häme. Wir haben es herausgebracht, nur das zählt. Aber weißt du, wieviel es uns gekostet hat? 40000 D-Mark! Und noch eine Zahl nenne ich dir: Wieviel, denkst du wohl, hat Overdamm ursprünglich verlangt? 60000! Der wollte uns an den Kosten für die Neuübersetzung beteiligen, die seien da eingespeist, argumentierte er, denn die Neuübersetzung, auf die hätten wir doch ausdrücklich gewartet, oder tröge ihn da seine Erinnerung? Nun, etwas Dahingehendes hatten wir ihm viele Jahre zuvor tatsächlich erklärt. Weil, laß es mich so formulieren, bestimmte verantwortliche Genossen damals der Meinung gewesen waren, die Zeit sei noch nicht reif für den *Ulysses*. Deshalb mußten wir bei den Verhandlungen mit Overdamm immer wieder ausweichen und sagen, wir warten lieber auf die Neuübersetzung. Und darauf bezog sich nun also der Quadratschädel: Hier ist die Übersetzung, auf die Sie all die Jahre so großen Wert gelegt und deren Erscheinen Sie mit dankenswerter Geduld entgegengefiebert haben, meine Herren, und hier ist der Preis. Wir entgegneten, wenn er eine Null streiche, kämen wir überein, denn 60000, dabei könne es sich ja wohl nur um einen Scherz handeln. Eine Null weg, lachte nun er, das sei ein Witz, er habe schon eine halbe Million in den Joyce investiert, und keine Aluchips, wie Ihre Bevölkerung die bei Ihnen umlaufende Währung zu bezeichnen pflegt, meine Herren! So hat Overdamm geredet, er wußte, wir waren zum Einlenken gezwungen, er kannte durchaus unsere Lage, der Joyce durfte nun wahrlich nicht länger geschoben werden, er mußte endlich kommen, es war so etwas wie ein kulturpolitisches Erfordernis, gerade nach der Sache mit dem Sänger, ein Zeichen, daß wir nicht blocken und zensieren, daß wir viel offener sind, als uns immer vorgeworfen wird ...«

»Ich verstehe nur eins nicht«, warf Willy ein, »wenn ihr damals klein beigegeben habt, warum seid ihr dann Overdamm gegenüber heute so ängstlich?«

»Weil wir das Geld auf eine bestimmte Weise wieder reingeholt haben – wovon er aber dummerweise Wind bekam.«

Jetzt war Willy doch um einiges davon entfernt, noch an die Dame zu denken, die in der Danckerstraße auf ihn wartete. Neugierig rief er:

»Auf eine bestimmte Weise reingeholt, das riecht aber verbrannt, Siggi ...«

Zeiller machte eine wegwerfende Handbewegung. »Es war legitim, sich das Geld, das er uns abgepreßt hat, irgendwie wiederzuholen, legitim vielleicht nicht im juristischen, aber im moralischen Sinne. Zumal ja alles der Bevölkerung zugute kam! Wir haben nämlich ein paar mehr Exemplare für sie drucken lassen, als mit Overdamm verabredet war. Plusauflage heißt das im Hausgebrauch, ist dir sicherlich ein Begriff.«

Willy verneinte.

»Aber wieviel Joyce ihr gedruckt habt, das weißt du schon noch, oder?«

»15 000, wenn ich mich recht erinnere.«

»Korrekt. 15 000, so lautete unsere Anweisung. 10 000 mehr, als im Vertrag mit ›Westenend‹ fixiert waren. Wir wissen bis heute nicht, wie Overdamm davon erfahren hat. Ein Leck irgendwo, vielleicht sogar in deinem Laden.«

»Was heißt hier in meinem Laden«, sagte Willy. »In meinem Laden, um mal auf den Ursprung zurückzukommen, ist doch nicht betrogen worden! Du verbrämst es als Hilfe für die notleidende Bevölkerung, daß bei uns 10 000 Exemplare mehr rausgegangen sind, aber in Wahrheit ist es Betrug am Vertragspartner gewesen. Genaugenommen hast du mich auch betrogen, denn ich wußte nicht, daß bei 5000 Schluß sein sollte, ich höre davon hier und heute zum ersten Mal.«

Willy hatte sich in Rage geredet und Zeillers Drohung nahezu vergessen; sie fiel ihm so richtig erst wieder ein, als er sah, wie zornig der die Lippen aufeinanderpreßte. Aber mehr tat Zeiller nicht. Scheint er wirklich arg in der Bredouille zu stecken, dachte Willy, nur – wovor genau hat er denn nun Angst? Das fragte er ihn.

»Angst«, rief Zeiller erregt, »hör doch endlich auf mit deiner dämlichen Angst! Niemand hat hier Angst! Wir müssen einfach achtgeben. Overdamm braucht dem berüchtigten Blatt dort bei sich, diesen reaktionären Frakturschriftkriegern braucht er nur kurz was zu stecken, und schon stehen wir als hinterhältige Kriminelle da, und zwar vor aller Welt. Das ist die Dimension. Das ist die verdammte Gefahr. Deshalb noch einmal: größte Sorgfalt bei allem, was ›Westenend‹ angeht, bis in die Kleinigkeiten hinein, hast du das verstanden?«

Willy nickte beinahe fröhlich, es war ja nicht schlecht, mal zu sehen, wie Zeiller das Flattern kriegte. Hatte der nicht eben noch mit Abberufung gedroht? Und jetzt erwies sich, daß er durchaus auch abhängig war von einem, nicht übel.

Zeiller merkte auf. Dieser Willy nahm die Sache wohl nicht ernst genug, da sollte er ihm vielleicht noch ein Beispiel nennen. »Wenn ich von Kleinigkeiten rede, meine ich unter anderem die Anfahrtmakulatur. Egal, ob es sich um 100 oder um 150 Exemplare handelt …«

»… es sind mehr in der Regel, 300 bis 500 …«

»… um so wichtiger, daß du diese Exemplare ebenfalls an ›Westenend‹ auslieferst und nicht sonstwas damit anstellst.«

»Als ob ich jemals was mit der Makulatur angestellt hätte. Die kommt zur Betriebsgewerkschaft, und die verkauft sie an die Werkangehörigen, von denen einige die Sachen lesen und andere mit ihnen handeln; was meinst du, wie viele private Büchersendungen aus Gerberstedt abgehen?«

»Aber nicht mit ›Westenend‹-Texten«, forderte Zeiller, und wenn Willy genau hingehört hätte, wäre ihm aufgefallen, daß die *Texte* besser nicht unters Volk sollten, und vielleicht hätte er sich gefragt, ob es Zeiller nicht noch um etwas anderes ging als nur darum, Overdamm keine Angriffsfläche mehr zu bieten. Aber Willy hörte ja gerade nicht richtig hin, er hatte was anderes zu tun, er war schon am Überlegen, wie er es wohl organisieren sollte, daß die Makulatur, gegen die üblichen und bewährten Gepflogenheiten, nicht in die Hände derer gelangte, die sie druckten. Es fiel ihm, so auf Anhieb, gar nichts ein.

*

Dann stand Heinrich Overdamm in Willys Tür. Er trug eine dunkelbraune Cordhose und ein ockerfarbenes Sakko aus einem von Willy nicht näher bestimmbaren, jedenfalls exquisiten Stoff, dazu ein Halstuch in eben dem Dunkelbraun der Hose. Wie snobistisch, dachte Willy im ersten Moment, fehlen nur noch Handschuhe und Pferd.

Er ging auf Overdamm zu, registrierte dessen markantes Gesicht: die breite Stirn mit Furchen, die sich fast von einer Schläfe zur anderen zogen und, aus drei oder vier Metern Enfernung betrachtet, an die Maserung dicker Holzkohlen erinnerten; die riesige Nase mit den verwegen geformten Nüstern, aus denen ein paar Haare sprossen; schließlich das Nußknackerkinn. Doch es war nicht das Kinn eines allzu groben Nußknackers, wie überhaupt das ganze Gesicht nicht vierschrötig erschien. Von allem ein kleines bißchen mehr – mehr Breite, mehr Furche, mehr Nase, mehr Kinn –, und es hätte plump gewirkt, so aber vermittelte es nur den Eindruck von Entschlossenheit. Es war Willy nicht unsympathisch.

Sie tauschten ein paar Floskeln. Dann beschloß Willy, es sei an der Zeit, sich dem eigentlichen Gegenstand ihres Gesprächs zu nähern, und er stellte Overdamm eine Frage, die ihn schon die letzten Tage beschäftigt hatte: »Sie sind extra wegen mir nach Gerberstedt gekommen?«

»Bei allem Respekt, Herr Werchow – nein, das bin ich nicht. Ich hatte gestern abend schon ein Treffen hier in der Nähe, eines mit einem Dichter, den ich sehr schätze.« Overdamm schaute Willy neugierig an.

In Willy arbeitete es erkennbar, er gab sich alle Mühe herauszukriegen, um wen es sich handelte, aber beim besten Willen, er kam nicht darauf.

»Sie kennen ihn, Sie beide sind sich, wie er mir gestern erzählte, einmal vor Gericht begegnet.« Overdamm schaute nun regelrecht gespannt.

»Doch nicht etwa Kalus!«

»Kalus.«

Willy erinnerte sich der damaligen Verhandlung, bei der er, wie von Zeiller gefordert, als Geschädigter aufgetreten war, und an deren vorhersehbarem Ende Kalus zwölf Monate Knast bekommen hatte. Willy schoß das Blut ins Gesicht. Die ganze Zeit hatte er gedacht, er werde heute über Papier und Typographie reden – statt dessen wurde ihm plötzlich jene Begebenheit ins Gedächtnis zurückgerufen.

»Wo hat er gesessen?« fragte Willy mit finsterem Gesichtsausdruck.

»Bautzen.«

»Bautzen«, wiederholte Willy mit unveränderter Miene.

»Sie hegen Groll gegenüber Kalus?« fragte Overdamm. »Das verwundert mich. Ich darf Ihnen sagen, Kalus seinerseits hegt keinen Groll gegen Sie, obwohl er wahrlich Grund dazu hätte. Gewiß, er müßte zornig auf Sie sein, nicht umgekehrt.«

»Ich hege keinen Groll gegenüber Kalus«, stieß Willy hervor. Es lag ihm auf der Zunge zu erklären, daß er im Grunde auf dessen Seite gewesen war und sich nur nicht getraut hatte, es öffentlich zu bekunden – und daß er deswegen Groll gegen sich selber empfinde. Und noch etwas schoß ihm durch den Kopf, etwas, wovon Overdamm garantiert keine Ahnung hatte. Kalus war ja während der Verhandlung nicht von seiner Behauptung der alleinigen Täterschaft abgewichen, und Willy wußte, warum: Natürlich wollte er auf diese Weise Jonas Felgentreu und seine anderen Helfer schützen. Willy aber hätte alles auffliegen lassen können und, wäre er allein der Wahrheit verpflichtet gewesen, sogar auffliegen lassen müssen. Das Gericht war ja schon auf der richtigen Spur! Es löcherte Kalus mit Fragen, wie er trotz seines gebrochenen Arms 5000 Bücher beiseite geschafft haben wolle. – Na, gerade wegen des Arms, antwortete Kalus, der Arm sei doch von dickem Gips umschlossen gewesen, und bei einer bestimmten Packtechnik, hier, so, schauen Sie, hätten da sogar mehr Bücher draufgepaßt als auf die bloße Haut, ja, man dürfe die solcherart gestärkte Gliedmaße durchaus vergleichen mit dem eisernen Greifer eines Gabelstaplers, aus diesem und aus keinem anderen Grunde habe der Abtransport so reibungslos und zügig vollzogen werden können. – Wie schnell? – Das zu beantworten sei ihm unmöglich, das erinnere er nicht mehr. – Kleine Hilfe vielleicht: Es lägen Informationen vor, denen zufolge alle zwei Stunden ein eigens zu diesem Zwecke angestellter Wächter jenes Depot am Bahnhof aufsuchte und kontrollierte, ergo müsse das Beiseiteräumen in weniger als zwei Stunden erfolgt sein, richtig? – Wie gesagt, das erinnere er nicht mehr. – Herr Kalus, hören Sie, wir haben das Ganze am vorgestrigen Tage nachgestellt, mit einem Herrn, dessen Arm wir in Gips steckten, und was denken Sie, wie lange dieser unser Probant gebraucht hat? – Och, darüber wolle er nicht spekulieren. – Exakt fünf Stunden und 45 Minuten, Herr Kalus. – Dann sei jener Herr vielleicht ein etwas schwächlicher gewesen, es sei denn … – Es sei denn? – Es sei denn, der Wächter hätte eine Runde ausgelassen vielleicht?

Herr Werchow, damit zu Ihnen, Sie haben vernommen, welchen Vorwurf der Angeklagte auf nur notdürftig versteckte Weise gegenüber Ihrem Mitarbeiter erhebt? – Gewiß. – Wie schätzen Sie nun jenen zwischenzeitlich leider verstorbenen Mitarbeiter ein? Handelte er gewissenhaft? Unserer Kenntnis nach war er schon lange bei Ihnen tätig, exakt 47 Jahre, dürfen wir aus dieser enormen Zeitspanne der ununterbrochenen Zusammenarbeit schließen, er habe sich stets zuverlässig gezeigt? – Nun, grundsätzlich sei das zu bejahen, doch bitte er, Willy Werchow, das Gericht zu bedenken, wie alt der geschätzte Kollege zum Zeitpunkt des hier besprochenen kriminellen Akts bereits gewesen sei … genau, 69 Jahre, ja und nun müsse er in seiner Funktion als Betriebsdirektor eine klitzekleine Kleinigkeit einräumen, um nicht zu sagen zugeben, nämlich: Jener damals längst im Rentenalter Befindliche, der, nebenbei bemerkt, nur wegen des allseits bekannten Mangels an Arbeitskräften sowie wegen seiner ungebrochenen und tiefreichenden Verbundenheit mit seinem alten Betrieb sich überhaupt zu den Kontrollgängen bereitgefunden, habe diese nicht immer mit der letzten Konsequenz ausgeführt. Das sei nach dem Einbruch während einer Befragung des verdienstvollen Mitarbeiters ans Licht gekommen. Gleichwohl sollten diesem seine späten Versäumnisse nicht nachträglich »um die Ohren gehauen werden«, denn wie bereits angedeutet, der Mann habe sich bloß breitschlagen lassen. – Nicht immer mit der letzten Konsequenz ausgeführt, sagen Sie, wollen Sie das präzisieren? – Wie man vielleicht verstünde, falle es ihm nicht leicht, dies zu tun, doch könne er sich dem Ansinnen des Gerichts schwerlich entziehen. Um es also kurz zu machen: Jener, noch einmal, Respekt verdienende Kollege habe seine, wie gesagt, naturgemäß schon recht müden Schritte in mancher Nacht (man höre nur gut zu: in mancher Nacht, formulierte Willy, näher legte er sich nicht fest) nur einmal und nicht wie vereinbart alle zwei Stunden zu dem bewußten Depot hingelenkt. Demnach könne durchaus zutreffen, was der Angeklagte … – Die entsprechenden Schlüsse, Herr Werchow, überlassen Sie bitte dem Hohen … – … Aber selbstverständlich, selbstverständlich.

Dies alles war gesagt worden, aber nichts davon konnte er Overdamm erzählen. Es würde doch nur wie eine billige Rechtfertigung klingen.

»Wie geht es Kalus jetzt?« fragte er. »Schreibt er noch? Sitzt er noch in seinem elenden Kabuff?«

Overdamm stutzte. »Sie kennen ihn näher? Sie waren in diesem … Zimmer? Das hat er mir gar nicht erzählt.«

»Ich war nicht dort. Ein Freund, dessen Sohn mit ihm Kontakt hat, berichtete mir davon. Es muß klaustrophobisch sein bei Kalus. Als er verurteilt wurde, dachte ich mir, jetzt tauscht er ja eine Zelle mit der anderen. Womit … womit ich nicht ausdrücken will, daß die Haft für ihn nicht weiter schlimm gewesen sein mag. Nur hatte er sie daheim auf gewisse Weise schon vorweggenommen, das meine ich. Und nun führt er sie wohl fort, wieder daheim.«

»Das liegt nicht an ihm«, sagte Overdamm mit harter Stimme.

»Wahrscheinlich nicht«, murmelte Willy.

»Ganz sicher liegt es nicht an ihm«, bekräftigte Overdamm. »Im übrigen hat es aber auch sein Gutes. Sie sprachen von Klaustrophobie, und diese Klaustrophobie ist in seinen Werken geradezu greifbar. Es ist eine großartige bedrückende Literatur, wie sie schwerlich im Hellen geschrieben werden kann. Sie kommt aus dem Dunkeln, sie strahlt schwarz – haben Sie mal was von Kalus gelesen?«

Willy schüttelte den Kopf.

»Richtig«, sagte Overdamm, »an den Wänden seines Sarges stapeln sich seine Bücher, und niemand außer ihm selber kennt sie.« Er schaute ärgerlich. Dann zeigte sich ein beinahe beschwingtes Lächeln auf seinem Gesicht, aber nur kurz. Als habe er keine Zeit zu verlieren, rief er: »Doch nun endlich zur Sache! Das meiste ist ja bereits vereinbart, nur bat ich Sie um Papier- und Leinenproben. Ich muß das Material immer selbst in Augenschein nehmen; es zerstört mir die besten Inhalte, wenn es nicht das richtige ist. Also, lassen Sie sehen.«

Willy ging gemessenen Schrittes zu dem vielleicht zwei Meter breiten Büroschrank hinter seinem Schreibtisch, ergriff den darin liegenden dünnen Stapel Papierbögen, hielt ihn mit leicht angewinkelten Armen, bewegte sich wie eine Hosteß, die bei Sportwettkämpfen mit den Medaillen vors Siegerpodest tritt, zu Overdamm hin und überreichte ihm den Stapel, jawohl, so unendlich sicher war sich Willy, das Gewünschte präsentieren zu können.

Overdamm fuhr mit seinen kräftigen, behaarten Fingern zärtlich über das Papier. Sodann entnahm er dem Stapel vorsichtig einen Bogen und hielt ihn gegen das von der Decke strahlende Licht. Das Ergebnis der Prüfung schien ihn nachdenklich zu stimmen. Er griff, ein »Entschuldigung« ausstoßend, in seine Jackettasche und brachte ein grünes Fläschchen zum Vorschein. Er schraubte es auf, hielt nun eine Pipette in der Hand, beträpfelte den Papierbogen. Welcher sich dort, wo er naß geworden war, in Windeseile braun färbte.

Overdamm schaute Willy traurig an und sagte: »Wir hatten doch holzfreies Papier vereinbart. Aber das hier«, er ließ den Bogen fallen, stieß ihn geradezu fort, als habe er Angst, sich die Finger zu verätzen, »das ist kein holzfreies Papier!«

Nun nahm, sichtlich erstaunt, wieder Willy den Bogen in die Hände. Vielleicht zwanzig Sekunden hielt er ihn mal ins künstliche Licht, mal in Richtung des vagen Himmelsstreifs hinter seinem Fenster, dann entgegnete er: »Aber doch, aber doch, eindeutig handelt es sich um holzfreies Papier!«

»Diese Substanz hier«, Overdamm hob sein Fläschchen hoch, »sagt mir etwas anderes – und diese Substanz lügt nie!«

Willy fing an zu beben. »Wollen Sie damit sagen, ich lüge?«

»Das will ich keineswegs. Ich will nur eines sagen: daß ich meinem Hilfsmittel vollkommen trauen darf.«

»Und ich«, rief Willy erregt, »ich vertraue meiner Erfahrung, und ich sage Ihnen, dies hier«, er schlug mit der flachen Hand auf den Bogen, »ist holzfreies Papier – wie wir es im übrigen schon dann und wann verwendet haben.«

Overdamm schüttelte ratlos den Kopf. Er zog einen weiteren Bogen hervor, diesmal aus der Mitte des Stapels, und beträpfelte ihn, mit dem gleichen bedauerlichen Ergebnis. »Es muß hier Holz enthalten sein, es muß!«

»Natürlich ist da ein Holzanteil«, pflichtete Willy ihm überraschenderweise bei, »das hat ja auch niemand behauptet, daß da kein Holzanteil wäre.«

Overdamm furchte seine Stirne zu einem Acker. »Wie bitte? Aber Herr Werchow! Sie haben doch die ganze Zeit darauf beharrt, es handele sich um holzfreies Papier. Wollen Sie das etwa leugnen?«

»Wie käme ich dazu! Es gibt von meiner Seite aus nicht im mindesten was zu leugnen. Ich wiederhole, wir haben garantiert holzfreies Papier vor uns, mit einem gewissen Anteil Holz, genau wie es in den Normen festgelegt ist.«

Overdamm starrte ihn entgeistert an. »Nur zur Vergewisserung, daß ich mich nicht verhört habe: Sie sprachen soeben von einem Anteil Holz in holzfreiem Papier. Das ist, mit Verlaub, ein Widerspruch, jedenfalls in meinen Augen.«

»In meinen nicht. Ich wiederhole, es entspricht von A bis Z den festgelegten Normen.«

Overdamm schüttelte abrupt den Kopf. »Von welchen Normen reden Sie?«

»Von den technischen Normen, Gütevorschriften und Lieferbedingungen, kurz TGL.«

»Das ist wohl das, was bei uns die DIN-Vorschriften sind«, überlegte Overdamm. »Aber sagen Sie: Wenn ich Sie recht verstehe, wird in Ihrer TGL holzhaltiges als holzfreies Papier deklariert ... das, das ist hier so bei Ihnen, ja?«

»Holzfreies Papier«, verbesserte Willy, »darf einen maximalen Holzgehalt von acht Prozent aufweisen.« Er sprang auf, lief noch einmal zu dem Büroschrank, kramte eine Broschüre heraus, blätterte hastig darin, legte sie, nicht ohne Triumph, aufgeschlagen vor Overdamm hin: »Hier, hier steht alles – falls Sie mir nicht glauben wollen.«

Overdamm sah in das Heft und stieß ein »tatsächlich« aus, dem er ein »unglaublich, aber wahr« folgen ließ.

»Akzeptieren Sie nun dieses Papier oder nicht?« fragte Willy, wobei er das Heft wieder einkassierte und im Schrank verstaute.

»Hören Sie, ich will Ihnen persönlich nicht zu nahe treten, Herr Werchow, und ich versuche auch durchaus, alles zu verstehen; und dieses Land hier, Ihr Land, verstehe ich dahingehend, daß es sich, aus einer gewissen Abschottung heraus, diverse eigene Regeln schuf, nach denen es sich richtet. Soweit alles logisch. Nur sollte es, wenn es mit der übrigen Welt in Kontakt und Austausch zu treten wünscht, seine im Innern geltenden Bestimmungen wenn nicht vergessen, so doch hier und da beiseite schieben, ansonsten wird der Austausch nicht funktionieren. In der übrigen Welt, das ist nunmal so, herrschen durchaus andere Werte und Regeln, in der übrigen Welt ist als holzfrei ausgewiesenes Papier auch wirklich holzfrei und nennt sich nicht nur so. Ich bitte Sie daher herzlich, für uns auf solchem hundertprozentig reinen Papier zu drucken. Ich wiederhole, nicht zweiundneunzigprozentig, nicht neunundneunzigprozentig – hundertprozentig. Ist das machbar für Sie?«

Willy nickte zerknirscht. Der Außenhandel würde derartige Rollen liefern müssen, wenn man den »Westenend«-Auftrag nicht verlieren wollte.

»Gut, dann zum Leinen für die Buchdeckel.«

Willy nickte abermals. Erneut ging er zum Schrank, aber diesmal war das nicht mehr ein Schweben. Er reichte Overdamm eine Leinenprobe und blieb noch vor ihm stehen wie ein Schüler, der von seinem Lehrer eine Klassenarbeit zurückerwartet. Plötzlich verzog er aber unwillig die Mundwinkel. Er straffte sich und nahm wieder hinter seinem Schreibtisch Platz.

Overdamm murmelte noch einmal sein »Entschuldigung« und griff auch noch einmal in seine Jackettasche. Was er diesmal zum Vorschein brachte? Ein Schweizer Taschenmesser. Er ließ die größte Klinge aufspringen und stach damit zu Willys Entsetzen in den Deckel. Er hackte ja geradezu auf den Deckel ein! Das Leinen bröckelte wie Lehm.

»Hier haben wir demzufolge ein weiteres Problem …«

Mit vor Empörung zitternder Stimme unterbrach Willy ihn: »Ja wenn Sie dermaßen in dem Leinen rumfuhrwerken, kann es doch gar nicht halten! Das mit Ihren Tropfen mochte ja noch angehen, aber was für einen ungeheuerlichen Test führen Sie mir denn jetzt vor? Mit dem Messer zerschlitzen Sie doch jeden Deckel!«

Overdamm seufzte. »Nicht jeden. Und nicht so leicht. Es tut mir leid«, er deutete mit dem Messer auf das Leinen, »aber dies hier ist schlecht geleimte Pappe, und so eine Pappe ist nicht akzeptabel – für mich.«

Aber für mich, aber für mich, wollte Willy ihm entgegnen. Und nicht nur für mich. Hierzulande stehen Millionen Bücher mit genau solchen Deckeln in den Regalen, und sie gehen von Hand zu Hand und gehen trotzdem nicht kaputt, also kommen Sie zurück auf den Boden, Overdamm, spielen Sie hier nicht verrückt. Doch Willy schwieg. Gerade noch rechtzeitig hatte er sich daran erinnert, was ihm von Zeiller eingebleut worden war: in jedem Fall einlenken, jede Konfrontation vermeiden.

Er sagte: »Wir werden sehen, was wir da machen können.«

»Bitte, das ist mir zu nebulös. Ich hätte gern eine verbindliche Aussage.«

»Verbindliches kann ich Ihnen in dieser Minute leider noch nicht erklären.«

»Aber über das Material können wir uns doch wenigstens einigen. Diese Pappe, um es klar und deutlich zu sagen, erscheint mir grundsätzlich kaum geeignet.«

»Nun, wenn es so ist … wir haben auch schon mit Preßspan gearbeitet.« Willy gab sich Mühe, wahrhaft.

Jedoch Overdamm, der genauso. War ja auch in seinem Sinne, das Geschäft hier nicht platzen zu lassen. »Preßspan ist gut«, rief er, »Preßspan ist sogar sehr gut.« Er blickte Willy aufmunternd an, zeigte ein selbstsicheres, die Gönnerhaftigkeit knapp vermeidendes Lächeln; gewiß, um ein Haarbreit weiter auseinandergezogen die Mundwinkel, und es wäre schon gönnerhaft gewesen.

Sie standen auf und gaben sich die Hand, ausgiebig taten sie das sogar, diese beiden hatten sich gefetzt, aber nicht beleidigt, mochten sie sich nicht sogar?

Ihr langer Händedruck war zugleich ein Verabschieden, sie trennten sich schon, da überraschte Overdamm Willy noch mit einer lapidaren Frage: »Ach, sagen Sie – kennen Sie eigentlich eine Karin Werth?«

»Karin Werth?« fragte Willy zurück. Während er aber den Namen aussprach, erinnerte er sich an die frühere Deutschlehrerin Mattis und Brittas. Sie war dann auf einmal von der Bildfläche verschwunden gewesen. Angeblich hatte sie versucht, Republikflucht zu begehen, was, wenn er sich recht erinnerte, speziell Matti mächtig beschäftigt zu haben schien; ganz einsilbig war der geworden, als sie einmal am Abendbrottisch über Gerüchte gesprochen hatten, die Karin Werth betreffend durch Gerberstedt waberten.

Willy sagte, was absolut gesichert war: daß Karin Werth zwei seiner nun längst erwachsenen Kinder in Deutsch unterrichtet hatte. »Aber warum fragen Sie? Woher kennen *Sie* sie denn?«

»Ich kenne sie noch gar nicht. Ich habe nur just in dieser Woche ihren Lebenslauf gelesen. Sie hat sich auf eine Stelle in meinem Verlag beworben.«

»Also ist sie im Westen …«, murmelte Willy, und er schlußfolgerte, dann müsse ja das Gerücht von der Republikflucht stimmen und ihr diese sogar geglückt sein. Er würde das Matti berichten.

»War sie eine gute Deutschlehrerin?« erkundigte sich Overdamm.

»Eine überragende – jedenfalls, wenn man meinem Sohn Glauben schenken darf.«

»Und das darf man.«

»Aber natürlich darf man das.«

»Dann sollte ich die Dame also zum Gespräch bitten?«

»Tja, warum nicht?«

Als der allseits bekannte und bewunderte, in harter Verhandlung wie im Smalltalk geübte Overdamm schließlich ging, hatte Willy das stolze Gefühl, ihm noch einen wichtigen Rat mit auf den Weg gegeben zu haben.

*

Die Geschichte der Lehrerin war, zumindest für einige entscheidende Tage, mit der des dubiosen Pflanzenfreundes Heiner Jagielka verbunden geblieben.

Noch in derselben Woche, in der Karin Werth Einblick in dessen Hexenküche erhalten hatte und von Jagielka auch über den neuen und streng geheimen Bestimmungsort seiner Blumen informiert worden war, tauchte sie wieder bei der Scheune am Rande der Waldlichtung auf. Anders als gewöhnlich trug sie keine engen Jeans, sondern eine olivfarbene Stoffhose, außerdem ein kariertes Männerhemd, dessen Ärmel sie bis zu den Ellbogen hochgekrempelt hatte. Vor allem jedoch führte sie einen Rucksack mit sich, in dem ein paar Frühstückssachen verstaut waren. Und war das nicht klug? Erweckte sie damit nicht den Eindruck, sie befände sich auf einer längeren Wanderung und betrachte die Scheune nur als Zwischenstation? Sie hatte wohl die letzten Tage zum intensiven Nachdenken genutzt.

Als sie auf die Lichtung trat, war Jagielka nicht zu entdecken. Auch war die Tür zur Scheune geschlossen. Karin Werth trat näher, rief »Hallo?« Nichts. Sie wiederholte ihr »Hallo?« Da öffnete sich die Tür einen Spalt, und Jagielka steckte seine Nase heraus. Er gewahrte, wen er vor sich hatte, und zeigte sich vollständig.

»Ich bin's nur«, sagte Karin Werth.

»Das ist schön«, sagte Heiner Jagielka mit einer Schlichtheit, die sie erstaunte. Ganz am Anfang, auf dem Markt, so erinnerte sie sich, hatte er ihr schmalzige, geradezu lächerliche Komplimente gemacht. Dann, im Verlaufe eines langen Gesprächs, war er, allerdings ohne sein Schmalzen und Sich-Spreizen ganz ablegen zu können, immer offener und ehrlicher geworden. Und jetzt, war er jetzt bei ihrem Anblick schon in der Sicherheit, die keine Narretei mehr braucht?

Das Gegenteil war der Fall. Auch er hatte seit ihrem letzten Treffen angestrengt überlegt. Vielleicht war er, ganz gegen seine Natur, zu blauäugig gewesen? Vielleicht hatte das unbekannte Fräulein ihn um den kleinen Finger gewickelt? Denn unbekannt, unbekannt war es ihm doch geblieben. Was hatte er, bei Lichte besehen, über diese Frau erfahren? Daß sie seine Nelken nicht mochte, weil ihr die Phrasen nicht gefielen, in denen sie steckten. Und? Was besagte das schon? Millionen anderen Staatsbürgern ging es doch genauso, Millionen andere Bürger ließen im kleinen Kreise gleichfalls keinen Zweifel daran. Und vielleicht war es sogar nur eine Behauptung von ihr gewesen, vielleicht war das Fräulein zu ihm geschickt worden, um ihn auszuhorchen und an seine verborgensten Gedanken zu gelangen, vielleicht gehörte es zur Firma? Halt, beruhigte er sich dann, wenn es zu der gehörte, hätte er das wohl schon zu spüren gekriegt, denn in seinem Erfinderstolz und in seiner Eigenliebe hatte er Dinge erwähnt, über die unbedingt zu schweigen war, gewiß, er hatte sich unzuverlässig gezeigt und wäre von verantwortlicher Stelle ohne Zweifel längst mit seiner Unzuverlässigkeit konfrontiert worden. Ohne Zweifel? Wie sollte er das wissen? Vielleicht wollte das Fräulein noch mehr Material sammeln, und vielleicht würde er deswegen erst später, und dann aber richtig, in Bedrängnis geraten? Er mußte das herausbekommen.

»Was führt Sie zu mir?« fragte er förmlich.

»Ach, nichts Bestimmtes. Ich befinde mich mal wieder auf einer Wanderung …«

»So, und Ihre Wanderungen führen Sie immer hier vorbei.«

»Nicht immer. Sie sehen mich ja nicht, wenn ich auf anderen Wegen bin.«

»Was für ein schlaues Fräulein«, sagte Heiner Jagielka.

»Was ist denn heute mit Ihnen«, fragte da Karin Werth. »Sie sind so sarkastisch und … und …«

»Und?«

»So schmallippig.« Traurig stand sie vor ihm.

Heiner Jagielka war in diesem Moment schon fast überzeugt davon, es handele sich bei Karin Werth um ein reines Wesen. »Hören Sie«, sagte er dennoch, »ich bin Geschäftsmann, und wie Sie sich vielleicht erinnern, bin ich in Vorleistung gegangen …«

»Vorleistung?« Karin Werth wußte wirklich nicht, wovon er sprach.

Heiner Jagielka schwenkte seinen Arm, wischte mit ihm mal kurz über die noch niedrig stehende Sonne. »Nun, mein Reich – ich habe es Ihnen in größter Freimütigkeit geöffnet. Ich habe, so drückte ich mich aus, mein Schicksal in Ihre Hand gelegt. Ist sie wohl sanft? fragte ich.

Und das möchte ich jetzt gern wissen: Was ist das für eine Hand, Fräulein? ... Nein, warten Sie, bevor Sie antworten, will ich Ihnen noch etwas erklären. Eben erst hatte ich mir vorgenommen, sozusagen von hinten durch die Brust in Sie zu dringen, um alles herauszubekommen: Wer Sie sind. Was Sie herführt. Wo Sie hin wollen. Wie hell oder dunkel Ihre Motive sind; mit einem Wort: Ob ich Ihnen vertrauen kann. So vorzugehen, ist mir gewöhnlich ein leichtes. Ich behaupte sogar, es ist, von allem Chemischen mal abgesehen, mein Erfolgsmodell. Aber jetzt verfolge ich dieses Modell auf einmal nicht mehr, jetzt platzt einfach die Wahrheit aus mir heraus. Hehe, sie erblüht schneller als jede meiner Blumen. Da sehen Sie mal, welchen Eindruck Sie auf mich gemacht haben. In Ihrer Nähe neige ich zu Unklugheiten, das ist mir sogar bewußt, und mir ist deswegen auch nicht wohl. Weiß ich, was ich von Ihnen wiederkriege? Weiß ich, was es mir bringt, ehrlich und gutmütig zu sein? Ich bitte Sie in aller Form und mit dem größten Respekt, lachen Sie jetzt nicht über mich. Antworten Sie Heiner Jagielka, der zu seinem eigenen Erstaunen vor Ehrlichkeit sprüht, jetzt nicht mit der Unwahrheit.«

Karin Werth starrte ihn überrascht an. Daß es derart aus ihm herausbrach! Sie war ja ebenso, oder noch mehr, auf der Hut wie er, sie mußte sicher sein, daß dieser Mann nur Blumen verscherbelte und nicht auch Seelen, es gehörte zu den Dingen, die sie hatte in Erfahrung bringen wollen, als sie heute bei Sonnenaufgang losgegangen war. Und nun wußte sie es. Mochte Jagielka noch so verschlagen wirken, im Grunde seines Herzens war er ein anständiger Kerl. Das erleichterte sie im ersten Moment – und beschwerte sie im zweiten. Denselben Anstand nämlich, den mußte sie ihm versagen. Sie durfte ihm doch nicht beichten, was sie hertrieb, sie durfte ihm nur eine allgemeine Auskunft über sich geben, und so erklärte sie mit ernstem Ausdruck: »Ich werde nicht über Sie lachen, und ich werde Sie in keiner Weise beschädigen. Das ist nicht meine Art. Und überhaupt ... überhaupt bin ich der Meinung, kein Mensch sollte einen anderen mutwillig beschädigen. Manchmal passiert es unabsichtlich, dann wäre es schön, wenn es gemerkt und wiedergutgemacht würde. Aber das ist so selten! Wie oft dagegen geschieht das Beschädigen mit voller Absicht, aus finstersten Gründen. Es stülpt einem den Magen um, das mit ansehen zu müssen, man schämt sich so, daß man fort will, nur fort.«

Nach dieser etwas pathetischen, ins Allgemeinmenschliche zielenden Erklärung erkundigte sich Heiner Jagielka, ob er eine Pastorin vor sich habe.

Er erntete herzhaftes Lachen: »Nein, eine Lehrerin. Ich habe unten in Gerberstedt Deutsch unterrichtet. Und da Sie mir eben en passant Ihren Namen nannten, will ich auch mit meinem nicht hinterm Berg halten: Ich heiße Karin Werth.«

Heiner Jagielka, der im Laufe seiner Handelstätigkeit die Eigenschaft entwickelt hatte, kein noch so nebensächlich scheinendes Wort zu überhören, wiederholte: »Sie *haben* Deutsch unterrichtet?«

Karin Werth schalt sich im stillen ob ihrer Unüberlegtheit. Schnell antwortete sie: »Nun, jetzt sind große Ferien, das Schuljahr ist vorüber, so meinte ich es.«

Heiner Jagielka nickte. »Und solch ein ... verzeihen Sie, daß ich mich der folgenden Charakterisierung nun doch nicht enthalten kann, sie zielt beileibe nicht nur aufs Äußerliche, ich betone, nicht nur aufs Äußerliche, deshalb darf ich das vielleicht sagen – solch ein schönes Fräulein wandert hier ganz allein herum? Das ist ungewöhnlich und würde mich, wenn ich nicht gerade davon profitierte, sehr betrüben.«

»Inwiefern profitieren Sie denn davon?« lenkte Karin Werth ab.

»Hehe«, rief Heiner Jagielka, »nun sind Sie doch kokett, Sie tun immer so, als wären Sie's nicht, aber ein bißchen sind's sogar Sie. Eine schöne Frau, die nicht kokett ist, die muß ja wohl auch erst noch gebacken werden.«

»Gebacken«, prustete Karin Werth. »Aber apropos, wir stehen hier so in der Landschaft herum, dabei habe ich Kuchen bei mir, und noch ein paar andere Kleinigkeiten.« Sie deutete mit ihrem Daumen hinter sich, auf den Rucksack, und fragte, ob sie Heiner Jagielka einladen dürfe hier in seinem »ureigensten Revier«, sie jedenfalls sei hungrig und durstig.

Jagielka holte rasch einen Klapptisch und zwei Stühle aus der Scheune. Karin Werth stellte eine Thermoskanne auf den Tisch und breitete die Eßwaren aus: zwei Fettbemmen, zwei Stück selbstgebackenen Marmorkuchen sowie ein, nur ein Ei. Wie sie ja auch nur eine Tasse mitgebracht hatte, denn zwei Eier und zwei Tassen, das hätte vielleicht zu organisiert gewirkt ...

Heiner Jagielka lief noch einmal in die Scheune, kam mit einer eigenen Tasse wieder. Er blinzelte zufrieden in die rapsgelbe Sonne, die sich über den ewiggrünen Baumwipfeln im stahlblauen Himmel erhob; blanker vorbehaltloser Sommer herrschte jetzt endlich auch in ihm, ein Umstand, dem er Ausdruck verlieh, indem er sagte, dies alles, weil Karin Werth doch danach gefragt habe, sei der Nutzen, den er aus ihrer einsamen Wanderung ziehe – dieser herrliche Blick auf die satten, von ihm allzu oft übersehenen Farben, und des Fräuleins »garantiert schmackhafte Mitbringsel«, ja ihre bloße sanfte helle Anwesenheit, die stark kontrastiere mit derjenigen des zweiten respektive ersten Besuchers, des lange vor ihr hier oben erschienenen muffligen Blumenabholers, dem Gespenst in schwarzer Lederjacke und schwarzen Stiefeln, huhh, huhh, schüttelte sich Heiner Jagielka.

Da war Karin Werth so gut wie am Ziel ihrer heutigen Wanderung. »Wirklich«, fragte sie voller Mitgefühl, »so martialisch sieht Ihr Mann aus?«

Heiner Jagielka nickte und sagte, wenn seine Blumen imstande wären zu sehen, würden sie, das wage er zu prophezeien, beim Anblick des Mannes »richtiggehend wegknicken«.

»Und so eine Gestalt wird von den Grenzern nicht kontrolliert, das mag man kaum glauben. Glauben Sie das denn diesem Mann? Oder plustert der sich nur auf?«

»Dem kann man vieles vorwerfen, aber nicht, daß er sich aufplustert. Der zieht sein Gefieder ja ständig zusammen. Die Erklärung, daß er von den Grenzern durchgewinkt wird, ist ihm auch nur aus Versehen rausgerutscht, ich erinnere mich: Er war eines Nachts aus irgendwelchen Gründen, die mir nicht bekannt sind, zu spät hier erschienen, und trieb mich an, ich solle hinnemachen mit dem Verladen der Kisten. Aber Sie kennen mich ja nun schon ein bißchen, Fräulein Werth, ich lasse mir nichts vorschreiben, nicht wahr, ich nicke beflissen und mache deswegen noch lange nicht schneller!«

»... Ja ... und was ist ihm denn dann rausgerutscht?«

»Daß er's schon schaffen werde bis um drei Uhr in den Großmarkt in Westberlin, eben weil man ihn ja nicht mehr kontrolliere. Die Grenzer enterten den Wagen nicht mehr, Anweisung der Grauen Eminenz, nachdem er, also der Fahrer, wegen der ständigen ausufernden Schnüffelei am Checkpoint ein paarmal zu spät auf den Markt gekommen und deshalb die ganze Lieferung zurückgegangen sei.«

Karin Werth wollte nun noch gern in Erfahrung bringen, wie es *ihr* wohl gelingen könne, den Wagen zu entern, da tippte Heiner Jagielka auf das Ei, das, außer ein paar Kuchenkrümeln, übriggeblieben war, und sagte: »Aber so essen Sie doch!«

Karin Werth rollte es zu ihm und entgegnete: »Nein, Sie!«

Und nochmal das Ganze, einmal hin, einmal her, rundherum das ist nicht schwer.

Endlich ergriff Jagielka das Ei. Er schälte es gewissenhaft und aß es langsam, geradezu mit Andacht. Karin Werth spürte, jetzt ließ sich der Gesprächsfaden nicht wiederaufnehmen. Sie sagte, »also, das war ein sehr angenehmes Frühstück mit Ihnen, aber jetzt heißt es weiterwandern«, sie packte Brotbüchse und Thermoskanne in ihren Rucksack und erhob sich.

»Ja«, sagte Heiner Jagielka, »auch ich muß nun wieder. Wo soll denn aber Ihr heutiger Streifzug Sie noch hinführen, Fräulein Werth?«

»Ooch, noch ein bißchen in die Richtung.« Karin Werth, mit dem Rücken zum Weg stehend, den sie hergekommen war, wies nach vorn, über Jagielkas Zuchtbetrieb hinweg.

Sie möge sich nicht verlaufen, und sie möge recht bald wieder hier vorbeischauen.

Das erste könne sie zu ihrem Leidwesen nicht versprechen, das zweite schon.

Und Karin Werth wanderte, Jagielka zuwinkend, an der Scheune vorbei von der Lichtung in den Wald hinein. Doch hielt sie sich dort nicht geradeaus, sondern bog bei der ersten Gelegenheit nach links; keine zehn Minuten, und sie war, wenngleich für Heiner Jagielka nicht sichtbar, erneut auf Höhe der Scheune. So ging sie wieder auf Gerberstedt zu, aber wie sie so ging, ereilten sie die finstersten Gedanken. Dies alles, dachte sie, ist ein ganz furchtbarer Betrug. Wie habe ich mich eben verstellt. Und wieviel Kraft hat mich das gekostet. Ich bin ja so schlapp, als wäre ich 50 Kilometer gelaufen und nicht erst sieben oder acht. Ist es nicht ein Witz, daß man so unsauber werden muß, um davonzukommen? Man muß spionieren, wie unwürdig und eklig das ist. Bisher hatte ich kein schlechtes Gewissen, ich war nur hoffnungslos, und die Hoffnungslosigkeit war weich und dämpfend, fast angenehm. Keine Dornen darin. Und jetzt? Plagt mich die Vorstellung, diesen Jagielka zu mißbrauchen. Habe ich ihm nicht versprochen, ihn unter keinen Umständen zu beschädigen? Aber ich beschädigte ihn – schon während ich's versprach. Aber gibt's denn eine Alternative? Wie soll man's denn zuwege bringen? Wie soll man denn gehen, wenn's verboten ist? Wenn man doch bloß in Ruhe gehen könnte, in Frieden! Das ist das Letzte und vielleicht sogar Schlimmste, was einem hier angetan wird, dieses Aufladen von Schuld, nur weil man das Natürlichste von der Welt will, gehen.

*

Tatsächlich schaute Karin Werth dann sehr bald wieder bei Heiner Jagielka vorbei, aber so, daß es ihm verborgen bleiben mußte; sie setzte ihr Auskundschaften auf äußerst stille Art fort.

Sie nutzte dazu schon die folgende Nacht. Zwischen den hohen, dicht bei dicht stehenden Bäumen des Waldes, der die Lichtung säumte, hielt sich noch die Restwärme des heißen Tages. Formationen kühler Luft schoben sich dort hinein, glichen für Minuten erzigen Adern in taubem Gestein. Karin Werth stieß mal mit den Schienbeinen, mal mit den Armen an diese frischen Einschlüsse, mal fuhr das Erz ihr auch über die Kopfhaut und ließ sie zittern. Über ihr funkelten alle Sterne der nördlichen Hemisphäre, wenngleich die meisten von ihnen durch die beinahe undurchdringlichen, teils wie ineinandergesteckten Zweige der Tannen und Fichten verdeckt waren. Schien auch der Mond? Ja, auch der. Von einer Stelle des Weges aus hatte sie ihn gesehen, eine Sichel, aber eine, die nur aus blitzendem Rand bestand, spitz und scharf.

Sie suchte sich eine Stelle, von der aus sie den Platz vor der Scheune gut würde überblicken können. Bloß allerfeinste Striche des blendenden Lichts, das sie hinter den Brettern wußte, waren sichtbar, quer in der Luft liegende helle Fussel, die wahrzunehmen sie Sekunden brauchte und die ein Nichteingeweihter vielleicht sogar übersehen hätte. Sie fand einen moosigen Platz und kniete sich darauf; sie führte nichts mit sich, was sie hätte ablegen müssen. Im übrigen war es erst gegen halb zehn, sie war beizeiten hier erschienen, denn sie hatte kalkuliert, wenn die Blumen um drei Uhr früh in Westberlin sein sollten, mußte deren Verladen spätestens zwei Stunden vor Mitternacht beginnen.

Im Bruchteil einer Sekunde schnellte eine weiße Zunge aus dem dunklen Scheunenschlund, die Tür war aufgegangen. Unwillkürlich duckte sich Karin Werth. Heiner Jagielka erschien, auf dem hellen

Lichtstrahl, der bis in den Wald reichte, ging er wie auf einer Bühne. Nach ein paar Metern verharrte er. Wahrscheinlich verschnauft Jagielka, dachte sie. Er wird jetzt all seine Blumen geerntet und in Kisten verpackt haben, und nun wird er auf den Fahrer warten.

Während sie sich noch immer duckte, weil Jagielka, nicht weit von ihr, noch immer verschnaufte, kam ihr das, was sie tat, absurd vor. Wie in einem Indianerfilm, dachte sie, du liegst hier auf der Lauer wie Winnetou. Sie lachte inwendig. Hatte sie es beim Lesen nicht immer einfallslos gefunden, wenn eine Romanfigur in einer ungewöhnlichen, von ihr nie durchlebten und ihr doch bekannten Situation sagte oder dachte: wie im Film? Oh, Karin Werth wollte milde sein, und sie war ja milde, sie las natürlich weiter, sie versuchte, diese Einfallslosigkeit des Autors, dieses Ergreifen und sofortige Einpflanzen der erstbesten Wendung zu vergessen, aber das gelang ihr nie, der Makel wirkte bis zum Ende des Buches, in dem Sinne, daß sie das Buch nun unfreiwillig und geradezu zwanghaft nach weiteren Makeln durchforstete und selbstverständlich welche fand … und jetzt, schoß es ihr durch den Kopf, bist du selber einfallslos und genügsam! Sie suchte nach einem anderen Vergleich, nach einem anderen Bild, indes gelang es ihr nicht, sich darauf zu konzentrieren, denn viel mehr war sie nun damit beschäftigt zu verfolgen, wie Jagielka wieder in die Scheune ging und die Zunge sich langsam, langsamer, als sie herausgeschnellt war, wieder zurückzog, er mußte die Tür bedächtig geschlossen haben.

Das alles, nahm sie sich vor, mußt du dir merken, jedes Detail könnte wichtig sein.

Nach vielleicht zehn Minuten vernahm sie ein Brummen. Einem Vogel, der wohl nicht weit von ihr saß, entfuhr ein hoher Schrei, auf dem Erdboden raschelte etwas. Ein paar Sekunden später erhellten zwei Lichter die Wiese. Sie streiften die Scheune, blendeten plötzlich Karin Werth, die ihre Augen schloß und sich auf den Boden warf; der LKW fuhr einen Bogen, stieß zurück und hielt so, daß sich seine Ladefläche etwa zwei Meter vor dem Scheuneneingang befand. Heiner Jagielka trat dort heraus, und im selben Moment sprang der Fahrer vom Bock. Er trug, wie von Jagielka beschrieben, schwarze Lederstiefel und eine schwarze Lederjacke, Karin Werth, die vielleicht fünfzehn Meter von ihm entfernt lag, konnte es genau sehen, denn er bewegte sich nun im grellen Licht, das aus der Scheune drang, sie erkannte sogar weitere

Einzelheiten wie seinen Kurzhaarschnitt und daß er sein Hemd bis zum letzten Knopf geschlossen hatte. Die beiden Männer nickten sich zu, und der Lederne schlug die Plane hoch – versuchte sie hochzuschlagen. Zweimal fiel sie wieder herunter, wobei ein Geräusch ertönte, als schwänge ein Bussard oder ein Adler seine Flügel, da endlich stieg er auf die Rampe und erledigte das Hochschlagen von dort. Karin Werth vermutete, er werde jetzt oben auf dem Laster bleiben, die Blumenkisten in Empfang nehmen und verstauen. Aber das war nicht der Fall. Er sprang vom Wagen, lehnte sich an dessen Seitenwand und zündete sich eine Zigarette an. Indessen schleppte Heiner Jagielka eine aus drei Stufen bestehende Holztreppe aus der Scheune und stellte sie vor die Ladefläche. Karin Werth fiel ein, daß sie ihn nie hatte rauchen sehen und er sich wohl nichts aus Zigaretten machte. Sie bedauerte das. Sie lauerte auf Momente, in denen der Laster unbeobachtet sein würde, und so ein Moment hätte sich doch ergeben können, wenn beide Männer rauchten und hierbei vielleicht ins Schwatzen gerieten. Aber nie würden sie beide rauchen! Jagielka hievte die Kisten auf das Fahrzeug. Welche Blumensorten sich darin befanden, konnte sie nicht erkennen, und es war auch egal, sie registrierte einfach nur, daß sie außerstande war, es festzustellen. Der Lederne drückte die Zigarette aus, half er Jagielka jetzt? Gefehlt. Er ging die Scheune entlang, stellte sich an deren Hinterwand und schlug ebenda Wasser ab, voll auf die Bretter, sie hörte es prasseln und verachtete den Ledernen allein deshalb: weil er, umgeben von Wald und Wiese, ausgerechnet an die Scheune pinkeln mußte. Es erschien ihr wie ein Beschmutzen Heiner Jagielkas. Der Lederne schloß seinen Hosenstall und ging zurück, eine zweite Zigarette glomm auf. Nach etwa fünfzehn Minuten hatte Jagielka das Verladen beendet. Der Lederne bequemte sich, ihm die Treppe in die Scheune zu tragen. Läge darin vielleicht eine Chance? Nein. Er übergab das Gestell noch an der Tür, machte gleich wieder kehrt, er ließ die Plane herunter, befestigte sie und fuhr ohne weitere Umstände los, ein hartes Klimpern ertönte und entfernte sich, sie hatte keine Ahnung, was das für ein Klimpern war.

Sie erhob sich und wischte die Hände aneinander, um sich den Schmutz abzureiben, aber es funktionierte nicht recht, sie waren harzig. Alles in allem war sie desillusioniert. Wie sollte sie unentdeckt zwischen die Blumen schlüpfen? Das hatte sie sich einfacher vorgestellt, beziehungsweise gar nicht vorgestellt hatte sie es sich im einzelnen, sie hatte gedacht, es würde sich schon ergeben; aber natürlich, wenn glückliche Umstände sie so unglaublich leicht über die Grenze würden gelangen lassen, dann sollte es ja wohl auch möglich sein, vorher unbemerkt auf diesen Laster zu springen, auf den gottverdammten.

Sie verbrachte auch noch die drei folgenden Nächte auf dem Moos und in dem Harz, sie wollte feststellen, ob die Abläufe vor der Scheune immer die gleichen waren oder ob sich vielleicht irgendwann eine Gelegenheit auftat, doch sie konnte keine entdecken.

*

Sie überlegte, ihr Vorhaben abzublasen. Aber der Gedanke, mit Beginn des neuen Schuljahres wieder Krümnicks Anweisungen Folge leisten zu müssen, der Gedanke, mit den Schülern nicht offen über die Widersprüche im Lande reden zu dürfen, der Gedanke, einer mächtigen Dreieinigkeit aus Heuchelei, Phrasendrescherei und Schurigelei unterworfen zu sein, war ihr mittlerweile unerträglich. Sie spürte, sie würde noch so ein Jahr, wie es das vorige gewesen war, nicht überstehen, nicht ohne ganz ergeben zu werden. Kurzum, sie mußte konsequent bleiben, sie mußte das Unternehmen durchziehen, sie war noch jung, aber sie kannte sich schon gut, der letztmögliche Zeitpunkt zum Handeln für sie war – jetzt.

Sie ging abermals zu der Lichtung, es war Vormittag, und es begann zu regnen, einer der starken, schnurgerade fallenden Sommerregen, Millionen glasige Fäden, die Himmel und Erde verbanden. Sie durchtrennte sie mit jedem Schritt, lief durch das Geblöke der LPG-Rinder, hörte die Tropfen auf das Asbestdach der »Fortschritt«-Verwaltungsbaracke kartätschen, sie wandte ihren Blick dorthin, Myriaden einzeln aufschlagender Geschosse spritzten auseinander und ineinander, es sah aus, als nähme eine Kompanie Scharfschützen sich das Dach vor. Da wurde sie ganz ruhig, Karin Werth. Es schien ihr, als habe sie nie zuvor die Welt so klar und deutlich gesehen – nicht begriffen, aber wenigstens gesehen.

Ohne anzuklopfen, trat sie in die Scheune. Heiner Jagielka machte sich gerade im Morast der Badewannen zu schaffen. Als er Karin Werth gewahrt hatte, spreizte er seine Finger und schlug sie mehrmals nach unten, um den Schlamm abzuschütteln. Er ging auf Karin Werth zu und frotzelte, ob das wohl Sehnsucht sei, die sie hier hochtreibe bei dem Sauwetter; aber es war nicht allein Frotzelei, denn Heiner Jagielka schaute, wenngleich nur verhohlen, auch ein bißchen erwartungsvoll.

»Ich will mit Ihnen reden«, sagte Karin Werth in nachdrücklichem Ton. Er bückte sich zu einem Eimer und wusch sich die Hände im darin befindlichen klaren Wasser, er öffnete einen der zwei Spinde, die den Tresor mit den Chemikalien flankierten, entnahm dort zwei Handtücher und reichte ihr eines. Sie trocknete sich ihr Gesicht und rubbelte sich die Haare. Als sie ihr Gesicht wieder frei hatte, nickte Heiner Jagielka nur, sieh an, wie ernsthaft er sein konnte, und sie begann zu sprechen.

»Nicht der Zufall hat mich heute zu Ihnen geführt, wie Sie sich vielleicht denken können. Der Himmel war schon bedeckt, als ich mich aufmachte, es war absehbar, daß es regnen würde, und trotzdem bin ich los. Und es war, das will ich Ihnen gleich sagen, das will und muß ich Ihnen gestehen, auch kein Zufall, daß wir letztens miteinander gefrühstückt haben. Auch damals bin ich schon mit einer Absicht hier gewesen. Und zwar – wollte ich Sie aushorchen. Ja, das und nichts anderes war mein Ziel. Und es geht noch weiter, ich will Ihnen alles beichten, ich lag die letzten vier Nächte ganz in der Nähe auf der Lauer, um Sie zu beobachten, ich habe Sie ausspioniert, viermal hintereinander.«

Heiner Jagielka fühlte seine dunkelsten Ahnungen bestätigt. Er wollte Karin Werth unterbrechen, aber die ließ ihn nicht zu Wort kommen: »Bitte sagen Sie noch nichts, ich möchte erst zu Ende reden, ich werde Ihnen gleich erklären, warum ich Sie aushorchen wollte und warum ich hier herumgekrochen bin wie ein Wurm, und wenn ich das getan habe, werden Sie meine Gründe vielleicht verstehen und Nachsicht üben. Ja, ich hoffe geradezu inständig, daß Sie mich verstehen und mir verzeihen werden. Anderenfalls – anderenfalls bin ich geliefert! Das ist wahrlich eine seltsame Entwicklung, Herr Jagielka. Alles hat sich nun umgekehrt. Wie haben Sie während unseres Frühstücks gesagt? ›Ich bin in Vorleistung getreten, ich habe Ihnen mein Reich geöffnet …‹ Und das ist tatsächlich so gewesen. Ich dagegen habe mich Ihnen entzogen und Sie nicht in mein Innerstes blicken lassen. Aber ich konnte nicht. Ich mußte Sie in die Irre führen. Nur daß ich dabei auch noch so große Worte gebraucht habe, Sie erinnern sich meiner Worte vom Beschädigen? das hätte nicht sein müssen, ich war schwach in dem

Moment, ich glaube, je schwächer jemand gerade ist, um so größere Worte muß er gebrauchen.«

»Aber warum konnten Sie denn nicht? In Dreiteufelsnamen, hören Sie doch endlich auf, in Rätseln zu sprechen«, platzte es aus Heiner Jagielka heraus.

Karin Werth fuhr sich mit dem Handtuch, das sie während ihrer Rede geknüllt hatte, übers Gesicht, so hart, daß sich auf ihrer Wange ein Striemen zeigte. »Nur ein Satz noch, ein Satz! Jetzt ist es nämlich so, daß ich mich Ihnen offenbare, und zwar schonungsloser, als Sie es je getan haben, und davor habe ich eine beinahe unaussprechliche Angst. Meine Offenbarung wird Ihnen aber alles erklären und, ich wiederhole mich, Sie hoffentlich verzeihen lassen. Ich mußte um Sie herumschnüffeln, weil ich – weil ich mit Ihren Blumen nach Westberlin will.«

Karin Werth hatte die letzten Worte deutlich betont und holte nun tief Luft. Sie starrte Jagielka mit einer Mischung aus Bangigkeit und Trotz in die Augen.

Der, nun wahrlich nicht schwer von Begriff, hatte in diesem Moment erhebliche Mühe, ihr zu folgen. Eben noch war er in allerhöchster Sorge gewesen, die Dame hätte ihn übel bespitzelt, und jetzt redete sie, wovon redete sie, wirklich von ihrer Flucht? »Bitte«, murmelte er, »wenn Sie das ein wenig näher erläutern könnten, das wäre sehr freundlich ...«

Karin Werth nickte demütig. »Natürlich, das will ich ja, das will ich ja. Ich habe mich hier bei Ihnen eingeschlichen, weil ich eine Chance sah, mich auf dem Laster voller Blumen über die Grenze bringen zu lassen, und zwar auf eine Weise, daß niemand es merkt, nicht Sie, schon gar nicht der Fahrer, überhaupt gar keiner. Nur deshalb habe ich Ihre nähere Bekanntschaft gesucht, nur deshalb habe ich in den letzten Nächten hier gelegen. Ich wollte die Bedingungen auskundschaften.« Sie stand vor ihm, die Hände mit dem Frotteetuch nach unten gestreckt, den Kopf ein wenig gesenkt, wie ein schuldbewußtes Kind. Plötzlich straffte sie sich: »Ich muß mich dafür aber nicht entschuldigen. Man wird doch hier zu solcher Heimlichkeit gezwungen. Ich konnte Ihnen ja nicht gleich reinen Wein einschenken. Und jetzt, jetzt ist's immer noch Harakiri, daß ich's tue. Aber ich kann nicht anders. Ich habe keine Wahl. Und Sie, Sie können nun mit mir machen, was Sie wollen.« Sie schaute ihn mit einem düsteren und angriffslustigen Blick an, denn um nichts in der Welt wollte sie in diesem Augenblick, da sie Jagielka alles preisgab, unterwürfig erscheinen.

Er schaute schweigend und unverkennbar mißmutig zurück. »Sie reden fast so, als sei ich für die Heimlichkeit, wie Sie es nennen, ich nenne es Spitzelei, Fräulein Werth, eine lupenreine Spitzelei ist das ja wohl gewesen, als sei ich dafür verantwortlich, und als müßte ich mich entschuldigen ...«

»Nein, nein«, rief Karin Werth erschrocken.

»Es mag Sie überraschen«, sagte Heiner Jagielka, »aber selbst ich habe eine Ehre. Ich will nicht hintergangen werden, schon gar nicht von einem ... einem Wesen wie Ihnen.«

»Aber ich konnte doch nicht anders«, wiederholte sie gequält. Zugleich machte sich in ihr der größte Optimismus breit, denn daß Heiner Jagielka soeben Wesen gesagt hatte, als habe er eine Außerirdische oder sonstwie Besondere vor sich, war ihr nicht entgangen. Das Gröbste, dachte sie sich, scheint überstanden zu sein, Verrat würde wohl nicht begangen werden.

»Sagen Sie mir eines«, forderte Heiner Jagielka nun aber drohend, »sagen Sie mir, ob Sie sich schon bei Ihrem ersten Erscheinen hier verstellt und bei mir eingeschmeichelt haben!«

»Wie denn?« fragte Karin Werth. »So überlegen Sie doch: Ich kannte Sie bis dahin fast gar nicht, ich wußte noch nicht einmal von Ihrer Scheune. Erst als Sie mir von dem Dicken, von der Grauen Eminenz erzählt haben, da habe ich aufgehorcht.«

Heiner Jagielka schwieg grimmig.

»Sie sind mir böse«, sagte Karin Werth vorsichtig, »und das verstehe ich. Ich wäre wahrscheinlich auch böse an Ihrer Stelle. Seien Sie mir ruhig böse!«

Heiner Jagielka rief verzweifelt: »Sie sind zum Anbeißen, wenn Sie so reden, und Sie wissen genau, daß Sie's sind. O ja, Sie haben den Bogen raus, Sie verstehen Ihr Spiel.«

Karin Werth seufzte: »Sie müssen mir glauben, daß ich eigentlich nicht so bin. Ich spiele nicht, normalerweise. Und das hier ist ja auch alles andere als ein Spiel, das ist eine Ausnahmesituation. Glauben Sie mir, ich will das eigentlich nicht, ich will nicht so sein, ich erkenne mich ja selbst nicht wieder, es ist mir, als hätte ich bis vor ein paar Tagen gar nichts über mich gewußt. Was an Verquerem alles in mir ist. Ich nehme mir schon die ganze Zeit vor, diese elende Berechnung, die mir gerade abverlangt wird, wieder fallenzulassen, wenn ... wenn ich das hier geschafft habe. Aber nein, jetzt. Jetzt gleich soll es geschehen. Es gibt ja gar keinen Grund mehr, Ihnen was vorzumachen, denn Sie wissen nun sowieso schon alles. Nein, ich muß mich nicht mehr verstellen vor Ihnen, ich verspreche Ihnen, so etwas nie mehr zu tun.«

Heiner Jagielka erteilte ihr nickend Absolution, und das fiel ihm in diesem Moment gar nicht mal schwer, erinnerte er sich doch, daß auch er einiges »an Verquerem« in sich hatte. Im Nicken aber stutzte er: »Wieso weiß ich schon alles? Liebes Fräulein, ich habe im Gegenteil den Eindruck, noch gar nichts zu wissen!«

»Was wissen Sie denn nicht, was denn, sagen Sie!« Karin Werth leuchtete jetzt vor Unschuld.

»Nun – was Sie eigentlich genau von mir wollen.«

»Aber das habe ich Ihnen doch schon erklärt. Ich will mit Ihrer Hilfe in den Westen.«

»Ha, mit meiner Hilfe«, entfuhr es Heiner Jagielka, »das haben Sie keineswegs erklärt. Genau andersrum war's: Sie wollten unbemerkt von allen, also ausdrücklich auch unbemerkt von mir, hier raus, oder habe ich mich etwa verhört?«

Da hatte sie wohl in ihrer Aufregung vergessen, ihm vom Ergebnis ihrer Nachtwachen zu berichten. Schnell holte sie das nach. Sie sagte, sie sehe keine Chance, ihren ursprünglichen Plan in die Tat umzusetzen, und bat Jagielka in aller Form, er möge sie zwischen die Blumen schleusen. Ob er sich dazu bereitfinden würde?

»Ich soll den Fluchthelfer machen?« fragte er.

»Ja«, sagte sie mit betont fester Stimme, »darum ersuche ich Sie.«

In Heiner Jagielkas Kopf überschlugen sich die Gedanken: Gott ist das gefährlich, was sie verlangt – gefährlich für mich. Wenn sie geschnappt wird, ob hier oder an der Grenze, hänge ich sofort mit drin. Aber warum sollte sie geschnappt werden? An der Grenze, darauf kann man ja wohl vertrauen, rauscht sie durch, und hier, hier liegt alles in meiner Hand; also überschätze mal nicht die Bedrohung. Aber diese Karin Werth, geht denn das eigentlich Bedrohliche nicht von ihr aus, hat sie sich denn nicht die ganze Zeit unehrlich gezeigt, so verschlagen, wie ich es niemals von ihr erwartet habe? Was, wenn sie auch jetzt noch voller Falsch ist, was, wenn all ihre Pläne, beziehungsweise wären das ja dann die Pläne ihrer Hintermänner, darauf zielen, mich und meine Verläßlichkeit auf die Probe zu stellen? Ach nein, ach nein, das sind bloß Hirngespinste, warum sollte ich dermaßen in Versuchung gebracht werden? Ich spiele doch Devisen für den Dicken und seine Leute ein, nur darauf kommt es ihnen an, und solange ich ihnen die einspiele, werden sie mich in Ruhe lassen. Außerdem ist das Fräulein fürchterlich aufgeregt, ich sehe doch, wie es sich zusammenreißt, es lügt jetzt bestimmt nicht mehr, es ist ganz blank. Und da es nicht lügt, trägt es ein viel größeres Risiko als ich. Ja was für ein Wagnis, daß es mich fragt, es kennt mich doch kaum. Und trotzdem legt es sein Schicksal in meine Hände.

Die Erkenntnis gefiel Heiner Jagielka, denn soviel Wärme er in seinem Gewächshaus auch produzierte, sowenig Wärme hatte er bislang selber gespürt; die ganze Welt stürzte sich auf seine Züchtungen, er aber, er war bei alldem ein Ungefragter geblieben, ein komisch anmutender, belächelter Mann, und deshalb erhitzte ihn das unendliche Vertrauen, das ihm jetzt auf einmal, und noch dazu von einer so bezaubernden Person, entgegengebracht wurde, weich und gefügig machte es ihn. Nicht ohne Ergriffenheit antwortete er, da sie ihn so inständig bitte, werde er ihr zu helfen versuchen, es sei ihm sozusagen eine Ehre.

Karin Werth schenkte Heiner Jagielka einen Kuß, nur auf die Stirn, aber das genügte, ihn vor Freude erröten zu lassen. Dann berieten sie, wie sie vorgehen wollten und wie sie das Risiko, von dem Ledernen entdeckt zu werden, minimieren konnten, und am Ende legten sie einen Termin fest: Schon in der nächsten Nacht sollte Karin Werths Flucht erfolgen; es gab nicht den geringsten Grund, die Angelegenheit aufzuschieben.

*

In jener Nacht hing der Himmel niedrig, eine einzige unbewegliche Wolkendecke, die direkt auf den Baumwipfeln zu liegen schien. Es wird wohl nicht regnen, dachte Karin Werth dieser Statik wegen.

Sie fand sich schon gegen 20 Uhr in der Scheune ein. Sie trug ihre Haare geknotet, keine Strähne sollte ihr ins Gesicht fallen und ihr das Handeln erschweren; der Knoten aber verlieh ihr etwas Strenges und auch Slawisches, denn jetzt, da keine Haare sie rahmten, wurde sichtbar, welch hohe Wangenknochen sie hatte.

Unter den Knochen zuckte es, als sie Heiner Jagielka begrüßte, der gerade dabei war, purpurne Astern in mit nasser Watte ausgelegten Kisten zu verstauen. Solange, wie sie den Weg hier heraufgelaufen war, hatte sie kaum Nervosität verspürt; das war vielleicht wegen der Achtsamkeit, die sie hatte aufbringen müssen, um nicht zu stolpern, oder wegen der Bewegung als solcher. Und nun stand sie da und wußte nicht, wohin mit sich. Es bestürzte sie auch, wie der Ort sich ihr jetzt zeigte. Die blendende Helligkeit der Peitschenlampen, das harte Rascheln der Sprenkleranlage, der modrige Geruch der Blumenerdesuppe, das alles bündelte sich zu etwas Bedrohlichem. In ihr blitzte sogar das Wort »Straflager« auf, und sie begann heftig zu atmen. Jagielka bemerkte es. Er unterbrach seine Packerei, ging zu dem Spind, holte eine Flasche, auf der »Tallisker« stand, und hielt sie ihr hin. Sie fragte, was das sei, sie war nicht in der Lage, das Kleingedruckte zu lesen, ihr Blick war zu unstet dafür. Sie erfuhr, es handele sich um Whisky, um exzellenten, wie Jagielka ausdrücklich hinzufügte. Sie lehnte ab. »Was anderes?« Nein, sie wollte klaren Kopf bewahren, sie fragte Jagielka, ob sie ihm nicht irgendwie helfen könne. Er führte sie zu Kartons mit länglichen Watteformationen und hieß sie, die Watte zu tränken und in die noch leeren Kisten zu legen. Er erntete jetzt weiße Nelken, hob entschuldigend die Schultern, sagte, das ließe sich nicht vermeiden, wenigstens seien es keine roten. Sie lachte kurz und eine Spur zu schrill: »Ist doch alles unwichtig jetzt.« – »Wirklich?« – »Wirklich.« Sie staunte über Jagielkas Fürsorge. Sie spürte, er war in ihrem Banne, aber sie wollte und konnte sich nicht in ihn hineinversetzen. Alle Watte war nun ausgelegt. Jagielka stapelte die Kisten. Sie schaute ihm zu, schon wieder zuckten ihre Wangen. Er unterbrach seine Arbeit, trat zu ihr hin, fuhr ihr mit der Oberseite des Zeigefingers über die Wange und flüsterte, »ruhig, Mädchen, keine Bange«. Wußte sie, daß er heldenhaft mit sich kämpfte, um sie nicht an sich zu pressen? Sie war ihm einfach nur dankbar, sie scheute sich nicht länger, auszustoßen: »O mein Gott, ich komme gleich um vor Angst.« Viel zu früh öffnete sie die Tür des am nächsten beim Eingang stehenden Spindes, den er verabredungsgemäß für sie freigeräumt hatte. Jagielka warnte, sie werde ersticken, wenn sie jetzt schon da hineinsteige. Unvermittelt fragte sie ihn, warum er nicht auch abhaue. Jagielka antwortete, weil ein König nicht von einem Reich ins andere wechseln könne, ohne seine Krone zu verlieren. Für einen Moment sehnte sie sich nach einem Antrieb, wie er ihn hatte, dann verlor sich das wieder, und Jagielka erschien ihr fremd wie zu Beginn ihrer Bekanntschaft. Sie nahm sich, um nur irgendwas zu tun, einen Klappstuhl und setzte sich rittlings darauf, da saß sie nun, und ebenso plötzlich, wie sie ihre Frage gestellt und wie sie nach dem Stuhl gegriffen hatte, begann sie, zitternd, eine Melodie zu summen. Was das für ein Lied sei, erkundigte sich Jagielka. – Ännchen von Tharau. – Das sei ihm kein Begriff. – Das mache nichts, ihr wäre es womöglich auch keiner, doch habe es ihre Großmutter immer gesungen, daher kenne sie es. Sie begann zu weinen, Karin Werth, vielleicht, weil ihre Großmutter nicht mehr lebte, oder weil sie sie gerade verließ, oder weil sie jetzt zu ihr fuhr, Jagielka wußte es nicht, und er war auch so lieb, nicht zu fragen. Er schaute auf seine Uhr und nickte ihr zu, sie lief zu dem Spind und verabschiedete sich – sie mußte sich doch jetzt schon von ihm verabschieden, denn später würde keine Zeit mehr sein – mit den Worten: »Es soll Ihnen gutgehen immer.« »Und Ihnen erst«, gab er mit wehmütigem Blick zurück.

Sie hörte all die Geräusche, die von einem regulären Fortgang des Geschehens kündeten, das Brummen und Abstellen des Motors, das Klatschen und Ratschen der einzelnen, von Jagielka auf der Ladefläche abgestellten und nach hinten geschobenen Kisten, sein verhaltenes Keuchen. Sie vernahm durch die dünne Tür sogar das Schnippen des Feuerzeugs, mit dem der Lederne sich seine Zigaretten anzuzünden pflegte. Also rauchte er jetzt. Danach mußte er pinkeln gehen, so wie immer, er mußte, er mußte, davon hing alles ab, darin lag ihre Chance, und ja doch, er ging, Jagielka zeigte es ihr durch ein Klopfen an, Jagielka rannte ihm nach, um neben ihm Wasser abzuschlagen, ihn dabei in ein Gespräch zu verwickeln und noch ein paar Momente aufzuhalten. Sie hatte keine Ahnung, wie sehr er, während er sein Glied hielt, ein Zittern seiner Hand bekämpfen mußte; sie schlüpfte aus dem Spind, enterte den Laster, sie übersprang die erste Reihe der Kisten, fand dahinter den von Jagielka freigelassenen schmalen Gang, in den sie einen Fuß setzen konnte, sie drehte sich vorsichtig, vorsichtig wie auf einem Schwebebalken, um die eigene Achse, machte ein Schrittchen rückwärts, zerrte mit beiden Händen an den Kisten, verschloß so den Spalt, sie kauerte sich nieder, Astern oder Nelken oder Hyazinthen, weder konnte sie erkennen noch am Duft unterscheiden, welche Blumen das im einzelnen waren, kitzelten ihr am Handgelenk. Sie wagte buchstäblich nicht zu atmen, holte erst wieder Luft, als sie Jagielka die nächste Kiste hereinwuchten hörte. Einen Augenblick später rief er zum Ledernen: »Hehe, mich deucht, wir transferieren heute besonders schöne Exemplare unserer Aufzucht in den faulenden, sterbenden Kapitalismus!« Sie flehte bei sich, er möge das um Himmels willen unterlassen, jede Anspielung war doch jetzt eine zuviel. Dann, endlich, wurde die Plane hinuntergezogen.

Die Fahrt verlief ohne Zwischenfälle und wurde von dem Ledernen auch nicht unterbrochen. Karin Werth sah, obwohl sie im verschlossenen Dunkeln hockte, die Landschaft an sich vorüberziehen. Sie fühlte das Sanfte der Thüringer Hügel, die der Lederne herauf und hinab fuhr, und ihr kamen wieder die Tränen. Sie wollte nicht, daß die geschwungenen Kurven ein Ende nähmen, sie mochte diese Landschaft überhaupt nicht verlassen, sie hatte doch nichts gegen die, nichts gegen die. Nach etwa einer Stunde gelangten sie auf die Autobahn, sie bemerkte es, noch bevor der Lederne Tempo aufnahm, am Ploppen der Reifen, das waren die Teerwülste zwischen den rissigen Betonplatten, über die sie nun holperten. Die Beschaffenheit der Piste machte es ihr etwas leichter, davonzufahren, sie mochte das alles nicht mehr sehen und nicht mehr spüren. Und es begann jetzt doch zu regnen, und außerdem ging ihr das harte Klimpern, das sie schon vor Tagen von ihrem Posten im Wald aus gehört und das auch heute wieder mit dem Anfahren eingesetzt hatte, auf die Nerven. Es rührte von den Haken her, mit denen die Plane befestigt war, sie ratschten, wohl weil das Ganze zu locker hing, an den ins Lasterholz geschraubten Ösen. Jetzt, auf der Autobahn, bauschte sich die Plane, und kalte feuchte Luft drang zu ihr herein; sie steckte die Hände zwischen ihre Schenkel, die einzige Bewegung, die ihr in der Enge möglich war. Und mit alldem, mit der Abwehr der Kälte und der Nässe, mit dem Ertragen der Geräusche und dem Empfangen der Stöße, war sie vollauf beschäftigt. Aber hatte sie in diesen Minuten nicht an ein paar liebe Menschen denken wollen, die sie nie wiedersehen würde? Ja, das hatte sie sich vorgenommen – nicht direkt vorgenommen, sie war sich einfach sicher gewesen, sie werde, wenn sie einmal auf dem Laster säße, unweigerlich und schön und traurig an sie denken, aber nun war das nicht möglich, nicht mit ihr Teurem hatte sie am Ende zu tun, nur mit Billigem.

Der Lederne verlangsamte das Tempo. Sogleich pladderte der Regen lauter, oder es schien ihr nur so, weil er vorher vom Wummern des Motors und vom Rauschen des Fahrtwinds und vom Ratschen der Haken übertönt worden war. Lichter wischten über die Plane, erst kurz, dann länger, dann kam der Wagen zum Stehen. Hunde bellten, Stiefelabsätze klackten, sie wußte, das war Dreilinden, hier mußte sie noch durch, verrückterweise setzte sie jetzt all ihr Hoffnung in den Ledernen: daß seine Berichte stimmten, daß man ihn hier kennte und ihm schon seines Auftrags wegen vertraute. Daß er gleich wieder Gas geben durfte. Aber sie standen immer noch, und immer noch. Um sie herum auf einmal gedämpfte Stimmen, das Herz schlug ihr bis zum Halse und drang als Gedröhn aus ihrem geöffneten, vorsichtig atmenden Mund in die Welt – und die Welt, die finstere, schien es zu hören. Mit einem Ruck wurde die Plane hochgeschlagen. Weißes Licht flutete den Laster, riß den eingenickten Blumen die Köpfe hoch, ließ sie alle strammstehen, wollte aber nichts von ihnen, wollte weiter, an die hintere Wand, wo Karin Werth sich duckte, es flackerte wie irre, das Licht, warum? Weil die Hände, die es hielten, die Blumenkisten beiseite räumten.

Dann war der Weg frei, und der Lichtstrahl erwischte Karin Werth wie eine sauber abgefeuerte Kugel. Sie barg ihr getroffenes Gesicht schmerzverzerrt in der Armbeuge.

Im ersten Moment dachte sie an einen Zufall. Als sie jedoch, vom Wagen geschubst, das zufriedene, höhnische Lächeln des Ledernen sah, begriff sie, daß es keiner war; der Lederne mußte von ihr gewußt haben. Jagielka, schoß es ihr durch den Kopf, Heiner Jagielka hatte sie verpfiffen, o wie naiv war sie gewesen, und wie perfekt hatte er sich verstellt.

Heiner Jagielka aber, Heiner Jagielka erging es nicht besser als ihr. Als er am Morgen vor sein Gewächshaus fuhr, um die nächste Lieferung vorzubereiten, quollen Dutzende Männer da heraus und nahmen ihn wegen Beihilfe zur versuchten Republikflucht fest. Er verwünschte seinerseits Karin Werth, und sich selber auch, weil er annahm, er sei ihr, der Verlogenheit in Person, auf den Leim gegangen. Doch währte diese stumme Anklage nicht allzu lange, nur bis zur Vernehmung am Nachmittag. Jagielka stellte sich zunächst unwissend. Wer, liebe Genossen, soll diese Frau sein, die da hat rübermachen wollen? Nochmal bitte, wie? Nein, nie gehört, diesen Namen, weiß der Teufel, wie sie auf den LKW gekommen ist, zu meiner Produktpalette gehört sie jedenfalls nicht, hehe. Da konfrontierten ihn seine und ihre Häscher Wort für Wort mit den Absprachen, die er und Karin Werth getroffen hatten, und er begriff plötzlich, daß alles um ihn herum schon lange verwanzt gewesen sein mußte, und mit der Freiheit verlor er auch die Illusion, jemals allein gewesen zu sein in seinem schönen Hotel Lux.

Und das und nichts anderes war es, was ihn, als die Zellentür sich hinter ihm schloß, ohnmächtig aufheulen ließ – die grausame Erkenntnis, immer unter Kontrolle gestanden zu haben in seinem Reich, das demnach gar nicht seines gewesen war. Schüttelfrost befiel ihn, und die Unterarmhaare stellten sich ihm auf. Er wischte darüber, sie schienen aus Draht zu sein, so schmerzten sie an den Wurzeln. Er wischte wieder, machte sie noch drahtiger. Während sie zurückschnellten, meinte er ihren Klang zu hören, den metallischen Klang des Schmerzes, mit dem er sich verzweifelt bürstete.

*

Ziemlich bald trat dann aber im Hintergrund die Graue Eminenz in Aktion, der Dicke, einen regen Briefaustausch pflegte er in jener für ihn nicht unwichtigen Causa mit dem auch recht verschwiegen operierenden Rechtsanwalt Börth; einmal zum Beispiel schrieb er: »Lieber Genosse Börth, ich bitte Dich, bei den bevorstehenden Verhandlungen über den Freikauf der Häftlinge Jagielka und Werth in keinem Fall den finanziellen Schaden außer Acht zu lassen, für den J. und W. verantwortlich zeichnen. Da wir nicht mehr auf die von J. hergestellten Produkte zurückgreifen können und J. sich weigert, über sein geheimes Herstellungsrezept Auskunft zu geben, gehen uns nach aktueller Preistabelle 830000 DM p.a. verloren. Ich halte es daher für angemessen und notwendig, pro Person mindestens 150000 DM in Rechnung zu stellen, und gehe davon aus, daß eine Entlassung der oben genannten Häftlinge in die BRD nur zu diesen Konditionen erfolgen wird. Mit sozialistischem Gruß …«

Und ein andermal: »Lieber Genosse Börth, mir ist selbstverständlich bewußt, daß die von mir vorgeschlagene Summe den derzeit üblichen Preis für die Ausreise inhaftierter DDR-Bürger um 70000 DM überschreitet. Es überrascht mich daher nicht, daß Bonn eine Zahlung in dieser Höhe verweigert. Dennoch bitte ich Dich noch einmal dringend, in diesem Fall keine Kompromisse zuzulassen. Der durch das unverantwortliche Handeln von J. und W. entstandene volkswirtschaftliche Schaden erfordert m. E. unbedingt eine Kompensation und würde im übrigen durch erzielte 300000 DM bei weitem nicht ersetzt werden. Mit sozialistischem Gruß …«

*

Bald nach dem Treffen Willys mit Heinrich Overdamm, ein Mittwoch im Advent, ein Mittwoch wie gewohnt: Das blecherne Weckerrasseln in bestialischer Früh. Das müde Armpatschen am Ausschaltknopf vorbei. Das flüchtige Streicheln der nachtwarmen Haut Veronika Gapps. Der wieder mal nicht getrunkene Kaffee. Das Schlüpfen durch sich schließende, ihn fast zerquetschende S-Bahn-Türen. Die hin- und herwackelnden Köpfe der im Waggon dösenden Arbeiter. Das schrottige Scheppern der Bahnhofsaufsichtsstimme. Die dreckige Landschaft, nein, die dreckigen Scheiben des D-Zuges. Der geschwätzige Stakschneider am Steuer des Dienstwagens. Der wie abwehrende Blick auf die vorüberhuschende Sparkasse. Die tanghaarige Dorle Perl im Vorzimmer. Der übliche Gang durchs Maschinenfett. Die beiläufige Art Dietrich Kluges beim Grüßen …

Es war dann schon 20 Uhr, als Willy den »Aufbruch« wieder verließ und nach zweitägiger Abwesenheit zum Werchowschen Haus strebte. Wie jeden Mitwoch war er rechtschaffen müde, wie jeden Mittwoch dachte er auf dem Heimweg, nun gleich seine Ruhe zu haben, jawohl, ein bißchen Ruhe hatte er insbesondere mittwochabends immer nötig.

Anders als sonst ließ sich aber Ruth, nachdem er das Haus betreten hatte, nicht blicken. Auch auf seine Rufe antwortete sie nicht. Er fand sie im Wohnzimmer. Sie hockte in einem der beiden schwarzen Drehsessel, die vor dem Couchtisch standen, und nahm seine kurze Umarmung starr und steif entgegen. Willy machte ein, zwei Schritte zurück. Jetzt erst bemerkte er, wie rot und verquollen ihre Augen waren. Was er da sah, bereitete ihm aber keine Schmerzen. Er vermochte auch nicht, ihr mitfühlend eine Frage zu stellen. Ruth wiederum öffnete, während sie ihn ansah, den Mund und begann so heftig zu atmen, daß sie Willy theatralisch vorkam. Zugleich wußte er, Ruth spielte nicht.

Weder wagte er, sich einfach umzudrehen und aus dem Zimmer zu gehen, noch sich Ruth wieder zu nähern, so blieb er in einiger Entfernung vor ihr stehen. Plötzlich, zwischen zwei Atemstößen, brachte sie hervor: »Wo hast du geschlafen heute nacht?«

Hatte Willy jemals eine solch anklagende Frage gehört? Er zog die Brauen hoch, er wollte souverän wirken, aber seine Stimme war brüchig und seine Worte klangen hölzern, als er zurückfragte, was denn auf einmal in sie gefahren sei und worauf ihre seltsame Erkundigung überhaupt basiere.

»Wo du geschlafen hast, will ich wissen!« Ihr Atem ging unvermindert wild.

»Im Gästehaus, wo sonst.«

»Im Gästehaus, natürlich, im Gästehaus«, rief sie ungewohnt höhnisch, barg aber gleich darauf ihr Gesicht in den Händen.

»Ja«, sagte Willy nur. Er fühlte sich unanständig, weil er Ruth nicht half. Aber wie sollte er ihr jetzt helfen?

»Von wann bis wann warst du im Gästehaus?« Sie schaute ihn voller Vorwurf und, wie es schien, auch voller Scham an, bog den Oberkörper vor, streckte die Arme nach unten. Alles an ihr schrie, ich will das nicht, aber ich muß, muß – muß es fragen!

»Das ist ja verrückt«, rief Willy, »das ist wohl ein Verhör? Wie kommst du eigentlich dazu?« Er versuchte, seiner Stimme einen zornigen Ton zu geben, und spürte, es gelang ihm nicht.

Bei seinen letzten Worten war Ruth derart abrupt aufgesprungen, daß sie den Sessel in Schwung versetzt hatte und dieser sich jetzt drehte. »Daß du so tust! Daß du so tust! Ich will dir sagen, wie ich dazu komme, wie lange mir das alles schon auf der Seele liegt, wie lange es mich zerlöchert, ich sage dir, seit damals schon, seit dem seltsamen Telefonat! So lange!«

Willy wußte, worauf sie anspielte, konnte es aber nicht gestehen, und so fragte er, welches Telefonat sie um Himmels willen meine, tatsächlich, er gab sich hart wie eine Wand und zwang Ruth, gegen ihn zu klopfen und sich aufzuscheuern dabei.

»Damals ... als ich dich spät noch anrief im Gästehaus, und plötzlich ... plötzlich ruft eine Frau deinen Namen, und im Hintergrund rauscht Wasser, sie muß die Badtür aufgemacht haben, diese Frau, ich höre noch heute dieses Rauschen und diese Stimme, immer wieder ...

und ich frage dich, wer das ist, und du … du sagst, das Zimmermädchen.«

»Ja und?«

»Nach einer Pause …«, stöhnte Ruth.

»Pause?«

»Du hast erst geschwiegen, als müßtest du dir schnell was ausdenken, und dann erst hast du gesagt, das Zimmermädchen.«

»Aber Ruth, ich habe es aus dem Raum gewinkt, damit es uns nicht stört, deshalb hat es diese Pause gegeben.«

»Es war abends um zehn, abends um zehn, und du wolltest mir weismachen, es wäre das Zimmermädchen – und du behauptest es noch heute!«

»Es war das Zimmermädchen«, beharrte Willy.

Ruth trat unbeholfen zwei Schritte vor, kehrte sogleich um, setzte sich wieder. Sie zitterte jetzt am ganzen Körper, stützte sich mit ihren Unterarmen auf die Knie, senkte den Kopf, so daß ihr die Haare wirr vors Gesicht fielen, und hackte aus ihrem Zittern heraus wie von Sinnen mit den Fersen auf die Dielen. Dabei sagte sie fast tonlos: »Du hast eine Geliebte, ich spüre es, schon lange hast du eine Geliebte …«

»Das ist doch Unfug«, versuchte Willy sie zu besänftigen. Er nahm auf dem anderen Sessel Platz, beugte sich zu ihr.

Ruth hob den Kopf und schaute Willy an. In ihrem Gesicht zeigte sich eine Spur Hoffnung. Aber schon verlor die sich wieder. »Wir kennen uns schon so lange, du kannst mir doch nichts vormachen. Das ist sogar das Schlimmste, wie du versuchst, mir was vorzumachen, obwohl du weißt, du kannst es nicht. Schau dich doch an! Schau dich doch an!«

Willy hörte daraus nicht nur eine Anklage, sondern vor allem einen verzweifelten Verweis auf ihre gemeinsame Vergangenheit, und jenes »wir kennen uns schon so lange« ließ in ihm ein sentimentales Gefühl aufsteigen. Er dachte, es hat doch früher, bevor Ruth mir abhanden gekommen ist, auch schöne Momente gegeben, und er erinnerte sich einer Begebenheit aus der Zeit, als die Kinder noch nicht geboren waren. Sie fahren mit dem Motorrad über Land, Ruth und er. Plötzlich setzt der Motor aus. Er untersucht dies und das und findet nichts, da fragt Ruth, ob es vielleicht am Benzin läge. Liegt es, bestätigt er, sich verlegen die Stirn reibend, nachdem er nachgeschaut hat. Sie muß lachen über ihren Fachmann. Aber er hat sich ja auch schon deshalb die Stirn gerieben, weil er nicht die leiseste Ahnung hat, wie er hier zu Benzin kommen soll, keine Tankstelle weit und breit. Über diesen unangenehmen Umstand klärt er sie auf. Sie lacht noch einmal, sie ist ganz übermütig in dem Moment, sie schwingt sich auf das Motorrad, rutscht nach vorn, übern offenen Tank, sie pinkelt so glückstrahlend, wie noch nie jemand auf der Welt gepinkelt hat, da hinein und ruft: Natürliche Reserve! Versuch's mal damit! Besser als nichts! ... Ja, dachte er, das war herrlich ... aber dazwischen gab's auch immer schon andere Momente, in denen Ruth sich mir entzog, und so richtig viele wurden es, nachdem Rudi gestorben war und ich mich verplappert habe und sie erfuhr, daß ich Bescheid weiß darüber, was mal mit ihr gemacht worden ist. Von da an führte ja gar kein Weg mehr zu ihr. So und nicht anders bin ich an Veronika gekommen, entschuldigte er sich im stillen – aber gerade das kann ich Ruth nicht sagen, denn es würde sie vollends zerstören. Gar nichts kann und darf ich ihr erzählen. Und zwar um ihrer selbst willen, nicht um meinetwillen. Er versuchte, sich wieder auf ihre gegenwärtige Auseinandersetzung zu konzentrieren und Argumente zu finden, die geeignet sein würden, Ruth zu beruhigen.

»Hör mal, das ist ja unlogisch, was du sagst und denkst. Du wirfst mir vor, es wäre gar nicht das Zimmermädchen gewesen, sondern, ich wage es kaum zu wiederholen, eine Geliebte. Aber nehmen wir nur mal an, rein theoretisch, es wäre tatsächlich eine – warum sollte ich mich dann mit der nicht im Gästehaus getroffen haben? Wieso fragst du dann, wo ich geschlafen habe, wenn es doch im Gästehaus am einfachsten wäre? Das ergibt doch alles keinen Sinn, Ruth, das mußt du doch zugeben.«

»Weil ich dort angerufen habe!« stieß sie hervor.

»Wann angerufen?« fragte Willy überrascht, denn jenes damalige Telefonat, in das hinein Veronika dummerweise gesprochen hatte, war eine große Ausnahme gewesen; er und Ruth redeten fernmündlich sonst nie miteinander, zu kurz seine jeweilige Abwesenheit, und gerade darum hatte er, wie er bis eben dachte, gefahrlos sein Lager in der Dunckerstraße aufschlagen können.

»Das möchtest du wohl wissen, wann das war!«

»Natürlich – da du es behauptest, möchte ich wissen, wann das gewesen sein soll.«

»Damit du dir schnell wieder eine Ausrede einfallen läßt«, rief Ruth haßerfüllt, »du kannst mir auch gleich die Ausrede sagen, ich bin gespannt. Du glaubst gar nicht, wie gespannt ich darauf bin!«

Willy überlegte fieberhaft. Offenkundig hatte Ruth am Abend in dem Gästehaus-Zimmer angerufen, das er zu belegen vorgab (und das er, sicherheitshalber, ja pro forma tatsächlich noch belegte). Dann erklärte er: »Wenn du den gestrigen Abend meinst, so war ich mit Weitermann in der Kneipe. Ich bin erst lange nach Mitternacht zurück gewesen, und deshalb«, Willy gähnte demonstrativ, »bin ich jetzt auch ziemlich müde.«

Wie verrückt lachend, sprang Ruth erneut vom Sessel. Sie lief zur Schrankwand, riß eine Tür auf, fingerte eine Broschüre heraus, wobei ihr eine andere herunterfiel, gab dieser einen Fußtritt und hielt jene triumphierend in die Höhe. Es war das Kursbuch. Sie öffnete es mit einem Ruck und hielt es Rudi vor die Nase, fehlte nicht viel, und sie hätte es ihm geradewegs ins Gesicht geschlagen. Dann tippte sie mit dem Finger auf eine zweifelsohne beliebige Stelle und schrie: »5 Uhr 58, um 5 Uhr 58 fährt dein Zug, wann mußt du da im Gästehaus los, wann? Ich sag's dir, ich habe mich erkundigt, ich habe deine Wege nachvollzogen, spätestens um 4 Uhr 45!«

Willy starrte sie entsetzt an. Worauf wollte Ruth hinaus? Er fragte sie das.

»Worauf ich hinauswill?« wiederholte sie auf einmal gar nicht mehr laut. Es war, als habe sie plötzlich keine Kraft mehr, als habe sie sich schon verausgabt und müsse nun büßen für ihren kurzen Furor. Und sie wankte ja auch. Willy faßte sie am Arm, aber sie sagte wie abwesend, »laß doch, laß doch«, und tapste zum Sessel zurück. »Ich will, ich muß dir sagen, daß ich ab 4 Uhr immer wieder versucht habe, dich zu erreichen, aber du hast nicht abgenommen, darauf will ich hinaus.«

Willy schwieg. Er fragte, nur um Zeit zum Überlegen zu gewinnen: »Aber wieso hast du es denn so oft versucht?«

»Wieso?« Ruth sah ihn wie durch einen Schleier an. Dann erklärte sie mit dumpfer Stimme: »Weil die Bitternis einen anzieht wie ein betörender Duft. Man muß immer näher heran. Man muß sie inhalieren. Sie macht einen abhängig, o ja, sie hat eine schreckliche Magie. Du als Person hast gar keine Magie mehr, glaube ich, aber die Bitternis, die ich atme, wenn es im Hörer immer bloß tutet, nach der verlangt es mich sehr.«

Willy mußte schlucken. Ruths Stimme war ihm fremd vorgekommen, und das, was sie seltsam leiernd gesagt hatte, erst recht. Er wandte sanft ein: »Das sind doch alles Mißverständnisse, Ruth. Ich wollte dich nicht schrecken, aber bitte, jetzt muß ich es dir wohl beichten: Weitermann und ich, wir haben die ganze Nacht getrunken«, er lachte, »wahrhaft gesoffen haben wir, in der Nähe seiner Wohnung, das ist im Prenzlauer Berg. Und da habe ich der Einfachheit halber gleich bei ihm geschlafen, was anderes lohnte doch nicht die zwei, drei Stunden, die übrigblieben. Ich wollte dir gegenüber nur nicht zugeben, daß wir uns so haben gehenlassen, Ruth. Hörst du, Ruth?«

Sie nickte mechanisch.

»Du verstehst das, nicht?« fragte Willy bettelnd.

Ruth nickte abermals: »Dann schläfst du bestimmt schon viele Wochen bei Weitermann, denn viele Wochen versuche ich schon, dich im Gästehaus zu erreichen.« Sie lächelte ihn maskenhaft an.

Willy erwog jetzt, alles, aber wirklich alles zuzugeben, doch sogleich wiederholte er bei sich, daß Ruth ja höchstens die Hälfte überstehen würde, und schwieg. Wie auch Ruth schwieg, so ging ihr Krach in eine gespenstische Stille über. Ruth war es, die als erste sich erhob und nach oben ins Schlafzimmer stieg. Irgendwann legte Willy sich neben sie. Er hörte ihren um Gleichmäßigkeit bemühten Atem, atmete selber auch so. Währte das eine halbe Stunde, eine ganze? Willy flüsterte endlich, er könne nicht einschlafen, am besten, er gehe nochmal raus, er werde zu Achim Felgentreu fahren.

Wenig später ließ eine grimmig aus dem metallischen After der Jawa gejagte Wolke die Bäume entlang der Schorba husten.

*

Das Bahnwärterhäuschen stand in purer Natur. Während sich die Rückfront direkt an die dicken Stämme eines alten Eichenwaldes zu lehnen schien, dehnten sich vor dem Häuschen weite, in der Ferne ansteigende Felder, durch die, nicht geradewegs auf das Gebäude zu, sondern diagonal an diesem vorbei, die von Gerberstedt kommende Straße führte. Wie eine schnittige Schärpe lag sie auf der Landschaft.

Als Willy sie hinabfuhr, sah er im matten Schein der Bahnübergangsbeleuchtung, wie Achim Felgentreu gerade die Kurbel drehte und die Schranken herunterließ. Willy hupte, noch bevor er sie erreicht hatte, und Achim, der vom Licht des Motorrades geblendet wurde und wohl dachte, ein Verrückter, so ein ganz Eiliger wolle im letzten Moment über die Gleise, machte eine unwirsche Geste.

Da sah er, es war Willy, da machte er eine weitere Geste, eine entschuldigende, da ahnte er schon, sein Freund wolle was Wichtiges bereden, denn so spät war der noch nie aufgekreuzt bei ihm.

Ein Güterzug donnerte heran, und Willy trat von den Schranken zurück.

Im Häuschen dann sagte Achim, »Augenblick noch«, er schrieb die Nummer des Zuges in eine Liste und strich sie durch wie ein Wirt, der das fünfte Pils auf einem Bierdeckel vermerkt; so verwahrlost er auch anmuten mochte in seinem botteligen Pullover und seinen schiefgelatschten Schuhen, seiner Tätigkeit ging er penibel nach, hing ja auch einiges dran an der.

Währenddessen hielt Willy ihm die Flasche Wyborowa, die er mitgebracht hatte, vor die Nase: »Du auch?«

Achim schüttelte den Kopf, kurze Frage, schnelle Verneinung, ihr festes Ritual, das sie nur selten durchbrachen, dann, wenn Achim meinte, der Anlaß erfordere es, wider jede dienstliche Regel und ungeachtet seiner grundsätzlichen Abneigung den harten Sachen gegenüber zumindest einen Wodka mitzutrinken. Zum bislang letzten Mal war das geschehen, als Jonas, der nach seiner Relegation von der Schule sich da und dort vergeblich beworben hatte, von Willy im »Aufbruch« als Lehrling untergebracht worden war. Achim bedankte sich damals mit einem hastigen Hinunterkippen des »Gesöffs«, wie er es nannte, und einem sekundenlangen Verziehen des Gesichts.

Willy schluckte den ersten Wodka und erklärte ohne jede Einleitung, Ruth sei ihm auf die Schliche gekommen, weil sie ihm über längere Zeit hinterherspioniert habe.

Achim fragte sicherheitshalber: »Dahingehend auf die Schliche gekommen, daß du außer ihr noch jemanden hast?«

»Natürlich«, sagte Willy, »was denn sonst?«

Achim nickte mitleidsvoll, wobei nicht klar war, ob sein Erbarmen Willy oder Ruth galt.

»Und ich ärgere mich jetzt! Ich ärgere mich dermaßen, sag ich dir!«

»Über Ruths Hinterherspionieren?«

Willy goß sich wieder ein, stürzte den Wodka gleich wieder hinunter. »Ach was, das kann ich ihr nicht übelnehmen. Man muß schon fair sein. Sie ist doch nicht die Schuldige … obwohl, so ganz unschuldig ist sie auch nicht. Sie hat sich ja mir gegenüber viele Jahre wie …«, Willy hob die Hände und wedelte mit ihnen, als könne er damit das Wort heranziehen, das er suchte, »… wie ein Neutrum verhalten, du weißt das, ich habe dir davon erzählt. So viele Jahre, da landest du dann eben bei jemandem, der deinen Schwanz wertschätzt, um's mal so auszudrücken. Der dir überhaupt erst wieder in Erinnerung bringt, daß du einen hast.«

»Also du ärgerst dich nicht über ihr Spionieren. Worüber dann?«

»Daß ich eben nicht imstande gewesen bin, was anderes hervorzubringen als dumme, offensichtliche Lügen. Ich hab doch gewußt, daß Ruth was ahnte, ich hab doch gewußt, alles würde einmal zum Ausbruch kommen bei ihr, und da es mir klar gewesen ist, hätte ich mich wappnen müssen. Mir eine Taktik zurechtlegen. Logische Ausreden bereithalten. Mögliche Gesprächssituationen durchspielen. Aber davon wollte ich nichts wissen.«

Draußen, weit hinten auf dem Kamm des Feldes, zeigten sich zwei schwache kleine Punkte, helle Stecknadeln, die in wenigen Sekunden groß wie Knöpfe wurden. Als sie über die Gleise flogen, begannen sie zu wackeln und ihr flatterhaftes Licht an die Eichen zu werfen. Achim schaute ihnen hinterher und sagte aufmunternd: »Du bist zu ehrlich in der Lüge.«

»Unfug«, entgegnete Willy, »es war mir zu anstrengend, mich damit zu beschäftigen, es widerstrebte mir, mich damit abzumühen, ich dachte mir, wird schon alles gutgehen.«

»Das ist der alte Willy«, sagte Achim lächelnd.

Willy schüttelte verständnislos den Kopf.

»Der alte Willy, also der junge, hat die Dinge auch nie durchgespielt, wenn ich mich recht erinnere. O ja, und ich erinnere mich gut. Dieser Willy hat einfach gemacht und getan, ohne Rückversicherung. Soll ich dir was sagen? Willy, ich dürfte dir das gar nicht sagen, weil ich auch Ruth mag und sie mir leid tut und ich dich ja hiermit durch die Blume auffordere, weiterhin Ehebruch zu begehen: Aber ich sage dir, du gefällst mir heutzutage immer dann am besten, wenn du von dieser Veronika erzählst. Da ist wieder die frühere Ursprünglichkeit und Unbedingtheit.«

»Ist doch klar, warum«, unterbrach Willy ihn, »weil sie mich erregt, sobald ich sie seh, wir machen nicht viele Worte, wir ficken ja immer gleich!« Er hatte jetzt schon vier oder fünf Wodka intus.

»Aber vielleicht ist es gar nicht der Sex allein, der dich beglückt?«

»Was denn sonst?«

»Vielleicht denkst du ja nur, daß es so wäre? Ich erinnere mich nämlich, wie oft du mir schon gesagt hast, daß ihr nicht viele Worte macht und im Grunde gar nicht so viel voneinander wißt. Und genau das ist's – jedenfalls in meinen Augen. Kein Abwägen, kein Erklären! Was du in deinem sonstigen Leben im Übermaß hast, ist dort in eurer Höhle nicht vorhanden, alles ganz einfach, wie früher.«

»Es ist nicht alles einfach«, unterbrach Willy ihn wieder, »du hast ja keine Ahnung.«

»Du meinst, weil ihr es verheimlichen müßt? Auch dazu habe ich meine Meinung, Willy, sie lautet: In Wahrheit kommt dir das Heimliche äußerst gelegen. Und warum kommt es dir gelegen? Weil das alles ein Abenteuer ist, wie du es im Grunde deines Herzens liebst. Deshalb mochtest du dich auch nicht mit Ausreden abmühen. Nicht aus Faulheit hast du versäumt nachzudenken, sondern um das Abenteuer nicht abzufedern und nicht zu entschärfen, nicht auch noch das, denn abfedern mußt du doch sonst schon genug hier. Eigentlich ist das sogar dein Beruf. Ein staatlich geprüfter Abfederer bist du, in des Wortes doppelter Bedeutung!«

In der Dunkelheit zeigten sich zwei rote Lichter, sie wurden immer kleiner und erloschen schließlich.

»Da du von Abenteuer sprachst«, entgegnete Willy, »ich finde, deine Erklärungen sind geradezu abenteuerlich. Du tust ja so, als wären's die zur Zeit nicht besonders zufriedenstellenden gesellschaftlichen Umstände, die mich in die Arme dieser Frau getrieben hätten. Das ist weit hergeholt, weiter geht's ja gar nicht – oder doch, warte, man kann alles immer noch weiter herholen. Zu Veronika kam ich, weil Ruth mich abwies, richtig? Ruth wiederum wies mich ab wegen dieser unheilvollen Sache, die vor langer Zeit geschah. Warum aber geschah diese Sache? Weil vorher den Freunden noch ganz andere schlimme Sachen geschahen. Merkst du was? Ich bin schon fast bei der berühmten Reichstagswahl«, Willy reckte die Brust und ballte die Faust, er stellte den Kommunistenführer Thälmann nach, er deklamierte, »›wer Hindenburg wählt, wählt Hitler, und wer Hitler wählt, wählt den Krieg!‹ Im Ernst, Achim: Man kann für alles eine Kette von Gründen knüpfen, und das Schöne daran ist, man fühlt sich am Ende immer entlastet, denn je weiter man in Gedanken zurückgeht, um so weniger Verantwortung bleibt übrig für einen selber. Ja, zurück mit der Schuld in die Vergangenheit, und weg von mir, weg von mir, denn in der Vergangenheit, da wird's immer unpersönlicher. Schön für mich eigentlich, nicht wahr? Aber wir sind hier unter uns, Achim, und ich sag dir was: Indem du dich auf die Umstände stürzt, läßt du doch das Eigentliche beiseite – willst du nochmal hören, was das Eigentliche ist?« Herausfordernd schaute er drein.

Achim seufzte.

»Das Eigentliche, mein Lieber, ist Veronika Gapps Arsch, ich wiederhole extra für dich, nicht Adolf ist's, sondern einzig und allein ihr Arsch!«

Fiel da Achim dem Schrankenwärter noch was ein? Er lächelte nachsichtig, ein feiner Glanz in seinem schmalen Gesicht, der Willy sagte, Frieden ...

*

Es war nun schon nach Mitternacht. Sie schwiegen eine Weile. Das alte schwarze Telefon mit der hohen Gabel, das Achim mit dem Fahrdienstleiter verband, klingelte. Achim nahm ab, sagte nach wenigen Sekunden, »verstanden, Nummer 3473 mit fünf Minuten Verspätung«, und legte wieder auf.

Er räusperte sich und sagte: »Wenn du dumme Ausreden benutzt hast, so heißt das, Ruth weiß es und weiß es doch nicht. Das muß schlimm für sie sein, viel schlimmer, als wenn alles heraus wäre. So martert sie sich bestimmt immer weiter.«

»Es ist nicht schlimmer. Es kann gar nicht schlimmer sein«, sagte Willy mit großer Überzeugung.

»Wieso nicht?«

Willy schüttelte den Kopf. Er goß sich wieder Wodka ein, nur, diesmal wirkte es, als trinke er, um nichts sagen zu müssen.

»Ich will nicht in dich dringen, aber um Ruths willen: Wäre es nicht besser, diesen Schwebezustand, der sie doch zermürben muß, zu beenden und ihr reinen Wein einzuschenken?«

»Das geht nicht, verdammt nochmal!« Und schon war Willy wieder verstummt.

Achim schwieg, beobachtete ihn unausgesetzt: wie er sich auf die Lippen biß, wie er sein leeres Glas drehte, wie sein immer noch mächtiger Brustkorb sich hob und senkte.

Endlich erwiderte Willy Achims Blick. Er fixierte seinen Freund, und dazu nickte er, als wolle er sich selber bestätigen, Achim habe eine plausible Erklärung verdient. Er sagte: »Ich will wenigstens dir reinen Wein einschenken. Die volle Wahrheit. Dann verstehst du vielleicht, daß ich sie Ruth nicht sagen kann. Es würde sie umbringen, wenn sie sie erführe. Damit habe ich schon angedeutet, daß auch du noch nicht alles weißt. Was habe ich dir nämlich bisher erzählt? Daß Veronika Gapp eine Abmachung mit ihrem Mann hat, die es ihr erlaubt, sich mit mir zu treffen. Daraus folgert wiederum eine Abmachung zwischen Veronika und mir: Keiner von uns beiden stellt weitergehende Ansprüche an den anderen, denn wir sind beide gebunden, jeder auf seine Art. Wir behelligen einander auch nicht mit den Sorgen, die uns daheim oder auf Arbeit umtreiben; ohne daß wir uns je darüber hätten verständigen müssen, war das von Anbeginn klar. Veronika ist ja die rechte Hand eines meiner wichtigsten Vertragspartner, wir hätten da manches zu bereden, aber wir tun es nicht. Wir wollen diese Beziehung freihalten von allem, was ihr eine falsche Bedeutung gäbe. Sie hat ja Bedeutsamkeit nur in einem relativ engen Sinne, und gerade deswegen funktioniert sie so prächtig – weil wir die Beziehung nicht überfrachten und uns nicht überfordern. Gut, das weißt du alles, darüber habe ich dir schon hinreichend erzählt. Jetzt aber folgendes. Da ist noch eine zweite Abmachung zwischen Veronika und mir. Diese wurde sogar schriftlich fixiert. Ein Exemplar befindet sich bei ihr, eines bei mir. Genaugenommen handelt es sich dabei sogar um einen Vertrag, und in dem Vertrag, den wir also aufgesetzt haben, steht …«

Jetzt läutete aber die Glocke an der Außenwand des Bahnwärterhäuschens, die den nächsten Zug ankündigte. Achim warf mit einem Stöhnen seinen Kopf in den Nacken, murmelte, »der verspätete 3473«, und eilte zu der Kurbel. Vielleicht zwei Minuten darauf raste ein Güterzug vorbei, Willy hinterm Fenster drang er als wahnwitzig schnelle Folge riesiger platzender Kapseln schmerzhaft ins Ohr.

»In dem Vertrag steht …«, wiederholte Achim, kaum daß er wieder saß.

»Ach was, zum Vertrag später, wichtig ist nur, Veronika und ich haben zusammen ein Kind!«

»Ein Kind«, wiederholte Achim fassungslos.

Willy nickte.

»Ja aber … wie … ein Kind … ein Vertrag … warte mal«, stammelte Achim. Er erhob sich, lief in die Ecke zum Waschbecken, neben dem ein Schemel mit Geschirr stand, nahm ein Saftglas und stellte es vor Willy neben die Wodkaflasche.

Willy schaute ihn dankbar an, schenkte ihm ein, klärte ihn nun endlich vollends auf: »Das ist die zweite Vereinbarung. Wir haben sie gleich am Anfang getroffen. Und auch sie beruht, wie die erste, auf der ausdrücklichen Zustimmung von Veronikas Mann. Er kann ihr ja kein Kind machen. Aber sie wollte eins, von mir dann natürlich. Insofern war es nicht ganz korrekt, was ich eben sagte. Es wurden drei Exemplare des entsprechenden Papiers angefertigt. Das dritte befindet sich bei dem Mann, Holger Gapp. In allen ist nun also festgeschrieben, daß ich, das Kind betreffend, weder Rechte noch Pflichten habe. Folglich dürfen keine finanziellen oder sonstwelche Forderungen an mich gestellt werden. Mir wiederum ist versagt, das Kind zu sehen, es sei denn, Veronika und ihr Mann stimmen dem ausdrücklich zu.«

»Und damit kommst du klar, darauf hast du dich eingelassen?« fragte Achim entsetzt. Sein Glas hatte er noch nicht angerührt.

»Trink«, forderte Willy ihn mit finsterer Miene auf. Achim tat wie geheißen, verzog diesmal nicht das Gesicht, starrte Willy nur an.

»Darauf habe ich mich eingelassen, ja. Weil es seine Logik hat«, sagte Willy.

»Logik«, wiederholte Achim in verächtlichem Tonfall.

»Welche andere Möglichkeit hätte es gegeben? Ist es nicht Veronikas gutes Recht, ein Kind zu haben wie jede andere Frau? Und ist es nicht selbstverständlich, daß es von mir stammt, der doch gewissermaßen ihr Partner ist, in dieser Hinsicht? Und ist es nicht normal, daß ich, um das Kind nicht zu verwirren, nun besser nicht in Erscheinung trete und nicht in die Familie dränge, in der es aufwächst? Ich frage dich noch einmal – welche andere Möglichkeit hätte es gegeben?«

»Die Finger ganz von dieser Angelegenheit zu lassen! Du siehst doch, du stürzt dich nur ins Unglück! Und andere, Willy, und andere!«

»Vorhin hast du genau umgedreht argumentiert. Veronika war da noch ein Segen für mich …«

»Weil ich nichts von dieser herzlosen Abmachung wußte, nur deshalb!«

»Noch einmal, sie ist nicht herzlos. Sie ist das Bestmögliche unter den gegebenen Umständen. Aber wenigstens weißt du jetzt, warum ich Ruth nichts beichten darf. Sie würde das alles nicht verstehen, sie würde verrückt werden.«

Willy schenkte ihnen beiden nach. Die Flasche war jetzt fast leer. Schweigend starrten sie auf die Gläser, dann fragte Achim mit belegter Stimme: »Und du hast das Kind noch nie gesehen?«

»Doch, einmal, wenige Wochen nach der Geburt. Es lag im Kinderwagen. Ich habe es in den Arm genommen, und Achim, ich sage dir, das war vielleicht ein seltsames Gefühl. Das Wurschtel war mir nah, weil es ja nur durch mich in der Welt ist, aber zugleich war es mir auch fremd, weil ich wußte, es wird nun sein ganzes Leben ohne mich zubringen. Ich war natürlich traurig in dem Moment, wegen dieses ewigen Nicht-Zusammenseins, aber noch mehr deswegen, weil sich das Körperchen so fremd anfühlte.«

»Du hattest etwas anderes erwartet?«

»Ich weiß nicht, was ich erwartet habe.« Willy fuhr mit dem Finger über den Rand seines Glases. »Ich weiß nur, daß ich jetzt gar nichts mehr erwarte. Damals, das war ja ein einmaliges Zugeständnis Veronikas gewesen. Danach habe ich noch oft nach dem Kind gefragt. Wie es wohl wächst. Was es denn gerade gelernt hat. Aber das waren immer krampfige Gespräche. Insofern war deine Frage, wie ich mit der Situation klarkomme, durchaus berechtigt. Schon meine Erkundigungen hatten ja was Gehemmtes. Ich konnte mich nie des Eindrucks erwehren, es wäre ungebührlich, sie zu stellen. Deshalb sind es dann auch immer weniger Fragen geworden. Und Veronika erzählte von sich aus erst recht nichts. Nur einmal drängte es sie zu berichten, da erfuhr ich, daß ihr Mann sich schwach zeigt dem Kind gegenüber. Jedenfalls war das zu jenem Zeitpunkt so. Er drangsalierte es, er war offensichtlich derjenige, dem die Situation am meisten zu schaffen machte. Ich sagte, Veronika, ich will das nicht wissen, denn als ich es hörte, hat das Kind, wie soll ich mich ausdrücken, ziemlich in mich hineingepocht, und Veronika verstand das, glaube ich, recht gut und fing nie wieder an, so was, oder überhaupt irgendwas, zu erzählen. Dieses Kind, Achim – mittlerweile tun wir, als existiere es gar nicht. Alles das meinte ich im übrigen, als ich vorhin zu dir sagte, es sei gar nicht so einfach mit mir und Veronika Gapp. Manchmal will mir sogar scheinen, als machte jeder dem anderen insgeheim Vorwürfe, sie mir dafür, daß ich, der Erzeuger, nicht spurlos verschwunden bin, und ich ihr dafür, daß sie mir das Kind vorenthält.«

»Verstehe ich nicht. Ich denke, es verlangt die Frau Gapp so nach dir wie dich nach ihr. Und gleichzeitig sollst du verschwinden?«

»Als damaliger Erzeuger verschwinden, sagte ich. Nicht als jetziger Liebhaber. Ich denke mir heute, da ich das erste Mal jemandem darüber erzähle, sogar, daß wir wegen dieser unausgesprochenen Vorwürfe eine bestimmte Art Sex haben. Es sind manchmal schon Angriffe des einen auf den anderen, körperliche Attacken. Als wollten wir uns bestrafen. Begreife wer will, warum nichts schöner ist als gerade das ...«

Erstaunlicherweise war es Achim, der auf die noch vollen letzten Gläser wies, Willy saß derweil reglos und schien seinen Offenbarungen nachzuhorchen. Die Männer stießen an, sie schwiegen.

Dann rief Achim unvermittelt: »Na so was ... nur wegen dieser verzwickten Situation ... ich habe ganz vergessen ... ist es ein Junge oder ein Mädchen? Und wie alt ist es überhaupt?«

»Es ist ein Mädchen. Es heißt Sybille und ist jetzt sieben Jahre alt.«

»Schon sieben«, wiederholte Achim. Aber plötzlich verkniff er das Gesicht, als bedenke oder berechne er irgendeine komplizierte Angelegenheit, und sagte: »Da stellt sich mir natürlich in einem ganz anderen Licht dar, was du mir vor fünf oder sechs Jahren, auf jeden Fall war's nach der Geburt von dieser Sybille, über Britta erzählt hast!«

Willy schaute ihn fragend aus nun ziemlich glasigen Augen an.

»Deine Angst um sie, immerzu bist du doch in Angst, sie könne auf die Nase fallen, erinnerst du dich nicht, wie du's mir erzählt hast?«

»... Ach ... ja ...« Willy nickte schwerfällig.

»Vielleicht liegt es gar nicht nur an Brittas stürmischem Charakter, daß du so auf sie guckst, vielleicht ist es ja außerdem so, daß dein eines

Mädchen die ganze Zuwendung für das andere noch obendrauf bekommt. Wo sollst du denn auch hin damit, wenn nicht zu Britta – oder täusche ich mich da?«

Willy wackelte mit dem Kopf und sagte einigermaßen sinnfrei: »Weiß nicht, Britta ist natürlich auch Britta.« Es war unverkennbar, er wollte oder konnte nicht mehr weiterreden, so schwieg auch Achim. In der vollkommenen Stille, die in dem Häuschen und drumherum nun herrschte, fielen Willy die Augen zu. Achim tätschelte ihn wortlos, so daß er wieder hochschreckte, und kramte aus der Ecke ein graues filziges Bündel hervor. Er rollte es aus und bedeutete Willy, sich daraufzulegen. Der tat wie geheißen. Wie ein Hund streckte er alle viere von sich, im Nu schlief er ein.

*

Seit einer Stunde lief im »Aufbruch« die Produktion für den »Westenend-Verlag«, und Willy begann seinen üblichen Rundgang. Er war so guter Laune wie lange nicht mehr, er genoß es zu sehen, wie gierig die MAN das straff gespannte Papier zogen, wie sie wummerten vor Freude und stampften vor Kraft, wie sie die weißen Bögen bespritzten mit dem schwarzen Saft ihrer Eingeweide und wie sie sie wieder freigaben, so rauschend und rasch; wahrhaft eine Freude war es ihm heute, dem allem beizuwohnen, und warum?

Äußerst zufriedenstellend hatte sich die Zusammenarbeit mit Overdamm angelassen, darum. Papier und Leinen waren im zweiten Anlauf für ausgezeichnet befunden worden, außerdem war es Willy auch gelungen, eine Lösung für das leidige Problem der Anfahrtmakulatur zu finden, für die bis zu 500 Exemplare, die er laut Zeiller unbedingt an Overdamm ausliefern sollte. Lächerlich hätte er sich vor dem doch gemacht mit solch einer Büchersendung! Aber er mußte sie ihm pro forma anbieten, dafür gab es den Tonfall der Beiläufigkeit, man fragte so ganz nebenher, so zerstreut beinahe: »Wie, Herr Overdamm, wollen wir eigentlich mit der Makulatur verfahren?«

Erstauntes Lachen, blechern klingende Wellen, die von West nach Ost durch die Telefonleitung rollten, und in den Wellen, wie mitgerissene Kiesel, verwundert sich drehende Wörter: »Mit der Makulatur? Warum fragen Sie?« – »Nur so. Ich dachte … vielleicht wollen Sie sie haben?« – »Ich? Was soll ich denn damit?« – »Ach, nichts, nichts …«

Sie lag nun schon in Kisten zu Willys Füßen, die Makulatur, wie immer würde sie zur Gewerkschaft kommen, sollte die sie, ohne großes Gewese diesmal, verteilen.

Und wie er sie so liegen sah, wurde Willy noch munterer, er schlug Jonas Felgentreu, Zweitem Drucker an der Seite Dietrich Kluges, kumpelhaft auf die Schulter und drückte seinen Daumen noch ein paarmal gegen dessen Schlüsselbein, und Jonas gab nach, schwang vor und zurück, verzog nicht die Miene. Das war allerdings eine abweisende Miene. Und sein Vor- und Zurückschwingen, war das vielleicht gar kein Nachgeben, sondern seine Art, Widerstand zu leisten? Du packst mich nicht, riefen seine Knochen, du nicht! Willy vernahm sein lautloses Schreien; mit diesem Jonas war es heute überhaupt nicht anders als an anderen Morgen, an denen er auf Willys Grüße auch nur mit einem kargen Nicken antwortete und sich zu kaum einem Wort bereitfand. Lange Zeit hatte Willy gedacht, der Junge nehme ihm noch die an dunklem Tag und dunklem Ort verabreichte Ohrfeige krumm, aber dann war er von Achim etwas besser ins Bild gesetzt worden. Möge schon sein, erklärte der, daß die Klatsche noch Wirkung tue, aber wenn, dann nur eine kleine. Seiner Meinung nach komme in Jonasens abwehrender Haltung etwas anderes und viel Tieferliegendes zum Ausdruck, wörtlich sagte er: »Auch ich kriege ja diese Abwehr zu spüren. Es scheint mir, als wisse er nicht wohin mit ihr, und weil er es nicht weiß, stemmt er sich gegen diejenigen, die ihm nahestehen oder wenigstens regelmäßig über den Weg laufen. Der Einfachheit halber geschieht es also. Ich mag ihn aber nicht verurteilen, ich kann seinen Zorn, Willy, glaube mir, das ist ein regelrechter Zorn, gut verstehen. Ich muß ihm sogar recht geben. Ich selber zum Beispiel, ich enttäusche ihn durch meine Reglosigkeit. Ich rühre mich ja nicht! Ich sitze in meinem Bahnwärterhäuschen, und die Welt, sie rauscht an mir vorbei. Mein Exil an der Schranke, wenn du so willst. Ich habe mich daran gewöhnt, in dem zu leben, und bin, heute noch mehr als früher, durchaus willens, daraus ein gewisses Maß an Glück zu ziehen, ich betone, ein gewisses Maß. Wie blutleer, zürnt nun aber Jonas. Dein Glück, sagt er, dein weniges Glück holst du dir beim Lesen, du erfährst nichts am eigenen Leibe, das ist doch nur der Anschein von Leben, du hast dich tief in die Wälder zurückgezogen wie ein verschrecktes Tier, du in deiner Höhle bei den Schranken im Wald bist gar kein richtig lebendiger Mensch mehr!

Oh, er ist hart in seinem Urteil, mein Sohn, und ich glaube, seine harten Urteile verhärten ihn selber auch immer weiter. Es tut mir weh, das zu beobachten. Ich möchte doch, daß er glücklich ist. Aber wenn ich mich zu einem kühlen und nüchternen Blick zwinge, dann erkenne ich, alles hat seine Logik und kann gar nicht anders sein. Und ich möchte auch nicht, daß es anders wäre. Jonas soll mißmutig sein und ein bißchen Krach schlagen – merkst du, wie schlecht ich bin, Willy? Gewiß, auch in mir steckt Schlechtes. Ich schicke meinen Sohn vor, das zu tun, was ich mich nie getraut habe. Ich küre ihn im stillen zum Ausführenden meiner Träume. Na, wenigstens verurteile ich ihn nicht wegen seiner Ziellosigkeit. Er erscheint dir griesgrämig und ungnädig, aber tatsächlich ist das bloß Ziellosigkeit. Seine Verweigerung schießt in alle Richtungen – was ich ebenfalls verstehe, wenngleich nicht in jedem Fall unterstütze. Und damit komme ich endlich auf dich zurück, Willy. Wie viele haben es damals abgelehnt, Jonas eine Lehrstelle zu geben, und wie hanebüchen sind ihre Begründungen gewesen. Nie wurde ihm der einzig wahre Grund mitgeteilt. Du hast ihn schließlich zu dir geholt, kraft deiner Wassersuppe hast du's einfach getan, und ohne daß wir je darüber gesprochen hätten, weiß ich doch, du erwartest ein wenig Dank von ihm und nicht dieses Schroffe und Abweisende, das er dir gegenüber an den Tag legt, stimmt's? … Siehst du. Aber es ist folgendermaßen: Er ist eingegrenzt, er hat kein Abitur und darf nicht studieren, er fühlt sich verbannt in den Betrieb, in dem er nun arbeitet, er weiß, du hast es gut gemeint, als du ihn dort unterbrachtest, ich wiederhole dir, das weiß er schon, und doch kommt er nicht gegen das Gefühl an, du seiest so etwas wie sein oberster Wärter. Der Mann, der den Draht um ihn zieht und noch Dank dafür erwartet, daß es sich nur um Draht handelt, durch den es sich immerhin atmen läßt, und nicht um Gummi oder Beton. Das ist die Wahrheit, Willy, das ist die Erklärung, also verdamme ihn nicht.«

Willy überließ Jonas seinem Unwillen und trat zu Dietrich Kluge, der prüfend auf die MAN schaute. Doch kam Willy nicht dazu, etwas zu sagen, denn plötzlich zerriß ein Knall die Luft, der altvertraute Donnerschlag, der aus reißendem Papier fährt. Die Maschine ließ nun keine anderen Geräusche mehr ertönen, sie hatte sich abgeschaltet.

Dietrich Kluge wollte loslaufen, um sie wieder in Gang zu setzen, aber Willy hielt ihn zurück: »Vielleicht müssen wir die Geschwindigkeit drosseln, es ist *absolut holzfreies* Papier, es reißt eher.«

»Müssen wir?«

Willy nickte.

Dietrich Kluge nickte auch, aber auf eine sarkastische Art: »Dann sind wir uns ja einig. Mensch, Willy – was glaubst du, womit ich hier schon die ganze Zeit beschäftigt bin? Genau damit, herauszufinden, was die beste Geschwindigkeit ist. Nicht zu schnell, sonst knallt's dauernd. Aber weiß Gott auch nicht zu langsam, sonst halten wir den Zeitplan nicht, und dann bist du der erste, der's uns unter die Nase reibt, denn diesmal den Zeitplan nicht zu halten, das können wir uns gar nicht erlauben.« Kluges Gesicht war während seiner Erklärung immer finsterer geworden.

»Nun dramatisiere mal nicht«, erwiderte Willy großzügig, »geht doch alles seinen Gang, läuft doch alles im großen und ganzen.« Er klopfte nun auch Dietrich Kluge auf die Schulter und fügte aufmunternd hinzu: »Du schaffst das schon, da bin ich mir sicher!«

Kluge aber schaute nach diesen Worten nur um so finsterer und gab vielsagend zurück: »Da wäre ich mir gar nicht so sicher an deiner Stelle, daß hier alles läuft.«

Willy maß dem keine weitere Bedeutung bei und übersah auch, daß die anderen Mitarbeiter, die ihm auf seinem Rundgang begegneten, nicht ein Lächeln erkennen ließen; so geht's jemandem, der ewig und drei Tage auf dem Trockenen saß, kaum kriegt er vom betörenden Trunk der Euphorie zu nippen, gleich fängt's in seinem Hirn an zu glühen, und er wird ganz unaufmerksam.

*

Am Abend marschierte Willy noch in die Box, in die betriebseigene Schwimmhalle. Er hatte das Gefühl, alles, worauf es ankam, erledigt zu haben, und wollte das feiern mit ein paar kräftigen Zügen, mit einem Pflügen des Wassers, denn er wußte: War man schon zufrieden, empfahl es sich, seinen Körper einer kleinen, feinen Strapaze zu unterziehen, und die Zufriedenheit würde noch ein ganz anderes Maß erreichen und sich vielleicht sogar zu einem Glück auswachsen.

Er kam schnell in seinen Rhythmus, fand bald die beste Linie nahe an der Korkleine, er schwamm so dicht bei ihr, daß die Finger seiner rechten Hand, wenn er die von vorn nach hinten zog, sich schon knapp unterm Kork befanden. Und genau so war's recht, so sah er die rotweiße Schlange direkt neben sich vorbeiflutschen, so kriegte er ein Gefühl, wie er es, allerdings noch viel großartiger, von seiner Jawa her kannte, das Gefühl, er sei besonders schnell in inmittelbarer Nähe seitlicher Begrenzungen – eine Täuschung natürlich, aber eine angenehme und sinnvolle.

Und außerdem, nicht alles war Täuschung. Willy schwamm tatsächlich schneller als sonst. Etwas ließ ihn tiefer und flüssiger tauchen, so tief, daß jedesmal das Wasser über seine Schädeldecke spülte, und dieses durchaus profane Etwas war seine Schwimmbrille. Er trug sie zum ersten Mal. Er dankte Britta für dieses hilfreiche Weihnachtsgeschenk und reckte den Kopf, ein Gruß sollte das sein an Dietrich Kluge, der sich jetzt auch wieder in der Halle zeigte, und überhaupt, Weihnachten, war das denn schlimm gewesen? Nicht so schlimm, wie er noch am Vorabend des Vierundzwanzigsten hatte befürchten müssen, denn da hatte Ruth auf wahrhaft erschreckende Art und Weise fünf Pappteller mit Nüssen und Pfefferkuchen bestückt, ihre Lippen zusammengepreßt, ihre Augen stumpf. Und nicht nur, daß sie die Leckereien gleich mehrmals abzählte, sie plazierte sie auf allen Tellern auch auf identische Weise, sie verbiß sich geradezu in ihre Aufgabe und würdigte ihn, Willy, der um sie herumschlich, keines Blickes. Dann aber erschienen, eins nach dem anderen, die Kinder, und Ruth, die tagelang buchstäblich kein Wort gesprochen hatte, verwandelte sich in das gesprächigste Wesen der Welt, in ein rechtes Plappermaul. »Britta, mein Schatz«, flötete sie, nachdem es geklingelt hatte und sie zur Tür gelaufen war, »was trägst du denn da auf dem Kopf, mein Engelchen, ja wie ein Engelchen erscheinst du mir und bestimmt nicht nur mir, Willy!« so rief sie ihn, so sprach sie endlich wieder in seine Richtung, »nun komm doch und guck dir das an, sieht es nicht wundervoll aus, wo hast du denn dieses Schmuckstück her, mein Schmuckstück du.« Und Ruth hing Britta am Hals und ließ nicht eher los, bis sie sicher sein durfte, daß er direkt hinter ihnen stehen und ihr Verschlungensein auch ja bemerken werde. Dann löste sie sich, und Willy sah die hellbraune Schapka, die Britta trug, ein wenig in den Nacken geschoben hatte sie sich die, so daß ihre weiße Stirn frei blieb und ihre langen blonden Haare darunter hervorquollen, es schien, als bestünde das ganze Mädchen nur aus Weiß und Blond und Hellbraun, derart licht strahlte es, und auch er fragte, woher sie die Schapka habe, rechtschaffen verblüfft war er aber im Gegensatz zu Ruth, denn dieses Fell hier, das war doch sündhaft teuer, und überhaupt, wo kriegte man so eins her? »Von Juri«, sagte sie, und Dietrich Kluge schwamm mittlerweile auch, Bahn sieben hatte er gewählt, während Willys Nummer die Fünf war, eine Bahn ließen sie wie immer frei zwischen sich, Niemandswasser, in dem die Ausläufer der von ihnen aufgeworfenen Wellen zerfließen konnten. Ruth hakte nun eilig ein, »Juri, das ist doch der … der, na hilf mir mal schnell, mein Schatz«, und Willy sah durch die Schwimmbrille, wie Britta ihm einen Blick zuwarf, einen, in dem Unwillen über das Vorschnelle und zugleich Vergeßliche ihrer Mutter lag, einen aber auch, in dem er etwas Verschwörerisches entdeckte. Er nickte ihr ebenso verschwörerisch zu, und bittend, und sie verstand, dies war nicht die Stunde, sich ungeduldig zu zeigen. Brav antwortete sie, »Juri ist der Akrobat, der zwei Jahre bei uns im Zirkus war, Mama, ein ganz Lieber ist das, er hat mir die Schapka aus Jaroslawl geschickt, dort ist er zu Hause, wie ich, glaube ich, schon mal erzählt habe, Mama«. Er mußte schmunzeln, weil sie sich des Nachsatzes doch nicht hatte enthalten können, breit zog er seinen wasserdicht verschlossenen Mund, so schwamm er weiter, weiter in die Gedanken seiner Tochter hinein, die er zu kennen glaubte wie sonst nichts; ohne daß Britta je davon erzählt hätte, wußte er zum Beispiel, sie und dieser Juri waren mal ein Paar gewesen, aber nur kurze Zeit, dann war sie des Burschen wohl überdrüssig geworden. Und so was, so was geschah ihr öfter, Willy merkte es immer daran, daß sie eine Weile mit blitzenden Augen einen Namen nannte, den dazugehörigen jungen Mann aber durchaus nicht vorstellte, immer erschien sie nur mit dem Namen und nie mit dem Mann. Und dann erstarb plötzlich auch der Name, und Willy zog das Tempo an, oder das Tempo tat es von selbst, und er konnte darauf wetten, daß Britta ihm wenig später mit halb gespieltem und halb aufrichtigem Bedauern offenbaren würde, sie habe wieder mal jemanden todunglücklich gemacht. Und war das etwa übertrieben? Allerdings, er ließ unter Wasser ein paar Lachblasen aus dem Mund sprudeln, bedeutete es noch lange nicht das Ende der Geschichte, im Gegenteil, jener scheinbar verlorengegangene Name tauchte, sofern er nicht Jonas lautete, mit an Sicherheit grenzender Wahrscheinlichkeit nach einer gewissen Zeit wieder auf, nur mit etwas matterem Klang, Willy blieb nur ein Staunen darüber, wie Britta es jedesmal fertigbrachte, den Todunglücklichen weiter oder wieder für sich einzunehmen und als Freund zu gewinnen. Mochte sie auch verletzen, sie tat es mit einer solchen Unschuld, daß sie selber jeder Verletzung entging, bisher jedenfalls, dachte Willy, sei er noch gar nicht am Maximum gewesen, und er legte einen Endspurt hin, der sich gewaschen hatte, im Kraulstil drei Bahnen, die er geradezu durchlöcherte mit seinen peitschenden Händen und seinen wirbelnden Füßen, das Becken wogte und schäumte, und er versäumte / nicht die Sekunde da hinauszusteigen / und sich in herrlichem Schweigen / versunken in heftigem Pumpen / unter der Dusche zu zeigen.

Dietrich Kluge aber, Dietrich Kluge folgte ihm umgehend. Kaum stand Willy unter der Brause, erschien auch er dort und drehte unmittelbar daneben das Wasser auf. Willy nahm es erstaunt zur Kenntnis: Kluge konnte ja keine 20 Minuten geschwommen sein, viel zuwenig für seine Verhältnisse, er war doch ausdauernd und akribisch, er blieb sonst 45 Minuten im Wasser und keine Minute weniger und keine mehr.

»Groggy?« fragte Willy. Seine Haut färbte sich rot von dem heißen Wasser, das er auf sich prasseln ließ, denn darin bestand für ihn der Gipfel der Genugtuung: jetzt lange und heiß zu duschen.

Kluge schüttelte den Kopf. Er schloß seine Augen und stellte sich unter den Wasserstrahl.

»Was dann? Willst du noch wohin?«

Wieder verneinte Kluge. Er öffnete die Augen, trat halb aus dem Wasserstrahl heraus und sagte: »Ich muß mit dir reden.«

Willy sah ihn überrascht an und drehte das Wasser noch heißer, es schien ihm ein Phänomen zu sein, daß er nach dem Schwimmen immer zu frieren begann unter der schon heißen Dusche und er die Temperatur immer weiter erhöhen mußte und doch immer mehr fror, ein wohliges hitziges Bibbern, in das er sich hineinsteigerte.

Dietrich Kluges Augen flackerten unruhig, es war, als zwinge er sich, Willy unverwandt ins Gesicht zu sehen. »Und zwar muß ich mit dir reden nicht als Privatperson und alter Freund, sondern als Beauftragter der gesamten Druckerschaft.« Insbesondere die letzten Worte hatte er mit fester Stimme gesprochen.

Willy nahm seinen Ton auf und sagte nur: »Dann rede, Dietrich.« Im stillen aber fragte er sich, was diese Förmlichkeit und Festigkeit und überhaupt die Tatsache, daß Kluge ihm ja nachgelaufen war, zu bedeuten habe.

»Die Druckerschaft«, erklärte Dietrich Kluge auf getragene Art, »ist seit heute damit beschäftigt, einen Westauftrag zu erledigen, und sie wird das selbstverständlich auf bewährte und bestmögliche Art tun. Warum betone ich das, wenn es doch eine Selbstverständlichkeit ist? Eben darum betone ich es: Die Belegschaft wird wie immer Qualität und Quantität liefern, ich wiederhole, diesmal in den Westen. Und das ist der Punkt. Inwiefern, möchte die Belegschaft wissen, könnte es sich für sie auszahlen, daß sie sich ins Zeug legt, um hohe Qualität und Quantität dorthin zu liefern?«

»Ich verstehe nicht – es zahlt sich doch schon aus«, antwortete Willy. »Es wird von allen Büchern, die momentan und später gedruckt werden, ausreichend Exemplare geben, morgen beginnt die BGL mit dem Verteilen.«

»Die Bücher ...«, wiederholte Dietrich Kluge, und Willy schien es, als höre er eine gewisse Geringschätzung heraus.

»Ich würde das nicht so abtun, Dietrich, ich sage dir, daß sie verteilt werden, ist sogar – eine Errungenschaft! Weil es eigentlich illegal ist! Die Bücher sollten gar nicht in eure Hände gelangen, aber diese Information gebe ich auch nur an dich weiter, sie hat niemanden sonst zu interessieren, ich will keine schlafenden Hunde wecken.« Willy drehte das Wasser noch heißer, stand in eine Dampfwolke gehüllt, sah Dietrich Kluge nur noch als Schemen.

Der Schemen fuhr mit seiner konturlosen Hand durch die Luft. »Sieh an, nicht mal von den Büchern sollten wir was abbekommen!«

»Wieso nicht mal von den Büchern? Wir produzieren nichts anderes als Bücher.«

Wieder fuhr die Hand durch die Luft. »Das mit den Büchern ist ohne Zweifel interessant: Man wollte sie uns also herstellen, aber nicht lesen lassen. Gut. Oder schlecht – aber lassen wir die Bücher, um die geht es jetzt nicht. Worum es vielmehr geht, ist das Geld, das wir für sie kriegen beziehungsweise nicht kriegen. Wir kriegen ja keins. Wir sind aber der Überzeugung, es steht uns welches zu.«

Willy trat aus dem Dampfnebel heraus. Sein ganzes Gesicht verriet völliges Unverständnis. »Ihr wollt eine Prämie? Aber es entspricht nicht gerade unseren Prinzipien, schon über Prämien zu reden, wenn die Arbeit kaum begonnen hat. Das Fell des Bären wird verteilt, wenn der Bär erlegt ist!«

»Ich weiß«, entgegnete Dietrich Kluge, »nur rede ich nicht über irgendwelche Prämien. Ich rede vom Lohn, genauer gesagt von einer teilweisen Auszahlung des Lohnes in der Währung, die im Zuge unserer Produktion fließt.«

»Das heißt, was heißt das – ihr fordert Westgeld?«

»Richtig, wir fordern Westgeld.« Dietrich Kluge trat einen Schritt zurück, drehte das Wasser kälter und hielt seinen Kopf darunter, und wenn Willy einen Blick dafür gehabt hätte, wäre ihm klargeworden, wie es Kluge erleichterte, daß die Forderung nun ausgesprochen war.

Willy aber rieb sich mit beiden Händen das Gesicht und stieß dumpf hervor: »Das ist nicht euer Ernst! Das kann nicht euer Ernst sein, Dietrich!«

Kluge schwieg.

Willy fiel nichts anderes ein als zu fragen: »Wie kommt ihr denn darauf?« Einen Moment später empfand er die Frage als töricht. Er wußte doch, daß mehr denn je eine zweite Währung im Lande kursierte und sogar herrschte, er dachte an die vollen Intershops und an die Forum-Checks, mit denen dort bezahlt wurde; wollte man jetzt einen Handwerker kriegen, konnte man schon darauf wetten, daß der fragte, »Forum geht's«, und ließ die Antwort zu wünschen übrig, ließ sie nichts erkennen, tja, dann hatte er eben keine Zeit …

Dietrich Kluge sagte: »Es liegt nahe, daß wir darauf kommen, und es ist legitim. Jeder nach seinen Fähigkeiten, jedem nach seinen Leistungen, heißt es in den allseits bekannten Losungen. Genau das möchten wir in die Tat umgesetzt sehen. Mit unseren Fähigkeiten und Leistungen erwirtschaften wir Westgeld, und infolgedessen halten wir es für recht und billig, teilweise in dieser Währung entlohnt zu werden. Teilweise und wegen unserer Fähigkeiten, die uns in diese Lage versetzen.« Es wirkte, als habe er sich die Argumente zuvor zurechtgelegt, es klang ein wenig steif, wie er sie vortrug; und steif stand er während seiner Rede auch da.

»So«, rief Willy mit einem listigen Gesichtsausdruck, »da fallen mir ja nun gleich die sechs Millionen Fibeln ein, die wir jedes Jahr für die Freunde drucken – aber was mir nicht einfällt und woran ich mich überhaupt nicht erinnern kann, ist irgendeine Forderung eurerseits, dafür Rubel in die Lohntüte gesteckt zu bekommen. Obwohl's eure Fähigkeiten sind, die uns diese Rubel, diese Transferrubel bescheren.«

Dietrich Kluge lockerte sich augenblicklich. »Der Vergleich hinkt«, rief er, mit dem Zeigefinger durch die dampfende Luft wischend. »Erstens weiß ich genau, daß dieser Auftrag nicht in der Qualität unserer Arbeit begründet liegt, sondern einzig und allein eine Nachwirkung der Reparationszahlungen ist. In den Jahren nach dem Krieg gehörte der Druck dieser Fibeln zu den Reparationsleistungen, erst später wurde daraus ein regulärer Auftrag – und das weißt du genausogut wie ich, wir sind beide lange genug dabei. Und zweitens, Willy, zweitens haben wir nichts davon. Was könnten wir uns denn hier von Rubeln kaufen? Nichts!«

»Na also!« sagte Willy triumphierend. »Es geht euch nur ums Kaufen und überhaupt nicht um eure Fähigkeiten und das ganze Pipapo, sei doch ehrlich.«

Dietrich Kluge überlegte ein paar Sekunden, dann sagte er: »Natürlich geht's der Belegschaft darum, aber dafür muß sich keiner entschuldigen, keiner. Das ist der Drang des Menschen, besser zu leben, und das propagiert jetzt auch dauernd deine Partei. Aber wie verlogen geht sie dabei vor! Einerseits versucht sie wo sie geht und steht, das richtige Geld zu raffen, und andererseits tut sie so, als existiere es nicht. Aber es existiert, es ist im Umlauf, und weil das so ist, stehe ich jetzt hier. Die Belegschaft sieht nicht ein, warum sie auf ihren Anteil verzichten sollte.«

Da platzte es aus Willy heraus: »So, ihr wollt einen Anteil, und ich soll ihn euch beschaffen, einfach so, Hokuspokus Fidibus, da ist er!« Er fuchtelte mit den Händen, spritzte, ohne es zu bemerken, heißes Wasser auf Dietrich Kluge. »Nehmen wir mal an, ich wäre damit einverstanden, warum auch nicht, warum auch nicht. Jawohl, ihr sollt euren Anteil kriegen, ich bin einverstanden. Dann ergibt sich nur noch eine kleine, eine klitzekleine Frage, und diese Frage lautet: Wie, bitteschön, soll ich ihn euch beschaffen? Sag es mir, hilf mir mal weiter! Ja, ich bringe dir sogar eigenhändig das Geld, wenn du mir sagst, wo ich es hernehmen soll. ... Na, ich höre!«

Pause. Wassergedröhn.

»Ich weiß nicht, wie die Kanäle verlaufen«, antwortete Dietrich Kluge schließlich. »Das kann ich gar nicht wissen. Du bist jede zweite Woche in Berlin – also regle alles dort.«

Willy lachte fassungslos. »Wie stellst du dir das vor? Als ob ich dort einfach sagen könnte, hört mal, meine Leute haben da eine großartige Idee, sie wollen von jetzt an Valuta, und ich, ich habe hier auch gleich eine Tasche, schwuppdiwupp, steckt mir was rein. So funktioniert es doch nicht, das System.«

»Ach, und wie funktioniert es dann?« fragte Dietrich Kluge. Er hörte sich so sarkastisch an wie am Morgen.

»Alles ist viel komplizierter und viel ...« Willy verstummte, schaute mit einemmal hilflos.

Dietrich Kluge aber fühlte in diesem Moment unter seiner Dusche etwas, wovor er sich schon die ganze Zeit gefürchtet hatte, ein Aufweichen von innen heraus. Er wußte ja genau, daß er Willy in die Bredouille brachte, und ihm schoß ein Bild herauf, auf dem sie beide auch schon von Wasser umgeben waren, sie bekamen es, auf dem Marktplatz in einer Bütte sitzend, Schwall um Schwall über Kopf und Kleidung gekippt, Gautschwasser, die Stunde, da sie ihre Lehre beendeten. Und wieviel hatten sie seitdem zusammen erlebt und gesehen! Feiern. Sportfeste. Maschineneinweihungen. Unfälle auch. Oder all die gemeinsam verbrachten Schwimmstunden. Aber durfte er jetzt sentimental werden? Er sprach doch nicht nur für sich, sprach vielleicht sogar am wenigsten für sich, er sagte so förmlich wie zu Beginn ihrer Unterredung: »Mag auch alles kompliziert sein. Die Belegschaft erbittet, um es in Zahlen zu fassen, ein Fünftel ihres Gehalts in D-Mark, und zwar so lange, wie sie für ›Westenend‹ produziert. Und sie möchte eine entsprechende Zusage in spätestens drei Tagen.«

Willy stöhnte. »Das ist unmöglich! Ihr wißt ja nicht, was ihr da fordert!«

Dietrich Kluge schwieg.

»Ihr werdet diese Zusage nicht kriegen«, bekräftigte Willy, »und was dann?«

»Das wird von uns gegebenenfalls noch beratschlagt werden.« Kluge wandte sich zur Seite und stellte mit heftigen, ruckartigen Handgriffen das Wasser ab. Willy flüchtig zunickend, verließ er den Duschraum.

*

Zu Hause überlegte Willy fieberhaft, was zu tun sei. Der nächste Tag war ein Dienstag, er könnte also wie üblich und wie bislang geplant nach Berlin fahren und könnte mit Zeiller unter vier Augen über das Problem reden. Wenn er aber führe, fehlte er im »Aufbruch«, und das, so ahnte er, wäre fatal. Wer weiß, was sich in seiner Abwesenheit ereignen würde. Nein, er sollte jetzt besser hierbleiben, es mußte genügen, wenn er mit Zeiller telefonierte. Aber was sollte er ihm eigentlich sagen? Wenn er das Problem zur Sprache brächte, würde da nicht alles gleich auf ihn zurückfallen? Vor wenigen Wochen erst hatte er darüber gemurrt, daß er nichts von den Devisen sah, die er erwirtschaftete, und jetzt, jetzt murrten seine Arbeiter, das war eine unglückselige Entwicklung. Zeiller würde zwangsläufig ihn dafür verantwortlich machen, würde erklären, das Faß sei übergelaufen.

Da er gedankenversunken in seinem Sessel saß, merkte Willy nicht, wie Ruth mehrmals ihren Kopf zur Tür hereinsteckte. Es alarmierte sie, daß er heute nicht schuldbewußt um sie herumschlich, denn wenn sie auch immer so getan hatte, als registriere sie das gar nicht, war es ihr doch nicht entgangen. Jetzt fehlte es ihr schon nach wenigen Minuten; und gleich wurde sie auch wieder von dunklen Ahnungen und Befürchtungen geplagt.

Sie schaute abermals ins Wohnzimmer. Da Willy sich wieder nicht regte, klopfte sie demonstrativ an die Tür. Er wandte mit einiger Verzögerung den Kopf, als sei das Klopfen von weit hergekommen und habe Zeit gebraucht, in seine Ohren zu dringen.

Sie blickten sich an. Ein paar Sekunden sagte keiner einen Ton. Dann stieß Ruth hervor: »Was ist mit dir?«

Es war die erste Frage, die sie seit der Abreise der Kinder nach den Weihnachtstagen an ihn gerichtet hatte, aber er war ihr nicht dankbar dafür, im Gegenteil, die Frage machte ihm auf einmal deutlich, wieviel Aufwand er in den letzten Wochen betrieben und wieviel Kraft er hier in seinen eigenen vier Wänden gelassen hatte. Er fühlte Zorn in sich hochsteigen, bezähmte sich aber, er schüttelte den Kopf und sagte: »Gar nichts ist, gar nichts.«

»Aber ich sehe es dir an«, sagte Ruth.

Willy schnaufte.

»Morgen ist Dienstag, bist du – vielleicht deswegen so?«

»Wie bin ich denn? Und was hat das mit Dienstag zu tun, wie ich bin?« Willy starrte sie verständnislos an, dazu war er imstande, obwohl er genau wußte, worauf sie hinauswollte.

»Der Dienstag«, sagte Ruth anklagend, »ist dein Fortgehtag.«

Willy verzerrte plötzlich sein Gesicht. Er formte seine Hände zu Krallen, hielt sie sich in knappem Abstand vor das Gesicht, versetzte sie in ein Zittern.

»Du kannst ruhig fahren, falls du das überlegst, fahr ruhig«, sagte Ruth in schneidendem Ton.

»Herrgottnochmal, das ist doch überhaupt nicht das Thema«, schrie Willy, »hör doch endlich auf damit, ich kann es nicht mehr hören!« Er stampfte wie ein Berserker mit den Füßen.

»Ich weiß, daß du es nicht mehr hören kannst!« Auch Ruths Gesicht war nun zu einer Grimasse verzerrt.

Willy sprang auf. Dann machte er mit den flachen Händen eine dämpfende Bewegung und sagte gezwungen ruhig: »Ruth, bitte: Ich bin seit Wochen nicht in Berlin gewesen, und ich werde auch morgen nicht hinfahren. Auch morgen nicht. Ich bleibe hier. Aber ich muß mal raus jetzt, ich gehe nicht weg, ich gehe nur zu Achim, ich muß frische Luft schnappen und mir über etwas klarwerden, was nicht dich oder uns betrifft, hörst du, nicht uns, und vielleicht kann er mir dabei helfen. Also ...« Und schon lief er an Ruth vorbei und riß seinen Mantel vom Bügel, schon knallte er die Tür ins Schloß.

Willy ging die zwei Kilometer zum Bahnwärterhäuschchen zu Fuß. Er hatte Achim an diesem Abend gar nicht aufsuchen wollen, aber nun war es so gekommen, daß er zu ihm hinlief oder genaugenommen flüchtete, und solange er lief, faßte er keinen klaren Gedanken, er bemühte sich auch gar nicht darum, sondern hoffte, das nun folgende Gespräch würde ihn automatisch auf den rechten Weg führen.

Er bekam die zwei lichtgelben Fenster des Bahnwärterhäuschens ins Blickfeld. Hinter der einen Scheibe befand sich ein regloser schwarzer Kreis, der gesenkte Kopf seines Freundes, der, Lirum larum Löffelstiel, arme Leute ham nicht viel, wohl gerade wieder Buchstaben aufsog, die Suppe, mit der Achim sich nährte und am Leben erhielt. Willy trat näher, aber plötzlich, und jetzt erst, fiel ihm ein, er durfte Achim ja gar nicht konsultieren – nicht heute, denn sein Problem betraf doch genauso Jonas. Hatte Achim nicht gesagt, er unterstütze jeden Krach, den sein Sohn veranstalte? Allein deswegen würde er sich auf die Seite der

Drucker schlagen. Weil sie jetzt Tamtam machten, und weil Jonas mittendrin steckte. Nein, Achim war nicht frei in seinem Denken heute, er war leider der falsche Mann in dieser komplizierten Situation.

Willy blieb in fünfzehn oder zwanzig Metern Abstand vom Fenster stehen, schaute noch einige Sekunden mit Bedauern hinein und stapfte endlich zurück in Richtung Gerberstedt. Nun war er gezwungen, sich allein Gedanken zu machen, womit fing er an? Mit Zeiller ...

Wenn ich Zeiller über die Forderung meiner Leute informiere, werde ich von ihm abberufen, und das will ich lieber vermeiden, das muß nicht sein. Aber bitte, ich brauche Zeiller ja auch gar nicht anzurufen, es ist sowieso kein Geld vorhanden für die Drucker, oder sagen wir so, es ist keines für sie vorgesehen, ich kenne die Realität. Und noch etwas, noch etwas, es ist ja beileibe nicht nur die Realität, die ausschlaggebend ist. Meines Erachtens wird sie oftmals sogar überschätzt. Diese dauernden Hinweise auf die Realität sind doch in Wahrheit nur Ausreden, sich um eine eigene Haltung herumzumogeln. Haltung, meine Haltung ist entscheidend, und deshalb ... und deshalb sollte ich mir die Frage beantworten, ob ich, wenn ich könnte, ein Fünftel in Westgeld zahlen würde. Also? Ich antworte ... ich antworte folgendermaßen: Ich würde zahlen, jawohl, würde ich. Aber ich würde es ohne Enthusiasmus tun, ohne Verständnis. Und das ist das Entscheidende: Im Grunde meines Herzens verstehe ich diese Forderung meiner Leute doch gar nicht. Den ständigen Drang nach diesem Geld. Er ist mir fremd. Als ob man nicht ohne das leben könnte! Gäbe es dieses Geld nicht – würden wir doch auch leben. Ich habe es ja auch nicht. Und ich lebe! Wenn ich ehrlich bin, widert er mich sogar an, dieser Drang, richtig, er widert mich an. Die Menschen denken, es erhebe sie, wenn sie dieses Geld oder die Waren, die sie damit erworben haben, in den Händen halten; diese strahlenden Augen, diese bebenden Nüstern, dieser unglaubliche Triumph in der ganzen Haltung beim Ausmarsch aus dem Intershop, ich hab's ja gesehn in Berlin, ich hab's gesehn, aber mir kamen sie gerade in diesen Augenblicken alle dumm und kleinkariert vor, so gebeugt im Aufrechtlaufen, so stumpf in ihrem Westglanz. Nein, ich verstehe nicht, wie sie ihr Leben nur danach ausrichten können, das ist die Wahrheit. Aber wenn das die Wahrheit ist, warum soll ich dann ihren Drang eigentlich unterstützen? Er erscheint mir falsch, also wäre es doch nur konsequent, ihrer Forderung nicht zuzustimmen. Richtig, ich muß mich dagegen wenden, das ist jetzt meine feste Überzeugung. Und dazu, ich komme auf Zeiller zurück, brauche ich Zeiller gar nicht, ich sehe wirklich nicht die geringste Veranlassung, warum ich mit ihm telefonieren sollte. Vielmehr muß ich alles allein regeln, und zwar gleich morgen früh, ich werde Dietrich Kluge zu mir bestellen und ihm klipp und klar sagen, seinem Ersuchen könne nicht stattgegeben werden, und basta! Ohne Berlin! Ohne überflüssiges Gequatsche! Ganz allein und ganz konsequent!

Mit diesen Gedanken kehrte Willy nach Hause zurück. Dort war schon alles dunkel, Ruth schien zu schlafen. Er entkleidete sich, kroch leise unter seine Decke, hörte das gleichmäßige Atmen Ruths. Aber plötzlich, nach vielleicht einer Minute, drängte sie sich an ihn. Sie war auf einmal wie von Sinnen, grub ihre Finger in seine Arme, fing an zu schluchzen und zu wimmern und ihn mit nassen Küssen zu bedecken. Es war eins, das Schluchzen, Wimmern, Nässen, Küssen. Es richtete ihm sein Glied auf. Er registrierte das mit ungefähr der Zufriedenheit, mit der ein Gärtner nach dem Regen auf seine gedeihenden Pflanzen schaut. Ruth versuchte ungelenk, ihm die Schlafanzughose herunterzuziehen, scheiterte aber, da half er ihr. Es lag ihm auf der Zunge zu sagen, »so, na, siehst du«, aber er verkniff es sich. Ruth saß nun kerzengerade auf ihm und stemmte sich unstet auf und nieder. Er bemühte sich, ihren verzweifelten hackigen Rhythmus aufzunehmen, aber es gelang ihm nicht, sie bewegten sich ineinander vorbei. Und schon zog sich die Flut, irgendeine Flut, die in Ruth gewesen war, wieder zurück, sie konnten es beide verfolgen, ein paar Sekunden, und es wurde ganz trocken zwischen ihnen und begann weh zu tun, und Ruth rutschte stumm und ausdruckslos von ihm herunter wie eine Robbe von einem Stein.

*

Am nächsten Morgen verzichtete Willy auf seinen Rundgang und bat statt dessen Dorle Perl, Dietrich Kluge zu ihm zu beordern. Keine fünf Minuten später stand Kluge in der Tür. Jedoch war er nicht allein, er hatte noch einen Kollegen und eine Kollegin an seiner Seite, den Zweiten Drucker Michael Höft, den Willy im Grunde nur vom Sehen kannte, da Höft sich bei seinen Rundgängen immer abseits gehalten und, wie Willy schien, alles mit einer skeptischen und auch spöttischen Miene beobachtet hatte, sowie Silke Irmscher aus der Binderei, eine vielleicht 30jährige mit Pferdeschwanz und jeder Menge Energie.

Willy zog die Augenbrauen zusammen. Er sah das Vertraute schwinden, das im Raum gewesen wäre, wenn er allein mit Dietrich Kluge hätte reden können – aber bitte, sagte er sich sogleich, meine Entscheidung ist sowieso gefallen, verhalten wir uns also hochoffiziell.

»Die Kollegen haben beschlossen, eine Abordnung zu schicken«, sagte Dietrich Kluge, wobei er mit der Hand auf die schräg hinter ihm stehenden Höft und Irmscher wies.

»Das sehe ich.« Auch Willy machte eine Handbwegung, zum Sitzungstisch hin. Alle nahmen dort Platz. »Bleibt ihr bei eurer Forderung, oder habt ihr es euch nochmal anders überlegt?« Er fragte es, obwohl er wußte, worauf das Erscheinen einer ganzen Abordnung hindeutete, auf ein Bekräftigen der einmal formulierten Ansprüche natürlich.

»Es bleibt dabei«, bestätigte Dietrich Kluge.

»Dann teile ich euch mit, daß diese Forderung nicht erfüllt werden kann.« Willy schaute dabei nur Kluge an und tat so, als wären die anderen Luft.

»Du hast demnach schon mit Berlin gesprochen?«

»Nein, das habe ich nicht. Das war nicht nötig.« Er spürte auf einmal Ärger aufsteigen, weil Kluge gar nicht in den Sinn zu kommen schien, daß er, Willy, vielleicht Manns genug sein könne, selber zu entscheiden, und fügte barsch hinzu: »Ich muß nicht jeden Blödsinn mit Berlin abstimmen.«

»Wie bitte – Blödsinn?« rief Silke Irmscher.

»Ruhig«, murmelte Dietrich Kluge in ihre Richtung, dann sagte er zu Willy: »Bei unserem ersten Gespräch klang das noch etwas anders. Da hattest du durchblicken lassen, nicht zu wissen, woher du das Geld nehmen sollst, und wir einigten uns, daß du die Sache in Berlin zur Sprache bringen wirst – jedenfalls habe ich das so verstanden.«

»Du irrst. Ich hatte dir schon empfohlen, alles zu vergessen.«

Ehe Dietrich Kluge antworten konnte, ergriff Michael Höft das Wort: »Ich möchte gern auf den sogenannten Blödsinn zurückkommen. Gehe ich recht in der Annahme, daß Sie auf jegliche Konsultation mit Berlin verzichtet haben, weil Sie es schlichtweg für müßig hielten, etwas zu verhandeln, das Ihnen, mit Ihren Worten, blödsinnig erscheint?«

Willy blickte das erste Mal zu ihm, las in Höfts Gesicht Klugheit sowie Abneigung. Er nickte bloß, gab sich ebenfalls keine Mühe, seine Abneigung zu verbergen. Vor allem aber spürte er seinen Ärger wachsen. Ihm widerstrebte das Verhörartige und auch das betont Gewählte, das Höft an den Tag legte, und überhaupt widerstrebte ihm, was sich gerade abspielte. Es sollte hier wohl endlos über den Beschluß diskutiert werden, den er verkündet hatte; man zog wohl seitens der Belegschaft aus der Tatsache, daß er sich nicht in seinem Büro verbarrikadierte, sondern sich jeden Morgen in der Halle zeigte und dort für jedermann zu sprechen war, die völlig falschen Schlüsse.

»Blödsinn«, wiederholte Silke Irmscher, »das ist ja wirklich die Höhe!«

»Dürfen wir Sie trotzdem noch bitten, uns darüber aufzuklären, warum Sie unsere Forderung«, Michael Höft schürzte die Lippen, »für nichtswürdig halten?«

»Nein, das dürfen Sie durchaus nicht.« Willy erhob sich abrupt, wies zur Tür und erklärte das Gespräch für beendet: »Gehen Sie jetzt wieder an die Arbeit! Es ist Ihre Arbeitszeit, in der Sie hier herumsitzen!«

Einen Moment saßen die drei starr. Dann sprang Silke Irmscher auf. Ihr Stuhl fiel um. Sie ergriff ihn mit beiden Händen, stampfte ihn auf den Boden und stürzte aus dem Zimmer. Michael Höft sah ihr nach und verabschiedete sich mit einem unheimlich langsamen Nicken von Willy. Dietrich Kluge schließlich folgte den beiden mit einem traurigen Gesichtsausdruck. Vor der Tür blieb er noch einmal stehen, drehte sich zu Willy und schaute ihn bekümmert an.

Das Gespräch hatte, wie Willy mit einem Blick auf die Uhr registrierte, keine zehn Minuten gedauert. Jetzt war es 7 Uhr 30. Er erledigte mit Dorle Perl die Post, wobei er sich etwas beruhigte. Ein Rest von Erregung aber wollte nicht verfliegen, denn Willy erinnerte sich, daß Kluge ihre Unterredung in der Dusche mit den Worten beschlossen hatte, man werde, falls man keine Einigung erziele, über das weitere Vorgehen noch beratschlagen, und dieser Fall, der war ja nun eingetreten. Wahrscheinlich, so vermutete Willy, würden sie die Frühstückspause um 9 Uhr nutzen, um sich zusammenzusetzen. Oder erst die Mittagspause? Eher die, dann würden sie mehr Zeit haben. Aber vielleicht handelte es sich auch nur um eine leere Drohung, garantiert, was für eine Drohung sollte das überhaupt sein, man konnte unten in den Hallen beratschlagen, soviel man wollte, die Sache war beendet, beendet …

Es war noch nicht Mittag, als Dorle Perl ihm einen Anruf von Ingo Altenhof durchstellte. Und sowenig Willy den Gebietsparteichef auch ausstehen konnte – jetzt erleichterte es ihn, Altenhof zu hören und niemand anderen, denn mit der Angelegenheit, die Willy noch immer beschäftigte, konnte der nichts zu tun haben. »Genosse Altenhof«, grüßte er jovial, »was gibt's, womit kann ich helfen?«

Altenhof entgegnete dunkel: »Womit kann *ich* helfen, das scheint ja wohl eher die Frage zu sein.« Willy, der es gewohnt war, daß Altenhof Gespräche mit geradezu übermäßiger Freundlichkeit begann und dann auf einen Schlag den Ton wechselte, horchte auf.

»Ich verstehe nicht«, sagte er.

»Du verstehst sehr gut, denke ich, machen wir uns nichts vor, die Zeit drängt, bei dir brennt die Luft, das weiß ich.«

Willy unterdrückte ein Stöhnen. Hatte Altenhof also schon Wind bekommen von dem leidigen Vorgang. »Was weißt du?« fragte er.

»Ich weiß erstens, welche unverschämte Forderung deine Belegschaft gestellt hat, ich weiß zweitens, daß du sie richtigerweise abgelehnt hast, und ich weiß drittens, daß Teile der Belegschaft derzeit ernsthaft darüber nachdenken, in einen Streik zu treten.«

»In einen Streik? Das ist … das ist unmöglich.«

»Immerhin stellst du die anderen beiden Punkte nicht in Abrede«, sagte Altenhof.

»Nein, die Punkte treffen zu, die ersten, aber ein Streik – das glaube ich nicht!«

»Es geht hier nicht um irgendeinen Glauben, sondern um Wissen, und uns liegen Informationen vor, daß ein solcher Streik im Gespräch ist und sogar schon heute in die Tat umgesetzt werden könnte. Auch dazu haben wir Hinweise.«

»Woher?« fragte Willy, aber sogleich stand ihm das hagere Gesicht Felix Freieisens vor Augen. Freieisen saß mit ihm auf einem Flur, Freieisen entschied mit ihm über Neueinstellungen und Westverwandtenbesuche, Freieisen war seit vielen Jahren der Verbindungsmann der Stasi im »Aufbruch«, Willy hatte sich an ihn gewöhnt wie an die Sonne und den Mond. Freieisen wiederum pflegte sich leutselig zu geben und hier und dort herumzuplappern, er sprach viel mehr, als daß er still war. Er bezeichnete sich sogar selber als Sicherheitsnadel und war der Belegschaft mitsamt seinem Auftrag wohlbekannt. Unten in den Hallen nannte man ihn hinter vorgehaltener Hand Felix Dzierzynski. Was er wußte und, wie es schien, mit Genugtuung aufnahm. Aber heute? Konnte er nie und nimmer bei den Beratungen zugegen gewesen sein, nicht leibhaftig. Er mußte Zuträger gehabt haben.

»Noch einmal«, antwortete Ingo Altenhof, »es ist nicht die Stunde, nach dem Woher, dem Warum und dem Wieso zu fragen. Das alles ist gerade völlig unwichtig und kann später aufgearbeitet werden. Jetzt geht es nur um eines: diesen Streik mit allen zu Gebote stehenden Mitteln im Keim zu ersticken.« Seine Stimme, die so liebenswürdig und schmeichlerisch sein konnte, klang hart und kalt.

»Ich werde das sofort versuchen«, sagte Willy, »ich habe einen guten Draht zu vielen Mitarbeitern, ich gehe gleich runter in die Halle.« Während er das aussprach, kam ihm der Gedanke, es drohe nur deswegen ein Streik, weil er sich am Morgen so unerbittlich gezeigt hatte und weil seitdem von einem guten Draht zwischen ihm und den Mitarbeitern ja keine Rede mehr sein konnte. Gewiß, er hatte sie verprellt, hatte unangemessen reagiert – aber er würde es wiedergutmachen, würde sich zur Not sogar entschuldigen für seinen abweisenden Ton.

Altenhof erwiderte: »Gar nichts wirst du versuchen! Du hältst dich zurück! Wir haben unsere Erfahrungen, was passiert, wenn der Betriebsleiter versucht, Dinge zu regeln, die völlig aus dem Ruder gelaufen sind, äußerst ärgerliche Erfahrungen, die sich nicht wiederholen werden.«

In Willy regte sich Widerstand. Was auch immer das für Erfahrungen waren, sie berechtigten Altenhof ja wohl nicht, ihm Anweisungen zu geben. Er sagte: »Genosse Altenhof, du bist mir gegenüber aber nicht weisungsbefugt, soviel ich weiß. Du kannst mich auch kaum davon abhalten, jetzt runterzugehen und mit meinen Leuten zu verhandeln.«

»Und ob ich das kann«, entgegnete Altenhof, »und ob ich das kann. Ich sage dir, es wird hier nicht mehr verhandelt, von niemandem, es wird hier kein Raum geöffnet für polnische Verhältnisse! Keine konterrevolutionären Bewegungen unter welchem Deckmantel auch immer! In Polen hat man geschlampt, das kennen wir ja, aber wir schlampen nicht, wir sehen nicht zu, wenn sich was zusammenbraut, der Streik in deiner Bude wird vorab zerschlagen, und zwar folgendermaßen: Es erscheint in den nächsten Minuten eine Hundertschaft Männer, in spätestens einer halben Stunde wird sie auf dem Gelände sein. Sie beaufsichtigt die Produktion und gewährleistet deren reibungslose Weiterführung. Nach Schichtschluß geleitet jeweils ein Mann aus dieser Truppe jeweils einen deiner Mitarbeiter nach Hause, damit schließen wir aus, daß es außerhalb des Werkes noch irgendwo zu Zusammenrottungen kommt. Hat man nämlich an einem Flecken erstmal eine Zusammenrottung, bildet sich woanders gleich die nächste, und dann dauert es nicht lange, und irgendein Filmchen darüber landet im Westfernsehen und dient als Anleitung für immer weitere Auswüchse – nein, Begleitschutz, unauffällig, bis vor die Tür! So wird niemand je davon erfahren, daß hier an so etwas wie einen Streik auch nur gedacht worden ist.«

Willy wandte ein, er sehe sich außerstande, das eben Gehörte an seine Mitarbeiter weiterzugeben, aber Altenhof entband ihn leichterhand von dieser Aufgabe, indem er sagte, das wäre sowieso nicht nötig und sogar kontraproduktiv: »Deine Leute werden früh genug merken, wie der Hase läuft.«

Damit legte Altenhof auf. Willy bebte am ganzen Körper. Er spürte Brechreiz und riß das Fenster auf, kalte feuchte Luft schlug ihm entgegen, ein fleddriges nasses Tuch, das er minutenlang auf der Stirn beließ.

*

So, wie Altenhof es angekündigt hatte, wurde alles in die Tat umgesetzt. 20 Minuten nach dem Telefonat fuhren drei Ikarus-Busse aufs Werksgelände, in denen es geradezu blitzte und blinkte vor Sicherheitsnadeln. Und das waren, im Gegensatz zu Felix Freieisen, sämtlich stumme Gesellen. Freieisen aber sprach schon wieder, wenn auch nur kurz: Er nahm die Männer in Empfang, wies die Kommandeure in die örtlichen Gegebenheiten ein und händigte ihnen bereits auch Listen mit den Adressen der einzelnen Kollegen und sogar Wegbeschreibungen aus. Das Ganze dauerte nicht länger als drei Minuten, dann verschwand Freieisen vom Hof. (Er wurde an diesem Tag auch nicht mehr gesehen, weder im Betrieb noch in der Stadt, weiß der Teufel, wo er sich aufhielt, und das mußte ein Befehl gewesen sein: Abtauchen, damit ihn später niemand allzu direkt mit den Ereignissen in Verbindung bringen und er weiterhin seinen Auftrag erfüllen konnte. Tatsächlich erschien er am nächsten Morgen im »Aufbruch«, als wäre nichts gewesen, und am übernächsten sowieso, und obgleich man es in Belegschaftskreisen für geradezu dreist hielt, wie jungfräulich er sich darstellte, konnte man ihm doch nichts Genaues vorwerfen; man spürte, daß bei ihm eine besondere Heimtücke und Verschlagenheit im Spiel war, kam aber nicht gegen sie an.)

Die Männer, einige in wattierten Lederjacken, einige in langen Mänteln aus grobem Stoff, postierten sich in den Hallen hinter den Arbeiterinnen und Arbeitern. Auf einmal waren sie da und bildeten eine Art Kordon. Manche Arbeiter bemerkten sie sofort, andere erst später. Wie eine Welle ging das Erkennen durch die Hallen. Die Arbeiter warfen sich erstaunte und verängstigte Blicke zu. Sie blieben stumm. Nur wenige Naive unter ihnen begriffen nicht gleich, aber das waren kaum mehr als zwei oder drei. Sie starrten die Fremden ein paar Augenblicke neugierig an. »Weiterarbeiten, arbeiten Sie weiter«, wurde ihnen aus dem Kordon heraus zugezischt. Der Ton machte sie frösteln, und sie taten wie geheißen.

Nur einer, einer von denen, die alles gleich verstanden hatten, wagte von seiner Maschine zu treten und gar auf die Schilde und Speere der Partei zuzugehen, das war Michael Höft. »Zurück, weiterarbeiten«, wurde auch ihm zugezischt, aber er ging seitwärts, schritt gewissermaßen die Reihe der Eindringlinge ab. Dabei sah er sie aufmerksam und scheinbar ohne Furcht an. Niemand reagierte, nur Blicke hakten sich an ihm fest. Bald war er am Ende der Halle angelangt, in der die modernen Druckmaschinen standen, gleich würde er seinen Fuß in die Binderei setzen, beide Hallen gingen ineinander über. Da stellte sich ihm ein Mann in den Weg, der nicht Teil des Kordons gewesen war. Er war blond und apfelwangig, und er überragte Michael Höft um einen Kopf. Höft fixierte ihn, aber schon drängte der Blonde ihn zurück, einfach, indem er nach vorne ging, ohne Zuhilfenahme seiner Arme. »He«, rief Michael Höft, »was erlauben Sie sich!« Der Blonde schob weiter, bis Michael Höft sich kiefermalmend umwandte und von selber lief, fast stolperte er hin zu seinem angestammten Platz. Nun hörte man lange Zeit nur die teils rhythmischen, teils splittrigen Geräusche der Maschinen, das Stampfen und Bolzen des eisernen Orchesters. Keine Stimmen und Rufe wie sonst, keine Flüche, keine Schritte. Aber war da nicht ein bestimmter Blick und ein gewisses Kopfneigen von Michael Höft? 20 Meter entfernt stand Dietrich Kluge und nickte auch kaum merklich. Eine routinierte Handbewegung. Kein Fremder kriegte mit, daß jetzt eine Maschine schneller druckte, so schnell, wie's das Papier nicht vertrug, es riß, es knallte, es donnerte; eine Kanonenkugel, die nicht flog, aber im Kordon den Reflex auslöste, sich zu ducken und zu wehren. Auf einmal waren Pistolen zu sehen. Man stand sich gegenüber, zwei Reihen mit Männern, die ihre Arme vorgestreckt hielten, bewaffnete Arme in der einen Reihe, bloße in der anderen. Dann bemerkten die Unkundigen – hervorragendes Merkmal aller Besatzer, sie sind der örtlichen Gegebenheiten nicht kundig –, daß eine Maschine nicht mehr lief und die Gefahr, die vermeintliche, von dort gekommen sein mußte. Der Blonde sprang zu Michael Höft, packte ihn am Hemd und flüsterte: »Freundchen!« Michael Höft machte sich langsam los, wischte sich übers Hemd.

Später, nach Schichtschluß, gingen seltsame Pärchen durch Gerberstedt, Männer eng bei eng, doch kein Wort miteinander wechselnd. Es waren immer bloß wenige Pärchen auf den Straßen; um jedes Aufsehen zu vermeiden, hatte man sie nur stoßweise aus dem Werk entlassen. Und der Plan funktionierte, kaum jemand nahm Notiz von ihnen, zumal es Januar war und ungemütlich und sich so gut wie niemand draußen aufhielt. So wurden binnen anderthalb Stunden alle Mitarbeiter, die aufrührerischen und selbst jene, die gar nicht hatten streiken wollen, nach Hause geführt.

Aber einen Zwischenfall hat es doch gegeben. Er ereignete sich auf dem Marktplatz, unmittelbar vor dem Eiscafé »Schoko + Vanille«, im Blickfeld des unverwüstlichen Anton Maegerlein, der auch an diesem tristen Tag seine Bratwürste feilbot. Dort geriet plötzlich eines der Paare aneinander. Derjenige, der abgeführt wurde, blieb nämlich stehen, und bei diesem Kollegen handelte es sich um – Jonas Felgentreu.

Jonas sagte, er wolle jetzt sofort ein Eis, und er wolle es bezahlt haben.

Sein Bewacher, der nicht viel älter war als er, starrte ihn mit aufgerissenen Augen an und erwiderte leise, Jonas solle »hier nicht anfangen herumzuspinnen«.

Er spinne nicht, sagte Jonas. Er rührte sich nicht vom Fleck. Der andere spürte, daß der Bratwurstbrater die Szene verfolgte, und wagte nicht, Jonas anzufassen. Nicht provozieren solle Jonas, verbesserte er sich, es handle sich ja wohl um eine ausgesprochene Provokation, hier und jetzt ein Eis zu verlangen und es sich sogar noch bezahlen lassen zu wollen.

Da begann Jonas, auf eine infantile, beinahe idiotische Weise zu lachen, ein helles Scheppern, das zehn oder fünfzehn Sekunden über den Marktplatz hallte. Und schlagartig hörte er wieder auf damit und sagte ernst und bockig: »Ich werde wie ein Kind nach Hause geführt, ich bin ein Kind jetzt wieder, da kann ich ja wohl verlangen, mein Eis zu bekommen, ich habe immer Eis bekommen, als ich ein Kind gewesen bin!« Er stampfte mit dem Fuß auf und fügte, seinen Kopf nach vorne stoßend, die Lippen einziehend, noch hinzu: »Pa-pa!«

Der Bewacher zischte: »Bist du meschugge!« Er zerrte Jonas am Ärmel, aber Jonas wehrte sich. Daraufhin nahm er ihn voller Wut in den Schwitzkasten. Jonas schrie aus Leibeskräften.

Anton Maegerlein verfolgte das alles aus den Augenwinkeln, er wendete heute seine Würste wahrlich mit besonderer Aufmerksamkeit und Ausdauer. Doch plötzlich wurde die Tür des Eiscafés aufgestoßen. Eine junge Frau stürzte heraus und rief: »Hört auf, hört auf, was soll denn das!«

Jonas, dessen Kopf am Oberschenkel seines Bewachers klebte, konnte nicht sehen, wer das war, aber die Stimme kam ihm bekannt vor.

»Gehen Sie weiter, Bürgerin, gehen Sie weiter«, rief der Bewacher zu der Frau. Doch sie scherte sich nicht darum. Sie griff nach seinem Arm und lockerte ihn, wenngleich nicht so, daß Jonas aus dem Schwitzkasten herauskam. »Lassen Sie ihn frei«, forderte die Frau, »was soll denn das!« Wiederum ohne Erfolg.

Mittlerweile war ihr jemand gefolgt, ein Mann, wie Jonas an Schuhen und Hose erkennen konnte, ungewöhnlich feine Kleidungsstücke waren das, und dieser Mann, dieser Herr griff jetzt ebenfalls ein, indem er mit voller Stimme sagte: »Sofort das kommt zu Ende!« Sein Ton ließ erkennen, daß er es gewohnt war, Befehle zu erteilen, er mußte nicht einmal laut sprechen, um Wirkung zu erzielen.

Jonas wurde tatsächlich freigelassen. Er richtete sich keuchend auf –

und blickte in das überraschte Gesicht Catherine Wehles. Sogleich wandte er sich zu dem Mann, der in ihrem Schlepptau gewesen war: Und der, sieh mal an, schien aus der gleichen Bronze gemacht wie sie, dazu hatte er graue, kräuselige Haare. Catherines Vater, schoß es Jonas durch den Kopf, kein Zweifel, das war Aziz.

»Was ist ereignet bitte?« fragte Aziz den Bewacher streng.

Dieser keuchte mit einemmal wie Jonas. Er suchte nach einer Erklärung, das war offenkundig, so wie es auch offenkundig war, daß er Jonas nur freigegeben hatte, weil er durch Aziz' Aussehen und Sprache verwirrt worden war. Dies war ein Ausländer, und er, der Bewacher, traute sich vor dessen Augen nicht zu schalten und zu walten wie er wollte, denn nichts von dem, was hier geschah, durfte doch bekannt werden, schon gar nicht im Ausland.

»Herr Felgentreu sollte nach Hause begleitet werden«, fiel ihm schließlich ein zu sagen, »aber er …« Und nun wußte er nicht mehr weiter.

»Warum Herr Felgentreu sollte nach Hause begleitet werden?« fragte Aziz verwundert.

»Es gibt … gewisse Gründe.«

»Was für Gründe? Und überhaupt Sie sind wer?«

»Das spielt keine Rolle.« Der Aufpasser fühlte sich in die Enge getrieben, wich Aziz' Blick aus.

Da griff Jonas in das Gespräch ein. »Er ist von der Firma«, sagte er geradeheraus.

Aziz schaute verständnislos von einem zum anderen.

Jonas lächelte spöttisch: »Horch und Guck. Sie haben heute hier Großeinsatz, weil …«

»Ich untersage Ihnen, sich darüber zu äußern«, rief der Bewacher dazwischen. Seine zitternde Stimme verriet Zorn und Angst. »Und zwar untersage ich es Ihnen ausdrücklich, ansonsten … ansonsten werden Sie die Folgen zu spüren bekommen!«

Aziz wollte etwas einwenden, aber Catherine legte ihm die Hand auf den Arm und sagte zu dem Bewacher: »Was auch immer geschehen ist, wir«, sie wies auf Aziz, »würden Herrn Felgentreu gern ins Café einladen, um ein wenig mit ihm zu plaudern.« Sie machte eine abwehrende Geste mit der Hand: »Nicht über Sie oder … was auch immer es ist. Nur über uns. Wir sind alte Freunde und haben uns ewig nicht gesehen, verstehen Sie?« Catherine vermied alles Angriffslustige wie auch alles Süßliche, sie war in diesem Moment an Sachlichkeit nicht zu übertreffen, diese Catherine hatte allem Anschein nach ein rechtes Gespür dafür, was gerade gefragt war.

Der Bewacher legte seine Stirn in Falten und trat nervös von einem Bein aufs andere. »Dann gehen Sie«, sagte er schließlich. Er schüttelte den Kopf, wohl, weil er der Frau ihren Wunsch ja kaum hätte abschlagen können, ohne daß der selbstsichere Ausländer auf die Barrikaden gegangen wäre.

Im »Schoko + Vanille« war es menschenleer. Auf einem der beiden Tische am Fenster dampfte noch der Kaffee, den Catherine und Aziz kurz vor ihrem Herausstürzen serviert bekommen hatten. Die drei nahmen dort Platz, aber kaum saßen sie, erschien auch schon Jonas' Schatten und ließ sich auf einem Stuhl am Nebentisch nieder. Sein linker Arm berührte beinahe Jonas' Rücken.

Die Kellnerin kam, und Jonas bestellte einen Kaffee, und der Bewacher ebenso. Als sie weg war, beugte Jonas sich nach vorne und sagte leise: »Eigentlich sollte der mir ja ein Eis spendieren, daran entzündete sich …«

Catherine brachte ihn zum Schweigen, indem sie den Mund verzog und mit den Augen rollte. Außerdem sagte sie schnell und laut: »Ich muß euch ja noch vorstellen, ihr seid euch ja noch gar nicht begegnet, nicht? Also, das ist mein Vater, und das ist Jonas, ein Freund aus der Schulzeit.« Ihr lag auf der Zunge, für ihren Vater hinzuzufügen, Jonas sei früher einmal mit der ihm gut bekannten Britta Werchow zusammengewesen, aber sie versagte es sich im letzten Moment.

Jonas erfuhr jetzt, daß Catherine in Berlin Medizin studierte und Aziz wie jedes Jahr die Weihnachtszeit mit Marieluise und Catherine verbracht hatte und sich heute den letzten Tag in Gerberstedt aufhielt. Daraufhin fragte Jonas, wie das Studium denn laufe. Anstrengend und schön sei es, antwortete Catherine, da tat er, als freue er sich. Aber er freute sich nicht, das merkte sie, und so erkundigte sie sich, um auf ein anderes Thema zu kommen, bei ihm nach Matti, und er berichtete, der sei nun schon Schiffsführer und schippere mit seinem Kahn durch die Republik. Jedoch wurde schnell deutlich, daß Jonas weniger wußte als sie selber, die durch Britta immer gut informiert war; kurzum, das ganze Gespräch verlief recht zäh, weil immer eine Klippe umschifft werden mußte, vor allem aber, weil man ja direkt in die Ohren des Aufpassers hineinsprach. Durch seine penetrante Anwesenheit verschloß er allen den Mund, als letztem Aziz, der, als er sich bemühte, Jonas von Fachmann zu Fachmann etwas über die Druckerei in Kairo zu erzählen, auch schnell begreifen mußte, wie wenig der junge, scheinbar gelassene Mann in Wahrheit überhaupt noch aufzunehmen imstande war.

Man zahlte bald. Catherine sagte in beiläufigem Ton zum Nachbartisch: »Wir würden jetzt gern Herrn Felgentreu nach Hause bringen. Das stößt auf Ihr Einverständnis, denke ich.«

Abermals konnte der Scherge ihr schwerlich etwas entgegnen, und so kam es, daß die drei vorangingen und er ihnen, in einem Abstand von vielleicht fünf, sechs Metern, folgte. Es wurde kaum noch ein Wort gesprochen. Beim Abschied zauberten Catherine, Aziz und Jonas dann wie auf einen Schlag Heiterkeit und Fröhlichkeit hervor, man drückte und küßte sich und wünschte sich lachend alles Gute; aber sobald sie sich getrennt hatten, wurden ihre Mienen düster, und es trat deutlich zutage, wie bang und hoffnungslos sie sich tatsächlich fühlten.

Am Steuer

Schwüler Juni, Tage, die verdunsteten. Der Himmel von fahlem Weiß, die Sonne von schleierhaftem Gelb; es schien, als hinge da oben ein riesiges zerlaufenes Spiegelei. Unten die Menschen taten nur das Nötigste, und selbst das Wasser der Peene schien jede Bewegung zu scheuen. Träge bemühte es sich zur Seite, als der Bug der »Barby« es zerschnitt, langsam rollte es aufs Ufer zu, das jede Welle mit einem schweren Seufzen schluckte.

Die »Barby« war 70 Meter lang. Ihr Tank faßte 15 000 Liter Diesel, ihr Hauptmotor hatte 420 PS, mit einem Wort, es handelte sich bei ihr zwar um keinen Ozeandampfer, aber eben auch um keinen Äppelkahn, sie war eine belastbare Lady, derer Matti sich nicht zu schämen brauchte und der manche am Ufer, als wären sie selber Schiffer, betont lässig einen Gruß entboten, indem sie sich mit Zeige- und Mittelfinger an ihre Schläfe tippten und dann die Finger nach außen schwangen.

Das Schiff kam aus Anklam und fuhr nach Eisenhüttenstadt. Es hatte sowjetisches Erz geladen, das die Hitze speicherte wie Saunasteine. Matti, der sich am Bug zu schaffen machte, hörte seinen Steuermann Peter Schott rufen, also ging er aufs Steuerhaus zu, er hielt sich auf dem Stringer, dem metallischen Gang zu beiden Seiten der jetzt glühenden Ladebühne, hart an der Reling, um wenigstens ein kleines Lüftchen zu erhaschen; hierbei trug er Holzpantinen, die bei jedem Schritt unangenehm auf dem Eisen klackten, und doch blieb ihm keine Wahl, denn hätte er Lederschuhe benutzt, wären ihm die Sohlen glatt weggeschmolzen und seine Füße gleich mit.

Peter Schott war, wie Matti, noch keine 30 Jahre alt, hatte aber schon ein paar Falten im Gesicht, Falten, deretwegen ihn freilich niemand bedauern mußte. Sie verliehen ihm ein imposantes Aussehen, scharfe Linien waren das, die von einem klaren und vielleicht sogar verwegenen Charakter kündeten. Wer Schott das erste Mal traf, spürte sofort, dieser Mann hatte nichts Verwaschenes. Überdies glänzte er (jetzt in der Hitze buchstäblich) mit einem kräftigen Körper und störrischen schwarzen Locken, die ihm ins Gesicht und bis auf die Schultern fielen. Einige der Locken changierten bereits ins Gräuliche, aber auch das machte nichts; alles in allem sah dieser Mann nicht mehr ganz jung aus und vermittelte doch den Eindruck bester Frische und herrlichsten Draufgängertums.

Übrigens war Peter Schott Berliner und pflegte seine Reden mit der Bemerkung »Ick sage nur zwei Worte« einzuleiten, und wenn es dann in der Regel auch ein paar mehr Worte wurden, so gehörte er deshalb noch lange nicht zu den Schwätzern und Endlosplauderern; er brauchte in der Tat nicht viel, um sich auszudrücken, deutlich auszudrücken.

»Kannste übernehm?« fragte er, nachdem Matti zu ihm ins Steuerhaus geklettert war. Er wies mit seinem Kopf nach vorn und fügte hinzu: »Ditt Brett ruft.«

Matti verstand. Vor ihnen öffnete sich das Stettiner Haff. Die Wellen, die ihr Kahn warf, würden sich dort weiter ausbreiten als auf der schmalen Peene, und das wollte Peter Schott sich, wieder einmal, zunutze machen. Matti übernahm also das holzbeschlagene Steuerrad.

»Bistn Kumpel.« Schott stapfte die 60 Meter zum Bug, verschwand unter Deck und tauchte wenig später mit einem alten Brett auf, an dem zwei schwarze gebogene Teile befestigt waren. Von weitem hätte man sie gut und gerne für ausgestopfte Raben halten können, aber Matti wußte natürlich, worum es sich in Wirklichkeit handelte: um zwei in Knöchelhöhe abgeschnittene Gummistiefel. Peter Schott schnappte sich jetzt ein Seil. Er befestigte es am vorderen Poller der Steuerbordseite, plazierte das Brett auf der Schiffswand, stieg ebenfalls dort hinauf, schlüpfte in die Stiefel und stürzte sich, nicht ohne vorher seine Faust in Richtung der gewaltigen dampfenden Pfanne gestoßen zu haben, in der seit dem Morgen das verdammte gelbe Ei brutzelte, mit lautem Gebrüll ins Wasser. Und was soll man sagen: Er landete perfekt auf dem Brett, er versank kurz, das war schön für ihn, das war ja so erfrischend, und schon straffte sich das Seil, das er hielt, und Peter der Kräftige, Peter der Nasse ritt auf dem Wasser, auf der Welle, die die »Barby« fortwährend aufwarf, er skalpierte sie mal da, mal dort, kein Problem, sie wuchs ja gleich wieder nach, er ließ mit der rechten Hand das Seil los und beschrieb mit seinem freien Arm einen weiten Schwung, ein Cowboy auf See, überallhin schickte er seine fast schon orgiastischen Schreie, und siehe, jetzt näherte sich ihm ein Kajütboot, straks hielt es auf ihn zu, irgendwer wollte sich das ungewöhnliche Schauspiel von nahem betrachten, ein Pärchen, wie sich herausstellte, es klatschte ihm Beifall, wobei der schon etwas ältere, ein Matrosenhemd tragende Mann hinter der noch jungen, mit einem federleichten bunten Rock und einem ebenso bunten Bikinioberteil bekleideten Frau stand, beide Arme eng an ihrem Hals vorbeiführte und seine Hände vor ihrem Kinn zusammenschlug. Und Peter grüßte lachend mit einem verwegenen Beckenkreisen, und die beiden winkten zurück, sie hatten wohl verstanden und drehten ab, und er verabschiedete sich mit einer Verbeugung, danke meine Dame, danke mein Herr, und auch selber viel Vergnügen noch. Er widmete sich wieder ganz der schmalen wandernden Wulst, auf der er so sicher stand, als wär's ein breiter Erdwall, er gab Leine und glitt von der »Barby« weg und machte eine Wendung und flog wieder heran, und nochmal, und nochmal, und als ihm langsam die Arme schwer wurden und die Knie weich, als er endlich genug hatte, stieß er einen gellenden Pfiff aus, einen, mit der er die ihn umflatternden Möwen so ruckartig in die Höhe trieb, als hingen sie an Fäden und jemand zöge daran, und Matti drosselte die Maschine und schaltete auf Leerlauf. Langsam verlor sich die Welle. Peter sank bis zum Kopf ins Wasser. Dann schwamm er zu dem Kahn und hangelte sich heftig schnaufend und überaus beglückt an Bord.

Matti hatte alles lächelnd verfolgt. Er mochte das Kernige und im besten Sinne Einfache Peter Schotts und beneidete ihn manchmal sogar darum; so wie Peter das Ernsthafte und Träumerische Mattis mochte, das sich hier auf der »Barby« noch verstärkt hatte. »Na, Schwerenöter«, sagte er nicht selten im Vorbeigehen, wenn er Matti abends am Liegeplatz oder auch zu freien Zeiten während der Fahrt einfach nur sitzen und in die Luft starren sah, und dabei klang Zuneigung durch, aber auch eine Spur Unverständnis: Wie kann man denn nur so sitzen und starren!

Oh, man konnte. Man dachte nach und wurde melancholisch, allein schon, weil einem einfach keine Frau begegnete, die an die erste heranreichte, tja, sie hatte für höchste Maßstäbe gesorgt, jene erste, und wenn ihr Bild in Mattis Kopf auch diffuser geworden war, so hielt sich doch in seiner Erinnerung klar und deutlich das Maß an Erregung, das sie gesetzt hatte. Auch ihr koketter Spruch, es würden noch bessere Frauen kommen, hallte nach wie am Tag, da sie ihn in die Welt gesetzt hatte; Matti wußte, es war nicht mehr als ein Spruch, aber er nahm ihn trotzdem ernst und verglich jede Frau, die er traf, unwillkürlich mit

Karin Werth, und war enttäuscht, weil sich keine als besser erwies. Zugleich beglückte ihn das. Ein Teil von ihm wollte gar nicht, daß Karin vom Thron gestoßen würde, ein Teil von ihm wollte schmachten und schwelgen, und das war doch einigermaßen kindisch und trotzköpfig, das war so unreif, daß jeder, der mit dem verantwortungsvollen und weitsichtigen Schiffsführer Werchow zu tun hatte, stark verwundert gewesen wäre, wenn er davon gewußt hätte.

Genausogut konnte es aber sein, daß man saß und starrte und reineweg nichts dachte, oder nichts zu denken meinte, und darüber auch melancholisch wurde. Wohltuend, es im Hals, an einem genau bestimmbaren Punkt unterhalb des Adamsapfels, kribbeln zu spüren. Matti verstärkte das Kribbeln, indem er mit dem Daumen leicht auf den Punkt drückte; eine Intimität, die ihm gerade ihrer Zartheit wegen so ungeheuerlich schien, daß er nicht wagte, jemandem davon zu erzählen. Und während er drückte oder auch nicht drückte, schaute er in die Gegend. Er liebte es, sie vorüberziehen zu sehen. Jetzt, am Sommeranfang, waren die Bäume von einem deutlichen Grün, und grün war auch das Wasser, beinahe so grün wie die Bäume, als ob diese von der Farbe, die sie jetzt im Überfluß besaßen, was übers Wurzelwerk in Seen und Kanäle fließen ließen. Und jetzt knarrten die Stege, obwohl doch niemand auf ihnen lief, ein Geräusch, das ans leise Knurren dösender Hunde erinnerte. Und wilder Wein kletterte da und dort echsengleich einen Kiefernstamm hinauf. Im Herbst wiederum, wenn es stürmte, blinkten und rauschten unzählige Silberpappelblätter, das sah aus, als würden Münzen hierhin und dorthin geworfen, das klang, als spendete in der Ferne eine Menschenmenge Applaus. Und auch im Herbst bemerkte und bestaunte Matti auf einem Ufergrundstück einen großen Sandhaufen, über den eine mit bröckligen Ziegelsteinen befestigte graue Plane bereitet war, diese Plane nämlich hatte sich an zwei Enden, den diagonal gegenüberliegenden, losgerissen und blähte sich und fiel wieder in sich zusammen wie ein langsam sich fortbewegender Rochen. Ein andermal schien ihm, als blase der Wind gleichzeitig und gleich kräftig von zwei Seiten, denn es trieben zwei Wolken stetig aufeinander zu, sie verhakten und vereinten sich zu einem einzigen großen Gebilde und Gemälde. Und noch ein andermal im Herbst bohrte sich mitten auf dem Oder-Spree-Kanal, weit weg vom Ufer und wahrhaft aus heiterem Himmel, ein einzelnes Birkenblatt mit dem spitzen Stiel voran wie ein Pfeil in den Treppenspalt vorm Steuerhaus; und im Winter hing dann an genau jenem Kanalufer fester Schnee überm Wasser, eine von Land gerollte, erstarrte Welle, die den Gesetzen der Schwerkraft trotzte; und ebenfalls im Winter mußten sich eines Nachts Metallspäne sonder Zahl in eine Wiese gegraben haben, so bläulichweiß zeigte die sich am Morgen. Im Frühling aber begannen endlich wieder die Kiefern nach Harz zu duften, eine Süße, die trocken herunterregnete, eine Luft zum Lutschen; und wie rothalsig die Kiefern auch gleich wurden in der ersten Abendsonne, sie glühten wie dürre verliebte Schulmädchen.

Matti fühlte sich schwer, wenn er so guckte, unverrückbar, aber er spürte seine Knochen nicht, und nicht seinen Kopf, und auch nicht seine Hände, nur eben die kribbelnde Kehle, denn er selber gehörte zu den tausend rauschenden, summenden, sich wiegenden Einzelheiten, die an ihm vorüberdrifteten. Freilich vermochte er jenes Gefühl nicht in Worte zu fassen, er merkte es, als Peter Schott ihn einmal fragte, ob es nicht langweilig sei, einfach so zu sitzen, und er antwortete: »Nein, wenn ich so gucke, dann ist das schön. Aber nicht nur schön. Es ist auch eindrucksvoll. Aber nicht eindrucksvoll in dem Sinne, wie es vielleicht der Anblick einer bunten Postkarte ist, sondern ... als Empfinden meiner selbst – achje, nein, vergiß es, wie das schon klingt, Empfinden meiner selbst.« Und damit brach er seinen Erklärungsversuch ab.

*

Aus dem Romanmanuskript »Das verschlossene Kind«: 1. Kapitel:

An dem Tag vor mehr als 25 Jahren, an dem ich auf Geheiß des Obersten das erste Mal auf die Insel übersetzen sollte, fand ich zunächst den Fährmann nicht. Wie lange lief ich, die Insel im Blick, am Ufer auf und ab, ohne ihn zu entdecken? Ich weiß es nicht mehr. Ich weiß nur noch, daß überhaupt nichts auf einen Fährmann hindeutete. Da war kein Steg, da war buchstäblich keine einzige Bohle. Außerdem war die Strömung reißend. Das Wasser des an dieser Stelle vielleicht ein Kilometer breiten Flusses schoß in der Geschwindigkeit eines wilden Gebirgsbaches an mir vorbei. Ich zweifelte daran, daß ein einzelner Ruderer den Strom ausgerechnet hier würde queren können. Ich erinnerte mich, der Oberste hatte auch niemals von einem einzigen Rude-

rer gesprochen, sondern immer nur von dem Boot, offenlassend, wie viele Menschen nötig waren, es vorwärts zu treiben. Ich lief stromab, weg von der Insel, auf einen Hügel, denn ich hoffte, dort eine bessere Übersicht zu erlangen. Aber auch als ich ihn erklommen hatte, vermochte ich keine Anlegestelle zu entdecken. Ich sah nur, besser als je, die Insel. Sie wies die Form einer Walnuß auf, wobei ihre kurze Spitze auf mich zeigte. Innerhalb dieser Walnuß war ein hoher schwarzer, vermutlich geteerter Bretterzaun gezogen, welcher ein Dreieck bildete. Das Ganze erinnerte mich an eine in die Landschaft geworfene geometrische Zeichnung. Und so still wie ein Blatt Papier lag auch alles da; oder mir schien es nur so, befand ich mich doch beinahe überm Fluß und hörte ihn laut rauschen, gurgeln und quirlen. Wahrscheinlich übertönte er alle von der Insel herüberwehenden Geräusche. Ich verließ den Hügel wieder und wollte mich schon auf den Weg zurück in die Stadt machen, um dem Obersten die Vergeblichkeit meiner Suche zu gestehen, ich malte mir schon diese Peinlichkeit aus und die Strafe, die folgen würde, als ich, noch abwärts laufend, auf etwas Hartes trat. Ich untersuchte die Stelle und gewahrte eine Türkante. Ich war, mitten in der Wildnis, auf eine Tür gestoßen! Ich fuhr mit dem Finger bis zur Angel. Sie erwies sich als gut geölt, denn als ich meine Fingerkuppen besah, glänzten diese braunschwarz und schlierig. Vor der in den Abhang eingelassenen Tür bogen sich Haselnußzweige. Ich drückte die Zweige zur Seite, woraufhin etwas Seltsames geschah. Sie schnellten nicht wieder zurück, sondern blieben in der Stellung, in die ich sie gebracht hatte. Ich bog sie wieder vor die Tür. Und siehe, abermals verharrten sie steif und starr. Ich fingerte an ihnen herum und untersuchte ihre Beschaffenheit, konnte aber nichts Besonderes entdecken. Verwirrt ließ ich von ihnen ab und öffnete vorsichtig die Tür. Das erste, was ich, in vielleicht fünfzehn Metern Entfernung, bemerkte, war ein Feuer. Es erhellte einen dahinter beginnenden schmalen, sich in Schwärze verlierenden Wasserkanal. Das leise Prasseln des Feuers und das ebenso leise Plätschern des Wassers vermengten sich zu einem Geräusch, das mich den Atem anhalten ließ. Oder war es das gespenstische Halbdunkel, aus dem das Geräusch kam? Wer weiß. Langsam erhob sich hinter dem Feuer, und vor dem Wasser, eine Gestalt. An ihrem Oberschenkel blitzte etwas Langes, leicht Gebogenes. Mir kam der Gedanke, es handle sich um einen vom Lichtschein auf absonderliche Weise kenntlich ge-

machten gewaltigen Muskelstrang. Doch war es, wie sich mir bald erschloß, ein Schwert. Die Gestalt hielt ihre Hand an dem Knauf des Schwertes und stapfte ebenso langsam, wie sie aufgestanden war, zu mir heran. Unwillkürlich wich ich zurück, mit zitternder Stimme fragte ich, ob ich den Fährmann vor mir hätte. Keine Antwort. Stumm näherte sich mir die Gestalt. Jetzt, da sich meine Augen an das Halbdunkel zu gewöhnen begannen, erkannte ich, wie sie gekleidet war. Sie trug lange schwarze Stiefel, deren Schäfte ihr an den Unterleib schlugen, einen schwarzen Ölmantel, der wiederum bis zu den Schäften reichte, sowie einen ledernen schwarzen Hut, welcher kaum weniger breit war als die ausladenden Schultern der Gestalt. Bisher hatte ich nicht gewagt, ihr ins Gesicht zu sehen. Es war mir, als hätte ich mit dem Eintritt in den Tunnel mein bisheriges Leben, das akzeptabel, wenn nicht annehmlich gewesen war, annehmlich in seiner ruhigen Einsamkeit, gegen ein anderes, furchtsames eingetauscht. Aber ich durfte mich diesem Gedanken nicht hingeben, ich mußte meine Furcht ablegen. Ich mußte der Gestalt in die Augen blicken. Sie schauten überraschend gelangweilt. Sie waren stumpf und aschig. Und das konnte, wenn ich es mir recht überlegte, auch gar nicht anders sein. Der Fährmann, kein Zweifel, daß es sich um den Gesuchten handelte, war doch dazu verurteilt, die Wachen, und von nun an auch mich, Tag für Tag auf die Insel überzusetzen, wie sollte er da nicht ermüden und abstumpfen? Angesichts der Trostlosigkeit, die von ihm, dem Hünen, ausging, legte sich meine Furcht und machte sogar Mitleid Platz. Ich holte den Ukas des Obersten hervor, der mich als zugangsberechtigt auswies. Der Fährmann, dem mein Erscheinen wohl angekündigt worden war, hielt ihn sich kurz vor die Augen, händigte ihn mir umgehend wieder aus und stapfte zurück hinters Feuer. Ich folgte ihm und entdeckte auf dem Wasser ein Einbaum. Freilich wies es keinerlei Rundungen auf. Es war eckig und erinnerte mich an einen Sargboden. Der Fährmann hieß mich mit einer Handbewegung einsteigen, griff zu einer langen Holzstange, trieb sie auf den Wassergrund und stieß damit das Boot ab. Der Kanal war so schmal, daß man darauf nicht rudern, sondern nur staken konnte, das fiel mir erst jetzt auf. Und dennoch! Ich begriff, welche beispiellose Mühe und, dies zuerst, welch technisches Vermögen vonnöten gewesen waren, ihn überhaupt zu graben. Obwohl ich mich für einen nicht ungelehrten Mann halte, war mir die Existenz eines solchen Bau-

werks bis dahin unbekannt gewesen; und während der Mann, mit dem Gleichmut desjenigen, der seine Handgriffe schon tausendmal ausgeführt, für den Vortrieb des Einbaums sorgte, versuchte ich, darauf zu kommen, wie jener Bau inmitten des so rasch dahinfließenden Wassers hatte bewerkstelligt werden können. Ich fand jedoch keine Lösung und habe bis heute auch keine gefunden. Das einzige, was ich bei dieser Gelegenheit auf intensivere Art als je zuvor begriff, war die Tatsache, daß die finstersten und abscheulichsten Absichten zu den genialsten Erfindungen zu führen vermögen – und daß diese Erfindungen einem Unbescholtenen erst einmal genauso finster erscheinen wie die Idee, auf der sie beruhen. Mit anderen Worten, der ungewöhnliche Tunnel widerte mich mehr an, als daß er mich erstaunte oder gar bezauberte.

Das stoßartige Gleiten mochte eine Viertelstunde gedauert haben. Es endete in vollkommener Dunkelheit mit einem leichten, knirschenden Aufprall. Sogleich streckte der Fährmann seine Stange in das Dunkel (ich bemerkte es, weil sie mich streifte). Eine Glocke ertönte, dunkel auch ihr Ton, eine Tür genau der Art, wie ich sie drüben unter dem Hügel gefunden, wurde lautlos aufgetan, und eine Wache winkte mich heraus. Ich war nun auf der Insel des Verdammten angelangt.

Darum, das möchte ich betonen, habe ich mich nicht gerissen. Nicht einmal beworben habe ich mich. Man konnte sich damals nirgendwo bewerben, man wurde vom Obersten verpflichtet. Ich weiß nicht, wie er auf mich gekommen war. Vielleicht war mein Ruf nicht der schlechteste. Vielleicht war dem Obersten auch zugetragen worden, daß ich schon Antonios Eltern unterrichtet hatte, als diese jung gewesen waren, und es gehörte zu seinem perfiden Plan, nun für eine Wiederholung zu sorgen. Er, der Mörder von Antonios Eltern, stellt mich ein, damit ich Antonio, wie einst sie, mit Bildung versehe – und er danach auch Antonio ermorde? Nein, das ergab keinen Sinn. Er hätte Antonio doch schon lange töten können. Statt dessen hatte er ihn auf diese abgelegene Insel verbannt und mit der härtesten aller Strafen belegt: Antonio durfte nicht mit den Wachen reden, und die Wachen durften nur im Ausnahmefall das Wort an ihn richten. Sogar untereinander hatten sie in seinem Beisein stumm zu bleiben, so lautete die Anordnung des Obersten. Ich betete damals, beim Betreten der Insel, zu Gott, daß sie nicht befolgt wurde, daß sich die Wachen über all die Jahre menschlich gezeigt hatten. Aber andererseits, was heißt menschlich? Es ist menschlich, sich *grausam zu verhalten, das habe ich zur Genüge erfahren, da mache ich mir nichts mehr vor. Es wird zuviel Gutes mit dem Begriff Mensch verbunden, das ist eine Tatsache; und deshalb glaube ich heute auch, es war einzig und allein eiskalte Lust, die den Obersten dazu brachte, mich, den Magister, zu Antonio zu schicken. Den Berichten der Wachen zufolge war aus Antonio ein stammelndes Etwas geworden, und diesem Etwas nun Bildung einzuflößen, das war ein Experiment, welches der Oberste mit Wonne zu verfolgen gedachte. Würde Antonio die Medizin brav schlucken oder wieder ausspeien? Und wenn er sie schluckte, würde sie ihm, dort in seiner Zelle, die er niemals verlassen durfte, zum Gleichmut verhelfen, oder würde sie ihn erst recht in den Irrsinn treiben? Ich gestehe, daß ich auf die Beantwortung dieser Fragen selber äußerst gespannt war. Und mehr noch, ich gestehe, bei allem Ekel, der mich auf der seltsamen Fahrt im Tunnel überkam, doch auch Vorfreude empfunden zu haben. Ja, auch ich empfand jene kalte Lust, wenngleich nicht in dem Ausmaß, wie ich sie dem Obersten zuschreibe, aber ich weiß nicht, ob ich deswegen ein viel besserer Mensch bin als er, denn wie gesagt, ich unterhielt Verbindungen zu Antonios Eltern, ich war ein alter Freund der Familie und hätte unter diesen Umständen nicht die geringste Lust spüren dürfen, sondern nur Barmherzigkeit, Wärme und Liebe für Antonio. Und doch spürte ich welche; jetzt, da ich meine Erinnerungen niederschreibe, bin ich so alt, es endlich zugeben zu können.*

Ich wurde zu Antonios Wachen geführt. Sie verbeugten sich unter ehrerbietiger Nennung meines Namens – »Herr Karandasch«, »Herr Karandasch« – und stellten sich selber als Gomus und Vestis vor. Sie glichen sich in Größe und Statur, nicht jedoch in ihren Gesichtern. Gomus' Gesicht war ebenso ausdruckslos wie das des Fährmanns, während das von Vestis unverhohlene Neugierde ausstrahlte. Dabei waren beide etwa gleich alt. Ich schätzte sie auf 35 Jahre. Gomus fragte mich mit sonorer Stimme, ob ich zu Antonio gebracht werden und mit dem Unterricht zu beginnen wünsche, doch ich verneinte und bat Vestis, mir erst einmal die verschiedenen Gebäude innerhalb des Kerkerdreiecks zu zeigen. Ich hoffte, von ihm wichtige Auskünfte über Antonio zu erlangen: Wie er sich in den sechs Jahren seiner Gefangenschaft entwickelt hatte, wie im einzelnen mit ihm verfahren worden war, wie er auf dieses oder jenes zu reagieren pflegte. Kurzum, mir war es um Auskünfte zu tun, die mir helfen würden, so mit ihm umzugehen, daß ich ihn während meines Unterrichts, und, weiter gefaßt, während unserer Zusammenkünfte, wahrhaft erreichte. Zu meiner großen Enttäuschung sah sich Vestis jedoch außerstande, mir weiterzuhelfen. Er erklärte, erst einen Monat zuvor auf die Insel befohlen worden zu sein. Der Wachmann nämlich, der bis dahin zusammen mit Gomus Dienst verrichtet habe, sei irre geworden, was wiederum er, Vestis, nach diesem einen Monat sehr gut nachvollziehen könne: »Herr Karandasch, auch für mich ist die Situation hier schon allzu bedrückend! Auch ich habe längst Angst, verrückt zu werden! Der junge Herr Antonio führt Selbstgespräche, aber mit Worten, die nicht zu verstehen sind. Und wir müssen uns immer mit ihm in der Zelle aufhalten, zumindest einer von uns, auch in der Nacht, wenn er schläft, wußten sie das? … Sie wußten es nicht. Nun, Gomus hat sich damit abgefunden, daß das Leben hier nur aus Stille und Kauderwelsch besteht, und schweigt selber. Er schweigt übrigens auch außerhalb der Zelle, wo er nicht zu schweigen brauchte, es ist, als müsse er sich den Regeln, die wir doch nur bei einem Sträfling durchsetzen sollen, selber unterwerfen. Schlösse man ihn ein wie den jungen Herrn, würde er nicht aufbegehren, sondern sich, gleich einem abgerichteten Tier, brav niederlegen, daran besteht für mich kein Zweifel. Was aber nun den ehemaligen Wachmann betrifft, Herr Karandasch: Es heißt, er habe die ewigen Selbstgespräche des jungen Herrn nicht mehr ertragen. Mitten während des Essens sei er aufgesprungen und habe, ›halt's Maul, halt endlich dein verdammtes sabbelndes Maul‹ schreiend, dem laut murmelnden und mampfenden Herrn seinen Dolch an die Kehle gehalten. Er hat sogar die Haut des Herrn geritzt, und Blut ist auf die weiße Tischdecke getropft.«

*

Während Matti sich der Natur hingab, pflegte Peter Schott intensive Beziehungen zur Tierwelt. Insbesondere sorgte er regelmäßig für frischen Fisch. Zeitweilig hatte er sogar einen Gehilfen angestellt, der ihm welchen fing, und wenn dieser auf den Namen Jimmy hörende Geselle für geraume Zeit auch zur Besatzung gehörte, so war er doch kein Mensch – sondern ein Kormoran.

Er hatte sich den Schiffern gewissermaßen aufgedrängt, indem er nicht von einer der Dalben gewichen war, an denen die »Barby« eines

Abends festgemacht hatte; offensichtlich war er nicht gewillt, sich seinen Stammplatz nehmen zu lassen. Reglos und furchtlos stand er da auf seinen Streichholzbeinen. Als Peter Schott ihn so sah, kam ihm eine, wie er meinte, grandiose Idee: Er knüpfte in Windeseile ein Lasso und ließ es zum in diesem Moment natürlich noch namenlosen Jimmy fliegen. Schon zog es sich um Jimmys Hals. Da wollte der Kormoran doch lieber fort von der Dalbe, er stob sogar wie von der Tarantel gestochen auf, der arme Kerl hätte sich glatt umgebracht, hätte sich ohne Galgen mitten in der Luft erhängt, wenn Peter Schott nicht herbeigestürzt wäre und ihn sachte, sachte zu sich herangezogen hätte. Und Peter, der ging auch danach mit großem Einfühlungsvermögen vor: Er band Jimmy die Beine zusammen, das schon, das ließ sich leider nicht vermeiden, aber er gab ihm doch viel Seil, über 100 Meter – man konnte da durchaus von Freiheit sprechen, und wenn nicht von Freiheit, so doch von fürsorglicher Hege. Schön war außerdem, daß er ihm Schmuck um den langen, schlanken, geradezu nach Pretiosen verlangenden Hals legte. Hierbei handelte es sich um einen weißen Holzring, den er von der Gardinenstange seiner Kajüte abgezogen hatte. Das Weiße bildete nun einen herrlichen Kontrast zu dem schwarzen Kormorankörper und sorgte auch dafür, daß Jimmy, wenn er in der Dunkelheit aufflog innerhalb des ihm zugebilligten Wirkungskreises, ganz einfach zu entdecken war. Jawohl, Jimmy sollte ruhig herumfliegen, und Fische fangen, Fische fangen sollte er nach Herzenslust, ausdrücklich dazu aufgerufen war er sogar, einzig und allein beim anschließenden Essen, ein regelrechtes Verschlingen war das ja bei ihm und seinesgleichen, sollte er sich schon ein bißchen anders verhalten als bisher, nicht so rücksichtslos und egoistisch, sondern, wie Peter Schott sich ausdrückte, »mehr uffs Jemeinwohl jerichtet«.

Nicht jeder an Bord verstand Peter auf Anhieb und in Gänze, der Lehrling Kevin Zehner zum Beispiel zeigte an jenem ersten Abend beim Anblick des gefangenen Tieres ein überaus mitleidvolles und geradezu verstörtes Gesicht. Ihm gegenüber präzisierte Peter: »Watt willste, Junge, dett Vieh kriegt jetzt ne höhere Stellung in der alljemeinen Nahrungskette, ett rückt näher an den Menschen ran.« Kevin Zehner schaute verständnislos, da präzisierte Peter abermals: »An uns, Mann!«

Der an die Leine genommene und beringte Vogel flatterte so aufgeschreckt übers Wasser, als wäre der Teufel hinter ihm her, er wirkte unstet und unkoordiniert wie eine Fledermaus. Fatalerweise nahm er auch nirgendwo Platz, um sich auszuruhen. Peter Schott bekam schon Angst, der Kormoran werde bald nicht mehr die Kraft besitzen, um die ihm zugedachte Aufgabe zu erfüllen, da schoß das Tier doch noch schneidig ins Wasser und tauchte im nächsten Moment wieder auf und hatte etwas silbrig Glänzendes und verzweifelt Zappelndes im Schnabel. Sogleich war Peter Schott in höchste Erregung versetzt. Jetzt würde sich zeigen, ob das tatsächlich eine geniale Idee war, die er da gehabt hatte, oder nur eine fixe: Lag der Ring nämlich nicht eng genug um den Hals, würde der Fisch hindurchrutschen und im eindeutig falschen Magen landen. Ließ aber der Vogel, weil er merkte, daß er allenfalls noch einen Regenwurm zu schlucken imstande war, seinen Fang enttäuscht wieder fallen, hatte erst recht niemand was davon, außer natürlich der Fisch. Indes, der Ring schien perfekt bemessen, der Kormoran kriegte und kriegte den Fisch nicht hindurch. Glücklicherweise gab er ihn auch nicht frei, er war wirklich ein sturer Vogel, er schluckte und schluckte und flog schließlich, immer weiter schluckend und schnappend, in Richtung Heimatdalbe. Wie Peter Schott nun frohlockte! »Ick weeß, watte denkst«, murmelte er, »du denkst, wennde erstmal in Ruhe uff deim Stammplatz stehst, wirds schon flutschen – aber nüscht da!« Und er griff sich, kaum daß der Vogel seine gefesselten Streichholzbeine ausgefahren hatte, den Fisch, bei dem es sich um einen ausgewachsenen Barsch handelte, und präsentierte ihn mit stolzgeschwellter Brust der Mannschaft. Den Kormoran aber bedachte er mit einem zärtlichen Blick.

Und das war auch der Moment, in dem ihm der Einfall gekommen sein mußte, seinen Zuträger in einem weihevollen Akt Jimmy zu taufen. Jedenfalls stürmte er, den Zeigefinger in die Luft piekend, plötzlich von Deck. Wenig später tauchte er mit einer wassergefüllten Tasse, an deren Außenwand getrocknete Kaffeeschlieren klebten, wieder auf. Mitterweile war die vierköpfige Besatzung vollzählig vor der Dalbe versammelt, das heißt, außer Matti und Kevin Zehner stand auch Werner Klopsteg da, der mürrische, verschlossene Maschinist, mit dem keiner so richtig warm wurde. Dafür war die Hauptperson, das Federvieh, von seinem Platz verschwunden. Nur die zuckende Leine war noch zu sehen. Peter Schott schwenkte enttäuscht seine Tasse. Einen Augenblick später hellte sich seine Miene jedoch wieder auf, und er rief in größter Vorfreude: »Janz klar, der jagt schon wieder, der hat Knast!« Und wirklich dauerte es nicht lange, und der Kormoran erschien mit einem zweiten Fisch, was Schott mit einem triumphierenden »Sehta!« quittierte. Er hielt das Vieh nun schon nahezu für abgerichtet und verband mit ihm eine äußerst nahrhafte Zukunft. Routiniert entnahm er ihm mit der Linken den Fisch, einen etwas mickrigen Barsch diesmal, aber bitte, man soll nicht undankbar sein. Gleichzeitig faßte er mit der Rechten die Leine so kurz, daß der Kormoran nicht jetzt schon wieder das Weite respektive das nächste Opfer suchen konnte. Er übergab Lehrling Zehner (»zu treuen Händen, Junge«) den Fang und goß seinem neuen Freund das Wasser über, mehr eigentlich an den Kopf. Dabei sagte er bedeutungsvoll: »Ick taufe dich hiermit Jimmy. Haste jehört – Jimmy!« Der Kormoran schüttelte sich und flatterte erschrokken mit den Flügeln, schaffte es aber nicht richtig hoch. Selbstverständlich hatte Peter Schott ein Einsehen und ließ die Leine laufen, so daß Jimmy die nötige Bewegungsfreiheit wiedererlangte; sie waren ja auch vier Mann und hatten erst zwei Fische, da fehlte noch was, da sollte schon noch was kommen.

»Wieso eigentlich Jimmy?« fragte Matti, während der Kormoran wieder auf Jagd war.

Peter Schott erklärte ebenso kryptisch wie pathetisch: »Ick sage nur zwei Worte: Eisanunion!«

Lehrling Zehner, der erst wenige Tage zuvor auf der »Barby« angeheuert hatte, entfuhr ein »häh?«

Matti übersetzte: »Eisern Union. Union Berlin ist Peters Fußballverein. Da rennt er immer hin.« Was aber der Vogel mit dem Verein zu tun haben sollte, war auch ihm schleierhaft, und so schaute er fragend zu Peter Schott.

Der erläuterte: »Jenau, da binnick dauernd. Und wie jeder, der da is, liebe ick immer noch Jimmy Hoge. Ein genialer Stürmer war ditt, aber trotzdem isser nich alt jeworden bei Union. Die Funktionäre hamm ihn von eim Tag auf den andern aussem Verkehr jezogen. Ett jibt tausend Jerüchte, warum, aber mit denen willick euch nich behellijen. Jimmy war einfach n Querkopp, ditt is letztlich der Grund. Jemand hat ne besondere Idee von sich – und schon kriegter Ärger. Man kann nüscht tun, außer die Erinnerung an ihn wachzuhalten.« Peter Schott hielt inne, wies dann plötzlich auf den Vogel und sagte: »Darin liegt natürlich für ihn hier ne große Ehre und ne unheimliche Verpflichtung.« Er zog den Kormoran mit der Leine zu sich und schaute ihn streng an: »Wir erwarten wat von dir, Jimmy, und zwar nich nur heute! Ooch morgen und übermorgen! Um ett mal so zu sagen: Jimmy Hoge hat uns Tore jeschenkt, und du sollst uns Fische schenken – Fische, is ditt klar?«

Jimmy glotzte ihn ausdruckslos an. »Jib ma«, sagte Peter Schott zum Lehrling Zehner, riß ihm den eher schlanken Barsch aus den Händen und hielt ihn Jimmy vor den Schnabel, wobei er ausrief: »Ditt is n Fisch, wenn ooch n kreplјer, aber im Grundsatz is ditt n Fisch, verstehste?«

Jimmy schnappte plötzlich nach dem glitschigen Barsch, entzog ihn Peter Schott und schluckte und würgte wie ein Wilder, vergeblich, der Ring spannte an seinem Hals. Da fiel Peter etwas ziemlich Wichtiges ein. Jimmy mußte ja ab und zu noch selber einen Fisch in den Magen kriegen, ansonsten würde er bald nicht mehr auf Raubzug gehen können und fiele tot um. Außerdem, dachte sich Peter Schott, würde es Jimmy unheimlich motivieren, wenn er merkte oder vielleicht sogar begriffe, daß trotz der eindeutigen Auftragslage immer auch was für ihn abfiele. Kurz entschlossen zog er ihm den Ring vom Kopf und klemmte ihn sich selber zwischen die Zähne. Sofort flutschte der Fisch den Kormoranhals hinab, alle konnten zusehen, wie dieser schlanke Hals sich für einen Moment sackartig weitete. Sie hörten auch, als käme es aus einer Rohrpostanlage, ein zischendes Geräusch. Peter Schott nickte befriedigt, steckte Jimmy den Ring wieder um den Hals und rief ihm zu: »Ditt war ne Vorleistung unsrerseits, nich etwa, daßwa uns falsch verstehn, mein Freund. Du krist nich jeden zweeten Hoscha, da wirste nur fett und faul. Nochma, du hast ne Verpflichtung, Jugendfreund! Sagnwa, drei für uns, eener für dich, ditt is ne ordentliche Uffteilung, ick frachma meine Kumpels hier, oppitt denen jenehm is?« Er drehte sich zu den anderen um. Matti prustete vor Lachen. Werner Klopsteg stierte wie immer. Lehrling Zehner schaute betreten nach unten. »Is jenehm, mehr oder wenjer. Also Jimmy, abjemacht!«

Und Jimmy, was blieb ihm anderes übrig, flog los und brachte Peter an jenem Abend, da ihr Kontrakt nicht besiegelt, aber beringt worden war, getreu seiner Verpflichtung noch drei Fische, da besaßen sie vier, die Peter Schott aufs feinste briet; jawohl, er war ein erstklassiger Koch, und weil er das war, hatte sich längst eingebürgert, daß er sich mehr um das Essen als um das Steuer kümmerte, an dem wiederum meist Matti stand.

Leider wurde Jimmy, der Kormoran, ebenso jäh aus dem Verkehr gezogen wie Jimmy, der Fußballer. Drei Wochen hatte er, halbfestgebunden am Backbordpoller, höchst anständig seine Arbeit verrichtet, so daß Peter sogar in die Lage versetzt worden war, an den Schleusen, die sie benutzten, ziemlich respektable und vor allem absolut frische Fische zu veräußern, aber dann mußte Peter mit ansehen, wie Jimmy, sein braver Fänger, plötzlich selbst gefangen wurde. Jimmy war gerade wieder ins Wasser gestoßen, da zeigte sich über ihm etwas Großes Dunkles, ein Adler. Geduldig kreiste der. Peter schrie, um ihn zu vertreiben, aber der Adler ignorierte das Menschlein da unten konsequent. Peter hörte auf zu brüllen. Stumm verfolgte er, wie Jimmy wieder auftauchte und von dem Räuber gepackt wurde. Jimmy schlug wie wild um sich, und tatsächlich gelang es ihm, sich zu befreien und wieder unterzutauchen. Der Adler aber gab nicht auf, er kreiste erneut, er wußte, sein Opfer konnte nicht ewig unter Wasser bleiben. Nach etwa zwei Minuten ließ sich Jimmy notgedrungen wieder blicken. Er war nun schon entkäftet. Seine nassen schweren Flügel hinderten ihn an der Flucht. Erneut wurde er gepackt; und jetzt ließ der Adler ihn nicht mehr los. Er wollte mit seiner Beute in Richtung Ufer, der Greifvogel, merkte wohl aber, etwas war anders als sonst, er kam ja nur bis zu einem bestimmten Punkt, es war das Seil natürlich, von dem nun auch er aufgehalten wurde, er zerrte wie verrückt an dem angebundenen Jimmy und drohte ihn mit seinen Klauen zu zerreißen. Peter Schott mochte das nicht mehr mit ansehen. Er durchtrennte das Seil mit einem Küchenmesser. Jäh schoß der Adler mit seiner Beute weg.

Die anderen, die nach Peter Schotts Ausruf an die Reling gelaufen waren, sahen Peter ungeachtet der zwiespältigen Haltung, mit der sie in den letzten Wochen seine Aktivitäten verfolgt hatten, mit aufrichtiger Traurigkeit an. Das war aber wirklich kein schönes Ende! Das hatten weder Jimmy noch Peter verdient! Und Peter war auch windelweich vor Gram, man sagt ja, Gram verhärte den Menschen, doch bei ihm waren aus den markanten Falten im Gesicht seltsam glänzende und auch zitternde Strichelchen geworden. Er würde doch nicht anfangen zu weinen?

Er schaute demonstrativ gen Himmel, in dem er Jimmy nun für alle Zeiten verortete, gab sich einen Ruck und sagte mit fester Stimme: »Ditt war heldenhaft, mein Freund. Hast jut jegenjehalten. Konntste nüscht machen im Endeffekt. Is unjefähr so, als wennwa jegen BFC spielen, die Scheißa. Hammwa ooch keene Schanks. Kopf hoch, würdick sagen, wennde noch een hättest!«

*

Aus dem Romanmanuskript »Das verschlossene Kind«: 2. Kapitel:

»Auf die weiße Tischdecke?« entfuhr es mir. Es muß Entsetzen in meiner Stimme gelegen haben, denn Vestis, der unmittelbar neben mir ging, wich einen Schritt zur Seite.

»Auf die weiße Tischdecke«, bestätigte er. »Zu jeder Mahlzeit wird eine neue aufgezogen. Wir müssen uns zu dritt daransetzen und immer gemeinsam essen, das besagt die Regel. Wir haben sogar einen eigenen Koch. In dieser Hinsicht soll es dem jungen Herrn an nichts fehlen. Er kriegt auch jeden Tag einen Liter Wein, und er trinkt ihn bis auf den letzten Tropfen, und wehe …«

»Aber er ist erst neun Jahre!« wandte ich bestürzt ein.

»Ja, neun … aber wehe, Gomus versucht, ihm den Wein abspenstig zu machen, dann kommt es jedesmal zum Handgemenge, und oft genug stürzt der Wein herunter.«

»Euch steht keiner zu?«

Vestis bejahte. Mir schoß der Gedanke durch den Kopf, der Oberste hege doch warmherzige und vielleicht sogar väterliche Gefühle Antonio gegenüber, oder warum sollte er ihn wie einen Fürsten mit Speis und Trank versorgen? Doch schon einen Moment später wußte ich es besser: Er umhegte ihn, er baute einem möglichen Verfall von Antonios Körper vor, um Antonio die seelischen Qualen nur um so mehr spüren zu lassen. Ich ahnte, daß es ihn auf besondere Weise befriedigen mußte, nicht jemanden mit schon welkem Leib, sondern einen scheinbar Kräftigen und sogar immer kräftiger Werdenden in die Verzweiflung zu treiben; und ich ahnte auch, daß er sich, wenn er es denn überhaupt nötig hatte, mit dieser großzügigen Bereitstellung jeder erwünschten und unerwünschten Nahrung selbst Absolution erteilte: Ich gebe Antonio doch alles, was er braucht, um heranzuwachsen, mochte der Oberste sich sagen, allein seine Schuld, wenn er verfällt, nicht meine.

Vestis riß mich aus meinen Gedanken, indem er unterwürfig sagte: »Herr Magister, Sie sollen wissen, meine ganze Hoffnung ist mit Ihrer Person verbunden. Wie habe ich Ihrer Ankunft entgegengefiebert!«

Mir entfuhr ein überraschter Laut, ein Laut, in dem Resignation und Abwehr lagen, aber Vestis ließ sich nicht beirren: »Wenn Sie nun jeden Vormittag mit dem jungen Herrn reden, so wird, allein durch Ihre Worte, endlich frische Luft in die Zelle gelangen. Auch wir anderen werden ohne Zweifel aufleben. Wir werden atmen und sprechen. Sie werden den Prozeß unseres stummen Sterbens aufhalten, Herr Karandasch, allein durch Ihre Anwesenheit.«

Ich winkte verdrossen ab, war ich doch nicht auf die Insel gekommen, um auch noch die Wachen aufleben zu lassen. Wenig später freilich wurde mir bewußt, worin der wahre Grund für meine Verdrossenheit lag: Darin, daß die Umstände hier auf eine gänzlich unvorhergesehene Art niederdrückend waren. Gewiß, ich hatte Beklemmendes erwartet. Düstere Mauern, enge Gänge, schneidige Wachen. Statt dessen verhielt sich Vestis wie ein geschlagener Hund, der danach lechzte, gestreichelt zu werden, während das Areal innerhalb des schwarzen geteerten Bretterdreiecks mir großzügig bemessen schien. Mit seinen Hügeln und seinem Grün erinnerte es mich an eine Vorgebirgslandschaft. Die länglichen einstöckigen Bauten waren wie wahllos darin eingebettet, Schornsteine rauchten auf die gemütlichste Weise, Katzen schlichen und sprangen herum. Auf den ersten Blick schien mir das ein Dörflein zu sein, wie es im Reich Tausende gab und gibt. Nur an Kleinigkeiten vermochte ich dann die schreckliche Wahrheit abzulesen. Die vergitterten Fenster einiger, nicht aller Gebäude waren vollständig mit schwarzer Farbe bestrichen, und auf dem Dach eines Hauses prangte anstatt eines Wetterhahns die gleiche blitzende Sichel in Form des abnehmenden Mondes, die bei Hinrichtungen dazu diente, den Verurteilten den Kopf abzutrennen. Jene scharfe stählerne Mondsichel, sie war damals das Zeichen unabänderlich verschwindenden Lebens; der Oberste hatte es sogar geschafft, den Menschen höllische Angst vor dem wahren fernen, ungefährlichen Himmelskörper zu machen: Sie senkten ihre Blicke, sobald die Periode des Vollmondes vorbei war, und hielten sie nächtelang gesenkt.

Ich zeigte auf jenes so finster geschmückte Haus und fragte Vestis, ob dort Antonio einsitze. Vestis nickte. Wenn es denn eines letzten Be-

weises dafür bedurft hätte, welche Absichten der Oberste bezüglich Antonio hegte, so lag dieser nun vor.

»Was auch immer ich hier tue, es ist vollkommen sinnlos«, murmelte ich.

Da überraschte der mir so devot erschienene Vestis mich mit einer flammenden Einrede. »Erlauben Sie mir, Ihnen zu widersprechen, verehrter Herr Magister Karandasch«, hob er an, und mir war im ersten Augenblick, als läge in seiner gedrechselten Anrede einige Ironie. Wie ich dann aber Vestis' aufmerksamem und ehrlichem Gesichtsausdruck entnahm, hatte ich geirrt. Vestis hatte tatsächlich aus Respekt so zu sprechen begonnen. »Was auch immer Sie hier tun«, erklärte er, »es wird meiner Meinung nach ganz und gar nicht sinnlos sein. Sie haben das baldige Lebensende des jungen Herrn vor Augen? Dann wäre es, wieder nur meiner Meinung nach, angemessen, sich besonders zu mühen und in der kurzen Zeitspanne, die bleiben mag, ihn so viel wie möglich zu lehren und auch ausgiebig zu erfreuen. Denn nur weil wir meinen, sein Leben ende sowieso bald, haben wir doch nicht das Recht, untätig zu bleiben. Wir blieben ja auch nicht untätig, wenn sein Ende noch lange hin, sein Schicksal vollkommen offen wäre, nicht wahr? Dann würden Sie ihn doch ohne Unterlaß lehren und wappnen für alles, was noch käme. Und nun kommt nichts mehr? Ungeachtet dessen, daß man das nie so genau wissen kann und der Tod womöglich viel länger auf sich warten läßt, als wir heute annehmen: Noch lebt der junge Herr! Noch ist die Sichel nur eine Drohung, nur ein aufs Dach gestecktes Stück Metall! Und solange er lebt, hat er es auch verdient, wie ein Lebender und nicht wie ein Sterbender und schon gar nicht wie ein Toter behandelt zu werden. Ich beschwöre Sie, Herr Karandasch! Lehren Sie ihn, hören Sie, Sie müssen ihn lehren, als sei er Ihr Meisterschüler, der beste und wichtigste, der je vor Ihnen saß!«

Ich erinnere mich, mit meinen Händen vor Scham den Stoff meiner Manteltaschen geknüllt zu haben. Vestis hatte recht. Es war falsch und vor allem schwach von mir, müde an die Aufgabe heranzugehen. Im nachhinein erwies es sich als Segen, daß er sich ein Herz gefaßt und so eindringlich auf mich eingeredet hatte, denn schon um diesen einfachen und doch gescheiten Mann nicht zu enttäuschen, schwor ich mir, mich Antonio gegenüber, so verloren er auf mich auch wirken würde, in jeder Sekunde geduldig und aufmunternd zu zeigen.

Wir betraten das Haus der blitzenden Sichel. Es war innen weiß gekalkt. Ich sah einen langen Gang, auf den rechterhand durch große Fenster das helle Licht des Vormittags fiel. Linkerhand befanden sich mehrere schwarze Eisentüren, hinter denen die Zellen lagen. Die Türen hatten die üblichen Gucklöcher sowie die ebenso gebräuchlichen Eisenklappen fürs Durchschieben des Essens. Vor jeder Tür aber, und das war ungewöhnlich, hing an der Decke ein runder eiserner Kerzenhalter, dessen Durchmesser vielleicht einen Meter betragen mochte und der mit zwölf spitzen, nach innen gebogenen Lanzen bestückt war, die nicht nach oben, sondern nach unten zeigten. Ich schaute fragend zu Vestis, und er erklärte mir: »Alle diese Leuchter erfüllen die Funktion von gefährlichen, wenn nicht todbringenden Käfigen. Sie können, sollte tatsächlich einmal einem Gefangenen der Ausbruch aus seiner Zelle gelingen, was bisher nicht geschehen ist, im Zehntel einer Sekunde heruntergelassen werden und den Flüchtigen einschließen. Der Flurwärter dort hinten muß nur einen unter seinem Tisch angebrachten Hebel bedienen. Sämtliche Leuchter fallen dann mit einem Schlag nieder. Wie Sie sehen, Herr Magister, sind die Eisenteile, schon aufgrund ihres beträchtlichen Gewichts, zudem geeignet, den Flüchtling der Länge nach aufzuschlitzen, schlimmstenfalls in zwölf Teile.« Mich schauderte; und mich schauderte auch, weil Vestis auf einmal kalt und unpersönlich gesprochen hatte. Mir schien, als wäre bei seinem Eintritt in das Gebäude aus dem mitfühlenden Menschen ein hartherziger Wächter geworden. Dann aber bemerkte ich, wie der Diensthabene am Tisch ihn musterte, und ich begriff, Vestis tat nur so, als rührten ihn die von der Decke baumelnden Waffen nicht. Hatte er nicht auch ›schlimmstenfalls in zwölf Teile‹ gesagt? Das war, wenn man recht darüber nachdachte, ein unbewußtes Parteiergreifen für die Gefangenen gewesen, denn ein gefühlloser Vestis hätte doch ein ›günstigstenfalls‹ oder etwas ähnlich Verächtliches ausstoßen müssen.

Ich bat ihn, mich nun in Antonios Zelle zu führen. Vestis bedeutete mir mit einem Handzeichen, sie befinde sich am hinteren Ende des Ganges. Während wir diesen entlangliefen, duckte ich mich unwillkürlich vor jeder Tür, da ich argwöhnte, einer der Leuchter würde herunterrasseln und mich töten: Konnte der Vasall dort an seinem Tisch, unwillentlich oder auch willentlich, nicht den Hebel nur durch eine Bewegung seines Knies umlegen? Ich war außerstande, mich von diesem

Gedanken zu lösen, doch in meinem Innersten wußte ich, daß ich mich nicht von ihm lösen wollte und mich sogar an ihn klammerte, und dies einzig und allein, um mir nicht vorstellen zu müssen, wie Antonio, vor den ich in wenigen Sekunden treten würde, wohl aussah und wie er sich verhielt. Zu oft hatte ich es mir schon vorzustellen versucht. Und nie konnte ich dabei das Profil Antonios vergessen, das seine Eltern in ihrem naiven Überschwang kurz vor ihrer Ermordung und seiner Einkerkerung auf Hunderttausende Münzen hatten prägen lassen. Antonio war damals knapp drei Jahre alt gewesen. Seine Stirn stand beinahe so weit vor wie seine noch babyhaft breite und kurze Nase, seine Lippen waren geschürzt, seine Haare gelockt. Er bot das Bild eines behüteten und ein wenig trotzigen Kleinkindes. Der Oberste hatte alle diese Münzen aus dem Verkehr gezogen, indem er die Bevölkerung aufforderte, sie auf Sammelplätzen abzuliefern. Sodann ließ er sie coram publico einschmelzen. Die dabei entstandene Hitze habe, so erzählte man sich, bei nicht wenigen am Feuer stehenden und von der nachdrängenden Masse immer noch näher dort hingeschobenen Zuschauern zu grauenvollen Verbrennungen geführt. Aus dem geschmolzenen Gold aber wurde für jeden Beamten des Reiches ein Ring geschmiedet. Der Oberste deklarierte dies als großzügiges Geschenk. Tatsächlich handelte es sich auch hierbei um einen Befehl zur Unterwerfung, erhielten doch die Beamten die Anweisung, ihren Ring Tag und Nacht zu tragen und diesem bei Strafe ihrer Verbannung keinen weiteren hinzuzufügen. So stach er immer hervor, so wurde die Gabe für viele, die dem Obersten dienten, ohne mit ihm in Gedanken konform zu gehen, zu einem Brandmal, zu einem Zeichen ihrer Käuflichkeit, zu einem Ausweis, der sie an ihre eigene Jämmerlichkeit erinnerte und diese immer weiter verstärkte. Was nun mich selber angeht, so lieferte ich meine Münze nicht wie verlangt ab. Ich glaubte, das Antonio und seiner Familie schuldig zu sein. Ich behauptete, keine solche Münze zu besitzen. Es folgte, da man gerade mir diesbezüglich nicht den geringsten Glauben schenkte, unvermeidlich eine Hausdurchsuchung, während der man aber nichts fand. Lange Zeit beließ ich, um mich nicht zu gefährden, die Münze in ihrem Versteck, doch von dem Tag an, da der Oberste mich zu sich gerufen hatte, um mich auf die Insel zu befehlen, holte ich sie immer wieder hervor, besah mir den kleinen Antonio und malte mir aus, wie sich die nun schon sechs Jahre währende Haft in seine reinen Züge gegraben haben mochte. Ich stellte mir tiefe Furchen, eitrige Beulen, dunkle Augenhöhlen, geplatzte Lippen und faulige Zähne vor. Zuweilen erblickte ich sogar einen Satyr; mal war es ein Eselskopf auf dürren weißen Knabenbeinen, mal ein speckiges Schwein mit Antonios mattem, wie verloschenem Antlitz, mal ein knorpeliger Drachenkörper, auf dem der ins Unendliche vergrößerte, violett verfärbte Schädel des Jungen saß. Und je öfter sich Antonio mir dergestalt zeigte, um so deutlicher spürte ich, wie in mir Befangenheit und sogar Angst ihm gegenüber aufstiegen. Mehr noch, in den letzten Tagen war es zu einem Zwang und fast zu einem Wahn geworden, daß ich mir die grausamsten Bilder des an Leib und Seele deformierten Antonio heraufbeschwor und zugleich mich selber beobachtete, wie ich voller Furcht, dies abscheuliche Wesen werde mich anspringen, erstmals seine Zellentür öffnete. Insofern, ich komme auf die todbringenden Leuchter zurück, war es mir lieber, mich jetzt vor ihnen zu fürchten. Die Gefährdung, die von ihnen ausging, setzte mich in die Lage, in den letzten Sekunden vor dem Eintreten nicht an Antonio denken zu müssen und ihm mit einem kärglichen Rest von Unbedarftheit zu begegnen.

*

Die »Barby« hatte gerade das Haff verlassen, als sich Langhammer, Mattis Kollege von der »Schönebeck«, per Funk meldete. Matti nahm das klobige Sprechgerät aus der abgewetzten Lederschlaufe, die von der Steuerhausdecke baumelte, wo sie eigentlich nicht hingehörte. Genaugenommen gehörte sie überhaupt nicht auf dieses Schiff, sondern in eine Berliner Straßenbahn. Dort war sie einmal ein rechtschaffener Haltegriff gewesen, aber nur bis zu der Minute im Anschluß an ein Union-Spiel, in der Peter Schott sie geradezu verzückt, und ohne schon an irgendeine Wiederverwendung zu denken, aus ihrer Verankerung gerissen hatte (was, wie er Matti strahlend berichtete, der ohnehin überbordenden Stimmung im Wagen einen zusätzlichen Schub verliehen habe; er, Matti, möge doch mal mitkommen und sich auch dieser Stimmung hingeben).

»Ja, Matti hier, ich höre.«

»Die Zentrale sagt, ihr seid auf dem Weg nach EHS. Sind wir auch. Wollen den Abend im ›Interhotel‹ verbringen. Hoffen auf eure Anwesenheit.«

Matti verstand sich gut mit Langhammer und seinen Leuten, so antwortete er: »Werden uns bemühen. Von wo kommt ihr?«

»KWH.«

Königs Wusterhausen. »Dann seid ihr eher da. Haltet uns paar Plätze frei.«

Und schon war man also für heute in Eisenhüttenstadt verabredet.

Allerdings war das, was die Schiffer »Interhotel« nannten, in Wahrheit eine aus Brettern gezimmerte Spelunke inmitten einer Laubenkolonie. Die Stühle waren aus dunkler Eiche, die Tische aus Sprelacart. Über der Theke wiederum hing ein imposanter Kristallüster, den Rusch, der Wirt, von einem seiner Besuche auf polnischen Flohmärkten mitgebracht hatte. Da dieser Rusch ein großer, strammer Kerl war, das Gebäude aber ein recht niedriges, stieß er mit seinem Kopf des öfteren an die herunterbaumelnden Kristallteile des Lüsters, und ein leises Klingen und Singen ertönte. Zuweilen patschte auch ein Betrunkener nach dem Kristall, aber das konnte nur einer sein, der hier das erste Mal zu Gast war. Sogleich kriegte er es nämlich mit Rusch zu tun, und zeigte er sich dann auch nur eine Sekunde uneinsichtig, wurde er von dem vor die Tür expediert, genauer gesagt, vor eine der beiden Türen. Die vordere führte zum Hauptweg der Kolonie, die hintere zu einem Offenstall aus verblichenem Holz, in dem Ruschs Ziege lebte. Manchmal erfolgte gewissermaßen ein Bevölkerungsaustausch: Rusch warf einen Besoffenen, der sich an seinem wertvollsten Stück vergangen hatte, in den Stall, während die Ziege, als könne sie den Anblick und den Gestank des Ankömmlings nicht ertragen, sich langsam in den Gastraum aufmachte, wo sie stoisch vor der Theke stehenblieb und sich das Treiben der Gäste anschaute. Mit einem Wort, in diesem Etablissement paßte so gut wie nichts zusammen, aber gerade das war es ja, was die Schiffer so anzog. Speziell Peter Schott fühlte sich hier ausgesprochen heimisch; allerdings war er es auch, der bei jedem seiner Besuche dafür sorgte, daß doch etwas zusammenpaßte. Stets führte er ein mit dunklem, abgegriffenen Leder ummanteltes Bierglas mit sich, und der Zufall wollte es, daß Rusch eine Schürze aus ebensolchem Leder trug. Außenstehende mußten zwangsläufig den Eindruck gewinnen, der Wirt und dieser eine Gast stünden in einer geheimnisvollen Verbindung zueinander, doch wie gesagt, das war nicht der Fall.

Jenes gepolsterte Glas galt freilich auch deshalb als ein wenig mysteriös, weil Peter sich immer bedeckt gab, wenn die Rede darauf kam. Auf entsprechende Fragen oder Lästereien antwortete er mit beharrlichem Schweigen. Einzig Matti hatte er einmal anvertraut, warum er es, als sein persönliches Exemplar, zu Rusch und überhaupt in jede Kneipe trage: »Aus Gründen der alljemeinen Sicherheit. Ick neige in bestimmter Verfassung dazu, Gläser zu zertöppern, vorzuchsweise an Wänden. Ditt macht mir einfach Spaß. Is son Impuls. Is ooch überhaupt nich böse jemeint. Wird aber immer falsch uffjefaßt. Also schieb ick selbern Riegel vor. Hättick und habick früher natürlich nich jemacht. Aber der Mensch wird älter und klüger und jeht uff andre Menschen zu. Beziehungsweise er jeht ihnen ausm Weg. Is übrijens n doppelter Riegel, haste jemerkt? Eenma die Eigentumsfrage: Is mein Glas und nich ditt von Rusch oder sonstwem, ditt schmeißte schonma nich so leicht weg. Und wenn doch, is ja noch ditt Leder drumrum, und ett knallt nich gleich.«

Dies alles hatte Peter Schott Matti aber keineswegs selbstzufrieden, sondern fast leidend erzählt, und als Matti sich darüber verwundert zeigte, hatte Peter gerufen: »Ditt is ja ooch n traurijer Vorgang! Offiziell handelt ett sich um ne Höherentwicklung, jut. Aber inoffiziell, soll heißen, in mir drinne, issett n Rückschritt. Ick schneide mir watt ab. Und zwar tue ick ditt, obwohl ick janich der Meinung bin, wattick da abschneide, wär schlecht. Wennett mich glücklich macht – wie kannett da schlecht sein? Ick tu doch niemandem weh, wennick son Glas zertöppere, die Wand merkt ditt doch nich! Is also ne sinnlose Regel, wennett heißt, du sollst nich mutwillig Gläser zertöppern. Is einfach nur ne erfundene Regel. Wärse nich erfunden, watt meenste, wieviel Gläser fliegen würden! Und nüscht würde passiern, nüscht, außer daß n paar Menschen mehr glücklich wärn, jedenfalls in dem Moment. Und weeßte watt? Ick kann dir tausend sone Regeln nennen, tausend! Nehmwa nur ne Ampel, jenau, ne einfache Ampel anner poplijen Kreuzung. Wozu, frage ick dich, is die da anjebracht worden? Janz klar, um den von verschiedenen Seiten ranfließenden Verkehr zu regeln. Soweit allett in Ordnung. Möchte man nich mehr missen. Aber nu issett nachts um zwo, und keene Sau is mehr uffder Straße. Nur icke, oder du, oder sonstwer. Und ick steh mit meiner Karre vor der roten Ampel, und die wird und wird nich grün. Da wirste do irre! Und zwar wirste nich irre, weilde nich die Minute Zeit hättest, sondern weilde jenau weeßt, daß die Ampel in dem Moment sinnlos is. Weilse ja nich im jeringsten watt zu regeln hat. Der einzije Verkehr, der uff sie zuströmt, bist du, ditt kannste jenau sehn, ick rede natürlich vonner Kreuzung, die einsehbar is. Und trotzdem kriste n Stempel uffjebrummt, wennde einfach losfährst. Weilde nämlich die Regel verletzt hast. Also bleibste lieber stehn. Aber wie fühlste dich? Unglücklich. Wenn man nämlich ner Regel folgt, obwohl man jenau weeß, dasse für die Katz is, dann is ditt zutiefst unjesund. Ick bin schon janz krank, in dem Sinne.«

Als nun die Besatzung der »Barby« gegen 21 Uhr in der Kneipe eintraf, saßen Langhammer sowie sein Steuermann Billerbeck wie erwartet schon da. Auch ihren Lehrling Männel hatten sie dabei. Fingerknöchel klopften aufs Sprelacart, Stühle wurden geräuschvoll gerückt, halbleere Gläser schwungvoll erhoben.

»Wird ja auch Zeit«, sagte Langhammer, ein älterer, gemütlicher Mecklenburger. »Wir dachten schon, ihr seid im Kanal auf Klamotten gelaufen.«

»Wir mußten im Hafen warten, wir sind nicht gleich drangekommen beim Löschen«, erklärte Matti. Im Anschluß erzählte man sich gegenseitig, was man geladen hatte und wohin man in den nächsten Tagen fahren werde; währenddessen trommelte aber Billerbeck schon ungeduldig mit seinen Fingern auf den Tisch. Auch er stammte aus dem Norden, war jedoch jünger und weniger bedächtig als Langhammer.

»Ihr gebt einen aus, nehme ich doch an«, rief er endlich frohgemut und herausfordernd.

»Wie kommste denn daruff?« entgegnete Peter Schott.

»Na, bei der Prämie!«

»Watt für ne Prämie?«

Die drei von der »Schönebeck« schauten irritiert, und Billerbeck rief: »Was für eine Prämie? Hehe, im ›Anker‹ steht genau, was das für eine Prämie ist, jeder weiß es, also spiel mal nicht den Unwissenden.«

»Wir sind seit acht Tagen auf dem Wasser, wir kennen den neuesten ›Anker‹ nicht«, warf Matti ein.

»Aber euren eigenen Neuerervorschlag«, brummte Langhammer, »den kennt ihr doch bestimmt.«

»Neurervorschlag?« wiederholte Peter Schott. In diesem Moment schlug Matti mit der flachen Hand auf die Tischplatte und begann lauthals zu lachen, gar nicht mehr einkriegen konnte er sich. Endlich rief er zu Peter: »Deiner – es kann nur deiner sein!«

»Mein Neurervorschlag? Ditt muß mir aber entjangen sein, daß ick n Neurervorschlag einjereicht hätte«, stieß Peter hervor. »Icke, also wirklich!«

»Eingereicht nicht. Aber gemacht schon«, sagte Matti.

»Watt soll denn ditt heißen, watt soll – nee! Nee!« Peter streckte plötzlich den Kopf vor: »Soll ditt vielleicht heißen, du hast den Quatsch weiterjejem? Ditt haste weiterjejem? Ick fassitt nich!«

»Ihr seid großartig«, brummte wieder Langhammer. »Da weiß ja eine Hand nicht, was die andere tut. Und wir wissen's erst recht nicht. Aber vielleicht könnt ihr uns aufklären ...«

»Aber ja, aber ja«, sagte Matti, von neuem lachend, und kopfschüttelnd: »Wir haben die letzte Liste der prämierten Neuerervorschläge gelesen, vor ein paar Monaten war das. Und da war solcher Unfug dabei, na, ihr kennt das, Unfug, der nur in die Welt gesetzt wird, damit der Betrieb irgendwas abrechnen kann. Und als wir das so lasen, sagte Peter, man müßte aus Jux mal vorschlagen, die Zentrale solle beim Tee, mit dem sie die Besatzungen versorgt, Zitrone und Zucker einsparen, bestimmt würde sie auch diesen Blödsinn noch aufgreifen und als bahnbrechend feiern.«

»Und du hast ditt wirklich vorjeschlagen, und die hamm ditt wirklich uffjegriffen«, sagte Peter fassungslos.

Matti sah zu Billerbeck: »Offensichtlich haben sie das ...«

»Stimmt«, sagte der, »im ›Anker‹ stand: Optimierung der Zubereitung und Bereitstellung des Heiß- und Kalt-Getränkes Tee. Wir haben uns schon gefragt, was darunter zu vestehen ist, nicht, Heinz?« Er blickte zu Langhammer.

Langhammer wiederum schaute anerkennend zu Matti: »Du wolltest sie an der Nase rumführen – und du hast's geschafft.«

Matti schüttelte den Kopf. »Das ist leider nicht wahr. Ich wollte genau das Gegenteil. Ich wollte sie mit der Nase darauf stoßen, welche Schauwettbewerbe sie austragen. Es ist doch alles nur Schau. Aber sie sind so verblendet, daß sie's nicht merken. Sie merken es einfach nicht!«

»Hättick dir vorher sagen können«, sagte Peter Schott, »und wennde mir vorher watt jesagt hättest, hättick dich ooch jewarnt, schon aus Eigenintresse. Nämlich – worin besteht jetzt ditt Erjebnis? Watt haste erreicht mit deiner Aktion? Erstens, wir müssen nu selber Zucker und Zitrone zu dem Tee koofen. Is noch zu verkraften, stürzt uns nich in Armut. Aber ditt Wichtijere und absolut Negative is ditt sozusagen Ideelle: Wir gelten dojetz als diejenjen, die sich den Schwachsinn hamm einfallen lassen. Alle müssen dojetz denken, die von der ›Barby‹, die loofen nich mehr janz rund. Weeßdo keener, daßett ursprünglich nurn Spaß jewesen is.«

Matti verfiel in ein finsteres Schweigen, und jeder dachte, es sei wegen dieser unschönen Aussicht, und stimmte das etwa nicht? Aber es war nicht die ganze Wahrheit. Er fühlte einen Mißmut aufsteigen, der umfassenderer Natur war, einen Mißmut, der sich aus vielen ähnlichen Quellen, aus sich dauernd wiederholenden Erlebnissen speiste, einen Mißmut, den er schon kannte, einen Mißmut, der ihn jeweils für ein paar Minuten still und stumm machte. Er dachte, alles ist so folgenlos. Alles geht doch immer, immer so weiter, und man kann nichts tun – nichts! Ja was für ein Feststecken, wir fahren und fahren, wir sind immer unterwegs, aber wenn man's genau betrachtet, stecken wir doch nur immer weiter fest, es ist ein realer Vorgang, daß wir uns bewegen, und gleichzeitig ist's eine Täuschung.

»Wir wissen ja nun, daß es nur ein Spaß war, also grämt euch nicht weiter«, sagte Langhammer freundlich. »Wir werden überall rumerzählen, wie es wirklich gewesen ist, darauf könnt ihr euch verlassen.«

»Unter einer Voraussetzung: daß ihr uns dafür einen ausgebt«, forderte Billerbeck abermals.

Worauf Peter Schott nur zwei Worte sagte: »Is jebongt.« Er winkte Rusch heran und bestellte eine Runde Rot-Weiß.

»Rot-Weiß«, stöhnte nun jedoch Billerbeck, und auch der Maschinist Klopsteg äußerte sich ausnahmsweise, wenngleich nur, indem er sich angeekelt schüttelte.

»Vorsicht«, rief Peter Schott, »oder wagt hier jemand, watt jegen die heilijen Farben von Union einzuwenden?«

»Dy-na-mo«, kam es kaum hörbar aus dem Munde von Lehrling Männel, wobei das, was man hörte, zutiefst sächsisch klang.

»Wie süß«, rief Peter Schott, »trauste dir ooch lauter?«

»Dy-na-mo, Dy-na-mo.« Lehrling Männel mühte sich redlich.

Peter Schott schaute ihn mitleidig an. Dann spreizte er seine Arme, riß den Mund auf und brüllte mit einem Organ, das geeignet gewesen wäre, Gewitterdonner zu übertönen: »Ju-nei-tett! Ju-nei-tett!« Dazu warf er die Arme rhythmisch nach vorn, es schien, als schleudere er jede einzelne Silbe in die Luft. Er beschloß seinen Ausruf, indem er beide Fäuste auf die Tischplatte fahren ließ. Lehrling Männels Glas, das hart am Rande des Tisches stand, kippelte und fiel zu Boden, und ein Schwall Bier ergoß sich auf seine Oberschenkel.

»Schei-ße!« schrie Männel; »jeht-doch«, antwortete Peter Schott.

Im Schankraum wurde es still. Man konnte die Rauchschwaden ziehen hören. Da meckerte von hinten die Ziege, und an allen Tischen wurde gelacht, und auch Rusch, der Peter Schott tadelnd angeschaut hatte, fiel auf seine Art in das Lachen ein, indem er nämlich seine buschigen Augenbrauen ironisch nach oben zog.

Rusch brachte nun sieben Kirsch und sieben Klare, dazu sieben neue Biere. Männel warf er mit den Worten, »das wischste selber auf, wir sind hier kein Interhotel«, einen Lappen vor die Füße; da konnte sich der Lehrling auch gleich denken, warum alle die Kneipe, die eigentlich »Im schönen Wiesengrund« hieß, »Interhotel« nannten.

Während Männel wischte und von mehreren Gästen an anderen Tischen mit hämischen Kommentaren überzogen wurde, fragte Langhammer laut und vernehmlich in Richtung Peter Schott: »Wieso schreit ihr eigentlich immer ›United‹?« Jeder wußte, er interessierte sich eigentlich gar nicht für Fußball. Wollte er vielleicht alle nur von seinem Lehrling ablenken? Er war wirklich ein feiner Kerl, dieser Langhammer.

Peter Schott, es ging um Union, und Union konnte von ihm nicht oberflächlich behandelt werden, antwortete gewissenhaft und wahrheitsgetreu: »Ditt isn Ausdruck unserer Liebe zum englischen Fußball. Union is Juneitett, und Union spielt ooch so. Kick and Rasch, sagen wir Fachleute dazu. Ehrlicherweise muß ick zujeben, daß ditt nur bedeutet, daßwa die Bälle hinten rausdreschen und vorne uffn lieben Jott hoffen. Denett, wie man ja weeß, leider nich jibt.«

»Aber wieso liebt ihr den englischen Fußball, ihr könnt ihn doch gar nicht sehen«, wunderte sich Langhammer.

»Ditt is absolut korrekt, watte sagst«, erklärte Peter Schott mit ernster Miene, »und ditt is ooch, umitt mal uff englisch zu sagen, ditt größte Handicap, wattick als Bürger dieses Landes trage – wie jesagt, ick rede nur von mir, mein juter Freund Matti«, er klopfte ihm liebevoll auf die Schulter, »der zum Beispiel stört sich, woran störste dir, Matti, ick weeß nur, is mehr watt Ideellet, jut, muß jetzt ooch nich sein, daßwa ditt hier klärn, ick empfindet jedenfalls als größtet Handicap, oder uff Deutsch: als unglaubliche Sauerei, daßick nich nach England fahrn und da richtijen Fußball kucken darf.«

»Man liebt genau das, was einem vorenthalten wird«, sagte Lehrling Männel, der mit dem Wischen fertig war, etwas altklug. Es klang auch wie ein Schlußsatz.

Aber für Peter Schott war das Thema noch nicht beendet. Er erklärte, es gebe schon Möglichkeiten, den englischen Fußball kennenzulernen, ganz so sei es nicht. Er wolle dies mit einer kurzen persönlichen Geschichte belegen, die sich schon vor mehr als zehn Jahren ereignet habe, 1972. Er sei damals im Trainingslager gewesen, er habe ja selber gespielt, aber nur unterklassig: »Und da warn wir in so Baracken unterjebracht, acht Mann in eem Zimmer. Und an eem Abend während dieses Trainingslagers spielt uffm heilijen Rasen von Wembley England jegen die Bundis. Natürlich überträgt ditt Westradio. Ick klemm mir mein ›Micky‹ ans Ohr und zieh mir die Bettdecke übern Kopp. Ick will allett jenießen. Ick stell mir jeden Spielzuch vor. Die meisten andern schlafen schon. Jedenfalls hörnse nich Radio. Is janz dunkel und leise im Zimmer. Plötzlich jeht die Tür uff, und son Trainer kommt zur Kontrolle rin. Der hört mein Radio und nimmtet mir weg. Ick sage, is Fußball, da grienter und sagt, ick weeß, deshalb zieh ick ditt ja ein, weil jetz Fußball nämlich nur im Westradio läuft. Ick jebe nich uff und sage, ick bindo für die Engländer, ick bin nich für die Bundis, könnse glooben, ick rattre ihm die Namen runter, Banks, Moore, Bell, Peters, Hurst, Lee, aber der sagt, keene Schanks, is Westradio. Wo sollick denn England hörn, wenn nich in dem, sage ick, aber ick merke, der gloobt mir nich, der grient nur überlegen. Dabei hatter in seim Zimmer wahrscheinlich selber jehört – und wenner jehört hat, warer bestimmt nich für die Engländer. Hamm ja ooch verlorn, aber ejal, is allett schon ewig her.«

Peter Schott nahm einen langen Schluck Bier. Seine Geschichte war zu Ende. Aber nun hielten wohl die anderen schon ihre Geschichten parat, sie würden sie hin und her fliegen lassen in den kommenden Stunden, denn genau dazu hatten sich die Männer ja hier im »Interhotel« eingefunden: Um mal wieder aus dem Gleichmaß auszubrechen, mit dem sie auf ihren Kähnen unterwegs waren, aus der Wortlosigkeit, die sich zwangsläufig einstellte, wenn man wochenlang aufeinanderhockte, und der Dieselmotor ohne Unterlaß tuckerte, und die Heckwelle immerfort gurgelte, gewiß, das alles war ausgesprochen romantisch, aber eintönig, eintönig war es doch auch.

*

Aus dem Romanmanuskript »Das verschlossene Kind«: 3. Kapitel:

Dann stand ich vor ihm. Das erste, was mir auffiel, waren sein unförmiger, massiger Körper und seine schweren Wangen, die ihm wie Säcke nahezu bis unter die Kiefer hingen. Sie waren einerseits fahl wie Mehlteig, andererseits von blutroten Äderchen durchzogen. Zwischen jenen Gewichten des Körpers und des Kopfes wirkte der Hals wie eingedrückt, wie zu einem Stumpen gepreßt. Nach allem aber, was ich mir in den letzten Tagen an Verstörendem vorgestellt hatte, war dieser Anblick durchaus erträglich, und erklärlich war er mir dank der Informationen, die ich von Vestis erhalten hatte, auch. Das Schwere, Hängende und Geäderte Antonios mußte die Folge seiner jahrelangen Mast und seiner ständigen Alkoholzufuhr sein. Für beides konnte er nichts. Hinzu kam, daß ihm, Tag und Nacht in der Zelle gehalten, so gut wie jede Bewegung versagt blieb; und schließlich trug auch seine Kleidung dazu bei, ihn plump und feist erscheinen zu lassen. Es war die Kleidung eines Höflings: Man hatte den Jungen in weite kobaltblaue Pluderhosen und ein ebenso blaues Hemd mit ebenso weiten, allerdings gelb abgesetzten Ärmeln gesteckt, die wie die Flügel einer ruhenden Fledermaus an ihm herabhingen. Der hohe Kragen des Hemdes stand eng an den Wangen und war auf eine steife Art gekräuselt; er mußte, sobald Antonio sein Gesicht neigte, in seine Haut drücken und darin ein bizarres Muster hinterlassen. Indes rührte Antonio sich nicht im mindesten. Während der ganzen Zeit, in der ich ihn musterte, stand er wie angegossen und musterte wiederum mich. Musterte? Er empfing mich mit einem Ausdruck, den ich mein Lebtag nicht vergessen werde. In seinem unförmigen Gesicht lagen grenzenlose Überraschung, unbändige Freude, heilloses Entsetzen, strahlende Neugierde, finsterste Furcht, alles zugleich. Nie zuvor hatte mir ein Mensch während eines einzigen Augenblicks widerstreitendere Gefühle gezeigt, nie zuvor hatte sich jemand in seiner ganzen Verwirrung schonungsloser offenbart. Ich sah nur noch diese Gefühle und nicht mehr das Gesicht, so wie man in einem Buch, das man gebannt liest, nur die Buchstaben sieht und nicht das Papier, auf das sie gedruckt sind. Ich spürte, wie eine Welle der Zuneigung mich erfaßte. Mir war, als habe sich Antonio mir soeben schon anvertraut, und das erschien mir um so überraschender und großartiger, da er doch in den vielen Jahren seiner Haft außer Gomus, Vestis und dessen in die Verrücktheit gefallenem Vorgänger keines Menschen ansichtig geworden war. Gewiß, den Wachmann hatte die Verrücktheit ereilt, und auch von Antonio hieß es, er sei längst verrückt, aber sind denn Verrückte fähig zu einer solchen Hinwendung? Ich bezweifelte das. Ich jubilierte innerlich darüber, daß Antonio wider alle Befürchtungen wohl doch noch nicht verloren war, und die tiefe Zuneigung und die große Erleichterung, die ich empfand, führten dazu, daß mir mit einemmal Tränen in die Augen stiegen. Daraufhin geschah etwas vollkommen Unerwartetes: Antonio versteinerte. Er versteinerte langsam, es war, als ziehe sich ein Fluß aus seinem Bett zurück, so verschwand zusehends alles Lebendige aus seinem Gesicht. Schließlich starrte er mich stumpf und wie ausgetrocknet an. Ich versuchte, ihm zuzulächeln, erhielt aber keine Antwort. Sein fortgesetztes Starren machte mich hilfloser, als es mich gemacht hätte, wenn zuvor nicht der lichte Moment des Überschäumens gewesen wäre. Ich wußte nicht, wie Antonio weiter begegnen, also trat ich zwei Schritte in die Mitte der Zelle und drehte mich um die eigene Achse, somit anzeigend, daß ich mir nun erst einmal die Einrichtung besehen wolle. Sie bestand aus einer schmalen eisernen Pritsche für Antonio und zwei breiteren hölzernen Liegen für die Wachleute, einem quadratischen Holztisch und vier Holzstühlen. Auf dem Tisch und auf zwei schmucklosen kupfernen Haltern an den Seitenwänden brannten Kerzen. Und das war auch schon alles. Mein Blick fuhr, um noch nicht zu Antonio, der Mumie, zurückkehren zu müssen, an der Wand entlang. Dort entdeckte ich einen aus dem Gestein ragenden rostigen Rohrstummel. Ich wandte mich nun doch an Antonio und fragte ihn: »Was ist das?« Weder äußerte er sich, noch zeigte er eine Regung. »Antworte, Verfluchter«, brüllte auf einmal Gomus, der auf seiner Liege saß. Antonio öffnete den Mund und wich erschrocken zurück. Ich machte Gomus gegenüber eine beschwichtigende Geste. Sodann kratzte ich mit dem Finger am Rohr und fragte Antonio: »Wasser?« Er schüttelte den Kopf. »Kein Wasser?« Er bestätigte, schwerfällig und doch deutlich vernehmbar: »Keinn Wwasser.« Ich triumphierte ein zweites Mal. Antonio sprach mit mir! Antonio redete! Jedoch zwang ich mich nun, jede sichtbare Reaktion, und sei es die puren Glücks, zu vermeiden, um unseren fragilen Austausch ja nicht zu unterbrechen. »Also kein Wasser. Aber was dann?« Antonio lief mit seltsam anmutenden Trippelschritten unter das Rohr, das sich oberhalb seiner Arme befand, und streckte diesem sein Gesicht entgegen. Ich fragte ihn, was er meine, da blickte er furchtsam zu Gomus. Und daran spürte ich, daß er dabei war, zu mir Vertrauen zu fassen. Gewiß, er schaute zu Gomus, aber indem er das tat, zeigte er mir, ausdrücklich mir seine Furcht. Jedenfalls legte ich es so aus. Bat er mich vielleicht sogar um Hilfe? Ich bedeutete Antonio, er möge sich auf einen Stuhl setzen, nahm, nachdem er Folge geleistet hatte, ebenfalls Platz, und sagte: »Heute ist ein besonderer Tag, Antonio. Ein Tag heller Freude. Alles wird anders für dich. Nicht alles, verzeih mir, ich muß mich verbessern. Du wirst weiterhin hier in diesem Zimmerchen leben, und Gomus und Vestis werden auch hier bleiben. Ich hingegen werde nicht hier leben, aber ich werde jeden Tag hier erscheinen, immer am Vormittag, nur nicht an den Sonntagen. … Weißt du eigentlich, was ein Sonntag ist? Antonio, höre, ich bin mir nicht darüber im klaren, was du verstehst, aber ich rede einfach so vor mich hin, als verstündest du, das ist wohl das Beste. Hier in diesem Zimmerchen darf jetzt nämlich geredet werden. Es soll sogar geredet werden, nach Herzenslust. Deshalb bin ich hier. Du brauchst also keine Angst zu haben, dich zu äußern. Auch an Gomus und Vestis darfst du dich wenden. Sie sind nunmehr von der Pflicht zu schweigen entbunden. Auch ihnen wurde erlaubt, mit dir zu reden. Gewiß, so verhält es sich. Mehr kann ich dir in diesem Moment gar nicht sagen … ach, eins noch, beinahe hätte ich es vergessen: Ich heiße Karandasch. Karandasch. Wenn du mich meinst, und nicht Gomus oder Vestis, sagst du einfach: Ka-ran-dasch.«

Ich nickte ihm aufmunternd zu, doch er schaute abermals angsterfüllt zu Gomus. »Gomus«, fragte ich, »entspricht es der Wahrheit, was ich soeben erklärt habe? Wenn es der Wahrheit entspricht, dann zeige es uns durch ein Nicken an.«

Gomus nickte widerwillig.

»Siehst du«, rief ich zu Antonio, »siehst du! Gomus muß sich auch erst an das Neue gewöhnen, genauso wie du, aber das wird ihm gelingen.

Alles wird sich einspielen, und bald werden wir hier sitzen und miteinander reden, als hätten wir nie etwas anderes getan.«

»Lluft«, stieß Antonio da hervor. Er schaute mich mit leuchtenden, hoffnungsfrohen Augen an, und ein elender Schmerz durchfuhr mich. Kaum sprach Antonio also, kaum war, glücklicherweise, das Steinerne aus seinem Gesicht gewichen, verlangte er schon nach Freiheit, nach dem, was ich ihm niemals würde verschaffen können. Wie sehr mußte es ihn hier heraus drängen! Und ich hatte vermutet, er habe sich längst an die Gegebenheiten im Kerker gewöhnt und erinnere sich schon nicht mehr des freien Lebens, das zu führen ihm nur in frühester Kindheit vergönnt gewesen war.

»Vielleicht später«, antwortete ich ihm, bemüht, keine Traurigkeit aufkommen zu lassen.

Antonio aber wiederholte: »Lluft.« Er deutete mit der Hand auf das Rohr. »Lluft für uns. Ffenster ist zu, immer und immer.«

Mir stockte der Atem, aber nicht, weil ich mich so dramatisch geirrt hatte und seine Gedanken überhaupt nicht so weit schweiften, wie von mir vermutet worden war. Vielmehr stockte mir der Atem wegen einer mir vertrauten Redewendung. »Immer und immer«, das war genau die Wortwahl, und sogar der Tonfall, seiner Mutter Meta gewesen. Ich erinnerte mich, wie gern sie »noch und noch« und »wieder und wieder« und »nicht und nicht« gesagt hatte. Ganz weich klang sie dabei. Einmal zum Beispiel, das war zu Beginn ihrer Bekanntschaft mit Salo, ihrem späteren Mann, berichtete sie mir zornesrot von einer grausamen seelischen Verletzung, die er ihr zugefügt habe und die es ihr unmöglich mache, weiter mit ihm zu verkehren. »Nie und nie« wolle sie ihn mehr sehen, erklärte sie mir mit der größten Aufrichtigkeit, doch erkannte ich gerade an diesen kurzen Worten, die sie lang und länger zog, wie sehr sie ihn liebte. In den Tagen darauf hörte ich von ihr, er stünde »dauernd und dauernd« vor ihrer Tür, die sie nicht öffne, und bitte sie um Vergebung, aber da könne er lange warten, »nie und nie« werde sie ihm verzeihen. Jemand, der Meta nicht kannte, hätte meinen mögen, sie sei fürchterlich genervt und sogar angewidert von Salo, mir aber war nun endgültig klar, was geschehen würde; und tatsächlich, wenig später ließ sie ihn ein, und noch ein wenig, wahrhaft nur ein wenig später, beide sprachen mir gegenüber in aller Offenherzigkeit von fünf Minuten, zeugten sie Antonio. Mit einem Wort, Antonio hatte Metas Marotte un-

bewußt übernommen; in all den Jahren seiner Haft hatte er sie also in sich verwahrt, und nun, beim ersten sachten Angestupstwerden, holte er sie hervor und zeigte sie herum, zeigte sie, ohne zu wissen, von wem sie eigentlich stammte. Oder wußte er es? Reichte seine Erinnerung, wenn man ihr nur auf die Sprünge half, doch so weit zurück? Aber war es denn überhaupt sinnvoll, ihr auf die Sprünge zu helfen? Mußte er nicht daran zerbrechen, in seiner hoffnungslosen Lage das Glück vor Augen geführt zu bekommen, in dem er einst geschwommen war? Alle diese Fragen schossen mir durch den Kopf. Ich nahm mir vor, in Ruhe darüber nachzudenken. Um jetzt nichts Unbedachtes zu sagen oder gar Meta oder Salo zu erwähnen, trat ich vor das Rohr und hielt mein Gesicht demonstrativ so, wie Antonio vor einigen Minuten das seine gehalten hatte. In der Tat spürte ich einen Lufthauch. Ich bemerkte nun auch, daß die auf dem Tisch stehenden Kerzenflammen von dem Hauch erreicht wurden, denn sie flackerten beständig in eine Richtung. Plötzlich bogen sie sich andersherum; die Tür war aufgestoßen worden. Ein Wachmann erschien und breitete eine weiße Leinendecke über den Tisch, wobei er mich gleichmütig fragte, ob ich am heutigen Mittagessen teilzunehmen wünsche. Ich bejahte und fügte hinzu, ich würde dies, wenn es erlaubt sei, fortan gern regelmäßig tun. Der Grund dafür war ein einfacher: Natürlich hoffte ich, im Laufe der Zeit Einfluß auf das höchst ungesunde Eßverhalten Antonios nehmen zu können. Mir wurde aber lapidar erklärt, darüber habe allein der Oberste zu entscheiden.

Man trug die Vorspeise auf, eine Pilzsuppe. Antonio und Gomus schlürften beim Löffeln um die Wette, und Antonios dicker Kopf hing währenddessen derart nahe über der Schüssel, daß seine Stirn fast deren Rand berührte. Er löffelte so mechanisch, wie eine Uhr tickt. Nachdem er, eher noch als Gomus, mit der Suppe fertig war, goß er seinen großen Holzbecher mit Wein voll und trank ihn leer, als wäre es das Selbstverständlichste der Welt. Und wie selbstverständlich ließ er es wenig später geschehen, daß der Teller, auf den man ihm ein halbes Perlhuhn getan, von Vestis beschlagnahmt wurde. Mit einem Gesichtsausdruck, den ich noch heute nur als blöde bezeichnen kann und der, ich gebe es zu, mich anwiderte, sowie mit Armen, die ihm wulstig zwischen seinen Beinen hingen, saß Antonio da. Vestis zerschnitt, mir ein verlegenes Lächeln zuwerfend, mit einem Messer Antonios Fleisch, und ich bemerkte nun endlich, daß Antonio außer dem Holzlöffel über keinerlei Besteck verfügte. Augenscheinlich gab man ihm aus Sicherheitsgründen nichts Scharfes oder Spitzes in die Hände. Ich muß nicht betonen, daß ich darin angesichts der vollkommenen Harmlosigkeit, die von Antonio ausging, eine maßlose Übertreibung sah. Im übrigen schalt ich mich wegen des Ekels, den ich soeben empfunden hatte. Ich wollte diese im stillen begangene Ungerechtigkeit vor mir selber sogleich wiedergutmachen, indem ich Antonio ausnehmend freundlich fragte, ob er wisse, was da auf seinem Teller dampfe. Er glotzte mich an, als habe er die Frage nicht verstanden. Und vielleicht verhielt es sich ja wahrhaft so. Ich erinnerte mich des Erfolgs meiner ersten Plapperei und begann noch einmal, einfach draufloszureden: »Du, wir essen jetzt Fleisch. Das Fleisch kommt von den Tieren. Vielleicht erinnerst du dich an Tiere? Da sind Pferde, Büffel, Schweine, Hühner. Tja, und manche Hühner haben ein Gefieder mit Punkten drauf, die wie Perlen aussehen. Perlhühner. Das sind Perlhühner, und wir essen jetzt welche. Teile von denen, genauer gesagt. Gebraten sehen sie ganz anders aus als in der Natur. Weißt du was? Morgen bringe ich Papier und Kohle mit, und dann male ich dir ein Perlhuhn, wie es draußen herumrennt. Ich kann nicht besonders gut malen, aber was soll's. … Antonio?« Es schien, als höre er mir gar nicht zu; er gab sich vollkommen der Beschäftigung mit den Fleischstücken hin. Der Einfachheit halber schob er diese mit seinen Fingern auf den Löffel. Er schaute nicht einmal auf, als ich ihn anrief. Ich blickte zu Vestis, der abermals verlegen lächelte. Dann beugte er sich zu mir und flüsterte den mir platt und überflüssig erscheinenden Satz: »Wenn er ißt, dann ißt er.« Erst auf der Über- beziehungsweise Unterfahrt zurück aufs Festland wurde mir klar, was der kluge, zurückhaltende Vestis damit hatte sagen wollen: Das Essen war doch sechs Jahre Antonios einzige Beschäftigung gewesen. Nichts, aber auch gar nichts sonst, was seinem Tag Struktur gegeben hätte. Das Essen hielt ihn auf noch ganz andere Art am Leben, als es bei uns allen der Fall ist. Wollte ich ihn nicht völlig verwirren, durfte ich ihn also keinesfalls dabei stören; geduldig und wortlos mußte ich ihn gewähren lassen.

*

Daß Peter Schotts Trainer beim Beschlagnahmen des Kofferradios ganz bestimmt nicht ohne Falsch gewesen war, diente Langhammer im

»Interhotel« als Aufhänger, nun in mecklenburgisch kurzen Sätzen die folgende Geschichte zu erzählen.

»Mit den Lügen«, hob er an, »ist's immer so eine Sache. Manche kommen sofort raus, manche nie. Und manche kommen erst dann raus, wenn der Lügner schon zu denken beginnt, jetzt habe er nichts mehr zu befürchten. Gerade so ging's einem Angler aus meinem Dorf. Vor ein paar Jahren fängt er einen kapitalen Hecht. Jedenfalls erzählt er überall rum, das sei ein kapitaler: 21 Kilo bei 130 Zentimetern Länge. Als Beweis zeigt er ein Foto. Auf dem ist zum Vergleich ein 70er Hecht zu sehen, den er, wie er sagt, gleichfalls hochgezogen habe. Er schickt das Foto auch der Anglerzeitung. Und die Zeitung druckt es und schreibt einen großen Bericht dazu. Da ist er bei uns natürlich der King. Auf dem Dorffest braucht er nur mit dem Finger zu schnipsen, und schon kommen die Weiber angelaufen. Mit der Schönsten zieht er ab, und es dauert auch gar nicht lange, und sie heiraten. Da ist er erst recht der King. Aber irgendwann schnallt das Mädel, daß er gar nicht so ein toller Kerl ist, wie sie gedacht hatte. Sie merkt es im Bett, beim Reden, und noch sonstwo. Er bringt ihr auch niemals wieder so einen Hecht heran. Und sie ist immer noch so schön. Und sie grämt sich, daß sie wohl einen ziemlichen Fehler gemacht hat. Und jetzt passiert's. Die Redaktion der Anglerzeitung zieht um, und der Umzug wird dazu genutzt, mal richtig auszumisten, vor allem bei den Fotos, weil die ja den meisten Platz wegnehmen. Ein Volontär erledigt das. Er kriegt auch das Bild in die Hände, das unser Angler eingesendet hat. Dabei merkt er, es fühlt sich an bestimmten Stellen rauher an als an anderen, und zwar an den Stellen, die links und rechts von den Fischen sind. Da rubbelt er. Es kommt ein halb von oben fotografierter Gartentisch zum Vorschein, so ein Tisch mit Eisengestell, dieses Einheitsdings, von dem jeder weiß, daß die Platte nicht länger und breiter als 80 Zentimeter ist. Ihr erinnert euch, wie lang der große Hecht gewesen sein soll? 120 Zentimeter. Also hat der Angler schamlos manipuliert. Die Zeitung bringt nun, ganz unverhofft für ihn, noch einmal einen Bericht. Und mittendrin das Foto, auf dem der Tisch zu sehen ist. Sie rechnet vor, der große Fisch könne maximal 70 und der kleine maximal 40 Zentimeter lang gewesen sein. Auch ordentliche Fänge, aber unserem Angler haben sie nicht genügt. Nun hat er den Salat. Seiner Ehe ist ja sozusagen der Grundstein entzogen. Aber er will sein schönes Weib nicht verlieren, um nichts in der Welt. Was tut er? Er fährt durch den ganzen Norden. Ich schwöre, kreuz und quer durch den Norden fährt er, um überall die Zeitungen aufzukaufen, und dann macht er ein großes Feuer und verbrennt sie.«

Langhammer, der das alles ruhig und unaufgeregt erzählt hatte, zeigte jetzt einen Sinn für Dramatik. Er hörte einfach auf zu sprechen und schaute auch so, als gäbe es nichts mehr zu berichten.

»Und, hat's die Frau trotzdem rausgekriegt?« fragte Billerbeck ungeduldig.

»Ratet mal«, sagte Langhammer.

»Ja«, »nein«, »doch«, »Quatsch, der ist nochmal davongekommen«, wurde nun gerufen.

Langhammer lächelte. »Die Frau hat es nicht rausgekriegt – nicht von selber. Aber in dem Betrieb, in dem sie gearbeitet hat und in dem viele schon lange ein Auge auf sie geworfen hatten, lag die Zeitung eines Tages auf ihrem Tisch. Ihre Enttäuschung darüber, was sie da lesen mußte, hielt sich in Grenzen. Sie hatte auch keine Lust, mit ihrem Mann noch großartig über die Sache zu sprechen. Sie hatte überhaupt keine Lust mehr auf ihn. Sie ging in einen Spielzeugladen und kaufte ein Angelspiel für Kinder. Ihr kennt es vielleicht. Es besteht aus einem Holzstab mit einer Schnur dran, an der ein Magnet befestigt ist, sowie aus einem mit Meeresbildern bemalten Pappviereck und Metallfischchen, die von den Kleinen aus dem Viereck gefischt werden können. Dieses Spiel legte sie ihm unter die Bettdecke. Na, das war doch ganz schön böse von ihr. Aber er hatte es ja auch verdient, nicht. Und weg war sie.«

»Apropos weg ...«, wollte Billerbeck einhaken, doch Langhammer brummte, »ich bin noch nicht ganz am Ende, es gibt noch ein Postskriptum, sozusagen.«

»Erzähle«, sagte Matti.

»Derjenige, der ihr die Zeitung zugespielt hat, ist danach schnell zu der Frau hin und hat sich vor ihr mit seiner Hilfeleistung gebrüstet. Er dachte, er kriegt sie nun schnell rum. Aber genau das Gegenteil war der Fall. Sie hat ihn erst recht abblitzen lassen. Sie empfand es als Anscheißerei, wie er sich verhalten hat.«

»Schöne Frau und ooch noch klug«, nickte Peter Schott, und in sein Nicken hinein versuchte schon Billerbeck, nun endlich seine Geschichte an die Männer zu bringen.

»Die Frau ist also weg«, begann er, »aber richtig weg ist sie natürlich nicht, denn richtig weg sein, was heißt das? Das heißt, jemand ist tot. Und was soll ich euch in diesem Zusammenhang sagen? Es ist jemand zu Tode gekommen, hier um die Ecke, im Hafen, und es war erst gestern nacht, und es war ein Schiffer. Ich habe es vorhin erfahren. An der Kippanlage hat's mir jemand brühwarm erzählt.« Er schaute triumphierend, daß er diese Neuigkeit hatte, und die anderen hatten sie offenbar nicht.

»Ihr fragt euch jetzt sicher, ob ihr denjenigen kennt, ich seh's euch an, ich seh's euch an.«

Keiner sagte einen Ton, jeder fand wohl, Billerbeck verhalte sich etwas abgeschmackt.

»Nun, ich will's euch sagen: Ihr kennt ihn nicht! Würde mich jedenfalls wundern, wenn ihn hier jemand kennen würde. War ein polnischer Schiffer. Es heißt, er habe den ganzen Abend über mächtig einen getütert, und dann habe er was gelallt und sei ins Wasser gesprungen; man betonte mir gegenüber ausdrücklich, er sei nicht gefallen, sondern gesprungen. Und was war da im Wasser sein Pech? Überlegt mal! Was könnte da sein Pech gewesen sein?«

Abermals schwieg die Runde.

»Sein Pech war, daß er vor das riesige Ansaugrohr gesprungen ist und das Rohr auch noch in Betrieb war. Es hat ihn angepreßt wie ein dünnes Blättchen. Er ist nicht mehr losgekommen und ist ersoffen wie ein Hund. Genau, wie ein Hund!«

Und wieder Schweigen, aber diesmal aus einem anderen Grund, diesmal, weil alle sich vorstellten, wie der Pole verzweifelt vor dem Rohr ruderte und strampelte, wie er die Luft anhielt, wie er zu schlukken begann, wie er bald nur noch schluckte, wie endlich seine Lungen barsten und er, beziehungsweise sein schon lebloser Körper, mit dem Wasser ins Rohr gesogen wurde, hinein in die dreckigen, fauligen Gedärme der Unterwelt.

»Was hat er gelallt, bevor er gesprungen ist?« fragte Matti schließlich. »Weiß man das?«

»Seine Kumpels sagten, es habe sich angehört wie: den Mond umarmen, ich möchte den Mond umarmen. Stellt euch vor, so'n Blödsinn, den Mond umarmen.«

»Das ist kein Blödsinn«, widersprach Matti nach kurzem Überlegen, »wir haben gerade Vollmond.«

Billerbeck schaute ihn verständnislos an.

»Mann, der spiejelt sich im Wasser, kapito?« half ihm Peter Schott.

Matti aber sagte mit einem ins Nirgendwo gerichteten Blick: »Ein schöner letzter Satz. So elend der Pole gestorben sein mag – so schön ist dieser Satz, den er als letztes gesprochen hat.«

Noch einmal begann ein Schweigen, eines, in dem jeder für sich den Satz auf seine Schönheit hin untersuchte. Dies dauerte. Es war schließlich Lehrling Zehner, der die Stille brach, indem er sich räusperte. Dann gab er eine Geschichte zum besten, die ihm, wie er betonte, selber widerfahren sei, und wie er sie so erzählte, wurde schnell deutlich, daß er den anderen in nichts nachstehen wollte.

»Hört, auch ich bin vor kurzem ins Wasser gefallen und hatte danach so meine Schwierigkeiten. Niemand hat bisher davon erfahren. Es gab für mich keinen Grund, davon zu berichten; und auch heute gibt es eigentlich keinen, außer daß mir gerade so ist. Ja, mir ist in diesem Moment überhaupt nicht bange, damit rauszurücken, obwohl ich, ihr ahnt das schon, nicht gut wegkomme in dem Bericht. Alles geschah auf dem Oder-Havel-Kanal, auf der Talfahrt letzte Woche. Ich sollte den Kanonenofen säubern; Peter hatte am Abend zuvor eine frisch geschossene Wildente gebraten, aber das nur nebenbei. Ich schütte also die Asche von dem Ofen ins Wasser. Aber ein Teil bleibt wegen eines plötzlichen Windstoßes an der Bordwand kleben. Schmutzig graugesprenkelt sieht die aus. Ich denke mir, wenn das dein Schiffsführer sieht! Ich schnappe mir einen Schrubber, steige über die Reling, halte mich mit einer Hand an der fest und schrubbe mit der anderen die Bordwand. Und während ich so schrubbe … während ich so schrubbe … sehe ich am Ufer was, das mir buchstäblich den Atem verschlägt. Da steht nämlich eine Frau, die kaum was anhat. Ihr Körper sieht von der Entfernung aus wie geschuppt, aber nicht unten, wie bei einer Meerjungfrau, sondern oben. Und sie winkt mich zu sich heran, sie winkt mich zu sich heran! Ich weiß nicht, ob's dieses Winken war oder der Hitzeschweiß auf meiner Hand, ich weiß nicht, ob ich absichtlich die Reling losgelassen habe oder ob ich abgerutscht bin, Fakt ist, plötzlich finde ich mich im Wasser wieder. Und da ich schon mal drin bin, folge ich der Aufforderung der Meerjungfrau und schwimme zu ihr hin. Wie ich über die dicken Klamotten, die am Ufer liegen, zu ihr raussteige, kommt sie mir schon entgegen und reicht mir die Hand. Da sehe ich, was die Schuppen an ihrem Oberkörper in Wirklichkeit sind. Das ist ein einfaches silbernes Einkaufsnetz, stellt euch vor, sie hat sich so ein Netz über ihren nackten Körper geworfen. Was soll ich weiter sagen? Das Netz ist äußerst engmaschig, und es liegt auch außerordentlich eng an. Seine Griffe umgürten ihre feinen Schultern. Sie mustert mich eingehend, und während sie das tut, fährt sie mit ihren Daumen unter die Griffe und spannt das Netz noch mehr. Es schneidet in ihre Brüste, und je mehr es schneidet, um so mehr schieben sich die Brustwarzen raus, zwischen das Netz durch, die sehen aus wie halb gelutschte Lollipops. Auf einmal sagt sie: ›Da passen auch zwei rein, glaubst du nicht?‹ Ich nicke. Das alles kommt mir vor wie ein Traum. Aber noch einmal, es geschieht am Oder-Havel-Kanal, ich erinnere mich sogar, an welchem Kilometer, denn gleich neben uns befand sich der Markierungsstein, Kilometer 72. Ich nicke ihr zu, aber ich habe keine Ahnung, wie ich noch in das Netz reinpassen soll, ich habe sie nicht ganz verstanden. Da streckt sie sich ebenso wortlos wie anmutig nieder, spreizt die Beine und zeigt mir, wo ich reinpasse ... Ich spare mir nun jede weitere Schilderung, da sie unweigerlich hinter der Wirklichkeit zurückbleiben muß. Nur noch soviel: In der Kürze lag die Würze! Schnell verabschiedete ich mich wieder von der Meerjungfrau (ich nenne sie bei mir weiter Meerjungfrau, obwohl sie sich ja eher in der Kaufhalle heimisch zu fühlen scheint), denn so gern ich mich länger in ihrem Netz verfangen hätte, die ›Barby‹ fuhr doch währenddessen weiter. Sie war schon nur noch ein kleiner Punkt auf dem Kanal. Nie hätte ich sie eingeholt, aber das Glück spielte mir noch einmal in die Hände. Wie schon gesagt, alles passierte ja am Kilometer 72, während einer Talfahrt. Nun, und ihr alle wißt aus langjähriger Erfahrung viel besser als ich, was talwärts bei Kilometer 78 steht: das Schiffshebewerk Niederfinow. Ich entdeckte es in der Ferne, als ich gerade loslief, und konnte nun relativ locker traben, denn mir war klar, daß mindestens eine Stunde vergehen würde, ehe man die ›Barby‹ dort abgefertigt hatte. Tatsächlich erreichte ich sie rechtzeitig, sogar noch auf ihrem Warteplatz, bevor sie in das Schiffshebewerk einfuhr. Es war mir dann auch ein leichtes, unbemerkt wieder an Bord zu gelangen. Ich wechselte schnell meine halbnassen Kleider und nahm meinen Dienst wieder auf, als wäre nichts geschehen.«

Als er geendet hatte, schaute Lehrling Zehner arglos. Der Maschinist

Klopsteg war derart beeindruckt von dem Erzählten, daß er das erste Mal an diesem Abend, oder vielleicht sogar an diesem Tage, oder erstmals in der ganzen Woche, das Wort ergriff. »Und das ist alles wahr?« fragte er.

»Ja, das ist alles passiert«, bestätigte Zehner.

»Ditt hättste jerne«, rief Peter Schott.

Zehner aber behielt seine Linie bei und antwortete gelangweilt: »Ich hatte es.«

»Das einzige, was du hattest, waren nasse Hosen«, sagte Langhammer gutmütig.

»Du mußt es ja wissen«, sagte der kecke Lehrling.

»Ich weiß es auch, und kannst du dir vielleicht denken, woher? Natürlich nicht von der Meerjungfrau. Die ist leider nur eine Ausgeburt deiner Phantasie. Mitten im Erzählen hat sie sich eingestellt, nicht wahr? Na, jetzt schaust du, woher ich das so genau weiß. Ich sag's dir: Weil du eher zerknirscht zu reden angefangen hast, erinnere dich selber. Es war ursprünglich keine Geschichte, die dir zur Ehre gereicht, das hast du zu Beginn erklärt. Ich bin mir sicher, du bist tatsächlich unfreiwillig über Bord gegangen. Du bist wahrscheinlich auch der ›Barby‹ nachgerannt und hast sie gerade noch erreicht, so weit, so wahr. Aber dieses Mädchen, na …«

Wie schon am Ende der traurigen Episode zuvor war es Matti, der allem eine ganz andere, fast feierliche Wendung gab. Er sagte zu Kevin Zehner: »Aber Respekt vor deiner Phantasie, man kann sich ihr richtig hingeben. Man hat alles, was du heraufbeschworen hast, deutlich vor Augen gesehen. Und das ist ja auch ein Glück, wenn sie plötzlich in einem auftaucht, nicht wahr? Oder vielleicht gar nicht plötzlich: Erst schimmert sie durch, dann wird sie immer stärker; es mag ein komischer Vergleich sein, aber ich denke, mit der Phantasie ist es so ähnlich wie mit einem Dieselmotor. Auch der muß sich erst freilaufen, auch der erreicht seine wahre Stärke erst dann, wenn man ihn lange in Gang hält. Man muß seine Phantasie in Gang halten, oder immer wieder anschalten, regelmäßig, das ist eine große Freude … denke ich mir.«

Matti hatte fast bis zum Ende leidenschaftlich und entschieden gesprochen – aber hatte er dann mit seinem kurzen und auch im Ton abfallenden Nachsatz nicht versucht, alles schnell ins Reich des Unsicheren und Eventuellen zu verweisen? Es war, als wolle er etwas verwischen, als wolle er davon ablenken, daß auch er sich so einigermaßen auszukennen schien in dieser seltsamen Materie, der Phantasie.

Indes blieb niemandem Zeit, darüber nachzudenken, denn schon ergriff wieder Billerbeck das Wort. »Apropos Frau und ins Wasser plumpsen«, rief er, »mir fällt da die Geschichte von Schlotzke und seinem Ring ein, kennt die vielleicht jemand? Nicht? Hehe, dann hört zu: Schlotzke gilt ja nicht gerade als Kostverächter, er hat, wie es so schön heißt, in jedem Hafen 'ne andere. Dabei ist er verheiratet. Gut. Einmal lernt er also wieder eine Dame kennen. Sie ist ganz süß und auch ziemlich weich. Er schleppt sie ab und dirigiert sie zum Hafen, er will mit ihr schnell in seine Kajüte. Aber plötzlich, direkt vor dem Schiff, bleibt sie stehen wie ein störrisches Pferd. Sie könne nicht, sagt sie. – ›Aber warum denn nicht, Süße?‹ – ›Mir ist nicht ganz wohl.‹ – ›Im Magen, oder wo?‹ – ›In der Seele‹. – ›Hm. Was hat denn die liebe Seele?‹ – ›Sie kann irgendwie nicht.‹ – ›Herrje, nun drehn wir uns aber im Kreis, Süße. Laß uns doch einfach vorwärts gehn.‹ Und Schlotzke versucht, die sich Zierende an Bord zu ziehen. Aber sie sträubt sich. Da wird er unwirsch und ruft, ›wieso biste dann erst mitgekommen‹? Durchaus berechtigte Frage, in meinen Augen, aber weiter. Das Fräulein wird plötzlich wieder ganz weich und haucht: ›Ich bin mit dir gegangen, weil ich glaubte, daß ich dich mögen könnte.‹ Na, dem stünde doch nichts entgegen, dem Mögen, haucht nun auch Schlotzke. ›Doch‹, haucht jetzt wieder sie. – ›Was denn, Süße?‹ – ›Das hier.‹ Und sie zeigt auf seinen Ehering. – ›Das?‹ – ›Ja, das. Ich kriege ein richtig schlechtes Gewissen, wenn ich diesen Ring sehe, ich kann nichts dagegen tun, ich muß unweigerlich denken, daß ich mich zwischen dich und deine Frau dränge.‹ – ›O Süße, das ist wirklich süß von dir, aber mach dir keine Sorgen, ich bin's doch, der gerade drängt, nun komm, nun komm schon, ja?‹ – ›Nur wenn du den Ring abmachst.‹ – ›Und das würde dich erleichtern, Süße?‹ Sie nickt. Da streift Schlotzke den Ring ab, genauer gesagt, er versucht es. Aber der Ring sitzt sehr fest. Nun hilft sie ihm, beide strengen sich an, den Ring vom Finger zu kriegen, und dabei geschieht's, der Ring geht mit einem Ruck ab und fällt ins Wasser. Gluck gluck, weg ist er. Schlotzke weiß gleich, daß er ihn in dem Schlamm des Hafenbeckens niemals wiederfinden wird, und ist fürchterlich sauer auf seine neue Bekanntschaft. Im geheimen bezichtigt er sie, alles beabsichtigt zu haben. Sie ist eine Schlange, seiner, und übrigens auch meiner Meinung nach. Und zwar, wodurch wird diese Meinung gestützt? Dadurch, daß die Süße entsetzt aufschreit und kreischt, ›o nein, das ist ein Zeichen, ich bringe dir nur Unglück, ich muß gehen, sofort muß ich gehen, ich darf hier nicht länger bleiben, sonst geschieht dir vielleicht noch mehr Schreckliches, das kann ich nicht verantworten‹. Und schon rennt sie fort. Schlotzke brüllt ihr die gröbsten Verwünschungen hinterher, aber es nützt natürlich nichts. Sie ist weg, und vor allem – ist der Ring weg.«

An dieser Stelle machte Billerbeck eine demonstrative Pause. Wie von ihm gewünscht, fragte nach wenigen Augenblicken jemand, »und dann«?

»Und dann versuchte Schlotzke natürlich, genau so einen Ring aufzutreiben. Der war aus Gold und hatte ein bestimmtes Muster drin. Schlotzke rannte in den Intershop, wo er knapp sieben Jahre zuvor die Ringe gekauft hatte, er besitzt ja, wie ihr bestimmt wißt, die Durchfahrtsgenehmigung für Westberlin; heißt, er kriegt zwei D-Mark pro Tag, wenn er drüben ist. Somit verfügte er über die nötige Kohle. Aber der Intershop, hehe, der verfügte nach einer derart langen Zeit nicht mehr über das Modell, das er suchte. Was tat da unser Schlotzke? Er kaufte kurz entschlossen ein anderes, und zwar in zweifacher Ausfertigung, ein Exemplar kleiner, eines größer. Und damit trat er dann bei seiner Frau an: ›Sieh mal, Süße, was ich hier für uns habe! Sind sie nicht wunderschön? Oh, ich mußte diese herrlichen Ringe kaufen, ich mußte einfach. Aber ich habe sie nicht nur gekauft, weil sie so wunderschön sind, obwohl das allein ein hinreichender Grund gewesen wäre. Da waren noch zwei weitere Gründe, meine Süße. Ich konnte doch, wie du längst bemerkt hast, den Finger kaum noch bewegen, so eng hat der alte Ring gesessen, ein neuer war also auch aus rein technischen Gründen notwendig. Aber vor allem, vor allem meine ich, der Mensch, der liebt, soll seiner Liebe immer wieder Ausdruck verleihen, um sie auf diese Weise lebendig zu halten und sogar zu verstärken, genau, zu verstärken, und ich dachte mir, ich tue das am besten, indem ich uns mit neuen Ringen beschenke und dir nun also diesen Ring überstreife, hier, meine Süße, er soll dir im siebenten Jahr unserer Ehe sagen, gerade in diesem angeblich verflixten Jahr soll er ein Zeichen für dich sein, daß ich dir wie an unserem ersten Tag zu Füßen liege – und Süße, der Teufel soll mich holen, wenn ich das nach noch einmal sieben Jahren nicht wiederhole, und dann wieder, und dann wieder, immer wieder, Süße!‹ Und seine Frau schmolz regelrecht dahin.«

Und die Männer, sie klönten immer weiter, und hätte Rusch, assistiert von seiner Ziege, die plötzlich vor der Theke stand und einmal kurz und durchdringend meckerte, ein paar Minuten vor Mitternacht nicht die letzte Runde ausgerufen, und hätte er nicht gleich auch kassiert und das Licht des Kristallüsters gelöscht, so würden sie noch heute da sitzen und klönen.

*

Aus dem Romanmanuskript »Das verschlossene Kind«: 4. Kapitel:

Als ich auf meinem Rückweg von der Insel aus dem dicht bewachsenen Waldstück trat, in dem der Wassertunnel endete, entdeckte ich auf dem kopfsteingepflasterten Weg eine weiße Kutsche. In dem Moment, da ich an ihr vorbeigehen wollte, öffnete sich die Tür. »Herein, Karandasch«, sagte eine gebieterische, wenngleich nicht unfreundliche Stimme. Ich folgte und fand mich zu meiner nicht geringen Überraschung neben dem Obersten wieder. Aber ich lüge! Wenn ich ehrlich bin, muß ich zugeben, daß ich schon beim Anblick der Kutsche unwillkürlich an den Obersten hatte denken müssen. Nur schien es mir angemessen, ihm gegenüber so zu tun, als sei ich überrascht. »Sie haben noch mit den Herrschaften gespeist?« fragte der Oberste. Ich fühlte mich bemüßigt, ihm zu erklären, es sei mir nicht etwa darum gegangen, ein Essen abzustauben, sondern, der mir übertragenen Aufgabe gemäß, Bande zu Antonio zu knüpfen. Er nickte und sagte: »Daran hegte ich keinen Zweifel. Allerdings, Ihren auf der Insel der Ruhe geäußerten Wunsch, immer mit Herrn Antonio zu dinieren, muß ich Ihnen abschlagen. … Was haben Sie denn, Karandasch? Worüber staunen Sie?« Ich erklärte ihm, verwundert zu sein, wie schnell mein Wunsch den Weg zu ihm habe finden können. In Wahrheit war ich sogar bestürzt. Er lächelte maliziös und erklärte: »Alles findet den Weg zu mir, Karandasch, weil ich den Weg zu allem finde. Es gibt keine Entfernungen für mich.« Ich wollte ihn fragen, wie er das meine, war dann aber zu ängstlich und schwieg. Auch er schwieg. Ich nahm jetzt wahr, daß ein kalter Tabakgeruch in der Luft lag, und schloß kurz die Augen. Holpernd fuhr die Kutsche in Richtung Stadt. »Und was haben Sie selbst für einen Eindruck von Herrn Antonio?« brach der Oberste schließlich die Stille. Er tat so, als habe er seinen Eindruck schon geäußert, was natürlich nicht der Fall war. Und doch hatte er einen Eindruck von Antonio, das spürte ich, und mich beschlich in diesem Moment das Gefühl, es sei sogar ein ganz frischer. Meine Worte abwägend, antwortete ich: »Mein Eindruck ist zwiespältig. Antonio ist natürlich bei weitem nicht so entwickelt wie ein normaler Neunjähriger, und das ist unter den gegebenen Umständen auch gar nicht möglich. Doch bedenkt man, daß er völlig von der Außenwelt abgeschottet lebt und mit beinahe keiner Menschenseele zusammenkommt, so hat er sich durchaus wacker gehalten. Ich hatte jedenfalls ein noch verschreckteres und verstörteres Wesen erwartet; ich sage mit Bedacht Wesen, weil ich daran zweifelte, wahrhaft noch einen Menschen vorzufinden.« Weiter traute ich mich in meiner Rede nicht zu gehen. Ich hatte den Obersten ja zwischen den Worten schon der Unmenschlichkeit geziehen! Antonio hingegen hatte ich offen gelobt! Und all das hatte ich gesagt, ohne zu wissen, was der Oberste von mir für Aussagen erwartete. Besorgt harrte ich seiner Reaktion. Er blickte eine Weile aus dem Fenster, hinter dem sich weite Äcker mit sauber gezogenen Furchen zeigten, und sagte dann, in Richtung der Äcker: »Man kann nicht zwei Getreidesorten auf derselben Krume pflanzen, denn was geschähe? Sie gingen beide ein. Jeder Bauer weiß das.« Er wandte sich nun zu mir. »Sie aber, der Sie ein Gelehrter sind, haben den Drang, Herrn Antonio in allem aufzuhelfen. Wenn es nach Ihnen ginge, soll er fließend sprechen, anständig essen und überhaupt sich wie ein Kind seines Alters benehmen können. Tss, tss, tss, nicht doch, Karandasch, Sie überfordern ihn. Sie stürzen ihn in die Hölle, spüren Sie das nicht? Wie gut, daß wenigstens ich es spüre! Wer soll ihn auch vor derlei Überforderungen schützen und vor der Hölle bewahren, wenn nicht ich? Gewiß, an mir ist es, und deshalb muß ich Sie, bei allem Respekt, daran erinnern, zu welchem Zwecke ich Sie in Herrn Antonios Nähe gebeten hatte: damit Sie ihm etwas beibringen, das wir beide in unserem Hochmut vielleicht als rudimentär bezeichnen mögen – und das für ihn doch schon mehr als hilfreich ist. Das ihn nicht verwirrt. Aus allem anderen halten Sie sich heraus, wenn ich bitten darf. Kein gemeinsames Essen, keine seltsamen Spiele, keine törichten Beschwörungen. Herrn Antonio die einfachsten Zeichen und Zahlen zu lehren, das und nichts anderes wünschte ich von Ihnen, Karandasch. Ich dachte eigentlich, das alles sei Ihnen klar, aber ich habe mich wohl geirrt. Und deshalb, schauen Sie, möchte ich Ihnen, gewissermaßen zur Untermauerung meines für Sie vielleicht unmaßgeblichen Wunsches, ein Buch in die Hand geben, in dem der Lernstoff verzeichnet ist, auf den ich Wert lege ... nun scheuen Sie sich nicht, Karandasch, nehmen Sie nur, wie oft hat es sich schon erwiesen, daß es hilfreich für den Menschen ist, wenn er etwas schwarz auf weiß vor sich hat, woran er sich halten kann. Obacht übrigens, es ist ein Unikat, und es ist noch ganz neu.« Mit diesen Worten nötigte er mir eine großformatige, schmale Fibel auf. Zögernd und zitternd begann ich, darin zu blättern. Schon hatte ich Schwärze an den Fingern; das Buch mußte tatsächlich soeben erst hergestellt worden sein. Plötzlich stoppte die Kutsche, und die Fibel fiel mir beinahe aus den Händen. Der Oberste öffnete die Tür, hieß mich aussteigen und sagte nicht ohne Mitleid: »Ein bißchen frische Luft tut Ihnen gut, Sie sind ja ganz blaß, Karandasch. Ihnen ist nicht wohl, das sehe ich. Also dann, gehen Sie ruhig, ab in die Natur mit Ihnen, damit Sie morgen wieder bei Kräften sind.« Und milde nickte er mir zu. Ich setzte mich in Bewegung, aber als die Kutsche mich überholte und ich, wohl unerwartet für den Obersten, kurz durch die Scheibe sah, traf mich ein kalter, böser Blick.

Zu Hause legte ich mich vor Erschöpfung nieder. Ich hoffte, ein wenig Schlaf zu finden, aber ich war zu aufgeregt, und es war erst Nachmittag. Also schlug ich ein zweites Mal die Fibel auf. Etwas stimmte nicht mit ihr, das hatte ich schon in der Kutsche gemerkt, aber auch jetzt kam ich nicht darauf, was es war. Ich schlug sie wieder zu, drehte und wendete sie, öffnete sie abermals, und plötzlich begriff ich es: Sie hatte das Format eines reich bebilderten Kinderbuches, enthielt jedoch keine einzige Zeichnung. Ich überlegte, ob der Oberste keine Zeichnungen gewünscht oder ob ihm schlicht die Zeit gefehlt hatte, welche anfertigen zu lassen, und vermutete, beides träfe zu. Dann begann ich zu lesen. Auf jeder der nicht mehr als 50 Seiten befanden sich zwei oder drei in einfachsten Worten gehaltene Erklärungen über Dinge und Wesen, die auf der Erde eine gewisse Rolle spielen. Um meinen Lesern einen Eindruck von dem Geschriebenen zu vermitteln, drucke ich im folgenden zwei dieser kurzen Texte ab.

1. Die Biene. Die Biene lebt einzeln oder in Völkern. In den Völkern leben viele weibliche Bienen, die Arbeiterinnen. Weiterhin lebt dort eine Anzahl nichtweiblicher Bienen. Alle wohnen in aneinanderkle-

benden Waben. Aber nur ein Weibchen pro Volk kann Eier legen: die Königin. Die Zahl der von ihr gelegten Eier beträgt etwa 1000 pro Tag. Nach einigen Tagen kriechen Larven hervor, die dünne Häutchen haben und von den Arbeiterinnen gefüttert werden. Bald werden die Larven zu Puppen und die Puppen zu Bienen. Auch die jungen Bienen beginnen nun zu arbeiten. Zu ihren Aufgaben gehört, die Waben zu reinigen. Dann fliegen alle zu den Blüten der blühenden Pflanzen und bringen von dort den Nektar in die Waben. Er wird für den Winter aufgehoben und bildet einen Vorrat, der den Bienenvölkern hilft zu überleben. Wir gewinnen davon Honig. Vor vielen, vielen Jahren nutzten ihn hier Jäger, die Bären ködern wollten. Die alten Griechen verfügten über 3000 Honigrezepte für Kranke. Bienenweibchen tragen einen Dorn voller Gift. Er dient ihnen zur Verteidigung und hat vorne einen Haken. Dringt der Haken in die Haut von Kindern, kann die Biene ihn nicht wieder wegziehen und verliert ihr Leben. Den Kindern tut der Haken lange weh.

2. Der Regen. Er fällt in unzähligen Tropfen von den Wolken. Ein kurzer Regen wird Platzregen genannt, ein langer Landregen. Ein kräftiger Regen hat die Bezeichnung Wolkenbruch. Infolge von Wolkenbrüchen treten oft Bäche über ihre Ufer. Jedoch brauchen die Pflanzen den Regen für ihre Entwicklung, denn fällt lange Zeit keiner, gehen alle zugrunde. Früher wurde in weit entfernten Gebieten der Welt für Regen gebetet. Einige Völker hatten daher einen Regengott. Die für ihre gewaltigen Bauten bekannten Azteken nannten ihren Gott Quetzalcoatl. Bilder von Quetzalcoatl hingen bei ihnen an vielen Gebäuden. In Afrika dagegen wird noch heute nach Berichten von Ozeanfahrern tagelang für den Regen getanzt. Erwähnen wollen wir noch den Tau. Auch er enthält Tropfen. Er wird aber nicht Regen genannt, da er auf Dingen auf der Erde und nicht in den Wolken in der Luft gebildet wird.

Nachdem ich einige dieser Texte gelesen hatte, beschlich mich abermals das Gefühl, etwas passe hier, wie schon beim Format, nicht zusammen. Es war ein allgemeiner Eindruck, und ich fragte mich, worauf er gründe. Ich las noch einige Texte und erkannte, daß die einzelnen Sätze einfach und verständlich geschrieben waren und trotzdem jede Menge steife und gar verquere Formulierungen enthielten. Und das Steife und

Verquere fiel um so mehr auf, da es ja Teil des Klaren und Einfachen war – so wie dreckige Finger eher bei dem auffallen, der in sauberen Leinen daherkommt, als bei einem dreckig Gekleideten. Hatten sich hier vielleicht zwei Verfasser um einen Text bemüht? Und wenn ja, hatten sie sich sogar gegenseitig ins Handwerk gepfuscht? Meine Neugierde war geweckt. Ich untersuchte Satz für Satz das Stück über die Bienen, wobei ich alle mir unpassend scheinenden Wendungen anstrich und durch geeignetere ersetzte; auf diese Weise hoffte ich, irgendein Muster zu entdecken, nach dem hier vorgegangen worden war. »In den Völkern leben weibliche Bienen«: Es ist der Stock, in dem sie leben. »Weiterhin lebt dort eine Anzahl nichtweiblicher Bienen«: Nicht weiterhin, sondern außerdem oder darüber hinaus, aber das ist marginal. Wichtiger, daß nichtweibliche ja doch wohl männliche Bienen sind. »Die Zahl der von ihr gelegten Eier beträgt etwa 1000«: Sie legt etwa 1000, das wäre doch ohne Zweifel griffiger. »Nach einigen Tagen kriechen Larven hervor«: Sie schlüpfen, das Kriechen kommt erst später. »Dann fliegen alle zu den Blüten der blühenden Pflanzen und bringen von dort den Nektar in die Waben«: Blühende Pflanzen sind in diesem Fall Blumen, und der Nektar, der wird gesammelt. »Wir gewinnen davon Honig«? Daraus, Herrschaften, daraus! »Bienenweibchen tragen einen Dorn voller Gift«? Ein giftiger Stachel ist das, ein Stachel, und der dringt nicht in die Haut, so wie ein Einbrecher in ein Haus dringt, sondern wird von den Bienen da hineingestochen, sie stechen, die Bienen, nicht wahr, und natürlich »verlieren« sie nach dem Stich, den sie gesetzt, »ihr Leben«, aber wie wär's damit, einfach zu sagen, sie sterben, hm, ist es denn so schwer, das Wort Sterben zu finden, Herrschaften, ist das wirklich so schwer?

Ich steigerte mich in einen wahren Korrekturrausch hinein und verbesserte, getrieben von maßlosem, sich immer weiter verstärkendem Ärger über das Gedruckte, wohl nicht weniger als die Hälfte aller in der Fibel befindlichen Stücke, ehe ich erschöpft einhielt und mich meines eigentlichen Vorhabens besann. Ließ sich ein Muster entdecken, eine bestimmte Mechanik? Ich verglich ursprüngliche und neue Wendungen und fand nichts. Ich verglich noch einmal, wieder nichts. Endlich gab ich auf. Wahrscheinlich war hier schlicht und einfach gedankenlos und in allzu großer Eile gearbeitet worden. Ich kleidete mich an und unternahm, um mich von diesem aufreibenden Tag mit all seinen *düsteren Ereignissen zu erholen, einen Spaziergang durch die Stadt. Ich ging vorbei an korpulenten Wäscherinnen, die sich an Trögen zu schaffen machten, verweilte bei spillrigen Gauklern mit geweißten Gesichtern, wich den uniformierten Männern des Obersten aus, deren eisenbeschlagene, besporrte Stiefel auf dem krummen Pflaster klirrten. Ich dachte nicht mehr an das Geschriebene, oder meinte, nicht mehr daran zu denken. Plötzlich aber, wie aus dem Nichts, stand das Muster, über das ich so lange vergeblich nachgesonnen, vor meinen Augen. Man wollte nicht das Wort Sterben verwenden! Und nicht den Stachel, und nicht die Blume, und nicht die männliche Biene! Man hatte alles getan, um bestimmte Wörter zu vermeiden, und darüber, genau darüber waren die Stücke so holprig geworden! Aber was waren das für Wörter? Gab es eine Verbindung zwischen ihnen? Ich bahnte mir einen Weg durch das Menschengewühl, das in dieser frühen Abendstunde fast undurchdringlich war, und eilte nach Hause. Dort erstellte ich eine Liste der auf der Hand liegenden, aber nicht benutzten Wörter. Und, stimmte meine Vermutung, waren sie durch irgend etwas geeint? Aber ja! Alle, das erschloß sich mir nach einiger Zeit, wiesen entweder ein M oder ein S auf, nicht wenige sogar beide Buchstaben. Mein Ärger war jetzt wie weggeblasen. Ein wissenschaftliches Prüfen hatte eingesetzt, ein Bohren, von dem ich wußte, es würde mich auf den Grund der Dinge führen. Ich richtete meine Aufmerksamkeit noch einmal auf das Gedruckte, und was ich dabei entdeckte beziehungsweise eben nicht entdeckte, verschlug mir den Atem: In der gesamten Fibel kam weder ein M noch ein S vor. Es war, als existierten diese Buchstaben nicht. Ich schlußfolgerte, jemand müsse auf gewöhnliche Weise, unter Verwendung auch des M und des S, alles geschrieben haben, und von diesem Jemand, oder von einem anderen, müssten im Anschluß die Tilgungen und die wiederum nötigen Einfügungen vorgenommen worden sein. Was für eine Mühe! Was für ein Aufwand! Und warum? Warum denn nur? Wenn Antonio zwei Buchstaben nicht lernte, würde er, da er sie ja sprach, früher oder später doch nach ihnen fragen, und ich oder wer auch immer würde sie ihm gewissermaßen nachreichen. Außer einer kurzzeitigen Verwirrung Antonios hätte der Oberste also nichts erreicht; und was bedeutete schon dieses kleine Durcheinander im Kopf des Jungen angesichts der großen Konfusion, in der er seit Jahren lebte. Völlig unmaßgeblich wäre es. Und der Oberste, er mußte das wissen, er war nicht dumm. Also mußte er eine andere Absicht hegen. Warum ausgerechnet das M und das S, überlegte ich, wieso hatte er nicht etwa das B oder das K oder das T verschwinden lassen? Ich versuchte, das M und das S gezielt in Bezug zu ihm zu setzen, und fragte mich, ob ihm diese beiden Buchstaben aus irgendeinem Grunde vielleicht unangenehm oder sogar zuwider sein könnten. »M und S, M und S«, murmelte ich mehrmals, und wie von selbst rutschte mir plötzlich heraus, »Meta und Salo, Meta und Salo – Meta und Salo!« Fürwahr, die waren ihm zuwider, die hatten ihn bekämpft, und nun versuchte er, der sie getötet hatte, sie noch einmal auszulöschen, auf diese ridiküle Art! Gewiß, alles war so lächerlich, daß ich es nicht fassen konnte. Der Oberste, den man gerade wegen seiner Verschlagenheit so fürchtete, war lächerlich und kindisch. Kindischer als Antonio, als der zurückgebliebene Antonio war er doch. Ich lachte los, lachte ihn schallend aus. Aber schon nach zwei oder drei Sekunden verstummte ich voller Entsetzen. Wenn er bereit war, sich derart lächerlich zu machen, was für unbeschreibliche Wut mußte er dann in sich spüren, was für unstillbaren Rachedurst. Welche Dämonen mußten in ihm tanzen. Oh, er war noch viel gefährlicher, als ich je vermutet hatte, denn erkannte er erst einmal, oder stieß ihn jemand mit der Nase darauf, daß er sich wie ein Narr verhielt, geriete er vielleicht von einer Sekunde zur anderen in Raserei; und in diesem Zustand wäre er ohne Zweifel imstande, Antonio eigenhändig zu töten. Ich durfte ihn demnach unter keinen Umständen spüren lassen, daß ich ihn durchschaute und sogar über ihn gelacht hatte. Auch mußte ich sämtliche Verbesserungen wieder aus der Fibel entfernen, sofort! Gewissenhaft radierte ich sie aus. Es war schon weit nach Mitternacht, als diese Arbeit endlich beeendet war.*

*

Am Morgen nach dem Klönen und Trinken sollte Matti in Rüdersdorf Zement laden. Er steuerte das leere Schiff auf der Spree-Oder-Wasserstraße, die von sattgrünen Bäumen und Sträuchern gesäumt war; aber schon auf den Rüdersdorfer Seen, weit vor dem Zementwerk, begann die gesamte Landschaft zu verblassen. Mit jedem Meter, den der Kahn zurücklegte, verlor sie an Farbe und schien zu altern. Bald war sie bleich und grau, und kahl war sie, ganze Baumgruppen bestanden nur noch aus knochenfarbigen Skeletten; und knochenfarbig die Dächer, auch die wenigen neu gedeckten, selbst die Sonne sah aus wie verkalkt, bleich wie der Mond in einer schleierhaften Nacht, Matti konnte direkt in sie hineinschauen, als wäre sie eine Attrappe; und farblos die Autos, inklusive der ursprünglich postgelben und grashüpfergrünen Trabis, die am Ufer etwas aschig Weißes aufwirbelten, so stob er hoch, der alles erstickende Staub jener Jahre, die Fahne, die an keinem Mast wehte.

Wie immer, wenn Matti hier entlangschipperte, mußte er Tür und Fenster des Steuerhauses schließen. Er war aber nicht verärgert darüber. Vielmehr fühlte er in dem nun verriegelten Kasten eine sonderbare Entrücktheit – als wäre er ein Besucher auf einem fremden Planeten. Wann war ihm das letzte Mal so gewesen? Er sah sich auf einem breiten, zerschlissenen Plüschsessel sitzen, in einer Nacht, die milchig war, einer Leningrader Juninacht, in der Lydias Freunde mit einem uralten, laut surrenden Projektor Tarkowskis »Stalker« an das Bettlaken warfen, eine schäbige Kopie, so zerkratzt, als wären da Millionen zerrupfte Insektenglieder eingebrannt. Manchmal ließ die durch den Türspalt dringende weiche Luft das Laken, und die darauf gezeigte Landschaft, leicht und langsam wellen und verlieh ihr, als habe sie das nötig, noch mehr Eigentümlichkeit. »Surreal, nicht?« hatte Lydia ihm ins Ohr geflüstert, und er hatte zurückgeflüstert, »mehr als das«; und so war es jetzt wieder, bis hin zu dem steten Geräusch in seinem Rücken, damals der surrende Projektor, jetzt der leise klopfende Schiffsdiesel, er trieb Matti durch eine Welt, die ihm zu absurd vorkam, um ihn zu ängstigen, Bedrohung und Verfall, die ohne Zweifel in ihr lagen, zogen links und rechts wie Kulissen vorüber, oder die »Barby« stach durch sie hindurch und teilte sie mit dem Vordersteven, schob sie einfach beiseite, reglos nahm er die Parade der Skelette am Ufer ab, nur manchmal schickte er ein trockenes Husten zu ihnen herüber, aber auch das schien ihm vollkommen fremd, wie von irgendeinem Instrument ausgestoßen.

Nachdem sie den Zement geladen hatten, fuhren sie weiter in Richtung Berlin. Zwischen Erkner und Köpenick traten die Farben langsam wieder hervor, und der Staub blieb zurück. Matti öffnete Tür und Fenster des Steuerhauses. Doch wenig später wurde es draußen stickiger, als es drinnen je gewesen war, und das machte nicht die Sonne, das machten die Schlote der alten Fabriken längs der Spree, die beißenden Qualm absonderten. Er lag als gelbgraue Wolke in der Luft, er war die

Luft. Und die Wolke wurde immer dichter, je näher das Schiff dem Kraftwerk Klingenberg kam, bitteres Gelb, das Matti die Augen beizte. Wieder schloß er Tür und Fenster. Aber er fühlte sich jetzt bedrückt. Und fühlte er sich nicht immer so, wenn er hier vorbeifuhr oder anlegte? Das, was er hier sah und roch, mutete ihn nicht unwirklich und interstellar an, sondern nur dreckig und abstoßend. Und noch etwas kam in diesem Moment hinzu, die Erinnerung an den letzten Winter, in dem er wochenlang im Akkord Kohle gefahren hatte, von Königs Wusterhausen ins Kraftwerk, das, er wußte es wie nur wenige sonst, er hatte alles mit eigenen Augen gesehen, bestimmt ein dutzendmal kurz vor dem Abschalten stand, weil die Brennstoffe fehlten, gewiß, zappenduster würde es in der Hauptstadt der Republik, wenn nicht sofort neuer Brennstoff, und sei es billigster taubster Grus, anlandete; einmal war das Zeug in den aus der Lausitz zum Hafen gerollten Waggons derart festgefroren, daß es sich in aller Eile nur noch heraussprengen ließ, die Detonationswelle drückte Matti wie eine gewaltige stählerne Klammer die Schläfen ins Hirn und riß sie in derselben Sekunde wieder raus und fetzte sie weg. Zugleich peitschte die Welle ihm seine Lider zu. Als er sie, zitternd, wieder öffnete, erkannte er, daß die Waggons die bizarrsten Formen angenommen hatten, dynamitgeborene Installationen, beulig, löchrig, spitz, schroff, schrundig, das ganze Gleis voller Schrott, der mühsam weggeschafft werden mußte, was wieder Zeit kostete, ein ständiger Wettlauf, den man irgendwann einmal verlieren würde.

Diese Erinnerung, und manche ähnliche, erschien Matti im übrigen nicht plastisch, nicht in ihren Einzelheiten. Sie, und die ähnlichen Erinnerungen, waren schon verwandelt zu etwas anderem, sie verrichteten ihr Werk wabernd im verborgenen, breiteten sich untergründig aus, das merkte niemand außer Matti selber, und der begriff es auch lange nicht, der wunderte sich nur, warum er mir nichts dir nichts schlechte Laune bekam, in immer kürzeren Abständen, gestern im »Interhotel«, jetzt hier auf dem Kahn, es genügte mittlerweile eine Kleinigkeit, ein falsches Wort, ein übler Anblick, und schon stellte sie sich ein, und er bekämpfte sie auch nicht mehr, sondern überließ sich ihr; Peter Schott hielt das dann jedesmal für eine von Mattis stillen, nicht so recht nachvollziehbaren Schwelgereien.

Matti war jene stumme Übellaunigkeit allerdings schon bekannt gewesen, bevor sie ihn selber erreicht hatte: Immer wieder war sie ihm auf der Straße begegnet, in den Gesichtern der Passanten. Und immer war ihm klar gewesen, daß ausschließlich sie, die Passanten selber, für ihre Griesgrämigkeit verantwortlich waren. Wie viele schwache und dumpfe Menschen doch seinen Weg kreuzten! Wie sie sich alle gehenließen! Wie sie im Stumpfsinn badeten! Nun aber begann er an ihrer Schuld zu zweifeln. Auch sie werden ihre Erlebnisse gehabt haben, dachte er, auch sie wird das einfach so überkommen. Beinahe schloß er sie ins Herz, diese mürrisch In-sich-Gekehrten. Ging er wieder an solch einem vorbei, sagte er sich mit schmerzender Zufriedenheit, na bitte, ein Kompagnon, noch so einer. Zugleich aber verbat er sich jede Gemeinsamkeit mit diesem, denn er wollte nicht so aussehen und wirken, nicht so finster, und trotzig sagte er sich: Ich bin doch nicht so. Ich bin überhaupt nicht so. Vielleicht ist der da wirklich so – aber ich, ich bin es doch nicht.

Etwa fünf Minuten nachdem die »Barby« das Kraftwerk passiert hatte, wurde er aus seinen Gedanken gerissen, denn vor ihm lag schon die Halbinsel Stralau. Dort befand sich der Sitz der Stromreederei, und dort mußte er das Schiff an zwei »Springer« übergeben, die es durch Westberlin führen würden: Nähme es nicht diesen kurzen Weg nach Brandenburg, wo der Zement hin sollte, müßte es ja zurück in Richtung Osten auf die Oder und von dort auf den Oder-Havel-Kanal, ein Umweg, der viel zuviel Zeit kostete, mindestens einen Tag.

Matti und seine Leute gehörten nicht zu den Auserwählten, die Westberlin durchqueren durften. Sie mußten ihr Schiff immer hier in Stralau verlassen, und oben in Hennigsdorf, am nordöstlichen Stadtrand, durften sie es dann wieder übernehmen. Aber von wem würden sie heute ersetzt werden? Am Ufer, dem die »Barby« sich jetzt näherte, standen zwei Gestalten, nur vermochte Matti in der gleißenden Sonne nicht gleich zu erkennen, wer das war. Er streckte, seine Linke am Steuerrad belassend, seinen rechten Arm nach vorn, streckte ihn ganz aus, klappte auch die Handfläche hoch und verdeckte mit ihr die Sonne. Nun sah er, der eine war Schlotzke, der andere Lingsohr. Beim Anblick Schlotzkes mußte Matti lächeln, denn er dachte an die Geschichte mit dem Ring; aber Lingsohr, den hätte er sich nun als allerletzten hergewünscht. Es war ein offenes Geheimnis, daß der extra in die Partei eingetreten war, um Aufnahme bei den »Springern« zu finden und in den Westen zu dürfen. Da war er zwar bei weitem nicht der einzige, der sich aus diesem Grund der gesellschaftlichen Avantgarde verpflichtet hatte, doch maulte er, und nur er, dann auch noch überall herum, wie mies es ihm in Westberlin ginge, immer müsse er in der kurzen ihm zur Verfügung stehenden Zeit herumhetzen, um Besorgungen zu machen, die ihm von der Verwandtschaft aufgetragen worden seien, und überhaupt könne er sich Besseres vorstellen, als Tag für Tag auf fremden Schiffen herumzuturnen. Matti sah der Begegnung mit ihm buchstäblich mit gerunzelter Stirn entgegen.

Statt sich zu einer Begrüßung herabzulassen, stänkerte Lingsohr, die »Barby«, das sei ja nun wahrlich nicht sein Lieblingsschiff, ob man es nicht wenigstens anders nennen könne.

Wie er »uff die unsinnije Idee« käme, fragte Peter Schott.

Da erklärte Lingsohr, er habe die Nase langsam voll davon, in Westberlin, und dort vorrangig in der Spandauer Schleuse, von Gaffern zu hören zu bekommen, »haha, 'ne Barbie unter 'ner Ostfahne, und natürlich falsch jeschrieben, ditt Püppchen«, jawohl, er sei am Ende der Geduld, er habe die Lust verloren, jedem Westdeppen zu erläutern, daß Barby eine bei Magdeburg und an der Elbe gelegene Stadt sei, aber ehrlich, er würde auch viel lieber wie Matti und seine Leute jetzt mit der S-Bahn entspannt um Westberlin herumfahren, als sich dauernd mit solchen Sprüchen abzuplagen.

Peter Schott erwiderte, da könne er nur zwei Worte sagen: »Machdo!«

Aus Matti aber brach es einen Moment später heraus: »Ich kann's nicht mehr hören, ich ertrag's nicht länger, mir diesen Stuß anzuhören, den du hier ständig absonderst …«

»Was heißt hier Stuß«, wandte Lingsohr ein, aber Matti war ganz außer sich: »Halt den Mund, du bist ja dermaßen verlogen, Lingsohr! Widerlich bist du! Du erzählst deinen verlogenen Mist, wo du willst, aber nicht auf diesem Schiff, nicht mehr auf diesem Schiff, verstanden?«

»Pff, dieses Schiff …«

Matti trat mit wütendem und drohendem Gesichtsausdruck auf Lingsohr zu. Er winkelte auch so seltsam seine Arme an. Aber in dieser Sekunde zeigte sich ausgerechnet Peter Schott äußerst besonnen. Er zog Matti, den er gar nicht wiedererkannte, wo kam denn plötzlich dessen Heftigkeit her? schnell mit einem Arm zurück, und da er kräftiger war als Matti, führte er ihn mit sanftem, für die Außenstehenden kaum erkennbarem Druck auch gleich von Bord.

Als sie dann in der S-Bahn saßen und hoch nach Hennigsdorf fuhren, immer an der Wand lang, immer an der Wand lang, fragte er Matti, was denn eben mit ihm gewesen sei, aber der schüttelte nur den Kopf und schaute unverwandt nach draußen.

*

Aus dem Romanmanuskript »Das verschlossene Kind«: 5. Kapitel:

Kaum hatte ich am nächsten Tag die Insel betreten, fing Vestis mich mit besorgtem Gesicht ab. Er bat mich, mit ihm einen Spaziergang innerhalb des Kerkerdreiecks zu unternehmen, und ich, der ich ihn am Tag zuvor unter ähnlichem Vorwand in ein Gespräch verwickelt hatte, begriff, daß nun unbedingt er mit mir zu sprechen wünsche. »Herr Magister«, begann er auch sogleich, »da ist etwas, das Sie wissen sollten: Antonio redet, und er redet verständlicher, als Sie es sich wahrscheinlich vorzustellen vermögen. Allerdings weiß er wohl selber nicht, daß er es tut. Weil es nämlich nur in der Nacht geschieht. Weil er phantasiert. Nicht jede Nacht zwar. Manchmal ist er wochenlang still. Aber genausogut kann es geschehen, daß er in zwei oder drei aufeinanderfolgenden Nächten phantasiert. Uns bleibt in einer solchen Nacht nichts übrig, als ihn zu wecken und ihm zu sagen, er solle ruhig sein, denn wir finden sonst gar keinen Schlaf, und er raubt uns noch den letzten Nerv. Gomus ist sogar des öfteren schon sehr laut geworden. Der junge Herr schaut uns dann jedesmal, Verzeihung, wenn ich das so sage, aber mir fällt kein anderes Wort ein, wie ein Esel an. Er weiß tatsächlich von nichts.«

Ich fragte Vestis, warum er mir das heute erzähle, und er antwortete: »Zum einen, weil heute wieder so eine Nacht war, und zum anderen, weil ich gestern noch Angst hatte, Sie könnten uns verraten.«

»Und heute hast du diese Angst nicht mehr?«

»Nicht mehr. Ich habe Vertrauen zu Ihnen. Sie sind ein guter Mensch, Herr Karandasch.«

Ich wußte schon damals um meine Schwächen, als da Unschlüssigkeit, Feigheit und, wenigstens zeitweise, Antriebslosigkeit sind, und fragte Vestis unwirsch, wie er eigentlich dazu komme, sich so über mich zu äußern, er kenne mich doch heute genausowenig, wie er mich ge-

stern gekannt habe. Sanft erwiderte er: »Ich kenne Sie, seit ich sah, wie Sie mit Antonio redeten. Nach diesem Gespräch war mir klar, Sie können niemanden verletzen, niemanden, und ein Mensch, der niemanden verletzen kann, der ist gut, was er sonst auch für Eigenheiten haben mag.«

Diese Einschätzung, gegen die ich nichts einzuwenden wußte, war mir peinlich, vielleicht auch deshalb, weil mich, den still vor sich hin Lebenden, damals schon lange niemand mehr gelobt hatte. Manche Leser mögen vielleicht denken, man sauge in einem solchen Fall das Lob erst recht auf, aber das ist, jedenfalls was meine Person betrifft, ein Irrtum. Ich stieß das Lob ab, so wie ja ein Kranker, der wochenlang nichts außer bitterer Medizin eingeträufelt bekam, die erste, heiß ersehnte Mahlzeit nicht verträgt und wieder ausspuckt. Kurzum, ich brachte, um von mir abzulenken, das Gespräch schnell wieder auf Antonio, und fragte Vestis, wovon er nachts phantasiere. Vestis antwortete: »Von Katzen und Mäusen, immer nur von denen. Es macht einen verrückt. Viele Katzen sind das, die ihm wohl im Kopf herumschwirren, Herr Karandasch. Sie scheinen ihn zu bedrängen. Nicht kratzen, ruft er immer wieder, nicht kratzen, geht weg, geht weg. Aber das Kratzen scheint bei weitem noch nicht das Schlimmste für ihn zu sein. Irgendwas hat er mit den Augen der Katzen. Die schießen, wenn ich alles richtig deute, grüne Pfeile auf ihn ab, immer zwei auf einmal, und denen weicht er aus, er wirft sich regelrecht auf seiner Pritsche herum und fuchtelt, wie um sich zu schützen, mit den Armen und schreit, was machen die Bogenschützen, nehmt die Bogenschützen weg.« Vestis schaute so geplagt, als werde er selbst von diesen Träumen heimgesucht. Ich fragte ihn, ob er sich erklären könne, warum Antonio immer wieder in diese eine Phantasterei verfalle, aber er verneinte. »Nur eine unbestimmte Ahnung habe ich. Vielleicht ist einmal in all den Jahren, in denen ich noch nicht hier tätig war, eine der vielen Katzen, die auf der Insel herumlaufen … da, sehen Sie, da ist eine … und noch eine, da … in seine Zelle geschlüpft, und vielleicht hat sie es dort mit der Angst bekommen und hat wieder rausgewollt und ist während ihrer Flucht über den jungen, noch ganz kleinen Herrn hinweg. Wenn es so war, dann muß ihm die Katze ähnlich groß und wild erschienen sein, wie uns ein Tiger erscheint. Aber wie gesagt, das muß alles nicht stimmen. Das ist vielleicht auch nicht mehr als eine Phantasterei.«

Ich bedankte mich bei Vestis für die Auskünfte, und wir gingen wortlos zum Haus der blitzenden Sichel. Als Antonio mich gewahrte, sprang er von seiner Pritsche. In seinem Gesicht war nur ein Ausdruck: der aufrichtigster Freude und größter Erwartung. Gleichwohl verharrte er wie angewurzelt vor der Pritsche. Ich ging auf ihn zu und wagte, ihm über seine Haare zu streichen, was er heftig atmend, und ansonsten steif und starr, geschehen ließ. Dann setzte ich mich an den Tisch und bat auch ihn dorthin. Ich griff nach der Fibel in meinem Tornister. Aber als ich sie in der Hand spürte, überkam mich ein solcher Unwille, eine solche Abneigung gegen das Buch und gegen denjenigen, der es in Auftrag gegeben hatte, daß ich sie wieder losließ. Es war gegen Antonio geschrieben, nicht für ihn! Ich ahnte, ich würde mich nie dazu bereitfinden, es in seiner Gegenwart aufzuschlagen. Um aber Gomus, den ich für den Spitzel des Obersten hielt, in die Irre zu führen, sagte ich, mit der flachen Hand auf den Tornister schlagend, zu Antonio: »Weißt du, was ich hier drin habe? Ein Buch, ein Lesebuch. Aber ich denke, es ist noch ein wenig zu früh dafür, es zu benutzen. Ich werde es in der nächsten Zeit erst einmal bei mir zu Hause lassen.« Und tatsächlich schien Gomus die Ohren zu spitzen. Jedenfalls starrte er ein wenig zu gelangweilt an die Decke. Was allerdings Antonio angeht, so schien er nicht viel begriffen zu haben. Er glotzte mich mit einer Mischung aus Unverständnis, Demut, Hoffnung und sogar Frohsinn an, wie sie nur den gänzlich unerfahrenen Menschen eigen ist; und das war ein langer Blick, der mich schreckte, verdeutlichte er mir doch auf eindringlichste Art, in welcher Verantwortung Antonio gegenüber ich stand. Er mit seinem wahrhaft kindischen Gemüt setzte vollkommen auf mich, ich jedoch, ich wußte ja in diesem Moment nicht einmal, wie und was mit ihm reden. Ich ruckelte auf meinen Stuhl herum, entsann mich des gestrigen Tages, an dem ich einfach losgeplappert hatte, und begann noch einmal, ohne große Überlegung zu sprechen: »Antonio, Junge, wir kennen uns noch gar nicht. Ich schneie hier so herein, und du weißt gar nichts über mich, außer natürlich, daß ich Karandasch heiße, erinnerst du dich, Ka-randasch? … Gut, sehr gut, du erinnerst dich. Dann erzähle ich dir jetzt weiter, hör nur zu. Ich, Karandasch, bin 63 Jahre, ziemlich alt schon, was? Du bist neun, Antonio. Neun. Das heißt, ich bin siebenmal älter als du, oder, anders gesagt, siebenmal so lange wie du lebe ich schon. Aber auch ich war natürlich mal neun. Ich erinnere mich an einen be-

sonders kalten Winter, als ich neun war, oder zehn. Der Fluß, der uns hier umspült, war bestimmt vier Monate zugefroren, das sind vier mal mindestens 30 Tage, denn ein Monat, der hat 30 oder 31 Tage, aber was ich erzählen will, ist folgendes: Der Schmied des Dorfes, in dem ich großgeworden bin, hat mir und den anderen Kindern schmale scharfe Eisen angefertigt, die wir dann an Holzstreben befestigt haben, und die Holzstreben, die wurden an die Schuhsohlen genagelt, und das war dann ein Gestell, mit dem wir auf dem Eis gleiten konnten. Ein paar Tage später fanden wir einen alten löchrigen Filzhut. Den knüllten wir und banden ihn mit Hanf zusammen, und dann suchten wir gekrümmte Äste, daran war ja kein Mangel am Ufer, und dann trieben wir, mit unseren Gestellen auf dem Eis viel schneller laufend, als es selbst dem Schnellsten an Land möglich ist, die Filzkugel vor uns her. Bald bildeten wir zwei Gruppen, die sich mit den Knüppeln um sie rauften, tja, und dabei ist es passiert, hier, schau: Ein Finger fehlt mir, der Zeigefinger ist das, Zeigefinger, weil man mit ihm auf Dinge und Menschen zeigt. Unglücklicherweise ist es auch noch meine rechte Hand und nicht die linke. Und jetzt willst du bestimmt wissen, was passiert ist, nicht? Ich bin während des Raufens gestürzt, und jemand war gerade in Schwung und konnte nicht mehr bremsen und ist mit seinem Eisenmesser über meinen Finger gefahren. Der Finger ist zwei oder drei Meter auf dem Eis weggeschlittert wie ein fortgeworfenes Zweiglein. Und ich lag da und habe ihm nachgeschaut. Jämmerlich geheult habe ich, denn es hat verdammt weh getan, aber ich konnte niemandem die Schuld geben, es war einfach Pech. Und dadurch habe ich dem Finger auch nicht allzu lange nachgetrauert. Weil es Pech war. Das hat man hinzunehmen. Etwas anderes wäre es gewesen, wenn mir jemand mit Absicht den Finger abgehackt hätte. Dann kann man es nicht hinnehmen und muß alles daransetzen, daß derjenige bestraft wird; und wenn das nicht geschieht, ärgert man sich und ist sogar zornig, vielleicht ein Leben lang. Aber was rede ich! Was schweife ich ab! Die Geschichte mit dem Finger geht doch noch weiter, hör zu: Es hat sich als Glück erwiesen, daß ich ihn verloren habe, denn ohne den Zeigefinger konnte ich nicht, wie mir eigentlich vorherbestimmt, im Dorf ein Handwerk erlernen. Ich bin also in die Stadt gegangen und Magister geworden, Lehrer. Was war ich glücklich damals! Was waren das für Zeiten! Die besten Jahre! Jeder Tag ein Geschenk! Jede Minute ausgefüllt! Ich gehörte sogar zu den Magistern der ersten im Lande eröffneten Universität. Und wie vielen wißbegierigen jungen Studenten bin ich dort begegnet, wunderbar klugen, lebenslustigen Menschen wie zum Beispiel deiner Mutter und deinem Va-«

Antonio entfuhr ein schwarzer Laut, kein Wort, sondern ein dumpfer Ton, der aus den lichtlosen Eingeweiden seines schweren Leibes stammen mußte. Gomus spannte seinen unnützen Körper.

*

Die häßliche Auseinandersetzung mit Lingsohr wirkte in Matti noch nach, als er die »Barby« schon wieder übernommen hatte und mit ihr Richtung Brandenburg fuhr. Je länger die Tour aber dauerte und je weiter sie ihn aus dem stickigen Berlin herausführte, umso mehr besserte sich seine Laune. Es freute ihn zu sehen, daß die Landschaft an der Havel grün war und die Luft wenigstens halbwegs rein. Pappelflusen flogen ziellos herum wie in Tausende Teile zerrissene Wattebäusche und stimmten ihn milde; sie riefen jetzt bei ihm die gleiche beruhigende Wirkung hervor wie langsam fallende Schneeflocken im Winter. Reihen dunkelbrauner Schilfkolben standen ihm ehrerbietig Spalier, und er stellte sich mit Wonne vor, wie er einen der samtigen Stecken mit der Hand umschlösse und wie angenehm es dabei auf der Haut riesele. Vor allem jedoch konnte Matti es kaum erwarten, Britta wiederzusehen. Viel zu selten wollte es der Zufall, daß sie mit dem Zirkus gerade dort gastierte, wo er mit seinem Kahn vorbeischipperte – und heute, heute war das endlich wieder einmal der Fall. Er ließ den Motor mehrere Stunden mit voller Kraft laufen, um möglichst vor der Abendvorstellung bei ihr in der Stadt zu sein.

Tatsächlich langte er bei Britta an, noch bevor der alte Devantier seine berühmte Glocke läutete. Matti sah seine Schwester auf der Treppe ihres Wagens sitzen. Britta riß, kaum hatte sie ihn gewahrt, ihre Arme nach oben und flatterte mit den Händen. Als er herangelaufen war, stürzte sie sich geradezu auf ihn, so daß es in seiner Wirbelsäule knackte. Beide umarmten sich lange, als wären sie ein Liebespaar. Und ihre Zuneigung, die genossen sie um so mehr, da sie beide doch Fahrende waren, immer unterwegs. Es war für sie beruhigend und aufregend zugleich, sich in der Fremde in die Arme zu laufen, denn die Nähe, die sich dann sofort einstellte und die auch etwas von einem Einkapseln und Abschotten hatte, führte jedesmal dazu, daß sie sich Dinge erzählten, die sie gegenüber keinem anderen auch nur zu erwähnen wagten und über die sie wohl auch geschwiegen hätten, wenn sie einander in Gerberstedt begegnet wären oder in Mattis Ein-Raum-Wohnung in Berlin. Jawohl, die in der Fremde besonders gespürte geschwisterliche Zuneigung war's, die ihnen die Zunge löste. Niemand wußte zum Beispiel über Brittas ebenso unstetes wie unschuldiges Liebesleben besser Bescheid als Matti. Niemand außer ihm wußte, daß sie sich, allem Anschein zum Trotz, nicht etwa schon ein dutzendmal verliebt hatte, sondern noch nie, und daß sie sich nichts sehnlicher wünschte, als einmal so richtig zu glühen und zu vergehen. Nur Britta wiederum wußte von Lydia, der einzigen Frau, der bisher das Kunststück gelungen war, Matti vor der Torheit des unablässigen Vergleichens mit Karin Werth zu bewahren.

»Wie sieht sie aus, wie sieht sie aus, diese Dolmetscherin«, hatte Britta neugierig gefragt, nachdem er von seiner Jugendtourist-Reise aus Leningrad zurückgekommen war, für die er sich bei der Stromreederei mehrmals beworben hatte, weil, so lautete seine Begründung, diese Stadt aufgrund ihrer bedeutsamen Geschichte ihn wie keine andere interessiere.

»Flachsblond. Ihr fallen immer die Haare über die Wangen, alle fünf Sekunden, und sie schiebt sie sich gedankenverloren immer wieder zurück. Auf einmal – auf einmal habe ich das für sie getan.«

»Du hast sie plötzlich angefaßt, vor allen anderen?«

»Ja. Es war mir egal, was die anderen denken, und ich war mir auch sicher, Lydia würde sich nicht erschrecken. Diese Handbewegung war für mich in diesem Moment das Natürlichste von der Welt.«

»Und sie hat sich tatsächlich nicht erschreckt?«

Kopfschütteln.

»Und habt ihr miteinander geschlafen?«

»Ja, aber nicht gleich. Obwohl mir gleich so war, und ihr auch, das habe ich gespürt. Sie wäre aber nicht an der Deschurnaja vorbeigekommen, an der Matrone, die im Hotel auf jeder Etage sitzt und wacht. Du glaubst nicht, wie streng es da zugeht. Sie, also Lydia, wohnt auch noch, oder wieder, bei ihren Eltern, sie mußte erst was organisieren in ihrem früheren Studentenwohnheim.«

»Und dann war es dort schön?

»Es war weich. Wir durften nicht laut sein, wegen der dünnen Wände in dem Wohnheim, du hörst da jedes Husten, und du kannst die Zimmer nicht abschließen. Im Grunde durften wir keinen Mucks sagen. Ja, und deshalb waren wir ganz behutsam miteinander. Alles geschah still und langsam, wie verzögert. Unsere Augen hielten wir offen. Wir waren lange ineinander, über eine Viertelstunde wohl, dann erst schloß Lydia ihre Augen. Sie hat große weiße russische Lider. Das glaubst du nicht, wie Lider einen anziehen können! Als ich sie darauf küßte, spürte ich ihre warmen runden Augäpfel. Ich saugte daran, ich grub meine Lippen in ihre Augenhöhlen, und in dem Moment, in dem ich das tat, saugte Lydia in sich drin an mir. Es war mir, als ob sie ihre Augen durch mich und sich hat hindurchfließen lassen.«

»Hui, hui, hui, was ist denn das für eine Erzählung, du schwärmst ja richtig«, sagte Britta, und das Schöne und Gute daran war, daß Matti sie wirklich beeindruckt und erfreut hatte und sie keinerlei Neid verspürte, er merkte es genau.

Sie gingen in Brittas Wagen. Britta schlüpfte in die rote Uniform mit den goldenen Schulterklappen und Schnüren, die sie am Einlaß tragen mußte, legte sich aber auch schon Cordhose und kariertes Hemd bereit, die schlabbrigen Sachen, in denen sie während der Vorstellung die Tiere von den Ställen zum Chapiteau und wieder zurück führen würde. In der Manege selber würde sie nicht auftauchen, wie Matti wußte. Sie jonglierte schon lange nicht mehr. Nach jenem dramatischen Abend, da sie von Devantier ins Rampenlicht gestoßen und von Marty mit Keulen attackiert worden war, hatte Britta die ganze Nacht kaum schlafen können, weil sie, ganz gegen ihre Natur, hin und her überlegte, was sie tun sollte: Weiter auftreten und sich am Applaus berauschen und Devantier brav nur um ein züchtigeres Kleid bitten und um die Erlaubnis, ihre Haare zu einem Zopf zu binden – oder ihm die Keulen vor die Füße werfen und sagen, das war's, ich kann gar nicht richtig jonglieren, und ich werd's auch nie richtig können, ich weiß es jetzt, und Sie wußten's schon gestern, und schon immer wußten Sie's, nicht wahr? also suchen Sie sich einen anderen, oder setzen Sie Marty wieder ein.

Ihr hatten auch noch Mattis Worte im Ohr geklungen: Der Mensch soll nicht etwas fortführen, von dem er im Grunde seines Herzens weiß, es bringt ihn nicht weiter. Ja, dachte sie, für Matti wäre die Entscheidung einfach. Matti war kompromißlos, Matti folgte immer seiner Idee, koste es, was es wolle. Aber kann in dieser Aufrichtigkeit und

Klarheit nicht auch etwas Grausames liegen, etwas Grausames für andere? Man muß doch auch sehen, was es für die anderen bedeutet, die von der Entscheidung betroffen sind. Bereitet man ihnen Schwierigkeiten? Das muß man bedenken. Es ist doch nicht in Ordnung, andere in Probleme zu stürzen, nur damit man selber eine gute Meinung von sich behalten kann. Das ist eigentlich sogar – egoistisch.

Bei diesem Gedanken war Britta ziemlich unwohl gewesen, und sie hatte sich gezwungen, schnell auf ihr eigentliches Problem zurückzukommen: Nehmen wir an, ich kündige Devantier sofort die Jonglage – was soll er dann tun? Jetzt, mitten in der Saison, findet er keinen Ersatz. Marty aber kann er nach dessen gestrigem Auftritt, und damit meine ich den vor versammelter Mannschaft, nicht mehr bringen. Devantier verlöre ja seine ganze Autorität. Und ehrlich, ich will jetzt auch nicht mehr, daß Marty zurückkommt. Ich werde niemandem verraten, wie er mir in der Nacht die Keule in den Rachen gestoßen hat, aber ich will ihn auch nicht mehr sehen. Er hat sich unmöglich gemacht. Er soll verschwinden von hier. Was bleibt mir also? Mit Devantier zu verhandeln …

Gleich am frühen Morgen, sie hatte sowieso nicht schlafen können, lief sie zu ihm hin. Er stand noch in Schlafanzug vor dem Waschbekken. Sie ließ ein erschrockenes »huch« ertönen, stammelte eine Entschuldigung und wollte wieder verschwinden, aber Devatier hatte die Größe und das Alter, mit Zahnpasta im Mund etwas hervorzubringen, das klang wie: »m Wnrm Pltz nmen.« Sie ging also zögernd in den Wohnraum und nahm Platz. Wenig später erschien er dort in einem gediegenen braunen Anzug und nach Rasierwasser duftend, gewiß, er wußte aus Erfahrung, was auf eine clowneske Nummer zu folgen hat: eine ernsthafte Darbietung. »Manche«, begann er die Unterredung, »kommen am Morgen nicht aus den Federn, wenn man sie am Abend mit Lorbeer zugeschissen hat, aber bei dir scheint's ja genau umgedreht zu sein.«

Britta kicherte geschmeichelt.

»Was willste?« fragte Devantier nun direkt und fast abweisend, und auf einmal wußte Britta, ihre Überlegung, sie könne Devantier doch nicht im Stich lassen, gründete schlicht auf der Angst, ihm eine Absage zu erteilen. Sie traute sich das einfach nicht. Sie fürchtete sich vor einer harschen Reaktion.

»Der Lorbeer«, druckste Britta, »ich weiß nicht, aber – er hatte nichts mit meiner Darbietung zu tun.« Sie schaute Devantier wie entschuldigend an.

»Womit sonst?«

»Mit meinem Verhalten«, flüsterte Britta. Sie wurde immer scheuer, bemerkte es selber mit größter Verwunderung. Nur Devantier brachte das zuwege, sonst doch keiner. Aber sie war ihm nicht böse. Er hatte etwas Verschlingendes, aber auch etwas Beruhigendes, wie er da vor ihr thronte und sie abfragte. Sie mußte nur antworten, dann würde schon alles gut.

»Wie war denn dein Verhalten?«

Britta schaute zu Boden. »Es war nicht so, wie ich bin. Ich bin nicht – wie das Kleid.«

»Kleid ist nicht gleich Verhalten. Aber bitte: Was gefällt dir nicht an dem Kleid?«

»Es ist zu kurz, und es hebt … Dinge hervor, die ich nicht habe.«

»Dinge!« wiederholte Devantier und schaute sie spöttisch an. Plötzlich kamen ihr doch die Tränen.

Da vollzog Devantier eine für ihn völlig ungewöhnliche Wende. Er erhob sich von seinem Sessel, hockte sich vor Britta hin und murmelte: »Kind, ich entschuldige mich.«

Britta schüttelte schniefend den Kopf, als wolle sie sagen, halb so schlimm, setzen Sie sich nur wieder, aber Devantier blieb, wo er war, und sagte: »Ich verstehe dich besser, als du denkst. Ich gebe dir recht, du bist so nicht. Du paßt nicht in das Kleid – wenn man dich kennt. Aber das Publikum kennt dich nicht. Es hat dich genauso angenommen, wie du ihm erschienen bist. Es will getäuscht werden. Vieles hier basiert auf Täuschung, das ist Zirkus! Ich will ganz ehrlich sein, mein Mädchen, ganz ehrlich: Dieser Zirkus braucht dich gerade mehr, als du vielleicht ihn brauchst. Er braucht dich so, wie du nicht ganz bist, noch bis zum Saisonende, dann wird ein neuer Jongleur kommen. Also tu mir den Gefallen und bleib.«

War Devantier also in viel größerer Angst als sie! Vielleicht befürchtete er insgeheim sogar, sie werde das Weite suchen. Sie ahnte jetzt, daß er sich wohl selber gezwungen hatte, so mit ihr herumzuhantieren. »Ich bleibe doch«, rief sie schluchzend, »was denken Sie denn von mir, ich jongliere, so lange Sie wollen! So lange Sie wollen tu ich das!«

Devantier schaute sie ein paar Sekunden zärtlich an. Dann erhob er sich und erklärte, wieder einigermaßen streng: »Gut, bis zum Saisonende. In einem anderen Kleid, wenn du unbedingt willst. Such dir im Fundus eins aus.«

Und so kam es, daß sie noch Dutzende Male in einem bis zum Hals geschlossenen Kleid auftrat. Aber nicht mit zum Pferdeschwanz gebundenen Haaren. Sie hätte sie sportlich tragen können, so viel war nach ihrem Gespräch mit Devantier klar, aber sie wollte das gar nicht mehr, sie empfand Freude daran, auf seine Wünsche, die sie ja nun bestens nachvollziehen konnte, wenigstens teilweise einzugehen, und so ließ sie ihre herrlich lange Mähne weiter in der Manege wehen, zur Freude des Patrons, zum Wohle von »Devantier Circus« und auch zur eigenen Beglückung, denn den Applaus, der unweigerlich auf das Wehenlassen folgte, den nahm sie als gerechten Lohn für ihre Hilfsbereitschaft.

*

Aus dem Romanmanuskript »Das verschlossene Kind«: Kapitel 6:

Was war ich für ein Trottel! Antonio mir nichts dir nichts an seine Eltern zu erinnern, war ich denn noch bei Troste? Jegliche Vorsicht hatte ich fahrenlassen in meinem Schwelgen im einstigen Glück, in meinem selbstsüchtigen Erzählen; ich hatte Antonio mißbraucht, um mich meinen einfältigen Erinnerungen hingeben zu können. Dabei wußte ich genau, daß man nur ein bestimmtes Wort erwähnen muß, und schon ist bei dem, der es hört, der Weg zu einer verschütteten Geschichte frei, schon liegt sie brach, schon peinigt sie ihn. Aber wenn das so ist, sagte ich mir einen Moment später, war es doch egal, wann das Wort fiel und durch wen. Vielleicht war es sogar gut, daß es nun heraus war? Vielleicht hatte ich, auf lange Sicht gesehen, Antonio sogar einen Gefallen getan? Aber dann durfte ich ihn mit den Knochen, die ich ihm hingeworfen hatte, jetzt nicht alleinlassen. Ich mußte an jenes »deine Mutter und dein Vater« anknüpfen und mit ihm über die beiden reden, ohne Verzug, es gab kein Zurück mehr, wie ich auch an seinem Verhalten sah: Antonio umklammerte mit seinen patschigen weißen Fingern so krampfhaft die breite Tischkante, daß die Finger blaurot anliefen. Außerdem zitterte er am ganzen Leibe, und seine Pupillen, die mir bis dahin seltsam unbeweglich erschienen waren, schwerfällig wie der ganze

Antonio, irrten hin und her. »Antonio«, sagte ich beruhigend, »Antonio«, mehr wollte mir nicht einfallen. Hilflos fragte ich etwas, das er schon auf seine Weise beantwortet hatte, nämlich, ob er sich an seine Eltern erinnern könne. Noch immer am ganzen Leibe zitternd, nickte er. Ich fragte ihn weiter, was das im einzelnen sei, und gleichzeitig fiel mir ein, daß er heute noch kein einziges Wort gesprochen hatte. Mithin war es vermessen, von ihm etwas anderes als Schweigen zu erwarten. Antonio aber antwortete: »Eine Birn. Im Gras liegt. Rote Birn, und gelb. Mama bringt, und dann essen.«

»Du hast sie Mama gebracht, ja. Und wer hat sie dann gegessen? Du oder deine Mama?«

»Ich und Mama.«

»Ihr beide?« Ich lachte los wie ein Idiot, weil er sprach, zusammenhängend sprach, und weil er aufgehört hatte zu zittern.

Und mein Gott, er lächelte jetzt, vielleicht wegen meines Lachens, vielleicht aber auch wegen der schönen Erinnerung, die in seinem Kopf womöglich mehr und mehr Gestalt annahm. Und hört doch nur, er antwortete: »Ich das Halbchen, und Mama.«

Mit mühsam zurückgehaltener Erregung rief ich: »Das ist großartig, Antonio, ihr habt also beide je eine Birnenhälfte gegessen. Und wie sah sie aus, deine Mama, weißt du das auch?« Ich hatte keine Ahnung, was ich erwartete, denn noch einmal, Antonio war keine drei Jahre alt gewesen, als das Unheil über seine Familie, und über viele andere, hereingebrochen war, er konnte jetzt nie und nimmer Genaues berichten.

Doch wieder belehrte er mich eines Besseren: »Großer Mund mit Halbbirn.«

»Sie hatte so einen großen Mund, daß eine halbe Birne auf einmal reingepaßt hat? Das stimmt, das stimmt!« Mir war ihr Mund gleich aufgefallen, und später, als Meta mit Salo ging, erschien mir Salo allein wegen ihres großen Mundes und ihrer vollen Lippen, von denen er geküßt wurde und die er küssen durfte, als ein vom Schicksal Begünstigter. Mir wurden die Augen feucht, wegen jenes unverschämten Glükkes, an dem ich teilgehabt hatte, und weil es unwiederbringlich vorüber war.

Da erstarrte Antonio, wie er am Tag zuvor in ähnlicher Situation schon einmal erstarrt war. Ich fragte ihn vorsichtig, was auf einmal mit ihm los sei, und als er nicht antwortete, fragte ich weiter, ob ihn meine

Tränen vielleicht ekelten. Daraufhin blickte er mich verständnislos an. Aber natürlich, jenes Wort, Ekel, war ihm vollkommen fremd. Ich versuchte, alles einfacher und genauer auszudrücken: »Solche Tränen, Antonio, hast du früher schon einmal gesehen, nicht? Wo war das? Wer hat geweint? Du weißt es noch, stimmt's?« Mit widerstreitenden Gefühlen beugte ich mich zu ihm; etwas sagte mir, ich dürfe ihn nicht länger martern, und etwas, ich müsse ihm helfen, sich über das Geschehene klarzuwerden.

Antonio öffnete den Mund, indes, nichts kam heraus. Er drehte sein Gesicht weg, als schäme er sich. Ich schwieg. Ich versuchte mir vorzustellen, was wohl geschehen sein mochte, daß er eine solche Abscheu allen Tränen gegenüber entwickelt hatte. Aber mitten in jenes Ausmalen hinein sprach Antonio dann doch, nur war es keine Antwort, sondern eine Frage, und zu meinem Leidwesen eine, die ich nicht verstand: »Woseie die?«

»Woseie die?« wiederholte ich.

Antonio nickte. Sein Blick war matt und inständig zugleich, er durchdrang mich und wich mir doch aus, ein Ausdruck qualvollen Ringens, nur das begriff ich. Mir blieb nichts, als vor Antonio mit dem Kopf zu schütteln und mit den Schultern zu zucken; da tippte mich von hinten Vestis an, der die ganze Zeit an der Tür gestanden hatte, und flüsterte mir zu: »Herr Karandasch, vielleicht möchte er erfahren, wo seine Eltern sind. Seie – sind. Wo sind sie. Danach klingt es mir.« Und sogleich trat Vestis, mißtrauisch beäugt von Gomus, wieder zurück.

In diesem Moment war mir, als dringe ein süßlicher, trockener, verbrannter Geruch in die Zelle, ein Geruch wie von Tabak, derselbe, der mir gestern in der Kutsche des Obersten in die Nase gestiegen war, nur feiner, nur nicht so aufdringlich. Ich fragte mich, ob ich im hintersten Winkel meines strapazierten Hirns an den Obersten gedacht hatte und also auch der Geruch, den ich mit ihm verband, Imagination war. Ob man etwas riechen kann, wiewohl dieses Etwas nichts als eine fixe Idee ist. Und wenn es sich so verhält? Welche Gewalt hat dann diese Vorstellung, welche Gewalt derjenige, der sie auslöst! Ich sog unauffällig Luft ein, und ich tat es in der Erwartung, jetzt, da ich mir der möglichen Einbildung bewußt geworden war, keinen Tabak mehr zu riechen. Aber die Wahrheit war, ich roch ihn nur um so stärker. Warm und trokken, wenngleich ohne sich bläulich und kringelig zu zeigen, schlug er *mir entgegen. Ich blickte zu Antonio, der nichts zu bemerken schien. Gomus aber schnüffelte auch, wenigstens schloß ich das aus dem erkennbaren Heben und Senken seines Brustkorbs, einer für diesen Stoiker ungewöhnlich heftigen Bewegung. Hatte ich mir das Ganze also doch nicht nur eingebildet? Fragend sah ich zu Vestis. Da er sich von Gomus beobachtet fühlte, senkte er sein Gesicht. Seine Augen aber schauten mich halb von unten an. Für einen blitzenden Moment deuteten sie zu dem Rohrstummel. Ich setzte mich wie gedankenverloren in Bewegung und drehte, um unauffällig in die Nähe des Stummels zu gelangen, eine Runde durch die Zelle. Und fürwahr, dem kleinen Rohr entströmte Tabakgeruch. Ich tat, als habe ich nichts bemerkt, doch in Wirklichkeit befand ich mich in heftigstem Aufruhr, denn natürlich schlußfolgerte ich, am anderen Ende der Leitung sitze gerade, gemütlich seine Beine übereinandergeschlagen und genüßlich seine Pfeife schmauchend, der Oberste. Vor allem aber argwöhnte ich, er höre mich reden und tue an diesem Vormittag nichts anderes, als eben mir zuzuhören, oder genauer, als mich abzuhören. Was für ein absurder Gedanke! Sämtliche Geschäfte des Reiches lagen in seiner Hand, warum sollte er seine Zeit mit billiger Spitzelei verbringen, die er jedem anderen auftragen konnte, nun, fast jedem. Dann freilich erinnerte ich mich seines Wahns und seiner Lächerlichkeit und hielt es wieder für möglich und sogar für wahrscheinlich, daß er über oder neben uns hockte. Gewiß, er observierte mich höchstpersönlich! Wie sollte ich angesichts dessen weiter mit Antonio über Meta und Salo reden? Ich mußte doch Antonio, da ich nun einmal so unvorsichtig gewesen war, sie zu erwähnen, reinen Wein einschenken, und mußte zugleich peinlich genau darauf achten, mit meinen Worten den Obersten nicht zu erzürnen. Immer noch schaute mich Antonio erwartungsvoll und demütig an. Ich aber sah durch ihn hindurch das Gesicht des Obersten und geriet in größte Aufregung, weil mir, so fieberhaft ich auch überlegte, nicht einfiel, wie ich unser Gespräch nun weiterführen solle. Um Zeit zu gewinnen, fragte ich Antonio: »Du willst also erfahren, wo deine Eltern sind, habe ich das richtig verstanden? Ist das deine Bitte gewesen, ja?«*

Antonio wiederholte das Ja. Er nickte auch dazu.

Da sagte ich, sie seien tot, nichts weiter kam mir über die Lippen; es war die volle Wahrheit und doch unverfänglich genug, denn der Mord, er blieb ja unerwähnt.

Antonio reagierte so, wie ich es niemals erwartet hatte, obwohl ich es, wenn ich nicht in einer Art Delirium, nicht in einer mich vollkommen beherrschenden Angst gewesen wäre, durchaus hätte ahnen können: Er tat nicht dergleichen. Er sah mich nach meiner Erklärung nicht anders an als zuvor. Es war, als hätte ich überhaupt nicht zu ihm gesprochen. Endlich begriff ich, daß jenes entsetzliche Wort, tot, nur ein weiteres war, das er nicht verstand. Gewiß, Antonio, selber längst totgeweiht, hatte hier auf der Insel weder einen Toten gesehen noch von einem Toten gehört; und zuvor, in einer anderen, freudvolleren Zeit, war niemand in seiner unmittelbaren Umgebung gestorben.

Ich überlegte krampfhaft, wie ich ihm den Tod erklären konnte. Währenddessen schien mir, als zögen nun doch feinste bläuliche Nebel durch die Zelle, aber weniger denn je vermochte ich einzuschätzen, ob ich sie wahrhaft vor mir hatte oder sie mir nur einbildete. Plötzlich kam mir eine aberwitzige Idee. Ich vermied es, auch nur eine Sekunde über sie nachzudenken, denn ich war mir bewußt, daß ich sie ja dann wieder fallenlassen mußte, so sehr widersprach sie der Vernunft. Statt dessen machte ich mich sofort an die Umsetzung der Idee und bat Gomus, mir von draußen eine der streunenden Katzen hereinzubringen. Mit einer schleppenden Offenheit, die nur dem Tumben eigen ist, erwiderte er, das sei ihm nicht möglich, er habe Order, während meiner Anwesenheit die Zelle nicht zu verlassen. Nun bat ich Vestis. Er neigte den Kopf, er war eine fleischgewordene Frage. Ich nickte ihm mit der Gewißheit desjenigen zu, der genau weiß, was er will, weil er nicht ganz Herr seiner Sinne ist (denn wer Herr seiner Sinne ist, all seiner Sinne, wie sollte der angesichts mannigfaltiger widerstreitender Einflüsse und Erkenntnisse noch wissen, was er will). Vestis deutete eine Verbeugung an und verließ die Zelle. Wenig später erschien, wie von mir durchaus erwartet, jener Bedienstete, der auch gestern um diese Zeit eingetreten war, und brachte die weiße Tischdecke sowie Teller und Besteck. Antonio, Gomus und ich verfolgten schweigend, wie er alles auftrug. Dabei musterte ich Antonio aus den Augenwinkeln. Obwohl er zweimal das Wort Katze deutlich vernommen haben mußte, zeigte er keinerlei Reaktion, ganz so, als sei er imstande, den schweren Ballast seines wiederkehrenden nächtlichen Traumes am Morgen vollends abzustreifen. Nachdem der Bedienstete wieder gegangen war, schaute Antonio mich sogar hell und aufmunternd an, wohl um mich zu bewegen, ich möge nun endlich auf eine ihm verständliche Weise berichten. Ich aber wollte schweigen, bis Vestis zurückkehrte. Dann würde alles sehr eindrücklich und verständlich gesagt werden können.

Er trat jetzt wieder in die Zelle. Ich wandte mich ihm zu und bot Antonio den Rücken; somit verdeckte ich Antonio die Sicht auf ihn und auf sein Mitbringsel. Vestis umklammerte mit seinen kräftigen Händen eine zappelnde Katze. Sie hatte glänzendes schwarzes Fell und grüne blitzende Augen, wie ein kleiner Panther. Ich streckte meine Hände aus, damit er sie mir übergeben konnte, griff aber, ungeübt, wie ich in solcherlei Dingen war, nicht richtig zu, so daß die Katze mir entschlüpfte und auf den Tisch sprang. Dabei stieß sie einen Teller herunter. Das Geräusch, das hierbei ertönte, machte sie nur um so wilder. Sie sprang Antonio kreischend ins Gesicht und zog sich mit ihren Vorderpfoten geschwind an seinem Schopf auf die Schädeldecke. Von ihrem erhöhten Standort aus warf sie, die Pfoten in Antonios Stirn krallend, ihren Kopf gehetzt umher. Antonio aber, Antonio hatte in dem Moment, in dem die Katze sich ihm zeigte, schrill aufgeschrien. Als sie dann auf dem Tisch gelandet war und ihn aus unmittelbarer Nähe mit ihren starren Augen anblitzte, preßte er, immer weiter schreiend, seine Augen und seinen Mund krampfhaft zusammen, er schien sich zu ängstigen, die Katze könne in ihn springen, in ihn hinein. Mit seinen Händen schlug er nach ihr, doch nie habe ich jemanden so hilflos schlagen sehen wie damals ihn. Er traf nur sich selbst, traf sich noch, als die Katze längst über seine Pritsche stob. Vestis jagte ihr nach und packte sie; ich sagte, »ruhig, Antonio, Vestis hat sie«. Es dauerte noch mehrere Sekunden, ehe Antonio wagte, die Augen zu öffnen. Und nun, da alles vorbei war, verfiel er in ein Jaulen und Wimmern. Auch wurde sein Körper wie von einem Fieber geschüttelt. Das Besteck auf dem Tisch begann lautlos zu verrutschen, ich habe es gesehen und sehe es noch immer vor mir, es verrutschte, obwohl Antonio sich nicht auf den Tisch stützte. »Mein Gott«, murmelte Vestis. Er hielt die Katze so fest gepackt, daß seine Finger in ihrem Fell verschwanden, und starrte abwechselnd mich und Antonio an. In seinem Blick las ich einen deutlichen Vorwurf. Mir tat auch fürchterlich leid, was soeben geschehen war. Dennoch ließ ich mich in meinem Vorhaben nicht beirren. Ich war wie besessen, Antonio den Tod vor Augen zu führen, und nicht irgendeinen Tod, sondern den, der auf Mord beruht, ich mußte ihn zur Wahrheit geleiten, wozu sonst war ich hier? Ich forderte

Vestis auf, die Katze rücklings auf den Tisch zu legen und nicht entweichen zu lassen. Er tat wie geheißen, allerdings widerstrebend. Indessen stolperte Antonio rückwärts, weg von der Katze, ohne sie auch nur einen Moment aus dem Blick zu verlieren. Ich nahm ein Messer und setzte es ihr an die Kehle. »Nicht!« rief Vestis. Ich würdigte ihn keines Blikkes und schnitt in einem mir heute unheimlich scheinenden kräftigen Zug die Kehle durch. Die Katze ließ ihre Pfoten, die sie eben noch krampfhaft nach oben gestreckt hatte, nicht schnell und nicht langsam fallen. Und nicht schnell und nicht langsam färbte sich das Tischtuch rot. Keine Sekunde länger mich mit dem Zusehen aufhaltend, lief ich in die Ecke, in der Antonio kauerte, packte ihn am Arm und schleifte ihn zum Tisch. »Faß an«, forderte ich ihn auf. Mit seinem ganzen Körper widersetzte er sich, aber ich zerrte ihn näher zu der Katze und wiederholte laut, beinahe brüllend: »Faß sie an, Antonio, faß sie an, das ist tot, Antonio, das!« Ich führte seine sich sträubende Hand an das Fell, drückte sie darauf und sagte triumphierend: »Ganz warm ist die Katze noch, aber du wirst schon merken, bald wird sie kalt.«

Es ist mir wichtig zu betonen, daß ich nie zuvor und nie danach getötet habe. Diese eine Tat aber war notwendig. Mit ihr malte ich Antonio gewissermaßen ein Bild, auf dem er erkennen konnte, wie mit Meta und Salo verfahren worden war. Ich meinte damals, er benötige eine derart einprägsame Anschauung, um irgendwann einmal ein Gefühl für Recht und Unrecht zu bekommen und sich seiner eigenen Lage bewußt zu werden. Das meine ich noch heute; und seine weitere Entwicklung, der ich nicht vorgreifen will, hat mich durchaus bestätigt. Dennoch weiß ich mittlerweile, es gab für mich noch einen anderen Grund, der Katze den Garaus zu machen, einen mir damals verborgenen. Es war der Drang, jemanden zu verletzen, es war der geheime Wunsch, Vestis zu verdeutlichen, auch ich sei, wie jeder, dazu imstande. Tatsächlich, so weit war ich bereit zu gehen, nur um sein elendes Lob abzuwehren. Mir ist bewußt, daß wohl niemand diesen Gedanken nachvollziehen kann, aber einerlei, in meinem Alter muß ich nicht mehr von anderen verstanden werden. Ich bevorzuge es, mich selber zu verstehen.

Im übrigen: Sooft ich in den Wochen und Monaten nach jenem blutigen Zwischenfall den treuen Vestis fragte, ob Antonio wohl in der Nacht phantasiert habe, sooft verneinte er. Jedesmal aufs neue war seine Freude offenkundig, und auch ich empfand immer wieder ein Hochgefühl, nicht zuletzt deshalb, weil nach dem, was geschehen war, niemand mit einer solchen Wendung hatte rechnen können. Antonio war ja ebenso heftig wie unverhofft von der Katze attackiert worden! Seine Angst hätte daher doch zunehmen müssen, oder nicht? Mehr als einmal suchte ich mit Vestis nach einer Erklärung, indes kamen wir nicht weiter als bis zu der äußerst vagen Vermutung, mit dem Tier sei »auf irgendeine Weise« auch Antonios Traum dahingegangen.

*

Da Britta nicht mehr auftrat und Matti ja bestimmt auch schon ein halbes Dutzend Vorstellungen von »Devantier Circus« gesehen hatte, fragte er sie, ob er nicht einmal das Geschehen hinter dem Vorhang beobachten könne. Britta bat Devantier um Erlaubnis, und der erteilte sie ihr beziehungsweise Matti mit den denkwürdigen Worten: »Ausnahmsweise. Aber er soll mir nicht mittenmang herumhüpfen. Ich schlag ihm eigenhändig seine zehn Zehen ab, wenn er uns in die Quere kommt, richte das deinem Bruder aus!«

Matti hatte schon zuviel von Devantier gehört, um nicht zu befürchten, der werde ihm bei Zuwiderhandlung tatsächlich an den Kragen gehen. Also schob er sich zwischen zwei Türme aufeinandergestapelter Postamente und drückte sich mit dem Rücken an den harten Zeltstoff. Die Plane fühlte sich warm an von der Sonne, die noch nicht untergegangen war. Mittsommer hatte sie am Himmel verhakt.

Matti hörte das Publikum hinterm Vorhang summen, es klang wie ein riesiger Bienenschwarm, der über ein und derselben Stelle kreist. Dagegen war es in seiner unmittelbaren Nähe auf eine unheimliche Weise still. Keiner der Zirkusleute sagte, aber jeder tat etwas, ein Treiben, das auf ihn hektisch und nervös wirkte. Matti erschienen die einzelnen Bewegungen, die vor seinen Augen ausgeführt wurden, seltsam abgehackt, ihm war, als habe er Stummfilmfiguren vor sich. Ein Junge versuchte, sich ein Piratentuch zu binden, doch kaum hatte er es am Hinterkopf verknotet, löste er es wieder, einmal, weil es ihm erkennbar in Stirn und Ohren schnitt, ein andermal, weil es ihm zu locker saß. Ein Stückchen weiter fuhr jemand, allem Anschein nach der neue Jongleur, roboterhaft mit seiner Hand über eine Reihe glänzender roter Bälle, die auf einem Gestell neben ihm lagen. Plötzlich schreckte er auf und begann, in einer braun-gelben Tüte mit Piz-Buin-Werbung zu wühlen, die hinter ihm auf den Sägespänen lag. Was er schließlich zutage förderte, waren eine handtellergroße Dose Eg-gü und ein schwarzfleckiger Lappen. Hastig rieb er seine Schuhe ein, die, da war sich Matti absolut sicher, schon glänzten wie Neu-Ronneburg. Matti lachte lautlos. *Das glänzt ja wie Neu-Ronneburg!* Ihm war, nur so vom Zusehen, der Spruch eingefallen, den sein Großvater immer aufgesagt hatte, nachdem er, Matti, Schuhe geputzt hatte. Von Rudi war er angehalten worden, das regelmäßig zu tun, aber er war damals zu klein gewesen, darüber nachzudenken, warum das Leder, wenn er sein Wienern beendet hatte, ausgerechnet wie Neu-Ronneburg glänzen sollte. Er kannte Ronneburg. Es glänzte da so wenig wie anderswo in der Umgebung. Und doch, so sinnierte er jetzt, mußte der Spruch ja einmal seine Berechtigung gehabt haben. Matti spürte Wehmut. Wie gern hätte er Rudi heute gefragt, worauf jene braunstichigen Worte beruhten. Wie gern hätte er Rudi überhaupt um sich gehabt. Er stellte sich vor, daß er ihn mit auf die »Barby« nähme, um ihm zu zeigen, wie sicher er sie zu steuern verstand. Er überließe ihm gleich auch das Steuerrad und dirigierte ihn unaufdringlich, so sachte und zielgerichtet, wie Rudi einst ihn dirigiert hatte; er sah seinem Großvater über die knochige Schulter und griff an seinem spitzen Ellenbogen vorbei, während er auf den schuhwichsenden Jongleur starrte …

Der erste Fanfarenstoß der »Strombolis« riß ihn zurück in die Wirklichkeit. Auf einmal standen Pferde vor ihm, acht gebürstete Rappen mit langen weißen Federbäuschen, die hoch über ihren Köpfen zitterten. Und weißgewandet die Reiterinnen, bleich und ernst und alt, so alt vor Aufregung und Konzentration ihre Gesichter, aber als der Vorhang aufging, verjüngten sie sich schlagartig, Münder wurden in die Breite gezogen, Zähne zeigten sich, Lider klapperten, das gehört zum Handwerk, wie Matti auch vorher gewußt hatte, und doch bannte es ihn hier, da er es hautnah verfolgen konnte, auf ganz andere Weise. Plötzlich kriegte er eine glimmende Zigarette ab, he, wollte er zu John Klinger rufen, der sie ihm auf den bloßen Arm geschnipst hatte, was soll das, Kumpel, aber sein Ruf erstarb, als er sah, daß Klinger sich schon den nächsten Stengel anzündete und nur zweimal fahrig daran zog und auch diesen gleich fortwarf, blicklos, irgendwohin, sieh mal einer an, dachte Matti, sieh mal einer an. Drinnen, wo die Musike spielte, brandete Beifall auf, wie in Trance trat Klinger beiseite, und die Rappen, schweißglänzend jetzt, stürmten hinaus, ein warmer Luftzug schlug Matti ins Gesicht, da mußte er unwillkürlich die Augen schließen. Als er sie wieder öffnete, war John Klinger fort. Schon in der Manege war er. In schneller Folge ertönte von dort ein dumpfes Klacken, Matti konnte es genau hören, denn das Publikum wagte nicht zu atmen und nicht zu rascheln. Nun auch kein Klacken mehr. Dafür ein leises, wie aus der Ferne kommendes Geräusch, als flöge ein Hubschrauber heran, immer lauter wurde der Trommelwirbel, o ja, Matti wußte genau, was jetzt geschah, John postierte sich mit dem Rücken zum an der Scheibe klebenden Mädchen. Unheilvoll langsam hob er seinen Arm. Es zu spüren, ohne es sehen zu können, löste in Matti eine ungewöhnliche Erregung aus. Scheinbar teilnahmslos stand er da, und doch nahm er jede Einzelheit in sich auf …

Als die Akteure aber heraustraten aus seiner Vorstellung, als sie nach ihren Nummern wieder leibhaftig bei ihm erschienen, prägte sich ihm erst recht alles ein: das glückliche Juhuhuhuuu einer Artistin; der erloschene Blick des Großen Leonelli; die zwei blitzenden Messer, die John Klingers Mädchen John mit den flachen Seiten an die Wangen drückte, als wolle es sein Gesicht rahmen, und Johns Mund, der sich leicht öffnete, und die Zunge, die das Mädchen wie wild geworden hineinsteckte, mitten in dieses Bild von einem Mann.

Nach der Vorführung setzte sich Matti auf die Treppe von Brittas Wagen und wartete auf Britta, die damit beschäftigt war, die Sägespäne im Chapiteau auszutauschen. Es war fast noch taghell. Von der »besseren« Seite des Lagers her näherte sich, seine Peitsche in der Hand, der Große Leonelli, aber als er Matti gewahrte, drehte er wieder ab. Dann erschien endlich Britta. Sie sah wohl das Glühen in Mattis Gesicht, denn sie sagte: »Das war interessant, nicht wahr?«

»Interessant ist gar kein Ausdruck! Ich glaube, ich habe eben erst richtig begriffen, was dich hier so fesselt. Es ist ja der blanke Aufruhr – im Innern, meine ich. Selbst in meinem, obwohl ich doch nur dabeigestanden habe.«

»Siehst du«, rief Britta, »siehst du!«

»Und noch etwas habe ich begriffen«, fügte Matti hinzu. »Wie schwer es dir damals gefallen sein muß, nicht mehr zu jonglieren. Freiwillig zurückzutreten. Das war mir zuvor nicht klar gewesen.«

Britta sagte dazu nichts. Sie schaute ihren Bruder dankbar an, aber nicht nur dankbar, sondern auf einmal auch seltsam unruhig und aufgeregt. Ihre Aufregung schien sogar mit jeder Sekunde zuzunehmen. Sie schüttelte den Kopf und legte, wie um sich selber zu beruhigen, wie um etwas zurückzuhalten, ihre Hände auf die Knie. Plötzlich aber sprang sie, »ich zeig's dir, ich zeig's dir« rufend, auf und stürmte in den Wagen. Keine Minute später war sie schon wieder da. Statt ihrer schlabbrigen Klamotten trug sie nun einen Pantalon und ein schlichtes, eng anliegendes Nicki. Über den Arm hatte sie sich zwei große Tücher geworfen, ein bordeauxrotes und ein goldgelbes, in der einen Hand hielt sie ein braunes Apothekerfläschchen sowie eine gefüllte Socke. Mit der anderen Hand zog sie den verdutzten Matti hoch und führte ihn in Richtung Chapiteau.

Matti fragte, »was denn jetzt, was hast du vor«, und Britta, die ihn, hüpfend und trampelnd wie ein ungezähmtes Pferd, noch immer zog, rief: »Etwas, das bisher niemand kennt, der nicht bei ›Devantier Circus‹ ist! Etwas, das es noch gar nicht gibt!«

Im Chapiteau wies sie Matti an, sich in eine Loge zu setzen. Danach schüttete sie sich vorsichtig ein wenig von der Substanz auf ihre Hände, die sich in der Socke befand. Sogleich war sie in eine staubige Wolke gehüllt. Aus der sie erklärend rief: »Kolophonium«. Als nächstes besprenkelte sie sich ihre Handflächen mit ein paar Tropfen aus dem Fläschchen: »Alkohol, reiner«. Sie stopfte sich die Tücher unter den Gummi des Pantalons und kletterte behende an einem der beiden Trapezseile in Richtung Zeltdecke. Auf halber Höhe machte sie kurz halt, um Matti zuzurufen: »Es klappt noch nicht alles, aber egal ...« Sie knotete das eine Tuch an dem Seil fest, an dem sie wie ein Affe klebte, und das andere an dem zweiten Seil. Noch einmal schaute sie zu Matti runter. Er konnte genau beobachten, wie die Vorfreude in ihrem Gesicht einem heiligen Ernst und einer strengen Konzentration wich. Dann begann sie zu turnen: Britta wickelte sich die Tücher um die Füße, das rote Tuch um den Spann des linken Fußes, das gelbe um den des rechten. Sie spreizte langsam die Beine, bis sie im Spagat war; sie hing nun an den straffen Tüchern wie eine Puppe an Schnüren. Aber ganz überraschend, so schnell, daß Matti gar nicht verfolgen konnte, wie sie es angestellt hatte, lag sie rücklings auf dem einen Band. Sie hob ihr Becken und wölbte sich über dem schmalen Stück wie ein Brückenbogen. Dann wurde aus dem Band ein Folterinstrument. Es schnitt ihr zwischen Schenkeln und Brüsten. Sie zog es mit Armen und Beinen langsam auseinander wie einen Vorhang, eben noch war der Stoff ihr Verderben gewesen, jetzt bot er ihr Zuflucht. Matti sah im Dämmerlicht des Chapiteaus hinter dem Tuch die Silhouette ihres perfekt gebauten Körpers, und ohne daß er in diesen Momenten des Staunens und Genießens zum Denken gekommen wäre, wußte er, seine Schwester sandte mit dem, was sie da gerade tat, eine dichte Folge beeindruckendster Reize aus. Sie griff sich nun den Vorhang und hüllte sich in ihn, sie war jetzt die pure Verlockung. Matti erkannte deutlich die Abdrücke ihres Hinterns, ihrer Glieder, ihrer Brüste und sogar ihrer Wirbelsäule. Und Britta schien zu wissen, was sie alles offenbarte, und schien zu spüren, daß sie nun einen Kontrapunkt setzen mußte. Blitzschnell wickelte sie sich aus. Sie zeigte noch einmal einen Spagat, einen ganz anderen als vorhin; sie streckte ein Bein nicht aus, sondern drückte das Knie nach vorn, sie wirkte auf einmal stürmisch, wie auf dem Sprung, als wolle sie etwas durchbrechen oder niedergaloppieren. Perplexer Matti: Dies war alles andere als eine wacklige Übung, dies war mehr als fragmentarisch, dies war ja schon eine richtig ausgefeilte Nummer! Und diese Nummer, sie war sinnlich und kraftvoll, elegant und *räuberisch.* Während er das dachte, hangelte sich Britta, mit ihren Füßen Schlaufen ins Tuch drehend, ganz nach oben. Dort streckte sie ihre Beine zur Seite und ließ die langen Tücher zwischen ihren Zehen herunterhängen. Es wirkte jetzt, als fülle sie die ganze Manege aus und weite sie. Sie schwebte ja wie eine Königin, die über ihr Volk gebot! Doch noch einmal zerstörte sie das Bild, das sie gerade geschaffen hatte, ganz so, als sei es ihr zu pathetisch. Sie klappte die Beine zusammen und ließ sich fallen. Von der obersten Schlaufe wurde sie aufgehalten. Sie fiel aber, kopfüber, gleich weiter, fiel immer schneller, Matti hörte es knallen, so ruckartig strapazierte Britta die Tücher, und jetzt wurde sie doch aber gar nicht mehr aufgehalten, meinte er, das Herz stockte ihm, denn Britta schoß, mit dem Kopf zuerst, am Tuch entlang dem Boden entgegen. Keine zwanzig Zentimeter darüber kam sie abrupt zum Halten. Ihr Körper wurde kurz nach oben gerissen, ihre Haarspitzen fielen in die Sägespäne.

Britta schlüpfte aus der letzten Schlaufe. Sie deutete einen Ausfallschritt an und schaute fragend zu Matti, aber es war ein Fragen mit herausfordernd gehobenem Kopf.

Matti klatschte begeistert, und sie stieß einen Juchzer aus und ballte strahlend die Hände zu Fäusten.

*

Jetzt saßen sie wieder auf der Wohnwagentreppe. Langsam verschwanden die anderen Wagen im Dunkel. Nur das Chapiteau blieb wie ein Gebirgsmassiv sichtbar. Sie tranken Weißwein aus Plastikbechern, viel zu warmen Murfatlar, und Matti fragte Britta Löcher in den Bauch.

»Daß du so was kannst«, sagte er kopfschüttelnd, »wie lange hast du denn daran geübt?«

»Über drei Jahre. Ich habe in dem Moment damit begonnen, als es mit dem Jonglieren zu Ende war – eigentlich sogar schon davor.«

»Was heißt das: sogar schon davor?«

»Es heißt, daß ich gesucht habe, was ich Neues machen könnte. Nicht zielgerichtet, das nicht. Alles geschah eher unterschwellig. Ich wußte einige Zeit gar nicht, daß ich suche. Aber dann fiel mir plötzlich eine Kleinigkeit auf, die ich schon Tausende Male übersehen hatte. Das waren die Tücher. Sie hingen beim Training der Artistinnen von der Trapezschaukel, sie dienten denen bloß zum Hochklettern. Wie gesagt, auf einmal bemerkte ich sie. Und ich fragte mich plötzlich, warum eigentlich niemand an ihnen turne. Das könnte doch schön aussehen, dachte ich mir.«

»Es sieht schön aus, das kannst du wissen.«

»Wenn du das sagst, glaube ich es.« Britta gab ihm einen Kuß, und er mußte an Erik denken, dem sie wohl kaum geglaubt hätte, soviel ließ sich aus ihren Worten gut und gerne schlußfolgern.

»Du siehst besonders schön aus da oben«, sagte Matti.

»Ich sehe schön aus?«

»Schöner als je«, bekräftigte er.

»So meinst du das also.« Britta klang enttäuscht. »Mehr ist es also nicht! Die Nummer hat dir nur gefallen, weil ich dabei schön aussehe!«

»Jetzt bist du beleidigt.« Matti legte ihr den Arm um die Schulter.

»Bin ich.«

»Aber das brauchst du nicht zu sein. Deine Schönheit gehört doch in die Nummer. Du arbeitest sie doch organisch ein. Es ist ganz was anderes als damals beim Jonglieren. Da hat sie mehr oder weniger nur übertüncht, was an Technik fehlte. Jetzt aber schaffst du eine tolle Verbindung zwischen ihr und der Technik. Jedenfalls empfinde ich als Laie es so.«

»Wirklich?« fragte Britta.

»Sag bloß, du spürst es nicht selber.«

Britta schwieg, und er wiederholte: »Das mußt du doch selber spüren, oder nicht?«

»Schon. Aber trotzdem hast du einen wunden Punkt berührt. Es ist nämlich folgendermaßen: Seit damals habe ich einen Horror, davon zu leben, daß ich schön aussehe. Ich kam mir so falsch vor, wie eine Hochstaplerin. Ich wollte danach eine Nummer finden, bei der ich durch Leistung überzeugen kann. Und der Meinung bin ich ja jetzt durchaus: daß die Leistung stimmt. Aber sobald jemand kommt und einen Zungenschlag macht wie du eben, stelle ich sie wieder in Frage und denke, letztlich ist es wieder nur das Äußere. Alles kippelt so.«

»Aber noch einmal: Du stellst deine Schönheit nicht aus! Das ist nicht der Fall!«

»Das ist nicht der Fall?« stieß Britta auf einmal angriffslustig hervor. Sie war wie ein Kätzchen, das es leid ist, gestreichelt zu werden, und plötzlich zu fauchen beginnt. »Da irrst du aber, mein lieber Traumtänzer! Ich sage das extra für dich, weil ich glaube, es sollte dir sowieso mal gesagt werden: Jede schöne Frau stellt ihre Schönheit auch aus. Die eine tut's nur offensichtlicher als die andere. Keine verzichtet darauf, da bin ich mir sicher. Es heißt, ich sei natürlich? Na, das ist schon richtig, ich bin überaus natürlich. Aber vielleicht bin ich nur besonders gerissen? Überleg dir das mal! Indem ich meine Natürlichkeit kenne, mache ich sie mir zunutze, aber niemand merkt es, denn es handelt sich ja – um die Natürlichkeit. Ich hege und pflege sie, da ich genau spüre, wie sie ankommt, aber niemand ahnt etwas – weil es ja die Natürlichkeit ist. Jetzt guck nicht so erschrocken! Hör nur zu, denn weißt du, was das Beste ist? Ich selber kriege von der Hege und Pflege gar nichts mit, sie läuft komplett im Unterbewußtsein ab. Bis eben war sie dort verborgen gewesen. Das ist perfekt, nicht? Ich habe es mir eben erst eingestanden, und ich wiederhole, das ist auch nur so gekommen, weil du es herausgefordert hast.«

»Wieso habe ich es herausgefordert?« fragte Matti. »Was soll das überhaupt? Wieso bin ich ein Traumtänzer?«

»Das weißt du«, erwiderte Britta sanft. »So wie jeder was ganz Bestimmtes von sich weiß, obwohl er so tut, als wüßte er's nicht.«

Womöglich spürte Matti selber, wie er errötete, beinahe standen ihm ja Flammen im Gesicht.

Aber Britta war jetzt gnadenlos. »Du bist ein Traumtänzer, weil du beschlossen hast, eine gewisse Dame heiligzusprechen, und zwar genau wegen ihrer Natürlichkeit. Wegen ihrer ach so beeindruckenden Weichheit und Zögerlichkeit. Wie hast du gesagt: Sie kann einen so mitnehmen, nur mit Fragen, sie hat gar keine Scheu, ihre Zweifel zu zeigen. Aber hoppla – und dann hat sie ihre Flucht inszeniert, hat sich ganz zielgerichtet verstellt, nach allem, was man hört. Und du trauerst ihr immer noch nach, ausgerechnet du, der du nichts mehr haßt als die Verstellung, läßt ihr das durchgehen. Du behauptest sogar unbeirrt, es sei auch von ihrer Seite aus Liebe gewesen. Ja großer Himmel, wach doch auf, Matti, wenn es Liebe gewesen wäre, dann hätte sie nicht versucht zu flüchten, sondern hätte es weiter hier ausgehalten, nämlich mit dir, oder nicht? Oder etwa nicht?«

Matti schwieg, denn das war tatsächlich sein wunder Punkt. In seinem tiefsten Innern hatte er nie verstanden, warum Karin Werth versucht hatte zu flüchten. Sie beide waren doch gerade dabeigewesen, sich kennenzulernen. Das bricht man doch nicht ab. Da rennt man doch nicht davon. Aber diese Ahnungen einer Unvollkommenheit Karin Werths hatte er immer in den hintersten Winkel seines Hirns verbannt. So wie er nämlich zu grundsätzlicher Ablehnung neigte, wenn jemand eine moralische Schwäche zeigte, so weigerte er sich beharrlich, bei jemandem, den er einmal in sein Herz geschlossen hatte, auch nur einen Makel zu entdecken. Schwärmen oder Verdammen! Lieben oder Hassen! Nicht einerseits und andererseits, nicht dieses peinliche Hin und Her der ewig Zaudernden und Zagenden!

Britta liebte Matti gerade wegen dieser Klarheit. Sie schaute immer noch zu ihm auf. Weit und breit wußte sie keinen besseren Menschen. Aber wie er immer so stürmisch in eine Richtung zog, das hatte doch auch etwas Ungutes, ungut vor allem, weil er selber nicht glücklich werden konnte, ja wenn sie es mal verglich, dann war sie doch viel glücklicher als er.

»Hör endlich auf, dieser Frau nachzutrauern«, wiederholte sie, »das tut dir nicht gut!«

»Ich trauere ihr nicht mehr nach«, sagte Matti trotzig.

Britta schaute ihn skeptisch an.

»Du glaubst mir nicht?«

Sie schüttelte den Kopf.

»Aber es ist so! Etwas hat mir unverhofft dabei geholfen ...« Matti sprach nicht weiter, seine Gedanken schienen um jenes Etwas zu kreisen.

Britta war jetzt natürlich ganz Ohr. »*Etwas* klingt aber sehr nebulös. Ist es ein Geheimnis?«

»Eigentlich ja. Ich hatte mir vorgenommen, niemandem davon zu erzählen, bis es nicht fertig ist, nicht einmal dir.«

Britta hakte trotzdem nach: »Also ein Etwas, das noch nicht fertig ist, dir aber jetzt schon hilft, diese Dame zu vergessen, ja?«

»Hm. Wobei ich nicht wußte, daß es mir hilft, weil es gewissermaßen für sie gedacht war und ursprünglich auch von ihr ausgegangen ist.«

»Bruderherz, ich verstehe nur Bahnhof.«

»Genauso, wie es mir vorhin gegangen ist. Du hast auch von einem Etwas gesprochen – und zwar von einem, das es noch gar nicht gibt. Das war nicht weniger nebulös.

»Mit einem Unterschied«, rief Britta sofort. »Ich habe dir gezeigt, was es ist. Also, kein Verstecken, jetzt bist du an der Reihe.«

»Das ist der Abend der Enthüllungen«, sagte Matti. Dann schwieg er erst einmal. Schließlich sagte er: »Ich erzähle dir alles, soweit es sich erzählen läßt. Aber vorher erzählst du mir zu Ende. Wir sind ja von den Tüchern abgekommen, und ich möchte schon noch einiges wissen. Zum Beispiel, wie sich die Nummer von vorhin nennt.«

Britta lachte leise: »Gar nicht nennt sie sich. Wie gesagt, es gibt sie ja überhaupt noch nicht.«

»Wie – soll das heißen, niemand auf der ganzen Welt hat je so etwas gezeigt?«

Britta nickte eifrig.

»Dann bist du die Erfinderin?«

»Kann man so sagen.« Sie platzte fast vor Stolz.

»Und ich hatte gedacht, mit dem Noch-nicht-Geben wäre gemeint gewesen, daß du die Übung noch nicht fertig hast.«

»Sie ist auch noch nicht fertig. Es hakt noch da und dort, das hast du nur nicht gesehen. Und in diesem Zusammenhang möchte ich dich auch um eines bitten, Matti: Verrate keinem, wirklich keinem, was du gesehen hast! Ich muß mich darauf verlassen können, daß du schweigst. Niemand außerhalb des Zirkus soll erfahren, woran ich arbeite. Denk nur, Devantier hat hier sogar jeden einzelnen Mitarbeiter ein Papier unterschreiben lassen mit der Verpflichtung, Stillschweigen zu bewahren. Damit hat er mir übrigens erst die Augen geöffnet, wie wichtig ihm die Nummer ist und wie viel er sich davon erhofft. Er sagt das zwar nicht, aber ich spüre genau, was er denkt: daß es eine Sensation werden wird, die dem ganzen Zirkus zur Berühmtheit verhelfen könnte. Das einzige, was er zu mir sagt, ist, ich solle in Ruhe weiterüben, weil es Blödsinn wäre, jetzt, mitten in der Saison, damit herauszukommen. Er meint, der Effekt wäre zu gering. Er will mit einem Paukenschlag die neue Saison beginnen.«

»Mein Schwesterlein sorgt für einen Paukenschlag«, sagte Matti stolz.

Aber Britta wischte mit der Hand durch die Luft und sagte: »Hör auf, ich darf gar nicht daran denken, sonst bin ich jetzt schon aufgeregt. Ich werde vor Angst sterben, wenn es soweit ist.«

War es dieser Gedanke oder war es die aufziehende Kälte, jedenfalls begann Britta zu frösteln. Sie sprang auf, um sich einen Pullover aus dem Wagen zu holen, nicht ohne Matti zu sagen: »Wenn ich wiederkomme, bist du dran. Du glaubst gar nicht, wie gespannt ich bin.«

Matti blieb sitzen, und während er überlegte, wie er anfangen sollte, gewahrte er eine Gestalt, die sich ihm näherte. Wenige Augenblicke später erkannte er den Großen Leonelli, aber er erkannte ihn nicht am Gang oder am Gesicht, sondern an der Peitsche, die Leonelli mit sich führte. Der Dompteur seinerseits bemerkte nun Matti. Schnell bog er nach rechts ab, wo die Ställe lagen. Ist das nicht sonderbar? fragte sich Matti. War Leonelli samt seiner Peitsche nicht schon nach der Vorführung auf Brittas Wagen zugesteuert und war abgedreht, kaum daß er mich entdeckt hatte? Und jetzt schon wieder …

*

Als Britta, mit einem karminroten Pullover bekleidet, wieder neben ihm saß, berichtete Matti ihr von Leonellis zweimaligem Aufkreuzen und fragte sie, was das zu bedeuten habe, aber sie wiegelte ab: »Ach, Leonelli – der ist doch jetzt ganz unwichtig. Ich möchte jetzt endlich von deinem Etwas hören. So war es ja auch ausgemacht. Also erzähl mir, los!« Sie beugte sich zu Matti und rubbelte mit der Stirn an seiner Schläfe.

Matti drückte sie mit seinem Kopf sanft weg und sagte: »Das haben wir ausgemacht, stimmt. Deshalb ohne große Vorrede: Ich schreibe einen Roman!«

»Du schreibst einen Roman«, wiederholte Britta verblüfft.

»Ja«, wiederholte Matti, »er fußt auf einer Idee von Dostojewski, das heißt, Dostojewski hat die Idee kurz skizziert, sie dann aber aus Gründen, über die man nichts weiß, nicht verwirklicht. Ein bißchen, nur ein kleines bißchen davon findet sich im *Idioten*, in der Figur des Fürsten Myschkin.«

»Habe ich nicht gelesen«, unterbrach Britta ihn.

»Hm«, brummte Matti, das konnte ›macht doch nichts‹ heißen und genausogut ›solltest du aber‹.

»Ja, du hast, mit dem Kopf zur Schorba, immer auf der Wiese gelegen und gelesen, ich habe es noch vor Augen«, erinnerte sich Britta.

»Aber nicht den *Idioten*. Den habe ich erst gelesen, nachdem die tolle Dame, wie du sie immer abfällig nennst ...«

»Ich mag sie nun mal nicht! Ich halte sie für abgrundtief verlogen!«

»Sie ist nicht verlogen! Schon gar nicht abgrundtief! Sie hat nicht mehr weitergewußt, sie war am Ende, deshalb wollte sie weg.«

Britta hob beschwichtigend die Hand. »Gut, wenn du meinst. Ich werde sie nicht wieder so nennen, ich will nicht, daß wir uns ihretwegen streiten, in Ordnung?«

Matti nickte, sprach aber nicht weiter, sei es, weil er in diesem Moment trotzig war, oder sei es, weil Britta ihn aus dem Konzept gebracht hatte.

»Also Karin Werth hat was getan?«

Da begann Matti, Britta ausführlich von dem Tag zu erzählen, an dem sie zusammengewesen waren: Wie Karin ihm aus dem Frakturschriftbuch vorgelesen und er von der Existenz des eingekerkerten Iwan Antonowitsch erfahren hatte, wie sie, erschreckend matt, sagte, daraus ließe sich ein wunderbares doppelbödiges Aufsatzthema machen, und wie er, nicht ganz ehrlich, denn ihm stand doch gerade der Sinn nach was ganz anderem, rief, daß er es am liebsten gleich in Angriff nehmen würde, ihr Thema.

»Was – und so lange schreibst du schon daran?« fragte Britta entsetzt.

Matti lachte. »Nicht so lange. Vielleicht seit einem halben Jahr, an meinen freien Tagen. Du weißt doch, nach zwanzig Tagen auf dem Schiff habe ich immer zehn Tage frei, das ist der Rhythmus, und in dem schreibe ich.«

»Und wieso seit einem halben Jahr? Gab es einen Anlaß, ausgerechnet da zu beginnen?«

»Nicht daß ich wüßte, nein. Es hat sich wie von selbst so entwickelt. Ursprünglich, das sagte ich ja schon, hing es nur mit Karin Werth zusammen. Ich habe sie vielleicht noch stärker vermißt, als du befürchtest. Jeden Morgen mußte ich an sie denken, es war immer am frühen Morgen, vor dem Aufstehen, ich bin gar nicht hochgekommen aus dem Bett. Und das ging bestimmt zwei Jahre so. Immer wieder habe ich die wenigen Stunden heraufbeschworen, die wir zusammengewesen sind, und geradezu zwangsläufig mußte ich dabei auch an ihr Aufsatzthema denken. Eigentlich weniger an das Thema selber als an die Art, wie sie es hervorgebracht hat. An ihr erschöpftes Gesicht und ihre resignierten Gesten. Aber irgendwann hatte ich das Thema dann pur vor mir, und mir kam die Idee, ihr den Aufsatz zu schreiben – ihr den Stoff zu liefern, den sie so gern haben wollte. Trotzdem rührte ich zunächst keinen Finger. Was für eine fixe Idee, dachte ich. Sie schien mir sogar lächerlich, eine verrückte, sinnlose Ausgeburt meiner dauernden Gedanken an Karin. Aber mit der Zeit fand ich die Idee immer weniger absurd. Je länger ich über sie nachdachte, um so schlüssiger wurde sie mir und um so mehr Lust bekam ich, sie in die Tat umzusetzen. Und eines Tages habe ich dann einfach angefangen. … Außerdem war da aber noch etwas, das mich zum Losschreiben gebracht hat, etwas, das ich erst gar nicht begreifen konnte. Ein Gefühl wie Langeweile war das – ich sage bewußt *wie* Langeweile, weil das Wort jenes Gefühl nicht ganz trifft. Mir ist, besonders an den freien Tagen, als herrsche in meinem Leben ein ungeheurer Stillstand, aber die Wahrheit ist, daß ich an meinen freien Tagen nur mehr Zeit habe, über den Stillstand nachzudenken. Stillstand herrscht nämlich, während wir fahren, auch auf dem Schiff, und überall – verstehst du, was ich meine?«

Britta schüttelte den Kopf. Es war ihr ein Rätsel, was er meinte, zumal er ihr immer wieder Geschichten erzählte, in denen irgendwas los war auf der »Barby«.

»Du mußt das doch hier im Zirkus auch mitkriegen«, rief Matti. »Nichts funktioniert da draußen, aber nirgendwo lehnt sich jemand auf, alle werden immer lethargischer – das merkst du nicht? Ihr kommt doch mit dem Zirkus sogar noch mehr herum als wir mit dem Schiff!«

»Du hast eine Art! Du nagelst einen plötzlich an die Wand. Natürlich merke ich es. Natürlich spüren wir es. Aber soll ich dir was sagen? Du bist auf einem Schiff, aber ich – bin in einem Raumschiff. Wir starten hier und landen dort. Überall bleiben wir nur kurz. Wir verlassen auch nie den Platz, auf dem wir gerade kampieren. Die Leute besuchen uns, und sie tun das einzig und allein, um sich zu vergnügen. Wenn sie eintreten, sind sie erwartungsvoll, wenn sie gehen, sind sie glücklich. Und wir sind es auch. Wir leben in unserer eigenen kleinen Welt, und die Verbindungen nach draußen sind viel spärlicher, als du denkst. Sie sind auch gar nicht nötig, da muß man ehrlich sein. Warum sind sie nicht nötig, wirst du fragen. Weil das Gefühl, in dieser kleinen Welt gefeiert zu werden, unvergleichlich ist. Mehr brauchst du nicht. Das, und nur das, willst du immer wieder, dafür lebst du. Auch ich lebe längst dafür. Vorhin, das war nämlich nur die halbe Wahrheit. Ich habe dir gesagt, ich will nicht für mein Aussehen Beifall ernten, sondern für meine Leistung, und daraus hast du bestimmt entnommen, das wäre meine Motivation, hast du?«

»Natürlich.«

»Siehst du! Und das ist falsch – teilweise. Mir fehlte der Beifall, nachdem ich mit dem Jonglieren aufgehört hatte, Matti, nur deshalb habe ich nach was Neuem gesucht. Um ihn eines Tages wieder zu kriegen. Alles andere blende ich automatisch aus. Alles andere vergesse ich so lange, bis mich einer mit der Nase drauf stößt. Du kannst jetzt sagen, das ist unverantwortlich und dumm, weil ich mir selber Scheuklappen aufsetze, und damit hast du bestimmt recht. Aber ich habe auch recht, Matti. Weil ich nämlich glücklich bin!«

Und du nicht! Das hatte Britta zwar nicht gesagt, aber Matti hatte es herausgehört. Er sagte leise: »Es ist jetzt überhaupt nicht die Zeit, sich so zu verhalten ...«

»Und das bestimmst du so einfach, ja? Es ist gerade nicht die Zeit – und basta! Als ob alle so schwer denken müßten wie du. Du kannst mir doch nicht vorschreiben, wie ich zu fühlen habe. Du kannst doch nicht erwarten, daß jeder leidet. Als ob deine Maßstäbe für alle gelten müßten.«

»Ich kann nichts dafür, ich weiß auch nicht, warum das so ist.« Er klang auf einmal kleinlaut.

Britta erschrak. Sie hatte ihn herunterholen wollen von seinem hohen Roß – aber auf der Erde liegen sehen wollte sie ihn auch nicht. Sie stieß ihr Knie gegen das Mattis und sagte: »Wir streiten uns aber, was?«

»Was gesagt werden muß, muß eben gesagt werden.« Matti schniefte, er hörte sich immer noch an wie ein Kind, das gesenkten Kopfes eine Schelte über sich ergehen läßt, weil es etwas ausgefressen hat.

Plötzlich ging Britta auf, daß in Mattis kategorischer, unduldsamer Haltung genau das lag – etwas Kindisches. Ja, dachte sie, wie ein Kind ist er sensibel und hart, verschämt und rasend, klug und dumm zugleich, und vor allem, vor allem fehlt ihm wie einem Kind die Fähigkeit, die Welt mit anderen Augen zu betrachten als mit seinen eigenen. Sie spürte, daß sie ihn jetzt ausnahmsweise einmal an die Hand nehmen sollte, und sagte mit betont ruhiger Stimme: »Laß uns weiter über dein Buch sprechen, wir hatten doch gerade erst damit angefangen. Also, erzähl mir den Inhalt, wie verläuft die Geschichte?«

»Leider – das kann ich dir nicht sagen.«

»Wieso kannst du es mir nicht sagen?«

»Weil ich nicht kann.«

»Was soll denn das nun wieder heißen? Ich habe dir meine Übung auch gezeigt. Ich habe sie dir gezeigt, obwohl sie streng geheim ist. Alles habe ich dir offenbart an unserem Enthüllungsabend – und du willst auf einmal schweigen? Das ist nicht fair!«

Matti sagte aber mit Bestimmtheit: »Man kann das nicht vergleichen. Zwischen deiner Übung und meiner Geschichte besteht nämlich ein riesiger Unterschied. Indem du mir deine Übung zeigst, verbesserst du sie ein Stückchen, und sei es ein klitzekleines. Und selbst wenn du sie nicht verbesserst, so zerstörst du sie doch nicht …«

»Warum sollte ich sie denn damit auch …«

»Moment! Aber ich habe das Gefühl, als zerstörte ich meine Geschichte, wenn ich sie dir vorab erzähle. Als nähme ich mir selber die Worte weg. Die Geschichte wäre dann schon in der Welt, aber ich hätte sie nur so dahingeschludert, einfach und plump, und käme auf der Schreibmaschine über das Plumpe nicht mehr hinaus. Keine Ahnung, wie richtige Autoren das halten. Vielleicht können die alles vorher erzählen, vielleicht nützt es ihnen sogar. Mir nützt es aber nicht, das spüre ich genau. … Du guckst mich so verständnislos an. Es erscheint dir komisch, was ich sage, nicht wahr? Und es muß dir ja auch so erscheinen, bei allem, was wir uns sonst immer beichten. Vorhin gerade habe ich dir noch erzählt, wie ich mit Lydia geschlafen habe, mit allen Einzelheiten, intimer geht's gar nicht. Und über den Inhalt einer Schreibgeschichte bewahre ich Stillschweigen, wie paßt denn das zusammen? Ich sag's dir: Eine Geschichte zu schreiben, ist was viel Intimeres, als eine zu leben.«

»Fffft«, machte Britta; tief hatte sie Luft geholt, und nun atmete sie, den Kopf in den Nacken gelegt, langsam aus.

»Stöhne nur, ich kann bloß wiederholen, ich muß diese Geschichte für mich behalten, und zwar, bis sie fertig ist.«

»Aber wo die Sache spielt, das wirst du mir doch wenigstens sagen können. Spielt sie in dem Kerker, in dem dieser Iwan … wie hieß er gleich …«

»Iwan Antonowitsch.«

»… Antonowitsch gesessen hat?«

Matti lächelte in sich hinein. Das war wieder typisch Britta. Man konnte sie nie ganz abblocken, so ungezwungen, wie sie immer herantänzelte, man hätte doch gleich ein fürchterlich schlechtes Gewisssen. Er entschloß sich, ihr so weit wie möglich entgegenzukommen und alle Fragen zu beantworten, die nicht den Fortgang der Geschichte selber betrafen. »Sie spielt in dem Kerker, ja. Aber das ist nicht erkennbar. Ich nenne keinen Ort, ich beschreibe einfach nur ein Gefängnis auf einer Insel. Alles könnte also genausogut woanders spielen. Vor meinem inneren Auge stand aber immer die Schlüsselburg, wo Iwan Antonowitsch gefangengehalten wurde. Ich habe sie mir sogar extra angesehen im vorigen Jahr. Sie liegt da, wo die Newa aus dem Ladogasee fließt, auf einer Insel gar nicht weit von Leningrad entfernt …«

»Ach – warst du in Wahrheit deshalb in Leningrad?«

»Richtig. Als ich beim Reiseantrag angab, mich interessiere brennend wie sonst nichts die Geschichte dieser Stadt, meinte ich die Schlüsselburg. Das andere habe ich natürlich gern mitgenommen, und das war auch schön und beeindruckend: die Ermitage, Petrodworez, die vielen Kanäle. Aber auf die Burg, die nebenbei bemerkt ziemlich verfallen ist, kam's mir an. Ich habe mir alles, was noch zu sehen ist, eingeprägt und mir vorsichtshalber Notizen gemacht. Fotos habe ich auch ein paar geschossen. Aber weißt du, was das Verrückte ist? Beim Schreiben mußte ich dann überhaupt nicht mehr darin lesen oder darauf gucken. Die Geschichte hat sich verselbständigt, von dem eigentlichen Ort weg beziehungsweise tiefer in ihn hinein ...«

»Halt halt«, rief Britta, »was denn nun: weg oder tiefer hinein?«

»Beides. Ich habe mehr und mehr von dem Ort abstrahiert – und zugleich hatte ich das Gefühl, ihm immer näher zu kommen. Seinem Kern und seinem Wesen. Das war beglückend. Und überhaupt, das ganze Schreiben ...« Matti schüttelte den Kopf.

Es war nun schon nach Mitternacht. In der Dunkelheit konnte Britta Mattis Gesichtszüge nicht mehr erkennen, aber in seiner Stimme hatte ein ungeheures Staunen gelegen. Britta bat ihn: »Rede weiter. Versuche, es mir zu erklären.«

»Ich will sagen ... paß auf, ohne zuviel zu verraten: Ich fing zweimal an mit der Geschichte. Beim ersten Mal schrieb ich lauter kurze, einfache Sätze. Ich dachte, das sei dem Gegenstand angemessen. Es geht ja, grob umrissen, um ein Kind, das im Knast sitzt und seine Anlagen nicht entwickeln kann. Es lebt auf primitivstem Niveau. Ja, und ich meinte, dementsprechend sollte der Stil sein. Aber das war falsch, wie ich nach vielleicht zwei Dutzend Seiten merkte. Ich kam nicht tiefer in die Beschreibung hinein, ich konnte auf diese Weise nicht genug ausdrücken. Also startete ich einen neuen Versuch, wobei ich eine ganz andere Perspektive einnahm. Ein Gelehrter, dem erlaubt wird, das Kind zu sehen, erzählt. Ich mußte seine Sprache erst an mich heranziehen, sie war mir doch sehr fremd, aber dann verleibte ich sie mir ein. Und jetzt, da sie richtig in mir drin ist, habe ich mit ihr die herrlichsten Möglichkeiten. Mit ihrer Hilfe hole ich Sachen ans Tageslicht, von denen ich nicht wußte, daß sie überhaupt existieren. Eine Wendung ergibt sogleich die nächste. Mir kommen Gedanken, für die ich mich eigentlich noch gar nicht reif fühle. Wie gesagt, das ist alles äußerst seltsam ... aber in diesem Zusammenhang noch einmal zu Karin Werth: Je mehr nun die Geschichte meine geworden ist und je weiter und intensiver ich sie vorantreibe, umso weniger denke ich noch an sie, also an Karin. Die Geschichte, die ich ihretwegen begonnen habe, führt mich jetzt unwiederbringlich weg von ihr. Ich hoffe, du verstehst nicht mehr nur Bahnhof ...«

»Ja, so langsam verstehe ich ein bißchen was – glaube ich. Aber wenn ich ehrlich bin, traue ich dem Frieden noch nicht ganz. Unwiederbringlich, sagst du?«

»Unwiederbringlich.«

»Das heißt, du wirst ihr den Roman, wenn er fertig ist, auch nicht zu lesen geben?«

»Wie sollte ich denn? Sie ist nicht mehr hier ...«

»Aber was soll dann damit geschehen? Was willst du mit dem Manuskript anfangen?«

»Keine Ahnung. Ich schreibe ja jetzt ganz für mich allein.«

»Vielleicht kann man es veröffentlichen – wenn es gut ist. Aber ja! Stell dir nur vor: Ich präsentiere meine Übung, und du präsentierst dein Buch. Und die Premierenfeiern, die legen wir zusammen, wie wäre das?«

Matti lachte. »Wenn es gut ist ... ich habe keinen blassen Schimmer, ob es gut ist, was ich da gerade fabriziere.«

»Es wird gut, das wird es, du wirst schon sehen! Wir werden feiern wie die Wilden! Im nächsten Jahr! Ich glaube an dich – obwohl du mir gerade mal ein Löffelchen von deiner Geschichte zu kosten gegeben hast und ich eigentlich gar nichts über sie sagen kann. Trotzdem glaube ich an dich!«

»Ein Löffelchen?« entgegnete Matti ironisch, wie um zu kaschieren, daß er ihr Szenario für nicht ganz realistisch hielt. »Das war ja wohl schon eine Schöpfkelle!«

»Nur ein Löffelchen!« beharrte Britta.

»Eine Schöpfkelle!«

»Löffelchen!«

»Schöpfkelle!«

*

Die neu beladene »Barby« befand sich gerade im gottverlassenen Winkel hinter Havelberg, als ein Kajütboot direkt auf sie zuhielt. Matti hupte, aber der Bootsführer vor ihm änderte seinen Kurs nicht. Matti hupte abermals, wieder erfolglos. Ohne weitere Verzögerung riß er das Steuerrad nach rechts, und langsam, unendlich langsam schwenkte der Bug in Richtung Ufer. Gerade noch rechtzeitig! Sie schrammten knapp an dem Kajütboot, das wie herrenlos dahintrieb, vorbei, hatten nun aber ein neues Problem: Die »Barby« drängte auf einmal viel zu nahe ans Ufer heran. Matti, mit seinen Augen noch das kleine Boot verfolgend, hörte die Gefahr, bevor er sie sah – die Schiffsschraube klang auf einmal höher und heller, zum Bersten laut, ganz so, als würde im Leerlauf Gas gegeben. Gleichzeitig spürte er, daß der Kahn sich kaum noch vorwärts bewegte, sondern immer mehr zur Seite, aufs Land zu. Er war noch nie in einer solchen Situation gewesen, wußte aber von seiner Ausbildung wenigstens theoretisch über sie Bescheid: Die Schraube, repetierte er blitzschnell, will weiter Wasser ansaugen, aber wenn es am Rande eines Kanals oder Flusses nicht mehr genug Wasser gibt, saugt sich das Schiff, mit dem Heck zuerst, wie ein riesiger Propfen ans Ufer.

Unter ihnen rumpelte es. Sie fuhren schon über Klamotten. Sollte er den Motor ausschalten? Dann würden sie wohl endgültig auf Grund laufen; nein, sofort Drehzahl hoch, und los und durch! Es knackte und knirschte, längst stand Peter Schott weit vornübergebeugt an der Reling und starrte auf das aufgewühlte Wasser, unter ihm schliff und pfiff es, eine gewaltige mißgestimmte Orgel, die vom Flußgrund ihre Töne nach oben warf, die »Barby« ruckte und zuckte – und dann gab es einen Stoß, als werde sie über einen Abhang gekippt, und sie war frei.

Matti fuhr sich mit beiden Händen langsam übers Gesicht und behielt sie dann am Hals, so stand er im Steuerhaus. Peter Schott stürmte herein und klopfte ihm auf die Schulter: »Hammwa nochma Glück jehabt!«

»Oder auch nicht«, erwiderte Matti. Er neigte ein wenig den Kopf, hielt sein Ohr zu den Motorgeräuschen hin, fragte Peter Schott: »Hörst du was?«

»Nö, kloppert wie immer.«

»Wir müssen trotzdem nachsehen, ob unten irgendwas kaputt ist, sicher ist sicher.«

Sie nutzten die erstbeste Gelegenheit zum Halten, machten an morschen, teilweise schon bemoosten Bohlen fest, die dabei bedenklich zu wackeln begannen. Erstaunlich, daß an dieser Stelle überhaupt welche in den Grund gerammt worden waren; am Ufer deutete nämlich nichts auf menschliches Leben hin. Annähernd mannshoch stand das blaßgrüne Gras. Unverschnittene Ulmen streckten ihre langen dünnen Äste wie Antennen nach oben. Hinter ihnen, getrennt durch eine schmale, parallel zum Fluß verlaufene Wiese, erhob sich ein Mischwald, und über der Wiese und dem Wald flatterten Wildenten.

Die Männer hatten, für genau solche Situationen, eine Taucherausrüstung dabei. Peter Schott zwängte sich in sie. Er war schon in voller Montur, als er noch einmal in seine Kajüte stapfte. Von dort brachte er seinen Knicker herauf; er wirkte wie der Harpunier eines Walfängers, der schusseligerweise zur falschen Waffe gegriffen hat. Er hielt den Knicker aber sogleich Matti hin, wobei er sagte: »Ick kann nur eens, tauchen oder jagen.« Er zeigte zum Himmel über der Wiese: »Is janz leicht. So fett, wie die Enten aussehn, reicht eene für uns vier. Ick brat die ooch nach bewährter Rezeptur. Entweder, wir fahrn zu dem Zeitpunkt schon wieder, dann is sowieso allett paletti, oder wir gluckern langsam ab, dann lassenwa uns ditt Vieh erst recht schmecken.«

Und so ging Matti auf Jagd. Er stapfte an den Ulmen vorbei auf die Wiese. Obwohl seit Tagen Hitze herrschte, war der Boden weich und saftig, so daß Matti bei jedem Schritt ein wenig einsank. Dann gelangte er an einen schmalen Bach. Er übersprang ihn, hatte nun die flatternden Wildenten schräg über sich. Die Entfernung zum Hochwald schätzte er auf 50 Meter. Er bestückte den Knicker mit einem Spitzkopfdiabolo, legte auf eine der Enten an und drückte ab. Aber sie fiel nicht, gurrend und geifernd machte sich der Schwarm in Richtung Wald davon. Matti lief ihm nach.

Die ersten zwei Enten zeigten sich wieder über den Wipfeln. Abermals legte er auf eine an, und diesmal traf er. Die Ente machte noch drei, vier Flügelschläge und stürzte dann zwischen die Bäume. Matti versuchte, sich die Stelle zu merken. Er lief in den Wald, suchte ihn, mit den Händen immer wieder Zweige wegbiegend, in leicht gebückter Haltung nach der Trophäe ab. Aber plötzlich öffnete sich etwa zehn Meter neben ihm die bemooste Erde, eine Eisenklappe wurde hochgeschlagen, und zwei Männer in Tarnuniform, die nicht die der Nationalen Volksarmee war, sowie in Stiefeln sprangen nach oben. Sie legten mit Kalaschnikows auf ihn an und brüllten: »Waffe weg! Auf den Boden! Runter! Runter!« Matti warf den Knicker zur Seite und ließ sich fallen. Während die Männer auf ihn zustürmten, sah er aus den Augenwinkeln, daß sich etwas weiter entfernt noch eine erdbedeckte Klappe öffnete und auch von dort zwei bewaffnete Männer auf ihn zuliefen. Einer vom ersten Duo hielt ihm die Kalaschnikow an die Schläfe. Hart und heiß war die Mündung der Waffe, und so fest wurde sie ihm aufgedrückt, daß er fürchtete, sie könne jeden Moment seine Knochen durchstoßen. Nach jener Angst aber erfaßte ihn noch etwas, tiefste Ungläubigkeit. Wie konnte es denn sein, daß er auf einmal in diesem Wald lag und ihm ein geladenes Gewehr an den Kopf gehalten wurde? Es war – völlig absurd war das doch!

Die Männer rissen ihn hoch und tasteten ihn ab. Die Schachtel mit den Diabolos, die sie fanden, schien sie ein wenig zu beruhigen. Einer hob den Knicker auf, begutachtete ihn und rief zu den anderen: »Nur ein Luftgewehr!«.

Dennoch, mit einem Ruck wurden Matti die Arme nach hinten gedreht. Zugleich trat ihm jemand mit dem Stiefel in die Kniekehlen, so daß er einsackte und auf die Knie fiel. »So bleiben«, befahl einer der Männer, die sich verblüffend ähnlich sahen. Alle hatten feiste Nacken, kurze Haare und glattrasierte Gesichter. Auch spannten ihre durchaus weiten Hosen. Eine Kalaschnikow blieb auf Matti gerichtet.

»Was machst du hier?« wurde er gefragt.

Ihm lag auf der Zunge, zurückzufragen, was sie hier machten, aber er traute sich nicht. »Wildenten schießen«, antwortete er.

Die Männer schauten sich schweigend an. Ein anderer als jener, der die erste Frage gestellt hatte, forderte Matti auf zu erklären, wie er dazu komme, in dieser Gegend Wildenten zu schießen.

»Wieso in dieser Gegend«, wagte Matti zu sagen.

»Wir sind es, die hier Fragen stellen! Also?«

»Ich bin Schiffsführer. Wir hatten eine Havarie.«

Die Männer warteten, ob er noch etwas ausführen würde, aber vergeblich. Einer machte eine Kopfbewegung zur Havel hin und fragte: »Du kommst also von dort?«

Matti schwieg. Er hatte darauf schon geantwortet.

Wieder ein anderer fragte genervt: »Was für ein Schiff?«

»Ein Motorgüterschiff mit Großplauer Maß, das auf der volkseigenen Werft Roßlau gebaut und 1961 in Dienst gestellt wurde.«

Er hatte das so leiernd hervorgebracht, daß die Männer ihn aus Augenschlitzen anblitzten. Einer trommelte dazu mit Zeige- und Mittelfinger auf seine Kalaschnikow, ein anderer verlagerte sein Gewicht immer wieder von einem Bein aufs andere. Da und dort in dem dichten Wald knisterten die Äste.

Auf einmal ertönte von weitem ein trockenes Knattern. Wenig später hielt etwa 50 Meter entfernt von ihnen ein Barkas. Er war olivgrün gestrichen, so daß er sich kaum von den Bäumen abhob. Gab es also da hinten einen Weg? Die Männer verharrten, es schien, als warteten sie, ob jemand dem Barkas entsteigen und sich zu ihnen begeben würde. Aber nichts tat sich. Da packten sie Matti an den Armen und führten ihn zu dem Auto. Wie sich herausstellte, waren auch dessen Seitenscheiben grün getönt. Matti konnte nicht erkennen, welche und wie viele Insassen es hatte. Einer der Vierschrötigen ging um den Barkas herum, und Matti vernahm das schleifende Geräusch einer Scheibe, die sich nur schwer herunterkurbeln läßt. Stimmen wisperten, so vergingen bestimmt drei oder vier Minuten. Endlich erschien der Mann wieder. Er forderte Matti auf, sich nicht von der Stelle zu rühren, dann winkte er seinen Kompagnons, und alle vier stapften in die Richtung, aus der sie Matti hergeführt hatten. Langsam verlor sich das Knirschen ihrer Schritte. Nur am vereinzelten Knacken von Ästen konnte Matti hören, daß sie sich noch in der näheren Umgebung befanden. Wo wollten sie hin? Zurück in das Tunnelsystem, das es hier offenkundig gab? Aber dann hätten sie ihm doch nicht bedeutet zu warten. Plötzlich wußte er es: Sie wollten zu dem Schiff, garantiert waren sie soeben angewiesen worden, seine Angaben zu überprüfen.

Der Barkas, mit wem auch immer darin, stand drohend da. Matti starrte auf ihn, aber je länger er das tat, um so flackernder wurde sein Blick. Er hatte das unheimliche Gefühl, als werde er vom Wagen aus seziert. Seltsamerweise kam ihm dieses Gefühl bekannt vor. Diesem Sezieren – dem hatte er doch Karandasch ausgesetzt! Und damit sich selber, denn während des Niederschreibens war er natürlich in Karandaschs Haut geschlüpft. Erst hatte er empfunden, dann die Figur. Und jetzt war aus seiner Phantasie Realität geworden, nur daß um ihn kein Wasser plätscherte, sondern Bäume rauschten. Aber sonst: Beide Male gab es einen geheimnisvollen Tunnel. Beide Male führte dieser in eine verbotene Zone. Beide Male traten mehr oder minder tumbe Handlanger auf. Beide Male blieben die wahren Absichten ihres Befehlshabers unklar. Beide Male spürte er selber, vollkommen in dessen Hand zu sein. Und schließlich – beide Male saß der Befehlshaber in einem vierrädrigen Gefährt.

Noch immer starrte Matti auf den Barkas; und war das dort hinter den getönten Scheiben nicht der Oberste? Bewußt hatte er in seinem Text darauf verzichtet, dessen Gesichtszüge zu beschreiben, denn dieser Mann, der sollte geheimnisvoll und nicht faßbar bleiben; aber natürlich hatte er beim Dichten doch ein bestimmtes Gesicht vor Augen gehabt: Es war pockennarbig und glänzend, wie mit Vaseline überzogen. Vor diesen Pocken und diesem Glanz wich Matti jetzt buchstäblich zurück. Ihn überkam die Furcht, der Oberste könne ihn, wenn er noch länger angestarrt werde, gefangennehmen und in einen Kerker werfen; Matti hörte ihn sogar lachen: ›Du hast mir Leben eingehaucht – nun sieh zu, was ich mit dir anstelle!‹

Endlich hielt er es nicht mehr aus. Er wandte seinen Blick vom Barkas ab und schaute schräg an dem vorbei. Wo er nun aber zufällig hinschaute, dort entdeckte er, hinter dicht stehenden Bäumen, einen übermannshohen Stacheldrahtzaun, auf dem auch noch große Stacheldrahtrollen befestigt waren. Das Areal dahinter war für Matti kaum einsehbar, nicht nur wegen des hohen engmaschigen Zaunes und wegen der vielen Bäume, sondern auch, weil die Sonne Dutzende stählerne Lichtbündel auf die Erde warf, die ebenso undurchdringlich wie die Bäume zwischen ihm und dem Areal standen. Das einzige, was Matti zu erkennen glaubte, waren ein paar Güterwaggons. Oder waren es Holzbaracken?

*

Ehe er sich länger mit dieser Frage beschäftigen konnte, kehrten die Männer zurück. Abermals ging einer hinter den Barkas. Wieder ertönten gedämpfte Stimmen. Danach aber kam statt des Vierschrötigen ein schmaler Mann in einem grauen Anzug und schwarzen Lackschuhen zum Vorschein. Der Befehlshaber, kein Zweifel! Er trug eine Sonnenbrille mit äußerst dunklen, ovalen Gläsern, die so groß waren, daß sie zur Hälfte über seine keineswegs pockennarbigen oder auch nur großporigen Wangen lappten. Sie klebten beinahe auf seiner glatten Haut, es sah aus, als habe er zwei Teerflecken im Gesicht. Er ging auf Matti zu und sagte: »Sie hatten, glaube ich, gerade ein paar Unannehmlichkeiten, das bedaure ich. Das Ganze beruhte auf einem Mißverständnis. Wie gesagt, ich möchte mich bei Ihnen dafür entschuldigen, daß Sie etwas aufgehalten worden sind.«

Matti schluckte. »Aufgehalten?«

»Gewiß, aufgehalten. Mehr ist ja nicht geschehen, wenn ich richtig informiert bin. Sie haben doch keinen Schaden genommen?«

»Hören Sie, ich werde hier wie aus heiterem Himmel überfallen, mir wird eine Kalaschnikow an den Kopf gehalten, als wäre ich ein gemeingefährlicher Verbrecher, und da reden Sie von aufhalten? Was – was legitimiert Sie eigentlich?«

Der Schmale zeigte keine Regung. Er überging die Frage und sagte: »Da Sie aber nun schon aufgehalten wurden, gehe ich davon aus, es ist in Ihrem Sinne, wenn wir beide die Angelegenheit nicht noch künstlich in die Länge ziehen. Ich schlage Ihnen also vor, Sie kehren jetzt unverzüglich zu Ihrem Schiff zurück, werfen ebenso unverzüglich den Motor an und setzen Ihre Fahrt fort.«

Matti starrte auf die Teerflecken, in denen jeweils eine Silberkugel steckte, die gespiegelte Sonne. Ihn durchfuhr der Gedanke, die Kugeln könnten auf ihn abgefeuert werden. Aber er begriff, daß der Schmale ihn nun schleunigst loswerden wollte, ›unverzüglich‹ hatte der zweimal gesagt. Der ängstigt sich doch genauso vor mir wie ich mich vor ihm. Nein, nicht so, er ist in einer anderen Angst, in der, ich könnte hier noch mehr entdecken. Und deshalb will er mich abschieben. Weil ich schon zu viel gesehen habe, er mir aber nicht am Zeug flicken kann, schließlich war es purer Zufall, daß ich hergespült worden bin, seine Leute haben es überprüft. All das bedenkend, sagte Matti herausfordernd: »Und wenn ich Ihren Vorschlag nicht annehme?«

»Sie sollten!« erwiderte der Schmale mit schneidender Stimme.

»Irgendwo dort«, Matti wies in den Wald, »liegt aber noch die Ente, die ich geschossen habe. Ich denke, es steht mir zu, sie zu suchen, bevor ich gehe.«

»Es steht Ihnen keineswegs zu, denn es stand Ihnen ja nicht einmal zu, sie zu schießen. Es war ungesetzlich. Wir könnten Sie deswegen der Polizei übergeben. Sie sind von uns gestellt worden, weil Sie gewildert haben.«

»So wollen Sie es also drehen«, rief Matti aufgebracht. »Sie wollen mir die Schuld in die Schuhe schieben.« Und nur, weil ich hier etwas Dunklem auf die Spur gekommen bin. Das dachte er, doch vermied er gerade noch so, es zu sagen, um sich nicht in noch größere Nöte zu bringen.

»Wir wollen gar nichts drehen«, entgegnete der Schmale. Wie zur Bestätigung zog er seine Mundwinkel nach außen und imitierte ein Lächeln. »Sehen Sie, die Herrschaften, die so aufmerksam waren, Sie bei Ihrem illegalen Akt aufzuspüren, suchen längst nach der Ente. Aber wenn es nach mir geht, dann wird sie mir, oder uns, es gibt ja mehrere Zeugen des Vorfalls, nicht als Beweisstück dienen, sondern Ihnen und Ihren Leuten als Braten. So wie ohne Zweifel von Ihnen gewünscht.«

Matti wandte sich um. Tatsächlich waren die vier Männer im Wald verstreut, wo sie in der leicht gebückten Haltung von Pilzsuchern umhergingen.

Der Schmale trat jetzt ganz nahe an ihn heran. Matti sah sein eigenes Gesicht in beiden schwarzen Brillengläsern. Es war in die Länge gezogen und reichte jeweils vom oberen bis zum unteren Rand. »Wenn es nach mir geht«, wiederholte der Schmale. »Natürlich können Sie auch weiter verrückt spielen. Aber es wird dann vielleicht nicht zu Ihrem Vorteil sein. Sie haben doch eben gemerkt, wie schnell einem was zustoßen kann. Also in Ihrem eigenen Interesse – lassen wir die Dinge auf sich beruhen. Es kommt schon mal vor, daß sich Wege von Menschen kreuzen, die sich besser nicht kreuzen sollten. In solchen Fällen macht man kein Aufhebens und schlägt das nächste Mal einen anderen Weg ein.«

Matti schwieg. Nie zuvor hatte er eine solch unverhohlene Drohung gehört. Noch einmal mußte er an den Obersten und Antonio denken. So wie dieser jenem ausgeliefert war, so fühlte er sich jetzt dem Schmalen ausgeliefert. Mehr denn je erschien ihm das Geschehen hier auf eine üble Weise phantastisch. Eine Mischung aus Verwunderung und Furcht verschloß Matti den Mund.

Plötzlich knackte und knisterte es ganz in der Nähe, und einer der Männer erschien mit der Ente in der Hand. Es war ein ausgesprochen prächtiges Exemplar.

Der Schmale bedeutete seinem Untergebenen, stehenzubleiben, und sagte zu Matti: »Nur damit ich sichergehen kann, daß wir uns verstanden haben: Sie kratzen hier jetzt also die Kurve. In spätestens 15 Minuten haben Sie abgelegt. Und Sie sind natürlich so klug, unsere kleine Begegnung für sich zu behalten und eine Wiederholung auszuschließen.«

Matti deutete ein Nicken an. Aber plötzlich fiel ihm ein, daß die »Barby« womöglich manövrierunfähig war. Er sagte, sie müßten eventuell noch an ihrem Halteplatz bleiben, bis sie abgeschleppt würden.

Der Schmale überlegte kurz, dann befahl er: »In diesem Fall verlassen Sie Ihr Schiff nicht und sorgen auch dafür, daß keiner Ihrer Männer es verläßt.«

Wieder deutete Matti ein Nicken nur an. Die Abneigung dem Schmalen gegenüber stand ihm ins Gesicht geschrieben.

»Wollen Sie das klar und deutlich bestätigen?«

Er preßte ein »Ja« hervor.

Daraufhin wurde ihm die Ente übergeben. Der Schmale blieb reglos, und Matti wandte sich um und ging zurück in Richtung Havel. Solange er im Wald war, fühlte er sich wie betäubt. Die Ente in seiner Hand hatte zwar ein Gewicht und eine Restwärme, erschien ihm aber trotzdem wie etwas Immaterielles. Er nahm auch nicht wahr, wie er auf Zweige und Kienäpfel trat. Erst nachdem er, als wäre es nichts, und als wäre er keiner, über das Bächlein gesprungen war, das die Wiese teilte, genauer, als er unglücklich aufkam und einen Schmerz im Knöchel spürte, fiel das Taube von ihm ab.

Auf der »Barby« wartete man schon auf ihn. Peter Schott, Lehrling Zehner und sogar Maschinist Klopsteg standen ungeduldig an der Reling. »Wo haste denn so lange jesteckt?« fragte Peter. »In der Zeit habick ja ne janze Flotte untersucht!« Er klang ein wenig besorgt, vor allem aber aufgeräumt, und Matti schlußfolgerte erleichtert, er habe bei seinem Tauchgang nichts Schlimmes entdeckt.

Stärker humpelnd, als der gelinde Schmerz in seinem Fuß es ihm eigentlich vorgab, trat Matti auf Peter Schott zu und erklärte, er sei umgeknickt, deshalb habe er länger gebraucht. Woraufhin Peter ihn prüfend anschaute, aber nichts sagte.

»Und du? Was gefunden?«

»Nüscht außer paar Schrammen.«

»Na Gott sei Dank. Dann legen wir sofort ab. Wir haben schon genug Zeit verloren.«

Abermals erntete Matti prüfende Blicke, und er rief: »Was guckst du so? Komm schon, sag Zehner, er soll die Leinen losmachen!«

Sie fuhren davon. Sie hatten aber keine hundert Meter zurückgelegt, als Peter bei Matti im Steuerhaus aufkreuzte, sich schräg vor ihm aufbaute und fragte: »Und watt is wirklich passiert?«

»Was soll passiert sein?« fragte Matti, unverändert auf den Fluß schauend.

»Ditt sollste mir ja sagen. Du siehst aus wien Bäcker, der mit seim Jesicht ins Mehl jefallen is, so bleich biste. Außerdem haste eben ne janz piepsije Stimme jehabt.«

Matti fühlte sich ertappt, vor allem aber dachte er erzürnt: Was lasse ich mich immer noch einschüchtern von dem Schmalen. Erkenne die Lage, Matti, zähle deine Bestände und rechne mit seinen Defiziten. Er ist doch viel mehr in der Bredouille als du. Er treibt was in dem Wald, das unbedingt geheim bleiben soll, und er muß von nun an immer damit rechnen, daß du darüber plauderst. Er kann dich doch gar nicht daran hindern. Wenn du erstmal geplaudert hast, bist du sogar sicherer als zuvor, denn dann weiß ja noch jemand Bescheid: Der schützt dich fortan durch sein Wissen. Und wer, bittesehr, wäre geeigneter, alles zu erfahren, als Peter, der immer so hemdsärmelig daherkommt und trotzdem ein Gespür dafür hat, wenn's einem mal nicht gutgeht, als dein Freund Peter, auf den Verlaß ist, sobald's eng wird.

Und so erzählte Matti, was im Wald geschehen war, alles von A bis Z. Lediglich die unheilvollen Vergleiche mit seinem Buchtext, die ihm durch den Kopf geschwirrt waren, sparte er aus, denn es genügte, daß Britta von seinem Projekt wußte. Aber auch so dauerte sein Bericht an die zwanzig Minuten.

»Das klingt wie eine Jeschichte aus einer andern Welt«, erklärte Peter. Es war das erste Mal, daß Matti ihn nicht hemmungslos berlinern hörte, und eben weil Peter kaum berlinerte, bekamen seine recht banalen Worte etwas Getragenes.

»Es ist aber unsere Welt«, erwiderte Matti. »Offensichtlich passieren in ihr ein paar Dinge, die wir uns gar nicht vorstellen können.«

»Ick stelle mir jetzt schon was vor«, sagte Peter bedeutungsvoll, »aber ick traue mich kaum zu sagen, woran mich deine Beschreibung erinnert.«

»Woran?«

»Wir haben Stacheldraht, ja? Wir haben scharfe Bewachung. Wir haben Waggons oder Baracken. Vielleicht haben wir sogar beides, du hattest ja kein richtijen Einblick. Du warst auch nich in der Nacht da. Vielleicht hätte man dich in der Nacht gleich mit Suchscheinwerfern erfaßt, und Hunde wären auf dich gehetzt worden. Wie auch immer. Alles in allem ergibt sich nach deiner Erzählung bei mir – das Bild eines KZ.«

»Was?« entfuhr es Matti.

»KZ«, bestätigte Peter Schott.

Matti schnappte nach Luft. »Peter, du weißt, ich bin nicht gerade einverstanden mit den Verhältnissen hier, ich kriege schon schlechte Laune, wenn ich bloß daran denke, wie zäh alles ist. Aber ein KZ, ich bitte dich! Was für ein abstruser Gedanke!«

»Ick habe auch nur gesagt, daß mir, wie du so erzählt hast, das Bild eines KZ im Kopf herumgeschwebt ist. Ick habe nich gesagt, daß es sich um ein KZ handelt.«

»Also kein KZ«, brummte Matti. »Aber was ist es dann?«

Beide schwiegen. Nach einigen Sekunden sagte Peter grienend: »Vielleicht ein besonders abjeschottetet Trainingslager für den BFC?«

Matti schüttelte genervt den Kopf, worauf Peter beschwichtigte: »Schon jut, schon jut. Ick weiß doch auch nich.«

Beide rätselten dann noch eine Weile hin und her und warfen sich diese und jene Erklärung zu, aber sie hatten dabei partout nicht das Gefühl, der Wahrheit näher zu kommen.

Grenze und Pendel

Auf jenen glühenden Sommer folgte ein strenger Winter. Die Felsen, die da und dort an der Saale Wacht standen, waren mit weißen Schuppen überzogen. Zwischen ihnen wanden sich Eisschlangen. Schien die Sonne, sengten unzählige weiße, im Boden steckende Splitter den Menschen die purpurne Netzhaut. In Gerberstedt lag über Wochen ein Schnee, der unter den Stiefeltritten schnurbste, es hörte sich an, als bissen die Fußgänger fortwährend in Rüben oder Kohl.

Drinnen im Haus an der Schorba feierte die vollzählig versammelte Familie Willys Geburtstag. Bei Kaffee und Kuchen saß man; und mochte dabei, wie sich's geziemt, auch Willy die Hauptperson gewesen sein, so versuchte doch Ruth, sich durch die eine oder andere wie beiläufig gestellte Frage verstärkt Carla zu widmen, denn ihre Schwiegertochter, die hatte einen gewölbten Bauch, die sollte möglichst viel Zuwendung erfahren.

Jetzt gerade wollte die gute Ruth wissen, was Carla in dieser Jahreszeit eigentlich so schreibe als Landwirtschaftsredakteurin, es gäbe, soweit sie das übersehe, gar keinen Stoff, auf den Feldern tummelten sich ja bloß die Krähen.

Na, als Wirtschaftsredaktionsmitglied beschäftige sie sich im Winter eben mehr mit Themen aus dem Bereich Industrie.

Zum Beispiel?

Zum Beispiel sei sie vor kurzem im Kraftwerk Klingenberg gewesen, einen ganzen Tag lang, und habe sich angesehen, wie in der klirrenden Kälte die Versorgung der Bevölkerung mit Wärme gewährleistet werde.

Während ihrer Erklärung konzentrierte sich Matti auf die herrliche Käsetorte mit Schokodecke und Mandelsplittern drauf, die Ruth gebacken hatte; er machte den Eindruck, als höre er gar nicht recht hin. Erik aber, der seine Blicke über die Runde schweifen ließ, erkannte gleich, daß es heftig in seinem Bruder arbeitete: Dieser Matti kaute doch viel zu langsam, und viel zu fest biß er in die sahnigen Happen, beinahe Pudding war das hier schon, und er kaute, als wär's hartes Brot.

»Ja das ist bestimmt schwierig für die Arbeiter dort«, sagte Ruth. Sie interessierte sich in dieser Sekunde herzlich wenig für die Arbeiter und mehr dafür, daß Carla eine Bestätigung bekam und noch ein bißchen weitererzählen konnte.

Carla griff die Vorlage bereitwillig auf: »Richtig, der elende Kohlestaub, der dort überall in der Luft liegt, und dazu der Frost, mir blieb fast der Atem weg. Am liebsten hätte ich mir ein Tuch vor den Mund gebunden.«

»Hast du aber nicht geschrieben, oder«, murmelte Matti, mit der Gabel in die Reste seines Tortenstückes piekend.

»Wie?« fragte Carla irritiert.

Matti wandte den Blick von der Torte, schaute seine Schwägerin an und sagte klar und deutlich: »Das hast du aber nicht geschrieben, was?«

Carla, immer noch irritiert: »So was gehört auch nicht in so einen Bericht, da geht es doch um ganz andere Dinge.«

»Wieso gehört es da nicht hinein?« Matti fragte es mit genau der gespielten Blauäugigkeit, hinter der eine ordentliche Portion Angriffslust steckt.

Die Lage begann brenzlig zu werden für seine Carla, das spürte Erik, so warf er schnell ein: »Ich finde, eigentlich ist es müßig, darüber zu debattieren, wenn du den Bericht doch gar nicht gelesen hast.«

»Wer sagt dir, daß ich ihn nicht gelesen habe?« Matti fixierte nun seinen Bruder.

»Du hast ihn tatsächlich gelesen?« fragte Carla.

»Ich hatte das Vergnügen.«

Carla wollte keinen Streit, sie fühlte sich im Kopf immer so seltsam, wenn Matti zu debattieren begann. Aber ließ denn sein Ton ein Schweigen ihrerseits noch zu? Mühsam lächelnd sagte sie: »Na, so ein Vergnügen scheint es wohl nicht gewesen zu sein.«

Matti preßte die Lippen aufeinander, unverkennbar, er hielt sich zurück, vielleicht ihres Lächelns wegen, das kein übelwollendes war.

»Du mußt schon sagen, was du daran kritisierst«, forderte aber Carla, denn wenn sie sich alles recht besah, war sie sich überhaupt keiner Schuld bewußt, sie hatte wirklich ihr Bestes gegeben beim Schreiben.

Carlalein, dachte sich Erik, wie unklug von dir, es ist doch eigentlich schon vorbei gewesen.

Matti klaubte ein paar Tortenbodenkrümel von seinem Teller. Nachdem er sich auf diese Weise zum Ruhebewahren gemahnt hatte, begann er in nüchternem Ton, Carla auf die Sprünge zu helfen: »Ich kritisiere an dem Bericht, daß er den Eindruck erweckt, es sei alles in Butter in dem Kraftwerk. Dabei hast du eben selber zugegeben, wie verdreckt dort die Luft ist. Warum aber ist sie verdreckt? Früher lag es daran, daß es keine Filter für die Schornsteine gab. Vor einiger Zeit hat man welche angeschafft, aber nachts, wenn niemand den gelben Qualm sieht, werden sie aus Kostengründen abgestellt, und so beißt es einem weiter in den Augen und in der Nase, so meint man, wenn man nur den Mund aufmacht, Schwefel, Gummi und Ruß zu inhalieren, alles in einem. Und ich kann dir noch mehr erzählen, ich kriege so einiges mit, wenn ich dort Kohle anlande. Die Schwaden von Dreck nämlich, und überhaupt die armseligen Bedingungen, führen zu einem hohen Krankenstand der Betriebsangehörigen, und dieser Krankenstand wiederum hat zur Folge, daß manchmal nur noch Notbesatzungen arbeiten – so sieht's aus an diesem von dir als vorbildlich beschriebenen Ort, so und nicht anders.«

»Ich habe nicht von einem vorbildlichen Ort geschrieben, sondern von vorbildlich sich einsetzenden Männern, das ist ein Unterschied.«

»Du hast nur das Positive erwähnt, und alles andere hast du ausgeblendet, genau so, wie's üblich ist in allen Zeitungsberichten, die man zu lesen bekommt. Ich kenne deren Verfasser nicht, ich kann sie also nicht ausfragen, aber du sitzt hier, und dich frage ich, ob du das andere nicht gesehen hast oder ob du es nicht sehen wolltest. Zum Beispiel der Krankenstand, kanntest du den, hast du mal nach dem gefragt?«

»Krankenstand, dein Krankenstand war nun wirklich nicht das Thema. Es ging um die Kälte draußen und daß trotzdem Wärme produziert wird, das galt es herauszuarbeiten.«

Matti fuhr mit der Hand durch die Luft. »Gut, Wärme, bleiben wir dabei. Mit keinem Wort wird erwähnt, daß es beinahe arschkalt geworden wäre in sämtlichen Wohnungen der Stadt, und zwar schon mehrmals. Vorige Woche, als dein Bericht erschienen ist, war in Klingenberg nur noch Kohle für zwei Stunden vorrätig, für zwei Stunden! Laß einen Kohlezug aus der Lausitz entgleisen, oder laß einen der Eisbrecher kaputtgehen, die uns gerade mit Müh und Not den Weg freiräumen – schon ist die Katastrophe da. Aber nichts davon findet man in deinem Artikel, nichts!«

»Da weißt du mehr als ich.« Carla spitzte ihre Lippen.

»So – aber wenn ich es erfahren habe, kannst du es genauso erfahren, immerhin bist du einen Tag dort gewesen.«

»Was ist schon ein Tag.«

»Vorhin klang das noch anders. Da hast du fast geschwärmt, ich hab's noch genau im Ohr: ein ganzer Tag ...«

Carlas Blicke irrten im Raum umher.

»Sie ist doch mit ihren Gedanken bestimmt schon ganz woanders«, Ruth griff sich mit beiden Händen an den Bauch. Sie merkte aber wohl, das war kein sonderlich stichhaltiges Argument, also fügte sie hinzu: »Und außerdem lernt sie ja gewissermaßen noch, Matti, sie ist noch so frisch in ihrem Beruf, wie lange Carla, anderthalb Jahre?«

Carla sagte lieber nichts, denn ihre Schwiegermutter, die hatte die Jahre doch sehr zu ihren Gunsten zusammengepreßt.

Matti wiederum schien durch Ruths Bemerkung nicht beruhigt, sondern erst recht in Rage versetzt worden zu sein. »Gerade wenn sie noch halbwegs frisch dabei ist, gerade! Da ist man doch noch nicht glattgeschliffen von irgendwelchen Umständen, da ist man doch noch neugierig, da stellt man doch noch Fragen – jedenfalls müßte es so sein. Aber du hast keine solchen Fragen gestellt, du hast die negativen Sachen, und es gibt noch viel mehr davon, viel mehr, lieber nicht wissen wollen, stimmt's?«

»Was nimmst du dir eigentlich heraus!« schrie plötzlich Erik. »Willst du hier den Inquisitor spielen? Macht es dir Spaß, auf Carla herumzuhacken? Ich schlage vor, du hältst jetzt einfach mal den Mund!« Haßerfüllt schaute er Matti an, nein, er war nicht gewillt, von seinem Bruder noch Moralvorschriften entgegenzunehmen, nicht mehr, seit er der Firma voller Mut einen Korb gegeben hatte und längst was Eigenes aufweisen konnte in Sachen Renitenz.

Ruth nickte, während Willy nur die Lippen aufeinanderpreßte. Die ganze Zeit hatte er geschwiegen, wohl in der Hoffnung, die Geschwister würden sich des Anlasses der Zusammenkunft erinnern und Ruhe geben.

Matti aber war außer sich. »Du willst mir den Mund verbieten? In unserem Elternhaus wagst du es, mir zu verbieten, daß ich mich äußere?«

Jetzt mußte sich Willy doch zu Wort melden, leise sagte er: »Nicht immer muß man alles sagen, was einem auf der Seele liegt, Matti. Und nicht jedem und jeder gegenüber.«

Matti nickte. »Ich verstehe, was du mir damit bedeuten willst. Aber ich bitte dich, auch mich zu verstehen, und alle anderen bitte ich auch. Denn wie ist die Situation? Draußen schwirren nur noch Phrasen und Parolen durch die Luft. Nie wird die Wahrheit geschrieben oder gesprochen. Ich ertrage das nur noch mit Mühe. Ich reiße mich zusammen, weil man sich zusammenreißen muß – draußen. Hier aber sind wir drinnen, und hier hat bisher noch nie einer dem anderen das Wort abgeschnitten. Jeder hat es ausgehalten, wenn er vom anderen kritisiert worden ist. Und das soll auf einmal nicht mehr gelten? Im Haus soll es genauso zugehen wie außerhalb? Niemals! Also laßt mich zu Ende führen, womit ich angefangen habe, ich war stehengeblieben bei dem Nicht-erfahren-Wollen. Manche Menschen haben einfach panische Angst davor, mit unangenehmen Wahrheiten konfrontiert zu werden. Denn was würde eine solche Konfrontation für sie bedeuten? Daß sie fortan diese Wahrheit nicht mehr negieren könnten, ohne ein schlechtes Gewissen zu kriegen. Aber weil sie natürlich kein schlechtes Gewissen kriegen wollen – schauen sie bestimmten Wahrheiten erst gar nicht ins Auge. Eine treffliche Vorsichtsmaßnahme, aber auch ein Instinkt: Sie haben ein feines Sensorium entwickelt, das ihnen hilft, jeder anstößigen Erfahrung auszuweichen. Und am Ende, am Ende meinen sie allen Ernstes, sie besäßen eine reine Seele! Zynischerweise würde ich sagen, der Mensch muß einer unangenehmen Wahrheit nur ganz fernbleiben, dann geht's ihm richtig, richtig gut. Aber ich will nicht zynisch werden, und ich will auch endlich auf Klingenberg zurückkommen. Wie man sieht, hat dort die Vorsichtsmaßnahme nahezu perfekt gegriffen. Jemand hätte sich am unwirtlichen Ort des Geschehens zwar am liebsten ein Tuch um den Mund gebunden, denn er erlitt eine heftige Attacke der grausamen Wirklichkeit auf seinen Körper, aber die hat er abzuwehren und beim Schreiben schnell wieder zu vergessen gewußt. Nur – derartig vergessend zu schreiben, bedeutet nichts anderes, als Stuß zu schreiben ... nein, du läßt mich ausreden, Erik, du läßt mich ausreden. Ich würde ohne weiteres verstehen, wenn jemand was Klares und Wahres verfaßte und dann damit an irgendeiner der Instanzen, ich kenne sie nicht im einzelnen, abprallte, wenn er also nicht gedruckt würde und sich darüber grämte und am Ende doch stillhielte. Dann hätte er es wenigstens versucht, und mehr kann man gar nicht verlangen. Aber es nicht zu versuchen, heißt automatisch, die Leser, die alles am eigenen Leib erfahren, für dumm verkaufen zu wollen. Und das geschieht ständig! Längst sind doch die Leser tausendmal klüger als die Zeitungen. Und dazu gehört von ihrer Seite gar nicht mal viel. Die Schreiber nämlich, wie weltfremd verhalten sie sich? Weltfremder als jedes alte einsame Weib! Sie begreifen gar nicht, wie lächerlich sie sich mit ihren Artikeln machen. Man muß sie bedauern dafür, wie sie vor jeder Wahrheit davonrennen, die sie verstören könnte, wie sie ihre ganze schäbige Kraft verwenden, um vor der Realität zu flüchten – aber nicht nur bedauern, nicht nur! Denn anders als die alten Weiber, an denen die Jahre genagt haben und die vielleicht nicht mehr ganz bei Verstand sind, tragen sie die volle Verantwortung für ihr groteskes Tun. Sie selber legen sich doch jeden Tag eigenhändig ihre Scheuklappen an, und dafür muß man sie auch verachten ...«

»Schluß jetzt«, unterbrach Erik ihn, »Schluß mit dieser endlosen Suada! Grotesk, ja? Grotesk ist es, wie du Carla beleidigst! Wie du sie beschimpfst! Dafür, was du ihr alles an den Kopf geworfen hast, wirst du dich entschuldigen! Entschuldige dich bei ihr, auf der Stelle, da brauchst du gar nicht so zu gucken – ich fordere es von dir!«

Aber Matti guckte weiter so, perplex, denn er hatte sich in eine umfassende Erregung hineingesteigert, hatte seinem schon lange schwelenden Zorn Luft gemacht und darüber Carla als Person beinahe vergessen. Außerdem wunderte er sich doch sehr über die Forsche, die Erik jetzt an den Tag legte. Er sann nach, ob er Carla, und damit Erik, tatsächlich beleidigt hatte, und kam zu dem Schluß, das könne nie und nimmer geschehen sein. Meistens hatte er nicht einmal namentlich von ihr, sondern ganz allgemein von »man« und »den Menschen« gesprochen. Und so sagte er, an beide gewandt: »Alles, was ich eben gesagt habe, ist tausendfach belegt und würde von anderen Lesern wahrscheinlich noch viel drastischer formuliert werden. Wenn ihr euch also beleidigt fühlt, dann liegt es an euch selber, nicht an mir. Ich habe kein Wort zurückzunehmen, keines. Und schon gar nicht hier. Wie komme ich denn dazu? Ich entschuldige mich doch nicht dafür, hier ehrlich geredet zu haben.«

Und das war das letzte Wort, das zwischen den Brüdern fiel, bis, ein Jahr später, ein dramatisches Ereignis sie dazu zwingen sollte, sich wenigstens notdürftig wieder miteinander auszutauschen.

*

Erst einmal wurde aber das Kind geboren, ein Junge war das, der bekam den Namen Wiktor, denn Wiktor Werchow, war das nicht ein Singen und Klingen, eine einzige herrliche Melodie?

Erik feierte das Ereignis mit seinem Freund Weißfinger in einer Stampe in Karlshorst, die er, obgleich er nahebei wohnte, noch niemals betreten hatte. Aber heute mußte es sein, ihm war nach Bier und Korn, nach irgendeiner Art von Exzeß, er kippte das Zeug so schnell und so freudestrahlend herunter, daß Weißfinger kaum hinterherkam und sich, halb interessiert und halb spöttisch, erkundigte, ob Erik ausgerechnet jetzt jedes Verantwortungsgefühl verloren habe.

Erik überlegte eine Weile und erklärte dann lächelnd: »In gewisser Weise hast du recht. Ich habe heute kein Verantwortungsgefühl, ich *sonne* mich, weil etwas zum Abschluß gekommen ist – du guckst, als wäre ich verrückt, du denkst dir, es fängt doch gerade etwas an, was ist denn so eine Geburt, wenn nicht ein Beginn, stimmt's?«

Weißfinger, gewohnt, selber mit gedanklichen Volten aufzuwarten, zog leicht pikiert die Schultern nach oben; es gefiel ihm vielleicht weniger, an den Lippen eines anderen hängen zu müssen.

»Aber ich sage dir, mit der Geburt ist etwas vollendet, und daß es vollendet ist, macht mich gelassen. Ich fühle mich unantastbar, so habe ich mich noch nie gefühlt. Noch vor Stunden war es mir undenkbar. Aber jetzt ist Wiktor da, und ich komme mir vor, als hätte ich meine wichtigste Aufgabe erfüllt. Ach was, ich komme mir vor? Ich weiß es. Er wird mich überleben, bis vorhin ist das keine Dimension für mich gewesen, aber jetzt ist es die einzige, die alles überstrahlende. Um es mal so zu sagen: Ich habe meinen Beitrag dazu geleistet, daß es nach mir weitergeht hier auf diesem Planeten.«

»Puh«, machte Weißfinger.

Erik aber schien ganz in der neuen Dimension aufzugehen: »Ich könnte jetzt sogar abtreten. Von der Bildfläche verschwinden. Das wäre natürlich nicht gut für Wiktor und Carla, das wäre grauenhaft für sie, und es wird ja hoffentlich auch nicht dazu kommen, es geht mir nur um meine Stellung im Weltengefüge, ich bin jetzt eingebunden in einen größeren Zusammenhang …«

»Das sind Worte«, warf Weißfinger ein.

»Wie solltest du sie auch verstehen. Es ist unmöglich für dich, denn du bist noch nicht Vater. Ich habe ja bis gestern genauso über die jungen Väter gelächelt wie du jetzt – wobei natürlich noch ein Unterschied zwischen ihnen und mir besteht. Sie reden alle von größerer Vorsicht und von Fürsorge, das Neugeborene wirkt irgendwie beschwerend bei ihnen. Für mich ist aber die Fürsorge ganz selbstverständlich, sie ist mir gar keinen Gedanken wert, da schwebe ich locker drüber.«

So wie Weißfinger ihn anguckte, so verblüfft, und so wie er selber schon gebechert hatte, ließ Erik sich dazu hinreißen, den Schädel des Freundes mit beiden Händen zu umfassen und ihm einen nassen Schmatzer auf die Stirn zu drücken.

Weißfinger machte Anstalten, sich über die feuchte Stelle zu fahren, unterließ es dann jedoch.

So viel hatte Erik wiederum noch nicht getrunken, als daß er jene kurze Bewegung übersehen hätte. Es machte ihm nichts aus in seinem Glück, es zeigte ihm nur, daß es nun wohl genug war mit dem Schwelgen. »Na«, rief er, noch immer strahlend, »ich will dich nicht länger zulabern.«

Weißfinger erklärte, es sei vollkommen in Ordnung.

Beide schwiegen und tranken. Nachdem sie die Gläser abgesetzt hatten, guckte Weißfinger aber eindeutig so, als wolle er gefragt werden, ob's was Neues auch bei ihm gäbe, und Erik fragte ihn

»Ist unwichtig, was bei mir passiert ist, hombre. Ist wirklich nicht der Rede wert, vergleichsweise.«

Nachdem er derart drängend untertrieben hatte, wurde er von Erik nochmals gebeten zu erzählen, da gab er endlich nach. Und wie um sich schadlos zu halten, holte er weit, ganz weit aus. Er erinnerte an seine Dienstreise nach Nicaragua, die Berichte seien ja mittlerweile in der Zeitung veröffentlicht, nun, und außerdem habe er noch etwas bislang Unveröffentlichtes mitgebracht, einen halben Bericht: Dort unten sei ihm nämlich zu Ohren gekommen, daß mit dem Bau diverser Anlagen beschäftigte westdeutsche Firmen mitten in der Arbeit ihre Zelte hatten abbrechen müssen, weil den Sandinisten von Bonn plötzlich alle Entwicklungshilfe gestrichen worden sei. Die Kohle aus dem Westen gehe statt dessen zum Menschenunterdrücker Duarte nach El Salvador.

»Typisch«, warf Erik ein. »Und weiter?«

»Und weiter ist es so, daß eine der betroffenen Firmen ihren Sitz in Eschborn hat, das liegt bei Frankfurt am Main – und ich gerade gestern von dort zurückgekommen bin.« Er griff nach seinem Bierglas und fügte hinzu: »Um meinen Bericht rund zu kriegen, war ich also da.«

»Na so was«, entfuhr es Erik, »von wegen unwichtig ...«

Weißfinger trank sein Bier aus und bestellte neu, er machte keine Anstalten, weiterzureden.

»Ja und, was hast du erlebt? Wie hast du dich gefühlt, das erste Mal dort in Westdeutschland?«

»*Darüber* gibt's gar nicht so viel zu erzählen, wirklich nicht.«

»Und worüber dann?« Erik wurde leicht unwirsch, was sollte auch dieses ewige Geziere?

»Mein Zug ging vom Bahnhof Friedrichstraße ab um 7 Uhr 30«, erklärte nun Weißfinger, »aber von Bahnhof Zoo weitergefahren bin ich erst um 10 Uhr, und zwar mit einem der nächsten Züge. Was dazwischen geschehen ist, und vor allem, was ich dazwischen gedacht habe, das ist viel interessanter. Wie schon gesagt, ich will es nicht vergleichen mit deinen Gefühlen, es ist eine völlig andere Sache, aber auch bei mir hat sich ziemlich unerwartet eine neue Sicht ergeben.« Er schaute jetzt aufgewühlt, er war wohl in seine frischen Erlebnisse versponnen, er begann in aller Ausführlichkeit von seinem zweieinhalbstündigen Intermezzo zu erzählen: »Erstmal eine Bemerkung zur Paßkontrolle da am Grenzübergang. Man muß ja durch ein wahres Labyrinth, ehe man zu ihr gelangt, und alles unter Tage, im künstlichen Licht. Um mich rum sind fast nur Rentner, das war mir vorher klar gewesen, daß es so sein würde, aber dann erscheint es mir doch seltsam. Hinzu kommt jetzt aber etwas, wovon ich nichts gewußt hatte. Die Rentner stehen alle in einer Reihe und werden von den Grenzern nichtswürdig behandelt, wohingegen ich, der Dienstreisende, an einen Extraschalter darf. Und dort verhält man sich mir gegenüber ausnehmend freundlich, ich möchte sogar sagen, verschwörerisch. Kannst du den Zwiespalt nachvollziehen, in dem ich deswegen bin? Einerseits spüre ich die Ungerechtigkeit, die in dieser Spaltung liegt, sie widert mich geradezu an. Daß nicht nur beim Aussieben weit vor der Grenze, sondern selbst noch bei ihrem Passieren solche Unterschiede gemacht werden. Andererseits aber, andererseits fühle ich mich durchaus stolz, weil man mich zuvorkommend behandelt. Ich spüre regelrecht, wie ich mich korrumpieren lasse, ich kann mir zusehen dabei. Wie ich sogar hochnäsig zu den Rentnern sehe, genauso abschätzig, als wäre ich einer ihrer Kontrolleure. Nun ist es aber so, daß ein paar der alten Leutchen wütend meinen Blick erwidern, ganz klar, sie sehen in mir einen Knecht des Systems. Und das bin ich doch auch, nicht? Auf einmal hasse ich mich für die Arroganz, die ich ihnen entgegengebracht habe, und einem Pendel gleich, das ebenso stark, wie es in die eine Richtung schwang, nun in die andere Richtung schwingen muß, werde ich arrogant und abschätzig meinen bisherigen Freunden in Uniform gegenüber. Hombre, mir ist schon klar, das alles muß dir, der du noch nie dort unten gewesen bist, wohlfeil erscheinen. Weißfinger, wirst du denken, darf da einfach so durch, und hinterher fängt er noch an zu jammern und sich zu beklagen. Aber wem soll ich es erzählen, wenn nicht dir?«

Weißfinger machte eine Pause und sah Erik an. Erik nickte.

»Gut, jetzt kommt auch schon das Eigentliche, wovon ich dir berichten will. Warum habe ich nämlich still und leise meine Reise unterbrochen? Schlicht und ergreifend darum, weil ich mich einmal auf die andere Seite des Brandenburger Tores stellen wollte. Nur das hat mich interessiert in Westberlin. Ich hätte ja auch auf den Kudamm gehen können, so wie alle, aber es erschien mir reizlos im Vergleich zu der Möglichkeit, von außen einen Blick auf unsere Welt werfen zu dürfen. Du wirst jetzt vielleicht sagen, Eschborn sei noch viel weiter draußen, und erst Nicaragua, aber das trifft es nicht. Es geht um den direkten Blick auf das Eigene – und ich sage dir, ein bestürzender Blick ist das gewesen. Aber ich will nicht vorgreifen, sondern dich weiter mitnehmen, sozusagen. Ich komme also von der anderen Seite aufs Brandenburger Tor zu, und natürlich komme ich viel näher an die Mauer ran als gewohnt. Von uns aus betrachtet wirkt sie ja gar nicht so groß. Weil wir immer ein erhebliches Stück von ihr entfernt bleiben müssen und sie für uns überhaupt nicht richtig einsehbar ist. Und mit diesem Entfernten und dadurch Verkleinerten sind wir aufgewachsen, einen anderen Blick hatten wir nicht. Nun aber, nun wird die Mauer mit jedem Schritt, den ich zu ihr hin mache, größer und mächtiger. Am Ende versperrt sie mir beinahe vollständig den Blick auf Ostberlin. Unsere Stadt ist dahinter verschwunden, ist wie nicht existent. Nur das Hochhaus der Charité ragt darüber hinaus, aber auch nur die obere Hälfte. In diesem Moment habe ich das erste Mal *wahrhaft* gespürt, wie eingesperrt wir sind. Klar gewesen war es mir natürlich schon lange zuvor. Und der Westen wird ja auch nicht müde, es einem beizubringen. Aber das ist so an mir vorbeigerauscht, was der geredet hat, weil das von ihm alles nicht absichtslos geschah. Immer habe ich es instinktiv abgewehrt, als Teil einer Ideologie, mit der man uns beeinflussen will. Und es ist ja auch Ideologie. Aber gleichzeitig ist es vollkommen natürlich und notwendig, diese Mauer zu verabscheuen, wenn man sie direkt vor der Nase hat, das wurde mir vorgestern so richtig klar. Erst vorgestern! Erst als ich sie als Bauwerk in ihrer ganzen Gewaltigkeit und Gewaltsamkeit erkennen konnte. Ich sage dir, man muß radikal dagegen sein, wenn man direkt davorsteht. Es zerfetzt einem alle Gewohnheit, es zerstört einem das letzte Verständnis. Weißt du was? Schräg vor dem Brandenburger Tor, da ist dieses Podest, von dem aus Reagan Gorbi aufgefordert hat, die Mauer niederzureißen. Die ersten Touristen erschienen und bestiegen es, und ich war schon drauf und dran, es ihnen nachzutun, aber dann habe ich es doch bleibenlassen. Es hätte meinem Blick, der ja ein Nicht-Blick gewesen ist, ein Blick auf Beton bis beinahe zum Himmel rauf, das Einprägsame genommen. Ich wäre ja von diesem erhöhten Standort aus mir nichts dir nichts in der Lage gewesen, über die Mauer zu sehen – und das wäre ein Trugbild gewesen. Es ist ein Trugschluß zu glauben, man könne über sie hinweg. Nein, hombre, das Erschütternde und Alarmierende, das habe ich mir nicht mehr nehmen lassen durch dieses dämliche Podest.«

Weißfinger hatte leuchtende Augen, so mitgerissen war er von sich selber und seinen Erkenntnissen. Aber jetzt konnte Erik alles nur hinnehmen und vielleicht mit dem Verstand begreifen, mit dem Gefühl folgen konnte er nicht. Daher trat wieder Stille ein. Schließlich fragte er: »Und du warst dann tatsächlich nirgendwo anders mehr vor der Weiterfahrt?«

»Noch kurz an der Gedächtniskirche. Da herrschte schon Gewimmel. Gegenüber hatte gerade ein Eisladen aufgemacht, so ein großer …«

Er unterbrach sich, schaute Erik an und erklärte mit bedeutender Miene: »In spätestens fünf Jahren wirst du mit deinem Wiktor dort Eis essen gehen, denk an meine Worte! Und nicht nur du! Alle werden es, denn jeder muß und wird einen Paß bekommen, das ist unvermeidlich, die Entwicklung ist längst im Gange, ich habe sie genau verfolgt. Bis gestern hielt ich es nur für möglich und nicht für wahrscheinlich, daß es so kommt, aber seit gestern – bin ich felsenfest davon überzeugt.«

Und abermals Stille. Das war nun eine Aussage, der Erik nicht einmal mit dem Verstand folgen konnte, eine Aussage, die wohl darauf zurückzuführen war, daß Weißfinger, irrsinnig beeindruckt von seinem Erlebnis, sich in eine Art Fieber hineingesteigert hatte oder sogar in ein Delirium, und daß er vor seinem geistigen Auge die aberwitzigsten Dinge sah.

*

Delirium? Damit endete der Abend. Die beiden Freunde fielen sich zum Abschied vor der Kneipe in die Arme und kamen eine Weile gar nicht mehr voneinander los, sie wollten schon, aber sie konnten nicht, wie ineinander verkeilte kraftlose Ringer wankten sie hin und her. Dann schlingerte jeder in Richtung Heimat. Erik kannte die Straßen hier natürlich aus dem Effeff, doch waren sie unbeleuchtet, wie auch seine Birne gar nicht mehr funktionierte, kurzum, plötzlich stolperte er über den in der Dunkelheit verborgenen starren Rüssel einer Anhängerkupplung und stürzte mit dem Kinn auf die Bordsteinkante. So lang und so tief wurde ihm das Fleisch gespalten, daß man glatt zwei oder drei Streichhölzer in der entstandenen Fuge hätte ablegen können. Beim Hochrappeln besprenkelte er das Straßenpflaster unfreiwillig kunstvoll mit einem nicht enden wollenden tiefroten Strahl. Tropfend wie ein undichter Waserhahn wankte er zurück zur nun schon geschlossenen Destille. Er wummerte den reinemachenden Wirt raus und kriegte von dem eine Rolle Klopapier, die er sich unters Kinn hielt und die im Nu durchweichte, jedenfalls bis zur Hälfte. Tapfer seinen Kiefer hochdrückend, erbat er sich eine Taxe; und als sie endlich eingetroffen war, wünschte er, in ein ganz bestimmtes Krankenhaus gefahren zu werden; nur dieses und kein anderes war ihm eingefallen, denn in diesem war er, wenn er sich recht erinnerte, heute oder gestern oder wann auch immer doch erst gewesen, da lag wohl wer, ja die Carla lag da und der Wiktor der Wurm, das war schon ein bißchen komisch, daß er selber nun gleich wieder dazukommen würde zu den beiden.

Am folgenden Morgen verschlief Erik, das war ihm noch nie passiert. Er hatte auch einen fürchterlichen Kater. Während er sich wusch, versuchte er sich zu entsinnen, was eigentlich geschehen war, und seltsamerweise tauchte zuerst das Bild der Mauer, wie Weißfinger es geschildert hatte, in ihm auf; oder auch nicht seltsamerweise, denn während jenes Berichts seines Freundes war er ja noch halbwegs nüchtern gewesen. Plötzlich schoß ihm eine Idee durch den Kopf: Wie wäre es eigentlich, wenn man ein paar Westfirmen offerierte, an von ihrer Seite aus einsehbaren Gebäuden des Ostens Werbeplakate anzubringen? Wie wäre denn das! Zwar hatte Weißfinger von Beton gesprochen, der »bis in den Himmel« reiche und ihm die Sicht versperrt habe, aber zweifelsohne war das nur deshalb seine Perspektive gewesen, weil er seine neugiererhitzte Wange direkt an die Mauer gelegt und dann an dieser hochgeschaut hatte. Wer sonst tat das schon? Die Westberliner, sie betrachteten das Bauwerk gewöhnlich aus größerer Entfernung, und daher würden sie manchen unmittelbar dahinter befindlichen Giebel bestimmt gut erkennen können und manches Dach erst recht.

Mit diesen optimistischen Gedanken fuhr Erik in die Tucholskystraße. Es war nun schon Mittag, er würde sich entschuldigen müssen bei Kutzmutz, der ihm sowieso schon distanziert begegnete; exakt einen Tag nach der Zusammenkunft mit dem mächtigen Lütt hatte der Abteilungsleiter begonnen, sich ihm gegenüber gar nicht mehr so freundlich zu zeigen. Erik erhielt ja kaum noch einen Gruß! Er würde es also bedauern, heute ein wenig spät zu sein, aber gleich anschließend würde er seine Idee vorbringen, und dann wollte er mal sehen, wie Kutzmutz reagierte.

In dessen Zimmer stehend, erzählte er etwas von Kindsgeburt und Feier und Unfall, aber weder gratulierte Kutzmutz, noch bekundete er dem sichtlich Ramponierten irgendwelches Mitleid; »schon gut«, damit wollte er Erik wieder hinausschicken.

»Bitte, ich hätte da noch was, einen Einfall, der mir … der mir gleich nach dem Aufwachen gekommen ist.«

Der Abteilungsleiter fragte in stummer Ablehnung, was das für ein Einfall sein solle.

»In dem größten Tohuwabohu hat der Mensch die besten Ideen … manchmal«, schickte Erik voraus, er wollte den Boden bereiten, wollte sich vielleicht selber in Sicherheit reden, er fragte auch noch, ob er sich setzen dürfe.

Da konnte Kutzmutz, wenn er kein Kotzbrocken sein wollte, schlecht nein sagen.

Seine Unterarme auf die Oberschenkel gestützt, seine Finger ineinander verschränkt, eine Ausgeburt an Konzentration, trug Erik seine Gedanken vor. Die Miene seines Vorgesetzten blieb aber erstaunlich reglos, konnte der mit seiner Idee nichts anfangen? Erik disponierte ein wenig um und endete nicht wie geplant mit einem triumphalen Satz, sondern mit einem kleinen, feinen Überredungsversuch: »Ich weiß, mein Einfall mag im ersten Moment vielleicht etwas ungewöhnlich klingen. Vielleicht scheint er Ihnen sogar fehl am Platze. Die von mir angedachte Werbung würde ja, bildlich gesprochen, aus der Mauer sprießen, und die Mauer hat natürlich eine ganz andere und bekanntermaßen viel wichtigere Funktion. Aber warum eigentlich nicht solch eine zusätzliche Nutzung? Ich möchte die Mauer im vorliegenden, ich betone, nur im vorliegenden Fall vergleichen mit der Wiese, auf der die berühmte Milka-Kuh grast. Diese Fläche bleibt ja auch während des Grasens durchaus immer, was sie ist, nämlich eine Wiese, nur daß der Bauer, dem sie gehört, dank ihrer Existenz Geld einnimmt, einen ordentlichen Batzen, wie man doch vermuten darf, und so ähnlich wäre …«

»Schon verstanden, schon verstanden«, unterbrach ihn Kutzmutz. Auf einmal war der Vorgesetzte wie verwandelt. Er sprang auf, lief umher und erklärte jovial: »Der Gedanke ist so naheliegend, daß ich mich schon die ganze Zeit frage, warum bis jetzt noch niemand darauf gekommen ist. Alles wäre auch relativ einfach umzusetzen. Es müßte nur mal jemand rüber, um die Mauer abzufahren und zu gucken, welche Gebäude sich eignen würden. Einmal vom Blick her, und dann natürlich auch in bezug auf ihre bauliche Substanz, denn sie hätten ja schwere Plakate zu halten und dürften nicht gleich wegbröckeln. Vielleicht müßte die ganze Statik untersucht werden.«

Das ging aber schon ins Detail, das hörte sich aber gut an. Erik war drauf und dran, sich selbst zu gratulieren, da fuhr Kutzmutz, nicht ohne Vertraulichkeit, fort: »Dies ist aber leider nur die rein praktische Seite. Vergessen wir nicht die vorgeschalteten Instanzen. Wer würde da nicht alles mitreden wollen! Dutzende Bereiche würden tangiert, Verteidigungsministerium, Außenhandelsministerium, Innenministerium, Wirtschaftsministerium – und am Ende, am Ende würde sowieso wieder E. H. persönlich entscheiden müssen, weil kein anderer sich traut, das kennt man doch zur Genüge.«

Kutzmutz winkte ab, Kutzmutz ließ stark daran zweifeln, daß er gewillt war, diesen überaus steinigen Weg zu beschreiten.

Immerhin, seine Grüße waren von nun an für Erik wieder als solche erkennbar, wenigstens etwas …

*

Und endlich strampelte das Kind zu Hause. Erik beugte sich über die Krippe, nahm Wiktors Patschhändchen, fuhr damit die noch frische Wulst unter seinem Kinn entlang, sagte im höchsten, aber auch sanftesten ihm zur Verfügung stehenden Tonfall: »Ja die ist mit dir gekommen, du kleiner süßer Wicht du, es ist unsere Verbindung, fühl mal, hier, siehst …«

»Wah-wah-wah …«

»… siehst du, aber ja, unser kleines Nabelschnürchen, und niemand kann's wegschneiden, na da, na da, festgewachsen, ja wah-wah-wah …«

Blut ist im Schnee

Der Prozeß, in dessen Verlauf ein Mensch an Kraft und Ausdruck verliert und schließlich sogar verfällt, ist meistens ein schleichender; und wer mit so einem Menschen täglich Umgang hat, wird die Veränderungen in seinem Gesicht und an seinem Körper, in seinen Gesten und Worten kaum bemerken. Wer ihn hingegen nur in Abständen trifft, sieht viel klarer. Auf einmal ist da ein bitterer Zug um den Mund, ein resignierender Ton in der Rede, eine tiefe Beugung im Rücken …

Willy war ja auf Veronika Gapp geflogen, weil er bei ihr das Ursprüngliche und Unverstellte ausleben konnte, das ihn in seiner Jugend ausgezeichnet hatte. In wahren Kraftschüben war er jeden zweiten Dienstag über sie gekommen, und währenddessen war es ihm tatsächlich gelungen, alles zu vergessen, was sein sonstiges Dasein bestimmte, das Taktieren bei Zeiller, das Engpaßverwalten im »Aufbruch«, die lähmende Zweisamkeit mit Ruth. Im Grunde führte er zwei Leben: das streng geheime, einigermaßen riskante und für ihn gerade deshalb gesunde in der Dunckerstraße – und das offizielle, aus lauter Abwägungen bestehende und ihn daher immer weiter ermattende in Gerberstedt.

Eine Zeitlang zog er mehr Kraft aus den Treffen mit Veronika, als er an den Tagen dazwischen verlor. Dann aber veränderte sich die Lage. Die Probleme, mit denen er sich herumschlug, begannen sich auch dort auszuwirken, wo er mit Veronika immer so schön herumgetobt war; Veronika merkte es daran, daß er hin und wieder zu früh ejakulierte. Sie hoffte, es werde sich schon wieder legen, und versuchte derweil, Willy zu helfen, indem sie sich sanft und zurückhaltend gab. Sie tat fast nichts, jawohl, Willy sollte ruhig sehen, daß sie ihm weiterhin ganz und gar zur Verfügung stand. Und Willy faßte sie auch richtig weich an, Willy wollte sie sich auch hübsch langsam nehmen. Aber das währte nur ein paar Sekunden, dann geriet er in eine wahre Raserei, dann wummerte er in Veronika und brüllte dabei: »Ich fick dich jetzt! fick dich! fick dich!« Es klang wie ein Schlachtruf und stieß sie ab; und es klang nicht nur so, es war, ohne daß er es begriffen hätte, wohl wirklich eine Art Schlacht für Willy, das einzige Feld, auf dem er noch imstande war, die Initiative zu ergreifen, war hier, »hier! geb! ich's! dir! so! in! die! Pflau! me! hier! und! hier! und! hier!«

Veronika sagte ihm, er solle das lassen, es wirke maschinenhaft auf sie, tue ihr weh und bereite ihr gar keinen Spaß. »Wenn es mir, wie früher manchmal, wenigstens Furcht machen würde, Willy. Es ist doch immer schön gewesen, mich ein bißchen vor dir zu fürchten und zu spüren, wie mir im Schoß der Angstschweiß ausbricht.«

Es war ihre allererste Kritik an ihm, seit sie es miteinander trieben, und obwohl er selber zugeben mußte, daß sie vollauf berechtigt war, verwirrte sie ihn gehörig. Was ich neuerdings auch tue, alles ist falsch. Bin ich ruhig, ist es genauso verkehrt, wie wenn ich nicht ruhig bin. Jetzt muß ich auch schon hier bei Veronika nachdenken, wie ich mich richtig zu verhalten habe.

Dann erstickte im »Aufbruch« die Stasi den Streik seiner Arbeiter im Keim. War es das Ereignis, das ihn endgültig aufrieb? Nicht gleich geschah das Aufreiben, nicht auf einen Schlag, sondern Stück für Stück in den Wochen danach, in der Zeit, da Willy begriff, wie sehr er verspielt hatte bei seinen Druckern.

Sie glaubten, er habe ihnen die Firma auf den Hals gehetzt, sie waren der festen Überzeugung, er stecke mit Felix Freieisen unter einer Decke. Bei seinen morgendlichen Rundgängen schlug ihm ein derart feindseliges Schweigen entgegen, daß er nach ein paar Tagen auf seine Visite verzichtete, auf dieses jahrelange, nie unterbrochene Ritual, das ihn doch immer gestärkt hatte, weil es ihm das Gefühl gab, er sei da unten in den Hallen geachtet. Gerade weil seine Leute ihn immer wieder schonungslos mit Problemen konfrontiert hatten, durfte er sich ja ihres Vertrauens sicher sein. Vorbei! Jetzt schlug ihm Verachtung entgegen.

Noch einen Anlauf unternahm er, mit der Belegschaft ins Gespräch zu kommen, er beorderte, das war auch die einzige ihm verbliebene Möglichkeit, seinen alten Freund Dietrich Kluge zu sich ins Büro, um ihm auseinanderzusetzen, der Einmarsch der ledernen Truppen sei keinesfalls auf seine Weisung hin erfolgt.

Willy bat ihn, in der kleinen Sitzecke Platz zu nehmen, wo ein Sofa sowie zwei weiche Sessel standen und die nichtoffiziellen Gespräche geführt wurden, die Plaudereien. Er hoffte, hier werde sich wenigstens ansatzweise wieder ein vertrauter Umgang mit Kluge einstellen.

»Du weißt vielleicht, weswegen ich mit dir reden will.« Mit dieser Frage, dieser Nichtfrage begann er.

Willy hatte leise und bittend gesprochen, aber Dietrich Kluge antwortete kurz und bündig: »Nein.« Und woher sollte er es auch wissen. Allenfalls ahnen konnte er es …

»Es geht mir um den Zwischenfall, der sich neulich ereignete und der, das spüre ich, von der Belegschaft mir angelastet wird. Darüber will ich mit dir reden.«

»Das war nicht irgendein Zwischenfall«, erklärte Dietrich Kluge. »Das war ein Übergriff. Wir sind bedroht worden, bedroht im eigenen Werk. Weißt du, wie ich mich plötzlich gefühlt habe? Wie ein Sträfling, den man zur Arbeit zwingt, nur daß ich nicht ins Lager gesteckt wurde, sondern das Lager um mich herum aufgebaut worden ist. Und du redest von einem Zwischenfall. Einen Zwischenfall vergißt man, Willy, aber das hier? Niemals!«

»Ich kann es auch nicht vergessen«, sagte Willy, wobei er sich geräuschvoll räusperte, denn er wollte nicht wehleidig erscheinen.

Dietrich Kluge verzog sein Gesicht.

»Ich kann es um so weniger vergessen, als seitdem die Atmosphäre hier eine andere geworden ist.«

»Was hattest du erwartet? Jubel, Trubel, Heiterkeit? Sollen wir jetzt so tun, als wäre nichts gewesen?«

»Ihr sollt nicht so tun, als wäre ich derjenige gewesen, der euch, oder uns, das eingebrockt hat! Ich bin es nicht – und das ist nicht mein Pferd.« Willy versuchte es mit diesem alten russischen Unschulds-Spruch, den, wie er wußte, auch Dietrich Kluge kannte; salopp sollte das klingen und möglichst unaufgeregt.

»Da kann ich nur sagen, du hast denen die Pferde gesattelt, mindestens! Oder willst du ernsthaft behaupten, die Truppenteile wären ohne deinen Beistand und vielleicht noch ohne dein Wissen hier einmarschiert?«

»Mit meinem Wissen ja. Aber nicht mit meinem Beistand.«

»Wissen ist in dem Fall schon Beistand.«

»Das ist doch Quatsch, das ist einfach nicht wahr, du kennst überhaupt nicht die Zusammenhänge. Niemand von euch, die ihr euch jetzt so selbstgerecht gebärdet, kennt sie, niemand.«

»Zusammenhänge, Zusammenhänge! Immer, wenn sich heutzutage

jemand aus einer peinlichen Sache rauswinden will, verweist er auf die ach so komplizierten Zusammenhänge. Ich sag dir was: Die Wahrheit ist immer ohne Zusammenhang. Sie ist pur, klar und gültig wie ein Kristall, und alles drumherum ist nur taubes Gestein, Verschleierung.«

»Verschleierung?« Jetzt kochte in Willy doch Wut hoch. »Ich verschleiere nichts! Ich habe mich am Telefon mit Händen und Füßen gewehrt, als Altenhof, der Name sagt dir was, ja? als Altenhof von der Gebietsparteileitung ankündigte, es würden hier binnen einer halben Stunde Einsatzkräfte erscheinen. Ich habe gesagt, ich regle das selbst, ich habe ein gutes Verhältnis zu meinen Leuten. Aber er hat es mir verboten! Im Grunde war ich abgesetzt für diesen Tag! Ich hatte keine Verfügungsgewalt mehr, das ist die Wahrheit, Dietrich, das ist sie!«

Aus Dietrich Kluges Gesicht wich, jedenfalls teilweise, das Harte und Selbstgewisse. Da war er nun wieder ziemlich in der Zwickmühle: Er verurteilte Willys Zögern und Zaudern, das ja, aber je länger er mit ihm redete, um so milder wurde er. Empfand er nicht sogar Mitleid? Sie hatten Willy also alles diktiert. Sie hatten auch, oder sogar zuerst, über ihn bestimmt. Im nächsten Moment zwang sich Dietrich Kluge, jetzt bloß den klaren Blick auf die Tatsachen beizubehalten. Wenn Willy denn schon abgesetzt war, wenn er das selber schon deutlich erkannt hatte, warum war er dann nicht zu ihnen gekommen und hatte sie gewarnt?

Dietrich Kluge fragte ihn das, und wegen der Milde, die er unterdrücken wollte, fragte er es besonders scharf.

»Was hätte es genützt? Sie wären so oder so gekommen«, antwortete Willy müde. »In dem Moment ließ sich überhaupt nichts mehr machen.«

»Sie wären so oder so gekommen, natürlich. Aber vielleicht wären wir schon nicht mehr dagewesen? Vielleicht hätten wir uns alle verkrümelt? Und selbst wenn wir uns untereinander in der Kürze der Zeit darauf nicht hätten einigen können, wäre deine Warnung nicht ohne Sinn geblieben – weil dann nämlich ganz klar geworden wäre, daß du uns in einem entscheidenden Moment unterstützt. Es war doch ein entscheidender Moment, Willy, die Besetzung unseres Betriebes! In einem solchen Augenblick nicht zu handeln, ist auch ein Handeln, ein verwerfliches … und … Mensch, das spürt man doch, wenn so ein wichtiger Augenblick gekommen ist, das muß man doch spüren, Willy!«

Dietrich Kluge schaute ihn eindringlich an, aber Willy wich dem Blick aus; er war malade jetzt, er spürte, wie recht Dietrich Kluge hatte, ihm schwante, daß vielleicht überhaupt Schluß war mit dem Handeln und Aufbegehren, er dachte, zwei, drei, wenn's hoch kommt vier Chancen kriegt der Mensch, sich *grundlegend* zu entscheiden, und nutzt er die nicht oder bemerkt er sie nicht einmal, ist's inwendig vorbei mit ihm, auch wenn er nach außen hin wie gewohnt weiterlebt.

Ihre Unterredung endete, indem Dietrich Kluge Willy kurz an den Arm faßte und sagte: »Ich kann nichts mehr für dich tun, leider.« Willy merkte gleich, dies war ein Abschied, ungeachtet dessen, daß sie sich im »Aufbruch« weiterhin sehen würden. Er spürte plötzlich ein Ziehen in der linken Brust; als ob eine unsichtbare Macht ihm ein paar Rippen gebrochen und die spitzen Enden ins Herz gespießt hätte.

Woran bemerkte Veronika Willys Verfall? Was entdeckte sie, nachdem sie ihn zwei Wochen, und zwei Wochen, und zwei Wochen nicht gesehen hatte? Einmal fiel ihr auf, daß er seinen breiten Brustkorb, der ihr doch immer imponiert hatte, nicht mehr spannte, und seine Brüste keine harten Plateaus mehr bildeten. Ein andermal entdeckte sie, daß von den scharfen Falten, die Willy in die Wangen schnitten und seinem Gesicht etwas Entschlossenes gegeben hatten, lauter kleine Fältchen abzweigten, so daß es ihr nun runzlig und sogar ein wenig dreckig erschien. Wieder ein anderes Mal waren ihr seine Augenhöhlen viel tiefer geworden und die Augen selbst viel kleiner; als ob er nicht mehr sehen und selbst nicht mehr gesehen werden wollte. Das war am auffälligsten und verstörendsten für Veronika: daß Willy nahezu alles Selbstvertrauen eingebüßt hatte. Und wo sonst sollte sie es deutlicher spüren als auf und an ihrem Podest? Willy wich ihrem Blick aus, wenn sie sich dort miteinander zu beschäftigen begannen, und was sich früher ganz schnell geöffnet hatte bei ihr, blieb jetzt versperrt. Woraufhin er sich gleich entmutigt fühlte. Zwar hatten sie auch in all den Jahren zuvor nicht jedesmal binnen Sekunden zueinandergefunden; und doch hatte Willy den Bogen rausgehabt, ein Bogen war das, den er mit seinem Glied beschrieb, paar sachte Pinselstriche auf die noch verschlossene Veronika, dann, wenn sie schon ein wenig nachgab, noch paar Tupfer, und vielleicht ein anzügliches Wort – und hinein ins Vergnügen. Als ob er das alles verlernt hätte. Wie kann man denn das nur verlernen? wunderte sich Veronika. Er stocherte ja unbeholfen wie ein Jüngelchen an ihr herum. Er hielt auch die Luft an dabei, so konzentrierte er sich. Und diese Nebensächlichkeit – daß er, so nahe bei ihr, völlig verkrampft die Luft anhielt – entsetzte sie mehr als alles andere. Willy hatte ja Angst vor ihr! Er fühlte sich ihr nicht mehr gewachsen, das war offensichtlich. Aber warum denn?

Weder fragte sie ihn das, noch sagte er etwas. Sie waren einfach nicht gewohnt, einander zu erzählen. Es rächte sich nun, daß sie beide in der vollkommenen Entblößung sich zugleich immer vollkommen voreinander abgeschottet hatten. Einer wußte ja beinahe nichts vom anderen, und jetzt war es zu spät, das zu ändern. Und noch etwas kam hinzu, was scheinbar Profanes: Seit Ruth Willy quasi überführt hatte, mit einer anderen Frau ins Bett zu gehen, konnte er es sich nicht länger leisten, die Nächte in Berlin zu verbringen. Veronika und ihm blieb nur mehr die kurze Zeit zwischen dem Ende der Veranstaltung bei Zeiller und der Abfahrt des letzten Zuges nach Thüringen. Daran mochten sie sich nicht gewöhnen. Es zwang sie zum schnellen Verkehr und machte vor allem Willy erst recht nervös.

Diejenige, die Konsequenzen zog, war Veronika. Freilich ließ sie Willy nichts davon wissen. Was ging es ihn auch an, daß sie jetzt noch mit einem anderen ihrer beider Wohnung aufsuchte, es war ja Notwehr gewissermaßen, sie wollte endlich wieder zittern, nicht immer nur zagen. Und weshalb gab sie Willy, da er nun eigentlich schon ausgetauscht war, nicht den Laufpaß? Sie wäre sich schofelig vorgekommen, Willy, mit dem sie hier in glücklichen Tagen eingedrungen war, einfach vor die Tür zu setzen. Er sollte weiterhin ein Nutzungsrecht haben, was die Wohnung und sie selber betraf, so lange, wie er mochte; sie war es gewohnt, für etwas Schönes, das sie sich leistete, etwas weniger Schönes zu erdulden. Außerdem glaubte sie, Willy werde bald aufgeben. Mittlerweile endete doch fast jedes ihrer Treffen mit einer Enttäuschung oder gar einer Erniedrigung für ihn. Warum sollte er sich das ewig antun?

Es war an einem kalten Wintertag, als er dann tatsächlich seinen Rückzug erklärte. Der typische Geruch verbrannter Kohle erfüllte das Zimmer. Die Eisblumen auf der dünnen Fensterscheibe zerrannen. Willy deutete auf sie und sagte mit belegter Stimme: »Genauso ist es mit uns. Alles löst sich auf.«

Veronika begriff, dies war der Moment, auf den sie gewartet hatte. Sie sagte bestimmt: »Nun werde bitte nicht kitschig.«

Willy setzte ein entschuldigendes Lächeln auf: »Hast recht. Ich sollte sachlich bleiben. Also dann. Wir müssen uns trennen, Veronika. Wenn ich bei dir bin, hadere ich längst mehr, als wenn ich nicht bei dir bin, das ist – einfach so gekommen. Dir gefällt es doch auch nicht mehr, oder?«

Sie war so einfühlsam, nicht zu nicken, sie schaute ihn verständnisvoll an.

»Siehst du.«

Im Anschluß bestätigten sich beide mehrmals und in verschiedenen sich ähnelnden Varianten, daß es eine schöne Zeit gewesen sei, eine, an die sie sich fortan immer erinnern wollten, ein jeder für sich.

»Ach ja – und die Wohnung hier?« fragte Willy am Ende.

»Um die kümmere ich mich, laß nur, ich bin doch in Berlin, das erledige ich alles«, sagte Veronika, und noch einmal kam in Willy Freude über ihr handfestes Wesen auf.

»Und Sybille?« fragte er weiter, allerdings ohne zu wissen, worauf er eigentlich hinauswollte. Vielleicht sollte es nur eine Vergewisserung sein, daß sie, sie beide, wirklich ein gemeinsames Kind hatten.

Veronika hob die Augenbrauen, gab ihm wortlos und noch halbwegs höflich zu verstehen, daß dazu ja wohl schon alles gesagt war.

Willy verließ die Wohnung, und während er mit der S-Bahn nach Lichtenberg fuhr, von wo sein Fernzug abging, nahm er sich vor, sein Leben wenigstens so weit in Ordnung zu bringen, wie es ihm jetzt noch möglich sein würde. Er wollte Ruth wieder die Aufmerksamkeit und die Liebe schenken, die ihr ohne Zweifel gebührten. Aus reinem Herzen, redete er sich selber zu, aus reinem Herzen, und nochmal, aus reinem Herzen.

*

Unterdessen näherte sich Veronika dem Elfgeschosser in der Kosmonautenallee in Marzahn, wo sie mit ihrem Mann in einer behindertengerecht umgebauten Parterrewohnung lebte.

Am Morgen hatte es kräftig geschneit. Sie mußte beim Gehen nach unten blicken, um auf dem knöchelhohen, von den vielen Tritten der Passanten schon zermahlenen Schnee nicht umzuknicken. Sie wagte kaum, ihre Augen zu heben, aber als sie es doch einmal tat, sah sie vor ihrem Haus ein Blaulicht blinken. Sofort dachte sie an ihren Mann, freilich ohne heftiges Bangen. Sie lief ein klein wenig schneller, sie befand sich nun schon nahe genug am Eingang, um erkennen zu können, daß sich dort eine Menschenmenge gebildet hatte. Und jetzt erblickte sie ihn, da stand ihr Mann, ein Schemen war er nur, er hatte die Gardine ihres unbeleuchteten Wohnzimmers zurückgezogen und schaute unbewegt nach draußen. Veronika winkte ihm zu, indes, er reagierte nicht, er starrte weiter auf einen bestimmten Punkt zwischen ihnen. Sie reckte den Kopf, um zu sehen, was dort geschehen war, aber eine Frau, die sich von ihr bedrängt fühlte, stieß sie geifernd zurück. Da lief Veronika schnell zu ihrer Wohnung. Von oben würde sie alles bestens überblicken können.

»Jemand hat sich runtergestürzt. Ist noch keine Viertelstunde her«, sagte Holger Gapp, ohne den Kopf zu ihr zu wenden.

Veronika trat neben ihn. »Jemand aus dem Haus?«

»Wohl kaum. Nie gesehen. Es ist übrigens auch kein Er, sondern eine Sie. Es war eine Sie«, Veronikas Mann lachte kurz und trocken, »denn jetzt ist sie völlig zermantscht. Du siehst es nicht mehr, sie haben gerade Decken über sie gelegt. Aber ich hab's gesehen. Das Blut floß ihr aus dem offenen Schädel wie heiße Rübensuppe aus einem umgestoßenen Topf.«

Veronika verzog das Gesicht, vielleicht, weil sie sich jenes Fließen vorstellte, vielleicht aber auch, weil ihr Mann so ungerührt daherredete.

Sie öffnete das Fenster. Die kalte Luft, der sie gerade entronnen war, schlug ihr von neuem entgegen. Vor ihr, inmitten eines von Sanitätern gebildeten Halbkreises, waren die Decken ausgebreitet, unter denen sich etwas Schmales wölbte, die zersprungene Frau. Das aus ihrem Kopf geschossene Blut hatte den Schnee vor der Hauswand schmelzen lassen. Handtellergroß zeigte sich aufgeweichte, rötlichbraune Erde. Jämmerlich versickertes Leben, dachte Veronika. Sie empfand in diesem Moment Mitleid und Glück: Mitleid für die Frau, die völlig haltlos gewesen sein mußte, und Glück darüber, daß sie selber eine derartige Verzweiflung niemals zuließ. Stumm feierte sie ihren Instinkt, sich rechtzeitig aus mißlichen oder gar gefährlichen Lagen zu befreien, ihren absolut verläßlichen Instinkt, der sich vorhin erst wieder erwiesen hatte.

Veronika wollte gerade das Fenster schließen, als ein Polizeiwagen eintraf. Sie verharrte und hörte, wie der herangelaufene Polizist die Sanitäter fragte, ob etwas über die Identität der Toten bekannt sei.

Wortlos wurde ihm ein Personaldokument gereicht.

Er schlug es auf, führte es im Halbdunkel, das nahe der Hauswand herrschte, wie ein Kurzsichtiger vor seine Augen und fragte: »Wohnhaft in Gerberstedt – wo liegt gleich nochmal Gerberstedt?«

Veronika entfuhr ein kurzer quiekender Laut, wie ihn erschrockene Katzen hervorbringen. Polizist und Sanitäter schauten zu ihr hoch, und sie trat unwillkürlich einen Schritt zurück.

»Sie da oben!« rief der Polizist.

Veronika atmete ein paarmal kräftig und zeigte sich wieder am Fenster.

»Bitte, warum haben Sie eben aufgeschrien?«

»Es ist … direkt unter meiner Wohnung, das ist doch furchtbar … deshalb.«

Der Polizist schaute sie mißtrauisch an. »Sie kennen die Tote nicht?«

»Wie sollte ich sie kennen, sie liegt ja unter den Decken, ich sehe doch gar nichts von ihr.« Einen Moment später begriff sie, daß sie einen Fehler gemacht hatte. Gleich würde der Polizist die Decke zurückschlagen – und sie würde sich die schrecklich zugerichtete Frau Willys anschauen müssen. Sie war sich sicher, es könne sich bei der Toten um keine andere als um Ruth Werchow handeln; denn wenn Veronika auch so gut wie nichts über sie wußte, wenn Willy in der Dunckerstraße auch am allerwenigsten über Ruth geredet hatte, so war er doch nicht umhingekommen, ihr, Veronika, zu gestehen, er könne nicht mehr über Nacht bleiben, da seine Frau Wind von der Affäre gekriegt und buchstäblich verrückt gespielt habe. … Aber wenn es nur ein dummer Zufall war, daß jetzt hier, direkt vor ihrem Fenster, jemand aus Gerberstedt lag? Nein, unmöglich, es mußte Ruth Werchow sein! Und sie lag hier, weil sie, auf welchen Wegen auch immer, herausgefunden haben mußte, wer Willys Geliebte war und wo sie wohnte. Nun grüßte Ruth sie beide, grüßte mit voller Absicht, mit ihrem zerschmetterten Körper, der eine einzige Vorhaltung war, eine blutige Klage, die sich ihnen für alle Zeit ins Gedächtnis brennen sollte.

Veronika stand wie angewurzelt. Der Polizist bückte sich, um die Decke zurückzuschlagen. Da hielt ihn ein Sanitäter zurück: »Nicht! Man soll das nicht zeigen. Die Frau«, er deutete hoch zu Veronika, »ist doch schon angegriffen genug. Sie würde auch gar nichts mehr erkennen … kein Gesicht.«

Der Polizist lupfte nur ein wenig die Decke, so, daß Veronika nichts sehen konnte. Er schauderte zurück und schlug sie sofort wieder zu, starrte danach sekundenlang in den Himmel, wo der weiße Mond über den Hochhäusern stand, ein großer kalter Batzen, an dem er seine Augen kühlte.

Veronika schloß das Fenster, und ihr Mann sagte, noch einmal kurz und trocken lachend: »Wäre besser auch für mich gewesen.«

Sie holte tief Luft und wälzte sie im Mund um, so vermied sie, ihrem Krüppel beizupflichten. Im nächsten Moment dachte sie an Willy. Er mußte jetzt arglos im Zug sitzen, er konnte noch nichts von dem Selbstmord seiner Frau wissen. Ob Ruth ihm zu Hause einen Abschiedsbrief oder wenigstens einen kurzen Hinweis hinterlassen hatte? Was, wenn da nichts lag und Willy nach seiner Ankunft rätselte, wo sie war? Veronika nahm sich vor, ihn später am Abend anzurufen; und dieser durchaus karitative Gedanke half ihr auch sehr, sich des aufflakkernden Selbstvorwurfs zu erwehren, sie trüge irgendeine Mitschuld an dem Absturz Ruths. Es ist allein Willys Angelegenheit, sagte sie sich, nicht meine, und trotzdem werde ich tun, was man als anständiger Mensch tun muß, ich werde ihn anrufen und ihm beistehen, obwohl es eindeutig nicht meine Angelegenheit ist.

*

Kurz vor Mitternacht traf Willy im Werchowschen Haus ein. Auf dem zerschabten Linoleum des Küchentisches lag ein DIN-A4-Papier. Zunächst sah er nur, daß es sich um einen von zwei Personen unterzeichneten Schreibmaschinentext handelte. Er vermutete einen ebenso wichtigen wie leidigen behördlichen Brief, den Ruth ihm hingelegt hatte. Mit ungutem Gefühl nahm er ihn zur Hand. Aber was war das – sein Kontrakt mit Veronika war das ja! Um Himmels willen, dies war der Beweis, daß er eine außereheliche Tochter hatte. Also wußte Ruth Bescheid, nur deswegen lag ja wohl dieses Schreiben hier – weil sie ihm das begreiflich machen wollte.

Er ließ sich auf einen Stuhl fallen, und als er erstmal saß, fühlte er sein Herz rasen. Er konnte zuhören, wie das Klopfen immer lauter wurde. Damit ist zwischen uns alles zerstört, dachte er, nichts wird sich jemals wieder kitten lassen. Aber wie hatte Ruth den verdammten Schrieb bloß finden können? War der von ihm nicht perfekt versteckt worden? In der kleinen fensterlosen Dachkammer hatte er das Papier deponiert, zwischen altem Kinderspielzeug und vielen anderen Papieren, allerlei ehrwürdige, zum Teil noch von Rudi stammende Dokumente bewahrte er dort auf. Den ominösen Kontrakt hatte er eingeheftet mitten in einen dicken Ordner mit Materialien der von Rudi geführten SPD-Ortsgruppe aus den 20er Jahren, unauffindbar doch eigentlich für Ruth, dessen war er sich sicher gewesen. Hatte sie ausgerechnet in jenem Ordner etwas gesucht, etwas ganz anderes? Nur, was sollte das gewesen sein? Sie hegte keinerlei historisches Interesse. Nein, sie mußte überall und selbst im hintersten Winkel des Hauses nach Belegen für seine Affäre geforscht haben, akribisch und wahnhaft.

Willy vermutete, Ruth liege schlaflos in ihrem Bett. Er beschloß, sich ihr ohne Verzug zu stellen, was sollte es auch für einen Sinn haben, damit zu warten? Er öffnete behutsam die Schlafzimmertür, ließ, um Ruth nicht zu blenden, das Licht aus, tastete ungelenk nach ihr und fand mit seinen Fingern nur die glattgezogene flache Decke vor. Er machte Licht.

Sie wird bei Em-El sein, sagte er sich nach kurzer Überlegung, sie wird Trost gesucht haben bei ihr, eine andere Möglichkeit gibt es nicht. Er rief Marieluise an. Während es im Hörer tutete, schaute er, nur um seiner Erregung Herr zu werden, auf seine Armbanduhr. Es war schon 20 Minuten nach Mitternacht.

»Hallo.« Marieluises Stimme klang ausdruckslos, ihrem Hallo folgte weder ein Frage- noch ein Ausrufezeichen.

»Ich bin's, Willy. Entschuldige die späte Störung, aber ist Ruth bei dir?«

Marieluise antwortete nicht.

»Sie ist bei dir, stimmt's?«

Wieder schien es, als bleibe Marieluise stumm, aber dann sagte sie doch etwas: »Nein, deine Frau ist nicht hier. Hier ist sie nicht, Willy.«

Er kannte Marieluise nun bestimmt schon seit 30 Jahren, und die letzten 20 davon hatte er sich nicht des Eindrucks erwehren können, sie begegne ihm mit Vorbehalt und Kühle. Jenes Empfinden hatte sich sogar immer weiter verstärkt. Je mehr er sich von Ruth entfremdete, um so abweisender verhielt sich auch Marieluise ihm gegenüber. Willy war schon klar, warum: Weil Ruth Marieluise regelmäßig ins Vertrauen zog, weil sie sich dauernd bei ihr ausheulte. Er wußte genau, daß es so war, denn die beiden Frauen trafen sich oft, und wenn sie sich getroffen hatten, meinte er jedesmal, Ruth versuche, ihm gegenüber selbstbewußter und gelassener aufzutreten. Was ihn selber anging, so fühlte er sich im Beisein Marieluises äußerst unwohl. Er war heilfroh, wenn sie sich nicht begegneten. Kamen sie aber zusammen, was bei diesem oder jenem Anlaß unvermeidlich war, und trafen sich ihre Blicke, so meinte er, vor ihr am Marterpfahl zu stehen. Dagegen vermochte er nichts, aber auch gar nichts zu tun. Er gehörte doch an den Pfahl! Er war ja tatsächlich schuldig! In gewisser Weise empfand er es als verdiente Strafe, daß Marieluise ihm auf ihre zurückhaltende und doch unmißverständliche Art zusetzte. Gleichzeitig spürte er Zorn darüber, sich niemals verteidigen, sich nicht wenigstens einmal alles von der Seele schreien zu dürfen. Was das wäre? Was er schriee? Hör endlich auf, mich zu behandeln, als wäre ich ein Mörder! Frag lieber mal deine arme Freundin, frag mal meine mir lieb gewesene Frau, wie sie sich mir gegenüber verschlossen hat, frag sie das doch mal, na los, frag sie! Ja, wie gerne würde er Marieluise so was entgegenschleudern. Und in einem Abwasch würde er ihr auch gleich noch sagen, daß im Grunde nichts, was sich im Werchowschen Hause abspielte, sie etwas anging, denn gehörte sie vielleicht zur Familie? Wohl kaum!

Aber das alles mußte heruntergeschluckt werden. Nichts ließ sich tun gegen Marieluises Widerwillen. Mit ihren stummen Vorwürfen, mit ihrer ausdrucksvollen Beherrschtheit quälte sie ihn sogar mehr als Ruth mit ihren verzweifelten, wie irrsinnigen Ausbrüchen. Und jetzt, da sie miteinander telefonierten, quälte sie ihn stärker als je zuvor. ›Hier ist sie nicht, Willy.‹ Das klang ebenso abweisend wie wissend. In ihrer Stimme lag eine offene Verachtung, die er so noch nie von ihr gehört hatte; und zugleich lag darin ein entschiedenes Bekenntnis: ›Hier ist sie nicht, Willy – aber woanders.‹

»Wo ist sie dann? Sag schon!«

»Ja, ich sag's dir.« Eine Mischung aus Düsternis und Hohn schlug ihm entgegen, ein für Marieluise völlig untypischer Ton, der ihn erschreckte. Und bei dieser Ankündigung blieb es.

Nach einigen Sekunden der Stille sagte Willy mit äußerster Beherrschung: »Em-El, bitte!«

Sie fauchte leise, mit ebensolcher Beherrschung: »Nicht Em-El, du, du …«

»Marieluise!«

»Komm her, dann erfährst du es.«

Willy war zu überrascht, um gleich zu antworten, und als er endlich bereit war, etwas wie »ja aber warum denn« zu fragen, hatte Marieluise schon aufgelegt.

Er hatte dann gerade in aller Eile das Haus verlassen, als drinnen das Telefon läutete.

Veronika ließ es sieben- oder achtmal klingeln und legte den Hörer wieder auf die Gabel. Eben noch, rekapitulierte sie, war besetzt gewesen, und jetzt, jetzt ging Willy nicht mehr an den Apparat. Bestimmt hatte er einen Abschiedsbrief vorgefunden, daraufhin hatte er seine erwachsenen Kinder vom Tod ihrer Mutter informiert, und nun wollte er erst einmal mit niemandem mehr sprechen, wollte allein sein, um das Geschehene zu verarbeiten. Das mußte man respektieren, da drängte man sich besser nicht auf.

Indessen überquerte Willy die Brücke über der Schorba. Sie war mit einer dicken Schicht Schnee bedeckt, die das helle Mondlicht reflektierte. Die Landschaft wirkte deutlich hervorgehoben, scharf aus der übrigen Welt herausgestochen, weißeste Dunkelheit, darin silbrige Flußwindungen, hartkantige Hausgiebel, zackige Baumsilhouetten. Willy schaute im Laufen nach oben und entdeckte neben dem Mond, als wäre der die blasse Sonne, und als wäre die Nacht der hellichte Tag, einen Kondensstreifen. Unwillkürlich blieb er stehen. Ein Kondensstreifen, um diese Zeit, wie seltsam. Und der behielt sogar seine Konsistenz, der wollte sich gar nicht auflösen, ein regelmäßig geflochtenes weißes Tau, das straff gespannt am Himmel hing. Obwohl Willy nicht der Typ war, der sich an einem Anblick wie diesem weidete, mußte er sich zwingen, seinen Marsch fortzusetzen. Daß ihm die Welt ausgerechnet jetzt ein so wundervolles, ein schon überirdisch schönes Bild bot! Er nahm es als Zeichen, aber er hatte keine Ahnung, wie er das Zeichen deuten sollte, und diese Ahnungslosigkeit versetzte ihn in noch größere Anspannung.

Marieluise wohnte auf der Bergseite Gerberstedts, drei Gassen unterhalb des Friedhofs. Ihr Haus war jetzt das einzig erleuchtete in der Gegend. Die Haustür stand schon einen Spalt offen. Willy öffnete sie ganz und stampfte geräuschvoll mit den Füßen auf die Veranda, zum einen, um sich den Schnee von den Sohlen zu klopfen, zum anderen, um Marieluise anzuzeigen, er sei eingetroffen. Aber sie ließ sich nicht blicken. Sie gewährte ihm nicht die Gunst einer Begrüßung. Er trat in den Flur, rief halblaut, »Marieluise?« und ging, nachdem er keine Antwort erhalten hatte, ins Wohnzimmer. Und dort saß sie, das Gesicht von der Tür abgewandt, auf einem ihrer schweren Gründerzeitsessel und rührte sich nicht.

*

Übrigens war das gesamte Zimmer im Gründerzeitstil gehalten. An der Längswand stand ein schmaler, hoher Schrank, in dessen Türen Andeutungen weiterer Türen eingelassen waren, so daß der Eindruck erheblicher Tiefe entstand. Gegenüber hing ein Spiegel mit einer kleinen Balustrade, auf der eine vertrocknete, aber nicht verschrumpelte, eine beinahe schon hölzerne, äußerst voluminöse rote Rose lag, die ewige Rose, wie Willy sie nannte: Er wußte, Marieluise hatte sie vor nun schon neun oder zehn Jahren von ihrem Aziz geschenkt bekommen. Bei einem weiteren Schrank, einem mit Glastüren, stachen die schmalen und doch stabilen gedrechselten Säulen hervor, die seine verschiedenen Böden stützten. Hinter dem Glas befanden sich alte medizinische Bücher und in Fraktur gedruckte Erstausgaben von Romanen und Gedichten, zum Beispiel Walsers *Geschwister Tanner* und Heines *Buch der Lieder*, die Marieluise, wie auch die Möbel selber, von ihrem Vater geerbt hatte. Schon er war Arzt gewesen, und ebenso sein Vater. Das ganze Haus verströmte den Odem des Bürgerlichen, ohne etwas besonders hervorzuheben oder gar pompös auszustellen. Alles war einfach da, so wie Bäume in einem Wald sind und Hufe an einem Pferd.

Willy aber war sich hier schon zu Zeiten, als es zwischen Marieluise und ihm noch keine Spannungen gegeben hatte, fremd vorgekommen. Nahezu ärmlich. Im Wehleschen Heim spürte er eine Beständigkeit, gegen die sich alle von ihm mitgetragenen Versuche, in diesem Lande etwas Neues aufzubauen, nur fade und hilflos ausnahmen. Das Haus dämpfte den Optimismus, den er damals noch gehabt hatte. Es schien ihm unverwüstlich zu sein, von einer Stärke und einem Glanz, die sich wohl kaum übertreffen ließen. Um so mehr erfreute es ihn, wenn er wieder einmal eines der im »Aufbruch« gedruckten Bücher, die er Marieluise geschenkt hatte, zwar nicht in ihrem legendären Glasschrank, aber an hervorragender Stelle in dem wuchtigen Bücherregal in ihrem Arbeitszimmer entdeckte. Es war ihm das schönste Lob, der Ausweis bester Qualität seiner Produkte. Indes, schon seit Jahren ließ sich Marieluise von ihm ja keine Bücher mehr schenken. Ihr Fragen nach frisch gedruckten Titeln und ihr anschließendes Wünschen, es war einfach ausgeblieben.

Jetzt, da sie ihm den Rücken zuwandte, fühlte er sich hier deplazierter und unwohler denn je. Er räusperte sich. Endlich reagierte Marieluise. Sie drehte sich zu ihm. Ihr Gesicht war aschfahl. »Da bist du nun also«, sagte sie leise, und es schien Willy, als sagte sie es mehr zu sich als zu ihm.

Marieluise erhob sich und trat so nahe an ihn heran, daß er den Lufthauch spürte, den sie stoßweise aus ihren Nüstern blies. Die Stöße wurden immer stärker, wie auch das Einsaugen der Luft. Dann trat unvermittelt Windstille ein, und Marieluise sagte: »Ruth ist tot. Sie hat sich in Berlin von einem Hochhaus gestürzt.«

Willy öffnete seinen Mund, brachte aber zunächst nur einen kehligen Laut heraus. Endlich würgte er hervor: »Woher weißt du das?«

»Weil sie mir einen Abschiedsbrief geschrieben hat.« Marieluise schaute ihn haßerfüllt an.

»Einen Abschiedsbrief«, wiederholte Willy in leise klagendem Ton. Er mußte daran denken, was Ruth ihm auf den Tisch gelegt hatte. Auch das war also ein Abschiedsbrief, und es war einer, den er selber verfaßt hatte. Er schaute an Marieluise vorbei, sah sich, unförmig wie nie, als Klumpen in dem Spiegel mit der Balustrade. Plötzlich straffte er sich: »Wenn sie so einen Brief geschrieben hat, heißt das doch nicht automatisch, daß sie dann auch wirklich … vielleicht … vielleicht lebt sie ja noch?«

»Sie hat es getan!« schleuderte Marieluise ihm mit schmerzverzerrtem Gesicht entgegen. »Sie hat es getan!«

»Aber warst du dabei? Wenn es in Berlin gewesen sein soll – wie willst du es dann wissen?«

»Weil ich gleich nach dem Entdecken des Briefes bei der Polizei angerufen habe, natürlich in der Hoffnung, das Unglück noch abwenden zu können. Aber es war schon zu spät. Ruth hatte schon alles wahr gemacht. Sie ist haargenau an der Stelle gesprungen, die sie mir in dem Brief angekündigt hat.« Plötzlich begann Marieluise, mit ihren Fäusten auf Willys Brust zu hämmern. »Und du kennst diese Stelle, du kennst sie, du selber hast sie dorthin getrieben, so mußte es ja enden, und nun ist es …«

Willy drängte sie zurück. »Welche Stelle? Wo soll ich Ruth hingetrieben haben?«

Sie stürmte an ihm vorbei zum Essenstisch, wo der Brief lag, ein langer Brief, wie Willy bemerkte, denn er umfaßte vier oder fünf Seiten, sie wendete hastig eine Seite, noch eine, fand endlich die gesuchte Passage, zitierte anklagend: »Kosmonautenallee 56.«

Willy stieß einen überraschten Laut aus. Eben noch, als Marieluise von einer bestimmten Stelle gesprochen hatte, war ihm der bestürzende Gedanke gekommen, sie meine vielleicht das geheime Quartier in der Dunckerstraße. Aber jetzt war ihm auf einmal klar und verständlich, es konnte sich ja tatsächlich nur um Veronikas Wohnung in Marzahn handeln, denn diese Adresse war auf der Kindes-Vereinbarung vermerkt, diese Adresse hatte Ruth gekannt, die andere nicht. Plötzlich bohrte ihm wieder jemand Spieße zwischen die Rippen, nur viel kräftiger als beim ersten Mal. Ein Schrei entfuhr ihm, und er mußte sich krümmen.

»Willy?« Marieluises Körper spannte sich in professioneller Bereitschaft.

Er kam stöhnend wieder hoch und schüttelte, Entwarnung gebend, oder auch nur vortäuschend, den Kopf. Dann schlingerte er zur Sitzgruppe und ließ sich auf einen der Gründerzeitsessel fallen. Langsam begriff er alles. Was heute geschehen war und was es bedeutete. Ruth hatte sich umgebracht, und sie hatte es an einem Ort getan, der für ihn, Willy, wie eine Schuldzuweisung war. Hatte sie sich nur deswegen umgebracht? Um ihm Schuld aufzubürden für alle Ewigkeit? Der Gedanke machte ihn wütend. Willy fand, es sei hinterhältig, wie Ruth sich verabschiedet beziehungsweise eben nicht verabschiedet hatte – gewissermaßen noch im Tod mit dem Finger auf ihn zeigend. Und vor dem Tod nicht mit ihm redend, sondern, ein letztes Mal, mit ihrer ach so verständnisvollen Freundin. Er empfand es jetzt als Ohrfeige, daß dort auf dem Tisch ihr letzter Brief lag und er keine Ahnung hatte, was der alles enthielt. Ja, was stand noch alles darin? Diese Frage interessierte ihn brennend. Willy erhob sich schwerfällig, ging auf Marieluise zu und sagte voller Grimm, er wolle den Brief lesen. Er streckte sogar seinen Arm in Richtung des Tisches aus.

»Der Brief ist nicht für dich«, sagte Marieluise leise, aber so drohend, daß Willy begriff, sie würde ihn niemals aushändigen. Sie fischte den Brief vom Tisch, sah sich kurz im Zimmer um, lief schließlich zu dem Glasschrank und deponierte ihn dort zwischen zwei schweren Medizingeschichtsbänden.

»Das ist absurd«, rief Willy, »ich war ihr Ehemann«, aber schon einen Moment später wußte er, eine größere Dummheit hätte er nicht sagen können. Was war er Ruth denn am Ende für ein Ehemann gewesen? Einer, der sie nach Strich und Faden betrog!

»Wie entsetzlich«, flüsterte Marieluise. »Könntest du dich nur selber hören, das ist so entsetzlich.«

Willy schwieg betreten.

»Wenn das einzige, was du in dieser Minute zu bejammern hast, die Tatsache ist, daß der Brief nicht an dich ging ...«

»Als ob du wüßtest, was ich bejammere! Als ob du das jemals gewußt hättest! Deine Selbstgerechtigkeit – sie widert mich an! Du mit deinem Aziz, was wißt ihr denn schon? Ihr habt es fein eingerichtet. Die große Liebe angeblich, aber nicht zusammenleben. Wirklich fein. In Wahrheit seid ihr vor dem Alltag geflüchtet, vor allen Gefährdungen. Die schönsten Hirngespinste seid ihr einander, nicht mehr. Ich bin auch geflüchtet, na sicher, aber du hast keinen blassen Schimmer, warum und wovor, und weil du den nicht hast, steht es dir nicht zu, dich so aufzuspielen. Nie stand es dir zu, überhaupt nie, und heute schon gar nicht!« Willy hatte während seiner Rede zornig die Fäuste geballt, war aber immer weiter nach hinten getreten, als wolle er Marieluise verdeutlichen, er halte es kaum noch aus in ihrer Nähe.

Marieluise indes war bei der Erwähnung von Aziz zusammengezuckt, und ihr zuvor aschfahles Gesicht hatte sich rot gefärbt. Sie sog jetzt wieder Luft ein und erwiderte: »Ich werde auf deine Worte nur insofern eingehen, als ich dir sage: Doch, ich habe durchaus einen Schimmer.« Herausfordernd schaute sie Willy an.

»So«, sagte Willy.

»Du denkst vielleicht, Ruth habe sich bei mir immer nur über dich ausgeheult, das stimmt doch, das hast du die ganze Zeit gedacht! Aber ich sage dir, sie hat sich genauso, und vielleicht noch mehr, über sich selber ausgeheult, jedenfalls am Anfang. Über ihre Unfähigkeit, dir das zu geben, wonach du verlangst – und was zu verlangen schön und normal ist.«

»Dann weißt du tatsächlich über alles Bescheid«, sagte Willy dumpf.

Marieluise schwieg.

Plötzlich warf er die Hände in die Höhe und rief: »Aber warum dann immerzu deine Vorwürfe mir gegenüber? Warum?«

»Weil du ihre Art bald nur noch als Vorwand genommen hast, dich anderweitig zu vergnügen. Weil du Ruth einfach aufgegeben hast. Du hast sie gar nicht mehr an dich rankommen lassen, nicht ihren Körper und nicht ihre Seele. Kein Hilferuf hat dich erreicht. Sie fühlte sich, als wäre sie zu einem Stück Holz geworden in deinen Augen.« Marieluise begann zu weinen. Unter Tränen sagte sie: »Ich weiß, es war für sie eine ähnliche Behandlung wie die, die sie damals erfahren hat …«

»Bist du verrückt«, fiel Willy ihr ins Wort. »Ich habe sie doch nicht vergewaltigt – ich doch nicht! Wie kannst du es wagen, das zu vergleichen!«

»Versteh doch, ähnlich nicht im Vorgehen, aber in der damit verbundenen Kälte und Achtlosigkeit. So ist es bei ihr angekommen. Als eigene Wertlosigkeit. Und dieses Wertlose, das ist vor drei Tagen ins Unermeßliche gestiegen, als sie erfahren mußte, daß du mit dieser Veronika, von der sie ja lange schon ahnte, eine Tochter hast. Nein, diese Veronika war im Grunde keine Überraschung mehr. Aber daß da sogar ein Kind ist!«

»Vor drei Tagen schon«, stöhnte Willy.

Marieluise holte ein Taschentuch hervor und schneuzte sich, dann setzte sie, schniefend wie ein verschnupftes Mädchen, fort: »Vor drei Tagen. Seitdem muß sie völlig hilflos gewesen sein. Du müßtest mal ihren Brief lesen … aber du kriegst ihn nicht, das hat sie gefordert, und daran halte ich mich.«

Willy stöhnte. »Wie hilflos? Erklär's mir, wenn ich's schon nicht lesen darf.«

Sie schüttelte erst wie gepeinigt den Kopf und sagte dann: »Nur soviel: Dein neues Kind ist ihr nicht mehr aus dem Sinn gegangen. Es hat eine schreckliche Macht über sie gewonnen, nur durch sein Dasein. Ihr Kopf, der zerspringe ihr gleich vor fremdem Kind, Kind, Kind, eine zerstörerische Magie, die beendet werden müsse, beendet an dem Ort, von dem sie ausgehe – das sind ihre Worte.«

»Verrückt«, sagte Willy düster.

»Ja, es ging ins Verrückte«, erwiderte, noch einmal sich schneuzend, Marieluise. »Aber es basierte auf einer ungeheuren Erniedrigung – durch dich, Willy. Wie es ohne Erniedrigungen sowieso entschieden weniger Irrsinn gäbe auf der Welt.«

Der ins Allgemeine zielende letzte Satz, das kindische Schniefen und Schneuzen und auch die Tatsache, daß Marieluise ihm etwas durchaus Wesentliches aus dem eigentlich geheimen Brief preisgegeben hatte, stimmten Willy versöhnlich ihr gegenüber, und so tat er etwas Überraschendes: Er ging, ohne sie anzuschauen, denn das wagte er nicht, zu Marieluise, nahm vorsichtig die Fingerspitzen ihrer Hand und fuhr mit dem Daumen darüber. Seine Bitte um Vergebung? Fürchtete er nicht, Marieluise werde ihm, entrüstet, die Finger entziehen? Sie hielt aber ihre Finger nur starr und steif, auch waren sie ganz kalt. Willy streichelte sie weiter und schlug vor, »alles ist so gräßlich, da sollten wenigstens wir nicht länger garstig sein zueinander«.

Nun geschah etwas noch Verblüffenderes: Nach Sekunden der Reglosigkeit ließ Marieluise ihren Kopf auf Willys Brust sinken. Aber sie kam dort nicht zur Ruhe. Wieder mußte sie heftig atmen, das ging schon ins Pfeifen und Schnauben. Sie begann, mit ihrer Stirn an Willys Brust zu rubbeln. Bald drückte sie, wie verneinend, gegen Willy, und auf einmal hob sie die Hände und versuchte, ihm ins Gesicht zu schlagen. Da sie es nicht sehen konnte, verfehlte sie es einige Male mit ihrem Gefuchtel, aber öfter traf sie es. Willy machte indessen keine Anstalten, sein Gesicht zu schützen. Die Arme ließ er herabhängen, die Augen hielt er geschlossen. Und daß er wie eine auf die Füße gestellte Mumie war, stachelte Marieluise offenbar an, ihn immer wütender zu traktieren, sie drückte ihm mit ihrer zitternden Faust die Nase hoch, rutschte ab an einer Augenhöhle vorbei die Schläfe entlang, faßte Willy unvermittelt in den Mund, riß wie wild an seinem Unterkiefer, als wäre der eine klemmende Schublade.

Willy schrie auf. Er griff Marieluise so fest am Handgelenk, daß es knackte, und zog ihre Finger aus seinem Mund. Dann schob er die Angreiferin an ihrem ausgestreckten Arm von sich weg, wobei sich ihre Blicke trafen. In Marieluises Augen war, zwischen den Resten von Wut und Rachedurst, Verlegenheit erkennbar. Allem Anschein nach war sie peinlich berührt von sich selber. Laß mich doch frei, bettelte sie stumm. Willy öffnete seine Hand. Marieluise rieb sich mechanisch die Stelle, an der er zugefaßt hatte, räusperte sich und sagte, sie werde jetzt erstmal in die Küche gehen und ihnen einen Tee kochen.

*

Sie rührten dann beide stumm in ihrem Tee. Man hörte nur das Klacken der Löffel an den Glaswänden. Schließlich beendete Willy die Wortlosigkeit, indem er murmelte, er wisse gar nicht, wie er Ruths Sprung den Kindern beibringen solle.

Ihm war klar, sie würden ihn nach den Gründen fragen, und nicht nur fragen, geradezu löchern würden sie ihn. Sie würden nach verschütteten Geschichten graben, um in denen jetzt, im nachhinein, eine Erklärung zu finden. Jedes noch so verblaßte Zeichen aus der Vergangenheit würden sie auf das heutige Geschehnis hin untersuchen. Aber wie sollte er ihnen denn alles gestehen! Die Vorstellung, Erik, Matti und Britta von seinem Betrug zu beichten und von dessen Ausgeburt, grauste ihn. Er ahnte, die drei würden sich, wenn sie erst alles erführen, von ihm abwenden, am vehementesten Matti, vielleicht nicht ganz so deutlich Erik, am stärksten getroffen aber Britta. Willy durfte gar nicht an seine einstmals Jüngste denken und an den Spruch, der sie beide verband. »Na, meine Lieblingstochter«, so hatte er Britta früher nach der Arbeit oft begrüßt, und ihre kecke und selbstgewisse Antwort war immer gewesen: »Möchte sein, dass ich deine Lieblingstochter bin, ich bin ja deine einzige.« Und dies zu sagen, hatte er auch nach der Geburt Sybilles beibehalten, allein schon, um ja keine Fragen der in seiner Liebe sich sonnenden Britta herauszufordern. Ihre übliche selbstverständliche Antwort aber hatte ihm jedesmal einen Stich versetzt. Wie in einem Spiegel sah er darin seine verdammte Lüge. Seine Abkehr von den wichtigsten Werten, die er den Kindern hatte vermitteln wollen. Es war ihm, als habe er Britta schon mit der Zeugung Sybilles beschmutzt und als beschmutze er sie nun weiter mit jeder Begrüßung, gewiß, sie würde sich auf noch ganz andere Weise getroffen fühlen als Erik und Matti; er mußte schweigen den Kindern gegenüber, allein schon Brittas wegen.

Mitten in seine Überlegungen hinein sagte Marieluise: »In Ruths Brief ist dazu etwas enthalten.«

»Wozu ist etwas enthalten?« fragte Willy irritiert.

»Zu der Frage, was du den Kindern beibringen sollst. Es handelt sich dabei um eine kurze Passage, in der Ruth sich gewissermaßen an dich wendet. Deshalb werde ich sie dir jetzt vorlesen – auch wenn es mir widerstrebt.«

Marieluise ging zu dem Glasschrank, zog den Brief wieder zwischen den dicken Bänden hervor, schaute zu Willy, der atemlos in seinem Sessel hockte, und begann mit stockender Stimme zu lesen: »Marie, nun weißt du also, warum ich zu dem Hochhaus muß. Du begreifst, daß es keine Böswilligkeit Willy gegenüber ist, nicht? Um Böswilligkeiten zu begehen, muß man stark sein, ich aber, ich bin schwach. Ich kann nicht mehr. Ich bin nicht mehr fähig, an etwas anderes zu denken als an dieses Kind. Du wirst sagen, ich soll doch an Erik, Matti und Britta denken, denn das würde mich retten. Aber das habe ich versucht! Und wie ich das versucht habe, Marie! Aber sie sind in mir wie ausgelöscht. Sie sind kraftlos, weil ich kraftlos bin. Das einzige, was ich ihnen gegenüber jetzt noch fühle, ist Scham. Ich schäme mich vor ihnen dafür, daß dieses fremde Kind in mir stärker ist, als sie es sind. Daß ich das zulasse. Daß ich nicht anders kann. Marie, bitte, bitte sorge dafür, daß sie davon nie erfahren. Ich beschwöre dich! Ich flehe dich an! Sie sollen den Ort, zu dem ich jetzt gehe, niemals kennen. Schwöre vor allem Willy entsprechend ein. Falls er, was ich nicht glaube, auf den Gedanken kommt, reinen Tisch machen zu wollen: Halte ihn ab, im Zuge dessen von der besagten Adresse zu reden. Ich will nicht, daß sie erfahren, wie mächtig das andere Kind ist, das ist das letzte und einzige, was ich jetzt noch will.«

»Und so weiter und so fort«, sagte Marieluise dumpf, wobei sie das Blatt sinken ließ.

Willy rieb sich mit auseinanderfahrenden und sich wieder schließenden Daumen und Zeigefinger unablässig die Stirn. »Und sie hat sie so geliebt«, murmelte er. »Eine abgöttische Liebe ist das ja manchmal schon gewesen ...«

»Das ist es doch gerade«, stieß Marieluise hervor. »Sie hat sich an die Kinder geklammert, um so fester, je mehr du ihr entglitten bist. Und diese Liebe, die hat bis zur allerletzten Sekunde Bestand gehabt. Warum sonst sollte denn Scham ihnen gegenüber ihr letztes Gefühl gewesen sein? Stell dir vor: Sie wußte nicht mehr weiter, sie war fertig, sie war buchstäblich zerstört, aber sich vor ihren Kindern zu schämen, dazu hat sie noch die Kraft gehabt. Man schämt sich nur vor denen, die man liebt, Willy.« Marieluise hob noch einmal das Blatt und bekräftigte mit durchdringendem Blick: »Nicht vor dir schämt sie sich – aber vor den Kindern.«

Willy starrte Marieluise verständnislos an, darüber, daß sie, obgleich es ihr eben einzig um die Kinder gegangen war, sich nicht hatte enthalten können, am Ende noch einmal ihn zu attackieren. Dann aber machte sich bei ihm langsam Erleichterung breit. Was Ruth da geschrieben hatte und was er in Gänze erst jetzt, da er ihren Worten nachhorchte, verstand – war die Anweisung, den Kindern nicht nur die Adresse, sondern überhaupt die gesamte Existenz von Veronika und Sybille vorzuenthalten. Denn wenn er die Adresse bei sich bewahren sollte, dann wäre es doch vollkommen unlogisch, mit allem anderen herauszurücken. Die Erwähnung der Liebschaft, und vor allem der Tochter, würde von Erik, Matti und Britta doch zwangsläufig mit dem Tatort Berlin, und somit der Tat selber, in Verbindung gebracht werden, und eben das wollte Ruth ja unter allen Umständen vermeiden. Aber natürlich, sagte sich Willy, wenn man die Passage richtig überdenkt, dann enthält sie für mich die Erlaubnis und sogar die Aufforderung zum vollständigen und immerwährenden Schweigen. Ein kaum merkliches Lächeln huschte über sein Gesicht.

Als wenn Marieluise es erkannt und auch richtig gedeutet hätte, sagte sie: »Ich halte es für falsch, was Ruth da verfügt hat, obwohl ich ihre Scham gut verstehen kann. In der Wirrnis, in der sie ohne Zweifel war, ist ihr meines Erachtens ein entscheidender Gedankenfehler unterlaufen, und dieser Fehler besteht in der Annahme, die Kinder würden besser fahren, wenn sie bestimmte Dinge nicht wüßten. Aber sie fahren nicht besser damit, das scheint mir eindeutig. Sie werden sich jetzt nämlich ihr Leben lang fragen, warum ihre Mutter sie verlassen hat. Sie müssen sich von ihr im Stich gelassen fühlen. Eine Mutter geht doch nicht von ihren Kindern, und erst recht nicht geht sie ohne ein Wort – das wird unweigerlich ihr vorwurfsvoller Gedanke sein. Und daher, daher würde nur eine vollständige Erklärung der Ursachen ihnen helfen. Auch und gerade die Scham, von der Ruth zuletzt gemartert worden ist, müßte zur Sprache kommen. Die glühende Liebe, die sich darin ausdrückt. Mit anderen Worten, am besten wäre es, wenn auch die drei jene Passage kennen würden, die ich dir gerade vorgelesen habe. Nur dann würden sie alles begreifen, nur dann würden sie ihre Mutter vielleicht verstehen können. Ohne dieses Wissen aber werden sie sich von ihr verraten glauben, und das wäre eine verheerende und für mich eigentlich nicht hinnehmbare Umkehrung der tatsächlichen Ereignisse.«

»Du willst ihnen doch nicht etwa diesen Abschnitt vorlesen?« Willy starrte Marieluise mit feindseligem Blick an.

»Ich sagte: eigentlich. Das bedeutet, daß ich nichts lieber täte als einzugreifen – und dennoch nicht eingreifen werde. Weil ich es nicht darf. Ich muß Ruths Wünschen Folge leisten, selbst wenn es mir schwerfällt. Das bin ich ihr schuldig. Ich werde also nicht gegen ihren letzten Willen handeln, jetzt ebensowenig wie später.« Sie schaute Willy traurig an, fügte spitz hinzu: »Du kannst ganz beruhigt sein. Von mir wird niemand was erfahren.«

Willy lag auf der Zunge zu antworten, da bedanke er sich auch recht schön für ihre Großzügigkeit, aber er bezähmte sich, er wollte Marieluise jetzt, da sie angekündigt hatte, sich still zu verhalten, nicht unnötig reizen, er wollte nicht riskieren, daß sie bei Gelegenheit plötzlich doch noch zu plaudern begann.

»Du selber wirst natürlich auch schweigen, es liegt ja in deinem Interesse«, sagte sie. »Aber irgend etwas mußt du deinen Kindern ja trotzdem erzählen. Du wirst nicht den Ahnungslosen spielen können, das wäre nicht glaubwürdig. Also, was wird es sein, das du ihnen auftischst?«

Willy zog die Stirn kraus, als überlege er: »Alles ist noch so frisch … Ich weiß nicht genau. Ist nicht so einfach.« Aber während er diese Worte sprach, schwirrten ihm schon andere durch den Kopf, Satzfetzen, mit denen er hoffte, seinen Kindern das Geschehene erklären zu können. Und bitte, diese Satzfetzen waren beileibe keine Ausgeburt seiner Phantasie, sondern die Wahrheit und nichts als die Wahrheit – dafür würde Willy sogar einen Zeugen angeben können, und nicht irgendeinen, sondern den glaubwürdigsten, der sich in dieser Angelegenheit überhaupt denken ließ.

Es war gegen halb vier, als sich Willy von Marieluise verabschiedete. Draußen schien wie gehabt der Mond. Seine Krater waren von einem blassen, eisigen Blau. Willy warf den Kopf in den Nacken und atmete tief aus. Es war so kalt, daß der Atem wenig später wie eine dahinziehende Zirruswolke den Mond verdeckte. Willy, der ihr nachschaute und währenddessen die nächsten Wolken ausstieß, dachte an den Kondensstreifen von vorhin. Er wußte auch jetzt beim besten Willen nicht, was das für ein Zeichen gewesen sein sollte. Hatte es ein Seil zum Aufhängen dargestellt? War es ein Hinweis auf Ruths Selbstmord gewesen? Aber Ruth hatte sich nicht erhängt, sondern von einem Haus gestürzt. Ach, gar kein Zeichen. Was hatte er sich denn auch eingebildet. Der Himmel, dachte sich Willy, fängt an zu leuchten, zu blitzen, zu grollen, zu wispern, zu stöhnen, zu greinen, zu weinen, wann und wie es ihm gefällt, wirklich dumm von mir zu glauben, der kümmere sich um mich.

*

»ruth zu tode gekommen erwarte dich zuhaus« – das telegrafierte Willy am nächsten Morgen sowohl an Matti als auch an Britta. Erik erwischte er per Telefon in dessen Büro in Berlin. Er informierte ihn mit denselben dürren Worten, und auf Eriks inständiges Nachfragen, was genau sich abgespielt habe, antwortete er nur, das könne und wolle er nicht auf diesem unpersönlichen fernmündlichen Wege sagen, Erik möge sich gedulden, er werde es erfahren, sobald alle in Gerberstedt versammelt seien.

Am späten Nachmittag trafen, unabhängig voneinander, die Brüder ein. Sie liefen dann ruhelos im Haus auf und ab, sie vermochten ihre Erregung kaum zu zügeln, sie flehten Willy immer wieder an, ihnen um Himmels willen endlich Genaueres zu berichten, denn sie seien ja nun leibhaftig anwesend, wann aber Britta erscheine, das wisse keiner, bei dem weiten Weg, den sie zurückzulegen habe vom Winterquartier ihres Zirkus. (Dieses Quartier befand sich nun schon seit einigen Jahren im Nordosten der Republik, kurz vor der Grenze zu Polen, denn Richard Devantier hatte sich in Gerberstedt, seitdem dort Ingo Altenhof das Regiment führte, nicht mehr gelitten gefühlt, unter anderem kontingentierte man ihm das Freibankfleisch derart, daß nichtmal mehr ein Rudel Hunde satt geworden wäre, geschweige denn Leonellis Raubkatzenmeute, wohingegen die Polen ihn billigst zu beliefern verstanden, so lange jedenfalls, wie er ihnen Ersatzteile für Mähdrescher, Traktoren und anderes Gerät heranschaffte, was wiederum ihm nicht schwerfiel, schließlich war er aufs engste mit diversen hiesigen landwirtschaftlichen Kooperativen verbunden, die ihm gern was Ausrangiertes überließen, da er sie im Gegenzug mit dem allergrößten Mist zuschüttete, jeden Vormittag, nachdem Britta und ein paar andere das Zeug aus Gehegen und Zwingern geforkt hatten.)

Doch so sehr Erik und Matti auch bettelten, Willy schüttelte immer wieder stumm den Kopf. Endlich rief Matti voller Zorn, das sei ja wohl ein schlechter Witz, er stünde hier schon seit Stunden herum und wüßte noch nicht einmal, wo die tote Ruth liege und wann sie sie sehen könnten, und das zu erfahren sei doch wirklich das mindeste.

Da schrie Willy: »Ruhe jetzt! Spinnt ihr denn beide? Ich schmeiße euch raus, wenn ihr nicht sofort Ruhe gebt!«

Die Brüder wechselten einen überraschten Blick. Sie konnten sich nicht erinnern, wann ihr Vater sie das letzte Mal angebrüllt hatte. Aber daß er sich so vergaß, war es nicht verständlich? Ruths Tod, so meinten sie, erschüttere und überfordere ihn. Sie selber dagegen konnten angesichts der Spannung, die von den zurückgehaltenen Informationen herrührte, bislang gar keinen rechten Verlust empfinden. Mehr noch, im hintersten Winkel ihres Hirns hofften beide, Ruth sei gar nicht tot, Ruth werde auf einmal hier hereinspazieren und sagen, schön, daß wir mal wieder alle versammelt sind, kommt, ich habe das Abendbrot bereitet. Zugleich wußten beide, es würde nicht geschehen. In diesem Moment kannte, und teilte, einer die geheimsten Gedanken des anderen; doch redeten sie darum noch lange nicht miteinander, und erst recht nicht redeten sie mit einer Zunge. Sogar ihre übereinstimmende Forderung, Willy möge sich trotz Brittas Abwesenheit äußern, hatte ja jeder der zwei ausdrücklich einzeln vorgebracht, ganz so, als wäre der andere Luft; ich will es jetzt erfahren, hatte es jedesmal geheißen, nicht: wir wollen – und vielleicht war es ja gerade das gewesen, was Willy plötzlich derart in Harnisch gebracht hatte.

Halbwegs erleichtert zeigten sich die Brüder, als Britta, da war es schon nach 20 Uhr, endlich hereinstürzte und sie in stummer Trauer umarmte. Aber die Erleichterung währte nur einen Moment. Jetzt, da die Geschwister vollzählig waren, brachen sich bei jedem von ihnen die Gefühle Bahn. Es brauchte nur ein paar Tränen Brittas, nur ein verzweifeltes Blicken, da fingen auch Erik und Matti an zu weinen. Britta weinte nun noch mehr, sie krümmte sich und ließ sich gegen die großen

Jungs fallen, die sie halbwegs wieder aufrichteten und hielten; eine ganze Weile standen sie so, erst stark und dann noch schwach wankend.

Willy traten, als er das sah, die Tränen in die Augen. Die ganze Zeit seit Ruths Tod hatte er nicht geweint, hatte vor lauter Gedanken darüber, wie er sich erklären sollte, keinen rechten Schmerz gefühlt, aber jetzt spürte er welchen. Jetzt vermißte er seine Frau. Jetzt wünschte er, sie wäre hier ganz nahe bei den Kindern, ja, dachte er, alle sind von Ruth zur Welt gebracht worden, guck doch, wie sie da stehen, wie schön das eigentlich ist, aber Ruth kann es nicht mehr erleben, Ruth ist weg, von uns ist sie weg, indem ich sehe, wie die Kinder da stehen, begreife ich es erst.

Irgendwann lösten sich die Geschwister voneinander. Es wurde still, es war, als müsse sich jeder von ihnen daran erinnern, daß sie nun gleich mit grausigen Einzelheiten konfrontiert werden würden. Alle nahmen stumm am Küchentisch Platz. Willy beugte sich vor, legte die Unterarme auf das Linoleum und verknotete die Finger. Er zwang sich, von einem zum anderen zu schauen, holte hörbar Luft und fing an zu reden: »Ihr wißt, eure Mutter ist tot. Es ist geschehen … ist geschehen gestern um diese Zeit, ziemlich genau zu der Stunde, da wir jetzt hier sitzen, und noch eine Stunde zuvor konnte niemand ahnen …« Willy stockte schon nach diesen wenigen Worten. Er merkte, wie all die widerstreitenden Tatsachen, Ansprüche und Verbote, die um diesen Tod waren, ihn erdrückten. Wollte er Ruth nicht Recht widerfahren lassen? Das war er ihr schuldig. Aber er konnte sich dabei doch nicht selber an den Pranger stellen! Er durfte, schon weil Ruth ihm einen entsprechenden Auftrag hinterlassen hatte, keineswegs mit der ganzen Wahrheit herausrücken – was nun aber noch lange nicht hieß, daß er schamlos lügen durfte. Im Rahmen meiner Möglichkeiten, sagte er sich, muß ich unbedingt wahrhaftig sein. Aber ist es denn wahrhaftig zu erklären, noch eine Stunde vor der Tat habe niemand etwas ahnen können? Wenn ich ehrlich bin, dann habe ich doch eine solche Ahnung schon eine Weile gehabt. Es ist mir bewußt gewesen, daß etwas Katastrophales geschehen könnte, auch deshalb wollte ich doch wieder vollends zurück zu Ruth. Um es nicht zum Äußersten kommen zu lassen. Um sie zu schützen und uns allen zu bewahren. Auch deshalb? Wenn ich ganz ehrlich bin, nur deshalb, es war das Anerkennen einer

Pflicht. Oder habe ich Ruth etwa noch geliebt? Nein, schon lange nicht mehr.

Willy korrigierte sich: »… niemand konnte *wissen*, was geschehen würde, es gab keine richtige Andeutung. Trotzdem ist es geschehen, trotzdem – hat eure Mutter Selbstmord begangen.«

»Was?« rief Britta. Matti stöhnte auf, Erik schlug die Hände vors Gesicht.

»Sie ist von einem Hochhaus gesprungen. Sie ist dafür extra nach Berlin gefahren.« Willy war nahe dran hinzuzufügen, in Gerberstedt stünden ja keine Hochhäuser, aber im Bemühen, ehrlich zu sein und keinen falschen Zungenschlag zu tun, verzichtete er darauf, denn daß Ruth auch von einem Hochhaus in einer beliebigen anderen Stadt gesprungen wäre – das stimmte doch nicht.

Erik nahm seine Hände so weit vom Gesicht, daß er Willy wieder sehen konnte, und fragte: »War sie sofort tot?«

Willy nickte. »Es waren elf Stockwerke.«

Alle schwiegen, schießlich fragte wieder Erik: »Aber warum? War sie schwer krank, und wir wußten es nicht? Hatte sie unerträgliche Schmerzen, hat sie uns vielleicht etwas verheimlicht? Was ist es gewesen? Was hat sie uns denn verheimlicht?« Die Fragen waren regelrecht aus ihm herausgebrochen, und nun schaute er Willy gequält und wie bettelnd an.

Willy schluckte, Matti aber fiel auf einmal eine schon ewig zurückliegende Episode ein: Er kommt ins Bad, und da ist schon Ruth, aber sie bemerkt ihn nicht, sie greift in den Toilettenabfluß, ganz tief, bis zum Ellenbogen fast, als wolle sie mit ihrer Hand die Kanalisation erkunden, als wolle sie Fäkalien kneten. Mein Ring, mein Ring, schreit sie, mein Ehering, weg, weg. Sie fällt in ein Wimmern, alles kaputt, mein Ring, mein Ring, alles tot. Sie schlägt mit der Stirn auf die emaillierte Klosettumrandung, und nochmal, und nochmal, sie legt endlich, unendlich erschöpft, ihr Gesicht auf die Umrandung, die sie ursprünglich wohl nur hatte säubern wollen, sie gewahrt ihn, Matti, starrt ihn aus glasigen Augen an, den Augen eines verwundeten Tieres, das ahnt, es muß sterben, sie sagt kein Wort zu ihm und geht raus aus dem Bad, aber am nächsten Tag zerfließt sie beinahe vor Zärtlichkeit ihm gegenüber, und damit schreckt sie ihn ab, erst damit, denn ihre Zärtlichkeit hat gar nichts Sicheres mehr, nichts ihn Wärmendes, sie ist ihm sogar peinlich, seine Mutter, und er stößt sie fort in Gedanken, er muß sich wehren gegen sie, weil sie so besitzergreifend ist, was will sie denn eigentlich von ihm?

Und war das überhaupt ein Einzelfall gewesen? Sie hatte doch noch manches andere Mal die Kontrolle über sich verloren, und danach hatte sie jedesmal eines der Kinder oder alle zusammen mit ihrer Liebe bestürmt, einer Liebe, die zumindest er um so weniger erwidern konnte, je mehr sie auf irgend etwas folgte, je mehr und je dringlicher sie herausschoß, anstatt wie früher einfach immer ganz ruhig dazusein.

Ruth, dachte er, mußte sich oft schlecht gefühlt haben, aber warum? Wegen Willy? Die beiden hatten sich doch nicht häufiger und nicht heftiger gestritten, als andere Ehepaare es tun, jedenfalls, solange Matti noch im Hause gewesen war. Und auch später, während seiner Besuche, deutete nichts auf größere Verstimmungen hin, im Gegenteil, Ruth wirkte immer aufgeräumt, manchmal sogar überschäumend, oder nicht? Und außerdem, wenn sie den Verlust ihres Eheringes derart bejammerte, so war das ja wohl nichts anderes als ein Ausdruck ihrer Liebe zu Willy. Ein Liebesschub, wie er, Matti, ihn nur zu gut kannte.

Willy wandte sich an Erik: »Sie war nicht krank in dem Sinne, wie du wahrscheinlich vermutest. Sie hatte keine körperlichen Schmerzen. Ruths Schmerzen waren ausschließlich seelischer Natur, basierten aber zweifelsohne darauf, daß ihr Körper einmal schwer verwundet worden ist.«

»Wann? Wie schwer verwundet?« brach es wieder aus Erik heraus.

»Das war … das war lange vor eurer Geburt«, antwortete Willy mit einem Zögern, das er bewußt in seine Rede einbaute. Ihr Gespräch lief jetzt genau in die Richtung, in die er es hatte lenken wollen, aber er versuchte den Eindruck zu vermeiden, es fiele ihm nun leicht, auf die Fragen seiner Kinder zu antworten. »1945 war es, an einem Frühlingstag. Mehrere Männer sind … sind in ihren Körper eingedrungen. Freunde. Das war die Verwundung.«

Man schwieg, dann wagte Britta zu fragen: »Freunde?«

»*Die Freunde*.« Willy schaute seine Tochter schmerzvoll an.

»Aber wieso erfahren wir erst jetzt davon – jetzt, da Ruth tot ist?« Erik blickte Willy vorwurfsvoll an.

»Weil Ruth mir untersagt hat, darüber zu sprechen … nicht wortwörtlich untersagt, aber keinen Zweifel daran gelassen … das hat sie.

Es war darüber nicht mit ihr zu reden. Zwischen uns hat in dieser Hinsicht komplettes Schweigen geherrscht. Und stellt euch vor: Als ich die Sache dann einmal zur Sprache brachte, da wurde es erst richtig schlimm, da verkroch sich Ruth regelrecht. Heute scheint mir, als habe in jenem Moment die Misere erst richtig begonnen. Ruth hat sich fürchterlich geschämt vor mir, diesen Eindruck hatte ich.«

»Geschämt, nur weil du es einmal erwähnt hast?« fragte Matti verständnislos.

»Ach was, sie war doch davon ausgegangen, ich wüßte gar nichts von dieser ... Vergewaltigung. Sie hatte sich damals nur Rudi anvertraut und ihn zum Stillschweigen verpflichtet. Und lange, lange hat sich euer Großvater auch daran gehalten. Aber auf dem Sterbebett hat er's mir doch erzählt. Er konnte einfach das Wasser nicht mehr halten. Manchmal denke ich, wenn er bis zum Ende geschwiegen hätte, wäre alles nicht so schlimm gekommen. Denn noch einmal, erst als Ruth erfuhr, daß ich von der Schändung wußte, zog sie sich vollkommen zurück, wie in ein Schneckenhaus.« Je länger Willy geredet hatte, um so stärker hatte er sich mit seinen Worten identifiziert, und nun dachte er nur noch an die Vergewaltigung und nicht mehr an seinen eigenen Anteil an Ruths Unglück.

»Vor wem zog sie sich zurück? Vor dir?« fragte Matti.

»Auch vor mir.« Willy spitzte seinen Mund und stierte vor sich hin, als quäle ihn die Erinnerung. Und das tat sie in diesem Moment auch wirklich. Er erinnerte sich erbittert seiner vergeblichen Versuche, Ruth wieder leibhaftig näherzukommen, und auf sein Gesicht trat ein harter Zug.

Den Erik deutlicher erkannte und stärker mißbilligte als die anderen Geschwister. Eine unselige Vergangenheit schien ihm in diesem harten Zug auf, eine, von der er nichts wußte. War das Familienleben während seiner Kindheit und Jugend nicht immer harmonisch gewesen? Und hatte ihm, Erik, diese Harmonie nicht den größten Halt gegeben? Und nun Ruths Selbstmord, und nun Willys Reaktion. Die ganze Harmonie wurde dadurch nachträglich in Frage gestellt. Hatte sie in Wahrheit vielleicht niemals existiert? Allein der Gedanke quälte Erik, und so platzte es aus ihm heraus: »Nichts war, wie es uns erschien, nichts! Wenn man es richtig bedenkt, ist uns die ganze Zeit über von euch was vorgespielt worden. Unser ganzes bisheriges Leben! Wir sollten immer ehrlich und wahrhaftig sein, das ist uns von euch mitgegeben worden, aber selber, selber habt ihr es nicht eingehalten!« Anklagend schaute er Willy an und wiederholte: »Nicht eingehalten!«

»Was sollten wir denn tun?« rief Willy. »Es betraf doch nicht euch. Es betraf eigentlich nur Ruth. Es war einzig und allein ihr Problem … ursprünglich. Und überhaupt, überhaupt, was sollen die Vorwürfe? Du redest ja wie sonst dein Bruder, nur daß es gerade heute völlig fehl am Platze ist.« Willy schaute gehetzt zu Matti.

Der senkte den Blick. Er ahnte, warum Erik so in Fahrt geraten war und Willy attackiert hatte: Weil Erik natürlich nicht entgangen sein konnte, daß er von dem Tag an, da er im Familienkreis seine Leipziger Unterschrift gebeichtet hatte, von Willy weniger respektvoll behandelt wurde als Matti. Nie wieder war dieses Ereignis bei ihnen zur Sprache gekommen, und doch wirkte es nach, Matti bemerkte es an Kleinigkeiten. Wenn, zum Beispiel, Willy einmal von Problemen im »Aufbruch« erzählte, blickte er viel häufiger ihn an als Erik, und er ging dann auf Eriks Bemerkungen auch viel weniger ernsthaft ein als auf seine, Mattis. Das alles waren, wie gesagt, nicht mehr als Blicke und Gesten gewesen, aber an Erik mußten sie doch sehr genagt haben, und jetzt – jetzt war die Stunde gekommen, in der sich die Verhältnisse umkehrten, die Stunde, in der ein viel schlimmeres Ereignis aufgearbeitet werden mußte, die Stunde, in der Erik sich frei von Schuld fühlen durfte, die Stunde, in der etwas lange Angestautes aus ihm herausbrach: sein Zorn über die Behandlung, die er von Willy die ganze Zeit erfahren hatte.

»Mit welchem Recht behauptest du, es wäre nicht statthaft, das heute zur Sprache zu bringen?« rief Erik. Er war so empört, daß seine Lippen vibrierten. »Was hat denn dein Verheimlichen gebracht, was? Ruths Tod im Endeffekt …«

»Das ist ja der blanke Unsinn!« schrie Willy. »Du hast ja keine Ahnung!«

Täuschte es, oder blickte er hilfesuchend zu Matti? Der war aber, was jene gerade ausgestoßenen Vorwürfe betraf, gar nicht mal uneins mit Erik, so schwieg er und sprang Willy nicht zur Seite.

»Falsch, ich *hatte* keine Ahnung. Wir alle«, Erik wies mit einer wütenden Armbewegung auf seine Geschwister, »wir alle hatten keine Ahnung, bis vor ein paar Minuten. Und das ist es ja eben! Wenn wir rechtzeitig informiert worden wären, hätten wir auf Ruth einwirken können. Bestimmt hätten wir ihr helfen können. Sie hat uns geliebt! Auf uns hätte sie gehört, wir hätten sie zurückgehalten …«

Willy dachte an die geheime Passage in Ruths Brief, die Erik eines Besseren belehrt hätte, und schnaubte verächtlich.

Da schlug Erik mit der Faust auf den Tisch. »Wie du in Wahrheit mit Ruth umgesprungen bist«, schleuderte er Willy entgegen, »das kann ich mir schon denken, das ist mir in dieser Sekunde klar. Genauso kalt und abweisend wie mit mir, denn auch sie war dir peinlich, nicht wahr, auch sie hat deinen Erwartungen nicht mehr entsprochen, nicht wahr? Nicht wahr?« Er rüttelte rabiat an Willys Arm.

Aber jetzt stieß Britta einen erstickten Schrei aus, dem ein hemmungsloses Weinen folgte. Ihr gesamter Körper wurde davon geschüttelt. Nach vielleicht einer halben Minute, in der die Männer ihr hilflos und stumm zugeschaut hatten, stammelte sie: »Nein … so geht es nicht weiter, was macht ihr denn … zerfleischt euch doch nicht, denkt doch an Ruth, das tut ihr nicht … wenn ihr an sie denken würdet, würdet ihr euch jetzt nicht so … ach bitte«, sie sprang plötzlich auf, trat hinter Matti, neben dem sie gesessen hatte, und umschlang und liebkoste ihn wie versessen, sie stürmte weiter zu Willy an die Stirnseite des Tisches und vollführte dasselbe mit ihm, und stürmte endlich zu Erik, den sie noch länger umarmte als die anderen beiden, den sie gar nicht mehr freigeben wollte, wohl weil sie meinte, er habe das nötig, vielleicht aber auch nur, weil er der Letzte in der Reihenfolge war und sie selber nicht aufhören konnte.

»Du hast recht«, sagte Erik betreten, nachdem sie von ihm abgelassen hatte. »Ruth ist tot, da sollten wir zuammenhalten.« Mit seinem Tonfall, und überhaupt mit seinem sofortigen Einlenken, nahm er seinem kurz zuvor erfolgten Ausbruch die allerbedrohlichste Wirkung.

Willy sagte nichts, aber jeder konnte sehen, daß ihm angesichts des Flehens seiner Tochter noch einmal die Augen feucht wurden. Wie sehr er Britta liebte! Für ihre Unverstelltheit. Für ihre Entschlußfreudigkeit. Für ihre Gutherzigkeit. Aber gab es nicht noch einen zweiten Grund für Willys Reaktion? Eine ordentliche Erleichterung breitete sich in ihm aus, über nichts anderes als darüber, daß die ganze Debatte nun wohl ein Ende hatte und er halbwegs ungeschoren davongekommen war. Britta mit ihrer plötzlichen Beschwörung hat mich gerettet, dachte er dankbar, wer weiß, wo Erik mich sonst noch hingetrieben hätte.

Lange blieb es still im Raum, dann sagte Britta so leise, daß sie kaum zu verstehen war: »Wenn sie von so hoch oben gesprungen ist, muß sie schrecklich zugerichtet sein.«

Willy nickte.

»Können wir sie trotzdem sehen?«

»Das wäre möglich. Aber man hat uns unbedingt davon abgeraten. Wir würden sie nicht mehr wiedererkennen.«

Britta begann abermals zu weinen, diesmal auf eine lautlose und stete Art.

Die Männer einigten sich dann mit Brittas wortlosem Einverständnis, die Leiche ungesehen in Berlin verbrennen zu lassen. In Gerberstedt würde demzufolge ein Urnenbegräbnis durchgeführt werden. Schnell waren sie sich auch darüber einig, daß dieses Begräbnis im allerkleinsten Kreise stattfinden sollte. Einzig und allein Marieluise Wehle und Achim Felgentreu wollte man einladen.

*

Am Abend vor der Zeremonie klingelte aber auf einmal Achim und erklärte Willy an der Tür, eigenmächtig noch jemanden dazugebeten zu haben.

Eigenmächtig, wiederholte Willy; wer das sei?

Das sei jemand, den man keinesfalls ausschließen solle, jemand, der Ruth auch sehr nahegestanden habe, aber er, Achim, wolle nicht viele Worte verlieren, der Jemand sei nämlich schon hier. Achim machte eine Winkbewegung nach hinten, und aus der Dunkelheit trat Bernhard hervor.

»Ich lasse euch dann mal allein«, murmelte Achim, und gleich war er wieder weg.

Und da standen sich also die alten Brüder gegenüber. Keiner sagte einen Ton, und keiner bewegte sich, Willy, weil er zu verblüfft war, Bernhard, weil er Willy Zeit lassen wollte, sich zu fassen.

Schließlich fragte Bernhard: »Willst du mich reinlassen?«

Willy nickte ruckartig und trat schnell zur Seite. Ging dann aber doch selber voran, weil Bernhard ja eine Tasche dabeihatte und es sonst eng geworden wäre im Türrahmen.

Im Wohnzimmer saßen die Geschwister, denen sagte er, mit dem Arm auf seinen Bruder weisend: »Das ist Bernhard.«

Die drei sprangen überrascht auf, aber sie mußten auch lächeln über Willys Worte. »Wir kennen doch noch Bernhard«, sagte Erik.

»Ja«, sagte Willy, »ich wollte auch nur sagen, daß Bernhard da ist.«

Bernhard umarmte die Geschwister und drückte ihnen seine Anteilnahme mit den Worten aus, »das ist so traurig, daß eure Mutter tot ist«, aber da nun sie von ihm bedacht worden waren, offenbarte sich erst recht, daß er noch nichts zu Willy gesagt hatte. Willy stand auch so, als erwarte er endlich eine Beileidsbekundung. Bernhard trat auf ihn zu, nur schien ihm nichts einzufallen, oder das, was ihm einfiel, war ihm zu salbungsvoll. Er biß sich auf die Lippen und murmelte, »eine schöne Scheiße ist das mit der Ruth«, und weil er so was nun schon gemurmelt hatte, winkelte er seinen Arm an und hielt die Hand vor die Brust, auf daß Willy einschlage. Willy schlug jedoch nicht ein, jedenfalls nicht richtig, eher war das ein Hineinlegen der Hand. Dann griff Willy zu, immer kräftiger, und Bernhard tat das auch, es sah aus, als veranstalteten sie einen Wettkampf im Armdrücken, dabei wollten sie einander bloß spüren.

Die Kinder, die von der langen Funkstille zwischen den Brüdern natürlich gewußt hatten, schickten sich an, das Wohnzimmer zu verlassen. Sie sagten, sie würden ein bißchen was kochen, Bernhard sei bestimmt hungrig.

Bernhard erwiderte aber, sie brauchten nichts zu kochen, sie brauchten nur was in den Ofen zu schieben, das er mitgebracht habe, Leberkäs, dazu gebe es Brezn und Kartoffelsalat; was richtig Bayerisches gell. Es befände sich in der Tasche gleich oben, sie sollten es einfach rausnehmen.

Lag nicht allen auf der Zunge, ihn zu fragen, ob er damit die Grenze anstandslos habe passieren können? Doch alle schwiegen, bis auf Britta, die lächelte und aufs unverfänglichste sagte: »Also keine Ananas diesmal.«

»Keine Ananas«, lächelte Bernhard zurück, er wußte, er sollte sich jetzt Willy zuwenden, er schaute, sein Lächeln beibehaltend, zu dem. Willy winkte demonstrativ genervt ab, das war alles, was sie über jene unselige Episode sagten, über ihren Zwist. Freilich schlugen sie, als die Kinder das Zimmer verlassen hatten, erst einmal die Augen nieder.

Mochte ihr langes Schweigen nun auch beendet sein, es hatte doch Fremdheit hinterlassen und sogar Skepsis. Man war sich des anderen gar nicht mehr sicher.

Dann fragte Bernhard, woran Ruth gestorben sei, und Willy fragte überrascht zurück, ob Achim ihm das nicht schon erzählt habe. Bernhard schüttelte den Kopf.

In knappen Worten klärte Willy ihn auf. Bernhard stöhnte und fragte, warum sie das getan habe, da berichtete Willy von Ruths Schändung und fragte nach: »Davon hast du wohl nichts gewußt?«

Wieder stöhnte Bernhard und schüttelte den Kopf.

Willy wollte sagen, richtig, du warst ja nicht da an Rudis letzten Tagen, als das zur Sprache gekommen ist, aber er ließ es bleiben, weil er ahnte, Bernhard würde es als Vorwurf auffassen. Und er schwieg noch aus einem anderen Grund. Er wollte Bernhard nicht reizen, denn er befürchtete, der Bruder mit seiner Lebenserfahrung werde ganz anders als die Kinder in ihn dringen und danach forschen, was noch eine Ursache gewesen sein könnte für Ruths Tod. Er dachte auch daran, Bernhard reinen Wein einzuschenken. Freilich verwarf er diese Idee sofort wieder. Wo sollte er da anfangen, was müßte er nicht alles erzählen! Bernhard wußte doch gar nichts mehr von ihm, nach den Jahrzehnten, die sie schon getrennt waren.

Der Bruder reagierte aber anders als vermutet. Er stellte nicht eine Nachfrage, sondern begann, auf »die Russen« zu schimpfen; das sei ja bekannt, wie und mit welchen Folgen die gewütet hätten, nun habe also die eigene Schwägerin wegen ihnen noch ins Gras beißen müssen, die eigene Schwägerin.

Willy ließ ein Brummen ertönen, aus Erleichterung, daß Bernhard die ganze Wahrheit garantiert nie aufdecken würde, aber zugleich auch, weil sich in ihm Widerspruch regte.

»Jawohl«, rief Bernhard, »die Russen haben Ruth erwischt, und wir haben es heute auszubaden!«

»Was heißt die Russen …«, wandte Willy zaghaft ein. Klar und deutlich hatte er seinen Anteil an Ruths Tod im Kopf, um so simpler erschien ihm Bernhards Anwurf.

»Waren's vielleicht nicht die Russen? Aber ich weiß schon, ich weiß, bei euch muß das ja verschwiegen werden, da sind die Russen immer nur die Guten, die euch befreit haben.«

Willy konnte sich nicht enthalten zu sagen: »Erstens waren es nicht *die Russen*, damit geht's schonmal los. Wenn schon, waren's die Sowjets ...«

»Was heißt hier: wenn schon«, warf Bernhard ein, »du willst es doch nicht anzweifeln, obwohl es deine eigene Frau betrifft!«

»Ich zweifle es überhaupt nicht an, es ist geschehen, und es ist schlimm. Es ist auch nicht gut, daß es hier offiziell verschwiegen wird. Aber genauso ungut ist, daß du die Russen scheinbar nur *damit* in Verbindung bringst. So redest du jedenfalls! Sie haben im übrigen nicht nur uns befreit, sondern genauso euch. Sie hatten ein paar Millionen mehr Tote als die Westmächte zusammen, als eure großartigen Westmächte, die viel zu spät anmarschiert gekommen sind und denen ihr jetzt in den Arsch kriecht.«

»Das ist ja die allerunterste Schublade! Deine Frau ist tot, und du käust Staatspropaganda wieder!«

»Ich wehre mich nur gegen die Propaganda, die du wiederkäust.«

»Das ist keine Propaganda, sondern das ist die Wahrheit. Die ihr, ich wiederhole mich, verschweigt.«

Willy schüttelte hilflos den Kopf.

»Da brauchst du gar nicht den Kopf zu schütteln, du – du Versöhnler! Schon bei Rudis Trauerfeier warst du versöhnlerisch, und jetzt bist du es noch viel mehr.«

Bei diesem Stichwort, Trauerfeier, spürte Willy auf einmal etwas Seltsames und nie für möglich Gehaltenes, er spürte eine große Nähe zu Herbert Rabe, er sah sich im nachhinein an den heranrücken in der »Sonne«, nur wegen Bernhards ständigem selbstgerechten Attackieren.

Willy kam aber nicht dazu, sein Gefühl in Worte zu fassen, denn die Tür ging auf, und mit ernsten Mienen traten die Geschwister ein. Sie brachten den dampfenden Leberkäs, wie gut, daß sie mit dem einschreiten konnten, Willy und Bernhard waren doch immer lauter geworden.

Die beiden Streithähne verfolgten stumm, wie das Essen aufgetragen wurde. Als dann alles an seinem Platz stand und noch immer eine peinliche Stille herrschte, sagte Erik zum Onkel, der Leberkäs müsse wohl noch geschnitten werden, ob Bernhard das selber erledigen wolle?

Und Bernhard schnitt recht verbissen und tat jedem eine Scheibe auf den Teller, er schaute sich auf dem Tisch um, konnte irgend etwas nicht entdecken und sagte schließlich: »Da muß jetzt eigentlich der süße Senf drauf, habt ihr den nicht aus der Tasche geholt?«

Die Geschwister, die Leberkäs, Salat und Brezn in Bernhards Tasche sofort gefunden hatten, zeigten sich irritiert; von süßem Senf war, so weit sie sich erinnerten, am Anfang gar nicht die Rede gewesen, nach dem hatten sie gar nicht geschaut.

Da ging Bernhard in den Flur, um den Senf zu holen. Derweil sahen die Geschwister fragend zu Willy. Aber Willy verzog nur den Mund, viel mehr Zeit blieb ihm auch nicht, denn schon erschien Bernhard wieder.

Sie begannen zu essen, und nun erwies es sich erstaunlicherweise als Segen, daß Erik, Matti und Britta fast nichts über ihren Onkel wußten. Das letzte Mal, da er sie für ein paar Tage in Gerberstedt besucht hatte, waren sie ja noch sehr jung gewesen, und später hatte Willy kein Wort mehr über ihn verloren, so fragten sie Bernhard jetzt dies und das; Willy hatte keine Ahnung, ob sie es nur um des lieben Friedens willen taten oder auch aus echtem Interesse, einerlei, ich habe doch große kluge Kinder, dachte er bei sich.

Wie er eigentlich nach Bayern gekommen sei, wollte Erik wissen, da erzählte Bernhard von dem Schuß in seine Wange, »hier«, er deutete auf die Narbe, »ist die Kugel rein, und hier«, er öffnete seinen Mund, »ist sie wieder raus«.

»Da hast du noch Glück gehabt«, sagte Matti.

»Da hab ich noch Glück gehabt«, sagte Bernhard, »in mehrfacher Hinsicht, denn ich bin nach Bayern ins Lazarett gekommen, und da war die Annegret Schwester, die jetzt meine Frau ist. Die war vielleicht begehrt, sag ich euch, wahre Kämpfe liefen um die Annegret ab.«

Willy ging auf Toilette und blieb dort eine Weile, denn er kannte die Geschichte, die nun folgen würde, schon zur Genüge. Außerdem mißfiel ihm, was ihm doch auch hätte gefallen können: daß Bernhard um so weniger bockte und um so eifriger erzählte, je mehr er gefragt wurde.

»Ich war der Favorit von der Annegret, das war schnell jedem im Lazarett klar, aber nicht jeder konnte das sportlich nehmen. Da ist also eines Tages einer, dem es das Knie zerschmettert hatte, an mein Bett gekommen und hat mit dem Ende seines Krückstocks auf meine Wunde gedrückt – damals war das noch die reinste Wunde. Der hat einfach durch die dünne Fleischmembran durchgestochen. Erst hab ich geschrien wie am Spieß, dann hab ich den Krückstock rausgezogen und den Kerl gepackt ...«

»Ja, und dann bist du gleich dageblieben bei der Annegret?« fragte Britta.

»Nicht gleich, erstmal bin ich zurück, darum bin ich so gut mit der Ruth bekannt geworden. Aber unten in Bayern war ein Gasthof, der bewirtschaftet werden mußte, schon ewig im Besitz der Familie von der Annegret war der, also bin ich bald wieder hin.«

Und wie heiße denn der Gasthof, und gehöre der jetzt ihm, und noch dies und das wollte man von dem Onkel wissen, es war ein halbwegs munteres Gespräch, in dem Bernhard seinen Neffen und seiner Nichte auch die eine oder andere Frage stellte, nur daß er und Willy die ganze Zeit vermieden, sich anzublicken, und die Geschwister das genau merkten und sich dachten, der war lange nicht hier, der Bernhard, und der wird so schnell auch nicht wiederkommen, und daß er so schnell nicht wiederkommen wird, wird dem Willy nur recht sein.

*

Am nächsten Morgen hatten sich viel mehr Menschen auf dem Friedhof versammelt, als eingeladen worden waren, bestimmt drei Dutzend. Darunter war fast die gesamte Belegschaft der Sparkasse und auch der eine oder andere Kunde, mit dem Ruth über Jahre zu tun gehabt hatte. Willy fand diesen Zulauf erstaunlich, war denn von ihm etwa eine Anzeige in die Zeitung gesetzt worden? Jedoch wollte es ihm einfach nicht gelingen, sich über die unverhoffte Anteilnahme zu freuen, im Gegenteil, die Masse der Trauernden betrübte und erschreckte ihn. Schwarz und ernst und murmelnd, wie ein sich gerade formierender mächtiger Chor, so erschien sie ihm. Alle diese Leute haben Ruth also geschätzt und gemocht! So beliebt ist sie also gewesen! Ihn überkam das Bedürfnis, sie noch einmal, wie ganz am Anfang, schätzen, mögen und vor allem lieben zu können, aber zugleich, während diese Sehnsucht ihn überkam, spürte er schon, sie galt nicht eigentlich Ruth. Sie entsprang nur dem Anblick all dieser fremden Menschen hier. Willy fühlte sich hart und kalt im Vergleich zu ihnen. Daß er seiner Frau gegenüber weniger empfand, als sie alle hier wahrscheinlich empfanden – was für ein Jammer. Er meinte auch, seine Gäste würden ihm jene Lieblosigkeit genau ansehen, und mehr noch, seine jahrelange Affäre sei ebenfalls sichtbar für sie, und daß er ein Kind gezeugt hatte nicht mit Ruth, und daß Ruth gerade deswegen nun nicht mehr war, alles, meinte er, müsse ablesbar sein an seinem Gesicht, er bekam es mit der Angst, der Chor werde zusammenrücken und anheben zu singen, werde in einer wogenden Bewegung, mit ausgestreckten Armen, vorgestellten Beinen und aufgerissenen Mäulern, ihm seine Vergehen vorhalten, er wußte nichts, und wieder nichts, und noch einmal nichts zu sagen zu einzelnen, die aus der vorerst noch wispernden Masse sich lösten, um ihm die Hand zu schütteln. Geisterhaft schnell traten sie dann wieder von ihm weg, eben weil er ganz steif und stumm blieb ihnen gegenüber.

Willy war heilfroh, als die Trauerfeier vorüber war und er an der Seite Marieluises, ausgerechnet neben der, den unebenen Weg runter in die Stadt, in Richtung »Sonne« gehen konnte. Instinktiv hatte er Marieluises Nähe gesucht. Weil sie als einzige außer dem konkurrenzlosen Achim von seinen Schandtaten wußte. Weil er vor ihr nichts mehr verbergen mußte. Er fühlte sich erleichtert neben ihr, bat sie sogar, sie möge sich bei ihm unterhaken, und weiß Gott, sie schlug es ihm nicht ab, sie strafte ihn nicht länger.

In der »Sonne« saß man in dem zuvor beschlossenen allerkleinsten Kreis, nur daß wie selbstverständlich Catherine ihn erweiterte, die extra aus Berlin angereist war, um sich gemeinsam mit ihrer Mutter von Ruth zu verabschieden; denn Ruth hatte sie einst auf dem Schoß gehabt, hatte für sie auch immer mitgekocht, wenn Marieluise mal wieder plötzlich zum Hausbesuch gerufen worden war, jawohl, wie eine zweite Mutter war Ruth zu ihr gewesen, und deswegen zeigte sich Catherine heute hier, deswegen setzte sie mal kurz aus mit dem Büffeln für ihr Examen.

Aber hatte sie Marieluise nach ihrer Ankunft nicht erklärt, sie müsse vom Friedhof direkt wieder zum Bahnhof und zurück nach Berlin, um ihren Kopf schnell wieder in die Bücher stecken zu können? Warum hatte sie denn den Zug sausen lassen? Wodurch war sie veranlaßt worden zur Verletzung ihrer selbst auferlegten, also heiligen Pflichten?

Durch eine schlichte Umarmung unmittelbar vor der Trauerfeier – durch eine Umarmung, die auf Außenstehende schlicht gewirkt haben mochte.

Sie, Catherine dort am Friedhofstor: Natürlich begrüßt sie zuerst Britta, ihre immerste Freundin, Tränen fließen; und Jahre sind vergangen, drei oder vier, in denen sie Matti nicht begegnet ist, sie drückt sich scheu an ihn, umfaßt mit ihren Händen seine Schultern, es ist Winter, und dicke Kleider umhüllen ihr den Körper, aber seltsam, Catherine spürt, als wäre da nur dünner, fadenscheiniger Stoff, auf einmal Mattis Hände knapp unter ihren Schulterblättern, nicht daß er fest zudrücken oder gar sie zu sich heranziehen würde, überhaupt nicht ist das der Fall, und auch sie drückt und zieht ja nicht, beide stehen in vorsichtiger Berührung, in tiefer Trauer, wie die Umstehenden wohl annehmen, Catherine selber aber schon nicht mehr glauben mag, denn in der tiefen Trauer und vor allem in dem grausligen Winter, da wird doch aller Erfahrung nach der Körper kalt und fühllos, da fängt er doch nicht plötzlich an zu glühen wie eine hochgedrehte Heizung.

Catherine war dann auf dem abschüssigen geröllhaltigen Weg wie zufällig neben Matti gelaufen. Einmal bei einem Schritt passte sie nicht auf und trat auf einen scharfkantigen Stein. Notwendigerweise hielt sie sich an Matti fest. Er spannte blitzschnell den Oberarm, und sie lockerte daraufhin ihren Griff, sie stand ja wieder sicher. Doch lagen nicht noch fürchterlich viele spitze Brocken vor ihr? Catherine wollte Matti mal lieber nicht loslassen. Sie hakte sich bei ihm unter, schaute ihn dabei fragend von der Seite an. Matti nickte, und sie liefen weiter. Manchmal, wenn der Weg besonders holprig war, drückte Catherines Arm gegen den Mattis, der wiederum seinen Arm unwillkürlich zu sich zog, und damit Catherine. Mit anderen Worten, das Gehen erforderte ihrer beider ganze Aufmerksamkeit. Darum redeten sie nicht. Seltsam war das eigentlich, denn man erinnere sich, Jahre hatten sie einander nicht gesehen, da darf man doch wohl erwarten, daß ein paar Worte gewechselt werden. Aber diese zwei? Kein einziges Wort bisher. Catherine zumindest vermißte nichts, sie spürte das Summen eines bisher ungekannten Einklangs. Es gab für sie nichts Natürlicheres, als jetzt wortlos mit Matti über das Geröll zu gehen. Freilich war da ein geringfügiges Problem, sie wußte gar nicht genau, ob er das alles auch so empfand.

Britta, die mit Erik, Carla, Bernhard und Achim Felgentreu hinter ihnen lief und das Festhalten und Unterhaken genau verfolgt hatte, kam der Gedanke, die beiden könnten nun doch noch zusammenfinden; wie sie da so gingen als Paar, das war doch schön und natürlich anzusehen. Ach hör auf, fang nicht an zu spinnen, das ist ja lächerlich, was du gleich daraus machst, sie marschieren einfach nur gemeinsam den blöden Weg hinunter, schalt sie sich im nächsten Moment. Und selbst wenn noch was geschähe, selbst wenn, Ruth nützte es gar nichts mehr. Plötzlich begann Britta zu weinen; jetzt noch? Das erstaunte nun Erik. Etwas linkisch zog er sie an sich und geleitete sie runter zur »Sonne«.

Catherine hatte es dort so eingerichtet, daß sie vor Matti an den reservierten Tisch getreten war. Sie zog recht langsam einen Stuhl zurück, ein Test sollte das sein: Wenn sie sich nicht völlig täuschte, mußte Matti, ehe ein anderer es tat, nach dem Stuhl neben ihr greifen. Und da waren schon seine Knöchel auf der Lehne, der richtigen. Beide schauten nach vorn und zur Seite, wo jetzt der Rest des Grüppchens Platz nahm, beide schauten auch noch so, als alle längst saßen. Dann aber war es unvermeidlich für sie, sich einander zuzuwenden; nicht nur kein Wort hatten sie ja bis dahin gesprochen, auch zu keinem richtigen Anblicken war es gekommen. Matti fixierte Catherine mit unbeweglichen ernsten Augen. Dazu zog er leicht seine Brauen zusammen. Trotzdem gewann sie den Eindruck, als erfasse und begrüße er ihr ganzes Gesicht. Sie lächelte ein wenig, aber er reagierte nur insofern, als daß sein Blick schleierhaft wurde.

»Dir geht es gar nicht gut, nicht?« sagte Catherine.

Matti zuckte mit den Schultern. Zugleich schluckte er so heftig, daß ihm sein Adamsapfel fast an die Kinnlade stieß.

Nach diesen einander zuwiderlaufenden Antworten, die sie nicht recht zu deuten wußte, beschloß Catherine, Matti auf Ruth anzusprechen, saß man nicht deretwegen hier? Und was wußte Catherine denn bislang über Ruths Tod? Nur daß es sich um Selbstmord handelte.

»Was ist mit Ruth gewesen?« fragte sie schlicht.

Matti schaute sie erneut aus unbeweglichen ernsten Augen an. Dann gab er Willys Erklärung wieder. Er schloß mit den Worten: »Manchmal muß ich jetzt daran denken, daß Ruth in der Deutsch-Sowjetischen Freundschaft gewesen ist, verrückt, oder? Ruth ist tot, und ich denke an so was Nebensächliches.«

»Ich finde das nicht so unnormal, das ist der Fluchtimpuls der Gedanken. Außerdem halte ich es nach dem, was du mir eben berichtet hast, auch gar nicht unbedingt für eine Nebensächlichkeit. Wahrscheinlich dachte Ruth, wenn sie da nicht reingehe, würden ihr unangenehme Nachfragen gestellt, ob sie vielleicht was gegen die Freunde habe. Und natürlich hatte sie. Aber sie wollte oder konnte eben nicht darüber reden, sie hatte eine Heidenangst davor.«

Matti nickte. »Im nachhinein erkennt und begreift man vieles. Stell dir vor, einmal zu Weihnachten ist Britta mit einer echt russischen Schapka angekommen. Sie hatte sie von einem Artisten geschenkt gekriegt ...«

»Juri«, warf Catherine ein.

»Juri. Und weißt du, was Ruth tat? Sie lobte nicht nur die Mütze überschwenglich, sondern setzte sie sich am Weihnachtsabend, während unseres Geschenkeauspackens, auch selber auf. Sie wollte sie gar nicht mehr abnehmen. Darin lag eine gräßliche Übertreibung, wie wir mittlerweile wissen, aber damals haben wir darüber hinweggesehen, wir haben gelächelt, als säßen wir selber im Zirkus. Wie wir auch darüber hinweggesehen haben, daß unser Vater peinlich berührt gewesen ist von Ruths Verhalten. Wir dachten, er besitzt eben keinen Humor, so ist er nun mal. Dabei hat er alles als schlechte Inszenierung erkannt.«

»Mach dir deswegen keine Vorwürfe«, sagte Catherine leise. »Hörst du?« Sie hauchte es beinahe, denn begütigend auf jemanden einwirken, das muß man nunmal so und nicht anders.

Matti schüttelte den Kopf, wobei er ein wenig stöhnte; dies konnte ebensogut ›tu ich ja nicht‹ wie ›du hast ja keine Ahnung‹ heißen.

Catherine entschied sich dafür, Variante zwei gehört zu haben, und sagte: »Vorwürfe soll man sich machen, wenn man etwas begriffen hat und trotzdem tatenlos geblieben ist. Aber war das denn hier der Fall? Ich glaube nicht. Drehen wir doch die Sache einmal um, stellen wir uns, auch wenn es schwerfällt, einmal vor, Ruth säße jetzt noch unter uns, sie hätte uns für heute sogar eingeladen, einfach aus Lust und Laune. Wie würdest du unter diesen Umständen wohl auf ihre Schapka-Vorführung zurückschauen? Ich bin mir sicher, du würdest sie als Beweis dafür nehmen, daß Ruth glücklich und zu den schönsten Überraschungen fähig sei.«

Matti sah sie skeptisch an, da rief Catherine beschwörend: »Ich will dir nichts einreden. Schau doch nicht so. Was ich sage – das glaube ich. Und du, du kannst es auch glauben.«

Die meisten anderen, die längst die Speisekarte studierten, blickten leicht indigniert auf, Britta aber sah eine Göttin aus glühender Bronze und dachte, Bruder, Begräbnis hin, Begräbnis her, wenn du sie dir jetzt noch entgehen läßt, dann ist dir wirklich nicht mehr zu helfen.

Und siehe, Matti rückte mit seinem Stuhl nach hinten und bedeutete Catherine, ihm zu folgen. Er hatte ihr wohl was Intimes mitzuteilen, er sagte im Flüsterton: »Was wir hier so endlos diskutieren, ist überhaupt nicht das, was mich gerade beschäftigt. Willst du wissen, was mich gerade beschäftigt?«

Sag, antworteten Catherines dunkelbraune Augen.

»Mich beschäftigt, daß mich Ruths Tod gar nicht richtig erreicht. Warum ist das so? Ich glaube, weil auch sie selber mich nicht mehr erreicht hat. Wenn ich ehrlich bin, ist sie mir fremd geworden, schon als ich noch hier gewohnt habe. Ich habe mich sogar von ihr benutzt gefühlt, denn ihre Liebe war hysterisch und hatte etwas Gehetztes. Ich, und genauso Britta und Erik, wir sollten ihre Retter sein, aber diese Rolle konnten wir nicht ausfüllen, ich konnte es jedenfalls nicht. Und deshalb komme ich mir jetzt, da wir nach Begründungen für ihre Tat suchen und jede Schapka und jedes Mitgliedsbuch daraufhin abklopfen, ob vielleicht ein Körnchen Ursache herausfällt, nicht wie ein Sohn vor, dem es das Herz zerreißt, sondern wie ein Detektiv, der seine Arbeit verrichtet. Das war ja schon so, als unser Vater uns informiert hat. Es ist während jener Unterredung nicht alles zur Sprache gekommen, da bin ich mir sicher. Zum Beispiel leuchtet mir nicht ein, warum Ruth erst so lange nach dem eigentlichen Geschehnis keinen anderen Ausweg mehr gesehen haben soll als den Tod. Jahrzehnte danach erst, das erscheint mir äußerst unlogisch. Willy sagt, als sie erfahren habe, daß er alles wisse, sei sie fortgedriftet, vorher nicht. Aber selbst wenn es so gewesen sein sollte – was hat er dann gegen ihr Wegdriften getan? Das sagt er nicht. Sich zu diesem Thema zu äußern, davor drückt er sich. Ich müßte ihn nun bedrängen, es müßte in mir wühlen. Aber das tut es nicht! Ob ich ihn noch einmal genauer befragen werde? Ich nehme es mir vor wie die Abarbeitung eines offengebliebenen Punktes auf einer Liste, ich nehme es mir vor, weil es sich so gehört und die Pflicht es gebietet – nur deshalb!«

Während seiner plötzlichen Offenbarung hatte Matti Catherine mit flackerndem Blick angeschaut, aber sie hatte bald zu Boden gesehen. Was redete er da? Erst tat er schön, und dann breitete er die kältesten und schroffsten Charakterzüge vor ihr aus, er benahm sich ja, als wolle er sie mutwillig abstoßen.

Endlich sah sie wieder auf. Er schaute sie aber nicht böse an, eher schien er sich etwas zu erbitten oder zu erhoffen von ihr.

Man brachte das Essen. Während sie kaute, fragte sie sich unablässig, was dieser Blick ihr wohl besagen sollte; und mit einemmal glaubte sie es zu wissen. Matti hatte sie gar nicht wegstoßen wollen – im Gegenteil, er hatte vor ihr sein Innerstes nach außen gekehrt, hatte sie ohne jede Ankündigung in seine Abgründe blicken lassen. Niemand anderem gegenüber wollte er das tun, sonst wäre er doch nicht vom Tisch weggerutscht. Er hat mich sogar seiner Schwester vorgezogen. Er hat mich hineinholen wollen in seine geheimste Welt. Catherine, dumme Trine, was hast du denn erwartet, süße Worte, in dieser Stunde? Er ist doch noch mit Ruths Tod beschäftigt, viel mehr als du, viel mehr, als er selber denkt. Er verflucht seine Gefühllosigkeit – dabei ist dieses Verfluchen pures Gefühl, er weiß es nur nicht, oder er will es nicht wissen.

Sie war jetzt mit dem Essen fertig. Sie strich sich ihre schwarzen Haare hinter die Ohren, die Geste, die sie sich seit der Kindheit bewahrt hatte, und sah Matti endlich voller Ruhe an, mit dem Ernst, den sie die ganze Zeit von ihm empfangen hatte.

»Du wolltest nicht hören, was ich dir von Ruth und mir erzählt habe, nicht wahr?« fragte Matti.

»Ich hatte es nicht erwartet. Aber jetzt finde ich gut, daß ich es gehört habe. Vielleicht sage ich dir später einmal noch was dazu, jetzt sollten wir vielleicht über etwas anderes reden? Zum Beispiel könntest du mir von deinem Kahnfahren erzählen.«

»Später?« Da hatte er wieder den schleierhaften Blick, den er schon kurz nach dem Stühle-Heranziehen gehabt hatte.

Catherine begriff das nicht im mindesten als Frage, es klang ihr eher wie eine Wiederholung, wie eine Bestätigung.

»Was willst du denn übers Kahnfahren wissen?« fragte er weiter.

»Ich weiß nicht. Ich kann dir nur sagen, was ich nicht wissen will. Wie der Motor arbeitet und was er leistet und dieses ganze Pipapo.«

»Meinst du, damit würde ich dich traktieren?«

Catherine schüttelte den Kopf. »Ich habe es einfach nur so gesagt.« Sie verstieg sich sogar zu der Behauptung: »Manchmal ist es doch sowieso einerlei, was man redet.«

Aber jetzt erhoben sich die anderen; wenn Catherine und Matti in den vergangenen Minuten auch nur einen Blick für sie gehabt hätten, wäre ihnen nicht entgangen, daß man schon geraume Zeit hatte aufbrechen wollen. Nur aus Rücksichtnahme auf sie beide, die nach Einschätzung der meisten gerade eine vorbildliche Trauerarbeit leisteten, war das nicht geschehen.

Notgedrungen standen auch sie auf, und Catherine, ach, wahrhaft alles mußte hier und heute von ihr kommen, Catherine sagte: »Vielleicht können wir im Zug weiterreden. Fährst du auch morgen früh zurück nach Berlin?«

»Das weiß ich noch nicht genau«, sagte Matti.

Catherine war in diesem Moment so klug und so selbstgewiß, ihren Stolz nicht hervorbrechen zu lassen, und fragte einfach weiter: »Und wann wirst du es wissen?«

»Keine Ahnung.«

Da begann sie nun doch zu zweifeln. Hatte sie sich vielleicht getäuscht? Was trieb sie denn hier, und vor allem, wohin ließ sie sich treiben? Bei allem Verständnis, aber was bildete dieser Matti sich ein? Selbstachtung, Catherine-Trine, Selbstachtung! Sie drehte sich, »also, na dann« murmelnd, langsam von ihm weg.

Sie wollte zu den anderen treten, die sich schon an der Tür befanden, da hörte sie ein leises: »Warte.« Sie blieb stehen, wandte sich aber nicht um. Auch hatte sie den Rücken durchgedrückt und das Kinn erhoben, sie wirkte wie eine, die von staubiger Anhöhe aus ihr weites Land überblickt, durch das ein breiter Strom fließt, auf dem sich braune Segel bauschen. Nach vielleicht drei oder vier Sekunden vernahm sie die gleichermaßen aufklärenden wie geheimnisvollen Worte: »Ich habe morgen noch etwas Wichtiges mit Willy zu bereden, etwas, das im übrigen nicht Ruth betrifft, sondern mich selber, und ich kann dir beim besten Willen nicht sagen, wie lange es dauern wird.«

Catherine wartete ein paar Sekunden, ob noch etwas folgte, aber das war nicht der Fall. Sie verzichtete darauf, Matti noch einmal anzuschauen, setzte sich wieder in Bewegung und schritt stumm und äußerst würdevoll, nach innen lächelnd, auf die Schar der Wartenden und namentlich auf Britta zu.

Die hatte jene Szene mit höchster Spannung verfolgt, war aber zu ihrem Leidwesen nicht imstande gewesen, auch nur ein einziges Wort zu verstehen. Daher konnte sie, während Catherine sie zum Abschied lange und innig umarmte, sich nicht versagen, ein »Und?« in deren Ohr zu flüstern.

»Alles wird gut, alles, es braucht nur seine Zeit«, antwortete Catherine; und die Umstehenden, die das durchaus hören konnten, denn es war nicht ganz so leise gesprochen, sie alle nickten dazu, als verstünden sie nur zu gut, obwohl sie die Sache ja gerade etwas eng sahen – viel zu eng.

Ein Buch reist aus

Weil die Arbeit rief, waren Britta, Erik, Carla und erst recht Bernhard schon am Abend des Beerdigungstages wieder aus Gerberstedt abgereist, und so trafen sich am nächsten Morgen Matti, der seine freien Tage hatte, und Willy allein zum Frühstück.

Sie nahmen es weitgehend stumm ein, unterbrochen nur durch Willys Verweis auf die im Schuppen stehende Jawa: Nun, da Ruth nicht mehr sei, werde er sich wohl wieder verstärkt »mit dem Maschinchen« beschäftigen, ganz sicher werde er es noch im Winter einer Generalüberholung unterziehen und dann gleich am ersten lauen Frühlingstag mit ihr über die Straßen brettern. Willy lachte nervös, als traue er seinen eigenen Worten nicht.

Als sie zu Ende gegessen hatten und Willy schwerfällig Anstalten machte, sich zu erheben, bat Matti ihn, noch sitzen zu bleiben, er wolle nur schnell etwas holen. Er lief aus der Küche und kam mit einem Packen Papier zurück, um das ein fasriges Hanfseil geknotet war. Vorsichtig legte er es auf den Tisch, dann versuchte er, die innerhalb des Seils verrutschten Seiten mit senkrecht aufgestellten Händen wieder ins Lot zu bringen. Seine Bewegungen hatten etwas Weihevolles, zugleich aber auch etwas Scheues und Unsicheres.

»Na, das ist wohl kein Altpapier«, sagte Willy.

Matti verstand die Anspielung und mußte unwillkürlich lächeln. Als er und seine Geschwister klein gewesen waren, hatten sie von solchem Hanf zusammengehaltene Zeitungen in einem Handwagen, der von Rudi gebaut worden war, zum Altstoffhandel gebracht, wobei die Hälfte des erlösten Geldes an Willy ging und die Hälfte bei ihnen verbleiben durfte. Die Kinder wiederum hatten untereinander abgemacht, daß immer zwei von ihnen losziehen und bei ihrer Rückkehr die Pfennige mit dem oder der Daheimgebliebenen teilen würden. Bald aber plackerten sich nur noch die Brüder ab. Britta nämlich hatte bei ihren Einsätzen ein ums andere Mal gezwitschert, noch viel zu schwach zu sein für so was Anstrengendes, eine Behauptung, die sie zu untermauern verstand, indem sie sich mehr von dem Wagen ziehen ließ, als daß sie ihn schob. Dafür war sie dann so großzügig zu erklären, sie wolle auf ihren Anteil verzichten. »Wenn ich trotzdem mal was brauche, nur ganz ausnahmsweise, dann werde ich es doch kriegen, nicht wahr?« So fragte sie, und nun brachten es die Brüder erst gar nicht übers Herz, jenes Britta-Drittel einzubehalten. Sie zahlten jedesmal nach Treu und Ehr, sie konnten die Schwester doch nicht bestrafen, spillrig und sonnig, wie sie war.

Das Rasseln der eisenummantelten Räder und das Qietschen der hölzernen Deichsel, leise zog es durch Mattis Gemüt. Als es verklungen war, sagte er: »Nein, kein Altpapier.« Verlegen befingerte er den Seilknoten. »Oder vielleicht doch, ich weiß nicht.«

Willy zog den Stoß zu sich heran. Als er las, was auf dem Deckblatt stand – *Das verschlossene Kind* –, erstarrte er. Ihm schoß durch den Kopf, daß mit diesem Kind ja wohl nur Sybille gemeint sein konnte, jene Tochter, die er gewissermaßen vor seinen anderen Kindern verschlossen hatte. Wußte Matti etwa von ihr? Was stand in den Papieren? Was war das für ein Packen? Abermals, wie schon während des Disputs mit Marieluise, schienen sich plötzlich Spieße in sein Herz zu bohren. Er zog den Kopf ein, so daß er mit einemmal aussah wie halslos.

»Ist dir nicht gut?«

»Ach, schon vorbei.« Tapfer versuchte Willy zu lächeln, und noch tapferer klopfte er dann auf den Stapel und sagte: »Was hat's auf sich mit diesem …«, er beugte sich über das Gedruckte, »… mit diesem verschlossenen Kind?«

»Das ist eine real existierende Figur, die mir als Vorlage diente für einen Roman, den ich geschrieben … den ich versucht habe zu schreiben.«

In der hellen Aufregung, die von Willy Besitz ergriffen hatte, fiel ihm nicht auf, wie tastend und vorsichtig Matti sprach. Willy kam in seiner Wahrnehmung auch gar nicht über die »real existierende Figur« hinaus. Seine Augen flackerten, als er fragte: »Kenne ich sie? Woher kennst du sie? Wer ist sie? Wie heißt sie?«

Matti schwieg. Das Stakkato der Fragen verblüffte ihn. Ihm wollte auch nicht in den Kopf, warum alle Neugier Willys der Titelfigur galt und nicht dem doch viel wichtigeren Umstand, daß er, Matti, ihm hier ein eigenhändig verfaßtes Romanmanuskript vorlegte.

»Sag schon«, fuhr Willy ihn gequält an, »hör endlich auf, mich zu foltern!« Er schrie es fast; nach allem, was sich in den letzten Tagen zugetragen hatte, war er offensichtlich mit seinen Nerven am Ende. Jedenfalls bot er in diesem Moment ein bestürzendes Bild: Seine Augen flackerten, sein ehedem akkurat zurückgekämmtes Haar hing ihm wirr in die Stirn, sein Atem ging röchelnd.

»Beruhige dich doch, beruhige dich!« Matti schüttelte den Kopf und sagte sanft: »Vielleicht war alles zuviel für dich – und jetzt komme ich auch noch damit …« Er schaute auf das Manuskript und fuhr fort: »Ich hatte schon Skrupel, es mitzubringen, große Skrupel. Ich wußte nicht, ob ich es dir zeigen sollte, ich nahm mir vor, alles abhängig zu machen von der Situation. Und vorhin, da hoffte ich, es werde dich ablenken, dir guttun in gewisser Weise. Aber es tut dir nicht gut, es regt dich auf, das sehe ich jetzt. Ich verstehe zwar nicht warum, aber egal, ich werde den Text einfach wieder einstecken und später noch einmal mitbringen. Wenn etwas Gras über die Sache gewachsen ist.« Er langte nach dem Stapel.

Willy drückte schnell seine flache Hand darauf. Hatte er sich während Mattis durchaus zärtlicher Rede nicht schon wie befreit gefühlt? War er nicht schon der Meinung gewesen, er habe Gespenster gesehen? Aber durch den letzten Satz war er doch wieder in höchste Alarmbereitschaft versetzt worden. »Gras – über welche Sache?« fragte er dunkel.

»Du bist ja wirklich verwirrt«, murmelte Matti. »Über Ruths Tod natürlich.«

Willy stöhnte: »Ruths Tod, ja, du siehst es mir an … und warum soll ich es auch leugnen … ich bin noch verwirrt deswegen, und so verstehe ich auch nicht, was das zu bedeuten hat mit dem verschlossenen Kind. Aber nun, da du das Thema aufgebracht hast, wollen wir es auch richtig durchsprechen, denn wenn ich nicht wüßte, was hier in dem Papier steht, wäre ich nur noch mehr aufgewühlt in den nächsten Tagen. Also bitte, erzähle mir davon, ich verspreche dir auch, dich nicht mehr zu unterbrechen.« Er gab sich die größte Mühe, Matti aufmunternd anzuschauen.

Matti erzählte von Antonio und Karandasch, und je länger er redete, um so mehr entspannten sich die Gesichtszüge seines Vaters. Bald schien der ihm erfreut und geradezu heiter zu lauschen.

Nachdem er geendet hatte, rief Willy lauthals: »Großartig, das ist ja wirklich großartig, mein Sohn, das ist ein Ding, ich bin stolz auf dich, richtig stolz!«

»Nun mal langsam, du hast doch noch keine Zeile gelesen. Vielleicht taugt es gar nichts. Vielleicht ist es Schrott. Wir sollten durchaus davon ausgehen …«

Statt einer Antwort fing Willy scheppernd zu lachen an, und dabei riß er sein Mündlein dermaßen auf, daß er sogar die faltigen Segel seines Gaumens blicken ließ, wenigstens zum Teil.

Matti erschien das nicht weniger bestürzend als die vorherige Düsternis: Willy, danach sah's aus, war wohl gerade nicht ganz bei Sinnen, so wie er juchzte, so wie es ihn schüttelte am ganzen Körper bis in die Fingerspitzen hinein.

Willy ließ sein Lachen mit ein paar schmatzenden Lauten ausklingen. »Du hast also einen Roman geschrieben, mein Sohn, was für eine Überraschung, wie kommst du denn dazu – ja wie bist du denn dazu gekommen? Das mußt du mir schon auch noch erklären, wenn's recht ist!«

»Den Anstoß«, Mattis Gesicht färbte sich leicht rötlich, »hat mir meine ehemalige Deutschlehrerin gegeben …«

»Karin Werth? Doch nicht etwa Karin Werth?« unterbrach ihn Willy.

»Karin Werth, richtig.« Matti erzählte, wie er sie zufällig kurz vor ihrem mysteriösen Verschwinden im »Schoko + Vanille« getroffen hatte; aber alles, was danach passiert war zwischen ihr und ihm, behielt er lieber für sich.

»Und seitdem hast du nichts mehr von ihr gehört?« fragte Willy gespannt.

»Nur daß sie im Westen sein soll.«

»Und soll ich dir vielleicht sagen, was sie jetzt treibt? Soll ich's dir sagen? Ich weiß das.«

Jetzt war es aber Matti, der erschrak. Ihn durchfuhr eine Hitzewelle, damit hatte er nicht gerechnet, nicht mehr. Sie steckte also immer noch in seinem Körper, Karin Werth, er hatte damals binnen weniger Stunden eine Überdosis dieser Frau eingenommen, und das Abbauen jener erregenden Substanz, das er Britta gegenüber voller Aufrichtigkeit für beendet erklärt hatte, dauerte in Wahrheit noch an. Vielleicht würde es nie abgeschlossen sein?

»Ich kann's dir sagen, wenn's dich interessiert, denn ich kenne jemanden, der täglich mit ihr zusammenarbeitet. Und daß er's tut, hehe, das hat deine Lehrerin sogar mir zu verdanken, wenn auch nur zu einem kleinen Teil. Da staunst du, was?«

»Da staune ich.«

»Sie ist Lektorin im ›Westenend-Verlag‹, du weißt, wir drucken für den. Was für ein Zufall! Erst ist sie spurlos verschwunden aus Gerberstedt, und jetzt arbeiten wir gewissermaßen zusammen.«

Matti schüttelte ungläubig den Kopf: »Tatsächlich, was für ein Zufall. Aber vielleicht auch nicht? Sagtest du nicht, du hättest dabei deine Finger im Spiel gehabt?«

»Ach, das war eine Übertreibung.« Und Willy erzählte ihm, wie Heinrich Overdamm sich im Anschluß an eine beinharte Verhandlung, sozusagen zur Entspannung, nach ihr erkundigt und wie daraufhin er selber, allein schon um der Atmosphäre willen, nur das Beste berichtet hatte – übrigens mit einem Verweis auf ihn, Matti.

Der wunderte sich ziemlich. Wußte Willy etwa, wie sehr er an Karin Werth hing? Er sollte es nicht wissen, denn es war nun schon seit Jahren ein Geheimnis, zwar kein peinliches, doch je länger etwas ein Geheimnis ist, um so mehr achtet man darauf, daß es nicht gelüftet wird, man dreht sich in sein Geheimnis hinein wie ein Holzwurm in ein altes Brett, immer tiefer. »Was denn für ein Verweis?« fragte Matti. »Habe ich etwa jemals was über sie erzählt? Nicht daß ich wüßte.«

»Du hast mehr als einmal davon geschwärmt, wie toll diese Lehrerin ist, schon vergessen?«

»Ach so ... ja ... ja.« Matti schwieg eine Weile, fragte plötzlich: »Dann ist sie also glücklich?«

»Darüber kann ich mir kein Urteil erlauben. Ich bin ihr ja nie begegnet, ich habe immer nur mit Overdamm gesprochen. Und der, der ist glücklich mit ihr, soviel läßt sich sagen. Neulich erst erklärte er mir am Telefon, ungefragt übrigens, durch die Art, wie sie die Dinge sehe, habe sie sein Haus in kurzer Zeit schon unendlich bereichert. Er konnte sich nicht verkneifen, uns für hirnrissig, jawohl, das war seine Formulierung, für hirnrissig zu erklären, weil wir eine wie sie weggeekelt hätten. Was sollte ich da entgegnen? Er möge bitteschön nicht mich haftbar machen dafür, denn ein ›wir‹, das gebe es doch gar nicht. Was ihm vielleicht monolithisch erscheine, sei in Wirklichkeit zusammengesetzt aus recht unterschiedlichen und manchmal sogar auseinanderstrebenden Teilen ... wie auch immer, von dieser Karin Werth schwärmt er im Grunde so wie du früher. Sie scheint wahrhaft eine beeindruckende ...«

Hastig wie jemand, der nun schon zuviel gehört hat, schnitt Matti ihm das Wort ab: »Ja, beeindruckend, doch laß uns nun mal wieder auf das *Verschlossene Kind* zurückkommen. Ich habe nämlich eine Bitte an dich, die dieses Manuskript betrifft. Ehrlich gesagt, liegt es jetzt nur deshalb hier auf dem Tisch. Könntest du es vielleicht mal jemandem aus einem Verlag zeigen? Du kennst doch die Leute dort. Du brauchst es auch nicht selber zu lesen.«

»Oh, ich werde es lesen, mein Sohn, ich werde!«

»Aber vielleicht kann es ja jemand lesen, der was davon versteht, ein Lektor?«

»Nun«, sagte Willy mit wichtiger Miene, »das ist nicht so einfach, wie du dir denkst, denn ich habe ja immer nur mit den Herstellern zu tun. Aber diese Hersteller, die unterhalten natürlich Kontakte zu den Lektoren, es ließe sich also was machen.« Er dachte an Weitermann, und er dachte an Veronika, die am Apparat sein würde, wenn er Weitermann zu erreichen versuchte. Ein schales Gefühl stieg in ihm auf.

»Du mußt nicht, wenn du nicht willst«, sagte Matti.

»Warum sollte ich nicht wollen?«

»Weil du unsicher bist, was dein Sohn da abgeliefert hat? Weil es vielleicht was Unbotmäßiges ist, für das du dich verwendest?«

»Aber es ist doch keine heikle Sache? So wie du mir den Inhalt geschildert hast, scheint er mir gar nicht unbotmäßig zu sein. Ein rein historischer Stoff.«

»Aber im Gewand der Zeitlosigkeit. Das heißt, man könnte ihn auch auf heute beziehen. Die Ehrlichkeit gebietet es, dir das zu sagen. Noch einmal, du mußt nicht, wenn du Skrupel hast ...«

Willy lachte bitter: »Das wäre die kleinste Schwierigkeit für mich, wirklich.«

»Im Grunde hast du es auch nur deiner Tochter zu verdanken, daß ich dich jetzt belagere.«

»Meiner Tochter? ... Ah, Britta – inwiefern?«

»Sie hat das Manuskript bisher als einzige gelesen, nun ja ... und sie fand es großartig. Sie meinte, es müsse unbedingt veröffentlicht werden, und im selben Atemzug sagte sie, das solltest und könntest natürlich du bewerkstelligen, es sei der einfachste und naheliegendste Weg … na, du kennst sie ja.«

Willy nickte lächelnd. Er spürte einen Anflug von Glück, weil ihm Matti und insbesondere Britta Vertrauen schenkten, und er nahm sich etwas für seine Verhältnisse Ungewöhnliches und sogar Heldenhaftes vor: Mattis Buch, er wollte es tatsächlich lesen, bevor er es weiterleiten würde.

*

Am Vormittag darauf fuhr Matti mit dem Zug zurück nach Berlin. Wieder hatte es über Nacht heftig geschneit, und nun lag so viel Schnee auf der Strecke, daß die Diesellok, als wäre sie ein riesiger Hobel, fortwährend Millionen helle Späne hochwirbelte. Wie glitzernde Schleier stoben sie zu beiden Seiten am Zug vorbei, lautlos flatternde Tücher, die mal an die Scheiben schlugen und mal von ihnen wegwehten, in jähen dichten Wellen.

Matti saß, mit dem Gesicht zur Lok, am Fenster. Nach dem ersten Anfahren, beim plötzlichen Auftauchen dieser eisigen Wellen, war er instinktiv zur Waggonmitte hin gerückt, aber später hatte er seine flache Hand an das Fensterglas gehalten und Schläfe und Wange an die Hand gepreßt. Kühle lag auf seiner Stirn. Indessen pochte sein Herz kräftig. In seinem Magen summte es, und auch in seinem Hals.

An Catherine dachte er in diesen Minuten vor diesen immerfort wehenden Vorhängen aus Schnee; und dazu sind ja wohl auch zugezogene Vorhänge da: daß man hinter ihnen endlich mal ungestört einen wichtigen Gedanken verfolgen kann …

Sie wohnte in der Stargarder Straße im Prenzlauer Berg, das hatte Matti vorgestern bei Britta erfragt: »Sage mal, Schwesterlein, wo haust eigentlich deine Catherine?«

»Deine?« hatte Britta geradezu beglückt zurückgegeben, »deine?« Und dann hatte sie ihm nicht nur die genaue Adresse genannt, sondern ihm auch gleich noch erklärt, wie er da am besten hinkäme, »mit der S-Bahn bis Schönhauser, aber hinten raus, nicht vorne, hinten ist die Greifenhagener, nochmal, vorne Schönhauser, hinten Greifenhagener, die rechts lang, nicht links, hörst du, und rechts siehst du dann links die Gethsemanekirche, an der mußt du vorbei … großer Himmel, daß du es noch nicht wußtest«! Und sie hatte überrascht, und wohl auch ein wenig mißbilligend, den Kopf geschüttelt.

Catherine, das war ihm gleichfalls von Britta mitgeteilt worden, paukte in diesen Tagen in der Bibliothek für ihr Examen. Darum wartete er bis zum Abend, ehe er sich aufmachte zu ihr. Währenddessen wich aber die Vorfreude einer großen Unsicherheit. Was, wenn er Catherine auch am Abend nicht antraf? Schließlich hatten sie keine Absprache getroffen. Und doch war die Absprache in der Welt! Er müsse noch ein Gespräch mit Willy führen, hatte er ihr vor 48 Stunden bedeutet – und daß er sich am Tag danach unverzüglich zu ihr begeben würde, das war doch ohne weitere Erklärung klar. Oder etwa nicht? Für mich war und ist es klar, sagte er sich, aber auch für sie?

Er klingelte, die Tür ging auf, da stand Catherine. Sie zeigte Freude, aber keine Überraschung, sie schien ohne Angst gewesen zu sein, daß er nicht käme, aber sie lächelte auch nicht, auf eine ernste Weise offen war sie. Und so sprach sie auch, wörtlich sagte sie: »Dann sind wir jetzt also allein.«

Sie drehte sich um und ging in die Wohnung, ließ ihn die Tür schließen, was man doch normalerweise nicht tut, wenn jemand zum ersten Mal eintritt. Sie trug dicke braune Strumpfhosen und einen im selben Braun gehaltenen gestrickten Pullover, der ihr fast bis an die Knie reichte. Um die Taille hatte sie einen Gürtel aus lauter goldfarbenen Ringen geschlungen. Catherine wandte sich wieder zu Matti hin und bemerkte, daß er, auch wenn er nun schnell den Blick hob, auf den Gürtel gestarrt hatte.

»Schlüsselringe«, sagte sie.

»Das sind alles Schlüsselringe?« Mit seinem Zeigefinger tastete er einen Ring ab, ganz ohne Catherine zu berühren. Wie sie da im heftigen Atmen ihre Brüste hob und ihren Bauch einzog. Er ließ den Ring wieder los, geriet auch in ein solches Atmen; bißchen kräftiger Luft geholt, und er wäre an ihre Brüste gestoßen, so nahe standen sie sich gegenüber.

»Ich habe noch nie soviel Zeit gehabt«, sagte Catherine leise. Und wiederholte lächelnd: »Noch nie.«

Matti verstand, schritt aber um eine Winzigkeit voran, indem er ihr mit seinem Zeigefinger sachte über die Unterlippe fuhr. Sie war naß und glatt, und brennend heiß wie flüssiges Glas. Catherine zuckte leicht zurück, so daß er sie verlor und sein Finger in der Luft hing, doch bevor er auch nur auf den Gedanken kam, ihn wegzunehmen, schob Catherine ihre Lippe wieder darunter. Sie bewegte leicht ihren Kopf hin und her wie in einem ständigen Verneinen, so fuhr Mattis Kuppe, stillstehend, von links nach rechts, und von rechts nach links. Er sah zu, wie Catherine einhielt, ein »hach« ausstieß, plötzlich Mattis Finger mit dem ganzen Mund umschloß und an ihm zu lutschen begann. Ihre Hände hielt sie starr vom Körper weg nach hinten, beinahe wie eine Schwimmerin auf dem Startblock. Matti ließ ein trockenes Gurgeln ertönen.

Er hob seine andere Hand, um mit ihr Catherines Nacken zu umfassen, und auch deren Hände standen jetzt schon in der Luft, ein paar Millimeter vor Mattis glühenden Wangen, da ließen sie beide plötzlich voneinander ab und stießen sich sogar weg, zuerst Matti Catherine, davor Catherine Matti.

»Zeit!« stöhnte Matti, »Zeit!« Catherine legte die Stirn an die Wand, grub in Kopfhöhe ihre zehn Finger in den bröckligen Putz und kratzte mit ihnen die Wand entlang nach unten. Man hörte Körner auf die dunkelroten Dielen prasseln. Der Bogen der Erwartung, sie wollten ihn immer noch weiter spannen.

Sie waren nicht über den Flur hinausgekommen. Matti legte erst einmal den Mantel ab. Dann schaute er sich um, und Catherine sagte, »es gibt hier nicht viel zu sehen«. Links stand die Tür zur Küche offen, von der noch eine Speisekammer abging. Catherine führte Matti nach rechts, da war das Wohnzimmer. Sie machte sich am Ofen zu schaffen, der halb in diesem Zimmer stand und halb in dem kleinen Schlafraum dahinter. »Ich war gerade beim Heizen, als du kamst«, sagte sie in den Ofen hinein. Ihr konzentriertes, von der Flamme erleuchtetes Gesicht erinnerte Matti an Gesichter auf den Bildern der alten flämischen Meister, die er in der Ermitage gesehen hatte, nur daß jene Antlitze auf den alten Leinwänden rissig waren und Catherines Züge samtig und glatt. Abermals zum Ofen hin erklärte sie: »Ich heize immer schon morgens, bevor ich in die Bibliothek gehe, aber es müssen billige Briketts sein, die ich hier habe, sie halten nicht lange. Wenn ich komme, ist das Feuer immer schon ganz runtergebrannt.«

Erst jetzt spürte Matti, wie kalt es in der Wohnung war. Auf den hölzernen Fensterbänken lagen zu langen Würsten gerollte Decken.

Catherine ging ins Bad, da war noch ein schmales Bad rechts von der Küche, eines mit einem mannshohen, auf drei gußeisernen Füßen stehenden Badeofen, der auch mit Kohle beheizt wurde, und wusch sich die Hände. Derweil warf Matti einen Blick in das kleine Zimmer. Im Halbdunkel funkelte die gegenüberliegende Wand karminrot und silbern, lauter Farbsplitter stachen ihm ins Auge. Er fand, es sehe gräßlich aus, es schmerzte ja regelrecht, und vor allem fand er, es passe überhaupt nicht zu Catherine. Ein Anflug von Angst machte sich breit, sie könne vielleicht anders sein, als er voraussetzte. Er trat zu der Wand und betastete sie, stach sich sogleich den Finger blutig, da hörte er hinter sich: »Himmel, Matti, was machst du denn, komm da bloß weg.« Fragend schaute er Catherine an.

Sie klärte ihn auf: »Das sind mal Weihnachtsbaumkugeln gewesen. Sie fielen mir aus der Hand, eine volle Packung, die meisten waren gleich kaputt. Schade drum, dachte ich mir. Also zerstieß ich sie alle, zerkleinerte die Scherben noch, rührte sie in Farbe und Leim und bemalte damit die Wand. Es sollten nur Schimmer sichtbar sein, Fädchen wie in manchen edlen Stoffen, an die man erst nahe herantreten muß, um sie erkennen zu können. Aber das hier, das sieht ja so häßlich aus! Ich gehe nur noch mit geschlossenen Augen in das Zimmer hinein, seit es so verunstaltet ist ... glaubst du nicht? Ist aber so. Ganz schnell muß das wieder weg. Ich bin bloß nicht dazu gekommen bisher.«

»Und ich hatte schon an dir gezweifelt.«

Catherine schüttelte lächelnd den Kopf, über ihre dämliche Idee, über Mattis Zweifel, wer weiß.

»Und wenn wir es jetzt gleich wegmachen – was hältst du davon?« Er schaute sie begeistert an, mitgerissen von seiner eigenen Idee.

Catherine hielt ihren Kopf still. »Jetzt sofort ... du bist verrückt.«

»Wir brauchen eine Bürste und warmes Wasser, und hast du vielleicht Spachtel?«

Catherine schüttelte wieder den Kopf, ließ dabei Matti nicht aus den Augen, sie riß sich los endlich, rannte aus der Wohnung, die Treppen hinunter, er hörte es klingeln ein Stockwerk tiefer. Wenig später hielt sie ihm mit der Geste des kleinen Mädchens, das sie gewesen war, als sie sich kennengelernt hatten, die gewünschten Spachtel vor die Nase, einen maurerkellenbreiten und einen wasserwaageschmalen.

Sie näßte mit der Bürste die Wand, mehrmals, bis die Wand ganz feucht war, derweil begann Matti schon zu spachteln. Nun half Catherine ihm. Wortlos bearbeiteten sie die grauenvolle Wand, manchmal innehaltend und sich kurz anblickend, dann schnell weiterkratzend. Einmal aber wollte Catherines Innehalten gar kein Ende nehmen, Matti bemerkte es genau. Er ließ seine Hand sinken und drehte sich zu ihr.

»Wir tun hier etwas Unglaubliches, ist dir das eigentlich klar?« sagte sie

Matti wußte, was sie meinte. Schon die ganze Zeit, da sie gemeinsam zugange gewesen waren, hatte er gedacht, wir haben uns noch nicht mal geküßt, aber wir fangen schon an, uns die Wohnung herzurichten, das ist verrückt. Er nickte.

Er wollte noch sagen, das Verrückteste sei die Normalität, mit der alles geschehe, die traumwandlerische, zumindest ihm bislang unbekannte Sicherheit, in der sie sich befänden, da verschloß ihm Catherine mit ihrem Blick den Mund. Ein Blick voller Verwunderung und Genuß war das, und er wurde um so intensiver, je länger Matti ihn erwiderte. Immer weiter ging das zwischen den beiden, stumm sich in die Pupillen starrend, schon das Weiße der Augen war vernachlässigtes Randgebiet, bewegte sich einer in den anderen hinein, und derart verbunden, derart eins blieben sie, bis nach zehn Sekunden? nach fünfzehn? zwanzig? der erste Lidschlag sie wieder trennte.

Matti hatte nicht gewußt, daß sich so etwas ereignen konnte, und als er, viel später, die Wohnung verließ und durch die nächtlichen Straßen streunte, war er sich sicher, es handele sich um etwas buchstäblich Unerklärliches. Nicht einmal mit Catherine selber würde er je darüber reden können oder wollen. Erst recht nicht mit ihr! Denn welche Worte er auch gebrauchen würde, sie wußte doch als einzige außer ihm, wie es wirklich gewesen war.

Aber warum verließ er überhaupt die Wohnung nach getaner Arbeit, warum blieb er denn nicht bei Catherine in dieser Nacht, wenn sich alles so großartig anließ mit ihr?

Eben darum. Weil es sich so anließ. Beide spürten, daß es genug war für heute; Catherine holte noch zwei Bierflaschen aus der Speisekammer, sie lehnten sich mit ihrem Rücken an den längst wieder bollernden Ofen und tranken die Flaschen mit langen Schlucken aus. Im Weggehen fragte Matti, ob sie sich morgen um die gleiche Zeit treffen würden, und Catherine antwortete, indem sie ihren Hinterkopf wie eine

Katze an den Kacheln rieb und dabei einen sonderbaren Laut ausstieß, einen zwischen Glucksen, Röcheln und Stöhnen.

Matti hatte zu diesem Zeitpunkt noch eine Ein-Raum-Wohnung am Tierpark, die ihm von der Stromreederei zur Verfügung gestellt worden war, da ging er hin wie betäubt, in einer Art gelenklosem Gleiten, er spürte keinen Knochen mehr und keinen Muskel. Wie aus weiter Ferne, und wie tonlos, flogen Karin Werths Abschiedsworte heran, es würden noch bessere Frauen kommen. Bis jetzt hatte er gemeint, jener Satz sei von ihr nur so dahingesprochen gewesen, aus Mitleid. Vielleicht verhielt es sich ja auch so. Sicher. Und trotzdem hatte sich ihr Satz nun als wahr erwiesen.

Matti verspürte plötzlich den dringenden Wunsch, das Karin Werth mitzuteilen, wegen seines enormen Glücksgefühls, aber ein bißchen auch als Rache dafür, daß sie ihn erst richtig wild gemacht und sich dann so schnell verflüchtigt hatte.

*

Am nächsten Vormittag führten ihn seine Schritte, ohne daß er sie dahin gelenkt hätte, in die Staatsbibliothek Unter den Linden, wo er Catherine wußte. Er suchte Saal für Saal nach ihr ab, und als er sie gefunden hatte, trat er leise von hinten an sie heran. Sie saß, den Unterkiefer auf ihre Handballen gestützt, mit den Fingern ihre Ohrläppchen umschließend, regungslos über einem Buch. Ihr bronzefarbener Nakken glänzte im Schein der künstlichen Beleuchtung. Matti drückte seine Lippen darauf. Sie fuhr herum, aber er ging, ohne ihr noch einen Blick zu schenken, schon wieder weg, gemessenen Schrittes an den hohen Bücherregalen entlang zur Tür zurück. Auf halbem Wege drehte er sich doch um. Catherine schüttelte langsam, wie in Trance, den Kopf, und machte dann plötzlich Anstalten, ihm hinterherzulaufen. Matti bedeutete ihr mit einer kargen Geste, in der untergründiger Triumph lag, sie solle jetzt mal hübsch sitzen bleiben und weiterlernen. Und in kühnem Schwung drehte er sich um 180 Grad und verließ den Saal.

Als er am Abend endlich in Catherines Wohnung trat, schlug ihm Wärme entgegen. Er war nicht später erschienen als gestern, aber Catherine mußte die Bibliothek früher verlassen haben.

Auch war der Tisch gedeckt, wie Matti bei einem Blick ins Wohnzimmer bemerkte. In der Küche blubberte leise irgendein Gericht.

Er fragte Catherine mit gespielter Überraschung, ob sie nicht die Wand streichen wollten, und Catherine antwortete: »Die Wand? Nicht daß ich wüßte, war was mit der?«

Sie trat, wie um sie sich anzuschauen, in den Türrahmen zwischen Wohn- und Schlafzimmer. Er folgte ihr, und sie starrten ein paar Sekunden auf die kahle Wand, vor der Catherines Bett stand.

Matti war plötzlich ganz gefühllos, das einzige, was er spürte, war die Gewißheit, daß sie jetzt, da es sie bis an diese Stelle getrieben hatte, nicht mehr zurückkonnten. Er langte nach der Schlüsselringkette, die sie wieder trug, über einem schwarzen Kleid heute, vor dem das Gold der Ringe erst recht zur Geltung kam, und versuchte, die Kette zu öffnen. Aber es wollte ihm nicht glücken. Er probierte es an anderer Stelle, wieder nichts, die Ringe waren zu straff gespannt, er kam nicht dazwischen mit seinen kurzgeschnittenen Fingernägeln. »Laß«, flüsterte Catherine nach einer Weile, »nicht. Vielleicht sollten wir erst essen?«

»Ich habe jetzt keinen Hunger«, sagte Matti trotzig. Wie jeder idealistisch Veranlagte nahm er es der Welt schnell krumm, wenn sie sich nicht so zeigte, wie er sich das in seinen Träumen ausgemalt hatte.

Catherine mußte lachen. Ähnlich entschlossen, wie sie sich gestern aufgemacht hatte, um die Spachtel zu holen, beugte sie sich jetzt zum Bett. Sie packte Kissen und Decke, lief an Matti vorbei ins Wohnzimmer und breitete die Sachen vor dem Ofen aus. »Hier ist es vielleicht besser«, sagte sie.

Matti schien nicht recht zu wissen, was er tun sollte. Sich noch einmal ihr nähern vielleicht?

Catherine schritt weiter voran, sie entkleidete sich, bis sie nackt auf dem Bettzeug stand. Dann schien sie sich auf einmal zu schämen, jedenfalls duckte sie sich ein klein bißchen, aber nachdem Matti unverhohlen bewundernd gesagt hatte, »du bist mutig«, konnte er zusehen, wie sie sich wieder aufrichtete. Er tastete ihren Körper mit immer begehrlicher werdenden Blicken ab, da wölbten sich Catherines Brüste; nicht mehr aus den Augen ließ er sie, während nun auch er seine Sachen abstreifte und Catherine noch an Form gewann, an Kontur in ihrer paradiesischen Reglosigkeit, auf die er zuging, jetzt endlich.

Als Matti mit seinen Rippen an ihre Brüste stieß, zuckte er, wie wenn ihm jemand eins mit der Peitsche übergezogen hätte. Catherine schrie leise auf. Er wagte es, sich noch einmal den Brustwarzen zu nähern, mit dem Mund, kleine harte Stifte waren das jetzt. Er fuhr mit der Zunge darüber, jeweils nur zwei- oder dreimal, und gleichzeitig, Mattis Hände wollten oder mußten, sie mußten auch was tun, fuhr er mit den Fingerspitzen an der Sichel ihres Hinterns entlang.

Dann lag er über Catherine, aber so, daß er sie ganz knapp nicht berührte. Auf seine Unterarme gestützt, wogte er vor und zurück, nur seine Hoden streiften sie leicht. Catherine langte mit einem zur Seite gestreckten Bein zum Südpol und mit dem anderen zum Nordpol, da drang er endlich in sie, langsam, Zentimeter für Zentimeter. Ein »ich liebe dich« brach aus ihm heraus, noch eins, noch eins, synchron mit den ersten Stößen, die er vollführte, und Catherine beantwortete jedes mit einem rauschhaften »ja«, einem, von dem man sich das j wegdenken muß, aber nur zur Hälfte, so klang es.

Als sie später beieinanderlagen, rief Matti: »Tausendmal werden wir das noch erleben, tausendmal!«

Wieder ein »ja«, jetzt mit zwei ganzen Buchstaben.

Noch einmal – ein letztes Mal? – mußte er an Karin Werth denken, deren »ja« immer so sonderlich matt geklungen hatte und von der ihm auch deutlich erklärt worden war, er möge sich hüten, einer Frau zu schwärmerisch gegenüberzutreten. Das, sagte er sich, gilt doch nur, wenn es nicht die richtige Frau ist – ich aber habe die richtige gefunden, das ist eindeutig.

»Ich wußte, daß alles so kommt, schon als wir in der ›Sonne‹ saßen nach Ruths Beerdigung, wußte ich es ganz sicher«, fuhr er in seinem Überschwang fort.

Catherine schaute ihn aufmerksam an. »Das war dir gar nicht anzumerken.«

»Das sollte es auch nicht. Aber du hast wirklich nichts gemerkt?«

»Dein Blick war manchmal so schleierhaft ... der Kerl entzieht sich, dachte ich eigentlich bis zum Abschied, bis zu deiner Bemerkung, du hättest noch ein wichtiges Gespräch mit deinem Vater.«

»Aber ich mußte mich doch entziehen. Ich habe dir doch gesagt, daß mich ein schlechtes Gewissen plagt, weil mir meine Trauer zu ... zu seicht erschien. Wenn ich an diesem Tag mit dir geflirtet hätte – dann wäre dieses schlechte Gewissen bloß noch größer geworden. Also habe ich mich zusammengerissen. Du hast keine Ahnung, wie schwer mir das gefallen ist. Du warst zum Anbeißen, so wie jetzt, zum Anbeißen.« Matti mußte es tatkräftig untermauern, er konnte nicht anders, er stieß einen kehligen Laut aus und grub seine Zähne in Catherines Schulter.

Sie schrie vor Schmerzen auf. »Und wenn ich jetzt nichts mehr von dir wissen wollen würde, so abweisend, wie du dich dort zum Teil benommen hast – was würdest du dann eigentlich machen?«

»Ich würde dich belagern ohne Ende!«

»Und wenn ich die Tür niemals öffnen würde?«

»Dann wäre sie jetzt schon eingetreten! Kleinholz wäre die! Und außerdem ...«

Catherine beugte sich über ihn, ihre warmen Brüste schlugen an seinen Oberarm. »Was, außerdem?«

»Außerdem dachte ich mir, in ihrem tiefsten Innern wird sie schon spüren, daß ich gar nicht abweisend bin. Ich war mir sicher irgendwie ...«

Catherine nickte. »In meinem tiefsten Innern ... ja.« Sie küßte ihn auf den Kehlkopf, lachte: »Außerdem gab es ja doch interessante Anzeichen. Der hier«, sie drückte ihre Lippen noch einmal auf den Kehlkopf, »der ist vielleicht gehüpft.«

Sein Glied wurde sofort wieder steif, eine Schaltung zwischen dem Knochen dort unterm Kinn und dem Schwanz, von der er bislang nichts gewußt hatte, oder die nur Catherine in Gang setzen konnte.

Catherine bemerkte es nicht, sie schaute Matti weiterhin ins Gesicht. Aber wieso schob er plötzlich die Unterlippe vor, und wieso schaute er an ihr vorbei?

Sie sah nach, was da war, begutachtete es, und Matti ließ es immer weiter aufragen, vor Catherines Augen hängte er sein Verlangen in die Luft wie eine Spinne ihr Netz.

Abrupt schwang sie sich auf ihn. Sie rutschte mit dem Schoß, den sie schwer machte, oder der in diesem Moment schwer war, von seiner Brust nach unten. Auf Mattis Bauch kam eine matt glänzende Spur zum Vorschein. Sie streckte sich nach hinten und umschloß sein Glied in einer fließenden Bewegung, unverrückbar schien es ihr zu sein, sosehr sie auch daran rieb, beinahe es hieb mit ihrem vor- und zurückzuckenden Hintern, Mattis Nichtstun fuhr ihr um so stärker durch den Leib, je mehr es nichts tat, außer dazusein, und zu bleiben, das pulsende, schwellende, sich jäh aufbäumende, eine Sekunde wie erstarrte und dann endlich berstende Nichtstun, ein weißer Schrei, der Catherine emporriß und schüttelte.

Nach einer nicht benennbaren Zeit hörte Matti in der Küche das Brodeln. Sie hatten es völlig vergessen. Catherine, die hatte es vergessen. Sie lag, alle viere ausgestreckt, mit offenen Augen neben ihm. Matti schüttelte sie: »Was da kocht, da, hör mal, das ist hin. Bestimmt ist es schon längst angebrannt.«

Er dachte, sie spränge jetzt erschrocken oder zumindest beunruhigt auf, aber sie drehte sich nur wie eine Somnambule zu ihm und sagte: »Das ist Gulasch, Matti, für den ist's gut.«

Später stand sie doch auf, um den Herd auszumachen, und so wie sie ging in ihrem Nicht-erwachen-Wollen, wagte nicht einmal die älteste und krummste Diele zu knarren. Begriff Matti da was? Diese Catherine pflegte durchaus mit einem Plan durchs Leben zu gehen, auch wenn der nicht gleich sichtbar wurde, auch wenn sie sich scheinbar nur treiben ließ. Sicher, sie konnte sich prächtig treiben lassen. Aber im hintersten Winkel ihres Hirns schien sie doch genau zu wissen, wohin und wohin nicht.

Als sie so weich und matt, wie es nur einer Beglückten eigen ist, aus der Küche zurückkam, empfing er sie mit den Worten: »Gerade ist mir was bewußt geworden. Ich kann mich überlassen … dir, meine ich, aber damit meine ich nicht hingeben, das wäre falsch, das wäre zuwenig, es ist mehr als hingeben, dieses Überlassen … verstehst du?«

»Vielleicht, aber wie kommst du darauf?«

»Wegen des Gulaschs«, er prustete durch die Nase, »das mag dir lächerlich erscheinen – und trotzdem ist es nur wegen dieses komischen Gulaschs. Du wußtest genau, warum du den machst und nichts anderes.«

Catherine fiel darauf nichts ein als zu sagen, das sei kein komischer Gulasch.

Matti aber nahm, vielleicht wegen dieser Bemerkung, die ihm zeigte, daß Catherine doch nicht richtig verstand, was er hatte ausdrücken wollen, den Faden noch einmal auf: »Während du draußen gewesen bist, die Minute oder was das war, schoß mir durch den Kopf, daß ich dieses Gefühl noch nie hatte … oder mich schon nicht mehr daran erinnern kann. Mein Vater ist ein gebrochener Mann, ich habe zusehen können, und müssen, wie es dazu kam, über eine lange Zeit. Mich ihm überlassen? Unmöglich. ... Meine Mutter? Hat sich umgebracht, und war zuvor schon nur noch mit sich beschäftigt, erst recht, wenn sie sich mit uns beschäftigt hat. ... Mein großer Bruder? Ist inakzeptabel, ein Feigling, ich kann ihn so, wie er ist, gar nicht respektieren. ... Und meine kleine Schwester? Ist einfach meine kleine Schwester, ich bin ihr nah wie niemandem sonst, aber mich ihr überlassen? Wenn sie sich mir überlassen könnte, dann wäre es gut und natürlich, mehr soll und darf man nicht verlangen ...«

»Das kann sie«, warf Catherine ein, »das kann sie, ich weiß es genau.«

»Ja, weil ich für sie immer der Starke bin. Man muß stark sein, wenn es die anderen nicht sind, oder wenn sie, wie Britta, kleiner sind. ... Jedenfalls, auf einmal kommst du, und du bist auch stark, das ist eine Freude für mich, denn ich bin mir sicher, auch mal schwach sein zu dürfen bei dir ... aber was rede ich, ich will ja nicht schwach sein, ich bewerbe mich nicht darum, denk das bloß nicht, ich bin wie gesagt nur froh, mich im Notfall nicht verstellen zu müssen vor dir, denn das ist doch entwürdigend: sich vor der eigenen Frau verstellen zu müssen ...«

Catherine horchte, ob noch etwas kommen würde, aber Matti hatte zu Ende gesprochen.

Erwartete er, sie werde auf all das, was er da vorgebracht hatte, irgendeine Antwort geben? Kaum. Es war ja einfach so aus ihm herausgebrochen. Und sie sagte auch nichts, sie begriff gerade, daß sie, auf unterschiedliche Weise, zwei Menschen einer Familie liebte, zwei besondere Menschen – aber daß diese Familie im ganzen höchst unglücklich war. Sie verscheuchte das Dunkle, das in diesem Gedanken lag, indem sie Matti erklärte, man sollte den Gulasch, um den er gewissermaßen einen weiten Bogen geschlagen habe, nun vielleicht doch langsam essen, denn »um es mal so zu sagen, besser wird der jetzt nicht mehr«.

*

Während sie ein paar der Riesaer Spiralnudeln, die es zu dem Fleisch gab, vertilgte, kam Catherine recht überraschend auf den Leichenschmaus zurück. Wenn nicht alles sie täusche, sei er ihr noch was schuldig seit dem.

Matti legte die Stirn in Falten: nicht daß er wüßte.

»Du solltest und wolltest mir vom Schiffahren erzählen.«

»Ach, das meinst du! Aber das war doch damals nur vorgeschoben von dir, oder nicht? Manchmal, hast du nämlich gleich im nächsten Atemzug gesagt, ist es ja sowieso einerlei, was man redet, ich erinnere mich genau.«

»Aber jetzt möchte ich es wirklich wissen. Jetzt sind wir«, sie führte Daumen und Zeigefinger so eng zusammen, daß vielleicht noch eine Spiralnudel dazwischengepaßt hätte, »doch schon ein winziges Stückchen weiter.«

Da berichtete Matti ihr von den Materialien, die er transportierte, und von den Löchern, die er mit seinen Fuhren stopfen mußte, auch Peter Schott blieb nicht unerwähnt. Doch so aufmerksam Catherine ihm auch zuhörte, so schnöde und unpassend erschien ihm selber, was er da von sich gab – weil er Catherine ja viel lieber weiter entzücken wollte, jetzt mit funkelnden Worten; weil er in dieser Nacht partout nicht lassen konnte von ihr, wie sie da vor ihm saß in ihrem schwarzen Kleid mit nichts drunter. Matti mußte sie einfach noch umschwärmen, er mußte, also brach er mitten in seiner informativen Rede ab und fing eine ganz andere an: »Warst du zufällig mal in Niederfinow, am Schiffshebewerk? Nicht? Dann führe ich dich jetzt dorthin. Nimm an, es wäre gerade Frühling, zwei Monate später als jetzt. Du siehst den Koloß schon fünf oder sechs Kilometer, bevor du ihn erreichst, denn der Kanal, auf dem du tuckerst, läuft schnurgerade auf ihn zu. Links und rechts sind endlose Kiefernwälder, lauter rötliche Stämme, denn die Sonne sinkt, bald wird die Dämmerung beginnen. Auf den Ästen springen Eichhörnchen, die haben dieselbe Farbe wie das angestrahlte Holz. Als ob sie eben da rausgekrochen wären. Ist doch nebensächlich, magst du meinen, wozu erzähle ich das, wenn es mir ums Schiffshebewerk geht? Wegen des Kontrastes, hier die recht feine Natur, und da dieses Monstrum, das eigentlich zu groß ist für die Landschaft drumherum. Es paßt eher dahin, wo es die tiefsten Canyons und die rauschendsten Wasserfälle gibt. Und doch steht es bei Niederfinow. Nifi, heißt es in der Abkürzungssprache, die üblich ist in der Binnenschiffahrt, aber ich bin nicht imstande, den Ort so zu nennen, denn das zu tun, erscheint mir verniedlichend. Also respektlos. Letztlich unangemessen. Gerade weil ja die Wörter so lang und vielsilbig sind, wie dieses Ding groß ist, spreche ich sie immer voll aus: Nie-der-fi-now. Schiffshe-be-werk. Gut, unterdessen sind wir dort angelangt und machen am Poller fest. Meistens treibt das Schiff noch etwas, daher spannt das Seil ganz straff, und ein lautes, ein ohrenbetäubendes Knarzen ertönt. So stellt man sich das Furzen eines Riesen vor. Nebenbei bemerkt sollte man aufpassen, daß nicht irgendein Körperteil zwischen Poller und Seil gerät. Ich habe mal mit eigenen Augen gesehen, wie ein Schiffer, der besonders lässig wirken wollte, ein Bein gegen das Holz gestemmt hat. Es war glitschig, das Holz, denn Regen war gefallen, der Mann ist plötzlich abgerutscht, und unter dem sich zusammenziehenden Seil ist ihm sein Bein geknickt worden, als wäre es ein Streichholz. Und nicht nur geknickt! Ratzfatz abgetrennt worden ist es ihm, und dann ist es ins Wasser geplumpst wie ein dicker morscher Ast, ich wiederhole, das ist die Wahrheit, ich habe alles selber beobachtet. Aber genug, fahren wir hinein in das Schiffshebewerk! Wir sind oben, muß ich noch anfügen, wir befinden uns auf Talfahrt, und der Trog, in den wir uns schieben, dieser gigantische Bottich wird sich mit uns über 30 Meter senken. Am Anfang sieht man, wenn man seinen Kopf hebt, den von Stahl gerahmten Himmel. Wie die Decke eines weiträumigen und hochwändigen Zimmers kommt der einem vor. Und was geschieht an dieser Dekke? Wegen der rapide untergehenden Sonne kriegt sie im Handumdrehn eine neue Farbe, eben noch war sie blau, jetzt kannst du zusehen, wie lauter Rot da hineingeschossen wird, eine wahre Injektion. Im Verlaufe des Herunterfahrens aber wird dieser Ausschnitt immer kleiner und unwichtiger – kleiner, weil er unwichtiger wird? Wahrscheinlich. Zu beiden Seiten hast du nun nämlich was viel Fesselnderes, du hast gigantische Stahlplatten, überdimensionale Tresortüren, die als Gegengewichte dienen. Unwillkürlich denkst du, oder denke ich, ja wirklich, selbst nach Dutzenden Hebungen und Senkungen denke ich es noch: wenn hier ein Seil reißt, wenn so eine Platte mal herabstürzt … Mir wird mulmig im Magen, und ich gucke lieber nach vorn, wo langsam die Erde ins Blickfeld kommt, als erstes die mit dichten Mistelbäuschen übersäten Bäume, sie sind so trockengesogen von den Misteln, daß sie beinahe schon tot sind, aber mit diesen Kanonenkugeln auf ihren Astgabeln sehen sie viel interessanter aus als all die lebenden Bäume um sie herum. Weiter in der Ferne ein paar Häuser, wahllos verstreut und winzig wie Kuchenkrümel. Du rutschst aus dem Trog, läßt das Schiffshebewerk hinter dir, blickst dich da, wo der Fluß die erste Biegung macht, nochmal um und siehst schon nur noch den oberen Teil des Baus, eine schwarze Plattform, die den tiefroten feurigen Himmel nach oben zu drücken scheint, eine Landebasis ideal für Ufos ...«

Matti glitt aus seiner Erzählung, und Catherine sagte mit schwerer Zunge: »Ich sehe alles vor mir, jedes Detail ist in meinem Kopf, aber zugleich ist alles sehr weit weg. Es schwimmt davon ... wie in Watte ... lautlos hast du erzählt ... ich glaube, ich möchte jetzt schlafen.«

Catherine fragte nicht, ob sie den Abend mir nichts dir nichts beenden dürfe, sondern schob sich mit behäbiger Zielgerichtetheit unter die Bettdecke am Ofen. Weder unterzog sie sich der Mühe, sich ihres Kleides zu entledigen, noch würdigte sie die auf dem Tisch stehenden drekkigen Teller eines Blickes. »Laß doch«, sagte sie, als Matti sich daranmachte, das Geschirr wegzuräumen. Er fand es sinnlos, ihr angesichts der nebligen Verfassung, in der sie war, zu widersprechen; er zog sich aus und schlüpfte zu ihr. Catherine quittierte es mit einem langsamen Schließen und Wieder-Öffnen und Wieder-Schließen ihrer Lider. Matti sagte, sie solle ruhig schlafen, sie habe die ganzen Tage hart arbeiten müssen und er nicht, da schloß sie fester die Augen. Er wurde aber selber gar nicht richtig still. Schlafen, schnell einschlafen solle sie, fuhr er fort, er werde ihr auch helfen dabei, ein wenig nur, so daß sie's gar nicht merke, sie möge nichts tun, möge einfach nur weiter einschlafen, während er noch ein bißchen was anstelle, o ja, sie solle sich nicht drum scheren, was er tue, überhaupt nicht um ihn, er sei gar nicht da, und falls doch, so bilde sie sich's nur ein.

Die Einbildung, oder was das war ziemlich prall in ihr drin, machte Catherine lächeln; und Matti sorgte noch eine kleine Weile dafür, daß Catherine nicht aufhörte damit, denn wie sie so vor sich hin lächelte mitten im Schlaf, das schaute er sich, aus allernächster Nähe, doch wirklich gerne an.

*

Um diese Zeit, weit nach Mitternacht, war auch Willy noch wach. Er setzte tatsächlich sein Vorhaben um und las Mattis Manuskript. Schon den ganzen Abend war er damit beschäftigt gewesen.

Am Anfang hatte er, der im Bücherlesen Ungeübte, vergeblich versucht, sich in das Geschriebene zu versenken. Alle fünf Minuten war er aufgesprungen, um etwas zu erledigen, das ihm in diesem Moment äußerst dringlich und gar unaufschiebbar erschien: Mal war er zur Haustür gerannt, um zu prüfen, ob sie verschlossen war, mal hatte er seinen arg strapazierten Winterschuhen neues Fett verpaßt, und mal hatte er gemeint, es sei höchste Zeit, die silbrigen Drähte zu kürzen, die ihm aus den Nasenlöchern sprossen.

Dann aber fand er doch in den Text hinein. Willy, das war das eine, interessierte sich zunehmend für den Fortgang der Geschichte, er wollte unbedingt wissen, ob Antonio vom verschlagenen Obersten getötet wurde oder wider Erwarten irgendwann freikam. Auch was weiter mit Karandasch geschah, war ihm nicht einerlei, denn ohne daß er zu sagen gewußt hätte, warum, galt dem Magister seine größte Sympathie, eine noch viel größere als dem armen Jungen. Beinahe schämte sich Willy deswegen vor Antonio. Zum anderen aber berührte ihn Mattis Sprache auf eine geheimnisvolle Weise. Sie erschien ihm antiquiert und modern zugleich, ein verblüffendes Zwischending, und er fühlte sich durch sie, wieder ohne daß er es hätte begründen können, ans Meer erinnert: wie es tagelang gleichmäßig und fast schon träge vor sich hin wellte und doch keinen Zweifel an seiner enormen Kraft ließ, an seiner Fähigkeit zum plötzlichen Ausbruch. Kurzum, Willy geriet in ein stilles und andächtiges Schwärmen.

Als er, es war schon halb drei am Morgen, und er war noch aufgewühlt von dem gerade zu Ende Gelesenen, endlich im Bett lag, beschlich ihn plötzlich das ungute Gefühl, seine Begeisterung beruhe auf Hirngespinsten. Er hatte doch gar keinen Vergleich zur Hand beziehungsweise im Kopf. Vielleicht fand er den Text einzig und allein deshalb so großartig, weil er fast keine anderen Texte kannte? Und schließlich, vielleicht hatte er sich alles schöngelesen, weil es ja von seinem Sohn stammte, von demjenigen seiner Söhne, den er immer nur in bestem Licht sah?

Aber nein, meinte Willy dann, eben weil es von ihm stammt, bin ich doch besonders kritisch an diese Angelegenheit herangegangen, niemals würde ich etwas weiterleiten, womit er, gerade er sich der Lächerlichkeit preisgäbe. Überhaupt nicht lächerlich ist es, was er fabriziert hat, also werde ich mich jetzt um dieses Manuskript kümmern, ohne jede Verzögerung.

Vier Stunden später betrat er, ganz in Schwarz gekleidet, sein Büro im »Aufbruch«. Wo ihn schon Dorle Perl erwartete. Es war sein erster

Arbeitstag seit Ruths Tod, und daher trug Dorle, diese treueste der wenigen ihm noch treuen Seelen, aus Solidarität ebenfalls Schwarz. Umso heller und greller wirkten ihre chlorgebleichten Wasserspringerinnenhaare. Sie drückte Willy mit beiden Händen zärtlich die Rechte, murmelte, es tue ihr unendlich leid, und rief, mit Blick auf sein übernächtigtes Antlitz: »Du mußt dich erbärmlich fühlen ... hast nicht geschlafen, wie lange nicht? Ich wünschte nur, ich könnte dir helfen – sag mir bitte, wenn ich dir irgendwie helfen kann, ja?«

Willy, der Dorles Erwartungen gerecht werden wollte, gab sich Mühe, betrübt zu nicken. Dann erklärte er: »Sicher kannst du mir helfen – indem du gleich mit mir zu arbeiten anfängst. Arbeiten ist doch die beste Medizin! Also verbinde mich schnell mit Weitermann, na mach schon, mach!«

Dorle Perl düste ab, da rief Willy ihr hinterher: »Dorli, direkt mit Weitermann, nicht mit seinem Vorzimmer!« Er verspürte nicht die geringste Lust, jetzt mit Veronika zu reden. Sie mußte mehr oder minder direkt von Ruths Sturz an ihrem Fenster vorbei erfahren haben, dessen war er gewiß, und daß sie sich seitdem nicht bei ihm gemeldet hatte, das fand er ausgesprochen schäbig. Nein, er mochte nichts mehr von ihr wissen; jetzt, da sie sich getrennt hatten, fand er, im Grunde ihres Herzens sei diese Veronika immer schon ziemlich kalt gewesen.

Weitermann versprach, Mattis Manuskript umgehend ins Verlagslektorat weiterzureichen, und da Willy im Verlaufe ihrer Unterredung mehrmals betont hatte, um was für einen hochwertigen Text es sich handele, verabschiedete sich sein Kollege mit der Bemerkung, dann werde in nicht allzuferner Zukunft das Buch des Sohnes ja wohl im Betrieb des Vaters gedruckt werden, und das sei doch eine ungemein schöne Fügung.

Weiß der Himmel, daran hatte Willy noch gar nicht gedacht! Weitermanns Hinweis versetzte ihn in eine heitere Stimmung. Er fühlte sich in diesem Moment sogar frei, und er meinte auch zu wissen, worin der tiefere Grund dafür läge: Weil er der beiden Frauen, die ihm, jede einzeln, zuletzt nur Scherereien gemacht hatten, nun ledig war. Gewiß, kaum waren sie nicht mehr an seiner Seite, kaum beschwerten sie ihn nicht mehr, schon glückte ihm wieder dieses und jenes, schon wurde das Leben leichter, so war es doch, das ließ sich nicht bestreiten.

Er nahm sich der Papiere an, die sich in den vergangenen Tagen auf seinem Schreibtisch gestapelt hatten. Darunter befand sich eine Liste mit »Westenend«-Autoren, deren Bücher im nächsten Quartal gedruckt werden sollten. Willy überflog die Liste routinemäßig, da hakte sich sein Blick an einem Namen fest, den er hier nie und nimmer vermutet hätte: Kalus.

Auf einmal spürte Willy, wie fragil seine Hochstimmung gewesen war. Ein Luftballon, in den nur eine Nadel gepiekst zu werden brauchte, und schon war er kaputt.

»Das kann nicht wahr sein«, rief Willy, »das kann ja wohl nicht wahr sein!«

Erschrocken steckte Dorle Perl ihren Kopf durch die Tür. Ihre Lippen formten ein lautloses: »Was ist denn?«

Willy wedelte mit der Liste. »Wir sollen den Kalus drucken! Er ist immer noch verboten, und trotzdem sollen wir ihn drucken, für ›Westenend‹, und nur, weil es uns Penunzen bringt!«

Er hatte dieses »Penunzen« derart verächtlich ausgestoßen, daß auch Dorle Perl angewidert ihr Gesicht verzog. Auf weitere inhaltliche Äußerungen verzichtete sie; so wie sie sich – das war ja die Grundlage ihrer zutiefst harmonischen Verbindung mit Willy – überhaupt nie inhaltlich äußerte. Leise schloß sie wieder die Tür.

Willy in seinem Zorn langte nach dem Telefon, um Zeiller anzurufen, über den ihm, wie immer, die Liste von »Westenend« geschickt worden war. Der sie also abgesegnet hatte. Aber plötzlich verspürte er eine unendliche Müdigkeit, eine Ergebenheit in den unabänderlichen Lauf der Dinge. Er hielt den Hörer, preßte seine Lippen aufeinander, dachte: Wie oft ich solche Gespräche schon geführt habe. Und wie sinnlos sie alle gewesen sind. Der einzige Nutzen bestand doch darin, daß ich mir jedesmal ein wenig Luft verschafft habe. Und das – das genügte mir schon. Es war eine stillschweigende Übereinkunft, ein bißchen Wüten meinerseits, ein bißchen Weghören zeillerseits, und dann weiter, immer weiter auf der Parteilinie lang. Oh, ich weiß mittlerweile genau, wie der Hase läuft, ich kann schon wortwörtlich voraussagen, wie die nächste Debatte verlaufen wird, genauso, wie alle anderen zuvor. Siggi, werde ich beginnen, ich bin strikt dagegen, Kalus zu drukken, es ist doch ausgesprochen peinlich für uns, das zu tun, denn wir lassen uns vorführen. Er, Zeiller, wird sich dumm stellen erstmal: Wieso vorführen? Nun werde ich ihm erklären: Weil wir jemanden produzieren, den wir eigentlich ablehnen, woran wir uns aber gerade nicht erinnern, da wir nur die Kohle sehen, die er uns anschleppt. So? wird Zeiller mir da kommen, ablehnen sagst du? Kalus? das wundert mich aber, was Derartiges ausgerechnet von dir zu hören. Warst du nicht immer ein Verfechter von dem? Du müßtest doch froh und dankbar sein, ihn nochmal drucken zu dürfen, denn jetzt verbleibt die Auflage garantiert nicht im Schuppen, jetzt wird sie hundertprozentig ausgeliefert. Ha, aber nicht bei uns, werde nun wieder ich entgegnen, nicht bei uns, und das ist der springende Punkt, das ist sogar der Gipfel der Heuchelei, wenn wir den hier verbotenen Kalus allein der Kohle wegen für die anderen drucken, blanke Hurerei ist's. Jetzt aber genug, wird er an dieser Stelle dazwischenfunken, auch du ziehst erklecklichen und unbedingt benötigten Gewinn aus dem Deal, schon vergessen? ... Alles so wie immer ... ah, so nutzlos das alles ... und trotzdem muß ich wenigstens anrufen, um meinetwillen, denn nicht mehr anzurufen hieße, ganz die Segel zu streichen ... ich werde also anrufen, mir richtig Luft verschaffen ... richtig, pah, das ist doch alles ...«

Dorle Perl war dann, als höre sie durch die Tür einen seltsamen Laut. Wie wenn weit entfernt ein Käuzchen riefe. Sie horchte atemlos, ein paar Sekunden. Und noch einmal so ein dickkehliger Ruf. Sie öffnete besorgt die Tür und sah, daß sich Willy mit beiden Händen an sein Herz gefaßt hatte und daß er, als befände er sich mitten im Ringkampf mit einem übermächtigen Gegner, seinen Oberkörper fürchterlich verwrang.

Es war ein Infarkt, und es war das ruhmlose Ende von Willy als Betriebsdirektor.

*

Die Attacke war so heftig gewesen, daß die Ärzte ihn einen Monat im Krankenhaus behielten. Als sie ihn schließlich entließen, kamen sie nicht umhin, ihn invalid zu schreiben.

Danach hielt Willy sich mehrere Wochen ausschließlich im Hause auf, zum Zwecke der Erholung, aber auch, weil er plötzlich Scheu hatte, sich unter Menschen zu begeben. Und diese Scheu wuchs, je länger er allein mit sich blieb. Er fühlte sich auf der ganzen Linie gescheitert und meinte, jeder werde es ihm anmerken und sogar mit dem Finger auf ihn zeigen. Bald sah er sich schon verstohlen um, wenn er nur zum

Gartentor tapste, um die Zeitung aus dem Briefkasten zu holen, so weit war es gekommen mit ihm.

Eines Abends jedoch stand zu seiner Verwunderung Dietrich Kluge vor der Tür.

Kluge neigte verlegen den Kopf: »Ich war gerade schwimmen, in unserer Halle. Da bist du ja nicht mehr. Also dacht ich mir, gehst mal zu ihm hin, wenn er sich nicht mehr blicken läßt.«

»Ich darf doch noch nicht. Vielleicht später wieder«, entschuldigte sich Willy.

Er führte Dietrich Kluge in die Küche und holte, wenn auch zögernd, eine Flasche Nordhäuser aus dem Kühlschrank. Sie nahmen am Tisch mit der zerkratzten Linoleumplatte Platz.

Der Gast schaute sich um, und Willy sagte, eher feststellend als fragend: »Wie lange warst du nicht hier.«

Dietrich Kluge zeigte auf den Kühlschrank: »Das letzte Mal war ich hier zu einer Zeit, als es den noch nicht gab. Du hattest Eisblöcke im Keller.«

»Das war noch Rudi, der hat sie sich jedes Jahr rankarren lassen.«

»Aber du hast mit dem Handbohrer ein Loch reingetrieben, für die Flasche Korn, daran erinnere ich mich – darfst du jetzt überhaupt trinken, wenn du nicht schwimmen darfst?«

»Trinken ja, schwimmen nein«, behauptete Willy. Er goß sich den Schnaps in einem Zug die Kehle hinunter.

Dietrich Kluge lachte, tat es ihm gleich, wurde wieder ernst: »Wie geht's dir denn?«

»Den Umständen entsprechend«, sagte Willy ausweichend.

»Und die Umstände, die sind nicht so gut, stimmt's?«

Willy schwieg.

»Hab ich befürchtet«, murmelte Dietrich Kluge.

Willy schwieg nur um so beharrlicher.

»Gieß mir nochmal ein«, forderte Dietrich Kluge. Er leerte das Glas und stellte es geräuschvoll auf den Tisch. »Du magst dich mir gegenüber nicht äußern, das verstehe ich. Wahrscheinlich fragst du dich, was will der Kluge hier. Der hat doch schon lange nichts mehr von mir wissen wollen. Der hat doch sogar gesagt, der könne nichts mehr für mich tun.«

Willy räusperte sich.

»Ich konnte auch nichts für dich tun, Willy. Es verbot sich von selbst. Aber gleichzeitig hat mich das Verbot bedrückt. Letztlich beruhte es auf denselben Mechanismen, gegen die es sich richtete, das ist mir erst in den vergangenen Wochen klargeworden.«

Willy schaute ihn fragend an.

»Du hast dich wegen deiner Sache verbogen, ich wegen meiner. Um in der Sache hart zu bleiben, bin ich dir gegenüber hart gewesen – zu hart. Ich wußte es immer, aber ich hab's verdrängt, tja, und jetzt ist das Kind in den Brunnen gefallen.«

»Nicht deine Schuld«, sagte Willy, und zur Bekräftigung: »Überhaupt nicht deine Schuld.«

Den Blick aufs Linoleum gerichtet, murmelte Dietrich Kluge: »Mir tut's aber leid. Daß alles so endet, ist wirklich eine gottverdammte Scheiße …«

»Wenigstens einer«, erklärte Willy mit bitterem Lächeln.

Dietrich Kluge hob den Blick. »Nicht selbstmitleidig werden, Willy, bitte nicht. Außerdem denke ich nicht allein so. Es ist nämlich etwas Seltsames und vielleicht auch Natürliches geschehen. Jetzt, da du fort bist, sprechen die Leute viel besser über dich, als sie zuvor gesprochen haben, nicht alle, aber auch nicht wenige, ich krieg das ja mit. Deine früheren Rundgänge, die haben mittlerweile sogar einen legendären Ruf, na, ich will nicht übertreiben, sondern in aller Sachlichkeit nur sagen: Man erinnert sich ihrer. Hängt allerdings auch mit deinem Nachfolger zusammen. Denkst du, der läßt sich blicken bei uns unten? Nicht einmal bisher. Ein Phantom, das nur die Abteilungsleiter zu Gesicht bekommen, und was die über ihn erzählen … kurzum, der Vergleich, der nun unweigerlich angestellt wird, fällt zu deinen Gunsten aus. Ich dachte mir, vielleicht tut es dir gut, das zu erfahren.«

Willy sagte, das höre er »nun wahrlich nicht ungern«, und klang er hierbei noch recht gestelzt, so ließ er in der Folge alles Gekünstelte wie auch alles Selbstmitleidige fahren und erklärte Dietrich Kluge offen und ehrlich, wie sehr er sich verkrochen habe im Glauben, alle Welt sei gegen ihn, und er sei endgültig zu schwach für die Welt.

»Du mußt wieder unter Menschen«, sagte daraufhin Dietrich Kluge, »und du brauchst wieder eine Arbeit, eine, die dich nicht aufregt, irgendwas Kleines.«

Kluge hatte auch schon eine Idee. Er erzählte Willy, daß gerade ein neuer Wärter für den Atomschutzbunker gesucht werde, da der alte, der sehr alte nun doch gestorben sei. Ob er sich vorstellen könne, diese Aufgabe zu übernehmen?

Willys Gesichtszüge entgleisten. Er stellte eine Gegenfrage: Ob Dietrich Kluge eigentlich wisse, was er ihm da antrage? Er, Willy, habe diesen Bunker vor zehn Jahren auf Weisung Berlins in den Berg hauen lassen müssen, unnützerweise, denn bei einem Atomschlag wäre hier sowieso alles zu Ende, aber egal, er sei der Bauherr gewesen – und jetzt solle er den Pförtner spielen? »Das ist ein Gnadenbrot, das mir im Halse steckenbleibt. Ich glaube nicht, daß du mir so etwas tatsächlich zumuten willst.«

»Doch«, entgegnete Dietrich Kluge. »Natürlich empfindest du meinen Vorschlag im ersten Moment als despektierlich, das begreife ich. Wie ein Abstieg kommt's dir vor, in diesen Bunker zu gehen. Und es ist auch einer, das will ich gar nicht leugnen. Aber eigentlich, Willy, eigentlich steckt nur Dünkel hinter so einem Denken. Und wenn ich dir nochmal Honig ums Maul schmieren darf: Dünkel hast du nie gezeigt, darin liegt ja vielleicht sogar der Grund für das stille Wohlwollen, das mancher dir jetzt wieder entgegenbringt. Die Frage ist also, ob du den Dünkel ablegen kannst und das Wesentliche an meinem Vorschlag erkennst: Du würdest wieder Struktur in deine Tage kriegen, und du würdest auch wieder eine gewisse Verantwortung übernehmen, eine, die dich aber nicht mehr erdrückt. Mit einem Wort: Meines Erachtens handelt es sich um die ideale Kombination für dich, wenigstens zum jetzigen Zeitpunkt.«

Willy versprach, die Sache zu überdenken; und sie tranken die Flasche Korn leer bis auf den Grund und redeten über Gott und die Welt und die alten Zeiten, und am Ende hatten sie richtig Mühe aufzustehen, aus verschiedenen Gründen.

Zwei Wochen später betrat Willy zum ersten Mal den Bunker. Er suchte und betätigte den Lichtschalter, Neonröhren flackerten auf, er sah eine Maus davonpesen, erkundete die Räume, von denen sich die meisten als leer erwiesen, betastete den Ölsockel der Wände, fand die Nische mit den Meßgeräten, deretwegen er hier war, er las die Werte für Luftfeuchtigkeit und Luftdruck ab und trug sie in eine Mappe ein.

Diese führte er in seiner Aktentasche bei sich, von nun an dreimal am Tag, denn er erledigte seine Aufgabe gewissenhaft. Die abgelesenen

Daten brachte er am Ersten eines jeden Monats zum Zivilschutz. Im übrigen legte er den zwei Kilometer langen Weg zum Bunker und vom Bunker weg stets in langsamem Tempo zu Fuß zurück, das heißt, er wanderte, mit seiner Aktentasche in der Hand, täglich sechsmal durch Gerberstedt. Am Anfang tuschelten die Leute, die ihn dabei sahen. Sie dachten, der ehemalige Druckereidirektor gaukle sich selber vor, er bekleide noch seinen Posten. Willy Werchow folgte, oder lief voraus, das Gerücht, er sei in die Verrücktheit gefallen. Plötzlich aber klärte sich alles auf, das geschah am Stand von Anton Maegerlein, dessen Gesicht im Laufe der Jahre einer erkalteten Bratwurst ähnlich geworden war, so faltig und schmal sah es aus. Was er denn nur immer herumginge, fragte Maegerlein. Willy sagte es ihm, da wußten bald alle, er war doch nicht verrückt, er war, je nach Blickwinkel, bloß eine traurige oder eine lächerliche Erscheinung geworden.

*

Das Schreiben lag schon ein paar Tage in der Stargarder Straße, als Matti von seinem dreiwöchigen Kahnfahren heimkam, aber da er sich, wie immer nach seiner Ankunft, gleich mit Catherine beschäftigen wollte und Catherine sich mit ihm, sagte sie ihm nichts davon, auf eine Stunde kam's jetzt schließlich auch nicht mehr an.

»Da ist übrigens ein Brief vom ›Metropolenverlag‹ in der Küche«, teilte sie ihm dann mit. Matti ging das Schreiben holen, und während er es las, verfinsterte sich seine Miene zusehends. Am Ende ließ er es enttäuscht und, wie es schien, auch empört sinken.

»Sie haben dir abgesagt«, stellte Catherine fest.

Matti bestätigte es, indem er seine Augenbrauen derart zusammenzog, daß sich über der Nase eine dicke Wulst bildete.

»Mit welcher Begründung?«

»Das ist es ja«, rief Matti aus, »mit gar keiner, hier, lies.« Er streckte Catherine das Papier entgegen.

»Tatsächlich«, erklärte sie, nachdem sie gelesen hatte, »so dürre Worte … man enthält sich jeder Wertung, man sagt einfach ab. Wenn man es in Grund und Boden gestampft hätte, dann wüßtest du jetzt wenigstens, woran du bist …« Sie nahm Mattis Hand und fuhr damit an ihrer Wange entlang, als wolle sie ihm zeigen, daß sie schätze, was sie so alles geschrieben hatte, diese Hand.

Matti lächelte gequält.

»Du wolltest nicht traurig sein, wenn sie es nicht nehmen; du hast sogar erwartet, daß es so kommt, erinnere dich.«

»Das habe ich gesagt, ja.«

»Und nun bist du trotzdem traurig.«

»Das war auch meine Überzeugung, als ich's gesagt habe. Ist doch nicht so wichtig, ob es veröffentlicht wird oder nicht. Darauf kam's mir gar nicht an beim Schreiben. Aber jetzt, da sie es nicht wollen …«

»Jetzt willst du es?«

»Ja«, knurrte Matti, »jetzt gerade. Außerdem sagen doch alle, die den Text gelesen haben, daß er was wert ist – auch du.«

Catherine lachte auf. »Ich bin bis über beide Ohren verliebt, Matti, ich bin kein Maßstab. Du aber, du bist ein Trotzkopf.«

»Das ist kein Trotz. Es ist … eine seltsame Entwicklung. Je mehr Zeit nämlich seit dem Schreiben verstrichen ist, und je länger die Sache beim Verlag lag, je länger sie sozusagen schwelte, um so stärker identifizierte ich mich mit ihr. Vielleicht läßt das auch wieder nach. Vielleicht wird es mir egal, wenn nochmal ein bißchen Zeit vergangen ist, keine Ahnung. Und außerdem ist morgen auch noch Brittas Premiere.« Er schaute Catherine an, forderte sie auf zu fragen, wie er jetzt darauf käme.

Sie tat ihm den Gefallen: »Und Brittas Premiere hat was mit deinem Buch zu tun?«

»Mit meinem Text«, korrigierte Matti, »denn ein Buch wird es ja nun nicht.«

»Mit deinem Text.«

»Eigentlich nichts. Es war nur so, daß Britta die fixe Idee hatte, wir könnten eine gemeinsame Feier veranstalten, anläßlich ihrer Uraufführung und meiner Veröffentlichung. Es war wirklich nur ein Spleen. Die Chance, daß zeitlich beides zusammenträfe, war sowieso äußerst gering. Aber trotzdem. Jetzt, so kurz vor ihrem großen Tag, denke ich, es wäre schön gewesen.«

Catherine nickte. »Aber nun kann es doch auch schön werden! Wir werden uns eben auf Britta konzentrieren. Wir werden sie doppelt und dreifach feiern! Auf Händen werden wir sie tragen … in diesem Zusammenhang, weißt du eigentlich, daß sie auch Carla und Wiktor eingeladen hat?«

Jetzt brauchte Matti einen Moment, ehe er begriff, wovon Catherine auf einmal sprach. »Aber wieso denn das? Ich denke, Erik ist auf irgendeiner Messe?«

»Ja, aber Britta hat Carla trotzdem eingeladen.«

Matti zog wieder die Augenbrauen zusammen, da sagte Catherine: »Es gefällt dir nicht, daß sie auch kommen wird.«

»Verflixt nochmal, nein, du kennst sie ja noch nicht, aber ich – ich habe sie kennengelernt, und ich sage dir, sie gehört zu den Menschen, die ganz dumm sind vor lauter Eifer. Außer dem haben sie nichts. Wirklich dumm ist diese Carla, ob du's glaubst oder nicht!«

»Doch, das glaub ich dir«, erwiderte Catherine, wobei sie kaum merklich ihren Oberkörper hin und her wiegte; sie war wohl von Unruhe ergriffen und versuchte, diese zu verbergen.

»Na siehst du«, brummte Matti.

Catherine sagte mit der größten, aber auch sanftesten Entschiedenheit: »Wenn sie dumm ist – dann sei du klug und laß es sie nicht spüren. Geh auf sie zu, wenigstens ein bißchen.«

Wieder brummte er etwas, aber nur einen Ton, kein Wort.

»Zumal deine Abneigung vielleicht auch gar nicht ihr selber gilt ...« Catherine hielt ein, Catherine hatte wohl Angst, zu weit zu gehen.

»Sondern?« Er ahnte, worauf sie hinauswollte, aber ihm war das Thema unangenehm, so stellte er sich unwissend.

Catherine hob zu einer etwas wirren Vorrede an: »Eben die Absage des Verlages, und jetzt komme ich noch damit, in dieser Stimmung, in der du bist ... hör mal: Alles soll ausgeglichen sein zwischen uns, nicht wahr? Mal sagt der eine dem anderen was, und mal umgekehrt. Nicht immer nur einer, das wäre ungesund ...«

»Du mußt dich nicht entschuldigen«, unterbrach Matti sie. »Du willst in Wahrheit über meinen Bruder reden – also los!«

»Bitte, Matti, die ganze Sache liegt auch Britta auf der Seele, ich weiß das genau, sie hat mir oft ihr Leid geklagt über euch. Über ›die Brüder‹, wie sie meistens sagt. Sie fragt sich, wie man sich so verrennen kann. Sie ist ziemlich verzweifelt deswegen. Darum spreche ich ja das Thema an.«

»Sie kennt die Gründe.«

»Ich glaube, sie auch zu kennen«, setzte Catherine vorsichtig fort. »Aber muß man bis in alle Ewigkeit darauf herumreiten? Hat sich in

Wahrheit nicht alles schon längst verselbständigt? Von dem Idealismus, der mal dahintersteckte, ist da nicht nur Selbstgerechtigkeit geblieben und sogar Grausamkeit, der Bodensatz jedes Idealismus? Ach, vielleicht wäre es nicht weiter schlimm, wenn deine Abwehr irgendeinem Fremden gelten würde, Matti, aber sie gilt deinem Bruder, das ist es, woran ich dich erinnern will – bei allem, was du vielleicht nicht gutheißt an ihm, bleibt er doch dein Bruder.«

»Der Spruch mußte ja kommen«, sagte Matti.

Catherine war aber noch nicht fertig. »Für dich mag es nur ein Spruch sein, und das leuchtet mir ein, denn ihr kennt nichts anderes, als daß ihr Brüder seid. Für mich ist es aber ein bißchen mehr. Ich sehe von außen auf euch und denke mir, wieso schätzen sie nicht, daß sie sich haben? Wieso verspielen sie es immer weiter? Ich hatte ja nie Geschwister, ich habe mir immer welche gewünscht, um so mehr, als ich bei euch ein und aus gegangen bin, ganz früher, als alles noch prächtig funktionierte zwischen euch. Flutschte, kann man ja schon sagen, nicht? Insofern liegt in meiner Bitte natürlich auch eine eigene Sehnsucht, das gebe ich zu.«

»Lange Rede kurzer Sinn, was willst du, praktisch gesehen? Daß ich dieser Carla morgen um den Hals falle?«

»Ach was, wenn du ihr das Gefühl nehmen könntest, sie sei in deinen Augen eine Aussätzige, das würde ja vielleicht schon genügen«, erwiderte Catherine.

Matti versprach es, wenn auch widerwillig und, wie er erklärte, »nur dir zuliebe«.

Worauf sie sagen wollte, nicht ihr zuliebe möge er's machen, aber sie schluckte die Worte hinunter und küßte Matti vorab schon mal für die Großtat, die er in Angriff zu nehmen gedachte.

Am nächsten Morgen, kurz bevor sie losfahren wollten zum Zirkus, sollte es dann noch zu einem etwas anders gearteten und auch viel kürzeren Meinungsaustausch der beiden zum selben Thema kommen.

Matti, damit begann es, stolperte im Flur über ein weißes Plastiktier auf blauen Rollen, das da am Abend noch nicht gewesen war oder das er in seiner Lust auf Catherine übersehen hatte. Was um Himmels willen das denn sei, rief er aus. Dabei drehte und wendete er das Teil vor seinen Augen, als wär's ein Meteorit.

Das sei ganz einwandfrei ein Nashorn, beschied Catherine.

Hm. Und wozu das Nashorn hier herumstünde.

Womöglich, damit sie es mitnähmen in den Zirkus?

Im Zirkus gäbe es doch wohl schon genug Tiere, und alle echt.

Eben, alle echt.

Jetzt spreche sie wirklich in Rätseln.

Nun, vielleicht könne das Nashorn, gerade weil's nicht echt sei, einem der vielen anwesenden Kinder zum Geschenk gemacht werden? Nur so ein Gedanke …

Ah ja, interessant, zum Geschenk gemacht. Und ob sie … ob sie vielleicht auch schon ein bestimmtes Kind im Auge habe.

Zufälligerweise ja.

Da wolle er mal aufs Geratewohl tippen, daß es Wiktor heiße, ganz zufälligerweise.

Glückwunsch, Treffer – aber bitte, wenn er das jetzt übertrieben fände und lieber nicht wolle …

Übertrieben? Durchtrieben sei es, wenn er's recht betrachte, durchtrieben.

Na, das erfreue sie aber, daß er wenigstens lächle während seiner Vorhaltung.

Umgehend kassierte Matti sein Lächeln. Und um ihr seine überaus kritische Haltung noch zusätzlich zu verdeutlichen, warf er Catherine das Nashorn zu, sollte sie's doch mitschleppen, so verließen sie die Wohnung.

*

Sie fuhren mit dem Zug hoch nach Pasewalk, denn dort sollte der Saisonauftakt steigen, aus einem schlichten Grund: Es war die dem Winterquartier nächstgelegene Kreisstadt, und der alte Devantier wollte sich mit der Premiere bei allen möglichen Leuten der Umgebung bedanken, denen er sich zwar beileibe nicht aufs engste, aber doch aufs geschäftlichste verbunden fühlte.

Als Matti und Catherine am noch leeren Zirkuseingang anlangten, stieg nebenan auf dem Parkplatz gerade Carla mit Wiktor aus dem Familien-Wartburg. Kam's nicht jetzt schon drauf an, ob die großmütige Aktion gelingen würde oder nicht? Man kann nämlich, wenn man so steht, während diese Carla auf einen zuläuft, die Hände in die Hosentaschen stecken und sich eins pfeifen und überhaupt so tun, als sähe man sie nicht. Dann liegt der Schwarze Peter gleich bei ihr, dann muß sie, obwohl sie weiß, daß sie in Wahrheit gesehen wird, auf sich aufmerksam machen irgendwie, und gerät dabei unweigerlich in eine stille Wut. Oder man zeigt ihr, daß man sie sieht, und steckt die Hände erst recht in die Hosentaschen und rührt sich nicht von der Stelle, auch nicht angenehmer für diese Person, die hat ja dann gewissermaßen anzutreten vor einem, als wäre sie eine Untergebene. Man kann aber, wie sie so auf einen zuzögert mit ihrem Kindchen, auch leise zu seiner famosen Begleiterin sagen, »gib mal«, dann hat man plötzlich dieses Plastevieh in den Händen und muß die Hände, die nicht mehr in die Hosentaschen passen, wegen des Viehs hinterm Rücken verstecken, und weil es doch recht unbequem ist, so zu stehen, bewegt man sich der Einfachheit halber ein paar Schritte voran und wird beinahe gegen den eigenen Willen zum Empfangskomitee, und die Person, die damit nie und nimmer gerechnet hat, ist nur perplex und schaut verlegen auf den Kleinen neben sich, den sie an seiner hochgestreckten Hand hält.

Und Matti, tja, der bückte sich zu dem Kindchen runter, wobei er ein bißchen ächzte, als wär er schon ein ganz ganz alter Mann. Er holte das Nashorn hinterm Rücken vor und übergab es Wiktor mit den überragenden Worten: »Bitteschön, da doch hier Zirkus ist, du … du kleiner Naseweis.« Und er strahlte Wiktor an, weil man den einfach anstrahlen mußte, wie der so reinschaute in einen mit seinen großen klaren Augen, hinter denen sich noch nichts abgelagert hatte, noch kein trübes Wissen und noch keine dunkle Meinung, nicht der ganze Erfahrungsschrott, der auch ihm mal die Gucklöcher verdrecken würde, mehr oder weniger, früher oder später.

Und Wiktor hielt nun das Nashorn, dessen Rollen gerade so in seine Handflächen passten, und besah es sich voller Neugier, wie sollte er da hören, daß seine Mutter von irgendwo knapp unter den Wolken, wo sich ihr Kopf befand, zu ihm runterflüsterte, »danke, Wiktor«.

»Sag danke, Wiktor«, sagte sie lauter, aber ehe er dazu kam, wieder nichts zu sagen, war Catherine unten bei ihm, machte die Schnur los, die um das Nashorn gewickelt gewesen war, und sagte, »na stell doch mal hin«. Dieser Weisung folgte er anstandslos. Und er nahm auch brav die Schnur, die Catherine ihm hinhielt, und stiefelte los, mit verdrehtem Oberkörper und verrenktem Kopf, denn er wollte natürlich sehen, ob das Tier ihm folgte; alle beobachteten, wie er herumstiefelte in seiner Selbstvergessenheit und seinem fast schon wissenschaftlichen Ernst, nur er und das Nashorn waren noch auf der Welt, und sämtliche andere Wesen waren weiß der Geier wo, da stolperte er über seine eigenen Beine und fiel in den Splitt, mit dem der Platz ausgelegt war.

»Wiktor«, kreischte Carla, als hätt's ihn von einem Karussell geschleudert, und wie Wiktor das hörte, stellte er zeitlupenhaft seine Gesichtszüge auf Plärrmodus, alle konnten zugucken, wie sie sich verzogen und verzerrten. Catherine aber, Catherine fand, das sei ja nun kein sonderlich tiefer Fall gewesen, im Grunde nur ein eiliges Hinlegen, und bewegte sich gelassen zu ihm und topfte ihn wieder zurück auf die Füße, wobei sie in ihrer berühmten sanften Art dem noch stummen, dem in der Sekunde vor dem Greinen wie eingefrorenen Wiktor vorschlug: »Na komm, das Nashorn will bestimmt noch ein Stückchen weiter, denkst du nicht?«

Da taute Wiktor auf und machte sich wieder auf den Weg, auf seinen Zickzackkurs.

»So ein lieber Fratz«, rief Catherine hingerissen, als sie wieder zu Carla und Matti trat, und obgleich Matti damit absolut konform ging, meinte er nur so für sich, das wäre nun wirklich nicht nötig gewesen, es dieser Verwandten derart süß in den Hintern zu schieben. Etwas barsch schlug er vor, sie sollten sich langsam zu Britta begeben, sonst werde noch die Zeit knapp.

Sofort pflichtete Carla ihm bei. Man rief Wiktor, schob die Gitter beiseite, die zu dieser Stunde noch den Eingang versperrten, und begab sich auf die »schlechtere« Seite des Lagers, wo Britta nach wie vor kampierte; langsam, langsamer als eine Prozession näherte man sich ihrem Wagen, denn alle schauten sich immer wieder zum hinter ihnen hertrottenden Wiktor um, der sich gleichfalls dauernd umschaute, ob es noch da war, das Nashorn, mit dem er die Welt bevölkerte.

Britta befand sich aber nicht im Wagen. Unschlüssig blieb man davor stehen. Niemand wußte etwas zu sagen. Schließlich fing Carla an zu erzählen, daß die Bäume auf der Landstraße noch weitab von Pasewalk schon mit Plakaten beklebt seien, auf denen Britta mit ihrer Tuchnummer als sensationelle Weltneuheit angekündigt werde. »Deine Schwester«, fügte sie, an Matti gewandt, demonstrativ stolz hinzu. Matti nickte wortlos, und Carla fragte, ob er und Catherine auch an solchen Plakaten vorbeigekommen seien auf ihrem Weg vom Bahnhof, da bestätigte Matti kurz und bündig: »Natürlich. War ein wahres Britta-Spalier bei uns.«

Jetzt läutete die Glocke, und während Carla noch wissen wollte, was denn »diese Bimmel« bedeute, kam Britta angeschossen. Sie fiel jedem um den Hals und rief, »ihr hier zusammen, hach, was für ein Bild«, sie entdeckte Wiktor und hob ihn hast-du-nicht-gesehn in die Höhe und wirbelte ihn herum, zu doll, denn er verlor sein Nashorn. Er streckte den Arm dahin, wo es lag, und forderte »runter, runter«, und sie ließ ihn, da er nun schon mal in der Luft war, wie ein Segelflugzeug gen Erde schweben und brachte ihn damit zum Juchzen, sie riß ihn, nur um ein noch stärkeres Juchzen zu hören, noch einmal nach oben und gab ihn endlich, selber juchzend, wieder frei.

Catherine berichtete Britta, sie hätten sich gerade über die vielen Plakate unterhalten, und Britta lachte sogleich auf und sprudelte hervor: »Devantier, der hat die Klebekolonne richtiggehend getriezt. ›Jeden Stromkasten und jeden Laternenpfahl, die euch vor die Latichte kommen, pappt ihr voll mit dem Zeug, ich wiederhole, jeden!‹ Das hat er gesagt, und kontrolliert hat er's auch, stellt euch vor, er ist alles abgefahren, und das hat er noch nie gemacht, seit ich dabei bin, noch nie!«

In Brittas Augen flackerte es, und Matti und Catherine beschlich ein unangenehmes Gefühl. Britta gab doch nur vor, unbeschwert zu sein, oder? War sie nicht völlig überdreht? Irritiert schauten sie sie an.

Britta warf den Kopf in den Nacken: »Ach, nun guckt doch nicht so, ich hör ja schon auf! Aber dann – müßt ihr mich ablenken. Ja! Los! Macht einfach irgendwas, sonst sterbe ich vor Aufregung!«

Matti, Catherine und Carla blickten sich, durchaus ein einigender Vorgang, ratlos an.

»Aber du mußt doch nicht aufgeregt sein«, sagte schließlich Matti, »du mußt doch einfach nur so turnen wie damals, als es noch streng geheim war und du es mir gezeigt hast, und nichts weiter.«

Sie nickte leicht versonnen. »Damals war alles noch einfach, Matti, an unserem Enthüllungsabend. Noch nicht zu denken an all die Plakate und Erwartungen, Plakat gleich Erwartung, darauf läuft's nämlich hinaus … aber apropos Enthüllungsabend, gibt es endlich was Neues von deinem Buch?«

»Kein Buch, das ist das Neue«, antwortete Matti.

»Warum denn das«, entfuhr es Britta, die offensichtlich mehr als jeder andere mit einer Veröffentlichung gerechnet hatte.

Matti sah sich aber außerstande, in Gegenwart Carlas eine Erklärung über seinen Text abzugeben, denn wenn er nun auch mit ihr sprach, so würde er wichtige und private Dinge doch niemals vor ihr ausbreiten können. »Nicht jetzt«, erklärte er Britta, »jetzt ist es gerade völlig unwichtig. Später vielleicht. Und außerdem, hat es nicht schon geläutet? Mußt du nicht los?«

Matti drückte die nickende Britta an sich, die anderen taten es ihm nach, und Britta sprang, umschwirrt von den besten Wünschen, behende die drei Stufen rauf in ihren Wagen. Die Schar aber bewegte sich in den Publikumsbereich, wo nun schon viele Leute kreuz und quer herumgingen. Immer wieder stießen welche mit ihren Füßen an das Nashorn, das Wiktor wie gehabt geduldig zog, manche sich danach entschuldigend, manche, als hätten sie selber Schaden genommen, das Tier oder das Kind verfluchend, bis Carla einschritt und ihn nach Art Catherines mahnte, »nun solltest du vielleicht dein Nashorn schützen, Wiktor, sieh doch mal, es kann sich gar nicht wehren, wenn du ihm nicht hilfst«, und der Junge es an sein Brüstchen preßte.

*

Während die ersten Nummern liefen, die Matti im »Devantier Circus« so oder so ähnlich alle schonmal gesehen hatte, weshalb sie ihn nicht sonderlich interessierten, geriet er Brittas wegen in immer größere Aufregung. Das bislang einzige Mal, da er sie hatte auftreten sehen, war sie ja völlig überraschend in der Manege erschienen, alles war so schnell gegangen, daß er gar keine Zeit gehabt hatte, vorher um sie zu bangen. Wie anders jetzt! Die federgeschmückten Pferde, die ihre Vorderbeine damenhaft auf der Umrandung plazierten; der Clown Beppo, der so lange unbeholfen auf eine Wippe sprang, bis ihm die beulige Blechbüchse, die er unter allerlei Verrenkungen und Beschwörungen immer wieder auf die andere Brettseite stellte, endlich an den Schädel flog, »an die Bonje«, wie da und dort im Publikum gelacht wurde; und der versierte Nachfolger Marty Handys, der gleich jene Wippe benutzte und, in die Höhe gestampft von einer etwas korpulenten Assistentin, durch die Luft flog während seiner Keulenjonglage – alles das entschwand ihm schon in dem Moment, da es geschah, alles teilte sich vor seinen

Augen und floß zu den Seiten hin weg, und in der Mitte sah er, deutlicher und deutlicher hervorgehoben, Britta, wie sie sich Kolophonium auf die Hände schüttete und Alkohol und wie sie sich dehnte und streckte; und unterm Beifall des Publikums, einem landregenartig gemessenen, und unterm Täterätä der Kapelle, einem ohrfeigenhaft schallenden, hörte er das Knacken ihrer Gelenke und bekam plötzlich Angst, ihr könne irgendein Muskel reißen, sie war doch keine gelernte Akrobatin, sie hatte sich doch nicht von klein auf gebogen und verrenkt, oder es riß ihr der Geduldsfaden während ihrer Übung, und sie verhedderte sich in ihren Tüchern, herrje, sie war ihm eben so übermotiviert erschienen, hoffentlich verpatzte sie nicht alles.

Catherine fühlte wohl Ähnliches, denn sie strich sich alle paar Sekunden ihre Haare hinter die Ohren, und ließ sie ihre Haare mal in Ruhe, fummelte sie mit Daumen und Zeigefinger am Ohrläppchen.

Es brach die Zeit unmittelbar vor der Pause an, in der es bislang immer häßlich zugegangen war, unvergeßlich häßlich dank Mona und Jona, da wurden auf einmal sämtliche Lichter gelöscht. Sieben oder acht Sekunden blieb es stockdunkel. Im Parkett zog Stille ein, nur da und dort knarrte ein Holzstuhl. Auf Mattis Hand schoben sich fünf schmale Gletscherzungen, Catherines Finger. Ein Scheinwerfer blendete auf und erhellte mit einem Schlag die »Strombolis«, eigentlich fünf Mann waren das, ein Gitarrist, ein Trommler, ein Keyborder und zwei Trompeter – aber in diesem Moment waren sie von drei Geigern flankiert, um Gottes willen, von Geigern: Matti ängstigte sich jetzt, alles könne verpatzt werden, weil es zu kitschig geriet.

Der Scheinwerferstrahl schwenkte zur Manegenmitte. Und siehe, dort hingen jene zwei Tücher, die Matti schon kannte, das bordeauxrote und das goldgelbe. Sie fielen aber nicht lang und glatt nebeneinander herab, sie sahen aus wie zugenäht und wiesen in der Mitte eine längliche Rundung auf. Man meinte, da hinge eine unbekannte reife Frucht. Und diese Frucht, sie bewegte sich nicht. Die Geiger spielten einen gleichbleibenden leisen Ton. Dann schlitzte langsam, von unten nach oben, etwas Weißes das Gebilde auf, Brittas bloßer Fuß, dazu sirrte die E-Gitarre was Rasierklingenartiges in die Luft; nein, nicht kitschig, gefährlich und bedrohlich war das alles. Britta zeigte das Bein zum Fuß, es steckte in hautengem schwarzem Stoff. Starr ragte es aus der Frucht heraus. Und unvermittelt stürzte es hinab, vier oder fünf Meter in einem Rutsch, wobei die Geigen offenbarten, daß sie aufs schrillste sägen konnten, einen Baumstamm durch.

Das Publikum schrie mit einer einzigen hohen Stimme auf.

Brittas Bein hing nun knapp über der Erde, hing angewinkelt wie ein halb zerbrochener Ast aus dem Vorhang. Aus der Kabine, die das plötzlich war. Aus dem Fahrstuhl: Langsam bewegte der sich wieder aufwärts, höher, als er zuvor gewesen war. Und oben, wo es nicht mehr weiterging, öffnete er sich einen Spalt, und Britta trat auf eine Weise heraus, die erkennen ließ, daß ihr das Schwarz in einem Guß bis an den Hals reichte. Auf dem Hals aber schien kein Kopf zu sitzen. Sie vollführte, ihn verborgen haltend, einen Spagat, in Schüben spreizte sie die Beine, in Stößen, die aus den beiden Trompeten kamen. Man sah die Kuhlen an den Seiten ihrer Pobacken, im scharfen Strahl jenes einzigen Scheinwerfers erinnerten sie an Nischen, die jemand in Marmor gehauen hatte, Nischen, die man unwillkürlich abtasten wollte. Aber nichts da. Aus dem mitten in der Dunkelheit hängenden Torso wurde nun die ganze Britta, sie richtete sich zu voller Größe auf und offenbarte endlich auch ihr Gesicht. Es war frei von Haaren, sie hatte sie alle nach hinten gebunden. Weiß saß es auf dem schwarzen Ganzkörperanzug, wie der Mond auf der Nacht. Es begann langsam zu wandern, das Mondgesicht, auf kosmischen Wellen, die das Keybord herüberschickte, Britta zog sich mit Händen und Füßen flattrige Wolken davor und turnte auf ihnen herum, veränderte spielend deren Maße und Formen. Und wilder wurde sie mit der Zeit, sie teilte die Stoffwolken mit ihren Knien und verwrang sie zu Seilen, zwischen denen sie Rollen schlug, das waren die ersten Momente, die Matti annähernd bekannt vorkamen, etwas hatte sie also beibehalten, das, was er ›ihr Räuberisches‹ genannt hatte. Plötzlich hielt sie inne. Ein Ruf war aus der Kapelle heraus ertönt, von welchem Instrument auch immer, ein Schnalzen wie von einem im Wald verborgenen Tier. Widerstrebend begann die eben noch Räuberische, sich zu dem Ton hinzubewegen. Und ein Trommeln wurde aus dem Ton, es drängte sie nun sehr dorthin. Zu sehr, zu schnell, sie verhedderte sich, auf derart wundersame Weise, daß sie mit einemmal ihre Beine zugeknotet fand. Sie ließ sich kopfüber fallen, sie war ganz hilflos jetzt, sie war gestürzt auf dem Weg hin zu den magischen Tönen, sie baumelte wie aufgehängt. Atmete sie noch? Verwirrend schnelle und hohe Gitarrenriffs gruben sich in ihren reglosen

Körper, versetzten ihn in erste Zuckungen, dann in rasende Drehungen, plötzlich waren die Knoten gelöst, und Britta sprang auf den Tüchern hinab, als hätten sie Absätze, hops, und hops, und hops. Vielleicht einen Meter über der Erde blieb sie auf den untersten Stoffvorsprüngen, die doch unerklärlicherweise eben noch die obersten gewesen waren, stehen. Und ein letzter kleiner Sprung, zurück auf den Boden der Tatsachen.

Eine Millisekunde nach der Landung wurde ihr der Kopf in den Nacken gerissen, vom gewaltigsten Tusch, der je in Devantiers Zirkus gewütet hatte, von einem Scheppern und Donnern, welches in ganz Pasewalk und auch drumherum in Papenbeck und Stiftshof, in Rollwitz und Nieden und nicht zu vergessen in Stramehl und in Züsedom die Fensterscheiben bersten ließ, oder etwa nicht?

Dem hatte aber Richard Devantier vorgebeugt. Kein Tusch, nicht einmal ein lauter Ton zum Finale, so war es von ihm angeordnet worden, jawohl, er wußte genau, womit diese Sensation hier abgeschlossen werden mußte: mit was ganz Leisem, mit was immer leiser Werdendem, das helfen würde, Brittas Vorführung noch lange nachwirken zu lassen. Die Geigen lieferten es. Kaum hörbar tropften ihre letzten Töne ins Sägemehl.

Britta stand derweil regungslos. Weder breitete sie die Arme aus, noch verbeugte sie sich. Man sah nur, wie sich ihre im engen Gymnastikanzug eingezwängten Brüste hoben und senkten. Ein paar Momente klatschte niemand, so gebannt war man, dann brach der Beifall um so stärker los. Die Zuschauer erhoben sich sogar, Matti natürlich als einer der ersten, wie auch Catherine, und wie neben ihr Carla, die Wiktor in den Armen hielt und ihn fortwährend aufforderte: »Nun klatsche, Wiktor, deine Tante, Tante Britta, nun klatsche, klatsche mal!« Er tat wie geheißen, doch seine unkoordinierten Bewegungen verrieten, daß er noch nicht so oft geklatscht hatte. Schließlich machte er zwei Fäustchen und rieb sich damit die müden Augen.

Indessen war Britta in ihrem Lichtkegel die ganze Zeit reglos geblieben. Sie wollte sich durchaus nicht verbeugen. Sie wollte, das war eindeutig, mit allen Poren ihres aufrechten Körpers diesen ungeheuren Beifall empfangen, ein wahres Aufsaugen war das, wie jeder spürte. Weshalb jeder auch immer weiterklatschte.

Plötzlich griff sie sich, aufrecht, wie sie stand, mit einer Hand an den

Hinterkopf und löste ihre streng gebundenen blonden Haare. Sie fielen ihr ungeordnet über Schulterblätter und Oberarme. Britta begann ins Publikum zu lächeln und zu lachen, und es schüttete Applaus, der war nun wirklich von einer Stärke, wie es noch nicht vorgekommen war in Pasewalk, und während Matti noch überlegte, ob jenes effektvolle Haare-Fallenlassen als nachgeschobene Pointe, als letztes und bleibendes Bild zur Nummer gehörte oder ob es sich um einen von Brittas unvermittelten Einfällen handelte, zwinkerte Britta kurz mal jemandem zu, der seine porige, kaum mehr herzeigbare Nase die ganze Zeit über aus dem Vorhang gesteckt hatte. Nicht zu Unrecht, ach, gar nicht zu Unrecht nahm da dieser Jemand, dieser alte Kerl sogleich für sich in Anspruch, ihre unübertreffliche Geste habe in Wahrheit nur ihm gegolten und sei sowieso nur ihm zu verdanken, und unüberhörbar für alle Umstehenden begann sie doch ziemlich zu schniefen, seine Nase.

*

Als man nach der Vorführung, die um 17 Uhr begonnen und zweieinhalb Stunden gedauert hatte, die Plätze verließ, wankte Wiktor mehr, als daß er ging, so müde war er geworden. Carla nahm ihn mitsamt seinem Nashorn auf den Arm und erklärte Matti und Catherine: »Schade, es steht ja bestimmt noch ein tolles Fest an, aber wir müssen jetzt schnell nach Hause in die Heia, nicht?«

Sie schaute Wiktor an. Seine Augen waren von den Lidern nahezu verdeckt, braune Kastanienschlitze, über denen dicke, schwere Schalen hingen. Er schmiegte sich, ohne ein Wort herauszubringen, an seine Mutter.

Carla vollführte unschlüssig halbe Drehungen nach hier und nach da und sagte schließlich: »Eigentlich … eigentlich wollte ich ja Britta unbedingt noch gratulieren, aber wer weiß, wo sie steckt?« Fragend sah sie zu Catherine. Die mit ihren Augen die Frage an Matti weiterleitete. Brummend erbot er sich, Britta zu suchen.

Zunächst stiefelte er durch die verlassene Manege hintern Vorhang, aber da waren nur noch ein paar Mädchen, die er glaubte, gleich am Anfang auf den Pferden gesehen zu haben, sowie John Klinger, der ihn etwas unwirsch musterte.

Matti fragte ihn nach Britta, da hellte sich Klingers Miene schlagartig auf. Er rief, »du bist ihr Bruder, richtig«, und entschuldigte sich, ihn nicht gleich erkannt zu haben.

Kein Problem, erwiderte Matti, so oft seien sie sich ja noch nicht begegnet.

Klinger applaudierte sogleich, sie sei eine Sensation, seine Schwester, worauf Matti erklärte, er denke das auch, aber weil er ein Laie sei, freue es ihn natürlich umso mehr, wenn Britta von einem anerkannten Fachmann gelobt werde.

Klinger wiederholte sein Urteil und steigerte sich in einen wahren Lobesrausch hinein, in dem scheinbar sich widersprechende Worte wie »Bombe« und »Zauber« fielen; Mattis ursprüngliche Frage schien er darüber vergessen zu haben.

Matti wiederholte sie, und Klinger antwortete, das könne er leider auch nicht sagen, wo Britta stecke.

»Vielleicht schon in ihrem Wagen«, sagte Matti. Er machte sich auf, dorthin zu gehen, da zuckte Klinger zusammen. Bereits im nächsten Moment erklärte er aber höchst gleichmütig, ach, im Wagen, das glaube er nicht.

»Wieso denn nicht?«

Klinger brummte etwas von »Devantier« und »besonderer Tag« und legte Matti nahe, erstmal beim Direktor vorbeizuschauen. Matti fragte sich aber, wieso der Messerwerfer zunächst erklärt hatte, er wisse rein gar nichts, und ihn nun einigermaßen bestimmt in Richtung Devantiers zu manövrieren versuchte. Außerdem irritierte ihn, daß die Pferdemädchen sein Gespräch mit Klinger mit kaum verhohlenem Interesse verfolgt hatten. Und blitzte in ihren Gesichtern jetzt, da er an ihnen vorüberging, nicht ein ironisches Lächeln auf?

Draußen war es schon dunkel. Aus den Eingängen des Chapiteaus bleckten Lichtzungen, die im Ungefähren endeten. Matti schaute unentschlossen nach rechts, zur »besseren« Seite des Lagers, dann nach links. Plötzlich argwöhnte er, Klinger habe ihn davon abhalten wollen, in Brittas Wagen zu gehen. Unruhe ergriff ihn, und beinahe vergessene Bilder standen ihm vor Augen, die Bilder der lange zurückliegenden Attacke Marty Handys: War nicht auch diese Attacke in der Dunkelheit geschehen, unmittelbar nach einer für Britta triumphalen Vorstellung? Aber damals hatte es sich um einen völlig unerwarteten Angriff gehandelt, und jetzt geschah offenbar etwas, über das jeder hier Bescheid wußte – und das allem Anschein nach nur ihm, dem Bruder, vorenthalten werden sollte.

Er wandte sich abrupt zur linken Seite, trat über eine der Lichtzungen, strebte auf Brittas Wagen zu. Es war dunkel darin. Von den Pferdeställen drang, wie ein plötzlicher Fanfarenstoß, ein Wiehern zu ihm. Nachdem es verhallt war, hörte er aber aus dem Wagen ein Schnalzen, ein härteres und aggressiveres, als vorhin in der Manege ertönt war. Es klang – wie ein Peitschen klang das ja! Mit einemmal fiel Matti ein, wie während seines letzten Besuches der Große Leonelli mit seiner Peitsche um den Wagen herumgeschlichen war. Er würde doch nicht ...?

Matti stürmte die kleine Treppe zum Wagen hoch und riß die Tür auf. Der Anblick, der sich ihm nun bot, war ein ganz anderer als befürchtet. Gleichwohl machte er Matti schaudern: Britta stand über dem bäuchlings auf ihrem Bett ausgestreckten, nur mit einer kurzen Sporthose und seiner berühmten Strickmütze bekleideten Leonelli und versetzte ihm kurze Peitschenhiebe, die er mit einem halblauten Stöhnen und Lechzen beantwortete.

Britta fuhr herum, während Leonelli, der vergeblich die nächsten Hiebe erwartete, wie halb erstickt forderte: »Weiter ... mach doch ... weiter ...!«

Endlich wandte er den Kopf zur Seite. Mit vor Erregung verdrehten Augen schaute er Matti an. Matti wiederum starrte voller Bestürzung auf Britta. Sie trug noch ihren schwarzen Gymnastikanzug von vorhin und hatte sich, wohl um ihre Hiebe einwandfrei ausführen zu können, die Haare wieder nach hinten gebunden. Ihr harter und Matti vollkommen fremder Blick, mit dem sie herumgefahren war, wich zunehmend einem verstörten und verzweifelten Ausdruck. Ihr schossen die Tränen in die Augen, und ihr Oberkörper drängte nach vorn zu Matti, aber etwas in ihr riß ihn wie unter Qualen wieder zurück, und sie trat sogar einen halben Schritt nach hinten. Sie griff nach der herunterhängenden Peitschenschnur und zog sie mit zitternden Händen zum Schaft, sie schaute gehetzt zu Boden, gab die Schnur wieder frei, stammelte: »Matti ... bitte ... ich erkläre dir alles ... gleich ... du wirst sehen, es ist nicht so schlimm wie du denkst ... gleich, ja?«

Sie drehte sich zum Großen Leonelli. Dieser hatte sich während der letzten halben Minute nicht gerührt. Wie handlungsunfähig lag er da, ein an Land gespülter unförmiger Fisch. Aus unnatürlich geweiteten

Augen glotzte er die Geschwister an. »Du mußt jetzt gehen, Leo«, sagte Britta in einem Ton, der leise und mitleidig war, dessenungeachtet aber an Deutlichkeit nichts zu wünschen übrigließ.

Leonelli erhob sich und griff nach seinen Kleidern. Matti starrte auf die roten Striemen, mit denen der Rücken und die vernarbten, an mehreren Stellen fleischlosen Beine des Dompteurs überzogen waren. Dieser Anblick und seltsamerweise mehr noch jenes stumme Greifen waren ihm so peinlich, daß er den Blick abwenden und den Raum sogar wieder verlassen wollte. Aber er konnte nicht. Wie angewurzelt stand er da. Immer weiter mußte er auf Leonelli starren. Die Kleider, die der Dompteur sich nun mit vorsichtigen und fast schon greisenhaften Bewegungen überzog, waren wie die Brittas noch jene vom Auftritt, eine mit Epauletten und Kordeln behängte Offiziersjacke sowie eine Hose, die an den Außennähten vom Bund bis zum Saum daumenbreite goldene Streifen aufwies. Nach allem, was Matti bei seinem Eintreten gesehen hatte, erschien ihm dieses Bild aber geradezu lächerlich, und er mußte würgen; denn von einer Lächerlichkeit, die ein bestimmtes Maß übersteigt, hat man als Beobachter wahrlich nichts außer Brechreiz.

Der Große Leonelli schlich, Britta einen schuldbewußten Blick zuwerfend, aus dem Wagen. Die Geschwister guckten ihm länger nach als nötig und starrten auch noch zur Tür, als Leonelli diese längst geschlossen hatte. Dann bemerkte Britta, daß sie noch immer Leonellis Peitsche in der Hand hielt, und lehnte sie hochkant an die Wand, derart gewissenhaft, als stecke sie eine prächtige Blume in die Vase. Matti stieß einen verächtlichen Laut aus, doch schien er damit Britta plötzlich herausgefordert zu haben. Sie wagte endlich, ihm in die Augen zu sehen, und sagte, er möge sich setzen.

Und da saßen sie sich nun gegenüber an dem Sprelacarttisch vor dem Wagenfenster, auf das von einem der Hauptzelteingänge ein Lichtkorridor zulief; alles Vorherige war im Dämmer jener Beleuchtung geschehen, was den Szenen in Mattis Augen einen noch unheimlicheren Charakter gegeben hatte.

Das Gespenstische wollte auch jetzt nicht weichen. Brittas Gesicht erschien Matti wächsern auf der schummrig beleuchteten Seite und aschig auf der anderen, da tot und dort noch toter. Außerdem wirkte es, wie es so auf dem engen schwarzen, am Hals geschlossenen Gymnastikanzug saß, unförmig und viel zu groß.

»Guck doch nicht so«, flehte Britta, »verdamme mich nicht. Wenn du erstmal alles erfahren hast, wirst du nicht mehr so gucken … hoffentlich …«

»Dann erzähle«, sagte Matti leise.

»Eigentlich ist alles ganz einfach … aber trotzdem … trotzdem weiß ich überhaupt nicht, wo ich beginnen soll …«

»Dann bind dir als erstes die Haare los«, forderte Matti.

Sie tat wie geheißen. »Also … ich fange wirklich mit dem Anfang an, und du mußt mir dein Wort geben, mich nicht zu unterbrechen, auch wenn du meinst, ich würde nicht zur Sache reden, tust du das? … Gut. Als ich in den Zirkus kam, da war Leonelli, mal abgesehen von Devantier natürlich, der aber damals schon nicht mehr aufgetreten ist, die imposanteste Figur, und zwar mit Abstand. Und warum war er das? Weil er den Tieren, den Bestien um sich rum seinen Willen aufgezwungen hat, in jedem Training und selbst dann, wenn er nur vorm Gitter gestanden hat, und sie waren dahinter. Manchmal haben sie dann nämlich angefangen, verrückt zu spielen und ihn anzufauchen und mit der Pranke aufs Gitter zu hauen, da hat er gewußt, er darf sich das nicht gefallen lassen. Er hat sie angebrüllt, daß es allen hier durch Mark und Bein gegangen ist, und diesen Räubern genauso. Nicht zuletzt hat er sie auch angeblitzt, ich stand ja manchmal daneben, angeblitzt mit seinen Augen, wie der zürnende Zeus. Die warten doch nur darauf, daß du ihrem Blick ausweichst, hat er gesagt, niemals darfst du klein beigeben, gerade mit den Augen nicht. Und er hat das auch niemals getan, bis heute nicht, Leonelli ist nach wie vor der Chef im Ring, uneingeschränkt. Trotzdem ist er aber einmal halb zerrissen worden von seinen Schützlingen. In meinem ersten Jahr hier ist das gewesen. Nicht durch seine Schuld, nicht dadurch, er konnte gar nichts dafür, es war einfach eine Verkettung unglücklicher Umstände. Ich will sie dir jetzt nicht auseinanderklamüsern, denn das würde zu weit führen, sondern dir über die Stunde nach dem Unfall berichten: Damals mußte ich den Großen Leonelli im Sankra begleiten, er war ja besinnungslos. Ich dachte, niemals wacht er wieder auf. Matti, er war an einigen Stellen abgenagt bis auf die Knochen, ich übertreibe nicht! Und doch ist er schon während des Transports wieder zu sich gekommen. Und gleich besah er sich, was noch vorhanden war von ihm. Ich mußte mich übergeben, weil ich es notgedrungen ebenfalls sah, und weißt du, was er getan hat? Mich beruhigt, leise auf mich eingeredet, mich gestreichelt hat er. So stark war der Große Leonelli. Unangreifbar noch im halbtoten Zustand. Aber weiter. Er war noch ganz löchrig, da ist er schon wieder rein in den Käfig. Und immer einen lockeren Spruch auf den Lippen: ›Brittalein, die beißen mich jetzt nicht mehr, ist ja kaum noch was dran an mir, alles längst gefressen und verdaut von den Viechern.‹ Während andere an seiner Stelle noch auf der Intensivstation gelegen hätten, ist er schon wieder aufgetreten, erfolgreich wie eh und je. Niemand hat ihm was angemerkt, nicht die Tiere und nicht das Publikum. Und keiner von uns, keiner! Daß es nämlich doch über seine Kräfte ging, mit Bestien zu arbeiten, die ihn fast verschlungen hätten, und daß seine Anstrengungen in Wahrheit unmenschlich waren und sind. Matti, es war der blanke Zufall, daß es bemerkt wurde – von mir bemerkt. Genausogut hätte jeder andere an meiner Stelle es mitkriegen können. Folgendes passierte, ich will dir jetzt jede Einzelheit schildern, damit du mich und ihn und überhaupt alles auch wirklich verstehst: Ich komme unmittelbar nach einer Aufführung in seinen Wagen, weil irgendein Metzger, der ihm Freibankfleisch liefern sollte, nach ihm suchte. Und da liegt er mit den fürchterlichsten Zuckungen und Krämpfen auf seinem Bett, wie ein Epileptiker wälzt er sich herum. Er weint auch. Oder er weint nur; er besteht eigentlich nur aus Weinen. Ich begreife erst gar nicht, daß es ein Weinkrampf ist. Hilflos lege ich ihm die Hand auf die Brust und tätschele ihn. Und da nimmt er sie, in seinem Krampf greift er sie und haut sich damit richtig doll auf den nackten Oberkörper, wieder und wieder so doll und so derb, daß mir die Handfläche anfängt zu brennen. Ich will die Hand wegziehen, aber er läßt's nicht zu, er schlägt sich damit immer noch kräftiger, und dabei tritt er irgendwie weg, in eine andere Sphäre, wo er ruhiger wird und sich langsam entspannt, fast wie unter Hypnose. Ja, Matti, die Hypnose von Schlägen! Ich war bestürzt und verängstigt, dem beizuwohnen, genau, du hast richtig gehört, ich war ja nur dabei, nichts kam von mir selber. Und er, er war auch grenzenlos erstaunt, als er wieder aufgetaucht ist, ich habe es an seinen Augen gesehen, erstaunt und peinlich berührt. Vielmals entschuldigt hat er sich, und ich, die ich ja keine Ahnung hatte, wie's aussieht in ihm, habe ganz vorsichtig gefragt, was eigentlich los ist. Und da hat er mir offenbart, daß er schon seit Monaten nach jeder Aufführung derart in sich zusammenfalle, es geschehe ihm einfach, er habe sich genau so lange im Griff, wie er sich der Tiere wegen im Griff haben müsse, und dann eben nicht mehr. Was ich um Himmels willen niemandem weitererzählen solle. Darum hat er mich inständig und buchstäblich händeringend gebeten. Ja, so hat es angefangen …«

Matti, der während dieser Erklärung unverwandt auf Britta geschaut hatte, sah aus dem Fenster. Jemand ließ die Planen vor den Chapiteaueingängen herunter, so daß nur noch Lichtspeere auf den Boden fielen, überlange helle Zahnstocher. Daraufhin wurde es im Wageninneren finster. Britta stand auf, zauberte aus der nicht ganz undurchdringlichen Schwärze einen jener klobigen Aschenbecher hervor, wie sie in jeder Mitropa-Gaststätte zu finden und zu klauen waren, stellte eine Kerze hinein und zündete sie an. Als sie sich wieder gesetzt hatte, sagte Matti halb neugierig und halb bänglich: »Und jetzt endlich zu der Peitsche.« Er holte tief Luft, wie wenn er selbst vor der Aufgabe stünde, sich zu offenbaren.

*

Britta nickte: »Ich komme noch dazu, hab noch ein bißchen Geduld. Erstmal ist nämlich gar nichts weiter passiert. Leonelli absolvierte seine Auftritte und ging mir ansonsten aus dem Weg. Aber mir schwante schon, daß es so nicht bleiben würde, denn er hatte doch Blut geleckt … Blut geleckt, wie das klingt in dem Zusammenhang. Und tatsächlich steht er eines Abends unmittelbar nach der Vorführung auf einmal hier in meinem Wagen und fleht mich an, ihn wieder … wieder zu vermöbeln. Ich will nicht, denn ich weiß, wenn ich das jetzt tue, dann wird es immer so weitergehen, und ich werde nie mehr rauskommen aus der Nummer. Da fällt er vor mir auf die Knie, ungelogen, Matti, auf die Knie, und sagt mit jämmerlicher Stimme, er sei verloren, wenn ich ihm nicht helfe. Und er zerrt sich auch schon die Jacke vom Leib. Und da kann ich nicht anders, als ihm zu geben, wonach es ihn verlangt, es war Mitleid, Matti, pures Mitleid. Ein paar Tage verfahren wir so – und dann kommt er plötzlich mit seiner Peitsche an. Mach's ab jetzt mit der, bittet er. Und ich, nein, sag ich kategorisch, das kannst du nun wirklich nicht von mir verlangen, Leo, du bist doch kein Tier, das ist doch alles pervers. Als er aber das Wort pervers hört, schüttelt er gequält den Kopf, und dann stülpt er sein Innerstes nach außen und liefert mir eine lange intime Erklärung, deren Quintessenz folgende ist:

Er habe sein Leben lang herrschen und bestimmen müssen, über Wesen, die eigentlich hundertmal stärker seien als er, kein Problem sei das lange Zeit gewesen, doch seit dem Angriff, bei dem ihn die Tiere ihre unbarmherzige Stärke und Überlegenheit so deutlich hätten spüren lassen, seitdem komme er sich vor wie ein Hochstapler, wie einer, der ständig über seine Verhältnisse lebe. Er zeige sich eisenhart, viel härter noch als zuvor, und habe doch fürchterliche Angst davor aufzufliegen. Und genau das sei der Punkt. Je mehr Härte er zuletzt an den Tag gelegt habe, je mehr es für ihn notwendig gewesen sei, sich als Herrscher zu präsentieren, um so dringlicher habe der Wunsch von ihm Besitz ergriffen, endlich der zu sein, als der er sich fühle, und nun seinerseits beherrscht zu werden und, so drückte er sich exakt aus, mit sich ›was machen zu lassen‹. Eine Sehnsucht nach Schwäche und Wehrlosigkeit, Matti, nach dem ihm herrlich erscheinenden Erzittern, und in dieser Sehnsucht, ich komme auf die Peitsche zurück, hat ihm meine flache Hand nicht mehr genügt. Sie war ja immer noch recht vorsichtig gewesen, mit Resten von Zartheit … aber was ist plötzlich mit dir?«

Matti, das konnte sie trotz des spärlichen Kerzenlichts genau erkennen, war bei ihren letzten Worten stark errötet. Sehnsucht nach Schwäche, so hatte er sich nämlich erinnert, waren das, fast deckungsgleich, vor kurzem nicht seine eigenen Worte Catherine gegenüber gewesen? Und eben hatte er seine Schwester und ihren armseligen Raubtierbändiger noch verdammt. Er sagte: »Vielleicht verstehe ich deinen Leonelli … nur ein klein bißchen … denn schwach und hilflos wollen vielleicht alle mal sein, doch nur die wenigsten drücken es so seltsam und so kraß aus, bei den wenigsten wird es zur Obsession. … Aber bitte, wie kommst du denn mit der Peitsche zurecht, das sag mir jetzt endlich, das frage ich mich schon die ganze Zeit. Macht es dir denn gar nichts aus, so mit der rumzufuhrwerken?«

Britta lachte bitter auf, da klopfte es neben ihnen an der Scheibe. Sie drückte ihre Stirn auf das Glas, um in der Dunkelheit zu erkennen, wer das war, Matti indes wußte es gleich: Das konnten nur Carla, Wiktor und Catherine sein, er hatte sie ja völlig vergessen! Und schon erschienen die drei in der Tür. Carla hielt Wiktor auf dem Arm. Er hatte sein Köpfchen in ihre Halsbeuge gebettet und schlief tief und fest. Bedauernd schaute Carla drein, vorsichtig begann sie zu lächeln. Catherine dagegen, die ihr die Tür aufgestoßen hatte und nun neben Carla trat, rief: »Ihr seid vielleicht lustig! Wir stehen uns da hinten die Beine in den Bauch, und ihr sitzt hier ganz gemütlich bei Kerzenschein!« Als sie aber die verstörten und ertappten Gesichter der Geschwister bemerkte, begriff sie, daß hier, warum auch immer gerade in dieser Stunde des Brittaschen Triumphes, wohl über etwas ziemlich Ernstes gesprochen wurde, und sie fügte schnell hinzu: »Carla wollte sich auch nur verabschieden, denn es ist ja nun doch schon recht spät geworden für den Kleinen, nicht.«

»Ja«, sagte Carla, »aber vor allem wollte ich mich bei dir bedanken und dich beglückwünschen, Britta. Das war wirklich ein sensationeller Auftritt! Ich habe in einem fort gestaunt – und Wiktor natürlich auch. Also, wirklich ein wunderschöner Abend war das, nochmals vielen Dank.«

Britta umarmte sie und strich Wiktor über den Hinterkopf, Catherine jedoch, die direkt daneben stand, sah deutlich, daß Britta trotz der Zuneigung, die sie vor allem Wiktor gegenüber zeigte, gar nicht bei der Sache war. So verabschiedete auch sie sich erst einmal: »Ich bringe dann Carla noch zum Auto. Wir können uns ja später beim Lagerfeuer treffen, es ist gerade entzündet worden – oder soll ich euch hier abholen?«

Die beiden deuteten ein Kopfschütteln an.

Als sie wieder allein waren, fragte Britta: »Wo waren wir stehengeblieben? Ach ja, ob es mir gar nichts ausmacht. Von wegen ... am Anfang habe ich sie kaum hochbekommen, die Peitsche, und der erste Schlag war einfach nur fürchterlich für mich. Dabei ging der gar nicht über eine Andeutung hinaus, ich habe meine Hand ja gleich wieder weggezogen, eigentlich war es nicht mehr als ein Kitzeln. Aber dann spielte sich doch alles ein. Es ist jetzt kein Streicheln mehr, aber es ist auch kein Wüten, es ist gerade so, daß Leonelli seinen ganzen Druck vergessen und sich fallenlassen kann. Wobei – manchmal haue ich schon kräftiger zu, aus Zorn darüber, wie er mich benutzt. Das tut er ja in Wahrheit. Ich versuche natürlich, nicht daran zu denken ...«

»Aber warum denn?« unterbrach Matti sie. »Du solltest es dir erst recht vergegenwärtigen! Nicht vergessen! Zwar habe ich dir vorhin gesagt, ich würde deinen Raubtierbändiger ansatzweise verstehen, aber das ändert keinen Deut daran, daß es ungesund ist, was ihr beide da tut – vor allem für dich!«

»Raubtierbändiger«, sagte Britta lächelnd, »das Wort habe ich ja schon ewig nicht mehr gehört. Keiner hier benutzt es. Das letzte Mal, daß ich's gehört habe, wann war das ... auf der Trauerfeier unseres Großvaters, und gekommen ... gekommen ist's von der alten Felgentreu.«

Matti fand, sie schweife ab und weiche vielleicht sogar mit Absicht aus. Was soll denn jetzt das mit der alten Felgentreu? schien seine nervöse Miene zu fragen.

»Warte mal ... der Raubtierbändiger ... verläßt nie seinen Käfig, so oder so ähnlich hat sie's gesagt. Erinnerst du dich nicht?«

»An dem Tag wurde viel gesagt, und er liegt ewig zurück«, sagte Matti ungeduldig.

»Ja ... und komisch, daß ich mir gerade das gemerkt habe. Vielleicht, weil es mir damals völlig unverständlich gewesen ist. Sie hat es ja wohl auch auf was ganz anderes bezogen, keine Ahnung mehr, worauf. Jedenfalls ist's interessant, wie lange manche Sachen in einem lagern, ehe man sie begreift. Auf einmal offenbaren sie sich. Na, ich finde, man muß noch im nachhinein Hochachtung vor der Felgentreu haben, die war vielleicht lebensklug, tatsächlich, das war sie.«

Matti, der meinte, Britta sei nun lange genug auf dem Spielplatz der Vergangenheit herumgeturnt, rief: »Zurück zum Kern! Es ist ungesund und unnatürlich, das weißt du genauso wie ich, aber du weichst davor aus, dir das einzugestehen, und ich frage mich, warum.«

»Weil das Ungesunde Leonelli hilft, am Laufen zu bleiben, so ist es nunmal! Letztlich erledige ich eine Arbeit zum Wohle des Zirkus, eine ... eine wie Stallausmisten und Pferdefüttern. Es klingt vielleicht paradox in deinen Ohren, aber Leonelli ist in der Manege immer noch der Meister, von dem der Zirkus profitiert. Tja, und ich sorge eben dafür, daß es noch eine Weile so bleibt, nicht mehr und nicht weniger.«

»Stallausmisten und Pferdefüttern, jetzt wird es ja richtig paradox! Du schwingst die Peitsche und stellst es als karitative Aktion dar. Du tust ja fast so, als wärst du Mutter Teresa! Und das willst du nicht nur mir einreden, sondern dir selber auch. Denn wenn du selber daran glauben würdest – warum hast du dann alles vor mir verheimlicht? Erinnere dich, an dem Abend, an dem wir hier auf den Stufen gesessen haben, da ist dein Leonelli um diesen Wagen herumgeschlichen wie eine Katze um den heißen Brei. Weil er nicht drankam an dem Abend, wie ich jetzt weiß. Weil sein abartiges Bedürfnis ausnahmsweise mal nicht befriedigt werden konnte. Als ich dich aber nach ihm gefragt habe, hast du abgewiegelt. Denn in Wahrheit, in Wahrheit hast du ein schlechtes Gewissen, das ist offensichtlich.«

»Es war mir peinlich vor dir. Deshalb wollte ich nicht, daß du irgendwas erfährst«, sagte Britta mit erstickter Stimme.

»Und vor den anderen im Zirkus«, gab Matti zurück, »da ist es dir wohl nicht peinlich? Die wissen es alle, stimmt's? Ich habe es heute an ihren Gesichtern abgelesen, daß sie alle seit langem Bescheid wissen. Man wollte mich vorhin sogar abhalten, hierher zu dir zu kommen, man wollte nicht, daß ich alles erfahre.«

Britta schossen die Tränen in die Augen. »Matti ... nicht ... du denkst vielleicht, ich hätte mehr Vertrauen zu all diesen Menschen als zu dir, aber so ist es nicht – wirklich nicht.«

»Und wie ist es dann?«

»Ganz anders! Wir alle hier in diesem Zirkus sind doch aneinandergekettet. Wir können gar nicht voneinander weg. Immer sind wir zusammen, rund um die Uhr. Auf Dauer bleibt da nichts verborgen, Matti, nichts. Jeder weiß von jedem mehr, als es gut und gesund ist. Manchmal meine ich deswegen schon, in einem Gefängnis zu stecken, in einem rollenden. Immer und ewig dieselben Gestalten! Es gibt einfach kein Entkommen vor ihnen.«

»So hast du ja noch nie geredet«, rief Matti, »das klingt ja verheerend. So großartig deine Vorführung auch gewesen ist – alles, was ich seitdem sehe und höre, ist bloß noch verheerend. Und ich dachte, du wärst glücklich hier!«

»Das bin ich doch auch, größtenteils. Wenn ich es nicht wäre, wäre ich doch schon längst fort. Es ist nur kein reines Glück mehr, denn das reine Glück entspringt der Naivität, und ich habe hier schon zuviel erlebt, um noch naiv zu sein.«

»Aber vorhin in der Manege, da warst du doch euphorisch, oder nicht?« Matti wollte unbedingt bestätigt kriegen, daß er nicht allzu besorgt sein müsse um sie, in einem solchen Ton erkundigte er sich.

»Aber ja, war ich! Und jetzt bin ich noch froher, daß du endlich alles erfahren hast. Du glaubst gar nicht, wie unwohl ich mich gefühlt habe wegen des Geheimnisses ... dauernd ist es so in mir herumgewabert. Wir dürfen niemals mehr Geheimnisse voreinander haben, hörst du?«

Ihr standen wieder Tränen in den Augen, womöglich, weil sie von den eigenen Worten ergriffen war, womöglich, weil der Tag ihr tüchtig was abverlangt hatte, da klopfte es abermals an die Scheibe, ein Hämmern war das schon, und irgendwer rief, ob sie zum Lagerfeuer mit Volvo abgeholt werden wolle oder worauf sie eigentlich warte oder wie oder was.

»Siehst du, Folter und Gefängnis«, stieß Britta schniefend und lachend hervor.

*

Die herüberwehende Verheißung aneinanderklirrender Flaschen. Die wohlige Wärme entfernten Stimmgewirrs. Die blitzende Helligkeit aufsteigender Funken. Und beim Nähertreten das wurmartige Kringeln glühender Zweige, und deren unregelmäßiges Knacken und die Erinnerung an Spielzeugpistolen mit Platzpatronen, und das aschige Schneegestöber rauf in den dunklen Himmel, der die aufgeregten Flokken eine nach der andern stoisch schluckt, und in Kopfhöhe das gallertartige Zittern der Luftsülze, das einen, wenn man's länger beobachtet, wanken macht, als wäre man auf hoher See, und all die rübenartig roten Gesichter und deren beinahe nasses Glänzen …

Jemand, der gewahrte, daß Britta von hinten aufs Feuer schaute, fing an zu klatschen. Ob alle einfielen? Schwer zu erkennen für Britta, nicht jeder Körper vor und neben ihr war ja erhellt. Aber ohne Zweifel war es ein festes und langes Prasseln, eines, das die spitzen Geräusche der in den Flammen sich windenden Äste locker übertönte. Auch hatten sich alle Kollegen, die Britta erblicken konnte, zu ihr umgedreht, da wußte sie nicht, was tun, und hob überdeutlich die Achseln und wakkelte fortgesetzt mit dem Kopf; nein-nein-nein, flüstert der Mensch, wenn er schönen Beifall kriegt, so schönen, daß er's einfach nicht glauben kann, und was er damit entfacht, und was er ja auch will, ist ganz klar: noch mehr davon, noch viel viel mehr.

Plötzlich umfaßte ihr jemand das Handgelenk, und derart fest drückte der zu, daß sie leise aufschreien mußte.

Devantier, wer sonst. Er zog sie nach vorn ans Feuer, in dessen Schein seine faltenüberzogene Wange aussah wie ein halb gegrilltes Steak. Und als wäre er ein Polizist und Britta eine Delinquentin, umgriff er dort mit seiner Pranke ihren Hals und ein Stück von ihrem Hinterkopf. Aus den Gesprächen um die beiden herum wurde Gemurmel. Das, je länger sie so standen, vollends erstarb. Aber warum denn dieses fast schon rabiate Zupacken jetzt? Hatte der Prinzipal auf einmal was auszusetzen an Britta?

Er lockerte seinen Griff, tätschelte sie etwas ungelenk und begann zu sprechen: »Ich will es kurz machen, zumal das meiste Lob sowieso nur Gewäsch ist. Meine ich wortwörtlich, Herrschaften. Meine ich auch dahingehend, daß Lob schlaff macht wie'n nasses Handtuch. Die meisten, die man lobt, kann man danach gleich aufhängen. Sofern mich mein Verstand nicht trügt, muß man bei Britta Werchow diese Befürchtung aber nicht haben. Ich will in diesem Zusamenhang, obwohl's den meisten nicht ganz neu sein dürfte, nochmal daran erinnern, wie sie hier vor Jahren reingeschneit ist: Damals hat sie von Tuten und Blasen keine Ahnung gehabt und noch nicht mal davon, was sie eigentlich hier will. War reiner Zufall, daß sie hier gestrandet ist – oder seh ich das falsch, Britta? … Na bitte. Ich sag euch was Erstaunliches, Herrschaften, auf dem völlig falschen Dampfer war ich damals. Weil ich dachte, eine Woche, und die Kleine ist wieder weg. Maximal eine Woche! Sie hat ja von mir als erstes, und wie ich glaubte als letztes, eine Mistgabel in die Hand gedrückt bekommen. So eine Mistgabel, das brauch ich keinem zu erzählen, deckt mehr auf als jeder Lügendetektor. Hätte mich auch gar nicht gewundert, wenn die Forke schon nach einer Stunde im Stall rumgelegen hätte und das Mädchen auf und davon gewesen wäre. Kennen wir ja zur Genüge, solche Fälle. Jungpioniere! Dösköppe! Aber sie hier, sie hat alles erledigt, was erledigt werden mußte, sie hat ordentlich rangeklotzt. … So, nun aber mal halblang, werden jetzt bestimmt manche von euch sagen, der Alte will uns doch nicht etwa die kleine oder nicht mehr kleine Werchow als Vorbild hinstellen, nur weil sie ordentlich gearbeitet hat; machen wir schließlich auch, und zwar noch paar Jährchen länger als sie. Klar, Herrschaften, macht ihr! Weiß ich zu schätzen, so ist's nicht. Aber da ist noch ein geringfügiger Unterschied zwischen ordentlich und außerordentlich. Ein geringfügiger und trotzdem entscheidender. Das Ordentliche, sagt ja schon der Name, pflegt den Bestand. Das Außerordentliche bringt ihn durcheinander. Herrschaften, ich rede nicht von Chaos, ich bitte euch, besonders während dieses jetzigen Teils meiner kleinen Rede eure Gehörgänge auf Empfang zu schalten, denn es ist der entscheidende. Woher kommt nämlich das Außergewöhnliche? Aus der Tiefe eines Menschen. Niemand kann da runtergucken, nicht mal derjenige selber. Jawohl, er weiß ja selber nicht, was da vorhanden ist, er weiß nur eins, er muß probieren, muß nach dem greifen, was nicht sichtbar ist. Was aus sich rausholen muß er. Darum geht's im Leben – jedenfalls in dem, das wir hier führen. Mag es einmal Müll sein, was er findet, und meinetwegen nochmal, und immer nochmal, irgendwann wird er auf Gold stoßen, Quatsch, was erzähl ich euch, nicht auf Gold, denn Gold gibt's auch schon genug in der beschissenen Welt, eine andere, noch unbekannte Substanz wird er freilegen, und damit wird er dann alle zum Staunen bringen, sich selber eingeschlossen. So, das war's schon, Herrschaften! Ging mir nicht um die Tuch-Nummer an sich, um ihr Raufholen ging's mir. Selten hat mich ein Raufholen so umgehaun wie in diesem Fall – und damit Prost, alle zusammen!«

Devantier erhob die Bierflasche. Einige erwiderten sein »Prost«, andere spendeten Beifall, wieder andere aber flüsterten pikiert, der Alte möge bloß nicht so tun, auch sie hätten ja wohl schon ›jede Menge raufgeholt‹ und ›Staunen erregt‹ und ›das Publikum umgeworfen‹, mit anderen Worten, sie fühlten sich von Devantier kritisiert und sogar beschämt durch das überbordende Lob, das er Britta hatte zuteil werden lassen, und obwohl sie die Lorbeerumkränzte dort in ihrer Mitte schon sehr mochten, lehnten sie sie in diesem Moment doch entschieden ab.

Devantier konnte kein Wort verstehen. Aber das war auch nicht nötig. Der Ton des Gemurmels und die Kopfhaltung der Murmelnden und ihr bemüht argloser Gesichtsausdruck animierten ihn, nach vielleicht 20 oder 30 Sekunden mit dröhnender Stimme in die Runde zu rufen: »Herrschaften, noch eins. Nur um Trugschlüssen vorzubeugen. Hier ist meinerseits, ich betone, meinerseits, gerade eine ungewöhnlich kreative und ohne jeden Hintersinn erbrachte Leistung gewürdigt worden – wie, das jetzt nur in Klammern, alle ungewöhnlichen Leistungen sowieso immer ohne Hintersinn entstehen. Daher meine herzliche Bitte: Sollte jemandem meine Würdigung unangemessen erscheinen, oder deutlicher gesagt, sollte sich durch die Würdigung jemand an die Wade gepinkelt fühlen, so gehen eventuelle Beschwerden nur an mich und nicht an die Gewürdigte. Versteht sich eigentlich von selbst. Bin wirklich gern bereit zu vertiefenden Gesprächen. Ende der Durchsage!«

Es kam, wie es kommen mußte. Niemand hatte die Traute, Devantiers ausgesprochen großzügiges Angebot anzunehmen. Man machte, im Gegenteil, einen großen Bogen um den Direktor und umringte und bezirpste Britta, wie um ihr zu zeigen, man habe ihr gegenüber nie, wirklich nie auch nur eine Spur Neid empfunden. »Gigantische Nummer«, hieß es, und »wie eine Traumwandlerin, so sicher«, und »was für eine Geschichte – als ob du eine geheimnisvolle Geschichte in die Luft geschrieben hättest«.

Britta mußte abermals weinen und warf sich zu diesem Zwecke der erstbesten an den Hals. Jeder dachte, die Sache eben habe sie so mitgenommen, und jeder wollte sie nun in den Arm nehmen oder ihr zumindest mit der Hand in den Haaren wuscheln; dabei ahnte natürlich keiner, daß sie schon in Aufruhr hergekommen war – keiner außer Leonelli, der sich aber vorsichtshalber fernhielt von der Menge.

Er hatte gleich nach Devantiers Ansprache eines der Pferdemädchen in Beschlag genommen und redete nun unaufhörlich auf das ein, wobei er aus den Augenwinkeln doch genau beobachtete, was um Britta herum ablief. Nicht zuletzt verfolgte er auch Matti mit verstohlenen Blikken.

Dieser reckte gerade seinen Hals, um in dem Gewimmel Catherine zu suchen, da hämmerte laute Musik los, die göttlichen Hiebe von *Smoke on the water*. Von einem der vorhin noch braven Bläser kamen die, er prügelte jetzt die Baßgitarre; wie überhaupt alle »Strombolis« völlig verwandelt schienen, verjüngt, verdreckt und verroht. Matti brauchte ein paar Sekunden, um zu begreifen, daß es sich um dieselbe Combo handelte, die in der Manege so strukturiert zugange gewesen war, so maßvoll, da begann die dichte Traube, in deren Mitte sich Britta befand, auch schon auseinanderzufallen und in verschiedenen Formationen um das Feuer zu hüpfen. Einige Zirkusleute machten den Ausfallschritt und ritzten aus wie von Stromstößen geschüttelten Handgelenken heraus, mit ihren Fingernägeln Kerben in die aufjaulende Luft. Andere tanzten wie eine Rotte Rumpelstilzchen ums Feuer. Britta legte den Kopf in den Nacken und ließ sich auch rütteln und schütteln, gleich am ganzen Körper, der zum Himmel drängte, breitbeinig stand sie da, zitternd und bebend wie eine Rakete, die jemand gezündet hatte und die gleich loszischen würde in die unendliche Weite des Alls.

Und Matti staunte wieder mal, wie schnell bei ihr alles ging, wie unvermittelt sie die Spur wechseln konnte, man kam ja gar nicht hinterher bei ihr.

*

Aus dem Romanmanuskript »Das verschlossene Kind«: 7. – 11. Kapitel:

Eines Morgens, ich hatte kaum die Zelle im Haus der blitzenden Sichel betreten, begrüßte mich Gomus mit der Forderung: »Herr Karandasch, hiermit werden Sie dringend ersucht, von nun an endlich mit der Fibel zu lehren!« Das war, wie ich leicht heraushörte, nicht seine Wortwahl. Und noch weniger war es sein Ansinnen, denn Gomus war es herzlich egal, wie und ob überhaupt ich Antonio etwas beibrachte. Der Oberste hatte ihn beauftragt, mir diesen Befehl getreulich zu überbringen, daran bestand für mich kein Zweifel. Ich erwiderte wahrheitsgemäß, ich hätte die Fibel nicht bei mir, und zeigte Gomus zum Beweis meinen Tornister, in dem sich, wie immer in den letzten Wochen, nichts als etwas Proviant befand. Nachdem er einen Blick in das Behältnis geworfen, überlegte er so übermäßig angestrengt, wie es nur tumben Menschen eigen ist; alles in seiner Visage stand weit offen, einschließlich der Nasenlöcher. Endlich brachte er hervor: »Dann morgen. Aber morgen endgültig.« Nicht schwer für mich, daraus zu schließen, ich dürfe die Geduld des Obersten keinesfalls weiter strapazieren. Hatte ich auch tatsächlich gehofft, er werde ewig hinnehmen, daß ich seinen Befehl ignorierte? Schon geraume Zeit hatte ich erwartet, er werde einschreiten. Aber solange dies nicht geschehen war, hatte ich eben weiter ohne Plan mit Antonio geredet, so geredet, als existiere jener Befehl nicht.

Widerstrebend begann ich am Abend, in der Fibel zu blättern. Dabei überlegte ich, welches der kurzen Stücke ich am nächsten Tag mit Antonio zuerst durchnehmen sollte. Aber je mehr Seiten ich überflog, um so mehr steigerte sich mein Unwillen, bis ich schließlich reinen Ekel verspürte. Was für eine verquere, nervtötende Sprache! Und die sollte ich dem Jungen nahebringen? Ließ ich mich darauf ein, würde Antonio bald selber genauso verquer und nervtötend sprechen und schreiben, das war unvermeidlich. Und das war wohl auch die Absicht des Obersten. Darauf wartete er nur, ich begriff es in jener Nacht, in der ich erstmals gezwungen war zu bedenken, was aus der Beschäftigung mit der gleichsam kastrierten Fibel für Antonio wirklich folgen würde: eine ewige Häßlichkeit, eine Art und Weise der Entäußerung, die jeden abstoßen mußte. Selbst Vestis und ich, die wir zu jener Zeit noch größtes Mitleid für Antonio empfanden, selbst wir würden ihn dereinst ablehnen, wenn er nur den Mund aufmachte. Vielleicht, wer weiß, würden wir ihn sogar erschlagen, weil wir es nicht mehr aushielten, ihm bei seinem Kauderwelsch zuzuhören – wir? Gerade wir, die an und mit ihm Gescheiterten, denn wenn der Mensch jemanden auf gar keinen Fall um sich haben mag, dann solch eine Ausgeburt seines eigenen Versagens.

Kurz entschlossen nahm ich ein Blatt Papier und schrieb das erste Stück aus der Fibel, es handelte von Affen, so um, daß es nun auch und gerade die Buchstaben M und S enthielt. Doch wieviel Mühe kostete mich diese Arbeit! Da ich mich im Prinzip an die vorgegebenen Formulierungen hielt und nur die allzu törichten Satzteile austauschte, beraubte ich mich der Freiheit und des Genusses, nach eigenem Gusto zu fabulieren. Statt dessen wendete ich die von mir ausgewählten Ersatzwörter im Kopf hin und her. Ein jedes prüfte ich wieder und wieder auf seine Tauglichkeit, aber als ich es dann hingeschrieben hatte, war ich vom Ergebnis keineswegs angetan. Meine Sätze erschienen mir ungehobelt, beinahe so sperrig wie das ursprüngliche Material. Ich veränderte sie noch mehrmals, wiederum ohne Erfolg. Bald dröhnte mir der Kopf, die Arbeit wurde mir immer beschwerlicher; und doch sah ich mich außerstande, von ihr abzulassen. Erst der grauende Morgen rettete mich. Ich mußte nun schon zu der Insel.

Der aufmerksame Vestis merkte mir meine Übermüdung sofort an. Wie stets wartete er vor dem Tunnel, um mich zum Haus der blitzenden Sichel zu geleiten, vor allem aber, um sich mit mir auszutauschen, ohne daß Gomus uns dabei zuhörte. »Sie sehen heute wie gerädert aus, Herr Karandasch«, sagte er mit bekümmerter Miene. Ich fuhr zusammen. Gerädert? Unwirsch erwiderte ich, er irre sich, mir stünde noch gut vor Augen, wie Meta und Salo ausgesehen hätten.

Vestis brauchte einen Moment, um zu begreifen. Dann entschuldigte er sich mit den gemurmelten Worten: »Das habe ich nicht gewußt.«

»Nicht gewußt«, äffte ich ihn nach. »Höre bloß auf, so gedankenlos daherzureden! Überlege dir, welche Worte du gebrauchst«, so belehrte ich ihn in schneidendem Ton. Und damit wollte ich mich in Bewegung setzen.

Vestis aber hielt mich am Arm zurück, und was er nun sagte, und wie er es sagte, damit beschämte er mich sehr. »Herr Magister«, erklärte er ruhig und gefaßt und dennoch erkennbar alarmiert, »ich danke Ihnen für Ihren Hinweis, Sie wissen, ich bin allzeit Ihr treuer Diener und werde ihn beherzigen. Aber gerade weil ich Ihr Diener bin, fühle ich mich auch verpflichtet, Sie davor zu warnen, in der Verfassung, in der Sie sich offensichtlich befinden, vor Antonio zu treten. Und noch ausgerechnet heute, da er erstmals die Fibel vorgelegt bekommen soll. Herr Magister, was mich betrifft, so will ich jeden Tadel ertragen. Aber Antonio, ich wage Sie mit aufrichtigem und immerwährendem Respekt zu bitten, Antonio verdient nur Sanftmut, in den nächsten Stunden mehr denn je.«

Ich spürte, wie ich errötete. Gerade weil er den Nagel auf den Kopf getroffen hatte, fragte ich wie blöde: »In welcher Verfassung befinde ich mich deiner Meinung nach?«

Vestis war so klug zu schweigen, zu schweigen, ohne den Blick zu senken. Da kam ich nicht umhin, mir selber zu antworten. Ich berichtete ihm von meinen nächtlichen Mühen und erklärte ihm meine eben zutage getretene böse Angriffslust mit dem Zorn, den ich nach all den Stunden auf keinen bestimmten Menschen, und schon gar nicht auf ihn, Vestis, sondern einzig und allein auf falsch gebrauchte Wörter hatte. Ich könne einfach keine mehr sehen und hören.

»Dann liegt alles in Ihrem guten Charakter begründet«, rief Vestis erfreut. »Selbst das, was mir eben noch zweifelhaft erschien. Sie sind überarbeitet, und überarbeitet sind Sie nur, weil Sie es nicht übers Herz bringen, Antonio Dinge zu lehren, die verkehrt sind! Darum handelt es sich also ...«

In seiner Erleichterung machte er Anstalten, dankbar nach meinen Händen zu greifen. Mir aber war das peinlich, so steckte ich sie schnell in meine Rocktaschen. Außerdem sagte ich, um sein übermäßiges Lob abzuwehren: »Sie sind nicht ganz verkehrt, diese Dinge dort in der Fibel, sie sind nur unvollständig.«

»Unvollständig ist gleich verkehrt!«

Vestis erinnerte mich in dieser Sekunde an die ungestümen und zum Widerspruch neigenden Studenten, die ich einst hatte unterrichten dürfen. Daher nickte ich und sagte in der Art und Weise, in der damals Dispute zwischen ihnen und mir geführt worden waren: »Gewiß ist hier unvollständig gleich verkehrt, aber nur dann, wenn wir anerkennen, daß alles, wirklich alles Vermittelte verkehrt ist. Wie das? Nun, nichts, was wir je lesen, hören oder selber sagen, bildet die Wahrheit vollständig ab, sondern immer nur einen mehr oder minder großen Teil von ihr. Insofern enthält jede Wahrheit in ihren Leerstellen mindestens Keime der Unwahrheit, ich betone, mindestens.«

Der junge Wachmann überlegte kurz und schüttelte dann energisch den Kopf. »Mit dem, was Sie sagen, ebnen Sie doch den entscheidenden Unterschied ein: Entweder, man versucht reinen Herzens, der Wahrheit näherzukommen, oder man verfehlt sie mutwillig. Allein dieser Wille respektive Unwille ist es meines Erachtens, der zählt.«

»Gut, aber wenn es so wäre, wenn das wirklich alles wäre, dann frage ich dich: Wie kannst du die beiden Absichten auseinanderhalten? Wie hütest du dich davor, ungerecht zu urteilen?«

»Jetzt tun Sie nicht so, Herr Karandasch! Wollen Sie auf einmal den Obersten in Schutz nehmen? Ich erkenne Sie ja nicht wieder! In dieser Fibel sind doch bestimmte Buchstaben nicht zufällig verfehlt, sondern bewußt weggelassen worden, Sie selber haben das herausgefunden, niemand weiß es besser als Sie!«

Wie fern es mir lag, eine Lanze ausgerechnet für den Obersten zu brechen. Ich war in dieser Minute einfach nur zurück in meiner schon vergessen geglaubten geliebten Rolle als Theoretiker, einer kühlen Rolle, die Vestis arg befremden mußte. Vermutlich hätte ich mich ihr noch weiter hingegeben, wenn ich von meinem jungen Freund nicht lautlos darauf aufmerksam gemacht worden wäre, daß zwei Wachen auf uns zumarschierten. Wir hatten, indem wir eine kleine Weile stehengeblieben waren, die Vorschrift verletzt, derzufolge wir nach meiner Ankunft auf der Insel stets unverzüglich Antonios Zelle aufsuchen sollten. Schnell trat Vestis den Wachen entgegen. Er entschuldigte uns mit der durchaus wahren Begründung, »der Herr Magister« befände sich nicht wohl. Die Wachen musterten mich skeptisch, klemmten sich an unsere Fersen und folgten uns bis vor das Haus. Zu meinem Schrekken sah ich mich nun außerstande, Vestis in meine Pläne einzuweihen. Dabei brauchte ich ihn unbedingt! Nur mit seiner Hilfe würde es mir möglich sein, das Umschreiben der Fibel geheimzuhalten. Ich schalt mich, soeben die wertvolle Zeit mit sinnlosem Philosophieren vertrödelt zu haben. Auf dem etwa 30 Meter langen Gang unter den Kronleuch-

terwaffen, der uns zum Austausch blieb, flüsterte ich ihm dann in größter Hast und Erregung zu: »Ich habe erste Fibel-Kapitel umgeschrieben. Das Umgeschriebene ist in das Buch geklebt. Maße sind angepaßt. Gomus wird zu faul sein, es zur Hand zu nehmen, keine Gefahr von ihm, aber von dem Rohr. Ich befürchte, man hört uns mit dessen Hilfe ab. Wenn Rauchschwaden hindurchpassen, dann auch Töne. Erst recht Töne. Vestis, bei Strafe unseres Untergangs, wir müssen verhindern …«

In diesem Moment waren wir, obgleich wir unsere Schritte immer mehr verlangsamt hatten, schon an der Zellentür angelangt. Am anderen Ende des Ganges hatten sich breitbeinig die Wachen aufgepflanzt. Reglos und stumm zwangen sie uns, die Tür zu öffnen.

*

Gomus sprang von seiner Pritsche, dazu raffte er sich sonst nie auf. Offensichtlich war er gespannt, ob ich wie geheißen die Fibel bei mir führte. Und seine Nervosität, sie übertrug sich im Nu auf Antonio. Der Junge spürte, etwas mußte im Schwange sein. Mit jenem verschreckten Blick, den er nur in den ersten Tagen unserer Bekanntschaft gehabt hatte, sah er mir entgegen. Ich schenkte ihm ein vielleicht etwas zu fröhliches Nicken, holte die Fibel aus dem Tornister und hielt sie Gomus vor die Nase. Worauf Gomus, dieser Gefangene seines Stumpfsinns, sich sogleich wieder auf die Pritsche plumpsen ließ. Nun legte ich das Buch mit dem Maß an Zärtlichkeit, das einem Widerstrebenden zur Verfügung steht, vor Antonio auf den Tisch. Ich tippte, meinen Handballen aufgestützt, mehrmals mit dem Zeigefinger darauf und sagte: »Heute, Antonio, ist wieder einmal ein Tag, an dem in deinem Leben eine Veränderung eintritt. Erst bin ich gekommen und habe nur so nach dir geschaut, nicht wahr? Dann haben wir jeden Tag ein bißchen geplaudert. Wie von selbst hast du dabei recht ordentlich sprechen gelernt, wir können beide stolz sein, wie das gegangen ist, stimmt's Vestis? Siehst du, Vestis hat es verfolgt und kann es bestätigen. Und nun, nun wird es langsam Zeit, den nächsten Schritt zu vollziehen. Plaudern ist nicht schlecht, Plaudern macht Spaß, aber noch mehr Spaß macht es, auch Lesen und Schreiben zu lernen. Dazu, Antonio, habe ich dir diese Fibel hier mitgebracht. Mit deren Hilfe wollen wir das erledigen. Es ist übrigens genau das Lesebuch, das ich dir vor einiger Zeit schon einmal angekündigt habe, erinnerst du dich?«

Antonio nickte, so daß sein steifer, clownesk gekräuselter Kragen in seine papyrusweißen herunterhängenden Wangen schnitt und sie mit Zackenmustern versah. Aber es war ein Nicken mit Vorbehalt. Zudem tat er etwas, das mich zutiefst verblüffte, mehr noch verblüffte als jede seiner früheren unerwarteten Handlungen. Er warf einen prüfenden, wie erwachsenen Blick auf den im Liegen unverwandt an die Decke starrenden Gomus, und als er überzeugt war, dieser döse, beugte er sich schnell zu mir und flüsterte verschwörerisch: »Sie selber mißäugen es aber!«

»Mißäugen? Du meinst das Buch?«

Antonio nickte abermals. In seinen Augen las ich die unverhohlene Bitte, mich zu erklären. Er barmte geradezu darum. Er vertraute mir vollkommen.

In mir kämpften die widerstreitendsten Gefühle. Welch Scharfsinn sich soeben bei Antonio gezeigt hatte, jubilierte ich, und welch Menschenkenntnis! Oh, er hatte genau gespürt, daß ich mich verstellte. Und ebenso genau hatte er gespürt, daß Gomus seine Bemerkung nicht hören durfte. Am erstaunlichsten aber fand ich, wie er sich ausgedrückt hatte. Mißäugen, solch ein Wort gab es gar nicht! Blitzschnell mußte er es geformt haben, weil meine Augen ihm, Antonio, meine Fröhlichkeit als aufgesetzt entlarvt hatten. Und wie schlüssig und treffend war und ist seine Erfindung: Sie benennt, was nicht ganz ein Mißtrauen und nicht ganz ein Beäugen ist, sie bezeichnet das Dazwischenliegende; jenes Mißäugen fand gerade hier in diesem Reich jeden Tag tausendfach statt und hatte doch noch nicht Eingang in unsere Sprache gefunden, ein notwendiges, ein geradezu überfälliges und, nebenbei bemerkt, auch noch poetisches Wort. Nun war es da, ausgerechnet dank Antonio. Ausgerechnet? Je länger ich über diese Verbindung nachdachte, um so logischer erschien sie mir. War Antonio nicht sogar besonders geeignet, neue Wörter hervorzubringen? Da war noch eine Menge Platz in seinem, und nur in seinem Hirn. Da war, anders als bei den Millionen von klein auf Belehrten und Geschulten, noch nicht jeder Quadratzentimeter vollgestellt mit Begriffen, er durfte und konnte selber welche finden für Dinge und Verhaltensweisen, die er entdeckte, er war, was das anging, freier als jeder andere. Wenigstens etwas, wofür die Insel gut war! Ich lachte ihm zu und fuhr ihm in meiner Freude mehrmals mit der Hand durchs Haar.

Und das war zugleich eine traurige, melancholische Geste. Mir war vollkommen klar, daß ich Antonios nahezu flehentliche Bitte, ich möge ihn über meine Haltung zu der Fibel aufklären, nicht erfüllen durfte. Denn was geschähe, wenn ich ihm gestünde, das Buch tatsächlich abzulehnen? Er würde sich gleichfalls dagegen sperren. Dadurch würde er auch das für ihn Umgeschriebene von sich weisen. Es war ja nun Teil des Buches. Es war der Unterrichtsstoff, von dem nichts weniger abhing als Antonios gesamte weitere Entwicklung. Kurzum, mit Ehrlichkeit war in diesem Moment überhaupt nichts gewonnen. So schwer es mir fiel, ich mußte den Jungen belügen. »Du täuschst dich, Antonio«, flüsterte ich zurück, »ich mißäuge nichts. Dieses Buch hier«, ich tippte noch einmal, und zwar recht kräftig, mit dem Finger darauf, »ist beinahe wie von mir selber verfaßt. Alles in Ordnung damit. Ich verbürge mich dafür.«

War es das Tippen? Jedenfalls schnellte Gomus hoch und rief: »Ihr seid für mich nicht zu verstehen! Hier wird nicht geflüstert, verdammte Bande. Laut reden!«

»Nun denn«, sagte ich möglichst gleichmütig. In Wahrheit schlug mir das Herz gewaltig. Im von mir vorhergesehenen Ablauf waren wir nämlich an einem Punkt angelangt, den ich mit Vestis nicht mehr hatte besprechen können – an einem gerade deswegen gefährlichen Punkt. Ich mußte, jetzt gab es kein Zurück mehr, den eigenmächtig veränderten Text vortragen, von dem der Oberste auf keinen Fall erfahren durfte; das rostige Rohr jedoch, das Sprachrohr zu ihm hin womöglich, war noch immer offen. »Nun denn«, wiederholte ich in meiner Not. Dabei versuchte ich, Vestis mit wandernden Pupillen den Weg zum Rohr zu weisen. Und tatsächlich, er begriff, er ging dorthin. Er wartete auf weitere Anweisungen. Ich holte mein Taschentuch hervor und schneuzte mich. Verstand Vestis? Auch das verstand er! Doch unglücklicherweise besaß er kein Taschentuch, durch ein kaum merkliches Kopfschütteln zeigte er es mir an. Ich ließ das meine fallen. Zugleich rief ich in Richtung der Pritsche: »Also, Gomus, horch mal, das erste Stück hier handelt von Affen, da ist es vielleicht was für dich.« Es war mit Absicht beleidigend gesprochen, denn es sollte ihn beschäftigen. Und das tat es auch, wenngleich Gomus die Beleidigung wohl nur ahnte. Irgendwo in seinen Gehirnwindungen, so konnte ich aus seiner angestrengten Miene lesen, war sie steckengeblieben, ein ihn störender Klumpen. Eine Weile

hatte er gut damit zu tun, den wegzubekommen. Indessen bückte sich Vestis. Schon hielt er das Taschentuch in seiner Faust. Er trat mit dem Rücken vor das Rohr, ertastete es und stopfte mein Tuch, das im übrigen weiß war, mit flinken Fingern hinein, so tief, daß es im Dunkel verschwand. Und nun endlich, als ich davon ausgehen durfte, es würden keine Töne mehr durch das Rohr dringen, begann ich laut und vernehmlich zu lesen; und nachdem ich am Schluß des kleinen Affenstükkes angelangt war, begann ich auch gleich noch, die ersten Buchstaben aus den Worten herauslösen, ich zeigte sie einzeln her und hieß Antonio, sie nachzumalen, die ersten von sechsundzwanzig …

Wohl wegen des leisen und anheimelnden Federkritzelns geschah es, daß Gomus einschlief. Sein regelmäßiger pfeifender Atem zeigte es an. Da huschte ein verschmitztes Lächeln über Antonios Gesicht. Er ließ die Feder ruhen, beugte sich wieder verschwörerisch zu mir und fragte: »Warum ist dein Schnaupfenlappen in dem Rohr?« Ich schaute reflexartig zu dem Stummel und fragte überrascht zurück: »Du hast es gesehen?«

Antonio antwortete nicht. Es schien mir Enttäuschung, aber auch eine Art Herausforderung in seinem Blick zu liegen, den er fortgesetzt auf mich heftete. Oh, es beleidigte ihn, daß ich annahm, er habe nichts bemerkt. Sein Gesichtsausdruck aber, wie war er mir vertraut! Genau so hatte Meta immer geschaut, wenn sie sich von jemandem mißachtet fühlte. Dieser Jemand wiederum, das war oft genug Salo gewesen. Einmal, kurz vor Antonios Geburt, wurde ich Zeuge, wie er ihr mitteilte, er habe schon eine Amme verpflichtet, sie stünde jederzeit bereit. Meta erstarrte auf der Stelle. Traurig und vor allem stolz sah sie Salo an. Ich, der ich beiden als väterlicher Vertrauter galt und deshalb auch in heiklen Situationen von ihnen nicht weggeschickt wurde, wußte längst, daß in diesem Blick für Salo ein viel größerer Widerstand lag als in jeder erregten Erwiderung. Er fühlte sich nun veranlaßt, ihr lauter fürsorgliche Fragen zu stellen, die er sich selber beantworten mußte, und am Ende stand er, ohne daß Meta auch nur einen Ton gesagt hätte, wie ein Idiot da. »Aber was hast du denn?« lautete immer, und folglich auch diesmal, seine erste Frage. Und Meta schaut nur so. »Ist etwas nicht in Ordnung?« Und Meta schaut. »Du brauchst doch eine Amme, oder nicht?« Und sie schaut. »Es ergab sich, manchmal gilt es, sich schnell zu entscheiden, das ist dir nicht fremd?« Und sie schaut bis in seine Eingewei-

de hinein. »Ach, ich hätte dich fragen sollen, ja?« Noch nicht die Zeit für sie, ihren Blick von seinem geschundenen Körper zu nehmen. »Herrgott, nun meinetwegen, vielleicht wolltest du die Amme selber auswählen, ist es das?« Meta mag etwas noch viel Weitreichenderes hören, und Salo weiß doch längst, was es ist, mühsam stößt er hervor: »Sag bloß, ich soll ihr absagen? Nur weil ich dich zuvor nicht fragte? Nun, bitteschön, wie du willst, ich bestelle sie ab, aber eins sollst du wissen, nie wieder werde ich auch nur einen Finger …« Worauf nun endlich, endlich auch Meta etwas verlauten läßt: »Du bist ein solcher Tölpel, Salo, also wirklich.«

Wenn der Mensch nur alt genug ist, kann er, ohne sich zum Gespött der Leute zu machen, leicht offenbaren, wen er einst heimlich, still und leise geliebt hat, denn sein Greisentum schützt ihn, und die Nachsicht und das Wohlwollen aller sind ihm gewiß. Daher: Ich, Karandasch, liebte diese Meta. Ich vergötterte sie geradezu. An Salos Stelle hätte ich ihr zu Füßen gelegen. »Nie und nie«, um ihre eigenen Worte zu gebrauchen, hätte ich etwas hinter ihrem Rücken unternommen, jedenfalls bilde ich mir das ein. Und noch etwas bilde ich mir ein: daß ich kein liederlicher, geschwätziger Alter bin. Ich kann das Wasser noch halten. Entleere ich mich, dann mit Bedacht. Umstandslos hätte ich auf mein jetziges Geständnis verzichtet, wenn es – sein einziger Wert – mich nicht zurückführen würde zu Antonio. Ach, Antonio, Sohn Metas! Als er ins Bild gesetzt zu werden wünschte über den seltsamen Weg des Taschentuchs, da schaute er das erste Mal genauso wie sie in ihren eindrucksvollsten Momenten, da ließ er mich mehr denn je spüren, daß er von ihrem Blute war. Und plötzlich sah ich mich außerstande, ihn zu hintergehen, obwohl doch genau das um unserer Sicherheit willen angeraten gewesen wäre; plötzlich war es mir unmöglich, noch einmal eine Frage von ihm mit Lügen zu beantworten. Er hatte mich in der Hand? Nicht er, Meta. Ihr schenkte ich, zum Entsetzen Vestis', im folgenden reinen Wein ein, ihretwegen verhielt ich mich unklug, und das war zunächst ausgesprochen schön, eine Wohltat, eine Herrlichkeit, ein Segen.

*

»Warum der Schnupfenlappen in dem Rohr steckt? Das will ich dir erklären. Übrigens sagen wir Taschentuch dazu, weil es gewöhnlich in der Rocktasche aufbewahrt wird, aber sei's drum, bleibe du nur bei

Schnupfenlappen. Wir haben das Taschentuch dort hineingestopft, damit es die Töne aufhält, die wir sprechen. Sie dürfen auf keinen Fall durch das Rohr fliegen, Antonio, müssen wir doch davon ausgehen …«

Ehe ich weiterreden konnte, stürzte Vestis zu mir und flüsterte mir ins Ohr: »Herr Magister, bedenken Sie, er ist noch ein Kind. Wissen wir, ob er alles, was Sie ihm allem Anschein nach enthüllen wollen, auch richtig versteht? Es könnte ihn völlig überfordern.«

Inmitten meiner Hinwendung zu Meta empfand ich diesen Einwurf als Störung. Außerdem sagte mir mein Gefühl, Antonio werde schon alles richtig verstehen. Und drittens fand ich es ungehörig, vor ihm zu flüstern. Wenn ihn etwas irritieren mußte, dann ja wohl diese Geheimniskrämerei seiner Vertrauten. »Vestis«, forderte ich infolgedessen, »sprich bitte von nun an so laut, daß auch Antonio es verstehen kann. Hör nur, wie Gomus schnarcht. Wir müssen also nicht flüstern. Wir drei Freunde, wir sind doch jetzt unter uns.«

Nun war es Vestis, der mich anblickte, als hätte ich ihm gegenüber einen Vertrauensbruch begangen. Und wahrhaft war er, der mich zuvor nur mit den besten Absichten unterbrochen hatte, von mir vor dem Jungen bloßgestellt worden. Aber Derartiges geschieht. Manchmal muß man einen vor den Kopf stoßen, um nicht einen anderen, Verletzlicheren, zu malträtieren. »Wir drei«, setzte ich, zu Antonio gewandt, fort, »wir sollten nämlich davon ausgehen, daß am anderen Ende jemand sitzt, der gern hören mag, was wir so reden. Und weißt du, was er erfahren würde, wenn wir keine Tuchbarriere zwischen ihm und uns errichtet hätten, Antonio? Daß ich diese Fibel hier, die mitgebrachte, umgeschrieben habe. Nur deshalb konnte ich dir vorhin guten Gewissens erklären, ich verbürge mich für sie. Weil ich sie für dich zurechtgebogen habe, so gut es ging. Aber dieses Zurechtbiegen, dieses ganze Eingreifen ist mir eigentlich strengstens verboten. Man will nicht, daß du richtig lernst.«

»Warum nicht?« fragte Antonio.

»Weil manche Menschen sich maßlos freuen, wenn sie sehen, wie andere sich vergeblich abmühen. Da haben sie ihren Spaß. Ja Antonio, und leider bist du von jemandem ausgesucht worden für das Abmühen. Du sollst dich lächerlich machen. Eigentlich bin ich nur deshalb hier. Man möchte, daß ich dir helfe, dich lächerlich zu machen, aber ich verspüre keine Lust dazu.«

»Mich ausgesucht«, wiederholte Antonio, »wieso?«

In dieser Sekunde begann ich zu ahnen, daß er mich immer weiter löchern würde mit seinen Fragen und daß es in unserem Gespräch längst um viel mehr ging als um das Taschentuch oder um meine sentimentale Erinnerung an Meta. Ich hatte doch schon damit angefangen, Antonio seine deprimierende Lage bewußt zu machen! Aber durfte ich das? Solange er sie nicht begriff, war er vielleicht weniger unglücklich, als wenn er sie begriffe, verhielt es sich nicht so? Dennoch fühlte ich mich verpflichtet, fortzufahren und Antonio weiter aufzuklären. Seine Eltern, sagte ich mir, würden das an meiner Stelle ebenso halten. Niemals würden sie Antonio, während sie ihn dies und das lehrten, die entscheidenden Tatsachen vorenthalten, jene, die sein eigenes bedauernswertes Leben betrafen. Und außerdem, wer sagte eigentlich, daß ein Unglück, dessen man sich bewußt wird, sich dadurch vergrößern muß? Vielleicht ist eher ein Wütendwerden und Mutfassen die Folge? Eine Auflehnung? Ein befreiender Aufruhr? Ich erschrak. Wie fatal es sein kann, einen Gedanken beharrlich zu Ende zu denken! Eine Befreiung war doch ausgeschlossen für Antonio. Eine entsprechende Sehnsucht würde ihn unweigerlich ins Verderben führen. Sollte er eines Tages wirklich beginnen, sich aufzulehnen, würde der Oberste ihn gnadenlos umbringen. Ich schwankte wieder.

Antonio verzog sein Gesicht; weil ich nicht gleich geantwortet hatte? Gefehlt. Er gab mir mit einem Fingerzeig zu verstehen, er müsse zur Grube. Schwerfällig, wie unter Schmerzen, tapste er zu dem Loch im Boden, das sich seitlich der Zellentür in der Ecke befand und mit einem Holzdeckel verschlossen war. Er stieß den Deckel beiseite, ließ seine Pluderhosen fallen und hockte sich über das Loch. Ausdruckslos starrte er mich an. Dann färbte sich sein Gesicht rot. Es schien beinahe zu platzen, aber er wandte es nicht ab. Die Spitze seines Geschlechts berührte, ohne daß er sich darum geschert hätte, den dreckigen Rand des Loches. Bald darauf hörten wir das Schmatzen des sich lösenden Kots, und einen Moment später dessen patschenden Aufprall. Breiige braune Spritzer schlugen an Antonios Schuhe. Dies alles hatte ich schon Dutzende Male gesehen oder zumindest gehört, und ich muß nicht betonen, stets angewidert gewesen zu sein. Nie aber stand mir die jämmerliche Selbstverständlichkeit, mit der Antonio bar jeden Sichtschutzes schiß, deutlicher vor Augen als heute. Er wußte wahrlich nicht das geringste von der Peinlichkeit, die dort an dem stinkenden Loch von ihm ausging. Und das brachte die Entscheidung. Seine Ahnungslosigkeit und seine daraus folgernde Selbsterniedrigung, ich mußte versuchen, sie zu beenden.

Während er sich seine Hosen wieder hochzog, rümpfte Gomus die Nase. Er wälzte sich auch hin und her auf seinem Lager. Vestis sprang zu dem Loch, um schnell und geräuschlos den Deckel darüberzuziehen. Danach verfolgten wir alle drei atemlos, ob Gomus weiterschlafen würde. Und siehe, er tat uns den Gefallen.

Antonio, immer noch rotgesichtig und überdies schwitzend, nahm wieder am Tisch Platz, und ich sagte: »Du wolltest wissen, warum man dich ausgesucht hat, sich lächerlich zu machen, richtig? Das ist gar nicht leicht zu erklären. Ich muß kurz ausholen, zurück bis zu einer Zeit, in der du noch nicht geboren warst. Deine Eltern, Antonio, wollten damals um keinen Preis, daß ein bestimmter Mann die Macht an sich reißt. Sie waren klug und befürchteten, wenn dies geschähe, würde es ihnen und vielen anderen schlecht ergehen. Also bekämpften sie ihn. Sie trauten sich dabei viel mehr als zum Beispiel ich. Nein, ich war nicht besonders mutig, nur ganz im stillen, nur in meinen Gedanken, aber lassen wir das. Du ahnst vielleicht, derjenige, von dem ich spreche, ist doch an die Macht gelangt. Und sobald er sie errungen hatte, tötete er deine Eltern. Gleich am ersten Tag seiner Regentschaft erledigte er das; als gäbe es nichts Wichtigeres für ihn.«

Die Nachricht löste nichts aus in Antonio. »Auch mit einem Durchschnitt?« fragte er interessiert. »Ein Durchschnitt?« fragte ich zurück, da präzisierte er: »Auch mit dem Essenmesser?« Ich erinnerte mich nun, wie ich vor Antonios Augen der Katze den Garaus gemacht hatte, und fast im selben Augenblick verstand ich, in meinen jetzigen Worten konnte für ihn nichts Neues liegen. Seit jenem Mord mußte er den Tod notwendigerweise mit Gewalt verbinden. Einen anderen, einen friedlichen kannte er nicht. Ich mußte dem Jungen, ehe ich endlich auf sein eigenes Schicksal zu sprechen kommen durfte, erst einmal verdeutlichen, welch grauenhaftes Unrecht seinen Eltern geschehen war.

»Nein, nicht mit dem Messer«, antwortete ich ihm. »Es gibt noch viele andere Methoden. Deine Eltern wurden auf dem Boden festgebunden, und dort brach ihnen der Henker, das ist der Mann, der den Tod herbeiführt, mit einem schweren Eisenrad die Knochen. Erst ließ

er das Rad auf ihre Beine fallen, dann auf ihre Rippen, dann auf ihre Arme. Kannst du dir vorstellen, wie weh das tut?« Antonio nickte, aber auf eine verständnislose Art. »Du kannst es dir nicht vorstellen. Paß auf, du sollst eine Ahnung bekommen. Vestis wird dir jetzt den Arm umdrehen, nur umdrehen, das ist noch weit entfernt vom Armbrechen, aber danach wirst du ansatzweise wissen, was für ein Schmerz es ist, den deine Eltern aushalten mußten.« Ich schaute zu Vestis und bemerkte, er fühlte sich wieder mißbraucht. »Los«, forderte ich ihn auf, »es ist unabdingbar!« Da trat er zögernd hinter Antonio und drehte ihm den Arm um, viel zu sanft. »Fester«, verlangte ich. Gleichzeitig verschloß ich Antonio mit meiner flachen Hand den Mund. »Fester, Vestis, verdammt nochmal, fester.« Ich steigerte mich in einen wahren Furor hinein, half Vestis sogar, Antonio den Arm zu beugen. Entsetzt darüber, was bei mir in dieser Sekunde zum Ausbruch kam, schaute der brave Wachmann mich an. »Es muß sein«, wiederholte ich keuchend, aber er antwortete mir nur mit einem vernichtenden Blick. Vestis mußte damals genau gespürt haben, was ich vor mir selber furchtsam verbarg. Heute kann und muß ich es ans Tageslicht bringen, denn Antonios Geschichte enthält, wie der Leser sicher schon bemerkt hat, meine eigene Beichte. Vielleicht ist es sogar umgedreht, und meine Beichte enthält seine Geschichte, vielleicht verfasse ich diesen Bericht vom Geschehen auf der Insel nur deshalb: Um endlich auch zugeben zu können, daß mich eine ungeheure Lust packte, Antonio zu foltern. Seine Wehrlosigkeit regte mich auf und stachelte mich an. Oh, er saß mir da gerade recht. Meine seit Wochen angespannten Nerven verlangten plötzlich danach, daß ich mich an jemandem genüßlich tat. Wegen ihm waren sie angespannt, an ihm tat ich mich genüßlich. Büßen sollte er für sein unglückseliges dreckiges Hiersein. Wohlbehüteten und Neunmalklugen, Neunmalklugen, weil Wohlbehüteten wird meine Erklärung vielleicht nichtswürdig erscheinen, aber diese Menschen mögen schweigen. Ich für mein Teil weiß nur zu gut um jene finstere Folgerichtigkeit.

Da Vestis Antonio eher schützte als quälte, stieß ich ihn beiseite. Mit einem Ruck drehte ich den Arm so hoch, daß der Junge mit seiner Stirn auf den Tisch schlug. Er quiekte in meine Hand. Den hinter mir schlafenden Gomus im Sinn, drückte ich sie ihm fester aufs Maul. Er sabberte hinein. Aber es war ja nun auch gut. Ich gab ihn frei, verwandelte mich wieder in den vertrauenswürdigen Magister, der ich zuvor gewe-

sen war und fürderhin immer sein würde, und erklärte Antonio: »Das ist Schmerz, verstehst du nun? Und das war ein geringfügiger, geradezu lächerlicher Schmerz im Vergleich zu dem, den deine Eltern erleiden mußten. Und ich setze fort, Antonio, sie waren ja noch lange nicht tot, deine lieben Eltern. Sie wurden nun in das Rad geflochten; geflochten heißt, man wand ihre gebrochenen Glieder wie Hanfstränge um die Speichen. Alsdann befestigte man das Rad auf einem Pfahl und richtete diesen auf. Zuletzt entfachte man ein Feuer. Es kroch den Pfahl hinauf und erfaßte deine Eltern. Meta, soweit ich es beobachten konnte, verbrannte schnell darin, aber Salo lebte noch eine mir ewig scheinende Weile. Bis wann? Bis zu dem Moment, da das ganze Gestell in den lodernden Flammen umstürzte und ihm dadurch das Genick gebrochen wurde.« Ich machte eine Pause, bemerkte bei Antonio einen Anflug von Schauder. Und sogleich nahm ich den Faden wieder auf: »Das war aber kein normaler Tod, Antonio. Auch der Tod der Katze hier in dieser Zelle war nicht normal. Beide Tode waren nicht normal und nicht rechtens, und warum nicht? Weil Fremde ihn herbeigeführt haben. Mörder nennt man sie, Mörder. Ich war das im Falle der Katze, der Mächtige war es im Falle deiner Eltern. Was ist dann aber rechtens und normal, wirst du vielleicht fragen. Was ist kein Mord? Das will ich dir sagen, mein Junge. Wenn die Natur den Tod herbeiführt. Wenn jemand von selber und für immer seine Augen schließt, weil er alt ist oder krank. Schau auf Gomus, da, schau, der Gomus. Er hat seine Augen geschlossen, er schläft, nicht? Würde er nun nicht mehr aufwachen, wäre er tot. Du mußt es dir so vorstellen: Wenn der Mensch abends einschläft und morgens wieder aufwacht, dann ist eine Nacht in seinem Leben um, aber wenn er einschläft und nicht wieder aufwacht, dann ist es sein gesamtes Leben, das um ist.«

In diesem Moment wurde die schwere Eisentür aufgeschlossen, es klirrte und quietschte, und Gomus schreckte hoch. Er schüttelte sich einige Sekunden wie ein naßgespritzter Kater. Währenddessen brachten die Wachen die obligate weiße Tischdecke sowie Geschirr und Besteck herein. Schon Mittagszeit, mit Enttäuschung nahm ich es zur Kenntnis, denn nun war die vielleicht einmalige, die bestimmt nicht so bald sich wiederholende Stunde der Offenheit vorbei, und ich mußte die Zelle verlassen. Vieles hätte ich Antonio noch erklären mögen. Andererseits hatte er doch schon einiges erfahren. Und so schaute er auch. Er schien völlig versunken in das Gehörte, schien nicht einmal zu bemerken, daß unmittelbar vor ihm aufgedeckt wurde. Da ich befürchtete, er wäre in diesem somnambulen Zustand fähig, mir eine weitere Frage zu stellen, eine, die uns vor Gomus verraten würde, klopfte ich rasch auf die Fibel und rief fröhlich: »Und morgen beschäftigen wir uns mit der nächsten Seite, einverstanden, Antonio?« Er starrte mich benommen an, ich nickte ihm mit vorgerecktem Hals zu. Da beeilte er sich, gleichfalls zu nicken, der kluge Junge der.

*

Als ich mich am Abend, erwacht aus einem langen Schlaf, in den ich gleich nach meiner Ankunft von der Insel gefallen war, aufmachte, die nächsten verschandelten Kapitel umzuschreiben, vermißte ich auf meinem Sekretär das faustgroße Leimfäßchen zum Aufkleben des Papiers, das mir der Schuster Tsiran überlassen hatte. Ich war mir sicher, es am Morgen neben Tinte und Feder plaziert zu haben. Aber war ich nicht völlig übernächtigt gewesen? Wer weiß, wo ich es in Wahrheit hingestellt hatte. Ich ließ meinen Blick durch das Zimmer schweifen, vermochte jedoch das Fäßchen auch jetzt nicht zu entdecken. Nun, unwichtig, ich mußte doch erst einmal schreiben, ich mußte das nächste Stück, eines über Arabien, umgestalten, ich begann es zu lesen. Indes überkam mich schon nach dem ersten Satz ein derartiger Widerwille, daß ich aufsprang, mir meinen Umhang über die Schultern warf und zu Tsiran ging, um mir neuen Leim zu holen.

Dieser Tsiran war ein Kerl, mit dem man immer einen hübschen Schwatz halten konnte; jetzt allerdings, da ich mich nur zu gern von ihm hätte aufhalten lassen, war er damit beschäftigt, einem ungeduldig wartenden Offizier ein Paar Stiefel zu beschlagen. Ich nahm das neue Fäßchen und trollte mich. Und nun? Wie insgeheim befürchtet, stand mir auf der Gasse jenes vorgegebene Kapitel sofort wieder wie eine Wand vor Augen. Ich wollte nicht näher da heran, ich wollte nicht gleich wieder nach Hause an den Schreibtisch, so setzte ich mich auf den marmornen Rand eines Brunnens. Ich schöpfte Wasser und spritzte es mir ins Gesicht, auch streckte ich die Füße in den Brunnen. Frische strömte durch meinen wie ausgedörrten Körper. Ich legte den Kopf in den Nacken, und in dieser Sekunde der Erholung kam mir die Idee, völlig neue Stücke für Antonio zu verfassen. Aber ja, warum quälte ich mich so? Wie statisch und leblos war das Ergebnis meiner Qualen, und wie einfach und überzeugend war mein Einfall. Ich sann darüber nach, warum er mir nicht gleich gekommen war, und begriff bald, die Ursache konnte nur in meiner unterschwelligen Hörigkeit gegenüber dem Obersten liegen. Fraglos hatte ich ihn als Vorgeber und Bestimmer anerkannt. Und die Fraglosigkeit ist es doch, die den gemeinen Lakaien auszeichnet, mehr noch als seine Feigheit. Weil er fraglos ist, muß er nicht einmal feige sein.

Noch an dem Brunnen beschloß ich, gänzlich neue Fibelseiten zu schaffen; ich schreibe bewußt ›schaffen‹, weil ich mich nicht mehr nur mit Worten ausdrücken mochte. Wenn schon, denn schon! Von nun an wollte ich auch zeichnen und, wo es sich anbot, Dinge aufs Papier kleben, denn Antonio, der inmitten kahler Wände Festgehaltene, sollte buchstäblich eine Anschauung von ihnen erhalten. Vor allem aber wollte ich ihm jene Dinge nicht mehr einzeln, wie beliebige Teile aus einem Register vorstellen. In ihrer Gesamtheit und in ihrer gegenseitigen Bedingtheit wollte ich sie fortan vor ihm ausbreiten, nichts Geringeres schwebte mir vor, als Antonio den universellen Charakter der Welt erkennen zu lassen – und wenn er in ihr auch auf noch so verlorenem Posten stand, und wenn es ihm wohl auch niemals vergönnt sein würde, sie zu durchschreiten. Gerade deswegen!

Ich verrate nicht zuviel, wenn ich vorausschicke, daß es mir einzig und allein am nächsten Tag vergönnt sein sollte, mein Vorhaben in die Tat umzusetzen. Es war ein Tag, an dem sich die Ereignisse wahrhaft überschlugen, nicht gleich, aber dafür um so schneller, je näher die Mittagsstunde rückte …

Früher als sonst machte ich mich auf den Weg zum Fährtunnel. Es dämmerte gerade; im Wald zwischen kopfsteingepflastertem Weg und reißendem Fluß schälte das einfallende Licht langsam die Konturen der Bäume heraus. Auf einer kleinen Wiese, über der Nebelschwaden hingen, suchte ich nach Schierlingen. Nach ein paar Minuten fand ich welche; sie standen versteckt zwischen anderen Pflanzen, aber das gespenstisch matte Blau ihrer Stengel hatte sie verraten. Ich riß ein paar der Stengel aus dem Boden und steckte sie in meinen Tornister, damit waren die Materialien für mein erstes frei gewähltes Thema vollständig. Gewächse für spätere Unterrichtsstunden, so glaubte ich damals noch, würde ich in aller Ruhe suchen, trocknen und in die Fibel kleben können.

Vestis, dem es oblag, den Tornister sofort nach meinem Eintreffen auf der Insel zu kontrollieren, was er selbstredend nur pro forma tat, stutzte, als er das Grünzeug entdeckte. Ich bewahrte ihn davor, es aus dem Behältnis zu ziehen, denn ich vermutete, jene Wachen, von denen wir gestern verfolgt worden waren, hätten uns längst wieder im Blick. »Gehen wir, gehen wir, aber langsam, es gibt Neuigkeiten«, flüsterte ich.

Er zeigte sich begeistert von meiner Idee und setzte mich seinerseits über eine Eigenmächtigkeit ins Bild; und das war eine, die zu der meinen paßte und sie gewissermaßen vervollständigte. Vestis hatte nämlich gewagt, Gomus einen üblen Extrakt aus Cannabis und Baldrian in den Morgentee zu träufeln, auf daß der Wachmann wieder, wie am gestrigen Tage, in den Schlaf fiele und ich abermals frank und frei mit Antonio reden könne. »Als ich die Zelle verließ, schienen mir seine Lider schon schwer wie Dachziegel zu sein. Wir dürfen also davon ausgehen, daß er mittlerweile kräftig vor sich hin schnarcht. So bald wacht der nicht wieder auf.« Vestis lachte leise.

Einen Augenblick später aber umfaßte er, als habe er sich gerade an etwas Unangenehmes erinnert, ein wenig zu fest meinen Arm und flüsterte hastig: »Herr Magister, ein Wort noch. Ich bemerkte gestern, daß Sie sahen, wie entsetzt ich war angesichts der Gewalt, die Sie Antonio antaten. Sie sollen wissen, heute ist mein Entsetzen verflogen. Ich habe nachgedacht und meine, Sie begriffen zu haben. Sie verfluchen den Obersten, soviel steht fest. Aber er ist für Sie nicht greifbar und erst recht nicht angreifbar. Und darum attackierten Sie Antonio. Nie würden Sie nämlich den Obersten derart verfluchen, wenn Antonio nicht wäre, den er andauernd drangsaliert. Sie haben Ihre Wut umgeleitet, so verstehe ich es.« Vestis schaute mich halb verzeihend und doch auch halb fragend an, und ich murmelte: »Vestis, Lieber, Menschen, die so lieb sind wie du, sollten Richter werden, das wäre ein Fest für jeden Schurken.« Und schon standen wir vor Antonios Zelle.

In der Tat schlief Gomus wie ein Murmeltier. Antonio aber sprang, noch während die Tür offenstand, freudig erregt von seiner Pritsche. In diesem Moment hatte ich eine atemberaubende Idee, und da Vestis und ich nun nichts mehr vor dem Jungen verborgen halten wollten, und da die Idee mich überhaupt mitriß, sprach ich sie umgehend aus: »Vestis, hör mal, nicht nur Gomus, alle Wachen sollten deinen Tee kriegen, alle! Jawohl, dann schliefe die ganze Insel, und wir drei könnten hier her-

ausspazieren. Wir könnten selber an Land staken und uns dort verkriechen. Später würden wir dann versuchen, aus dem Reich zu flüchten. Was hältst du davon? Würdest du es dir zutrauen, jedem Wächter hier dein Zeug einzuträufeln?« Vestis wiegte den Kopf. »Jedem? Kaum möglich. Wie sollte das gehen? Ich müßte in Ruhe darüber nachdenken und sehen, ob sich vielleicht ein Plan entwickeln ließe, Herr Magister.« In Ordnung, erklärte ich, er möge das unbedingt tun. Nachdem ich aber alles ausgesprochen hatte, durchfuhr mich der Schreck. Dies war keine Spielerei mit der Fibel mehr, dies war der ebenso ausgewachsene wie irrwitzige Gedanke an eine Befreiung Antonios. Wenn der Oberste davon erführe, würde er mir keine Gnade gewähren, sondern mich ohne Zweifel sofort massakrieren. Eilends lief ich an Antonio vorbei zu dem Rohr, um zu prüfen, ob sich mein Taschentuch noch darin befand. Und das war der Fall. Mit Mühe vermochte ich es zu ertasten, so tief war es am Tag zuvor von Vestis hineingestopft worden.

Erleichtert wandte ich mich dem Jungen zu. »Vergessen wir das erst einmal, vergessen wir es. Laß uns lieber ein wenig arbeiten, Antonio, paß auf, wir lesen wieder etwas, und dann knöpfen wir uns wie gestern ein oder zwei Buchstaben vor. Aber ehe ich beginne, will ich dir noch etwas zeigen.« Ich fischte die Schierlingsstengel aus dem Tornister und reichte sie Antonio zum Begreifen und Beschnuppern. Er zog seine Stirne kraus und sagte angeekelt, es rieche. »Richtig«, lachte ich, »es riecht nach dem Urin von Mäusen. Sehr streng. Doch weiter, höre. Diese Pflanze kann zwei Meter hoch werden, größer, als Vestis ist. Sie hat auch Früchte. Die Früchte, hier, fühle mal, sie erinnern einen an kleine Eier, nicht wahr, an Eier, aber wenn dir dein Leben heilig ist, dann darfst du sie keinesfalls essen. Weil sie nämlich Gift enthalten. Schau auf das Weiße des Nagels deines kleinen Fingers. Nur so eine Winzigkeit von dem Schierling in deinem Magen, und du bekommst Brechreiz und kannst nicht mehr atmen. Wahrhaft, du erstickst, an so einem Fitzelchen. Und nun fahre ich fort, indem ich wortwörtlich vorlese, denn jetzt, Antonio, wird es erst richtig spannend. Jetzt erkunden wir, von dem Fleck aus, an dem die Pflanze gewachsen ist, hier gleich um die Ecke war das, die ganze weite Welt, also: Das Gift des Schierlings wurde vor unserer Zeit benutzt, um Todeskandidaten hinzurichten. Man verabreichte es ihnen in einem Becher; und nach eben diesem Gefäß ist mittlerweile die ganze Hinrichtungsmethode benannt: Schierlingsbe-

cher. Wann aber wählte man diese Methode? Wenn man jenes öffentliche Aufsehen vermeiden wollte, das sich zum Beispiel beim Rädern unweigerlich einstellt. Im übrigen wählten bei den alten Griechen nicht wenige Todeskandidaten selber den Schierlingsbecher. Das war ihnen erlaubt, als Ausdruck des Respekts, den man sogar ihnen, den Verurteilten, entgegenbrachte. Vor allem Gelehrte waren es, die mit dem Becher in der Hand ihr Leben beschlossen. Der berühmteste und bedeutendste trug den Namen Sokrates. In Athen, der Metropole jenes alten Griechenlands, war er jedem Bürger wohlbekannt, da er annähernd täglich auf dem Marktplatz zu reden pflegte. Indes handelte es sich hierbei so gut wie nie um Monologe. Sokrates war zu klug, um welche zu halten. ›Ich weiß, daß ich nicht weiß‹, lautete sein Credo. Es mag kokett klingen und auf versteckte Eitelkeit hindeuten, und doch war es nichts anderes als die Essenz …«

»Herr Magister«, unterbrach mich plötzlich Vestis, »ich glaube, Antonio langweilt sich.« Der brave Wachmann, der meine gestrige Belehrung, alles laut vorzutragen, offensichtlich nicht vergessen hatte, wagte sogar noch deutlicher zu werden: »Wenn ich mir die Bemerkung erlauben darf, Herr Karandasch: Das alles erscheint mir zu hoch für ihn. Was Sie ausführen, das schwirrt so über seinen Kopf hinweg.« Tatsächlich schaute Antonio mich mit einem schafsgesichtigen Ausdruck an. Der Junge war halb von seinem Stuhl heruntergerutscht, und auch sein Schädel hing tief, so daß er noch gedrungener wirkte, als er ohnehin schon war. Welch trauriger Anblick! Ich hatte Antonio maßlos überschätzt, es war meine Schuld, nicht seine. Der Gelehrte in mir war viel zu schnell gewesen mit diesem Kind.

Ich wußte nicht recht, was tun, da stellte Antonio, der nur den Weinkelch kannte und kein anderes Trinkgefäß, mir eine einfache und völlig logische Frage: »Wie sieht der Schierlingsbecher aus?«

»Nun«, erwiderte ich eifrig und dankbar, »es gibt nicht den einen, weißt du, aber annähernd die gleiche Form weisen doch alle auf. Ich male dir, hier, schau …«

Als Antonio das Ergebnis sah, erbleichte er. Starr und steif betrachtete er es, dann verfiel er in ein Zittern, welches sich immer weiter verstärkte. Wie vor Wochen das Besteck, so bewegte sich nun die Fibel auf dem Tisch, ohne daß Antonio ihn berührt hätte. Und das war nicht alles. Mit einer Kraft, wie nur der Hysterische sie zu entwickeln ver-

mag, warf der Junge, ein wolfsartiges Jaulen ausstoßend, plötzlich den klobigen Tisch um. In die erstbeste, in eine beliebige Richtung? In meine. Absichtsvoll, behaupte ich. Der Tisch – oder sollte ich besser sagen: Antonio – erdrückte mich beinahe.

*

Dann saß der Junge in sich versunken da. Minutenlang sagte keiner etwas. Nur Gomus' gleichmäßiges Schnarchen war zu hören.

Es war Vestis, der schließlich die allgemeine Sprachlosigkeit brach: »Du hast dich an etwas erinnert, Antonio, woran, hm?« Er fragte es in beinahe weiblichem Tonfall, ein Streicheln mit der Stimme.

Keine Reaktion, Antonio stierte weiter vor sich hin.

Wieder Vestis: »Wir wollen dir helfen, Antonio, aber helfen können wir dir nur, wenn wir wissen, was geschehen ist und was dich bedrückt.«

Es nützte nichts, es war wie zur Wand gesprochen.

Inzwischen hatte ich mich gesammelt und nachgedacht. Da Antonio seinen Anfall beim Anblick des Schierlingsbechers erlitten hatte, mußte solch ein Becher in seinem Leben einmal eine schreckliche Rolle gespielt haben, das lag auf der Hand. Ich räusperte mich, wagte aber noch nicht, etwas zu sagen. Ich kauerte mich neben Antonio und schaute ihm von unten ins Gesicht. Er drehte es weg, das erfreute mich. Kurz bevor der Mensch seinen Starrsinn aufgibt, zeigt er ihn nochmal richtig her, so ist es meistens. Und so sollte es auch diesmal sein.

»Du warst dabei, nicht? Wer hat aus dem Becher getrunken? Was hast du gesehen?« fragte ich leise, doch auch eindringlich.

Antonio preßte seine Lippen aufeinander, öffnete sie, preßte sie nochmals aufeinander. Dann stieß er ein Wort hervor, ein einziges.

Es raubte Vestis und mir für Sekunden die Sprache. Endlich fragten wir beide zugleich. »Du?« Und ich allein: »Du selber hast aus dem Schierlingsbecher getrunken?«

Er nickte, schamvoll, wie mir scheinen wollte.

»Aber du lebst, Antonio, du lebst, bist du sicher, daß du daraus getrunken hast? Erinnerst du dich auch richtig? Wann soll das denn gewesen sein, und wo?«

Er verwrang seinen Oberkörper und flüsterte etwas, das nicht zu verstehen war. Ich bat ihn, es zu wiederholen.

»Im Palazzo.«

Palazzo, das war immer Metas liebevoll-ironische Bezeichnung für das aus verschiedenfarbigen Steinen gemauerte Haus gewesen, in dem sie gewohnt hatten. Um aber sicherzugehen, fragte ich nach: »Zu Hause? Bei euch zu Hause, Antonio?«

Wieder sein mir schamvoll erscheinendes Nicken.

»Aber das verstehe ich nicht«, rief ich aus, »wo waren deine Eltern? Waren sie da? Oder waren sie ... waren sie schon tot?«

Antonio schüttelte den Kopf.

»Sie lebten also noch, sie waren anwesend, ja?«

»Mit dem Anführer.«

»Welcher Anführer, Antonio?« fragte ich ahnungsvoll weiter.

»Der meine Eltern befesselt und abgeführt hat, dann.«

»So. Und wie sah der Mann aus?« Ich wollte es nur noch zur Bestätigung erfahren.

Antonio schüttelte den Kopf. Lediglich an eines konnte er sich erinnern, seltsamerweise daran, daß die Knie des Mannes »immer nach außen geschnappt« seien.

»Ja, gut gesehen, sehr gut, O-Beine hat er, und weißt du, wer das war?« fragte ich, nur um mir und ihm sogleich die Antwort zu geben. »Antonio, das war natürlich der Mann, der von deinen Eltern bekämpft worden ist. Der Mann, der sie auf dem Gewissen hat. Der Mann, der dich im Gefängnis hält, weil du von diesen Eltern geboren worden bist. Der Oberste.«

»Der Oberste«, fragte nun Antonio, »wie heißt er recht?«

»Nur so. Oberster. Der Mann ist identisch mit seinem Posten, nach dem heißt er und nicht anders. Aber zurück zu dem Schierlingsbecher, wer hat dir eingeschenkt? Der Oberste? Er war es, nicht wahr? Und sage mir, hast du ausgetrunken? Du kannst doch niemals ausgetrunken haben, ich wiederhole, niemals würdest du dann noch leben.«

»Ich habe ihn nicht leergemacht, fortgeworfen habe ich ihn«, flüsterte Antonio, wobei er die Augen niederschlug. Er machte den Eindruck, als sei ihm diese kindlich-mutige Tat, der er doch sein Überleben verdankte, peinlich.

»Aber wieso schämst du dich denn? Das war großartig, wie du reagiert hast. Bestimmt haben die Tropfen so gebrannt, daß du gar nicht anders konntest. Du hast gleich die ersten ausgespuckt, ja? Das war deine Rettung, Antonio, deine Rettung!«

»Nicht gebrannt«, korrigierte er mich wieder.

Verstehe das, wer will, Schierling brennt im Mund. Ratlos schaute ich zu Vestis, aber auch der zeigte sich verwundert. Ich wiederholte: »Nicht gebrannt? Wie soll ich das begreifen? Bitte, Antonio, laß mich dir nicht alles aus der Nase ziehen, versuche um Himmels willen, mir genau zu erklären, was damals geschehen ist, eins nach dem anderen, Antonio, versuche, dich zu erinnern, ja?« So bettelte ich.

Tat ich ihm leid? War er es selber leid? Jedenfalls zwang sich Antonio nun, alles in einem Zuge zu erzählen, was die Zeit nicht aus seinem Kopf geschwemmt hatte; und als er am Ende angelangt war, da wußten Vestis und ich, warum er eine solche Pein empfand, und wir bekamen eine Ahnung, welche Überwindung es ihn gekostet haben mußte, uns die Wahrheit zu gestehen. Wie um sich zu befreien, platzte er sogar gleich mit dem Allerwichtigsten heraus.

»Kein Gift war in dem Becher. Kein Schierlingsfitzel. Es war so. Der Anführer strammt in den Palazzo, der Oberste, der Oberste. Er hat auch Gefolger, voller Waffen hängen sie. Er befehligt meine Eltern. Mama drückt mich fest. Er befehligt sie lauter, Mama drückt mich fester. Seine Gefolger reißen mich zu ihm. Er hebt mich gleich. Mama schreit und weint, und Papa will mich von ihm wieder lösen. Ein Kopfschlag auf Papa, und er fällt um. Und Mama weint immer toller. Da nimmt der Anführer eine Hand unter mir weg. Weil Mama so viel weint. Und dann faßt er einen Becher aus seiner Tasche und, und sammelt die Tränen ab unter, hier, Karandasch, was ist das … ja, ja, unter dem Kinn meiner Mama. Unter dem Kinn. Aber sie will nicht, daß er das macht. Sie stößt ihn weg, aber er zügelt sie am Haar, zurück über den Becher. Es tropft wieder rein. Und dann, trink, fordert er von mir, na trink, ist doch von deiner Mama. Ich folge vor ihrem Gesichte. Wenig davor hält er mich hoch. Aber es schmeckt nicht, pfui, ich spucke das weg, auf meine Mama. Da sagt er … ich weiß nicht, was er sagt, es war zu leis. Ach! Aber Mama schrumpelt. Mama schrumpelt, weil er das gesagt hat in ihr Ohr. Letztens streichelt er mich und trägt mich fort, und während dem winkt er zu ihr mit meinem Arm, so, siehst, Karandasch?« Der Junge nahm meinen Arm und wackelte mit ihm, er riß so kräftig daran, wie er nur konnte.

Ich ließ es geschehen, was sonst. Indessen fragte ich mich, was der Oberste, der Lump, Meta geflüstert hatte. ›Siehst du, Meta, dein eige-

ner Sohn bespuckt dich, dein eigener Sohn will nichts mehr von dir wissen, ein kluges Bürschchen, Meta, ich werde mich seiner annehmen‹; etwas in der Art muß es gewesen sein. Erst langsam ging mir die ganze Perfidie seines Handelns auf. Durch Antonio hat er, als die Gelegenheit günstig war, Meta vernichten lassen, durch ihr Kind. Gewiß, sie war schon vernichtet, bevor sie verbrannte. Antonio wiederum war ebenso schlimm geschlagen, jetzt jedenfalls. Lange hatte er sich des Vorfalls nicht erinnert. Lange hatte er Ruhe vor sich gehabt. Doch nun, nachdem er von mir in die Erinnerung geführt worden war, mußte er sich der Scheußlichkeit bewußt sein, zu der man ihn damals gezwungen hatte. Daher seine Scham, er war jetzt alt und wissend genug, sich schuldig zu fühlen. Hatte mich der Oberst deshalb bestellt? Um Antonio diese grausame Schuld fühlen zu lassen? Oh, er hatte! Niemals war vom Obersten beabsichtigt gewesen, Antonio zu »rudimentärer Bildung« zu verhelfen, denn wenn, dann hätte er damit viel früher beginnen können und müssen. Vielmehr hatte er geduldig auf die Zeit gewartet, da der Junge endlich bereit sein würde, sich in die finstersten Winkel seiner Vergangenheit führen zu lassen, von mir, wie ich jetzt mit voller Klarheit begriff. Nichts anderes hatte der Oberste im Sinn gehabt. Jeden spannte er vor seinen Karren, und mit einer phänomenalen Schlauheit jeden seinen schönsten Fähigkeiten gemäß; so schaffte er es, daß seine Gegner sich untereinander die Haut abzogen. Man merkte es immer erst dann, wenn man sie in der Hand hielt, so eine arme, warme Haut.

Antonio hatte eingehalten. Er rang seine Hände und schaute mich mit einem unterwürfigen Blick an. So, wie er sich gerade verhielt, bat er darum, ich möge ihm Absolution erteilen. Nichts, was ich lieber getan hätte. Nichts, was mir notwendiger erschienen wäre. »Du denkst jetzt schlecht von dir«, sagte ich, »aber das sollst du nicht. Du konntest nichts dafür, merk dir das. Wenn man für etwas schuld hat, soll man sich damit beschäftigen, aber wenn man nicht schuld hat, soll man es vergessen. Also vergiß die Geschichte, mein Junge. Es ist gut, daß du sie erzählt hast. Sehr gut. Nun ist sie raus und kann sich in Luft auflösen.«

Antonio sah mich zweifelnd an, da breitete ich, wie um die Weite der Luft anzudeuten, meine Arme aus. Er folgte mir mit verständnislosem Blick. Ich wurde mir bewußt, wie unangemessen es war, in dieser Zelle das Weite zu beschwören, und erklärte ihm schnell, wir sollten uns jetzt den nächsten Buchstaben vornehmen. Warum auch nicht? Viele Tätigkeiten auf der Welt werden einzig und allein wegen der blanken Hilflosigkeit desjenigen ausgeführt, der sie anweist. Zeile um Zeile ließ ich Antonio den Buchstaben üben, und Zeile um Zeile vertiefte er sich mehr darin, ich bemerkte es daran, wie er mit seiner Zungenspitze den Weg der Feder nachzeichnete. Wieder und wieder linierte er mit ihr seine Lippen. Ich verfolgte es zunehmend andächtig; nichts Weihevolleres auf Erden, als so ein stummes kindliches Üben.

Zuweilen blickte Antonio kurz auf, um sich zu vergewissern, ob er noch in meinem Einverständnis war, dann kritzelte er weiter. Sein massiger Körper war, bis auf den Schreibarm und eben die Zunge, steif vor Aufmerksamkeit, so starr und steif wie sonst nur, wenn Antonio Tränen sah. Der Vergleich stellte sich mir plötzlich ein, und ebenso plötzlich begriff ich, woher diese auf Tränen folgende Starre rührte; nun, da Antonio mir aus dem Palazzo erzählt hatte, war das vollkommen klar.

Keine Zeit aber, darüber nachzudenken, ob es von jetzt an vorbei sein würde mit ihr oder nicht. Das Essen wurde aufgetragen, der übliche Gang der Dinge. Ich erhob mich, um, wie in den letzten Tagen schon, Antonio zum Abschied auf die Stirn zu küssen, da entdeckte ich hinter ihm, unter dem Rohrstummel, mein Taschentuch. Halb zusammengeknüllt und halb entfaltet lag es auf dem Boden. Eine Hitzewelle durchfuhr mich. Wie hatte es herausrutschen können, so tief, wie es dareingesteckt hatte? Vor allem aber, wann war das geschehen? Ich hoffte inständig, erst in den letzten Minuten, in der Zeit des Federflüsterns, und nicht schon vorher, in der Zeit der lauten Offenbarungen. Ich klaubte es auf und wollte es schon wieder in das Rohr schieben, als ich auf dem weißen zerknitterten Leinen einen gemalten schwarzen Zacken entdeckte; er sah aus wie die obere Hälfte eines Z. Ich drehte das Leinen, und da war ein gemalter schwarzer Bogen, wie von einem a. Zitternd entfaltete ich das Tuch. Und da stand mit Kohlestift geschrieben: Zur Kutsche, auf!

*

Noch war die Zeit nicht vorbei, in der Matti und Catherine etwas, und etwas, und etwas zum ersten Mal geschah, doch manches wiederholte sich auch schon.

Wieder kam Matti nach zwanzig Tagen, die er auf den Gewässern der Republik verbracht hatte, in die Stargarder Straße zurück, wieder lag Post für ihn in der Küche, wieder kümmerte er sich zunächst nicht um die, sondern um Catherine. Seine Fürsorge war aber anderer Art als sonst. In Mattis Abwesenheit hatte Catherine ihr Examen bestanden, und so rückte er an diesem Abend mit einem Blumenstrauß an, der direkt aus der früheren Zauberzucht des Heiner Jagielka hätte stammen können, so prächtig nahm er sich aus. Überdies bat Matti »die geschätzte Frau Doktor«, sich umgehend anzukleiden, er sagte wahrhaft ankleiden, das kam ihm, der solche Wörter ja zuhauf geschrieben hatte, wie selbstverständlich über die Lippen, also ankleiden möge sie sich, denn er wolle sie ausführen zum Essen ins beste Haus am Platze.

Catherine nahm, nach einer Sekunde der Überraschung, seine Sprache auf und fragte, welches Etablissement er als das beste erachte.

Nun, darüber ließe sich vorzüglich streiten, einige Kenner neigten dem Ermelerhaus auf der Fischerinsel zu, andere favorisierten das Ganymed am Schiffbauerdamm.

Catherine zog leicht distinguiert die linke Augenbraue hoch: Welcher dieser Meinungen er sich anschlösse?

Das werde sie schon sehen. Sie möge sich überraschen lassen. Vor allem aber möge sie hinnemachen und sich in Schale werfen, denn er habe, nicht ohne Mühe übrigens, bestellt und wolle nicht zu spät kommen.

Da machte Catherine hinne. Wenig später erschien sie in einem blütenweißen gänsefederleichten Kleid. Es war ärmellos. Sie strich darüber, als müsse sie es glätten, dabei saß es perfekt. Und ihren Kopf senkte sie währenddessen, und die goldfarbenen aneinandergereihten Blättchen und Stäbchen, die sie sich an die Ohren gehängt hatte, klimperten leise und streiften ihre hochgezogenen Schultern. Als sie, »na denn« sagend, auch noch nahe an ihm vorüberstolzierte in Richtung Tür und ihn eine Brise ihres Parfüms streifte, war es um Matti geschehen. Er faßte sie von hinten am Handgelenk, riß sie herum und knurrte: »Ich will dich bumsen.«

Das sei ein Jargon, der ihr gerade recht unpassend erscheine, wie überhaupt sein Begehren. Dürfe sie ihn daran erinnern, daß er pünktlich sein wolle?

Catherine schaute ihn herablassend an, aber nicht nur herablassend, denn sie war ja keine ausgebildete Schauspielerin, eine ausgebildete

Ärztin war sie nun, und er knurrte noch einmal, ohne Worte diesmal, so untermauerte er spätere Ansprüche auf dieses Fleisch und diese Knochen.

Dann gingen sie, ins Ermelerhaus, wie sich herausstellte. Ein befrackter Kellner führte sie auf einem roten Läufer die geschwungene Treppe hinauf in die obere Etage zu einem Zweiertisch. Mit einer wie gehauchten Verbeugung überreichte er ihnen die Speisekarte; dies war keine Unterwürfigkeit, und dies war keine Überheblichkeit, dies war gedämpfte Eleganz. Er machte auch nicht den Fehler, die ägyptische Göttin deutlich galanter zu behandeln als ihren Begleiter, er forderte diesen nicht heraus, und so empfand Matti nach einem Blick in die ausufernde Weinkarte keine Scheu, ihn um eine Empfehlung bei den Weißen zu bitten. Der Kellner antwortete, gerade hereingekommen sei der Kröver Nacktarsch.

»Nacktarsch?« Matti verkniff sich ein Lachen, nickte kennerisch und auch schon genießerisch.

Nachdem der Kellner davongeschwebt war, fragte Catherine: »Ist das trockener oder süßer?«

Matti lächelte: »Laß dich überraschen, kann ich nur wieder sagen.«

»Kannst du nur wieder sagen«, sagte Catherine.

»Kann ich nur wieder sagen.«

»Du weißt es auch nicht«, lächelte nun Catherine.

Matti legte vielsagend seinen Kopf schief, so ging ihr langes Vorspiel weiter; er fühlte sich fremd in diesen Räumen, aber nicht unwohl, im Gegenteil, schwerelos erschien er sich selber, emporgehoben, durch das Haus oder durch Catherine, und als sie die Vorsuppe aßen, langte er plötzlich über den Tisch und fuhr Catherine mit der Löffelspitze über die Lippen. Sie erklärte dazu nichts und tat auch nichts, sie löffelte nicht weiter, und wie sie nichts sagte und nichts tat, und wie sie den Löffel in halber Höhe hielt, dieses Stilleben merkte er sich, inklusive des Errötens und schnellen Wegschauens einer älteren Dame schräg hinter ihr.

Später erzählte Catherine in zum Saal passendem leisen Ton von ihrem Examen, dadurch bekam der geglückte Abschluß etwas richtig Weihevolles. Matti erklärte mit belegter Stimme, sie werde eine gute Ärztin sein. Sie fragte nicht, woher er das wissen wolle, sondern nickte, da fügte er hinzu, das liebe er an ihr, daß sie kein bißchen kokett sei, wenn es darauf ankäme. Und wieder fragte Catherine nichts, vor allem nichts in der Art, ob das etwa alles sei, was er an ihr liebe. Sie nickte nur wieder.

Was den Nacktarsch anging, so erwies dieser sich erstens als relativ trocken und zweitens als sündhaft teuer. Er kostete 48 Mark, das mochte Matti nicht für sich behalten. »Rate mal, was der Wein kostet«, sagte er, auf die ihm sachtest hingelegte Rechnung tippend.

»50 Mark?« fragte Catherine.

Matti, verblüfft: »Fast getroffen, nur zwei Mark weniger, woher weißt du denn das?«

»Ich wußte es gar nicht. Ich wollte nur eine Phantasiezahl nennen. Aber nun ist sie beinahe wahr! Ich möchte mal wissen, was so ein Nacktarsch im Westen kostet.«

»Soll ich fragen?« fragte Matti ungeniert, und Catherine ermunterte ihn durch ein Nicken mit vorgeschobener Schnute; das trau dich mal, mochte es bedeuten. Aber als Matti dann zahlte, erkundigte er sich doch nicht, nie hatte er es ernsthaft vorgehabt, denn es verbot sich hier, es machte auf einen Schlag den ganzen Abend klein und auch ihn und Catherine. Die sich erleichtert zeigte, als er stumm blieb.

Draußen zog sie sich ihre blau-weiße Strickjacke über und trat an die Brüstung des Spreearms, in dem sich die Lichter der Hochhäuser spiegelten. Vor ihr stach die Spitze des Fernsehturms in eine dahinfliegende Wolke. Matti umfaßte Catherine, und sie sagte: »Es ist so unwirklich da drin. Mir kommt es vor, als wären wir Gast in einer Enklave gewesen, nicht während wir da saßen, aber jetzt.«

»Wir können öfter hergehen.«

Catherine drehte sich zu ihm und sagte zögernd: »Ich weiß nicht, ob ich das will.«

Daraufhin nahm Matti, was sollte er auch noch sagen, Catherine an die Hand und führte sie zur U-Bahn-Station Märkisches Museum, ein Zug fuhr ein, mit nur wenigen Menschen drin, es war schon Nacht und mitten in der Woche. Sie blieben aber stehen während der Fahrt, dicht bei dicht, knapp nicht umschlungen. Matti atmete den metallischen Geruch des Catherinschen Ohrgehänges, er brachte es, allein durch sein stoßweises Ausatmen, zum leisen Klimpern, worauf Catherine, wie um die Töne besser hören zu können, ihren Kopf ein wenig neigte. Das untere Blättchen schlug an sein Kinn. Er schnappte mit dem Mund danach und umschloß es; Catherine stand, vielleicht aus Angst um ihr Ohrläppchen, ganz starr, da waren sie kurz vor der Haltestelle Senefelder Platz. Als er sich aber weiter nach oben arbeitete, als er die nächsten Schmuckteile kassierte und seinen Gaumen an ihnen rieb und mit seinen Lippen Catherines Ohrläppchen touchierte, begann sie plötzlich, am ganzen Leib zu zittern, und er hielt inne. Das Zittern, das in seinen Mund lief, oder aus dem heraus, dauerte bis Dimitroffstraße, jedenfalls erreichte es da seinen Höhepunkt, dann ebbte es ab, gerade noch rechtzeitig, denn Schönhauser war ja schon ihre Station. Matti gab das Gehänge frei, drückte seinen Daumen an Catherines Becken und die restlichen vier Fingerkuppen in den schmalen Graben, in dem biegsam wie ein Schlauch ihre Wirbelsäule lag, und schob Catherine auf den Bahnsteig und weiter zur Treppe. Die paar Menschen, die da noch waren, mußten denken, sie ginge ihm arrogant voraus, schere sich gar nicht um ihn und ließe ihn wie einen Deppen nach ihr langen; wie man sich doch täuschen kann.

Es dauerte nach ihrer Heimkehr noch eine Weile, ehe Catherines Verwunderung über das soeben Geschehene sich legte, zwei oder drei Stunden, in denen sie Matti, an diesem und jenem Flecken der Wohnung, wie unter einem Schleier heraus fortwährend verführte. Sie ließ ihn kaum selber handeln, und es schien, als handele auch sie nicht, sondern tue alles im Traum, völlig entrückt.

Irgendwann am nächsten Vormittag machte er sich dann ans Öffnen seiner Post. Ein Brief war ohne Absender, und sogar ohne Briefmarke. Dafür kam ihm die Schrift auf der Vorderseite bekannt vor, er hatte nur keine Ahnung, woher. Er öffnete den Brief, und nach dem ersten Satz wußte er es, er glaubte, sofort puterrot zu werden, und weil Catherine die ungesunde Veränderung nicht sehen sollte, ging er in die Küche.

Der erste Satz lautete: »Lieber Matti, es ist viel Zeit vergangen, aber Du magst Dich an mich erinnern vielleicht.«

Dies war Karin Werths tastende Sprache, und natürlich, dies war ihr Schriftbild, leicht schräge Buchstaben mit mehr Lücken, als Frauen sie gewöhnlich ließen. Matti erinnerte sich, daß er diese Schrift auf seinen alten Aufsätzen geküßt hatte nach dem einen Zusammensein mit ihr; weder hatte er damals ein Bild Karin Werths besessen noch irgendein Geschenk, er hatte nur diese kurzen Anmerkungen in roter Tinte gehabt. Er war in jenen Tagen sogar bereit gewesen, sie für den Ausfluß von Karin Werths Lippen zu halten, und nachdem er einmal geglaubt hatte, diese selber wellten sich ihm entgegen, zerriß er in einer Anwandlung von Selbstschutz, und in einem Anflug von Raserei, sämtliche Aufsätze in kleinste Schnipsel.

Zu spät, dachte er jetzt nicht ohne Häme, du kommst viel zu spät mit deinem Brief. Gleichzeitig war er aber doch begierig, ihn zu lesen. Er merkte auch, wie sein Herz hämmerte. Plötzlich stand Catherine in der Küche, sie wollte wohl das Frühstück bereiten. Matti besaß nicht die Kühle, in ihrer Gegenwart weiterzulesen, und flüchtete ins Wohnzimmer. Eine fröhliche Frage Catherines flatterte ihm hinterher: Was das denn Wichtiges sei.

»Nichts Wichtiges.«

Die Worte hallten in ihm selber nach, und er zwang sich, sie auch zu denken: nichts Wichtiges, nichts Wichtiges.

Das Gegenteil war der Fall, der Brief erwies sich als bedeutsam, nur auf völlig andere Art, als Matti gefürchtet und erhofft hatte. Seinem Gegenstand gemäß war er sachlich geschrieben. Er erstaunte Matti mehr, als ihn jede verspätete Liebesbezeugung erstaunt hätte, denn Karin Werth sprach darin von seinem Manuskript. Es sei ihr zugeschickt worden, er möge jetzt nicht fragen, von wem, dazu sei Zeit, wenn sie sich sähen, wozu es hoffentlich käme. Natürlich habe sie sein Werk mit besonderem Interesse gelesen. Angesichts des Titels habe sie schon geahnt, worum es sich handle bei dem Text. Sie sei wirklich verblüfft, daß er auf ihr damaliges Thema zurückgekommen sei, und danke ihm sehr, allein für das Schreiben. Aber nur um ihm zu danken, habe sie sich nicht gemeldet. Sie sei angestellt als Lektorin bei »Westenend«, ob er das wisse? Nun, und als Lektorin könne sie sich vorstellen, seinen Roman herauszubringen. Das Manuskript, darum gehe es ihr recht eigentlich in ihrem Brief, sei ein hochinteressantes, und sie, und nicht nur sie, halte einen Abdruck für gerechtfertigt und sogar für notwendig. Selbstredend müsse noch ein wenig daran gefeilt werden, das wolle sie, Karin, mit ihm gemeinsam tun. Da es ihr versagt sei, jemals wieder in die DDR zu reisen, und er wohl kaum in den Westen gelange, schlage sie ein Treffen in Prag vor. Ob er sich drei Tage frei nehmen könne und wolle? In dieser Zeit, so schätze sie, würde es ihnen gelingen, die nötigen Veränderungen an dem Text vorzunehmen. Alles das sei selbstverständlich nur ein Vorschlag. Er müsse ihr nicht einmal antworten; wenn er ihr aber antworte, möge er den Brief ohne Absender Herrn Markus Fresenius, wohnhaft in der Dunckerstraße, übergeben, der ihn dann weiter expedieren werde. Dies sei der sicherste Weg. Auch sie habe, wie ihm vielleicht aufgefallen sei, Vorsicht walten lassen, denn man wolle keine schlafenden Hunde wecken und ihn, Matti, nicht in unnötige Schwierigkeiten stürzen. In diesem Zusammenhang: Sollte er sich »Westenend« verpflichten, wären noch einige Einzelheiten zu besprechen, die das genaue Prozedere der Veröffentlichung beträfen. Aber auch dies könne und müsse in Prag geschehen. Noch einmal, sie hoffe sehr auf eine positive Antwort; vorsorglich schlage sie für ein Treffen die Zeit vom 16. bis 19. Juli vor. Und sie grüße ihn natürlich ganz herzlich bis dahin.

Matti starrte aus dem gardinenlosen Fenster des Wohnzimmers. Unten luden sich ein paar Kohlenmänner Kiepen auf, die Briketts glänzten in der Sonne wie Aluminium. Zwei Vorschulmädchen riß, nicht hörbar für ihn hier oben, das Gummiband, mit dem sie Hopse gespielt hatten. Ein Mann versuchte mehrmals vergeblich, die Kofferraumklappe seines Trabis zuzuschlagen, an der zunehmenden Lautstärke des hartpappigen Aufpralls und an den zunehmend ruckartigen Armbewegungen des Mannes war seine zunehmende Wut erkennbar. Matti sah verwundert durch das alles hindurch: Also könnte das *Verschlossene Kind* doch noch veröffentlicht werden. Wer hatte im Hintergrund dafür gesorgt, von wem war Karin Werth das Manuskript zugespielt worden? Und wieso ausgerechnet Karin Werth? Wußte jemand, daß sie ein besonderes Verhältnis zu ihm und dem Thema hatte? Wie auf einmal alles verschmolz, der Ursprung seiner Geschichte und ihre nun mögliche Veröffentlichung, sein Schreiben und Karin Werths Wiederauftauchen.

Trotz des großartigen Vorschlags fühlte er aber etwas Schales, eine vertraute Bedrückung, einzig und allein der Sachlichkeit wegen, mit der Karin Werth ihren Brief verfaßt hatte. Eigentlich war das ja schon Unpersönlichkeit! Ein Anflug der einstigen rasenden Sehnsucht nach dieser Frau ereilte ihn, und zwanghaft las er alles noch einmal, auf versteckte Zärtlichkeiten und weitergehende Absichten hin, begierig suchte er, aber da war nichts. Wirklich nicht? Karin Werth hatte ihm doch per Hand geschrieben, nicht mit Maschine, und schon gar nicht auf Verlagspapier, war das vielleicht kein Hinweis, war das keiner?

Aber daß sie auf solches Papier verzichtet hatte, geschah es nicht aus Sicherheitsgründen? Ha, nur aus Sicherheitsgründen? Wäre Karin Werth ohne verborgene zärtliche Absichten, hätte sie ja wohl ganz formell auf Maschine geschrieben, oder nicht? Oder etwa nicht?

So schnappte Matti nach den Fragen, die Karin Werth, wissentlich oder nicht, in die Luft gehängt hatte.

*

Barfuß, wie sie war, kam Catherine von hinten auf ihn zu, er hörte es am Knarren der Bohlen. Matti versuchte, sich zu sammeln, aber es gelang ihm nicht. Als Catherine ihn arglos ansah, spürte er, wie gehetzt er blickte, und sie bemerkte es auch. Ehe sie etwas fragen konnte, streckte er ihr den Brief hin, er wedelte damit, um zu kaschieren, daß seine Hand zitterte.

Wenig später war es Catherine, die sich beim Lesen umdrehte. Langsam wanderte sie durch das Zimmer, derweil Matti sich ans Fensterbrett lehnte und sie beobachtete, jetzt mußte sie sich verhalten und nicht mehr er, das hatte er prima eingerichtet.

Catherine zeigte sich während des Lesens und Wanderns ernst und konzentriert. Dann schien es, als gebe sie sich einen Ruck, und sie begann zu lächeln und auf Matti zuzugehen. Sie reichte ihm den Brief zurück und sagte, »das ist doch wunderbar, das ist doch sensationell«, und er merkte, wie sie sich selbst überzeugen mußte von dem, was sie sagte.

»Du gehst doch auf den Vorschlag ein«, rief sie, »du fährst doch nach Prag? Du wärst schön dumm, wenn du es nicht tätest!« Sie trug dabei eine bemitleidenswert fröhliche Miene zur Schau.

»Na«, brummte Matti, »es kostet mich wirklich nichts. Ich werde ja hören, was … was Karin Werth so alles an dem Manuskript zu bekritteln hat und wie der Vertrag aussehen soll. Dann kann ich immer noch entscheiden.« Er schluckte, beinahe hätte er den Namen nicht über die Lippen gebracht.

»Ihr werdet euch schon einigen«, sagte Catherine aufmunternd, »Karin Werth wird sicher nichts tun, das nicht zu deinem Besten ist.«

»Sie hat schon ein Gespür für Texte«, murmelte Matti. Weder wollte er sie verunglimpfen, noch wollte er sie in den Himmel heben, ganz normal sollte es klingen.

»Ja, ich erinnere mich.« Catherine nickte, aber sie schaute dabei düster. Und düster erklärte sie ganz unvermittelt: »Dann seid ihr also drei Tage und Nächte zusammen im Hotel.«

»Drei Tage und zwei Nächte«, erwiderte Matti.

Es sollte spaßig klingen, doch daß er schon genau die Zeit berechnet hatte, beunruhigte Catherine um so mehr. Sie wollte etwas sagen, nur kam sie nicht dazu, denn Matti erklärte schnell: »Außerdem sind wir nicht *zusammen* im Hotel, ich verstehe gar nicht, was du auf einmal hast.«

Seine vibrierende Stimme verriet das Gegenteil. Catherine drückte ihre Hände, kalt waren die, an seine Wangen und flüsterte: »Matti, verstell dich nicht, das kannst du nicht. Ich will mich auch nicht länger verstellen, Schluß mit diesem Theater, ich weiß doch, wie du dieser Frau nachgetrauert hast, Britta hat mir irgendwann alles erzählt. Und jetzt taucht sie wieder auf ... Ich frage dich, muß ich Angst haben? Muß ich?«

Er kriegte, nachdem er angehalten worden worden war, sich nicht zu verstellen, einfach kein klares Nein heraus. »Nur ein klitzekleines bißchen vielleicht«, antwortete er in seiner dummen, dummen Ehrlichkeit.

»So«, sagte Catherine dumpf, »und so jäh, von einer Minute auf die andere. ... Hör zu, Matti, hör zu: Wenn du noch einmal mit ihr schlafen mußt, wenn du das brauchst, um einen Abschluß zu finden, dann mach das. Nur erzähle mir nichts davon. Ich werde es sowieso merken. Aber wenn zwischen euch alles von neuem losgehen sollte, mußt du mir das sofort sagen, sofort, hörst du! Quäle mich nicht! Keine Hängepartie! Sag es und geh!«

Catherine nahm ihre Hände von seinem Gesicht und trat einen Schritt zurück. Matti schien, als schaue sie auf ihn schon wie auf einen Fortgehenden, das vertrug er nicht, das entlockte ihm einen kurzen gurgelnden Laut, und er stammelte: »Was erzählst du denn ... davon kann überhaupt nicht die Rede sein ... ich bin nur verwirrt ... ein klein wenig ... genauso wie du, weil sie so plötzlich sich gemeldet hat ... der Abschluß wird stattfinden, du hast recht ... es hat keinen gegeben, und deshalb ... muß er stattfinden ...«

»Müssen muß er nicht«, sagte Catherine wieder dumpf und ahnungsvoll.

»Du redest ja fast so, als wolltest du mich zu ihr treiben, laß das doch. Denk an heute nacht. Denk einfach an heute nacht.« Er dachte, indem er es sagte, selber daran, so bekamen seine Worte Überzeugungskraft. Und jetzt erklärte er auch noch: »Es wird nichts passieren, ich verbürge mich dafür.«

Das war nun doch schon mehr, als Matti eben noch hatte sagen wollen. Er erschrak beinahe ob dieser ihm herausgerutschten glasklaren Verpflichtung, aber Catherine schien halbwegs besänftigt. »Gut«, sagte sie, und noch einmal »gut«, und dann: »Du wärst ja wohl auch ein ziemlicher Idiot, wenn du die Nacht gleich wieder vergessen würdest.«

Sie schaute Matti herausfordernd, stolz und auch prüfend an. Sie bewegte sich dabei rückwärts zur Küche hin, sie ließ ihn nicht aus den Augen, bis sie mit ihrer bloßen Ferse an die Wohnzimmerschwelle stieß; und er liebte sie dafür, wie sie litt und wie sie es kaschierte, um ihm ja kein Bild des Jammers oder auch nur der Schwäche mit auf die Reise zu geben, jawohl, das hatte er ganz richtig erfaßt, sie bereitete ihn nach der Schrecksekunde, in der sie mal kurz von sich abgefallen war, so gut auf seine nahe gefährliche Zukunft in Prag vor, wie sie nur konnte.

Endlich saßen sie beim Frühstück. Zunächst sagte keiner ein Wort, man hörte nur das Splittern von Schrippenkrusten, aber dann erklärte Catherine: »Wenn wir einmal gewisse Nebenaspekte beiseite lassen, so ist das doch ein großartiger Brief – ein Brief mit großartigen Perspektiven, meine ich.«

Matti reagierte mit einem dankbaren Blick und sagte: »Es ist großartig, aber es ist auch seltsam. Allein, wie das Manuskript zu Karin Werth gelangt ist ... ich würde gar zu gern wissen, wem ich das zu verdanken habe, heute, und nicht erst in Prag.«

»So viele kommen nicht in Frage dafür«, sagte Catherine.

Matti ging die Namen durch, jetzt erst hatte er die Ruhe dazu. Und tatsächlich, er brauchte nicht lange. »Britta und Willy«, rief er überrascht, »nur die hatten das Manuskript. Einer von beiden muß es an Karin Werth weitergegeben haben.« Nach einer Pause fügte er stirnrunzelnd hinzu: »Und ohne mir Bescheid zu sagen.«

»Das ist aber nachvollziehbar. Der Weitergeber hat deshalb im geheimen gehandelt, weil er einkalkuliert hat, daß auch Karin Werth beziehungsweise ›Westenend‹ absagen. In diesem Fall hättest du nichts von dem Versuch erfahren. Man wollte dir eine weitere Enttäuschung ersparen, deshalb hat man hinter deinem Rücken agiert – so sehe ich das jedenfalls.«

Matti nickte. Plötzlich fiel ihm etwas ein, der Gedanke riß ihn nach vorn, hin zu Catherine. »Aber du«, rief er, »du hattest auch das Manuskript, du könntest es auch gewesen sein!«

Catherine schüttelte den Kopf: »Ich soll Karin Werth geschrieben haben? Hältst du das für möglich?«

»Nicht Karin Werth, ›Westenend‹!«

Sie schüttelte wieder den Kopf: »Da bist du wirklich auf dem Holzweg. Ich bin nicht einmal auf die Idee gekommen. Laß uns lieber über die anderen beiden nachdenken.«

Schnell ging das, denn Britta war zwar alles zuzutrauen, zumal, wenn es ihrem Bruder diente, aber eines hätte sie doch nie und nimmer geschafft: die Aktion vor ihrer »immersten Freundin« Catherine geheimzuhalten. Blieb Willy.

Matti wollte es nicht glauben. Ausgerechnet sein Vater, der im Laufe der Jahre Dutzende Rückzieher gemacht hatte, um halbwegs auf Parteilinie zu bleiben, sollte das Manuskript in den Westen gesandt haben? Je länger Matti aber darüber nachdachte, um so schlüssiger erschien ihm der Gedanke. Willy war frei jetzt, ein Invalide, der keine Rücksicht mehr nehmen mußte, ein Mann ohne Zwänge. Und er kannte den Chef von »Westenend«, mehrmals hatte er sich anerkennend geäußert über den. Ja doch, Willy.

Sie beschlossen, ihn unverzüglich anzurufen. Sie liefen zur Post und meldeten ein Telefonat nach Gerberstedt an, aber Willy nahm nicht ab; sie gingen einmal ums Karree und versuchten es erneut, da klappte es. Überraschenderweise erklärte er, nichts zu »Westenend« geschickt zu haben.

Matti mochte es gar nicht glauben, da schwor Willy.

»Aber«, sagte er noch, »aber zu Kalus habe ich dein Manuskript gegeben.« Er erläuterte, daß er nach der nichtssagenden Absage vom »Metropolenverlag«, die seiner eigenen Begeisterung über das Manuskript doch sehr zuwidergelaufen sei, die Meinung eines wahren Experten habe einholen wollen. Und da sei ihm nunmal zuvorderst Kalus eingefallen.

»Kalus«, rief Matti, »ich dachte, dem würdest du um nichts in der

Welt begegnen wollen, nachdem du geholfen hast, ihn ins Gefängnis zu bringen ...«

Erst einmal blieb es still in der Leitung. Dann aber lieferte Willy eine längere Erklärung, die zugleich eine Art Selbstvergewisserung war, und Matti erfuhr, daß sein Manuskript für Willy vielleicht nur der Anlaß gewesen sei, endlich mit Kalus ins reine zu kommen. Er, Willy, habe schon lange auf den zugehen wollen, denn wenn er die vielen Jahre seiner Tätigkeit im »Aufbruch« überblicke, dann fiele ihm sicher manches Versäumnis und manche Halbherzigkeit ein – aber es falle ihm niemand ein, dem er Schaden zugefügt habe, niemand außer Kalus. Das Manuskript sei natürlich das Manuskript. Aber es sei auch ein verklausulierter, zugegebenermaßen ein sehr verklausulierter Hinweis darauf, daß er selber doch auch einiges richtig gemacht habe in seinem Leben, denn nur wer einiges richtig gemacht habe, der könne solch einen Text seines Sohnes vorweisen. Mit anderen Worten, er, Willy, habe sich dank des Geschriebenen legitimiert gefühlt, Kalus aufzusuchen, durch Kalus wiederum habe er sich eine Legitimierung des Geschriebenen erhofft. Er endete mit den Worten: »Glaub mir, mein Sohn, da hat dein Vater seine Arschbacken aber richtig zusammenkneifen müssen!«

Catherine, die ja mit Matti in der Zelle stand, sah, wie er auf einmal feuchte Augen kriegte. Es fiel ihm auch schwer zu reden. Sie beugte sich über den Hörer und rief, »hallo, ich bin auch da, Catherine, ich will nur Guten Tag sagen«; sie mochte den Alten, sie fand es durchaus lustig, daß er ihre Mutter Em-El nannte, und wenn sie etwas nicht verstand, dann, warum ihre Mutter immer so harsch darauf reagierte und überhaupt so schmallippig wurde in seiner Gegenwart.

»Sie hat ihr Examen gemacht, sie möchte sich ihre Glückwünsche abholen«, murmelte Matti, er hielt ihr den Hörer hin, und Willy sagte etwas, das sie sich lächelnd anhörte.

In der Zwischenzeit hatte sich Matti gefangen. Er erklärte, er müsse, nur der Vollständigkeit halber, noch einmal auf das Manuskript zurückkommen. Ob Willy also mit Kalus vereinbart habe, der solle es, sofern er es für gut befände, an »Westenend« schicken?

Nein, das sei nicht ausgemacht gewesen, er höre jetzt selber zum ersten Mal davon, daß es dort gelandet sei, Kalus habe eigenmächtig gehandelt – aber letztlich, letztlich doch in Mattis Sinne, oder?

Matti bejahte. Seltsamerweise hatte er einen Moment später den Hradschin vor Augen, er war wohl immer noch recht verwirrt.

*

In Prag war es schwül und heiß. Ein quarzweißer, wie gewalzter Himmel drückte auf die Stadt. Schlaff und ergeben lag die Moldau in ihrem Bett, schwitzend und dampfend wölbten sich die Pflastersteine, und von den Hauswänden in den schmalen Gassen lösten sich Farbreste, dreckige ockerfarbene Splitter.

Mit den glatten Sohlen seiner Jesuslatschen rutschte Matti immer wieder von den Steinbuckeln der Altststadtstraßen, die Schnallen schnitten dann jedesmal in seine Haut, aber beides, das Rutschen und das Schneiden, störte ihn nicht, er nahm die Vorgänge zur Kenntnis und litt nicht den geringsten Schmerz. Erst recht nicht schalt er sich, am Bahnhof aufs Einsteigen in die Straßenbahn verzichtet zu haben. Er war mit Karin Werth um 12 Uhr im »Interconti« verabredet, also würde er um 12 Uhr im »Interconti« sein, keinesfalls früher, denn früher da zu stehen, hieße, auf sie zu warten.

Jetzt sah er das Hotel, wie eine Mauer stand es vor dem sanft geschwungenen Fluß. Es war heller und neuer als alle Gebäude, die Matti passiert hatte, und war trotzdem häßlicher. Karin Werth sitze da drinnen im Foyer, vermutete er; sie hatte ihm ja geschrieben, ihr Flugzeug lande viel früher, als sein Zug ankomme.

Indes tauchte sie gerade in dem Moment, da er über den Vorplatz ging, seitlich des Hotels auf. Als sie ihn sah, blieb sie ruckartig stehen. Und ebenso ruckartig setzte sie sich wieder in Bewegung, ihre Haare stoben auf und flogen ihr hinterher.

In der Zeit, die sie brauchte, um zu ihm zu gelangen, erfaßte er, was sie trug. Das war zum einen eine kimonolange weiße Bluse und zum anderen eine dunkelgrüne, weit sitzende Leinenhose. Dunkelgrün waren auch die daumendicken Reifen, die über ihren Handgelenken schlenkerten. Das alles wirkte ebenso lässig wie gediegen; aber weil sie früher enge Sachen bevorzugt hatte, Himmel, was waren das für atemberaubende Sachen gewesen, wirkte es auch abweisend. Als ob sie ihren Körper verbergen wollte.

Und noch etwas kam bei näherer Betrachtung hinzu, das war Karin Werths festes, wehrhaftes Gesicht. Und so fest und wehrhaft sah es aus, weil eine kupferne Bräune darauf lag, eine dunkle, in irgendeinem fernen Land geschmiedete Maske.

Weil Karin Werth sich ihm um so fremder zeigte, je mehr sie auf ihn zuging, kriegte Matti ein taubes Gefühl. In den Tagen zuvor hatte er sich des öfteren vorzustellen versucht, wie sie sich gegenübertreten würden, und immer hatte er gedacht, ihm würde der Atem stocken. Aber das geschah nicht. Kein Wort brachte er hervor; denn nicht nur die Aufregung läßt einen sprachlos werden, die überraschend ausbleibende Aufregung auch.

»Matti«, rief Karin Werth, »was für ein Zufall, gerade komme ich vom Fluß.«

Matti raffte sich zu einem Nicken auf.

»Das ist wunderbar, daß wir uns hier treffen, ich freue mich sehr«, sagte Karin Werth weiter. Und da er immer noch nichts sagte: »Aus vielerlei Gründen ist mir das eine richtige Freude.«

Plötzlich spürte er, wie doch ein Gefühl in ihm hochstieg: Zorn. Eine Aversion war das gleich. Sie redete hier von Freude, Karin Werth, sie tat, als wären sie die besten Freunde, dabei hatte sie sich damals mit ihm ein schnelles Vergnügen gegönnt, und dann war sie ohne Erklärung gegangen, und er hatte dagestanden und noch lange an ihr laboriert. Man schaue sie sich nur an, eine Freude war es ihr, eine Freude, das höre man sich nur an! Er haßte sie plötzlich, oder der Haß brach endlich hervor.

»Ja, na, du brauchst ja nichts zu sagen. Vielleicht checkst du erstmal ein und nimmst eine Dusche? Du schwitzt ja fürchterlich – wieso schwitzt du denn so?«

Matti stellte eine garstige Gegenfrage: »Vielleicht, weil die Sonne knallt?«

Karin Werth blickte ihn irritiert an. »Du bist doch nicht etwa den ganzen Weg vom Bahnhof gelaufen?«

Schweigen.

»Aber du hättest ein Taxi nehmen können! Ich habe dir doch geschrieben, ›Westenend‹ übernimmt alle Kosten, das ist üblich, und das ist selbstverständlich, wenn wir mit Autoren arbeiten, da mußt du keine Skrupel haben. Ach, in diesem Zusammenhang – du brauchst an der Rezeption deinen Paß ausdrücklich nicht zu zeigen. Dies ist ein Devisenhotel, in dem du als DDR-Bürger eigentlich nicht wohnen dürftest, aber ich habe alles geregelt. Unterschreib einfach das schon ausgefüllte Formular, ja?«

»Gerne bin ich dein Anhängsel«, stieß Matti hervor.

»Du bist mein Autor«, sagte Karin Werth mit sanfter Bestimmtheit. Und so schaute sie ihn an, sanft und eindringlich – aber auch alarmiert. Fragte sie sich jetzt langsam, was er hatte, ihr Autor?

Am schlimmsten war es in der Enge des Fahrstuhls, mit dem sie hinauffuhren in den achten Stock, zu ihren unmittelbar nebeneinanderliegenden Zimmern. Matti stand hier, und Karin Werth stand da, und eine lastende Stille lag zwischen ihnen. Matti brach sie, indem er unwirsch fragte, wo sie beide sich das Manuskript vornehmen würden, bei ihr im Zimmer oder bei ihm. Er erhielt folgende Auskunft: Da man in keinem Hotelzimmer der Welt längere Zeit inspiriert zu arbeiten imstande sei, habe ihr Verlagsleiter, Overdamm sein Name, sich rechtzeitig in Verbindung gesetzt mit einem ihm gut bekannten Prager Autor. Nun, und diesem sei es eine Freude, ihnen für die Dauer ihres Aufenthalts seine Wohnung zur Verfügung zu stellen. Sie befände sich, welch glückliche Fügung, gewissermaßen um die Ecke, in einer kleinen ruhigen Straße der Josefstadt, keine fünf Minuten seien es dorthin, sie, Karin Werth, habe das soeben geprüft und die Wohnung schonmal inspiziert, eine herrliche Räuberhöhle, genau das richtige für sie beide, sofern es ihnen gelänge, wenigstens den riesigen, mit Papieren belegten Schreibtisch freizuschaufeln, und das würden sie doch schaffen, oder?

Karin Werth war geradezu ins Schwärmen geraten, sie drückte hellste Vorfreude aus, aber Matti war absolut nicht bereit, ihr zu folgen. Obgleich er selber merkte, daß etwas Ungutes in seinem Handeln lag, schwieg er verbissen. Ihre Angebote, er ging einfach nicht auf die ein.

Unter der Dusche rief er, allerdings mit unterdrückter Lautstärke, damit nebenan Karin Werth es nicht hören konnte: »Gottserbärmliche Scheiße! Verstockter Idiot! Was machst du bloß! Was machst du denn!«

Er ließ das Wasser auf sein Gesicht prasseln, drei Minuten, fünf, zehn, und versuchte mannhaft, aus seinem Trotz herauszufinden, mannhaft, weil er einige recht unangenehme Überlegungen anstellte: Was erwartest du eigentlich von ihr? Sag mal! Daß sie sich entschuldigt, damals mir nichts dir nichts verschwunden zu sein. Daß sie sich erklärt. Ja, darum geht es dir in Wahrheit. … Aber sie, sie kennt doch deine Erwartungen nicht. Nicht einmal du selber kanntest sie bis eben, sei ehrlich, nicht einmal du selber. Was sie nun aber kennt, das ist dein stummer Grimm, mit dem hockt sie jetzt in ihrem Zimmer. Wird sie es als Unrecht empfinden? Was für eine Frage. Schon im Fahrstuhl muß sie so empfunden haben. Und trotzdem hat sie sich nichts anmerken lassen und ist in ihrer Vorfreude geblieben, vielleicht, weil sie gehofft hat, auch ich fände da hinein. Vergeblich gehofft; ich sollte mich bei ihr entschuldigen, was? Doch, ich sollte ihr mein Gebaren erklären, und außerdem, wenn ich das tue, wenn sie erst einmal Bescheid weiß – dann wird auch sie sich mir wegen damals erklären. Sie muß! Und wenn sie schweigt wie früher? Dann habe ich sie überschätzt. Dann ist sie's nicht wert gewesen. Wie auch immer, ich werd's sehen, alles muß und wird sich herausstellen, noch bevor wir zu arbeiten beginnen, jetzt gleich.«

Er klopfte bei Karin Werth und sagte: »Ich dachte, ich hole dich ab. Wir müssen erstmal reden, habe ich gemerkt – nicht über das Manuskript.«

Karin Werth musterte ihn zwei oder drei Sekunden, drehte sich dann wortlos um, ließ ihn vor der Tür stehen. Sie stopfte einen Papierpacken in ihre Umhängetasche, trat ebenso wortlos wieder heraus und lief voran zum Fahrstuhl. Dort drinnen blieb sie weiter stumm. Und je länger das so ging, um so bittender und entschuldigender schaute Matti sie an. Aber was er damit provozierte, das schien ihm nur Ablehnung zu sein. Hatte Karin Werth nicht eben noch frei im Lift gestanden, und drückte sie jetzt nicht ihre Schultern und ihren Hinterkopf an die Holzvertäfelung?

Als sie das Hotel verließen, fühlten sie sich wie von glühenden Händen geohrfeigt. »Was für eine Hitze«, stöhnte Matti, »vielleicht gehen wir erstmal runter zum Fluß?«

»Da ist kein Schatten. Und der Fluß ist aus Blei. Aber die Wohnung liegt an einem kleinen baumbestandenen Platz, da kann man es aushalten.« Und schon setzte sich Karin Werth, auf Matti kaum achtend, in Bewegung.

Er sprang ihr hinterher, schloß auf, aber sie tat, als ginge sie alleine, so gelangten sie an den Platz.

Karin Werth zeigte förmlich auf eine Bank unter einem Vogelbeerbaum, dem von der giftigen Sonne das Grün weggeätzt worden war. Sie wartete, bis Matti sich gesetzt hatte, und folgte ihm auf die Bank, wobei sie einigen Abstand zwischen ihnen ließ. Alles an ihr drückte Unwillen aus, als sie sagte: »Dann leg los, ich höre.«

»Ja«, sagte er zögernd, »wir können doch das Wichtigste nicht umgehen. Du … du kannst das vielleicht, aber ich nicht. Erinnerst du dich? Nicht alles zerreden, hast du damals am Stausee gesagt, und das ist richtig, nicht alles zerreden. Aber über alles schweigen geht auch nicht. Es wühlt den auf, der nichts weiß, immer weiter arbeitet es in dem. Von uns beiden bin ich derjenige. Der Unwissende. Ich war vorhin so wütend auf dich, hast du gemerkt? Und ich war deshalb wütend, weil du so getan hast, als stünde nichts zwischen uns. Frohgemut bist du dahergekommen, schweigsam frohgemut, trotz der gesprochenen Worte ausweichend. So ist es. Du bist mir damals ausgewichen, du hast mir damals nichts erklärt, und jetzt sehen wir uns wieder, und es läuft auf das gleiche hinaus. Jedenfalls ist das mein Eindruck.«

Matti hatte vorsichtig gesprochen, doch Karin Werths Gesichtsausdruck war unterdessen immer finsterer geworden. Geradeaus blickend, erklärte sie: »Ich bin dir keine Rechenschaft schuldig, keine!« Und das war schon alles.

Hilflos sagte er: »Wenn du das Rechenschaft nennst …«

Karin Werth drehte sich mit einem Ruck zu ihm und stieß hervor: »Ja, ich nenne es Rechenschaft, was du da forderst.« Und wieder verstummte sie.

Matti, der offensichtlich nicht mit einem solchen Ausbruch und einer solchen Abwehr gerechnet hatte, mußte den Blick abwenden. Er sah zu Boden wie ein zur Ordnung gerufener Schüler. Und zum Boden hin, wo ein paar Vogelbeeren lagen, die er mit der Fußspitze fortstieß, fragte er: »Warum hast du mich erst verrückt gemacht, obwohl du schon genau gewußt hast, du würdest flüchten? Nur das will ich wissen. Das ist doch wohl keine Rechenschaft, das kannst du doch nicht behaupten.«

Während er die letzten Worte sprach, traute er sich, Karin Werth wieder anzusehen. Aber was war das, nicht mehr zornig erschien sie ihm auf einmal, sondern matt, so ähnlich, wie sie am Stausee gewesen war, das erstaunte ihn noch mehr als ihr Ausbruch zuvor. Man wurde und wurde nicht schlau aus ihr.

»Davor hatte ich Angst …« Sie öffnete den Mund, als wolle sie noch etwas folgen lassen, doch sie schwieg.

»Wovor?«

»Vor der Frage, die du mir eben gestellt hast.«

»Die nach dem Verrücktmachen? Aber warum? Ist denn die Antwort so schlimm?« Matti fragte so behutsam wie möglich, aber gleichzeitig roch er begierig den Schweiß und die Angst, das, was Karin Werth jetzt verströmte.

»Ich kenne die Antwort nicht. Ich habe nicht darüber nachgedacht. Ich habe das immer vermieden. Ich habe mich geradezu geweigert, das zu tun. Und sowieso – habe ich kein Konzept für dieses Gespräch hier.«

»Was?« entfuhr es Matti.

»Ich habe kein Konzept.« Karin Werth betonte jedes einzelne Wort.

Er brauchte eine Weile, um zu begreifen, was sie ihm da hinterbracht hatte. Er starrte sie an, und wie er das so tat, begann ein seltsamer Stoffwechsel, ihre Kupferlegierung veränderte zusehends die Farbe, aus bräunlich wurde bläßlich, wenn dieser Prozeß anhielt, würde am Ende noch Porzellan draus.

Matti nutzte die Entscheidungshoheit, die plötzlich bei ihm lag, zur Wiederholung seiner Frage: »Es bleibt dabei, du hast mich verrückt gemacht an deinen letzten Tagen, warum? Versuche doch, es zu sagen. So schwer kann es ja wohl nicht sein.«

Karin Werth lachte übertrieben auf. »Sicher ist alles ganz leicht erklärbar, sicher. Du hattest es mir angetan. Sogar erheblich hattest du es mir angetan. Das ist die einfache Antwort.« Sie schaute ihn gebannt an: Ob er begriff, daß sie nur Anlauf genommen hatte, um in die komplizierte Antwort zu gelangen.

Matti wartete reglos, und sie begann, Sicheres und Ungewisses, Unschuldiges und Verderbtes vor ihm auszubreiten, und je länger sie sprach, um so klarer wurde ihm, daß sie selber tatsächlich erst während des Sprechens zu alldem vordrang, zunächst mit Mühe und dann wie von selbst: »Du hattest es mir angetan, das ist die Wahrheit. Ach, angetan, was für ein schäbiges Wort! Ich war verliebt in dich, glaub es nur, ich habe es selbst auch erst gar nicht geglaubt. Mein Gott, in einen Schüler! Verliebt in deine Ernsthaftigkeit, das habe ich im Café gesagt, stimmt's? Gottseidank warst du so ernst, mir das aufs Wort zu glauben. Komme einem Ernsthaften ernst – und er wird alles, was du sagst, für bare Münze nehmen, denn ihm fehlt die Gabe, sich auszumalen, daß es gelogen sein könnte. Versteh mich jetzt nicht falsch, denk nicht, ich hätte gelogen. Es ist nur so: Wenn man jemanden will, wird es im Schoß feucht, nicht im Kopf. Auf deinen Körper bin ich zugeschwommen, mit meinem Körper. Insofern bin ich schwach und egoistisch gewesen. Der Fluchtplan war doch schon in Arbeit! Und ich gebe mich einfach meinem Trieb hin, trotz des Wissens, was ich damit anrichten würde bei dir. Natürlich wußte ich es. Die Ernsten können doch nicht vergessen! So ernst und gläubig – ja, das war der schon totzitierte heilige Ernst, das war er wirklich einmal – bist du an mich herangegangen, daß mir gleich klar war, wie sehr du dich noch quälen würdest. Aber das habe ich in Kauf genommen, denk nur, so eigensüchtig war ich. Und doch war ich auch überhaupt nicht eigensüchtig! Ich hatte nämlich die besten und honorigsten Gründe, dich an mich heranzulassen, speziell zu jenem Zeitpunkt. Ich nenne dir den oberflächlichsten dieser Gründe: das Glück des Augenblicks, das du durch mich erfahren hast. Ich war mir vollkommen sicher, daß ich dich glücklich machen würde, ich wollte gehen und dir noch was Schönes hinterlassen, denn wer sollte das sonst auf diese Weise tun? Und wieder folgt jetzt ein: überhaupt nicht wollte ich. Mit deiner Hilfe wollte ich nämlich nicht gehen! Warte, ich versuche, es mir und dir zu erklären. Wie war die Lage in jenen Wochen? Ich war der Menschen wie der Dinge überdrüssig. Überdrüssig war ich eines Mannes aus Erfurt, der mich dauernd zur Heirat drängte. Krümnicks war ich überdrüssig. Der Falschheit und der Verlogenheit an der Schule war ich überdrüssig, und des Drecks und des Verfalls in der Stadt und der vielen stumpfsinnigen Gesichter auf den Straßen. Bald würde ich auch so ein Gesicht haben, das war meine Angst. Ich würde lethargisch werden, wenn ich nicht ginge; du mußt bedenken, ich war allein in Gerberstedt, da war niemand, der mir ein wenig Hoffnung gegeben hätte. Und auf einmal in dem Café gräbst du dich in mich rein, auf einmal bist du da. Ich bin schon beinahe im Abflug, aber in meinem tiefsten Innern wünsche ich mir, du gräbst so, daß ich bleibe. Der eine Mensch, der alles verändert! Der eine, bei dem man alles vergißt! Aber dafür warst du zu jung und zu unerfahren. Jetzt wäre es vielleicht anders, jetzt bist du ein Gegenpol, jawohl, das bist du, ich spüre es. Du wärst bereit, mir die Leviten zu lesen, damals bist du mir nur gefolgt. Es konnte ja auch gar nicht anders sein. Und damit komme ich zum tiefsten tiefsten Innern, ein anderer Ausdruck fällt mir nicht ein. Noch während ich wünschte, du mögest alles umkehren, wußte ich, das konnte nicht geschehen. Darum wurde meine Müdigkeit nur noch verstärkt. Du hast sie bemerkt, die Müdigkeit? Alles war tatsächlich zu Ende, nichts gab es für mich mehr zu tun. Also habe ich nur noch in Empfang genommen. Denk jetzt nicht an deinen Saft. Der Saft wäscht sich aus. Es ging um Dinge, die ich mitnehmen und mir merken konnte. Deine Unverstelltheit, deine Unbedingtheit, darauf ist mein letzter schläfriger Blick gefallen. Du warst so, wie ich nicht mehr sein konnte, du warst der, den ich mir unbedingt einprägen wollte, als Bild. Du solltest mich bewahren vor zuviel Zorn und Haß bei meinen künftigen Blicken zurück. Ich habe dich gebraucht, mehr als du mich, und ich habe dich benutzt, das ist nun aber auch die ganze Wahrheit – glaube ich.«

Matti, der Karin Werth die ganze Zeit gebannt angesehen hatte, tat das noch eine Weile weiter, endlich sagte er: »Ich weiß gar nicht, was ich sagen soll.«

Sie lachte kurz auf: »Das wüßte ich wahrscheinlich auch nicht.«

Matti entdeckte ein langes Haar auf ihrem Kimono. Er dachte, wenn ich das jetzt dort wegnehme, landen wir noch im Bett, und wenn ich es dort belasse, werden wir uns niemals mehr berühren. Er konnte aber nicht anders, als das Haar aufzuklauben.

Karin Werth wohnte dem Vorgang reglos bei. Im Anschluß schaute er sich um, wo sie überhaupt saßen. Drei Straßen liefen auf den Platz zu, der umgeben war von mehr oder minder grauen, fünf- und sechsstöckigen Häusern. Unter den Dächern sah er auf den Fassaden in unregelmäßigen Abständen grünschwarze, sich nach unten hin verjüngende Zungen, aber außer diesen Regenrückständen wiesen die Fassaden da und dort noch andere Abdrücke und auch Wölbungen auf, große gebogene Blumen schienen das zu sein, und zusammengerollte Schlangen, und aufgeplustertes Gefieder. Allen Formen war gemein, daß Stücke und Stückchen aus ihnen gebrochen waren, Blätter, Köpfe, Teile von Stengeln.

»Das ist alles Jugendstil hier«, staunte Matti.

»Ist oder war«, bestätigte Karin Werth.

Sie schwiegen einvernehmlich, dann sagte wieder Matti: »Du hast von Benutzen geredet – aber jetzt, da ich es einmal gehört habe, fühle ich mich kein bißchen benutzt. Außerdem fällt mir ein, wie du damals sagtest, du würdest auf mich bauen. Das habe ich am allerwenigsten verstanden. Aber jetzt begreife ich auch das. Du hast dir damit nur selber zugeredet.«

»Es war anders«, sagte Karin Werth. »Der Satz galt schon dir. Ein nebulöser Ausdruck irgendeiner Erwartung. Daß du nicht einbrichst. Daß du dich zeigst.«

»Dann gefällt mir der Satz nicht – im Gegensatz zu allen anderen, die du eben gesagt hast.«

Karin Werth neigte fragend ihren Kopf.

»Jetzt hole vielleicht ich was aus der Tiefe hervor, das ist gut, du bist mir nicht mehr fremd, ich kann dir wieder alles sagen. Weißt du, was ich dir sagen muß? Daß du kein Recht hattest, irgendeine Erwartung zu formulieren. Weil du selber doch aufgegeben hattest. Du kannst nicht selber aufgeben und deine verbliebenen Wünsche auf andere übertragen. Das ist verantwortungslos. Ich bin nicht dein Stellvertreter. Sowieso habe ich, wenn ich mich genau befrage, kein Verständnis für die, die einfach gehen – oh, ich weiß, die wenigsten gehen tatsächlich einfach, du hast einiges dazu gesagt. Ich kann das nachvollziehen und verstehe das Fortgehen, aber ich akzeptiere es nicht. Ist denn die Verzweiflung wirklich so groß? Bei dir mag das der Fall gewesen sein. Aber ich maße mir an zu sagen, das gilt für viele nicht. Denn die meisten haben gar keine Gedanken. Beziehungsweise die Gedanken, die sie haben, sind billig und flach. Das bessere Leben, von dem sie reden, was ist denn das? Oder anders gefragt, ist das hier ein schlechtes Leben? Nur weil es ein paar *Dinge* nicht gibt? Ich hätte sie gern, aber ich brauche sie nicht, und die Menschen, die meinen, sie zu brauchen und sonst nicht leben zu können, verstehe ich nicht. Sie erscheinen mir hohl. Es widert mich an, wie sie da, wo du jetzt bist, gefeiert werden. Sicher, wie sie bin ich der Meinung, daß es hier kein gutes Leben ist, aber meine Gründe trennen mich von ihnen. Mir fehlen Offenheit und Streit, mir fehlt *die Wahrheit*, du kennst das alles, ich muß dir nichts erklären. Erinnerst du dich? Auch darüber haben wir im Café gesprochen, über einen tiefen und wertvollen Inhalt, es ging um Jonas. Einer richtigen Idee soll man folgen! Wenn man nun meint, das sei ganz und gar unmöglich – so nenne ich das Verzweiflung. Und deshalb bin ich noch nicht verzweifelt. Weil ich meine Idee noch nicht aufgeben will. Vielleicht bin ich auch nur halsstarrig. Ich verbeiße mich gern, auch das weißt du.

In dich habe ich mich elendig verbissen! Um so fester habe ich mich in dich verbissen, je weniger ich dich geliebt habe. Aber ich will nicht abschweifen, sondern mich und dich fragen, was da ist, wohin du gegangen bist. Wenn das bessere Leben für einen nur aus irgendwelchen Dingen besteht, ist da natürlich viel, und man ist richtig dort. Aber gerade du! Wenn du eine Idee hast, eigentlich, dann bist du doch rückwärts geflüchtet, aus der Idee heraus. Gerade du! Du bist in Etwas gegangen, das schon gewesen ist. Von da, wo du jetzt bist, kann nichts mehr kommen. Dafür bedaure ich dich.«

»Du mußt mich nicht bedauern. Man sagt das so leicht dahin: Ich bedaure dich. Ich könnte genauso sagen, ich bedaure dich, denn du sitzt auf dem hohen Roß des Ideals und wirst unweigerlich stürzen. Erwähnte ich das nicht vorhin schon? Der Ernsthafte und ideal Denkende gelangt nicht in die Leichtigkeit der anderen hinein. Und nicht in ihre Trivialität. Ein wenig Trivialität, die wäre wirklich hilfreich für dich!«

»Dann sollten wir uns zusammentun?«

Einen Augenblick stand Karin Werth der Mund offen. »Das hast du eben nicht gesagt! Du hast nicht gesagt, daß ich trivial bin – du Schuft.«

Sie erhob theatralisch die Hand gegen ihn, und weil die Hand so nahe vor seinem Gesicht hing, deutete Matti einen Kuß an, ein Wischen nahe den Salzkristallen ihres umwerfenden Schweißes war das, nicht mehr, da sagte Karin Werth schnell: »Außerdem sind wir doch schon zusammengetan. Wir machen das *Verschlossene Kind*, wenn ich mich recht erinnere. Wollen wir endlich?«

*

Sie gingen in die Wohnung, die, im Gegensatz zu Karin Werths Ankündigung, auf den ersten Blick sauber und aufgeräumt wirkte. In der Küche lag kaum etwas herum. Im Flur standen die Schuhe sogar Naht an Naht. Nachdem Karin Werth aber die Tür zum Arbeitszimmer geöffnet hatte, sah Matti, sie hatte doch nicht übertrieben: Vor ihm lag ein mitten im Hochschäumen erstarrtes Meer aus teils aufgeschlagenen und teils geschlossenen Büchern sowie aus einzelnen und zusammengehefteten Blättern. Es erstreckte sich bis zur Türschwelle und ließ nur an wenigen Stellen erkennen, daß es auf einem ehrwürdigen Perserteppich ruhte. Die höchsten Papierstapel drängten und verkeilten sich allerdings auf dem Sofa; dort, auf einem jener Türme, thronte auch ein handgroßer Elefant aus Gußeisen, in dessen nach oben zeigendem Rüssel ein Kerzenstummel steckte. Kaum hatte Matti, notgedrungen mit mächtigem Ausfallschritt, den Raum betreten, stürzte der Elefant herunter und riß alles, was er beschwert hatte, mit sich. Eine Staubwolke flog auf. Matti kämpfte sich zu dem nicht weniger belegten Schreibtisch vor, auf dem an zentraler Stelle, als schwarzer und vergleichsweise flacher Kern inmitten aufragender weißer Schichten, eine alte Adler-Maschine stand. Darin eingespannt fand er ein mit Wasserzeichen versehenenes Blatt, auf das der Prager Dichter getippt hatte: »Ich wünsche meinen liebenswürdigen Gästen einen angenehmen und dienlichen Aufenthalt. Fühlen Sie sich wie im eigenen Hause und nutzen Sie vor allem die Getränkevorräte in der Speisekammer. Sie beschämten mich ernsthaft, ließen Sie sie unangetastet. Außerdem erschiene es mir bizarr, vergeudeten Sie am Ende Ihre Zeit mit irgendwelchen Reinigungen. Wenn Sie nur dieses Zimmer möglichst so verlassen könnten, wie Sie es jetzt gerade vorfinden? Meine bescheidene Arbeit in der mir liebgewordenen Ordnung fortsetzen zu dürfen, wäre mir Dank und Freude genug.«

»Was für ein Schelm«, lachte Matti. »Tut unterwürfig und stellt in Wahrheit knallharte Forderungen.«

»Ich wette, er merkt schon, wenn ein einziges Blatt nicht mehr an der richtigen Stelle liegt. Aber trotzdem müssen wir das hier ja wohl freiräumen, wenn wir arbeiten wollen, zumindest Schreibtisch und Sofa.«

Sie beschlossen, die entsprechenden Stapel exakt zu numerieren und vorsichtig im Flur zu deponieren. Nachdem diese Arbeit erledigt war, troffen beide vor Schweiß, und wie sie da so im Flur standen, sagte Karin Werth: »Jetzt stinke ich bestimmt grauenvoll.«

»Das ist kein Gestank«, entfuhr es Matti.

Sie sah ihn überrascht und leuchtend an, aber nur einen Augenblick. Dann tat sie, als habe sie gerade das Allergewöhnlichste gehört, und beschied: »Trotzdem, ich will duschen.«

Karin Werth machte sich auf ins Bad, drehte sich freilich, bevor sie dort hineinging, noch einmal zu ihm um: »Ich kann nicht wie ein drekkiger Bauarbeiter über einem Manuskript sitzen, weißt du. Ich hätte das Gefühl, es zu beschmutzen, ihm nicht gerecht zu werden, deshalb muß ich jetzt duschen. Du mußt das auch tun. Und wenn es heute schon das zweite Mal ist, du bist es deinem Text schuldig. Gleich nach mir duschst du, einverstanden?«

Und verschwunden war sie. Matti wußte nicht, was er von dieser Wendung halten sollte. Einerseits erschien ihm Karin Werths Begründung vollkommen triftig, andererseits konnte er sich nicht des Gedankens erwehren, daß da noch etwas mitschwang, etwas Ungesagtes. Hatte sie vorhin nicht zugegeben, kein Konzept für ihre Begegnung zu haben? Das bedeutete doch, sie ließ ihm freie Hand, in allem. Er konnte ihr jetzt also gut und gerne ins Bad folgen. Hatte sie ihn eben mit ihrem kurzen Blick nicht sogar darum gebeten? Er hörte das Prasseln der Dusche und sah sich zu Karin Werth treten, ihm fiel ein, daß wie damals Wasser um sie sein würde, wenn sie sich vereinigten, da erstarb das Geräusch.

Wenig später öffnete sich die Tür, und Karin Werth erschien vollständig bekleidet und mit einem frischen Lächeln, damit war die Gelegenheit, oder die Gefahr, erst einmal vorüber. Matti aber mußte sich zu seiner Schande eines eingestehen: daß er ja genausowenig ein Konzept hatte wie Karin Werth und daß er vom Fluß der noch folgenden Geschehnisse dahin oder dorthin gespült werden konnte.

Als er nach dem Duschen ins Wohnzimmer kam, hatte sie sein Manuskript auf den Schreibtisch gelegt. Dort standen nun auch eine große mit Wasser gefüllte Karaffe und zwei Gläser, alles aus schwerem böhmischem Glas.

Er setzte sich wortlos neben Karin Werth. Sie legte ihre Hände auf den Papierstapel, besitzergreifend, fürsorglich, und schaute Matti von der Seite an: »Zunächst will ich dir sagen, daß du mich damit«, sie hob ihre zehn Finger und drückte sie gleich darauf um so stärker auf das Manuskript, »ganz schön in die Bredouille gebracht hast. Das gefährlichste Lektorat meiner zugegeben noch kurzen Laufbahn! Ich war ja schon gekauft durch den Namen des Autors und durch die Wahl des Themas. Beides mein, in gewisser Weise. Alles schon mit meiner grundsätzlichen Zuneigung versehen. Und dann ist das Manuskript, mit bestimmten Einschränkungen, auf die ich gleich zu sprechen kommen werde, auch noch gut. Wenn es doch schlecht gewesen wäre! Wenn ich es hätte ablehnen können! Dann hätte ich mich nämlich nicht dauernd, ungelogen, dauernd fragen müssen, ob es nun meine grundsätzliche Nähe zu dir und dem Thema ist, die mich derart positiv urteilen läßt, oder ob es an dem Text selber liegt. Je mehr ich ihn mochte, um so skeptischer wurde ich ihm gegenüber. Weil ich dem Mögen nicht traute. Also gab ich das *Verschlossene Kind* an noch diesen und jenen im Hause. Und siehe, das Echo war geteilt – aber gräm dich nicht, gräm dich nicht, das ist öfter so, als du vielleicht denkst. Und sowieso kommt jetzt erst das Entscheidende: Eine hitzige Debatte entsteht, in deren Verlauf ein Kollege vehement erklärt, dieser Roman kranke daran, daß er in einer unbestimmten Zeit und in einem unbestimmten Land spiele, aber nicht die für gerade solche Romane unbedingt nötigen neuartigen, originellen Gedanken enthalte. Nichts, was einem die Zeit, in der wir leben, über den weiten Umweg der Zeitlosigkeit erhellte. Immer wieder die schon tausendmal und öfter beschriebene Ohnmacht des einzelnen gegenüber brutalen und stupiden Systemen. Und da weiß ich plötzlich, warum ich den Text gut und wertvoll finde, und ich begründe es, vor mir und den anderen: Weil mir darin sogar mein eigenes Handeln und meine eigene Scham erklärt werden. Ja, sage ich, nie zuvor habe ich gelesen, wie ein System dem, der es reinen Herzens verflucht und bekämpft, zugleich ein abgrundtief schlechtes Gewissen bereitet. Es zwingt einen selbst in den besten und wichtigsten Momenten, Menschen, die einem nahestehen, zu enttäuschen. Karandasch hängt an Antonio, nicht wahr, und trotzdem macht er sich schuldig ihm gegenüber, den er doch befreien will – gerade weil er ihn nämlich befreien will. So lange muß Antonio ohne Sinn Steine schleppen, Kapitel 12 ff., so lange, und nur Karandaschs wegen, denn Karandasch hat sich in der Zelle verplappert und die Sicherheitsmaschinerie sträflich unterschätzt. Und nun erhebt dieser Karandasch die schärfsten Vorwürfe gegen sich, Vorwürfe, die er eigentlich gegen das System erheben müßte, das ihn und das Kind erst in jene erbärmliche Lage gebracht hat. Wie ich das kenne, sage ich, wie ich das kenne! Auch ich werfe mir vor, auch ich habe einst einmal unterschätzt. Der Mann, der mir zur Flucht verhelfen wollte, mußte ja mit mir in den Bau. Aber klage ich deswegen das System an? Mich klage ich an, nur mich, immer und ewig mich, ich sehe ab vom Grundübel und martere mich! Das alles bricht aus mir heraus, damals in der Besprechung. Und nimm doch auch uns beide, von uns habe ich damals natürlich nicht gesprochen. Wie du mich wegen meines Schweigens und Gehens über Jahre der Falschheit bezichtigt hast, die ganze Zeit hatte ich das doch schon geahnt! Es war so menschlich, daß du das getan hast, aber verkehrt war es trotzdem. Töricht sogar! Weil du die eigentliche Ursache übersehen hast. Sie lag fernab von uns beiden. Und es stimmt deshalb auch nicht, was du vorhin sagtest – daß ich aus deiner und meiner Idee hinausgeflüchtet wäre. Ich bin dahin gegangen, wo man nicht schweigen muß, das ist ein Wert, und was das für ein Wert ist! Deiner! Wenn man es genau nimmt, hast du in deinem Roman, gewissermaßen unterhalb der spannenden Geschichte, oder mit ihrer Hilfe, alles durchdrungen, alle Mechanismen, aber im eigenen Leben hast du es glatt wieder vergessen ... als hättest du niemals begriffen ... aber was sage ich, wo bin ich überhaupt gelandet? Weit weg von den Seiten, die du geschrieben hast, laß mich zurückkommen auf die, laß mich endlich richtig anfangen ...«

»Warte«, rief Matti, »warte noch kurz. Ich muß dich korrigieren. Ich habe das alles überhaupt nicht so durchdrungen. Was du da hineininterpretierst, geht weit über das hinaus, was mir beim Schreiben durch den Kopf geschwirrt ist. So weitreichende Gedanken habe ich nie und nimmer gewälzt. Soll ich dir sagen, worum es mir nur ging? Ich wollte einfach dieses Kind-Gefängnis-Thema bearbeiten, nur dieses Thema, das war der Ursprungsgedanke. Und dann lief das einfach so weiter. Nochmal, du hegst Illusionen, wenn du mehr darin vermutest.«

»Ha«, sagte Karin Werth feurig, »dann muß jetzt aber ich dich korrigieren. Wenn du einfach nur dieses Thema bearbeiten wolltest – warum hast du dich dann nicht auf die geistige und körperliche Entwicklung Antonios konzentriert? Gib zu, das hätte nahegelegen. Das wäre auch das Einfachste gewesen. Aber du hast ihn beziehungsweise Karandasch der Zensur unterworfen und einem Überwachungsapparat, du hast seine Eltern einer Freiheitsbewegung zugeordnet. Und warum? Weil das natürlich ein Ausdruck deiner eigenen momentanen Verfassung und Haltung ist, ein unbewußter Ausdruck meinetwegen, aber doch ein unverkennbarer und deutlicher. Ja, alles hat einen tieferen Grund, und dieser Grund ist dein Zorn über die Zustände bei dir da drüben ... hier. Ja. Vor uns haben wir, um es mal pathetisch zu sagen, das Buch eines Leidenden ...«

»Eines Leidenden ...« Matti verzog das Gesicht.

»Um es mal pathetisch zu sagen, sagte ich.«

»Du bist bisher nicht durch Pathos aufgefallen.«

»Dann wiederhole ich dir ganz sachlich: Dieses Buch spiegelt deine innere Befindlichkeit. Es entspringt deinem Leben. Mag auch alles erfunden sein – zugleich ist es wahr.« Karin Werth warf die Hände in die Höhe und rief lachend: »Herrlich, daß man den Autoren immer erklären muß, was sie eigentlich geschrieben haben. Sie verstehen nichts von den Texten, die sie fabrizieren, gar nichts, aber wirklich!«

Matti dachte, daß sie entschiedener und urteilsfreudiger geworden war, jedenfalls, was Wörter und Sätze anging, und das sagte er ihr: »Damals bist du zweifelnder gewesen. Jetzt kommt man kaum noch gegen dich an.«

»Ist das tatsächlich so?« fragte Karin Werth.

Matti nickte.

»Das hat mir noch niemand gesagt … aber es hat ja auch niemand außer dir den Vergleich. Ich muß mich jetzt durchsetzen, vielleicht rührt es daher. Früher ging es ums Recht am Zweifeln, ums leise Widersetzen, und jetzt ums Durchsetzen, immer darum, im eigenen Laden und gegenüber störrischen Autoren … sag, wirst du etwa auch störrisch sein?« Sie schaute ihn halb ironisch und halb ernsthaft an.

Im ersten Moment wollte Matti antworten, er sei doch mit seinem Geschreibsel in ihrer Hand, aber er verkniff es sich lieber, denn es erschien ihm zu devot, und devot wollte er Karin Werth gegenüber nie mehr sein.

Das werde sie schon sehen, erklärte er, das käme ganz drauf an.

*

Endlich begannen sie zu arbeiten. Karin Werth schlug vor, erst die gröberen Fehler, deren es ihrer Meinung nach zwei gab, zu beseitigen, und sich dann die kleinen Ungenauigkeiten und Nachlässigkeiten vorzuknöpfen. Sie blätterte wahllos in dem Papierstapel, und Matti sah mit Grausen, daß sie auf fast jeder Seite Anstriche gemacht hatte. Er stöhnte auf.

Karin Werth, alarmiert durch seine Bemerkung, man käme gar nicht mehr gegen sie an, zeigte sich sogleich als Sensibilität in Person. »Das ist gar nicht soviel«, sagte sie, »das kriegen wir schnell hin. Hier, nur mal als Beispiel vorab, siehst du? Das ist die Stelle, wo sich Karandasch partout nicht mit der grausligen Fibel beschäftigen mag. Er flüchtet raus aus der Wohnung, will sich beim Schuster ein neues Leimfäßchen besorgen … sehr schön übrigens, wie lapidar du viel später durchblikken lässt, daß der Oberste und seine Leute ihm das alte Fäßchen entwendet und also eine Hausdurchsuchung bei ihm gemacht hatten, sehr schön, genau so plaziert man das. Aber zum Schuster Tsiran: Ich würde dir vorschlagen, ihn namenlos zu lassen. Was nämlich suggeriert der Name? Daß sein Träger noch auf irgendeine Art wichtig würde für den Fortgang der Geschichte; man denkt, es passiere noch was zwischen Karandasch und Tsiran. Aber da denkt man falsch. Der Mann taucht nur ganz kurz auf und bleibt völlig gesichtslos. Also laß ihn auch namenlos, einverstanden? Na, siehst du, um solche Sächelchen handelt sich's bloß …« Und sie griff nach ihrem Wasserglas, Karin Werth.

»Ich bin beeindruckt«, erklärte Matti.

Sie sah ihn prüfend an, vielleicht, weil sie argwöhnte, er könne das ironisch gemeint haben, aber als sie bei ihm Respekt und gar so etwas wie Bewunderung entdeckte, bedachte sie ihn mit einem dankbaren Blick. Beinahe streichelte sie Matti mit dem.

Nun ging es um die Hauptsache: Karin Werth erklärte, der Beginn des Textes sei schnell, ohne viel Gewese werde eine Person und eine Gegebenheit nach der anderen eingeführt, das ziehe einen rein in den Roman und reiße einen mit – aber das, genau das erweise sich im folgenden als gelindes Problem. Denn das Tempo werde leider nicht immer gehalten.

Ob es denn immer gehalten werden müsse, fragte Matti.

Aber sicher, bestätigte Karin Werth. Mit seinem Anfangstempo habe er ja eine bestimmte Erwartung beim Leser geschaffen, die er im folgenden bedienen müsse, ob er wolle oder nicht. Werde er nämlich langsamer, setze unterschwellig Enttäuschung ein; Karin Werth lachte, das sei der Fluch des strammen Aufgalopps, hätte er, Matti, zu Beginn einen anderen, gemächlicheren Erzählfluß gewählt, stünden ihm mehr Möglichkeiten offen, er könnte danach schneller werden, und wieder langsamer, und wieder schneller, Jazz hätte er schreiben können, verrücktesten Jazz, nun, sie wisse aber ziemlich genau, wie sie beide das geradebiegen könnten, und hiermit käme sie auch schon zum zweiten Grundübel, das mit dem ersten direkt zusammenhinge; sie griff ihm an den Arm, sagte erschrocken, oje, nicht Grundübel, überhaupt kein Übel, eigentlich auch nichts als eine Kleinigkeit, ob er ihr nochmal verzeihen könne?

Matti bejahte. Lehrreich sei es doch für ihn, was sie so alles ausführe, und überhaupt sei es schön, hier mit ihr zu arbeiten, er genieße das. Dabei nickte er ihr versonnen zu, aber wie Karin Werth zurückschaute, das ließ ihn schnell zu seinem Wasserglas greifen. Es war schon fast leer, er nippte Luft, und Karin Werth lächelte und schenkte ihm nach, und dann gluckste es beim Trinken in seiner Kehle beinahe so laut, als zerstoße jemand Pfeffer mit einem Mörser.

Jedenfalls, wodurch werde er langsamer? Durch Karandasch. Ein Tempoverlust ergebe sich immer dann, wenn Antonio aus dem Blickfeld gerate und der Magister, getrennt von ihm, seine eigenen Qualen, Überlegungen und Tätigkeiten ausbreite. Demzufolge böten sich Straffungen in genau jenen Passagen an. Matti solle Karandasch niemals zu lange allein laufen lassen. Bei Antonio solle er bleiben, bei seiner Hauptfigur.

Hier widersprach nun aber der Autor. Er erinnerte seine Lektorin daran, daß, wenn er vorhin nicht alles falsch verstanden habe, es ja wohl gerade Karandasch gewesen sei, den sie selber in ihrem Verlag zugunsten des Romans ins Feld geführt habe. Und so sehe er, Matti, das auch. Erst Karandasch verhelfe dem Ganzen zu einer gewissen Gültigkeit, beschneide man ihn, beschneide und beschädige man das gesamte Buch, oder etwa nicht?

Karin Werth überlegte, sie saß ganz starr, sie ließ ihre Zweifel kommen und kreisen. Ja, sagte sie endlich, da habe er wohl recht; aber sie, sie habe auch recht, schneller müsse es doch werden, nur hier und da, ohne daß es an des guten Karandaschs Substanz gehe. Manchmal genüge es vielleicht schon, einen Halbsatz zu streichen, sie sollten Seite für Seite die rechte Balance zu finden versuchen.

Das taten sie, darüber vergingen Stunden. Mehrmals holten sie zwischendurch frisches Wasser, und einmal kochte Karin Werth in der Küche Kaffee, was einige Zeit dauerte, denn sie mußte erst nach den Bohnen und dem Tauchsieder suchen, und Matti stand, während sie so rumorte, auf, um mal den Rücken durchzudrücken, da war ein kleiner Balkon in Kanzelform, ein Stück Kirche, das nicht weit vom Schreibtisch zu dem kleinen Park rausging, aber er gelangte nicht dorthin, unmöglich, das dazwischen sich auftürmende Büchergebirge zu übersteigen. So tapste er zu dem freigeräumten Sofa und streckte alle Glieder von sich. Und straff gestreckt lag er auch noch, als Karin Werth mit dem Kaffee erschien. Sie stellte das Tablett auf dem Schreibtisch ab, besah sich Matti stumm und dabei sichtlich atmend, das gefiel ihm, daß er einfach nur so lag und sie irgendwas daran nicht recht fassen konnte.

Sie stand wie angewurzelt, da sprang er auf, und sie fuhren fort, sich mit dem zu beschäftigen, das sie immer enger zusammenführte, aber nach noch einmal ein paar Stunden machte sich Erschöpfung breit, sie waren ja auch schon weit gekommen, mit dem Text, mit dem Text, und Karin Werth sagte, puh, es reiche für heute, sie habe einen Bärenhunger, was er davon halte, wenn sie jetzt ins Hotelrestaurant gingen, das befände sich direkt unterm Dach im »Interconti«, man habe einen tollen Blick auf die Stadt und die Hügel drumrum, da könnten sie sitzen, wenn er wolle, langsam gehe auch die Sonne unter.

Matti wollte aber nicht, und er sagte ihr auch frei heraus, warum nicht: »Da oben kannst nur du bezahlen, das behagt mir nicht. Ich möchte mich nicht die ganze Zeit von dir aushalten lassen. Die Stadt steht uns offen, also laß mich dich einladen.«

Karin Werth folgte ohne Widerspruch. Sie gingen hinunter auf den Platz, Matti schlug eine beliebige Richtung ein, und nach gerade einmal 200 Metern standen sie vor einer Kneipe mit dem unaussprechlichen Namen »U Milosrdných«. Matti drückte entschlossen die Tür auf.

Die Wände drinnen waren bis in Kopfhöhe dunkel getäfelt, Tische und Stühle waren aus ebensolchem Holz. Die meisten waren besetzt, überall trank man Bier, aber Matti entdeckte noch einen freien Tisch unweit der Theke und fragte den zapfenden Wirt mittels einer Kopfbewegung, ob sie dort Platz nehmen dürften. Der Wirt nickte ebenso stumm.

Sie gingen an der Theke vorüber, »pivo?« hörten sie, und Matti streckte Zeige- und Mittelfinger hoch und fragte erst danach Karin Werth, ob sie eigentlich Bier trinke, und indem er es fragte, begriff er, daß er so gut wie nichts über sie wußte, jedenfalls nichts aus ihrem alltäglichen Leben.

»Wenn es sein muß«, sagte sie, das hatte was von einem Lächeln, obgleich sie eindeutig nicht lächelte.

Schon brachte der Wirt das Bier. Seine wulstigen Finger klebten wie übereinanderliegende Würste an den Gläsern. Und so dicke Oberschenkel hatte er, daß sie bei jedem Schritt aneinanderrieben und er seine Füße wie ein Seemann auf schwankendem Deck nach außen setzen mußte. Er fragte etwas auf tschechisch, und Matti antwortete auf deutsch, aber sicher, sie würden gern essen, da zählte ihnen der Wirt in singendem Deutsch drei oder vier Gerichte auf. Matti bestellte ohne lange zu überlegen Schweinebraten »mit Knedletschki«, und Karin Werth hob Zeige- und Mittelfinger wie eben er.

Sie warfen sich einen Blick zu, der dem unendlich dicken Wirt galt, einen verschwörerischen, schmunzelnden Blick, aber Matti hatte den Eindruck, der Wirt bemerke es, und hörte gleich wieder auf zu schmunzeln, und auch Karin Werth hörte auf und erklärte, so vieles wolle sie wissen, wie er in Berlin wohne zum Beispiel, annehmbar?

Er fände es annehmbar, ja. Allerdings berichtete er ihr nicht, durch wen er es so annehmbar fände, und sie fragte auch nicht danach, so wie er sie nicht fragte, ob es in ihrem Leben jemanden gäbe, sie saßen wie um eine Feuerstelle, die außen verkohlt war und innen noch glühte, das Äußere konnten sie locker mit den Füßen anstoßen, aber das Innere nicht.

Die Gerichte kamen, und Karin Werth sagte, »deine Knedletschki«. Während des Essens erzählte sie von ihrem Verlag und erkundigte sich nach seinem Kahnfahren, und Matti erinnerte sich daran, daß vor gar nicht langer Zeit schon Catherine ihn danach gefragt hatte, er dachte an seine Geschichte vom Schiffshebewerk, mit der er sie liebkost hatte, und wenn er auch nicht recht wußte, wie das alles hier mit Karin Werth enden würde, so entschied er doch schnell, vom Schiffshebewerk keinesfalls etwas zu erwähnen, denn dies zu tun, hieße ja, Catherine nachträglich die einmal geschenkten Worte zu stehlen, und so was tat man nun wirklich nicht.

»Was soll ich dir erzählen«, murmelte er, »ich hinterlasse mit dem Kahn ein Band gurgelnden Wassers, immer das gleiche, und immer ein anderes; ich lebe auf den Schleifen, die ich ziehe, das ist meine Arbeit.«

»Monotonie«, sagte Karin Werth, und Matti erwiderte, »nicht nur«, und erzählte ihr von Peter Schott und dem abgerichteten Kormoran, und sie lachte und sagte, was für eine zirzensische Nummer, apropos, ob seine kleine Schwester eigentlich noch beim Zirkus sei, und vor allem, ob sie sich ihre Ursprünglichkeit habe bewahren können in dieser zähen Zeit?

Auf einmal stand, ohne daß sie ihn gerufen hätten, der Wirt vor ihnen. In der Hand hielt er ein Tablett mit zwei gefüllten Schnapsgläsern. Zunächst schien ihnen, als stütze er seinen Arm auf seinen Bauch, aber das war doch nicht der Fall. In seinem Singsang sagte er: »Ich wünsche Ihnen, daß Sie schnell wieder zusammenkommen, Sie sind gut zueinander, trinken Sie, das ist Becherovka, der wird Ihnen wohltun.«

Sie starrten den Wirt an.

Entschuldigend sang er: »Ich höre, wie Sie sich unterhalten, ich kann meine Ohren nicht ... zuklappen hinter meinem Tresen.«

»Aber woher wissen Sie, daß wir einmal zusammen waren?« fragte Matti.

»Sie sind vertraut miteinander, daher, aber nun sind Sie eine Weile getrennt, denn die Dame ist schon in Westdeutschland, und Sie, Herr, warten darauf, ihr nachreisen zu dürfen. Sie haben einen Ausreißantrag gestellt, man kriegt einen Blick dafür, Prag ist voll mit ostdeutschen Paaren, wie Sie eins sind. Die meisten haben Angst, einander fremd zu werden, und überanstrengen sich, aber Sie nicht, darum sagte ich, Sie sind gut zueinander, sie machen es richtig. Also nehmen Sie schon, trinken Sie.«

Er hielt ihnen das Tablett vor die Nase. Sie griffen nach den Gläsern und hielten sie in seine Richtung, aber sie führten sie dann nicht zum Mund und warfen sich auch keine verschwörerischen Blicke zu wegen des nun abdrehenden Wirtes, sondern flackernde, fast gehetzte. Der herzensgute Mann hatte sie unter Zwang gesetzt, jetzt endlich ganz offen über sich zu reden.

Matti sagte, »was der sich nur denkt«, und Karin Werth fügte vorsichtig an, »ist vielleicht nur das, was wir uns nicht zu denken trauen«.

Wie sie das meine, fragte Matti, obwohl er ahnte, wie sie es meinte, den ganzen Nachmittag war sie doch schon auf ihn zugeschwommen, mehr sie zu ihm als er zu ihr, er war ja nicht blind, er hatte es bemerkt. War er, gerade weil er es bemerkt hatte, selber nicht immer zurückhaltender geworden?

»Ich meine, es könnte genausogut sein, daß er recht hätte«, sagte Karin Werth.

Die Freude verschloß Matti den Mund, und da er schwieg, blieb ihr nichts, als weiterzureden: »Ich meine, es ist vielleicht gar nicht aus der Luft gegriffen, daß wir beide ...«

Sie stockte, und Matti rief: »Was?« Er schrie es geradezu, er war so begierig und so dreist, sie zu zwingen, daß sie es ausspuckte.

Sie schüttelte verzweifelt den Kopf, und er fragte noch einmal, leise diesmal, drohend, »was, sags's mir«, da erklärte sie, hell und dumpf, demütig und trotzig in einem: »Herrgott, ich könnte mit dir leben – das meine ich.«

Eine Hitzewelle durchfuhr Matti. Die ganze Zeit über, da er mit Karin Werth zusammengewesen war, war ihm heiß gewesen, aber nie so heiß wie jetzt; doch gleich darauf sank die Temperatur, sank rapide hin zu einer kühlen Ausgeglichenheit, er war nicht glücklich, das gehört zu haben, er war einfach nur zufrieden.

»Du bist verrückt«, sagte er ohne Betonung, und sie begriff, daß er ihr nicht folgte, und sagte ebenso ohne Betonung: »Aber du bist nicht verrückt.«

»Nein.«

»Du würdest ja auch niemals ausreisen, das sagtest du ja.«

»Richtig.« Er fügte, als genüge das nicht, hinzu: »Das ist aber nicht der Punkt.«

Sie nickte mehrmals und entschuldigte sich dann plötzlich, ihn bedrängt zu haben. Er möge das alles vergessen, und er möge zahlen, sie wolle zurück ins Hotel.

Matti kippte endlich seinen Becherovka, und weil sie ihren nicht anrührte, fragte er sie, ob sie denn nicht wolle. Sie schob den Schnaps mit hochkant gehaltener Hand zu ihm hin, und er kippte auch den.

Wortlos gingen sie, Karin Werth mit verschränkten Armen, Matti mit in den Hosentaschen vergrabenen Händen. Er hatte einen bitteren Geschmack im Mund, nicht vom Bier, das war doch Staropramen gewesen, das beste Bier der Welt, die er kannte, und warum nicht auch der Welt, die er nicht kannte. Stockend brachte er hervor, er habe sie nicht kränken wollen.

»Du lügst«, erwiderte Karin Werth, »wir haben den Tag der Offenheit, und ausgerechnet du lügst.«

Sie schritt schneller aus mit ihren verschränkten Armen, sie ließ ihn kurzzeitig stehen wie schon am Morgen einmal, und er dachte, was ist das nur für ein Tag heute, ständig ändert sich die Lage und ändern sich die Gefühle, er hastete ihr hinterher, riß sie am Arm und rief voller Selbstanklage: »Ich lüge, ja, ich lüge, ganz richtig.«

Sie machte sich los und stieß hervor, »du bist bösartig«, sie waren jetzt kurz vor dem Hotel, in dem in einigen Zimmern schon Licht brannte, aber noch nicht in vielen.

Karin Werth steuerte auf den Eingang zu, Matti hingegen drängte sie ab: »Zum Fluß, los! Wenn ich schon bösartig bin, will ich, daß du noch nicht verschwindest, du läßt mich nicht stehen mit dem Satz, das tust du nicht!«

Bis sie an der Kaimauer waren, beruhigten sie sich, doch nur ein wenig, Karin Werth schlug mit ihrer kleinen flachen Hand auf die fast meterbreite Mauer, wodurch die Hand noch kleiner erschien, und rief zum Fluß hin: »Ich wollte es nicht wissen, ich habe es verdrängt, dabei steht alles da in deinem Buch geschrieben.«

Nun log er aber nicht, wenn er sagte, sie solle sich klar äußern, sie habe die verdammte Eigenschaft, sich immer nur verständlich zu äußern, wenn es um irgendwelche Texte gehe.

So, brauste sie gleich wieder auf, dann sei ihm wohl schon entfallen, was sie ihm eben in der Kneipe gestanden habe, was ganz Klares, was töricht Klares, oder nicht, oh, sie würde es auch gern vergessen, denn er sei genauso böswillig, wie er geschrieben habe, er verdiene das alles gar nicht, was sie ihm gegeben und gesagt habe.

Jetzt, da sie ihm ihre Zuwendung entzogen hatte, begann er gleich wieder, diese Zuwendung zu vermissen, er wußte gar nicht mehr, was unten und was oben war, er meinte, die unselige Vergangenheit stülpe sich ihm über, und stieß wie unter Atemnot hervor, »ich liebe dich«.

Nach einer kurzen Pause wiederholte er das, aber Karin Werth schüttelte den Kopf, völlig ruhig war sie auf einmal, sie sagte: »Laß das doch, du widersprichst dir. Du hättest dich um so mehr in mich verbissen, je weniger du mich geliebt hättest, das sind vor ein paar Stunden deine Worte gewesen. Wahre Worte! Und dann wolltest du mich büßen lassen für jenes lange Verbeißen, das war deine Bösartigkeit, gib es zu. Du wolltest alles umdrehen, du wolltest deinen Fuß auf das erlegte Tier setzen, nur darum ging es dir. Auch jetzt liebst du mich nicht. Du reagierst nur auf meine Zuckungen, eine ziemlich unangenehme Situation für uns beide, finde ich.«

»Du hast recht, aber nicht in allem. Es war keine Bösartigkeit von Anfang an. Ich bin in sie hineingetrieben. Auf einmal war ich drin in ihr, und es war sogar schön, ich hatte endlich Macht über dich.«

»Für Karandasch war es auch schön, Antonio Gewalt anzutun …«

»Das meintest du also, das war es, was du gelesen hattest und wovon du nichts wissen wolltest.«

»Eine unangenehme Wahrheit, ich mochte sie dir nicht zuordnen, obwohl doch klar war, jene plötzlichen Ausbrüche können nur von jemandem geschildert werden, der auch selber zu solchen Entladungen fähig ist. Du warst ein Engel in meinen halb blinden Augen ... aber wer ist schon ein Engel.«

»Ich habe dir gegenüber keine Gewalt ausgeübt!«

»Du hast mich nicht gestoppt, darin lag das Gewaltsame.«

»Und du? Wieso bist du überhaupt erst losgeschwommen zu mir? Ausgerechnet du mit deiner Klugheit und deiner Zurückhaltung! Du hast doch morgens gehört, daß ich dich nicht mehr liebe, und du hast es als wahr eingeschätzt. Und jetzt machst du mir Vorwürfe, nur weil sich meine Worte bestätigt haben.«

»Wie wir uns ertappen! Vielleicht wollte etwas von mir dich für immer? Es hat mich jedenfalls beleidigt, von deiner Nichtliebe zu hören, zumal als Nebenaspekt in einem anderen Zusammenhang, so beiläufig. Erst mochte ich mir das nicht eingestehen, aber da war ich schon dabei, dich auf die Probe zu stellen. Das war meine Boshaftigkeit. Denk nur, ich wollte dich zurückverliebt machen, aus Selbstsucht. Und du schienst mir auch bereit zu sein, du schienst bald nicht mehr recht zu wissen, also fuhr ich damit fort. Nicht du warst für mich von Interesse, sondern die Frage, wie weit ich dich würde locken können.«

»Und dann hast du dich nicht mehr stoppen können?«

»Das Tier hat sich sehenden Auges verwundet. Es war fasziniert davon, wie du dich geweidet hast an seinem Bemühen. Es wollte erfahren, ob du würdest hinnehmen können, daß es sich sogar tötet. Und du konntest. Es war dein heutiger Orgasmus, mir beim Sterben zuzusehen, und auch meiner. Meine Erregung war so echt, wie sie gespielt war.«

»Ich will damit nichts mehr zu tun haben. Wenn zwei sich nur Fallen stellen, dann sind sie hysterisch, wir sollten aufhören damit.«

»Dazu bist du imstande?«

»Ja, es ist vorbei, es ist nun gut, ich bin müde von dir, du bist mir egal, so sehr habe ich dich geliebt. Aber wenn ich dich frage?«

»Kriegst du die gleiche Antwort. Ich brauche dich nicht mehr, schön, noch einmal mit dir geschlafen zu haben.«

Und sie gingen hoch auf die Dachterrasse vom »Interconti« und nahmen noch einen Drink, Prags Lichter erloschen unter ihnen, erst in den Steinschachteln an den fernen Rändern, dann dort, wo sie beide gewesen waren.

*

Am nächsten Tag beendeten sie ihre Arbeit am *Verschlossenen Kind*, und am übernächsten, kurz vor ihrer Abreise, lenkte Karin Werth das Gespräch aufs Organisatorische; sie fragte erst einmal, ob Matti das Manuskript eigentlich einem Ostverlag angeboten habe.

»›Metropolen‹. Aber von dort kam eine Absage ohne jede Erklärung. Unmöglich, nicht? Wenn es ihnen nicht gefallen hat, sollten sie doch zumindest sagen, warum.«

Überraschenderweise sagte Karin Werth: »Das ist gar nicht mal raus, daß es ihnen nicht gefallen hat. Wenn sie dir nur kurz geschrieben haben, könnte es sogar bedeuten, sie sind einverstanden mit dem Text, ich betone: könnte.«

»Das verstehe ich nicht«, sagte Matti, »das klingt absurd.«

»Absurd, ja. Ich würde es auch nicht für möglich halten, wenn ich mittlerweile nicht so einiges von unseren Ost-Autoren erfahren hätte. Manchmal liegt ein Manuskript von denen Jahre in ihrem Hausverlag, von eingeführten und berühmten Leuten, wie gesagt, und hinter den Kulissen wird elendig gefeilscht, um Wörter und Bedeutungen. Manchmal will ihr Hausverlag das Buch auch gleich machen, sehr sogar, aber er steht in der Pflicht, ein Außengutachten einzuholen, so nennt sich das, Außengutachten, von irgendwelchen Genossen wird es erstellt, die eher mit politischem als mit literarischem Blick lesen, und wenn ihr Gutachten mies ausfällt, dann kommt das einem gesenkten Daumen gleich, dann erfordert es Demut, Fingerspitzengefühl und unendliche Geduld der Lektoren, das Buch doch noch durchzusetzen. Denk nur, selbst die Berühmtheiten erfahren nie, von wem sie da im Hintergrund gerade behindert werden, und warum sie behindert werden, alles spielt sich im verborgenen ab. Du aber, du bist noch dazu völlig unbekannt, du wirst natürlich erst recht nichts erfahren.«

Matti preßte seine Lippen aufeinander, und Karin Werth sagte, er solle sich nicht grämen, nun brächte ja ›Westenend‹ das *Kind* heraus – und weil das so sei, möge er ihr bitte ein Foto von sich auf seinem Kahn zukommen lassen, sie benötige es für den Klappentext.

»Ein Kahnfoto von mir auf dem Umschlag des *Verschlossenen Kindes*?« Er klang nicht eben freudig, wie er so nachfragte.

»Natürlich, oder spricht was dagegen?«

»Dagegen spricht, daß mein Kahnfahren überhaupt nichts mit meinem Text zu tun hat.«

»Aber genau das spricht dafür! Genau das wird uns helfen, dein Buch zu den Lesern zu bringen. Ein Kahnfahrer aus der DDR läßt sich von Dostojewski inspirieren und beschreibt allegorisch die Zustände in seinem Land, Matti, eine solche Kombination kann man gar nicht erfinden, was meinst du, wie sie uns in die Hände spielt.«

»Kahnfahrer, allegorisch ... das ist das reinste Aufbauschen und Übertreiben.«

»Das ist die Wahrheit. Daran ist nichts falsch.«

»Die ausgestellte Wahrheit ist es, ihr wollt sie mit einem Blinklicht versehen, damit jeder sie auch ja sieht.«

»Wenn wir es nicht täten, würde dein Buch ...«

»Dagegen«, unterbrach Matti sie, »spricht noch etwas anderes und viel Wichtigeres; du hast Pech, daß ich so in dich verliebt gewesen bin, dadurch habe ich mir jeden deiner Sätze gemerkt, hör zu: ›Meiner Meinung nach sollte man von einem Autor nur das Werk kennen, denn Persönliches, das man von ihm weiß, lenkt nur ab, führt in die Irre. Verändert schon den Text. Das Werk soll seine einzige Kennzeichnung sein. Nur dann kann man es vorurteilsfrei lesen.‹ Das hast du damals am See gesagt, erinnerst du dich? Du hast mich geprägt damit, du weißt vielleicht gar nicht, wie sehr. Wenn ich nun auch von dir weg bin, ein paar deiner Wahrheiten führe ich mit mir, oder ich werde von ihnen geführt, nicht mehr von dir, aber von deinen Hinterlassenschaften, was sagst du dazu, zu deinen eigenen Worten?«

Sie hatte aufgestöhnt während seiner letzten Sätze, auf eine weiche, nicht auf eine abwehrende Art, jetzt flüsterte sie: »Ich werde den Teufel tun und meine Hinterlassenschaften für falsch erklären, allein schon, weil ich mich dir einmal entziehen mußte. Ich werde dir nichts mehr entziehen. Auch inhaltlich gibt es keinen Grund dafür. Alles, was ich damals gesagt habe, bleibt gültig. Aber gültig bleibt es nur als Sehnsucht, nach dem Motto: So wäre es schön und gut. Aber es wird nicht schön und gut, Matti, ich bin klüger geworden, als ich damals war. Ich weiß, daß wir dein Buch nicht dem Markt aussetzen dürfen – ja, aussetzen nenne ich das, denn ich denke an ein kleines Schiff auf einem ziemlich wilden Meer –, ohne es, wie du selber sagst, mit einem Blinklicht zu versehen.«

Er überlegte, dann sagte er: »Vielleicht ist es ja gar kein Blinklicht, sondern bloß ein Etikett? Du hast recht, man muß aufhören zu schwärmen, man muß nachdenken, und wenn ich nachdenke, dann erkenne ich, daß du mich in eine bestimmte Richtung drängen willst, du hast zarte Hände, deshalb fällt es nicht gleich auf. Du erschwerst das vorurteilsfreie Lesen, das dir damals so wichtig war, du ordnest mich, übrigens die ganze Zeit schon, in eine Art Widerstandsliteratur ein. Das ist das Etikett. Warum pappst du es drauf? Entweder, du traust der literarischen Qualität des Buches doch nicht, oder du mißbrauchst es für einen höheren Zweck. Beides mißfiele mir, das zweite sogar mehr als das erste, denn es wäre genau das Vorgehen, dessen ich so überdrüssig bin. Bis obenhin steht es mir, daß alles Gedruckte einem höheren Zweck dienen soll.«

»Wie kannst du nur so reden! Mißbrauch! Nehmen wir mal an, ein bestimmter Zweck spiele tatsächlich eine Rolle, weil nichts auf der Welt ohne Zweck geschieht, nichts – denk nur an uns beide, wie wir hier getrieben waren von unseren unterschwelligen und verschiedenartigen Absichten –, dann gilt, dein Buch betreffend, aber doch eines: Was der Verlag will, das willst du genauso, oder nicht? Etwas soll aufhören, das ist deine Aussage, und die befördern wir. Nichts an deinem Text wird verbogen. Ich kann dich nur bitten, dich endlich damit vertraut zu machen, was darin steht. Folge der Klugheit deines Buches. Nimm die Rolle an, die dir aus dem erwächst, was du geschrieben hast.«

Er schwieg, und sie insistierte: »Wirst du das tun?«

Er schwieg weiterhin. So langsam vermutete sie, es sei der ihm jetzt mögliche Ausdruck für Zustimmung, sie sagte, »du bist der schwierigste Patient, der mir bislang unter die Finger gekommen ist, das kannst du vielleicht wissen«.

Obwohl er ihr nicht glaubte, und sich auch für gar nicht so schwierig hielt, erfreute er sie mit einem Nicken, jedenfalls war sie der felsenfesten Überzeugung, eines entdeckt zu haben.

Der erhobene Arm

Während man im Westen letzte Vorbereitungen zum Druck seines Buches traf, wurde Matti vom eingefleischten Unioner Peter Schott mehr oder minder sanft gezwungen, ihn endlich ins Stadion zu begleiten.

Schon ein halbes dutzendmal war er ja von Peter eingeladen, um nicht zu sagen aufgefordert worden, und jedesmal hatte er sich mit den Worten entzogen, Fußball interessiere ihn nicht; diese kurzen und für beide unerquicklichen Gespräche hatten sich so lange wiederholt, bis ihm von seinem Kompagnon die Pistole auf die Brust gesetzt worden war. »Watt is einklich Freundschaft?« wollte Peter Schott nämlich recht unvermittelt wissen, und ehe Matti dazu etwas Schlaues einfiel, gab er selber die Antwort: »Freundschaft is, wenn sich ein Freund wenigstens ma ankuckt, watt dem andern Freund ditt Wichtigste uffder Welt is. Kann man übrijens ooch umjedreht formuliern: Wenn sich ein Freund ständig weigert, sich ditt Wichtigste von dem andern anzukucken, dann issett vielleicht jakeene Freundschaft, oder watt meenste?« Und er schaute dazu auf recht existentielle Art drein.

Sie trafen sich am Bahnhof Köpenick. Peter trug, wie noch viele andere, die aus den Zügen drängten, Parka und Bergsteigerschuhe. Er schlug Matti so auf den Oberarm, daß eine gewisse Aktionsbereitschaft deutlich wurde. Auch schien er breitbeiniger zu gehen als gewöhnlich. Sein Schritt erinnerte Matti an den des Prager Wirtes, nur daß Peter nach wie vor nicht dick war, sondern sehnig und robust. Während er mit Matti in Richtung Stadion stapfte, entnahm er seinen Parkataschen zwei Pils, und nachdem er, keine hundert Meter weiter, seine Flasche leer getrunken hatte, ließ er sie auf achtlose und nichtsdestotrotz freudvolle Weise fallen und verpaßte ihr einen kräftigen Tritt. Da mancher andere vor und hinter ihnen genauso verfuhr, lag ein wirres Röhren, Scheppern und Splittern über dem Asphalt.

Peter holte noch eine Flasche aus den Tiefen seines Parka und informierte in knappen Worten, es stünde heute »ein eminent wichtijes«

Heimspiel an, es gehe gegen den Abstieg, letzteres füge er aber wirklich nur für Matti hinzu: »Ditt is wien weißer Schimmel einklich, weeßte. Ett jeht hier prinzipiell immer jegen den Abstieg – außer wir sind grade abjestiegen.«

Matti bemühte sich, im Gehen endlich auch seine Flasche auszutrinken, das war er nicht gewohnt allerdings, er verschluckte sich, mußte stehenbleiben und husten. Jemand überholte ihn und klopfte ihm dabei generös auf den Rücken: »Is ja jut Mädel, is ja jut.« Matti griente verlegen zu Peter Schott hin, aber der reagierte nicht, der stapfte einfach weiter, so gelangten sie ins Stadion.

Und das Spiel begann, und die ersten Sprechchöre ertönten, oder umgedreht, jedenfalls waren das Rufe, die Matti schon vom »Interhotel« kannte, wo Peter sie losgelassen hatte. Aber nur ein einsamer Schreihals war sein Kumpel dort gewesen, und hier war er einer von Tausenden, die »Ju-nei-tett« brüllten, er verschwand in dieser Masse und wurde größer in ihr, und wogender, und peitschender, Matti spürte die gewaltigen Hiebe, die Peter und alle aufs Spielfeld knallten, sie zuckten links von ihm und rechts von ihm los, und sein eigener Körper, ob er wollte oder nicht, begann, ihnen nachzuzucken.

Plötzlich fiel ein kleiner tropfenförmiger Teil der Menge auf die Barriere zu, die den Rasen von den Rängen trennte. Uniformierte zogen auf, und Matti vernahm einige Rufe, die von der Fußballmannschaft, die hier spielte, doch ein gutes Stück wegführten.

»Eins, zwei, drei, pfui die Polizei«, lautete der erste.

Der zweite wiederholte diese einfachste aller Zahlenfolgen, nicht ohne gewisse Fremdsprachenkenntnisse zu offenbaren: »Ras, dwa, tri, Russkis wern wir nie!«

Der dritte ließ erhebliches Mißfallen an einer menschheitsgeschichtlich noch jungen Gesteinsformation erkennen, in der sowohl die Abdrücke der Russen als auch die der Polizei steckten: »Die Mauer muß weg, die Mauer muß weg!«

Matti, der mit dieser Meinung durchaus konform ging, konnte sich nur wundern, wie direkt und vielstimmig sie hier geäußert wurde. Er knuffte Peter Schott in die Seite, schob die Unterlippe vor und nickte anerkennend, Sprechen nützte ja nichts, es war viel zu laut um sie beide herum.

Peter Schott signalisierte mit einem gebrüllten »watt denn«, sich gestört zu fühlen, dabei wandte er den Blick nicht vom Spielfeld, er hatte wohl ganz vergessen, daß er es gewesen war, der Matti hierher geschleppt hatte, er kam seiner Betreuungspflicht, die doch auch zu einer Freundschaft gehört, gerade gar nicht richtig nach.

Da schaute Matti auch auf das Spielfeld. Die Roten, die vom Publikum Angefeuerten, die Unioner hatten einen Freistoß. Ein paar Meter hinter dem liegenden Ball standen Arm an Arm fünf oder sechs Blaue, um ihn abzuwehren. Der Schiedsrichter schob sie noch ein wenig weiter nach hinten. Dann lief ein bulliger Unioner an und drosch die Kugel direkt in die Mauer, die menschliche. Es war wohl nicht ganz das, was man sich vorgestellt hatte auf den Traversen, ein Grummeln ertönte, so laut und dumpf, als käm's aus den Bäuchen einer Elefantenherde, aber dann besannen sich die ersten ihrer wahren Bestimmung und kehrten trotzig zu ihrer ursprünglichen Losung zurück, und bald fielen alle ein: »Eisanunion, Eisanunion …«

Es kam noch mehrmals zu Freistößen für die Roten, es wurde noch mehrmals mit Worten die Mauer attackiert. Sie blieb aber jedesmal stehen, und es überwand sie auch niemand, immer wurde der Ball hineingesemmelt, oder er ging weit vorbei an ihr und dem Tor. Darüber wunderte sich Matti mit der Zeit, und so fragte er in der Pause Peter Schott: »Warum lassen die sich eigentlich nicht ein bißchen mehr einfallen, wenn es Freistoß gibt? Warum versuchen die nicht mal zu kombinieren?«

Peter Schott reagierte mit einem schallenden Lachen: »Zu kombinieren? Wie denkste dir denn ditt? Sowatt kann wirklich nur vonnem komplett Ahnungslosen kommen! Wir reden von Freistößen, frei und Stoß, wie der Name schon sagt, zackzack, da wird höchstens ma kurz abjelegt, und dann wird druffjehämmert, wegen der Neunfuffzehn, neun Meter fuffzehn muß der Gegner entfernt sein – watter ja sonz selten is. Dazu kriegt man ja son Freistoß. Daß der Gegner nich gleich rankann an ditt ›runde Leder‹, wieett bei unsern Radioreportern immer so schön heißt.«

Damit schien er aber Matti nicht überzeugt zu haben. »Wenn man neun Meter fünfzehn Vorsprung hat, dann könnte man auf denen doch erst recht kombinieren, oder nicht?«

»Vorsprung jibts beim Hundertmeterloof – wir spieln hier aber Fußball, fallsitt dir noch nich uffjejang is.«

»Is mir uffjejang«, repetierte Matti, und Peter Schott, dem nicht verborgen geblieben und durchaus auch nicht einerlei war, daß die umstehenden Unioner sich vor Lachen kaum noch einkriegen konnten, dachte schon erleichtert, sein Freund würde nun endlich Ruhe geben, aber gefehlt, nach einer kurzen Pause erklärte Matti um so bestimmter: »Man könnte sich doch vorher, also wenn alle um den Ball herumstehen, da könnte man sich doch tatsächlich was ausdenken. So wie man sich beim Schach was ausdenkt. Mehrere Züge! Man setzt mehrere Spieler zugleich in Bewegung, und die geben sich nach einem bestimmten Plan den Ball ab. Könnte das nicht funktionieren? Die gegnerischen Spieler stehen doch noch in ihrer Mauer! Ehe die sich's versehen haben, kriegen sie den Ball rein. Weil am Ende der Kombination jemand ganz frei vor dem Tor ist. Die Dame, die zwar alle ihre Bauern verschlissen hat, aber nun den König schlagen kann.«

»So«, sagte Peter Schott, »wo deine Dame so schön rumturnt, uffm Schachbrett, da jibts wie viele Felder, viernsechzig?«

»Vierundsechzig.«

»Und uffden viernsechzig Feldern darf jeweils nur eine Fijur stehen, ooch richtig? Und ett jibtn Haufen Regeln für alle, die eene Fijur darf ditt nich, die andere ditt nich. Keene is richtig frei, nichma die Dame, der issett nämlich verwehrt zu springen. Dazu hattse ihrn Gaul, derse aber wiederum nich tragen darf. Allett in allem sind also die Bewejungsmöglichkeiten der einzelnen Individuen stark einjeschränkt!«

Peter Schott hatte das triumphierend verkündet und nicht noch extra eine Schlußfolgerung gezogen, zweifelsohne im Glauben, Matti sei selber dazu imstande.

Matti aber fragte: »Und was willst du mir mit diesen Selbstverständlichkeiten sagen?«

Jetzt hielt es Peter Schott für angeraten, sich doch erstmal den Umstehenden zu erklären: »Übrijens – mein Freund Matti. Außerdem isser mein Chef, aber ditt is wurscht. Wattick sagen will: Einklich hattern absolut scharfen Verstand, kannick beschwörn. Der schreibt soja richtije Bücher. Insofern trügt der Eindruck, dener grade macht.«

Damit wandte er sich wieder an Matti: »Wir hamm hier ein großet Feld, uffdem jeder überall hindarf. Ditt is eben keen Schach, wode die Züge bis weeßickwohin plankannst. Ditt jeht hier wirklich nich, wiede dir ditt so vorstellst. Die Männer, die in der Mauer stehn, die springdo sofort nach vorne und zur Seite, die grätschen da rin, die köppen, wattitt Zeug hält, die wissen selber nich, wattse in der nächsten Sekunde veranstalten wern. Die jagen nach dem Ball wie Füchse nach dem Wild, jenau, allett janz wild, allett unberechenbar.« Er schaute kurz zu den Umstehenden und schloß mit den Worten: »Ick hoffe, dir damit ditt Problem, watt einklich jakeens is, von dir aber uffjeworfen wurde, verständlich jemacht zu haben.«

Der Dialog war nun tatsächlich beendet, und außerdem begann die zweite Halbzeit.

Blau schoß bald ein Tor, aber kurz vor dem Ende gelang Rot noch der Ausgleich, und Peter Schott und noch mancher andere fiel Matti jäh um den Hals, unnatürlich geweitete Augen streiften seine Wange, wild aufgerissene Münder seine Nase, eklig war das eigentlich, aber auch schön, wie er so vollgesabbert wurde, denn wann bekleckerten einen wildfremde Menschen schonmal mit purem Glück? Er hielt lächelnd still, er ließ sich überziehen damit.

Und dann war dieser irre Schub vorbei und das Spiel auch, und sie gingen zurück in Richtung Bahnhof, wobei Peter Schott nicht versäumte, bei einem fliegenden Händler noch zwei Pils zu erwerben. Wie auf dem Hinweg leerte er seine Flasche im Nu, seine Kehle mußte die Aufnahmekapazität eines Fallrohres haben. Der einzige Unterschied zu vorhin bestand darin, daß er die Flasche munter auf dem Asphalt zerbersten ließ. Da viele andere es ebenso hielten, knirschte es bald bei jedem Schritt, den Peter und Matti taten. Manchmal mußten sie sich auch ducken, weil jemand beim Werfen die Orientierung verloren hatte, indes, selbst dieses Ausweichen schien Peter einen Heidenspaß zu machen.

Matti nahm an, sein Freund werde sich am Bahnhof von ihm verabschieden, schließlich wohnte der hier um die Ecke, »kurze Wege zu Union« lautete ein, wenn nicht der oberste Grundsatz seiner Lebensführung.

Aber Peter Schott stieg mit ihm wie selbstverständlich die Treppen hoch. Er schien sich sogar eins zu pfeifen. Matti fragte ihn, was das zu bedeuten habe.

»Nüscht, ick bring dich noch bis Ostkreuz.« Er klang einerseits fürsorglich, andererseits erwartungsfroh.

»Aber das brauchst du nicht.« Matti war etwas beleidigt. Hatte er denn irgendwelche Angst erkennen lassen, daß Peter Schott nun meinte, ihm Geleitschutz geben zu müssen?

»Bezieh ditt manich uffdich, ick fahr nach Spielen einfach jerne S-Bahn, weeßte.«

»Komisches Vergnügen«, sagte Matti, da waren sie schon oben angelangt, eine Bahn fuhr ein, und Peter Schott zog ihn, inmitten der sogleich drängelnden Massen, mit hartem Griff hinter sich her: »Los, rin da, keene falsche Bescheidenheit, ditt is unsrer!«

Es dauerte eine halbe Ewigkeit, bis der Zug abfuhr, ständig drängte noch jemand nach, die Türen ließen sich partout nicht schließen. Drinnen klebte Matti mit Peter Schott und anderen Gestalten zusammen, als hätte jemand sie alle mit Duosan Rapid übergossen, keine Bewegung mehr möglich.

Keine? Kaum war der Zug angefahren, begannen ein paar Männer zu stampfen, und dann noch ein paar, und dann alle, ein Rhythmus wurde geboren, aus dem Stampfen wurde ein Hüpfen, immer abwechselnd erst auf der einen Längsseite des Waggons und dann auf der anderen, hopp, und hopp, und hopp, der schaukelte schon bedrohlich, der Waggon, ein bißchen schräger noch, und er würde kippen, auch Matti neigte sich in der Menge mal hierhin und mal dahin, was blieb ihm anderes übrig, er wurde gebogen wie eine Gerte.

Peter Schott schwitzte, strahlte und hüpfte, o ja, liebend gern fuhr er S-Bahn an Tagen wie diesen.

Während der Einfahrt in den Bahnhof Wuhlheide ebbte das Schaukeln jedoch schnell ab, und der Zug hielt, als wäre drinnen nie was los gewesen; schon wieder eine Wendung, die Matti nicht recht verstand.

Drei kurzhaarige Männer mit breiten Schultern drängten sich in den Waggon, durch jede Tür einer, da begriff er langsam was. »Arschlöcher«, zischte Peter Schott, seine Lippen waren das einzige, was er jetzt noch bewegte. Nie zuvor hatte Matti eine solche Ungeduld, und auch eine solche Feindseligkeit, in seinen Augen gesehen. Als aber einer der Eindringlinge prüfend in seine Richtung schaute, tat Peter schnell ganz unbefangen. Überhaupt grienten die Unioner sich jetzt Mut zu. War es eben noch mucksmäuschenstill gewesen, setzten nun erste Gespräche ein, Gespräche, wie sie in Strickzirkeln der Volkssolidarität hätten geführt werden können.

An der nächsten Station, Karlshorst, stiegen die Kerle wieder aus, es hatte ja nicht direkt was zu tun gegeben für sie; und außerdem kamen noch weitere und vielleicht erst richtig wilde Züge nach.

Die Türen schlossen sich, und Peter Schott und die anderen stimmten ein Lied an, in dem der Zusammenhang zwischen Fußball und Tierhaltung thematisiert wurde: »Lieber ein Verlierer sein als ein dummes Stasischwein.«

Bald schmetterten sie es inbrünstig, dazu hüpften sie beschwingter denn je. Sie hielten ihre Arme nun auch nicht mehr am Körper, sondern stemmten sie gegen Fenster und Türen des im Schrittempo sich vorwärtsbewegenden Waggons. Und endlich war es soweit: Der Waggon sprang aus den Gleisen. Er schleifte noch kurz durchs Kiesbett und kam dann zum Stehen. Triumphales Gejohle setzte ein, und erneutes, jetzt geradezu ekstatisches Hüpfen. Dieses Ding hier, das man gekapert hatte, ließ es sich vielleicht sogar umkippen? Erste Hauruck-Rufe ertönten. Plötzlich glitt etwas, oder einer, über Mattis Kopf, ein schmächtiges, von der Hochstimmung besonders angestacheltes Bürschchen war das. Es bewegte sich behende wie ein Affe über die Menge und quiekte auch dazu. Und siehe, am Hintern ließ es einen ellenlangen Schwanz blicken, wie eine Liane schwang der durch die Luft. Als jemand daran riß, jaulte das Bürschchen lustvoll auf und sprang mit einem Satz bis an die Decke. Oben ergriff es eine Haltestange. Es schlang sich um sie, aber nur kurz, denn schon drückte es sich wieder ab und flog zur nächsten Stange, wo es sich mit der flachen Hand ein paarmal über die glühende Wange wischte.

War es, daß man diesem Wesen zuviel Aufmerksamkeit gewidmet und dadurch an Rhythmus und Kraft eingebüßt hatte, oder war es, daß die Räder sich längst in den Kies gegraben hatten – der Waggon schwang mittlerweile kaum noch. Eindeutig, er widerstand. Aber nicht nur deshalb wurden nun rasch die Türen geöffnet, nicht nur deshalb drängten mit einemmal alle ins Freie. Man hatte schließlich nicht ewig Zeit! Man war, mitten auf den Gleisen zwischen Karlshorst und Rummelsburg, in einer strategisch nicht besonders günstigen Lage. Man sollte jetzt langsam verschwinden, bevor noch irgendwelche Kurzhaarigen und Breitschultrigen herbeieilten, um einem unter die Arme zu greifen. Nahezu sekündlich wuchs das Verlangen nach Zerstreuung.

Peter Schott drückte es, mit Resten von Gleichmut, Matti gegenüber so aus: »Reicht jetz ooch, wa? Laß uns abhaun.«

Und sie rannten los.

*

Als Matti dann sein Buch erstmals in den Händen hielt, war ihm, als habe er es gar nicht geschrieben. Auf dem Umschlag war eine dunkle, wie brandverkohlte Ziegelsteinmauer abgebildet. Matti hatte natürlich von dem Motiv gewußt und es auch gutgeheißen, doch jetzt, da er es sah, lehnte er es ab. Es? Nicht das spezielle Foto schien ihm falsch, sondern, daß da überhaupt ein Foto war. Es verengte einem ja den Blick! Es brannte sich ja schon in den Tiefen des Gehirns ein, bevor der Text anfangen konnte zu wirken. Und war es nicht auch unelegant, so ein Bild? Mit einemmal erinnerte sich Matti, wie er als Kind auf der Wiese an der Schorba gelegen und gelesen hatte, leinenummantelte Bücher meistens, auf denen nur der Name des Autors und der Titel gestanden hatten. Manchmal war auch noch eine Zeichnung darauf gewesen. Damals hatte er sich schlicht und einfach an diesen Zeichnungen erfreut, nun aber begriff er plötzlich, daß in ihnen etwas Spielerisches und Offenes lag, etwas, das sich jeder Festlegung entzog, allein durch den Pinselstrich, der ja auch der Imagination entsprang, der Umwandlung und Verfremdung von Realität; ja, sagte sich Matti, Fotos sollen auf Sachbücher kommen, da sind sie recht, aber nicht auf Romane, da sind sie billig.

Wegen des Fotos fühlte sich sein eigenes Buch fremd an? So hatte er gedacht, aber das erwies sich als Irrtum. Er schlug das *Verschlossene Kind* auf, und es wurde ihm noch fremder. Wohin er auch blätterte, wo er auch innehielt – alles erschien ihm beim Lesen gewöhnlich und lasch. Darüber erschrak er. Daß es ihn selber nicht im Ansatz erfreute und nicht im mindesten erregte. Während des Schreibens hatte es ihn doch sogar beglückt! Genauer, immer kurz nach dem Schreiben war er glücklich gewesen, und auch zutiefst erstaunt, darüber, daß es offenkundig möglich war, Gedanken zu empfangen, indem man sie niederschrieb. Catherine gegenüber hatte er es so zu erklären versucht: »Eine leise Orgie ist das, die du veranstaltest, während du formulierst. Aber so lange, wie du das tust, wütet sie nur im Hintergrund, ein fernes Rauschen, das dich antreibt. Du mußt es immer weiter von dir fernhalten, damit es immer weiter in dir wirken kann. Erst wenn du aufhörst zu formulieren, darfst du dich der Orgie überlassen, erst dann begreifst du, daß es überhaupt eine gewesen ist. Sie bricht voll aus, indem sie schon wieder verschwindet, verstehst du?«

»Ein Verschwinden im Ausbrechen«, hatte Catherine gesagt, »das erinnert mich ja an bestimmte Momente im Bett.« Feiner Spott war vernehmbar gewesen, als ob sie hatte sagen wollen: Vielleicht übertreibst du jetzt ein bißchen, mein Lieber.

Matti aber hatte mit größtem Ernst geantwortet: »Es ist gar nicht so weit entfernt davon, da hast du recht. Es fehlt natürlich das Eruptive, deshalb gibt es nicht den einen Gipfel des Glücks, aber sonst … ach, na, ich merke schon, es ist nicht richtig vermittelbar …«

Indem er sich an jene kurze Unterhaltung erinnerte, wurde Matti etwas bewußt: Er hatte von der Minute, in der er das Buch in die Hände kriegte, eindeutig zuviel erwartet. Nur noch ein Ding war es doch mittlerweile, nicht für andere, die es sich in der nächsten Zeit zu Gemüte führen und dies oder das dabei empfinden würden, aber für ihn, der vor Monaten schon alles empfunden hatte, alles Wichtige.

Ein paar Wochen blieb es auch um ihn herum ruhig. Es war, als sei das *Verschlossene Kind* gar nicht erschienen; das fand er einerseits seltsam und enttäuschend, aber andererseits paßte es zu seiner eigenen Gefühlslage, und deshalb bedrückte es ihn auch nicht sonderlich.

Dann, es war an einem Donnerstag Ende April, und er bummelte durch seine freien Tage, erhielt er ein Telegramm, das ihn alarmierte, weil es zielgerichtet und nebulös zugleich verfaßt war. Es stammte von Spahner, dem Direktor der Stromreederei. Matti wurde darin aufgefordert, sich am Montag, 7 Uhr, in der Zentrale einzufinden, um, wie es wörtlich hieß, über sein »nicht hinnehmbares Verhalten Rechenschaft abzulegen«.

Gemeinsam mit Catherine rätselte er, was Spahner damit meinen könnte.

Catherine vermutete, der Direktor werde ihn aufgrund des Kahnfahrer-Bildes im Klappentext bezichtigen, das Ansehen des VEB Stromreederei beschmutzt zu haben.

Matti dachte aber unwillkürlich an etwas anderes, daran, daß Karin Werth ihn vor ihrem Abschied noch gewarnt hatte, man könne ihn, da er sein Honorar ja in D-Mark kriege, wegen Verstoßes gegen die Devisengesetze belangen, oft genug sei so etwas in der Vergangenheit geschehen. Wenn es sich also in seinem Fall wiederhole, müsse auch er zur Not eine Strafe zahlen, doch glaube sie ehrlich gesagt nicht, daß es jetzt noch so weit komme. Nach ihren Informationen sei ja nicht einmal der Anwalt dazu verdonnert worden, der in seinem viel brisanteren und erst richtig gefährlichen Buch den Staat präzise seziert habe. Früher, so Karin Werth weiter, wäre dieser Verfasser straks nach Bautzen verschickt worden, aber man befände sich nunmal nicht mehr in den 60er Jahren und auch nicht mehr in der Mitte der 80er, kurzum, Matti, der sich so weit nun wahrlich nicht aus dem Fenster gelehnt habe, möge die Ruhe bewahren.

Er erzählte Catherine davon, da nickte sie und wiederholte noch einmal ihre Theorie und sagte: »Du schaffst das schon. Was kann er dir schon anhängen wegen des Porträts.«

»Vielleicht will er mir was anhängen, weil das Buch überhaupt im Westen erschienen ist? Das wäre das Beste für mich, das wäre ein gefundenes Fressen! Ich weiß schon, was ich sagen würde: Kollege Spahner, würde ich sagen, gut, daß Sie das ansprechen. Ich finde wie Sie, es ist falsch dort im Westen, beziehungsweise es ist dort nicht so richtig, wie es hier wäre. Ich kenne die Leute da nicht, und ich kenne nicht die Städte. Aber da liegt es nun, in irgendwelchen Städten, die ich nicht kenne und in die ich auch nicht komme, glauben Sie mir, das ist ein seltsames Gefühl. Aber hier bei uns, so ist es nun mal, wollte man das Büchlein nicht. Leider. Im Grunde ist es doch so: Sie haben einen voll beladenen Kahn, der wird an einem Hafen abgewiesen, versenken Sie deshalb Ihre Fracht? Sie fahren zum nächsten Hafen, das tun Sie, nicht?«

Catherine wandte ein: »Wenn ich mich in diesen Spahner hineinzuversetzen versuche, dann wird er aber argumentieren, unser sozialistischer Hafen habe deine Fracht gar nicht bestellt, und überhaupt handle es sich bei der nicht um irgendwelche Kohlen oder Rüben, sondern um eine ideologische Pampe, die abzulehnen sei, vollkommen korrekt habe sich die Gesellschaft dir gegenüber verhalten, aber du, du hast die Gesellschaft hintergangen.«

»Ideologische Pampe!«

»Ich versuche nur, mich in ihn hineinzuversetzen und dich ein bißchen vorzubereiten …«

Es klingelte, und Catherine ging öffnen.

Peter Schott war das, wie schön, sie mochte ihn, und er mochte sie noch viel mehr, er pflegte sie zur Begrüßung lange zu umarmen, und da er Matti einmal offenherzig erklärt hatte, er täte sie »Tach und Nacht anbaggern, wennich eine äußerst unglückliche personelle Konzellation« ihm das verbieten würde, durfte er das auch.

Jetzt strich er ihr aber nur kurz über den Arm: »Is Matti da?« Und schon steckte er seinen Kopf ins Wohnzimmer.

»Wie ick deim Jesicht entnehme, brütest du ooch wegen Montach«, rief er, kaum daß er Matti erblickt hatte.

»Wieso auch? Woher weißt du denn, daß ich am Montag …«

»Du bist herrlich! Warum solltick ditt nich wissen? Hier, ditt habick grade bekomm.« Er reichte Matti ein Blatt Papier, und Matti las, daß alle Schiffer, die am Montag frei haben, und auch alle, die sich mit ihren Kähnen im Berliner S-Bahn-Bereich befinden würden, zu einer Versammlung erscheinen sollten, bei der es, nur diese Worte wiederholten sich, »um das nicht hinnehmbare Verhalten« des Kollegen Werchow ginge.

»Hast du das gehört?« fragte Matti Catherine. »Spahner will eine öffentliche Versammlung! Ein Tribunal will er!«

Catherine schüttelte sachte den Kopf. »Das glaube ich nicht … ich meine, ich glaube nicht, daß Spahner es will. Ohne ihn zu kennen: Denkt ihr, der kommt von allein auf so was? Denkt ihr, der ist von sich aus auf dieses Buch gestoßen, das es hier gar nicht gibt? Eher ist er doch darauf gestoßen worden, oder? Der handelt im Auftrag, das ist jedenfalls meine Meinung.«

»In wessen Auftrag?« fragte Matti.

»Wenn ich das wüßte. Es ist ja auch nur eine Vermutung.«

»Egal, an unseren Argumenten von vorhin ändert das auch nichts«, sagte Matti.

Peter Schott fragte, welche Argumente dies seien, aber Matti erwiderte, das wolle er jetzt nicht im einzelnen ausführen, das werde zu kompliziert, Peter werde am Montag schon sehen und hören.

»Und wie sollick dir helfen, wennick nich weeß, watt deine Strategie und Taktik is?« fragte Peter Schott. »Watt denkste überhaupt, wozu ick hier anjerückt bin?«

»Das ist schön, daß du da bist«, beeilte Matti sich zu versichern, »gerade jetzt, wo's brenzlig zu werden scheint.«

»Du hast mich nich janz verstanden, ick präzisiere und erweitere also: Wie sollick dir helfen, wennick noch nichma ditt jemeine Machwerk kenne, um welchett es sich bei der besagten Veranstaltung drehen wird? Da kiekste! Da kiekt mein Freund Matti«, wiederholte er, an Catherine gewandt. »Wir hatten nämlich neulich ne Diskussion über Freundschaft. Und danach«, er wandte sich wieder Matti zu, »hattick einklich jegloobt, ick kriege numa endlich dein Buch zu lesen. Aber nüscht. Hat der Herr Schriftsteller bis heute nich für nötig befunden.«

Mattis Gesicht nahm die Farbe der Trikots des Fußballclubs Union an. »Ich dachte, es interessiert dich nicht. Du hast nie gefragt, und ich wollte dich nicht damit nerven.«

»Hättste ma. Nur wennde mich nervst, binnick dir wichtig.«

»Aber du bist mir wichtig!« rief Matti.

Das war die Wahrheit und nichts als die Wahrheit – jetzt. Aber bis eben, das mußte er sich schon eingestehen, hatte er Peter Schott nicht richtig zu schätzen gewußt, jawohl, Peter hatte sich schon sehr weit entblättern müssen, damit Matti ihn endlich so ernst zu nehmen begann, wie er es verdiente.

Matti stürzte aus dem Zimmer, kam mit einem Exemplar des *Verschlossenen Kindes* zurück. »Da«, sagte er betreten.

»Dann werdick mir ditt ma rinziehn«, murmelte Peter Schott. Er schien nun seinerseits verlegen, er wischte mit der flachen Hand über das Buch, als sei es staubig, und Catherine fiel ihm schamlos um den Hals.

Wenig später verabschiedeten sich die Männer mit eigentlich ganz lapidaren Worten. »Bis Montach!« – »Bis Montag!«

*

Der Versammlungssaal der Stromreederei in Stralau war von fahlem künstlichem Licht erfüllt. Eine der länglichen Leuchten flackerte und gab dabei knisternde Geräusche von sich, dazu brummte die unterhalb der Fenster befindliche, Staub aufwirbelnde Klimaanlage.

In dem Saal saßen, um kahle Tische gruppiert, schätzungsweise 50 Männer. Natürlich hatte sich unter ihnen längst herumgesprochen, daß es Matti wegen irgendeines Buches an den Kragen gehen sollte. Einige waren eben schon auf ihn zugegangen und hatten ihm erklärt, was auch immer Spahner für Geschütze auffahren werde, er solle sich wehren, er habe bestimmt nichts Unrechtes getan. Anderen hingegen war es wichtig gewesen, ihm im Vorbeigehen zuzuzischen, da habe er ihnen ja schön was eingebrockt, nur wegen ihm müßten sie in aller Herrgottsfrühe hier antanzen. Die meisten hatten sich aber stumm auf die Stühle plumpsen lassen.

Spahner, ein kleiner Mann mit Halbglatze, die er noch hervorhob, indem er seine verbliebenen Haare nach hinten kämmte, wo sie eine Art Wall bildeten, saß, flankiert von seinem Stellvertreter Bröslein, hinter einem mit rotem Tuch bespannten Tisch an der Stirnseite des Saales. Matti hatte er angewiesen, schräg vor ihm an einem einzelnen Tisch Platz zu nehmen. Wie bei Gericht, dachte Matti: vorne der Richter, hinten die Zuschauer, und dazwischen er, der Angeklagte.

Spahner begrüßte die Anwesenden und sprach von einem »in der Geschichte des Betriebes singulären Ereignis«, welches die heutige Zusammenkunft nötig gemacht habe. »Worum handelt es sich?« fragte er scharf in den Raum. »Es handelt sich darum, daß der Kollege Matti Werchow auffällig geworden ist durch demonstratives Zeigen des faschistischen Grußes.«

Nur das Knistern der Leuchte und das Brummen der Klimaanlage waren jetzt noch zu hören.

»Des Hitlergrußes?« fragte jemand atemlos.

»Faschistischer Gruß heißt es offiziell«, beschied ihm Spahner.

Matti spürte, wie sich alle Blicke auf ihn richteten, ihm war siedend heiß. Wahrhaft gelassen hatte er den Saal betreten, er war bereit – hatte er gedacht. Der eben gehörte Anwurf aber war so gespenstisch, daß er nicht ein noch aus wußte.

»Zu den Details«, setzte Spahner fort, wobei er nach einem Blatt Papier griff, das vor ihm gelegen hatte. »Der faschistische Gruß wurde vom Kollegen Werchow am 3. Juli 1987 gegen 14 Uhr in der Nähe des Betriebsgeländes ausgeführt. Er begegnete damit dem Kollegen Sylvio Lingsohr, der«, Spahner legte das Blatt wieder ab, »hier und heute folglich als Zeuge fungiert – Sylvio, bitte!«

Lingsohr stand auf, blickte sich bedeutungsvoll um und erklärte: »Ich bestätige den vom Kollegen Direktor Spahner erwähnten Vorgang. Dieser trug sich zu, als der Kollege Werchow mit seinem Schiff, der ›Barby‹, am hiesigen Kai festmachte, um den für die Fahrt durch

Westberlin üblichen Wechsel der Besatzungen zu ermöglichen.« Er nahm wieder Platz.

Matti überlegte fieberhaft: Dutzende Male hatte Lingsohr ihn im Laufe der Jahre an diesem Kai abgelöst, und natürlich war er von ihm niemals mit »Heil Hitler« begrüßt worden, wie kam Lingsohr ausgerechnet auf den 3. Juli '87, was war denn da geschehen, daß dieser falsche Hund jetzt dieses Datum nannte?

Schon forderte Spahner: »Obwohl der bewußte Gruß Erklärung genug ist – ich, und da stehe ich wohl nicht allein, hätte gern eine Erklärung von Ihnen, Kollege Werchow.«

Matti erhob sich wie mechanisch, er schwankte, es sah aus, als sei ihm schwarz vor Augen, er hielt sich krampfhaft am Tisch fest und brachte endlich hervor: »Ich habe keine Erklärung. Ich erinnere mich doch jetzt nicht mehr, was damals gewesen ist. Ich kann nur sagen, daß ich niemals in meinem Leben den Hitlergruß gemacht habe – wie käme ich denn dazu.«

»Was nun?« fragte Spahner streng, »Sie erinnern sich nicht mehr an jenen in Rede stehenden Tag, behaupten aber im selben Atemzug, niemals so gegrüßt zu haben. Wie wollen Sie das so genau wissen, wenn Sie sich zugleich nicht erinnern können?«

»Bitte, erinnern Sie sich denn an jeden Tag ihres Lebens?« fragte Matti leise zurück.

»Es geht hier nicht um mich, sondern um Sie, falls Ihnen das nicht klar ist«, erwiderte Spahner, und dessen Nebenmann Bröslein, der bisher geschwiegen hatte, fügte boshaft hinzu: »Sie glauben doch nicht im Ernst, den Kollegen Direktor für Ihre Zwecke einspannen zu können?«

Matti schüttelte den Kopf, nicht, um Bröslein zu antworten, sondern der gesamten Situation wegen. Er stand noch immer, während alle anderen saßen; dann sah er aus den Augenwinkeln, wie sich noch jemand erhob.

Sein Kumpel Peter. »Wenn ick dazu mal was sagen dürfte«, sagte der in annähernd fließendem Hochdeutsch, in fließenderem jedenfalls, als Matti es jemals von ihm vernommen hatte, »ick zähle ja bekanntlich zur Besatzung des …«

»Sie können hier nicht einfach reinreden«, unterbrach ihn Adlatus Bröslein, aber Peter Schott setzte fort: »Ick kann, und ick muß, ick lasse mir nicht das Wort verbieten, weil ick nämlich im Gegensatz zu meinem geschätzten Freund und Kollegen Matti Werchow, mit dem ick schon lange auf der ›Barby‹ tätig bin, mich zu erinnern glaube, was an dem Dritten Siebenten Neunzehnhundertsiebenundachtzig vorgefallen ist. War das«, fragte er in Richtung Lingsohr, »nicht der Tag, an dem du uns blöd gekommen bist wegen des Namens ›Barby‹ und deswegen ein Streit zwischen dir und Matti Werchow entbrannte?«

»Streit ist untertrieben«, berichtigte Lingsohr ihn maliziös, »dein *geschätzter Freund und Kollege* wollte mir an den Kragen, falls du es nicht mehr wissen solltest, so war es! Und nur, weil ich mal die Probleme angeschnitten habe, denen man als DDR-Bürger in Westberlin immer wieder ausgesetzt ist. Davon will mancher ja lieber nichts hören.«

Vom Präsidiumstisch aus hakte Spahner nach: »Es kam an jenem Tag also auch noch zu einem körperlichen Angriff Werchows aufgrund einer politischen Auseinandersetzung, ist das richtig, Sylvio?«

»Es wäre ohne Zweifel dazu gekommen, wenn Peter Schott nicht eingeschritten wäre – nochmal ein großes Danke dafür, Peter.« Lingsohr nickte ihm zu.

Peter Schott sog so die Luft ein, als müsse gleich er von einer Attacke abgehalten werden.

»Und dieser beinahe schon begonnene Angriff aus politischen Motiven heraus«, so wieder Spahner, »geschah der vor dem Hitlergruß oder danach?«

»Danach«, antwortete Lingsohr.

»Was für eine Unverschämtheit«, rief Peter Schott, »es hat niemals einen Hitlergruß gegeben, niemals! Wie kommst du dazu, sowas zu behaupten?«

»Wie kommst du dazu, es zu bestreiten?« fragte Lingsohr mit einem hinterlistigen Lächeln.

»Ick war schließlich dabei. Ick war ja wohl auch auf der ›Barby‹. Ick hätte den Gruß gesehen – wenn er erfolgt wäre.«

Lingsohr nickte, die Antwort schien ganz nach seinem Geschmack zu sein. Er sagte langsam und betont: »Der Gruß ist erfolgt, aber du konntest ihn nicht sehen, denn was war in jenem Moment deine Aufgabe? Deine Aufgabe war, wie immer beim Anlegen, das Vertäuen des Kahns. Du standest vorne an der Reling. Du hattest bestenfalls mich im Blick, aber niemals Matti Werchow. Der befand sich unzweifelhaft in deinem Rücken.« Triumphierend blickte er zu Spahner, und als habe er von dort ein ermunterndes Zeichen bekommen, fügte er väterlich hinzu: »Ich verstehe ja bis zu einem gewissen Grade, daß du Matti Werchow in Schutz nehmen willst, du sagtest ja selbst, ihr seid langjährige Freunde. Aber lügen, Peter, lügen solltest du nun wirklich nicht. Du reitest dich nur selber mit rein.«

Peter Schott wußte keine Entgegnung mehr. Ihn irritierte auch die Sicherheit, mit der Lingsohr bei seinem Anwurf blieb. Für einen Moment fragte er sich, ob Matti, um Lingsohr zu ärgern, nicht doch eine solche Geste gemacht haben könnte. Dann aber fiel sein Blick auf den neben Lingsohr sitzenden Schlotzke. Der schnell wegschaute. Und plötzlich erinnerte sich Peter Schott daran, daß Schlotzke damals ja unmittelbar neben Lingsohr gestanden hatte.

»Schlotzke!« rief Peter. »Du warst doch dabei, du müßtest es doch genau gesehen haben, wenn da was gewesen wäre!« Aber gleich nachdem er es gerufen hatte, schwante ihm, dieser Mann würde Matti jetzt nicht beistehen, er sah es daran, wie der auf seinem Stuhl herumrutschte.

»Ich habe mich darauf konzentriert, von dir das Tau zugeworfen zu bekommen, ich habe nicht zum Steuerhaus gesehen … jedenfalls nicht die ganze Zeit«, antwortete Schlotzke.

Peter Schott stöhnte auf. Verzweifelt schaute er zu Matti.

Der streckte knapp über dem Tisch wie zur Beruhigung kurz die Finger einer Hand hoch und deutete auch ein Nicken an, denn in der Zeit, in der Peter seine Verteidigung übernommen hatte, war es ihm gelungen, aus der größten Verwirrung herauszufinden. Nun, da er wußte, um welche seiner vielen unangenehmen Begegnungen mit Lingsohr es hier eigentlich ging, erinnerte er sich auch, daß er an jenem Tag tatsächlich den rechten Arm gehoben hatte, und nicht nur kurz, sondern sogar mehrere Sekunden lang …

»Besten Dank, Kollege Schott«, sagte Spahner, »Ihre Nachfragen haben letztlich dazu beigetragen, diesen unerhörten Vorgang als wahr zu bestätigen. Damit kommen wir nun zu den Konsequenzen.«

»Einen Moment noch«, warf Matti ein.

»Keinen Moment mehr«, rief Bröslein, »Sie hatten schon das Wort, Sie müssen diese Versammlung nun wahrlich nicht in die Länge ziehen, hier sitzen genügend Kollegen, die zurück auf ihre Schiffe wollen!«

In der Tat murmelten einige beifällig, aber andere riefen, man möge Werchow die Gelegenheit geben, sich abschließend zu erklären, vielleicht wolle er ja auch alles zugeben. Da erteilte Spahner ihm widerstrebend das Wort.

Matti stand abermals auf. Er wandte sich nicht dem Direktor und dem Eiferer daneben zu, sondern den Männern im Saal. Er holte tief Luft und bekannte: »Richtig, der Vorgang an sich ist wahr – aber ungeheuerlich ist er deshalb noch lange nicht.«

Eine Lawine teils empörter und teils entsetzter Rufe rollte über ihn hinweg. Er sah auch das entgeisterte Gesicht Peter Schotts. Und Bröslein brüllte: »Auch noch verharmlosen! Jetzt auch noch so reden wie ein Nazi!«

Matti blieb aber stehen wie sein eigenes Denkmal. Langsam ebbte der Lärm ab. Niemand sagte noch ein Wort. Die meisten waren begierig zu hören, wie er sich weiter um Kopf und Kragen reden würde.

»Ungeheuerlich«, setzte Matti fort, »ist der Vorgang deshalb nicht, weil er auf einem Naturgesetz beruht. Wird man nämlich von der Sonne geblendet, schützt man sich davor, entweder indem man sich eine dunkle Brille oder eine Schirmmütze aufsetzt, oder indem man seine Hand zu Hilfe nimmt. Wir reden vom Dritten Siebenten Siebenundachtzig? Ich habe ein bißchen gebraucht, um in den Tag zurückzufinden, man möge mir das verzeihen, er wurde mir zu plötzlich vorgehalten. Aber jetzt sehe ich alles wieder vor mir. Ein heißer Tag war das ursprünglich, doch gegen Mittag war Wind aufgekommen. Wolken zogen vorüber. Nun legen wir an, unter Wolken, wie gesagt, zwischen denen aber plötzlich die Sonne hervorbricht. Sie gleißt regelrecht, ihr kennt das, die Strahlen sind ganz bündelig, wenn sie zwischen den Wolken durchschießen, wie Spieße sind die. Gut, also: Sie fallen direkt auf den Mann, der am Ufer als Springer steht. Wer ist das? Es interessiert mich. Es ist mir nie ganz unwichtig, wer mein Schiff übernimmt. Nach der Sonnenbrille zu greifen, die drei oder vier Schritte hinter mir liegt, dazu fehlt mir die Zeit, denn noch einmal, ich steuere. Und die Hand leicht abgeknickt an die Stirn zu legen, wie man's normalerweise tut, genügt in dem Fall nicht. Die Hand, waagerecht vor den Augen, deckt nämlich die beinahe senkrecht vom Himmel fallenden gewaltigen Strahlen nicht ab, wir erinnern uns, es ist 14 Uhr, der Planet steht fast noch im Zenit. Ich muß meine Hand also hochkant vor sie halten.

Und des weiteren, des weiteren muß ich die Hand natürlich von meinen Augen wegführen, denn hielte ich sie nahe vor die Augen, versperrte ich mir ja die Sicht auf alles: auf das Ufer, dem ich entgegensteuere, und auf den Mann, den ich erkennen will. Macht ruhig selber die Probe! Hier oben, die lange Leuchte, die ihr verdecken wollt, weil sie so unangenehm flackert, sie ist nun wahrlich nicht mit den beschriebenen Sonnenstrahlen vergleichbar, geradezu mickrig ist sie, und doch gilt das gleiche Prinzip: Je weiter ihr den Arm in Richtung des Lichts wegstreckt, um so mehr erkennt ihr noch von den Leuten und der Umgebung hier, richtig?«

Man vollführte die von Matti erklärten Bewegungen, man grüßte, ohne es zu merken, auf faschistische Art in Richtung Präsidium, man murmelte hernach bestätigend.

Matti war aber noch nicht am Ende seiner Rede angelangt. »Ich möchte, da ich gerade dabei bin, vorbeugend auch gleich auf einige mögliche und vollkommen logische Nachfragen antworten. Bin ich Rechts- oder Linkshänder? Rechtshänder. Warum nur habe ich dann meine rechte Hand vom Steuer genommen und nicht meine linke? Nun, überprüft euch wieder selber, die meisten von euch werden ja ebenfalls Rechtshänder sein. Überlegt, welche Hand ihr im Auto im Zweifelsfall vom Lenkrad nehmt. Immer die rechte, nicht wahr? Natürlich, werdet ihr einwenden, mit der schaltet man doch. Auch das Radio, sofern eins eingebaut ist, befindet sich zur Rechten. Und das ist es ja eben, wir alle sind beim Steuern, ich rede vom Steuern, gewohnt, mit der Rechten zu reagieren. Ein Instinkt. Wir bringen sie zum Einsatz, wenn plötzlich was zu erledigen ist. Ja, und deshalb schützte auch ich mich mit ihr vor den jäh hervorbrechenden Sonnenstrahlen – falls jemand von euch mich das hatte fragen wollen.«

*

Im Saal nickte man. Alles, was man soeben gehört hatte, war völlig nachvollziehbar. Aber an der Stirnseite räusperte sich Spahner. Er war ja von Matti wie nebenbei ins Abseits gestellt worden, einfach dadurch, daß Matti sich zu den Männern gedreht hatte, deren Einspruch er es verdankte, überhaupt noch einmal zu Wort gekommen zu sein.

Spahner wußte, er sollte jetzt unbedingt etwas sagen. »Ja«, hob er an, »also … das ist also Ihre Version …«

»Das ist die Wahrheit«, erwiderte Matti, »ich habe diesbezüglich sogar ein Zeugnis.«

»Ein Zeugnis?« Spahner schniefte.

»Dieses Zeugnis ist im ›Neuen Deutschland‹ vom Zweiten Siebenten Siebenundachtzig abgedruckt, woanders auch noch, aber ich habe Ihnen das ND genannt, weil ich davon ausgehe, daß Sie das lesen oder zumindest halten. Es ist natürlich der Wetterbericht für den nächsten Tag. Übrigens kenne ich ihn selber nicht. Und trotzdem weise ich auf ihn hin? Gerade deshalb! Daraus können Sie entnehmen, ich habe ein absolut reines Gewissen. Alles, was ich sage, entspricht meiner tiefen Überzeugung und ist garantiert überpüfbar. Was dagegen der Kollege Lingsohr gesagt hat, ist reine Interpretation – Fehlinterpretation.«

Lingsohr sprang auf. »Eine Frechheit! Da hast du dir ja eine tolle Ausrede ausgedacht! Das Wetter, großartig! Du führst zu deinen Gunsten nichts als das Wetter ins Feld, und mich, mich bezichtigst du der Lüge – aber ich sage dir und allen hier: Du bist derjenige, der lügt! Wie lange hast du gebraucht, um deine Sprache wiederzufinden? Fünf Minuten? Zehn? Mindestens! Erst bist du ewig sprachlos, und dann fängst du an, vom Wetter zu reden, das spricht doch Bände!« Er schaute entschlossen zu Spahner und Bröslein.

»Das scheint mir auch bezeichnend zu sein«, erklärte der Direktor. »Außerdem glaube ich nicht, daß es der Kollege Lingsohr verdient hat, jetzt auf einmal von Ihnen als Lügner an den Pranger gestellt zu werden – ausgerechnet von Ihnen.«

»Ich stelle ihn nicht an den Pranger. Wenn ich sage, Lingsohr hat etwas falsch interpretiert, dann sage ich damit noch lange nicht, daß er lügt. So etwas würde ich niemals behaupten. Selbst wenn ich es dächte, würde ich ihm das nicht vorwerfen, denn ich kann es ja nicht belegen. Also schweige ich dazu. Daß er selber wie zwanghaft von Lüge spricht, darauf kann sich vielleicht jeder hier seinen Reim machen. Aber zu etwas anderem. Lingsohr erwähnte eben meine Sprachlosigkeit, eine Sprachlosigkeit, die man mir hoffentlich nachsieht, da ich schlichtweg bestürzt war in jenen Minuten – nur, beim Stichwort Sprachlosigkeit fällt mir jetzt auch etwas auf, etwas Seltsames. Was meine ich genau? Daß zwischen dem Vorfall, der, ich wiederhole, keiner war, und dem heutigen Tag fast zwei Jahre liegen. Hat das keiner bemerkt? Zwei Jahre Sprachlosigkeit und nicht bloß fünf oder zehn Minuten! Wenn aber jemand etwas seiner Meinung nach Empörendes entdeckt hat, dann wartet er doch niemals zwei Jahre. Das Beobachtete lastet ihm doch so auf der Seele, daß er gleich damit herausrückt. Offensichtlich ist das aber nicht passiert, und ich frage mich, warum es nicht passiert ist.«

Matti hatte diese Gedanken ausschließlich zu Spahner hin formuliert, ging er doch fest davon aus, daß Lingsohr nicht allein auf die Idee gekommen war, ihm den Hitlergruß anzuhängen.

»Richtig«, antwortete Spahner schnell, »die Frage steht natürlich im Raum. Ich selber habe sie dem Kollegen Lingsohr auch schon gestellt. Die Antwort ist einfach, plausibel und, lassen Sie es mich so ausdrükken, äußerst ehrenwert, sie lautet: Der Kollege hat mit sich gerungen. Er wolle, das waren seine Worte, eigentlich ›niemanden anscheißen‹, mit dem er zusammenarbeite. Deshalb hat er so lange geschwiegen. Es war falsch, so lange zu schweigen, gewiß, aber seine Motive sollten jedem hier im Saal gut verständlich sein.«

»Und was hat dazu geführt, daß er endlich aufhören konnte, mit sich zu ringen?« fragte jemand von ganz hinten. Spahner und Bröslein reckten die Hälse, um zu sehen, wer da sprach, aber Matti wußte es gleich. Am mecklenburger Dialekt hatte er es erkannt, der alte Langhammer war das.

»Irgendwann ist die Zeit eben reif, irgendwann sind … schwere gedankliche Prozesse abgeschlossen«, antwortete Lingsohr sichtlich nervös. Worauf einige höhnisch lachten; es war, als ob Spahner sie mit der Verneinung jedweder Denunziationsabsicht erst auf den gegenteiligen Gedanken gebracht habe, auf die Idee, Lingsohr ginge es nur darum, Matti Werchow fertigzumachen.

Langhammer erhob sich. Er würdigte weder Lingsohr noch überhaupt jemanden eines Blickes; er hatte Wichtigeres zu tun ganz offensichtlich, er war damit beschäftigt, eine Plastetüte auf den Tisch zu legen und dieser etwas zu entnehmen. Das er sich nun vor die Brust hielt. Man sah, wenn man sich nahe genug bei ihm befand, eine dunkle Ziegelsteinmauer.

Peter Schott entfuhr ein leises »Wuoah«. Die übrigen Männer schauten ratlos, die einen, weil sie keine Ahnung hatten, was Langhammer ihnen da präsentierte, die anderen, weil sie schlicht zu weit weg von ihm saßen.

Seltsamerweise legte Langhammer das Buch wieder auf den Tisch und steckte es sogar zurück in die Tüte. Das erhöhte nur die Spannung. Worauf lief dieser Auftritt des Alten hinaus?

»Dies ist eine Farce«, sagte er ruhig und bestimmt. »Aber für eine Farce dauert sie schon viel zu lange. Darum Schluß jetzt. Was hier aufgeführt wird, beleidigt mich. Das meine ich wörtlich. Ich fühle mich von Ihnen, Spahner, und von dir, Lingsohr, beleidigt. Ihr erzählt hier die absurdesten Dinge, alles, was ich von euch gehört habe, ist an den Haaren herbeigezogen. Glaubt ihr, ich sei dumm? Ihr scheint es zu glauben, sonst würdet ihr mir ja nicht diese Dinge erzählen! Mich stört das sehr. Daß ihr mir nicht ein Fünkchen Verstand zutraut. Fangen wir mal an, logisch zu werden. Wenn nämlich euer Märchen vom bösen Gruß wahr wäre, was ergäbe sich dann zwangsläufig? Daß dieses Schauspiel nicht hier stattfände. Das Zeigen des Hitlergrußes ist, wenn ich mich nicht irre, ein handfester Straftatbestand. Ihr müßtet Matti Werchow sofort anzeigen, dann würde wegen staatsfeindlicher Hetze polizeilich ermittelt werden. Habt ihr das getan?«

Spahner und Lingsohr schwiegen, sie waren jetzt mächtig in Verlegenheit: Gaben sie zu, daß sie es nicht getan hatten, würde Langhammer, der ja auf einmal gar keine Zurückhaltung mehr zu kennen schien, sie wohl immer weiter bloßstellen. Erklärten sie aber fälschlicherweise, sie hätten Matti angezeigt, machten sie alles nur noch schlimmer und entfachten womöglich einen Sturm der Entrüstung im Saal.

»Es war doch eine einfache Frage, die ich gerade gestellt habe: Ist Matti Werchow von einem der hier Anwesenden wegen staatsfeindlicher Hetze angezeigt worden?«

Spahner schüttelte den Kopf. Dieser glänzte bis hoch zum Haarwall vor Schweiß, obwohl unmittelbar hinter seinem Rücken die Klimaanlage in einem fort trockene Luft aufwirbelte.

»Aber warum ist das nicht erfolgt? Und warum – werden Sie auch mich nicht anzeigen? Keine Angst, ich komme jetzt nicht mit dem Hitlergruß. Ich erkläre Ihnen aber, daß sich hier in dieser Tüte ein verbotenes Buch befindet. Schon als dessen Besitzer mache ich mich strafbar. Ich habe es vorhin jedoch sogar extra noch hochgezeigt, nicht? Sozusagen habe ich damit und dafür demonstriert, um so schlimmer. Im übrigen ist das Buch natürlich von jemandem geschrieben worden, und dieser Jemand ist Matti Werchow. Keine Überraschung, nicht? Genug wurde vor dieser Versammlung schon darüber gemunkelt. Nur wurde dann hier die ganze Zeit über so getan, als existiere dieses Buch gar nicht. Obwohl es doch in Wahrheit um nichts anderes als um das geht. Man verübelt Matti Werchow, es geschrieben zu haben. Aber tja, man traut sich nicht recht an den Inhalt ran. So lautet jedenfalls meine Schlußfolgerung. Man möchte lieber keine Auseinandersetzung. Es reicht nur noch zu billiger Diffamierung. Zu gefährlicher Diffamierung nichtsdestotrotz! Man versucht, den Autor als Person zu verunglimpfen. Darum sind wir einbestellt worden. Vielleicht sollte – und soll noch immer – die Angelegenheit von hier in den ›Anker‹ gelangen? Und vom ›Anker‹, wäre es von dem nicht ein kurzer Weg zu einem der großen Organe? Ein letzter kleiner Wink in diesem abgekarteten Spiel, und das Volk würde erfahren, daß jemand aus seinen Reihen, der im Westen ein Buch veröffentlicht hat, im Ruch steht, den Hitlergruß gezeigt zu haben. Er wäre verbrannt und mit ihm natürlich gleich auch sein Buch. Sogar im Westen wäre es zerstört, denn auch da mag man den Hitlergruß nicht. Und nun? Was auch immer hier jetzt noch geschieht, ohne mich, denn ich bin schon zu alt dafür. Tja, so ist es im Alter: Entweder man ist überhaupt nicht mehr zu beleidigen, oder man ist furchtbar zu beleidigen.« Und Langhammer ging. Unmittelbar vor der Tür sagte er, kurz stehenbleibend, seelenruhig zu dem Beschuldigten: »Matti, ich warte draußen. Ich brauche noch was von dir.«

Es herrschte Stille, nur das Gebläse der Staubaufwirbelungsanlage war zu hören.

Matti fragte sich, was Langhammer wohl von ihm wolle. Vor allem aber dankte er ihm, das Eigentliche und Wesentliche benannt zu haben. Er selber hatte sich ja, um jenen wahrhaft gefährlichen Vorwurf zu entkräften, so mit den Einzelheiten des Gegenbeweises beschäftigen müssen, daß ihm die Hauptsache zeitweilig entfallen war.

Mittlerweile waren alle Blicke auf Spahner gerichtet. Er fuhr sich ein paarmal über seinen halblichten Schopf und sagte dann mit fester Stimme, zu der allerdings sein fortwährendes Händeringen nicht passen wollte: »Das sind soeben Spekulationen gewesen, nichts als haarsträubende Spekulationen. Ich werde um so weniger Stellung dazu nehmen, als der Urheber es vorgezogen hat, den Saal zu verlassen. Vielleicht fürchtete er eine deutliche Antwort? Vielleicht wollte er einen heroischen Abgang? Wie auch immer, wir haben hier nicht weiter zu spekulieren, sondern etwas zu Ende zu verhandeln – beziehungsweise ich habe bestimmte Schlußfolgerungen zu ziehen. Daran führt kein Weg vorbei, auch nach der kritischen und offenen Diskussion nicht, zu der ich, nicht nur nebenbei bemerkt, uns alle beglückwünschen will. Genau solche konstruktiven Diskussionen sind heute und in Zukunft erforderlich. Genau solche Diskussionen künden von einer immer lebendiger werdenden sozialistischen Demokratie. In aller Ausführlichkeit sind hier also Für und Wider zur Sprache gekommen, mit dem Ergebnis, daß Aussage gegen Aussage steht. Wer will da richten? Ich für meinen Teil maße mir das nicht an. Weder werde ich behaupten, der Kollege Lingsohr habe sich geirrt, noch werde ich dem Kollegen Werchow vorwerfen, er habe seine Begründung erfunden. Wiederum könnte sie aber erfunden sein. Das ist beileibe nicht auszuschließen. Somit ist weiterhin möglich, daß der rechte Arm wegen einer verwerflichen Geisteshaltung und nicht wegen einer erheblichen Sonneneinstrahlung ausgestreckt wurde. Da es sich aber so verhält, wird der Kollege Werchow als Schiffsführer der ›Barby‹ abgesetzt und seinem bisherigen Steuermann Peter Schott unterstellt. Diese Regelung gilt ab sofort. Die Versammlung ist damit beendet.«

Sogleich erhoben sich die ersten, doch für Peter Schott war noch nicht Schluß, Peter Schott rief: »Ick werde ditt nich annehm! Wie kommick denn dazu? Vielleicht frachta mich ma, oppick überhaupt will?«

Ehe Spahner ihm antworten konnte, sprang aber Matti auf und erklärte ihm: »Peter, du willst! Nimm es als meine letzte Anweisung: Du machst das!« Dabei schaute er ihn sogar grimmig an.

Peter Schott setzte sich verblüfft hin, alle anderen verließen murmelnd den Saal. Als dann auch Matti und Peter draußen waren, schalt Matti seinen Kompagnon: »Beinahe hättest du alles verdorben, überleg doch nur: Wenn nicht du es machst, dann setzen sie uns irgendeinen anderen vor die Nase. Und das wird keiner sein, mit dem wir klarkommen. Das wird einer sein, der uns beaufsichtigt und triezt – vielleicht sogar Lingsohr. Willst du das vielleicht?«

»Watt fürne Frage! Watt fürne Sauerei ditt allett!«

Es blieb Matti keine Zeit, darauf noch etwas zu sagen, denn nun kam schon Langhammer auf sie zu; Matti war es nicht unrecht, er wollte sich gleich einmal bedanken bei dem Alten.

Langhammer schnitt ihm aber mit einer Handbewegung das Wort

ab, griff in seine Tüte und holte das *Verschlossene Kind* hervor. Dazu hielt er ihm einen Kugelschreiber hin: »Schreib mir was rein.«

»Das ist doch peinlich.« Matti verdrehte seinen Oberkörper und kam wieder in die Ausgangsstellung zurück, er griff aber auch jetzt nicht zu, sondern fragte: »Wo hast du das überhaupt so schnell her?«

»Verwandtenbesuch.« Langhammer hielt ihm die Sachen weiterhin vor die Nase.

Matti brachte, mehr durch die Nüstern als durch den Mund, einen Laut der Kapitulation hervor. Er nahm Buch und Kuli, trat ein wenig zur Seite, überlegte angestrengt, beobachtete aus den Augenwinkeln, wie Spahner und Bröslein vorübergingen, überlegte weiter, denn natürlich wollte er sich was besonders Kluges ausdenken, er warf die Arme in die Höhe und erklärte: »So auf die Schnelle fällt mir gar nichts ein. Das ist ja schwerer als Romanschreiben!«

Langhammer zuckte mit den Schultern; erzähle mir nichts, konnte das heißen, aber genausogut, da mußt du bitte nun auch noch durch.

Endlich kritzelte er: »Mit Respekt vor deinen Alterserscheinungen – Matti«.

*

Wenige Tage darauf sollte er schon wieder die Hauptperson bei einer Zusammenkunft sein, bei einer ganz anders gearteten allerdings. Sie würde in der Wohnung von Markus Fresenius stattfinden, der ihn auch eingeladen hatte: Er, Matti, möge doch aus seinem Buch lesen, es werde diskutiert in gewissen Kreisen, beziehungsweise es bereichere die Diskussion, welche man in diesen Kreisen ohnehin führe.

Als er in das Hinterhaus in der Dunckerstraße trat, in dem Fresenius wohnte, war es schon spät am Abend. Er tastete nach dem Lichtschalter, aber er fand ihn nicht gleich, und nachdem er ihn gefunden hatte, ging das Licht trotzdem nicht an, jedenfalls nicht hier unten, bloß weiter oben. Matti stieg hinauf, vorsichtig zunächst, dann immer sicherer. Im zweiten Stock baumelte die erste intakte Glühbirne, da fühlte er sich schon richtig wohl, doch gerade als er unter der hinwegging, wurde ruckartig die Tür neben ihm geöffnet, und eine Frau trat heraus und rempelte ihn versehentlich an.

Sie entschuldigte sich. »Keine Ursache«, sagte Matti. Er schickte sich an weiterzugehen, er war nicht unbedingt darauf erpicht, hier von irgend jemandem gesehen zu werden, denn natürlich war die Zusammenkunft eine illegale; er möge sie niemandem gegenüber ankündigen oder auch nur erwähnen, hatte Markus Fresenius ihm eingeschärft.

Die Frau aber schien aufzumerken, als sie Mattis gewöhnliche Worte hörte. Jedenfalls begann sie, ihn mit unverhohlenem Interesse zu betrachten, und weil sie das tat und er nicht den Eindruck erwecken wollte, er flüchte vor ihr, blieb er stehen und bemühte sich, ihr ebenfalls ins Gesicht zu sehen. Es wirkte ausgesprochen bleich, wegen der Glühbirne? Das Rot wiederum, mit dem sie sich ihre Lippen bemalt hatte, glänzte und ließ die Lippen wulstig und voll erscheinen. Zugleich waren sie rissig, wie auch auf Stirn und Wangen sich Falten und Fältchen zeigten. Diese Frau, daran bestand für Matti kein Zweifel, war einmal eine Schönheit gewesen. Bestimmt war sie oftmals begehrt und verflucht worden von den Männern; er hatte das Gefühl, als schaue sie ihn aus ihrer bewegten stolzen Vergangenheit heraus an.

Die Neugierde, mit der sie das fortgesetzt tat, irritierte ihn aber zunehmend. Er wandte sich nun doch zum nächsten Treppenabsatz, und zwar abrupt, er wollte nicht, daß diese ihn ja schon unverschämt musternde Hausbewohnerin jetzt auch noch etwas fragte; er stieg nach oben und hörte sie, nachdem sie noch kurz verharrt hatte, runtergehen, und er beschloß, sich bei Markus Fresenius zu erkundigen, was das für eine Person sei, die da unter ihm im zweiten Stock wohnte, eine halbwegs vertrauenswürdige oder eine, vor der man sich tatsächlich in acht nehmen sollte.

In dem Wohnzimmer, in das Fresenius ihn führte, drängten sich etwa 25 Menschen. Matti blickte sich um: Einige wenige waren so jung wie er, die meisten hingegen schätzungsweise zehn bis fünfzehn Jahre älter. Sie standen oder saßen in kleinen Gruppen im Raum verstreut. Manche nahmen ihn, weil sie so ins Gespräch vertieft waren, nicht wahr, andere nickten ihm freundlich zu, aber dann gab es noch jemanden, der ihn geradezu taxierte, mehr noch, als es eben die Frau im Hausflur getan hatte, das war der Genosse Stalin, der in einem verschnörkelten goldfarbenen Rahmen an der Wand hing. Er saß, von einer Laterne beschienen, im Fond eines schwarzen Autos und sah sich um, zu Matti und allen hier, mit einem Blick, der verschlagen und gutmütig, wissend und stechend zugleich war. Matti stand wie festgenagelt, er fühlte sich von einer Sekunde zur anderen umhegt und unterworfen, gehätschelt und gepeinigt von diesem gezeichneten Mann, das war ja die große Malkunst, daß man ihn auf Nimmerwiedersehen wegfahren sah und zugleich doch immer weiter seine Dämonen tanzen glaubte.

Markus Fresenius, der beobachtet hatte, wie Matti erstarrt war, sagte: »›I saw Stalin once when I was a child‹, so heißt das Bild.«

»Was für ein Titel auch noch«, sagte Matti, »man fühlt sich wahrlich wie ein Kind, man schrumpft, nur durchs Gucken.«

»Geht mir ähnlich, immer noch, obwohl ich ihn schon lange da hängen habe. Aber weißt du was? Er ist hier mittlerweile so eine Art Türsteher. Meine Einlaßkontrolle. Keiner kann ihn ja übersehen, jeder sagt irgend etwas wegen des Bildes, und davon, was der einzelne sagt oder wie er auch nur schaut, kriege ich eine Ahnung, wie er selber gestrickt ist.«

»Dann hoffe ich mal, ich habe die Kontrolle bestanden.«

Markus Fresenius nickte: »Sonst hätte ich dir kaum von ihr erzählt.«

»Und was muß man sagen, um sich hier gleich wieder rauszukatapultieren?«

»Da wäre natürlich als erstes die Frage oder die Feststellung, warum der hier so groß und breit hängen muß, aber bitte, wer ist schon so dumm. Ein bißchen öfter geschieht es, daß das Bild geflissentlich übersehen wird; und vor den jeweiligen Übersehern, vor denen sollte man sich wirklich hüten, denn in Wahrheit speichern sie alles – aber du kannst beruhigt sein, solche Leute sind nicht anwesend, komm, ich stelle dich allen vor.«

Die Namen der ersten vier oder fünf, zu denen Markus Fresenius ihn führte, sagten Matti nichts, doch dann stand er plötzlich vor dem Anwalt, von dem er erstmals durch Karin Werth erfahren hatte und der mittlerweile auch schon im Westfernsehen aufgetreten war.

Der Mann trug raspelkurze Haare und sah im Gesicht asketisch aus, man hätte ihn für einen Sportlehrer halten können, wenn da nicht eine Brille mit dunklem Rahmen und beinahe fensterflügelgroßen Gläsern gewesen wäre, die ihm die Aura eines Denkers und Weitblickers verlieh. Oder entdeckte Matti die Aura nur, weil er um das Buch wußte? Machte das Buch den Eindruck?

»Sie sind das«, sagte Matti einigermaßen ehrfurchtsvoll.

»Ich bin das – und Sie sind der Kahnfahrer, da müssen Sie schon oft an meiner Kanzlei vorbeigeschippert sein.«

»Wo ist die denn?«

»In Hütte.«

»Eisenhüttenstadt? In der Schiffahrtssprache heißt es EHS. Da bin ich tatsächlich schon oft gewesen, aber die Stadt kenne ich kaum, eigentlich nur den Hafen und das ›Interhotel‹.«

»Ein vorzüglicher Schuppen«, erklärte der Anwalt genüßlich.

»Verzeihung«, hakte Matti nach, »reden wir von derselben Kneipe? Von der Ruschs? Dort finden Sie es gut?«

»Rusch spielte bis vor kurzem sogar eine äußerst wichtige Rolle in meinem Leben. Aus seiner Kundschaft rekrutierte sich, selbstverständlich nur zu Teilen, auch meine. Man schlug sich vor und hinter seiner Kneipe ja öfter gegenseitig die Köpfe ein. Ich bin dem Laden so dankbar, wie man einem Laden, den man nie betreten hat, nur dankbar sein kann.« Der Anwalt genoß die Pointe und hielt sie noch ein bißchen aufrecht, indem er nicht lächelte.

»Aber da ist doch jetzt nicht geschlossen?« fragte Matti schließlich.

»Da ist nicht geschlosssen.«

»Es hätte mich auch gewundert. Nur, wenn weiter offen ist, wieso sprechen Sie dann in der Vergangenheit?«

In diesem Moment zupfte Markus Fresenius ihn ungeduldig am Ärmel: Vielleicht könnten der Anwalt und er das Gespräch nach der Lesung fortsetzen?

Und Fresenius führte Matti weiter herum, wieder lernte er einige Männer und Frauen kennen, deren Namen er noch nie gehört hatte. Dann gingen sie aber auf ein schmales, lockenköpfiges Bürschchen zu, und das streckte seine Hand vor und sagte: »Norbert Weißfinger.«

Matti merkte auf. Er kannte einen Norbert Weißfinger vom Lesen und mehr noch vom Nichtlesen der Hauptstadtzeitung, aber jener Norbert Weißfinger konnte wohl kaum der sein, den er jetzt vor sich hatte.

Das Bürschchen schien ihm anzusehen, was er dachte, es sagte lächelnd: »Glaub es ruhig. Ich bin genau der, von dem du hoffst, ich wäre es nicht.«

»Der von der Zeitung«, sagte Matti um so distanzierter, da sein Gegenüber also nicht nur der Schreiber war, sondern auch noch ein Mensch, der ihn umstandslos duzte. Fühlte Weißfinger sich dazu berechtigt, weil sie, wie's aussah, im gleichen Alter waren? Oder weil hier in diesem Zimmer unverkennbar ein Gemeinschaftsgefühl herrschte, das es einem erleichterte, den anderen zu duzen? Aber das war ja überhaupt das Erstaunlichste: daß dieser Norbert Weißfinger, der zugleich jener war, ganz selbstverständlich hier dazuzugehören schien.

Weißfinger lächelte wieder: »Du meinst vielleicht, im Schreiben offenbare sich der Mensch, ich sehe es dir an. Aber vielleicht verschließt sich auch mancher? Vielleicht muß er das tun? Vielleicht schwirren ihm im Kopf Sachen herum, von denen er weiß, sie werden sowieso nicht gedruckt? Dann braucht er ein anderes Forum. Damit er nicht verrückt wird im Kopf.«

»Und warum hörst du dann nicht auf in der Zeitung?«

»Weil ich nichts anderes kann als schreiben, und weil ich nichts anderes will. Tja, derjenige, der immer weiter nur eines will, weil er sich was anderes nicht vorstellen kann, ist manchmal ganz schön in den Arsch gekniffen, was? Er hat, was er will, und doch ist er unglücklich – aber nicht ganz so unglücklich, wie er wäre, wenn er es nicht hätte. Was er also auch tut oder läßt, er wird in seinem Unglück bleiben, das ist ein Gesetz für ihn.«

Matti fand das durchaus nachvollziehbar, wenn auch etwas zu flüssig und gewandt vorgetragen. Es befremdete ihn, einen Unbekannten, und das war Weißfinger ja für ihn, so wie er selber ein Unbekannter für Weißfinger war, leichterhand vom eigenen Unglück reden zu hören. Wenn es sich tatsächlich um ein solches handelte, um ein ausgewachsenes Unglück, dann schwieg man doch darüber!

Aber auch dieses Gespräch wurde unterbrochen, Markus Fresenius rief nun zur Lesung. Die einen zogen sich Stühle heran, die anderen, für die keine mehr übrigblieben, ließen sich zwanglos auf dem Boden nieder oder lehnten sich an die Wand. Zwei Frauen bogen sich in den Schneidersitz und stellten Rotweingläser in die Mitte ihrer Schenkeldreiecke. Als Matti die Szene überblickte, fühlte er sich mit einemmal an die Chausseestraßen-Bilder des Sängers und seiner Gefolgschaft erinnert, die Jonas auf geheimnisvollen Wegen besorgt hatte, schon bevor er in das Fleischerhemd geschlüpft war. Ewig her, beinahe fünfzehn Jahre! Damals hatten ihn, Matti, die Fotos eher an Paris denken lassen als an Berlin, Hauptstadt der DDR, und nicht eine Vorstellung war in ihm gewesen, er könne und wolle einmal in dieses Paris gelangen, in so ein Wohnzimmer, zu fern war es, zu fremd gerade darum, weil es durch keine Grenze und keine Sprache von ihm getrennt war. Ein paar Augenblicke schien ihm jetzt noch verwunderlich, was sich seither alles ereignet hatte und wie alles gekommen war mit ihm, er meinte, ein Einbrecher zu sein, eine Figur auf einem Bild, die da keineswegs hingehörte, aber dann fand er seine Anwesenheit hier wieder normal.

Er mußte sich langsam auch konzentrieren; er las.

*

Nach der Lesung, und nach dem Applaus, der freundlich, aber nicht überbordend war, fand man sich noch einmal zwanglos in Grüppchen zusammen. Matti gesellte sich dort hinzu, wo der Anwalt stand, und nicht nur stand, sondern, das war offensichtlich, auch das Wort führte.

Er hörte ihn sagen: »… und weil ich jetzt mehr Zeit habe, komme ich auf Ideen, die so abseitig sind, daß man sie gar nicht kommen läßt, wenn man keine Zeit hat, weil man ja, beansprucht wie man ist, weiß, man könnte sie sowieso nicht umsetzen. Kurz und gut, ich habe mir ein altes Philosophisches Wörterbuch vorgenommen und ein neues danebengelegt und habe die einzelnen Stichwörter verglichen. Und nun hört zu: Im alten ist noch Konformismus, und damit notwendigerweise auch Nonkonformismus, enthalten – und im neuen nicht mehr. Das fehlt jetzt einfach. Das ist ausgemerzt als Vokabel. Es gibt keinen Nonkonformismus in diesem Land. Genauso auch das Stichwort Opposition. Keine Opposition mehr zu finden! Man tilgt demnach sogar in Standardwerken Begriffe, um die dahintersteckenden Inhalte zu bannen, das meinte ich eben mit allumfassender Wortlosigkeit. Es geht schon lange nicht mehr nur um die Massenmedien, es geht mittlerweile auch um die Rückzugslager, in denen Sachverhalte wie die genannten noch eine Weile hatten überdauern können. Jetzt sind auch die geraubt. Deshalb muß für uns das erste und wichtigste ein Wieder-Benennen sein, ein Zurückholen der verschwundenen Wörter und Inhalte ins Bewußtsein – so wie es«, er wies auf Matti, »für seinen Karandasch ja auch das erste gewesen ist. Der hat das löchrige Alphabet wieder aufgefüllt, das war übrigens clever überlegt, daß Sie ihn das vor jeder anderen Handlung haben tun lassen«, sagte der Anwalt.

Matti verzichtete auf den Einwand, daran sei gar nichts groß überlegt gewesen, denn erstens hatte er eine solche Diskussion lang und breit schon mit Karin Werth geführt, und zweitens war er der Überzeugung, den Anwalt dränge es, nach dieser Nebenbemerkung gleich weiter über die offizielle Wortlosigkeit und die Wege zu ihrer Überwindung zu referieren.

Der Anwalt wandte sich aber ausschließlich an Matti und zog ihn dabei sogar ein kleines Stück von der Gruppe weg: »Ich habe übrigens keineswegs vergessen, wo wir vorhin stehengeblieben waren. Über Ruschs Kneipe sprach ich deshalb in der Vergangenheitsform, weil ich, wie die anderen hier schon wissen, vor ein paar Tagen aus dem Anwaltskollegium ausgeschlossen worden bin. Zwar treten noch reichlich Mandanten an mich heran, aber ich muß sie alle abweisen.«

»Das heißt im Klartext, Sie haben Berufsverbot – wegen Ihres Buches?«

»Natürlich heißt es das. Und wie steht es bei Ihnen? Irgendwelche Restriktionen aufgrund Ihrer Veröffentlichung?«

Matti erzählte ihm von seiner Degradierung und vor allem darüber, wie fadenscheinig man sie begründet hatte.

»Dann verhält man sich Ihnen gegenüber ja wesentlich klüger, als man es in meinem Fall tut«, schlußfolgerte der Anwalt.

Norbert Weißfinger gesellte sich zu ihnen, er wirkte interessiert und gleichmütig in einem, will einfach mal bei euch vorbeischauen, drückte seine Miene aus.

Matti spürte, wie er befangen wurde, er hatte noch immer Mühe zu akzeptieren, daß Weißfinger zu diesem Kreis gehörte. Vor allem aber verstand er den Anwalt nicht. »Wieso verhält man sich mir gegenüber klüger?« fragte er ihn.

»Weil man Sie weiterarbeiten läßt, weil man Sie beschäftigt. Solange Sie nämlich beschäftigt sind, werden Sie den Staat weniger beschäftigen, als ich es nun tue, dem die eigentliche Beschäftigung genommen wurde. Ich habe Muße, das ist fatal für diejenigen, die sie mir geben.«

»Darauf bin ich noch gar nicht gekommen«, sagte Matti.

»Aber Sie begreifen es gleich – und diese Leute begreifen es bis heute nicht. Weil sie außerstande sind, sich in die Gegenseite hineinzuversetzen. Wenn ich an ihrer Stelle wäre, würde ich mir einen Mandanten nach dem anderen schicken, ich würde mich an Kleinarbeit ersticken lassen.«

»Sie als Anwalt sind natürlich geübt, sich in die Gegenseite hineinzuversetzen, das muß man schon sagen«, warf Weißfinger ein.

»Man muß überhaupt kein Anwalt sein, um zu wissen, daß Menschen, denen ein Verbot auferlegt wird, mehr Kräfte entwickeln als die, denen nichts im Wege steht – und sei es nur, sie finden Mittel und Wege, ein ihnen wichtiges Manuskript in den Westen zu befördern.« Dabei schaute er anerkennend zu Matti.

Der erinnerte sich in diesem Augenblick an Karin Werths dringenden Rat, die Rolle anzunehmen, die ihm aus der Veröffentlichung seines *Verschlossenen Kindes* erwachse. Aber wenn ihm die Rolle selber überhöht erschien? War es nicht absurd, daß man hier, nur weil was aus seiner Feder geflossen war, gleich die großartigsten und edelsten Motive und Eigenschaften bei ihm zu entdecken meinte? Ohne noch länger abzuwägen, sagte er: »Ich bin das falsche Beispiel für Ihre sicher richtige Theorie, ich muß Sie jetzt wirklich korrigieren. Sie vergleichen mich unterderhand mit sich selber, weil Sie wahrscheinlich klug und einfallsreich vorgehen mußten, um Ihr Buch nach drüben zu kriegen. Aber das ist zuviel der Ehre, denn was Sie mit aller Konsequenz beabsichtigten, ist mir eigentlich nur so passiert. Ja, mein Manuskript, das Sie im Zusammenhang mit der Herausbildung besonderer Kräfte erwähnten, ist mir im Grunde ohne mein Zutun davongeflattert.«

»Eigentlich? Im Grunde? Davongeflattert? Was heißt das? Präzise bleiben, präzise!«

Matti wand sich kurz, erklärte dann aber: »Alles hängt mit einer Frau zusammen, in die ich mal schwer verliebt gewesen bin. Diese Frau ist jetzt zufälligerweise Lektorin bei ›Westenend‹ und hat sich, weil sie auch, aber nicht genauso in mich verliebt gewesen ist und vielleicht meinte, was gutmachen zu müssen, sehr um das *Verschlossene Kind* gekümmert – so trivial liegen die Dinge.«

»Seine ehemalige Deutschlehrerin«, bestätigte Norbert Weißfinger.

»Woher weißt du denn das?« Matti war völlig überrascht.

»Na woher wohl?«

»Woher weißt du es? Sag schon!«

»Von deinem Bruder, das kannst du dir doch denken.«

»Überhaupt nicht, wie soll ich wissen, daß ihr euch kennt?«

Der Anwalt warf ein, es sei wohl besser, wenn sie das allein ausdiskutierten. Ob er aber, bevor er gehe, Matti vielleicht noch einen Satz mitgeben dürfe?

»Was Sie erst fragen!«

»Gut, aber seien Sie mir danach nicht gram, ich pflege mich klar und deutlich auszudrücken. … Sie sind in einem ein typisches Kind dieser Republik, nämlich in Ihrer erschreckenden Bescheidenheit. Sie macht mich rasend, denn überall treffe ich sie an. Ich erkenne sie in den Blikken der Menschen, wenn sie in einem Laden nach etwas fragen, zwergenhafte Blicke sind das, nein, keine zwergenhaften, denn Zwerge schauen ja gewitzt und verschmitzt. Die Menschen aber schauen entschuldigend, die eigene Frage mit ihren gesenkten Lidern schon wieder zudeckend, und so entschuldigend laufen sie auch, und so heben sie den Finger, wenn sie ihn überhaupt heben, und so winken sie, wenn sie überhaupt winken, und so lehnen sie sich an Laternenpfähle, dünner machen sie sich, als die Pfähle sind, sie haben eine Heidenangst, irgendetwas Unbescheidenes zu tun, etwas, mit dem Sie sich blicken lassen vor den andern. Ja, und von dieser Angst, mein Freund, sind leider auch Sie befallen, wenn nicht beseelt.«

»Aber wie kommen Sie denn darauf? Ich habe Ihnen reinen Wein eingeschenkt und nehme auch sonst für mich in Anspruch, offen und ehrlich zu sein. Mich also sehen zu lassen. Ich will mich nicht loben – aber damit bin ich schon zur Genüge angeeckt.«

»Genau das ist der gesenkte Blick! Heben Sie ihn! Loben Sie sich doch einmal *richtig*! Ihre Ehrlichkeit ist nicht aller Ehren wert. Weil Sie nämlich schon einkalkulieren, daß aus ihr eine Niederlage folgt. Sie wissen doch vorher, daß Sie anecken und verlieren werden, wenn Sie so von Grund auf ehrlich sind. Und dennoch sind sie's, dennoch behalten Sie dieses Muster bei. Sie fügen sich, indem Sie ganz ohne Deckung aufbegehren, in die Niederlage, Sie erwarten sie schon, so wie die brave Bürgerin an der Theke erwartet, daß sie das Gewünschte nicht erhält; ich sage Ihnen, deren Bescheidenheit ist auch Ihre, nur daß Sie sie perfekt vor sich selbst kaschieren. Sie werfen sich sogar noch in die Brust, weil Sie immer alles herausposaunen. Posaunen Sie um Himmels willen einmal nicht alles heraus! Hintergehen Sie die, die hintergangen werden müssen! Rutschen Sie nicht mit Ihrer bedingungslosen Offenheit vor denen auf den Knien! Erniedrigen Sie sich nicht länger! Werden Sie stolz und lernen Sie schweigen, zur Not sogar lügen, denn so wie Sie sich in Ihre Wahrheit hineinsteigern, verlieren sie doch allen Stolz. Was waren eben Ihre Worte? Sie sagten mir, Ihre ehemalige Geliebte habe sich um Ihren Text gekümmert, weil sie vielleicht was gutzumachen gehabt hätte. Ja sei's drum, und wenn sie das hatte, so ist es doch nachrangig, denn der Text ist bei ›Westenend‹ erschienen, und wir beide, wir wissen genau, dies wäre niemals geschehen, wenn er nicht eine gewisse Qualität besäße. Erkennen Sie nun, wie Sie sich in die Wahrheit hineinsteigern, und wie Sie sich durch Ihr Hineinsteigern selbst bescheiden? Wie Sie sogar Ihrem eigenen Text die Tauglichkeit absprechen? Das ist fatal! Rühmen Sie ihn, und lassen Sie unter den Tisch fallen, was dem Rühmen im Wege steht, ich bitte Sie wirklich sehr!«

»Das ist nicht Ihr Ernst«, rief Matti. »Sie selber haben vorhin vom Wieder-Benennen geredet, vom Zurückholen der Wörter, also letztlich von der Dringlichkeit, die Wahrheit freizulegen, ich habe es noch genau im Ohr. Und jetzt preisen Sie das Verschweigen und fordern das Lügen, jetzt halten Sie hier ein Plädoyer für das Weglassen und das Verdrehen von Wörtern!«

»Fragen Sie sich, warum ich es halte, und beachten Sie dabei, ich äußere mich nicht in größerer Runde, sondern nur vor Ihnen, den Herrn Weißfinger negieren wir kurz einmal, ohne daß er uns der Unhöflichkeit zeihen wird, nicht wahr?«

»Ich stehe gar nicht hier«, behauptete Weißfinger folgsam.

»In Ordnung«, sagte dann auch Matti, »ich befrage mich – aber ich finde keine Antwort, tut mir leid.«

»Sehen Sie in mir den Mann, der sich Ihnen gegenüber auf die Wippe setzt.«

»Ein Gegengewicht?«

»Ich bin nicht Ihr Gegengewicht. Ich denke wie Sie, nur ein Stück weiter. Sehen Sie in mir jemanden, der Sie in Bewegung stoßen will. Ihre Ehrlichkeit hat etwas Statisches und demnach Schwächliches. Bleiben Sie nicht länger auf ihr sitzen, vervollständigen Sie sich, dann werden Sie unschlagbar sein.«

Der Anwalt ging, ohne sich durch ein Wort oder eine Geste zu verabschieden, zu einem anderen Grüppchen, wo er sich aber nicht einfach hinzugesellte, vielmehr war das ein wortloses Eintreten und Auf-sich-aufmerksam-Machen.

Matti verspürte jetzt nur ein Bedürfnis: Er wollte allein sein, um in Ruhe über das nachdenken zu können, was ihm der Anwalt aufgegeben hatte. Aber neben ihm stand unverändert Norbert Weißfinger, und Norbert Weißfinger war ihm schon noch eine Erklärung darüber schuldig, wie er im einzelnen an das Wissen über seine, Mattis Liebschaft mit Karin Werth gelangt war.

Bevor Matti etwas sagen konnte, versicherte Weißfinger ihm schnell seine Solidarität: Dem Anwalt nachschauend, rollte er für den Bruchteil einer Sekunde mit den Augen, eigentlich nur ein Zucken der Pupillen nach links und nach rechts war das.

Matti schien es gar nicht zu bemerken, entschieden steuerte er auf sein Thema zu: »Du bist also mit meinem Bruder bekannt, über seine Frau, nehme ich an. Ich hätte gleich darauf kommen können, da ihr ja in einer Redaktion arbeitet.«

»Wir sind schon seit Studienzeiten befreundet, aber das wußtest du wohl nicht?«

Matti schüttelte den Kopf.

»Ihr seid nicht gerade dicke miteinander ...«

»Ach – hat er dir das auch erzählt?«

»Das hat er mir *nicht* erzählt, deswegen kam ich darauf. Weil wir uns sonst nämlich so gut wie alles erzählen. Nur du wirst nie erwähnt, also schwelt da etwas, das ist nicht schwer zu erkennen. Außerdem ist es auch an deinen eigenen Worten ablesbar. Du hast eben von Carla äußerst distanziert als ›seiner Frau‹ gesprochen und nicht etwa gesagt: ›meine Schwägerin‹. Aber genau das wäre normal gewesen, wenn alles normal wäre zwischen euch.«

»Und trotzdem wußtest du genau Bescheid über mein besonderes Verhältnis zu meiner ehemaligen Lehrerin! Woher eigentlich, wenn ich in euren Gesprächen nie erwähnt werde?«

»Fast nie. Manchmal schon. Daß es ein besonderes Verhältnis gewesen ist, war mir aber bis heute nicht bekannt. Du selber hast es vorhin auf Wunsch des Anwalts offengelegt, das war nicht Erik, den du insgeheim vielleicht beschuldigst. Er hat gar keine Ahnung davon.«

Jetzt verstand Matti, daß Weißfinger vorhin in bezug auf Karin Werth nur wie ein Eingeweihter getan hatte. Was für ein Taschenspieler! Sogleich war es Matti genug, mehr als genug, und er sann nach einer Möglichkeit, sich von Weißfinger zu verabschieden. Na, erklärte er schließlich, er wolle nicht unhöflich sein, aber allem Anschein nach wolle man ihn sprechen da vorne, wo Markus Fresenius stünde, er bewegte sich dorthin und wurde auch gleich in Beschlag genommen.

Zwei Stunden später, es war schon weit nach Mitternacht, stieg er dann die Treppe hinab, der Kopf dröhnte ihm, denn dies war doch weit mehr als eine Lesung gewesen, geradezu als unwichtig hatte die sich erwiesen im Vergleich zu den vielen Bekanntschaften, die er geschlossen, und den aufwühlenden Gesprächen, die er geführt hatte; er war schon im zweiten Stock angelangt, als er sich erinnerte, daß er sich bei Fresenius nach der Frau hatte erkundigen wollen, die ihm hier in die Arme gelaufen war.

Er beugte sich, seinen Schritt nicht stoppend, nur verlangsamend, zu dem Klingelschild neben ihrer Tür, um zu sehen, wie sie hieß, aber es stand kein Name darauf, da war auch schon die Person selber wie vergessen.

*

Und jetzt mußte Matti zurück auf die »Barby«, die er nicht mehr befehligen durfte, wie würde er damit klarkommen? Und wie Peter Schott damit, daß auf einmal er das Sagen hatte?

»Leinen los«, rief Peter Schott bei ihrem ersten Ablegemanöver kurz und bündig, und als Matti dem Folge geleistet hatte und sie los waren, die sonnengebleichten, groben und an einigen Stellen schon recht aufgeriebenen Taue, schob er spaßeshalber noch hinterher: »Jut jemacht, Leinenknecht!«

Daraufhin vollführte Matti einen Ausfallschritt in Peters Richtung, neigte den Kopf und hielt die Hand hinter die Ohrmuschel. Und so, wie auf den Stringer festgeschraubt, blieb er stehen, bis Peter Schott ihm den Gefallen tat und in erheblicher Lautstärke wiederholte: »Leinen-knecht!«

Matti winkelte den linken Arm an und hieb mit der rechten Hand auf den Bizeps, du kannst mich mal, sollte das wohl heißen. Peter Schotts zunächst herzhaftes Lachen verebbte dann aber schnell. Es wich einer Traurigkeit, die ihn erst schweigen und dann seinen Kompagnon herbeiwinken ließ: »Komma bitte! Nu komm domma rauf hier!«

»Sind wir eigentlich bescheuert?« fragte er, kaum daß Matti im Steuerhaus erschienen war. »Wieso soll ick dich rumkommandiern? Ditt is sowatt von unnatürlich, ditt haltick niemals durch, ick komm mir richtig blöde vor, du nich?«

Matti wackelte mit dem Kopf. Zwar ging ihm das genauso, aber es hatte sich nicht geziemt, von selber damit anzufangen; wider Erwarten wäre es ja möglich gewesen, Peter Schott hätte schnell Gefallen gefunden am Schiffsführerdasein.

»Siehste. Und warum ditt allett? Wegen ner Anweisung, die jakeener kontrolliern kann. Keene Sau is hier außer uns beeden und der Klopsteg-Mumie und dem faulen neuen Lehrling, dem sowieso allett ejal is. Also laß uns so tun, als wär nüscht passiert, ick bleib dein Vize, und nur wenn irgendwatt zu unterschreim is, setzick mein Wilhelm dahin und nich du. Ick meine, wie solln ditt sonz ooch funktioniern, praktisch jesehn? Willste mich bekochen, du mich? Da würdick mich aber bedanken. Nee, jeder soll ditt weitermachen, watter ordentlich kann – biste einverstanden?«

Matti nickte, und Peter Schott schlug, wie um sich von seiner Position zu verabschieden, mit der flachen Hand auf das holzbeschlagene Steuerrad und gab es frei und trat beiseite und wurde dafür und für alles umarmt und beklopft.

Er schickte sich wieder in seine ureigensten Aufgaben, Peter Schott, und zu denen gehörte, dem trägen Lehrling, den sie gerade hatten, Feuer unterm Arsch zu machen, noch immer mußte dem gesagt werden, daß er die Möwenscheiße, die es dauernd herunterregnete, wegzuschrubben hatte, ja es war, als begriffe der es nicht, darum erklärte Peter Schott ihm das Ganze jetzt mal wissenschaftlich: »Paß uff, mein Junge, ditt duldet deshalb kein weiteren Aufschub, weil dieser Kot ätzende Magensäure enthält, wodurch sozusagen in Windeseile unser Deck zerstört werden würde. Also musser weg, bevorer festpappen und seine Wirkung zu entfalten bejinn kann. Jut. Nunoch zu der Frage, warum die Säure in den Mägen von den Möwen unbedingt so ätzend sein muß, is dir diesbezüglich vielleicht eine Kausalität bekannt? … Is nich bekannt, ditt hattick mir schon jedacht. Ick sags dir: Damit die Möwe mit dieser ihrer Säure die Gräten von den Fischen ufflösen kann, diese verschluckt, die hat ja keene Zähne, die Möwe, deshalb kannse die janzen Fische nur janz verschlucken. Letztlich, und ditt is meiner Rede Sinn, Junge, muß unser Deck also ständig jeschrubbt werden, weil der Möwe die Zähne fehlen und nich, weil dich hier irgendwer schikanieren will, is ditt ein für allemal verstanden worden?«

Nur der Ansatz eines Nickens.

»Ob ditt verstanden worden is?«

Ein »Ja« ertönte, Matti konnte es hören und mußte lächeln, Peter Schott stieg zu ihm ins Steuerhaus, und sie schwiegen eine Weile und fuhren, fuhren und schwiegen, bis Matti sagte: »Da schiebt einer aber ganz schön was vor sich her.«

Und auch Peter bemerkte das ihnen unter der glatten Oberfläche entgegengedrückte Wasser, gewiß, ein noch nicht sichtbarer Kahn stampfte auf sie zu; wenn man Gespür besaß und Erfahrung, konnte man so ein Schiff fast eine halbe Stunde, bevor es sich blicken ließ, nur aufgrund jener Wasserschübe erahnen.

»20 Minuten«, vermutete Peter Schott, und tatsächlich erschien das Schiff nach der vorausgesagten Zeit, eines mit zwei vollbeladenen Prahmen war das, ein weit über hundert Meter langes. Je mehr es sich näherte, um so stärker mußte Matti gegensteuern, damit sie nicht ans Ufer gedrängt wurden von dem Druck, den es vorausschickte; aber er wußte auch, daß sie gleich, und noch viel stärker, in die Kanalmitte gezogen werden würden, zu dem Schiff hin während jener vielleicht zwanzig Sekunden, in denen sie in geringster Entfernung einander passieren würden.

»Der saugt uns vielleicht«, murmelte er, als es soweit war und er kräftig am Lenkrad drehen mußte, und Peter Schott bestätigte, »und wie der uns saugt«.

Und dann gab der Koloß sie wieder frei, und Matti steuerte ein drittes Mal gegen den Sog, er hatte den Bogen raus und sagte: »Jetzt schmeißt er uns ab.«

Sie schipperten noch zwei oder drei Stunden, dann kam das Schiffshebewerk in Sicht, sie machten unweit des Riesentroges am Ufer fest und mußten dort warten, weil noch Kähne vor ihnen waren. Peter der Erzieher nutzte die Zeit für eine kleine Maßnahme. Er wies den Lehrling an, sich aufs Fahrrad mit dem Anhänger zu setzen, das sie mit sich führten, und in Niederfinow eine Kiste Bier zu kaufen, für abends sei die, für nach dem Dienst.

Der Lehrling radelte los; und Matti erschien dieser Dienst, dieser ganze Alltag längst seltsam, gerade weil er so normal verlief, weil hier alles noch so war wie immer, aber was sollte denn hier auch anders sein?

Ein fernes, an Schneeschlittenglöckchen erinnerndes Bimmeln kündigte die Rückkehr des Lehrlings an. Es wuchs sich zu einem wahren

Scheppern aus, und Peter Schott machte die Leinen los, und Matti startete den Motor und steuerte auf den Trog zu, sie ließen sich, Tropfenstrippen nach unten werfend, bis rauf an die Kante des Kanals heben, der ihnen entgegenflutete, sie begannen, ihn mit dem Bug zu teilen, und dann spannte sich das Wasserband wieder so gerade vor ihnen, daß Matti bald schon die unscheinbaren Kilometersteine als Abwechslung empfand, km 74 las er, und 73, und 72, er besah sich, wie jedesmal, wenn er diese Stelle passierte, das Ufer, weil etwas in ihm gern glauben wollte, dort rekele sich vielleicht doch die von Lehrling Zehner ersonnene Meerjungfrau, und etwas in ihm sich vergewissern mußte, daß es sie wirklich nicht gab.

Und einen See querten sie, auf dem starr blickende Ruderer trainierten, umschwirrt von zwei blauen Motorbooten, in denen sich manchmal eine in Silastik geschweißte Gestalt erhob und etwas in ihre Flüstertüte brüllte, das man auf der »Barby« aber nicht verstehen konnte. Rudertrainer, dachte Matti: der einzige unwürdige Beruf hier auf dem Wasser, denn ob man Fischer war, oder Stegmacher, oder Fahrrinnenbaggerführer, man mußte beständig und hart zugreifen, um das Seinige zu tun; das einzige aber, wonach so ein Rudertrainer zu greifen hatte, war dieser Trichter, der, aus der Ferne gesehen, dem Kopf etwas Mißgebildetes gab, ein widerwärtiger Auswuchs war das, ein vorgestülpter Schlund, in dem noch das gewöhnlichste Wort mit einem rabenartigen Krähen und Krächzen behängt wurde. Theoretisch war Matti durchaus bewußt, daß diese Männer, denen er da und dort immer wieder begegnete, auch Trainingspläne erstellten und Wettkampfstrategien entwarfen, daß sie wahrscheinlich sogar eine spezielle Klugheit besaßen, aber so wie sie sich ihm hier auf dem Wasser zeigten, erschienen sie ihm wie Schinder und Schmarotzer, wie Nachfahren jener salz- und seelenverkrusteten Antreiber, die einstmals auf den Galeeren der Weltmeere zugange gewesen waren.

Sie hatten den Abend erreicht, mitten in der Prärie machten sie fest. Matti setzte den kleinen Döpper, um auf dem Wasser zu kennzeichnen, wo der Anker lag; aber wieso Matti, war das nicht Peter Schotts Sache?

Der hatte Wichtigeres zu tun in diesen nachkormoranischen Zeiten. Er kam mit einem langen, vorne offenen Kabel und einem Kupferring aus dem Steuerhaus, und mit ein bißchen Draht noch. Flink befestigte er damit den Ring am Kabel und ließ alles ins Wasser. Er hielt Matti wortlos den Kabelstecker hin, und Matti lief zum Generator, Strom floß nun in das, was auch ein Strom war, Peter Schott beugte sich über die Reling, in der einen Hand seinen Riesentauchsieder, in der anderen einen nicht minder imposanten Kescher; unverfroren war das, wenn man bedachte, daß von der Zentrale immer wieder Mahnungen an die Schiffsbesatzungen ergingen, diese hätten, bei Strafe schmerzhafter Gehaltsabzüge, jegliche Elektrofischerei zu unterlassen, aber bitte, niemand war hier zugegen, keine Menschen jedenfalls, nur Barsche, Schleie und, das war besonders erfreulich, auch ein paar mordsmäßige Zander. Zuckend flogen sie alle durch die Luft, ein bestimmter Impuls, dem die Tiere da unterlagen, so wie es ein Impuls war, daß Peter Schott seinen Kescher flink dahin und dorthin hielt, ja auch bei ihm handelte es sich um ein gehöriges Zucken.

Dem trägen Lehrling, der nicht recht zu verstehen schien, warum derart viele Fische hochgehievt wurden, wie man doch auf der »Barby« niemals würde essen können, erklärte er: »Sollnwa die vielleicht tot im Wasser treim lassen? Die fang an zu stinken. Ditt sindwa dem Fluß schon schuldig, daßwa die rausholen.«

In Wahrheit unterhielt er nach wie vor einen kleinen Frischfischhandel, welcher an den Schleusen abgewickelt wurde, die sie regelmäßig passierten.

Die Zander, die briet er jetzt aber, und herrlich kroß briet er sie. Gegessen, ach was, gespeist wurde bei untergehender Sonne. Nachdem sie tief genug gesunken war, zeigte sich auch gleich der Halbmond, eine Apfelsinenscheibe war das in diesen Minuten, das blutige Orange an der Rundung ein wenig stärker ausgeprägt als an der Geraden; Matti und Peter Schott machten sich gegenseitig darauf aufmerksam und schauten eine Weile wortlos zu der Frucht und schlugen dann, als wollten sie sich ihre Ehrfurcht vor deren Schönheit bestätigen, die Biergläser aneinander, auch wieder lautlos, beinahe lautlos, so dämpfte das Leder, das um Peters Glas war.

Jawohl, so verbrachte Matti den Sommer, gar nichts anderes tat er und gar keine anderen Leute traf er als in den Sommern zuvor, jedenfalls in den Zeiten, in denen er gebunden war auf dem Kahn.

Peter Schott fiel nur auf, daß Matti so gut wie keine finsteren Anwandlungen gehabt hatte in letzter Zeit, und als die orange Scheibe dort oben langsam ausblich, fragte er, woher das eigentlich käme, Mattis neuerdings irgendwie gelasseneres Wesen.

Er sei finster erschienen manchmal? fragte Matti zurück, da sagte Peter Schott, er solle jetzt mal nicht so tun, und Matti lenkte auch gleich ein und erklärte, über die Gründe für die Veränderung müsse er aber erst selber nachdenken.

Weiß wie Rettich war die Mondscheibe mittlerweile, und Peter Schott fragte, ob er noch zu Potte kommen werde, da fing Matti endlich an, sich zu erklären: »Wie war es früher, noch vor kurzem? Das Leben verlief in langen, ruhigen Bahnen, und daß es so verlief, liegt ja vielleicht schon an unserem Beruf. Es ist ein Beruf, der einen verleitet zu glauben, man bewege sich und komme voran, obwohl man doch eigentlich stillsteht. Alles zieht immer an einem vorbei, und man selber geht auch deshalb nicht weiter, weil man von der Bewegung, die ja wie gesagt eine fremde ist und gar nicht die eigene, eingelullt wird ... das stimmt ... so ist's gewesen ...«

»Aber wennde ditt schon so siehst, dann issett doch jetz immer noch so«, warf Peter Schott ein, »nüscht daran hat sich verändert – nur weilde sagst, früher wäritt so jewesen.«

»Doch, etwas hat sich verändert ... erinnerst du dich noch, wie du mich vor langer Zeit mal gefragt hast, was ich immer so sitze und in die Gegend gucke? Ich erzählte, glaube ich, was von Selbsterfahrung, aber in Wahrheit, das ist mir jetzt bewußt, war es nichts als ein schweres, sozusagen triefendes romantisches Gefühl. Ich will das nicht im nachhinein schlechtmachen, aber was verbirgt sich hinter so einem Gefühl? Doch nur das Warten. Das endlose Warten auf Eine oder auf Etwas. Solange man wartet, begreift man natürlich nicht richtig, daß man wartet, dieses Bewußtsein fehlt ... so ... dann habe ich vor lauter Romantik dieses Buch zu schreiben begonnen, als reineweg Wartender, und das war zunächst auch nicht viel anders, als wenn ich Kahn führe, ich zog lange ruhige Bahnen wie immer, nur eben nicht auf dem Wasser, sondern auf dem Papier; nebenbei bemerkt glaube ich, daß man das meinem Stil anmerkt, aber vielleicht bilde ich es mir auch nur ein, denn nicht einmal Karin Werth scheint in dieser Hinsicht was aufgefallen zu sein ... egal, wichtig ist nur, daß ich durch das Geschriebene ja dann unversehens ins Handeln geraten bin, in welches, kannst du mich gleich fragen, aber weißt du, was ich mich selber frage? Ob das folgerichtig oder zufällig gekommen ist. Folgerichtig, würde Karin Werth steif und fest behaupten, doch ich meine, man sollte da nicht so große Unterschiede machen. Alles Folgerichtige braucht den Klebstoff Zufall, um nicht an irgendeiner Stelle abzureißen und auseinanderzufallen. Damit ist natürlich noch nichts über den Zufall selber gesagt. Er ist absolut mystisch und wirkt entgegen einer weitverbreiteten Meinung genausogut pur, sogar immer tritt er einzeln und absichtslos in die Welt, immer, selbst wenn er als Teil einer Kette erscheint ...«

»Ick unterbreche dich unjern, aber du hast schon noch im Kopf, daßde mir begründen wolltest, wiesode nich mehr deine Anwandlungen krist?«

»Darauf komme ich ja jetzt! Endlich bin ich also raus aus dem Warten, und genau das macht mich gelassener, oder nicht gelassener, das wäre nun auch wieder zuviel gesagt ... geduldiger ... geduldiger. Eigentlich ist es ganz einfach: Im Warten steigert der Mensch bloß seine Ungeduld und seine Unduldsamkeit, wohingegen er sie im Handeln wie nebenher dämpft. Es kommt ihm überhaupt nicht darauf an, geduldiger zu werden, aber er wird's, einfach, indem er macht und tut ... glaub's nur, du guckst so, als glaubtest du's mir nicht.«

»Ick gloob dir allett, wirklich«, sagte Peter Schott, in einem Ton, der verriet, daß er etwas geschafft war ob Mattis langer Herleitung. Aber war da, mittendrin, nicht eine Frage gewesen, die Matti ihm gewissermaßen auf die Zunge gelegt hatte; er, Peter Schott, hatte doch seine sieben Sinne noch beieinander, wie lautete gleich die Frage?

Ach ja – in welches Handeln Matti überhaupt geraten sei.

Da erzählte Matti ihm ein bißchen, nur ein bißchen vom Kreis um den Anwalt, zu dem er jetzt gehörte, und als er hiermit fertig war, bemerkte der brave Peter, nun, solch ein Handeln mit genau solchen Forderungen gäbe es im Stadion des Fußballclubs Union ja schon recht lange und vor allem voll öffentlich, und Matti mußte lachen, weil er fand, das sei ein großartiger Witz, aber Peter Schott schaute so pikiert, wie wirklich nur ein unverstandener Unioner zu schauen imstande ist.

Willys Spazierfahrt

Dann war es Herbst geworden; aber der Herbst ist immer ewig lang wie jedes andere Verbleichen und Versterben, also wann im Herbst war es?

Nicht mehr ganz an seinem Anfang, da der Wind so lautlos über die Flüsse und Seen gegangen war, daß sie wie gekämmt gelegen hatten, alle sonstigen Bewegungen waren eingestellt gewesen außer dem belanglosen Taumeln der letzten Mücken knapp über der Wasseroberfläche und dem geschwinden Dahingleiten einiger Seeschlangen, die jener feinen Struktur, durch die sie schnitten, noch ein paar schmale vibrierende Linien hinzufügten, aus dem Schwanz ihnen laufende Nähte.

Aber noch weniger an seinem Ende, denn bislang klirrten ja die Gräser noch nicht metallisch ausgangs der Nacht, bislang hingen die Quitten noch nicht gelber, größer und höher als die Sonne, bislang war aus aufgeschichtetem Sand noch kein Beton geworden, bislang hatten die Rotbuchen noch nicht einmal begonnen mit ihrem betörenden Verglühen und Verglimmen.

Wollüstig brannten nur schon die Hausgiebel, dort rankender wilder Wein tropfte rot auf die Erde, Blatt für Blatt, außer einem, das plötzlich in der Luft stehenblieb, das erzitterte und nicht sank. Keiner, der das unverschämte Glück hatte, es da zu entdecken, wollte sich gleich die Spinne und ihr Netz hinzudenken, und das funktionierte, das reichte für ein kurzzeitiges aufrichtiges Staunen. Die Spinne aber wurde in den ersten kalten Nächten gelähmt, böiger werdende Stürme stopften Stöße von Laub in die Dachrinnen, und kaum daß es dort zu lagern begann, kam Regen und entfärbte und verklumpte es. Da stellten, wie jedes Jahr um diese Zeit, Männer ihre langen dunklen Holzleitern an, um die Rinnen von dem Moderzeugs zu befreien. Manchem hielt die Frau unten mit beiden Händen das Holz, mancher bedurfte ihrer nicht, und mancher hatte keine mehr; der überprüfte vorab besonders penibel den festen Stand der Leiter und stieg erst dann, und quälend langsam, Stufe für Stufe hoch.

Aber es nützte doch alles nichts. Wenn ich jetzt herunterfalle …, dachte Willy um so furchtsamer, je weiter er kletterte. Er begann zu zittern und hörte plötzlich sein geflicktes Herz an ganz falscher Stelle pochen, an ganz falschen Stellen, denn tief in jedem Ohr schien jeweils eines zu stecken und zu schlagen, ein synchrones Hämmergeräusch, das Willys Schläfen, die Wände seines bedrohlichen einzigen Gedankens, jedesmal für den Bruchteil einer Sekunde zu beulen schien. Schmerzen? Schmerzen traten immer danach auf beziehungsweise dazwischen, in den Augenblicken, da sich die Schläfen blitzartig wieder zusammenzogen.

Im vergangenen Jahr hatte er noch einen Zinkeimer mit sich geführt und oben an die Leiter gehängt, um das Laub hineinzutun; aber im vergangenen Jahr war ja, wie er so auf der Leiter gestanden hatte, auch noch das Rauschen der hinter seinem Rücken fließenden Schorba in seine Gehörgänge gedrungen. Jetzt wagte er, trotz freier Hände, nicht einmal, so hoch zu klettern, daß er auf die Rinne hätte schauen können. Statt dessen langte er vorsichtig mit einem Arm nach oben, grapschte nach den suppenden Blätterschichten und ließ sie neben sich herunterfallen. Dies wiederholte er so lange, bis er den ihm erreichbaren Teil der Rinne gesäubert glaubte. Beim Abstieg dann bewegte er sich, als klebte er mit Händen und Füßen an den Sprossen fest und als kostete es ihn die größte Mühe, sich von ihnen loszureißen; er verrückte, nachdem er endlich wieder den Erdboden unter seinen Sohlen spürte, die Leiter anderthalb Meter, machte sich erneut ängstlich und schwerfällig auf …

Lange dauerte das alles, schon war es Zeit für seinen mittäglichen Gang in den Bunker geworden. Er trat ihn nicht an, er hatte sich, weniger was seine Muskeln betraf als seinen Kopf und sein Herz, doch zu stark verausgabt und fühlte, es sei besser, sich erstmal hinzulegen, ja. Was machte es auch schon, wenn er einmal, ein einziges Mal eine Messung ausließ? Sie würde letztlich gar nicht fehlen. Er würde am Abend im Bunker einfach eine Zahl nachtragen, die übliche, sich regelmäßig wiederholende, kolonnenbildende Zahl, auf die man beim Zivilschutz, wenn er dort seine Listen abgegeben hatte, nur einen flüchtigen Blick warf, so vertraut und so vollkommen erwartbar war sie auch den berufsmäßigen Kontrolleuren. Deren gleichmütige, gelangweilte Gesichter, Willy sah sie mit schon geschlossenen Augen, dann schlief er ein.

Als er wieder aufwachte, dämmerte es, die Baumstämme und die dicken Zweige unten am Fluß ragten schon schwarz in die Landschaft. Willy holte tief Luft, um zu prüfen, ob in seiner Brust oder an seinen Schläfen etwas schmerzte, aber da war nichts, hatte er die Reinigungsaktion also doch glücklich überstanden. Er erhob sich, fühlte er sich jetzt nicht sogar kräftiger als am Morgen? Vor allem erleichtert war er, so sehr hatte es ihm auf der Seele gelegen, daß er die Leiter würde hochkraxeln müssen.

Aber jetzt auf einmal, so spät am Tage noch, begann eine ganze Serie von Überraschungen.

Denn das Telefon klingelte, und Matti war das, der nach einer kurzen Begrüßung mit seltsamer Stimme erklärte: »Catherine übergibt sich dauernd, hast du eine Ahnung, was sich da machen läßt?«

Zuerst begriff Willy gar nicht den herrlichen, offensichtlichen Hinterhalt. »Keine Ahnung«, brummte er. Als das noch nicht ganz heraus war, durchfuhr ihn doch die Erleuchtung, und er fragte begeistert zurück, beinahe schrie er: »Sie kotzt, sagst du?«

»Sie kotzt!«

Das sei ja großartig – aber ob Catherine dies auch wirklich aus dem richtigen Grund tue, ob sie beide, also das heiße Catherine, ob Catherine da absolut sicher sei.

Sei sie, sonst würde er, Matti, jetzt doch nicht anrufen, sonst würde er schlicht und einfach seine Klappe halten, wenn keine Gewißheit wäre, das könne Willy glauben.

Nein, das noch zu erleben!

Er klang überwältigt, dieser Willy, er schien derart euphorisiert, als habe er *so etwas* noch nie erlebt, und deshalb erinnerte Matti ihn vorsichtshalber daran, daß er ja wohl schon Großvater sei.

Das stimme, sagte Willy erschrocken, und weil er so nicht klingen wollte, wiederholte er freudiger, das stimme, er werde nun schon zum zweiten Male Großvater, fein. Mit jenem ersten Ausruf aber – das noch zu erleben! – hatte er trotzdem die Wahrheit verkündet, denn seltsam war es bislang für ihn, Großvater zu sein, seltsam war es, an den kleinen Wiktor bloß zu denken: Er wehrte ihn ab, so wie er Erik abwehrte, und gleichzeitig haßte er sich dafür, weil er wußte, daß Erik sein Geschöpf war und Wiktor wiederum Eriks und daß er, Willy, eigentlich nur sich selber meinen konnte, wenn er in Gedanken Wiktor fortstieß.

Und außerdem, wie niedlich und hell zeigte der sich, stand er erstmal vor einem. Man mußte ihn einfach liebhaben! Verfallen mußte man ihm, das ging rasend schnell jedesmal, binnen Sekunden ging es, und es hielt an, hielt genau so lange an, wie das Kind im Hause war. In solchen Zeiten fühlte sich auch Willy rein und gut, so mächtig war dieses Kind. Kaum aber hatte es Winke-Winke gemacht mit seinen Händchen, kaum hatte es sich wieder verabschiedet, begann wie ein langsam sich senkender Vorhang die Fremdheit es wieder unkenntlich zu machen. Und er selber, Willy, war es, der diesen Vorhang herunterließ; gottnochmal, er würde gern mehr lieben, Erik mehr lieben, sich selber, aber er konnte nicht.

Indes fühlte er sich außerstande, alle diese schwierigen und ihn verstörenden Gedanken Matti gegenüber am Telefon zu formulieren, und so fragte er ihn, wann eigentlich der voraussichtliche Entbindungstermin sei.

Dann und dann.

Und ob – ob auch Marieluise schon die freudige Nachricht erhalten habe.

Mit Bedacht soeben sei das geschehen.

Das verstünde er vielleicht nicht ganz: weshalb mit Bedacht soeben?

Weil unbedingt Gleichheit herrschen solle bezüglich der Großeltern, um so mehr, da sie sich in Gerberstedt jederzeit über den Weg laufen könnten. Und was werfe es denn auch für ein Licht auf entweder den Sohn oder die Tochter, wenn entweder Willy oder Marieluise noch nicht Bescheid wüßte während des Einander-Begegnens?

Sehr anständig sei das von ihm und von Catherine, und vorausschauend auch.

Nein, wehrte Matti ab, selbstverständlich sei es.

So ging es noch ein wenig hin und her, bis Willy schließlich bat, Matti möge einmal mehr, als er's sonst täte, nämlich nur so für ihn mit der Hand über Catherines Bauch streichen, das war eigentlich bloß gesagt, weil er mit einem besonders schönen Gesprächsabschluß glänzen wollte, symbolisch war es gemeint. Aber Matti versprach es mit feierlicher Stimme: Auf jeden Fall werde er das tun. Catherine, das wisse er, werde sich freuen und andächtig stillhalten.

Willy blieb nun noch viel Zeit bis zu seinem theoretisch dritten Gang nach dem Bunker, über eine Stunde. Trotzdem zog er sich schon an. Zu Marieluise machte er sich kurzerhand auf, was sollte er hier denn hocken bleiben so allein, und was sollte sie allein bei sich hocken, herrje, ihrer beider Kinder hatten einander ein Kind gemacht, da mußten doch auch sie beide jetzt gleich zusammenkommen. Willy war geradezu begierig, sie zu umarmen und sich von ihr umarmen zu lassen; reinste Freude empfand er schon bei der Vorstellung, wie er bei ihr Sturm läuten und sie ihm daraufhin ihr frohes Gesicht zeigen würde.

So schritt er aus, stürmisch wie lange nicht mehr. Nur auf der Schorba-Brücke mußte er vorsichtig sein, denn nasses Laub bedeckte die krummen Holzbohlen, das konnte rutschig werden. Er hielt sich im Gehen an dem Holzgeländer fest, schliff es noch ein unsichtbares kleines bißchen glatter, als es schon gewesen war, und betrat endlich das rauhe sichere Pflaster der Innenstadt. Unter seiner einen Sohle lugte vorn ein großes Blatt hervor, es platschte bei jedem Schritt fast wie eine Schwimmflosse, da blieb er stehen und streifte es sich mit der Spitze des anderen Schuhs ab.

Und jetzt klingelte er, wie er sich's vorgenommen hatte, Sturm klingelte er, und Marieluise ließ ihr Gesicht blicken.

*

Es war verweint. Sie wirkte auch überrascht, ihn zu sehen. Ihrerseits war sie wohl nie und nimmer auf den Gedanken gekommen, zu ihm zu gehen. War sie im ersten Moment nicht sogar zurückgezuckt vor ihm?

Willy wagte nicht, sie zu umarmen, sondern sagte wie entschuldigend: »Heute ist ein besonderer Tag, und da dachte ich mir ...«

»Ja, natürlich, komm rein.« Sie vollführte eine Vierteldrehung, um ihn vorbeizulassen, und lächelte ihn dabei an, ihre Überraschung hatte sich jetzt allem Anschein nach gelegt.

Während er in das Wohnzimmer hineinging, hörte er, wie sie sich hinter ihm schneuzte, aber als er sich dann umwandte, lächelte sie nur um so mehr, darum sagte er: »Du brauchst dich doch nicht zu schämen. Wein doch ruhig. Das sind doch schöne Tränen.« Er strahlte sie geradezu an.

Marieluise legte den Kopf schief und biß sich auf die Unterlippe, nein, sie wollte jetzt um nichts in der Welt mehr weinen. »Einen Dujardin?« fragte sie und lief schon zu dem hohen Gründerzeitschrank, in dessen Türen die Andeutungen weiterer Türen eingelassen waren, und holte den Kognak heraus.

»Auf unsere beiden, die uns also ein Enkelkind bescheren«, sagte Willy, während er sein Glas erhob, da stellte sie ihres ab und tat etwas, das Willy nicht erwartet hatte, nicht mehr nach der Szene an der Haustür: Sie drängte sich an ihn und gab ihn bestimmt eine halbe Minute nicht mehr frei; einmal machte er, der ja sein volles Glas hinter ihrem Rücken hielt, zwischendrin Anstalten, zurückzutreten, aber das duldete sie nicht, nur noch fester grub sie ihre Hände in seine Schulterblätter.

Endlich ließ sie nach. »Na komm«, sagte Willy, und er griff auch nach ihrem Glas und reichte es ihr.

Sie setzten sich, und Willy jubilierte: »Erst haben sie ewig lange gebraucht, um zusammenzukommen, und nun ging alles so schnell. Wie lang sind sie erst ein Paar?« Er wußte es natürlich, er wollte nur ein bißchen plappern in seinem unverhofften Glück.

»Kein Jahr«, sagte Marieluise.

»Siehst du, kein Jahr, und doch ist es das Normalste von der Welt, daß sie jetzt schon ein Kind kriegen, denn sie passen ideal zusammen. Alles geht wie von alleine bei diesen beiden, das sieht man wirklich selten. Weißt du, was mich verwundert hätte? Wenn sie jetzt kein Kind kriegen würden, jawohl.«

Marieluise tat nichts als lächeln, ein leises, zurückhaltendes, wie bestelltes Lächeln war das. Als ob sie den Großteil ihrer aufrichtigen Freude in der langen Umarmung gelassen hätte.

Und so war es Willy, der weiterredete: »Mit uns haben sie doch auch Glück, nicht? Ich meine, mit unserer Vertrautheit. Wir sind nicht wie andere Schwiegereltern, die sich erst kennenlernen müssen und sich dann vielleicht nicht riechen können und eine dämliche Konkurrenz um ihren Enkel aufmachen. Wird alles nicht passieren bei uns, wir werden uns das Kind teilen, zumal wir ja ganz nahe beieinander wohnen. Im Grunde können wir es gemeinsam betreuen, wenn es hier in Gerberstedt ist, du bekochst es, und ich spiele mit ihm, und mal schläft es bei dir, und mal bei mir, und egal wo es gerade schläft, beide sagen wir ihm Gute Nacht, oder meinetwegen manchmal auch nicht beide, völlig egal, wir werden bald als ein Großelternpaar gelten für das Kind.«

Er schaute nickend Marieluise an, aber weder nickte Marieluise zurück, noch schenkte sie ihm wieder ihr Lächeln.

»Meinst du nicht?«

»Ich meine so manches nicht.«

Recht kryptisch gesprochen war das, und Willy runzelte die Stirn.

»So manches«, wiederholte Marieluise mit einigem Nachdruck und, wenn ihn nicht alles täuschte, mit unterdrücktem Zorn.

»Was hast du denn auf einmal?«

Plötzlich stampfte Marieluise mit dem Fuß auf. »Das ist wieder mal typisch, daß du das fragst. Nichts hast du wieder mal bemerkt! Auf einmal? Wie kannst du das nur sagen? Die ganze Zeit ist mir schon so, aber das willst du nicht bemerken, genau wie du ja auch bei Ruth nichts hast bemerken wollen.«

»Wie kommst du denn jetzt darauf?« fragte Willy bestürzt. »Erstens habe ich damals durchaus vieles bemerkt, wie wir beide wohl schon zur Genüge besprochen haben, und zweitens ist es Vergangenheit und hat nichts mit der Zukunft zu tun – nichts mit den Kindern.«

»Da bin ich anderer Meinung«, erwiderte Marieluise.

»Wie? Dann erkläre mir, was es damit zu tun haben soll – dann erkläre mir das mal!« Seine ganze unwillige Miene drückte aus, für wie absurd er Marieluises plötzlichen Hinweis auf seine Vergangenheit hielt, und das mußte er gleich mit ein paar weiteren Worten bekräftigen, so sauer war er, daß Marieluise seine schöne Euphorie durchschossen hatte: »Wir haben so wunderbare Kinder, die, ich wiederhole mich, sich so großartig verstehen, und du hast nichts anderes zu tun, als auf den Schmutz der Vergangenheit zu zeigen. Anstatt dich auch zu freuen! Wieso kannst du dich nicht auch einfach freuen, das erkläre mir mal! Das würde ich wirklich gern verstehen.«

Er schien Marieluise ein wenig eingeschüchtert zu haben, jedenfalls senkte sie den Kopf und bekannte: »Ich freue mich ja. So ist es nicht. Riesig freue ich mich. Aber gleichzeitig – habe ich Angst um Catherine.« Sie hob den Kopf, sie bemühte sich, Willy in die Augen zu sehen.

»Aber warum denn? Wegen möglicher Komplikationen bei der Geburt, oder weswegen?«

Marieluise machte eine fast geringschätzige Handbewegung: »Wegen der Geburt … nein … wegen Matti. Weil sie nun ganz anders an ihn gebunden ist als ohne Kind und sie jetzt erst recht mit ihm zusammenbleiben wird … dernderwegen.«

Dernderwegen, dieses alte sanfte, schön umständliche thüringische

Wort war von Marieluise wohl nicht zufällig hinzugefügt worden, bestimmt sollte es die beleidigende Härte mildern, die in ihrer Begründung lag.

Dennoch war Willy wie vor den Kopf gestoßen. Er sprang auf und lief mit verzerrtem Gesicht an Marieluise vorbei zum Fenster, aber er sah nur die Rippen der von ihr längst geschlossenen Läden, keine Ablenkung fand er bei denen, so stapfte er zurück zu seinem Ledersessel, ganz außer Atem war er, und mit schwerer Zunge brachte er endlich hervor: »Was hast du gegen Matti?«

»Ich habe nichts gegen Matti«, antwortete Marieluise verzweifelt, »er liebt Catherine, so wie sie ihn liebt, das hat man selten, exakt wie du sagst.«

»Also?«

»Trotzdem habe ich Angst davor, daß sich eines Tages alles ändert und er Catherine weh tun wird, so wie du Ruth weh getan hast, denn er ist dein Sohn. Ich erwarte es geradezu! Ich möchte es nicht erwarten, glaube mir, ich will kein neues Unheil heraufbeschwören, aber ich kann Matti einfach nicht von dir trennen, das mag ungerecht sein …«

»Es ist ungerecht! Es ist vollkommen unzulässig! Wenn du in mir unbedingt immer noch einen Schuft sehen willst, gut, das kann ich nicht ändern, da bin ich also weiter der Schuft, bis an mein Lebensende, bitteschön, ich stehe zur Verfügung als Sündenbock – nur ist Matti doch nicht mein Wiedergänger! Er ist ein neuer und anderer Mensch! Ich will ihn nicht über den grünen Klee loben, aber scheinbar muß ich, damit du es begreifst: Ein reiner Mensch ist er, und zwar ein viel reinerer, als ich es bin.«

»Unzulässig, sagst du? Kein Gefühl ist unzulässig, es handelt sich um ein Gefühl, also verbiete mir nicht, es zu haben. Im übrigen warst du auch einmal ein reiner Mensch und bist es nicht geblieben.«

»Das kannst du doch nicht vergleichen! Ruth und ich haben von Anfang an schweren Ballast mit uns herumgeschleppt, das tun Catherine und Matti nicht, ihre Situation ist viel einfacher, sie sind frei miteinander, also steigere dich mal nicht hinein in dein sogenanntes Gefühl. Und außerdem – außerdem habe ich doch keine Lust, jetzt so auf mich einprügeln zu lassen. Immer weiter prügelst du! Hast du dir vielleicht mal überlegt, daß du mir nicht nur das Vergangene anlastest, sondern gleich auch das Zukünftige, das in den Sternen steht? Und herausreden,

herausreden tust du dich, indem du sagst: Ist ja nur so ein Gefühl, ist ja alles halb so wild. Gefühle werden aber zu Behauptungen, wenn man sie so einsetzt wie du. Zu Peitschen! Die Peitschen der Frauen sind überhaupt ihre Gefühle …«

»Ach, laß das doch«, erwiderte Marieluise matt, »du tust ja gerade so, als würde ich mir einen Spaß daraus machen. Und Absicht unterstellst du mir, schlaue Zielgerichtetheit. Aber da irrst du. Nichts von meinen Ahnungen wollte ich dir eigentlich sagen, denn das weiß ich auch, daß ich den Teufel an die Wand male und wahrscheinlich maßlos übertreibe. Aber wenn ich ihn nunmal sehe oder gesehen habe? Jetzt, da ich über ihn gesprochen habe, ist er ja schon kleiner, aber mit wem sollte ich je darüber sprechen? Mit Catherine? Niemals! Ich darf doch ihr gegenüber nicht Matti in Zweifel ziehen. Außerdem käme ich, wenn ich es täte, automatisch auf Ruth und die wahren Gründe ihres Sterbens, aber die müssen geheim bleiben, das hat Ruth gefordert, und daran halte ich mich … bleibst nur du, und ausgerechnet du klingelst bei mir ausgerechnet in dem Moment, in dem mir noch ganz wirr ist von der neuen Nachricht.«

»Das heißt, mein Sohn kann weiter auf dein Wohlwollen zählen?« fragte Willy wie ein Patriarch.

»Auf meine Zuneigung«, verbesserte ihn Marieluise, und wie zur Bekräftigung schaute sie ihn so liebevoll an, als sei er Matti höchstselbst. War das nicht ein bißchen jäh von ihr? Sogar die besonnensten Weiber, dachte er, haben doch was Sprunghaftes an sich.

Er blickte, bloß um sich dem zu entziehen, auf die Uhr. Derweil griff Marieluise nach der Dujardinflasche.

Willy sagte, er müsse los in den Bunker, das war die Wahrheit, aber Marieluise hatte schon eingeschenkt und bat ihn mit immer noch weichem Blick, auf die Zukunft zu trinken, die sie gerade in Frage gestellt hatte, da sagte er stramm und galant: »Was bist du nur für eine dumme Kuh, Em-El.«

Sie fing an zu lachen und zu weinen, Willy hatte sie ganz in der Hand jetzt, das schien ihr wohlzutun, und ihm sowieso. Solch einen Satz gesagt zu haben, es verlieh ihm nochmal was Jugendliches und Verwegenes.

Kaum war der Kognak heruntergeschluckt, machte Willy sich auf zum Bunker, aber er war doch kein Patriarch und kein Junger mehr, wie er unterwegs merkte, denn Patriarchen und Junge, die kriegen ja nicht Herzschmerzen nach der kleinsten Auseinandersetzung, Patriarchen und Junge müssen nicht so vorsichtig einen Fuß vor den anderen setzen, wie er es jetzt tat.

Willy bog in die Stichstraße neben dem weitläufigen, von einem hohen Metallzaun begrenzten »Aufbruch«-Gelände, an deren Ende der Bunker lag. Sie war etwa 200 Meter lang und nur spärlich beleuchtet. Das einzige Licht, das herdrang, fiel 15 oder 20 Meter entfernt durch ein schmales blindes Glasband, welches hoch oben in die Mauern einer Werkhalle eingelassen war. Ein gedämpftes Wummern ertönte von dort, jenes Maschinengeräusch, das Willy so vertraut war und das ihm jetzt beinahe zuverlässiger den Weg wies als der schwache Schein, der auf dem Asphalt lag.

Zu seiner Verblüffung leuchtete heute aber auch vor dem Bunker ein Licht. Was war das für eins? Und befand es sich überhaupt vor dem Bunker, oder drang es nicht aus dem heraus? Willy beschleunigte seine Schritte. Nun entdeckte er ganz hinten am rechten Straßenrand die Umrisse klobiger Kästen, und vor und neben denen, da bewegte sich was. Gebannt starrte er im Gehen dorthin. Das waren Laster und Menschen! Man lud, wenn ihn nicht alles täuschte, gerade etwas ab und trug es in den Bunker, und dabei, das vernahm er mittlerweile, ertönten leise metallische Geräusche. Weil das, was man transportierte und was offensichtlich von ordentlichem Gewicht war, auf den Asphalt stieß? Oder weil es in sich klirrte?

Er befand sich vielleicht noch 50 Meter vom Eingang entfernt, als sich ihm langsam erschloß, daß dort vorn ein vielköpfiger, straff organisierter Trupp zugange war. Die einen aus der Gruppe reichten jenes Metallische von den Lastern, die anderen schleppten es in den Bunker, und sie, die letzteren, waren so viele, daß immer einige von ihnen schon wieder aus dem Bunker eilten, während einige dort erst hineindrängten. Vielleicht hielten sich drinnen noch weitere Männer auf und nahmen die metallischen Stücke in Empfang? Im übrigen hörte Willy außer jenem leisen Klirren keinen Laut, die Gestalten vermieden jedes Wort.

Noch 20 Meter bis zum Eingang. Er ging mittlerweile auf Höhe des ersten Lasters, des ersten von wie vielen? Von fünfen. Einer der Männer aber, die auf der Ladefläche standen, wurde auf ihn aufmerksam.

Mit einem Satz sprang er herunter, wortlos postierte er sich vor Willy und hinderte ihn, auch nur noch einen Schritt zu tun. Gleichzeitig stieß er einen leisen und doch scharfen Pfiff in Richtung des Bunkers aus. Sofort löste sich dort jemand, der bislang unsichtbar gewesen war, an der Bunkerwand hatte er sich wohl aufgehalten, in einem lichtlosen Winkel. Und wie er lief, das kam Willy halbwegs bekannt vor. Aber ehe Willy ihn anhand seines Schrittes zu identifizieren vermochte, war der Mann auch schon heran, und Willy erkannte an seinem Gesicht, um wen es sich handelte: um Felix Freieisen.

Mit einer Kopfbewegung bedeutete Freieisen seinem Untergebenen, er möge zurück auf den Laster klettern. Dann beschied er Willy: »Du kannst hier nicht mehr rein.« Mehr sagte er nicht, er wartete einfach, mit dem Rücken zum Bunker und den Händen in den Manteltaschen.

»Was soll das heißen?« Bevor er das fragte, hatte Willy eine Sekunde gedacht, es zeuge von großer Erfahrung und Gelassenheit, wenn er sich jetzt umdrehte und ginge, wenn er Freieisen wortlos stehenließe, denn ausrichten könne er ja sowieso nichts gegen ihn. Aber dann hatte er es doch fragen müssen. Er war hier schließlich der Direktor gewesen. Nebenan wummerten seine Maschinen. Er ließ sich hier nicht abweisen wie ein Schuljunge.

»Ich bin nicht befugt, dir das zu erklären. Du kannst hier nicht mehr rein«, wiederholte Freieisen mit versteinerter Miene. Auch postierte er sich breitbeiniger.

»Ich habe hier aber eine Aufgabe zu erfüllen.«

»So?« fragte Freieisen sarkastisch.

»Ja, ich habe hier Messungen durchzuführen.« Es erzürnte ihn, Freieisen etwas erklären zu müssen, das dem nur allzu bekannt sein dürfte.

»Aber du hast deine Aufgabe nicht erfüllt. Heute mittag habe ich hier eine geschlagene Stunde umsonst auf dich gewartet, das fand ich gar nicht lustig. Im Anschluß habe ich bei dir zu Hause geklingelt, aber tja, da warst du auch nicht. So wichtig kann dir deine Aufgabe also nicht sein, wenn du dich irgendwo herumtreibst, statt ihr nachzukommen.«

Freieisen hatte geklingelt? Das hatte Willy nicht gehört. Er wollte aber nicht zugeben, daß er geschlafen hatte, er fragte: »Warum hast du überhaupt auf mich gewartet, wenn du mir sowieso nichts sagen darfst oder willst.«

»Um mir von dir den Bunkerschlüssel aushändigen zu lassen.« Freieisen streckte die Hand vor.

In Willy arbeitete es. Freieisen mußte nach seiner vergeblichen mittäglichen Suche ihr jetziges Zusammentreffen einkalkuliert, wenn nicht erwartet haben. Und dennoch hatte er seine Aktion anlaufen lassen, daraus ließ sich zweierlei entnehmen: daß sie offensichtlich keinerlei Aufschub duldete und daß er, Willy, von Freieisen als zu alt und zu ungefährlich eingeschätzt wurde, um hier noch irgendwelchen Ärger zu machen. Da regte sich mehr Widerstand in ihm, und er sagte: »Den Schlüssel kriegst du nicht. Der Schlüssel gehört der Zivilverteidigung.«

»Ich habe mich wohl verhört?« Mit den Fingerspitzen seiner ausgestreckten Hand stieß Freieisen schon an Willys Jacke.

Willy wurde aber richtig keck, er war Patriarch und Direktor und sehr jung noch einmal, das hatte Freieisen alles aus ihm herausgekitzelt, das schlug Freieisen jetzt alles entgegen, Willy fragte ihn barsch: »Was stellt ihr hier überhaupt an?«

Er schaute, als Freieisen nicht antwortete, zu dem Laster neben ihnen, jemand stapfte keinen Meter entfernt an ihm vorbei, ein zusammengeklapptes schweres Gestänge war es, das der trug – ein Feldbett? Ein Feldbett, jawohl.

Jedoch fand Willy keine Zeit mehr, darüber nachzudenken, zu welchem Zweck die vielen Betten in den Bunker geschleppt wurden, Hunderte mußten das ja sein, denn Freieisen war auf einmal hinter ihm, packte ihn an beiden Handfesseln, drehte ihm die Arme mit einem Ruck über den Kopf und stieß ihn zu Boden.

Daß Freieisen ihm dann den Schlüssel aus der Tasche zog, merkte Willy schon gar nicht mehr. Was er jetzt noch spürte, war einzig und allein der neuerliche Infarkt. Etwas hatte ihn von innen zerblitzt, und nun schmolz er zusammen, wie ein Wurm gekrümmt wälzte er sich in dem Schmerz, den er absonderte.

*

Der Arzt im Krankenhaus beruhigte die Kinder am Telefon: Wenn sie jetzt auch noch nicht mit dem Patienten sprechen könnten, so bestünde doch kein Grund zu übermäßiger Sorge. Der Zustand ihres Vaters sei ein relativ stabiler und werde sich hoffentlich weiter bessern. Er, der Behandelnde, verstehe natürlich, daß sie sich sogleich nach Gerberstedt aufmachen wollten, und er habe auch nicht die Absicht, sie daran zu hindern, aber er gebe folgendes zu bedenken: Heute und vielleicht auch noch morgen und übermorgen, er könne sich nicht festlegen, wie lange genau, benötige ihr Vater absolute Ruhe. Jeder Besuch bedeute aber zwangsläufig Aufregung, das verstünden sie? Gut. Je mehr Ruhe der Patient jetzt also habe, um so eher könne er entlassen werden. Noch einmal, hüten werde er sich, eine Prognose zu stellen, aber vielleicht sollten sie vorerst ihre jeweiligen Arbeiten fortführen? Vielleicht sei es klug und fürsorglich, er betone, fürsorglich, dann herzureisen, und dafür eine Weile zu bleiben, wenn ihr Vater zurück nach Hause dürfe? Zu Hause nämlich, da werde er ihre Anwesenheit viel nötiger haben als hier, stark abhängig werde er von ihrer Hilfe sein, soviel ließe sich sagen jedenfalls.

Das leuchtete ihnen ein. Sie verabredeten untereinander, wer Willy wann betreuen könne, sie machten schon recht weitreichende Pläne und riefen regelmäßig im Krankenhaus an.

Dort hieß es aber plötzlich, die Lage habe sich rapide verschlechtert, sie mögen doch schnell kommen, es wurde nicht gesagt: wenn sie ihren Vater noch einmal lebend sehen wollten, aber es schwang überraschend bedrohlich mit, es war gar nicht zu überhören. Da stürzten sie herbei. Matti setzte sich in Anklam in die Bahn, wo er Hals über Kopf die »Barby« verlassen hatte. Britta rannte in Guben zum Zug, denn es war ja schon Winterpause im Zirkus, und sie tingelte, um sich etwas Geld zu verdienen und Beifall, Beifall, Beifall, mit ihrer Nummer durch die Kulturhäuser der Betriebe und Städte. Erik schließlich sprang in der Tucholskystraße in seinen Wartburg. Nach ein paar Sekunden, auf der Oranienburger, kam er am Fernmeldeamt vorbei, und ihm fiel ein, noch schnell ein Telegramm an Bernhard zu senden. Aber weder hatte er auf die Schnelle dessen Adresse parat, noch wußte er, ob Willy es überhaupt genehm sein würde, den Bruder zu sehen; so fuhr er weiter.

Die Ankunft der Geschwister erfolgte einzeln und in größeren Zeitabständen, eines aber wiederholte sich: Jeder von ihnen zeigte sich entsetzt über Willys Anblick. Obwohl sie, einer wie der andere, sich nach dem Notruf doch im klaren gewesen waren über seinen Zustand, obwohl sie diesbezüglich keinerlei Illusionen gehegt hatten? Dennoch. In ihren Gedanken war ja jener kritische Zustand etwas halbwegs Abstraktes geblieben, etwas, dem sie aus Selbstschutz nicht noch konkrete Farben, Konturen und Gerüche hinzugefügt hatten. Nun aber, da sie Willys ansichtig wurden, trat alles das nur um so stärker hervor und bestürzte sie nur umso mehr: Das Gesicht des Kranken war von gelblicher Bleichheit und schien nach unten in die Länge gezogen, so schmal und eingefallen war es besonders am ohnehin spitzen Kinn. Die Augen wiederum lagen schattig und schwarz in ihren tiefen Höhlungen, wie in Erdlöcher gerollte Murmeln ruhten sie da. Manchmal schlossen sich schwerfällig die Lider, und jedesmal dauerte es eine Weile, ehe sie sich, noch schwerfälliger, wieder hoben. Und auffällig auch noch, daß einzelne Haare da und dort das Kissen bedeckten, als seien sie von einem Wind herbeigeweht worden, von irgendeinem Wind wohl, denn Willys Schädel bewegte sich kaum, und wenn doch, dann ohne den Flecken zu verlassen, auf den er gebettet war. Ein Sterbender, kein Zweifel.

Erik mit seinem Auto war der erste, der eintraf. Die Sekunden seiner offensichtlichen Verstörung versuchte er vergessen zu machen, indem er vor Willys Augen schnell umschaltete auf guten Mut: Er tätschelte die Bettdecke und nickte dazu in einem fort und lächelte munter, wenngleich mit zitternder Unterlippe, er fühlte wohl selber, daß er unglaubwürdig und sogar plump wirkte.

Willy deutete auch ein Lächeln an, ein wissendes und mitleidiges Lächeln war das, was strampelst du dich ab, Junge, schien es zu sagen. Im übrigen war es mehr nach innen als nach außen gerichtet.

Erik griff sich einen Besucherstuhl und setzte sich ans Kopfende des Bettes. »Hat's dich ganz schön erwischt«, sagte er endlich; wie er sich mühte, in den richtigen Ton zu finden.

Und Willy behielt sein Lächeln bei.

»Wo hat's dich eigentlich erwischt?« Das war den Kindern nicht bekannt, keiner hatte ja in den letzten Tagen mit ihm sprechen können.

Willy deutete ein Kopfschütteln an.

»Magst du es nicht sagen?«

Ein langsames schwerfälliges Schlucken, und endlich brachte er ein Wort hervor: »später«. Er schaute von Erik zur Tür, so machte er seinem Sohn begreiflich, er wünsche zu warten mit dem Reden, weil er nicht willens oder nicht in der Lage sei, alles noch einmal oder zweimal zu wiederholen.

»Ja«, flüsterte Erik, »ruh dich nur aus«, er traute sich nicht, in Zimmerlautstärke zu sprechen, und er hatte auch eine trockene Kehle, bloß vom Betrachten Willys.

Dann trat Stille ein.

»Erzähl du was«, bat Willy schließlich, wobei er, wie zur Bekräftigung, einen Lidschlag vollzog.

»Was denn?« fragte Erik zaghaft.

Willy hob seine Hand von der Bettdecke, gerade so, daß ein Lineal druntergepaßt hätte, er drehte sie ein wenig und ließ sie wieder fallen.

»Ja, na, weißt du, bei uns geht alles seinen Gang eigentlich«, hob Erik an, »gar nichts Weltbewegendes ist passiert.« Schon wieder wußte er nicht weiter, wovon erzählte man denn einem derart Maladen? Erzählte man Gewöhnliches? Besonderes? Aber es gab ja nichts Besonderes bei ihm ... außer vielleicht ... ja, das ließ sich womöglich berichten, ihm war etwas eingefallen, das nun beileibe nicht verrückt war, aber auch nicht ganz gewöhnlich, so begann er noch einmal: »Etwas Überraschendes hat sich doch zugetragen. Kutzmutz ist zu mir gekommen, du erinnerst dich an ihn? Mein Abteilungsleiter ist das. Nach Westberlin will er mich schicken. Die Plakatwerbung entlang der Mauer soll ich kontrollieren ... aber ich glaube, du weißt gar nicht, daß es die gibt. Und daß sie sozusagen auf meinem Mist gewachsen ist. Vor Jahren hatte ich einen entsprechenden Vorschlag gemacht: Man könnte doch Plakate aufhängen an den Giebeln unserer Häuser, die nach Westen zeigen und nur von dort erkennbar sind, wie gesagt, das war meine Idee. Lange hat es gedauert, bis sie umgesetzt wurde, tausend Instanzen mischten da mit. Im Zuge dessen sind aus unserem Hause immer wieder Leute rübergefahren und haben verhandelt und geeignete Plätze ausgesucht ... ja, und seit geraumer Zeit hängen also diese Plakate. Kontrolliert wurden sie bis jetzt von den erwähnten Leuten. Und auf einmal soll ich das tun ... übermorgen, übermorgen ist es soweit ...«

Willy ließ nicht erkennen, was er von der Angelegenheit hielt, seine Lider waren zugeklappt, seltsam groß wirkten sie in oder auf dem verschmälerten Gesicht, fast wie Jalousien.

»Natürlich habe ich Kutzmutz gefragt, was mir auf einmal die Ehre verschaffe. Darauf hat er nicht direkt geantwortet, aber dem, was er gesagt hat, war zu entnehmen, daß die üblichen Verdächtigen gerade nicht sonderlich interessiert sind und daß ich ... irgendwie mal dran bin ...«

Willy zog die Jalousien hoch. In seinem Blick lag das ganze Wissen eines unvollkommenen Lebens. Schaute er geringschätzig? Mitleidig schaute er wieder.

Erik biß sich auf die Unterlippe. Er verstand durchaus diesen Blick; er begriff ja selber: ihm war von Kutzmutz wegen jahrelanger guter Führung ein Almosen hingeworfen worden, alles befand sich in Aufruhr gerade, Massen flüchteten auf einem Delta sich öffnender Wege aus dem Land, und er, er kriegte dieses Almosen. Weil er sich immer so brav und so eifrig verhalten hatte. Durfte er jetzt nach Westberlin. Und was sollte er da eigentlich? Plakate kontrollieren, das erschien ihm völlig sinnlos – so sinnlos, wie ihm einst im Land der drei Meere die Kontrolle des Luftraums von dem dreckigen Turm aus erschienen war; der Vergleich drängte sich ihm auf, handelte es sich doch jeweils ganz eindeutig um Beschäftigungstherapie, nur daß sie damals als Schikane dahergekommen war und jetzt als Auszeichnung. Aber wie lächerlich war diese Auszeichnung in den heutigen atemlosen Tagen. Sogar ledrige Rocker verlasen politische Petitionen, sogar silbrige Synodale kamen aus der papiernen Deckung, und als würde eine riesige versteckte Ormegmaschine aufmüpfige Menschen ausspucken, flatterten alle sieben Tage doppelt und dreifach so viele Messestädter auf die Straße. Und er, mußte das wirklich sein, er kriegte jetzt einen Paß, jetzt. Da hatte es ihm auf der Zunge gelegen, diesem Kutzmutz zu erklären, er möge sich den Paß in seinen Hintern schieben; und mehr noch, nächtelang war er wachgelegen und hatte verschiedene viel dramatischere Szenarien durchgespielt, in denen er sich weigerte, auf das Angebot einzugehen, ja geradezu hineingesteigert hatte er sich in seine Abwehr, zum Helden wuchs er, auch er, denn das ließ er nun wirklich nicht mit sich machen, nein er ließ sich nicht ruhigstellen, verhohnepipeln, niederdrücken mit Hilfe dieser Auszeichnung, er wurde gar handgreiflich gegen Kutzmutz in den Nächten. Aber an den Tagen, da verhielt er sich still. Er wußte längst, er würde fahren; um so ungestümer und haltloser sein neuerliches Rasen und Wüten, wenn es wieder dunkel wurde …

Und so, wie er in der Tucholskystraße durch die Gänge stapfte, so saß er jetzt hier vor Willy, mit verkniffenem Gesicht, so ungut war er sich selber.

»Ist es dir wichtig?« brachte Willy aus trockener Kehle hervor, er wünschte jetzt doch ein Gespräch, er hatte vor, sich doch schon ein wenig zu verausgaben.

»Du meinst, ob es mir wichtig sei, nach Westberlin zu kommen? Früher mag das so gewesen sein – bis vor kurzem.«

»Warum?« Willy schien höher zu rutschen mit seinem eingedrückten Schädel, ein paar Millimeter nur, und trotzdem, eine richtige Bewegung war das.

Erik genoß die mühevolle Aufmerksamkeit, die ihm auf einmal von seinem Vater zuteil wurde, und gleich offenbarte er sich Willy, aus Dankbarkeit: »Nicht weil ich was sehen wollte von der Welt ... das auch, jeder will doch was sehen. Aber es war nicht entscheidend, es wäre verblaßt im Vergleich zu der Anerkennung, die darin gelegen hätte ... in den Reisen. Nur darum ging es mir, wenn ich ehrlich bin. Und deshalb ist mir die Möglichkeit jetzt egal – weil mittlerweile überhaupt nichts Würdiges und Wichtiges mehr in ihr liegt.«

Willy drückte sein Kinn gegen die Brust, was sollte das darstellen, ein Nicken? »An manchem«, er befeuchtete mit der Zunge seine Lippen, so wie er es nun immer wieder tun würde, »an manchem, was mir manche vorwirft, bin ich schuldlos ... tja ... und an manchem, was mir niemand vorwirft, bin ich schuld, so verkehrt ist die Welt ... aber ich weiß es und will es dir sagen ... obwohl es schon zu spät ist, zu spät. ... Meine Anerkennung wäre die richtige gewesen für dich, aber du hast sie nicht gekriegt ... und darum bist du ohne Selbstgewißheit geblieben und der falschen Anerkennung hinterhergerannt die ganze ... die ganze Zeit ... hör mal, du mußt aufhören damit, wenn du noch kannst ... siehst du, es ist schon zu spät, sage ich ... auch schon wieder eine fehlende Würdigung meinerseits, merkst du, ich trau dir nicht mehr zu, daß du aufhörst ... verzeih mir ... und belehr mich eines Besseren, das ist mein Wunsch an dich ... versuch mich eines Besseren zu belehren, auch ... auch wenn ich davon nichts mehr erfahren werde.«

Da war Willy was geglückt. Mit ein paar Sätzen sich anzuklagen und Erik gleich dazu, ihn noch mehr als sich selber. Erik schaute auch dementsprechend finster, Erik dachte an stolze Momente, von denen Willy nicht die geringste Ahnung hatte, richtig, er konnte Willy sogar jetzt schon eines Besseren belehren. Nur, durfte er das auch? Warum nicht: Der Vater würde das Krankenhaus nicht mehr verlassen, buchstäblich jedes Wort, das er jetzt noch hörte, würde er mit ins Grab nehmen, und somit war in diesem Fall natürlich auch die Unterschrift bedeutungslos, die der mächtige Lütt einst gekriegt hatte, jenes erzwungene Gelübde, welches Erik den Mund selbst gegenüber seiner hochsozialistischen Carla verschlossen hatte, so streng war er in dieser Angelegenheit gewesen, oder so furchtsam.

»Ich bin gar nicht allen Anerkennungen hinterhergerannt«, sagte er stolz und auch einigermaßen trotzig, »weil bei der Firma, da habe ich nämlich nicht mitgemacht. Da habe ich abgelehnt, siehst du.«

»Sie haben dich gefragt?«

»Haben sie, ja.« Er blickte erwartungsvoll zu Willy.

Aber Willy blickte, anstatt was zu sagen, plötzlich an Erik vorbei, warum ließ er es schon wieder an Würdigung fehlen?

Er hatte die Tür in seinem Blickfeld, dernderwegen, und die Tür war gerade aufgegangen. Und das war Britta, die jetzt eintrat, nach ihrer Sekunde der Verstörung, in der sie auf der Schwelle wie erstarrt gestanden hatte.

»Mmh, meine Lieblingstochter«, mit jenem ihm eingebrannten Spruch versuchte er, sie an sich heranzuziehen.

Und es glückte, sie lief, Erik kurz über den Rücken wischend, zu Willy und scheute sich nicht, sein knochiges Gesicht mit beiden Händen zu umfassen, oder sie scheute sich und ließ es sich nicht anmerken. Zum hundertsten Mal sagte sie: »Möchte sein, daß ich deine Lieblingstochter bin – bin ja deine einzige.«

Willy lächelte nun aber nicht wie früher immer, sondern fuhr kaum merklich zusammen. An seinen eingedrückten Schläfen traten blaßblaue Adern hervor. Er öffnete wie gequält seinen Mund, er würde doch nicht anfangen, Britta mit seinen letzten Worten zu korrigieren? Er würde sich doch nicht so töricht verhalten wie einst Rudi und am Ende seiner Tage reinen Tisch machen wollen? Niemals, er war doch nicht verrückt, ihm stand doch noch viel zu gut vor Augen, was Rudi mit seinem Geständnis angerichtet hatte, nein, er würde das Gebäude, in dem seine Kinder – die legitimen seiner Kinder – aufgewachsen waren, nicht zum Einsturz bringen, er nicht, er hatte gelernt aus dem Fehler seines Vaters, und außerdem, warum sollte er sich denn selber anzeigen und entblößen, jetzt noch …

Und darum öffnete er ja den Mund – um den Schreck in die Welt zu lassen, der ihn nach Brittas Worten durchzuckt hatte: Da lag doch noch was Kompromittierendes im Haus, dort oben in der Kammer lag etwas, das ihn verraten würde, wenn die drei es in die Hände kriegten, ein bestimmter Kontrakt mit zwei Menschen namens Gapp. Und sie mußten dieses Schreiben unweigerlich finden, denn natürlich würden sie, nachdem er gestorben war, das Werchowsche Haus entrümpeln und dabei jede noch so alte Kladde sichten, er konnte da nichts mehr aus dem Verkehr ziehen, er war doch nun gefesselt an dieses verdammte Bett in diesem unseligen Krankenhaus. Was ließ sich bloß tun von hier aus, was? Gottogott, er meinte zu sterben jetzt sofort, dermaßen schämte er sich bei der Vorstellung, sie läsen irgendwann das Abkommen in der alten Kladde, in die er, Willy, es wieder einsortiert hatte nach Ruths Sturz, selbstverständlich hatte es wieder irgendwo rein gemußt, das verfluchte, von Ruth auf den Küchentisch gelegte Papier, denn es blieb doch von Bedeutung, es enthielt doch wohl ein paar wichtige und bis heute gültige Grenzziehungen.

Willy stierte vor sich hin, das nahmen Erik und Britta für normal, das war sicherlich seinem körperlichen Zustand geschuldet.

Nach einer Weile, während der sie geschwiegen hatten, sagte Erik leise zu Britta: »Vielleicht magst du ihm eine Kleinigkeit erzählen? Ich habe das auch schon getan, nicht?« So bat er Willy um Bestätigung.

»Wie?« fragte dieser, zumindest ein Laut Eriks mußte in die Tiefe gedrungen sein, in die er abgetaucht war.

»Britta möchte dir was erzählen, dabei könntest du dich ausruhen, magst du?«

Willy bejahte mit schweren Lidern.

Da gab Britta zum besten, was ihr gerade einfiel: »Stell dir nur vor, dein Töchterlein wird jetzt nachgeahmt, wie findest du das? Überall üben Mädchen so eine Tuchnummer ein, wie ich sie vorführe und wie du sie ja auch einmal gesehen hast, na, nicht überall, ich will nicht prahlen. Aber man hört so manches, genauer gesagt Devantier, der hört es. Fast jeder Zirkus will so schnell wie möglich auch so eine Nummer herausbringen. Hätte ich nicht für möglich gehalten, wirklich nicht. Nur Devantier hat es genau vorausgesehen. Ich erinnere mich an die Nacht nach der Premiere, wir haben getanzt wie die Wilden, rund ums Lagerfeuer rum, und wir haben noch wilder gesoffen, das muß ich schon sagen. Und da seh ich Devantier allein im Hintergrund sitzen, und ich geh oder wanke zu ihm hin, weil er so allein ist und weil er mich auch gerade sehr gelobt hat vor versammelter Mannschaft. Nur deswegen geh ich also hin. Das war nett von Ihnen, sage ich ihm, mich so zu loben. Er fragt, ob es mir peinlich gewesen sei. Ich sage, eigentlich nicht, aber ungewohnt sei es gewesen, denn er lobe doch sonst nicht. Da brummt er, ich soll's als Vorbereitung nehmen. Als Vorbereitung? frage ich, worauf denn? Ein bißchen weiß ich natürlich, in welche Richtung er denkt, ich gebe zu, daß ich ihn ein bißchen anstachele, denn ich möchte hören, woran ich noch gar nicht recht glauben kann. Und tatsächlich, er sagt es: Du hast gerade eine neue Sparte begründet, falls es dir nicht klar ist, mein Mädel, sagt er. Und erst als es heraus ist, glaube ich es, obwohl ich es eigentlich zuvor schon gewußt habe. Und es geht sogar noch weiter – aber soll ich überhaupt noch weitererzählen?«

Willy lächelte nachsichtig. Als ob er, indem er Britta fortfahren ließ, ihr ein Vergnügen bereiten wollte. Selber schien er gar nicht soviel davon zu haben.

»Ja, nun, Devantier kündigt mir auch gleich an, daß Leute vom Staatszirkus erscheinen würden, um mich stante pede abzuwerben. Und daran habe ich nun tatsächlich nicht gedacht, daß so was geschehen könnte. Er versichert's mir aber. Weil man, so lautet seine Begründung, als Staatszirkus ungern dumm dastehe gegenüber einem privaten Krauter. Und man werde noch eine Weile dumm dastehen, denn es brauche Zeit, so eine Nummer, wie wir sie hätten, selber zu entwickeln, wer wüßte das besser als ich. Deshalb werde man sich also bei mir melden. Keine Chance, beruhige ich Devantier, ich sei glücklich bei ihm, diese Leute könnten gleich wieder abziehen. Er aber: Das möge ich mir gut überlegen. Ich hätte ja viel weniger Arbeit bei diesem Zirkus dort, ich brauchte garantiert keine Mistgabel mehr anzurühren, in meinem ganzen Leben nicht mehr, und mit Freizeit und Geld würde ich auch zugeschüttet. Wörtlich sagt er: Dein Glück wird dort noch größer werden, als es hier ist, und bald wirst du in deinem früheren Glück bloß noch eine grauenvolle Plage sehen und dich fragen, wie hab ich's da nur so lange ausgehalten? Ich erkläre natürlich empört, daß ich meine Zeit bei ihm nie als Plage betrachten würde. Devantier aber setzt noch einen drauf. Wenn ich das Angebot annehmen wolle, das, er wiederhole sich, mir auf jeden Fall vorgelegt werde, so möge ich es ihn verhandeln lassen, denn ich hätte ja gar keine Ahnung von den Modalitäten, er dagegen kenne die Brüder aus dem Effeff, er werde bei ihnen unbedingt das Beste für mich herausschlagen. Da werde ich aber richtig ärgerlich, als ich das höre. Sie reden ja gerade so, als ob Sie mich loswerden wollen, rufe ich, das finde ich grauenvoll. Und er? Lächelt nur und sagt kein Wort mehr, seltsam, nicht? Erst später, als der Staatszirkus sich tatsächlich meldete, ging mir auf, was hinter diesem Lächeln gesteckt und worauf Devantier mit seiner ganzen Argumentation abgezielt hatte. In die Zwickmühle gebracht hat er mich nämlich mit seinem Angebot. Was für ein Schlawiner, wirklich! Es war ja nun so: Träfe ich mich hinter seinem Rücken mit diesen Leuten, hätte ich gleich ein schlechtes Gewissen, allein deswegen, weil ich Devantier überginge. Holte ich ihn aber wie von ihm gewünscht zu den Verhandlungen an meine Seite – wäre alles noch viel schlimmer, denn wie könnte ich ihn einspannen, um ihn und seinen Zirkus zu verlassen? Und das hat er schon vorausgesehen, so wie er alles voraussieht …«

Britta wollte noch vervollständigen, sie habe dann abgesagt, ohne die Leute auch nur zu treffen, aber was war das, was sie jetzt an Willy entdeckte, Wehmut? Die Wehmut eines Totgeweihten, dem lang und breit von der Weisheit eines anderen berichtet wird, die war das. Britta, nachdem sie's endlich begriffen hatte, beugte sich erschrocken über Willys Gesicht, sie begann wie versessen ihre Wange an seinen Knochen zu reiben und flüsterte: »Aber du bist der Beste, der einzige, bist du gewesen bis heute, und auch immer, das sag ich dir. War doch eben alles nur Erzählung, ich wollte bloß für dich erzählen, und ich … wollte nicht traurig sein.«

Erik wiederum, der entdeckte nun auf Willys Gesicht etwas Glänzendes und Tropfenförmiges, aber das hatte wohl nicht Willy selber produziert, das war wohl gleichzeitig mit den letzten Worten aus Britta herausgekommen.

*

Endlich erschien Matti. Er war ziemlich außer Atem, bestimmt hatte er den ganzen Weg vom Bahnhof im Laufschritt zurückgelegt, so sah's aus. Nachdem er verschnauft und vor allem sich gefaßt hatte, sagte er zu Willy: »Catherines Bauch läßt zurückgrüßen.«

Ein paar Sekunden brauchten die anderen beiden, ehe sie sich einen Reim darauf machen konnten. »Wirklich?« fragten sie dann beinahe zeitgleich in Mattis Richtung, aber ja, sie hatten schon richtig verstanden, sie durften sich eingeweiht fühlen.

Ihre Blicke kriegten ein für Krankenhausverhältnisse ungewöhnliches Strahlen, doch mehr sagen oder gar in Jubel ausbrechen wollte niemand angesichts des siechen Willy.

Es war aber Willy selber, der aussprach, was sie nur insgeheim zu denken wagten, erst befeuchtete er wieder seine Lippen mit seiner langsam rundherum fahrenden Zunge, dann sagte er genauso langsam: »Tchja, Leben vergeht, Leben entsteht.«

Durchdringend schaute er von einem zum anderen, wie um jeden noch zusätzlich mit der Wahrheit zu konfrontieren. Sie kannten sie ja alle, sie war eigentlich auch nicht mehr als ein Gemeinplatz, doch er war nun richtiggehend in ihrem Besitz.

Sie konnten darauf erst recht nichts sagen. Ein Trennungssatz war das ja schon gewesen, wenn sie's genau bedachten. So trat eine lange Stille ein in dem ohnehin von vielen Pausen durchzogenen Gespräch.

Plötzlich klopfte es. Die Tür ging aber nicht auf. Willy gab den Kindern sein Zeichen mit den Lidern, seltsam, wie schnell allen hier diese Sprache in Fleisch und Blut übergegangen war, und sie riefen »herein«.

Marieluise war das. »Ja«, sagte Matti zu Willy, »wir haben ihr schnell noch Bescheid gesagt, Catherine und ich …« Es klang ein wenig fragend: ob es ihm auch recht sei?

Zusätzlich anstrengen tat es ihn, er offenbarte es durch ein leises Stöhnen. Und hatten er und Marieluise sich nicht schon vor ein paar Tagen wie abschließend besprochen, hatten sie nicht wie für immer zusammengefunden nach ihrer letzten unschönen Auseinandersetzung? So war es. So konnte man es sehen. Willy sah aber auf einmal noch etwas anderes, eine interessante Idee blitzte in ihm auf, wie Marieluise so vor ihm stand, die Idee war das, um die er geraume Zeit ganz vergeblich gerungen hatte; mochte er auch am Ende seiner körperlichen Kräfte sein, seinen Geist unterzog er jetzt einer letzten Anstrengung, wie früher im »Aufbruch« wälzte er in Gedanken die verschiedensten Dinge hin und her, wie dort so viele Jahre versuchte er jetzt hier, sie ineinanderzufügen zum allgemeinen Wohl, wozu denn sonst, mit anderen Worten – er schmiedete einen Plan.

»Wenn es dir zuviel ist, gehe ich wieder, ihr wollt vielleicht unter euch sein«, sagte Marieluise. Sie machte keinen beleidigten Eindruck, sie wußte ja auch schon von Berufs wegen, was man wann wem zumuten konnte und was nicht.

»Warte«, brachte Willy hervor, »kannst du warten ... draußen? Ich möchte gern noch einmal mit dir reden, und zwar ... nur mit dir.«

Sie schaute erstaunt, Marieluise, und auch die Kinder zeigten sich irritiert.

»Einfach so«, erklärte Willy, da begriff zumindest seine Em-El, daß es nicht ›einfach so‹ war. Sie blickte auf die Uhr. Geschäftsmäßig und etwas streng sagte sie: »Wir haben es jetzt um drei, da muß ich erstmal zurück in meine eigene Sprechstunde, dort stapeln sich bestimmt schon die Leute. Sagen wir, halb sechs könnte ich wieder hier sein, in Ordnung?«

Willy nickte brav, ein richtiges kleines Nicken war das sogar, und die Kinder staunten: Hatte er sich, wenn nicht alles täuschte, hiermit doch verpflichtet, mindestens bis halb sechs durchzuhalten, und nur wegen Marieluise und nicht wegen ihnen, das verstehe einer.

Sie ging, und Erik, der ja schon am längsten hier kauerte, fragte noch einmal, wie schon gleich nach seinem Erscheinen, wobei es Willy eigentlich so doll erwischt habe. »Wir wollen das alle gern wissen, nicht?« Er wandte sich zu seinen Geschwistern, die er mit einem Blick erfassen konnte, denn sie saßen in der Reihenfolge ihrer Ankunft auf ihren Stühlen, Erik selber in Kopfhöhe Willys, Britta nahe bei dessen Becken, Matti am Fußende.

Natürlich durfte Willy jetzt keineswegs berichten, daß seine Herzschmerzen schon unmittelbar im Anschluß an den Disput aufgetreten waren, den er mit Marieluise gehabt hatte, denn unweigerlich würde nachgefragt werden: ein Disput? ja was ist das denn für ein Disput gewesen, wenn der solche Folgen gehabt hat? Beim Erzählen konzentrierte er sich also ganz auf die Szene danach, auf das sowieso Ausschlaggebende, und hierbei raffte er stark, er mußte wirklich mit seinen Kräften haushalten: »Vor dem Bunker ... eine bewaffnete Einheit hatte ihn okkupiert. Man wollte mich nicht durchlassen, und Felix Freieisen wollte meinen Schlüssel ... Felix Freieisen ... ist hauptberuflicher Stasimann im ›Aufbruch‹. Ich rückte den Schlüssel nicht raus, da schlug er mich nieder ... und wie er mich niedergeschlagen hat, da ist es passiert.«

»Was, jemand vom ›Aufbruch‹ hat dich verprügelt?« fragte Britta entsetzt.

»Er ist nicht aus dem Betrieb … er ist von der Firma.«

»Aber er kannte dich gut«, sagte Matti.

»Gut? … Lange.«

Matti sog durch die Nase Luft ein und jagte sie wieder heraus, auch durch die Nase, denn durch den Mund war es ihm gerade nicht möglich, so gepreßt, wie er seine Lippen hielt. Schließlich brachte er den Mund wieder auf: »Und wobei hast du diesen Freieisen gestört?«

Willy berichtete in wenigen Worten von den Feldbetten, und Britta fragte, was man mit denen in dem Bunker wolle, Britta war goldig, so klug war sie eigentlich, und doch so unwissend in manchen Dingen.

»Offensichtlich hatte man sich auch hier für einen Himmlischen Frieden gewappnet«, erklärte Matti, »alles stand doch Spitz auf Knopf, wie man jetzt weiß, alles hing wohl nur von Leipzig ab«, von der großen Wochenanfangsdemo zwei Tage nach dem Republikgeburtstag.

»Man muß diesen Freieisen belangen«, forderte Britta.

»Wie denn?« Das war Erik, der Brittas Verlangen ins Reich des Absurden verwies.

»Werden wir schon sehen«, sagte Matti angriffslustig, aber weiter wußte er auch nicht.

Und Willy, über dessen Kopf hinweg das alles gesprochen worden war? Kaum merklich hob er die Hand, dazu röchelte er und schluckte. Die Gesichter, die für eine kleine Weile sich einander zugewendet hatten, fuhren wieder zu ihm herum.

»Was redet ihr über Freieisen … Zeitvergeudung«, sagte er so unwirsch, wie es ihm noch möglich war. Er versuchte sogar, seinen Kopf aus dem Kissen zu heben. Aber vergeblich, seine faltige blasse Haut spannte und rötete sich, das war alles.

Da lief Britta, »warte, ich bin gleich wieder hier« rufend, aus dem Zimmer. Wenig später kam sie mit noch einem Kissen zurück, das schob sie Willy vorsichtig unter den Schädel, eine rein praktische Verrichtung. Nichtsdestotrotz schaute Willy hernach etwas fester und würdevoller aus, er war nun nicht mehr wie ohne Stirn. Auch hatte er seine Kinder jetzt richtig im Blick. Und sie? Stumm saßen die drei, die eben noch durcheinandergeredet hatten. Sie regten sich nicht, sie fühlten eine gewisse Spannung; seltsam, indem sie Willy ein wenig, bloß ein wenig höhergelegt hatten, waren zugleich ihre Erwartungen an das gestiegen, was er ihnen noch sagen würde.

Seine Rede erwies sich dann aber weder als anrührend noch als inhaltsschwer, sondern als ausgesprochen verwirrend. »Zeitvergeudung«, wiederholte er, »denn wir müssen noch etwas besprechen … besser gesagt, ich habe eine Bitte an euch, es ist der sogenannte … sogenannte letzte Wille … ja und ich denke mir, ich äußere ihn, bevor ich es vielleicht nicht mehr zustande bringe. … Wenn ich also nicht mehr da bin … nein, was rede ich, wenn ich tot bin, aber noch hier liege, dann nehmt ihr mich … und dann setzt ihr mich auf die alte Jawa und fahrt mit mir noch eine Runde … egal wohin, kreuz und quer einfach so durch Gerberstedt … fragt mich nicht warum … hehe, ihr sitzt wie die Hühner auf der Stange, einer hinterm anderen, mit dem gleichen dußligen Gesichtsausdruck, aber ich kann euch nicht weiterhelfen … wenn ihr euch mal erinnert an euren Großvater, der hat alles planen können … recht vorhersehbar ist er gestorben … absehbar für ihn selber, und darum hat er auch Zeit gehabt, sich was auszudenken, und hat in Ruhe das Fernrohr in Auftrag gegeben … eine schöne Sache, sehr schön … aber ich hatte diese Zeit nicht, alles ist so plötzlich gekommen …«

Er mußte verschnaufen. Eine Weile hörte man nur seinen schweren Atem, jeder Zug schien verzögert zu sein.

Dann setzte er fort: »Nein … ich bin nicht so naiv zu denken, ich hätte was davon, wenn ihr mich draußen spazieren fahrt … ich wandle da nicht auf eures Großvaters Spuren, denn wenn ich weg bin … bin ich weg. Aber trotzdem will ich herumgefahren werden, ich will! Eine Stunde sollte es sein, mindestens. Führt das aus, ich bitte euch … tut so, als hinge noch mein Leben dran, ja genau so müßt ihr … tun.«

Nachdem er das losgeworden war, trat eine regelrechte Erschlaffung ein bei ihm, er schloß nicht die Lider, sondern sie fielen ihm buchstäblich zu, und er machte sie lange nicht mehr auf.

Die Kinder warfen sich erstaunte Blicke zu, wagten aber nicht, sich über das Gehörte auszutauschen. Vor allem lauschten sie seinem Atem, der ihnen flacher und flacher zu werden schien.

So saßen sie wer weiß wie lange, eine halbe Stunde, eine ganze? Manchmal stand einer von ihnen auf und vertrat sich die Beine, manchmal schaute eine Schwester herein. Draußen wurde es schon dunkel. Eine Zeitlang knipste niemand das Licht an, aber dann flüsterte Britta, sie werde es jetzt ein bißchen hell machen, vielleicht öffne der Vater ja doch nochmal seine Augen, und vielleicht könne sie ihm dann noch irgendwas Schönes sagen, dazu sei ja bisher gar keine Zeit gewesen.

Und siehe, er tat's, er blickte sie alle wieder an. Ein dreifaches Lächeln wurde ihm geschenkt. Er lächelte zurück, mit ein bißchen gutem Willen konnten sie jedenfalls als Lächeln nehmen, was sich da auf seinem Gesicht zeigte. Und er sprach sogar auch wieder, er fragte: »Ist Em-El schon zurück ...?«

Dreifaches Kopfschütteln; man mußte durchaus nachsichtig sein als Willys Kind in dieser Stunde, und man schaffte das, man schüttelte die eigene Verwunderung weg.

Nun guckten die Brüder zu Britta, hatte sie nicht sprechen wollen? Sie war nicht sofort dazu imstande, sie räusperte sich, was sie sonst nie tat, ja sonst warf sie doch immer gleich die Worte in die Welt. Und nun schien sie sie endlich gefunden zu haben, denn sie holte Luft – da steckte Marieluise ihr Gesicht zur Tür herein, schon jetzt, schon um Viertel Sechs. Stark gerötet war das, sie mußte sich nicht weniger beeilt haben als vor ein paar Stunden Matti.

Die Geschwister erhoben sich und gingen raus auf den Flur. Wo sie darüber rätselten, was Willy veranlaßt haben mochte, ihnen eine solch aberwitzige Spazierfahrt abzuverlangen.

»Nichts«, meinte Britta, »ihr habt es ja gehört. Es ist einfach eine letzte Verrücktheit. Erinnert euch, wenn er mal von früher erzählt hat, sind immer gleich ziemliche Verrücktheiten zur Sprache gekommen, und unbewußt, unbewußt will er an die anknüpfen – für mich liegt das auf der Hand.«

»Ich weiß nicht ...«, wandte Matti ein, »ich habe noch im Ohr, wie er sagte, alles sei so plötzlich geschehen. Auf einmal lag er hier im Krankenhaus. Und so war es ja tatsächlich, überlegt mal: Er konnte den Gang, auf dem er gerade war, nicht mehr beenden, vielleicht will er es auf diese Weise tun? Vielleicht will er einfach noch seine Runde beschließen? Dauert die nicht eine Stunde im Normalfall, und verlangt er jetzt nicht auch eine Stunde? Wenn man länger darüber nachdenkt – ist das sogar ein ziemlich toller Wunsch! Ein richtig widerspenstiger Wunsch! Natürlich, er will sich nochmal zeigen, egal daß er tot ist, er dreht seine Runde zu Ende und erweitert sie sogar, mit unserer Hilfe, ihr habt doch gehört, kreuz und quer herumfahren sollen wir ihn, nein nein Britta, nie im Leben ist das eine Verrücktheit, im Gegenteil, das ist was Bewußtes, was ganz Durchdachtes, er hat es nur nicht mehr adäquat ausdrücken können.« Matti strahlte beinahe, so großartig fand er Willys Antrieb, hinter den er soeben gestiegen zu sein glaubte.

»Für mich«, erklärte nun aber Erik nachdenklich, wenn nicht skeptisch, »ist nicht die Frage, was hinter dieser Idee steckt, sondern, wie wir sie eigentlich umsetzen sollen. Ist er nämlich erstmal tot, wird es zwangsläufig Aufmerksamkeit erregen, wenn wir versuchen, ihn hier rauszutransportieren. Wir müssen ihn am Personal vorbeischmuggeln, ist euch das klar? Genaugenommen entführen wir die Leiche, und das dürfte kaum statthaft sein.«

»Du willst ihm also seinen letzten Wunsch nicht erfüllen?« fragte Matti, kühl klang er, aber nicht drohend, eher so, als sei ihm Eriks Meinung egal und als wolle er sich nur vergewissern, wie sie laute.

Erik wich aus: »Das habe ich nicht gesagt, ich habe nur gesagt, ich glaube, es ist nicht erlaubt, mit einer Leiche einfach so das Krankenhaus zu verlassen.«

Auch Britta schien dieser Auffassung zu sein, sie fragte: »Wie wäre es, dem Personal reinen Wein einzuschenken? Vielleicht wäre das am besten? Man wird sich schon nicht sperren, wenn man hört, daß wir dem Patienten nur seinen letzten Wunsch erfüllen möchten, oder was meint ihr?«

»Aber falls man sich doch sperrt, sind uns die Hände gebunden, denn man wird uns nicht mehr aus den Augen lassen«, sagte Matti. »Nein, es muß im geheimen geschehen, und das bedeutet, wir sollten uns jetzt schon Gedanken machen, wie wir es im einzelnen anstellen wollen – genau wie du am Anfang sagtest.«

Das war zu Erik gesprochen, das band ihn voll ein in die Aktion, das ließ ihm gar keine Möglichkeit mehr zum Entfleuchen, so eine feste Umarmung war das. Und plötzlich kam Matti noch eine Idee, warum Willy auf seine alte Jawa gesetzt zu werden wünschte: Vielleicht, weil sie, die Brüder, dabei zusammenhalten mußten? Konnte das nicht sogar sein eigentlicher Wunsch sein? Daß sie nach dem vielen unerquicklichen Gerede und Gestreite endlich wieder zueinander fänden während einer gemeinsam ausgeführten Handlung, während einer heimlich begangenen Tat?

Er überlegte noch, ob Willy womöglich das beabsichtigte, er traute seinem Vater wirklich allerhand Gutes und Gedankenreiches zu, seitdem der heimlich, still und leise das *Verschlossene Kind* an Kalus geschickt hatte, da ging Britta schon zur Tagesordnung über: Sie werde die Schwestern hier auf dem Flur ablenken, wodurch, wisse sie noch nicht, auf jeden Fall würden die Brüder mit Willy auf der Liege dann aber unbemerkt zum Fahrstuhl gelangen können, so stelle sie es sich vor.

»Und unten, beim Pförtner ...?« gab Erik zu bedenken, er war doch wirklich ein Abwäger und Zögerer, aber jetzt war es gut, daß er so einer war, denn man beriet weiter. Man stellte sich eine Frage: Wie wäre es, wenn man Marieluise einbezöge? Jawohl, ein glücklicher Umstand, daß sie anwesend war, denn so konnte sie sich um den Pförtner kümmern – kannte sie, die Frau Doktor, ihn nicht sogar?

Das nahm alle vollkommen in Anspruch, solch einen Schlachtplan zu entwerfen, anders ging es nicht, es war ihnen ja aufgetragen worden von Willy, aber Schande, sie gerieten ihrem Vater etwas zu weit voraus, sie vergaßen beinahe, daß er noch atmete; gleich hinter der Wand, an der sie lehnten und vor der sie auf und ab gingen, gleich dahinter sog er auf eine beschwerliche Art Luft ein und stieß sie wieder aus.

Jetzt wurden sie daran erinnert, denn Marieluise kam aus dem Zimmer.

»Und?« fragte Britta, aber Marieluise nickte nur und bedeutete ihnen, sie sollten schnell wieder reingehen; sie umarmte jeden, sie schickte sich an, das Krankenhaus verlassen.

Wie geheißen gingen Britta und Erik hinein. Matti indes hielt Marieluise zurück: Hierbleiben möge sie, gern auch mit ihnen am Bett des Sterbenden, bat er die Großmutter seines künftigen Kindes, denn sie müsse ihnen unbedingt helfen, Willys letzten Willen auszuführen. Er begann, ihr diesen zu erläutern, da unterbrach sie ihn: Willy habe auch sie soeben über alles in Kenntnis gesetzt.

Und daß sie noch einen extra letzten Willen gesagt gekriegt hatte in dem Zimmer und daß sie in diesem Zusammenhang von Willy auch angewiesen worden war, seinen im Nachtschränkchen liegenden Hausschlüssel – »da in der ... in der Schub ... lade ... da drin ... Em-El« – an sich zu nehmen? Das vermied sie zu erwähnen, das war nun überhaupt nicht für Matti bestimmt.

Eine Minute vielleicht hatten sie geredet, dann gingen auch sie zurück in das Zimmer. Still war es jetzt darin, sie begriffen, weil ihnen

Britta und Erik die Sicht auf Willy versperrten, erst gar nicht, wie still.

Sie schauten ihnen aber über die Schulter, und da sahen sie, daß Willy seine Lider nicht mehr aufkriegte und nicht mehr zu, wie bei einem Reptil lagen die Pupillen halb frei und halb verdeckt. Vor seinem Mund stand die Luft.

*

Mochte auch manches in seinem Leben ganz und gar nicht so funktioniert haben, wie er sich das vorgestellt hatte – sein letzter Plan sollte sich als perfekt erweisen, als fast perfekt.

Matti, damit begann die unmittelbare Vorbereitung, verließ die anderen, denn er würde der Fahrer sein, wer sonst. Er lief zum Werchowschen Grundstück, wo er zunächst die Jawa startklar machte. Dann stieg er nach oben in die Kammer unterm Dach und legte Willys Ledermontur an, die voller Staub war, einerlei jetzt, er beklopfte sich nicht einmal. Schließlich eilte er noch in den Keller und schnappte sich die nicht weniger staubigen langen roten Lederriemen, mit denen Rudi einst seine schlecht schließenden Koffer aus riffliger Hartpappe zusammengehalten hatte. Und sogleich wieder zurück zum Krankenhaus auf der Jawa, und schnell wieder rein ins Zimmer.

Dort war man währenddessen nicht untätig geblieben. Man hatte Willy in die Kleidung gesteckt, in der er eingeliefert worden war, allerdings schien sie speziell den Frauen arg dünn angesichts der nächtlichen Kühle, die mittlerweile aufgezogen war, nein diese Frauen brachten es einfach nicht fertig, Willy so losfahren zu lassen, pietätlos wäre das doch gewesen und überhaupt nicht fürsorglich. Sie wickelten ihm ein Bettlaken um den Körper und zogen ihm erst dann seine Herbstjacke über, nun waren sie halbwegs zufrieden.

Und Marieluise ging schon runter und erneuerte ihre Bekanntschaft mit dem Pförtner, und Britta trat seufzend ins Kabuff der Stationsschwestern und erklärte mit brüchiger Stimme, ehe die Kräfte sie verließen in dem Krankenzimmer, brauche sie jetzt bitte, bitte einen Kaffee. Sie zeigte auf die Kanne, die sie durch die Glastür gesehen hatte, und drückte die Tür sachte mit dem Rücken zu. Und so blieb sie stehen, direkt vor der Tür, selbst noch, als die Schwestern ihr längst eingeschenkt hatten.

Diese Schwestern aber wußten nun auch gleich, daß sie nach dem Patienten Werchow vorerst nicht zu gucken brauchten, sein Zustand sei unverändert, war ihnen ja eben mitgeteilt worden von der fragilen Angehörigen; und damit hatte Britta noch nicht einmal gelogen, denn war er jetzt nicht schon einige Zeit tot? Unveränderter und unveränderlicher konnte ein Zustand schwerlich sein, nicht wahr.

Hinterm Krankenhaus, an dessen fensterloser Seitenwand, hievten Matti und Erik Willy auf den Rücksitz der Jawa, nicht auf Anhieb gelang ihnen das, denn seine Beine hingen starr wie Glockenklöppel und mußten erst auseinandergebogen werden. Dann nahm Matti vor ihm Platz, und Erik band die zwei mit den Riemen zusammen. »Bißchen fester noch«, bat Matti, er würde zwar nicht schnell fahren, aber er wollte auf jeden Fall vermeiden, daß Willy ihm in einer Kurve wegrutschte und er noch einen Unfall baute, denn einen Unfall konnte er auf dieser Tour nun wahrlich nicht brauchen.

»Fahr vorsichtig«, mußte Erik natürlich noch sagen, aber Matti war so aufgeregt, daß er das nicht als überflüssig empfand und erst recht nicht als störend. Er nickte brav und ließ sich sogar auf die Schulter klopfen von Erik, sieh mal an.

Marieluise, die mußte währenddessen auch was. Es dränge sie, sich draußen mal die Füße zu vertreten, teilte sie dem Pförtner mit. Solange sie in seinem Blickfeld war, schlenderte sie auch, sie trollerte geradezu, doch kaum meinte sie, vom Eingang aus nicht mehr sichtbar zu sein, schon nahm sie die Beine in die Hand.

Dann begann die Fahrt. Das erste Gasgeben war ein behutsames, trotzdem drohte das Gewicht der Leiche Matti nach hinten zu ziehen, und er mußte sich vorbeugen, als wäre Sturm. Wohin jetzt eigentlich? Egal wohin, hatte Willy gesagt, und genau dahin fuhr Matti der Wunscherfüller jetzt, nahezu im Schrittempo rollte er vom Krankenhaus weg durch diese Gasse und durch jene, langsam, immer hübsch langsam, denn feucht und bucklig war das Pflaster, und gar nicht einfach war es mit diesem Hintermann, der auf jede noch so kleine Bewegung verzögert reagierte und in der Verzögerung immer auch an Gewicht zuzunehmen schien. Willenlos sollte der sein? Dominant war er! Fortwährend zwang er Matti seine Willenlosigkeit auf, und Matti mußte reagieren und hatte sich nach ihm zu richten in Wahrheit, ach, schwierig, so einen hintendrauf zu haben …

Aber wie klein war dieses Gerberstädtchen, wie schnell fuhr man hier, obwohl man so langsam war, auf etwas Bekanntes zu; war das da vorn nicht die Stichstraße, die zum Bunker führte?

Matti hatte dieses Ziel wie automatisch angesteuert, denn mochte Willy auch keine Vorgabe gemacht haben, er, sein Sohn, wußte sehr wohl, daß der Vater seine Runde zu beenden wünschte, er wußte es ganz genau, und so fuhr er auf den riesigen Schatten zu, vor dem Willy seine letzte und entscheidende Niederlage erlitten hatte. Matti bremste vorsichtig. Er stand nun vor der Stahltür des Bunkers. Er vergegenwärtigte sich, was Willy vorhin allen erzählt hatte, und ihm schwante plötzlich, sein Vater habe es an dieser Stelle regelrecht auf eine Auseinandersetzung ankommen lassen. Aber ja, hier in der Nähe der dröhnenden Rotationsmaschinen, hier direkt neben seinem Werk, wo er so eingegangen war mit der Zeit, hier hat er sich noch mal groß gemacht, dachte Matti: ›Ich oder Freieisen‹ hat er sich doch wohl gesagt, und er war nicht dumm, er mußte gewußt haben, er würde Schiffbruch erleiden, aber es hat ihn nicht davon abgehalten, Freieisen entgegenzutreten. Matti stellte sich vor, Willy sei sogar völlig ruhig gewesen in jenen Sekunden vor dem Niederschlag, den zu empfangen er die Ehre gehabt hatte, jawohl die Ehre, denn Bereitwillige müssen nicht geschlagen werden, nur Widerspenstige, und das war schön, sich sein Ende so denken zu dürfen, da wurde es ein bißchen weniger bitter. Und tat er auch was, Matti, oder dachte er nur? Er versuchte, hinter sich nach Willys Kopf zu langen, er wollte Willy nur mal ansehen, weil er erstaunlicherweise jetzt noch was über ihn begriffen hatte, aber das funktionierte nicht recht, er stieß mehr an ihn, als daß er ihn in den Blick bekam.

Da fuhr er wieder los, aber nicht nach Hause, noch nicht, er konnte leicht einen Umweg nehmen, die Route war ihm schließlich freigestellt.

Zum Bahnwärterhäuschen steuerte er kurz entschlossen, zu Achim Felgentreu, und hierbei fuhr er schneller als eben noch, ein bißchen auf die Tube zu drücken, das durfte er jetzt schon wagen, denn die Schlenkereien der Leiche waren ihm nicht mehr allzu fremd, schon voraussehen ließen sich die ja mittlerweile. Er lockerte sich und schüttelte Willy ohne Absicht mit, aus einiger Entfernung mochte es den Anschein haben, als lachten sie da auf diesem Motorrad. Aber etwas, das er auch noch liebend gern getan hätte, war Matti dann doch nicht möglich: nach dem Ausrollen vor dem Bahnwärterhäuschen abzusitzen und mit Willy huckepack bei Achim reinzuschneien. Er mußte hupen.

Willys Freund, von dem durchs Fenster nur der ergraute Schopf zu sehen gewesen war und nicht das Gesicht, das er wahrscheinlich wieder über ein Buch gebeugt hatte, garantiert, denn er studierte doch neuerdings bestimmt nicht die Kerben auf seinem Tisch, schaute auf. Er öffnete das Fenster und starrte auf das seltsame Gespann, er mißtraute zutiefst dem, was er da sah.

»Willy?« fragte er. Dessen Gesicht war für ihn nicht recht erkennbar, schließlich lag es auf Mattis den Gleisen zugewandter Schulter.

»Willy, bist du's?« fragte Achim noch einmal, und als ihm erneut nicht geantwortet wurde: »Mensch, nun sag doch einen Ton!«

Willy sei tot, sagte Matti.

Bedächtig schloß der Schrankenwärter das Fenster, und langsam trippelte er raus zu ihnen, der war auch sehr alt geworden, dieser Achim Felgentreu.

Nun hob er Willys Gesicht von Mattis Schulter, mit beiden Händen wie eine warme Teeschale in der Winterzeit, und genau so hielt er es eine Weile, und dann stellte beziehungsweise legte er es wieder ab und sagte: »Dreimal war ich im Krankenhaus, dreimal durfte ich nicht zu ihm rein. Und jetzt ist er plötzlich tot.« Klagend hörte sich das an, und auch, als wolle er sich bei Willy für die ausgebliebenen Besuche entschuldigen, während es als Information für Matti wohl nicht gedacht war, denn Matti, den nahm er gar nicht wahr in dieser Minute.

Und was Achim Felgentreu noch alles nicht bedachte! Was er in seiner Bestürzung noch alles vergaß! Ein Zug jagte heran und warf ihnen eine Welle aus Luft und Krach an die Körper. Matti hatte kurzzeitig Mühe, sich auf den Beinen und Willy auf dem Sitz zu halten, und als er wieder fest stand, sah er im Lichtschein der vorüberhuschenden Waggons das entsetzte Gesicht des Alten. In rasend schnellem Wechsel leuchtete es als Grimasse auf und fiel wieder ins Dunkel, das wollte gar kein Ende nehmen, daß der Bahnwärter so blinkte.

Endlich war der Zug vorbei, und vor Achim Felgentreus geweiteten Augen zeigten sich die nicht heruntergelassenen Schranken, aber zwischen denen und um die herum lag niemand und schrie auch niemand, da blitzten und summten unschuldig die Schienen. Blieb es demnach bei einem Toten, man konnte beinahe von Glück reden …

Sichtlich erleichtert kam Achim auf Willy zurück: »Was machst du hier mit ihm, Matti, wieso kutschst du ihn auf dem Motorrad, was soll das denn?«

Matti klärte ihn auf, so rührte er ihn ziemlich, den alten Felgentreu, rührte ihn, ohne daß er was darüber sagen mußte, warum er ausgerechnet hierher gedüst war. Das war Achim doch klar, warum. Wirklich aufmerksam und ausgesprochen fein von Matti, seinen Vater, wenn der schon unbedingt nochmal an die frische Luft gewollt hatte, raus zu ihm zu führen.

Und Matti startete wieder die Jawa, und jetzt fuhr er nach Hause zu dem Grundstück an der Schorba. Wie er sich dem näherte, sah er, in der oberen Etage brannte Licht, da hatte er vorhin in seiner Eile bestimmt vergessen, es zu löschen. Er rollte an der Haselstrauchhecke vorbei und mußte daran denken, wie er als Schniebs dort mit Jonas Fußball gespielt und Jonas sich einen Spaß draus gemacht hatte, den Ball immer wieder in das dichte Gehölz zu dreschen. »Nicht, Jonas, da meckert der Alte«, hatte er gerufen, aber der Alte, sein Großvater Rudi, war ganz in der Nähe gewesen, hinter dem undurchdringlichen mannshohen Grün hatte er gestanden zufälligerweise, und danach war er ihm, Matti, wochenlang gram gewesen wegen dieser Bemerkung. Weil er jenes Wort – der Alte – in dem Zusammenhang als beleidigend empfand? So hatte Matti damals gedacht. Erst viel später war ihm klargeworden, daß nicht das despektierliche Wort Rudi derart in Harnisch gebracht hatte, sondern die Heimlichkeit und die Kumpanei. Die plötzlich hinter seinem Rücken aufgebaute Gegnerschaft. Er war allergisch gegen so etwas, und er ließ es Matti, obwohl das eigentlich nur eine Kinderei von dem gewesen war, noch Jahre später spüren, indem er manchmal wie aus heiterem Himmel rief, »nicht, da meckert der Alte«, und ihn dabei auf eine schreckliche Art ansah, so ironisch, so prüfend, so horchend auf einen Widerhall. Ja, an diesen Blick erinnerte sich Matti jetzt.

Von oben aber, von hinter der Gardine des einstigen Kinderzimmers, schaute Marieluise bang auf ihn herunter. War sie überrascht? Das nicht, sie hatte doch damit rechnen müssen, daß er irgendwann hier auftauchte. Darum hatte sie sich ja so beeilt. Aber sie war auf sieben oder acht Kladden gestoßen, und das war ihr gar nicht gehaucht worden in dem Krankenzimmer, daß es so viele waren, die sie durchforsten mußte; ach, ließ sich dieser Mann mausetot durch die Weltgeschichte fahren, und man selber saß in der Falle.

Sie hielt ja den Wisch schon in der Hand, die arme Marieluise, sie hatte ihn endlich gefunden, sie war jetzt nur gefangen in dem Haus.

Matti, welch Glück für sie, fuhr hinter auf das langgezogene Grundstück, sie beobachtete ihn von dem flußseitig gelegenen oberen Zimmer aus, in das sie geschlichen war, er drehte eine Runde und stoppte dann mitten auf der Wiese; um Willy ein letztes Mal mit der Heimaterde in Berührung zu bringen?

In Mattis Gedanken verschmolz aber längst alles, Willys Wunsch, der ihm Befehl war, und die Erinnerung an seine eigene Kindheit und die plötzliche Gewißheit, daß auch dieser Flecken, auf dem er sich jetzt aufhielt, nun beinahe schon abgestorben war, denn er selber und Britta und Erik, sie würden ihn bald endgültig verlassen, sie waren alle woanders gebunden.

Matti sollte vielleicht zurück ins Krankenhaus, die erbetene Stunde war bestimmt schon lange um. In der sentimentalen Stimmung, in der er sich befand, fuhr er aber nicht nur einmal über die hölzerne Brücke, über die Willy immer hatte gehen müssen, er wendete und fuhr nochmal drüber, und dann schaute er noch ein wenig auf den Fluß, als werde er den ebenfalls nie wiedersehen.

Und nun war's gut?

Ja nun ist's aber gut, sagte er sich, und geradezu abrupt in Anbetracht seiner besonderen Last gab er Gas.

Er nahm den Weg übern Marktplatz, wo kein Mensch mehr zu sehen war in dieser Stunde außer einem, oder eine war das wohl, eine, ja, und die schritt auch noch aus, als wäre der Teufel hinter ihr her.

»Marieluise? Wieso bist du denn nicht ...?«

Sie wiederholte den Spruch vom Beinevertreten, den sie dem Pförtner aufgesagt hatte.

»Und warum rennst du so, wenn du dir bloß ein bißchen die Beine vertreten willst?«

Na warum wohl. Weil es sie zu weit weggetrieben habe vom Krankenhaus und sie nun schnell wieder dorthin zurückmüsse, oder seien bei der Wiedereinlieferung Willys etwa keine Ablenkungsmanöver mehr vonnöten?

Marieluise schaute richtig ärgerlich, wegen ihres Verlaufens aus lauter Trauer, dachte Matti, doch in Wahrheit verfluchte sie ganz was anderes, sie verfluchte, daß nach dem unruhigen und lügnerischen Leben, welches dieser Willy lange Zeit geführt hatte, es nicht wenigstens um den Tod herum still und aufrichtig bei ihm werden konnte, sondern daß sich die unselige Geschichte, die er vor einer halben Ewigkeit begonnen hatte, immer noch weiter zog und sie, Marieluise, jetzt sogar schon gezwungen war, die selber fortzuschreiben; ja was war denn das, was sie hier schon den ganzen Abend über tat, wenn nicht ein Fortschreiben? Abscheulich, das muß man schon sagen …

In den nächsten Minuten folgte Matti getreulich jener ursprünglichen Anweisung Willys, »kreuz und quer« zu fahren, denn er wollte Marieluise Zeit geben, vor ihnen wieder in das Krankenhaus zu gelangen. Und wahrhaft, nichts ging schief. Willy wurde zurück ins Zimmer gebracht und offiziell für tot erklärt. Die Kinder begaben sich schweigend nach Hause. Langsam fiel der Tag zu Boden, fiel auf all die anderen Tage, die da schon lagen.

– wird fortgesetzt –

Inhalt